中國文學研究典籍叢刊

歷代詩話續編

上

丁福保 輯

中華書局

圖書在版編目(CIP)數據

歷代詩話續編/丁福保輯. —北京:中華書局,1983.8
(2022.5 重印)
(中國文學研究典籍叢刊)
ISBN 978-7-101-00912-5

Ⅰ.歷… Ⅱ.丁… Ⅲ.詩話-匯編-中國-古代
Ⅳ.I207.22

中國版本圖書館 CIP 數據核字(2001)第 058330 號

中國文學研究典籍叢刊

歷代詩話續編

(全三册)

丁福保 輯

*

中 華 書 局 出 版 發 行
(北京市豐臺區太平橋西里 38 號 100073)
http://www.zhbc.com.cn
E-mail:zhbc@zhbc.com.cn
三河市宏盛印務有限公司印刷

*

850×1168 毫米 1/32 · 50¼印張 · 6 插頁 · 954 千字
1983 年 8 月第 1 版 2006 年 8 月第 2 版
2022 年 5 月第 11 次印刷
印數:40801-41700 册 定價:168.00 元

ISBN 978-7-101-00912-5

《中國文學研究典籍叢刊》出版説明

中國古代學者對文學的認識、思考、研究和總結，是以多種形式書寫、流傳並發生影響的，有的是理論性的專著，有的是隨筆式的評論，有的是作品前後的序跋，有的是作品之中的評點。這些典籍數量豐富，種類衆多，涉及各個時期的不同的文學現象和文學思潮，以及不同的作家作品和文體文類。對這些典籍文獻的收集、整理，在近百年來，一直是學術界著力的重點，取得了很大的成績。

爲了進一步推動這一工作的進展，我們組織了《中國文學研究典籍叢刊》，選擇歷代具有代表性的、比較重要的典籍，採用所能得到的善本，進行深入的整理。因各類典籍情況差異較大，整理的方式也因書而異，不求一律，或校勘，或標點，或注釋，或輯佚，詳見各書的前言與凡例。《叢刊》的目的，是系統地爲學術界提供一套承載著中國古代學者文學研究成果的，內容更爲準確、使用更爲方便的基礎資料。我們熱切地期待學術界的同仁們參與這一澤惠學林的工作，並誠摯地歡迎讀者對我們的工作提出批評指正。

中華書局編輯部　二〇〇六年六月

出版説明

歷代詩話續編，近人丁福保輯，凡收詩話二十九種，一九一六年上海醫學書局印行。這是繼清人何文焕所輯歷代詩話而編成的一部詩話叢書。

此書收録的詩話，在當時以至後來都有一定影響，如記載詩壇掌故的本事詩，論述詩藝詩法的風騷旨格，糾正蘇黄偏重用事押韵之流弊的歲寒堂詩話，專講詩學理論的藝苑卮言，評論詩人得失的詩鏡總論，追溯源流體制的江西詩派小序等等，對研究我國文學批評理論和文學史都有其參考價值。

丁福保編輯此書時，搜輯了幾種罕見的本子，像天一閣藏的觀林詩話，明抄本的艇齋詩話，永樂大典本的藏海詩話，抄本逸老堂詩話，使這些罕見的本子乃至孤本得以流傳。他又改編了升菴詩話，改編本較函海本升菴詩話、楊慎詩話補遺爲好，但也還有疏漏，這次又輯録遺漏的十八則附録於後。這次標點，參校了學海類編、知不足齋叢書、武英殿聚珍叢書、海山仙館叢書、函海等叢書中的别本。限於點校者的水平，一定還有缺點錯誤，希望讀者指正。爲了方便使用，又編了一個歷代詩話續編人名索引，附在書後。

華文實
一九八一年三月

歷代詩話續編序

詩話之興，源於作者漸夥，弟靡無制，遂昧流別。若防訛濫，必判雅鄭，攝之檢括，統爲一書，則鍾仲偉詩品是已。顧仲偉所舉，意重比興，故於卽目所見，羌無故實，津津言之。顏延喜用故事，則云「彌見拘束」。又譏任昉「動輒用事，所以詩不得奇」。事變遞更，詩人旨趣因之歧貿。意內言外，取鏡世資，或有借古諭今，似反實正，條流既廣，論者益異。自宋以還，此體大備。譬之變風變雅，稍乖本始，其於知人論世則一也。四庫總論所標五例，雖不能外，優者爲之，輒自殊出。其他直如屠沽市儈計簿中語，猶有一節可取者，以其略著本事，可以考見當時風會得失，亦有不可廢者。總龜漁隱玉屑等書，卷帙甚富，而漁隱獨展轉摹刻，玉屑次之，總龜則自明月窗道人刻後，不聞別本。巨帙夥頤，且逐時尚，況畸零幺麿，淪於叢雜，至有終身側欲一見，竟不可得。信乎都爲一集，必賴好事，勇邁終古，始克有成。不然視爲稗販，將以折閱怯然沮矣。先朝高宗時嘉善何氏，有歷代詩話之刻，詩二十八家，前世所稱者略備焉。吾友無錫丁君仲祜，既取何書石印，復輯爲歷代詩話續編一書，意在繼何而起。若王元美之藝苑巵言，雖云少作，實仿仲偉，自錢、朱兩選，奉爲識志，何氏乃云「羅列前人，殊無足取」，此特其識有所未至。

仲祜所輯，仍入此書，可以見其趨嚮之正，不隨流俗苟爲異同。仲祜既以何爲鄉導，又舉孤軍搜巖剔藪，卷帙視何相若，其假鈔移寫，費實倍之。何氏自云：「詩話據經籍志所載，存者無幾，就可考者付梓，弗嫌挂漏。」實則何氏挂漏殊多，舊志存者，朗若編貝，顯示瑕璺，俾仲祜窒隙，補所未備。仲祜雖嗛然不以自足，卽此已可與何氏爲雙鸞二離，頡頏上下，後之達者再有蒐輯，殆不可以鼎足爲諭。仲祜可謂善爲其繼矣。仲祜爲南菁書院高材生，體弱善病，從事上古醫書，參以東西經驗藥物，因持西醫名世。而編定書籍，不中程不止，每日殆無少時爲行散岸幘之樂，然仲祜顏色加潤，不爲之損，意者其以編書爲服餌，具有道徵，未可知也。仲祜喜購書，且購且讀，丹黄爛然，悉舉其要，吾特以明王宇泰繆仲醇及先朝之陸其清顧尚之比之。仲祜醫近於道，其可傳者不出於彼，必在於此。合二詩話觀之，仲祜之正風軌，懲違失，六義之盛，其殆鍼盲起廢，而泄其禁方，爲途人正告之，救時之劑，所在取給。如相率爲二豎子之謀逃，吾知仲祜誼不受咎，而余之過張是書，抑亦可慨然太息已。民國乙卯十月，興化李詳。

歷代詩話續編目録鈔録各書提要附於後，以便讀者。

此書從天一閣藏本影鈔而得，尤爲寶貴。

誠齋詩話一卷　宋　楊萬里……………………………………一三五

題曰詩話，而論文之語乃多於詩，又頗及諧謔雜事，蓋宋人詩話往往如是也。然其論文論詩之語，中理者實多，惟好以腐語俚語標爲佳句，是其一失。蓋萬里詩自有此病，故論詩亦爾也。

庚溪詩話二卷　宋　陳巖肖……………………………………一六一

冠以宋代御製及前代帝王之作，次評論唐宋詩人，於元祐諸家尤多所徵引。然其論豫章詩派之流弊爲確鑿，是亦未專主元祐也。

杜工部草堂詩話二卷　宋　蔡夢弼……………………………一九三

裒集宋人評論杜詩之語，共爲一編，頗足以資參考，遠在方醇道老杜詩評之上。

優古堂詩話一卷　宋　吴幵……………………………………二三五

幵，誤國庸臣，人不足道，其論詩乃頗可取。書中涉考證者不及十分之一，大旨在明詩家用字鍊句相承變化之由。雖無心暗合，不必皆有意相師，然換骨奪胎，作者原有是法，亦未始不資觸發也。

艇齋詩話一卷　宋　曾季貍……………………………………二六一

季貍字裘父，自號艇齋。曾鞏之弟曰宰，宰之孫曰晦之，季貍其子也。多從吕居仁徐師川遊，盡得其詩學。朱晦翁張南軒皆敬重之。是書直齋書録解題文淵閣書目讀書敏求記俱著録，近則罕有傳本。此本從明鈔本録出，爲詩話中之祕籍也。

其論詩源出江西，而兼涉江湖宗派，故所取或涉於庸腐。然名章儁句，軼事遺文，亦絡繹其間，未可以其蕪雜併棄其菁華也。

若虛字從之，其詩學蓋得自其舅周德卿。德卿詩學杜者也，故若虛之論詩亦尊杜。

持論精當，無所偏頗，深得詩話之體。

明胡元瑞跋此書及敬鄉録曰：「遍舉郡邑，凡有聞者緝其製作履歷，粲若指掌，下逮畸流逸客，片語隻詞，亦博採旁證，竟其隱伏，耳目所不及，點綴無遺，其爲力勤而用心苦矣」。今讀此書，覺胡氏之跋非虚譽也。

佳本甚少，今蒐集諸本改編而成。升菴著此書在謫戍永昌之時，邊地少書，惟憑記憶，故不免小有舛訛。然學有根抵，兼富詞章，其所論究在明人之上。

弇州山人爲明「五子」「七子」之一。其論詩獨抒己見，能道人所不敢道，推崇漢魏，唐以下蔑如也。其魄力直可謂前無古人，後無來者。

起綸字玄言，號九華，無錫人。著昆明集，楊慎皇甫汸爲之序。又輯明詩曰國雅。王漁洋詩云「詩好官卑顧九華」是也。是書評隲有明一代詩，上自士夫，下逮倡優，無不恰到好處。

原名詩家直説。榛字茂秦。王漁洋曰：「茂秦今體工力深厚，句響而字穩。」又曰：「茂秦詩有兩種：其聲律圓穩，持擇矜慎者，弘正之遺響也；其應酬牽率，排比支綴者，嘉隆之前茅也。」胡石齋曰：「茂秦論詩，真天人具眼，王弇州所不及。」今讀此書，信然。惟其好改唐詩，頗爲人所譏彈。

佑字存齋，著述甚富。此書蓋述其師友之所言論，宦游之所習聞，而有關於詩道者。胡道序稱其大略似野史，有抑揚可法之旨，非汗漫無稽之詞，取而觀之，可資多識。

弁字子客，崑山人。此書向惟有鈔本，且但知其姓，至今日始發見其名字。盧抱經跋曰：「其書雖無大過人處，而敍述亦斑駁可喜。其論麓堂詩話載同官獻諛之詞，未免起後人之議。」尤確論也。

封邱黄氏稱其學問該博而用意精勤，鈎深致遠而雅有樞要，足以備一家之體。衡山文氏謂其玄辭冷語居然合作。

其論詩主於法度音調，而極論剽竊摹擬之非。至李東陽出，乃一變其體，然贋古之派，適中其所詆訶，故後人多抑彼伸此。惟好譽其子兆先，有王福畤之癖，爲其所短耳。

其論漢魏迄唐各家詩，確有見地，非拾人牙慧者所可比擬。

本事詩

本事詩序目

詩者，情動於中而形於言。故怨思悲愁，常多感慨。抒懷佳作，諷刺雅言，雖著於羣書㊀，盈厨溢閣，其間觸事興詠，尤所鍾情，不有發揮，孰明厥義？因采爲本事詩，凡七題，猶四始也。情感、事感、高逸、怨憤、徵異、徵咎、嘲戲，各以其類聚之。亦有獨掇其要，不全篇者，咸爲小序以引之，貽諸好事。其有出諸異傳怪録，疑非是實者，則略之。拙俗鄙俚，亦所不取。聞見非博，事多闕漏，訪於通識，期復續之。時光啟二年十一月，大駕在褒中，前尚書司勳郎中賜紫金魚袋孟棨序。

㊀「雖」原脱，據津逮秘書本補。

本事詩

唐　孟棨撰

情感第一

陳太子舍人徐德言之妻，後主叔寶之妹，封樂昌公主，才色冠絕。時陳政方亂，德言知不相保，謂其妻曰：「以君之才容，國亡必入權豪之家，斯永絕矣。儻情緣未斷，猶冀相見，宜有以信之。」乃破一鏡，人執其半，約曰：「他日必以正月望日賣於都市，我當在，卽以是日訪之。」及陳亡，其妻果入越公楊素之家，寵嬖殊厚。德言流離辛苦，僅能至京，遂以正月望日訪於都市。有蒼頭賣半鏡者，大高其價，人皆笑之。德言直引至其居，設食，具言其故，出半鏡以合之，仍題詩曰：「鏡與人俱去，鏡歸人不歸。無復嫦娥影，空留明月輝。」陳氏得詩，涕泣不食。素知之，愴然改容，卽召德言，還其妻，仍厚遺之。聞者無不感歎。仍與德言陳氏偕飲，令陳氏爲詩，曰：「今日何遷次，新官對舊官。笑啼俱不敢，方驗作人難。」遂與德言歸江南，竟以終老。

唐武后時，左司郎中喬知之有婢名窈娘，藝色爲當時第一。知之寵愛，爲之不婚。武延嗣聞之，求一見，勢不可抑。既見卽留，無復還理。知之憤痛成疾，因爲詩，寫以縑素，厚賂閽守以達。窈娘得詩悲惋，結於裙帶，赴井而死。延嗣見詩，遣酷吏誣陷知之，破其家。詩曰：「石家金谷重新聲，明珠十斛買娉婷。昔日可憐君自許，此時歌舞得人情。君家閨閣不曾難，好將歌舞借人看。富貴雄豪非分理，驕奢勢力橫相干。別君去君終不忍，徒勞掩袂傷紅粉。百年離別在高樓，一旦紅顏爲君盡。」時載初元年三月也。四月下獄，八月死。

甯王曼貴盛，寵妓數十人，皆絶藝上色。宅左有賣餅者妻，纖白明媚。王一見注目，厚遺其夫取之，寵惜逾等。環歲，因問之：「汝復憶餅師否？」默然不對。王召餅師，使見之，其妻注視，雙淚垂頰，若不勝情。時王座客十餘人，皆當時文士，無不悽異。王命賦詩，王右丞維詩先成：「莫以今時寵，寧忘昔日恩。看花滿眼淚，不共楚王言。」

開元中，頒賜邊軍纊衣，製於宫中。有兵士於短袍中得詩曰：「沙場征戍客，寒苦若爲眠。戰袍經手作，知落阿誰邊？畜意多添線，含情更著綿。今生已過也，重結後身緣。」兵士以詩白於帥，帥進之。玄宗命以詩遍示六宫曰：「有作者勿隱，吾不罪汝。」有一宫人自言萬死。玄宗深憫之，遂以嫁得詩人，仍謂之曰：「我與汝結今身緣。」邊人皆感泣。

朱滔括兵，不擇士族，悉令赴軍，自閲於毬場。有士子容止可觀，進趨淹雅。滔自問之曰㊀：「所業者何？」曰：「學爲詩。」問：「有妻否？」曰：「有。」卽令作寄内詩。援筆立成，詞曰：「握筆題詩易，荷戈征戍難。慣從鴛被暖，怯向雁門寒。瘦盡寬衣帶，啼多漬枕檀。試留青黛着，回日畫眉看。」又令代妻作詩答，曰：「蓬鬢荆釵世所稀，布裙猶是嫁時衣。胡麻好種無人種，合是歸時底不歸？」滔遺以束帛，放歸。

㊀「自」，津逮本作「召」。

顧況在洛，乘間與三詩友遊於苑中㊀，坐流水上，得大梧葉題詩上曰：「一入深宫裏，年年不見春。聊題一片葉，寄與有情人。」況明日於上游，亦題葉上，放於波中。詩曰：「花落深宫鶯亦悲，上陽宫女斷腸時。帝城不禁東流水，葉上題詩欲寄誰？」後十餘日，有人於苑中尋春，又於葉上得詩以示況。詩曰：「一葉題詩出禁城，誰人酬和獨含情？自嗟不及波中葉，蕩漾乘春取次行。」

㊀「間」原作「門」，據太平廣記卷一九八引改。

韓晉公鎮浙西，戎昱爲部内刺史。失州名。郡有酒妓，善歌，色亦媚妙。昱情屬甚厚。浙西樂將聞其能，白晉公召置籍中。昱不敢留，餞於湖上，爲歌詞以贈之，且曰：「至彼令歌，必首唱是詞。」既至，韓爲開筵，自持盃命歌送之，遂唱戎詞。曲既終，韓問曰：「戎使君於汝寄情邪？」悚然起立曰：「然。」言隨淚下。韓令更衣待命，席上爲之憂危。韓召樂將責曰：「戎使君名士，留情郡妓，何故不知而召置之，成余之過！」乃笞之。命與妓百縑，即時歸之。其詞曰：「好去春風湖上亭，柳條藤蔓繫離情。黄鶯久住渾相識，欲別頻啼四五聲。」

韓翃少負才名，天寶末，舉進士。孤貞靜默，所與遊皆當時名士。然而蓽門圭竇，室唯四壁。鄰有李將失名妓柳氏。李每至，必邀韓同飲。韓以李豁落大丈夫，故常不逆。既久愈狎，柳每以暇日隙壁窺韓所居，卽蕭然葭艾，聞客至，必名人，因乘間語李曰：「韓秀才窮甚矣，然所與遊必聞名人，是必不久貧賤，宜假借之。」李深頷之。間一日，具饌邀韓。酒酣，謂韓曰：「秀才當今名士，柳氏當今名色，以名色配名士，不亦可乎？」遂命柳從坐接韓。韓殊不意，愬辭不敢當。李曰：「大丈夫相遇杯酒間，一言道合，尚相許以死，況一婦人，何足辭也。」卒授之，不可拒。又謂韓曰：「夫子居貧，無以自振，柳資數百萬，可以取濟。柳，淑人也，宜事夫子，能盡其操。」卽長揖而去。韓追讓之，顧況然自疑曰：「此豪達者，昨暮備言之矣，勿復致訝。」俄就柳居。來歲成名。後數年，淄青節度侯希逸奏爲從事。以世方擾，不敢以柳自隨，置之都下，期至而迓之。連三歲，不果迓，因以良金買練囊中寄之，題詩曰：「章臺柳，章臺柳，往日青青今在否㊀？縱使長條似舊垂，亦應攀折他人手。」柳復書，答詩曰：「楊柳枝，芳菲節，可恨年年贈離別。一葉隨風忽報秋，縱使君來豈堪折？」柳以色顯獨居，恐不自免，乃欲落髮爲尼，居佛寺。後翃隨侯希逸入朝，尋訪不得。已爲立功番將沙吒利所劫，寵之專房。翃悵然不能割。會入中書，至子城東南角，逢犢車，緩隨之。車中問曰：「得非青州韓員外邪？」曰：「是。」遂披簾曰：「某柳氏也。失身沙吒利，無從自脫。明日尚此路還，願更一來取別。」韓深感之。明日，如期而往。犢車尋至，車中投一紅巾包小合子，實以香膏，嗚咽言曰：「終身永訣。」車如電逝。韓不勝情，爲之雪涕。是日，臨淄大校置酒於都市酒樓，邀韓。韓赴之，悵然不樂。座人曰：「韓員外風流談笑，未嘗不適，今日何慘然邪？」韓具話之。有虞候將許俊，年少被酒，起曰：「寮嘗以義烈自許，願得員外手筆數字，當立置之。」座人皆激贊，韓不得已與之。俊乃急裝，乘一馬牽一馬而馳，逕趨沙吒利之第。會吒利已出，卽以入曰：「將軍墜馬，且不救，遣取柳夫人。」柳驚出，卽以韓札示之。挾上馬，絶馳而去。座未罷，卽以柳氏授韓曰：「幸不辱命。」一座驚歎。時吒利初立功，代宗方優借，大懼禍作，闔座同見希逸白其故。希逸扼腕奮髯曰：「此我往日所爲也，而俊復能之！」立修表上聞，深罪沙吒利。代宗稱歎良久，御批曰：「沙吒利宜賜絹二千匹，柳氏却歸韓翃。」後罷府閑居，將十年，李相勉鎮夷門，又署爲幕吏。時韓已遲暮，同職皆新進後生。不能知韓，舉目爲惡詩。韓邑邑殊不得意，多辭疾在家。唯末職韋巡官者，亦知名士，與韓獨善。一日，夜將半，韋叩門急。韓出見之，賀曰：「員外除駕部郎中，知制誥。」韓大愕然曰：「必無此事，定誤矣。」韋就座，曰：「留邸狀報制誥闕人，中書兩進名，御筆不點出，又請之，且求聖旨所與，德宗批曰：『與韓翃。』時有與翃同姓名者爲江淮刺史，又具二人同進，御筆復批曰：『春城無處不飛花，寒食東風御柳斜。日暮漢宮傳蠟燭，輕煙散入五侯家。』又批曰：『與此韓翃。』」韋又賀曰：「此非員外詩耶？」韓曰：「是也。」「是知不誤矣」。質明而李與僚屬皆至，時建中初也。自韓復爲汴職以下，開成中，余罷梧州，有大梁夙將趙唯爲嶺外刺史，年將九十矣，耳目不衰，過梧州，言大梁往事，述之可聽，云此皆目擊之，故因錄於此也。

㊀「青青」，津逮本作「依依」。

李相紳鎮淮南，張郎中又新罷江南郡，素與李搆隙，事在別錄。時於荆溪遇風，漂没二子，悲躄之中，復懼李之讎己，投長牋自首謝。李深憫之，復書曰：「端溪不讓之詞，愚罔懷怨；荆浦沈淪之禍，鄙實愍然。」既厚遇之，殊不屑意。張感銘致謝，釋然如舊交。與張宴飲，必極歡盡醉。張嘗爲廣陵從事，有酒妓，嘗好致情，而終不果納。至是二十年猶在席，目張悒然，如將涕下。李起更衣，張以指染酒，題詞盤上，妓深曉之。李既至，張持杯不樂。李覺之，即命妓歌以送酒。遂唱是詞曰：「雲雨分飛二十年，當時求夢不曾眠。今來頭白重相見，還上襄王玳瑁筵。」張醉歸，李令妓夕就張郎中。張與楊虔州齊名友善，楊妻李氏，即鄘相之女，有德無容，楊未嘗意，敬待特甚。張嘗謂楊曰：「我少年成美名，不憂仕矣。唯得美室，平生之望斯足。」楊曰：「必求是，但與我同好，必諧君心。」張深信之。既婚，殊不愜心，楊以笏觸之曰：「君何大癡！」言之數四，張不勝其忿，迴應之曰：「與君無間，以情告君，君誤我如是，何謂癡？」楊歷數求名從宦之由曰：「豈不與君皆同邪？」曰：「然。」「然則我得醜婦，君詎不聞我邪？」張色解，問：「君室何如㊀？」曰：「特甚。」張大笑，遂如初。張既成家，乃詩曰：「牡丹一朵直千金，將謂從來色最深。今日滿闌開似雪，一生辜負看花心。」

㊀津逮本「如」下有「我」字。

劉尚書禹錫罷和州，爲主客郎中、集賢學士。李司空罷鎮在京，慕劉名，嘗邀至第中，厚設飲饌。酒酣，命妙妓歌以送之。劉於席上賦詩曰：「鬖髻梳頭宫樣粧，春風一曲杜韋娘。司空見慣渾閑事，斷盡江南刺史腸。」李因以妓贈之。

太和初，有爲御史分務洛京者，子孫官顯，隱其姓名。有妓善歌，時稱尤物。時太尉李逢吉留守，聞之，請一見，特説延之。不敢辭，盛妝而往。李見之，命與衆姬相面。李妓且四十餘人，皆處其下。既入，不復出。頃之，李以疾辭，遂罷坐，信宿絶不復知。怨歎不能已，爲詩兩篇投獻。明日見李，但含笑曰：「大好詩。」遂絶。詩曰：「三山不見海沉沉，豈有仙踪尚可尋。青鳥去時雲路斷，嫦娥歸處月宫深。紗窗遥想春相憶㊀，書幌誰憐夜獨吟。料得此時天上月，祇應偏照兩人心。」

㊀「遥」，津逮本作「暗」。

博陵崔護，姿質甚美，而孤潔寡合。舉進士下第。清明日，獨遊都城南，得居人莊。一畝之宫，而花木叢萃，寂若無人。扣門久之，有女子自門隙窺之，問曰：「誰耶？」以姓字對，曰：「尋春獨行，酒渴求飲。」女入，以杯水至，開門設牀命坐，獨倚小桃斜柯佇立，而意屬殊厚，妖姿媚態，綽有餘妍。崔以言挑之，不對，目注者久之。崔辭去，送至門，如不勝情而入。崔亦睠盼而歸，嗣後絶不復至。及來歲清明日，忽思之，情不可抑，逕往尋之。門牆如故，而已鎖扃之。因題詩於左扉曰：「去年今日此門中，人面桃花相映紅。人面秪今何處去，桃花依舊笑春風。」後數日，偶至都城南，復往尋之，聞其中有哭聲，扣門問之，有老父出曰：「君非崔護邪？」曰：「是也。」又哭曰：「君殺吾女。」護驚起，莫知所答。老父曰：「吾女笄年知書，未適人，自去年以來，常恍惚若有所失。比日與之出㈠，及歸，見左扉有字，讀之，入門而病，遂絶食數日而死。吾老矣，此女所以不嫁者，將求君子以託吾身，今不幸而殞，得非君殺之耶？」又特大哭。崔亦感慟，請入哭之。尚儼然在牀。崔舉其首，枕其股，哭而祝曰：「某在斯，某在斯。」須臾開目，半日復活矣。父大喜，遂以女歸之。

㈠「比」，津逮本作「此」。

事感第二

天寶末，玄宗嘗乘月登勤政樓，命梨園弟子歌數闋。有唱李嶠詩者云：「富貴榮華能幾時，山川滿目淚沾衣。不見秪今汾水上，惟有年年秋雁飛。」時上春秋已高，問是誰詩，或對曰李嶠，因淒然泣下，不終曲而起，曰：「李嶠真才子也。」又明年，幸蜀，登白衛嶺，覽眺久之，又歌是詞，復言「李嶠真才子」，不勝感歎。時高力士在側，亦揮涕久之。

劉尚書自屯田員外左遷郎州司馬，凡十年始徵還。方春，作贈看花諸君子詩曰：「紫陌紅塵拂面來，無人不道看花回。玄都觀裏桃千樹，盡是劉郎去後栽。」其詩一出，傳於都下。有素嫉其名者，白於執政，又誣其有怨憤。他日見時宰，與坐，慰問甚厚。既辭，卽曰：「近者新詩，未免爲累，奈何？」不數日，出爲連州刺史。其自敍云：「貞元二十一年春，余爲屯田員外，時此觀未有花。是歲出牧連州，至荆南，又貶朗州司馬。居十年，詔至京師，人人皆言有道士手植仙桃滿觀，盛如紅霞，遂有前篇，以記一時之事。旋又出牧，於今十四年，始爲主客郎中。重遊玄都，蕩然無復一樹，唯兔葵燕麥動揺於春風耳。因再題二十八字，以俟後再遊。時太和二年三月也。」詩曰：「百畝庭中半是苔，桃花淨盡菜花開。種桃道士歸何處？前度劉郎今獨來。」

元相公稹爲御史，奉使東川，於褒城題黄明府詩，其序云：「昔年曾於解縣飲酒，余嘗爲觥録事。嘗於竇少府廳，有一人後至，頻犯語令，連飛十數觥，不勝其困，逃席而去。醒後問人，前虞鄉黄丞也。此後絶不復知。元和四年三月，奉使東川，十六日，至褒城望驛，有大池，樓榭甚盛。逡巡有黄明府見迎，瞻其形容，髣髴似識，問其前銜，卽往日之逃席黄丞也。説向前事，黄生惘然而悟，因饋酒一樽，艤舟請余同載。余不免其意，與之盡歡。偏問座隅山水，則褒女所奔走城在其左，諸葛所征之路次其右。感今懷古，作贈黄明府詩曰：「昔年曾痛飲，黄令困飛觥。席上當時走，馬前今日迎。依稀迷姓字，卽漸識平生。故友身皆遠，他鄉眼暫明。便邀同榻坐，兼共刺一作剔船行。酒思臨風亂，霜稜拂地平。不看深淺酌，還愴古今情。邐迤七盤路，陂陁數大城。花疑褒女笑，棧想武侯征。一種埋幽石，老閑千載名。』」

白尚書姬人樊素，善歌；妓人小蠻，善舞。嘗爲詩曰：「櫻桃樊素口，楊柳小蠻腰。」年既高邁，而小蠻方豐豔，因爲楊柳之詞以託意，曰：「一樹春風萬萬枝，嫩於金色軟於絲。永豐坊裏東南角，盡日無人屬阿誰？」及宣宗朝，國樂唱是詞，上問誰詞，永豐在何處，左右具以對之。遂因東使，命取永豐柳兩枝，植於禁中。白感上知其名，且好尚風雅，又爲詩一章，其末句云：「定知此後天文裏，柳宿光中添兩枝。」

李章武學識好古，有名於時。太和末，敕僧尼試經若干紙，不通者勒還俗。章武時爲成都少尹，有山僧來謁云：「禪觀有年，未嘗念經。今被追試，前業棄矣。願長者宥之。」章武贈詩曰：「南宗尚許通方便，何處心中更有經。好去苾蒭雪水畔，何山松柏不青青。」主者免之而去。

詩人許渾，嘗夢登山，有宮室凌雲，人云：「此崑崙也。」既入，見數人方飲酒，招之，至暮而罷。詩云：「曉入瑤臺露氣清，坐中唯有許飛瓊。塵心未斷俗緣在，十里下山空月明。」他日復至其夢，飛瓊曰：「子何故顯余姓名於人間？」座上卽改爲「天風吹下步虛聲」，曰：「善。」

高逸第三

李太白初自蜀至京師，舍於逆旅。賀監知章聞其名，首訪之。既奇其姿，復請所爲文。出蜀道難以示之。讀未竟，稱歎者數四，號爲「謫仙」，解金龜換酒，與傾盡醉。期不間日。由是稱譽光赫。賀又見其烏棲曲，歎賞苦吟曰：「此詩可以泣鬼神矣。」故杜子美贈詩及焉。曲曰：「姑蘇臺上烏棲時，吴王宫裏醉西施。吴歌楚舞歡未畢，西山欲銜半邊日㈠。金壺丁丁漏水多，起看秋月墮江波，東方漸高奈樂何！」或言是烏夜啼二篇，未知孰是，故兩録之。烏夜啼曰：「黄雲城邊烏欲棲，歸飛啞啞枝上啼。機中織錦秦川女，碧紗如煙隔窗語。停梭向人問故夫，欲説遼西淚如雨。」白才逸氣高，與陳拾遺齊名，先後合德。其論詩云：「梁陳以來，艷薄斯極。沈休文又尚以聲律，將復古道，非我而誰與？」故陳李二集律詩殊少。嘗言「興寄深微，五言不如四言，七言又其靡也，況使束於聲調俳優哉。」故戲杜曰：「飯顆山頭逢杜甫，頭戴笠子日卓午。借問何來太瘦生，總爲從前作詩苦。」蓋譏其拘束也。玄宗聞之，召入翰林。以其才藻絶人，器識兼茂，欲以上位處之，故未命以官。嘗因宫人行樂，謂高力士曰：「對此良辰美景，豈可獨以聲伎爲娱，倘時得逸才詞人吟詠之，可以誇耀於後。」遂命召白。時寧王邀白飲酒，已醉。既至，拜舞頹然。上知其薄聲律，謂非所長，命爲宫中行樂五言律詩十首，白頓首曰：「寧王賜臣酒，今已醉。倘陛下賜臣無畏，始可盡臣薄技。」上曰：「可。」即遣二內臣掖扶之，命研墨濡筆以授之，又令二人張朱絲欄於其前。白取筆抒思，略不停綴，十篇立就，更無加點。筆迹遒利，鳳時龍拏。律度對屬，無不精絕。其首篇曰：「柳色黃金嫩，梨花白雪香。玉樓巢翡翠，金殿宿鴛鴦。選妓隨雕輦，徵歌出洞房。宮中誰第一？飛燕在昭陽。」文不盡録。常出入宮中，恩禮殊厚。竟以疏從乞歸。上亦以非廊廟器，優詔罷遣之。後以不羈流落江外，又以永王招禮，累謫於夜郎。及放還，卒於宣城。杜所贈二十韻，備敍其事。讀其文，盡得其故跡。杜逢祿山之難，流離隴蜀，畢陳於詩，推見至隱，殆無遺事，故當時號爲「詩史」。

㊀「欲」，津逮本作「猶」。

杜舍人牧，弱冠成名。當年制策登科，名振京邑。嘗與一二同年城南遊覽，至文公寺，有禪僧擁褐獨坐，與之語，其玄言妙旨咸出意表。問杜姓字，具以對之。又云：「修何業？」傍人以累捷誇之，顧而笑曰：「皆不知也。」杜歎訝，因題詩曰：「家在城南杜曲傍，兩枝仙桂一時芳。禪師都未知名姓，始覺空門意味長。」

杜爲御史，分務洛陽時，李司徒罷鎮閑居，聲伎豪華，爲當時第一。洛中名士，咸謁見之。李乃大開筵席，當時朝客高流，無不臻赴。以杜持憲，不敢邀置。杜遣座客達意，願與斯會。李不得已，馳書。方對花獨酌，亦已酣暢，聞命遽來。時會中已飲酒，女奴百餘人，皆絕藝殊色。

杜獨坐南行，瞪目注視，引滿三卮，問李云：「聞有紫雲者，孰是？」李指示之。杜凝睇良久，曰：「名不虚得，宜以見惠。」李俯而笑，諸妓亦皆迴首破顔。杜又自飲三爵，朗吟而起曰：「華堂今日綺筵開，誰唤分司御史來？忽發狂言驚滿座，兩行紅粉一時迴。」意氣閑逸，傍若無人。杜登科後，狎遊飲酒，爲詩曰：「落拓江湖載酒行，楚腰纖細掌中情。三年一覺揚州夢，贏得青樓薄倖名。」後又題詩曰：「觥船一棹百分空，十載青春不負公。今日鬢絲禪榻畔，茶烟輕颺落花風。」

怨憤第四

宋考功，天后朝求爲北門學士，不許，作明河篇以見其意，末云：「明河可望不可親，願得乘槎一問津。更將織女支機石，還訪成都賣卜人。」則天見其詩，謂崔融曰：「吾非不知之問有才調，但以其有口過。」蓋以之問患齒疾，口常臭故也。之問終身慚憤。

吴武陵雖有才華，而强悍激訐，爲人所畏。嘗爲容州部内史，贓罪狼籍，敕令廣州幕吏鞫之。吏少年科第，殊不假貸，持之甚急。武陵不勝其憤，題詩路左佛堂曰：「雀兒來逐颶風高，下視鷹鸇意氣豪。自謂能生千里翼，黄昏依舊入蓬蒿。」

開元末，宰相李適之疏直坦夷，時譽甚美。李林甫惡之，排誣罷免。朝客來，雖知無罪，謁問甚稀。適之意憤，日飲醇酣，且爲詩曰：「避賢初罷相，樂聖且銜杯。爲問門前客，今朝幾個來？」李林甫愈怒，終遂不免。

張曲江與李林甫同列，玄宗以文學精識深器之。林甫嫉之若讎，曲江度其巧譎，慮終不免，爲海燕詩以致意曰：「海燕何微眇，乘春亦暫來。豈知泥滓賤，祇見玉堂開。綉户時雙入，華軒日幾迴。無心與物競，鷹隼莫相猜。」亦終退斥。

賈島於興化鑿池種竹，起臺榭。時方下第，或謂執政惡之，故不在選。怨憤尤極，遂於庭内題詩曰：「破却千家作一池，不栽桃李種薔薇。薔薇花落秋風後，荆棘滿庭君始知。」由是人皆惡其侮慢不遜，故卒不得第，抱憾而終。

徵異第五

開元中，有幽州衙將姓張者，妻孔氏，生五子，不幸去世。復娶妻李氏，悍怒狠戾，虐遇五子，日鞭箠之。五子不堪其苦，哭於其葬。母忽於塚中出，撫其子，悲慟久之，因以白布巾題詩贈張曰：「不忿成故人，掩涕每盈巾。死生今有隔，相見永無因。匣裏殘粧粉，留將與後人。黄泉無用處，恨作塚中塵。有意懷男女，無情亦任君。欲知腸斷處，明月照孤墳。」五子得詩，以呈其父。其父慟哭，訴於連帥。帥上聞，敕李氏杖一百，流嶺南，張停所職。

宋考功以事累貶黜，後放還，至江南。遊靈隱寺，夜月極明，長廊吟行，且爲詩曰：「鷲嶺鬱岧嶤，龍宫隱寂寥。」第二聯搜奇思，終不如意。有老僧點長明燈，坐大禪牀，問曰：「少年夜久不寐，而吟諷甚苦，何邪？」之問答曰：「弟子業詩，適偶欲題此寺，而興思不屬。」僧曰：「試吟上聯。」即吟與聽之，再三吟諷，因曰：「何不云『樓觀滄海日，門聽浙江潮』？」之問愕然，訝其遒麗。又續終篇曰：「桂子月中落，天香雲外飄。捫蘿登塔遠，刳木取泉遥。霜薄花更發，冰輕葉未凋。待入天台路，看余度石橋。」僧所贈句，乃爲一篇之警策。遲明更訪之，則不復見矣。寺僧有知者，曰：「此駱賓王也。」之問詰之，曰：「當敬業之敗，與賓王俱逃，捕之不獲。將帥慮失大魁，得不測罪，時死者數萬人，因求戮類二人者，函首以獻。後雖知不死，不敢捕送，故敬業得爲衡山僧，年九十餘乃卒。賓王亦落髮，徧遊名山，至靈隱，以周歲卒。當時雖敗，且以匡復爲名，故人多護脱之。」出趙魯遊南嶽記。

韓吏部作軒轅彌明傳，言嘗與文友數人會宿，有老道士形貌瓌異，自通姓名求宿，言論甚奇。既及飲酒，衆度其必不留情於詩，因聯句詠罏中石罌，將已困之。其首唱曰：「妙匠琢山骨，刳中事調烹。」至彌明，自云：「不善俗書，書則人多不識。」遣人執筆，吟曰：「龍頭縮菌蠢，豕腹漲膨脝。」座客無不歎異。會人思竭，不能復續，彌明連足成之。有微吟者，其聲淒苦，彌明詠中譏侮之曰：「仍於蚯蚓竅，更作蒼蠅聲。」狀罌之聲，既已酷似，譏微吟者，亦復著題，皆大驚伏。須臾，倚壁而睡，鼻中大鼾，其聲如雷。座人異且畏之，咸避就寢。既明，失之，莫知所在。

元相公稹爲御史，鞫獄梓潼。時白尚書在京，與名輩遊慈恩，小酌花下，爲詩寄元曰：「花時同醉破春愁，醉折花枝當酒籌。忽憶故人天際去，計程今日到梁州。」時元果及褒城，亦寄夢遊詩曰：「夢君兄弟曲江頭，也向慈恩院裏遊。驛吏喚人排馬去，忽驚身在古梁州。」千里神交，合若符契，友朋之道，不期至歟。

馬相植罷安南都護，與時宰不通，又除黔南，殊不得意。維舟峽中古寺，寺前長堤，堤畔林木，夜月甚明，見人白衣緩步堤上，吟曰：「截竹爲筒作笛吹，鳳凰池上鳳凰飛。勞君更向黔南去，卽是陶鈞萬類時。」歷歷可聽，吟者數四。遣人邀問，卽已失之。後自黔南入爲大理卿，遷刑部侍郎，判鹽鐵，遂作相。

徵咎第六

詩人劉希夷嘗爲詩曰：「今年花落顏色改，明年花開復誰在？」忽然悟曰：「其不祥歟。」復遣思逾時，又曰：「年年歲歲花相似，歲歲年年人不同。」又惡之。或解之曰：「何其必然。」遂兩留之，果以來春之初下世。

崔曙進士作明堂火珠詩試帖曰：「夜來雙月滿，曙後一星孤。」當時以爲警句。及來年曙卒，唯一女名星星，人始悟其自識也。

范陽盧獻卿，大中中，舉進士，詞藻爲同流所推。作愍征賦數千言，時人以爲庾子山哀江南之亞。今諫議大夫司空圖爲注之。連不中第，薄遊衡湘，至郴而病，夢人贈詩曰：「卜築郊原古，青山唯四鄰。扶疏遶臺榭，寂寞獨歸人。」後旬日而歿，郴守爲葬之近郊，果以夏初窆，皆符所夢。

嘲戲第七

宋武帝嘗吟謝莊月賦，稱歎良久，謂顏延之曰：「希逸此作，可謂前不見古人，後不見來者。昔陳王何足尚邪！」延之對曰：「誠如聖旨。然其曰『美人邁兮音信闊，隔千里兮共明月』，知之不亦晚乎？」帝深以爲然。及見希逸，希逸對曰：「延之詩云：『生爲長相思，歿爲長不歸。』豈不更加於臣邪？」帝拊掌竟日。

國初長孫太尉見歐陽率更姿形麼陋，嘲之曰：「聳髆成山字，埋肩畏出頭。誰言麟閣上，畫此一獮猴。」詢亦酬之曰：「索頭連背暖，漫襠畏肚寒。祇緣心混混，所以面團團。」太宗聞之而笑曰：「詢此嘲，豈不畏皇后聞邪？」

則天朝，左司郎中張元一滑稽善謔。時西戎犯邊，則天欲諸武立功，因行封爵，命武懿宗統兵以禦之。寇未入塞，懿宗始逾邠郊，畏懦而遁。懿宗短陋，元一嘲之曰：「長弓短度箭，蜀馬臨高蹁。去賊七百里，隅牆獨自戰。忽然逢着賊，騎猪向南竄。」則天聞之，初未悟，曰：「懿宗無馬邪？何故騎猪？」元一解之曰：「騎猪者，是夾豕走也。」則天乃大笑。懿宗怒曰：「元一夙搆，貴欲辱臣。」則天命賦詩與之，懿宗請賦「蕐」字。元一立嘲曰：「裹頭極草草，掠鬢不蕐蕐。未見桃花面皮，先作杏子眼孔。」則天大歡，故懿宗不能侵傷。

開元中，宰相蘇味道與張昌齡俱有名，暇日相遇，互相誇誚。昌齡曰：「某詩所以不及相公者，爲無『銀花合』故也。」蘇有觀燈詩曰：「火樹銀花合，星橋鐵鎖開。暗塵隨馬去，明月逐人來。」味道云：「子詩雖無『銀花合』，還有『金銅釘』。」昌齡贈張昌宗詩曰：「昔日浮丘伯，今同丁令威。」遂相與拊掌大笑。

詩人張祜，未嘗識白公。白公刺蘇州，祜始來謁。才見白，白曰：「久欽籍，嘗記得君款頭詩。」祜愕然曰：「舍人何所謂？」白曰：「『鴛鴦鈿帶抛何處，孔雀羅衫付阿誰？』非款頭何邪？」張頓首微笑，仰而答曰：「祜亦嘗記得舍人目連變。」白曰：「何也？」祜曰：「『上窮碧落下黃泉，兩處茫茫皆不見。』非目連變何邪？」遂與歡宴竟日。

沈佺期以罪謫，遇恩，復官秩，朱紱未復。嘗内宴，羣臣皆歌迴波樂，撰詞起舞，因是多求遷擢。佺期詞曰：「迴波爾似佺期，流向嶺外生歸。身名已蒙齒録，袍笏未復牙緋。」中宗卽以緋魚賜之。崔日用爲御史中丞，賜紫。是時佩魚須有特恩，亦因内宴，中宗命羣臣撰詞，日用曰：「臺中鼠子直須諳，信足跳梁上壁龕。倚翻燈脂污張五，還來齧帶報韓三。莫浪語，直王相，大家必若賜金龜，賣却猫兒相賞㊀。」中宗亦以緋魚賜之。

㊀「賞」，津逮本作「報上」。

中宗朝，御史大夫裴談崇奉釋氏。妻悍妬，談畏之如嚴君。嘗謂人：「妻有可畏者三：少妙之時，視之如生菩薩。及男女滿前，視之如九子魔母，安有人不畏九子母耶？及五十六十，薄施粧粉或黑，視之如鳩盤茶，安有人不畏鳩盤茶？」時韋庶人頗襲武氏之風軌，中宗漸畏之。內宴唱迴波詞，有優人詞曰：「迴波爾時栲栳，怕婦也是大好。外邊祇有裴談，內裏無過李老。」韋后意色自得，以束帛賜之。

樂府古題要解

樂府古題要解卷上

唐　吴兢撰

序

樂府之興，肇於漢魏。歷代文士，篇詠實繁。或不睹於本章，便斷題取義。贈夫利涉，則述公無度河；慶彼載誕，乃引烏生八九子；賦雉斑者，但美繡頸錦臆；歌天馬者，唯敍驕馳亂蹋。類皆若兹，不可勝載。遞相祖習，一作襲。積用爲常，欲令後生，何以取正？余頃因涉閱傳記，用諸家文集，每有所得，輒疏記之。歲月積深，以成卷軸，向編次之，目爲古題要解云爾。

江南曲

右江南曲古詞云：「江南可采蓮，蓮葉何田田。」又云：「魚戲蓮葉東，魚戲蓮葉西，魚戲蓮葉南，魚戲蓮葉北。」蓋美其芳晨麗景，嬉遊得時。若梁簡文「桂檝晚應旋」，唯歌遊戲也。又有采菱曲等，疑皆出於此。

度關山

右關山古詞，曹魏樂奏武帝所賦「天地間，人爲貴」，言人君當自勤勞，省方黜陟，省刑薄賦也。若梁戴暠云「昔聽隴頭吟，平居已流涕」，但叙征人行役之思焉。

長歌行

右古詞：「青青園中葵，朝露待日晞。」言榮華不久，當努力爲樂，無至老大乃傷悲也。曹魏改奏文帝所賦「西山一何高」，言仙道洪濛不可識，如王喬赤松，皆空言虚辭，迂怪難信，當觀聖道而已。若晉陸士衡「逝矣經天日」，復言人運短促，當乘閑長歌，不與古文合㊀。

㊀「不與古文合」，樂府詩集卷三〇引作「與古文合也」。按陸機詩義正與古辭相合，「不」字當删。

薤露歌亦曰薤露行。 蒿里傳亦曰蒿里什。 亦曰泰山吟行

右喪歌。舊曲本出於田横門人，歌以葬横。一章言人命奄忽如薤上之露，易晞滅也。詞云：「薤上露，何易晞。露晞明朝已復落，人死一去何時歸！」二章言人死精魄歸於蒿里。詞云：「蒿里誰家地，聚斂魂魄無賢愚。鬼伯一何相催促，今乃不得少踟躕。」至漢武帝時，李延年分爲二曲，薤露送王公貴人，蒿里送士大夫庶人，挽柩者歌之，亦呼爲挽柩歌。左氏春秋：「齊將與吳戰於艾陵，公孫夏使其徒歌虞殯㊀。」杜預注云：「送葬歌也。」卽喪歌不自田横始矣。復有泰山吟行，亦言人死精魄歸于泰山，薤露蒿里之類也。

㊀「殯」原作「賓」，今據樂府詩集卷二七引改。

雞鳴

右古詞：「雞鳴高樹顛，狗吠深宮中。」初言天下方太平，蕩子何所之。次言黄金爲門，白玉爲堂，置酒作倡樂爲樂，兄弟三人近侍，榮耀道路，其文與相逢狹路間行同。終言桃傷而李仆，諭兄弟當相爲表裏。若梁劉孝威雞鳴篇，但詠雞而已。

對酒行

右闕古詞。曹魏樂奏武帝所賦「對酒歌太平」。其旨言王者德澤廣被，政理人和，萬物咸遂。若梁范雲「對酒心自足」，則言但當爲樂，勿殉名自欺也。

烏生八九子

右古詞：「烏生八九子，端坐秦氏桂樹間。」言烏母生子，本在南山岩石間，而來爲秦氏彈丸所殺；白鹿在苑中，人得以脯；黄鵠摩天，鯉魚在深淵，人可得而烹煮之。則壽命各有定分，死生何歎前後也。若梁劉孝威「城上烏，一年生九雛」，但詠烏而已，不言本事。

平陵東

右古詞："「平陵東，松柏桐，不知何人劫義公。」此漢翟義門人所作也。義，丞相方進之少子，字文中㊀，爲東郡太守。以王莽篡漢，起兵誅之，不克而見害。門人作歌以怨之。

㊀「文中」，漢書翟方進傳作「文仲」。

陌上桑

右古詞："「日出東南隅，照我秦氏樓。」舊説邯鄲女子秦姓名羅敷，爲邑人千乘王仁妻。仁後爲趙王家令。羅敷出采桑陌上，趙王登臺見而悦之，置酒欲奪焉。羅敷善彈箏，作陌上桑以自明，不從。案其歌詞，稱羅敷採桑陌上，爲使君所邀，羅敷盛誇其夫爲侍中郎以拒之，與舊説不同。若晉陸士衡「扶桑升朝暉」等㊀，但歌佳人好會，與古調始同而末異。

㊀「桑」原脱，據《陸機集》補。

短歌行

右魏武帝「對酒當歌，人生幾何」，晉陸士衡「置酒高堂，悲歌臨觴」，皆言當及時爲樂。又舊説長歌短歌，大率言人壽命長短分定，不可妄求也。

燕歌行

右晉樂奏魏文帝「秋風蕭瑟天氣涼」、「別日何易會日難」二篇，言時序遷換而行役不歸，佳人怨曠無所訴也。

秋胡行

右舊説：魯有秋胡子，納妻五日而宦於陳，五年乃歸。未至家，於路傍見婦人採桑，美，悦之。下車謂曰：「力田不如逢豐年，力耕不如見公卿。吾今有金，願以與夫人。」婦曰：「婦人當採桑力作，以養舅姑，不願人之金。」秋胡歸至家，奉金遺母。母使人呼婦，婦至，乃向採桑者婦也。婦惡其行，因東走投河而死。後人哀而賦焉。

苦寒行

右晉樂奏魏武帝「北上太行山」，備言冰雪溪谷之苦。或謂北上行，蓋因魏武帝作此詞，今人效之。

董桃行

右古詞:「吾欲上謁從高山,山頭危險大難言。」言五嶽之上,皆以黄金爲宫闕,而多靈獸仙草,可以求長生不死之術,令天神擁護人君以壽考也。舊説董桃行。後漢遊童所作,終有董卓作亂,卒以逃亡。後人習之爲歌章,樂府奏之,以爲炯戒焉。陸士衡「和風習習薄林」,宋謝靈運「春虹散綵銀河」,但言節物芳華,可及時行樂,無使徂齡坐徙而已。晉傅休奕著歷九秋篇十二章,具叙夫婦别離之思,亦題云擬董桃行,未詳也。

塘上行

右前志云晉樂奏魏武帝「蒲生我池中」,而諸集録皆言其詞魏文帝甄后所作,歎以讒訴見棄,猶幸得新好不遺故惡焉。

善哉行

右古詞:「來日大難,口燥脣乾。」言人命不可保,當樂見親友,且求長生術,與王喬八公遊焉。又魏文帝詞云:「有美一人,婉如清揚。」言其妍麗,知音識曲,善爲樂方,令人忘憂。此篇諸集所出，不入樂志。

東門行

右古詞云：「出東門，不顧歸。」言士有貧不安其居者，拔劍將去，妻子牽衣留之，願共餔糜，不求富貴，且曰：「今時清，不可爲非也。」若鮑照「傷禽惡弦驚」，但傷離別而已。

西門行

右古詞云：「出西門，步一作少。念之。」始言醇酒肥牛，及時爲樂，次言「人生不滿百，常懷千載憂。晝短苦夜長，何不秉燭遊」，末言無貪財惜費，爲後世所嗤。諸家樂府詩又有順東西門行，爲三七言，亦傷時顧陰，有類於此也。

煌煌京洛行

右晉樂奏魏文帝「夭夭桃園，無子空長」，言虛美者多敗。又有「韓信鳥盡弓藏；子房保身全名；蘇秦傾側賣主；陳軫忠而有謀，楚懷不納；吳起智小謀大；郭生古之雅人，燕昭臣之」及「仲連高士，不受千金」等語。若宋鮑照「鳳樓十二重」，梁戴暠「欲知佳麗地」，始則盛誇帝京之美，而末言君恩歇薄，有怨曠沈淪之歎也。

豔歌何嘗行亦曰飛鵠行。

右古詞：「飛來雙白鵠，乃從西北來。」言雌病，雄不能負之而去，「五里一反顧，六里一徘徊」，雖遇新相知，終傷生別離也。又云「何嘗快，獨無憂」，不復爲後人所擬也。

步出夏一多「東」字。門行亦曰隴西行。

右古詞云：「天上何所有，歷歷種白榆。」此篇出諸集，不入樂志。始言婦有容色，能應門承賓，次言善於主饋，終言送迎皆合於禮。若梁簡文「隴西四戰地」，但言辛苦征戰，佳人怨思而已。

野田黃雀行

右晉樂奏魏曹植「置酒高殿上」，始言豐膳樂飲，盛賓主之獻酬；中言歡樂極而悲，嗟盛時不再，終歸於知命而不復憂焉。

滿歌行

右古詞：「爲樂未幾時㊀，遭世險巇。」其始言逢此百罹，零丁荼毒，古人遜位躬耕，遂我取願；次言窮達天命，智者不憂，莊周遺名，名垂千載；終言命如鑿石見火，當自娛以頤養，保此百年也。

㊀「時」原闕，據樂府詩集四三引古辭補。

櫂歌行

右晉樂奏魏明帝辭云「王者布大化」，備言平吴之勳。若陸士衡「遲遲春欲暮」，又如梁簡文帝「妾住在湘川」，但言乘舟鼓櫂而已。

雁門太守行

右古詞云：「漢孝和帝時，洛陽令王君。」當時廣漢郪人王渙，字稚子，父順，安定太守。渙少好俠，尚氣力，數通輕剽少年。晚改節博學，通於法律。舉茂才，除温令，政化大行。人畜牧於野，輒云以付稚子，終無失盜。遷兗州刺史，一年，除拜侍御史。轉洛陽令，獄訟止息，發擿奸伏如神。元興初病卒。老少咨嗟，奠酬以千數。及喪西歸，至弘農，人多設祭於路。吏問其故，言我平常持租詣洛陽，有司鈔截，恒亡其半，自王君在事，不復見侵枉，故來報耳。人思其德，立祠在安陽亭。有食酒肉，輒往弦歌而祭之。後鄧太后下詔褒美，拜其子石爲郎。帝事黄老之道，悉毀諸祠廟，惟渙及卓茂廟存焉。按其歌詞歷述渙本末，與本傳合，而題云雁門大守行，所未詳也。若梁簡文帝「輕霜中夜下」，備言邊城征戰之思。及皇甫規雁門之問，蓋依題焉。

白頭吟

右古詞：「皚如山上雪，皎若雲間月。」又云：「願得一心人，白頭不相離。」始言良人有兩意，故來與之相決絶；次言别于溝水之上，一作北。敍其本情；終言男兒當重意氣，何用于錢刀也。一説司馬相如將聘茂陵人女爲妾，文君作白頭吟以自絶，相如乃止。若宋鮑照「直如朱絲繩」，陳張正見「平生懷直道」㊀，唐虞世南「葉如幽徑蘭」㊁，皆自傷清直芬馥，而遭鑠金點玉之謗，君恩似薄，與古文近焉。

㊀「陳」原闕，據樂府詩集卷四一引補。　㊁「葉」，樂府詩集四一引作「氣」。

以上樂府相和歌。案相和而歌，並漢世街陌謳謡之詞，絲竹更相和，執節者歌之。本一部，魏明帝分爲二部，更遞夜宿。本十七曲，後爲十三曲，今所載之外，復有氣出唱精列東光引等三篇。自短歌行以下，晉荀勗採擇舊詞施用，以代漢魏，故其數廣焉。

殿前生桂樹

古樂府鞞舞歌。按鞞舞歌，漢代燕享用之，不詳所起。其歌又有關東有賢女、章帝所造章和二年中樂久長四方皇共五篇㊀，其詞皆亡。近史亡㊁，鞞舞本漢巴渝舞。高祖自蜀漢伐楚，其人勇而善鬬，好爲歌舞，帝觀之曰：「武王伐紂之歌。」使工習之，號曰巴渝。渝，美也。或云其地有渝水，因以取名，未詳也。

㊀「章帝」原作「辜帝」，樂府詩集卷五三引古今樂録謂漢鞞舞五曲並章帝造，據改。㊁「近史亡」，津逮本同，疑「亡」爲「云」之訛。

白鳩篇

右其詞首章曰：「翩翩白鳩，載飛載鳴。懷我君德，來集君庭。」按晉楊泓舞序云：「自到江南，見有白符舞，或言白鳧鳩舞，察其詞旨，乃吳人患孫晧虐政，思從晉也。」齊史載其本歌云：「平平白符，一作鳧。思我君惠，集我金堂。」言晉爲金德，「符」與「鳩」皆「合」也。則上「翩翩白鳩」之詞，蓋後晉人改也㊀。

㊀「蓋後晉人改也」，「後」字疑衍。

碣石篇

右晉樂奏魏武帝詞。首章言東臨碣石，見滄海之廣，日月出入其中。二章言農功畢而商賈往來。三章言鄉土不同，人性各異。四章言「老驥伏櫪，志在千里。烈士暮年，壯心不已」也。

淮南王篇

右古詞：「淮南王，自言尊。」淮南小山所作也。舊說漢淮南王安服食求仙，遍禮方士，遂與八公相攜俱去，莫知所適。小山之徒，思戀不已，乃作淮南王歌。其詞實言安仙去。

以上樂府拂舞歌。按拂舞，前史云出自江右㊀。復有濟濟獨祿等共五篇。今讀其詞，除白鳩一篇，餘並非吳歌，未知所起。

㊀「江右」，按晉書樂志作「江左」，當改。

白紵歌

右古詞盛稱舞者之美，宜及芳時爲樂。其譽白紵曰：「質如輕雲色如銀，制以爲袍餘作巾，袍以光軀巾拂塵。」

以上樂府曰白紵歌。按舊史稱白紵吴地所出，白紵舞本吴舞也。梁武帝令沈約改其詞爲四時之歌，若「蘭葉參差桃半紅」即其春歌也。周處風土記云：「吴黄龍中，童謡云：『行白者，君追汝，句驪馬。』後孫權征公孫淵，海浮乘船。船，白也。時和歌猶云行白紵。」蓋出于此。

上之回

右漢武帝元封初因至雍，遂通回中道，後數出遊幸焉。其歌稱帝「遊石闕，望諸國，月支臣，匈奴服」，皆美當時事也。

戰城南

右其詞大略言「戰城南，死郭北」，野死不得葬，爲烏鳥所食，願爲忠臣，朝出攻戰而暮不得歸也。

巫山高

右其詞大略言江淮水深，無梁可度，臨水遠望，思歸而已。若齊王融「想像巫山高」、梁范雲「巫山高不極」，雜以陽臺神女之事，無復遠望思歸之意也。

君馬黄

右初言「君馬黄，臣馬蒼，二馬同逐臣馬良」，終言美人歸以南，歸以北，駕車馳馬，令我心傷。

芳樹

右古詞，中有云：「妒人之子愁殺人，君有他心，樂不可禁。」若齊王融「相思早春日」、謝朓「早玩華池陰」，但言時暮衆芳歇絶而已。

有所思

右其辭大略言「有所思，乃在大海南，何用問遺君？雙珠瑇瑁簪。聞君有他心，燒之當風揚其灰。從今已往，勿復相思，而與君絶」也。若齊王融「如何有所思」、梁劉繪「別離安可再」，但言離思而已。

雉子斑

右古詞，中有云：「雉子高飛止，黄鵠飛之以千里。雄來飛，從雌視。」若梁簡文帝「妒場時向隴」，但詠雉而已。

臨高臺

右古詞，大略言「臨高臺，下有清水清且寒。江有香草目以蘭，黄鵠高飛離哉翻。開弓射鵠，令吾主壽萬年」。若齊謝朓「千里常思歸」，但言臨望傷情而已。一作古詞言「臨高臺，下見清水中有黄鵠飛翻，關弓射之，令我主萬年」。

釣竿

右舊説有伯常子避仇河濱爲漁者，其妻思之而爲釣竿歌。每至河側輒歌之。後司馬相如作釣竿詩，遂傳以爲樂曲。若劉孝威「釣舟畫彩鷁」，但稱綸釣嬉遊而已。

以上樂府鐃歌。案漢明帝定樂有四品，最末曰短簫鐃歌，軍中鼓吹之曲。舊説黄帝所造，以建武揚德。周禮所謂「王大捷則愷樂，軍大獻則愷歌」是也。自上之回皆漢曲。又有朱鷺思悲翁艾如張擁離戰城南巫山高上陵將進酒君馬黃芳樹有所思雉子斑聖人出上邪臨高臺遠如期石留等十八曲，字多紕繆不可曉。釣竿一篇，晉代亦稱爲漢止于十八，恐非是也。鐃如鈴而有舌，執柄而鳴之，周禮以止鼓也。

黃鶴吟（一曰黃鵠。）　隴頭吟（一曰隴頭水。）　出關

入關　出塞　入塞（一本闕上四曲。）

折黃柳　黃覃子　赤之揚（一本闕上二曲。）

望行人（魏晉已來，惟傳十曲。）　關山月　洛陽道

長安道　梅花落　紫騮馬

驄馬　雨雪　劉生（合一十八曲。一本多豪俠行古劍行洛陽公子行三題，誤。）

劉生

右劉生不知何代人，觀齊梁已來所爲劉生詞者，皆稱其任俠豪放，周遊五陵三秦之地。或云抱劍專征爲符節官，所未詳也。

以上樂府橫吹曲，有鼓角。周禮：「以鼖鼓鼓軍事用角。」舊説云，蚩尤氏帥魍魅與黃帝戰于涿鹿之野，帝始命吹角爲龍鳴以禦之。其後魏武北征烏丸，越涉沙漠，軍士聞之，悲

而思歸。於是減爲中鳴㊀，尤更悲矣。又有胡角者，本以應胡笳之聲，後漸用之，有雙角，卽胡樂也。漢博望侯張騫入西域，傳其法，唯得摩訶兜勒一曲㊁。李延年因胡曲更造新聲二十八解，一本多「其法」二字。乘輿以爲武樂。東漢以給邊將。又有出關入關出塞入塞黃覃子赤之揚黃鵠吟隴頭吟折楊柳望行人等十曲，皆無其詞。若關山月已下八曲，後代所加也。

㊀「中」，原訛作「半」，今據晉書樂志改。　㊁「一」原作「二」，據晉書樂志改。

王昭君

右舊史王嬙字昭君，漢元帝時，匈奴入朝，詔以嬙配之，號胡閼氏。一說漢元帝後宮既多，不得常見，乃使畫工圖其形，案圖召幸。宮人皆賂畫工，多者十萬，少者亦不減五萬。昭君自恃容貌，獨不肯與。工人乃醜圖之，遂不得見。及後匈奴入朝，選美人配之，昭君之圖當行。及入辭，光彩射人，悚動左右。天子方重失信外國，悔恨不及，窮案其事，畫工有杜陵毛延壽，爲人形，醜好老少，必得其真。安陵陳敞，新豐劉白龔寬，並工狗馬，人形不逮延壽。下杜陽望樊青，尤善布衆色。皆同日棄市，籍其資財。漢人憐昭君遠嫁，爲作歌詩。始武帝以江都王建女細君爲公主，嫁烏孫王昆莫，令琵琶馬上作樂，以慰其道路之思。其送明君亦然。晉文王諱「昭」，故晉人改爲「明君」。石崇有妓曰綠珠，善歌舞。以此曲教之，而自製王明君歌，其文悲雅，「我本漢家子」是也。琴操載：昭君，齊國王穰女。端正閑麗，未嘗窺看門户。穰以其有異于人，求之者皆不與。年十七，獻之元帝。元帝以地遠不之幸，以備後宫。積五六年。帝每遊後宫，昭君常恐不出。後單于遣使朝賀，帝宴之，盡召後宫，昭君乃盛飾而至。帝問：「欲以一女賜單于，誰能行者？」昭君乃越席請往。時單于使在旁，帝驚恨不及。昭君至匈奴，單于大悦，以爲漢與我厚，縱酒作樂。遣使者報漢，送白璧一雙，駿馬十疋，胡地珠寶之類。昭君恨帝始不見遇，乃作怨思之歌。單于死，子世達立。昭君謂之曰：「爲胡者妻母，爲秦者更娶。」世達曰：「欲作胡禮。」昭君乃吞藥而死。

子夜

右舊史云晉有女子曰子夜所作，聲至哀。晉武帝太元中，琅琊王軻家有鬼歌之。後人依四時行樂之詞，謂之子夜四時歌，吴聲也。

前溪歌

右晉車騎將軍沈玩所造舞曲也㊀。

㊀「沈玩」，晉書樂志作「沈充」。

烏夜啼

右宋臨川王義慶造也。宋元嘉中，徙彭城王義康於豫章郡。義慶時爲江州，相見而哭。文帝聞而怪之，徵還宅。義慶大懼，妓妾聞烏夜啼，叩齋閤云：「明日應有赦。」及旦，改南兗州刺史，因作此歌。故其和云：「籠窗窗不開，夜夜望郎來。」亦有烏栖曲，不知與此同否。

石城樂

右宋臧質所作也。石城在竟陵。質爲竟陵守，於城上眺矚，見羣少年歌謡通暢，因而爲之詞云：「生長石城下，開窗對城樓。城中美少年，出入相依投。」

莫愁

右出於石城樂。石城有女子名莫愁，善歌謡，故石城樂和中復有莫愁聲。其辭曰：「莫愁在何處？莫愁石城西。艇子打兩槳，催送莫愁來。」古歌亦有莫愁，洛陽女，與此不同。

襄陽

右宋隨王誕始爲襄陽郡，元嘉末仍爲雍州刺史。夜聞諸女歌謠，因爲之詞曰：「朝發襄陽城，暮至大隄宿。大隄諸女兒，花豔驚郎目。」若裴子野宋略稱：「晉安侯劉道彥爲雍州，有惠化，百姓歌之，謂之襄陽樂。」蓋非此也。

以上樂府清商曲也。按蔡邕云：「清商曲，其詞不足采著。」其曲名有出郭西門陸地行車夾鍾朱堂寢奉法等五曲，非止王昭君等。一説清商曲，南朝舊樂也。永嘉之亂，中朝舊曲散落江右，無復宋梁新聲。元魏孝文帝纂漢，收其所復南音，謂之清商樂，即此等是也。隋平陳，因置酒清商署，若巴渝白紵等曲皆在焉。

樂府古題要解卷下

日重光　月重輪

右爲漢明帝樂人所作也。明帝爲太子時，樂人作歌詩四章，以贊太子之德。一曰日重光，二曰月重輪，三曰星重輝，四曰海重潤。漢末喪亂，後二章亡。舊説云，天子之德，光明如日，規輪如月，光耀如星，霑潤如海。太子比德，故云重焉。

上留田行

古今注云「上苗田」，此云「上留」，蓋傳説之誤。未知孰是。

右舊説上留田，地名，此地人有父母死，不字其孤弟者。鄰人爲弟作悲歌，以諷其兄，因以地名爲曲。蓋漢代人也。

相逢狹路間行

亦曰長安有狹斜行。

右古詞：「相逢狹路間，道隘不容車。」其説已具雞鳴篇。

豔歌行

右古詞：「翩翩堂前燕，冬藏夏來見。」言燕尚冬藏夏來，兄弟乃流宕在他縣，主人婦爲綻衣服，其夫見而疑之。

怨歌行 一曰怨詩行。

右古詞：「爲君既不易，爲臣良獨難。」言周公推心輔政，二叔流言，致有雷雨拔木之變。梁簡文帝「十五頗有餘」，自言姝豔，而以讒見毁。又曰：「持此傾城貌，翻爲不肖軀。」與古文意同辭異。班婕妤紈扇詩亦云怨歌行，不知與此同否。

飲馬長城窟行

右古詞：「青青河邊草，綿綿思遠道。」傷良人流宕不歸。或云蔡邕之詞。若陳琳「水寒傷馬骨」，則言秦人苦長城之役也。

君子行

右古詞云:「君子防未然,不處嫌疑間。」言君子雖瓜田不納履,李下不正冠,以遠嫌疑也。

君子有所思行

右陸機「命駕登北山」、鮑照「西山登雀臺」、沈約「晨策終南首」,其旨言雕室麗色,不足爲久歡,晏安酖毒,滿盈所宜敬忌,與君子行異也。

朝歌行

右古詞三七言。言雖甚奇寶器,不遇知己,終不見重,願逢知己以託意焉。

豫章行

右陸機「泛舟清川渚」、謝靈運「出宿告密親」,皆傷離別。言壽短景馳,容華不久。傅玄苦相篇「苦相身爲女」,言盡力於人,終以華落見棄,亦題曰豫章行。

門有車馬客行

右曹植等皆言問訊其客，或得故舊鄉里，或駕自京師，備敍市朝遷謝，親戚彫喪之意也。

猛虎行

右陸士衡「渴不飲盜泉水」，言從遠役猶耿介，不以艱險改節也。

齊謳行

右舊説齊人以歌其地。陸士衡「營丘負海曲」，述齊地之美。

吴趨行

右舊説吴人以歌其地。陸士衡「楚妃且勿歎」是也。

會吟行

右謝靈運「六引緩清唱」，其致與吴趨行同也。

從軍行

右皆述軍旅苦辛之詞也。

出自薊北門行

右其詞與從軍行同，而兼言燕薊風物及突騎悍勇之狀，與吴趨行同也。

結客少年場行

右言輕生重義，慷慨以立功名也。

東武吟行或無「行」字。

右鮑照「主人且勿喧」、沈約「天德深且曠」，傷時移世異，芳華但謝而已。

苦熱行

右備言流金鑠石火山炎海之艱難也。亦有苦寒行，在前相和曲。

放歌行

右鮑照「蓼蟲避葵堇」之類，言朝廷方盛，君上愛才，何爲臨路相將而去也。

西長安行

右傅休奕：「所思兮何方？乃在西長安。」其下因叙別離之思。

怨歌行

右傅休奕：「昭昭朝時日，皎皎最明月。」蓋傷十五入君門，一別終華髮，望不及偕老，猶望死而同枕之義。

昇天行

右曹植「日月何肯留」、鮑照「家世宅關輔」。曹植又有飛龍仙人上仙籙與神遊五遊遠遊龍欲昇天等七篇。如陸士衡緩聲歌，皆傷人世不永，俗情險𡾟，當求神仙翺翔六合之外。其詞蓋出楚歌遠遊篇也。

鳳將鶵

右舊説漢世樂曲名也。若晉應璩百一詩云「言是鳳將雛」，非魏晉曲明矣。

楚妃歎

右陸士衡吴趨行云：「楚妃且勿歎。」明非近題也。非關晉曲明矣。

白馬篇

右曹植「白馬飾金羈」、鮑照「白馬騂角弓」、沈約「白馬紫金鞍」，皆言邊塞征戰之狀。一作事。

空城雀

右鮑照：「雀乳四鷇，空城之隅。」言輕飛近集，免傷網羅而已。

半度溪

右言戰而半涉溪水見迫，所言皆嶺南地。又有武溪深，亦此類也。

起夜來

右其詞意常念疇昔，思君之來也。

獨不見

右皆言思而不得見也。

夜夜曲

右皆言獨處自傷之意也。

攜手曲

右言攜手行樂，恐芳時不留，君恩將歇也。

陽春曲

右傷時也。

關山月

右皆言傷離別也。

博陵王宫俠曲

右見陳琳集㊀。云云

㊀按今本陳琳集未見有此曲。樂府詩集卷六十七載晉張華博陵王宫俠曲二首，可參。

新城長樂宫行

右備言彫飾刻鏤之美也。

大垂手

右言舞而垂其手。亦有小垂手及獨垂手也。

行路難

右備言世路艱難及離別悲傷之意，多以「君不見」爲首。

蜀道難

右備言銅梁玉壘之險。又有蜀國篇，與此頗同。

秦王卷衣曲

右言咸陽春景及宮闕之美，秦王卷衣以贈所歡也。

輕薄篇

右言乘肥衣輕，馳逐經過爲樂。與少年行同意。

妾薄命篇

右曹植「日月既逝西藏」，蓋恨宴私之歡不久。如梁簡文「名都多麗質」，傷良人不返，王嬙遠聘，盧姬嫁遲。嬙卽王昭君也。

苦哉行

右魏文帝「上山采薇，日暮苦飢。」傷役艱辛也。

悲哉行

右陸士衡「遊客芳春林，春芳傷客心」、謝惠連「羈人感淑節，緣感欲回沉」，皆感時傷別而已。

以上樂府雜題。案自相逢狹路間行已下，皆不知所起。自君子有所思行已下，又無本詞。仲尼稱不知則闕之，以俟知者。今但據後人所擬，採其意而注之。如曹植鴛鴦種葛胡君筌篌蒲生吾生作安樂少年行東海人生歡坐玉殿閶闔日與月日月既逝日月雙翼太極白馬名都盤石驅車東岳妍歌結客大南寺，擬氣出唱爲惟乾，對酒行爲於穆，精列行爲兩儀，陌上桑爲望雲，有所思爲嗟佳人，善哉行爲日苦短，短長歌爲鰕䱇，一作擬長歌行爲鰕䱇。出爲尺蠖㊀，出東門爲惟漢，苦寒行爲吁嗟，飲馬長城窟爲扶桑嗟生，豫章行爲窮達，薤露行爲天地，秋胡行爲在昔，妾薄命爲日月，齊吟行爲美女，泰山梁父吟爲八方等篇。雖□禹行以上，亦多是擬古所作，後人不復繼作，故並不録。若傅休奕有女秋蘭車遥遥燕美人，謝靈運却東西門行前有樽酒行陳歌越謡等行前後聲代後移歌等歌㈡，諸家集後有城上麻携手雍臺送歸夾樹度易水胡無人行桐柏山華陰山老年行，近吴均輩多擬此等，並自爲樂府，皆不見古詞，亦並闕之，以俟知者。

㈠「出爲尺蠖」疑有誤。太平御覽九四八引曹植長歌行云：「尺蠖知屈，體道識窮達。」似可參。㈡「前後聲」，「後」當作「緩」，樂府詩集有前緩聲歌。

思歸引 一曰離拘操。

右舊説衛有賢女，邵王聞其美，一作賢。請聘之，未至而王薨。太子曰：「吾聞齊桓公得衛女而霸，今衛女賢者，欲留之。」大夫曰：「不可。若賢女必不我聽，若聽必不賢，則不足取也。」太子遂留之，果不聽。拘於深宫，思歸不得，援琴而歌，曲終，縊而死。晉石崇亦有思歸引，但歸河陽取居。若劉孝威「胡地憑良馬」，備言思歸之狀而已。

雉朝飛

右舊説齊宣王時，處士犢沐一作水。子所作也。年七一作五。十無妻，出採薪於野，見雉雄雌相隨而飛，意動心悲，乃仰天而歎曰：「聖王在上，恩及草木鳥獸，而我獨不獲！」因援琴而歌以自傷。其聲中絶。魏武帝宫人有盧女者，故將軍陰淑一作升。之妹。七歲入漢宫，學鼓琴，特異於餘妓，善爲新聲，能傳此曲。至魏明帝崩，出降爲尹更生妻㊀。若梁簡文帝「晨光照麥畿」，但詠雉而已。

㊀「爲」原作「如」，據津逮本改。

走馬引

右樗里牧恭所造也。爲父報讐，殺人而藏匿山谷之中。有天馬夜降，鳴于其室。奔逃入沂澤中，援琴而彈之，爲天馬之聲，因以爲引焉。

別鶴操

右舊説商陵牧子所作也。娶妻五年無子，父兄將爲之改娶。妻聞之，中夜起倚户而悲嘯。牧子聞之，愴然而悲，乃援琴而歌曰：「將乖比翼兮隔天端，山川悠遠兮路漫漫，攬衣不寐兮食忘飡。」後人因傳以爲曲焉。

水仙操

右舊説伯牙學鼓琴於成連先生，三年而成。至於精神寂寞，情志專一，尚未能也。成連云：「吾師子春在海中，能移人情。」乃與伯牙延望，無人。至蓬萊山，留伯牙曰：「吾將迎吾師。」刺船而去，旬時不返，但聞海上水汨汲漰澌之聲。山林窅寞，羣鳥悲號，愴然歎曰：「先生將移我情。」乃援琴而歌之。曲終，成連刺船而還。伯牙遂爲天下妙手。

公無渡河 本箜篌引。

右舊説朝鮮津卒霍里子高妻麗玉所作也。子高晨起刺船，有一白首狂夫，被髮攜壺，亂流而渡，其妻隨呼止之，不及，遂溺死。于是其妻援箜篌而鼓之，作歌曰：「公無渡河，公竟渡河，公墮而死當奈何㊀！」聲甚悽愴。曲終，亦投河而死。子高還，以其聲語麗玉。麗玉傷之，乃引箜篌寫其聲。聞者莫不墮淚飲泣。麗玉以其聲傳鄰女麗容，名曰箜篌引。舊史稱漢武帝滅南越，祠太乙后土，令樂人侯暉依琴造坎言，坎坎節應也。侯，工人之姓。後語訛「坎」爲「空」也。

、以上樂府琴曲。案上諸語説多出琴操等書，琴操紀事好與本傳相違，今兩存者，以廣異聞也。

㊀樂府詩集卷二十六引崔豹古今注作「墮河而死，將奈公何」。

長門怨

右爲漢武帝陳皇后作也。后，長公主嫖女㊀，字阿嬌。及衛子夫得幸，后退居長門宮，愁悶悲思。聞司馬相如工文章，奉黄金百斤，令爲解愁之辭。相如作長門賦，帝見而傷之，復得親幸者數年。後人因其賦爲長門怨焉。

㊀「嫖」下原衍「有」字，據漢書外戚傳删。

婕妤怨

右爲漢成帝班婕妤作也。婕妤，徐令彪之姑，況之女，美而能文。初爲帝所寵愛，後幸趙飛燕姊娣，冠于後宫，婕妤自知恩薄，懼得罪，求供養皇太后于長信宫，因爲賦及紈扇詩以自傷。後人傷之，爲婕妤怨及擬其詩。

銅雀臺一曰銅雀妓。

右舊説魏武帝遺命令其諸子曰：「吾婕妤妓人，皆著銅雀臺中。于臺上施八尺繐帳，朝晡上酒脯粻精之屬，每月朝十五，輒向帳前作妓樂。汝等時時登銅雀臺望吾西陵墓田。」後人悲其意而爲之詠也。鑄銅雀置於臺上，因名爲銅雀臺。

四愁　七哀

右四愁，漢張衡所作，傷時之文也。其旨以所思之處方朝廷，美之爲君子，珍玩爲義，巖險雪霜爲讒諂。其流本出於楚辭離騷。七哀起於漢末。如曹植「明月照高樓」、王仲宣「南登霸陵岸」，皆七哀之一也。

同聲歌行

右漢張衡所作也。婦人自言幸得充閨房，願勉供婦職，不離君子。思爲莞簟，在下以蔽匡牀；思爲衾幬，在上以衞霜露。繾綣枕席，没齒不忘焉。蓋以喻當時士君子事君之心焉。

定情篇

右漢繁欽所作也。言婦人不能以禮從人，而自相説媚，乃解衣服玩好致之，用叙綢繆之志。若臂環致拳拳，指環致殷勤，耳珠致區區，香囊致扣扣，跳脱致契闊，佩玉結恩情，自以爲志而期於山隅、山陽、山西、山北，終而不答，乃自傷悔焉。

合歡詩

右晉楊方所作也。婦人言虎嘯風起，龍躍雲浮，磁石引針，陽燧致火，皆以同聲相應，同氣相求，我情與君，亦猶形影宫商之不離也。常願食共並根穗，飲共連理盃，衣共雙絲絹，寢共無縫裯，坐必接膝，行必攜手，如鳥同心，如魚比目，利斷金石，密逾膠漆焉。

招隱　反招隱

右招隱本楚詞，漢淮南王安小山所作也。言山中不可以久留。後人改以爲五言。若晉左思「杖策招隱士」等數篇，最爲首出。晉王康居反其致，謂之反招隱。舊説淮南書有小山，亦有大山，政有大小，猶詩之有大雅小雅焉。

砧藁今何在

右古詞。「砧藁今何在」，藁砧，趺也，問夫何處也；「山上復有山」，重「山」爲「出」字，言夫不在也；「何當大刀頭」，刀頭有環，問夫何時當還也；「破鏡飛上天」，言月半當還也。

連句

右起漢武帝柏梁宴作。人爲一句，連以成文，本七言詩。詩有七言，始於此也。

愛妾換馬

右其詞有淮南王，作者不知是劉安否。

自君之出矣

右出漢徐幹室思詩。其第三章云：「自君之出矣，明鏡暗不治。思君如流水，無有窮已時。」

離合詩

右起漢孔融，合其字以成文也。

盤中詩

右盤屈書之。傅休奕云：「山樹高鳥悲。」末云「當從中央周四角」是也。

迴文詩

右迴復讀之，皆歌而成文也。

百年詩

右起「總角」至「百年」，歷述其幼小丁壯耆耄之狀。十歲爲一首。陸士衡至百二十時也。

步虛詞

右道觀所唱，備言衆仙縹緲輕舉之美。

道里名詩

右「道」謂漢孝文帝稱「北走邯鄲道」，「里」謂高祖中陽里之類，集以爲詩也。

星名

右據天文志所載也。

郡縣名

右據地理志所載也。

卦名

右據周易所載也。

藥名

右據本草所載。

姓名

右據古人之知名者。

相名

右據相書所載，若「山庭」「月角」是也。

宫殿名

右若三輔黄圖等所載。

草樹鳥獸名

右見於記録者，皆可用也。

歌曲名

右據樂府所載。

針穴名㊀

右據醫家明堂所載。

㊀「穴」，原作「宂」，津逮本作「亢」，並誤。

將軍名

右據職官所載。

車名

右據周禮漢官儀所載。

船名

右若左氏傳吳艅艎之類也。

無名

右言本無名氏，若「無是公」「烏有先生」。

寺名

右若白馬青龍之類也。

數

右從一至十也。

八音

右金、石、絲、竹、匏、土、革、木。

六甲

右十二辰是也。

十二屬

右十二辰所配，若子鼠、丑牛之類。

六府

右水、火、金、木、土、穀。

漢武帝時乃立樂府，以李延年爲協律都尉，舉司馬相如等數十人，造爲詩賦，略論律呂，以合八音之調，蓋樂府之所肇也。自漢迄唐，作者猋起雲合，從未有彙成一編者。惟唐史臣吴兢纂采漢魏以來古樂府詞，分爲十卷，惜乎不傳。傳者僅古題要解二卷，于傳記及諸文集中，采其命名緣起，令後人知所祖習。又有樂府解題，不著撰人名氏，與吴兢所撰差異。今人混爲一書，謬矣。但太原郭氏諸敍中輒引樂府題解，不及古題要解，不知何故。余家藏是書凡三本，一得之虞山楊氏，一得之錫山顧氏。二氏素稱藏書家，不意施朱傅墨，較訂數遍，其間脱簡訛字，尚多于几上凝塵。既得元版，頗善，但會吟行俱誤作吴吟行。按「會」謂會稽，謝靈運詩「咸共聆會吟」，故云「其致與吴趨行同」也。如採薇操亦曰晨遊高舉，琴曲注中引吴兢云云。兹集中不載，豈逸文尚多耶？海隅毛晉識。

吴兢，汴州人。少勵志，貫知經史，方直寡諧。比魏元忠薦其才堪論譔，詔直史館，修國史。私撰唐書唐春秋，叙事簡核，人以董狐目之。其捃摭樂府故實，與正史互有異同，真堪與國史補並垂不朽云。晉又識。

詩人主客圖

詩人主客圖

唐　張爲撰

敍曰：唐張爲撰詩人主客圖一卷，所謂主者，白居易孟雲卿李益鮑溶孟郊武元衡，皆有標目。餘有升堂、入室、及門之殊，皆所謂客也。宋人詩派之説實本於此。求之前代，亦如梁參軍鍾嶸分古今作者爲三品，名曰詩品，上品十一人，中品三十九人，下品六十九人之例。然彼攟拾閎富，論者稱其精當無遺，兹則落落僅此數人，於唐代詩人中未及十分之三四。即所引諸人之詩，亦非其集中之傑出者，或第就其耳目所及而次第之，故不繁稱博引也。余喜其名之舊，前人有引以入詩歌者，且是本與陳振孫書録解題所記符合，故刻以公世之聞其名而未見其書者。童山李調元序。

廣大教化主

白居易

含沙射人影，雖病人不知。巧言誣人罪，至死人不疑。掇蜂殺愛子，掩鼻戮寵姬。弘恭陷蕭望，趙高謀李斯。陰德既必報，陽禍豈虛施！人事雖可罔，天道終難欺。明即有刑辟，幽即有神祇。苟免勿私喜，鬼得而誅之。讀史詩 按此讀史詩第四首。「誣人」，本集作「擠人」。兩「即」字俱作「則」字。

厚地植桑麻，所要濟生民。生民理布帛，所求活一身。身外充征賦，上以奉君親。國家定兩税，本意在憂人。厥初防其淫，明敕内外臣：税外加一物，皆以枉法論。奈何歲月久，貪吏得因循。役我以求寵，斂索無冬春。織絹未盈疋，繰絲未盈斤。里胥迫我納，不許暫逡巡。歲暮天地閉，陰風生破村。夜深煙火盡，霰雪白紛紛。幼者形不蔽，老者體無溫。悲喘與寒氣，併入鼻頭辛。昨日輸殘税，因窺官庫門：繒帛如山積，絲絮如雲屯。號爲羨餘物，隨日獻至尊。奪我身上暖，買爾眼前恩。進入瓊林庫，歲久化爲塵！秦中吟 按此秦中吟十首之二，本集題曰重賦，註曰：一作無名税。「憂人」作「愛人」，「役我」作「浚我」，「盈疋」作「成疋」，「煙火」作「烟火」，「鼻頭」作「鼻中」，「隨日」作「隨月」。

豫章生深山，七年而後知。挺高二百尺，本末皆十圍。天子建明堂，此材獨中規。匠人執斤墨，采度將有期。孟冬草木枯，烈火燎于陂。狂風吹猛焰，從根燒到枝。作養二十年，方成棟梁資。一朝爲灰燼，柯葉無孑遺。地雖生爾材，天不與爾時。不如糞土芝，猶有人掇之。已矣勿重陳，重陳令人悲。勿悲焚燒苦，但悲采用遲。按此寓意詩第一首。本集

「于陂」作「山陂」，「狂風」作「疾風」，「作養二十」作「養材三十」，「糞土芝」作「糞上英」，「勿悲」作「不悲」。

赫赫京內史，奕奕中書郎。昨傳徵拜日，恩私顧殊常。貂冠水蒼玉，紫綬黄金章。佩服身未暖，已聞竄炎荒。親戚不得別，吞聲泣路旁。賓客亦已散，門前雀羅張。富貴來未久，倏如瓦溝霜。權勢去尤速，瞥若石火光。不如守貧賤，貧賤可久長。傳語宦遊子，且來歸故鄉。按此寓意詩第二首。「奕奕」，本集作「炎炎」，「恩私顧」作「恩賜頗」，「炎荒」作「遐荒」，「未久」作「不久」。

得意減別恨，半酣還遠程。按此及第後歸覲留別諸同年詩。「還」本集作「輕」。

人吏留不得，直入故山雲。

長生不似無生理，休向青山學鍊丹。

白髮鑷不盡，根在愁腸中。按已上六句題並無考。

上入室一人

楊　乘

峨嵋山勢接雲霓，欲逐劉郎此路迷。若似剡中容易到，春風猶隔武陵溪。與薛濤按此詩本集不載。

豎子未鼎烹，大君尚旰食。風雷隨出師，雲霞有戰色。犒功椎萬牛，募勇懸千帛。武士日曳紫㈠，飛將競執馘。喜氣迎捷書，歡聲送羽檄。天兵日雄强，桀犬稍離析㈡。賊臂既已斷，賊喉既已搤。樂禍但鯨鯢，同惡爲肘腋。小大勢難侔，逆順初不敵。違命固天亡，恃險乖長策。蠆毒久萌芽，狼顧非日夕。禮貌忽驕狂，疏奏遂指斥。動衆豈佳兵，含忍恐無益。鴻恩既已孤，小效不足惜。腐儒一鉛刀，投筆時感激。帝閽不敢干，戚戚坐長晝。甲子歲書事

㈠「紫」原作「柴」，據談藝珠叢改。㈡「析」原作「枡」，據珠叢改。

入室三人

張祜

萬國見清道，一身成白頭。上令狐相公

此地榮辱盛，豈宜山中人。秋晚

葛溪謾淬張家劍，却是猿聲斷客腸。葛溪

書空疑未決，卓地計初成。拄杖

春申還有三千客，寂寞無人報李園。按此感春申君詩。「還有」，本集作「還道」，「報」作「殺」。

羊士諤

風前留古韻，笙磬想遺音。歷山

桂朽有遺馥，鸞飛安可待。按此二句題無考。

塵沙藹如霧，長波驚颸度。雁起汀洲寒，馬嘶高城暮。銀釭倦秋館，綺瑟瞻永路。重有攜手期，清光倚玉樹。按此八句題無考。

元稹

屈指貞元舊朝士，幾人同見太平春。感興　按本集作酬白樂天杏花園，「屈指」作「算得」，「幾人」作「幾員」。

兒歌楊柳葉，妾拂石榴花。按此二句題無考。

遠路事無限，相逢惟一言。月色照榮辱，長安千萬門。逢白公

升堂三人

盧仝

（詩闕）

顧況

汀洲渺渺江蘺短，疑是疑非兩斷腸。

巫峽朝雲暮不歸，洞庭春水晴空滿。

頹垣化爲波，陸地堪乘舟。按以上六句題並無考。

沈亞之

大姑山盡小姑出，月照洞庭行客船。按此小孤山詩。「山盡」本集作「山遠」，「行客」作「歸客」。

（詩闕）

及門十人

費冠卿

（詩闕）

皇甫松

燕相謀在茲，積金黄巍巍。上者欲何顔，使我千載悲。登郭隗臺

勸僧一杯酒，共看青青山。窅然萬象滅，不動心即閑。按此勸僧酒詩。

殷堯藩

吳宫愛歌舞，夜夜醉嬋娟。見日吹紅燭，和塵掃翠鈿。徒令句踐霸，不信子胥賢。若問長洲草，荒涼無限年。宫詞　按本集題作吳宫，「吳宫」作「吳王」，「若問」作「莫問」。

宫女三千去不回，真珠翠羽是塵埃。夫差舊國久破碎，紅燕自歸花自開。館娃宫

暮烟葵葉屋，秋月竹枝歌。按此送沈亞之尉南康詩。

欲射狼星把弓箭，休將螢火讀詩書。按此下第東歸作。

施肩吾

年來如抛梭，不老應不得。按二句題無考。

憶昔將貢年，抱愁此江邊。魚龍互閃爍，白浪高於天。今日步青草，還來經此道。江神

也世情，爲我風色好。及第後過揚子江 按本集「白浪」作「魚浪」，「青草」作「春草」，「還來」作「復來」。

周光範 按「光範」一作「元範」。

誰云嵩上烟，隨雲倚碧落。投白公。按「嵩上」一作「嵩上」。

莫怪西陵風景别，鏡湖花草爲先春。賀朱慶餘及第

祝天膺 按「天膺」一作「元膺」。

句曲舊真宅，自産日月英。既涵岳瀆氣，安無神仙名？松桂邐迤色，與君相送情。送高遂赴舉 按「真宅」一作「宅真」。

兩頟凝清霜，玉爐焚天香。爲我延歲華，得入不死鄉。寄道友

蟾蜍夜作青冥鏡，螮蝀晴爲碧落梯。好箇分明天上路，誰教移入武陵溪。夢仙詞 按題一作夢仙謡。「鏡」一作「燭」，「移入」一作「深入」。

霧紋斑似豹，水力健如龍。按二句題無考。

徐　凝

青山舊路在，白首醉還鄉。別白公

試到第三橋，便入千頃花。按二句題無考。

高景争來草木頭，一生心事酒前休。山公自是山人侶，攜手醉登城上樓。答白公　按本集「山人」作「仙人」。

朱可名

廢斷鏡湖田，上書紫閣前。愁人久委地，詩道未聞天。不是燒金手，徒抛釣月船。多慚兄弟意，不敢問林泉。應舉目寄兄弟　按「斷」一作「刈」。

陳　標

杜甫在時貪入蜀，孟郊生處却歸秦。如今始會麻姑意，借問山川與後人。寄友人

童翰卿

大朴逐物盡，哀哉天地功。爭得榮辱心，灑然歸西風。按此詩無題，但題曰絶句。「哀哉」一作「哀我」。

高古奧逸主

孟雲卿

羣物歸大化，六龍頹西荒。感懷

安知浮雲外，日月不運行。苦雨

孤兒去慈親，孤客喪主人。莫吟辛苦曲，此曲誰忍聞。可聞不可說，去去無期別。行人念前程，不待參辰没。朝亦常苦饑，暮亦常苦饑。飄飄萬里餘，貧賤多是非。少年莫遠行，遠行多不歸。悲哉行　按篋中集「孤客」作「遠客」，「萬里餘」作「萬餘里」，兩「遠行」並作「遠遊」。

上入室一人

韋應物

欲持一瓢酒，遠寄風雨夕。按此寄全椒山中道士詩。「遠寄」，本集作「遠慰」。

萬籟自生聽，大空長寂寥。還從靜中起，却向靜中銷。詠聲。按本集「萬籟」作「萬物」，「長」作

「恒」。

山深松子落，幽人應未眠。按此秋夜寄邱二十二員外詩。「山深」，本集作「山空」。

舟泊南池雨，簾捲北樓風。按此寄楊協律詩。「簾」，本集作「簟」。

入室六人

李　賀

飛香芝紅滿天春。按此上雲樂句。「芝」，本集作「走」。

酒酣喝月使倒行。按此秦王飲酒句。

踏天磨刀割紫雲。此硯句。按本集題作楊生青花紫石硯歌。

杜　牧

烟着樹姿嬌，雨餘山態活。按此池州送孟遲先輩詩。「烟着」，本集作「烟濕」。

四海一家無一事，將軍携劍泣霜毫。按此長安雜題長句第一首。「劍」，本集作「鏡」，「毫」作「毛」。

山密斜陽多，人稀芳草遠。按此長安送友人遊湖南詩。本集註：「一作長安送人。」

仙掌月明孤影過，長門燈暗幾聲來。按此早雁詩。「幾聲」，本集作「數聲」。

李　餘

長安東門別，立馬生白髮。

霽後軒蓋繁，南山瑞烟發。

嘗憂車馬煩，土薄聞水聲。按以上六句題並無考。

劉　猛

月生十五前，日望光采圓。月滿十五後，日畏光采瘦。不見夜光色，一尊成暗酒。匣中苔背銅，光短不照空。不惜補明月，慚無此良工。月中句。按「夜光」一作「夜花」。

自念數年間，兩手中藏鉤。於心且無恨，他日爲我羞。古老傳童歌，連淫亦兵象。夜夢戈甲鳴，苦不願年長。苦雨句。

朝梳一把白，夜淚千滴雨。可恥垂拱時，老作在家女。曉句。

李　涉

但將鐘鼓悦私愛，肯以犬羊爲國羞。按此六歎第三首。「羊」，本集註：「一作戎。」

尼父未適魯，屢屢倦迷津。徒懷教化心，紆鬱不能伸。一遇知己言，萬方始喧喧。至今百王則，孰不挹其源。按此懷古詩。

胡幽貞

一朝入紫宮，萬古遺芳塵。至今溪邊花，不敢嬌青春。題西施浣紗石

海色連四明，仙舟去容易。天籍豈輒問，不是卑朝士。歸四明詩

升堂六人

李觀

（詩闕）

賈馳

河上微風來，關頭樹初濕。今朝關城吏，又見孤客入。上國誰與期，西來徒自急。秋入關詩

東風吹曉霜，雪鳥雙雙來。按此二句題無考。

李宣古

冉冉池上烟，盈盈池上柳。生貴非道旁，不斷行人手。翠蓋不西來，池上天池歇。按以上六句題並無考。「池」字必有一訛。

曹鄴

欺暗常不然，欺明當自戮。難將一人手，掩得天下目。讀李斯傳　按「常」，本集作「尚」。歧路不在天，十年行不至。一旦公道開，青雲在平地。枕上數聲鼓，衡門已如市。白日探得珠，不待驪龍睡。忽忽出九衢，童僕顏色異。故衣未及換，尚有去年淚。晴陽照花影，落絮浮野翠。對酒時忽驚，猶疑夢中事。自憐孤飛鳥，得接鸞鳳翅。永懷共濟心，莫起胡越意。杏園即席上同年

劉駕

馬上續殘夢，馬嘶時復驚。心孤多所虞，僮僕近我行。按此早行詩。只恐塞上山，低于沙中骨。按此古出塞句。「只恐」，本集作「坐恐」。

蒲帆出浦去，但見浦邊樹。不如馬上郎，馬跡猶在路。大舟不相載，買宅令妾住。莫道留金多，本非愛郎富。按此古意詩。「馬上」，本集作「馬行」，「令妾住」作「令委住」。

孟　遲

紅映樓臺緑繞城，城邊春草傍牆生。隋家不向此中盡，汴水應無東去聲。廣陵城　按「紅映樓臺」一作「紅繞樓臺」。

天地有時饒一擲，江山論主合平分。垓下　按「合」一作「任」。

冷月微烟渭上愁，華清宫樹不勝秋。霓裳一曲千門鎖，白盡梨園弟子頭。過驪山　按本集「冷月」作「冷日」，註：「一作趙嘏詩。」

及門二人

陳　潤

丈夫不感恩，感恩寧有淚。心頭感恩血，一滴染天地。按此四句題無考。

韋　楚　老按「韋」一作「常」。

一從黄帝葬橋山，碧落千門鎖元氣。天上行句。

清奇雅正主

李　益

閒庭草色能留馬，當路楊花不避人。按此一句題無考。

笳簫漢思繁，旌旗邊色故。按此五城道中詩。

馬汗凍成霜。按此從軍有苦樂行句。

上入室一人

蘇　郁

十二樓藏玉堞中，鳳皇雙宿碧芙蓉。流霞淺酌誰同醉，今夜笙歌第幾重？步虛詞　按「芙蓉」一作「梧桐」，「誰同」一作「留君」，「笙歌」一作「吹簫」。

吟倚雨殘樹，月收山下村。按此一句題無考。

入室十人

劉　畋

末秋雲木輕，蓮折晚香清。雨下侵苔色，雲涼出浪聲。疊帆依岸盡，微照夾隄明。渡吏已頭白，遥知客姓名。晚泊漢江渡殘陽來霽岫，獨興起滄洲。雨後句。

僧　清　塞按即周賀。

兩鬢已垂白，五湖歸釣魚。按賀集送耿山人詩有「兩鬢已垂白，五湖歸挂罾」句，此作「釣魚」，或别一首。

夜濤驚柵鎖，寒葦露船燈。按此送耿山人歸湖南詩，一作送耿逸人南歸。

谷水生茶味，林風減扇聲。按此早秋過郭涯書堂詩。本集註：「一作郭勁書齋。」「谷」作「澗」，「林」作「松」，「減」作「滅」。

磬徹遠巢禽。按此送幻羣法師詩。本集註：「送一作贈。」一本無「羣」字。

伊流背行客，岳響答清猿。按此出關寄賈島詩。本集註：「一作送客。」「背行」作「偕行」，「清猿」作「啼猿」。

盧休

春寒酒力遲，冉冉生微紅。寒月聯句

自然草木性，誰祝元化功。

溢浦風生破膽愁。

血染劍花明帳幕，三千車馬出漁陽。按以上五句題並無考。

于鵠

送死多於生，幾人得終老。按此古挽歌句。

楊洵美

暮鴉不噪禁城樹，衙鼓未殘賓衞秋。按此二句題無考。

三山載羣仙，峨峨鹹浪中。雲衣剪不得，此路要可從。我生亦何事 出門如飛蓬？白日又黄昏，所悲瑤草空。蟲聲故鄉夢，枕上禾黍風。吾道如未喪，天運何時通。答李昌期

張籍

蕃漢斷消息，死生長別離。按此没蕃故人詩。

長于送人處，憶得别家時。按此薊北旅思句。本集註：「一作送遠人。」「長于」，一作「長四」。

流光暫出還入地，使我年少不須臾㊀。按此短歌行句。

採樵莫採松與柏，松柏生枝堅且直，與爾作屋成家宅。按此樵客吟句。本集「採樵」下有「客」字，「堅且直」作「直且堅」，「與爾」作「與君」。

㊀「使」原作「吏」，據珠叢本改。

楊巨源

何事慰朝夕，不踰詩酒情。山河空道路，蕃漢共刀兵。禮樂新朝市，園林舊弟兄㊀。向風一點淚，塞晚暮江平。按此一首題無考。

㊀「舊」原作「蒨」，據珠叢本改。

楊敬之

霜樹鳥栖夜，空街雀報明。

碧山相倚暮，歸雁一行斜。按以上四句題並無考。

僧無可

白閣未歸日，青門又值春。按此新年詩。「白閣」，本集作「紫閣」，「又值春」作「又見春」。

半天傾瀑溜，數郡見廬峰。按此寄題廬山二林寺。

姚合

移花兼蝶至，買石得雲饒。按此武功縣中作第四首。本集註：「一作武功閑居。」

插劍龍纏臂，開旗火滿身。按此劍器詞第一首。「插」，本集作「棹」。

家中去城遠，日月在船多。按此送顧非熊下第歸越詩。「家中」，本集作「家山」。

身慚山友棄，膽賴酒杯扶。按此從軍樂第二首。本集註：「樂一作詩。」

升堂七人

方干

山木又搖落，望君還不還。軒車何處去，雨雪滿前山。思苦寒星動，鄉遥釣渚閒。明年見名字，惟我獨何顏。寄李頻　按「山水」，本集作「衆木」，「何處去」作「在何處」，「寒星」作「文星」，「名字」作「名姓」。

細泉出石飛難盡，孤燭和雲濕不明。何事懶於嵇叔夜，更無書札答公卿。題桃花塢周處士別業句。按本集題作書桃花塢周處士壁。

枯井夜聞鄰果落，廢巢寒見別禽來。貽天目中峯客㊀

㊀「峯」，原作「降」，據珠叢本改。

馬戴

露氣寒光盡，微陽下楚邱。猿啼洞庭樹，人在木蘭舟。楚江懷古句。按此楚江懷古三首之一。「盡」，本集作「集」。

夜久遊子息，月明歧路間。按此夕次淮口詩。

却憶軒羲日，無人尚戰功。按此塞下曲第一首。「憶」本集作「想」，「日」作「氏」。

任　蕃

無語與春別，細看枝上紅。按此惜花詩。

賈　島

夜半長安雨，燈前越客吟。贈吳處士句。按「夜半」，本集作「半夜」。

島嶼夏雲起，汀洲芳草深。按此亦贈吳處士詩。

秋風吹渭水，落葉滿長安。按此憶江上吳處士詩。「吹」，本集作「生」。

山鐘夜渡空江水，汀月寒生古石樓。按此早秋寄題天竺靈隱寺詩。

舊國別多日㊀，故人無少年。按此旅遊詩。

㊀「別」原作「滂」，據珠叢本改。

厲　玄

邊草早不春，劍光增野塵。戰場收驥尾，清瀚怯龍鱗。帆色起歸越，松聲厭避秦。幾時

逢范蠡，處處是通津。從軍行

項　斯

佳人背江坐，眉際列烟樹。庾樓燕句。

馬蹄没青莎，船迹成空波。按此二句題無考。

春風吹雨意，何處更相值。古意

燭殘催卷席，坐冷怕梳頭㊀。按此曉發昭應詩。「坐」，本集作「手」。

寒入雁聲長。按此遠水詩。「聲」本集作「愁」。

㊀「怕」原作「帕」，據珠叢本改。

薛　壽按唐無薛壽，疑是薛濤之訛。

（詩闕）

及門八人

僧良乂

風泉只向夢中聞，身外無餘可寄君。當户一輪惟曉月，挂簷數片是秋雲。秋山答盧鄴　按本集題無「秋山」二字。

潘　誠按「誠」一作「咸」，一作「成」。

棧踏猿聲暮，江看劍影秋。送人遊蜀句。

僧老白雲上，磬寒高鳥邊。

心已同猿狖，不聞人是非。按以上四句題並無考。

三月獨立看花月，只欠子規啼一聲。長安句。按題一作長安春暮。「只」一作「惟」。

行人渡流水，白馬入前山。

秋深雪滿黄雲塞，夜夜鴻聲入漢陽。按以上四句題並無考。

于武陵

白日不西落，紅塵應亦深。按此東門路詩。「不西落」，本集作「若不落」，「亦深」作「更深」。

青山如有利，白石亦成塵。按此尋山詩。

四海少平路，千川無定波。按此送客東歸詩。「路」，本集作「地」。

詹　雄

塵飛遺恨盡，花落古宮平。洛陽古城句。

紅粉笙歌人代遠，月明陵樹水流東。銅雀臺　按「流東」一作「東流」。

衛　準按「準」一作「單」。

莫言閑話是閑話，往往事從閑話來。

何必剃頭爲弟子，無家便是出家人。按此四句題並無考。

僧志定

惟有尊前今夜月，當時曾照墜樓人。

梧桐葉落蟬聲死，一夜洞庭波上風。按「落」一作「老」。以上四句題並無考。

俞　鳧

顔凋明鏡覺，思苦白雲知。

滄洲違釣隱，紫閣負僧期。按以上四句題並無考。

酬難塵鬢皓，坐久壁燈青。按此酬王檀見寄詩。

滄洲未歸迹，華髮受恩心。按此秋日將歸長安留別王尚書詩。

朱慶餘

滿酌勸童僕，好隨郎馬蹄。春風慎行李，莫上白銅鞮。送陳標

古巷戟門誰舊宅，早曾聞説屬官家。更無新燕來巢屋，惟有閒人去看花。空厩欲摧塵滿櫪，小池初涸草侵沙。繁華事歇皆如此，立馬踟蹰到日斜。題王侯廢宅。按本集題作過荷宅，「繁華」作「榮華」。

清奇僻苦主

孟郊

青山碾爲塵，白日無閒人。按此大梁送柳淳先入關詩。

食薺腸亦苦，强歌聲無歡。按此贈別崔純亮詩。本集註：「一本無『別』字。」

欲知萬里情，曉臥半牀月。按此獨愁詩。本集註：「一作獨怨，一作贈韓愈。」

上入室二人

陳陶

蟬聲將月短，草色與秋長。

比屋歌黄竹，何人撼白榆。按以上四句題並無考。

周朴

古陵寒雨絶，高鳥夕陽明。「絶」一作「集」。

高情千里外，長嘯一聲初。按以上四句題並無考。

及門二人

劉得仁

吟苦曉燈暗，露染秋草疏。舊山多夢到，流水送愁餘。按此雲門寺詩。

風定一池星。按此宿宜義池亭詩。

李　溟

喬木挂斗色，水驛壞門開。向月片帆去，背雲行雁來。晚年名利跡，寧免路歧哀。前計不能息，若爲玄髩回。無題

博解宏拔主

鮑　溶

躍馬非壯歲，報恩無高功。斯言化爲火，日夜焚深衷。途中句。按本集題作途中旅思。

天王委管籥，開閉奏北門。頂載日月光，口宣雨露言。上太原王尚書句。按本集題作述德上太原嚴尚書綬，註：「一作『王尚書』，無『綬』字。『奏』作『秦』。」

萬里歧路多，一身天地窄。秋懷句。

上入室一人

李　羣　玉

（詩闕）

入室二人

司馬退之

（詩闕）

張　爲按爲以己詩入句圖，蓋用芮挺章國秀集例。

（詩闕）

瓌奇美麗主

武元衡

（詩闕）

上入室一人

劉禹錫

故國思如此，若爲天外心。寄白公句。

湖上收宿雨。按此句題無考。

故人日以遠，窗下塵滿琴。坐對一壺酒，恨多無力斟。幕疏螢色迥，露重月華深。萬境與羣籟，此時情豈任。無題　按「一壺」，本集作「一樽」。

禪思何妨在玉琴，真僧不見聽時心。秋堂境寂夜方半，雲去蒼梧湘水深。聽琴　按本集註「一作聽僧彈琴。」

入室三人

趙嘏

一千里色中秋月，十萬軍聲半夜潮。錢塘句。

梁王舊館已秋色，珠履少年輕繡衣。按此二句題無考。

滿樓春色傍人醉，半夜雨聲前計非。按此寒食新豐別友人詩。

三千宮女自塗地，十萬人家如洞天。送人尉江都句。按本集題作送沈單作尉江都。

長孫佐輔

愁臉無紅衣滿塵，萬家門户不容身。曾將一笑君前去，誤殺幾多回顧人。傷故人歌伎

曹唐

簫聲欲盡月色苦，依舊漢家宮樹秋。遊仙句。

看却龍髯攀不得，九霞零落鼎湖宮。按此仙都即景。「九」，本集作「紅」，「宮」作「空」。本詩第二句已押「宮」字，作「空」字是。

一曲哀歌茂陵道，漢家天子葬秋風。

誰知漢武無仙骨，滿竈黄金成白烟。按以上四句題並無考。

升堂四人

盧頻

春淚爛綺羅，泣聲抽恨多。莫滴芙蓉池，愁傷連蔕荷。按「綺羅」一作「羅綺」。

一朶花葉飛，一枝無光彩。美人惜花心，但願春長在。按「無光」一作「花光」。以上八句題並無考。

陳羽

（詩闕）

許渾

水聲東注市朝變，山勢北來宮殿高。按此故洛城詩。本集注：「一作登故洛陽城。『注』作『去』。」

草生宮闕國無主，玉樹後庭花爲誰。按此陳宮怨第一首。

何郎翠鳳雙飛去，三十六宮聞玉簫。按此秦樓曲句。本集「何」作「潘」。

經年未葬家人散，昨日因齋故吏來。按此傷故湖州李郎中詩。「日」，本集作「夜」。

垂釣有深意，望山多遠情。按此贈高處士詩。

張蕭遠

秦雲寂寂僧還定，盡日無人鹿繞牀。按此二句題無考。

日暮風吹官渡柳，白鴉飛出石頭牆。廢城句。

雙雙白燕入祠堂。乳石洞玉女祠句。

及門十人

張陵

（詩闕）

章孝標

明日鑾輿欲向東，守宮金翠帶愁紅。九門佳氣已西去，千里花開一夜風。按此篇本集題曰宮詞，註：「一作無題。」

雍陶

（詩闕）

周祚

莫道春花獨照人，愁花未必怯青春。四時風雨没時節，共保松筠根底塵。按此四句題無考。

袁不約

愁聲秋繞杵，寒色碧山歸。深秋句。按「山歸」一作「歸山」。

送將歡笑去，收得寂寥歸。客去句。按「歸」一作「回」。

風騷旨格

風騷旨格

唐　齊己撰

六詩

一曰大雅　詩云：「一氣不言含有象，萬靈何處謝無私。」

二曰小雅　詩云：「天流皓月色，池散芰荷香。」

三曰正風　詩云：「都來消帝力，全不用兵防。」

四曰變風　詩云：「當道冷雲和不得，滿郊芳草卽成空。」

五曰變大雅　詩云：「蟬離楚樹鳴猶少，葉到嵩山落更多。」

六曰變小雅　詩云：「寒禽黏古樹，積雪占蒼苔。」

詩有六義

一曰風　詩云：「高齊日月方爲道，動合乾坤始是心。」

二曰賦　詩云：「風和日煖方開眼，雨潤煙濃不舉頭。」

三曰比　詩云：「丹頂西施頰，霜毛四皓鬚。」

四曰興　詩云：「水諳彭澤闊，山憶武陵深。」

五曰雅　詩云：「捲簾當白晝，移榻對青山。」又云㊀：「遠道擎空鉢，深山踏落花。」

六曰頌　詩云：「君恩到銅柱，蠻款入交州。」

㊀「又云」原作「又詩云」，今據珠叢本改。

詩有十體

一曰高古　詩云：「千般貴在無過達，一片心閒不奈高。」

二曰清奇　詩云：「未曾將一字，容易謁諸侯。」

三曰遠近　詩云：「已知前古事，更結後人看。」

四曰雙分　詩云：「船中江上景，晚泊早行時。」

五曰背非　詩云：「山河終決勝，楚漢且橫行。」

六曰虛無　詩云：「山寺鐘樓月，江城鼓角風。」

七曰是非　詩云：「須知項籍劍，不及魯陽戈。」

八曰清潔　詩云：「大雪路亦宿，深山水也齋。」

九日覆妝　詩云：「疊巘供秋望，無雲到夕陽。」

十日闔門　詩云：「卷簾黄葉落，鎖印子規啼。」

詩有十勢

獅子返擲勢　詩云：「離情徧芳草，無處不萋萋。」

猛虎踞林勢　詩云：「窗前閒詠鴛鴦句，壁上時觀獬豸圖。」

丹鳳銜珠勢　詩云：「正思浮世事，又到古城邊。」

毒龍顧尾勢　詩云：「可能有事關心後，得似無人識面時。」

孤雁失羣勢　（詩闕）

洪河側掌勢　詩云：「遊人微動水，高岸更生風。」

龍鳳交吟勢　詩云：「崑玉已成廊廟器，澗松猶是薜蘿身。」

猛虎投澗勢　詩云：「仙掌月明孤影過，長門燈暗數聲來。」

龍潛巨浸勢　詩云：「養猿寒嶂疊，擎鶴密林疏。」

鯨吞巨海勢　詩云：「袖中藏日月，掌上握乾坤。」

詩有二十式

一曰出入　詩云：「雨漲花争出，雲空月半生。」

二曰高逸　詩云：「夜過秋竹寺，醉打老僧門。」

三曰出塵　詩云：「逍遥非俗趣，楊柳謾春風。」

四曰迴避　詩云：「鳥正啼隋柳，人須入楚山。」

五曰並行　詩云：「終夜冥心坐，諸峰叫月猿。」

六曰艱難　詩云：「覓句如探虎，逢知似得仙。」

七曰達時　詩云：「高松飄雨雪，一室掩香燈。」

八曰度量　詩云：「應有冥心者，還尋此境來。」

九曰失時　詩云：「高秋初雨後，夜半亂山中。」

十曰静興　詩云：「古屋無人到，殘陽滿地時。」

十一曰知時　詩云：「前村深雪裏，昨夜一枝開。」

十二曰暗會　詩云：「重城不鎖夢，每夜自歸山。」

十三曰直擬　詩云：「禹力不到處，河聲流向西。」

十四日返本　詩云：「又因風雨夜，重到古松門。」

十五日功勳　詩云：「馬曾金鏃中，身有寶刀痕。」

十六日抛擲　詩云：「琴書留上國，風雨出秦關。」

十七日背非　詩云：「山河終決勝，楚漢且横行。」

十八日進退　詩云：「日午遊都市，天寒住華山。」

十九日禮義　詩云：「送我杯中酒，與君身上衣。」

二十日兀坐　詩云：「自從青草出，便不下階行。」

詩有四十門

一日皇道　詩云：「明堂坐天子，月朔朝諸侯。」

二日始終　詩云：「養鷄成大鶴，種子作高松。」

三日悲喜　詩云：「兩行燈下淚，一紙嶺南書。」

四日隱顯　詩云：「道晦金鷄伏，時來木馬鳴。」

五日惆悵　詩云：「此别又千里，少年能幾時。」

六日道情　詩云：「誰來看山寺，自是掃松門。」

七日得意　詩云：「此生還自喜，餘事不相侵。」

八日背時　詩云：「白髮無心鑷，青山得意多。」

九日正風　詩云：「一春能幾日，無雨亦多風。」

十日返顧　詩云：「遠憶諸峰頂，曾棲此性靈。」

十一日亂道　詩云：「苦雨漲秋濤，狂風翻野燒。」

十二日抱直　詩云：「須知三尺劍，只爲不平人。」

十三日世情　詩云：「要路争先進，閒門肯暫過。」

十四日康救　詩云：「傍人皆默語，當路好隄防。」

十五日貞孝　詩云：「無家空託墓，主祭不從人。」

十六日薄情　詩云：「君恩秋後薄，日夕向人疏。」

十七日忠正　詩云：「敢將心爲主，豈懼語從人。」

十八日相成　詩云：「怪得登科晚，須逢聖主知。」

十九日嗟歎　詩云：「淚流襟上血，髮變鏡中絲。」

二十日俟時　詩云：「明主未巡狩，白頭猶釣魚。」

二十一日清苦　詩云：「在處人投卷，移居雨着衣。」

二十二曰騷愁　詩云：「已難消永夜，況復聽秋霖。」

二十三曰睠戀　詩云：「欲起遊方興，重來遶塔行。」

二十四曰想像　詩云：「溪霞流火色，松月照罏光。」

二十五曰志氣　詩云：「未抛先達路，難作便歸人。」

二十六曰雙擬　詩云：「瞑目瞑心坐，花開花落時。」

二十七曰向時　詩云：「黑壤生紅朮，黄猿領白兒。」

二十八曰傷心　詩云：「六國空流血，孤祠掩落花。」

二十九曰監戒　詩云：「因思後庭曲，懶上景陽樓。」

三十曰神仙　詩云：「一爲嵩岳客，幾喪洛陽人。」

三十一曰破除　詩云：「大都時到此，不是世無情。」

三十二曰蹇塞　詩云：「氣蒸垂柳重，寒勒牡丹遲。」

三十三曰鬼怪　詩云：「山魅隔窗舞，鵩鳥入簾飛。」

三十四曰紕繆　詩云：「日落月未上，鳥棲人獨行。」

三十五曰世變　詩云：「如何人少重，都爲帶寒開。」

三十六曰風雅　詩云：「日落無行客，天寒有去鴻。」

三十七日嗟歎　詩云：「拭淚沾襟血，梳頭滿面絲。」

三十八日是非　詩云：「須知項籍劍，不及魯陽戈。」

三十九日禮義　詩云：「送我杯中酒，與君身上衣。」

四十日清潔　詩云：「大雪路亦宿，深山水也齋。」

詩有六斷

一日合題　詩云：「可憐半夜嬋娟月，正對五侯殘酒巵。」

二日背題　詩云：「尋常風雨夜，應有鬼神看。」

三日即事　詩云：「翻嫌易水上，細碎動離魂。」

四日因起　詩云：「閒尋古廊畫，記得列仙名。」

五日不盡意　詩云：「此心只在相逢說，時復登樓看遠山。」

六日取時　詩云：「西風起邊雁，一一向瀟湘。」

詩有三格

一日上格用意　詩云：「那堪懷遠道，猶自上高樓。」又云：「九江有浪船難濟，三峽無猿客自愁。」

二曰中格用氣　詩云：「直饒人買去，還向柳邊栽。」又云：「四海魚龍精魄冷，三山鸞鳳骨毛寒。」

三曰下格用事　詩云：「片石猶臨水，無人把釣竿。」又云：「一輪湘渚月，萬古獨醒人。」

莆田蔡氏著吟窗雜詠，載諸家詩格詩評類三十餘種，大略真贋相半，又脱落不堪讀。丙寅春，從雲間了予内父遺書中簡得齊己白蓮集十卷，末載風騷旨格一卷，與蔡本迥異，急梓之，以正諸本之誤云。湖南毛晉識。

觀林詩話

觀林詩話

宋　吳聿撰

漢武柏梁臺，羣臣皆聯七言，或述其職，或謙敍不能，至左馮翊曰：「三輔盜賊天下尤。」右扶風曰：「盜阻南山爲民災。」京兆尹曰：「外家公主不可治。」則又有規警之風。及宋孝武華林都亭，梁元帝清言殿，皆效此體。雖無規儆之風，亦無佞諛之辭，獨敍叨冒愧慚而已。近世應制，爭獻諛辭，褒日月而諛天地，唯恐不至。古者賡載相戒之風，於是掃地矣。

謝靈運有「蘋苹泛沈深，菰蒲冒清淺」，上句雙聲疊韻，下句疊韻雙聲。後人如杜少陵「卑枝低結子，接葉暗巢鶯」，杜荀鶴「胡盧杓酌春濃酒，舴艋舟流夜漲灘」，温庭筠「廢砌翳薜荔，枯湖無菰蒲」，「老媪寶藁草，愚夫輸逋租」，皆出於疊韻，不若靈運之工也。

陸龜蒙鄴宮詞云：「魏武平生不好香，楓膠蕙炷潔宮房。可知遺令非前事，却有餘薰在繡囊。」或疑蕙不可焚，然事見廣志，云：「蕙草，緑葉紫花。魏武帝以爲香焚之。」

華亭船子和尚詩，少見於世，呂益柔刻三十九首於楓涇寺，云得其父遺編中。一詩云：「歐冶鈷鋒價最高，海中收得用吹毛。龍鳳繞，鬼神號，不見全牛可下刀。」涪翁屢用其語。

語言拘忌，莫如近世淺俗之甚。王仲宣贈蔡子篤詩云：「我友云徂。」今人以爲語之大病矣。

余嘗誦飯牛歌「長夜漫漫何時旦」，謂人曰：「此豈亦甯戚讖語耶？」

嘗見尉遲樞南楚新聞云：「薛昭緯避巢賊亂，遇舊識銀工，邀食，有『一碟䕬根數十鈹』之語。乃知王中令所遇食蒸豚僧詩所謂『若把䕬根來比並，䕬根只合喫藤條』，亦自有來處耶。」

李義山云：「小亭閒眠微酒銷，山榴海柏枝相交。」韓致光云：「深院下簾人晝寢，紅薔薇架對芭蕉。」皆微辭也。

庾信鴛鴦賦云：「昔有一雙鳳，飛來入魏宮。今成兩株樹，若個是韓馮。」蓋符中切。半山蝶詩云：「豈能投死爲韓馮。」乃皮冰切。

鮑當有清風集行於世，時號鮑清風。嘗以孤雁詩上一鉅公，亟稱之，故又號鮑孤雁。又有貧女吟云：「貧女臨水妝，徘徊波不定。豈敢怨春風，自無臺上鏡。」深有古意。幸不遇賞音，使有所遇，又將爲鮑貧女耶。

陳平傳言：「解衣裸而佐刺船。」涪翁與洪覺範詩云：「脱却衲衣着蓑笠，來佐涪翁刺釣船。」似惱之太酷，而覺範自以爲「我欲收斂加冠巾」之意，所謂欲蓋而彰也。

錢昭度詩云：「伯禹無端教鮮食，水中魚盡不知休。」陳無己云：「誰初教鮮食，竭澤未能休。」便覺語勝。

東坡和辛字韻，至「擣殘椒桂有餘辛」，用意愈工，出人意外。然陳無己「十里塵沉不受辛」，亦自然也。

陸韓卿中山王孺子妾歌云：「安陵泣前魚。」本龍陽君事，誤以爲安陵君。涪翁論「黄獨爲土芋」，而云或以爲黄精，非也。蓋謂東坡云：「詩人空腹待黄精，生事只看長柄械。」不欲顯名之耳。

東坡：「幾思壓茅柴，禁網日夜急。」蓋世號市沽爲茅柴，以其易着易過。周美成詩云：「冬曦如村釀，奇温止須臾。行行正須此，戀戀忽已無。」非慣飲茅柴，不能爲此語也。

華亭並海有金山，潮至則在海中，潮退乃可游山。有寒穴泉，甘冽與惠山相埒。穴在山麓，泉鍾其間，適與海平。而半山和華亭令唐詢十咏寒穴泉詩乃云：「高穴與雲平。」蓋未嘗至其處也。毛澤民作泉銘敍半山詩云：「泉當因此詩以名世。」然余以爲因半山詩以增重於世，則此泉之幸。若後世好事者，欲憑此詩以考寒穴所在，則失之遠矣，非泉之不幸歟？

涪翁讀中興碑詩云：「凍雨爲灑前朝碑。」楚詞云：「使凍雨兮灑途。」故張平子賦：「凍雨沛其灑途。」舊注云：「凍雨，暴雨也。」巴郡暴雨爲凍雨。

譚賓録載唐率府兵曹參軍馮光震入集賢院校文選，注「蹲鴟」云：「今之芋子，即着毛蘿蔔。」又温庭筠乾𦠆子所載不同，云：「蕭嵩以文選是先代舊書，欲注『蹲鴟』云『今芋子，乃着毛蘿蔔』。」

未知孰是。

沆瀣，王逸楚詞注云：「北方半夜之氣。」唐劉商白角樽歌云：「或謂輕冰盛沆瀣。」注云：「海氣也。」

婪尾酒，出佛圖澄傳。婪尾者，最後飲酒也。東坡除夜詩云：「不辭最後飲屠蘇。」是以樂天詩以「婪」作「藍」云：「三盃藍尾酒，一碟膠牙餳。」皆更歲之事。而東坡詩有「藍尾忽驚新火後，遨頭及要浣花前」之語，自注云：樂天寒食詩云：「三杯藍尾酒。」當是誤記。

梅聖俞詩「莫打鴨，打鴨驚鴛鴦」之語，譏宣守笞官奴也。陳無己戲楊理曹詩云：「從來相戒莫打鴨，可打鴛鴦最後孫。」又與宣守詩云：「一爲文俗事，打鴨起鴛鴦。」皆用此也。然「起鴛鴦」三字亦有來處，杜牧之云：「織篷眠舴艋，驚夢起鴛鴦。」

酉陽雜俎稱庾信作詩用西京雜記事，旋自改曰：「此吳均語耳，恐不足用。」今本作葛稚川集，劉子駿文。

每疑古樂府有「長跪問故夫」之語，一日讀隋志，至册后之禮，皇后先拜後起，皇帝後拜先起，乃知古婦人亦伏拜也。

陳無己跋舊詞云：「晁無咎云：『眉山宫詞，蓋不更此境也。』余謂不然，宋玉初不識巫山神女，而能賦之，豈待更而後知也。予他文未能及人，獨於詞，自謂不減秦七黄九。而爲鄉掾三年，去而復還，又三年矣，而鄉妓無欲余之詞者，獨杜氏子勤懇不已，且云：『所得詩詞滿篋，家多蓄紙筆墨，有暇則學書。』使不如言，其志亦可喜也，乃寫以遺之。」〇此下原本另起，今據原文移正。古語所謂「但解閉門留我住，主人不問是誰家」者，此語東坡題藏春兩絶之一。全篇云：「莫尋犂玉峰頭路，休看玄都觀裏花，但解閉門留我住，主人莫問是誰家。」蓋無已託爲古語耳。

曾逢邃老於仕宦，所至以嚴憚稱。近有客舉一聯云：「他日詩侯不敢客，如今到處欲爲家。」曰：「此逢邃詩也。」二十五年來，仕於州縣者鮮有能詩，乃知此老風力外，別有深處。

杜牧之云：「杜若芳州翠，嚴光釣瀨喧。」此以杜與嚴爲人姓相對也。又有「當時物議朱雲小，後代聲名白日懸」，此乃以朱雲對白日，皆爲假對，雖以人姓名偶物，不爲偏枯，反爲工也。如涪翁「世上豈無千里馬，人中難待九方皐」，尤爲工緻。

嘗見東坡手寫會獵詩云：「向不如皐閑射雉，人間何以得卿卿。」世所傳本乃作「不向如皐」，遂以爲東坡誤用如皐爲地名，特未嘗見寫本耳。

半山云：「不知太乙游何處，定把青藜獨照公。」乃上元夜戲劉貢父詩。貢父時在館中，適與王嘉所載劉向上元夜天禄閣遇太乙降事相契，事見拾遺記。原本嘉譌家，今正。故有此句。然此事前人引用已多，特半山用得着題耳。

前輩作桃花、菊詩雖多，而未見拔俗者。楊元素云：「清香舊已親陶令，紅豔新能惑阮郎。」張敏叔云：「但令陶令長爲主，莫遣靈芸錯認伊。」然世復盛傳一聯云：「陶令歸來驚色變，劉郎去後笑開遲。」亦未爲勝。但陶令歸來，劉郎去後，乃切對也。

唐人夏日詩，有「炎風生白羽，畏日隔青油」，想見歊煩之景，不在林樾之下也。

孟郊集有四嬋娟篇，謂花、竹、人、月也。誤見顧況集。

程文若在官，喜抄書，嘗云：「古人以是爲風流罪過，予以李義山『舉白弈棊兼把釣，不離至教事顛狂』之語作對云：『舉白顛狂，不離至教；抄書罪過，抄書當是殺青之譌。要是風流。』」

東坡詩有云：「絕勝倉公飲上池。」誤以長桑君爲倉公。

王武子多四言詩，間有五字句，余最愛「抱甕拙勝」。此下當有脫文。

揚州僧坊有谷林堂，乃東坡命名。必至其所，然後知其名之當。棗據詩云：「下窺幽谷底，窈窕一何深。魚動起重淵，鳥驚奮高林。」谷林之名，蓋出此耳。

楊元素勸酒詩云：「何必口辭山簡醉，但教心似屈原醒。」此語殊可味也。

秦太虛用樂天木藤謠「吾獨一身，賴爾爲二」。作六言云：「身與杖藜爲二，影將明月爲三。」真奇對也。

樂天云：「眉月晚生神女浦，臉波春傍窕娘堤。」涪翁用此意作漁父詞云：「新婦磯邊眉黛愁，女兒浦口眼波秋。」然新婦磯、女兒浦，顧況六言已作對矣。

小杜荀鶴詩句鄙惡，世所傳唐風集首篇「風煖鳥聲碎，日高花影重」者，余甚疑不類荀鶴語。他日觀唐人小説，見此詩乃周朴所作，而歐陽文忠公亦云耳。蓋借此引編，已行於世矣。

「九原」，檀弓一作「九京」，涪翁兩用之，云：「九京喚起杜陵翁。」又云：「百不試，埋九京。」東坡名賈耘老之妾爲雙荷葉，初不曉所謂。他日，傳趙德麟家所收泉南老人雜記，記此事云：「兩髻並前如雙荷葉，故以名之。」如荷葉髻，見温飛卿詞：「裙拖安石榴，髻嚲偏荷葉。」

五大夫，秦爵名也。封松爲五大夫，非特爲五株松也。近有題范文正所植鄱陽驛中六松云：「青青六大夫。」此殊可笑。

都下舊無紅梅，一貴人家始移植，盛開，召士大夫燕賞，皆有詩，號紅梅集，傳於世。以半山「北人初未識，渾作杏花看」爲冠。後東坡見云：「何待北人太薄。」

半山云：「窗明兩不借，榻淨一籧篨。」揚雄方言「絲作曰履，麻作曰不借」。崔豹古今注：「草履曰不借。」許慎説文云：「綥或作綦，帛蒼艾色。」詩：「縞衣綥巾。」未嫁女所服。一曰：不借，常所服御而人皆易有者，皆可謂之不借，不獨屨也。然半山所指，乃草屨耳。

半山詩有用蔡澤事云：「安排壽考無三甲。」又用退之語對云：「收拾文章有六丁。」東坡詩有用屈原事云：「豈意日斜庚子後。」又用鄭康成夢對曰：「忽驚歲在己辰年。」皆天設對也。

秦太虛與花光老求墨梅書云：「僕方此憂患，無以自娱，願師爲我作兩枝見寄，令我得展玩，洗去煩惱。幸甚。」涪翁和吴字韻梅詩云：「夢蝶真人貌黄槁，籬落逢花曾絶倒。雅聞花光能畫梅，更乞一枝洗煩惱。」謂此也。

太虛又云：「僕有梅花一詩，東坡爲和。王荆公嘗書之於扇。」有見荆公扇上所書者，乃「月落參横畫角哀，暗香消盡令人老」兩句。涪翁又愛其四句云：「清淚斑斑知有恨，恨春相從苦不早。甘心結子待君來，洗雨梳風爲誰好。」曰：「玉臺詩中，氣格高者乃能及此耳。」

涪翁云：「江南野中，有一種小白花，木高數尺，春開，極香，野人號爲鄭花。王荆公嘗求此花栽，欲作詩而陋其名，予請名曰山礬。野人採鄭花葉以染黄，不借礬而成色，故曰山礬。『海岸孤絶處，補陀落伽山。』譯者謂小白山，余疑卽此花是也。不然，何以觀音老人端坐而不去也。」此題花光補題二絶句跋。翁作水仙花詩有「山礬是弟梅是兄」，亦謂此也。

太虛梅詩末云：「安得健步遠移歸，亂插繁花向晴昊。」乃用蘇端薛復筵簡薛華醉歌兩句。

豫章諸洪作詩，有外家法律，然不多見於世。舊傳龜父游烏遮塔示師川詩云：「華鯨喚起曲肱夢，行徑幽尋小雨乾。風吹龍沙江流斷，日下烏塔松陰寒。冰雪照人徐孺子，手提玉麈對西山。安得鴻崖入瓊藥，令我蜚出六合間。」此下原本另提行，今按當合爲一條。玉父寄兄詩云：「六年作別書頻至，一月相從袂又分。船宿緑波浦邊雨，客行烏泥岡上雲。陳留風俗尚可道，襄陽耆舊空復論。鴻飛冲天雁翅短，付與燕雀聊同羣。」

涪翁跋半山書云：「今世唯王荆公字得古人法，自楊虛白以來，一人而已。楊虛白自云『浮世百年今過半，校他蘧瑗十年遲』者，荆公此二帖近之。往時李西臺喜學書，題楊少師題大字院壁後云：『枯杉倒檜霜天老，松烟麝煤陰雨寒。我亦生來有書癖，一回入寺一回看。』西臺真能賞音者。今金陵定林寺壁，荆公書數百字，未見賞音者。」

澠水燕譚記張芸叟奉使遼東，宿幽州館中，有題子瞻老人行於壁者。聞范陽書肆亦刻子瞻詩數十首，謂之大蘇小集。芸叟題其後云：「誰傳佳句到幽都，逢着羣兒問大蘇。莫把文章動蠻貊，恐妨談笑卧江湖。」此乃子由與坡詩。「佳句」二字，本云「家集」，坡亦有和篇。所謂「欲問君王乞鑑湖」是也。

東坡云：「醉眼炫紅緑。」此乃「看朱成碧顏始紅」換骨句耳。

鹽官倪清，素寶東坡墨蹟數軸，如護眼目。縣官數以勢力劫之，卒不可得，取試經行中語，自榜其所居曰「薄命佳人之館」。

衣冠中有微時爲小吏者，作三角亭詩，有「夜欠一簷雨，春無四面花」之語。獻其所事，異之，使學。後果登第，今爲郎矣。

東坡愛玉女洞中水，既致兩瓶，恐後復取而爲使者見紿。因破竹爲契，使寺僧藏其一，以爲往來之信，戲謂爲調水符，作詩云：「欺謾久成俗，關市有契繻。誰知南山下，取水亦置符。古人辨淄澠，皎若鶴與鳧。吾今既謝此，但視符有無。常恐汲水人，智出符之餘。多防竟無及，棄置爲長吁。」此當與擇勝亭俱傳於好事者，非確論也。

南史：丘仲孚喜讀書，常以中宵鐘鳴爲限。乃知半夜鐘聲，不獨見唐人詩句。

董慶夫云：「石懋敏若頃在都下除夜作詩云：『索米長安久倦游，寂無盃盎洗牢愁。歲除借問除何事，除盡朱顏與黑頭。』人以爲有昔人減盡風情之讖，明年果卒。」懋有橘林集行於世，可讀者，皆汪彦章詩也。

暢當詩有云：「酒渴愛江清，餘酣漱晚汀。軟沙欹坐穩，冷石醉眠醒。」四句皆説醉，不覺煩也。

吴融云：「嘯父知機先憶鱟，季鷹無事已思鱸。」按虞嘯父爲宋武帝侍中，帝從容問曰：「卿在門下，初不聞有獻替。」嘯父家富春，近海，謂帝望其貢獻，對曰：「天時尚煖，鱟魚蝦鮓未可致，尋當有所上獻。」帝撫掌大笑。謂爲知機可乎？將子華别有所據乎？

唐人有訪吕逸人不遇詩云：「到門不解題凡鳥，愛竹何須問主人。」余甚愛其用事，然觀其意，乃大不重其人耳。

昔人有言，詩有三百四病，馬有三百八病，詩病多於馬病，信哉。高子勉能詩，涪翁與之詩云：「更能識詩家病，方是我眼中人。」此亦苦口也。

王立之云：「潘邠老望漢陽詩云：『兩屐上層樓，一目略千里。』説者云着屐豈可登樓。余以爲不然。殷浩王胡之徒，秋夜登武昌南樓，聞亟道中屐聲甚厲，定是庾公，俄而率左右十許人步來，非着屐登樓耶？亟道，今所謂胡梯是也。」

唐教坊記云：「平人女以容色選入内者，原本女譌奴，今據教坊記正。教習琵琶、三絃、箜篌、箏者，原本三譌五，今據教坊記正。謂之搊彈家。」杜少陵詩有「絃管罷搊彈」之句。管非搊彈之物，或改爲「絃管罷吹彈」，或改爲「絃索罷搊彈」，然皆非本語。

一僧問王茂公云：「凡花皆經歲復開，東坡何爲獨於梅花言返魂香耶？」茂公云：「以梅花清絶能醒人，非餘花可比故耳。」遂引蘇德哥及聚窟洲返魂香事爲證。僧來從余借二書驗之，皆與梅花了不相關，遂憾茂公之欺。余爲言其事見韓偓金鑾密紀，出内廷詩，有「玉爲通體尋常見，香號返魂容易回」之語。其題云：「嶺南梅花，一歲再發。故作此詩，題於花下。」東坡云：「返魂香入嶺頭梅。」僧遂釋然。

劉向列女傳，以爲式微之詩，二人所作，一在中露，一在泥中，衛之二邑也。或者以爲聯句始此。

有題金陵永慶招提壁云：「余從師川問句法，師川舉近詩云：『人言春事已，我言未遽央。試向後湖去，菰葉如許長。』」

半山酷愛唐樂府「雨打梨花深閉門」之句。

山谷云：「余從半山老人得古詩句法云：『春風取花去，酬我以清陰。』」

半山嘗於江上人家壁間見一絶云：「一江春水碧揉藍，船趁歸潮未上帆。渡口酒家賒不得，問人何處典春衫。」深味其首句，爲躊躇久之而去。已而作小詞，有「平漲小橋千嶂抱，揉藍一水縈花草」之句，蓋追用其語。

李光祿元亮，兄弟數人皆雋才。元亮作弔項羽賦，追古作者。世稱其詩有「可憐三萬六千日，長作東西南北人」之句，特中鼎之一臠耳。

陸龜蒙有蓬傘詩云：「吾江善編蓬，圓者柄爲傘。所至以自隨，清陰覆一墠。自吾爲此計，蓑笠□□短。何須詣亭陰，風雨皆足緩。」此三家村擇勝亭耳。

元次山自序云：「帶笭箵而畫船。」注郎丁、桑荒切，今韻中不收。歐文忠公與涪翁皆於清字韻壓。

温庭筠記狐書兩篇，其一詞曰：「正色鴻焘，神司化伐。穹施后承，光負懸設。嘔論吐萌，垠倪斮截。迷陽郄曲，䨺音隊雲乙林反靋音埋噎。雀毁龜水，犍馳御窟。拿尾羣狐，袜袜啫啫。溜音祇用秘功，以嶺以穴。抱薪代櫟，莽野萬茁。順律則祥，拂倫唯孽。壯虛無有，頤咽蕊屑。肇素未來，武尋輪轍。」其二詞曰：「五行七曜，成此閏餘。上帝降靈，歲且涒涂。蛇蜕其皮，君亦神攄。九九六六，束身天除。何以充喉，吐納太虛。何以蔽倮，霞袿雲袽。哀爾浮生，擲此荒墟。吾復浩氣，還形之初。在帝左右，道濟忽諸。」題云：應天狐超異科策八道，後文繁雜不載。事見乾𦠆子。東坡喜録鬼語，便是人道不到處，信哉。

半山酴醾金沙詩云：「我無丹白看如夢，人有朱鉛見即愁。」孫思邈云：「苟丹白存於心中，即神靈如不降。」其用事精切如此。

東坡在湖州，甲寅年，與楊元素張子野陳令舉，由苕霅泛舟至吳興。東坡家尚出琵琶，并沈冲宅犀玉共三面胡琴。又州妓一姓周，一姓邵，呼爲「二南」。子野賦六客辭，後子野令舉孝叔化去，唯東坡與元素公擇在爾。元素因作詩寄坡云：「仙舟游漾霅溪風，三奏琵琶一艦紅。門望喜傳新政異，夢魂猶憶舊歡同。二南籍裏知誰在，六客堂中已半空。細問人間爲宰相，争如願住水晶宫。」天池問盧杞：「願住水晶宫？願爲人間宰相？」杞對曰：「願作人間宰相。」遂不得仙。今吳興有水晶宫之號，故云。

楊元素疏論半山云：「臣竊見唐賢，多以所爲之文，見其人生平行事，如蓍蔡之不謬。如李紳作憫農詩，當時文士稱其有宰相器。韓愈稱歐陽詹亦曰：『讀其書，知其慈孝最隆也。』近世丁謂詩有『天門深九重，終當掉臂入』，王禹偁讀之曰：『入公門，猶鞠躬如也。天門豈可掉臂入乎？此人必不忠。』後果如其言。臣聞王安石文章之名久矣。嘗聞其詩曰：『今人未可非商鞅，商鞅能令政必行。』今睹其行事，已頗類矣。願陛下詳其言而防其志。」

半山晚年所至處，書窗屏間云：「當時諸葛成何事，只合終身作卧龍。」蓋痛悔之詞，此乃唐薛能詩句。此條原本誤連上條，今移正。

沈休文鍾山應西陽王教一首五章，第四章用兩足字韻。上云：「多值息心侣，結架山之足。」下云：「所願從之游，寸心於此足。」一章纔四韻，而兩韻同一字。又陸士衡擬古一篇，用兩音字。前云：「思君徽與音。」後云：「歸雲難寄音。」東坡一詩用兩耳字。云：「二義不同，故得重用。」又涪翁一詩壓兩朋字云：「大府佳友朋。」「歸鳥求其朋。」又有一詩用兩扁字韻：「責任媿和扁。」「持斵問輪扁。」自注云：「復有此一韻，事異似不類出此也。」

「鷄鳴高樹巔」，古縣録詩也。縣録當是樂府之譌。而陸士衡陶淵明皆用之。士衡對用「虎嘯深谷底」，淵明以對「犬吠深巷中」。

古人五字，往往句有相犯者。如潘安仁王仲宣皆云：「但愬杯行遲。」曹子建應德璉皆云：「公子敬愛客。」李少卿云：「行人懷往路。」蘇子卿云：「征夫懷往路。」左太沖云：「緑葉日夜黄。」張景陽云：「密葉日夜疎。」古詩：「秋草凄以緑。」又：「秋草萋更碧。」謝玄暉又云：「春草秋更緑。」如此者衆，不可悉舉。

西征賦惡譴博字韻一聯云：「成七國之稱亂，翻助逆而誅錯。」李善注云：「錯，七故反，今叶韻七各反。」然今時人讀晁錯爲鼂錯，七各反，則以爲不識字矣。

何邵贈張華云：「在昔同班列，今者並園墟。」華答邵云：「自昔同寮寀，於今此園廬。」今之酬和者如此，人必以爲笑資矣。

江文通斆李陵等雜體三十首，内斆休上人怨别一首，有「日暮碧雲合，佳人殊未來」之句，後人便以爲休上人語。其末又有「桂水日千里，因之平生懷」之句，唐東觀記又以爲太子家令沈約詩。所謂文通錦，割截殆盡矣。

鮑明遠升天行云：「九籥隱丹經。」李善云：「易緯注：齊魯之間，名門户及藏器之管曰籥。以藏經而丹有九轉，故曰九籥。」此可笑也。天門有九，故曰九籥。涪翁云「九籥天闕守夜義」是也。

世所傳「一日看除目，終年損道心」之語，乃姚合武功縣詩也。

唐人多作五粒松詩，有以五粒爲鬣者。大曆時，監察御史顧愔新羅國記云：「松樹大連抱，有五粒子，形如桃仁而稍小。皮硬，中有仁。取而食之，味如胡桃，浸酒療風。」然則松名五粒者，以子名之也。

贈人詩多用同姓事。如東坡贈鄭户曹云：「公業有田常乏食，廣文好客竟無氈。」又贈蔡子華云：「莫尋唐舉問封侯，但遣麻姑爲爬背。」涪翁和東坡詩云：「人間化鶴三千歲，海上看羊十九年。」陳無己贈何郎中云：「已度城陰先得句，不應從俗未忘葷。」唯徐師川贈張仁云：「詩如雲態度，人似柳風流。」尤爲工也。又半山與劉發詩云：「何妨過我論奇字，亦復令公見異書。」則又用彼我兩姓事。

杜詩云：「江蓮摇白羽，天棘夢青絲。」世不曉其用夢字，余考之，蓋蔓字訛而爲夢耳。何遜王孫游「日碧草蔓絲」是也。天棘，天門冬也，如薔香而蔓生。或以爲柳，誤矣。

樹萱録云：「杜工部詩，世傳骨氣高峭，如爽鶻摩霄，駿馬絶地。」又唐人謂李賀文體，如崇巖峭壁，萬仞崛起。又摭言載趙牧效李長吉歌詩，自謂蹙金結繡而無痕跡。

東坡詩有「灩翻白獸樽中酒，歸煮青泥坊底芹」，爲貶謫者設也。續仙傳載一神仙詩，有「灩翻王母九霞觴，謫向人間作酒狂」之語，蓋用此耳。灩，一本作踏。

殷芸小説載馬融列傳云：「融善鼓琴，吹笛之聲一發，得蜻蛚出吟，有如相和。原脱如字，據續談助所録殷芸小説補。蜻蛚，蔡邕月令章句以爲蟋蟀。馬融長笛賦：「有洛客舍逆旅，吹笛爲氣出精列相和。」李善云：「歌録曰：『古相和歌十八曲，氣出一，蜻蛚二，古曲。』」據文選，當注作氣出一，精列二。魏武帝有氣出精列二古曲。此似有脱字。則殷芸所載，不唯謬甚，亦可笑也。

丁晉公築毬詩，世稱曲盡形容之妙。如半山觀碁詩云：「旁觀各技癢，竊議兒女囁。諱輸寧斷頭，悔悟乃搏頰。」亦曲寫人情之妙也。

東坡王平父哀詞云：「已知毅豹爲均死，未識荆凡定孰存。」雖拘詩律，易楚爲荆。然古人多以荆楚二字互用，如後漢臧洪論云：「可謂懷哭秦之節，存荆則未也。」亦不云楚而云荆也。

陸龜蒙謝人詩卷云：「談仙忽似朝金母，說豔渾如見玉兒。」杜牧之云：「粉毫唯畫月，瓊尺只裁雲。」「美似狂酲初啖蔗，快如衰病得觀濤。」涪翁：「清似釣船聞夜雨，壯如軍壘動秋鼙。」論用事之工，半山爲勝也。

諸晁酬和柳字韻詩，至三四反不困，蓋篇篇可觀。「世已乏知音，何勞問迭柳。」尤爲工也。

孫興公天台山賦有「赤城霞起而建標，瀑布飛流而界道」之語，爲當時所推。後庾信數用其語，作瑋禪師碑云：「游極箕張，建標霞起。」又襄州鳳林寺碑云：「千霄秀出，建霞起□。」至徐凝作廬山瀑布詩云：「一條界破青山色。」蓋亦用瀑布界道之語，乃爾鄙惡。

鳳之九苞，一曰口包命，二曰心合度，三曰耳聰達，四曰舌屈伸，五曰色光采，六曰冠矩朱，七曰距鋭鈎，八曰音激揚，九曰腹文户。涪翁和蕭元禮詩云：「歸鳳求凰振九苞。」自注乃云：

「苞，尾也。」未詳。

鮑照云：「傷禽惡弦驚，倦客惡離聲。」「斷腸聲裏無形影，畫出無聲亦斷腸」，蓋以此也。

樂天云：「近世韋蘇州歌行，才麗之外，頗近興諷。其五言詩文，又高雅閒淡，自成一家之體，今之秉筆者，誰能及之。」故東坡有「樂天長短三千首，却愛韋郎五字詩」之句。然樂天既知韋應物之詩，而乃自甘心于淺俗，何耶？豈才有所限乎？

顔魯公云：「夕照明村樹。」僧清塞云：「夕照顯重山。」顧非熊云：「斜日曬林桑。」杜牧云：「落日羨樓臺。」半山云：「返照媚林塘。」皆不若嚴維「花塢夕陽遲」也。

杜牧詩喜用「緪」字：「半月緪雙臉」，「如日月緪升」，「日痕緪翠巘」，「孤直緪月定。」牧又多以竹雨比羽林，栽竹詩云：「歷歷羽林影。」又：「竹岡森羽林。」大雨行：「萬里橫亘羽林槍㊀。」又：「雲林寺外逢猛雨，林黑山高雨脚長。曾奉郊宫近爲侍，分明攙攙羽林槍。」

㊀原作「雲萬里積芽茁」，據全唐詩改。

一日，璉公與余書，紙尾批云：「比雨過，菴前後竹萌戢戢，取以充庖，頗覺有味。因誦東坡『我與何曾同一飽，不知何苦食雞豚』之語。時敏聞同槃，亦云：『白湯澆飯肥腯腯，喫肉一把骨。』相與大笑，噴飯滿案。」因書及此，庶知菴中亦不寂寥也。

樂府有風人詩，如「圍棊燒敗絮，著子故衣然」之類是也。然或一句托一物耳。獨楊元素荷花借字詩四韻，全托一物，尤爲工也。詩云：「香豔憐渠好，無端雜芰窠。向來因藕斷，特地見絲多。實有終成的，露摇争奈何。深房蓮底味，心裏苦相和。」

文忠公詩有「春深桃李作絪緼」，又「欲晴花氣漸絪緼」，一作氤氲。皆麗句也。絪緼，厚貌。今四聲韻。緼，烏昆切，赤之間色。

錢伯瞻有侍兒，妙麗爲一時衣冠家桃李之冠，故時人號花王，即東坡涪翁賡和蓬字韻詩所謂「安得春筍手，爲我剥蓮蓬」者也。名倩奴。坡與涪翁詩，皆曰青人詠云。

西京雜記云：「以酒爲書滴，取其不冰。以玉爲研，亦取其不冰。」賀方回詞云：「羅帷映月，玉研生冰。」似失契勘。

李覯泰伯，江西人。作非孟子書。有高世之論。無盡讀其所作新成院記詩云：「昔讀盱川集，嘗聞泰伯賢。新成文刻在，往事野僧傳。氣格終驚俗，光芒冷貫天。田翁不知價，祇得十千錢。」蓋僧云時以十千潤筆耳。

予家有聽雨軒，嘗集古今人句。杜牧之云：「可惜和風夜來雨，醉中虚度打窗聲。」賈島云：「宿客不來過半夜，獨聞山雨到來時。」歐陽文忠公：「芳叢緑葉聊須種，猶得蕭蕭聽雨聲。」王荆公：「深炷爐香閉齋閣，卧聞簷雨瀉高秋。」東坡：「一聽南堂新瓦響，似聞東塢少荷香。」陳無己云：「一枕雨窗深閉閣，卧聽叢竹雨來時。」趙德麟云：「卧聽簷雨作宫商。」尤爲工也。

東坡詩有「厭小人羹」者，蓋用潁考叔之語：「小人有母，皆嘗小人之食矣，未嘗君之羹。」然初不云小人羹也。

反語，其來遠矣，晉宋間尤尚。今都下有三番四番語，亦此類。往過宛丘道中，逆旅壁間見畫一婦人鞋樣，下題云：「不信但看羊子解，便須信道菊兒姜。」雖是鄙語，亦殊精絶。

余在都下，嘗對客語古人詩集中，可採而不見傳記者甚多。如杜牧之一絶句，題下注云：「李鄂州愛酒，性地閒雅。」一作「情地閒雅」，此亦可用。坐有新第者，問予「情地閒雅」可對甚，予答云：「可對『性天高明』。」旁坐有解其意者，爲之絶倒。

南史載謝朓長五言詩，沈約常云：「二百年來無此作。」

又顔黄門記劉孝綽當時既有重名，無所與讓，唯服謝朓。常以謝朓詩置几案間，動静輒諷咏。

又談藪載梁高祖重陳郡謝朓詩，曰：「不讀謝朓詩三日，口臭。」

誠齋詩話

誠齋詩話　宋　楊萬里撰

句有偶似古人者，亦有述之者。杜子美武侯廟詩云：「映階碧草自春色，隔葉黃鸝空好音。」此何遜行孫氏陵云「山鶯空樹響，壠月自秋暉」也。杜云：「薄雲巖際宿，孤月浪中翻。」此庾信「白雲巖際出，清月波中上」也㊀，「出」「上」二字勝矣。陰鏗云：「鶯隨入户樹，花逐下山風。」杜云：「月明垂葉露，雲逐渡溪風。」又云：「水流行地日，江入度山雲。」此一聯勝。庾信云：「永韜三尺劍，長捲一戎衣。」杜云：「風塵三尺劍，社稷一戎衣。」亦勝庾矣。南朝蘇子卿梅詩云：「祇言花是雪，不悟有香來。」介甫云：「遥知不是雪，爲有暗香來。」述者不及作者。陸龜蒙云：「殷勤與解丁香結，從放繁枝散誕香。」介甫云：「慇懃爲解丁香結，放出枝頭自在春㊁。」作者不及述者。

㊀按此二句亦見今本何遜集入西塞示南府同僚，作庾信者誤。

㊁「春」原作「香」，據誠齋集改。

山谷集中有絶句云：「草色青青柳色黄，桃花零亂杏花香。春風不解吹愁去，春日偏能惹恨長。」此唐人賈至詩也，特改五字耳。賈云：「桃花歷亂李花香」，又「不爲吹愁惹夢長」㊀。

㊀「爲」字原脱，據誠齋集補。

東坡云：「春宵一刻直千金，花有清香月有陰。歌管樓臺人寂寂，鞦韆院落夜沉沉。」介甫云：「金爐香燼漏聲殘，剪剪輕風陣陣寒。春色惱人眠不得，月移花影上欄干。」二詩流麗相似，然亦有甲乙。

「問余何意栖碧山，笑而不答心自閒。桃花流水杳然去，別有天地非人間。」又：「相隨遥遥訪赤城，三十六曲水回縈。一溪初入千花明，萬壑度盡松風聲。」此李太白詩體也。「麒麟圖畫鴻鴈行，紫極出入黄金印。」又：「白摧朽骨龍虎死，黑入太陰雷雨垂。」又：「指揮能事回天地，訓練强兵動鬼神。」又：「路經灩澦雙蓬鬢，天入滄浪一釣舟。」此杜子美詩體也。「明月易低人易散，歸來呼酒更重看。」又：「當其下筆風雨快，筆所未到氣已吞。」又：「醉中不覺度千山，夜聞梅香失醉眠。」又李白畫像：「西望太白横峨岷，眼高四海空無人。大兒汾陽中令君，小兒天台坐忘身。平生不識高將軍，手涴吾足乃敢嗔。」此東坡詩體也。「風光錯綜天經緯，草木文章帝杼機。」又：「澗松無心古鬚鬣，天球不琢中粹温。」又：「兒呼不蘇驢失脚，猶恐醒來有新作。」此山谷詩體也。

金針法云：「八句律詩，落句要如高山轉石，一去無回。」予以爲不然。詩已盡而味方永，乃善之善也。子美重陽詩云：「明年此會知誰健，醉把茱萸仔細看。」夏日李尚書期不赴云：「不是尚書期不顧，山陰野雪興難乘。」唐人詩：「葛溪浸淬干將劍，却是猿聲斷客腸。」又釣臺：「如今亦有垂綸者，自是江魚賣得錢。」唐人長門怨：「錯把黄金買詞賦，相如自是薄情人。」崔道融云：「如今却羡相如富，猶有人間四壁居。」

詩有一句七言而三意者。杜云：「對食暫餐還不能。」退之云：「欲去未到先思回。」有一句五言而兩意者。陳後山云：「更病可無醉，猶寒已自知。」詩有句中無其辭，而句外有其意者。巷伯之詩，蘇公刺暴公之譖己，而曰：「二人同行，誰爲此禍。」杜云：「遣人向市賒香秔，喚婦出房親自饌。」上言其力窮，故曰賒；下言其無使令，故曰親。又：「東歸貧路自覺難，欲別上馬身無力。」上有相干之意而不言，下有戀別之意而不忍。又：「朋酒日歡會，老夫今始知。」嘲其獨遺己而不招也。又夏日不赴而云：「野雪興難乘。」此不言熱而反言之也。

詩有驚人句。杜山水障：「堂上不合生楓樹，怪底江山起烟霧。」又：「斫却月中桂，清光應更多。」白樂天云：「遥憐天上桂華孤，爲問姮娥更寡無？月中幸有閑田地，何不中央種兩株。」韓子蒼衡岳圖：「故人來自天柱峰，手提石廩與祝融。兩山陂陀幾百里，安得置之行李中。」此亦是用東坡云：「我持此石歸，袖中有東海。」杜牧之云：「我欲東召龍伯公，上天揭取北斗柄。」「蓬萊頂上斡海水，水盡見底看海空。」李賀云：「女媧鍊石補天處，石破天驚逗秋雨。」

褒頌功德五言長韵律詩，最要典雅重大。如杜云：「鳳歷軒轅紀，龍飛四十春。八荒開壽域，一氣轉洪鈞。」又云：「碧瓦初寒外，金莖一氣旁。山河扶繡户，日月近雕梁。」李義山云：「帝作黄金闕，天開白玉京。有人扶太極，是夕降玄精。」七言褒頌功德，如少陵賈至諸人倡和早朝大明宫，乃爲典雅重大。和此詩者，岑參云：「花迎劍佩星初落，柳拂旌旗露未乾。」最佳。

七言長韵古詩，如杜少陵丹青引曹將軍畫馬奉先縣劉少府山水障歌等篇，皆雄偉宏放，不可捕捉。學詩者於李杜蘇黄詩中，求此等類，誦讀沈酣，深得其意味，則落筆自絕矣。

太史公曰：「國風好色而不淫，小雅怨誹而不亂。」左氏傳曰：「春秋之稱，微而顯，志而晦，婉而成章，盡而不汙。」此詩與春秋紀事之妙也。近世詞人，閒情之靡，如伯有所賦，趙武所不得聞者，有過之無不及焉，是得爲好色而不淫乎？惟晏叔原云「落花人獨立，微雨燕雙飛」，可謂好色而不淫矣。唐人長門怨云：「珊瑚枕上千行淚，不是思君是恨君。」是得爲怨誹而不亂乎？惟劉長卿云「月來深殿早，春到後宮遲」，可謂怨誹而不亂矣。近世陳克詠李伯時畫寧王進史圖云：「汗簡不知天上事，至尊新納壽王妃」，是得謂爲微、爲晦、爲婉、爲不汙穢乎？惟李義山云：「侍宴歸來宮漏永，薛王沈醉壽王醒」，可謂微婉顯晦、盡而不汙矣。

士大夫間有口傳一兩聯可喜，而莫知其所本者。如：「人情似紙番番薄，世事如棋局局新。」又：「飽諳世事慵開眼，會盡人情只點頭。」又：「薄有田園歸去好，苦無官况莫來休。」又賀人休官：「重碧杯中天更大，軟紅塵裏夢初收。」竟不知何人詩也。又有嘲巧宦而事反拙者：「當初只謂將勤補，到底翻爲弄巧成。」此尤可笑。

唐律七言八句，一篇之中，句句皆奇，一句之中，字字皆奇，古今作者皆難之。予嘗與林謙之論此事。謙之慨然曰：「但吾輩詩集中，不可不作數篇耳。」如老杜九日詩云：「老去悲秋强自寬，興，來今日盡君歡。』不徒入句便字字對屬。又第一句頃刻變化，纔說悲秋，忽又自寬，以『自』對『君』甚切，君者君也，自者我也。『羞將短髮還吹帽，笑倩旁人爲正冠。』將一事翻騰作一聯，又孟嘉以落帽爲風流，少陵以不落爲風流，翻盡古人公案，最爲妙法。『藍水遠從千澗落，玉山高並兩峰寒。』詩人至此，筆力多衰，今方且雄傑挺拔，喚起一篇精神，自非筆力拔山，不至於此。『明年此會知誰健，醉把茱萸仔細看。』則意味深長，悠然無窮矣。」

東坡煎茶詩云：「活水還將活火烹，自臨釣石汲深清。」第二句七字而具五意：水清，一也；深處清，二也；石下之水，非有泥土，三也；石乃釣石，非尋常之石，四也；東坡自汲，非遣卒奴，五也。「大瓢貯月歸春甕，小杓分江入夜瓶。」其狀水之清美極矣。分江二字，此尤難下。「雪乳已翻煎處脚，松風仍作瀉時聲。」此倒語也，尤爲詩家妙法，卽少陵「紅稻啄餘鸚鵡粒，碧梧棲老鳳凰枝」也。「枯腸未易禁三椀，臥聽山城長短更。」又翻却盧仝公案。仝喫到七椀，坡不禁三椀。山城更漏無定，長短二字，有無窮之味。

初學詩者，須學古人好語，或兩字，或三字。如山谷猩猩毛筆：「平生幾兩屐，身後五車書。」「平生」二字出論語，「身後」二字，晉張翰云：「使我有身後名。」「幾兩屐」阮孚語，「五車書」莊子言惠施。此兩句乃四處合來。又：「春風春雨花經眼，江北江南水拍天。」春風春雨，江北江南，詩家常用。杜云：「且看欲盡花經眼。」退之云：「海氣昏昏水拍天。」此以四字合三字，入口便成詩句，不至生硬。要誦詩之多，擇字之精，始乎摘用，久而自出肺腑；縱横出没，用亦可，不用亦可。

詩家用古人語，而不用其意，最爲妙法。如山谷猩猩毛筆是也。猩猩喜著屐，故用阮孚事。其毛作筆，用之鈔書，故用惠施事。二事皆借人事以詠物，初非猩猩毛筆事也。左傳云：「深山大澤，實生龍蛇。」而山谷中秋月詩云：「寒藤老木被光景，深山大澤皆龍蛇。」周禮考工記云：「車人蓋圜以象天，軫方以象地。」而山谷云：「丈夫要宏毅，天地爲蓋軫。」孟子云：「武成取二三策。」而山谷稱東坡云：「平生五車書，未吐二三策。」孔子老子相見傾蓋，鄒陽云：「傾蓋如故。」孫倖與東坡不相識，乃以詩寄坡，坡和云：「與君蓋亦不須傾。」劉寬責吏，以蒲爲鞭，寬厚至矣。東坡詩云：「有鞭不使安用蒲。」老杜有詩云：「忽憶往時秋井塌，古人白骨生青苔，如何不飲令心哀。」東坡則云：「何須更待秋井塌，見人白骨方銜盃。」此皆翻案法也。予友人安福劉浚字景明，重陽詩云：「不用茱萸仔細看，管取明年各强健。」得此法矣。

五七字絶句最少，而最難工，雖作者亦難得四句全好者，晚唐人與介甫最工於此。如李義山憂唐之衰云：「夕陽無限好，其奈近黄昏。」如：「青女素娥俱耐冷，月中霜裏鬭嬋娟。」如：「芭蕉不解丁香結，同向春風各自愁。」如：「鶯花啼又笑，畢竟是誰春。」唐人銅雀臺云：「人生富貴須回首，此地豈無歌舞來。」寄邊衣云：「寄到玉關應萬里，戍人猶在玉關西。」折楊柳云：「羌笛何須怨楊柳，春光不度玉門關。」皆佳句也。如介甫云：「更無一片桃花在，爲問春歸有底忙。」「祇是蟲聲知有薔薇已無夢，三更桐葉强知秋。」「百囀黄鸝看不見，海棠無數出牆頭。」「暗香一陣風吹起，知有薔薇澗底花。」不減唐人，然鮮有四句全好者。杜牧之云：「清江漾漾白鷗飛，緑淨春深好染衣。南去北來人自老，夕陽長送釣船歸。」唐人云：「樹頭樹尾覓殘紅，一片西飛一片東。自是桃花貪結子，錯教人恨五更風。」韓偓云：「昨夜三更雨，臨明一陣寒。薔薇花在否，側臥捲簾看。」介甫云：「水際柴扉一半開，小橋分路入青苔。背人照影無窮柳，隔屋吹香併是梅。」東坡云：「暮雲收盡溢清寒，銀漢無聲轉玉盤。此生此夜不長好，明月明年何處看。」四句皆好矣。

五言長韻古詩，如白樂天遊悟真寺一百韻，真絶唱也。五言古詩，句雅淡而味深長者，陶淵明、柳子厚也。如少陵羌村、後山送内，皆是一唱三歎之聲。

自隆興以來，以詩名者，林謙之、范致能、陸務觀、尤延之、蕭東夫，近時後進有張鎡功父、趙蕃昌父、劉翰武子、黄景説巖老、徐似道淵子、項安世平甫、鞏豐仲至、姜夔堯章、徐賀恭仲、汪經仲權，前五人皆有詩集傳世。謙之常稱重其友方翥次雲詩云：「秋明河漢外，月近斗牛旁。」延之有云：「去年江南荒，趁逐過江北。江北不可住，江南歸未得。」又寄友人云：「胸中襞積千般事，到得相逢一語無。」又台州秩滿歸云：「送客漸稀城漸遠，歸途應減兩三程。」東夫飲酒云：「信脚到太古，又登岳陽樓。不作蒼茫去，真成浪蕩遊。三年夜郎客，一柂洞庭秋。得句鷺飛處，看山天盡頭。猶嫌未奇絶，更上岳陽樓。」又：「荒村三月不肉味，併與瓜茄倚閣休。造物於人相補報，問天賒得一山秋。」致能有云：「月從雪後皆奇夜，天到梅邊有別春。」功父云：「斷橋斜取路，古寺未關門。」絶似晚唐人。詠金林禽花云：「梨花風骨杏花妝。」詠黄薔薇云：「已從槐借葉，更染菊爲裳。」寫物之工如此。予歸自金陵，功父送之，末章云：「何時重來桂隱軒，爲我醉倒春風前。看人喚作詩中仙，看人喚作飲中仙。」此詩超然矣。昌父云：「紅葉連村雨，黄花獨徑秋。詩窮真得瘦，酒薄不禁愁。」武子云：「自鋤明月種梅花。」又云：「吹入征鴻數字秋。」淵子云：「煖分煨芋火，明借續麻燈。」又：「客路二千年五十，向人猶自説歸耕。」平甫題釣臺：「醉中偶爾閒伸脚，便被劉郎賣作名。」恭仲云：「碎斫生柴爛煮詩。」又有姚宋佐輔之一絶句云：「梅花得月太清生，月到梅花越樣明。梅月蕭疏兩奇絶，有人踏月繞花行。」僧顯萬亦能詩：「萬松嶺上一間屋，老僧半間雲半間。須臾雲去作行雨，回頭却羨老僧閑。」又梅詩：「探支春色牆頭朶，闌入風光竹外梢。」又：「河横星斗三更後，月過梧桐一丈高。」又有龐右甫者，使金過汴京云：「蒼龍觀闕東風外，黄道星辰北斗邊。月照九衢平似水，胡兒吹笛内門前。」

吾族前輩諱存字正叟，諱朴字元素，諱杞字元卿，諱輔世字昌英，皆能詩。元卿年十八，第進士，其叔正叟賀之云：「月中丹桂輪先手，鏡裏朱顏正後生。」吾鄉民俗，稻未熟，摘而蒸之，舂以爲米，其飯絶香。元素有詩云：「和露摘殘雲淺碧，帶香炊出玉輕黄。」余先太中貧，㈠嘗作小茅屋三間，而未有門扉，于元卿求一扉，元卿以絶句送至云：「三間茅屋獨家村，風雨蕭蕭可斷魂。舊日相如猶有壁，如今無壁更無門。」昌英有絶句云：「碧玉寒塘瑩不流，紅蕖影裏立沙鷗。便當不作南溪看，當得西湖十里秋。」

㊀「余」原作「子」，據誠齋集改。

吾州詩人瀘溪先生安福王民瞻名庭珪，弱冠貢入京師太學，已有詩名。有絶句云：「江水磨銅鏡面寒，釣魚人在蓼花灣。回頭貪看新月上，不覺竹竿流下灘。」紹興間，宰相秦檜力主和戎之議，鄉先生胡邦衡名銓，時爲編修官，上書乞斬檜，謫新州。民瞻送行詩：「一封朝上九重關，是日清都虎豹閑。百辟動容觀奏議，幾人回首愧朝班。名高北斗星辰上，身落南州瘴海間。不待百年公議定，漢庭行召賈生還。」「大厦元非一木支，要將獨力拄傾危。癡兒不了公家事，男子要爲天下奇。當日奸諛皆膽落，平生忠義祇心知。端能飽喫新州飯，在處江山足護持。」有歐陽安永上飛語告之，除名竄辰州。孝宗登極，召爲國子監簿，以老請奉祠，除直敷文閣宫觀。尤延之嘗誦吴則禮詩：「華館相望接使星，長淮南北已休兵。便須買酒催行樂，更覓何時是太平。」「滿船賣了洞庭柑，雪色新裁白紵衫。唤得吴姬同一醉，春風相送過江南。」又：「楓葉蘆花滿釣船，水風清處枕琴眠。覺來失却瀟湘月，却問青山覓酒錢。」

神宗徽猷閣成，告廟祝文，東坡當筆。時黄魯直張文潛晁无咎陳無己畢集觀坡落筆云：「惟我神考，如日在天。」忽外有白事者，坡放筆而出。諸人擬續下句，皆莫測其意所向。頃之坡入，再落筆云：「雖光輝無所不充，而躔次必有所舍。」諸人大服。

潤州火，爇盡室廬，惟存李衛公塔米元章菴。元章喜題塔云：「神護衛公塔，天留米老庵。」有輕薄子於「塔庵」二字上，添注「爺孃」二字。元章見之大罵，輕薄子再於「塔庵」二字下添注「颯糟」二字。蓋元章母嘗乳哺宮中，故云。糟字本出漢書霍去病傳，云：「鏖皋蘭山下。」注云：「今謂糜爛爲鏖糟。」輕薄子用糟字黏庵字，蓋今人讀鏖爲庵，讀糟爲子甘切。添注遂成七言兩句云：「神護衛公爺塔颯，天留米老孃庵糟。」

鄉先生劉尚書才卲字美中云：「劉弇偉明獻南郊大禮賦，首句云：『粤惟古初，豺獺有祭。』南郊大禮，祭天地祖宗，而比之豺獺之祭，此譬如千乘萬騎，羽獵長楊，而於其間說鬬蝦蟆。」

劉侍郎岑字季高，居建康，中書舍人張孝祥字安國，時爲帥，還往甚密。一日，安國忽具衣冠造季高，季高驚異未出，先令人問盛服而來何故。安國曰：「欲北面書法。」季高不辭讓，著道服而出。安國則令人扶季高，納拜者再。季高亦不辭讓，安國請曰云云，季高答曰云云，大意令安國學李邕書。

徽宗嘗問米某：「蘇軾書如何？」對曰：「畫。」「黄庭堅書如何？」曰：「描。」「卿書如何？」曰：「刷。」

高宗初作黄字，天下翕然學黄字。後作米字，天下翕然學米字。最後作孫過庭字，故孝宗太上皆作孫字。

韓退之答李錫書云：「思元賓而不見，見元賓之所與，則如元賓焉。」此用石勒語。王浚贈勒麈尾，懸之壁間，每瞻仰之云：「王公不得見，見王公之玩好，如見王公焉。」退之作河南少尹李素墓銘云：「高其上而坎其中，以爲公之宮。奈何乎公！」此用東方朔諫武帝近董偃云：「奈何乎陛下。」退之上宰相書云：「恤恤乎，飢不得食，寒不得衣。」此用左傳語：「南蒯將叛，邑人歌之曰：恤恤乎，湫乎悠乎。」又杜兼墓銘云：「事在人子，日遠日忘。」此用晉書張駿語，謂「中原之於晉，日遠日忘」。又平淮西碑，自皇帝「曰光顏。汝爲陳許帥」，「曰重胤」云云，「曰弘」云云，「曰文通」云云，「曰道古」云云，「曰愬」云云，「曰度惟汝予同，汝遂相予」，此用舜典命九官文法也。

柳子厚答韋中立書云：「抑之欲其奧，揚之欲其明，疏之欲其通，廉之欲其節，激而發之欲其清，固而存之欲其重。」此用周禮考功記函人句法，云：「眡其鑽空，欲其惌也，眡其裏，欲其易也；眡其朕，欲其直也；櫜之，欲其約也；舉而眡之，欲其豐也；衣之，欲其無齘也。」

韓退之行箴云：「宜悔而休，汝惡曷瘳？宜休而悔，汝善安在？」柳子厚憂箴云：「宜言不言，不宜而煩；宜退而勇，不宜而恐。」二箴相似，未知孰先爲之者。曾子固送王乞咎字序云：「以顏子之所以爲學者期乎己，予之所望於補之也。假借乎己而已矣，豈予之所望於補之哉？」此用孟子句法：「千里而見王，是予所欲也。不遇故去，豈予所欲哉？」而介甫送陳升之序云：「堪大臣之事，可信而望者，陳升之而已矣。煦煦然仁而已矣，孑孑然義而已矣，非予所望於升之也。」予固送王希序、介甫九曜閣記，言洪撫兩州山川之勝，遊覽之樂，亦大畧相似，未知孰先爲之者。

李彌遜知吉州，於州學立楊忠襄公祠堂，請劉尚書美中作祭文，首句云：「陰虹吐氣，暫翳圜景。斗於星中，孤光耿耿。洪河潰溢，滔天橫騖。屹然中流，觀此底柱。」又云：「公人中之龍，那肯屈節於犬羊。」又云：「欲贖忠襄，人百其身。」彌遜歎服不已，不知其用太學生姚孝寧祭李清卿文，首句云：「皇穹將傾，天柱必折。大帝欲仆，泰嶽必蹶。」又云：「公人中龍，肯臣犬豕？」又云：「賊據牀上，天子在下。公抱帝躬，嚼齒大罵。公於是時，眥裂髮立。乾坤晝昏，鬼神夜泣。」又云：「欲贖清卿，人百其身。百人何多，一世猶輕。」又云：「吾將提長劍而登泰華，抉浮雲而問蒼天。雖泣盡而繼之以血，安得吾清卿之復然。」蓋清卿之父，避亂至廬陵，嘗館於美中之家，故美中得此文。予少時嘗於劉彦純家見其全篇，今亡矣，可惜。廬陵村落地名何山，有金地寺，壁間有廬陵丞某人留題云：「今朝憩息來金地，何日翺翔到木天。」觀者歎其的對。後美中再入館職，唱和云：「見説木天猶突兀，暫時金地亦清閒。」是時南渡之後，駐蹕臨安，百司官寺未立，暫寓一僧舍爲秘書省，而汴京本省猶未毁。美中此聯，朝士歎其親切。

詩句固難用經語，然善用者，不勝其韵。李師中云：「夜如何其斗欲落，歲云暮矣天無情。」又：「山如仁者壽，風似聖之清。」又：「詩成白也知無敵，花落虞兮可奈何。」

詩有實字而善用之者，以實爲虛。杜云：「弟子貧原憲，諸生老伏虔。」「老」字蓋用「趙充國請行，上老之」。有用文語爲詩句者，尤工。杜云：「侍臣雙宋玉，戰策兩穰苴。」蓋用如「六五帝，四三王」。有用法家吏文語爲詩句者，所謂以俗爲雅。坡云：「避謗詩尋醫，畏病酒入務。」如前卷僧顯萬探支闌入，亦此類也。

庾信月詩云：「渡河光不濕。」杜云：「入河蟾不没。」唐人云：「因過竹院逢僧話，又得浮生半日閒。」坡云：「殷勤昨夜三更雨，又得浮生盡日涼。」杜夢李白云：「落月滿屋梁，猶疑照顏色。」山谷簟詩云：「落日映江波，依稀比顏色。」退之云：「如何連曉語，衹是説家鄉。」吕居仁云：「如何今夜雨，衹是滴芭蕉。」此皆用古人句律，而不用其句意，以故爲新，奪胎换骨。

杜蜀山水圖云：「沱水流中座，岷山赴北堂。白波吹粉壁，青嶂插雕梁。」此以畫爲真也。曾吉父云：「斷崖韋偃樹，小雨郭熙山。」此以真爲畫也。

白樂天女道士詩云：「姑山半峰雪，瑶水一枝蓮。」此以花比美婦人也。東坡海棠云：「朱脣得酒暈生臉，翠袖卷紗紅映肉。」此以美婦人比花也。山谷酴醿云：「露濕何郎試湯餅，日烘荀令炷爐香。」此以美丈夫比花也。山谷此詩出奇，古人所未有，然亦是用「荷花似六郎」之意。

歐陽公作省試知舉，得東坡之文驚喜，欲取爲第一人，又疑其是門人曾子固之文，恐招物議，抑爲第二。坡來謝，歐陽問坡所作刑賞忠厚之至論，有「皋陶曰殺之三，堯曰宥之三」，此見何書，坡曰：「事在三國志孔融傳注。」歐退而閲之，無有。他日再問坡，坡云：「曹操滅袁紹，以袁熙妻賜其子丕。孔融曰：『昔武王伐紂，以妲己賜周公。』操驚問何經見，融曰：『以今日之事觀之，意其如此。』堯皐陶之事，某亦意其如此。」歐退而大驚曰：「此人可謂善讀書，善用書，他日文章，必獨步天下。」然予嘗思之，禮記云：「獄成，有司告於王。王曰宥之，有司曰在辟。王又曰宥之，有司又曰在辟。三宥不對，走出，致刑於甸人。」坡雖用孔融意，然亦用禮記故事，其稱王謂王三皆然，安知此典故不出於堯。

客有自秦少游許來見東坡。坡問少游近有何詩句，客擧秦水龍吟詞云㈠：「小樓連苑横空，下臨繡轂雕鞍驟。」坡笑曰：「又連苑，又横空；又繡轂，又雕鞍，又驟，也勞攘。」坡亦有此詞云：「燕子樓中，佳人何在，空鎖樓中燕。」

㈠「水龍吟」原作「燕子樓」，據淮海詞改。

東坡談笑善謔。過潤州，太守高會以饗之。飲散，諸妓歌魯直茶詞云：「惟有一盃春草，解留連佳客。」坡正色曰：「却留我喫草。」諸妓立東坡後，憑東坡胡牀者，大笑絶倒，胡牀遂折，東坡墮地。賓客一笑而散。見蜀人李珪説。

東坡知徐州，李定之子某過焉。坡以過客故事宴之，其人大喜，以爲坡敬愛之也。因起而請求薦墨。坡佯應曰「諾。」久之閒談，坡忽問李：「相法謂面上人中長一寸者壽百年，有是説否？」李曰：「未聞也。」坡曰：「果若人言，彭祖好一个猷長臉。」李大慚而遁。見王僑卿說。

東坡嘗宴客，俳優者作伎萬方，坡終不笑。一優突出，用棒痛打作伎者曰：「內翰不笑，汝猶稱良優乎？」對曰：「非不笑也，不笑所以深笑之也。」坡遂大笑。蓋優人用東坡王者不治夷狄論云：「非不治也，不治乃所以深治之也。」見子由五世孫奉新縣尉懋說。

予過金山，見妙高臺上挂東坡像，有東坡親筆自贊云：「目若新生之犢，身如不繫之舟。試問平生功業，黃州惠州崖州。」今集中無之。予昔爲零陵丞，嘗肩輿過一野寺，壁間山谷親筆一詩，予小立肩輿，誦之三過。既歸書之，止記一聯云：「春將國豔薰花骨，日借黃金縷水紋。」今集中亦無之。

蔡攸幼慧。其叔父卞，荆公壻也。卞携攸見公，一日，公與客論及字說，攸立其膝下，回首問曰：「不知相公所解之字，爲復是解蒼頡字，爲復是解李斯字。」公不能答，拊其頂曰：「你無良，你無良。」見劉尚書美中說。

東坡赤壁賦云「扣舷而歌之，歌曰」云云，「客有吹洞簫者，倚歌而和之，其聲嗚嗚然，如怨如慕」。山谷爲坡寫此賦爲圖障云「扣舷而歌曰」，又曰「其聲嗚嗚，如怨如慕」。去「之」、「歌」、「然」三字，覺神觀精鋭。孫仲益作上梁文云：「老蟾駕月，上千巖紫翠之間；一鳥呼風，嘯萬木丹青之表。」周茂振曰：「既呼又嘯，易嘯爲響。」

退之盤谷序云：「妬寵而負恃。」張文潛云：「妬寵一字，負恃兩字，非句律。與下句云：『争妍而取憐』不類。又既曰『負』又曰『恃』爲複。『恃』當作『持』。」

本朝制誥表啓用四六，自熙豐至今，此文愈甚。有一聯用兩處古人全語，而雅馴妥帖，如己出者。介甫賀册后妃表云：「關雎之求淑女，無險陂私謁之心；雞鳴之思賢妃，有警戒相成之道。」紹興間，劉美中除工部侍郎、兼直學士院，吉水丞龔尹字正子以啓賀之云：「技巧工匠精其能，自元成之間鮮能及；號令文章焕可述，雖書史所稱何以加。」尹又上湯丞相啓云：「生民以來，未有盛於孔子；天下之士，豈復賢於周公。」後二語用韓退之上宰相書。中書舍人張安國知撫州，自撫移蘇，謝上表云：「雖自西徂東，周爰執事；然以小易大，是誠何心。」增「雖」「然」二字，而兩州東西小大，乃甚的切。王履道賀唐秘校及第啓云：「得知千載，上賴古書；作吏一行，便廢此事。」前二語用淵明詩：「得知千載事，上賴古人書。」剪去兩字。後二句用嵇康書：「一行作吏，此事便廢。」而皆倒易二字。東坡答士人啓云：「愧無琴瑟旨酒，以樂我嘉賓；所喜直諒多聞，其古之益友。」此雖增損五六字，而特圓美。至翟公遜行麻制云：「古我先王，惟圖任舊人共政；咸有一德，克左右厥辟宅師。」則前二語熟，而後二語突兀矣。四六有一聯而用四處古人語者。張欽夫答一教官啓云：「識其大者，豈誦説云乎哉；何以告之，曰仁義而已矣。」四人語乃如一人語。王履道行余深少宰制云：「仰惟前代，守文爲難；相我受民，非賢不乂。」其意亦貫。紹興間，金人歸我河南地㊀，洪景伯賀表云：「宣王復文武之土，可謂中興；齊人歸鄆讙之田，不失舊物。」屬聯工夫，然去一境字，便覺難讀。

㊀「地」原脱，據誠齋集補。

四六用古人語，有用其一字之聲，而不用其字之形者。書曰：「人惟求舊。」而介甫謝上表云：「仁惟求舊，義不遐遺。」乃易「人」爲「仁」。莊子曰：「副墨之子，問之洛誦之孫。」副墨謂文墨之有副本，洛誦謂洛人之善誦讀者。而介甫賀生王子表，前一聯言成王文王子衆多，而繼之以「恭惟皇帝陛下，令德光乎洛誦，康功茂乎岐昌」，則以洛誦爲成王矣，蓋成王名誦而卜洛故也。此文人之舞文弄法者也。

四六有截斷古人語，而補以一字，如天成者。有用古人語，不易其字之形，而易其意者。漢書云：「在漢庭無出其右。」論語云：「與文子同升諸公。」而翟公巽賀蔡攸除少師啓云：「朝廷無出其右，父子同升諸公。」既截斷其語，而補以一字，讀者不覺其補。而又易文子爲父子，子之字雖同，而文子乃人名，父子非人名也。此巧之至也。子牟身居江湖之上，公冶長雖在縲絏之中，而東坡謝罪表云：「命寄江湖之上，夢遊縲絏之中。」孟子云：「此之謂失其本心。」左傳云：「吾必使汝罷於奔命。」翟公巽一年之中，移作數郡太守，謝表云：「憂患失其本心，筋力罷於奔命。」亦此類也。

四六有作流麗語者，亦須典而不浮。東坡謝知杭州謝啓云：「湖山如舊，魚鳥亦怪其衰殘；争訟稍稀，吏民習知其遲鈍。」謝知登州文：「賓出日於麗譙，山川炳焕；傳夕烽於海嶠，鼓角清閒。」謝賜對衣金帶馬狀云：「草木何知，被慶雲之渥采；魚蝦至賤，借滄海之榮光。雖若可觀，終非其有。」汪彦章賀神降萬歲山表云：「恍若銀山，金成宮闕；浩如玉海，虹貫山川。」此皆典切而不浮。孫仲益亦多此等語，至橘林則浮靡而不典矣。

四六有作華潤語而重大者，最不可多得。韓退之表云：「地彌天區，界軼海外。北嶽醫閭，神鬼受職；析木天街，星宿清潤。」曾子固云：「鈎陳太微，星緯咸若；崑崙渤澥，波瀾不驚。」王履道行种師道麻制云：「封疆開崑崙積石之西，威謦震大漠龍荒之北。」四六有用古人全語，而全不用其意者。行葦之詩云：「仁及草木，牛羊勿踐履。」此盛世之事也。又鴟鴞之詩云：「予未有室家，風雨所漂揺。」謂鴟鴞之巢也。王履道，北人也，靖康避亂，謫在八桂，思鄉里墳墓，作青詞云：「萬里丘墳，草木牛羊之踐履；百年鄉社，室家風雨之飄揺。」

有客在張欽夫坐上，舉介甫賀册后妃「關雎」「鷄鳴」之聯，以爲四六之妙者。欽夫因舉東坡賀册后表云：「上符天造，日月爲之光明；下逮海隅，夫婦無有愁歎。」笑曰：「此全不用古人一字，而氣象塞乎天地矣。」

中書舍人洪景盧知婺州，召至都下，而從臣未有虚位，孝宗除爲在京宮觀兼侍讀太府少卿。

張抑字子儀，以啓賀之云：「珍臺閒館，冠皋伊之倫魁；廣厦細旃，論唐虞之聖道。」前兩句用揚雄賦全語，後兩句用王吉疏全語，皆西漢文章也。子儀舉示予，予驚歎擊節，以爲不減前輩。未幾，景盧入翰林爲學士，適梁叔子丞相以病辭位，孝宗愛重之，不欲聽其去。累辭，不得已，拜大觀文醴泉觀使兼侍讀，景盧當筆，麻制中全用此一聯。是日，朝士聽麻，皆稱賞之，不知其爲子儀語也。

四六有初語平平，而去其一字，精神百倍，妙語超絶者。介甫賀韓魏公致仕啓云：「言天下之所未嘗，任大臣之所不敢。」其初句尾有「言」「任」二字而去之也。

循王張俊妾封夫人，中書舍人程子山行詞，以「異姓王」對「如夫人」，朝士稱之。

靖康遣聶山割三鎮與金人請和，三鎮之民，不肯左袵，羣起歐山至死，而朝廷或傳其生。詞臣行加恩詞云：「風寒易水，知士去之不還；日遠長安，怪人來而未至。」汪伯彦黄潛善爲相時，太學之士陳東以上書誅，既而高宗深悔之，贈東諫議大夫，而罷汪黄二相。後趙鼎爲相，汪黄有啓謝廟堂。鄱陽熊彦時叔雅爲趙客，代趙答之云：「一男子之上書，彼將焉罪；諸大夫曰可殺，公亦何心！」

靖康二聖北狩，皇屬畢遷，中原無主。惟高宗皇帝在外獨免。隆祐太后以書勸進，有云：「獻公之子九人，惟重耳之獨在；漢家之阨十世，宜光武之中興。」此汪彦章詞也。建炎苗劉之禍，未幾復辟，赦書云：「斷鼇而立四極，既成開闢之勳；取日而授五龍，復正神明之御。」此李漢老詞也。張邦昌既僭竊竄謫，謝高宗表云：「孔子從佛肸之召，蓋欲興周；紀信乘漢王之車，固將誑楚。」其黨顔博文之詞也。邦昌初立時，博文首上賀表云：「非湯武之干戈，同堯舜之禪讓。」其反覆如此。

李綱罷相被謫，汪彦章行詞云：「朋黨罔上，有虞必去于驩兜；欺世盜名，孔子首誅乎正卯。」又云：「專殺尚威，傷列聖好生之德；信讒喜佞，爲一時羣小之宗。」客有問彦章者曰：「内翰頃有啓賀伯紀拜相云：『孤忠貫日，正二儀傾側之中；凜氣横秋，揮萬騎笑談之頃。』又云：『士頌公寃，亟舉幡而集闕下；帝從民望，令免胄以見國人。』與今謫詞抑何反也？」彦章曰：「某此啓自直一翰林學士，渠不用我，故以後詞報之。」客又曰：「詞有云：『乃傾家積，陰與賊通。』若行此言，則李公族矣，怨豈至是，此言何從？」答曰：「某何從知得，但見渠兒子自虜中歸。」

汪彦章初除北門，有小官賀以啓云：「當年翰苑，曾聞學士之葫蘆；今日玉堂，又見司空之蘿蔔。」自以爲奇。有問之者，葫蘆事得非用太祖皇帝嘲内翰陶穀，所謂「年年依樣畫葫蘆」者乎？曰：「然。」又問蘿蔔何出，曰：「昔司空圖在翰苑嘗作蘿蔔詩。」聞者絶倒。又吾州安福有歐陽寺丞叔向者，嘗爲妻病作青詞云：「大小二便，半月未通乎水火；晨昏兩膳，一粒不過于咽喉。」又近有代京丞相作遺表者，首句云：「身獨立于上台，未踰三月；瘡忽生于下體，幾及半年。」

莆田陳丞相作小朝士時，顯仁太后之喪，當代宰相乞皇帝御殿表云：「雖天道何言，四時自然成歲；然太陽不照，萬物何以仰瞻。」識者已知其有宰相器。公後爲左相辭位，其客鄭僑惠叔代作表云：「責任匪輕，此豈久居之地；從容求去，幸當未厭之時。」豈久居，牛僧孺語也，幸未厭，蕭嵩語也。皆宰相求去事，未有如此親切者。

梁叔子丞相生日，孝宗賜酒物。是時梁母太夫人在，尤延之代作謝表云：「小人有母，雖喜君羹之嘗；大烹養賢，每虞公餗之覆。」

黄仲秉攝西掖，行東坡贈太師謚文忠詞云：「朕考百年治亂之原，識諸老忠邪之辨；惟小人無所忌憚，使君子至于困窮。」又云：「某目無全牛，意空凡馬。道不行而言立，身愈退而名高。」又云：「言之尚至于歎嗟，聞者亦爲之興起。」户部侍郎史正志自請爲諸路發運使，徧行州縣，凡合起上供，及江上餉師錢穀，盡以爲羨餘而獻之。壽皇大喜。既而歲暮上供，無一州至者。版曹大窘，奏其事，上大怒，即日罷黜。仲秉行詞有云：「多取贏于郡國，無遺算于鷄豚。校數歲之中以爲常，本無心計；無三年之畜曰不足，徒有口才。」及仲秉爲刑部侍郎，觸一權貴，匄外得丹陽，謝廟啓曰：「一麾江海，頗欲避西風之塵；兩鬢雪霜，但堪飲北厨之酒。」

王季海丞相爲太常少卿，時葛丞相楚輔爲浙東參議官，以啓賀季海，用「鷄㯕」對「鵝經」，季海賞其的對。鷄㯕乃用王勃爲諸王作鬭鷄㯕。

山谷戲筆，嘗書范文正公爲舉子時作虀賦，有云：「陶家甕內，淹成碧綠青黃；措大口中，嚼出宮商徵羽。」吾州劉沆丞相微時讀書山寺，寺僧請公戲作偷狗賦，有云：「搏飯引來，猶掉續貂之尾；索綯牽去，尚回顧兔之頭。」常州人諱打爺，蓋常有子爲任伯，而其父坐罪當笞者，其子恐他人杖其父之重，而身請行刑，故有此議。士人有戲作此賦者云：「當年祖逖，見而知聞而知；後日孫權，出乎爾反乎爾。」

投人詩文，有語忌者，不可不知。人有上文潞公詩，用壽考字。公曰：「五日考終命，和我死也說了。」程子山自中書舍人謫爲贛州安遠令，士子上生日詩，用嶽降事。子山曰：「降做縣令了，更去甚處。」周茂振賀劉季高由謫籍放自便啓云：「十年去國，驚我馬之虺隤；一日還家，喜是翁之矍鑠。」季高曰：「是翁却將對我馬。」此類多矣。至如紹興間，張叔夜之子常先，爲江西常平使者，有小官上啓，其自序處云：「叔夜粗疏，次山漫浪。」常先大怒曰：「我爺何曾粗疏。」雖常先不學可笑，然小官亦當問上官家諱。吉州推官李椿嘗于一上官舉狀，而上官家諱有複名而一字椿者，初許薦而後不與諸。余族弟炎正字濟翁，作一啓以解之云：「諱名不諱姓，雖存羊棗之遺文；言在不言徵，亦有杏壇之故事。」上官遂舉之。濟翁年五十二乃登第，初任寧遠簿，甚爲京丞相所知，有啓上丞相云：「秋驚一葉，感蒲柳之先知；春到千花，歎桑麻之後長。」丞相遂下待除掌故之令。

尤延之嘗舉前輩四六有云：「秉圭執璧，禮天地之神祇；潔粢豐盛，報祖宗之功德。」謂其不造語而體面大。又嘗愛子由行詞有云：「養德丘園，本無求于當世；書名史策，恍若疑其古人。」詩曰：「燕及皇天。」又曰：「誕彌厥月。」而介甫賀進築熙河表云：「旌旆所指，燕及氐羌；樓櫓相望，誕彌河隴。」

淵明子美無己三人作九日詩，大概相似。子美云：「竹葉於人既無分，菊花從此不須開。」淵明所謂「塵爵恥虚罍，寒花徒自容」也。無己云：「人事自生今日意，寒花祇作去年香。」此淵明所謂「日月依辰至，舉俗愛其名」也。

介甫當國，喜言農田水利。有獻議梁山濼可涸之以爲田，介甫欲行之，又念水無所歸，以問劉貢父，曰：「此事楊蟠無齒。」貢父退，介甫思其説而不得。呼其子雱，問以此語何意，且出何書。雱曰：「不知，當召而問之。」貢父既至，雱以父之問問焉。貢父笑曰：「此易曉耳。楊蟠杭人，善作詩，自號浩然居士，相公熟識之。今欲涸湖爲田，此事浩然無涯也。」一時聞者絶倒。

東坡詩云：「卧占寬閒五百弓。」汪彦章啓云：「嗟甫里百弓之別墅。」七尺二寸爲一弓，事見釋梵。一尺八寸爲一肘，四肘爲一弓。今通鑑二百四十八卷會昌五年：「祠部奏天下寺四千六百，蘭若四萬。」注下亦詳。史炤釋文引薩波多論云：「西天度地，以四肘爲一弓。去寺店五百弓，不遠不近，以閒静處爲蘭若。」今以唐尺計之，蓋二里許也。

或問：「何謂雙聲疊韻？」曰：「行穿詰曲崎嶇路，又聽鈎輈格磔聲。」上句疊韻，下句雙聲也。「何謂蜂腰鶴膝？」曰：「詞源倒流三峽水，筆陣獨掃千人軍。」「無邊落木蕭蕭下，不盡長江滾滾來。」前一聯蜂腰，後一聯鶴膝也。

近世蜀人多妙於四六，如程子山趙莊叔劉韶美黄仲秉其選也。然未免作意爲之者。張欽夫深於經學，初不作意于文字間，而每下筆必造極。紹興辛巳年，其父魏公久謫居永州，得旨自便，欽夫代作謝表，自叙有云：「家國異謀，固難調于衆口；天日下照，夫何歉于一心。茲蓋皇帝陛下，體堯之仁，行禹之智。微彰以道，必因天地之時；動化若神，孰測風雷之用。」其辭平，其味永，其韻孤，豈作意爲之者。時年二十九。

李方叔之孫大方，字允蹈，少時嘗作思故山賦，諸公間稱之，以爲似邢居實。晚得一鶡冠，今爲雜買場，寄予詩一編，多有警句。如：「三百年來今幾秋，天地自老江自流。」如：「笛聲吹起白玉槃，正照御前楊柳碧。」如：「可憐一代經綸業，不抵鍾山幾首詩。」如：「後院落花人不到，黄鸝飛下石榴陰。」大似唐人。

乾隆四十年，歲次乙未，三月二日，借鶴年先生藏本，校于桐花館。是日北風揚沙，塵埃滿室，扃鐍窗户，無少隙漏，如閉車箱中作新婦也。鮑淥飲手跋。

庚溪詩話

庚溪詩話卷上

宋　陳巖肖撰

藝祖皇帝嘗有詠月詩曰：「未離海底千山暗，纔到天中萬國明。」大哉言乎！撥亂反正之心，見于此詩矣。又竊聞上微時，客有詠初日詩者，語雖工而意淺陋，上所不喜，其人請上詠之，即應聲曰：「太陽初出光赫赫，千山萬山如火發。一輪頃刻上天衢，逐退羣星與殘月。」蓋本朝以火德王天下，及上登極，僭竊之國以次削平，混一之志，先形於言，規模宏遠矣。

太宗皇帝既輔藝祖皇帝創業垂統，暨登寶位，尤留意斯文。每進士及第，賜聞喜宴，必制詩賜之，其後累朝遵爲故事。宰相李昉，年老罷政家居，每宴，必宣赴坐。昉獻詩曰：「微臣自愧頭如雪，也向鈞天侍玉皇。」上俯和曰：「珍重老臣純不已，我慚寡昧繼三皇。」時皆榮之。蘇易簡在翰林，一日，上召對賜酒，謂之曰：「君臣千載遇。」易簡應聲曰：「忠孝一生心。」吕端參知政事，上一日宴後苑釣魚，賜之詩，斷句曰：「欲餌金鈎殊未達，磻溪須問釣魚人。」端賡以進曰：「愚臣鈎直難堪用，宜問濠梁結網人。」既而端遂拜相。君臣會遇，形於賡詠，此與唐虞賡載，事雖異而意同也。

真宗皇帝聽斷之暇，唯務觀書。每觀一書畢，即有篇詠，命近臣賡和，故有御制觀尚書詩、春秋周禮禮記孝經詩各三章，御制讀宋書陳書各一章，讀後魏書三章，讀北齊書二章，讀後周書隋書唐書各三章，讀五代梁史後唐史晉史漢史周史各二章，可謂好文之主也。

仁宗皇帝當持盈守成之世，尤以斯文爲急。每進士聞喜宴，必以詩賜之。景祐元年所賜詩末句曰：「寒儒逢景運，報國合如何？」言宏大而有激勵，真詔旨也。山東李庭臣嘗言：「瓊管夷人，有持錦臂韝鬻於市者，其上織成詩一聯云：『恩袍草色動，仙籍桂香浮。』乃景祐五年賜進士詩也。聖制固宜遠播，而仁化所覃，雖夷亦知敬愛。」庭臣遠以千金易之，作小屏几硯間，見之者莫不改容瞻敬。」嘉祐初，龍圖閣直學士尚書吏部郎中梅摯公儀，出守杭州，上特制詩以寵賜之。其首章曰：「地有吳山美，東南第一州。」梅既到杭，欲侈上之賜，遂建堂山上，名曰有美，歐陽修爲記以述之，亦人臣之榮遇也。

光堯壽聖太上皇帝，當内修外攘之際，尤以文德服遠，至於宸章睿藻，日星昭垂者非一。至紹興二十八年，將郊祀，有司以太常樂章篇序失次，文義弗協，請遵真宗仁宗朝故事，親制祭享樂章，詔從之。自郊丘宗廟原廟等，共十有四章，肆筆而成，睿思雅正，宸文典贍，所謂「大哉王言」也。至于一時閑適遇遇一作寓。景而作，則有漁父辭十五章，又清新簡遠，備騷雅之體。其辭有曰：「薄晚烟林淡翠微，江邊秋月已明輝。縱遠柂，適天機，水底閑雲片段飛。」又曰：「青草開時已過船，錦鱗躍處浪痕圓。竹葉酒，柳花氈，有意沙鷗伴我眠。」又曰：「水涵微雨湛虛明，小笠輕蓑未要晴。明鑑裏，縠紋生，白鷺飛來空外聲。」辭多不能盡載。觀此數篇，雖古之騷人詞客，老於江湖，擅名一時者，不能跂及。其中又一章曰：「春入朝陽花氣多㊀，春歸時節又清和。銜曉霧，弄滄波，載與俱歸又若何？」此又有進用賢材之意，關治體也。

㊀「氣多春歸時節又清和銜」十字原書錯人另行，今據百川學海本改正。

今上皇帝以英睿之資，宸文聖作，渙然超卓。方居王邸時，從太上皇帝視師江左，經由京口，題詩金山曰：「屹然山山一作天。立枕中流，彈壓東南二百州。狂虜來臨須破膽，何勞平地戰貔貅。」辭壯而旨深，已包不戰而屈人兵之意矣。

今上皇帝躬受內禪，踐阼以來，未嘗一日暫忘中興之圖，每形於詩辭。如新秋雨過述懷有曰：「平生雄武心，覽鏡朱顏在。豈惜常憂勤，規模模一作恢。須廣大。」如春晴有感曰：「春風歸草木，曉日麗山河。物滯欣逢泰，時豐自此多。神州應未遠，當繼沛中歌。」觀此則規恢之志大矣。如幸秘閣宴羣臣賜詩曰：「稽古右文慚非德，禮賢下士法前王。欲臻至治觀熙洽，更罄嘉嘉一作謨。猷爲贊襄。」俯和史浩丞相詩有曰：「誰歌歌一作知。元首明，自得股肱喜。」又曰：「虛心欲受人，忠言資逆耳。朕瘠天下肥，至樂無易此。」觀此則任賢聽諫，虛己愛民之心切矣。至如詠德壽宮冷泉亭古風有曰：「孰云人力非自然，千巖萬壑藏雲烟。上有峥嶸倚空之翠壁，下有潺湲漱玉之飛泉。一堂虛敞臨佳沼，密蔭交加森翠葆。山頭草木四時芳，閱盡歲寒長長一作常。不老。」又曰：

「日長雅趣超塵俗，散步逍遥快心目。山光水色無盡時，都都一作長。將挹向杯中醁。」觀此，則篤於春親，盡天下之養者，無不至矣。如春賦曰：「浹土膏之流潤，將勸功於九農。碧草萋其帶露，遊絲飄其曳空。丹緑兮衆芳，迢迢一作超。遥兮春風。春風兮歸來，信吹萬之不同。」又曰：「碧實朱英，穠苞艷葩。榮於春者冬必悴，蘖蘖一作枿。于夏者秋必花。擢喬松於歲寒，出奇卉於天涯。知深仁之被物，曾何間四時與幽遐。吾將觀登臺之熙熙，包八荒而爲家。穆然若東風之振槁，灑然若膏雨之萌芽。則生生之德無時不在，又何美乎眩目之芳華。」觀此，則所以贊天地化育，一視而同仁者深矣，真帝王之用心也。

當今皇太子，夙禀岐嶷之資，篤日就月將之道。方其處恭邸時，在三王中，閲經史習藝業爲最多，每爲詩篇，辭語高妙。峻肖時備員講讀官，每講退，則與同僚詠歎敬服不已。今育德春宫之久，諒製作深造灝靈之體，但以在遠不可得而聞。竊睹賡主上新秋雨過述懷詩有曰：「中興日月異，王氣山河在。萬物飾昭回，稽首王言大。」其辭如是，其旨宏遠矣。

漢高帝大風歌，不事華藻，而氣概遠大，真英主也。至武帝秋風辭，言固雄偉，而終有感慨之語，故其末年，幾至於變。魏武魏文父子，横槊賦詩，雖遒壯抑揚，而乏帝王之度。六朝以後人主，言非不工，而纖麗不逞，無足言也。

唐文皇既以武功平隋亂，又以文德致太平，於篇詠尤其所好。如曰：「昔乘匹馬去，今驅萬乘來。」辭氣壯偉，固人所膾炙。又嘗觀其過舊宅詩曰：「新豐停翠輦，譙邑駐鳴笳。一朝辭此去，四海遂成家。」蓋其詩語與功烈真相副也。

唐宣宗微時，以武宗忌之，遁跡爲僧。一日遊方，遇黄蘗禪師同行，因觀瀑布。黄蘗曰：「我詠此得一聯，而下韻不接。」宣宗曰：「當爲續成之。」黄蘗云：「千巖萬壑不辭勞，遠看方知出處高。」宣宗續云：「溪澗豈能留得住，終歸大海作波濤。」其後宣宗竟踐位，志先見於此詩矣。然自宣宗以後，接懿僖之時，宇内遂不靖，則作波濤之語，豈非讖耶？

岐陽石鼓文，前世未傳，至唐始盛稱。而韋應物韓退之皆爲歌詩以詠之。應物歌其略曰：「周人大獵兮岐之陽，刻石表功兮煒煌煌。石如鼓形數止十，風雨缺訛苔蘚澁。端逶迤兮相糺錯，乃是宣王之臣史籀作。」退之歌其略曰：「周綱陵遲四海沸，宣王憤起揮天戈。大開明堂受朝賀，諸侯劍佩鳴相磨。蒐于岐陽騁雄俊，萬里禽獸皆遮羅。鐫功勒成告萬世，鑿石作鼓隳嵯峨。」以應物之歌考之，直以爲宣王之鼓也。歐陽永叔集古録，疑其唐以前不傳，又疑漢魏以後，凡碑大書深刻者，多已磨滅，而此又遠數百年，文細刻淺，豈得尚存。然以余論之，古物埋没，不見於世者多矣，陵谷遷變，此鼓或埋於土中，或淪於水濱，或隱蔽於幽僻之地，至唐始見於世。物雖古，而風日雨雪所侵未久，模打者亦未多，故缺訛尚寡，不可知也。而歐公又云「退之好古不妄，又其字畫亦非史籀不能作也，然則實此豈不賢於𨻳他石刻哉？」

杜少陵子美詩，多紀當時事，皆有據依，古號「詩史」。頃見蔡絛西清詩話云：唐史載王珪母盧氏，嘗謂其子：「汝必貴，但未見汝與游者。」珪一日引房玄齡杜如晦過之，母曰：「汝貴無疑。」及質之少陵送重表姪王砅詩曰：「我之曾老姑，爾之高祖母。」則珪母杜氏，非盧氏也。又曰：「爾祖未顯時，歸爲尚書婦。隋朝大業末，房杜俱交友。長者來在門，荒年自餬口。家貧無供給，客位但箕帚。俄頃羞頗珍，寂寥人散後。入怪鬢髮空，吁嗟爲之久。自陳剪髻鬟，鬻市充杯酒。上云天下亂，宜與英俊厚。向竊窺數公，經綸亦俱有。次問最少年，虬髯十八九。子等成大名，皆因此人手。下云風雲合，龍虎一吟吼。願展丈夫雄，得辭兒女醜。秦王時在坐，真氣驚户牖。及乎貞觀初，尚書踐台斗。夫人常肩輿，上殿稱萬壽。六宫師柔順，法則化妃后。至尊均嫂叔，盛事垂不朽。」其詩詳諦如此，而史謬誤之甚，今以余考之云。然其詩曰：「爾祖未顯時，歸爲尚書婦。」又曰：「及乎貞觀初，尚書踐台斗。」尚書者，蓋指珪也，爲尚書婦者，乃爲珪妻也。然則少陵所稱杜氏，實珪之妻，而史所稱乃珪之母也。兩事自不同。想以其詩中有剪髻鬟充杯酒事，與陶侃母同，故亦以爲珪母也。余又以唐史珪傳考之，珪母乃李氏，亦非盧氏也。然則西清詩話非獨不詳考事實，又併姓氏亦誤也。嗚呼，以珪之賢，上禀訓於賢母，下得助於賢妻，宜其爲一代宗臣也。

少陵詩非特紀事，至於都邑所出，土地所生，物之有無貴賤，亦時見於吟詠。如云：「急須相就飲一斗，恰有青銅三百錢。」丁晉公謂以是知唐之酒價也。建炎己酉歲，車駕駐蹕建康，毘陵錢申仲紳赴召命，僕亦以事至彼，與之同邸。申仲以能詩自負，嘗作詩話甚詳。余偶用其剪紙刀，渠頗靳之，且曰：「此刀唯吾鄉所造者頗佳，他處不及也。」余戲之曰：「仙鄉剪刀雖佳，然不及太原者也。」錢曰：「太原唯出銅器，未聞出剪刀也。」余曰：「君深於詩，而不知此耶？子美詩云：『焉得并州快剪刀，剪取吴淞半江水。』吾豈妄言哉？」錢大笑，因而定交。

世謂六一居士歐陽永叔不好杜少陵詩。觀六一詩話載：陳從易舍人初得杜集舊本，多脱誤，其送蔡都尉詩云「身輕一鳥」，其下脱一字。陳公與數客各用一字補之，或云「疾」，或云「落」，或云「起」，或云「下」。其後得善本，乃「身輕一鳥過」。陳歎服，以爲雖一字，諸君不能到也。又曰：「唐之晚年，無復李杜豪放之格，但務以精意相高而已。」又集古目録曰：「秦嶧山碑非真，杜甫直謂棗木傳刻爾。」杜有李潮八分小篆歌，云「嶧山之碑野火焚，棗木傳刻肥失真」故也。六一於杜詩既稱其雖一字人不能到，又稱其格之豪放，又取以證碑刻之真僞，詎可謂六一不好之乎？後人之言，未可信也。

江南五月梅熟時，霖雨連旬，謂之黄梅雨。然少陵曰：「南京犀犀一作西。浦道，四月熟黄梅。湛湛長江去，冥冥細雨來。」蓋唐人以成都爲南京，則蜀中梅雨，乃在四月也。及讀柳子厚詩曰：「梅實迎時雨，蒼茫值晚春。愁深楚猿夜，夢斷越雞晨。海霧連南極，江雲暗北津。素衣今盡化，非爲帝京塵。」此子厚在嶺外詩，則南越梅雨，又在春末。是知梅雨時候，所至早晚不同。

杜子美遊龍門奉先寺詩曰：「天闕象緯逼，雲卧衣裳冷。」此寺在洛陽之龍門。按韋述東都記，龍門號雙闕，以與大内對，屹若天闕然。此詩天闕指龍門也。後人爲其屬對不切，改爲天闕，王介甫改爲天閲，蔡興宗又謂世傳古本作天闚，引莊子「用管闚天」爲證。以余觀之，皆臆説也。且「天闕象緯逼，雲卧衣裳冷」，乃此寺中卽事耳。以彼天闕之高，則勢逼象緯，以我雲卧之幽，則冷侵衣裳，語自混成，何必屑屑較瑣碎失大體哉？

澄江朱正民舉直嘗云：「少陵今夕行，措措一作指。意不苟，其語云『今夕何夕歲云徂』，則言歲除夜也；『更長燭明不可孤』，則言夜永人多守歲不寐，當有以自遣也；『咸陽客舍一事無』，則言旅中少況，且無幹也；『相與博塞爲歡娛』，則言爲此猶賢乎已也。蓋謂窮冬佳節，旅中永夕無事，方可爲此自遣耳，他時不可也。」則正民觀少陵詩，亦不苟矣。正民乃余先太夫人族弟，沈晦元同榜登科，其人簡率，而議論有直氣，爲廣德軍教授，含山縣令而卒，惜哉！

白樂天有新製綾襖詩曰：「水波文襖造新成，綾軟綿匀温復輕。百姓多寒無可救，一身獨煖亦何情。」卒章曰：「争得大裘長萬丈，與君都蓋洛陽城。」可謂有善推其所爲之心矣。又觀新製布裘詩曰：「桂布白似雪，吴綿軟於雲。布重綿且厚，爲裘有餘温。誰知嚴冬月，支體暖如春。中夕忽有念，撫裘起逡巡。丈夫貴兼濟，豈獨善一身。安得萬里裘，蓋裹周四垠？穩暖皆如我，天下無寒人！」後詩正與杜子美茅屋爲秋風所破歌曰「安得廣厦千萬間，大庇天下寒士俱歡顏，風雨不動安如山」同。觀樂天前詩，則與楚人亡弓、楚人得之相類，觀樂天後詩及子美詩，可與人亡弓、人得之其意同也。

東坡先生學術文章，忠言直節，不特士大夫所欽仰，而累朝聖主，寵遇皆厚。仁宗朝登進士科，復應制科，擢居異等。英宗朝，自鳳翔簽判滿任，欲以唐故事召入翰林。宰相限以近例，且召試秘閣，上曰：「未知其能否，故試之。如軾豈不能耶？」宰相猶難之，及試，又入優等，遂直史館。神宗朝，以議變更科舉法，上得其議，喜之，遂欲進用，以與王安石論新法不合，補外。王黨李定之徒，媒蘖浸潤不止，遂坐詩文有譏諷，赴詔獄，欲置之死，賴上獨庇之，得出，止責置齊安。方其坐獄時，宰相有譖於上曰：「軾有不臣意。」上改容曰：「軾雖有罪，不應至此。」時相舉軾檜詩云：「『根到九泉無曲處，世間唯有蟄龍知。』陛下飛龍在天，軾以爲不知己，而求地下蟄龍，非不臣而何？」上曰：「詩人之詞，安可如此論？彼自詠檜，何預朕事。」時相語塞。又上一日與近臣論人材，因曰：「軾方古人孰比？」近臣曰：「唐李白文才頗同。」上曰：「不然，白有軾之才，無軾之學。」上累有意復用，而言者力沮之。上一日特出手札曰：「蘇軾默居思咎，閱歲滋深，人才實難，不忍終棄。」因量移臨汝。哲宗朝起知登州，召爲南宮舍人，不數月，遷西掖，遂登翰苑。紹聖以後，熙豐諸臣當國，元祐諸臣例遷謫。崇觀間，蔡京蔡卞等用事，拘以黨籍，禁其文辭墨跡而毀之。政和間，忽弛其禁，求軾墨跡甚銳，人莫知其由。或傳：徽宗皇帝寶籙宮醮筵，常親臨之。一日啓醮，其主醮道流拜章伏地，久之方起，上詰其故，答曰：「適至上帝所，值奎宿奏事，良久方畢，始能達其章故也。」上歎訝之，問曰：「奎宿何神爲之，所奏何事？」對曰：「所奏不可得知，然爲此宿者，乃本朝之臣蘇軾也。」上大驚，不惟弛其禁，且欲翫其文辭墨跡。一時士大夫從風而靡。

光堯太上皇帝朝，盡復軾官職，擢其孫符，自小官至尚書。今上皇帝尤愛其文。梁丞相叔子，乾道初任掖垣兼講席，一日，内中宿直召對，上因論文，問曰：「近有趙夔等註軾詩甚詳，卿見之否？」梁奏曰：「臣未之見。」上曰：「朕有之。」命内侍取以示之。至乾道末，上遂爲軾御製文集敍贊，命有司與集同刊之，因贈太師，謚文忠，又賜其曾孫嶠出身，擢爲臺諫侍從。嗚呼！昔揚雄之文，當時人忽之，且欲覆醬瓿，雄亦自謂「後世復有揚子雲，當好之。」今東坡詩文，乃蒙當代累朝神聖之主知遇如此。使忌能之臣。譖言不入，且道流之語未必可信，解註之士出於一時之意，而當宁以軾之忠賢而確信之，身後恩寵異常。此誠堯、舜之君，樂取諸人以爲善，而軾遂被此光榮，不其偉哉！

姑蘇楓橋寺，唐張繼留詩曰：「月落烏啼霜滿天，江楓漁火對愁眠。姑蘇城外寒山寺，夜半鐘聲到客船。」六一居士詩話謂「句則佳矣，奈半夜非鳴鐘時。」然余昔官姑蘇，每三鼓盡四鼓初，即諸寺鐘皆鳴，想自唐時已然也。後觀于鵠詩云：「定知別後家中伴，遥聽維山半夜鐘。」白樂天云：「新秋松影下，半夜鐘聲後。」温庭筠云：「悠然旅榜頻回首，無復松窗半夜鐘。」則前人言之，不獨張繼也。又皇甫冉秋夜宿嚴維宅云：「昔聞開元寺，門向會稽峯。君住東湖下，清風繼舊蹤。秋深臨水月，夜半隔山鐘。」陳羽梓州與温商夜別亦曰：「隔水悠悠午夜鐘。」然則豈詩人承襲用此語耶？抑他處亦如姑蘇半夜鳴鐘耶？

明張睿父琅邪代醉編引庚溪詩話，而又云：「余考齊丘仲孚，少好學，讀書以中宵鐘鳴爲限。則夜半鐘其來久矣。」升菴曰：「唐六典：『更點皆擊鐘，太史門有典鐘二十八人，掌鐘漏。』唐詩：『促漏遥鐘動静聞。』則夜半鐘豈獨寒山寺哉。」

庚溪詩話卷下

東坡謫居齊安時，以文筆游戲三昧。齊安樂籍中李宜者，色藝不下他妓。他妓因燕席中有得詩曲者，宜以語訥，不能有所請，人皆咎之。坡將移臨汝，於飲餞處，宜哀鳴力請。坡半酣，笑謂之曰：「東坡居士文名久，何事無言及李宜？恰似西川杜工部，海棠雖好不吟詩。」

案：宋周昭禮清波雜志亦載是事，而與此少異，今附記于此：東坡在黃岡，每用官妓侑觴，羣姬持紙乞歌詩，不違其意而予之。有李琦者，獨未蒙賜。一日有請，坡乘醉書：「東坡五載黃州住，何事無言贈李琦？」後句未續，移時乃以「却似城南杜工部，海棠雖好不吟詩」足之，獎飾乃出諸人右。其人自此聲價增重，殆類子美詩中黃四娘。

王直方詩話載：周知微明老作雙頭白蓮圖及寒食詩頗奇。余靖康間在京師，寓景德寺，偶見一士大夫文編中載明老數詩，皆妙。其詠浮萍詩曰：「小歷浮青水拍隄，隄邊草色更相宜。一番穀雨晚晴後，萬點楊花春盡時。解與曲池籠寶鑑，不教新月妬蛾眉。怪來別岸波光闊，知是漁郎艇子移。」又作邊帥上元遊宴口號一聯曰：「後車鶯燕春聲早，前騎熊羆夜氣遒。」又詠雁曰：「暮天斜去空成字，遠地頻來不寄書。」此皆佳句也，餘詩不復可記。然其人不遇而没，他詩文想有可取者，亦不多見，惜哉！

蔡元長京既貴，享用侈靡，喜食鶉，每預蓄養之，烹殺過當。一夕夢鶉數千百訴於前，其一鶉居前致辭曰：「食君廩中粟，作君羹中肉。一羹數百命，下箸猶未足。羹肉何足論，生死猶轉轂。勸君宜勿食，禍福相倚伏。」觀此，亦可爲饕餮而暴殄天物者之戒。

蔡天任載，乃天啓之弟也，頗亦工詩，晚年筆力窺陶謝之藩籬。無錫錢中仲紳，退居漆塘，有園亭之勝，一時知名士大夫如陳去非葛勝仲汪彦章孫仲益諸人，皆爲之賦詩，唯天任詩語簡而意遠。雲亭雲亭上恐脱「白」字或「遠」字。詩曰：「白雲何時來，英英冠山椒。西風莫吹去，使我心搖搖。」通惠泉詩曰：「水行天地間，萬派同一指。胡爲穿石來，要洗巢由耳。」芳美亭詩曰：「高人不惜地，自種無邊春。莫隨流水去，却汙世間塵。」遂初亭詩曰：「著亭傍林泉，偶與初心期。佳處時自領，未應魚鳥知。」諸公服其韻勝也。

鄭毅夫獬詩云：「夜來過嶺忽聞雨，今日滿溪俱是花。」語意清絶。頃在澄江，見外叔祖朱少魏良臣書帙中録一詩云：「坐見茅齋一葉秋，小山叢桂鳥聲幽。不知疊嶂夜來雨，清曉石楠花亂流。」其下註云：「司馬才叔作。」近閲曾端伯慥所編詩選，乃載於何正平詩中，未知孰是。然能狀霽後景物，語不凡也。

梅和勝執禮，宣和初爲給事中，與時相王甫論事不合，改禮部侍郎，遂黜守蘄，復落職，責守滁。王甫罷相，復職知鎮江。靖康初，以翰林學士召，其謝表有曰：「喜照壁間而見蝎，乍離楓下而聞鐘。」蓋「照壁喜見蝎」，此韓退之詩句也。「離楓下聞鐘」事偶不記。後數年，因閲劉禹錫自武陵例召趣京詩曰：「雲雨湘江起臥龍，武陵樵客躡仙蹤。十年楚水楓林下，今日乍聞長樂鐘。」蓋用禹錫詩語也。和勝，浦江人，方未冠時，家極貧，而親老無以爲養，大雪中，以詩謁邑宰云：「有令可干難閉户，無人堪訪懶移舟。」邑令延之，令訓其子弟。方應舉未捷，有詩自遣云：「天之未喪斯文也，吾亦何爲不豫哉！」後蔡嶷榜登科，終於户部尚書，死于靖康之難。

蔡攸既與王甫童貫興燕山之役，攸父京以詩寄攸曰：「老懶身心不自由，封書寄與淚横流。百年信誓當深念，三伏征塗合少休。目送旌旗如昨夢，心存關塞起深愁。緇衣堂下清風滿，早早歸來醉一甌。」徽廟聞之，命鄧珙索之，京即録以進呈。上讀之，徐曰：「好改作『六月王師好少休』也。」蓋時白溝報不捷，故有是語。觀京此語，亦深知是役之非也，何不早納忠於吾君，而力止其子行，及此始以詩諷，何太晚也？

毘陵薦福寺紅梅閣，士大夫多留題，惟程給事致道俱嘗有詩，其略曰：「春風如醇酒，著物物不知。居然此枝後，迨此白日遲。春風日浩蕩，醉色迴冰肌。所恨培雪根，向來歲寒枝。差池弄芳晚，坐令顔色移。顔色固嫵媚，清香無故時。」意新妙，又存規戒，不苟作也。

葉少藴夢得石林詩話，以楊大年劉子儀喜唐彦謙題漢高帝廟云：「『耳聞明主提三尺，眼見愚民盜一抔』，語皆歇後，如三尺律、三尺喙皆可，何獨劍乎？又蘇子瞻云『買牛但自捐三尺，射鼠何勞挽六鈞』，亦與此同病。」然余按漢高帝紀曰「吾以布衣，提三尺取天下」，又韓安國傳「高帝曰：『提三尺取天下者，朕也』」，皆無「劍」字，唯註曰：「三尺謂劍也。」出處既如此，則詩家用其本語，何爲不可？又曰：「子瞻用孔稚圭鳴蛙事，如『水底笙簧蛙兩部，山中奴婢橘千頭』，『已遣亂蛙成兩部，更邀明月作三人』，則兩部不知爲何物。」今按孔珪傳：「珪不樂世務，門庭草萊不翦，中有蛙鳴。或問之，珪笑曰：『我以此當兩部鼓吹。』」然則嘗覩此傳者，亦豈不知兩部爲何物哉？若謂出處僻，人少有知者，則何待人之淺也！

晉宋間，沃州山帛道猷詩曰：「連峯數千里，修林帶平津。茅茨隱不見，雞鳴知有人。」後秦少游詩云：「菰蒲深處疑無地，忽有人家笑語聲。」僧道潛號參寥，有云：「隔林髣髴聞機杼，知有人家在翠微。」其源乃出於道猷，而更加鍛鍊，亦可謂善奪胎者也。

詩詞中多用「南雲」，晏元獻公寄遠詩曰：「一紙短書無寄處，數行征雁入南雲。」紹興庚午歲，余爲臨安秋賦考試官，同舍有舉歐陽公長短句詞曰：「雁過南雲，行人回淚眼。」因問曰：「南雲其義安在？」余答曰：「嘗見江總詩云：『心逐南雲去，身隨北雁來。故園籬下菊，今日幾花開？』恐出於此耳。」昔人臨歧執別，回首引望，戀戀不忍遽去，而形於詩者，如王摩詰云：「車徒望不見，時見起行塵。」歐陽詹云：「高城已不見，況復城中人？」東坡與其弟子由別云：「登高回首坡隴隔，時見烏帽出復没。」或紀行人已遠，而故人不復可見，語雖不同，其惜别之意則同也。

昌黎韓退之和裴晉公詩云：「秋臺風日迥，正好看前山。」後東坡和陶詩云：「前山正可數，後騎且莫驅。」此語雖不同，而寄情物外，夷曠優游之意則同也。

王摩詰漢江臨泛詩曰：「江流天地外，山色有無中。」六一居士平山堂長短句云：「平山欄檻倚晴空，山色有無中。」豈用摩詰語耶？然詩人意所到，而語偶相同者，亦多矣。其後東坡作長短句曰：「記取醉翁語，山色有無中。」則專以爲六一語也。

武陵桃源，秦人避世於此，至東晉始聞於人間。陶淵明作記，且爲之詩，詳矣。其後作者相繼，如王摩詰韓退之劉禹錫，本朝王介甫，皆有歌詩，争出新意，各相雄長。而近時汪彦章藻一篇，思深語妙，又得諸人所未道者。其詩曰：「祖龍門外神傳璧，方士猶言仙可得。東行欲與羨門親，咫尺蓬萊滄海隔。那知平地有青春，只屬尋常避世人。關中日月空萬古，花下山川長一身。中原别後無消息，聞説胡塵因感昔。誰教晉鼎判東西，却愧秦城限南北。人間萬事愈堪憐，此地當時亦偶然。何事區區漢天子，種桃辛苦望長年。」

吴門蠡口瀕太湖，乃范蠡自此乘扁舟泛五湖也。鄭毅夫獬有詩曰：「千重越甲夜成圍，戰罷君王醉不知。若論破吴功第一，黄金只合鑄西施。」嚴子陵釣臺，屹立於桐江之濱，往來題詠者極多。前賢所作，人皆膾炙久矣，不可盡載。頃見一絶，不知名氏，云：「范蠡忘名載西子，介推逃跡累山樊。先生政爾無多事，聊把漁竿坐水村。」又見閩人陳致一貫道題一絶云：「足加帝腹似癡頑，詎肯折腰求好官？明主莫將臣子待，故人只作友朋看。」又皆自出新意也。

魏野仲先在章聖朝，隱居陝府東郊，召之不至。王文正公旦、寇忠愍公準皆與之相好，其詩句傳於人多矣。其詠啄木鳥詩云：「千林蠹如盡，一腹餒何妨。」司馬温公頗稱之。然又有一聯云：「莫因饑不足，翻愛蠹偏多。」其言有規戒矣。至斷句云：「勤勤詠還屬，無損好枝柯。」蓋仁人之言也。世之貪進，因媒蘖他人以售己而傷及善類者，聞之亦少愧矣。仲先又有竹杯珓詩云：「吉凶終在我，翻覆漫勞君。」尤有所箴也。又秋夕懷人詩云：「空看新雁字，不得故人書。」亦爲佳句。

潘子賤待制良貴，以清德直節退居鄉閭，近二十年，所居弊屋數間，略無生事，然自得其樂。平昔無所好，談禪之外，亦喜爲詩。巖肖之先君光禄，靖康間爲京城守禦司屬官，嘗以守禦策獻之朝，而議者沮之。京城失守，督將士與虜戰，遂以身徇國。及歸葬日，公爲挽詩曰：「醜虜登城日，中華將士奔。人皆趨北闕，君獨死南門。秘計無人用，英聲有史存。秋原悲淚落，桂酒與招魂。」巖肖每一讀之，痛貫心膂。時爲挽詩者數十人，唯公詩事核而言簡也。又一日，從容侍公坐，公出所作詩文一帙相示，今唯記其詠梅詩一聯云：「九畹蕙蘭爲上客，千山桃李盡庸人。」句意清高多類此，其他不能盡記也。

唐儲光羲詩曰：「翰林有客卿，獨負蒼生憂。中夜起躑躅，思欲獻厥謀。君門峻且深，踠足空夷猶。」又陶翰詩曰：「駿馬黃金勒，雕弓白羽箭。射殺左賢王，歸奏未央殿。欲言塞下事，天子不召見。東出咸陽門，哀哀淚如霰。」此二詩，一則文士居近列，懷忠而不獲吐；一則武將任邊瑣，有功而不得伸。觀此，則上之人不可不屬通臣下之情也。

唐明皇初好賢樂士，殊有帝王之志，遂致開元之治。及其晚節，信讒好佞，遽改初志，遂致天寶之亂。初，李適之用爲左相，一日遂以李林甫之譖罷其政事。適之杜門無以自遣，詠詩曰：「避賢初罷相，樂聖且銜杯。爲問門前客，今朝誰復諸書「誰復」作「幾箇」亦通。來？」林甫益譖之，遂累貶宜春太守。復因御史過宜春，恐之，使仰藥自殺。則明皇之信讒，一至於此。又如薛令之爲東宮侍讀，別無吏職，而俸廩甚薄，戲題其壁曰：「朝日上團團㈠，照見先生盤。盤中無所有，苜蓿長闌干。飯澁匙難綰，羹稀箸易寬。只可謀朝夕，何由度歲寒？」上幸東宮見之，索筆續之曰：「啄木觜距長，鳳凰毛羽短。若嫌松桂寒，任逐桑榆暖。」令之懼而謝病歸，遂不復用。然尚可諉曰言有觖望也。又如孟浩然，因王維私邀至內直，俄而上至，維匿之。上詢知其實，因曰：「朕聞其人而未見也，何懼而匿？」詔使出，問其近所作詩。浩然再拜，自誦歲暮歸山詩曰：「北闕休上書，南山歸敝廬。不才明主棄，多病故人疏。」上怒曰：「卿不求仕，朕何嘗棄卿，奈何誣我？」遂放還，不復見錄。則明皇之褊而不容，本無人君之量，然則開元之初，亦矯情强勉而爲之者也。

㊀「朝」原作「明」，據全唐詩改。

古今以體物語形於詩句，或以人事喻物，或以物喻人事，如唐許渾題崔處士幽居云：「荆樹有花兄弟樂，橘林無實子孫忙。」語亦工矣。及觀柳子厚過盧少府郊居云：「蒔藥閑庭延國老，開樽虚室值賢人。」則語尤自在而意勝。至東坡因章質夫以書送酒六壺，書至而酒不至，坡答以詩云：「豈意青州六從事，化爲烏有一先生。」則上下意相關，而語益奇矣。

宋景文有詩曰：「捫虱須逢英俊主，釣鰲豈在牛蹄灣。」以小物與大爲對，而語壯氣勁可嘉也。而東坡一聯曰：「聞說騎鯨游汗漫，亦嘗捫虱話悲辛。」則律切而語益奇矣。

前人詠落花，世傳二宋兄弟元憲公庠公序、景文公祁詩爲工。元憲詩云：「漢皋珮冷臨江失，金谷樓危到地香。」景文詩云：「將飛更作迴風舞，已落猶成半面妝。」固佳矣，而余襄公靖安道詩亦工，云：「金谷已空新步障，馬嵬徒見舊香囊。」不減二宋也。而景文公又有五言殘花詩一聯云：「香歸蜜房盡，紅入燕泥乾。」雖不用事，亦自是佳句。

元祐間，東坡與曾子開肇同居兩省，扈從車駕，赴宣光殿。子開有詩，其略曰：「鼎湖弓劍仙游遠，渭水衣冠輦路新。」又云：「階除翠色迷宫草，殿閣清陰老禁槐。」詩語亦佳。坡兩和其斷句辛字韻皆工，云：「輦路歸來聞好語，共驚堯顙類高辛。」又云：「最後數篇君莫厭，擣殘椒桂有餘辛。」按楚辭：「昔三后之純粹兮，固衆芳之所在。雜申椒與菌桂兮，豈維紉夫蕙茝。」蓋以椒桂蕙莔皆草木之香者，喻賢人也。詩人押險韻，冥搜至此，可謂工矣。而西清詩話遂改其句云：「讀罷君詩何所似，擣殘椒桂有餘辛。」以謂坡譏唱首多辣氣，此何理也？坡爲人慷慨疾惡，亦時見於詩，有古人規諷體，然亦詎肯效閭閻以鄙語相詈哉！恐誤後人心術，不得不辯。

六一居士詩話載：梅聖俞賦河豚魚詩云：「春洲生荻芽，春岸飛楊花。河豚於此時，貴不數魚蝦。」此魚常出於春暮，食柳絮而肥，南人多與荻芽爲羹，最美。知詩者謂祇破題兩句已道盡河豚好處。然余嘗寓居江陰及毘陵，見江陰每臘盡春初已食之，毘陵則二月初方食。其後官於秣陵，則三月間方有之，蓋此魚由海而上，近海處先得之，魚至江左，則春已暮矣。江陰毘陵無荻芽，秣陵等處則以荻芽芼之。然則聖俞所詠，乃江左河豚魚也。聖俞詩多古淡，而此詩特雄贍，故尤爲人稱美。如曰：「忿腹若封豕，怒目猶吴蛙。烹炰苟失所，入喉爲鏌鋣。」又曰：「退之來潮陽，始憚餐籠蛇。子厚居柳州，而甘食蝦蟇。二物雖可憎，性命無舛差。斯味曾不比，中藏禍無涯。甚美惡亦稱，此言誠可嘉。」真佳作也。

吴中每暑月，則東南風數日，甚者至踰旬而止，吴人名之曰舶趠風（趠音敕教切。）云。海外舶船，禱于神而得之，乘此風至江浙間也。東坡吴中詩曰：「三旬已過黄梅雨，萬里初來舶趠風。」余官吴門，庚午歲夏六月既望之三日，風作，踰旬而止，暑氣頓減。余因作賦以廣之，其略曰：「度華厦而既爽，入窮閻而亦清。無雌雄之或異，信造物之均平。蓋彌旬而後止，失六月之炎蒸。」

又曰：「彼蠻檣與海楫，得乘時伺便而至耳。謂區區專意於此曹，則亦豈天壤之至理？蓋欲脱吾民於焦灼，竊意造物其專在是也。」即其後往來吳中不常，至丙子歲，余罷尚書郎，寓居無錫，至六月晦前三日，此風作，凡七日而止。按坡詩謂梅雨已過，此風初來，則當在五月或六月初，而余兩見之，乃在六月望後與六月晦前。或曰節氣有早晚也，然庚午歲梅雨過兩旬而風來，丙子歲梅雨過一月始來，得非此風早晚本無定，東坡亦據當時所見而言耶？

元祐間，有旨修上清儲祥宫成，命翰林學士蘇軾作碑紀其事。坡敍事既得體，且取道家所言與吾儒合者記之，大有補於治道。紹聖元符間，黨禁興，遂毁其碑，命翰林學士蔡京別爲之。京之文類三舍舉子經義程文耳，正如唐時仆韓退之平淮西碑，命段文昌改作。後人有詩曰：「淮西功業冠吾唐，吏部文章日月光。千載斷碑人膾炙，不知世有段文昌。」余於儲祥宫碑亦云。後見韓無咎元吉，云是江子我詩。

本朝詩人與唐世相亢，其所得各不同，而俱自有妙處，不必相蹈襲也。至山谷之詩，清新奇峭，頗造前人未嘗道處，自爲一家，此其妙也。至古體詩，不拘聲律，間有歇後語，亦清新奇峭之極也。然近時學其詩者，或未得其妙處，每有所作，必使聲韻拗捩，詞語艱澁，曰「江西格」也。此何爲哉？吕居仁作江西詩社宗派圖，以山谷爲祖，宜其規行矩步，必踵其跡。今觀東萊詩，多渾厚平夷，時出雄偉，不見斧鑿痕，社中如謝無逸之徒亦然，正如魯國男子善學柳下惠者也。

陳亞少卿有惜竹詩曰：「出檻亦不剪，從教長舊叢。年年到朱夏，葉葉是清風。」其兼收並蓄，使物各效其用，則此詩深可尚也。余比因洗竹，戲用其韻曰：「直榦解新籜，低枝蔽舊叢。芟繁留嫩緑，引月更添風。」其去冗除繁，使物無所壅蔽，則余詩亦自有味也。

錢塘吳山有美堂，乃仁宗朝梅摯公儀出守杭，上賜之詩，有曰：「地有吳山美，東南第一州。」梅以上詩語名堂，士大夫留題甚衆。東坡倅杭，因令筆吏盡録之，而未著其姓名，默定詩之高下，遂以賈收耘老詩爲冠。其詩曰：「自刊宸畫入雲端，神物應須護翠巒。吳越不藏千里色，斗牛常占一天寒。四簷望盡回頭懶，萬象搜來下筆難。誰信静中疎拙意，略無蹤跡到波瀾。」坡因此與耘老游從。

王荆公介甫辭相位，退居金陵，日遊鍾山，脱去世故，平生不以勢利爲務，當時少有及之者。然其詩曰：「穰侯老擅關中事，長恐諸侯客子來。我亦暮年專一壑，每逢車馬便驚猜。」既以丘壑存心，則外物去來，任之可也，何驚猜之有，是知此老胸中尚蔕芥也。如陶淵明則不然，曰：「結廬在人境，而無車馬喧。問君何能爾，心遠地自偏。」然則寄心於遠，則雖在人境，而車馬亦不能喧之。心有蔕芥，則雖擅一壑，而逢車馬，亦不免驚猜也。

衆禽中，唯鶴標致高逸，其次鷺亦閑野不俗，又皆嘗見於六經，如「鳴鶴在陰，其子和之」，「鶴鳴于九皋，聲聞于天」，「振鷺于飛，于彼西雝」。易與詩嘗取之矣，後之人形於賦詠者不少，而規規然祇及羽毛飛鳴之間。如詠鶴云：「低頭乍恐丹砂落，曬翅常疑白雪銷。」此白樂天詩。「丹頂西施頰，霜毛四皓鬚。」此杜牧之詩。此皆格卑無遠韻也。至於鮑明遠鶴賦云：「鍾浮曠之藻思，抱清迥之明心」，杜子美云「老鶴萬里心」，李太白畫鶴贊云「長唳風宵，寂立霜曉」，劉禹錫云「徐引竹間步，遠含雲外情」，此乃奇語也。如詠鷺云：「拂日疑星落，凌風似雪飛。」此李文饒詩。「立當青草人先見，行近白蓮魚未知。」此雍陶詩。亦格卑無遠韻也。至於杜牧之晚晴賦云：「忽八九之紅芰，如婦如女，墮蕊黦顔，似見放棄。白鷺潛來，邈風標之公子，窺此美人兮，如慕悦其容媚。」雖語近於纖艷，然亦善比興者。至於許渾云：「雲漢知心遠，林塘覺思孤。」僧惠崇云：「曝翎沙日暖，引步島風清。照水千尋迥，棲烟一點明。」此乃奇語也。

韓退之聯句云：「遥岑出寸碧，遠目增雙明。」固爲佳句。後見謝無逸云：「忽逢隔水一山碧，不覺舉頭雙眼明。」若敷衍退之語，然句意清快，亦自可喜也。

蔡天啓肇嘗從王介甫游，一日語及盧仝月蝕詩，辭語奇嶮。介甫曰：「人少有誦得者。」天啓立誦之，不遺一字。一日又與介甫同泛舟，適見羣鳧數百掠舟而過，介甫戲曰：「子能數之乎？」天啓一閱即得其數。因遣人詢之放畜者，其數不差，可謂機警也。天啓紹聖元符間爲中書舍人，坐嘗與元祐諸公游，遂遭斥不復用。嘗守睦州，到任謝表有曰：「城譙閴寂，一葉落而知秋；島嶼縈迴，二水合而成字。」復有詩曰：「疊嶂巧分丁字水，臘梅遲見二年花。」人謂能狀桐廬郡景物也。

唐以前僧寺中，或僧有疾病者，未有安養之所。唐末，一山寺有僧臥病久，因自題其户曰：「枕有思鄉淚，門無問疾人。塵埋牀下履，風動架頭巾。」適有部使者經從過寺中，見其題，因詢其詳，惻然憐之，邀歸墳庵療治之。其後部使者貴顯，因言於朝，遂令天下寺院置「延壽寮」，專安養病僧也。

江南李泰伯，嘗著書非孟子，名曰常語。時有一士人，頗滑稽而饕餮，聞有饋李以酒者，欲以計求之，因録所業詩數篇投之，其首章乃非孟詩也。詩曰：「焚廩捐階事可嗤，孟軻深信不知非。岳翁方且爲天子，女壻如何弟殺之？」言雖鄙俚，然頗合李之意。李喜甚，留飲連日，酒盡方去。他日，士人又聞有饋李以酒者，復著論一篇，名曰疑孟，以投之。李讀畢，謂之曰：「前此酒本擬留作數日計，君至一飲遽盡，旬餘殊索寞也。公之論固佳，然此酒不可復得也。」士人遂觖望逡巡而退，傳者以爲笑。

京師景德寺東廊三學院壁間題曰：「明月斜，秋風冷。今夜故人來不來？教人立盡梧桐影。」皆傳吕先生洞賓所題也。

閩中一士人，姓楊，家貧而事親孝。忽七月七日，一道人自稱姓回，至其家，久之，因取囊中藥，點化一小石爲金，贈之曰：「助爾甘旨之費。」楊力辭曰：「不願得此，祇欲求一詩爲陋室之光。」道人因用朱題於壁間曰：「楊君真慤士，孝行動穹壤。上帝憐其勤，七夕遣回往。須臾藥頑石，助子爲孝養。子既不我受，吾亦不汝强。風埃難久留，願子志勿爽。行看首鼠紀，青雲如返掌。」後不知其所終。

靖康間，遊京師天清寺，於僧房壁間得一絶云：「空餘緑綺琴，懶把新聲寫。不見臨邛人，誰是知音者？」不題名氏，想有感而題之也。

盧贊元襄，宣和末靖康間爲吏部侍郎，詩篇極多，向嘗得其數十篇，皆清拔可喜，後因兵火失之。尚記其贈鼓琴者曰：「試將鍾子山水意，一洗退之冰炭腸。」恨失其全篇。

紹興初，余之官建康，艤舟溧陽郵亭，見壁間題云：「十年棄微官，歸來事鋤掃。扁舟訪安期，要覓如瓜棗。不知膏粱珍，惡食詩自好。田園苦無多，生理但草草。濁酒時一樽，孤斟從醉倒。」然不著名氏，不知何人所作。觀其言淡而旨遠，決非汩没名利而不知返者也。

昔年過邵伯埭，登平野亭㊀，見梁間題曰：「地勢如披掌，天形似覆盤。三星羅户牖，北斗掛闌干。晚色芙蕖靜，秋香桂子桂子一作穲稏。寒。更無山礙眼，剩覺水雲寬。」此劉濤濤一作燾。無言詩。此詩寫盡平野之景物也。

㊀「平」原作「斗」，下同，據學海類編本改。

王梵志詩曰：「倖門如鼠穴，也須留一箇。若還都塞了，好處卻穿破。」此言近乎曹相國所謂以獄市爲寄也。

何晉之大圭，廣德人。早年有俊聲，宣政間爲館職。但其人拓弛不羈，不能自重，仕宦晚亦不偶。其詠殊有可喜者。嘗記其一詩曰：「茅屋松窗小隱家，茶烟漠漠水斜斜。簷間乳燕未成語，庭下石榴争放花。賴有詩書銷白日，倦隨車馬走黄沙。林泉舊約好徑去，風雨滿江垂釣車。」又嘗記其一聯云：「蜂垂倒世界，蚊聚小雷霆。」又嘗爲姓韓貴人作樂語，乃以「唐吏部」「漢將軍」爲對，亦有巧思。

昔過陽羨，艤舟溪寺，臨溪一亭，壁間題曰：「碧雲亭上碧雲飛，竟日迴環面翠微。梅蕚破香知臘盡，柳梢含緑認春歸。風前古澗琴三疊，雪後羣峰玉一圍。遥想上人清太甚，水精宫裹説禪機。」碧雲亭未知在何地，詩亦未知何人作，見其詞意清絶，因筆之。

濠梁許伯揚庭，爲柳詞五章，寄意於古，而詞語清新。其一曰：「不見昭陽宫内柳，黄金齊撚輕柔。東君昨夜到皇州，玉階金井，無處不風流。　悵望翠華春欲暮，六宫都鎖春愁。暖風吹動繡簾鈎，飛花委地，時轉玉香毬。」其二曰：「不見隋河堤上柳，緑陰流水依依。龍舟東下疾於飛，千條萬葉，濃翠染旌旗。　記得當年春去也，錦帆不見西歸。故抛輕絮點人衣，如將亡國恨，説與路人知。」其三曰：「不見陶家門外柳，柴扉一徑遥通。閉門終日掩清風，感君高節，緑蔭向人濃。　籬落蕭疏鷄犬静，日長飛絮濛濛。先生一醉萬緣空，經時高臥，不到翠陰中。」其四曰：「不見都門亭畔柳，春來緑盡長條。柳邊行色馬蕭蕭，一枝折贈，相見又何朝。酒盡曲終人去也，風前亦自無聊。祇應於我恨偏饒，東君特地，付與沈郎腰。」其五曰：「不見灞陵原上柳，往來過盡蹄輪。朝離南楚暮西秦，不成名利，贏得鬢毛新。莫怪枝條憔悴損，一生唯苦征塵。兩三烟樹倚孤村，夕陽影裏，愁殺宦游人。」以樂府臨江仙按之，可歌也。

宣政間，修西京洛陽大内，掘地得一碑，隸書小詞一闋，名後庭宴，其詞曰：「千里故鄉，十年華屋，亂魂飛過屏山簇。眼重眉褪不勝春，菱花知我銷香玉。雙雙燕子歸來，應解笑人幽獨。斷歌零舞，遺恨清江曲。萬樹緑低迷，一庭紅撲簌。」余見此碑墨本於李丙仲南家，仲南云得之張魏公姪椿處也。

吴興陸蒙老元光，嘗爲常之晉陵宰，頗喜作詩。時州幕官有好譏謗同列者，一日同會，忽聞蟬聲，幕官謂陸曰：「君既能詩，可詠此也。」陸辭之，不可，因即席爲之，曰：「緑陰深處汝行藏，風露從來是稻粱。莫倚高枝縱繁響，也宜回首顧螳螂。」因以是譏之，其人愧而少戢。

周少隱紫芝，早年嘗學爲詩於一士大夫姓劉者。嘗傳劉君路中遇雪詩曰：「四野同雲漫不收，停驂一望思悠悠。乍疏還密如人事，易聚難消似客愁。倍費橐金歸酒盞，苦添風色上征裘。驛亭今夕定無寐，淅瀝寒聲未肯休。」

舊傳有太守因旱祈雨於龍潭，得小雨而未甚應，因作一絶云：「祈雨精誠誠一作神。尚未通，浮雲開闔有無中。潭龍恐我羞歸去，略灑些些表不空。」因寫此詩投潭中，繼卽大雨隨足。

兵部侍郎劉朝美儀鳳，蜀之普州人，性酷嗜書，喜傳録。初以禮部郎兼攝秘書少監，後卽真凡秘府書籍，傳寫殆遍。如國史之類，又置副本，親自校讐，至杜門絶交。遷兵侍，猶傳寫不已。張持國之綱爲副端，言其書癖至曠廢職事，以是罷歸蜀。蜀人關壽卿耆孫爲著作佐郎，以詩餞行曰：「公議久不作，世無公是非。祇因翻故紙，不覺蹈危機。東壁夢初斷，西山蕨正肥。十年成底事，贏得載書歸。」

林懿成季仲嘗爲太常少卿，永嘉人，頗喜爲詩。嘗與會稽虞仲琳少崔相好，虞頗通性理之學，林以詩送其行曰：「男兒何苦弊羣書，學到根原物物無。曾子當年多一唯，顔淵終日只如愚。水流萬折心無競，月落千山影自孤。執手沙頭休話別，與君元不隔江湖。」又嘗爲婺守，題赤松山黄初平祠云：「路轉溪回草木香，有人荷笠山之陽。定知我是金華守，笑道牧民如牧羊。」又云：「羽仗霓旌去不還，空餘匊水落人間。至今山下無枯旱，便是田家九轉丹。」詩語佳而意新也。

嘗見蘭溪范茂安許云：「嚴陵一士人，忘其姓名，能詩，好爲大言，而間有可取者。如詠林影曰：『日月明方見，乾坤暗卽收。』又詠扇曰：『大柄如歸手，蚊蝱莫浪飛。』言皆類此，不能盡記也。」

陳桷桷一作枘。待制㊀，紹興中，嘗從諸大將爲謀議官，頗好修養之方，且自以爲得道。嘗題其所居曰：「神仙多是大羅客，我比大羅超一格。」有簿簿，一作輕薄二字。續其後曰：「行滿三千我四千，功成八百我九百。」

㈠「桶」原作「楅」，據叢書集成本改。

靖康之變，中原爲虜竊據，當時文人勝士，陷於彼者不少。紹興庚申、辛酉，河南關陝之地暫復，復一作得。有自關中驛舍壁間得詩二絶云：「鼙鼓轟轟聲徹天，中原廬井半蕭然。鶯花不管興亡事，妝點春光似昔年。」又云：「渭平沙淺雁來棲，渭漲沙深深一作移。雁不歸。江海一身多少事，清風明月我霑衣。」

方靖康之變，燕人有隨虜過相州，因謁韓魏公祠堂，題詩祠中，一聯云：「有客能吟丞相柏，無人敢伐召公棠。」魏公勳德之重，而外夷亦知景慕如此也。

紹興間，陳侍郎相之往使虜，至燕山驛，壁間得一詞云：「書劍憶游梁，當時事，底處不堪傷。念蘭楫嫩漪，向吳南浦，杏花微雨，窺宋東牆。禁城外，燕隨青步障，絲惹紫遊韁。曲水古今，禁烟前後，緑楊樓閣，芳草池塘。回首斷人腸。流年去如電，雙鬢如霜。欲遣當年遺恨，頻近清觴。聽出塞琵琶，風沙淅瀝，寄書鴻雁，烟月微茫。不似海門潮信，猶到潯陽。」然不著名氏，必中原士大夫淪異域者所作也。以樂府風流子按之，可歌也。

陳簡齋去非詩名夙著，而其弟某弟下原本缺一字，今以某字填之。詩亦可喜。見張林甫舉其夏日晚望一聯云：「前山猶細雨，高樹已斜陽。」恨不見其全篇。

夢筆驛乃江淹舊居，姚宏令聲一絶可警後學者，詩云：「一宵短夢驚流俗，千里高名掛里閭。遂使晚生矜此意，癡眠不讀半半一作一。行書。」

所至驛舍旅邸，留題壁間，亦多有可取者。見李仲南丙言臨安旅邸壁間一絶云：「太一峯前是我家，滿牀書籍舊生涯。春城戀酒不歸去，老卻碧桃無限花。」又言建州崇安分水驛壁一絶云：「江南三月已聞蟬，麥熟梅黄繭作綿。料得故園烟雨裏，輕寒猶作勒花天。」又吕叔潛大虬言鎮江丹陽玉乳泉壁間一絶云：「騎馬出門三月暮，楊花無奈雪漫天。客情最苦夜難度，宿處先尋無杜鵑。」三詩皆可喜，然皆不著名氏也。

康待制執權，奉祠寓居永嘉。籍妓中有姓山者，頗慧麗，康時命之侑樽俎。一日，妓之父以事繫縣中，當坐罪，倡泣涕歷求救於士大夫。康憫之，戲爲一絶云：「昔日緹縈亦如許，盡道生男不如女。河陽滿縣皆春風，忍使梨花偏帶雨。」明日，倡詣縣投狀，乞代父罪，且連此詩於狀前，邑宰一見，遂笑而釋之。

杜工部草堂詩話

杜工部草堂詩話卷第一

宋　蔡夢弼集錄

名儒嘉話凡二百餘條

淮海秦少游韓愈論曰㈠：「杜子美之於詩，實積衆流之長㈡，適當其時而已。昔蘇武李陵之詩長於高妙，曹植劉公幹之詩長於豪逸，陶潛阮籍之詩長於沖澹，謝靈運鮑照之詩長於峻潔，徐陵庾信之詩長於藻麗，於是子美者㈢，窮高妙之格，極豪逸之氣，包沖澹之趣，兼峻潔之姿，備藻麗之態，而諸家之作所不及焉。然不集諸家之長，子美亦不能獨至於斯也，豈非適當其時故耶？孟子曰：『伯夷，聖之清者也。伊尹，聖之任者也。柳下惠，聖之和者也。孔子，聖之時者也。孔子之所謂集大成。』嗚呼！子美亦集詩之大成者歟㈣？」

㈠「韓愈論」，原作「進論」，據淮海集卷二二改。　㈡「流」，淮海集作「家」。　㈢「者」字原脱，據淮海集補。　㈣「者」字原脱，據淮海集補。

鳳臺王彥輔詩話曰㈠：「唐興，承陳隋之遺風，浮靡相矜，莫崇理致。開元之間，去雕篆，黜浮華，稍裁以雅正。雖絺句繪章，人既一概，各爭所長。如大羹玄酒者，薄滋味；如孤峯絶岸者，駭廊廟；穠華可愛者，乏風骨；爛然可珍者，多玷缺。逮至子美之詩，周情孔思，千彙萬狀，茹古涵今，無有涯涘，森嚴昭焕，若在武庫，見戈戟布列，蕩人耳目，非特意語天出，尤工於用字，故卓然爲一代冠，而歷世千百，膾炙人口。予每讀其文，竊苦其難曉。如義鶻行「巨顙拆老拳」之句，劉夢得初亦疑之，後覽石勒傳，方知其所自出。蓋其引物連類，掎摭前事，往往如是。韓退之謂「光燄萬丈長」，而世號「詩史」，信哉！

㊀「王彦輔詩話」，草堂詩箋作「增注杜工部詩集序」。

東坡蘇子瞻詩話曰：「太史公論詩，以爲國風好色而不淫㊀，小雅怨誹而不亂。以予觀之，是特識變風、變雅耳，烏覩詩之正乎？昔先王之澤衰，然後變風發乎情。雖衰而未竭，是以猶止於禮義，以爲賢於無所止者而已。若夫發於性，止於忠孝者㊁，其詩豈可同日而語哉！古今詩人衆矣，而子美獨爲首者，豈非以其流落飢寒，終身不用，而一飯未嘗忘君也歟？」

㊀「以爲」原脱，據東坡集卷二補。㊁「者」字原脱，據東坡集卷二補。

後山陳無己詩話曰：「黄魯直言：『杜子美之詩法出審言，句法出庾信，但過之耳。』」苕溪胡元任曰：「老杜亦自言『吾祖詩冠古』，則其詩法乃家學所傳耳。」

詩眼曰：「古人學問，必有師友淵源。漢楊惲一書，迥出當時流輩，則司馬遷外甥故也。自杜審言已自工詩，當時沈佺期宋之問等同在儒館爲交游，故杜甫律詩布置法度，全學沈佺期，更推廣集大成耳。沈有云：『雲白山青千萬里㊀，幾時重謁聖明君。』甫云：『雲白山青萬餘里，愁看直北是長安。』沈有云：『人如天上坐，魚似鏡中懸。』甫云：『春水船如天上坐，老年花似霧中看。』是皆不免蹈襲前輩，然前後傑句，亦未易優劣也。」

㊀「里」原作「重」，據苕溪漁隱叢話前集改。

山谷黄魯直詩話曰：「『船如天上坐，人似鏡中行。』『船如天上坐，魚似鏡中懸。』沈雲卿之詩也。雲卿得意於此，故屢用之。老杜『春水船如天上坐』，祖述佺期之語也，繼之以『老年花似霧中看』，蓋觸類而長之也。」苕溪胡元任曰：「沈雲卿之詩，源於王逸少鏡湖詩所謂『山陰路上行，如在鏡中遊』之句。然李太白入青溪山詩云：『人行明鏡中，鳥度屏風裏。』雖有所襲，語益工也。」

詩眼曰：「黄魯直謂文章必謹布置。以此概考古人法度，如杜子美贈韋見素詩云：『紈袴不餓死，儒冠多誤身。』此一篇立意也，故使人靜聽而具陳之耳。自『甫昔少年日』至『再使風俗淳』，皆言儒冠事業也。自『此意竟蕭條』至『蹭蹬無縱鱗』，言誤身事也。則意舉而文備，故已有是詩矣。然必言其所以見韋者，於是以『厚愧』『真知』之句。所以真知者，謂傳誦其詩也。然宰相職在薦賢，不當徒愛人而已，士固不能無望，故曰『竊效貢公喜，難甘原憲貧』。果不能薦賢，則去之可也，故曰『焉能心怏怏，祇是走踆踆』，又將入海而去秦也。然其去也，必有遲遲不忍之意，故曰『尚憐終南山，回首清渭濱』。則所知不可以不別，故曰『常擬報一飯，況懷辭大臣』。夫如此，是可以相忘於江湖之外，雖見素亦不得而見矣，故曰『白鷗波浩蕩，萬里誰能馴』終焉㊀。此詩布置最得正體，如官府甲第，廳堂房室，各有定處，不可亂也。」又云：「詩有一篇命意，有句中命意。如老杜上韋見素詩，布置如此，是一篇命意也。至其道遲遲不忍去之意，則曰『尚憐終南山，回首清渭濱』；其道欲與見素別，則曰『常擬報一飯，況懷辭大臣』。此句中命意也。蓋如此，然後可以頓挫高雅矣。」

㊀「終焉」原作「也」，據苕溪前集改。

鳳臺王彦輔麈史曰：「杜審言，子美之祖也。唐則天時，以詩擅名，與宋之問相唱和。其詩有『綰霧清條弱㊀，牽風紫蔓長』，又有『寄語洛城風月道，明年春色倍還人』之句。若子美『林花帶雨胭脂落，水荇牽風翠帶長』，又云『傳語風光共流轉，暫時相賞莫相違』，雖不襲取其意，而語脈蓋有家法矣㊁。」

㊀「綰霧」，知不足齋本作「霧綰」。又下句「牽風」作「風牽」。㊁「家法」，知不足齋本作「家風」。

文昌雜録曰：「唐歲時節物，元日則有屠蘇酒、五辛盤、校牙餳，人日則有煎餅，上元則有絲籠，二月二日則有迎富貴果子，三月三日則有鏤人，寒食則有假花雞毬、鏤雞子、千堆蒸餅㊀、餳粥，四月八日則有餻糜，五月五日則有百索糉子，夏至則有結杏子，七月七日則有金鍼、織女臺、乞巧果子，八月一日則有點灸杖子，九月九日則有茱萸、菊花酒、餻，臘日則有口脂、面藥、澡豆，立春則有綵勝、鷄、燕、生菜。杜甫春日詩：『春日春盤細生菜。』又曰：『勝裹金花巧奈寒。』重陽詩曰：『茱萸賜朝士。』臘日詩曰：『口脂面藥隨恩澤。』是皆記當時之所重也。」

㊀「千堆蒸餅」，雅雨堂叢書本作「子推蒸餅」。

金石録曰：「唐六公詠，李邕撰，胡履靈書㊀。余初讀杜甫八哀詩云：『朗詠六公篇，憂來豁蒙蔽。』恨不見其詩。晚得石本。其文辭高古，真一代佳作也。六公者，五王各爲一章，狄丞相爲一章。」

㊀「胡履靈」，四部叢刊續編景鈔本作「胡履虚」。

秦少游詩話曰：「曾子固文章妙天下，而有韻者輒不工。杜子美長於歌詩，而無韻者幾不可讀。」夢弼謂無韻者若課伐木詩序之類是也。

遯齋閒覽曰：「杜子美之詩，悲歡驕泰，發斂抑揚，疾徐縱横，無施不可。故其詩有平淡簡易者，有綿麗精確者，有嚴重威武若三軍之帥者，有奮迅馳驟若泛駕(以下原缺)之馬者㊀。

㊀「之馬者」三字據漢書武帝紀「泛駕之馬」句補。

不可以對「麒麟」㊀。然寄賈岳州嚴巴州兩閣老云：「貔虎閑金甲，麒麟受玉鞭。」以「貔虎」對「麒麟」爲正對矣。哭韋晉之云：「鵩鳥長沙諱，犀牛蜀郡憐。」以「鵩鳥」對「犀牛」爲正對矣。子美豈不知對屬之偏正邪？蓋其縱横出入無不合也。

㊀本句有缺文。按杜甫上韋左相二十韻：「應圖求駿馬，驚代得騏麟。」「不可」上疑脱「駿馬」二字。

後山陳無己詩話曰：「杜之詩法，韓之文法也。詩文各有體，韓以文爲詩，杜以詩爲文，故不工耳。」

石林葉夢得詩話曰：「禪宗謂雲門有三種語：其一爲隨波逐浪句，謂隨物應機，不主故常；其二爲截斷衆流句，謂超出言外，非情識所到；其三爲函蓋乾坤句，謂泯然皆契，無間可伺。其深淺以是爲序。余嘗戲爲學子言：老杜詩亦有此三種語，但先後不同，以『波飄菰米沉雲黑，露冷蓮房墜粉紅』爲函蓋乾坤句，以『落花游絲白日静，鳴鳩乳燕青春深』爲隨波逐浪句，以『百年地迥柴門闢，五月江深草閣寒』爲截斷衆流句。若有解此，當與渠同參。」

山谷黄魯直詩話曰㊀：「子美作詩，退之作文，無一字無來處，蓋後人讀書少，故謂杜韓自作此語耳。古人之爲文章，真能陶冶萬物，雖取古人陳言入翰墨，如靈丹一粒，點鐵成金也。」

㊀「詩話」，豫章黄先生文集卷十九作答洪駒父書。

漫叟詩話曰：「詩中有拙句，不失爲奇作。若子美云『兩箇黄鸝鳴翠柳，一行白鷺上青天』之句是也。」

苕溪胡元任叢話曰：「律詩有扇對格，第一與第三句對，第二與第四句對。如少陵台州鄭司户蘇少監詩云：『得罪台州去，時危棄碩儒。移官蓬閣後，穀貴歿潛夫。』東坡蘇子瞻和鬱孤臺詩云『邂逅陪車馬，尋芳謝眺州。凄涼望鄉國，得句仲宣樓』之類是也。」

漫叟詩話曰：「杜詩有『自天題處濕，當暑著來清』，自天、當暑乃全語也。東坡蘇子瞻詩云：『公獨未知其趣耳，臣今時復一中之。』可謂青出於藍。」苕溪胡元任叢話曰：「子瞻此詩，戲徐君猷孟亨之皆不飲酒，不止天生此對，其全篇用事親切，尤可喜。詩云：『孟嘉嗜酒桓温笑，徐邈狂言孟德疑。公獨未知其趣耳，臣今時復一中之。風流自有高人識，通介寧隨薄俗移。二子有靈應撫掌，吾孫還有獨醒時。』皆徐孟二人事也。」

呂氏童蒙訓曰：「陸士衡文賦：『立片言以居要，乃一篇之警策。』此要論也。文章無警策，則不足以傳世，蓋不能竦動世人。如杜子美及唐人諸詩，無不如此。但晉宋間人專致力於此，故失於綺靡，而無高古氣味。子美詩云：『語不驚人死不休。』所謂驚人語，卽警策也。」

蔡絛西清詩話曰：「子美洞庭詩云：『吴楚東南坼，乾坤日夜浮。』不知子美胸中吞幾雲夢也。」

三山老人胡氏語録曰：「子美慈恩寺塔詩乃譏天寶時事也。山者，人君之象。『泰山忽破碎』，則人君失道矣。賢不肖混殽，而清濁不分，故曰『涇渭不可求』。天下無綱紀文章，而上都亦然，故曰『俯仰但一氣，焉能辨皇州』。於是思古之賢君不可得，故曰『回首叫虞舜，蒼梧雲正愁』。是時明皇方耽於淫樂而不已，故曰『惜哉瑶池飲，日宴崑崙丘』。賢人君子多去朝廷，故曰『黄鵠去不息，哀鳴何所投』。惟小人貪竊禄位者在朝，故曰『君看隨陽雁，各有稻粱謀』。」

石林葉夢得詩話曰：「詩語固忌用巧太過，然緣情體物，自有天然工巧，而不見其刻削之痕。老杜『細雨魚兒出，微風燕子斜』，此十字殆無一字虚設。細雨著水面爲漚，魚常上浮而淰。若大雨，則伏而不出。燕體輕弱，風猛則不能勝，惟微風乃受以爲勢，故又有『輕燕受風斜』之句。至若『穿花蛺蝶深深見，點水蜻蜓款款飛』，『深深』字若無『穿』字，『款款』字若無『點』字，皆無以見其精微如此。然讀之渾然，全似未嘗用力，此所以不礙其氣格超勝。使唐末諸子爲之㊀，便當如『魚躍練江抛玉尺㊁，鶯穿絲柳織金梭』體矣。」

㊀「使」原脱，據百川學海本補。　㊁「如」原作「入」，據百川本改。

東坡蘇子瞻詩話曰：「七言之偉麗者，如子美云：『旌旗日暖龍蛇動，宮殿風微燕雀高。』『五更鼓角聲悲壯，三峽星河影動摇。』爾後寂寞無聞焉。直至歐陽永叔云：『蒼波萬古流不盡，白鳥雙飛意自閑。』『萬馬不嘶聽號令，諸蕃無事著耕耘。』可以並驅争先矣。」

詩眼曰：「世俗喜綺麗，知文者能輕之。後生好風花，老大即厭之。然文章論當理不當理耳。苟當於理，則綺麗風花，同入於妙；苟不當理，則一切皆爲長語。上自齊梁諸公，下至劉夢得、温飛卿輩㊀，往往以綺麗風花累其正氣，其過在於理不勝而詞有餘也。子美云：『緑垂風折筍，紅綻雨肥梅。』『岸花飛送客，檣燕語留人。』亦極綺麗，其模寫景物，意自親切，所以妙絕古今。其言春容閑適，則有『穿花蛺蝶深深見，點水蜻蜓款款飛』，『落花遊絲白日静，鳴鳩乳燕青春深』。其言秋景悲壯，則有『藍水遠從千澗落，玉山高並兩峯寒』，『無邊落木蕭蕭下，不盡長江滚滚來』。其富貴之詞，則有『香回合殿春風轉，花覆千官淑景移』，『麒麟不動鑪烟轉，孔雀徐開扇影還』。其弔古，則有『映階碧草自春色，隔葉黄鸝空好音』，『竹送清溪月，苔移玉座春』。皆出於風花，然窮理盡性，移奪造化。自古詩人，巧卽不壯㊁，壯卽不巧。巧而能壯，乃如是也矣。」

㊀「温飛卿」原脱，據若溪卷十四引補。　㊁「壯」原作「莊」，據古逸叢書本改。下同。

隱居詩話曰：「李光弼代郭子儀，入其軍，號令不更而旌旗改色。及其亡也，子美哀之云：『三軍晦光彩，烈士痛稠疊。』前人謂杜甫之爲『詩史』，蓋爲是也，非但序陳迹、摭故實而已。」

崔德符曰：「少陵八哀詩可以表裏雅頌，中古作者莫及也。兩紀行詩，發秦州至鳳凰臺，發同谷縣至成都府二十四首，皆以經行爲先後，無復差舛。昔韓子蒼嘗論此詩筆力變化當與太史公諸贊並駕，學者宜常諷誦之。」

苕溪胡元任叢話曰：「李杜畫像，古今詩人題詠多矣。若杜子美，其詩高妙，固不待言，要當知其平生用心處，則半山老人之詩得之矣。若李太白，其高氣蓋世，千載之下，猶可歎想，則東坡居士之贊盡之矣。半山老人詩云：『吾觀少陵詩，謂與元氣侔。力能排天斡九地㊀，壯顏毅色不可求。浩蕩八極中，生物豈不稠。醜妍巨細千萬殊，竟莫見以何雕鎪。惜哉命之窮，顛倒不見收。青衫老更斥，餓走半九州。瘦妻僵前子仆後，攘攘盜賊森戈矛。吟哦當此時，不廢朝廷憂。嘗願天子聖，大臣各伊周。寧令吾廬獨破受凍死，不忍四海赤子寒颼颼。傷屯悼屈止一身，嗟時之人我所羞。所以見公像，再拜涕泗流。推公之心古亦少，願起公死後之遊。』東坡居士贊云：『天人幾何同一漚，謫仙非謫乃其遊。麾斥八極隘九州，化爲兩鳥鳴相酬，一鳴一止三千秋，開元有道爲少留，縻之不可矧肯求。西望太白横峨岷，眼高四海空無人。大兒汾陽中令君，小兒天台坐忘身，平生不識高將軍，手汙吾足乃敢瞋，作詩一笑君應聞。』

㊀原本「地」字以下數十句全脱，古逸本同，今據苕溪前集卷十一補。

丹陽葛常之韻語陽秋曰：「賢者豹隱墟落，固當和光同塵，雖舍者争席奚病，而况於杯酒之間哉？陶淵明杜子美皆一世偉人也，每田父索飲，必使之畢其歡盡其情而後去㊀。淵明詩云：『清晨聞叩門，倒裳往自開。問子爲誰歟，田父有好懷。壺漿遠見候，疑我與時偕。』子美詩云：『田翁逼社日，邀我嘗春酒。叫婦開大瓶，盆中爲吾取。』二公皆有位者也，於田父何拒焉？至於田父有『一世皆尚同，願君汨其泥』之説，則姑守陶之介，『久客惜人情，如何拒鄰叟』，則何妨杜之通乎？」

㊀「盡」字以上數句原脱，古逸本同，據韻語陽秋補。

捫蝨新話：「老杜詩當是詩中六經，他人詩乃諸子之流也。杜詩有高妙語，如云：『王侯與螻蟻，同盡隨丘墟。願聞第一義，回向心地初。』可謂深入理窟。晉宋以來詩人無此句也。『心地初』乃莊子所謂『游心於淡，合氣於漠』之義也。」

程氏演繁露：「老杜七歌：『竹林爲我啼清晝。』蔡絛以『竹林』爲禽名，恐穿鑿也。竹本非啼，詩人因其號風若哀，因謂之啼，何必有喙者而後能啼耶！説文：竹之天然，似人之笑，因爲『笑』字。竹豈能笑，特以象言爾㊀。非笑而可名以笑。從懷哀者觀之，孰謂不得爲啼耶㊁？」

㊀「言爾」，學津討原本演繁露作「焉耳」。　㊁「謂」原脱，據學津本補。

洪内翰容齋隨筆云：「古人酬和詩，必答其來意，非若今人爲次韻所局也。觀文選所編何劭、張華、盧諶、劉琨、二陸、三謝諸人贈答可知已。唐人尤多，不可具載，姑取杜集數篇，略紀於此。高適寄杜公云：『媿爾東南西北人。』杜則云：『東西南北更堪論。』高又有詩云：『草玄今已畢，此外更何言？』杜則云：『草玄吾豈敢，賦或似相如。』嚴武寄杜云：『興發會能馳駿馬，終須重到使君灘。』杜則云：『枉沐旌麾出城府，草茅無逕欲教鋤。』杜公寄嚴詩云：『何路出巴山，重巖細菊斑。遥知簇鞍馬，回首白雲間。』嚴答云：『臥向巴山落月時，籬外黄花菊對誰。跂馬望君非一度，冷猿秋雁不勝悲。』杜送韋迢云：『洞庭無過雁，書疏莫相忘。』迢云：『相憶無南雁，何時有報章。』杜又云㊀：「雖無南去雁，看取北來魚。」郭受寄杜云：「春興不知凡幾首。」杜答云：「藥裹關心詩總廢。」皆如鍾磬在簴，扣之則應，往來反復，於是乎有餘味矣。」

㊀「杜」字原脱，據容齋隨筆補。

黃常明詩話：「杜甫有用一字凡數十處不易者，如『緣江路熟俯青郊』，『傲睨俯峭壁』，『展席俯長流』；『杖藜俯沙渚』，『此邦俯要衝』，『四顧俯層巔』，『旄頭俯澗瀍』，『層臺俯風渚』，『游目俯大江』，『江檻俯鴛鴦』。其餘一字屢用若此類甚多㊀，不可具述。」

㊀「甚」字原脱，據知不足齋本苕溪詩話補。

螢雪叢說：「老杜詩詞，酷愛下『受』字，蓋自得之妙，不一而足。如『修竹不受暑』，『輕燕受風斜』，『吹面受和風』，『野航恰受兩三人』，誠用字之工也。然其所以大過人者無它，只是平易，雖曰似俗，其實眼前事爾。『老妻畫紙爲碁局，稚子敲鍼作釣鈎。』以『老』對『稚』，以其妻對其子，無如此之親切，又是閨門之事，宜與智者道。」

黃常明詩話：「數物以个，謂食爲喫，甚近鄙俗，獨杜屢用：『峽口驚猿聞一个』，『兩个黃鸝鳴翠柳』，『却遶井邊添个个』；送李校書云『臨歧意頗切，對酒不能喫』，『樓頭喫酒樓下臥』，『但使殘年喫飽飯』，『梅熟許同朱老喫』。蓋篇中大概奇特，可以映帶者也。」

捫蝨新話云：「韓以文爲詩，杜以詩爲文，世傳以爲戲。然文中要自有詩，詩中要自有文，亦相生法也。文中有詩，則句語精確，詩中有文，則詞調流暢。謝玄暉曰：『好詩圓美流轉如彈丸。』此所謂詩中有文也。唐子西曰：『古文雖不用偶儷，而散句之中，暗有聲調，步驟馳騁，亦有節奏。』此所謂文中有詩也。觀子美到夔州以後詩，簡易純熟，無斧鑿痕，信是如彈丸矣。」

黄常明詩話：「子美觀打魚云㊀：『設網萬魚急。』蓋指聚斂之臣，苛法侵漁，使民不聊生，乃萬魚急也。又云：『能者操舟疾若風，撐突波濤挺叉入。』小人舞智趨時，巧宦數遷，所謂『疾若風』也。殘民以逞，不顧傾覆，所謂『挺叉入』也。『日暮蛟龍改窟穴，山根鱣鮪隨雲雷。』魚不得其所，龍豈能安居，君與民猶是也。此與六義比興何異？『吾徒何爲縱此樂，暴殄天物聖所哀。』此樂而能戒，又有仁厚意，亦如『前王作網罟，設法害生成』，不專爲取魚也。退之叉魚曰：『觀樂憶吾僚。』異此意矣。」

㊀「觀打魚」原脫，據碧溪詩話補。

黄常明詩話：「賈生終童欲輕事征伐，大抵少年躁鋭，使歷老成，當不如此。昔人欲沉孫武於五湖，斬白起于長平，誠有謂哉！嘗愛老杜云：『慎勿吞青海，無勞問越裳。大君先息戰，歸馬華山陽。』又有『安得壯士挽天河，淨洗甲兵長不用』，『安得務農息戰鬭，普天無吏横索錢』，『願戒兵猶火，恩加四海深。不眠憂戰伐，無力正乾坤』。其愁歎憂戚，蓋以人主生靈爲念。孟子以善言陳戰爲大罪，我戰必克爲民賊。仁人之心，易地皆然。」

捫蝨新話：「陶淵明詩：『采菊東籬下，悠然見南山。』采菊之際，無意于山，而景與意會，此淵明得意處也。而老杜亦曰：『夜闌接軟語，落月如金盆。』予愛其意度閑雅，不減淵明，而語句雄健過之。每詠此二詩，便覺當時清景盡在目前，而二公寫之筆端，殆若天成，兹爲可貴。」

古今詞話：「蜀人將進酒，嘗以爲少陵詩，作瑞鷓鴣唱之：『昔時曾從漢梁王，濯錦江邊醉幾場。拂石坐來衫袖冷，踏花歸去馬蹄香。當初酒賤寧辭醉，今日愁來不易當。暗想舊遊渾似夢，芙蓉城下水茫茫。』此詩或謂杜甫，或謂鬼仙，或謂曲詞，未知孰是。然詳味其言，唐人語也。首先有曾從漢梁王之句，決非子美作也。況集中不載，灼可見矣。不知楊曼倩何所據云。

杜工部草堂詩話卷第二

三山老人語録曰：「子美送嚴武還朝詩云：『公若登台輔，臨危莫愛身。』是勸以仗節死義也。」

横浦張子韶心傳録曰：「讀子美『野色更無山隔斷，山光直與水相通』，已而歎曰：『子美此詩，非特爲山光野色，凡悟一道理透徹處，往往境界皆如此也。』」

東萊吕居仁曰：「詩每句中須有一兩字響，響字乃妙指。如子美『身輕一鳥過』，『飛燕受風斜』，『過』字『受』字皆一句響字也。」

丹陽洪景盧容齋隨筆曰：「張文潛暮年在宛丘，何大圭方弱冠，往謁之。凡三日，見其吟哦老杜玉華宫詩不絶口。大圭請其故，曰：『此章乃風雅鼓吹，未易爲子言。』大圭曰：『先生所賦，何必減此？』曰：『平生極力模寫，僅有一篇稍似之，然未可同日語也。』遂誦其離黄州詩，偶同此韻，曰：『扁舟發孤城，揮手謝送者。山回地勢卷，天豁江面瀉。中流望赤壁，石脚插水下。昏昏烟霧嶺，歷歷漁樵舍。居夷實三載，鄰里通借假。别之豈無情，老淚爲一灑。篙工起鳴鼓，輕櫓健于馬。聊爲過江宿，寂寂一作歷歷。樊山夜。』此其音響節奏，固似之矣，讀之可默喻也。」

橫浦張子韶心傳録曰：「陶淵明辭云：『雲無心而出岫，鳥倦飛而知還。』杜子美云：『水流心不競，雲在意俱遲。』若淵明與子美相易其語，則識者往往以謂子美不及淵明矣。觀其云『雲無心』、『鳥倦飛』，則可知其本意。至於水流而『心不競』，雲在而『意俱遲』，則與物初無間斷，氣更混淪，難輕議也。」丹陽洪景盧容齋隨筆曰：「江山登臨之美，泉石賞玩之勝，世間佳境也，觀者必曰『如畫』。至於丹青之妙，好事君子嗟歎之不足者，則又以『逼真』目之。如老杜『人間又見真乘黄』、『時危安得真致此』、『悄然坐我天姥下』、『斯須九重真龍出』、『憑軒忽若無丹青』、『高堂見生鶻』、『直訝松杉冷』、『兼疑菱荇香』之句是也。以真爲假，以假爲真，均之爲妄境耳。人生萬事如是，何特此耶！」

山谷黄魯直詩話曰：「陶淵明責子詩云：『白髮被兩鬢，肌膚不復實。雖有五男兒，總不好紙筆。阿舒已二八，懶惰故無匹。阿宣行志學，而不愛文術。雍端年十三，不識六與七。通子垂九齡，但覓梨與栗。天運苟如此，且進杯中物。』觀淵明此詩，想見其人慈祥戲謔可觀也。俗人便謂淵明諸子皆不肖，而淵明愁歎見于詩耳。」又云：「杜子美詩云：『陶潛避俗翁，未必能達道。觀其著詩篇，頗亦恨枯槁。達生豈是足，默識蓋不早。生子賢與愚，何其掛懷抱。』子美困頓於三川，蓋爲不知者詬病，以爲拙於生事，又往往譏議宗文宗武失學，故聊解嘲耳。其詩名曰遣興，可解也。俗人便謂譏議淵明，所謂癡人前不得説夢也。」

東坡蘇子瞻詩話曰：「僕嘗夢見人云是杜子美，謂僕曰：『世人多誤會予八陣圖詩「江流石不轉，遺恨失吞吳」。世人皆以謂先主武侯皆欲與關羽復仇，故恨不能滅吳，非也。我意本謂吳蜀脣齒之國，不當相圖，晉之所以能取蜀者㊀，以蜀有吞吳之意㊁，此爲恨耳。』」

㊀「者」字原脱，據東坡題跋補。㊁「以蜀」原脱，據東坡題跋補。

王彦輔麈史曰：「子美善用故事及常語，多倒其句而用之㊀，蓋如此則語峻而體健㊁。如『露從今夜白』、『月是故鄉明』之類是也。」

㊀「多倒其句而用之」，知不足齋本作「多離析或倒句」。㊁知不足齋本此句下有「語亦深穩」四字。

建安嚴有翼藝苑雌黄曰：「劉夢得詩云：『朱雀橋邊野草花，烏衣巷口夕陽斜。舊來王謝堂前燕，飛入尋常百姓家。』朱雀橋烏衣巷，烏衣，謝鐵衣也。皆金陵故事。輿地志：『晉時王導自立烏衣宅，宋時諸謝曰「烏衣之聚」，皆此巷也。』王氏謝氏乃江左衣冠之盛者，故杜甫詩云『王謝風流遠』，又云『從來王謝郎』是也。比觀劉斧摭遺小説，又曰：王榭，金陵人。世以航海爲業。一日海中失船，泛一木登岸。見一翁一媪，皆衣皂。引榭至所居，乃烏衣國也。以女妻之。既久，榭思歸，復乘雲軒泛海。至其家，有二燕棲於梁上，榭以手招之，即飛來臂上。取片紙書小詩，繫於燕尾曰：『誤到華胥國裏來，玉人終日苦憐才。雲軒飄去無消息，灑淚臨風幾日迴。』來春，燕又飛來榭身上，有詩云：『昔日相逢冥數合，如今睽遠是生離。來春縱有相思字，三月天南無雁飛。』至來歲竟不至。因目榭所居爲烏衣巷。劉斧乃改『謝』爲『榭』，以『王榭』爲一人姓名。其言既怪誕，遂託名於錢希白，終篇又取劉夢得詩以實其事。希白不應如此之謬，是直劉斧之妄言耳，不足信也。」

鳳臺王彦輔麈史曰：「古之善賦詩者，工於用人語，渾然若出於己意。予於李杜見之。顔延年赭白馬賦曰：『旦刷幽燕，夕秣荆楚。』子美驄馬行曰：『晝洗須騰涇渭深，夕趨可刷幽并夜。』太白天馬歌曰：『鷄鳴刷燕暮秣越。』蓋皆用顔賦也。韓退之曰：『李杜文章在，光燄萬丈長。』信哉！」

鳳臺王彦輔麈史曰：「世言子美卒於耒陽，故寰宇記亦載其墳在縣北二里，不知何緣得此。新唐書乃稱耒陽令遺白酒牛肉㊀，一夕而卒。此承襲傳聞而未嘗効實故也。得臣覩子美僑寄巴峽三歲，大曆三年二月始下峽，流寓荆南，徙泊公安。久之，方次岳陽，即四年冬末也。既過洞庭，入長沙，乃五年之春。四月，遇臧玠之亂，倉皇往衡陽，抵耒陽，舟中伏枕，又畏瘴癘，復沿湘而下，故有迴棹之作。其末云：『舟師煩爾送，朱夏及寒泉。』又登舟將適漢陽云：『春宅棄汝去，秋帆催客歸。』蓋迴棹在夏末，此篇已入秋矣。繼之以暮秋將歸秦留别湖南幕府親友云：『北歸衝雨雪，誰憫敝貂裘。』則子美北還之迹，見此三篇爲詳，安得卒於耒陽耶？要其卒當在潭岳之間㊀，秋冬之際。按元微之子美墓誌稱：『子美之孫嗣業，啓子美之柩，襄祔事於偃師，途次於荆，拜余爲誌，辭不能絶。』其係略曰：『嚴武狀爲工部員外郎，參謀軍事。旋又棄去，扁舟下荆楚，竟以寓卒，旅殯耒陽。』」

㈠「牛肉」原作「黄牛」，據知不足齋本改。　㈡「其」原作「之」，據知不足齋本改。

丹陽葛常之韻語陽秋曰：「老杜寄身於兵戈騷屑之中，感時對物，則悲傷係之，如『感時花濺淚』是也，故作詩多用一『自』字。田父泥飲詩云：『步屧隨春風，村村自花柳。』遣興詩云：『愁眼看霜露，寒城菊自花。』憶弟詩云：『故園花自發，春日鳥還飛。』日暮詩云：『風月自清夜，江山非故園。』滕王亭子詩云：『古牆猶竹色，虛閣自松聲。』言人情對景，自有悲喜，而初不能累無情之物也

臨川王介甫曰：「老杜云：『詩人覺來往。』下得『覺』字大好。『暝色赴春愁。』下得『赴』字大好。若下『見』字『起』字，即小兒言語。足見吟詩要一字兩字工夫也。」

丹陽葛常之韻語陽秋曰：「子美曹將軍丹青引云：『將軍魏武之子孫，於今爲庶爲清門。』元微之去杭州詩亦云：『房杜王魏之子孫，雖及百代爲清門。』則知子美於當時已爲詩人所欽伏如此。殘膏餘馥，沾丐後人，宜哉！故微之云：『詩人已來，未有如子美者也。』」

莆陽鄭景韋離經曰：「李謫仙，詩中龍也，矯矯焉不受約束。杜子美則麟遊靈囿，鳳鳴朝陽，自是人間瑞物。二豪所得，殆不可以優劣論也。」

葛常之韻語陽秋曰：「子美詩以後二句續前二句處甚多。如喜弟觀到詩云：『待爾嗔烏鵲，抛書示鶺鴒。枝間喜不去，原上急曾經。』晴詩云：『啼烏争引子，鳴鶴不歸林。下食遭泥去，高飛恨久陰。』江閣臥病詩云：『滑憶彫菰飯，香聞錦帶羹。溜匙兼暖腹，誰欲致盃罌。』寄張山人詩云：『曹植休前輩，張芝更後身。數篇吟可老，一字買堪貧。』如此之類多矣。此格起於謝靈運廬陵王墓下詩，云：『延州協心許，楚老惜蘭芳。解劍竟何及，撫墳徒自傷。』李太白亦時有此格，『毛遂不墮井，曾參寧殺人！虛言誤公子，投杼感慈親』是也。」

丹陽葛常之韻語陽秋曰：「五言律詩於對聯中十字作一意㊀，詩家謂之十字格。如老杜放船詩云『直愁騎馬滑，故作泛舟迴』。對雨詩云『不愁巴道路，恐濕漢旌旗』，江月詩云『天邊長作客，老去一霑巾』，是也。」

㊀此句明正德刊本韻語陽秋作「梅聖俞五字律詩，於對聯中十字作一意處甚多」。下並引碧瀾亭、初見淮山等詩句。

建安嚴有翼藝苑雌黄曰：「古人用韻，如文選古詩杜子美韓退之，重複押韻者甚多。文選古詩押二『捉』字，曹子建美女篇押二『難』字，謝靈運述祖德詩押二『人』字，南圖詩押二『同』字、初去郡詩押二『生』字，沈休文鍾山應教詩押二『足』字，任彥昇哭范僕射詩押三『情』字、兩『生』字，陸士衡赴洛詩押二『心』字，猛虎行押二『陰』字，擬古詩押二『音』字，豫章行押二『陰』字，阮嗣宗詠懷詩押二『歸』字，王正長雜詩押二『心』字，張景陽雜詩押二『生』字，江淹雜體詩押二

『門』字，王仲宣從軍詩押二『人』字。杜子美韓退之蓋亦倣古人之作。子美飲中八仙歌押二『船』字、二『眼』字、二『天』字、三『前』字，園人送瓜詩押二『草』字，上後園山脚押二『梁』字，北征押二『日』字，夔州詠懷押二『旋』字，贈李祕書押二『虚』字，贈李邕押二『厲』字，贈汝陽王押二『陵』字，喜岑薛遷官押二『萍』字。退之贈張籍詩押二『更』字、二『狂』字、二『鳴』字、二『光』字，岳陽樓別竇司直押二『向』字，李花押二『花』字，雙鳥押二『州』字、二『頭』字、二『秋』字、二『休』字，和盧郎中送盤谷子押二行（以下原缺）

葛常之韻語陽秋曰：「七哀詩起曹子建，其次則王仲宣、張孟陽也。釋詩者謂病而哀，義而哀，感而哀，悲而哀，耳目聞見而哀，口歎而哀，鼻酸而哀，謂一事而七者具也。子建之七哀，哀在於獨棲之思婦。仲宣之七哀，哀在於棄子之婦人。張孟陽之七哀，哀在於已毁之園寢。唐雍陶亦有七哀詩，所謂「君若無定雲，妾作不動山。雲行出山易，山逐雲去難」，是皆以一哀而七者具也。老杜之八哀，則所哀者八人也㊀。王思禮李光弼之武功，蘇源明李邕之文翰，汝陽鄭虔之多能，張九齡嚴武之政事㊁，皆不復見矣。蓋當時盜賊未息，歎舊懷賢而作者也。」

葛常之韻語陽秋曰：「杜甫累不第，天寶十三載，明皇朝獻太清宫，饗廟及郊，甫奏賦三篇。帝奇之，使待制集賢院，命宰相試文章，故有贈集賢崔于二學士詩云：『昭代將垂白，途窮乃叫

㊀原本「也」字以上數十句全脱，據明正德刊本補。

㊁「嚴武」原作「嚴挺」，據明正德刊本改。

闕。氣衡星象表，詞感帝王尊。天老書題目，春官驗討論。倚風遺鷁路，隨水到龍門。』是時陳希烈韋見素爲宰相，而崔國輔于休烈者，皆集賢學士也，故末句云『謬稱三賦在，難述二公恩』，可謂不忘於藻鑑之重者也。按唐史，是歲八月，見素代陳希烈爲丞相。而甫集有上見素詩云：『持衡留藻鑑，聽履上星辰。』則甫之文爲見素所賞，非希烈也。」

古汳高元之茶甘録曰：「子美於天寶十三載獻西嶽賦，故集有贈獻納使陳舍人詩云：『舍人退食收封事，宮女開函近御筵。曉漏追隨青瑣闥，晴窗點檢白雲篇。』末章云：『揚雄更有河東賦，唯待吹噓送上天。』其云『更有河東賦』，當是獻西嶽賦時也。」

葛常之韻語陽秋曰：「老杜當干戈騷屑之際，閒關秦隴，負薪拾梠，餔糒不給，困躓極矣。自至蜀依裴冕㊀，始有草堂之居。觀其經營來往之勞，備載於詩，皆可考也。其曰『萬里橋西宅，百花潭上莊』者，言其地也。『經營上元始，斷手寶應年』，言其時也。『雪裏江船度，風前徑竹斜。寒魚依密藻，宿鷺起圓沙』，言其景物也。至於『草堂塹西無樹林，非子誰復見幽心』，則乞榿木於何少府之詩也。『草堂少花今欲栽，不問緑李與黃梅』，則乞果於徐少卿之詩也。王侍御攜酒草堂，則喜而爲詩曰：『故人能領客，攜酒重相看。』王録事許草堂貲不到，則戲而爲詩曰：『爲嗔王録事，不寄草堂貲。』蓋其流離貧窶之餘，不能以自給，皆因人而成也。其經營之勤如此。然未及黔突，被成都之亂，入梓居閬，其心則未嘗一日不在草堂也。遣弟檢校草堂，則曰：『鵝鴨宜長數，柴荆莫浪開。』寄題草堂，則曰：『尚念四松小，蔓草易拘纏。』送韋郎歸成都，則曰：『爲問南溪竹，抽梢會過牆？』途中寄嚴武，則曰：『常苦沙崩損藥欄，也從江檻落風湍。』每致意如此。及成都亂定，再依嚴爲節度參謀，復歸草堂，則曰：『不忍竟捨此，復來薙榛蕪。入門四松在，步屧萬竹疏。』則其喜可知矣。未幾，嚴武卒，徬徨無依，復捨之而去。以唐史及公詩考之，草堂斷手於寶應之初，而永泰元年四月，嚴武卒。是秋，公寓夔州雲安縣。有此草堂者，終始祇得四載，而其間居梓閬三年，公詩所謂『三年奔走空皮骨』是也，則安居草堂，僅閱歲而已。其起居寢食之興，不足以償其經營往來之勞，可謂一世之羈人也。然自唐至今已數百載，而草堂之名，與其山川草木，皆因公詩以爲不朽之傳，蓋公之不幸，而其山川草木之幸也。」

㊀「裴冕」，明正德刊本作「嚴武」。

葛常之韻語陽秋曰：「張均張垍兄弟承襲父寵，致位嚴近，皆負文材，覬覦端揆。明皇欲相均而抑於李林甫，欲相垍而奪於楊國忠，自此各懷觖望。安禄山盜國，垍相禄山，而均亦受僞命。肅宗反正，兄弟各論死，非房琯力救，豈能免乎！老杜贈均詩云：『通籍踰青瑣，亨衢照紫泥。靈虬傳夕箭，歸馬散霜蹄。』言均爲中書舍人、刑部尚書時也。贈垍詩云：『翰林逼華蓋，鯨力破滄溟。天上張公子，宫中漢客星。』言垍尚寧親公主，禁中置宅也。二人恩寵烜赫如是，則報國當如何？而乃斁亂天理，下比逆賊，反噬其主，夫豈人類也哉！」

葛常之韻語陽秋曰：「北征詩：『經年至茅屋，妻子衣百結。慟哭松聲回，悲泉共幽咽。平生所嬌兒，顔色白勝雪。見爺背面啼，垢膩脚不襪。』方是時，甫方脱身於萬死一生之地，得見妻兒，其情如是。洎至秦中，則有『曬藥能無婦，應門亦有兒』之句。至成都，則有『老妻憂坐痺，幼女問頭風』之句。觀其情悰，已非北征時比也。及觀進艇詩，則曰：『晝引老妻乘小艇，晴看稚子浴清江。』江村詩則曰：『老妻畫紙爲棋局，稚子敲鍼作釣鉤。』其優游愉悦之情，見於嬉戲之間，則又異於秦益時矣。」

古汳高元之茶甘録曰：『陶淵明命子篇則曰：『夙興夜寐，願爾之才。爾之不才，亦已焉哉！』其責子篇則曰：『雖有五男兒，總不好紙筆。天運苟如此，且進杯中物。』告儼等疏則曰：『鮑叔管仲，同財無猜；歸生伍舉，班荆道舊。而況同父之人哉！』則淵明之子未必賢也。故杜子美論之曰：『有子賢與愚，何其掛懷抱。』然子美於諸子，亦未爲忘情者。子美遣興詩云：『驥子好男兒，前年學語時。』『世亂憐渠小，家貧仰母慈。』又憶幼子詩云：『別離驚節換，聰慧與誰論。』『憶渠愁祇睡，炙背俯晴軒。』得家書云：『熊兒幸無恙，驥子最憐渠。』元日示宗武云：『汝啼吾手戰。』觀此數詩，於諸子鍾情尤甚於淵明矣。山谷黄魯直乃云：『杜子美困於三蜀，蓋爲不知者詬病，以爲拙於生事，又往往譏宗武失學，故寄之淵明爾。俗人不知㊀，便爲譏病，所謂癡人面前，不必説夢。』」

葛常之韻語陽秋曰：「月輪當空，天下之所共視，故謝莊有『隔千里兮共明月』之句，蓋言人雖異處，而月則同瞻也。老杜當兵戈騷屑之際，與其妻各居一方，自人情視之，豈能免閨門之念，而它詩未嘗一及之。至於明月之夕，則遐想長思，屢形詩什。月夜詩云：『今夜鄜州月，閨中祇獨看。』繼之曰：『香霧雲鬟濕，清輝玉臂寒。』一百五日夜對月詩云：『無家對寒食，有淚如金波。』繼之曰：『仳離放紅蕊，想象嚬青蛾。』江月詩云：『江月光於水，高樓思殺人。』繼之曰：『誰家挑錦字，燭滅翠眉嚬。』其數致意於閨門如此，其亦謝莊之意乎？」

葛常之韻語陽秋曰：「老杜省宿詩云：『明朝有封事，數問夜如何？』蓋愛君欲諫之心切，則通夕爲之不寐，想其犯顏逆耳，必不爲身謀也。」

葛常之韻語陽秋曰：「成都記：『杜主自天而降⊖，稱望帝。好稼穡，治郫城。後望帝死，其魂化爲鳥，名曰杜鵑。』故子美云：『昔日蜀天子，化爲杜鵑似老烏。』又曰：『古時杜鵑稱望帝，魂作杜鵑何微細。』又曰：『我見常再拜，重是古帝魂。』博物志稱杜鵑生子，寄之宅巢，百鳥爲飼之。故子美云：『生子百鳥巢，百鳥不敢嗔。乃爲餧其子，禮若奉至尊。』又云：『寄巢生子不自啄，羣鳥至今爲哺雛。』子美集中杜鵑行詩凡三篇，皆以杜鵑比當時之君，而以哺雛之鳥譏當時之臣不能奉其君，曾百鳥之不若也。最後一篇，徒言杜鵑垂血上訴，不得其所，蓋託興明皇蒙塵之時

⊖「不知」原脫，據明正德刊本補。

也㊂。故末句云：『豈思舊日居深宮，嬪嬙左右如花紅。』」

㊀「杜主」，明正德刊本作「杜宇又名杜主」。㊁「託興」，明正德刊本作「説」。

葛常之韻語陽秋曰：「古今詩話載子美因見病瘧者曰：『誦吾詩可療。』令誦『子章髑髏血模糊，手提擲還崔大夫』之句，病遂愈。余謂子美固嘗病瘧矣。其詩云：『患瘧三秋孰可忍。』又云：『三年病瘧疾。』子美於此時，何不自誦其詩而自已疾耶？是靈於人而不靈於己也。」夢弼謂誦杜詩能除瘧，烏有是理。蓋言其詩辭典雅，讀之脱然，不覺沉痾之去體也。

葛常之韻語陽秋曰：「余嘗謂知人，雖堯帝猶以爲難，而杜子美之曾祖姑㊀，乃能知唐太宗於側微之時，識房杜輩於賤貧之日。子美乃形其語於詩曰：『向竊窺數公，經綸亦俱有。次問最少年，虬髯十八九。子等成大名，皆因此人手。』噫，一何異耶！」

㊀「曾祖姑」，明正德刊本作「曾老姑」。

葛常之韻語陽秋曰：「老杜麗人行專言秦虢宴游之樂，末章有『當軒下馬入錦茵，且莫近前丞相嗔』之句，當是謂楊國忠也。」

葛常之韻語陽秋曰：「老杜北征詩云：『憶昔狼狽初，事與古先別。不聞夏商衰，中自誅褒妲。』其意謂明皇英斷，自誅妃子，與夏商之誅褒妲不同。老杜此語，出於愛君，而曲文其過，非至公之論也。」

葛常之韻語陽秋曰：「子美爲左拾遺，會房琯以陳濤之戰敗罷相，甫上疏力救琯。肅宗大怒，詔三司推問，宰相張鎬救之獲免。故甫洗兵馬行云：『張公一生江海客，身長九尺鬚眉蒼。』蓋感其救己也。」

葛常之韻語陽秋曰：「子美避亂秦蜀，衣食不足，不免求給於人。如贈高彭州客夜狂夫答裴道州簡韋十，凡五篇，觀此可見其艱窘而有望於朋友故舊也。然當時能賙之者，幾何人哉？」

葛常之韻語陽秋曰：「子美身遭離亂，復迫衣食，足迹半天下。自少時遊吳及越，以至作諫官，奔走州縣，既皆載於壯遊詩矣。其後贈韋左丞詩云：『今欲入東海，卽將西去秦。』則自長安之齊魯也。贈李白詩云：『亦有梁宋遊，方期拾瑤草。』則自東都之梁宋也。發同谷縣云：『賢有不黔突，聖有不暖席。始來茲山中，休駕居地僻。奈何迫物累，一歲四行役。』則自隴右之劍南也。留別章使君云：『終作適蠻荆，安排用莊叟。隨雲拜東皇，掛席上南斗。』則自蜀之荆楚也。夫士人既無常產，爲飢所驅，豈免仰給於人，則奔走道塗，亦理之常爾。」

葛常之韻語陽秋曰：「子美高自稱許，有乃祖之風。上書明皇云：『臣之述作，沈鬱頓挫，揚雄枚臯可跂及。』壯遊詩則自比於崔魏班揚，又云：『氣劘屈賈壘，目短曹劉牆。』贈韋左丞則曰：『賦料揚雄敵，詩看子建親。』甫以詩雄於時，自比諸人，誠未爲過。至竊比稷與契，則過矣。唐史氏稱甫好論天下大事，高而不切，豈自比稷契而然耶？至云『上感九廟焚，下憫萬民瘡。斯時伏青蒲，建事守御牀』，其忠藎亦可嘉也。」

葛常之韻語陽秋曰：「山谷黄魯直謂後山陳無己云『學詩如學道』，此豈尋常雕章繪句者之可擬哉！客有謂立方言：後山詩，其要在於點化杜甫語爾。杜云：『昨夜月同行。』後山則云：『勤勤有月與同行。』杜云：『林昏罷幽磬。』後山則云：『林昏出幽磬。』杜云：『古人日已遠。』後山則云：『斯人日已遠。』杜云：『中原鼓角悲。』後山則云：『風連鼓角悲。』杜云：『暗飛螢自照。』後山則云：『飛螢元失照。』杜云：『秋覺追隨盡。』後山則云：『林湖更覺追隨盡。』杜云：『文章千古事。』後山則云：『文章平日事。』杜云：『乾坤一腐儒。』後山則云：『乾坤著腐儒。』杜云：『孤城隱霧深。』後山則云：『寒城著霧深。』杜云：『寒花只暫香。』後山則云：『寒花只自香。』如此類甚多，豈非點化老杜之語而成者！立方謂不然。後山詩格律高古，真所謂『碌碌盆盎中，見此古罍洗』者，用語稍同，乃是讀少陵詩精熟，不覺在其筆下，又何足以病公乎？」

諸儒詩話，子美戲作俳諧體。遣悶云：「家家養烏鬼，頓頓食黄魚。」「養」或讀爲上聲，或讀爲去聲。沈存中筆談以「烏鬼」爲「烏猪」，謂其俗呼猪作「烏鬼」之聲也。蔡寬夫詩話以「烏鬼」爲巴俗所事神名也。冷齋夜話謂巴俗多事烏蠻鬼，以臨江，故頓頓食黄魚耳。湘素雜記以鸕鷀爲烏鬼，謂養之以捕魚也。然詩辭事略又謂楚峽之間事烏爲神，所謂神鴉也。故元微之有詩云：「病賽烏稱鬼，巫占瓦代龜。」夢弼謂當以此事略之言爲是也。蓋養烏鬼，食黄魚，自是兩義，皆記巴中之風俗也。峽中黄魚極大者至數百斤，小者亦數十斤，按集中有詩云「日見巴東峽，黄魚出浪新。脂膏兼飼犬，長大不容身」是也。然是魚豈鸕鷀之所能捕哉？彼以「烏鬼」爲鸕鷀，其謬尤甚矣。或又曰烏鬼謂猪也，巴峽人家多事鬼，家養一猪，非祭鬼不用，故於羣猪中特呼「烏鬼」以別之也。今並存之。

廣陵馬永卿嬾真子録曰：「唐時前輩多自重，而後輩亦尊仰前輩而師事之，此風最爲淳厚。杜工部於蘇端薛復筵簡薛華醉歌首云：『文章有神交有道，端復得之名譽早。』又云：『坐中薛華善醉歌，醉歌自作風格老。』且一篇之中連呼三人之名，想見當時士人一經老杜品題，即有聲價，故世願得其品題，不以呼名爲恥也。近世士大夫，老幼不復篤厚，雖前輩詩中亦不敢斥後進之名，而後進亦不復尊仰前輩，可勝歎哉！」

庚溪詩說：「士人程文窮日力作一論，既不限聲律，復不拘詩句，尚罕得反復折難，使其理判然者。觀赴奉先詠懷五百言，乃聲律中老杜心迹論一篇也。自『杜陵有布衣，老大意轉拙。許身一何愚，竊比稷與契』，其心術祈嚮，自是稷契等人。『窮年憂黎元，歎息腸内熱』，與飢渴由己者何異？然常爲不知者所病，故曰『取笑同學翁』。世不我知，而所守不變，故曰『浩歌彌激烈』。又云：『非無江海志，瀟灑送日月。當今廊廟具，建厦豈云缺？葵藿傾太陽，物性固莫奪。』言非不知隱遁爲高也，亦非以國無其人也，特廢義亂倫，有所不可。『以兹悟生理，獨恥事干謁。』言志大術疏，未始阿附以借勢也。爲下士所笑，而浩歌自若，皇皇慕君而雅志棲遁，既不合時，而又不爲低屈，皆設疑互答，屢致意焉，非巨刃有餘，孰能之乎！中間鋪敍間關酸辛，宜不勝其戚戚。而『默思失業途，因念遠戍役』，所謂憂在天下而不爲小己失得也。禹稷顏子不害爲同道，少陵之迹江湖而心稷契，豈爲過哉！孟子曰：『窮則獨善其身，達則兼善天下。』其窮也，未嘗無志於國與民；其達也，未嘗不抗其易退之節。早謀先定，出處一致矣。是時先後周復，正合乎此。昔人目元和賀雨詩爲諫書，余特目此詩爲心迹論也。」

碧溪詩話：「孟子七篇，論君與民者居半。其餘欲得君，蓋以安民也。觀杜陵『窮年憂黎元，歎息腸内熱』、『胡爲將暮年，憂世心力弱』，宿花石戍云『誰能扣君門，下令減征賦』，寄柏學士云『幾時高議排金門，各使蒼生有環堵』、『寧令吾廬獨破受凍死亦足』，而志在大庇天下寒士。其仁心廣大，異夫求穴之螻蟻輩，真得孟子所存矣。東坡先生問：『老杜何如人？』或言似司馬遷，但能名其詩爾。愚謂老杜似孟子，蓋原其心也。」

古今詩話：「老杜：『紅飯啄餘鸚鵡粒，碧梧棲老鳳凰枝。』此語反而意奇。退之詩云：『舞鑑鸞窺沼，行天馬渡橋。』亦倣此理。」

杜氏譜系

謹按唐書杜甫傳及元稹墓誌，晉當陽縣侯預下十世而生依藝，以監察御史令於河南府之鞏縣。依藝生審言，審言善詩，官至修文館學士、尚書膳部員外郎。審言生閑，京兆府奉天縣令。閑生甫，左拾遺、尚書工部員外郎。甫生二子：宗文，宗武。夢弼今以杜氏家譜考之，襄陽杜氏出自晉當陽縣侯預，而佑蓋其後也。佑生三子：師損，式方，從郁。師損三子：詮，愉，羔。式方五子：惲，憓，悰，恂，愔。從郁二子：牧，顗。羣從中悰官最高，而牧名最著。杜氏凡五房：一京兆杜氏；二杜陵杜氏；三襄陽杜氏；四洹水杜氏；五濮陽杜氏。而甫一派，又不在五派之中。甫與佑既同出於預，而家譜不載，何也？豈以其官不達，而諸杜不通譜系乎？何家譜之見遺也！東塾蔡夢弼因覽其譜系而爲之書。

優古堂詩話

優古堂詩話

宋　吳幵撰

詩可以觀人

吕獻可誨嘗云：「丁謂詩有『天門九重開，終當掉臂入』，王元之禹偁見之曰：『入公門猶鞠躬如也，天門豈可掉臂入乎？此人必不忠。』後果如其言。」

二十八字媒

「白藕作花風已秋，不堪殘睡更回頭。晚雲帶雨歸飛急，去作西窗一夜愁。」此趙德麟細君王氏所作也。德麟既鰥居，因見此篇，遂與之爲親，余以爲二十八字媒也。

野火燒不盡

樂天初舉，名未振，以歌詩投顧況，況戲之曰：「長安物貴，居大不易。」及讀至原上草云：「野火燒不盡，春風吹又生。」曰：「有句如此，居亦何難，老夫前言戲之耳。」

絶句

仲至王欽臣使遼回，謁恭敏李公，席中賦詩云：「穹廬三月已淹留，白草黄雲見即愁。滿袖塵埃何處洗，李家池上海棠洲。」

山谷取唐人詩

唐朱晝喜陳懿老至詩云：「一别一千日，一日十二憶。苦心無閑時，今日見玉色。」乃知山谷「五更歸夢三千里，一日思親十二時」之句取此。

謝惠含桃謝惠茶詩

韓致光，昭宗時以翰林承旨謫嶺表，道湖南，謝人惠含桃詩末章云：「金鑾歲歲長宣賜，忍淚看天憶帝都。」自注云：「每歲初進之後，先宣賜學士。」韓子蒼謝人惠茶云：「白髮前朝舊史官，風爐煮茗暮江寒。蒼龍不復從天下，拭淚看君小鳳團。」自注云：「史官月賜龍團。」意雖本致光而語工。

門雀屋烏宣室茂陵

張天覺既相，謝表有云：「十年去國，門前之雀可羅；一日歸朝，屋上之烏亦好。」徽宗親題於所御扇。然丁晉公詩固嘗云「屋可占烏曾貴仕，門堪羅雀稱衰翁」矣。王元之黄州上任謝表云：「宣室鬼神之問，敢望生還；茂陵封禪之書，已期身後。」亦出於杜子美「竟無宣室召，徒有茂陵求」之語。前輩不以爲嫌者，蓋文勢事情自須如此也。

相望落落如晨星

王直方詩話謂東坡送李公擇云：「有如長庚月，到曉不收明。」贈參寥云：「故人各在一天角，相望落落如晨星。」任師中挽詞云：「相看半作星辰没，可憐太白與殘月。」而蘇黄門送退翁守淮安亦云：「我懷同門客，勢若曉天星。」其後學者，尤多用此。以上皆王説。予按古樂府徐朝云：「兩頭纖纖月初生，半白半黑眼中睛。腷腷膊膊雞初鳴，磊磊落落向曙星。」故劉夢得作韋處厚集序亦云：「古今相望，落落然如騎星辰。」乃知二蘇所用，本古樂府，豈直方忘之耶？

猿啼三聲淚沾衣

川峽記行者歌曰：「巴東三峽猿鳴悲，猿啼三聲淚沾衣。」故古樂府有「巫峽長，猿鳴三聲淚沾衣」。陳蕭詮夜猿啼詩斷章云：「別有三聲淚，沾裳竟不窮。」故子美詩：「聽猿實下三聲淚。」

身輕一鳥過

歐陽文忠公詩話：陳公時得杜集，至蔡都尉「身輕一鳥」，下脱一字。數客補之，各云「疾」「落」「起」「下」，終莫能定。後得善本，乃是「過」字。其後東坡詩：「如觀李杜飛鳥句，脱字欲補知無緣。」山谷詩：「百年青天過鳥翼。」東坡詩：「百年同過鳥。」皆從而效之也。予見張景陽詩云：「人生瀛海内，忽如鳥過目。」則知老杜蓋取諸此。況杜又有覗柳少府詩：「余生如過鳥。」又云：「愁窺高鳥過。」景陽之詩，梁氏取以入選。杜贈驥子詩：「熟精文選理。」則其所取，亦自有本矣。如贈韋左丞詩，皆倣鮑明遠東武吟：「主人且勿喧，賤子歌一言。」然古詠香爐詩：「四座且勿喧，願聽歌一言。」

牛帶寒鴉過別村

張芝叟詩：「夕陽牛背無人臥，帶得寒鴉兩兩歸。」與東坡所記蘇叔黨詩：「葉隨流水歸何處，牛帶寒鴉過別村。」與張詩相類。

學詩如學仙時至骨自換

鮑慎由答潘見素詩云：「學詩比登仙，金膏换凡骨。」蓋用陳無己答秦少章「學詩如學仙，時至骨自换」之句。

水從樓前來中有美人淚

晁元忠西歸詩：「安得龍山潮，駕回安河水。水從樓前來，中有美人淚。」山谷和答云：「熱避惡木陰，渴辭盜泉水。曾回勝母車，不落抱玉淚。」晁氏猛虎行：「噉噉壯士意，人生高唐觀，有情何能已。」韓子蒼取其意，以代葛亞卿作詩云：「君住江濱起柂樓，妾居海角送潮頭。潮中有妾相思淚，流到樓前更不流。」唐孫叔向有經昭應温泉詩云：「一道流泉遶御溝，先皇曾向此中游。雖然水是無情物，也到宫前咽不流。」子蒼末句乃用孫語。

到海止十里過山應萬重

青箱雜記謂寇萊公少時有詩送人云：「到海止十里，過山應萬重。」遂兆晚年之讖。予以爲非是。蓋萊公效于武陵詩耳。于別故人云：「過楚水千里，到秦山幾重。」然國史萊公本傳乃云：

「準至雷州，吏以圖經獻，視其四至，云東南門至海岸十里。準恍然曰：『吾少時有云：「到海祇十里，過山應萬重。」豈偶然邪！』」所載與青箱雜記不同。

金鴨無烟卻有香

秦少章詩：「燭花漸暗人初睡，金鴨無煙却有香。」魏道輔詩：「博山燒沈水，煙燼氣不滅。日暮白門前，楊花散成雪。」與少章詩意同。

友于

洪駒父詩話謂：「世以兄弟爲友于，子姓爲貽厥，歇後語也。杜子美詩云：『山鳥山花皆友于。』子美未能免俗何邪？」予以爲不然。按南史劉湛「友于素篤」，北史李謐「事兄盡友于之誠」。故陶淵明詩云：「一欣侍温顏，再喜見友于。」子美蓋有所本耳。子美上太常張卿詩亦云：「友于皆挺拔。」

橫陳

荆公詩：「日高青女尚橫陳。」「潮回洲渚得橫陳。」橫陳二字，見首楞嚴經及宋玉風賦。前輩以用橫陳始於荆公，非也。陸龜蒙薔薇詩云：「倚牆當户自橫陳，致得貧家似不貧。」沈約夢見美人詩云：「立望復橫陳，忽覺非在側。」見玉臺新詠。

據槁梧

荆公詩：「各據槁梧同不寐，偶然聞雨落階除。」唐李嘉祐詩：「據梧聽好鳥，行藥寄名花。」莊子：「據槁梧而瞑。」

崔護詩

唐獨孤及和贈遠詩云：「憶得去年春風至，中庭桃李映瑣窗。美人挾瑟對芳樹，玉顏亭亭與花雙。今年新花如舊時，去年美人不在兹。借問離居恨深淺，祇應獨有庭花知。」此詩與崔護詩意無異。

幾度雨來成惡熱　一番風過有新凉

李太白詩云：「幾度雨來成惡熱，一番風過有新凉。」劉莘老子劉跂，字斯立，龍山寺詩亦云：「急雨欲來先暑氣，涼風已過卻秋聲。」詩意雖同，然皆佳句。

青裙白面初相識

陳去非茶花詩後兩句云：「青裙白面初相識，十月茶花滿路開。」蓋用白樂天江岸梨花詩意：「梨花有思緣和葉，一樹江頭惱殺君。最似孀閨少年婦，白妝素面碧紗裙。」

手滑

蘇子由龍川別志：慶曆中，劫盜張海將過高郵，知軍姚仲約度不能禦，諭軍中富民出金帛，市牛酒，使人迎勞，且厚遺之。海悅，逕去不爲暴。富鄭公議欲誅仲約，范文正公欲宥之，争於上前，仁宗從之。富公慍曰：「方今患法不舉，而多方沮之，何以整衆？」范公密告之曰：「祖宗以來，未嘗輕殺臣下，此盛德事，奈何欲輕壞之！且吾與公在此，同僚之間，同心者有幾？雖上意亦未知所定也。而輕導人主以誅戮臣下，他日手滑，雖吾輩亦未敢自保也。」富公終不以爲然。及二公跡不安，范公出按陝西，富公出按河北，范公因自乞守邊。富公自河北還，及國門，不許入，未測朝廷意，比夜徬徨不能寐，遶牀歎曰：「范六丈聖人也。」予考資治通鑑，唐武宗賜劉宏逸薛季稜死，又遣使就潭州誅楊嗣復及李珏，杜悰奔馬見李德裕曰：「天子少年，新即位，茲事不宜手滑。」德裕因與崔珙崔鄲陳夷行三上奏，乃釋之。乃知范公所言者，楊嗣復等公案耳。世有肆行胸臆者，多以紙上語爲不足用，以今觀之，是否蓋可見矣。

睹木興歎

魏文帝柳賦：「在予年之二七，植斯柳乎中庭。始圍寸而高尺，今連拱而九成。」桓温北伐，經金城，見爲瑯琊時種柳，皆已十圍，慨然曰：「木猶如此，人何以堪！」乃知睹木而興歎，代有之矣。按廣州人物志載，蘇頲年五歲，裴談過其父，試誦庾信枯樹賦，頲避「談」字，易其韻曰：「昔年移柳，依依漢陰。今看摇落，悽愴江潯。樹猶如此，人何以任。」文忠詩云：「人昔共游今孰在，樹猶如此我何堪。」荆公詩：「道人從何來，問松我東岡。舉手指屋脊，云今如許長。」劉斯立詩云：「麥壠漫漫宿藁黄，新苗寸寸未禁霜。手中馬箠餘三尺，想見歸時如許長。」意皆相沿以生也。

金谷樓危到地香

前輩稱宋莒公賦落花詩，其警句有「漢臯珮冷臨江失，金谷樓危到地香」之句，蓋本於唐張泌惜花詩：「看多記得傷心事，金谷樓前委地時。」其弟景文公同賦云：「將飛更作回風舞，已落猶成半面妝。」亦本於李賀殘絲曲云：「落花起作回風舞，榆莢相催不知數。」

春在先生杖屨中

西清詩話記周邦彦祝壽詩：「化行禹貢山川外，人在周公禮樂中。」予以爲此乃模寫東坡刁景純藏春塢詩，「年抛造物甄陶外，春在先生杖屨中」是也。

小雨斑斑

文忠公詩：「小雨斑斑作燕泥。」東坡詩：「小雨斑斑未作泥。」山谷詩：「潤花小雨斑斑。」

一意兩用

樂天：「自從苦學空門法，銷盡平生種種心。惟有詩魔降未得，每逢風月一閒吟。」又云：「人各有一癖，我癖在章句。萬緣皆已銷，此病獨未去。」此意凡兩用也。太白：「舉杯邀明月，對影成三人。」又云：「獨酌勸孤影。」此意亦兩用也。然太白本取淵明「揮杯勸孤影」之句。

蜀葵詩

劉禹錫嘉話載陳標蜀葵詩：「能共牡丹争幾許，得人憎處只緣多。」雜俎載：貞元中，牡丹已多，柳渾善言：「近來無奈牡丹何，數十千錢買一窠。今朝始得分明見，也共戎葵較幾多。」二詩意相似。

屋簷斜入一枝低

唐張謂詩：「櫻桃解結垂簷子，楊柳能低入户枝。」乃悟林和靖梅詩「屋簷斜入一枝低」之句所本。

秋去暑無權

張文潛明道雜誌記一詩云：「秋去暑無權。」以爲意新而韻工。予見邵堯夫云：「春陽得權故多旱，秋陰得權故多雨。」

醉鄉閒處日月　鳥語花間管絃

蔡條西清詩話云：「黄魯直貶宜州，謂其兄元明曰：『庭堅筆老矣，始悟抉章摘句爲難，要當於古人不到處留意，乃能聲出衆上。』元明問其然，曰：『庭堅六言近詩「醉鄉閒處日月，鳥語花間管絃」是也。』此優入詩家藩閫，宜其名世如此。」以上皆蔡語。予按此説出於魯直，是否雖未敢必，然上句本於唐皇甫嵩「醉鄉日月發」之意，下句本於唐崔湜應制詩「庭際花飛錦繡合，枝間鳥囀管絃同」。

門外緑楊春繫馬　牀前紅燭夜呼盧

晏叔原長短句云：「門外緑楊春繫馬，牀前紅燭夜呼盧。」蓋用樂府水調歌云：「户外碧潭春洗馬，樓前紅燭夜迎人。」然叔原之詞甚工。

雲破月來花弄影

張子野長短句「雲破月來花弄影」，往往以爲古今絶唱。然予讀古樂府唐氏謡暗別離云：「朱絃暗斷不見人，風動花枝月中影。」意子野本乜。

應聲蟲

陳正敏遯齋閒覽載：楊勔中年得異疾，每發言應答，腹中有小聲效之。數年間，其聲浸大。有道士見而驚曰：「此應聲蟲也，久不治，延及妻子。宜讀本草，遇蟲不應者，當取服之。」勔如言，讀至雷丸，蟲忽無聲，乃頓餌數粒，遂愈。正敏其後至長汀，遇一丐者，亦有是疾，環而觀者甚衆，因教之使服雷丸。丐者謝曰：「某貧無他技，所以求衣食於人者，唯藉此耳。」以上皆陳所記。予讀唐張鷟朝野僉載，云洛州有士人患應病，語即喉中應之，以問善醫張文仲，張經夜思之，乃得一法，即取本草令讀之，皆應，至其所畏者即不言，仲乃録取藥合和爲丸服之，應時而止。乃知古有是事。

草忘憂花含笑

冷齋夜話云：「丁晉公『草解忘憂憂底事，花能含笑笑何人』，不若東坡『花如識面嘗含笑，鳥不知名時自呼』。然丁詩本取唐人徐振雷塘詩：『花憶所爲猶自笑，草如無道更應荒。』毛詩：『焉得諼草。』釋者以爲諼草可以解人之憂耳。今丁詩乃以草憂底事，何邪？然善論詩者，不當如此。」

回眸一笑百媚生

白樂天長恨歌云：「回眸一笑百媚生，六宫粉黛無顔色。」蓋用李太白應制清平樂詞云：「女伴莫話孤眠，六宫羅綺三千。一笑皆生百媚，宸衷教在誰邊。」

身事未知何日了

近時稱陳去非詩「案上簿書何日了，樓頭風月又秋來」之句，或者曰此東坡「官事無窮何日了，菊花有信不吾欺」耳。予以爲本唐人羅鄴僕射陂晚望詩：「身事未知何日了，馬蹄惟覺到秋忙。」

舜不窮其民論

元祐中，省試舜不窮其民論，劉棠召美首選，其警句云：「桀紂以淫虐窮，幽以貪殘窮，厲以監謗窮，戰國以侵伐窮，秦皇以督責窮，漢武以奢侈窮，晉以夷狄窮，隋以巡幸窮，明皇以隱户剩田窮，德宗以閒架税屋窮。」東坡見之，大加歎賞，以其不類時文，因以劉窮呼之。然予以劉召美此意本孫樵耳。孫樵與賈秀才書云：「揚雄以法言太玄窮，元結以浯溪碣窮，陳拾遺以感遇詩窮，王勃以宣尼廟碑窮，玉川子以月蝕詩窮，杜甫李白王江寧皆相望于窮者也。」

望斗氣沈龍已化　置芻人去榻猶懸

豫章事實，王勃序之詳矣，題詠此邦者，往往採之。晏元獻云：「望斗氣沈龍已化，置芻人去榻猶懸。」陶邕州云：「劍待張華時已晚，榻延徐穉禮應疏。」此二聯全是「龍光射牛斗之墟，徐孺下陳蕃之榻」也。宋綬公垂云：「江涵帝子翬飛閣，山際真君鶴馭天。」不襲陳跡，甚可佳也。

處事無心覺累輕

呂東萊先生呂居仁詩云：「忍窮有味知詩進，處事無心覺累輕。」李成季已嘗云：「靜疑多事非求福，老覺無心勝攝生。」二詩雖相似，然皆佳句也。

春水碧於天

温庭筠樂府：「春水碧於天，畫船聽雨眠。」皮日休松陵集詩云：「漢水碧於天，荆南廓然秀。」豫章取以作演雅云：「江南野水碧於天，中有白鷗閑似我。」

蓬生麻中

荀卿曰：「蓬生麻中，不扶而直。蘭槐之根，是爲芷，其漸之滫。」蓋本於曾子制言曰：「蓬生麻中，不扶乃直；白沙在泥，與之皆黑。」

蓄不吠之犬

東坡上神宗書曰：「養貓以待鼠，不可以無鼠而蓄不捕之貓；蓄犬以防姦，不可以無姦而蓄不吠之狗。」蓋取北史宋游道傳楊遵彦曰：「譬之蓄狗，本取其吠，今以數吠殺之，恐將來無復吠狗。」

開簾風動竹

唐李益竹窗聞風早發寄司空曙詩云：「微風驚暮坐，窗牖思悠哉。開門復動竹，疑是故人來。時滴枝上露，稍霑階上苔。幸當一入幌，爲拂綠琴埃。」異聞集霍小玉傳爲「開簾復動竹」，改一「風」字，遂失詩意。然此句乃襲樂府華山畿詞耳。詞云：「夜相思，風吹窗簾動，言是所歡來。」通典云：「江南以情人爲歡。」

山流細沫擁浮花

沈君攸羽觴飛上苑云：「石徑斷絲閑蔓草，山流細沫擁浮花。」外史檮杌載張蠙詩：「牆頭細雨垂纖草，水面微風聚落花。」蓋本於沈耳。

桃花亂落如紅雨

李長吉有「桃花亂落如紅雨」之句，以此名世。予觀劉禹錫詩云：「花枝滿空迷處所，搖落繁英墜紅雨。」劉李同出一時，決非相爲剽竊。

目極千里傷春心

陸士衡樂府：「游客春芳林，春芳傷客心。」杜子美：「花近高樓傷客心。」皆本屈原「目極千里傷春心」。

漁梁渡頭争渡喧

岑參巴南舟中夜事詩云：「渡口欲黄昏，歸人争渡喧。」蓋用孟浩然詩耳。浩然有夜歸鹿門寺歌云：「山寺鳴鐘晝已昏，漁梁渡頭争渡喧。」

多病故人疏

唐包佶嶺下卧病寄劉長卿詩云：「惟有貧兼病，能令親愛疏。」蓋用孟浩然「多病故人疏」與杜子美「故知貧病人須棄，能使韋郎跡也疏」。

船如天上坐　人似鏡中行

潘子真詩話云：「『船如天上坐，人似鏡中行』，又『船如天上坐，魚似鏡中懸』，沈雲卿詩也。杜子美詩云『春水船如天上坐，老年花似霧中看』，蓋觸類而長之。」予以雲卿之詩，蓋原於王逸少鏡湖詩所謂「山陰路上行，如在鏡中游」之句。然李白入青溪山詩亦云：「人行明鏡中，鳥度屏風裏。」雖有所襲，然語益工也。

鶯語丁寧

唐楊巨源早春詩云：「馬蹄經歷應須遍，鶯語丁寧已怪遲。」蓋效杜子美所謂「莫遣花開深造次，便覺鶯語太丁寧」。

幾處笙歌幾處愁

唐章孝標八月詩云：「徙倚仙居遶翠樓，分明宮漏靜兼秋。長安夜夜家家月，幾處笙歌幾處愁。」唐裴交泰長門怨詩云：「自閉長門經幾秋，羅衣溼盡淚還流。一種蛾眉明月夜，南宮歌管北宮愁。」與前詩絶相類。

穀雨杏花稀

唐李嘉祐春思詩：「清明桑葉少，穀雨杏花稀。」乃悟周朴詩：「曉來山鳥鬧，雨過杏花稀。」

未臘山梅樹樹花

杜牧之詩：「經冬野菜青青色，未臘山梅樹樹花。」許渾詩：「未臘梅先實，經春草自薰。」渾雖用牧意，然終不能及也。

庭中花照眼

梁武帝春歌云：「階上香入懷，庭中花照眼。春心一如此，情來不自限。」乃悟杜子美「花枝照眼句還成」之句。

授圖黃石老　學劍白猿翁

潘子真詩話云：「杜牧之題李西平宅云：『授圖黃石老，學劍白猿翁。』庾信作宇文盛墓誌所謂『授圖黃石，不無師表；學劍白猿，遂傳風旨』。」然予讀李太白贈宋中丞詩云：「白猿懸劍術，黃石借兵符。」則太白亦嘗用之矣。

還山弄明月

東坡虔州八境圖：「回峯亂嶂鬱參差，雲外高人世得知。誰向空中弄明月，山中木客解吟詩。」徐鼎臣搜神記云：「鄱陽山中有木客。秦時採木者，食木實，遂得不絶。時就民間飲酒，爲詩一章云：『酒盡君莫沽，壺傾我當發。城市多囂塵，還山弄明月。』」東坡蓋用此也。然唐劉長卿有龍門八詠，其七渡水詩云：「日暮下山來，千山暮鐘發。不如波上棹，還弄山中月。伊水連白雲，東南遠明滅。」乃知「還山弄明月」，唐人已言之矣。

退之全用列子文

韓退之雜説云：「昔之聖人者，其首有若牛者，其形有若蛇者，其喙有若鳥者，其貌有若蒙倛者，彼皆貌似而心不同，焉可謂之非人邪？有平脅曼膚，顔如渥丹，美而很者，其面則人，其心則禽獸，又烏可謂之人耶？」予按列子稱庖犧氏女媧氏神農氏夏后氏蛇身人面，牛首虎鼻，此有非人之狀，而有大聖之德；夏桀商紂魯威楚穆狀貌七竅，皆同於人，而有禽獸之心。而衆人守一以求至智，未可幾也。乃知退之全用此文。

愁殺人

唐朱放贈魏校書詩云：「長恨江南足別離，幾回相送復相隨。楊花撩亂撲流水，愁殺行人知不知。」李益隋堤詩云：「碧水東流無限春，隋家宮苑已成塵。行時莫上長隄望，吹起楊花愁殺人。」李蓋學朱也。然二詩皆佳。

詠婦人多以歌舞爲稱

古今詩人詠婦人者，多以歌舞爲稱。梁元帝妓應令詩云：「歌清隨澗響，舞影向池生。」劉孝綽看妓詩云：「燕姬奏妙舞，鄭女愛清歌。」北齊蕭放冬夜對妓詩云：「歌還團扇後，舞出妓行前。」弘執恭觀妓詩云：「合舞俱迴雪，分歌共落塵。」陳陰鏗侯司空宅詠妓詩云：「鶯啼歌扇後，花落舞衫前。」陳劉珊亦云：「山邊歌落日，池上舞前溪。」庾信和趙王看妓詩云：「綠珠歌扇薄，飛燕舞衫長。」江總看妓詩云：「並歌時轉黛，息舞暫分香。」隋盧思道夜聞鄰妓詩云：「怨歌聲易斷，妙舞態難雙。」陳李元操春園聽妓詩云：「紅樹摇歌扇，綠珠飄舞衣。」釋法宣觀妓詩云：「早時歌扇薄，今日舞衫長。」劉希夷春日閨人詩云：「池月憐歌扇，山雲愛舞衣。」以歌對舞者七，以歌扇對舞衣者亦七，雖相沿以起，然詳味之自有工拙也。杜子美取以爲豔曲云：「江清歌扇底，野曠舞衣前。」

花應解笑人　無窮事　有限身

唐李敬方歡醉詩云：「不向花前醉，花應解笑人。只應連夜雨，又過一年春。日日無窮事，區區有限身。若非杯裏酒，何以寄天真。」杜子美絶句云：「二月已破三月來，漸老逢春能幾回？莫悲身外無窮事，且進生前有限杯。」二詩雖相沿，而杜則尤工者也。世所傳「相逢不飲空歸去，洞口桃花也笑人」之句，蓋出於敬方云。

洞房懸月影　高枕聽江流

張說有深度驛詩云：「洞房懸月影，高枕聽江流。」杜子美用其意，見於客夜篇云：「入簾殘月影，高枕遠江聲。」

雞三號

韓退之詩：「雞三號，更五點。」蓋雞必三號而後天曉耳。故杜子美雞詩亦云：「紀德名標五，初鳴度必三。」

獨鵲裊庭柯

錢內翰希白晝景詩云：「雙蜻上簾額，獨鵲裊庭柯。」「裊」字最其所用意處也。然韋蘇州聽鶯曲云：「有時斷續聽不了，飛去花枝猶裊裊。」趙嘏詩云：「語風雙燕立，裊樹百勞飛。」錢意韋趙已先用。張文潛亦有「啄雀踏枝飛尚裊」之句。

兩蝸角

白樂天云：「相爭兩蝸角，所得一牛毛。」後之使蝸角事悉稽之，而偶對各有所長。呂吉甫云：「南北戰爭蝸兩角，古今興廢貉同丘。」山谷云：「千里追奔兩角蝸，百年得意大槐宮。」又云：「功名富貴兩蝸角，險阻艱難一酒杯。」洪龜父云：「一朝厭蝸角，萬里騎鯨背。」

誰謂天地寬

孟東野：「出門卽有礙，誰謂天地寬。」吳處厚以渠器量褊窄，言乃爾。予以東野取法杜子美「每愁悔吝生，如覺天地窄」之句。

韓退之春雪詩

韓退之春雪詩云：「拂花輕尚起，落地煖初消。」秦韜玉雪詩云：「片纔落地輕輕陷，力不禁風旋旋消。」王定民雪詩云：「天邊密勢來猶淫，地上微和積易消。」

耕田欲雨刈欲晴　去得順風來者怨

東坡泗州僧伽塔詩云：「耕田欲雨刈欲晴，去得順風來者怨。若使人人禱輒應，造物應須日千變。」張文潛用其意別爲一詩云：「山邊半夜一犁雨，田父高歌待收穫。雨多蕭蕭蠶簇寒，蠶婦低眉憂繭單。人生多求復多怨，天公供爾良獨難。」

天北極殿中間

王直方詩話記徐師川紫宸早朝詩一聯云：「黄氣遠臨天北極，紫宸位在殿中央。」以予觀之，乃全是杜子美「玉几猶來天北極，朱衣只在殿中間」一聯也。

飛鳥外夕陽西

張文潛詩云：「新月已生飛鳥外，落霞更在夕陽西。」蓋用郎士元送楊中丞和番詩耳。郎詩云：「河陽飛鳥外，雪嶺大荒西。」

韓退之喜雪詩

韓退之喜雪獻裴尚書詩云：「喜深將策試，驚密仰簷窺。」又云：「氣嚴當酒煖，灑密聽窗知。」荆公全用以爲一聯云：「借問火城將策試，何如雪屋聽窗知？」

一樹高花明遠村

「田家汨汨流水渾，一樹高花明遠村。雲意不知殘照好，卻將微雨送黄昏。」鄭毅夫詩也。「春陰垂野草青青，時有幽花一樹明。晚泊孤舟古祠下，滿川風雨看潮生。」蘇子美詩也。第二句相類，皆清絶可愛。

石燕泥龍

周庾信喜晴詩：「已歡無石燕，彌欲棄泥龍。」又初晴詩云：「燕燥還爲石，龍殘更是泥。」此意凡兩用，然前一聯不及後一聯也。乃知杜子美「紅稻啄餘鸚鵡粒，碧梧棲老鳳凰枝」斡旋句法所本。

春風自是人間客

侯鯖録載：裕陵喜晏叔原與鄭俠絶句云：「小白長紅又滿枝，築毬場外獨支頤。春風自是人間客，主管繁華得幾時？」然山谷少時有感春詩云：「風光不長妍，如客暫時寓。」則晏意山谷已道之矣。

自是桃花貪結子　錯教人恨五更風

陳輔之詩話記荆公喜王建宫詞：「樹頭樹底覓殘紅，一片西飛一片東。自是桃花貪結子，錯教人恨五更風。」韓子蒼反其意而作詩送葛亞卿曰：「劉郎底事去匆匆，花有深情只暫紅。弱質未應貪結子，細思須恨五更風。」

詠叔孫通詩

宋景文詠叔孫通詩云：「馬上功成不喜文，叔孫綿蕝强經綸。諸君可笑貪君賜，便許當時作聖人。」王逢原詠叔孫通亦用此意云：「弟子由來亦未純，異時得失亦頻頻。一官所買知多少，便議先生作聖人。」其用意正同。今荆公集亦載宋詩，非也。

魚遺子鹿引麛

唐吳子華詩云：「暖漾魚遺子，晴遊鹿引麛。」乃悟山谷詩「河天月暈魚分子，桐葉風微麛養茸」所自。

鱸肥人膾玉　柑熟客分金

蘇子美詩：「笠澤鱸肥人膾玉，洞庭柑熟客分金。」吕吉父詩：「魚出清波庖膾玉，菊浮寒露酒浮金。」

姬人薦初醞　幼子問殘疾

江總衡州九日詩：「姬人薦初醞，幼子問殘疾。」故杜子美取其意以爲遣懷云：「老妻憂坐痺，幼女問頭風。」

傀儡

唐梁鍠詠木老人詩：「刻木牽絲作老翁，雞皮鶴髮與真同。須臾弄罷寂無事，卻似人生一夢中。」開元傳信記稱「明皇還蜀，嘗以爲誦，而非明皇作也」。觀山谷詩：「世間盡被鬼神誤，看取人間傀儡棚。煩惱自無安脚處，從他鼓笛弄浮生。」蓋用鍠意也。

鳥歸花影動魚没浪痕圓

前輩好稱僧悟清「鳥歸花影動，魚没浪痕圓」，以爲句意皆新。然予讀後梁沈君攸臨水詩云：「花落圓紋出，風急細流翻。」乃知「魚没浪痕圓」所自。

鷓鴣飛上越王臺

唐竇鞏有南游感興詩：「傷心欲問當時事，惟見江流去不迴。日暮東風春草緑，鷓鴣飛上越王臺。」蓋用李太白覽古詩意也。李云：「越王句踐破吳歸，義士還家盡錦衣。宮女如花滿春殿，只今惟有鷓鴣飛。」

可人惟有秦淮月　出没娟娟波浪中

參寥詩：「可人惟有秦淮月，出没娟娟波浪中。」東坡送蜀僧詩：「當時半破蛾眉月，還在平羌江水中。」二意偶同，而東坡乃用李白詩。

禪心竟不起

唐僧皎然答李季蘭詩云：「天女來相試，將花欲染衣。禪心竟不起，還捧舊花歸。」乃悟參寥答杭妓詩：「禪心已作沾泥絮，不逐東風上下狂。」

隔花催喚打魚人

劉貢父詩話載花蕊夫人宮詞云：「厨船進食簇時新，列坐無非侍從臣。日午殿頭宣索鱠，隔花催喚打魚人。」予觀王建宮詞云：「御厨進食索時新，每到花開即苦春。白日卧多嬌似病，隔簾教喚女醫人。」不惟第一句同，而末章詞意皆相緣以起也。

高懷猶有故人知

陳無己有山谷草書絶句：「當年闕里與論詩，歲晚河山斷夢思。妙質不爲平世用，高懷猶有故人知。」末後兩句，乃合荆公思王逢原詩「妙質不爲平世得，微言但有故人知」。

成梟而牟呼五白

杜子美今夕行：「憑陵大叫呼五白，袒跣不肯成梟盧。」學者謂杜用劉毅劉裕東府樗蒱事，雖杜用此，然屈原招魂已嘗云：「成梟而牟呼五白。」

寒食疾風甚雨

荆楚歲時記：「去冬至一百五日，即有疾風甚雨，謂之寒食。」王君玉詩：「疾風甚雨青春老，瘦馬疲牛綠野深。」頃又見周知微詩稾云：「疾風甚雨悲游子，峻嶺崇山非故鄉。」張文潛詩云：「荒山野水非吾土，寒食清明似去年。」

萬年枝

唐上官儀詠雪詩：「幸因千里應，還繞萬年枝。」謝玄暉中書省詩：「風動萬年枝。」晏元獻詩：「萬年枝上凝煙動，百子池邊瑞日長。」盧多遜：「太液池邊看月時，好風吹動萬年枝。」王維史館山池云：「春池百子內，芳樹萬年餘。」晏用此也。萬年枝，江左謂之冬青，惟禁中則否。韓子蒼冬青詩云：「離宮見爾近天墀，雨露常私養種時。惆悵一株嵐霧裏，無人識是萬年枝。」百子池見西京雜記：戚夫人侍高祖，七月七日臨百子池。何晏景福殿賦「綴以萬年」，注引晉宮閣銘曰：「華林園萬年樹十四株。」

問花花不語

東坡吉祥賞花寄陳述古詩云：「仙花不用剪刀裁，國色初酣卯酒來。太守問花花不語，爲誰零落爲誰開。」南部新書記嚴惲詩：「春光冉冉歸何處，更向花前把一杯。盡日問花花不語，爲誰零落爲誰開。」東坡全用此兩句也。惲字子重，能詩，與杜牧善。

夢中夢身外身

山谷嘗自贊其真曰：「似僧有髮，似俗無塵。作夢中夢，見身外身。」蓋亦取詩僧淡白寫真詩耳。淡白云：「以覺夢中夢，還同身外身。堪歎余兼爾，俱爲未了人。」

兩山排闥送青來

荆公詩云：「一水護田將緑遶，兩山排闥送青來。」蓋本五代沈彬詩：「地限一水巡城轉，天約羣山附郭來。」彬又本唐許渾「山形朝闕去，河勢抱關來」之句。

太液披香

西清詩話記荆公賞花釣魚詩：「披香殿上留珠輦，太液池邊送玉杯。」都下翼日競以公用柳耆卿詞「太液波翻，披香簾捲」之語。予讀唐上官儀初春詩「步輦出披香，清歌臨太液」，乃知上官儀已嘗對之，豈始耆卿邪？周庾信春賦：「宜春苑中春已歸，披香殿裏作春衣。」長安有宜春宮，此又以宜春對披香矣。

日暮碧雲合　佳人殊未來

江文通有擬湯惠休詩云：「日暮碧雲合，佳人殊未來。」蓋用魏文帝秋胡行云：「朝與佳人期，日夕殊不來。」梁武帝鼓角橫吹曲云：「日落登雍臺，佳人殊未來。」梁沈約洛陽道云：「佳人殊未來，薄暮空徙倚。」二人所用，又襲江也。江，齊人。

啼猿樹

杜詩：「影著啼猿樹，魂飄結蜃樓。」蓋用盧照鄰巫山高云：「莫辨啼猿樹，徒看神女雲。」

時送紅梅一陣香

李方叔喜吳可小詩：「東風可是閒來往，時送紅梅一陣香。」殊不知張芸叟酴醿詩亦云：「晚風亦自知人意，時去時來管送香。」

谷口未斜日數峯生夕陰

蔡條西清詩話取權僧「谷口未斜日，數峯生夕陰」之句。然唐宋之問詩云：「日落西山陰，衆草起寒色。」權實取此。沈約登元暢樓詩亦云：「雲生嶺乍黑，日下溪半陰。」宋景文公過行慶關詩云：「雲生全嶺失，日隱半崖陰。」宋全用沈詩也。梁庾肩吾詩云：「塵飛遠騎沒，日徙半峯寒。」庾沈同時人。

臨清流而賦詩

陶淵明歸去來辭云：「登東皋以舒嘯，臨清流而賦詩。」蓋用嵇叔夜琴賦云：「背長林，翳華芝。臨清流，賦新詩。」

日月跳躑

元微之遣興云「日月東西跳」，又云「光陰本跳躑」，又答胡靈之詩序云「日月跳躑，於今行二十年矣」，幾與退之「日月如跳丸」大同小異也。杜牧之寄韓又云「跳丸日月十經秋」，又送孟池云「月於何處去，日於何處來，跳丸相趁走」，蓋用退之意。元微之憶遠曲云「水中書字無字痕」，白樂天新昌新居云「浮榮水畫字」，意又相類。

海風吹不斷

顧況喜白樂天送友人原上草詩：「野火燒不盡，春風吹又生。」乃是李太白瀑布詩「海風吹不斷，江月照還空」意。

堯舜性仁賦

劉輝堯舜性仁賦，其警句曰：「靜而延年，獨高五帝之壽；動而有勇，形爲四罪之誅。」蓋本於范文正公堯舜率天下以仁賦：「内睦九族，善鄰之志咸和；外黜四凶，有勇之風遐振。」

滿地江湖春入望　連天章貢水争流

徐師川有陪李泰發登洪州南樓詩云：「十年不復上南樓，直爲狂胡作遠遊。滿地江湖春入望，連天章貢水争流。青雲聊爾居金馬，紫氣還應射斗牛。公是主人身是客，舉觴登望得無愁。」唐劉長卿有和樊使君登潤州城樓詩云：「山城迢遞敞高樓，露冕吹鐃居上頭。春草連天隨北望，夕陽浮水共東流。江田漠漠全吴地，野樹蒼蒼故蔣州。王粲尚爲南郡客，别來何處更銷憂。」徐之詩絶類長卿，其間一聯，如出一手也。然宋仲安有放船下湖口詩云「此地側身徒北望，餘生乘興復東流」，乃是全用劉詩也。

韓退之學文而及道

程正叔云：「韓退之晚年所爲文，所得甚多。學本是修德，有德然後有言。退之却是倒學了，因學文求所未至，遂亦有所得。」然此意本吴子經耳。子經法語曰：「古人好道而及文，韓退之學文而及道。」子經名孝宗，歐陽文忠公嘗有詩送吴生者也。荆公與之論文，甚著。臨川人。

衰顔紅易借　髮短白難遮

程文簡公有飲酒戴花詩云：「衰顔紅易借，短髮白難遮。」乃知陳無己「髮短愁催白，顔衰酒借紅」蓋本諸此。

定命論

東陽胡百能跋邵德升分定録云：「先君嘗言人生所享厚薄，各有定分，世有以智力取者，自謂己能，往往不顧名義，殊不知皆其分所固有，初不可毫末加也。所可加者，徒得小人之名而不悟，悲夫！百能佩服斯訓，未嘗不以語朋舊也。」以上皆百能説，予按宋顧愷之常以爲人稟命有定分，非智力所移，惟應恭己守道，信天任運，而暗者不達，妄意僥倖，徒虧雅道，無關得喪，乃以其意命弟子原著定命論以釋之。乃知胡所説，愷之之意也。

此心安處便是吾鄉

東坡作定風波序云：「王定國歌兒曰柔奴，姓宇文氏。定國南遷歸，予問柔廣南風土應是不好？柔對曰：『此心安處，便是吾鄉。』因用其語綴詞云：『試問嶺南應不好？却道，此心安處是吾鄉。』」予嘗以此語本出於白樂天，東坡偶忘之耶！樂天吾土詩云：「身心安處爲吾土，豈限長安與洛陽。」又出城留別詩云：「我生本無鄉，心安是歸處。」又重題詩云：「心泰身寧是歸處，故鄉可獨在長安？」又種桃杏詩云：「無論海角與天涯，大抵心安即是家。」

天際識歸舟

梁王僧孺中川長望詩云：「岸際樹難辨，雲中鳥易識。」蓋全用謝玄暉「天際識歸舟，雲中辨江樹」而不及也。梁元帝詩云「遠村雲裏出，遙船天際歸」，亦效玄暉，而遠勝僧孺。

庭草無人隨意緑

唐劉餗隋唐嘉話載：隋煬帝爲燕歌行，羣臣皆以爲莫及，王冑獨不下帝，因此被害。而帝誦其句云：「『庭草無人隨意緑』能復道邪？」然予讀周庾信蕩子賦曰：「游塵滿牀不用拂，細草横階隨意生。」乃知王胄「庭草無人隨意緑」蓋取諸此，以之喪命，豈不枉哉。

玉斧修成寶月團

荆公詩：「玉斧修成寶月團，月邊仍有女乘鸞。青冥風露非人世，鬢亂釵横特地寒。」江淹詠扇詩：「畫作秦王女，乘鸞向烟霧。」非止用蕭史事也。玉斧事見酉陽雜俎。

緑楊樓外出秋千

晁無咎評樂章歐陽永叔浣溪紗云：「『隄上游人逐畫船，拍隄春水四垂天，緑楊樓外出秋千。』要皆絶妙，然只一『出』字，自是後人道不到處。」予按唐王摩詰寒食城東即事詩云：「蹴踘屢過飛鳥上，秋千競出緑楊裏。」歐公用「出」字蓋本此。

雪裏梅將春信來

前輩詩話稱李成季詩曰：「日邊鴈帶臘寒去，雪裏梅將春信來。」以爲美。然唐人曹松除夜已嘗云：「半夜臘因風捲去，五更春被角吹來。」

龍燭影中猶是臘　鳳簫聲裏已吹春

西清詩話謂蔡元長春帖子：「龍燭影中猶是臘，鳳簫聲裏已吹春。」薦紳類能傳誦，以爲蔣穎叔作，非也。予以爲此一聯全是方干除夜詩：「寒燈短燄方燒臘，畫角聲殘已報春。」

富鄭公之言出於元璹

東坡撰富鄭公神道碑，載公奉使語曰：「且北朝與中國通好，則人主專其利，而臣下無所獲。若用兵，則利歸臣下，而人主任其禍。故北朝諸臣，各勸用兵者，此皆其身謀，非國計也。」又曰：「契丹君臣，至今誦其語，守其約，不忍叛者，以其心曉然知通好用兵利害之所在也。」予按唐鄭元璹謂頡利曰：「漢與突厥，風俗各異。漢得突厥，既不能臣，突厥得漢，復何所用？且抄掠資財，皆入將士，在於可汗，一無所得。不如和好，國家必有重賚，幣帛皆入可汗，坐受利益。」頡利納其言，即引還。乃知鄭公之言，皆出於元璹。

春風朝夕起　吹綠日日深

孟東野連州吟云：「春風朝夕起，吹綠日日深。」乃悟荆公「春風日日吹香草，山北山南路欲無」所自。

明月空爲兩地愁

雲齋廣録云：「二宋以文章齊名天下，子京守蜀日，有詩云：『碧雲漫有三年信，明月空爲兩地愁。』其後卒不入兩地，人以爲讖。」予以子京用何遜與胡興安夜別詩：「念此一筵笑，分爲兩地愁。」廣録之論，不知所自也。

馬嵬詩

唐闕史稱鄭相畋吟馬嵬詩云：「明皇迴馬楊妃死，雲雨雖亡日月新。終是聖朝天子事，景陽宮井又何人。」觀者以爲真輔國之句。予以謂畋蓋取杜詩「不聞夏商衰，中自誅褒妲」之意。

寧人負我無我負人

魏曹操有「寧我負人，無人負我」之語。本朝滎陽呂原明乃云：「中年嘗書壁以自警曰：『寧人負我，無我負人。』」後觀晁少傅碎金録，已前有此兩句，所謂先得我心之所欲者。然晉記麴粥説羅仇以「主上荒耄信讒，不若勒兵向西平」，羅仇曰：「誠如汝言，然吾家世以忠義著於西土，寧使人負我，我不忍負人也。」乃知晁少傅之前，羅仇已有此語。羅仇，西涼羌胡耳，能發此語，猶可貴也。

細數落花因坐久　緩尋芳草得歸遲

前輩讀詩與作詩既多，則遣詞措意，皆相緣以起，有不自知其然者。荆公晚年閒居詩云：「細數落花因坐久，緩尋芳草得歸遲。」蓋本於王摩詰「興闌啼鳥換，坐久落花多」。而其辭意益工也。徐師川自謂：荆公暮年，金陵絶句之妙傳天下，其前兩句與渠所作云「細落李花那可數，偶行芳草步因遲」，偶似之邪？竊取之邪？喜作詩者，不可不辨。予嘗以爲王因於唐人，而徐又因於荆公，無可疑者。但荆公之詩，熟味之，可以見其閒適優游之意。至於師川，則反是矣。

背秋轉覺山形瘦新雨還添水面肥

雪浪齋日記云：「背秋轉覺山形瘦，新雨還添水面肥。」漁隱叢話云：「山形瘦之語，古今少有道者。」予嘗記唐人一聯而忘其名云：「山自古來和石瘦，水因秋後漾沙清。」前詩蓋出於此而不及也。

張良與四皓書　韓退之與李渤書

殷芸小説載張良所與商山四皓書曰：「良白：仰惟先生秉超世之殊操，身在六合之間，志凌造化之表。但自大漢受命，禎靈顯集，神母告符，足以宅兆民之心。先生當於此時，耀神爽於雲霄，濯鳳翼於天漢，使九門之外，有非常之客，北闕之下，有神氣之賓，而淵潛山隱，竊爲先生不取也。良以頑薄，承乏忝官，所謂絶景不御而駕服駑駘。方今元首，欽明文思，百揆之佐，立則延首，坐則引領，日昃而方丈不御，夜眠而閶闔不閉。蓋皇極須日月以揚光，后土待嶽瀆以導滯。而當聖世，鸞鳳林棲，不翔乎太清，騏驎嶽遁，不步乎郊藪，非所以寧八荒，慰六合也。不得侍省，展布腹心，略寫至言，想望翻然，不猜其意。張良白。」予觀韓退之所與李渤書，其規模步驟，殆與之爲一矣。

蒨桃贈歌者詩

翰府名談載寇萊公妾蒨桃贈歌者詩云：「一曲清歌一束綾，美人猶似意嫌輕。不知織女寒窗下，幾度拋梭織得成。」予嘗記南唐李詢贈織錦詩云：「札札機聲曉復晡，眼穿力盡意何如。美人一曲成千賜，心裏猶嫌花樣疏。」蒨桃詩意本此，而不及也。

山蟬帶響穿疏户

前輩稱蘇子美詩：「山蟬帶響穿疏户，野蔓延清入破窗。」蓋出于唐方干詩：「鶴盤遠勢投孤嶼，蟬曳殘聲過別枝。」

紅生白熟生碧熟紅

侯鯖録云：「東坡謂世之對偶，如『紅生』『白熟』，『手文』『脚色』，二對無復加也。」然予嘗記唐羅虬詩云：「窗前遠岫懸生碧，簾外殘霞挂熟紅。」然則羅虬已用「生碧」對「熟紅」矣。

更無一箇是男兒

前蜀王衍降後，唐王承旨作詩云：「蜀朝昏主出降時，銜璧牽羊倒繫旗。二十萬人齊拱手，更無一箇是男兒。」其後花蕊夫人記孟昶之亡，作詩云：「君王城上豎降旗，妾在深宫那得知。二十萬人齊解甲，寧無一箇是男兒。」陳無己詩話載之，乃知沿襲前作。

沿襲不失爲佳

詩人有沿襲不失爲佳者。張曙途中聞蟬前四句云：「每歲聽蟬處，那將此際同。孤村寒色裏，野店夕陽中。」李中正聞子規前四句云：「何處正當聞，聲聲欲斷魂。暖風芳草岸，殘日落花村。」蔣鈞孤鴈後四句云：「葦岸風吹雨，沙汀月照霜。還同我兄弟，零落不成行。」

薏苡芎藭

張右史耒晝卧口占云：「病栽薏苡無勞謗，溼要芎藭不待廋。」東坡亦云：「巧語屢曾傷薏苡，廋詞那復託芎藭。」

夢魂香

黄季涔言一士人詩云：「啼月杜鵑喉舌冷，宿花蝴蝶夢魂香。」蓋自唐趙嘏發之，趙云：「松島鶴歸書信絶，橘州風起夢魂香。」

二詩相類

唐崔惠童宴城東莊詩云：「一月人生笑幾回，相逢相值且銜杯。眼看春色如流水，今日花紅昨日開。」杜子美詩云：「不須聞此意慘愴，生前相遇且銜杯。」二詩相類，第不知崔爲何時人。

褒公鄂公

杜子美贈曹將軍霸詩：「凌煙功臣少顏色，將軍下筆開生面。良相頭上進賢冠，猛將腰間大羽箭。褒公鄂公毛髮動，英姿颯爽來酣戰。」鄂公謂尉遲敬德，褒公謂段志元也。故東坡贈寫真何充詩：「黄冠野服山家容，意欲置我山巖中。勳名將相今何限，往寫褒公與鄂公。」鮑真由謝傳神蔡景直詩：「馳譽丹青有古風，筆端及我未宜蒙。雲臺麟閣遥相望，往寫褒公與鄂公。」用東坡語，尤爲無功。

三詩皆用清渾字

東坡送魯元翰詩：「皎皎千丈清，不如尺水渾。」陳後山次韻東坡詩：「信有千丈清，不如一尺渾。」參寥詩：「乍爲含垢千尋濁，不作驚人一掬清。」

詠荷花

胡仔苕溪詩話以詞句欲全篇皆好，極爲難得。如賀方回「淡黄楊柳帶棲鴉」、秦處厚「藕葉清香勝花氣」二句，寫景詠物，可爲造微入妙。然予見劉忠肅莘老已言之矣，湖上口號云：「緑荷深不見湖光，萬柄清風動晚涼。莫恨紅葩猶未爛，葉香元自勝花香。」

服藥不如獨卧

世所傳道書雜載神仙祕訣，有云：「服藥千朝，不如獨寢一宵。」此最有理。予近讀顧況琴客詩云：「服藥不如獨自眠，從他別嫁一少年。」乃知古有此語。然太平廣記彭祖傳云：「服藥百裹，不如獨卧。」又知道書本此。

繫日

白樂天：「既無長繩繫白日，又無大藥駐朱顏。」蓋本陳沈炯幽庭賦：「那得長繩繫白日，年年月月俱如春。」然江總歲暮還宅詩亦云：「長繩豈繫日，濁酒傾一杯。」

東坡作夏侯太初論

王立方詩話記東坡十歲時，老蘇令作夏侯太初論，其間有「人能碎千金之璧，不能無失聲於破釜；能搏猛虎，不能無變色於蜂蠆」之語，老蘇愛之。以少時所作，故不傳。然東坡作顏樂亭記與黠鼠賦，凡兩次用之。以上皆王記。予按晉劉毅傳鄒湛曰：「猛獸在田，荷戈而出，凡人能之。蜂蠆作於懷袖，勇夫爲之驚駭，出於意外故也。」乃知東坡意發於此。

杜甫取李陵詩

杜詩：「思家步月清宵立，憶弟看雲白日眠。」又云：「別時孤雲今不飛，時復看雲淚横臆。」蓋取李陵別蘇武詩云：「仰視浮雲飛，奄忽互相踰。長當從此別，且復立斯須。」

知禰不能薦

韓子蒼送王棁詩末章云：「虚作西清老從臣，知禰才華不能舉。」王摩詰送丘爲詩云：「知禰不能薦，羞稱獻納臣。」

董穎襲陳知默詩

洪景盧夷堅乙志記董穎詩：「雲壑醸成千障雨，風蘋吹老一川秋。」上句蓋襲陳知默詩。陳云：「雲埋山麓藏秋雨，葉脱林梢帶晚風。」

東坡本李端詩

東坡詩：「白水滿時雙鷺下，午陰清處一蟬鳴。」唐李端茂陵山行陪韋金部詩云：「盤雲雙鶴下，隔水一蟬鳴。」東坡本此。

陸詩出韓子蒼

韓子蒼作絶句：「天長候鴈作行遠，沙晚浴鳧相對眠。松醪朝醉復暮醉，江月上弦仍下弦。」陸龜蒙別墅懷歸云：「題詩朝憶復暮憶，見月上弦還下弦。」韓所出也。

得茶三昧

錢塘南屏謙師妙於茶事，東坡贈之詩云：「道人曉出南屏山，來試點茶三昧手。」劉貢父亦贈詩云：「瀉湯舊得茶三昧，覓句還窺詩一斑。」

吏部文章二百年

韓子蒼言歐陽文忠公寄荆公詩云：「翰林風月三千首，吏部文章二百年。」吏部蓋謂南史謝朓，於宋明帝朝爲吏部尚書郎，長五言詩。沈約嘗云：「二百年來無此詩也。」文忠之意，直使謝朓事，而荆公答之曰：「他日若能窺孟子，終身安敢望韓公。」則荆公之意，竟指吏部爲退之矣。

裹飯非子來

東坡次韻徐積詩：「殺雞未肯邀季路，裹飯應須問子來。」按莊子書，子杞子輿子犁子來四人相與爲友，然無裹飯之事。莊子書又載，子輿子桑友，而淋雨十日，子輿曰：「子桑殆病矣。」裹飯而往食之。乃知裹飯者，子輿子桑，非子來也，東坡此詩爲誤。予又覩韓退之贈崔立之詩云：「昔者十日雨，子來寒且饑。其友名子輿，忽然憂且思。褰裳觸泥水，裹飯往食之。好事漆園吏，書之存雄詞。」然則退之亦誤用耳。

僧綽采蠟燭作鳳凰

「憶昔庚寅降屈原，旋看蠟鳳戲僧虔。隨翁萬里心如鐵，此子何勞爲置田。」東坡送子由奉使最後一章也。時子由之子侍行，故及之。然蠟鳳之戲，議者以爲誤。蓋南史王曇首與兄弟集會，子孫任其戲，適僧達跳其地作虎子，僧虔累十二博棋，既不墜落，亦不重作，僧綽采蠟燭作鳳凰。乃知蠟鳳之戲，非僧虔也。

荷囊非芰荷之荷

劉偉明贈熊本待制詩云：「西清寓直荷爲橐，左蜀宣風繡作衣。」蓋南史劉杳傳著紫荷橐事，見漢張安世傳「持橐簪筆」之意。而偉明乃以荷爲芰荷之荷，何耶？歐陽文忠公回吴舍人啟云：「紅藥翻階，直禁垣之清切；紫荷持橐，陪法從以雍容。」又上胥偃啟曰：「白蟫素簡以香生，兹焉辟惡；紫袷荷囊而備問，最近清光。」乃知誤者非一人。然隋書樂志：尚書、録令、僕射、吏部尚書朝服綴紫荷。録令、左僕射左荷，右僕射、吏部尚書右荷，此又何邪？姑俟博識者。

陽燧

淮南子：「陽燧見日，則然而爲火。」注云：「陽燧，金也。取金杯無緣者，熟摩令熱，日下以艾承之。」又云：「木與艾相摩則然，世之取火惟此耳。」劉言史與孟郊煎茶詩云：「敲石取鮮火，汲泉避腥鱗。」石火雖火而不可然，言史不察也。周禮：「司烜氏掌以夫遂，取明火於日。」鄭注云：「夫遂，陽燧也。」禮内則疏：「晴則以金燧取火於日，陰則以木燧鑽火也。」禮外傳云：「宗廟之祭用明火者，以陽鑑取日中之火，謂之陽燧。」以冬至之日子時，鑄銅爲鑑。

陽關圖

王維送元二詩：「渭城朝雨裛輕塵，客舍青青柳色新。勸君更盡一杯酒，西出陽關無故人。」

李伯時取以爲畫，謂陽關圖。予嘗以爲失。按漢書，上黨有天井關，燉煌龍勒有玉門關。陽關去長安四千五百里。唐人送客，西出都門三十里，特是渭城耳，今有渭城館在焉，卽古之渭陽。據其所畫，當謂之渭城可也。東坡題陽關圖詩：「龍眠獨識殷勤處，畫出陽關意外聲。」皆承其失耳。至山谷題陽關圖斷章云：「渭城柳色關何事，自是離人作許愁。」然則詳味山谷詩意，謂之渭城圖宜矣。

珠還合浦

古今詩話美方謂上廣守詩「鱷徙惡溪韓吏部，珠還合浦孟嘗君」，殊不知珠還合浦，乃後漢孟嘗也。

築黄金臺

前輩以荆公詩「功謝蕭規慚漢第，恩從隗始詫燕臺」，以「臺」字爲失。按史記云：「爲隗改築宮，而師事之。」然太白詩云：「何人爲築黄金臺。」則荆公詩本此。

以玉兒爲玉奴

東坡和楊公濟梅花詩云：「月地雲階漫一尊，玉奴終不負東昏。」又四時詩云：「玉奴纖手嗅梅花。」南史：齊東昏侯妃潘玉兒，有國色。牛僧孺周秦行記薄太后曰：「牛秀才遠來誰爲伴？」潘妃辭曰：「東昏侯以玉兒身死國除，不擬負他。」注云：「玉兒，妃小字。」東坡蓋兩用此，而以「兒」爲「奴」者誤也。然不害爲佳句。

東坡用事切

東坡和山谷嘲小德詩，末云：「但使伯仁長，還與絡秀家。」蓋伯仁乃絡秀子耳。洪駒父哭謝無逸詩云：「但使添丁長，終與謝客家。」此學東坡語，尤無功。「添丁盧同子，氣骨不相屬。」絡秀本周伯仁父浚之妾，小德亦庶出，故坡用事其切如此。山谷詩：「解著潛夫論，不妨無外家。」更覺其切。

妓人出家詩

唐顧陶大中丙子編唐詩類選，載陽郇伯作妓人出家詩：「盡出花鈿與四鄰，雲鬟翦落向殘春。暫驚風燭難留世，便是池蓮不染身。貝葉欲翻迷錦字，梵聲初學誤梁塵。從今豔色歸空後，湘浦應無解佩人。」湘山野録乃謂本朝申國長公主爲尼，掖廷嬪御隨出家者三十餘人，太宗詔兩禁各以詩送之，陳彭年作詩八句。今考其詩，與陽郇伯所作一同，首句「盡出花鈿散寶津」一句不同。豈後人改郇伯詩而託以彭年之名，而文瑩又不考之過邪？

蒸壺似蒸鴨

東坡岐亭汁字韻詩：「不見盧懷真，蒸壺似蒸鴨。坐客皆忍笑，髡然發其幕。」按太平廣記載盧氏雜説：「鄭餘慶與人會食，日高，衆客囂然。呼左右曰：『爛蒸去毛，莫拗折項。』諸人相顧，以爲必蒸鵝鴨。良久就餐，每人前下粟米飯一椀，蒸胡盧一枚。餘慶餐美，諸人强進而罷。」然則「蒸壺似蒸鴨」，乃鄭餘慶，非懷真也，豈東坡偶忘之耶？

望夫石

陳無己詩話：望夫石在處有之，古今詩人惟用一律。惟劉夢得云：「望來況是幾千歲，只是當年初望時。」語雖拙而意工。黄叔達，魯直之弟也，以顧況爲第一，云：「山頭日日風和雨，行人歸來石應語。」語意皆工。江南望夫石，每過其下，不風卽雨，疑況得句處也。予家有王建集，載望夫石詩，乃知非況作。其全章云：「望夫處，江悠悠，化爲石，不回頭。山頭日日風復雨，行人歸來石應語。」豈無己叔達偶忘建作邪？

落梅花折楊柳

樂府雜録載：笛者，羌樂也。古曲有落梅花折楊柳，非謂吹之則梅落耳。故陳賀微長笛詩云：「柳折城邊樹，梅舒嶺外林。」張正見柳詩亦云：「不分梅花落，還同横笛吹。」李嶠笛詩：「逐吹梅花落，含春柳色驚。」意謂笛有梅柳二曲也。然後世皆以吹笛則梅落，如戎昱聞笛詩云：「平明獨惆悵，飛盡一庭梅。」崔櫓梅詩：「初開已入雕梁畫，未落先愁玉笛吹。」青瑣集詩：「憑仗高樓莫吹笛，大家留取倚欄看。」皆不悟其失耳。惟杜子美王之渙李太白不然。杜云：「故園楊柳今摇落，何得愁中卻盡生。」王云：「羌笛何須怨楊柳，春風不度玉門關。」李云：「黄鶴樓中吹玉笛，江城五月落梅花。」亦謂笛有二曲也。

誠齋論山谷詩

山谷集中有絶句云：「草色青青柳色黄，桃花零落杏花香。春風不解吹愁却，春日偏能惹恨長。」此唐人賈至詩也，山谷特改五字耳。賈云：「桃花歷亂杏垂香。」又：「不爲吹愁惹夢長。」

劉子先

章子厚嘗與劉子先定有場屋之舊，又頗相厚善。隔闊十年，子厚拜相，亦不通問。寄書誚其相忘遠引之意，子先以詩謝曰：「故人天上有書來，責我疏愚唤不回。兩處共瞻千里月，十年不寄一枝梅。塵泥自與雲霄隔，駑馬難追德驥才。莫謂無心向門下，也曾終夕望三台。」公得詩甚喜，卽召爲宰屬，遂遷户部侍郎。

洪熙元年春三月六日，林子中手録。

録此書已經三百年矣，鈔本之難得者。康熙丁酉立夏日，清景山樓披閲一過。先君所藏書，恨牽於物欲，不能盡讀之。徐駿。

辨摘蘇東坡詩誤處二三則，切當可喜。其餘雜見他書，且多疏脱也。駿識。

艇齋詩話

艇齋詩話

宋　曾季貍撰

韓退之樹雞詩云：「煩君自入華陽洞，割取乖龍左耳來。」予按割龍耳事兩出。柳子厚龍城録載：茅山處士吴綽因採藥於華陽洞，見小兒手把大珠三顆，戲於松下。綽見之，因詢誰氏子，兒奔忙入洞中。綽恐爲虎所害，遂連呼相從入，得不二十步，見兒化龍形，一手握三珠，填左耳中。綽以藥斧斲之，落左耳，而失珠所在。又馮贄雲仙散録載：崔奉國家一種李，肉厚而無核。識者曰：「天罰乖龍，必割其耳，血墮地，生此李。」未知退之所用果何事。然龍城録載割華陽洞龍左耳事，而雲仙散録乃有乖龍割耳之説，二書各有可取也。洪慶善注韓文甚詳，而此獨缺文，不知其如何也。

唐人詩用「遲」字皆得意。其一：「柳塘春水漫，花塢夕陽遲。」嚴維詩也。其一：「鑪烟添柳重，宫漏出花遲。」楊巨源詩也。又韋蘇州細雨詩：「漠漠帆來重，冥冥鳥去遲。」亦佳句。

前人詩用「重」字有三：「雨壓梨花烟重」，「雪壓梅花香重」，「殘月落花烟重」，皆有思致。吕東萊尤喜「雪壓梅花香重」。

前人詩言落花，有思致者三：王維「興闌啼鳥换，坐久落花多」；李嘉祐「細雨濕衣看不見，閒花落地聽無聲」，荆公「細數落花因坐久，緩尋芳草得歸遲」。

東湖言：「癩可初作詩，取前人詩得意者手寫之，目爲顛倒篇，自後其詩大進。」

（原缺四行，每行二十字。）

東湖言：「荆公桃源行前二句倒了，『望夷宮中鹿爲馬，秦人半死長城下』，當言『秦人半死長城下，望夷宮中鹿爲馬』，方有倫序。」

東湖言：「荆公畫虎行用老杜畫鶻行，奪胎换骨。」

（原缺二行，每行二十字。）

老杜詩中喜用「秦」字，予嘗考之，凡押「秦」字韻者十七八。「韋賢初相漢，范叔已歸秦。」「今欲東入海，即將西去秦。」「錦江元過楚，劍閣復通秦。」「西江元下蜀，北斗故臨秦。」「綿谷元通漢，沱江不向秦㊀。」「接輿還入楚，王粲不歸秦。」「蘇武先還漢，黄公豈事秦。」「此生那老蜀，不死會歸秦。」「地平江動蜀，天闊樹浮秦。」「近聞王在洛，復道使歸秦。」「地利西通蜀，天文北照秦。」「兵戈猶擁蜀㊁，聚斂强輸秦。」「故園當北斗，直指照西秦。」「商山猶入楚，渭水不離秦。」「泊船悲喜後，欸欸話歸秦。」「比來相國兼安蜀，歸赴朝廷已入秦。」蓋老杜秦人也，故喜言秦。

晏叔原小詞：「無處説相思，背面鞦韆下。」吕東萊極喜誦此詞，以爲有思致。此語本李義山

㊀「綿」原作「錦」，「不」原作「本」，據琳琅秘室叢書本艇齋詩話續校改。

㊁「猶」原作「福」，據續校改。

詩，云：「十五泣春風，背面鞦韆下。」

呂東萊「粥香餳白是今年」，「粥香餳白」四字本李義山寒食詩，云：「粥香餳白杏花天。」老杜詩公孫大娘舞劍器行，世人多以爲公孫能舞劍，非也。蓋公孫善舞劍器，劍器者，曲名也。詩序言公孫氏舞劍器、渾脱，又言舞西河、劍器，然則渾脱、西河、劍器三者皆曲名也。詩中又言「妙舞此曲神揚揚」，則知爲曲信矣，安有婦人能舞刀劍者乎？後人承誤，不能深考耳。

東坡平山堂詞云：「認取醉翁語，山色有無中。」然「山色有無中」本王維詩：「江流天地外，山色有無中。」

東坡「羨君懷中雙橘紅」，用陸績事也。以績傳考之，云懷中橘三枚，却不云二枚也。

東坡論作詩㊀，喜對景能賦，必有是景，然後有是句。若無是景而作，即謂之「脱空」詩，不足貴也。

㊀「東坡」，琳琅祕室叢書本作「東湖」。

東湖喜呂東萊「樹陰不礙帆影過，雨氣却隨潮信來」。東湖見予誦東萊詩云：「傳聞胡虜三年旱，勢合河山一戰收。」云：「何不道『不戰收』？」

東湖又見東萊「滿堂舉酒話疇昔，疑是中原無是時」㊁，云：「不合道破『話疇昔』㊂，若改此三字，方覺下句好。」

㈠「無是」，鐵校謂「當作『無事』」。 ㈡「合」原作「可」，據琳琅本改。

（原缺二行，每行二十字。）

韓子蒼作送呂東萊赴召詩，甚得意。東萊止稱一句「厭見西江殺氣纏」，云：「是詩語。」

東湖喜錢氏子（忘其名）一聯云：「鷗飛波蕩綠，牛卧草分青。」

東萊送珪公果公入閩中詩五言「宿昔春水生」者，絕似選詩。東萊自云。

東萊濟陰寄故人「柳絮飛時與君別」有兩本者：東萊少時作，後失其本，在臨川，因與學徒舉此詩，亡之，遂用前四句及結尾兩句補成一篇；已而得舊詩，遂兩存之。「落花寂寂長安路」者是舊詩，「千書百書要相就」者是追作。

東湖喜荆公燕侍郎畫山水圖詩，其間云：「燕公侍書燕王府，王求一筆終不予。仁人志士埋黃土，只有粉墨歸囊楮。」此可謂能形容燕公也。

崔德符詩：「人間火定熱，我死不肯炙。」真節士之詩。

荆公汴水詩云：「相逢故人昨夜去，不知今日到何州？州中人物不相似，處處蟬聲令客愁。」讀此足知汴水湍急，一日動數百里。

荆公「北山梅花何所似」一篇，詩意高遠。

東湖紫極宮七言詩，自云爲七言之冠。東萊亦喜此詩。

山谷贛上食蓮詩，讀之知其孝弟人也。東湖每喜誦此詩。

呂東萊喜令人讀東坡詩。

東萊不喜荆公詩，云：「汪信民嘗言荆公詩失之軟弱，每一詩中，必有依依嫋嫋等字。」予以東萊之言考之，荆公詩每篇必用連緜字，信民之言不繆。然其精切藻麗，亦不可掩也。

老杜桃竹引云：「忽失雙杖兮吾將曷從。」雙杖喻李郭二人也。

山谷和高麗松扇詩云：「可憐遠渡幘溝漊，不堪今時褦襶子。」幘溝漊，高麗城名也，見三國志。褦襶子，用程曉伏日詩：「今時褦襶子，觸熱向人門㊀。」

㊀續校：「『向人門』當作『到人家』。程曉詩見古樂府，通首用歌麻韻，不得押『門』字。」

韓退之雪詩、筍詩，皆譏時相。雪詩云：「未能裨嶽鎮，强欲效鹽梅。松篁遭挫折，糞壤獲饒培。巧借奢豪便，專繩困約災。威貪凌布被，光肯離金罍。」筍詩云：「得時方張王，挾勢欲騰騫。縱橫公占地，羅列暗連根。始訝妨人路，還驚入藥園。萌芽防寖大，覆載莫偏恩。外恨包藏密，中仍節目繁。戈矛頭戢戢，蛇虺首掀掀。身寧虞瓦礫，計欲掩蘭蓀。」其言皆有譏誚，非徒作也。

老杜詩云：「河內無因借寇恂㊀。」然借寇事在南陽潁川，非在河內也。

㊀續校：「少陵寄韋十侍御詩『河內猶宜借寇恂』，作『無因』蓋誤。又案：河內潁川皆寇恂舊治，詩言河內借寇恂，蓋有爲而

云，非誤用也。」

老杜：「青青竹筍迎船出，白白江魚入饌來。」山谷云：「此送人迎庭闈詩，故用此二事，皆孝於親者。」然王祥卧冰，於魚事用之則可；孟宗乃母亡後㊀，思母所嗜，冬月生筍，恐不應用也。

㊀續校：「孟宗入林中哀號，筍爲之生，不云母亡後事。」

大凡人爲學，不拘早晚。高適五十歲始爲詩，老蘇二十七歲始爲文，皆不害其爲工也。古人於前輩未嘗敢忽，雖不逮於己者，亦不敢少忽也。以韓退之之於文，杜子美之於詩，視王楊盧駱之文，不啻如俳優。而王績之文於退之，猶土苴爾。然退之於王勃滕王閣記、王績醉鄉記，方且有歆豔不及之語。子美於王楊盧駱之文，又以爲時體而不敢輕議。古人用心忠厚如此，異乎今人露才揚己，未有寸長者，已譏議前輩，此皇甫持正所以有衙官老兵之論。衙官非持正語。

韓子蒼詩：「塵緣吾未斷，不是薄蓬萊。」「薄蓬萊」三字，蓋柳子厚謫龍説：「吾薄蓬萊羞崑崙。」

陳後山爲正字詩云：「寧辭乳媪譏。」用南史何承天事。

吕東萊詩用拍張公事，出南史王儉傳。王敬則云：「臣以拍張，得爲三公。」

荆公賀曾魯公詩云：「功謝蕭規慚漢第，恩從隗始愧燕臺。」人多疑「隗始」無出處，不知韓退之聯句云：「受恩從隗始。」則「隗始」出於韓文也。按「隗始」二字出國策。

韓子蒼泛汴詩云：「汴水日馳三百里。」末章却云：「水色天光共蔚藍。」汴水黄濁，安得蔚藍也？東湖詩云：「晝暖坐迎日，夜寒眠見星。」說者謂能盡泛汴之景。

東湖宫亭湖詩極佳，嘗自誦與予言：「沙岸委它白，雲林迤邐青。千山擁廬阜，百水會宫亭。」說得景物出。身在宫亭經行，方見其工。予謂此詩全似老杜。

東湖畫虎圖詩云：「不向南山尋李廣，却來東海笑黄公。」黄公虎事，見李善文選注。

唐人薛能詩云：「青春背我堂堂去，白髮催人故故生。」有人舉此詩，稱其語意之美，呂東萊聞之笑曰：「此只如市井人歎世之詞，有何好處。」予以東萊之言思之，信然。

呂東萊喜張文潛七夕歌，令人誦。

呂東萊喜潘邠老浯溪詩。

山谷筆詩云：「宣城變樣蹲雞距，諸葛名家捋虎鬚。」予嘗見東湖口誦，與此本不同，云：「宣城諸葛尊雞距，筆陣王家將鼠鬚。」雞距、鼠鬚，皆筆名也。言「蹲」言「捋」則無意義，言「尊」言「將」則有理。東湖喜誦此詩，又喜知常軒詩，即「新晴鼓角報斜陽」者是也。二詩皆親見其誦。

山谷詩「八米」事，用北史盧思道事。

山谷謝人茶詩云：「涪翁投贈非世味，自許詩情合得嘗。」出薛能茶詩，云：「粗官乞與真抛却，只有詩情合得嘗。」

東湖明皇夜遊圖詩，宣和間作，其意蓋諷當時也。詩中云「苑風翠袖濕，宫露赭袍光」，可見其遊宴達旦也；「閶闔連閶闔，騂騮從驌驦」，可見其宫禁與外無間也。東湖嘗對予自釋其意如此。

前人詩言立鷺者凡三：歐公「稻田水浸立白鷺」，東坡「潁水清淺可立鷺」，呂東萊「稻水立白鷺」，皆本於李嘉祐「漠漠水田飛白鷺㈠」。然翦截簡徑，則東萊五字盡之矣。

㈠續校：「『漠漠水田飛白鷺』，今見王右丞集積雨輞川莊詩，此誤記。」

東萊喜東坡贈眼醫王彦若詩，王履道亦言東坡自負此詩，多自書與人。予讀其詩，如佛經中偈贊，真奇作也。

張元幹，紹興間人，詩不多見。其人蓋嘗識東湖所謂「詩如雲態度，人似柳風流」者是也。後以累失官，有瀟湘圖詩甚佳，云：「落日孤煙過洞庭，黄陵祠伴白蘋汀。欲知萬里蒼梧恨，淚盡君山一點青。」

古今遊廬山詩，予得兩首絶佳。其一潘子真詩話所載王光遠云：「明朝山北山南路，各自逢人話勝遊。」蓋廬山之美不可盡，惟此兩句形容得極佳。又張元幹詩云：「古木寒藤挽我住，身非靖節誰能留。多慚不及鸞溪水，長向山前山後流。」此詩與致極高遠。

東湖滕王閣詩用老杜玉臺觀詩本，首云：「一日因王造，千年與客遊。」即老杜「浩劫因王造，平臺訪古遊」也。

老杜端午賜衣詩：「自天題處濕，當暑著來輕㊀。」「自天」「當暑」皆有出處，「自天申之」，「當暑袗絺綌」是也。

㊀續校：「『輕』當作『清』，杜集可證。」

秦少游在嶺外貶所有詩云：「揮汗讀書不已，人皆笑我何求。我豈更求聞達，日長聊以消憂。」其語平易渾成，真老作也。今集中不見有之。予見呂東萊之子逢吉口說。

杜詩：「鵝費羲之墨，貂餘季子裘。」今草堂石本作「鵝貴羲之墨」。「貴」比「費」雖無義理，然草堂入石本，不應有誤也。

老杜有岳陽樓詩，孟浩然亦有。浩然雖不及老杜，然「氣蒸雲夢澤，波撼岳陽城」亦自雄壯。

老杜螢火詩，蓋譏小人得時。其首云：「幸因腐草出，敢近太陽飛。」蓋言其所出卑下也。其卒章云：「十月清霜重，飄零何處歸？」蓋言君子用事，則掃蕩無遺也。老杜之詩所以冠絶古今者以此。詩人李嘉祐亦嘗賦螢火詩云：「映水光難定，凌虛體自輕。夜風吹不滅，秋露洗還明。向燭仍藏焰，投書更有情。猶將流亂影，來此傍簷楹。」八句規規然詠一物而已，視杜詩真所謂小巫也。

老杜寫物之工，皆出於目見。如：「花妥鶯捎蝶，谿喧獺趁魚。」「芹泥隨燕觜，花粉上蜂鬚㊀。」「仰蜂黏落絮，行蟻上枯梨。」「柱穿蜂溜蜜，棧缺燕添巢。」「風輕粉蝶喜，花暖蜜蜂喧。」非目見安能造此等語。又杜詩中喜言蜜蜂，如上所録是也。

㊀續校：「杜集『花蕊上蜂鬚』，此作『花粉』，未知何據。」

山谷用「酒渴愛江清」爲韻，人知爲唐人詩，而不知其爲誰氏也。顧陶詩選作暢當作，當有詩名。其詩云軍中醉飲作㊀。其前四句云：「酒渴愛江清，餘酣漱晚汀。軟莎欹坐穩，冷石醉眠醒。」皆佳句，狀得醉與酒渴之意極工。

㊀續校：「『酒渴愛江清』四句，見杜集軍中醉歌寄沈八劉叟，黄伯思編爲少陵詩。英華載暢當作，本於顧陶。」

東坡與王郎書云：「少年爲學者，每一書皆作數次讀。書之富，如入海，百貨皆有，人之精力不能兼收盡取，但得其所欲求者爾。故願學者每次作一意求之，如欲求古今興亡治亂聖賢作用，且只作此意求之，勿生餘念。又別作一次求事迹文物之類，亦如之。他皆倣此。若學成，八面受敵，與涉獵者不可同日而語。」以上皆東坡尺牘中語，此最是爲學下工夫捷徑。予少時亦頗窺見此術，然不能以此告人，及見東坡所言，犂然當人心，善爲學者不可不知也。王郎即子由之壻。今坡集亦有此書，但有論說及賈誼陸贄之學者，不見此幅，此蓋書之別紙也。

陶淵明詩自宋義熙以後皆題甲子，此説始於五臣注文選云爾㊀，後世遂因仍其説。治平中，有虎丘僧思悦者，編淵明集，獨辨其不然。其説曰：「淵明之詩題甲子者，始庚子迄丙辰，凡十七年間九首，皆晉安帝時所作。及恭帝元熙二年庚申歲，宋始受禪，自庚子至庚申，蓋二十年，豈有宋未受禪前二十年，耻事二姓而題甲子之理哉！」思悦之言信而有證矣。

㊀續校：「明宋濬溪云：『淵明詩題甲子，其説蓋起於沈約宋書，而李延壽著南史，五臣注文選，皆因之。』此條謂始于五臣，非也。」

前人論詩，初不知有韋蘇州柳子厚，論字亦不知有楊凝式。二者至東坡而後發此秘，遂以韋柳配淵明，凝式配顔魯公，東坡真有德於三子也。

東坡黄子思詩序論詩至李杜，字畫至顔柳，無遺巧矣。然鍾王蕭散簡遠之意，至顔柳而盡；詩人高風遠韻，至李杜而亦衰。此説最妙。大抵一盛則一衰，後世以爲盛，則古意必已衰，物物皆然，不獨詩字畫然也。

荆公詩云：「祇向貧家促機杼，幾家能有一鉤絲。」山谷詩云：「莫作秋蟲促機杼，貧家能有幾鉤絲。」二詩語甚相似。

陶淵明詩「白日淪西河，素月出東嶺」一篇，説得秋意極妙。韓退之秋懷「窗前兩好樹，㥘㥘鳴不已」一篇亦好，雖不及淵明蕭散，然説得秋意出。予每至秋，喜誦此二詩及歐公秋聲賦。

東湖喜誦韋蘇州贈王侍御詩「心如野鶴與塵遠，詩似冰壺見底清」一篇，真佳句也。

韓子蒼詩：「憶昨昭文並直廬，與君三歲侍皇居。花開輦路春迎駕，日曬蓬山曉曝書。學士南來尚巖穴，神州北望已丘墟。忽逢漢節滄江上，握手西風淚滿裾。」全用韋蘇州詩爲之。蘇州詩云：「與君十五侍皇闈，曉拂爐煙上赤墀。花開漢苑經過處，雪下驪山沐浴時。近臣零落今猶在，仙駕飄颻不可期。此日相逢非舊日，一林成喜又成悲。」

東湖喜言黃庭及文選詩。

東湖言王維雪詩不可學，平生喜此詩。其詩云：「寒更催曉箭，清鏡減衰顏。隔牖風驚竹，開門雪滿山。灑空深巷靜，積素廣庭閒。借問袁安舍，翛然尚閉關。」又言柳子厚雪詩四句說盡。

東湖言荆公詩多學唐人，然百首不如晚唐人一首。

東湖言荆公「月移花影上闌干」不是好詩，予以爲止似小詞。

東湖言山谷詩對「褦襶子」，對得不親。

東湖自言作詩至德興，方知前日之非。

東湖喜山谷落星寺詩。

高子勉國香詩極好，有唐人歌行筆力。

荆公送人使虜詩云：「留犂撓酒見戎心，繡袷通歡歲月深。」秦少遊送人使虜亦云：「留犂撓酒知胡意，尺牘貽書見漢情。」皆用留犂撓酒。事見匈奴傳：韓昌張猛與單于盟，單于以路徑刀、全瑠璃撓酒㊀。注：「撓，攪也。」

㊀續校：「『路徑』當依漢書作『徑路』，文穎曰：『徑路，匈奴寶刀也。』『瑠璃』當依漢書作『留犂』。文穎曰：『留犂，飯匕也。』」

荆公定林詩云：「定林修木老參天，横貫東南一道泉。五月杖藜尋石路，午陰多處弄潺湲。」嘗見許子禮吏部云：「渠親見定林題壁，不云『修木』云『喬木』，不云『石路』云『去路』，不云『弄潺湲』云『聽潺湲』。」又試院中詩云：「白髮無聊病更侵，移牀向竹卧秋陰。」子禮云見荆公真本，不云「向竹卧秋陰」，却云「卧竹向秋陰」。皆與印本不同。

東湖詩云：「芙渠漫漫疑無路，楊柳蕭蕭獨閉門。」荆公云：「漫漫芙渠難覓路，蕭蕭楊柳獨知門。」又唐人劉威云：「遥知楊柳是門處，似隔芙渠無路通。」三人者同一機杼也。

東湖云：「荆公謝安詩云：『一去可憐終不返，暮年垂涙對桓伊。』蓋譏安也。而其詩自言志却云：『殘年歸去終無樂，闡説章江卽涙流。』何其與譏安相反邪！」

人問韓子蒼詩法，蒼舉唐人詩：「打起黄鶯兒，莫教枝上啼。幾回驚妾夢，不得到遼西。」予嘗用子蒼之言，徧觀古人作詩規模，全在此矣。如唐人詩：「妾有羅衣裳，秦王在時作。爲舞春風多，秋來不堪著。」又如：「曲江院裏題名處，十九人中最少年。今日風光君不見，杏花零落寺門前。」又如荆公詩：「淮口西風急，君行定幾時。故應今夜月，未便照相思。」皆此機杼也，學詩者不可不知。

東萊木芙蓉絶句云：「小池南畔木芙蓉，雨後霜前著意紅。猶勝無言舊桃李，一生開落任東風。」極雍容，含不盡之意，蓋絶句之法也。荆公詠木芙蓉云：「還似美人初睡起，强臨青鏡欲妝慵。」覺得味短，不及遠矣。

蔡持正丞相貶安州時，攜一鸚鵡及侍兒名琵琶者同行。及其歸，則侍兒已死而鸚鵡存焉。蔡有詩云：「鸚鵡言猶在，琵琶事已非。悠悠漢江水，同渡不同歸。」亦極有思致，得絶句詩體。

柳子厚覺衰讀書二詩，蕭散簡遠，穠纖合度，置之淵明集中，不復可辨。予嘗三復其詩。

李賀雁門太守行語奇。

張籍樂府甚古，如永嘉行尤高妙。唐人樂府，惟張籍王建古質，劉夢得武昌老人説笛歌宛轉有思致。

梅聖俞一日曲極佳。又謁薛簡肅墓及大水後田家二詩等極高古。大抵聖俞之詞高古。

洪駒甫作陶靖節祠堂詩，全效荆公謝安墩古詩。

「千里蒓羹，未下鹽豉。」世人皆言蒓羹而未下鹽豉耳。予見凌季父尚書言，「未」字當是「末」之「末」字，「末下」乃地名，猶言若下也。蓋「千里」亦地名。言「千里出蒓羹，末下出鹽豉」，指兩地名、兩物而言也。

山谷浯溪碑詩有史法，古今詩人不至此也。張文潛浯溪詩止是事持語言㊀。今碑本並行，愈覺優劣易見。張詩比山谷，真小巫見大巫也。潘邠老亦有浯溪詩，思致却稍深遠，呂東萊甚喜此詩。予以爲邠老詩雖不敢望山谷，然當在文潛之上矣。

㊀續校：「『事持』疑當作『自持』，謂强自支持也。」

後山論詩説换骨，東湖論詩説中的，東萊論詩説活法，子蒼論詩説飽參，入處雖不同，然其實皆一關捩，要知非悟入不可。

東萊論詩，嘗引孫子「始如處女，終如脱兔」之論，亦甚有意味，學詩者不可不知此理。

東萊作江西宗派圖，本無詮次，後人妄以爲有高下，非也。予嘗見東萊自言少時率意而作，不知流傳人間，甚悔其作也。然予觀其序，論古今詩文，其説至矣盡矣，不可以有加矣。其圖則真非有詮次，若有詮次，則不應如此紊亂，兼亦有漏落。如四洪兄弟皆得山谷句法，而龜父不預，何邪？

東萊江西宗派序所論本朝古文，始於穆伯長，成於歐陽公，此論誠當。但論詩不及梅聖俞，似可恨也。詩之有聖俞，猶文之有穆伯長也。

東湖嘗與予言：「近世人學詩，止於蘇黄，又其上則有及老杜者，至六朝詩人，皆無人窺見。

若學詩而不知有選詩，是大車無輗，小車無軏。」東湖嘗書此以遺予，且多勸讀選詩。近世論詩，未有令人學選詩，惟東湖獨然，此所以高妙。

東萊喜𤺥可惠日寺詩。

東湖朝容篇有古樂府氣象。

東湖於近世詩人，專喜𤺥可。東萊專喜饒德操。

東萊喜謝無逸寄徐師川及李希聲等篇詩。

老杜凡兩用「迎」字對「護」字。其一：「犬迎曾宿客，鴉護落巢兒。」其一：「護江蟠古木，迎櫂舞神鴉。」

韓文、杜詩，備極全美，然有老作。如祭老成文大風卷茅屋歌，渾然無斧鑿痕，又老作之尤者。

顧陶唐詩選載少陵「犬迎曾宿客」作「犬憎閒宿客」，語意極粗。然顧陶唐大中間人，所見本又不應誤，不知何也？

劉夢得「神林社日鼓，茅屋午時鷄」，温庭筠「鷄聲茅店月，人迹板橋霜」，皆佳句，然不若韋蘇州「緑陰生晝静，孤花表春餘」。

墨梅詩甚多，如陳去非「雖然變白能爲黑，桃李依然是僕奴」，其詞蓋幾乎罵矣。惟聞人武子一詩云：「瑶姬佇立緣何事，直到煙昏月墮時。」形容得宛轉，甚佳。

唐人有「風高雲夢夕，月滿洞庭秋」，又李端「水傳雲夢曉，山接洞庭春」，二詩思致相似。

唐詩人小長干行，全篇皆佳。其首云「憶昔深閨裏，烟塵不曾識。嫁與長干人，沙頭候風色」是也。才調集載兩首。其一「妾髮初覆額，折花門前劇。郎騎竹馬來，繞牀弄青梅」是也。與前一首同載一處，皆作李太白作。惟顧陶唐詩選並載而分兩處，「妾髮初覆額」一篇李白作，「憶昔深閨裏」一篇張潮作。二者未知孰是？然顧陶選恐得其實也。又二詩所載各不同，「妾髮初覆額」一篇内「十五始展眉，願同塵與灰」，才調集又有兩句云「恆存抱柱信，豈上望夫臺」，方至「十六君遠行，瞿塘灩澦堆」。顧陶詩選即無臺字一韻㊀。又「憶昔深閨裏」篇内「淼淼暗無邊，行人在何處」下有四句云：「好乘浮雲驄，佳期蘭渚東。鴛鴦緑蒲上，翡翠錦屏中。」才調集却云：「北客真王公，朱衣滿汀中。日暮來投宿，數朝不肯東。」與顧陶本不同。以予觀前一篇，才調集有臺字一韻，不如顧陶删去。後一篇，顧陶四句，不如才調集四句，二本互有得失也。山谷嘗辨李太白集中所載二詩云：「『妾髮初覆額』是李白作，後『憶昔深閨裏』一篇是李益詩。」山谷雖能辨其非太白詩，而不知其爲張潮作也。玉臺新詠亦作張潮作。顧陶恐誤。

㊀「顧陶」原作「顧況」，據續校改，下文同此。

老杜「吾聞天子之馬走千里」，當作「天馬之子」。

老杜「燈影照無睡，心清聞妙香」，韋蘇州「兵衛森畫戟，燕寢凝清香」，皆曲盡其妙。不問詩題，杜詩知其宿僧房，韋詩知其爲邦君之居也，此爲寫物之妙。

呂東萊貞女峽詩云：「不是畏江險，愧此貞女名。」徐東湖云「不合云自愧貞女」，亦甚有意。

山谷論詩多取楚詞，東湖論詩多取選詩。

東湖送謝無逸二詩，全似選詩，今集中無之。

山谷詩妙天下，然自謂得句法於謝師厚，得用事於韓持國，此取諸人以爲善也。以此見昔人尊事前輩，不敢輕老成如此。

絶句之妙，唐則杜牧之，本朝則荆公，此二人而已。近年東湖絶句亦可繼荆公。

予嘗從東湖舟中，見誦杜牧之「爲問寒沙新到鴈，來時曾下杜陵無」之句，及誦「欲把一麾江海去，樂遊原上望昭陵」，誦詠久之。

東湖江行見鴈，出一對云：「沙邊真見鴈。」有真贋之意。久之，公自對「雲外醉觀星」。以「醒醉」對「真贋」，極工。

予幼學爲詩，未嘗經先達改抹，惟年十四時有寄空青叔祖古詩，得呂東萊爲予全改四句。其詞云：「悠悠造物何所爲，賢愚共滯令人悲。男兒不恨功名晚，功名必在老大時。」予至今記憶。

是時空青將漕江西，得詩喜甚，報書云極有家法，恨予先君不見也。其帖至今尙存。

呂東萊嘗有貓詩，甚佳，云：「伴我閒中氣味長，竹輿游歷徧諸方。火邊每與人爭席，睡起偏嫌犬近牀。能與兒童較幾許，賢於臧獲便相忘。他生尙肯相從否，要奉香爐混水囊。」曲盡貓之情態。

呂東萊在講筵，光堯索其詩，東萊寫一卷，其首以贈歐陽處士及大倫與三曾二范講學詩四首。三曾謂予兄弟，二范卽范顧言叔姪也。

呂東萊詩云：「非關秋後多霜露，自是芙蓉不耐寒。」蓋用寒山拾得「芙蓉不耐寒」五字。

老杜「破柑霜落爪，嘗稻雪翻匙」，顧陶詩選作「破瓜霜落刃」。

呂東萊圍城中詩皆似老杜，韓子蒼最愛「乾坤德甚大，盜賊爾猶存」之句。

韓子蒼贈童子舉人詩云：「十八重來詣太常。」盡用西漢儒林傳序。

（原缺三行，每行二十字。）

唐人詩云：「惟有河堤衰柳樹，蟬聲相送到揚州。」東坡詩云：「夜半潮來風又熱㊀，卧吹簫管到揚州。」參寥詩云：「波底鯉魚來去否，尺書寄汝到揚州。」皆用「到揚州」三字，各有思致。

㊀續校：「『熱』當作『熱』，此東坡金山夢中詩。」

老杜：「白晝攤錢高浪中。」攤錢，今攤賭也，見後漢梁冀傳。

東坡：「病來彌勒與同龕。」「彌勒同龕」出法帖。

山谷「不須盡出我門下，實用人才即至公」，謂范忠宣也。事見忠宣言行録。

山谷中興頌詩：「臣結春秋二三策。」所謂「春秋二三策」者，言元結頌用春秋之法，其首云：「天寶十四年，安禄山陷雒陽，明年陷長安，天子幸蜀，太子即位於靈武。」以上四句即春秋書法也。

韓退之：「少長聚嬉戲。」「少長」猶言「稍長」，出西漢匈奴傳。

吕東萊詩：「可到元和六七公。」「六七公」三字出賈誼傳。韓退之李干墓誌云：「以藥敗者六七公。」退之亦本賈誼傳也。

吕東萊詩用「秋罷」二字，出西漢元帝紀，言秋不成熟也。

吕東萊詩：「準擬春來泰出遊㊀。」「泰出遊」，大出遊也，出漢田叔傳。叔相魯王，「不泰出遊」。

㊀續校：「東萊集春月紀事詩『泰』作『大』，漢書田叔傳亦作『大』。」

韓子蒼番馬圖詩：「回鞭慎勿向南馳。」「向南馳」三字出李廣傳。

淵明讀山海經詩：「形夭無千歲，猛志固常在。」其詩不可曉解。伯容伯祖嘗跋淵明詩云：「『形夭無千歲』，文義不相屬。遂取山海經參讀，而後得其説，當作『形天無干戚』。蓋『形天』獸名也，形天以干戚爲食，形天雖無干戚食，而其猛志常在㊀。予得此說，喜甚，信乎讀書之功，愈讀而愈無窮也。」伯容名紘，在襄陽居，與魏泰道輔齊名，博學有文名，讀書精密如此，亦近世所無也。

㊀續校：「周益公跋邵康節手書陶詩云：『宣和末，臨漢曾紘（伯容）謂舊本讀山海經詩「形夭無千歲」當作「刑天舞干戚」。余喜其援證甚明云云。』此條引伯容說，不應乖互至此，殊不可解。」

山谷浯溪碑詩：「凍雨爲洗前朝悲㊀。」凍雨，暴雨也，出楚詞。今韻略亦載，一作平聲讀，一作去聲讀。

㊀「碑詩」兩字原脫，「凍」原作「涷」，據續校補改。

詩人用人姓事，無如東湖與張元幹詩云「詩如雲態度，人似柳風流」，皆張姓事，暗用之不覺，尤爲佳也。

唐人江行詩云：「賈客晝眠知浪靜，舟人夜語覺潮生。」此一聯曲盡江行之景，真善寫物也。予每誦之。

秦少游詞云：「春去也，落紅萬點愁如海。」今人多能歌此詞。方少游作此詞時，傳至予家丞相，丞相曰：「秦七必不久於世，豈有愁如海而可存乎？」已而少游果下世。少游第七，故云秦七。

東坡起伏龍行，蓋諷富韓公也。韓公熙寧初入相，時荆公用事，韓公多稱疾在告，故范忠宣在諫路，嘗以書責之。東坡起伏龍行卽與忠宣之意同。其間如云「滿腹雷霆暗不吐」，又云「赤龍白虎戰明日，有時徑須煩一怒」，意欲韓公與荆公爭辨也。

東坡梅花詩：「玉妃謫墮煙雨村。」「謫墮」二字出楊貴妃外傳。玉妃卽貴妃也。韓子蒼云。

韓子蒼云：「老杜『兩箇黄鸝鳴翠柳，一行白鷺上青天』，古人用顏色字亦須匹配得相當方用，翠上方見得黄，青上方見得白。」此説有理。

南朝人詩云：「蟬噪林逾静，鳥鳴山更幽。」荆公嘗集句云：「風定花猶落，鳥鳴山更幽。」説者謂上句静中有動意，下句動中有静意。此説亦巧矣。至荆公絶句云「茅檐相對坐終日，一鳥不鳴山更幽」，却覺無味。蓋鳥鳴卽山不幽，鳥不鳴卽山自幽矣，何必言更幽乎？此所以不如南朝之詩爲工也。

春晚景物説得出者，惟韋蘇州「緑陰生晝寂㊀，孤花表春餘」，最有思致。如杜牧之「晚花紅豔静，高樹緑陰初」，亦甚工，但比韋詩無雍容氣象爾。至張文潛「草青春去後，麥秀日長時」及「新緑染成延晝永，爛紅吹盡送春歸」，亦非不佳，但刻畫見骨耳。

㊀續校：「『寂』當作『静』。」

「老色日上面，歡悰日去心。今既不如昔，後當不如今。」此白樂天詩也。山谷嘗書此詩，今遂誤入山谷集。

荆公絶句云："細數落花因坐久，緩尋芳草得歸遲。"東湖晚年絶句云："細落李花那可數，緩行芳草步因遲。"自題云："荆公絶句妙天下。老夫此句，偶似之邪？竊取之邪？學詩者不可不辨。"予謂東湖之詩因荆公之詩觸類而長，所謂舉一隅三隅反者也，非偶似之，亦非竊取之。

東坡與錢穆父詩云："尊前俱是蓬萊守。"是時東坡守登，錢穆父守越，道過登，故東坡有此詩。謂登越二州皆瀕海，故言俱是蓬萊守。

（原缺二行，每行二十字。）

呂東萊詩："風聲入樹翻歸鳥，月影浮江倒客帆。"此篇年十六時作，作此詩嘗嘔血，自此遂得羸疾終其身。其始作詩如是之苦也。

東萊晚年長短句尤渾然天成，不減唐花間之作。如一詞云："柳色過疏籬，花又離披，舊時心緒沒人知。記得一年寒食下，獨自歸時。　歸後却尋伊，月上嫌遲。十分斟酒不推辭。將爲老來渾忘却，因甚沾衣？"又一詞，其間云："可惜一春多病，等閒過了酴醾。"又一詞，其間云："對人不是惜姚黃，實是舊時心緒老難忘。"皆精絶，非尋常詞人所能作也。

山谷詩云："王侯鬚若緣坡竹。"蓋用王褒罵髯僮文云："鬚若緣坡之竹。"

晏元獻"春水碧於天"㊀，蓋全用唐韋莊詞中五字，

⊖「獻」原作「憲」，據續校改。

李義山詩雕鐫，惟詠平淮西碑一篇詩極雄健，不類常日作。如「點竄堯典舜典字，塗改清廟生民詩」及「帝得聖相相曰度，賊斫不死神扶持」等語，甚雄健。

蔡天啟初見荆公，以能暗誦韓文南山詩，見知於荆公。大抵前輩如上林子虛等賦，解嘲之類，往往能成誦，不特天啟也。今人能成誦此等者蓋少。

才調集唐人詩有「樓晚風高角，江春浪起船」兩句，甚佳。張文潛喜誦。

饒節德操，撫州人，祝髮名如璧，號倚松道人，住鄧州香巖寺。有一僕曰詹榮，亦撫人，璧攜之以行。一日，因打木魚先悟道，作頌云：「木魚元來無肚腸，聲聲喚我出鑊湯。佛法元來無多子，王婆頭上戴丁香。」遂亦祝髮，名如珪云。璧反於其僕處有省。

德操嘗爲予家丞相館客，甚爲丞相內相兄弟所知。德操有高節，而又能文，其才在謝無逸諸公之上。晚年住香巖。丞相之孫陳成季持節京西，德操以詩贈之云：「兩公待我以國士，是時公亦同在門。今日江頭看使節，令人淚濕漢江雲。」又寄無逸詩云：「雲山底處堪投老，文史它年不療窮。富貴可求吾亦嬾，眼看餘子化王公。」其自負亦不淺矣。

張擴彥實舍人⊖，近時人，亦有詩名。有詩寄夏均父云：「未覺朝廷疏汲黯，極知州郡要文翁。」甚佳。

㊀續校：「張擴，書録解題作『張廣』，文獻通考同。」

東湖年十三，有紅梅詩云：「紫府與丹來换骨，東風吹酒上凝脂。」東坡見之極稱賞，自此有詩名。

玉川子詩云：「太上道君蓮花臺，夜半醮祭夜半開。」蓋譏當時宫禁賄賂盛行，有賂則非時亦可通也。

柳子厚詩：「壁空殘月曙，門掩候蟲秋。」語意極佳。東湖詩云：「明月江山夜，候蟲天地秋。」蓋出於子厚也。

山谷喜柳子厚「道人庭宇淨，苔色連深竹」，嘗書此詩於扇。今本作「翠色連深竹」，非也。又喜「室空無侍者，巾屨惟挂壁」及「鶴鳴楚山静，露白秋江曉」等篇。

東坡「江上秋風無限浪，枕中春夢不多時」，蓋用白樂天詩。白樂天云：「秋風江上浪無限，夜雨舟中酒一尊。」

東坡黄州詩云：「長江繞郭知魚美，好竹連山覺筍香。」讀此可見黄州專有水竹也。

吕東萊長弟字由義，亦能詩，惜其早死，世不知爾。如「老去看花如隔霧，醉來騎馬似乘船」，亦佳句也。

韓持國過孔寧極處士山居，又與孔寧極别後懷寧極二詩，極雍容簡遠。過寧極詩云：「驅車上橫隴，西奏龍陽道。青烟人幾家，綠野山四抱。鳥啼春意闌，林變夏陰早。知近先生廬，民風故淳好。」別後詩云：「雨滴庵上茅，風亂窗外竹。繁聲夜入耳，欲寐不得熟。永懷歸田客，石徑滑馬足。連山暗秋霧，一燈何處宿。」

謝師厚詩喜故人夜相過云：「倒著衣裳迎户外，盡呼兒女拜燈前。」形容得故舊久別乍相見之情極佳。

老杜還成都草堂詩云「城郭喜我來」、「大官喜我來」等語，本古樂府木蘭詩「爺娘聞我歸」、「阿姨聞我歸」之語，老杜用此體。

韓退之南山詩用杜詩北征詩體作。

子由和東坡中秋詞云：「素娥東去，曾不爲人留。」其語出小説河洛行年記。

東坡雪詩云：「水精鹽，爲誰甜？」鹽味不應言甜。以古樂府考之，言「白酒甜鹽」，則知鹽可言甜。

東坡大江東去詞，其中云：「人道是三國周郎赤壁。」陳無己見之，言不必道三國，東坡改云「當日」。今印本兩出，不知東坡已改之矣。

東坡詞中歸朝樂和蘇伯固者，爲送伯固往澧陽，故用靈均夢得等事。今詞中但云和伯固，而不言往澧陽也。

東坡表忠觀碑言「龍飛鳳舞」者，郭璞言「天目山形如龍飛鳳舞」，故徑山詩又云「山前鳳舞遠徽璞」是也。東坡碑初出，人疑「龍飛鳳舞」之語，惟林子中知此四字出於郭璞，它人不知也。

徑山開山大覺禪師，名道欽㊀，唐肅宗時人。嘗養白雞，故東坡詩云：「冢上雞鳴猶憶欽。」

㊀「道欽」，續校引東坡遊徑山詩王十朋注作「法欽」。

東坡詩云：「五百年間異人出，盡將錦繡裹山川。」「錦繡裹山川」，錢氏事也。「五百年間異人出」，亦郭璞讖語也，東坡用之。又徑山詩云「人言山住水亦住」，郭璞語也。

東坡詩云：「雪眉老人夜扣關。」老人卽天目山龍也，今有老人亭。又「明窗睡足來扑握」者，道欽禪師嘗有兎爲師煖輾；「問龍乞水歸洗眼」者，龍井水可洗眼故也。又云：「兩眼尚能看細字。」

東坡詩云：「明朝入山房，石鏡炯當户。昔照熊虎姿，今爲猿鳥顧。」石鏡禪師有石鏡，照錢王微時，在鏡中被王者之服。

東坡詩云「喝石巖前自過春」，又言「喝石巖前後欲冰」者，倶胝道者嘗咒冰，故有喝石巖。坡詩又云「精誠貫山山爲裂」者，正謂此也。

徑山有山中故事一卷，東坡臨安詩多用之。

東坡杭州詩云「在郡依前六百日」，用白樂天事。樂天詩云：「在郡六百日，遊山二十回。」

東坡梅花詩云：「帬腰芳草抱山斜。」卽白樂天詩「誰開湖寺西南徑，草緑帬腰一道斜」是也。

少游詞「高城望斷，燈火已黄昏」，用歐陽詹詩，云：「高城已不見，況復城中人。」

老杜詩第一首，「李侯金閨彦」是也，作此時年十七，壯遊詩可考作詩次第。韓文第一篇，薦薛公達書是也，時年二十一。

少游詞「小樓連苑横空」，爲都下一妓姓樓名琬字東玉，詞中欲藏「樓琬」二字。然少游亦自用出處，張籍詩云：「妾家高樓連苑起。」

少游「水邊沙外，城郭春寒退」詞，爲張芸叟作。有簡與芸叟云：「古者以代勞歌，此真所謂勞歌。」

章質夫家子弟有注少游詞者。

「南海使君今北海」詩，坡在嶺南與廣帥章質夫也。質夫之死，其家以其詩葬。

東坡和章質夫楊花詞云「思量却是，無情有思」，用老杜「落絮遊絲亦有情」也。「夢隨風萬里，尋郎去處，依前被鶯呼起。」卽唐人詩云：「打起黄鶯兒，莫教枝上啼。幾回驚妾夢，不得到遼西。」「細看來不是楊花，點點是離人淚。」卽唐人詩云：「時人有酒送張八，惟我無酒送張八。君有陌上梅花紅，盡是離人眼中血。」皆奪胎换骨手。質夫詞亦自佳，今附録於此：「燕忙鶯懶芳菲過，隄柳上，花飄墜。輕飛點畫青林，誰道全無才思。閒趁遊絲，静臨深院，日長門閉。向朱簾散漫，垂垂欲下，依前被風扶起。蘭帳佳人睡覺，怪春衣雪霑瓊綴。繡牀旋滿，香毬無數，纔圓還碎。時見蜂兒，粉黏輕翅，魚吹池水。望章臺路杳，金鞍遊蕩，灑盈盈淚。」質夫，建安人。建安有二章，子厚號「南章」，質夫號「北章」。子厚弟也，質夫兄也。

東坡詩：「問堞知秦過，看山識禹功。」皆用出處，對屬如此親切。

荆公詩及四六，法度甚嚴。湯進之丞相嘗云：「經對經，史對史，釋氏事對釋氏事，道家事對道家事。」此說甚然。

東坡海外上梁文口號云：「爲報先生春睡美，道人輕打五更鐘。」章子厚見之，遂再貶儋耳，以爲安穩，故再遷也。

荆公「種種春風吹不長，星星明月照還稀」，詠白髮也。「種種」出左氏，音董。「星星」對「種種」，甚工。

東坡賀新郎，在杭州萬頃寺作。寺有榴花樹，故詞中云石榴。又是日有歌者晝寢，故詞中云：「漸困倚孤眠清熟。」其真本云「乳燕栖華屋」，今本作「飛」字，非是。

東坡「纖纖入麥黄花亂」，用司空圖「綠樹連村暗，黄花入麥稀」之句。

東坡「電光時掣紫金蛇」，用白樂天詩。

東坡佛日寺詩云：「千株玉槊撓雲立，一穗珠旋落鏡寒。」玉槊謂竹也，珠旋謂以竹引水倒流也。

東坡詩「未放蒼龍入渥洼」者，松下有澗，故云。

東坡「飛蚊繞鬢鳴」，出文粹何諷夢渴賦。文潛詩亦云：「飛蚊繞枕細而清。」

柳子厚與劉夢得相別詩云「今朝不用臨河別，垂淚千行便濯纓」，用蘇李贈別詩，云：「臨河濯長纓，念別悵悠悠。」

老杜與馬巴州詩云：「勳業終歸馬伏波，功曹非復漢蕭何。」「伏波」謂馬巴州，「功曹」自謂也。蕭何功曹事，見虞翻傳注。

韓文石鼎聯句序云：「長頸而高結，喉中又作楚語。」「結」字斷句。結音髻，西漢「髻」字皆作「結」字寫，退之正用此也。今人讀作「結喉」，非也。東坡云：「長頸高結喉。」蓋承誤也。

予家韓林，曲阜公之壻王律字子和，正仲右丞之子，賢而有文，爲韓林生日作樂語，以「蘭薰雪白」對「玉潤冰清」。「蘭薰雪白」出劉孝標廣絶交論「曾史蘭薰雪白」。

韋蘇州集載秦系詩，自稱東海釣客。少游作啟事嘗用之，蓋秦氏事也。

荆公詩葛谿驛云：「缺月昏昏漏未央。」其末云：「鳴蟬正亂行人耳。」予嘗疑夜間不應有蟬鳴，後見説者云：「葛谿驛夜間常有蟬鳴。」此正與「寒山半夜鐘」相類。

汪思温少卿，明州人。年八十，其鄉人作慶八十致語，一聯云：「九老未應高白傅，四明豈止數黄公。」對甚的切。夏黄公，四明人，事見虞翻傳注。鄉人蓋史直翁丞相也。

洪玉父舍人有侍兒曰小九，知書，能爲洪檢閲，洪甚愛之。嘗月夜攜登滕王閣，洪賦詩云：「桃花浪打散花樓，南浦西山送客愁。爲理伊州十二疊，緩歌聲裏看洪州。」後因兵亂失之。洪悵恨不已，又和前詩云：「西江東畔見江樓，江月江風萬斛愁。試問海潮應念我，爲將雙淚到南州。」已而洪□復尋得其人。

梅聖俞送人知鄞縣詩云：「君行問鮚埼，殊物可講解。一寸明月腹，中有小碧蟹。生意各蠕蠕，黔角容夬夬。」顧言寬賦刑，越俗久疲憊。」鮚埼事出西漢地理志注，鄞縣有鮚埼亭。鮚音結，蚌也，長一寸，廣二分，有一小蟹在其腹中。埼，曲岸也。其中多鮚，故以名亭。埼，鉅依反。

小杜華清宫詩精切。如「月白霓裳殿，風乾羯鼓樓」，霓裳則言月白，羯鼓則言風乾，皆移换不動，所以爲佳。才調集温飛卿詩。

吕東萊：「漢家宗廟有神靈，寄語胡兒莫狂蕩。」「漢家宗廟有神靈」，西漢全語，見王莽傳元后云。

東坡蘄竹簟詩云：「卧此八尺黄瑠璃。」瑠璃，世人但知有青色，而不知有五色。顔師古注西域傳，辨之甚詳，引大秦國五色瑠璃，且破孟康注，言青色是指藥燒者，非真瑠璃也。

山谷雪詩云「明知不是翦刀催」，本宋之問詩，云：「今年春色早，應爲翦刀催。」

老杜「使君自有婦，莫學野鴛鴦」，出古樂府，云：「使君自有婦，羅敷自有夫。」柳三變詞「漸亭皋葉下，隴首雲飛」，全用柳惲詩也。柳惲詩云：「亭皋木葉下，隴首秋雲飛。」

「看朱成碧」，出吳均詩，云：「看朱忽成碧，誰知心眼亂。」李白前有尊酒行，亦云「看朱成碧顏始紅」。

老杜「愼勿近前丞相嗔」，出古樂府「春粱之下有縣鼓，我欲擊之丞相怒㊀」。

㊀續校：「續漢五行志桓帝時童謠云：『以錢爲室金爲堂，石上慊慊舂黃粱。粱下有懸鼓，我欲擊之丞卿怒。』此引『舂粱之下』云云，似誤。『丞卿怒』謂主鼓之丞及衆卿也，亦不得改爲『丞相』。」

後山「楊柳藏鴉白門下」，出古樂府「暫出白門前，楊柳可藏烏」。

山谷「杯行到手不留殘」，用王仲宣詩「合坐同所樂，但訴杯行遲」。

老杜「主人敬愛客」，出曹子建詩「公子敬愛客」。

東湖「此身終擬拂衣閒」，出謝靈運詩「高揖七州外，拂衣五湖裏」。

老杜「同姓古所敦，不受外嫌猜」，用古樂府放歌行「明慮自天斷，不受外嫌猜」。

韓退之「雪擁藍關馬不前」，三字出古樂府飲馬長城窟行「驅馬涉陰山，山高馬不前」。

老杜「白首淒其」，出謝靈運詩「懷賢亦淒其㊀」。

㊀續校：案老杜詩自用毛詩「淒其以風」，似不必出靈運也。

山谷：「蓮生於泥中㊀，不與泥同調。」「同調」二字出謝靈運詩「誰謂古今殊，異世可同調」。

㊀續校：「『於』疑作『淤』。」

後山「平生西方願，擺脱區中緣」，出謝靈運詩「想象昆山姿，緬邈區中緣」。

山谷「堂前水竹湛清華」，用選詩謝叔源「水木湛清華」。

東湖：「大樹進涼颸。」「涼颸」二字出謝玄暉詩「輕扇動涼颸㊀」。

㊀「動」原作「生」，據續校引謝玄暉在郡卧病詩改。

山谷謝人惠筆詩云「莫將空寫吏文書」，用樂天紫毫筆詩「慎勿空將彈失儀，慎勿空將録制詞」。

老杜：「野航恰受兩三人。」樂天云：「野艇容三人。」

歐公詞云「杏花紅處青山缺」，本樂天詩「花枝缺處青樓開」。

荆公梅詩云「肌雪參差冷太真」，出樂天詩「中有一人字太真，雪膚花貌參差是」。東坡「揚州近日紅千葉，自是風流時世妝」，出樂天諷諫詩，云：「元和時世妝。」

山谷詠明皇時事云：「扶風喬木夏陰合，斜谷鈴聲秋夜深。人到愁來無處會，不關情處亦傷心。」全用樂天詩意。樂天云：「峽猿亦無意，隴水復何情。爲到愁人耳，皆爲斷腸聲。」此所謂奪胎換骨者是也。

樂天鹽商婦詩云：「南北東西不失家，風水爲鄉舟作宅。」東坡魚蠻子詩正取此意。

老杜「立登要路津」，「要路津」三字出選詩「何不策高足，先據要路津」。

東湖「呂侯離筵一何綺」，「一何綺」三字出選詩，有「高談一何綺」，又「高文一何綺」。

東萊「晚菘早韭老不厭，夜鯉晨鳧多見疏」，「夜鯉晨鳧」出說苑魏文侯事㊀。

㊀續校：「說苑奉使篇魏文侯好晨鳧及北犬，並無『夜鯉』二字。」

山谷「百年中半夜分去，一歲無多春再來」，全用樂天兩句：「百年夜分半，一歲春無多。」

東坡「江上愁心千疊山」，「江上愁心」出唐文粹。張說有江上愁心賦。

東坡放魚詩「不用辛苦泥沙底」，出樂天詩「不須泥沙底，辛苦覓明珠」。

老杜詩用「粔籹」，出楚詞招魂「粔籹蜜餌，有餦餭些」。

退之「君來呼我出，踉蹡越門限」，「踉蹡」二字出古樂府梁簡文詩「毛嫱貌本絕，踉蹡入氈幃」。

山谷「試說宣城樂，停杯且試聽」，取退之「番禺軍府盛，欲說暫停杯」。

東坡「老守自醉霜松折」，取退之「起舞先撼霜松摧」。

東坡「公言百歲如風狂㊀」，取退之詩「百歲如風狂」。

㈠「如」原作「和」，據續校引東坡陪歐陽公讌潁州西湖詩改。

山谷「簡編自襁褓，簪笏到仍昆」，取退之聯句「爵勳逮僮隸，簪笏自懷繃」。

東坡「婉娩幾時來入夢」，出退之詩「旅宿夢婉娩」。

老杜「側生野岸及江蒲」，出蜀都賦「旁挺龍目，側生荔枝」。

老杜「魚知丙穴由來美」，出蜀都賦「嘉魚出於丙穴」。

東坡「素月流天掃積陰」，「素月流天」出文選月賦。

東坡「玉女窗明處處通」，出文選靈光殿賦「玉女窺窗而下視」。

荆公虎圖「目光夾鏡當坐隅」，「夾鏡」出文選顏延年赭白馬賦「雙瞳夾鏡，兩權協月」。

韓子蒼「樓中有妾相思淚，流到樓前更不流」，用唐人孫叔向溫泉詩「雖然水是無情物，流到宮前咽不流」。其詩見顧陶唐詩類選。金華瀛湘集作王建詩，非也。子蒼在館中時，同舍李希聲賦上元詩，押「丸」字韻，館中諸公皆和，獨子蒼和「丸」字尤工，云：「坐看星橋開鐵鎖，卧聞雷鼓落銅丸。」事見前漢史丹傳，諫元帝節音律事。

山谷清江引云：「全家醉著篷底眠，家在寒沙夜潮落。」「醉著」二字出韓偓詩「漁翁醉著無人喚，過午醒來雪滿船」。

荆公：「別開小徑留松路，只與鄰僧作往還。」東湖化之云：「與客登臨定自好，它時無客與僧遊。」

唐人詩：「晚涼悲畫扇，紅袖泣前魚。」「泣前魚」，戰國時龍陽君事。山谷「平生行樂自不思㊀，豈有竹西歌吹愁」，出杜牧之詩「平生五色線，願補舜衣裳」。

㊀續校：「『思』疑當作『惡』。」

東坡「美滿風帆十幅蒲」。「美滿」字出杜牧之詩「千帆美滿風」。東湖亦用「美滿」字云：「正須美滿十分晴。」

山谷詩云：「十度欲言九度休，萬人叢中一人曉。」曾吉父云：「此正山谷詩法也。」其説盡之。東坡詩云「公是主人身是客，舉觴登望得無愁」，用樂天「心是主人身是客」。「身是」字本諺語。「身」猶言「我」也，如張飛自言「身是張翼德，可共來決死」，及宋彭城王義真自關中逃歸，謂段宏曰：「身在此，可刎身頭以南，使家公望絕。」謝瀹云：「身家太傅老。」此類甚多，皆以「身」爲「我」也。韓子蒼詩云：「身今老病投炎瘴，最憶冰盤貯蔗漿。」亦用「身」字。

老杜「食薇不願餘」，「不願餘」三字出選詩，左太沖詠史云：「飲河期滿腹，貴足不願餘。」

東萊少作有「白塔忽從林外過，青山常在馬頭看」，佳句也。

東坡：「歸來晚歲同元亮，却掃何人伴敬通。」敬通，馮衍字也。「却掃」字不見本傳。江文通恨賦云：「敬通見抵，罷歸田里，閉關却掃，塞門不仕。」東坡蓋取諸此。

山谷「馬上時時夢見之」，「夢見之」三字出選詩「遠道不可思，夙昔夢見之」。東坡「誰謂他鄉復異縣，天遣君來破吾顧」，「他鄉各異縣」出選詩。老杜「草玄吾豈敢，賦或似相如」，出左太沖詠史詩「言論準宣尼，詞賦擬相如㊀」。後山作南豐先生輓詞云：「侯芭才一足，白首太玄經。」本李白詩「誰能書閣下，白首太玄經」。東萊詩云：「布帆此去應無恙。」用李白詩「布帆無恙挂秋風」。李蓋用世説顧長康語。韓子蒼太一真人歌云：「脱巾露頂風颼颼。」「脱巾露頂」四字出李白詩「脱巾挂石壁，露頂灑松風」。

㊀「老杜」兩字據續校補。續校稱賦似相如亦見漢書揚雄傳，不必取材太沖也。

東坡在徐州作長短句云：「半依古柳賣黄瓜。」今印本作「牛衣古柳賣黄瓜」，非是。予嘗見坡墨蹟作「半依」，乃知「牛」字誤也。

顧陶唐詩類選二十卷，其間載杜詩多與今本不同。顧陶，唐大中間人，去杜不遠，所見本必稍真。今併録同異於後：「山河扶繡户」作「星河浮繡户」；「斫却月中桂」作「折盡月中桂」；「破柑霜落爪」作「破瓜霜落刃」；「烏蠻瘴遠隨」作「黔谿瘴遠隨」；「老夫貪費日」作「老夫貪賞日」；「秋至輒分明」作「秋至轉分明」；「伴月落邊城」作「伴月下邊城」；「家貧仰母慈」作「家貧賴母慈」；「犬迎曾宿客」作「犬憎閒宿客」；「池中足鯉魚」作「河中足鯉魚」；「賦或似相如」作「賦或比相如」;「老思笻竹杖」作「老思笻竹柱」;「衰疾那能久」作「衰病那能久」;「吾豈獨憐才」作「惟我獨憐才」;「勝迹隗囂宫」作「傳是隗囂宫」;「丹青野殿空」作「丹霄野殿空」;「欲挂留徐劍」作「欲把留徐劍」;「乘爾亦已久」作「乘汝亦已久」;「感動一沈吟」作「感激一沈吟」;「櫸柳枝枝弱,枇杷樹樹香」作「楊柳枝枝弱,枇杷對對香」;「暗飛螢自照,水宿鳥相呼」作「飛螢自照水,宿鳥競相呼」;「白花檐外朵,青柳檻前梢」作「白花簷外朵,青柳檻前梢」;「取醉他鄉客,相逢故國人」作「取醉他鄉酒,相逢故里人」;「興來今日盡君歡」作「興來終日盡君歡」;「羞將短髮還吹帽」作「羞將短髮猶吹帽」;「明年此會知誰健」作「明年此會知誰在」;「去年今日侍龍顔」作「去年冬至侍君顔」;「九重春色醉仙桃」作「九天春色醉仙桃」;「不通姓字粗豪甚」作「不通姓字粗豪困」;「宫女開函近御筵」作「宫女開函進御筵」;「黄牛峽静灘聲轉」作「黄牛峽淺灘聲急」;「俯視但一氣」作「俯視但吁氣」;「明我長相憶」作「知我長相憶」;「何以有羽翼」作「何以生羽翼」。又載風涼原上作一首,今杜詩無之,其詩全録於此:「陰森宿雲端,霧露濕松柏。風凄日初晚,下嶺望川澤。連山無晦明,秋水千里白。佳氣鬱未央,聖人在凝碧。關門阻天下,信是帝王宅。海内方晏然,廟堂有良策。時貞守全運,罷去遊説客。余忝南臺人,尋憂免貽責。」以此見杜詩尚多,今集中所載亦不能盡也。

吕東萊詩云:「舊遊可數終難又。」「難又」二字出韓文,祭李郴州云:「謂此會之難又。」

韓退之詩：「梢梢新月偃。」俗本作「稍稍」，荆公改作「梢梢」。蓋令狐澄本作「梢梢」，澄本最善，荆公用此改定。梢梢者，細也，見方言。白樂天詩亦用：「梢梢筍成竹。」

王平甫在三館曝書，見韓幹所畫馬，作畫馬行，又作畫馬跋云：「明皇召幹上南薰殿，問曰：『汝奚不師陳翃？』是時翃擅名天下。幹奏曰：『臣不願也。』明皇曰：『然則汝以何爲師？』幹曰：『飛龍厩數萬匹，皆臣師也。』余於是知幹真善畫者。蓋以筆墨之迹，口耳之傳，而臻神妙之品者，古今未之有也。又以爲彼一畫史耳，且能不怵於形勢，而信其所知如此，學士大夫其可愧於幹哉！」又云：「所見畫病馬甚臞，疑少陵所謂畫肉不畫骨者，殆於此有遺恨焉。然少陵爲幹贊，則又愛其駿健清新，疑其論曹韓二人之詞，不能無抑揚耳。善論文者，當知昔人所謂言豈一端而已，因此可以求著書之意。」又云：「幹自言不願師陳翃，而少陵以幹爲曹霸弟子，無乃一時傳者失其指歟？惟『丹青不知老將至，富貴於我如浮雲』則爲知言。蓋中心無蔽於外物，然後有見於理，此不易之論，而莊生所謂槃礴贏者是已。此可以爲學者之法，平甫於此蓋三致意焉。」予讀之，犂然有當於心，其論幹不願師陳翃，蓋以自況也。平甫在熙寧間，不與其兄雷同，是亦幹不師陳翃之比，故平甫言之重，詞之復，有深意存焉。

荆公詠史詩，最於義理精深。如留侯詩，伊川謂說得留侯極是。予謂武侯詩，說得武侯亦出。又如范增詩云：「有道弔民天即助，不知何用牧羊兒。」又：「誰合軍中稱亞父，直須推讓外黃兒。」咏史詩有如此等議論，它人所不能及。

小杜秋夜宮詞云：「銀燭秋光冷畫屏，輕羅小扇撲流螢。天階夜色涼如水，卧看牽牛織女星。」含蓄有思致。星象甚多，而獨言牛女，此所以見其爲宮詞也。

老杜：「褥隱繡芙蓉。」「隱」當如隱几之隱字讀㊀。「守歲阿戎家。」東坡云當作「阿咸家」乃是㊁。

㊀續校：「『少陵李監宅詩仇注引丹鉛錄云：『集韻縫衣曰䌫，今俗呼䌫線。杜詩「褥隱繡芙蓉」，字作隱而意同。』」㊁又杜位宅守歲詩「守歲阿戎家」，「戎」一本作「咸」。按杜位，少陵從弟，晉宋間人多呼弟爲阿戎。咸乃叔姪事，與兄弟不相當。東坡與子由詩「欲喚阿咸來守歲」，一時誤用，不必據以爲證。

少游揚州詞云：「寧論爵馬魚龍。」「爵馬魚龍」出鮑照蕪城賦㊀。

㊀續校：「『魚龍爵馬』四字，此鮑照用西京賦語。」

韓子蒼少以詩見蘇黄門，黄門贈詩云：「我讀君詩默無語，恍然重見儲光羲。」人問黄門：「何以比儲光羲？」黄門云：「見其行鍼布線似之。」

唐人李涉善爲歌行，如才調集所載鷄鳴曲，荆公大喜。選載「燕王好賢築金臺」詩之類，皆全篇有思致，而詞近古。

山谷詩云：「小草有遠志。」本草：「遠志葉名小草㊀。」

㊀續校：「遠志一名小草，此用郝隆譏謝安語，不當專引本草。」

老杜詩：「能飢稚子色淒涼。」「能」字讀作「奈」㊀，用西漢「能風與旱」之「能」。「玉山高並兩峰寒。」「並」讀作「傍」，亦用西漢「並」字也。

㊀續校：「少陵狂夫詩『恆飢稚子色淒涼』，各本盡同。此改作『能飢』，又云『能讀作奈』，不知所據何本。」

歐公在禁中作端午帖子云：「綵索盤中結，楊梅粽裏紅。」蓋用古樂府「酒中桃喜子，粽裏得楊梅」。然古樂府「粽裏楊梅」不爲端午言，乃爲除夜言也。除夜安得楊梅？荆公扇詩云：「鬢亂釵横特地寒。」荆公嘗自書此詩，云「鬢亂釵斜」，不言「釵横」也。蓋釵當横，惟亂則斜爾。

古今詩人有離騷體者，惟李白一人，雖老杜亦無似騷者。李白如遠别離云：「日慘慘兮雲冥冥，猩猩啼煙兮鬼嘯雨。」鳴皋歌云：「鷄聚族以争食，鳳孤飛而無鄰。蝘蜓嘲龍，魚目混珍。嫫母衣錦，西施負薪。」如此等語，與騷無異。

李白云：「人煙寒橘柚，秋色老梧桐。」老杜云：「荒庭垂橘柚，古屋畫龍蛇。」氣燄蓋相敵。陳無己云：「寒心生蟋蟀，秋色上梧桐。」蓋出於李白也。

政和間，董逌王賓于館中和荆公叉字韻雪詩至一百篇。詩語雖未必盡入律，然叉字尋至百韻，佛書道書，往往披盡，非博者不能也。

呂東萊喜晏元獻詩：「樓臺冷落收燈後，門巷清虚掃雪天。」蓋説得上元後天氣極佳。故東萊自有詩云：「江城氣候猶含雪，草市人家已挂燈。」蓋因元獻之詩觸類而長。「清虚」，青箱雜記作「蕭條」。

予家空青喜晏元獻詞：「可惜月明風露，長在人歸後。」每作郡處燕客，多令歌者以此爲湯詞，亦取其説得客散後風景佳故也。

山谷詩云：「董狐常直筆，汲黯少居中。」予案西漢黯以數切諫，不得久留内；爰盎以數直諫，不得久居中。「少居中」乃爰盎事，非汲黯也。

山谷漁父詞：「新婦磯頭新月明，女兒浦口暮潮平，沙頭鷺宿戲魚驚。」此三句本顧況夜泊江浦六言，山谷每句添一字而已。「新月」「暮潮」「戲魚」，乃山谷新添也。

東湖晚年在德興作漁父詞，甚高雅，云：「七澤三湘碧草連，洞庭江漢水如天。朝廷若覓元真子，不在雲邊即酒邊。明月櫂，夕陽船，遊魚一似鏡中縣。絲綸釣餌都收却，八字山前聽雨眠。」「遊魚一似鏡中縣」，本沈雲卿詩：「船如天上坐，魚似鏡中遊。」上句老杜曾用，下句東湖用之。東湖嘗對予誦此詞，且云本雲卿之句，自擊節不已。

東坡之文妙天下，然皆非本色，與其它文人之文、詩人之詩不同。文非歐曾之文，詩非山谷之詩，四六非荆公之四六，然皆自極其妙。

山谷嘲小德詩云：「書窗行暮鴉。」蓋用盧仝添丁詩：「忽來案上翻墨汁，塗抹書窗如老鴉㊀。」

㊀續校：「『書窗』當依盧仝集作『詩書』。」

予舊因東坡詩云「我憎孟郊詩」及「要當鬬僧清，未足當韓豪」。何苦將兩耳，聽此寒蟲號」，遂不喜孟郊詩。五十以後，因暇日試取細讀，見其精深高妙，誠未易窺，方信韓退之李習之尊敬其詩，良有以也。東坡性痛快，故不喜郊之詞艱深。要之，孟郊張籍，一等詩也。唐人詩有古樂府氣象者，惟此二人。但張籍詩簡古易讀，孟郊詩精深難窺耳。孟郊如遊子吟列女操薄命妾古意等篇，精確宛轉，人不可及也。

晏元獻小詞爲本朝之冠，然小詩亦有工者，如「春寒欲盡復未盡，二十四番花信風」，「遥想江南此時節，小梅黄熟子規啼」之類，亦有思致，不減唐人。

李邦直小詞有云：「楊花落，燕子飛高閣。長恨春醪如水薄，春愁無處著。往年曾宿王陵鋪，鼓角悲風。今日遼東，舊日樓臺一半空。」亦佳作也。

舒信道亦工小詞，如云：「畫船椎鼓催君去，高樓把酒留君住。去住若爲情，西江潮欲平。江潮容易得，却是人南北。今日此尊空，知君何日同。」亦甚有思致。

近年鎮江一士大夫姓邵，詞亦工，如云：「阿郎去日，不道長爲客。底事桐廬無處覓，却得廣州消息。江頭一雙蘭船，風雨湘妃廟前。死恨無情江水，送郎一去三年。」此詞極有作路。又有一人詞云：「黄金殿裏，燭影雙龍戲。勸得官家真個醉，當下齊呼萬歲。殿前接徹涼州，君恩與整搔頭。一夜御前宣喚，六宮多少人愁。」此詞極佳，或云王觀詞也。

東坡送顧子敦詩云：「磨刀向猪羊，霍霍鬧鄰里。」蓋譏子敦也。子敦體肥，當時有「顧屠」之號。然「磨刀霍霍向猪羊」乃古樂府全一句。

東坡水調歌頭「但願人長久，千里共嬋娟」，本謝莊月賦「隔千里兮共明月」。

老杜云「池上於今有鳳毛」，本南朝謝鳳之子超宗謂之鳳毛。鳳本人名，而老杜直以爲真鳳毛。今人因仍以人家小兒爲鳳毛，蓋知本老杜而不知本南史爾。

山谷和一僧偈頌，押「風」字韻，云：「空餘衹夜數行墨，不見伽黎一臂風。」「衹夜」即伽佗之類，謂偈頌也；「伽黎」乃袈裟。「一臂風」，當作一角。事見楞嚴經。

荆公贈北山道人云：「可惜昂藏一丈夫，生來不讀數行書。」此語本李賀嘲少年詩，云：「每揖閒人多意氣，生來不讀半行書。」

後山詩話云：「望夫石詩，以顧況『山頭日日風和雨，行人歸來石應語』爲絶唱。」其説是矣。但非顧況詩，乃王建詩也。

孟東野集古樂府有嬋娟篇云：「漢宮承寵不多時，飛燕婕妤相妒疾。」今顧況集中亦有，疑非孟詩，似顧况諸體。

元豐中，王禹□餞文潞公詩云：「功業獨高嘉祐末，精神如破貝州時。」最爲的當。然此語亦本白樂天上裴晉公：「聞説風情筋力在，祇如初破蔡州時。」世間佳語，未有無來歷也。

荆公絶句云：「有似錢塘江上見，晚潮初落見平沙。」兩句皆有來歷。才調集詩云：「還似琵琶弦畔見，細圓無節玉參差。」此上句來歷也。張籍詩云：「閒尋泊船處，潮落見平沙。」此下句來歷也。第讀詩不多，則不知耳。

四皓，世人皆曰園公，曰綺里季，曰夏黄公，曰角里先生。黄長睿東觀餘論載王元之有詩云：「未必頸如樗里子，也應頭似夏黄公。」畢文簡公譏之，謂不當云夏黄公，蓋四皓之目，當曰園公，曰綺里季夏，曰黄公，曰角里先生。惟杜詩「黄綺終辭漢」，不謂之夏綺而謂之黄綺，蓋得其義矣。按陶潛桃花源詩「黄綺之商山」，更在杜詩之前。

東坡和陶云：「一揮三十紙，持去聽坐人。」蓋用南史蕭子顯事㊀。

㊀補校：「『子顯』當作『子雲』。南史齊高帝諸子傳：『新浦侯子雲善草隸，百濟使人求書，子雲書三十紙與之。』子雲，子顯之弟。」

東湖作吕右丞輓詞云：「補衮家風在，名門不乏公。」「不乏公」三字出南史。宋孝武以柳元景弟之子世隆爲上庸太守，謂元景曰：「卿昔爲隨郡，今復以授世隆，使卿門世不乏公也。」

藏海詩話

藏海詩話

宋　吴可　撰

題畫山水扇詩云：「淋漓戲墨墮毫端，雨濕溪山作小寒。家在嚴陵灘上住，風烟不是夢中看。」後二句騷雅。明不斷案：明不斷姓名諸書不載，未詳何人。

葉集之詩云：「層城高樓飛鳥邊，落日置酒清江前。」明不斷詩云：「故鄉深落落霞邊，鴈斷魚沉二十年。寫盡彩牋無寄處，洞庭湖水闊於天。」「落霞邊」不如「飛鳥邊」三字不凡也。評：明詩首句已藏末句在内，此所以佳也，奈何以「飛鳥」、「落霞」較量工拙耶？卽葉詩亦未見不凡也。

老杜詩云：「行步欹危實怕春。」「怕春」之語，乃是無合中有合。謂「春」字上不應用「怕」字，今却用之，故爲奇耳。

杜詩敍年譜，得以考其辭力，少而鋭，壯而肆，老而嚴，非妙於文章不足以致此。如説華麗平淡，此是造語也。方少則華麗，年加長漸入平淡也。

五言詩不如四言詩，四言詩古，如七言又其次者，不古耳。評：詩自四言遞降至七言，此風會使然耳。後世論詩只論其工不工，何必問其古不古也。

「便可披襟度鬱蒸。」「度」字又曰「掃」，不如「掃」字奇健。蓋「便可」二字少意思，「披襟」與

「鬱蒸」是衆人語，「掃」字是自家語，自家語最要下得穩當，韓退之所謂「六字尋常一字奇」是也。

蘇州常熟縣破頭山有唐常建詩刻，乃是「一徑遇幽處」。蓋唐人作拗句，上句既拗，下句亦拗，所以對「禪房花木深」。「遇」與「花」皆拗故也。其詩近刻，時人常見之。案：歐陽修詩話亦作「遇幽處」。

凡作文，其間敍俗事多，則難下語。此條館本不載，見李氏函海本。

唐末人詩，雖格不高而有衰陋之氣，然造語成就。今人詩多造語不成。

畫山水者，有無形病，有有形病；有形病者易醫，無形病則不能醫。詩家亦然。凡可以指瑕鐫改者，有形病也。混然不可指摘，不受鐫改者，無形病，不可醫也。

余題黃節夫所臨唐元度十體書卷末云：「游戲墨池傳十體，縱橫筆陣掃千軍。誰知氣壓唐元度，一段風流自不羣。」當改「游」爲「漫」，改「傳」爲「追」，以「縱橫」爲「真成」，便覺兩句有氣骨，而又意脈聯貫。

凡看詩，須是一篇立意，乃有歸宿處。如童敏德木筆花詩，主意在筆之類是也。

前人詩如「竹影金瑣碎」、「竹日靜暉暉」，又「野林細錯黃金日，溪岸寬圍碧玉天」，此荊公詩也。「錯」謂「交錯」之「錯」。又「山月入松金破碎」，亦荊公詩。此句造作，所以不入七言體格。

如柳子厚「清風一披拂，林影久參差」，能形容出體態，而又省力。

白樂天詩云：「紫藤花下怯黄昏。」荆公作苑中絶句，其卒章云「海棠花下怯黄昏」，乃是用樂天語，而易「紫藤」爲「海棠」，便覺風韻超然。「人行秋色裏，家在夕陽邊。」有唐人體。韓子蒼云：「未若『村落田園静，人家竹樹幽』，不用工夫，自然有佳處。」蓋此一聯頗近孟浩然體製。

世傳「酒債尋常行處有，人生七十古來稀」，以爲「尋常」是數，所以對「七十」。老杜詩亦不拘此説，如「四十明朝是，飛騰暮景斜」，又云「羈棲愁裏見，二十四回明」，乃是以連綿字對連綿數目也。以此可見工部立意對偶處。

余題王晉卿畫春江圖，累十數句，事窮意盡，輒續以一對云「寒烟炯白鷺，暖風摇青蘋」，便覺意有餘。

木蘭詩云：「磨刀霍霍向猪羊。」「向」字能回護屠殺之意，而又輕清。

「北邙不種田，唯種松與柏。松柏未生處，留待市朝客。」又貧女詩：「照水欲梳妝，摇摇波不定。不敢怨春風，自無臺上鏡。」二詩格高，而又含不盡之意，見於言外。

老杜句語穩順而奇特，至唐末人，雖穩順，而奇特處甚少，蓋有衰陋之氣。今人才平穩，則多壓塌矣。

和平常韻要奇特押之，則不與衆人同。如險韻，當要穩順押之方妙。

秦少游詩：「十年逋欠僧房睡，準擬如今處處還。」又晏叔原詞：「唱得紅梅字字香。」如「處處還」、「字字香」，下得巧。

工部詩得造化之妙。如李太白鸚鵡洲詩云「字字欲飛鳴」，杜牧之云「高摘屈宋豔，濃薰班馬香」；如東坡云「我攜此石歸，袖中有東海。」「平生五千卷，一字不救饑」，魯直茶詩「煎成車聲繞羊腸」，其因事用字，造化中得其變者也。

學詩當以杜爲體，以蘇黄爲用，拂拭之則自然波峻，讀之鏗鏘。蓋杜之妙處藏於內，蘇黄之妙發於外，用工夫體學杜之妙處恐難到。用功而效少。案：「用工」以下有脫文。

凡裝點者好在外，初讀之似好，再三讀之則無味。要當以意爲主，輔之以華麗，則中邊皆甜也。裝點者外腴而中枯故也，或曰「秀而不實」。晚唐詩失之太巧，只務外華，而氣弱格卑，流爲詞體耳。又子由敍陶詩「外枯中膏，質而實綺，癯而實腴」，乃是敍意在內者也。

凡詩切對求工，必氣弱。寧對不工，不可使氣弱。評：氣自弱耳，何關切對求工耶？

凡文章先華麗而後平淡，如四時之序，方春則華麗，夏則茂實，秋冬則收斂，若外枯中膏者是也，蓋華麗茂實已在其中矣。

孟郊詩云：「天色寒青蒼，朔風吼枯桑。厚冰無斷文，短日有冷光。」此語古而老。

老杜詩：「本賣文爲活，翻令室倒懸。荆扉深蔓草，土銼冷疏烟。」此言貧不露筋骨。如杜荀鶴「時挑野菜和根煮，旋斫青柴帶葉燒」，蓋不忌當頭，直言窮愁之迹，所以鄙陋也。切忌當頭，要影落出。案：末句有誤。

「秋來鼠輩欺貓死，窺瓮翻盆攪夜眠。聞道狸奴將數子，買魚穿柳聘銜蟬㊀。」「聘」字下得好，「銜蟬」、「穿柳」四字尤好。又「狸奴」二字出釋書。

㊀「買」原作「賈」，據知不足齋叢書本改。

「春陰妨柳絮，月黑見梨花。」「登臨獨無語，風柳自摇春。」鄭谷詩。此二聯無人拈出。評：「月黑見梨花」，此語少含蓄，不如義山「自明無月夜」之爲佳也。

「椎牀破面棖觸人，作無義語怒四鄰。尊中歡伯見爾笑，我本和氣如三春。」前兩句本粗惡語，能煅煉成詩，真造化手，所謂點鐵成金矣。

「吹折江湖萬里心。」「折」字雙使。

魯直飲酒九首，「公擇醉面桃花紅，焚香默坐日生東」一絶，其體效飲中八仙歌。

東坡詩：「已有小舟來賣餅。」曾公卷：「已有小舟來賣魚。」學者當試商略，看優劣如何。

「量大嫌酣酒，才高笑小詩。」「卑枝低結子，接葉暗巢鶯。」雙聲字對。

「緑瓊洲渚青瑶嶂，付與詩翁敢琢磨。」善用材料。

「風來震澤帆初飽，雨入松江水漸肥。」又盧襄詩：「眼饞正得看山飽，梅瘦聊須著雨肥。」善用「飽」「肥」二字。評：上聯不害爲佳詩，下二語直村學中捉對耳。蓋先下「餓」「瘦」字便似有意求奇，不似上聯自然合拍也。

陳子高詩云：「江頭柳樹一百尺，二月三月花滿天。裊雨拖風莫無賴，爲我繫著使君船。」乃轉俗爲雅，似竹枝詞。

「大書文字隄防老，剩買谿山準備閑。」「隄防」「準備」四字太淺近。

荆公詩云：「黄昏風雨打園林，殘菊飄零滿地金。擷得一枝還好在，可憐公子惜花心。」東坡云：「秋花不似春花落，寄語詩人仔細看。」荆公云：「東坡不曾讀離騷，離騷有云：『朝飲木蘭之墜露，夕餐秋菊之落英。』」案：此事西清詩話作歐陽修語，高齋詩話則與此所記同。胡仔漁隱叢話辨其皆出依託。

隱嵓古松云：「勁節端爲百木長，治朝無復五株封。」又和上元云：「化國風光原有象，春臺人物不知寒。」立意下語好。

「細數落花因坐久，緩尋芳草得歸遲。」「細數落花」「緩尋芳草」，其語輕清。「因坐久」「得歸遲」，則其語典重。以輕清配典重，所以不墮唐末人句法中。蓋唐末人詩輕佻耳。

看詩且以數家爲率，以杜爲正經，餘爲兼經也。如小杜韋蘇州王維太白退之子厚坡谷「四學士」之類也。如貫穿出入諸家之詩，與諸體俱化，便自成一家，而諸體俱備。若只守一家，則無變態，雖千百首，皆只一體耳。

石曼卿詩云：「水活冰無日，枝柔樹有春。」語活而巧。

梅聖俞詩云：「遠鐘撞白雲。」無合有合。

「寒樹邀棲鳥，晴天卷片雲。」「邀」「卷」二字奇妙。案：杜詩作「落日邀雙鳥，晴天卷片雲」。吳若本「卷」一作「養」。

李光遠觀潮詩云：「默運乾坤不暫停，東西雲海焠陽精。連山高浪俄兼涌，赴壑奔流爲逆行。」「默運乾坤」四字重濁不成詩，語雖有出處，亦不當用，須點化成詩家材料方可入用。如詩家論翰墨氣骨頭重，乃此類也。如杜牧之作李長吉詩序云：「絶去筆墨畦畛，斯得之矣。」又如「焠」字亦非詩中字；第二聯對句太粗生，少鍛煉。

「白鷗没浩蕩，萬里誰能馴？」「没」若作「波」字，則失一篇之意。如鷗之出没萬里，浩蕩而去，其氣可知。又「没」字當是一篇暗關鎖也，蓋此詩只論浮沉耳。今人詩不及古人處，惟是做不成。案：此語出蘇軾志林，蓋論宋敏求之輕改杜詩。此引之而没其名氏。

「野性終期老一村，全勝白髮傍朱門。」使「傍朱門」則不類，若改「白髮」爲「微禄」，則稍近之矣。評：若改「白髮」，則上句「老」字亦當改矣。

「恥爲家貧賣寶刀」，又云「不爲家貧賣寶刀」，「恥」字不如「不」字。

「矯首朱門雪滿衣，南來生理漫心期。青衫愧我初無術，白髮逢人只自悲。」悲苦太過，露風骨。

「北嶺山礬取次開，清風正用此時來。平生習氣誰料理，愛著幽香未擬回。」山谷詩。學者云：「自公退食入僧定，心與篆香俱寒灰。小兒了不解人意，正用此時持事來。」韓子蒼云：「全用此一句，有甚意思。不欲其此時持事來，用得此語甚妙。」「故人相見眼偏明」，子蒼云：「當有律度，豈容如此道。」

歐公云：「古詩時爲一對，則體格峭健。」

七言律詩極難做，蓋易得俗，是以山谷別爲一體。

七言律一篇中必有剩語，一句中必有剩字。如：「草草杯柈供笑語，昏昏燈火話平生。」如此句無剩字。

東坡玉盤盂一聯，極似樂天。又次韻李端叔謝送牛戩畫：「笑指塵壁間，此是老牛戩。」牛戩做不著，此一句蓋語意不足也。

蔡天啟坐有客云：「東湖詩叫呼而壯。」蔡云：「詩貴不叫呼而壯。」此語大妙。「擘開蒼玉巖」、「椎破銅山鑄銅虎」，何故爲此語？是欲爲壯語耶。「弄風驕馬跑空去，趁兔蒼鷹掠地飛。」山谷社中人皆以爲笑。坡暮年極作語，直如此作也。案：此處語意未明，當有脫誤。

杜牧之河湟詩云：「元載相公曾借箸，憲宗皇帝亦留神。」一聯甚陋。唐人多如此。或作云：

「唯老杜詩不類此格。」僕云：「『遷轉五州防禦使，起居八座太夫人。』不免如小杜。」子蒼云：「此語不佳。杜律詩中雖有一律驚人，人不能到；亦有可到者。」僕云：「如蜀相詩第二聯，人亦能到。」子蒼云：「第三聯最佳。『四更山吐月，殘夜水明樓。』此一聯後，餘者便到了。」又舉「三峽星河影動摇」一聯，僕云：「下句勝上句。」子蒼云：「如此者極多。小杜河湟一篇第二聯『旋見衣冠就東市，忽遺弓劍不西巡』，極佳。爲『借箸』一聯累耳。」

高荷子勉五言律詩可傳後世，勝如後來諸公。柳詩：「風驚夜來雨。」「驚」字甚奇。琴聰云：「向詩中嘗用『驚』字。」坡舉古人數「驚」字。僕云：「東風和冷驚羅幕。」子蒼云：「此『驚』字不甚好。如柳詩『月明摇淺瀨』等語，人豈易到？」

歐公稱「身輕一鳥過」，子蒼云：「此非杜佳句。」僕云：「當時補一字者，又不知是何等人。」子蒼云：「極是。」

汪瀞聖舊詩格不甚高，因從琴聰，詩乃不凡。如「春水碧泱泱，羣魚戲渺茫。誰知管城下，自有一濠梁」，乃是見聰後詩也。

東坡詩不無精粗，當汰之。葉集之云：「不可。於其不齊不整中時見妙處爲佳。」

參寥細雨云：「細憐池上見，清愛竹間聞。」荆公改「憐」作「宜」。又詩云「暮雨邊」。秦少游曰：「公直做到此也。『雨中』、『雨傍』皆不好，只『雨邊』最妙。」評：「『雨傍』不成語，『雨中』有何不可？此是秦與之作劇耳，何堪舉作話頭邪？又云：「流水聲中弄扇行。」俞清老極愛之。此老詩風流醖藉，諸詩僧皆不及。子蒼云：「若看參寥詩，則洪詩不堪看也。」案：洪詩不知指何人，豈山谷諸甥耶？

孫詩云「鴈北還」，下「還」字最不好。「北歸」、「北向」皆妙，獨「還」字不佳。案：孫不知何人。有大才，作小詩輒不工，退之是也。子蒼然之。劉禹錫柳子厚小詩極妙，子美不甚留意絶句。子蒼亦然之。子蒼云：「絶句如小家事，句中著大家事不得。若山谷蟹詩用『與虎争』及『支解』字，此家事大，不當入詩中。如『虎争』詩語亦怒張，乏風流醖藉之氣。『南窗讀書聲吾伊』，詩亦不佳，皆不如羊詩醖藉也。」

曾吉父詩云：「金馬門深曾草制，水精宫冷近題詩。」「深」「冷」二字不閒道，若言「金馬門中」、「水精宫裏」，則閒了「中」「裏」二字也。此詩全篇無病，大勝與疏山詩。

「筍根稚子無人見」，不當用「稚子」字。蓋古樂府詩題有雉子斑。「雉子」「鳧雛」，自是佳對。杜詩有「鳳子」，亦對「鳧雛」。案：「鳳子」字出韓渥詩。此可以稽證也。金陵新刊杜詩，註云：「稚子，筍也。」此大謬，古今未有此説。韓子蒼云：「冷齋所説皆非，初未嘗有此説。」或有脱文，觀冷齋云云可見。

「傾銀注瓦驚人眼。」韓子蒼云：「『瓦』當作『玉』。」蓋前句中已有『老瓦盆』，此豈復更用『瓦』字？『瓦』與『銀』『玉』固有異，其爲醉則一也。『軒墀曾寵鶴』，當用『軒車』，非『軒墀』。『河内尤宜借寇恂』，非『河内』。」

「功曹非復漢蕭何」，不特見漢書註，兼三國志云：「爲功曹當如蕭何也。」此説甚分明。劉貢父云：「蕭何未嘗作功曹。」劉極賅博，何爲不能記此出處也。

何顒嘗見陳無己，李廌嘗見東坡，二人文字，所以過人。若崔德符陳叔易，恐無師法也。

師川云：「作詩要當無首無尾。」山谷亦云。子蒼不然此説。

東湖云：「春燈無復上，暮雨不能晴。」昌黎云：「廉纖晚雨不能晴。」子蒼云：「『暮』不如『晚』。」昌黎云：「青蛙聖得知。」汪彦章云：「燈花聖得知。」子蒼云：「蛙不聖所以言聖，便覺有味；燈花本靈，能預知事，輒言聖得知，殊少意味。」

「璇題」，倪巨濟作謝御書表用之。子蒼云：「乃椽頭，非題榜也。」

「彈壓山川」，見淮南子：「彈出山川，壓而止之。」僕看後漢黨錮傳「榮華丘壑」，正可爲對。

新燒炔火案：「炔」字字書不載。謂之「熅火」，見蘇武傳。燒湯謂之「燂湯」，見内則。竈中燒火謂之「煬竈」，見戰國策。曉天赤如霞者謂之「陰淪」，見爾雅。案：爾雅無此文。王逸楚詞註引陵陽子明經曰：「淪陰者，日没以後赤黄氣也。」又廣雅引之作「淪陰」。此蓋誤廣雅爲爾雅，又舛亂其文耳。汗曰「鹽汗」，浮漚曰「覆甌」，見淮南子。

子由曰：「東坡黄州以後文章，余遂不能追逐。」

蔡天啟云：「米元章詩有惡無凡。」孫仲益韓子蒼皆云。子蒼又云：「師川詩無惡而無凡。」不知初學何等詩，致如此無塵埃也。

葉集之云：「韓退之陸渾山火詩，浣花決不能作；東坡蓋公堂記，退之做不到。碩儒巨公，各有造極處，不可比量高下。元微之論杜詩，以爲李謫仙尚未歷其藩翰，豈當如此說。」異乎微之之論也。此爲知言。

東坡豪，山谷奇，二者有餘，而於淵明則爲不足，所以皆慕之。

山谷詩云：「淵明千載人，東坡百世士。出處固不同，風味要相似。」有以杜工部問東坡似何人，坡云：「似司馬遷。」蓋詩中未有如杜者，而史中未有如馬者。又問荔枝似何物，「似江瑶柱」，亦其理也。

某人詩云：「男兒老大遂功名。」杜詩：「功名遂乃佳。」「遂功名」則不成語矣。

范元長云：「前輩言學詩當先看謝靈運詩。」

東坡謝李公擇惠詩帖云：「公擇遂做到人不愛處。」評：放翁「詩到無人愛處工」，蓋本東坡也。

陳子高云：「工部杜鵑詩，乃摹寫庾信杜鵑詩。」案：今庾集無杜鵑詩。「窮途俗眼還遭白」，便不如「窮途返遭俗眼白」。案：此二句文不相屬，疑有脱誤。

徐師川云：「工部有『江蓮摇白羽，天棘夢青絲』之句，於江蓮而言摇白羽，乃見蓮而思扇也。蓋古有以白羽爲扇者。是詩之作，以時考之，乃夏日故也。於天棘言夢青絲，乃見柳而思馬也。

蓋古有以青絲絡馬者。」庾信柳枝詞案：庾集作楊柳歌。云：「空餘白雪案：庾集作「獨憶飛絮」。鵝毛下，無復青絲馬尾垂。」又子美聽馬行云：「青絲絡頭爲君老。」此詩後復用支遁事，則見柳思馬形於夢寐審矣。東坡欲易「夢」爲「弄」，恐未然也。

蘇叔黨云：「東坡嘗語後輩，作古詩當以老杜北征爲法。」

老杜詩云：「一夜水高二尺强，數日不可更禁當。南市津頭有船賣，無錢卽買繫籬傍。」與竹枝詞相似，蓋卽俗爲雅。

張嘉父云：「長韻詩要韻成雙不成隻；鋪敍詩要説事相稱；却拂體前一句敍事，後一句説景，如『惆悵無因見范蠡，參差烟樹五湖東』，又如『我今身世兩相違，西流白日東流水』。」

次韻伯氏寄贈蓋郎中喜學老杜之作，末句云：「獨抱遺編校舛差音叉。」蓋郎中惠詩云云，次韻解之，末句云：「真成句踐勝夫差音茶。」兩「差」字不同音，何故作同音押韻？必有來歷，姑記之以俟知者。詩見建本重編南昌文集卷第四十一。押韻「夫差」不音茶，當以押韻爲證。案：押韻二句似後人所注。

吴中李詩云：「潮頭高捲岸，雨脚半吞山。」然頭不能捲，脚不能吞，當改「捲」作「出」字，「吞」作「倚」字，便覺意脈聯屬。

凡作詩如參禪，須有悟門。少從榮天和學，嘗不解其詩云：「多謝喧喧雀，時來破寂寥。」一日於竹亭中坐，忽有羣雀飛鳴而下，頓悟前語。自爾看詩，無不通者。

幼年聞北方有詩社，一切人皆預焉。屠兒爲蜘蛛詩，流傳海內，忘其全篇，但記其一句云：「不知身在網羅中。」亦足爲佳句也。

元祐間，滎天和先生客金陵，僦居清化市，爲學館，質庫王四十郎、酒肆王念四郎、貨角梳陳二叔皆在席下，餘人不復能記。諸公多爲平仄之學，似乎北方詩社。王念四郎名莊，字子温，嘗有送客一絕云：「楊花撩亂繞烟村㊀，感觸離人更斷魂。江上歸來無好思，滿庭風雨易黃昏。」王四十郎名松，字不凋。僕寓京師，從事禁中，不凋寄示長篇，僅能記一聯，云：「舊菊籬邊又開了，故人天際未歸來。」陳二叔忘其名，金陵人，號爲陳角梳，有石榴詩云：「金刀劈破紫穰瓢，撒下丹砂數百粒。」諸公篇章富有，皆曾編集。僕以攜家南奔避寇，往返萬餘里，所藏書畫厄於兵火。今屆指當時詩社集六十餘載㊁，諸公佳句，可惜不傳。今僅能記其一二，以遺寧川好事者，欲爲詩社，可以效此，不亦善乎？

㊀「村」原作「樹」，據知不足齋本改。　㊁「詩社集」，知不足齋本作「社集」。

碧溪詩話

碧溪詩話序

作詩固難，評詩亦未易。酸鹹殊嗜，涇渭異流。浮淺者喜夸毗，豪邁者喜遒警，閒靜之人尚幽眇，以至嫣然華媚無復體骨者，時有取焉，而非君子之正論也。夫詩之作，豈徒以青白相媲、駢儷相靡而已哉！要中存風雅，外嚴律度，有補於時，有輔於名教，然後爲得。杜子美詩人冠冕，後世莫及，以其句法森嚴，而流落困躓之中，未嘗一日忘朝廷也。孔子曰：「詩三百，一言以蔽之，曰：『思無邪。』」以聖人之言，觀後人之詩，則醇醨不較而明矣。頃予暇日摳衣於鄉先生黄公之門，公出所爲詩話十卷，謂予曰：「吾生平嗜詩，頗有佳句傳在人口。今老矣，不復自作，時取古人詩卷，聊以自娛。因筆論其當否，且疏用事之隱晦者以備遺忘。日往月來，不覺成編。君其與我評焉。」予退伏而讀之，皆前輩論議所未到。若嘲烟雲、媚草木等語，率略而不取；惟是含風雅而中律度，有補於時，有輔於名教者，如璆琳琅玕，森然在目。得詩人之關鍵，窺作者之閫奥；詳而正，諷而不刻，使人心開目明，玩味不能去手，斯可謂難得也已。公少負才，取名第，宰劇邑，藉甚有能聲。一旦與當路軒輊不得，棄官而歸，優遊里閈，其中浩然，未嘗戚戚於外物，而其用志不衰如此。嗚呼！觀其取與，可以知其能詩；觀其議論，可以知其爲人。降歎之餘，未及請益，而予赴館職，後數載，公亦云亡。因循十年，未暇追述。今閱舊集，不勝挂劍之情，因以鄙詞題其首。公諱徹，字常明。乾道四年九月二十七日，陳俊卿序。

碧溪詩話自序

予遊宦湖外十餘年，竟以拙直忤權勢，投印南歸。自寓興化之碧溪，閉門却掃，無復功名意，不與衣冠交往者五年矣。平居無事，得以文章爲娱，時閲古今詩集，以自遣適。故凡心聲所底，有誠於君親，厚於兄弟朋友，嗟念於黎元休戚，及近諷諫而輔名教者，與予平日舊遊所經歷者，輒妄意鋪鑿，疏之窗壁間。未幾，鈔録成帙，而以碧溪詩話名之。至於嘲風雪、弄草木而無與於比興者，皆略之。嗚呼！士之有志於爲善，而數奇不偶，終不能略展素藴者，其胸中憤怨不平之氣，無所舒吐，未嘗不形於篇詠、見於著述者也。此説難孤憤離騷國語所由作也。予賦性介潔，嫉惡如讐，不忍浮沈上下。甘老林泉，實其本心，何所怨哉！故詩話之集，皆因前人之語而折衷之，不敢私自有作焉。

碧溪詩話卷第一

宋　黄徹撰

漢高祖置酒沛宫，酒酣，擊筑自歌曰：「大風起兮雲飛揚，威加海内兮歸故鄉，安得猛士兮守四方！」時帝有天下已十三年，當思耆艾賢德，與共維持，獨耑意猛士，何哉？豈馬上三尺，嫚駡餘態，未易遽革耶？治道終以霸雜，蓋有由然。其前年下詔曰：「賢士大夫吾能尊顯之。」是年下詔曰：「與天下之豪士賢大夫同安輯之。」竊謂播告之詞，乃秉筆代言，非若耳熱之歌，乃中心所欲也。

唐文宗夏日聯句，東坡謂宋玉對楚王雄風，譏其知己不知人也。公權小子，有美而無規，爲續之云：「一爲居所移，苦樂永相忘。願言均所施，清陰及四方。」或謂「五弦之薰風，解慍阜財」，已有陳善責難意。愚謂不然。凡規諫之辭，須切直分明，乃可以感悟人主。故盗言孔甘，良藥苦口。若以薰風自南爲陳善閉邪，但恐後世導諛側媚、説持兩可者，皆得以冒敢諫之名矣。

諸史列傳，首尾一律。惟左氏傳春秋則不然，千變萬狀，有一人而稱目至數次異者，族氏、名字、爵邑、號謚，皆密布其中而寓諸褒貶，此史家祖也。觀少陵詩，疑隱寓此旨。若云「杜陵有布衣」，「杜曲幸有桑麻田」，「杜子將北征」，「臣甫憤所切」，「甫也南北人」㊀，「有客有客字子美」，蓋自見其里居名字也。「不作河西尉」，「白頭拾遺徒步歸」，「備員竊補袞」，「凡才汚省郎」，補官遷陟，歷歷可考。至敍他人亦然，如云「粲粲元道州」，又云「結也實國幹」，凡例森然，誠春秋之法也。

㊀「甫也南北人」，原作「甫也東西南北人」，據杜詩詳注改。

老杜送嚴武云：「公若登台輔，臨危莫愛身。」寄裴道州蘇侍御云：「致君堯舜付公等，早據要路思捐軀。」此公素所蓄積而未及施設者，故樂以告人耳。夫全軀碌碌之人，果何能爲！汲長孺曰：「天子置公卿，寧令從諛承意，縱愛身，奈辱朝廷何。」任退曰：「褚彦回保妻子，愛性命，退能制之。」觀此以驗二詩，信而有證矣。自比稷、契，豈爲過哉！岑侍御行軍詩云：「平生抱忠義，不敢私微軀。」范文正云：「一入諫諍司，鴻毛忽其身。」

孟子七篇，論君與民者居半，其餘欲得君，蓋以安民也。觀杜陵「窮年憂黎元，歎息腸内熱」，「胡爲將暮年，憂世心力弱」，宿花石戍云「誰能叩君門，下令減征賦」，寄柏學士云「幾時高議排君門，各使蒼生有環堵」，「寧令吾廬獨破，受凍死亦足」，而志在大庇天下寒士，其心廣大，異夫求穴之螻蟻輩，真得孟子所存矣。東坡問老杜何如人，或言似司馬遷，但能名其詩耳。愚謂老杜似孟子，蓋原其心也。

劍閣云「吾將罪真宰，意欲鏟疊嶂」，與太白「搥碎黄鶴樓」，「剗却君山好」語亦何異。然劍閣詩意在削平僭竊，尊崇王室，凜凜有忠義氣，搥碎、剗却之語，但覺一味粗豪耳。故昔人論文字，以意爲上。

岑參寄杜拾遺云：「聖朝無闕事，自覺諫書稀。」退之贈崔補闕云：「年少得途未要忙，時清諫疏尤宜罕。」皆謬承荀卿「有聽從，無諫諍」之語，遂使阿諛奸佞用以藉口。以是知凡造意立言，不可不預爲天下後世慮。

石筍行云：「惜哉俗態好蒙蔽，亦如小臣媚至尊。」小臣非小官也。凡事君不以道，雖官尊位崇，不害爲小臣耳。下云：「政化錯迕失大體，坐看傾危受厚恩。」此非官小者所當也。但乍讀者，則小臣之語，似不指公卿耳。末云：「安得壯士擲天外，使人不疑見本根。」豈非欲取渾敦窮奇，投諸四裔，使天下如一，同心戴舜者歟。

李義山任弘農尉，嘗投詩謁告云：「却羡卞和雙刖足，一生無復没階趨。」雖爲樂春罪人，然用事出人意表，尤有餘味。英俊屈沈，强顔低意，趨跖諾虎，扼腕不平之氣，有甚於傷足者。非粗知直己，不甘心於病畦下舐，不能賞此語之工也。

張舍人遺織成褥段云：「服飾定尊卑，大哉萬古程。煌煌珠宫物，寢處禍所嬰。錦鯨卷還客，始覺心和平。」其意在明分守，警貪饕，屏斥玩物，嚴道義之大節，豈直專爲詩哉？就中和平之語，尤可人意。世有豪横凶人，强委饋於善士，而不能驟絶之，其心媿恥，雖欲和平，不可得也。

子美世號「詩史」，觀北征詩云：「皇帝二載秋，閏八月初吉。」送李校書云：「乾元元年春，萬姓始安宅。」又戲友二詩：「元年建巳月，郎有焦校書。」「元年建巳月，官有王司直。」史筆森嚴，未易及也。

賈生終童，欲輕事征伐。大抵少年躁鋭，使綿歷老成，當不如此。昔人欲沈孫武於五湖，斬白起於長平，誠有謂哉。嘗愛老杜云：「慎勿呑青海，無勞問越裳。大君先息戰，歸馬華山陽。」又有「安得壯士挽天河，淨洗甲兵長不用」，「安得務農息戰鬬，普天無吏横索錢」，「願戒兵猶火，恩加四海深」，「不眠憂戰伐，無力正乾坤」，其愁歎憂戚，蓋以人主生靈爲念。孟子以善言陳戰爲大罪，我戰必克爲民賊。仁人之心，易地皆然。

昌黎贈張道士云：「詣闕三上書，臣非黃冠師。臣有膽與氣，不忍死茅茨。」韋應物送李山人云：「聖朝多遺逸，披膽謁至尊。豈是貿榮寵，誓將救元元。」聖俞贈師魯云：「臣豈爲身謀，而邀陛下睠。」皆急於得君，非爲利祿計也。

「一朝自罪己，萬里車書通」，此與無逸旅獒、孟子格君心之非、汲長孺諫上多欲、魏鄭公十漸、陸宣公之奉天詔書無二道也。「明朝有封事，數問夜如何」，此「幸而得之，坐以待旦」之意。「避人焚諫草，騎馬欲雞棲」，所謂「嘉謀嘉猷，入告爾后於内，乃順之於外。曰斯謀斯猷，惟我后之德」也。

「霄漢瞻佳士，泥塗任此身。」只「任」字即人不到處。自衆人必曰歎，曰媿，獨無心任之，所謂視如浮雲，不易其介者也。繼云：「秋天正摇落，回首大江濱。」大知並觀，傲睨天地，汪汪萬頃，奚足云哉！

温公治第洛中，闢園曰獨樂，其心憂樂，未始不在天下也。其自作記有云：「世有人肯同此樂，必再拜以獻之矣。」東坡賦詩云：「兒童誦君實，走卒知司馬。」蓋言其得人心也。又云：「撫掌笑先生，年來效瘖瘂。」疑未盡命名之意。

臨川送望之守臨江云：「黄雀有頭顱，長行萬里餘。想因君出守，暫得免苞苴。」使能行此言，則虐生類以飽口腹，刻疲民以肥權勢者，寡矣。其詩纔二十字耳，敦仁愛，抑奔競，皆具焉，何以多爲！

「萬方頻送喜，無乃聖躬勞。」雖云稱賀收復，抑又蘊深意？元首無爲，乃分位固然，其所以遽離廟社、遠播蒙塵者，諂諛之臣，實爲禍階耳。噫！諛言諂詐，日陳乎前，黄屋雖欲不勞，不可得也。

温公題趙舍人菴云：「清茶淡話難逢友，濁酒狂歌易得朋。」雖造次間語，亦在於進直諒之益，而退便辟之損也。

砮溪詩話卷第二

老杜贈韋左丞有「朝叩富兒門，暮隨肥馬塵」，至爲殘杯冷炙之語。及姜少府爲清觴異味，即云：「新歡便飽姜侯德」；王倚爲沽酒割鮮，即云「古人情義晚誰似」。豈附炎老饕如是哉？蓋託文字戲謔也。然又不可不慮，故有「褊性合幽棲」、「直恥事干謁」之什，以自見其志。亦如示姪佐云：「甚聞霜薤白，重惠意如何？」「已應春得細，頗覺寄來迟。」皆戲言也。終慮癡人以夢爲實，故示姪濟云：「所來爲宗族，亦不爲盤飧。小人利口實，薄俗難可論。」正如淵明乞食篇云：「飢來驅我去，不知竟何之。行行至斯里，叩門拙言辭。」其卑污乃爾，不肯爲五斗折腰，殆無異矣。

世俗夸太白賜牀調羹爲榮，力士脱靴爲勇。愚觀唐宗渠渠於白，豈真樂道下賢者哉，其意急得豔詞媟語，以悦婦人耳。白之論撰，亦不過爲玉樓、金殿、鴛鴦、翡翠等語，社稷蒼生何賴？就使滑稽傲世，然東方生不忘納諫，況黄屋既爲之屈乎？説者以謀謨潛密，歷考全集，愛國憂民之心如子美語，一何鮮也。力士閹閫腐庸，惟恐不當人主意，挾主勢驅之，何所不可，脱靴乃其職也。自退之爲「蚍蜉撼大木」之喻，遂使後學吞聲。余竊謂如論其文章豪逸，真一代偉人；如論其心術事業，可施廊廟，李杜齊名，真忝竊也。

李商隱詠淮西碑云：「言訖屢頷天子頤。」雖務奇崛，人臣言不當如此。乘輿軒陛，自不敢正斥，如老杜「天顏有喜近臣知」，「虯須似太宗」，可謂知體矣。東坡贈寫御容詩云：「野人不識日月角，髣髴尚憶重瞳光。天容玉色誰能畫，老師古寺晝閉房。」蓋遵此法。

許汜不爲陳元龍所禮，嘗與劉備稱之。備曰：「君有國士名望，有救世意。而求田問舍，言無可採，何緣當與君語？如小人欲臥百尺樓，臥君於地，何但上下牀之間耶！」然介甫屢用之：「求田問舍轉無成」，「更覺求田問舍遲」。讀蜀志曰：「無人語與劉玄德，問舍求田意最高。」又有遊西霞菴云：「求田此山下，終欲忤陳登。」豈非力欲轉此一重案歟？

岑參送顏平原詩序云：「十二年春，有詔補尚書郎十數公爲郡守。上親賦詩觴羣公於蓬萊，仍賜以繒帛，寵餞加等，故參爲長篇述其事。」安祿山亂，明皇曰：「河北二十四郡，無一忠臣耶？」及聞平原固守，乃曰：「朕不識真卿何如人，所爲若此。前日宴賚，真文具爾！」退之云：「偶然題作木居士，便有無窮求福人。」可謂切中時病。凡世之趨附權勢，以圖身利者，豈問其人賢否，果能爲國爲民哉！及其敗也，相推入禍門而已。聾俗無知，諂祭非鬼，無異也。

杜集及馬與鷹甚多，亦屢用屬對，如「老驥倦知道，蒼鷹飢易馴」，「老驥思千里，飢鷹待一呼」，「老馬倦知道，蒼鷹飢著人」，「驥病思偏秣，鷹愁怕苦籠」，「放蹄知赤驥，捩翅服蒼鷹」，「老驥倦驤首，飢鷹愁易馴」，驄馬行云「吾聞良驥老始成，此馬數年人更驚」，又「不比俗馬空多肉」，「一洗萬古凡馬空」，楊監出畫鷹云「干戈少暇日，真骨老崖嶂。爲君除狡兔，會見翻韝上」，王兵馬使二角鷹云「安得爾輩開其羣，驅出六合梟鸞分」，畫鷹云「何當擊凡鳥，毛血灑平蕪」，餘尚多有之。蓋其致遠壯心，未甘伏櫪，嫉惡剛腸，尤思排擊。語曰：「驥不稱其力，稱其德也。」左氏曰：「見無禮於其君者，如鷹鸇之逐鳥雀也。」少陵有焉。

吴邁遠好自夸而蚩鄙他人，每作詩得稱意語，輒擲地呼曰：「曹子建何足數哉！」袁嘏謂人曰：「我詩有生氣，亦以用心深苦，俄爾有得，宜不勝其喜。」子美云「語不驚人死不休」，貫休謂「得句先呈佛」，皆爲此也。

林和靖贈人詩云：「馬從同事借，妻怕罷官貧。」頗能狀寒廉態。抑又有意，所謂怕貧者，婦人女子耳，大丈夫之不移，何隕穫之有？子美「長貧任婦愁」，亦以男子未嘗愁也：「讓栗不謀妻」，以明謀及婦人，則不得辭也。又云：「浮生有定分，飢飽豈可逃。歎息謂妻子，我何隨汝曹。」樂天云「妻孥不悦生怪問，而我醉卧方陶然。」退之曰：「莫爲兒女態，戚嗟憂賤貧。」

老杜畏人有云「門徑從榛草，無心待馬蹄」，又「直須上番看成竹，客至從嗔不出迎」，將遺物離人矣。答嚴八乃云「只須伐竹開荒徑，拄杖穿花聽馬嘶」，又有「草萊無徑欲教鋤」。亦如厭就成都卜，而云「憑將百錢卜，漂泊問君平」。自知者觀之，則爲游戲篇章得大自在；俗士拘泥，則前後不相應也。東坡谷林堂云：「古今正自同，歲月何必書。」遊香積山又云：「尋幽志不繼，書版記歲月。」

蕭思話先於曲阿起宅，有閒曠之致。子惠基嘗謂所親曰：「須昏嫁畢，當歸老舊廬。」故元次山招陶別駕云：「無惑畢昏嫁，竟爲俗務牽。」退之云：「如今便可爾，何用畢昏嫁。」

嘗恨王子猷作「此君」語，輕以難名者告人，遂使庸夫俗子，妄意其間，黏坊茗肆，適以污累之。謫仙云：「但得醉中趣，勿爲醒者傳。」此理信然。和靖招靈皎云：「百千幽勝無人見，說向吾師是洩機。」東坡云：「此味只憂兒輩覺，逢人休道北窗涼。」「人生此樂須天賦，莫遣兒曹取次知。」使子猷知此，必鉗其喙也。

和靖與士大夫詩，未嘗不及遷擢，與舉子詩，未嘗不言登第，視此爲何等隨緣應接，不爲苟難亢絶如此。老杜云「本無軒冕意，不是傲當時」，「鍾鼎山林各天性，濁醪粗飯任吾年」，道義重而不輕王公者也。阮孝緒，南平王致書要之，不赴，曰：「非志驕富貴，但性畏廟堂。使麏麚可驂，何異騏騄。」

靈澈有「相逢盡道休官去，林下何曾見一人」，世傳爲口實，凡語有及抽簪，即以此譏之。余謂矯飾罔人，固不足論，若出於至誠，時對知己，一吐心胸，何害？嘗觀昌黎送盤谷云：「行抽手版付丞相，不待彈劾歸農桑。」贈侯喜云：「便當提攜妻與子，南入箕潁無還時。」「如今便當去，咄咄無自癡。」「如今更誰恨，可便耕灞滻。」此類凡數十，豈苟以飾口哉？其剛勁之操不少屈，所素守定故也。

昔人用五馬事，多因遊遨動出處方用之，如老杜賦王閬州錢蕭遂州云：「二天開寵餞，五馬爛生光。」其賓主去住分矣。又送李梓州「五馬何時到」，贈嚴武「五馬舊曾諳小逕」，送賈閣老出汝州「人生五馬貴」，太白「五馬莫留連」，岑參「門外不須催五馬」，戎昱「五馬幾時朝魏闕」，子厚「五馬助征騑」，樂天「五馬無由入酒家」，坡「鼓吹未容迎五馬」，介甫「尚得使君驅五馬」。近人於太守安居閒閣，例稱五馬，此理恐未安也。

王夷甫蔡景節並號口不言錢，二子皆因弊矯之過者。衍以其妻貪啉黷貨，至藉俠士李陽以懼之。撙在臨海，其婢納女巫之賂，爲百姓撾登聞鼓，其絶口蓋有由然。如子美張籍皆云「呼兒散寫乞錢書」，太白「顏公三十萬，盡赴酒家錢」，岑參「閒時耐相訪，正有牀頭錢」，小杜「清貧長欠一杯錢」，坡「滿江風月不論錢」，谷「青山好去坐無錢」，曾不害諸公之高也。

或問鄭綮相國近有詩否，答云：「詩思在灞橋風雪中，驢子上，此處那得之。」北夢瑣言載，綮雖有詩名，本無廊廟之望；及登庸，中外驚駭。太原兵至渭北，天子震恐，渴於攘却，綮請於文宣王謚號中加一哲字。其不究時病，率此類。愚謂此人，止可置之風雪中令作詩也。

明宗召蜀中舊臣，賦蜀主降巨唐詩。王偕等皆譏荒淫，獨中丞牛希濟曰：「唐主再懸新日月，蜀王難保舊山川。」明宗曰：「希濟不謗君親，忠孝也。」賜綵百段。余謂希濟但能兩解之辭而已。江革云：「不能殺身報主，得死爲幸，誓不爲人執筆！」此可以厲臣子之節。

韋蘇州贈李儋云：「身多疾病思田里，邑有流亡愧俸錢。」郡中燕集云：「自慚居處崇，未睹在民康。」余謂有官君子，當切切作此語。彼有一意供租，專事土木，而視民如讎者，得無愧此詩乎！

漁樵閒話載：唐末有宜春人王轂以歌詩擅名，嘗作玉樹曲，略云：「璧月夜，瓊樓春，蓮舌泠泠詞調新。當時狎客盡豐祿，直諫犯顏無一人。歌未闋，晉王劍上黏腥血，君臣猶在醉鄉中，一面已無陳日月。」此調大播人口。轂未第時，嘗於市廛中見有同人被無賴輩毆擊，轂前救之，揚聲曰：「莫無禮！便是解道『君臣猶在醉鄉中，一面已無陳日月』」。亡賴者聞之，慚謝而退。蓋議當時士大夫掩蔽人善，殆此小人不若。余謂漁樵特假以自喻耳。亡賴所以悔過從善，頓平凶暴之氣者，非重其才也，非重其名也，蓋重其言有補於治亂安危也。

碧溪詩話卷第三

老杜觀打魚云：「設網萬魚急。」蓋指聚斂之臣，苛法侵漁，使民不聊生，乃「萬魚急」也。又云：「能者操舟疾若風，撑突波濤挺叉入。」小人舞智趣時，巧宦數遷，所謂「疾若風」也；殘民以逞，不顧傾覆，所謂「挺叉入」也。「日暮蛟龍改窟穴，山根鱣鮪隨雲雷」。魚不得其所，龍豈能安居？君與民猶是也，此與六義比興何異。「吾徒何爲縱此樂，暴殄天物聖所哀」，此樂而能戒，又有仁厚意，亦如「前王作網罟，設法害生成」，不專爲取魚也。退之叉魚曰：「觀樂憶吾僚。」異此意矣。亦如蘄簟云：「但願天日常炎曦。」故後人攻之云：「豈比法曹空自私，却願天日常炎赫。」賓客集：「添鑪擣雞舌，灑水淨龍鬚。」駱賓王：「桃花嘶別路，竹葉瀉離尊。」此體甚衆。惟柳子厚從崔中丞過盧少府郊居一聯最工，云：「蒔藥閒庭延國老，開尊虛室值賢人。」只似稱坐客，而有兩意，蓋甘草爲國老，濁酒爲賢人故也。夢得又有「藥鑪燒姹女，酒甕貯賢人」，近於湯燁右軍矣。余嘗爲郊行詩云：「江干食息呼扶老，木末攀緣訝宛童。」乃古今注「秃鶖一名『扶老』」，爾雅「女蘿謂之『宛童』」也。又題一士人所居云：「但遣一枝居巧婦，不殊大厦賀嘉賓。」蓋用爾雅註「鷦鷯俗呼巧婦」，炙轂子「雀一名嘉賓，言集人屋如嘉賓也。」樂天曾用「巧婦」對「慈姑」。

謝玄暉善爲詩，任彦昇工於筆，又云「任筆沈詩」。劉孝綽稱弟儀與威云「三筆六詩」。故牧之云：「杜詩韓筆愁來讀，似倩麻姑癢處抓。」近人兼用之。臨川云：「閒中用意歸詩筆，静定安身比泰山。」坡云：「水洗禪心都眼淨，山供詩筆總眉愁。」

柳遷南荒，有云：「愁向公庭問重譯，欲投章甫作文身。」太白云：「我如鷓鴣鳥，南遷嬾北飛。」皆褊忮躁辭，非畎畝惓惓之義。杜云：「馮唐雖晚達，終覬在皇都。」「愁來有江水，安得北之朝？」其賦張曲江云：「歸老守故林，戀闕悄延頸。」乃心王室可知。

靖節「歡言酌春酒，日莫天無雲」，此處畎畝而樂堯舜者也。堯舜之道，即田夫野人所共樂者，惟賢者知之爾。鍾嶸但稱其「風華清美」，豈直爲田家語，其樂而知之，異乎衆人共由者，嶸不識也。

老杜「十暑岷山葛，三霜楚户砧」，「九鑽巴噀火，三蟄楚祠雷」，其書歲月也新矣。樂天云：「吴郡兩回逢九月，越州四度見重陽。」「去年八月十五夜，曲江池畔杏園邊；今年八月十五夜，湓浦沙頭水館前。」又：「前年九日餘杭郡，呼賓命宴虚白堂；去年九日到東洛，今年九日來吴鄉；兩邊鬢一時白，三處菊花同色黄。」其質直敍事，又是一格。

「山陰野雪興難乘，佳晨强飯食猶寒」，皆斡旋其語，使就音律。近律有「天上驕雲未肯同，十年江海别常輕」，「花下壺盧鳥勸提，與君蓋亦不須傾」，皆此法也。

昌黎送劉師服云：「攜持令名歸，自足貽家尊。」蘇州送黎尉云：「祇應傳善政，朝夕慰高堂。」誠儒者迂闊之辭。然貪饕苟得，污累其親，孰若清白之爲愈。

舊說賈島詩如「鳥從井口出，人自岳陽來」，貫休「此夜一輪滿，清光何處無」，皆經年方得偶句，以見其辭澀思苦，非若好事者夸辭，亦謬用其心矣。

杜夜宴左氏莊云：「檢書燒燭短。」燭正不宜觀書，檢閱時暫可也。退之「短檠二尺便且光」，可謂燈窗中人語。猶有未便，燈不籠則損目，不宜勤且久。山谷「夜堂朱墨小燈籠」，可謂善矣，而虛堂非夜久所宜。子瞻云：「推門入室書縱横，蠟紙燈籠晃雲母。」慣親燈火，儒生酸態盡矣。

韋應物贈李侍御云：「心同野鶴與塵遠，詩似冰壺徹底清。」又雜言送人云：「冰壺見底未爲清，少年如玉有詩名。」此可爲用事之法，蓋不拘故常也。

子厚曉行云：「機心久已忘，何事驚麋鹿。」又放鷓鴣詞云：「破籠展翅當遠去，同類相呼莫相顧。」惜乎知之不早爾。

柳讀書篇云：「瘴痾擾靈府，日與往昔殊。臨文乍了了，徹卷兀若無。」蓋嘗答許京兆書云：「往時讀書不至底滯，今每讀一傳，再三伸卷，復觀姓氏。」在宗元則爲瘴痾所擾，他人乃公患也。

夢得送周使君云：「只恐鳴騶催上道，不容待得晚菘嘗。」乃周彥倫答文惠太子問山中菜食云：「春初早韭，秋末晚菘。」此以兩字用事者。送熊判官云：「臨軒弄郡章，得人方付此。」乃用漢高弄印睨堯事。此一字用事者。

鍾嶸稱張茂先，惜其「兒女情多，風雲氣少」。喻鳧嘗謁杜紫微，不遇，乃曰：「我詩無綺羅鉛粉，宜不售也。」淮海詩亦然，人戲謂可入小石調，然率多美句，但綺麗太勝爾。子美「並蒂芙蓉本自雙」，「水荇牽風翠帶長」，退之「金釵半醉坐添春」，牧之「春風十里揚州路」，誰謂不可入黃鍾宮邪？

張文潛法雲懷無咎云：「獨覺欠此公。」或傳某生語，文潛自以欠字爲得意。然夢得送皇甫云：「從茲洛陽社，吟詠欠書生。」樂天：「可憐閒氣味，惟欠與君同。」「得君更有無厭意，猶恨尊前欠老劉。」退之云：「今者誠自幸，所懷無一欠。」張何得意之有？

舉人過失難於當，其尤者，臧孫之犯門斬關，惟孟椒能數之，臧紇謂國有人焉，必椒也，其難如此。司馬相如竊妻滌器，開巴蜀以困苦鄉邦，其過已多；至爲封禪書，則諂諛蓋天性，不復自新矣。子美猶云：「竟無宣室召，徒有茂陵求。」李白亦云：「果得相如草，仍餘封禪文。」和靖獨不然，曰：「茂陵他日求遺藁，猶喜曾無封禪書。」言雖不迫，責之深矣。李商隱云：「相如解草長門賦，却用文君取酒金。」亦舍其大，論其細也。舉其大者，自西湖始，其後有譏其諂諛之態，死而未已。正如捕逐寇盜，先爲有力者所獲，搤其吭而騎其項矣，餘人從旁助捶縛耳。

太白：「辭粟卧首陽，屢空飢顏回。當代不樂飲，虚名安用哉？君不見梁王池上月，昔照梁王尊酒中。梁王已去明月在，黄鸝愁醉啼春風。分明感激眼前事，莫惜醉卧桃園東。」又：「平原君安在？科斗生古池。坐客三千人，而今知有誰？君不見孔北海，英風豪氣今安在？君不見裴尚書，土墳三尺蒿藜居。」此類者尚多。愚謂雖累千萬篇，只是此意，非如少陵傷風憂國，感時觸景，忠誠激切，蓄意深遠，各有所當也。子美除草云：「草有害於人，曾何生阻修。芒刺在我眼，焉能待高秋！」其憤邪嫉惡，欲芟夷蘊崇之以肅清王所者，懷抱可見。臨川有「勿去草，草無惡，若比世俗俗浮薄」，此方外之語，異乎農夫之務去者也。

遊山寺云：「雖有古殿存，世尊亦塵埃。山僧衣藍縷，告訴棟梁摧。」本即所賦事，自然及於乘輿蒙塵，股肱非材之意，豈非忠義所感，一飯不忘君耶？

砦溪詩話卷第四

老杜云：「扁舟空老去，無補聖明朝。」又云：「報主身已老。」以稷契輩人，而使老棄閒曠，非惟不形怨望，且惓惓如此。彼遭時遇主，言聽計從，復幸年鬢未暮，而不能攄誠戮力，以圖報效，良不愧此歟！

杜詩四韻并絶句，味之皆覺字多，以字字不閒故也；他人雖長篇，若無可讀。正如賢人君子，並處朝廷，但得一二相助，已號得人，若不能爲有無者，縱累千百輩，蔑如也。寄題江外草堂云：「誅茅初一畝，廣地方連延。經營上元始，斷手寶應年。敢謀土木麗，自覺面勢堅。」又題衡山縣學堂云：「旄頭彗紫微，無復俎豆事。嗚呼已十年，儒服敝於地。衡山雖小邑，首倡恢大義。講堂非曩造，大屋加塗墍。下可容萬人，牆隅亦深邃。林木在庭户，密幹疊清翠。有井朱夏時，轆轤凍階戺。采詩倦跋涉，載筆尚可記。」豈不是草堂縣學記？

寄李員外云：「遠行無自苦，内熱比如何？」寄旻上人云：「舊來好事今能否？老去新詩誰與傳。」岑參云：「喬生作尉别來久，因君爲問平生否？」「魏侯校理復何如？前月人來不得書。」「夫子素多疾，别來未得書。」「北庭苦寒地，體内今何如？」樂天寄夢得云：「病後能吟否？秋來曾醉無？」退之贈崔立之云：「長女當及事，誰助出帨縭？諸男皆秀朗，幾能守家規。」亦皆書一通也。

舊觀臨川集「肯顧北山如慧約，與公西崦斸蒼苔」，嘗愛其斸字最有力。後讀杜集「當爲斸青冥」，「藥許鄰人斸」；退之詩翁「憔悴斸荒棘」，「寧豁斸株櫱」；子厚「戒徒斸雲根」，雖一字之法，不無所本。

杜尋范十隱居云：「侍立小童清。」義山憶正一云：「鑪烟銷盡寒燈晦，童子開門雪滿松。」子厚：「日午獨覺無餘聲，山童隔竹敲茶臼。」秀老云：「夜深童子喚不起，猛虎一聲山月高。」閒棄山間累年，頗得此數詩氣味。

古人作詩，有用經傳全句。選詩云：「小人計其功，君子道其常。」樂天：「疾惡若巷伯，好賢如緇衣。」乃兩句渾用之。韓：「無妄之憂勿藥喜。」杜：「誰謂茶苦甘如薺，富貴於我如浮雲。」近人亦用史語，坡云：「人言盧杞似姦邪，我見鄭公但嫵媚。」常觀南史載王宣興云：「爲劫不須伴。」甚似一側韻五言，但無題目耳。

律詩有一對通用一事者：「更尋嘉樹傳，莫忘角弓詩。」乃左傳韓宣子聘魯，嘗賦角弓及「譽嘉樹」，魯人請封殖此樹，以無忘角弓。介甫「久諳郭璞言多驗，老比顏含意更疏」。乃景純欲爲顏含筮，含曰：「年在天，位在人。修己而天不與，命也；守道不回，性也。人自有性命，無勞蓍龜。」

坡云：「通家不隔同年面，得路方知異日心。」乃唐人責同年不赴期集，辭云「紫陌尋春，尚隔同年之面；青雲得路，可知異日之心」也。任昉別謝言揚詩云：「詎念耋嗟人，方深老夫託。」報劉孝綽曰：「詎慰耋嗟人，徒深老夫託。」略改一兩字，豈以會意處欲常用之耶？

臨川有「暮林搖落獻南山」，又云「木落岡巒因自獻」。如云：「名譽子真矜谷口，事功新息困壺頭。」又：「未愛京師傳谷口，但知鄉里勝壺頭。」昔人行事措意，默與己合，則喜用之。馬少游欲乘下澤御欵段，不去鄉里，雖自謀獨善，亦可爲貪躁之戒。伏波在浪泊，下潦上霧，仰視飛鳶，跕跕墮水中，卧念少游平生時語，以爲何可復得。故東坡云：「何須更待飛鳶墮，方念平生馬少游。」又：「大夫行役家人怨，應念歸鄉馬少游。」「雪堂亦有思歸曲，爲謝平生馬少游。」以其可喜，不直押韻也。

武帝見顏駟龐眉皓首，問：「何時爲郎，何其老也？」對曰：「文帝好文而臣好武，景帝好老而臣尚少，陛下好少而臣老矣！」老於爲郎，此事尤著。竊怪老杜屢傷爲郎白首，每稱馮唐，而罕及顏駟。愚謂駟生既不遇三君，身後復不遇老杜，可笑也。

老杜「塗窮反遭俗眼白」，本用阮籍事，意謂我輩本宜以白眼視俗人，至小人得志，嫉視君子，是反遭其眼白，故倒用之。亦如「水清反多魚」，乃倒用水至清則無魚也。夢得「酌我莫憂狂，老來無逸氣」，乃倒用蓋次翁「無多酌我」；「寄謝嵇中散，予無甚不堪」，倒用絶交論。坡云：「後生可畏吾衰矣，刀筆從來錯料堯。」周昌以趙堯刀筆吏，後果無能爲，所料信不錯。而云「錯料堯」，亦以涉譏謗倒用爾。又有「窮鬼却須呼」，「乃知飯後鐘」，「闍黎蓋具眼」，「他年五君詠」，「山王一時數」，皆倒用也。

世傳五月十三日爲「竹迷日」，凡種竹多以五月。杜云：「東林竹影薄，臘月更須栽。」則唐人植竹，用季冬月也。又云：「平生憩息地，必種數竿竹。」嘗欲闢小軒，以必種目之。

前輩戲語，以郊外呵喝，月下燭籠，皆謂之殺風景。介甫戲示穎叔云：「但怪傳呼殺風景，豈知禪客夜相投。」蓋用此也。

唐諺云：「槐花黄，舉子忙。」東坡有「强隨舉子踏槐花，槐花還似昔年忙」，谷云「槐催舉子踏花黄」是也。

坡有「試問高吟三十首，何如低唱兩三杯」；又「譬如長鬣人，不以長爲苦。歸來被上下，一夜著無處」。天覺真讚云：「書生大抵多窮相，金眼除非是党公。」皆笑林語也。

杜云：「嗜酒狂嫌阮，知非晚笑蘧。」近集有「素書款款誰憐杜，采筆遒遒獨勝江」，「榻伴烟花常歎杜，海中童丱尚追徐」，「河魚潰腹空號楚，汗足流骹始信吴」，皆用此格。

永叔「堪笑區區郊與島，螢飛露溼吟秋草」，以爲二子之窮。然子美亦有「暗飛螢自照，水宿鳥相呼」，「幸因腐草出，敢近太陽飛」，雖吟詠微物，曾無一點窮氣。孟郊詩最淡且古，坡謂「有如食彭越，竟日嚼空螯」。退之論數子，乃以張籍學古淡，東野爲天葩吐奇芬，豈勉所長而諱所短，抑亦東野古淡自足，不待學耶？

用自己詩爲故事，須作詩多者乃有之。太白云：「滄浪吾有曲，相子棹歌聲。」樂天：「須知菊酒登高會，從此多無二十場。」明年云：「去秋共數登高會，又被今年減一場。」過栗里云：「昔嘗詠遺風，著爲十六篇。」蓋居渭上，醞熟獨飲，曾效淵明體爲十六篇。又贈微之云：「昔我十年前，曾與君相識，曾將秋竹竿，比君孤且直。」蓋舊詩云「有節秋竹竿」也。坡赴黄州，過春風嶺，有兩絶句，後詩云：「去年今日關山路，細雨梅花正斷魂。」至海外，又云：「春風嶺下淮南村，昔年梅花曾斷魂。」又云：「柯邱海棠吾有詩，獨笑深林誰敢侮。」又畫竹云：「吾詩固云爾，可使食無肉。」

「謁帝似馮唐」，「垂白馮唐雖晚達」，「馮唐毛髮白」。又「長卿多病久」，「我多長卿病」，「病渴污官位」，杜以其爲郎，故用之。若他人老與病者，恐不可概使。然子厚「破額山前碧玉流」，已有此格。

臨川「蕭蕭出屋千尋玉，靄靄當窗一炷雲」，皆不名其物。近詩「蕨芽已作小兒拳」，退之已有「初拳幾枝蕨」。老杜「復道諸山得銀甕」，舊註引禮記「山出器車」註，蓋瑞應圖曰「王者讌不及醉，刑罰中人不爲非，則銀甕出」也。昌黎「我有雙飲醆，其銀得朱提」，見漢志「朱提銀八兩爲一流」，註：「朱提屬犍爲，乃邑名也。」

舊說賈浪仙抒思「僧敲月下門」，或引手作推勢，遂衝尹節，世傳爲美譚。舊於太學得江御史詩一軸，有督人和詩云：「直饒公補經時序，若是推敲總可删。」以是知雷同相從，非善學也。

砦溪詩話卷第五

錢惟演爲洛帥留守，始置驛貢花，識者鄙之。蔡君謨加法造小團茶，貢之，富彦國歎曰：「君謨士人，乃爲此耶？」坡作荔枝歎云：「我願天公憐赤子，莫生尤物爲瘡痏。雨順風調百穀登，民不飢寒爲上瑞。君不見，武夷溪邊粟粒芽，前丁後蔡相籠加。吾君盛德豈在此，致養口體何陋耶！又不見洛陽丞相忠孝家，可憐亦進姚黄花。」補世之語，不能易也。嘗愛李敬方汴河直進船詩云：「汴水通淮利最多，生人爲害亦相和。東南四十三州地，取盡脂膏是此河！」此等語皆可爲炙背之獻也。

張無盡嘗和山字云：「安得將明似仲山。」人疑之，以近人所常用皆山甫也。觀後漢志「陽樊攢茅田」服虔註云：「樊，仲山所居。」又楊修答臨淄侯箋云：「仲山周旦之儔。」只稱仲山，何疑之有？

北夢瑣言載：江陵在唐世，號衣冠藪澤，人言琵琶多如飯甑，措大多如鯽魚。退之酬崔少府伊陽詩云：「下言人吏稀，惟足彪與虥。」余官辰溪時，士人皆可喜而不多得，近城人虎雜居，戲爲對云：「圓冠思得多於鯽，刻木唯宜少似彪。」

介甫宜春苑詩云：「無復增修事，君王惜費金。」乃暗用漢文惜百金之産而輟露臺事。

柳子厚牡丹曰：「欹紅醉濃露，窈窕留餘春。」坡云：「殷勤木芍藥，獨自殿餘春。」「留」與「殿」重輕雖異，用各有宜也。楊中立梅詩云：「欲驅殘臘變東風，只有寒梅作選鋒。」頗恨不與殿軍商搉正一的對。

沈約命王筠作郊居十詠，書於壁，不加篇題。約云：「此詩指物程形，無假題署。」老杜贈李潮八分歌云：「吾甥李潮下筆親，開元已來數八分。潮也奄有二子成三人，況潮小篆逼秦相。巴東逢李潮，潮乎潮乎奈汝何。」退之招揚之罘云：「之罘南山來，文字得我驚。我令之罘歸，失得柏與馬。之罘別我去，計出柏馬下。我自之罘歸，入門思而悲。之罘別我去，能不思我爲。作詩招之罘，晨夕抱飢渴。」嘗戲謂，此二詩真不須題署也。

莊子文多奇變，如「技經肯綮之未嘗」，乃未嘗技經肯綮也。詩句中時有此法，如昌黎「一蛇兩頭見未曾」，「拘官計日月」，「欲進不可又」，「君不強起時難更」，坡「追此雪霜未」，「兹謀待君必」，「聊亦記吾曾」。餘人罕敢用。

凡聚落相近，期某旦集，交易鬨然，其名爲虛。柳云：「綠荷包飯趁墟人。」臨川云：「花間人語趁朝墟。」山谷：「筍葉裹鹽同趁墟。」「趁墟人集春蔬好。」

江漢有澣，以扞制泛濫，大漲則溢于平陸，水退澣見，舟人謂之水落槽。又灘石激湍，其中深僅可容舟者，謂之洪。若大水，則不復問洪矣。臨川：「萬里寒江正復槽。」「東江木落水分洪。」以此亦謂「水黄帽」，謂「雲砲車」，非遐征遠涉，不能知也。

退之：「心訝愁來唯貯火，眼知别後自添花。」臨川云：「髮爲感傷無翠葆，眼從瞻望有玄花。」又：「久欽江總文才妙，自歎虞翻骨相屯。」又云：「久諳郭璞言多驗，老比顔含意更疏。」韓：「我今罪重無歸望，直至長安路八千。」永叔：「今日始知予罪大，夷陵去此更三千。」柳：「十年顦顇到秦京，誰料今爲嶺外行。」王：「十年江海别常輕，豈料今隨寡嫂行。」柳：「直以疏慵招物議，休將文字趁時名。」王：「直以文章供潤色，未應風月負登臨。」柳：「十一年前南渡客，四千里外北歸人。」又：「一身去國六千里，萬死投荒十二年。」蘇：「七千里外二毛人，十八灘頭一葉身。」黄：「五更歸夢三千里，一日思親十二時。」皆不約而合，句法使然故也。

永叔以昌黎比介甫。答云：「他日若能窺孟子，終身何敢望韓公。」吴季野以方賈誼。答云：「俯仰謬恩方自歎，慚君將比洛陽人。」皆憤然不平，如惡無鹽唐突。而宋景山贈文忠詩，有「才如夢得多爲累，情似安仁久悼亡」，即開門當之。二公何抑揚之異也。

李翺賦云：「衆囂囂而雜處兮，咸歎老而嗟卑。顧予心獨不然兮，慮行道之猶非。」文忠屢稱之。觀老杜「漢陰有鹿門，滄海有靈查。焉能學衆口，咄咄空咨嗟」，正同此意。

牧之有「公道世間唯白髮，貴人頭上不曾饒」，嘗愛其語奇怪，似不蹈襲。後讀子美「苦遭白髮不相放」，爲之撫掌。

否卦：「包承，小人吉。」説者謂小人在下者包之，小人在上者承之，蓋處否當然。杜云：「曲直吾不知，負暄候樵牧。」「是非何處定，高枕笑浮生。」「洗眼看輕薄，虛懷任屈伸。」「寄謝悠悠世上兒，不爭好惡莫相疑。」其寄傲疏放，擺脱世網，所謂兩忘而化其道者也。

顔延之嘗問鮑照：己與靈運優劣，照曰：「謝五言如初發芙蓉，自然可愛；君詩鋪錦列繡，亦雕繢滿眼。」鍾嶸詩品乃記湯惠休云：「謝如芙蓉出水，顔如錯采鏤金。」與本傳不同。傳又稱延之嘗薄惠休制作，以爲委巷中歌謡耳。豈惠休因爲延之所薄，遂爲芙蓉錯鏤之語，故史取以文飾之耶？坡云：「辨才詩如風吹水，自成文理。吾輩與參寥，如巧婦織錦耳。」取況亦類此。淵明所以不可及者，蓋無心于非譽巧拙之間也。

老杜：「卿到朝廷説老翁，漂零已是滄浪客。」又：「朝覲從容問幽仄，勿云江漢有垂綸。」其後夢得送陳郎中云：「若問舊人劉子政，而今頭白在商於。」送惠休則云：「休公久別如相問，楚客逢秋心更悲。」小杜：「江湖酒伴如相問，終老烟波不記程。」「交遊話我憑君道，除却鱸魚更不聞。」商隱寄崔侍御云：「若向南臺見鶯友，爲言垂翅度春風。」臨川：「故人一見如相問，爲道方尋木雁編。」「歸見江東諸父老，爲言飛鳥會知還。」聖俞：「儻或無忘問姓名，爲言嬾拙皆如故。」坡：「單于若問君家世，莫道中朝第一人。」皆有所因也。

愈寄孟刑部聯句云：「美君知道腴，逸步謝天械。」或問：「道果有味乎？」余曰：「如介甫『午雞聲不到禪林，柏子烟中靜擁衾』，『竹鷄呼我出華胥，起滅篝燈擁燎鑪』，『各據槁梧同不寐，偶然聞雨落階除』，皆淡泊中味，非造此境，不能形容也。」

劉昭禹云：「五言如四十個賢人，著一個屠沽不得。覓句者若掘得玉匣子，有底有蓋，但精心，必獲其寶。然昔人『園柳變鳴禽』竟不及『池塘生春草』；『餘霞散成綺』不及『澄江靜如練』；『春水船如天上坐』不若『老年花似霧中看』；『閒几硯中窺水淺』不如『落花徑裏得泥香』；『停杯嗟別久』不及『對月喜家貧』；『楓林社日鼓』不若『茅屋午時雞』。此數公未始不精心，似此知全其寶者，未易多得。

老杜送殿中楊監赴蜀見相公云：「豪俊貴勳業，邦家頻出師。相公鎮梁益，軍事無孑遺。」以是知邊鄙之臣貪功生事，結禍招釁，皆有以致之。一得忠臣處之，生靈受賜矣。

古柏云：「大厦如傾要梁棟，萬牛回首邱山重。」此賢者之難進易退，非其招不往者也。又云：「不露文章世已驚，未辭翦伐誰能送。」先器識，後文藝，與浮躁衒露者異矣。

杜云「爾輩可忘年」，「含悽覺汝賢」，「送爾維舟惜此筵」，「汝與山東李白好」，自世俗觀之，則爲簡傲，詩家不然，亦嘗有云：「忘形到爾汝。」

花卿歌：「用如快鶻風火生。」南史：曹景宗謂所親曰：「昔在鄉里，與年少輩拓弓弦作霹靂聲，放箭如餓鴟叫，覺耳後生風，鼻尖出火。」子美蓋不拘泥於鴟鶻之異也。

䂬溪詩話卷第六

元道州舂陵行云：「所願見王官，撫養以惠慈。奈何重驅逐，不使存活爲。緩逋違詔令，蒙責固所宜。」亦云：「貴守官，不愛能適時。」賊退示官吏云：「使臣將王命，豈不如賊焉。今彼徵斂者，迫之如火煎。誰能絶人命，以作時世賢。」子美志之曰：「今盜賊未息，知民疾苦，得結輩十數公爲邦伯，萬物吐氣，天下少安，立可待矣。」余謂漫叟所以能然者，先民後己，輕官爵，重人命故也。觀其賦石魚詩云：「金魚吾不須，軒冕吾不愛。」此所以能不徇權勢而專務愛民也。杜云：「乃知正人意，不苟飛長纓。」可謂深相知矣。

漫叟無爲洞口云：「洞旁山僧皆學禪，無求無欲亦忘年。」又云：「無爲洞口春水滿，無爲洞旁春雲白。愛此躊躕不能去，令人悔作衣冠客。」岑參宿仙遊寺云：「寄報乘軒客，簪裾爾何容。」臨川和秀老云：「解我葱珩脱孟勞，莫年甘與子同袍。」比之退之云「方將斂之道，且欲冠其顛」，「向風長歎不可見，我欲收斂加冠巾」，異矣。

六一有「自慚前引朱衣吏，不稱閒行白髮翁」，說者謂不言亦可。然次山宿丹崖翁宅詩亦云：「吾將求退與翁遊，學翁歌醉在漁舟。官吏隨人往未得，卻望丹崖慚復羞。」吁！非淫乎富貴者也。

「心蹟喜雙清」，「茶瓜留客遲」，似非用事。觀謝靈運齋中詩云：「矧乃歸山川，心跡雙寂寞。」竟陵王子良，禮才好士，夏月客至，爲設瓜飲甘果。二詩蓋用此。至若樱拂子云：「啞膚倦撲滅，賴爾甘服膺。」雖等閒題目，無一字無出處。

老杜劉少府畫山水幛歌云：「反思前夜風雨急，乃是蒲城鬼神入。元氣淋漓幛猶溼，真宰上訴天應泣。」應物聽嘉陵江聲云：「水性自云静，石中本無聲。如何兩相激，雷轉空山鳴。」贈能吟李儋詩云：「絲桐本異質，音響合自然。吾觀造化意，二物相因緣。」臨川詠魯公壞碑云：「六書篆籀數變改，遂令後世多失真。誰初妄鑿好與醜，坐令學士勞骸筋。堂堂魯公勇且仁，豈亦以此夸常民。直疑技巧有天德，不必强勉亦通神。」坡詠歙硯詩云：「與天作石來幾時，與人作硯初不辭。詩成鮑謝石何與，筆落鍾王硯不知。」此皆窮本探妙，超出準繩外，不特狀寫景物也。

蘇州贈趙氏生云：「寧知風雨夜，復此對牀眠。」簡盧氏生云：「忽羡後生連榻話，獨依寒燭一齋空。」又贈令狐士曹云：「秋霖滴滴對牀寢，山路迢迢聯騎行。」坡有「夜雨何時聽蕭瑟，對牀欲作連夜語」，「誤喜對牀尋舊約」，「對牀老兄弟，夜雨鳴竹屋」。

蕭文奐能書善畫，於扇上圖山水，咫尺之内，便覺萬里爲遥。老杜戲題山水圖云：「尤工遠勢古莫比，咫尺應論須萬里。」乍讀似非用事。如「男兒既介胄，長揖别上官」用「介胄之士不拜」，「婦人在軍中，兵氣恐不揚」，用「軍中豈有女子乎」，皆用其意，而隱其語。范雲就袁叔明讀毛詩，日誦九紙。杜牧之贈阿宜：「一日讀十紙，一月讀十箱。」古人讀書以紙計。又袁峻家貧無書，每從人假借，必皆鈔寫，自課日五十紙。臨川：「道德文章吾事落，南華夫子盍行邪？」無落吾事，乃柳詩有「惆悵樵漁事，今還又落然」，恐亦用此。

「性豪業嗜酒，嫉惡懷剛腸。飲酣視八極，俗物都茫茫。」此子美胸中語也，宜其孩弄嚴武，藐視禮法，而朱老阮生皆預莫逆。遭田父泥飲，至被肘而不悔，其內直外曲，强禦不畏，矜寡不侮，非世俗所能測也。

「許身一何愚，自比稷與契」；「杜陵布衣老且愚，信口自比契與稷」。其平居趣造，自是唐虞上人，時夸儀秦，似不可曉。「飄飄蘇季子，六印佩何遲。」「敝裘蘇季子，歷國未知還。」「季子黑貂敝，得無妻嫂欺。」戰國姦臣，蘇張爲渠魁，此老不應未喻。及觀「薇蕨餓首陽，裘馬資歷聘。賤子欲適從，疑誤此二柄」，其意甚明，前言蓋戲耳。

永叔「萬釘寶帶爛腰環」，人謂此帶幾度道著。觀子美「緋魚亦及之，扶病垂朱紱」，「掣滯著朱紱，銀章付老翁」，世未嘗識之者，豈以其人品不止宜此服邪？固嘗有云：「朱紱負平生。」又云：「居然綰章紱，受性本幽獨。」

臨川「慷慨秋風起，悲歌不爲鱸」。眉山「不須更説知幾早，直爲鱸魚也自賢」。反復曲折，同歸一意。亦如「把酒祝公公莫拒，緇衣心爲好賢傾」，「我欲折繻留此老，緇衣誰作好賢詩」，共用一事，而造語居然不同。

唐史載杜審言嘗云「吾文當得屈宋作衙官」，其孫乃有「讀書破萬卷，下筆如有神」；謂「蘇味道見吾判且羞死」，甫乃有「集賢學士如堵牆，看我落筆中書堂」；謂「爲造化小兒所苦」，甫有「日月籠中鳥，乾坤水上萍」。所謂是以似之也。

坡次韻樂著作云：「楚雨遂昏雲夢澤，吴潮不到武昌宫。」又武昌西山云：「同遊困卧九曲嶺，褰衣獨到吴王臺。」失於一時筆快，遂以王宫目之。繼有李成伯題云：「嗟嗟漢鼎久傾東，肉食曾無智與忠。孟德挾君交號令，本初竊地搶姦雄。武侯偶失三分策，孫氏俄成一戰功。寂寞西山舊巢穴，庸兒猶道帝王宫。」語幾乎罵矣。但渠偶不記其家太白曾作武昌韓宰去思頌云：「黄金之車，大吴天子，武昌鼎據，實爲帝里。」其罪更大也。

西湖「横斜」「浮動」之句，屢爲前輩擊節，嘗恨未見其全篇。及得其集，觀之云：「衆芳摇落獨暄妍，占盡風情向小園。疏影横斜水清淺，暗香浮動月黄昏。霜禽欲下先偷眼，粉蝶如知合斷魂。幸有微吟可相狎，不須檀板共金尊。」其卓絶不可及，專在十四字耳。又有七言數篇，皆無如「池水倒窺疏影動，屋簷斜入一枝低」，「雪後園林纔半樹，水邊籬落忽横枝」之句。

杜云：「築場憐蟻穴，拾穗許村童。」人謂有仁民愛物意。臨川詠促織云：「只向貧家促機杼，幾家能有一鉤絲。」愚謂世之嚴督征賦而不恤疲瘵之有無者，雖魁然其形，實微蟲智耳。

坡有「欲吐狂言喙三尺，怕君嗔我却須吞」。嘗疑其語太怪，及觀杜集，亦有「臨風欲慟哭，聲出已復吞」。韋蘇州云：「高秋長安酒，中憤不可吞。」

「東來賈客木棉裘，飲散金山月滿樓。夜半潮來風又熟，卧吹簫管到揚州。」集中題云「夢中作」。蓋坡嘗衣此，坐客誤云「木棉襖俗」。飲散乃出此詩，且云：「雖欲俗不可得也。」坐客大慚。賈客事乃南史孔覬二弟頗營產業，請假東歸。覬出渚迎之。輜重十餘船，皆棉絹紙席之屬。覬僞喜，因命置岸側，既而正色謂曰：「汝輩忝預士流，何至還東作賈客耶！」命燒盡，乃去。

沈慶之謂上曰：「爲國譬如治家，耕當問奴，織當問婢。陛下欲伐國而與白面書生輩謀之，事何由濟？」夢得送李策云：「深春風日静，争長幽鳥鳴。僕夫前致辭，門有白面生。」

碧溪詩話卷第七

淵明非畏枯槁，其所以感歎時化推遷者，蓋傷時之急於聲利也。杜老非畏亂離，其所以愁憤於干戈盜賊者，蓋以王室元元爲懷也。俗士何以識之。

和靖「馬從同事借，妻怕罷官貧」，情狀已可喜。及觀岑參送顏少府云：「愛客多酒債，罷官無俸錢。」戎昱題李明府壁云：「料錢供客盡，家計到官貧。」雖欲不喜，不得也。

杜集多用經書語，如「車轔轔，馬蕭蕭」，未嘗外入一字。如「天屬尊堯典，神功協禹謨」，「卿月升金掌，王春度玉墀」，「霽潭鱣發發，春草鹿呦呦」，皆渾然嚴重，如天陛赤墀，植璧鳴玉，法度森鏘。然後人不敢用者，豈所造語膚淺不類耶。

劉禹錫謫連州，作畬田行云：「何處好畬田，團團縵山腹。下種暖灰中，乘陽拆芽蘖。」又作竹枝詞云：「銀釧金釵來負水，長刀短笠去燒畬。」嘗觀辰沅亦然。瘠土之民，宜倍其勞，而耕反鹵莽也。夢得蠻子歌云：「蠻語鉤輈音，蠻衣斑斕布。熏狸掘沙鼠，時節祠盤瓠。忽逢乘馬客，恍若驚麏顧。腰斧上高山，意行無舊路。」賓客謫居朗州，而五溪習俗，盡得之矣。

夢得送僧君素云：「去來皆是道，此別不銷魂。」坡云：「古今正自同，歲月何必書。」此等語皆通徹無礙，釋氏所謂具眼也。

子美「南風作秋聲，殺氣薄炎熾」，蓋用易「雷風相薄」，左氏「寧我薄人，無人薄我。軍志『先人有奪人之心』，薄之也」。

「野飯射麋新」，本名狀郊居。然左氏楚人致晉師，晉人逐楚，樂伯餘一矢，射麋以獻。又晉師及熒澤，魏錡射麋以獻楚潘黨，曰：「子有軍事，無乃不給于鮮。」皆飯于野而射新事也。又「市喧闐近利」，亦指稱東屯所居。蓋齊侯欲更晏子宅，曰：「湫隘囂塵。」晏子辭曰：「近市，小人之利也。」亦喧而近利事。其餘雖一兩字暗貫經傳者，可勝數哉？

老杜流落不偶，然已爲當世所尊，嘗有「杖藜還客拜」。又有客云：「老病人扶再拜難。」則其坐深鄉曲敬可知矣。雖然，樊宗師見劉叉詩，尚爲之獨拜，況老杜乎？

數物以個，謂食爲喫，甚近鄙俗，獨杜屢用。「峽口驚猿聞一個」，「兩個黃鸝鳴翠柳」，「却遶井欄添個個」；送李校書云「臨歧意頗切，對酒不能喫」，「樓頭喫酒樓下卧」，「但使殘年飽喫飯」，「梅熟許同朱老喫」。蓋篇中大概奇特可以映帶者也。東坡云：「筆工倣諸葛散卓，反不如常筆。正如人學作老杜詩，但見其粗俗耳。」

張籍贈令狐云：「久爲博士無人識，自到長安賃舍居。」未足爲窮。其尋時道士云：「昨來官罷無生計，欲就師求斷穀方。」其窮無以加矣。

蘇州寄璨師云：「遥知郡齋夜，凍雪封松竹。時有山僧來，懸燈獨自宿。」嘗謂暑月讀之，亦有霜氣。

唐令狐相進李遠爲杭州，宣宗曰：「聞李遠云：『長日惟消一局棋。』豈可使治郡哉？」對曰：「詩人之言，不足爲實也。」乃薦遠廉察可任。此正説詩者不以辭害志也。退之和劉使君云：「吏人休報事，公作送春詩。」夢得送王司馬之陜州云：「案牘來時惟署字，風烟入興便成章。」自俗吏觀之，皆可坐不了事之目也。

龍太初自稱詩人，謁介甫，坐中賦沙云：「鳥過風平篆，潮回日射星。」成於促迫，而切當如此，固宜詩人不復措辭。然皆有所據，韓公聯句云：「窟烟冪疏島，沙篆印迴平。」詠月云：「輝斜通壁練，彩碎射沙星。」

臨川愛眉山雪詩能用韻，有云：「冰下寒魚漸可叉。」又：「羔袖龍鍾手獨叉。」蓋子厚嘗有「江魚或共叉」，又云「入郡腰常折，逢人手盡叉」。

張籍嘗移書責退之與人商論，不能下氣。愈亦有云：「我昔實愚惷，不能降色辭。」余謂此乃書生常態。昔嘗見太學中鑪亭議題，紛喧鬨然，其後有二生，坐是鳴鼓，豈直議禮家爲聚訟哉！聖俞謝永叔惠酒云：「始時語且横，既醉論益堅。曾不究世務，鬨氣争古先。」誠有之也。

退之詠蚊蠅云：「涼風九月到，掃不見蹤跡。」夢得聚蚊云：「清商一來秋日曉，差爾微形飼丹鳥。」聖俞云：「薨薨勿久恃，會有東方白。」王逢原晝睡云：「蚊蟲交紛始誰造，一一口吻如針錐。噆人肌膚得腹飽，不解默去猶鳴飛。雖然今尚爾無奈，當有獵獵秋風時。」小人稔惡，豈漏恢網，但可僥倖目前耳。左氏曰：「天之假助不善，非右之也，將厚其惡而降之罰也。」其是之謂乎？

杜詩有用一字凡數十處不易者，如「緣江路熟俯青郊」，「傲睨俯峭壁」，「展席俯長流」，「杖藜俯沙渚」，「此邦俯要衝」，「四顧俯層巔」，「旄頭俯澗瀍」，「層臺俯風渚」，「遊目俯大江」，「江檻俯鴛鴦」。其餘一字屢用若此類甚多，不能具述。

子美有「同學少年多不賤」，又「小徑升堂舊不斜」，「羣仙不愁思」，「夕烽來不近」，皆人所不敢用。甚類周禮「凡師不功」，左傳「仁而不武」。「晉人聞有楚師，師曠曰：『不害，楚歸而動，不後。』」本以易「無」字爾，而語勢頓壯。

唐趙璘述因話録，載其家兵部君性尤嗜茶，能自煎，謂人曰：「茶須緩火炙，活水煎。」坡有「活水還須緩火煎」，恐亦用此。

樂天云：「報道前驅少呵喝，恐驚黃鳥不成啼。」坡云：「鬢絲只好對禪榻，湖亭不用張旌旗。」蔡君謨云：「因傍低松却飛蓋，爲聞山鳥輟鳴騶。」若俗士正務以此誇張俗眼，又豈識數公意。「散員疏去未爲貴，小邑陶休何足云。」惟樂天早退，乃可語此。

子美有「朱紱負平生」，樂天有「金帶縋腰衫委地」，「紫綬相輝應不惡」，「赤紱金章盡到身」，如此尚多。然亦有歎云「實事漸消虛事在，銀魚金帶繞腰光」，又有「簪纓假合虛名在，筋力消磨實事空」，皆自作解嘲也。嘗愛韋蘇州云：「除書忽到門，冠帶便拘束。」又有謝東林居士寄松英丹云：「一拜藍峯送還使，腰間銅印與心違。」言與意俱自在也。

房千里作骰子選格序云：「以六骰雙雙爲戲，以數多少爲進身官職之序，而且條其選黜之目焉。」東坡以流俗狂惑，經營儻來，惴惴唯恐後於他人，何異投骰者心動於中而色形於外，欲求勝人者哉！王逢原彩選詩云：「卒無及物效，徒有高人氣。昏昏忘所大，擾擾争其細。」其理信然。

范文正云：「雷霆日有犯，始可報吾親。」誰謂臣子忠孝難於兩全也。涖官不敬，戰陳無勇，本非事親事，禮記以爲非孝，公之謂歟？

樂天及第後，歸覲留别同年云：「擢第未爲貴，拜親方始榮。」此毛義得檄而喜之意也。論者以「春風得意馬蹄疾」決非孟郊語，其氣格亦不類。而白公亦有「得意減别恨，半酣輕遠程。翩翩馬蹄疾，春日歸鄉情」。此又不可曉也。

范文正淮上遇風云：「一棹危於葉，旁觀亦損神。他年在平地，無忽險中人。」雖弄翰戲語，卒然而作，兼濟加澤之心，可見未嘗忘也。

碧溪詩話卷第八

書史蓄胸中，而氣味入於冠裾；山川歷目前，而英靈助於文字。太史公南遊北涉，信非徒然。觀杜老壯遊云：「東下姑蘇臺，已具浮海航。到今有遺恨，不得窮扶桑。劍池石壁仄，長洲荷芰香。嵯峨閶門北，清廟映迴塘。越女天下白，鑑湖五月涼。剡溪蘊秀異，欲罷不能忘。歸帆拂天姥，中歲貢舊鄉。放蕩齊趙間，西歸到咸陽。」其豪氣逸韻，可以想見。序太白集者，稱其隱岷山，居襄漢，南遊江淮，觀雲夢，去之齊魯，之吳，之梁，北抵趙魏燕晉，西涉岐邠，徙金陵，止潯陽，流夜郎，泛洞庭，上巫峽。白自序亦曰：「偶乘扁舟，一日千里。或遇勝景，終年不移。」其恣横採覽，非其狂也。使二公穩坐中書，何以垂不朽如此哉！燕公得助于江山，鄭綮謂「相府非灞橋，那得詩思」，非虛語也。

東坡遊金山詩云：「江山如此不歸山，江神見怪驚我頑。我謝江神豈得已，有田不歸如江水！」蓋與江神指水爲盟耳。句中不言盟誓者，乃用子犯事，指水則誓在其中，不必詛神血口，然後謂之盟也。送程六表弟云：「浮江泝蜀有成言，江水在此吾不食。」「江水在此，吾不食言」，光武語也。坡去一「言」字，殆歇後也。○案，上有「成言」字，此安得爲歇後，注疑非本文。亦此意也。

白公送崔考功云：「稱意新官又少年，秋涼身健好朝天。青雲上了無多路，却要徐驅穩著鞭。」余謂新進少年躁銳不已，往往自取傾覆，此詩可謂忠誨矣。又有云：「竿頭已到應難久，局勢雖遲未必輸。」嘗三復之，豈椎鈍者偏樂聞此等語耶！

宋之問陸渾山莊云：「野人相問姓，山鳥自呼名。」東坡海外詩云：「花曾識面香仍好，鳥不知名聲自呼。」蓋古今注：「南方有鳥名鷓鴣，其名自呼，向日而飛。」柳子厚云：「楚越有鳥甘且腴，嘲嘲自鳴爲鷓鴣。」

子瞻賦「濁醪有妙理」，首句云：「酒勿嫌濁，人當取醇。」其末乃曰：「濁者以飲吾僕，清者以酌吾友。」復立分別，則是濁醪無妙理矣。豈非萬斛洶湧，不暇點檢故歟？

史傳襲稱兄弟爲友于，故淵明詩云：「再喜見友于。」子美云：「友于皆挺拔。」又：「山鳥山花吾友于。」南史：到藎從武帝登北顧樓賦詩，藎受詔便就。上以示其祖溉云：「藎定是才子，番恐卿從來文章假手於藎。」後每和御詩，上輒手詔戲溉曰：「得無貽厥之力乎？」退之玉川詩云：「誰謂貽厥無基阯。」二事政可對也。

「家家養烏鬼」，沈存中以爲鸕鷀，説者謂非也。元微之詩云：「病賽烏稱鬼，巫占瓦作龜。」自註云：「南人染病，競賽烏鬼。楚巫列肆，悉賣瓦卜。」此乃戲效俳體二首。其二亦云：「瓦卜傳神語。」皆是處方言。則烏鬼非鸕鷀明矣。

余昔官辰州，嘗借詩集於士人，中有小編，字云成都集，乃天慶中進士葉沆所作。上百篇，時有可觀。如閒居感懷云：「身閒難報國，語直易傷時。」村墅云：「夜庭和月掃，秋户拂雲關。」亦可想見其胸襟矣。

介甫梅詩云：「少陵爲爾牽詩興，可是無心賦海棠。」杜默云：「倚風莫怨唐工部，後裔誰知不解詩。」曾不若東坡柯邱海棠長篇，冠古絶今，雖不指明老杜，而補亡之意，蓋使來世自曉也。

世人喜子美造次不忘君，嘗觀其祖審言除夜云：「還將萬億壽，更謁九重城。」則教忠之家風舊矣。

坡有「白衣送酒舞淵明」。人有疑「舞」字太過者，及觀庾信答王褒餉酒詩：「未能扶畢卓，猶足舞王戎。」蓋有所本。

坡云：「賓鴻社燕巧相違。」月令來賓事，嘗疑人未曾用，及觀夢得秋江晚泊云：「暮霞千萬狀，賓鴻次第飛。」顧況云：「安得凌風翰，肅肅賓天京。」老杜：「别浦雁賓秋。」

「欲挂衣冠神武門，先尋水竹渭南村。却將舊斬樓蘭劍，買到黄牛教子孫。」世傳云，一武人詩也。不惟勇退雅志爲可喜，而易道家所忌之業，以示子孫，尤可喜也。

張籍云：「愛養無家客，多傳得力方。」坡贈金山元老云：「蒜山幸有閒田地，招此無家一房客。」

樂天九日思杭州云：「笙歌委曲聲延耳，金翠動摇光照身。」子瞻有懷錢塘云：「剩看新番眉倒暈，未應泣别臉銷紅。」黎元耆舊，何遽忘之耶？ 徐考其集，白送姚杭州赴任，因思舊遊云：「閭里固宜勤撫恤，樓臺亦要數躋攀。」蘇亦云：「細雨晴時一百六，畫船鼉鼓莫違民。」是未嘗無意于民庶也。 然白又有「故妓數人憑問訊，新詩兩首倩留傳」，坡又有「休驚歲歲年年貌，且對朝朝暮暮人」，大抵淫樂之語，多于撫養之語耳。 夫子稱未見好德如好色，而傷之曰「已矣乎」。二公未能免俗，餘人不必言。

白云：「趁涼行繞竹，引睡卧觀書。」坡：「引睡文書信手翻。」書引睡魔，誠人人所同也。

辰人以藤代篘酒，名「釣藤」，俗傳他處即不可用。或謂但恐釀造之法異耳，所在皆可。 樂天忠州春至詩云：「閑拈舊葉題詩詠，悶取藤枝引酒嘗。」則巴蜀亦有之。

余嘗論李廣以私憾殺灞陵尉，其褊忮險刻，決非長者，所以不侯，非直殺降之譴也。 因觀坡云：「明年定起故將軍，未肯先誅灞陵尉。」恐亦寓此意。

嘗見同儕因行飲令，人索一魚名。有浙人大唱云：「周公魚。」余謂坐客，且喜，「召伯鮓」有對矣。 滿堂胡盧不止，因戲爲足成其語云：「京市鮓先夸召伯，浙音魚或號周公。」

坡贈辨才云：「我比陶令愧，公爲遠公優。」時辨才退居，未嘗出入，坡往見之，遂出至風篁嶺。 又云：「聊使此山人，永記二老遊。」用老杜寄贊上人「與子成二老，來往亦風流」，皆一儒一釋也。又寄參寥問少游失解云：「底事秋來不得解，定中試與問諸天。」蓋劉禹錫和宣上人賀王侍郎放榜後詩云：「借問至公誰印可，支郎天眼定中觀。」不惟兼具儒釋，又政屬科場事，其不泛如此。

樂天謫潯陽，積寄在絳詩云：「殘燈無燄影幢幢，此夕聞君謫九江。垂死病中驚起坐，暗風吹雨入寒窗。」白謂此句，他人尚不可聞，況僕心哉！至今每吟，猶惻惻耳。復貽三韻云：「憶昔封書與君夜，金鑾殿後欲明天。今夜封書在何處？廬山菴裏曉燈前。」去來乃士之常，二公不應如此之戚戚也。子瞻送文與可云：「奪官遣去不自覺，曉梳脱髮誰能收。」推之前詩，厥論高矣。然居易答元書，以三秦爲報，且云：「可以樂之終身者。」悲歎之語，恐特傷離索耳。白公罷郡，亦嘗有云：「睡到午時歡到夜，回看官職是泥沙。」

石曼卿贈鍼師云：「卧龍有病君醫取，心爲生靈不爲身。」王逢原云：「丈夫出處誠何較，知痛蒼生爲淚垂。」賢者設心，不期而合如此，皆未行其志，惜哉！

曼卿紅梅云：「認桃無緑葉，辨杏有青枝。」坡謂有村學中體，嘗嘲之曰：「詩老不知梅格在，强拈緑葉與青枝。」至于「未應嬌意急，發赤怒春遲」，成均瞽宗，無以加也。

世人論淵明，皆以其專事肥遯，初無康濟之念，能知其心者寡也。嘗求其集，若云：「歲月擲人去，有志不獲騁。」又有云：「猛志逸四海，騫翮思遠翥。」「荏苒歲月頹，此心稍已去。」其自樂田畝，乃卷懷不得已耳。士之出處，未易爲世俗言也。

文潛云：「兒曹鞭笞學官府，翁憐兒癡傍笑侮。平明坐衙鞭復呵，賢於羣兒能幾何。兒曹鞭笞以爲戲，翁怒鞭人血流地。一種戲劇誰後先，我笑謂公兒更賢。」余謂此詩，亦不可不令操權者知也。坡云：「不辭脱袴溪水寒，水中照見催租瘢。」等閒戲語，亦有所補。

碧溪詩話卷第九

老杜茅屋爲秋風所破歌云：「自經喪亂少睡眠，長夜沾溼何由徹。安得廣厦千萬間，大庇天下寒士多歡顔，風雨不動安如山。嗚呼！何時眼前突兀見此屋，吾廬獨破受凍死亦足。」樂天新製布裘云：「安得萬里裘，蓋裹周四垠，穩暖皆如我，天下無寒人。」新製綾襖成云：「百姓多寒無可救，一身獨暖亦何情。心中爲念農桑苦，耳裏如聞飢凍聲。爭得大裘長萬丈，與君都蓋洛陽城！」皆伊尹身任一夫不獲之辜也。或謂子美詩意寧苦身以利人，樂天詩意推身利以利人，二者較之，少陵爲難。然老杜飢寒而憫人飢寒者也，白氏飽暖而憫人飢寒者也，憂勞者易生于善慮，安樂者多失于不思，樂天宜優。或又謂白氏之官稍達，而少陵尤卑，子美之語在前，而長慶在後，達者宜急，卑者可緩也，前者唱導，後者和之耳。同合而論，則老杜之仁心差賢矣。

永叔嘗謁執政，坐中賦雪詩，有云：「主人與國共休戚，豈惟喜悦將豐登。須憐鐵甲冷徹骨，四十餘萬屯邊兵。」當時乃謂韓退之亦能道言語，其豫裴晉公宴會，但云：「林園窮勝事，鐘鼓樂清時。」不曾如此作鬧。殊不知老杜一言一詠，未嘗不在于憂國恤人，物我之際，則淡然無著。夏日歎曰：「浩蕩想幽薊，王師安在哉？」夏夜歎曰：「念我荷戈士，窮年守邊疆。」此仁人君子之用心，終食不可忘也，邊兵之語，豈爲過哉！如退之「始知神官未聖賢，護短憑愚要我敬」，「雪徑抵樵叟，風廊折譚僧」，真作鬧詩也。

坡記王凌過賈逵廟，大呼曰：「賈梁道！我大魏之忠臣也！」及司馬景王病，夢逵爲祟。因爲詩云：「嵇紹似康爲有子，郗超畔鑒似無孫。如今更恨賈梁道，不殺公閭殺子元。」蓋怪梁道忠義之靈，不能自已其子充之惡。按晉紀，王賈所殺者乃宣帝，名懿，字仲達，非景帝子元也。

坡：「藍尾忽驚新火後，遨頭要及浣花前。」註引樂天「三杯藍尾酒，一楪膠牙餳。」觀長慶集，此詩題云七年元日對酒，非鑽火時事也。宋景文守歲云：「且盡燈前藍尾杯。」

王元之到任表有「全家飽暖，盡荷君恩」之語，到今傳誦。永叔用爲詩云：「諸縣豐登少公事，全家飽暖荷君恩。」夢得亦嘗有云：「一生不得文章力，百口空爲飽暖家。」白云：「不才空飽暖，無力及飢貧。」

黄州麻城縣界有萬松亭，連日行清陰中，其館亭亦可愛。適當關山路，往來留題無數。東坡傷來者不嗣其意，嘗有詩云：「十年栽種百年規，好德無人助我儀。」又云：「爲問幾株能合抱，慇懃記取角弓詩。」中間嘗撤牌刻，有士題云：「舊韻無儀字，蒼髯有恨聲。」亦可録。

醴陽道旁有甘泉寺，因萊公丁謂曾留行記，從而題詠者甚衆，碑牌滿屋。孫諷有「平仲酌泉曾頓轡，謂之禮佛遂南行。高堂下瞰炎荒路，轉使高僧薄寵榮。」人皆傳道。余獨恨其語無别。

自古以直道見黜者多矣，豈皆貪寵榮者哉？又有人云：「此泉不洗千年恨，留與行人戒覆車。」害理尤甚。萊公之事，亦例爲覆車乎？因過之偶爲數韻，其間有云：「已憑靜止鑒忠精，更遣清泠洗讒喙。」蓋指二公也。

凡作詩有用事出處，有造語出處，如「五陵衣馬自輕肥」，雖出論語，總合其語，乃潘岳「裘馬悉輕肥」。「柳絮才高不道鹽」，雖謝女事，乃借張融以海賦示人，人評其賦，但不道鹽耳。「紅袖泣前魚」，本戰國策事，乃陸韓卿中山王孺子妾歌「安陵泣前魚」。坡作太白畫像詩云：「大兒汾陽中令君，小兒天台坐忘真。」其事乃用白交汾陽於行伍中，竟脱白於禍；天台司馬子微謂「白有仙風道骨，可與神遊八極之表」。所造之語，乃禰衡傳云：「大兒孔文舉，小兒楊德祖。」

史趙釋絳縣老人年數云：「亥有二首六身。」蓋離析「亥」字點畫而上下之，如算籌縱横然，則下其二首爲二萬，六身各一縱一横，爲六千六百六十，正合其甲子之日數，傳以趙之明曆。劉賓客送人赴絳州云：「午橋羣吏散，亥字老人迎。」義山贈絳臺老驛吏云：「過客不勞詢甲子，惟書亥字與時人。」可謂善使事矣。亦如近詩送人洪州云：「干斗氣沈龍已化，置芻人去榻猶懸。」送人鄂州云：「黄鶴晨霞傍樓起，頭陁秋草遶碑荒。」送人襄陽云：「四葉表閭唐尹氏，一門逃世漢龐公。」雖鄰封密邇，不可移也。

退之韶州留别張使君云：「久欽江總文才妙，自歎虞翻骨相屯。」翻放棄南方，自恨疏節，骨鯁不媚，犯上獲罪，當長没海隅；其剛褊方拙，凌突權勢，出於天性，雅宜文公喜用。江總乃敗國奸回，特引之何故？按南史孔奐傳，陳後主欲以總爲太子詹事，奐曰：「江有潘陸之華，而無園綺之實。」乃奏江總文華之人，宜求敦重之才。是詩恐有譏云。杜云：「遠愧梁江總，還家尚黑頭。」李商隱贈牧之云：「前身恐是梁江總。」皆未可與言史也。

老杜贈李祕書：「觸目非論故，新文尚起予。」太白酬竇公衡云：「曾無好事來相訪，賴爾高文一起予。」韋蘇州：「每一睹之子，高詠尚起予。」昌黎酬張韶州：「將經貴郡煩留客，先惠高文謝起予。」豈非用事偶合，數公非蹈襲者。

千里蓴羹，未下鹽豉，蓋言未受和耳。子美：「豉化蓴絲熟。」又：「豉添蓴菜紫。」聖俞送人秀州云：「剩持鹽豉煮紫蓴。」魯直：「鹽豉欲催蓴菜熟。」

萊公外傳記公所得厚俸，惟務施予。寢處一青幃三十年，有親厚者求之，欲其易去，公笑而答曰：「彼詐我誠，雖敝何害。實不忍以敝獲棄耳。」蘄者愧之。故魏野詩云：「有官居鼎鼐，無地起樓臺。」及北使來，顧望縉紳而問迓者曰：「『無地起樓臺』相公安在？」其清望爲人所景慕如此。然永叔歸田録頗論其侈汰，司馬温公亦云，豈非奢外而儉内歟？

昌黎寄崔立之云：「傲兀坐試席，深叢見孤羆。四座各低回，不敢捩眼窺。」可爲善言場屋事。若平日所養不厚，誠難傲兀也。

沈攸之晚好讀書，手不釋卷，嘗歎曰：「早知窮達有命，恨不十年讀書！」坡再和劉景文介亭長篇云：「早知事大謬，恨不十年讀。」又云：「文如翻水成，賦作叉手速。」乃北夢瑣言記温庭筠才思豔麗，工于小賦，每入試，押官韻作賦，凡八叉手而八韻成，多爲鄰鋪假手，號曰「救數人」也。余嘗以「八叉手」對「三折肱」。

温公自稱迂叟，香山居士亦嘗以自號，其詩云：「初時被目爲迂叟，近日蒙呼作隱人。」司馬豈慕其洛居有閒適之樂耶？

白樂天云：「身閒當貴真天爵，官散無憂即地仙。」蓋用顏蠋晚食當肉，早眠當富，無事當貴也。

白獻晉公云：「聞説風情筋力在，只如初破蔡州時。」雖敍其功業與壽康，其語緩而不迫，此可爲作詩法也。

齊謝朓出守建安，于宣猷堂飲餞，並召時才賦詩，用十五劇韻。蕭愷詩先就，其辭又美。簡文曰：「王筠本自舊手，後進有蕭愷可稱。」長慶云：「萬言舊手才難敵，五字新題思有餘。」

樂天云：「樂可理心應不謬，酒能陶性信無疑。」「陶冶性靈存底物」固詩人語，古人所謂樂以治心者，相去遠矣，此語不作可也。

少游贈坡詩云：「節旄零落氈餐雪，辨舌縱橫印佩金。」語太不等。子瞻議集句云：「天邊鴻鵠不易得，便令作對隨家雞。」此詩正類此。

坡和刁景純曁柳子玉岡字韻詩，至第七篇云：「屢把鉛刀齒步光，更遭華衮照龙涼。」乃用子建七啟云「步光之劍，華藻繁縟」，左傳「龙涼冬殺」。雖第一韻衆人所更易，而七篇未嘗改，又貫穿精絶如此。

嘗觀臨川「解我葱珩脱孟勞」，嘗不曉孟勞何等物，及見穀梁傳註：「孟勞，魯寶刀。」

碧溪詩話卷第十

山谷云："詩者，人之性情也，非强諫争於庭，怨詈於道，怒鄰駡坐之所爲也。"余謂怒鄰駡坐固非詩本指，若小弁親親，未嘗無怨，何人斯"取彼譖人，投畀豺虎"，未嘗不憤。謂不可諫争，則又甚矣，箴規刺誨，何爲而作！古者帝王尚許百工各執藝事以諫，詩獨不得與工技等哉！故譎諫而不斥者，惟風爲然。如雅云："匪面命之，言提其耳。""彼童而角，實訌小子。""憂心慘慘，念國之爲虐。""亂匪降自天，生自婦人"。忠臣義士，欲正君定國，惟恐所陳不激切，豈盡優柔婉晦乎？故樂天寄唐生詩云："篇篇無空文，句句必盡規。"

子建稱孔北海文章多雜以嘲戲，子美亦戲傚俳諧體，退之亦有寄詩雜詼俳，不獨文舉爲然。自東方生而下，禰處士張長史顔延年輩，往往多滑稽語。大體材力豪邁有餘，而用之不盡，自然如此。韓詩"濁醪沸入口，口角如銜箝"，"試將詩義授，如以肉貫串"，"初食不下喉，近亦能稍稍"，皆謔語也。坡集類此不可勝數，寄蘄簟與蒲傳正云："東坡病叟長羈旅，凍卧飢吟似飢鼠。倚賴東風洗破衾，一夜雪寒披故絮。"黄州云："自慚無補絲毫事，尚費官家壓酒囊。"將之湖州云："吴兒膾縷薄欲飛，未去先説饞涎垂。"又："尋花不論命，愛雪長忍凍。天公非不憐，聽飽卽喧閧。」食筍云：「紛然生喜怒，似被狙公賣。」種茶云：「飢寒未知免，已作太飽計。」「平生五千卷，一字不救飢。」「飢來凭空案，一字不可煮。」皆斡旋其章而弄之。信恢刃有餘，與血指汗顔者異矣。

子美「於菟侵客恨」，乃楚人謂虎爲於菟。「土銼冷疏烟」，乃蜀人呼釜爲銼。「富豪有錢駕大舸」，方言南楚江湘，凡船大者謂之舸。「百丈誰家上水船」，荆峽以竹篾爲百丈。「塹抵公畦稜」，京師農人指田云幾稜。去聲「市暨瀼西嶺」，夔人謂江水横通山谷處爲瀼。子厚「桃笙葵扇安可當」，宋魏之間謂簟爲笙。「欸音襖乃音靄一聲山水緑」，乃楚人歌聲。臨川「窗明兩不借」，楚人以草履爲不借。東坡「佬看蹔勒暗蠻村」，蓋嶺南竹名。又「蓬沓障前走風雨」，註云：「於潛婦人皆插大銀櫛，謂之蓬沓。」又「幾思壓茅柴，禁網日夜急。」山谷「燕蹔社公雨，鶯啼花信風」，皆方言也。

王誼伯謂「西川有杜鵑，東川無杜鵑」，蓋是題下註，斷自「我昔遊錦城」爲句首。子瞻謂杜備諸家體，非必牽合程度，詩意蓋譏當時刺史有禽鳥不若者。明皇以後，天步多棘，凡尊君者爲有也，懷貳者爲無也。魯直亦云：「臣結春秋二三策，臣甫杜宇再拜詩。忠臣銜憤痛切骨，後世但識瓊瑰辭。」今觀此篇敍鴻雁羔羊禮，有太古尊君親上之意，爲明皇設不疑。至於杜鵑行，乃云：「雖同君臣有舊禮，骨肉滿眼身羈孤。」又云：「爾惟摧殘始發憤，羞帶羽翮傷形愚。」指斥罵詈，殊無致嚴之語，莫不皆有所主也。

因話錄載，吴興僧皎然工律詩，嘗謁韋蘇州於舟中，抒思作古體十數篇爲贄。韋全不稱賞。皎然極失望，明日寫舊製獻之。蘇州吟諷，大加歎味，因語皎然云：「幾至失聲名。何不但以所工見投，而猥希老夫意？」余觀韋集有寄皎然詩云：「夙慕端成舊，未識豈爲疏。」顧以碧雲思，方君怨别餘。」則知其詩名於未識前矣，豈覽其乍學古體，即疑其不逮所聞邪？老杜所以爲人稱慕者，不獨文章爲工，蓋其語默所主，君臣之外，非父子兄弟，即朋友黎庶也。

嘗觀韋應物詩及兄弟者十之二三，廣陵覲兄云：「收情且爲歡，累日不知飢。」冬至寄諸弟云：「已懷時節感，更抱别離酸。」元日寄諸弟云：「日月昧遠期，念君何時歇。」社日寄云：「遥思里中會，心緒悵微微。」寒食云：「聯騎定何時，吾今顏已老。」又云：「把酒看花想諸弟，杜陵寒食草青青。」初秋寄云：「高梧一葉下，空齋歸思多。」聞蟬寄諸弟云：「緘書報是時，此心方耿耿。」登郡樓寄諸季云：「迨兹聞雁夜，重憶别離秋。」懷京師寄云：「上懷犬馬戀，下有骨肉情。」余謂觀此集者，雖讒鬩交瘉，當一變而怡怡也。

余嘗赴京師，往辭伯父，坐中舉兄弟送行詩云：「問人求穩店，下馬過危橋。」及觀坡集，見送姪安節詩，言其伯曾有送老蘇下第歸蜀云：「人希野店休安枕，路入靈關穩跨驢。」急難之誠，意皆相若，但字有多寡耳。余官辰沅逾年，族弟來相視，將行，率爾送之云：「就舍勿令人避席，渡江莫與馬同船。」雖鄙近不工，亦可用於畏途也。

山澤之儒多癯，詩人尤甚。子美有「思君令人瘦」。樂天云：「形容瘦薄詩情苦，豈是人間有相人。」又云：「貌將松共瘦，心與竹俱空。」李商隱「瘦盡東陽姓沈人」。掉頭撚髭之苦，豈有張頤豐頰者哉！沈昭畧嘗戲王約以肥而癡，答以瘦而狂，昭畧喜曰：「瘦已勝肥，狂應勝癡。」

晨牝妖鴟，索家生亂，自古而然，故夏姬亂陳，費無極亂楚。李義山詠北齊云：「小蓮玉體橫陳夜，已報周師入晉陽。」東坡：「成都畫手開十眉，横雲卻月争新奇。遊人指點小顰處，中有漁陽胡馬嘶。」熟味此詩，則「吴人何苦怨西施」，豈足稱詠史哉。等而下之，凡移於此物者，皆可以爲戒。案：宋刻李義山詩「小憐」亦作「小蓮」，與此正同，姑仍之，俟攷。

曲水修禊之會，人各賦詩，成兩篇者，自右軍安石而下纔十一人；成一篇者，郄曇王豐之而下十五人；詩不成罰觥者，凡十六人。今觀所傳詩，類皆四言、五言而又兩韻者多，四韻者無幾，四言二韻，止十六字耳。當時得預者，往往皆知名士，豈獻之輩終日不能措辭於十六字哉。竊意古人持重自惜，不欲率然，恐貽久遠譏議，不如不賦之爲愈。

坡遊武昌，見農夫皆騎秧馬，較之傴僂而作者，勞佚相絶，嘗作秧馬歌，敍述甚詳。唐子西至羅浮，始識此器，作詩云：「儗向明時受一廛，著鞭常恐老農先。行藏已問吾家舉，從此馳君四十年。」亦巧于用事也。

汲長孺段太尉，皆義勇奮不顧身之人，至于仁愛撫養，則矜憐惻怛，無所不至，所謂剛者必仁，仁者必勇也。嘗觀樂天云：「況多剛狷性，難與世同塵。」希文云：「吾生豈不幸，所稟多剛腸。」皆心中語也。白則有「敢辭爲俗吏，且欲活疲民」，又云：「心中爲念農桑苦，耳裏如聞飢凍聲。」范又有「寸懷如春風，思與天下芳」，赴姑蘇云：「豈辭雲水三千里，因濟瘡痍十萬民。」與汲段正相似。

李商隱詩好積故實，如喜雪云：「班扇慵裁素，曹衣詎比麻。鵝歸逸少宅，鶴滿令威家。」又「洛水妃虛妒，姑山客謾夸」；「聯辭雖許謝，和曲本慚巴」。一篇中用事者十七八。嘗觀臨川詠棗止數韻：「餘甘入鄰家，尚得饞婦逐。贄享古已然，豳詩自宜録。」用「女贄棗脩」、「八月剥棗」。「誰云食之昏」，用范曄「棗膏昏蒙」。「願比赤心投，皇明儻予燭」，用蕭琛「陛下投臣以赤心，臣敢不報以戰栗」。以是知凡作者，須飽材料。傳稱任昉用事過多，屬辭不得流便。余謂昉詩所以不能傾沈約者，乃才有限，非事多之過。坡集有全篇用事者，如賀人生子，自「鬱葱佳氣夜充閭，喜見徐卿第二雛」，至「我亦從來識英物，試教啼看定何如」；戲張子野買妾，自「錦里先生自笑狂，身長九尺鬢眉蒼」，至「平生謬作安昌客，略遣彭宣到後堂」，句句用事，曷嘗不流便哉。

張無盡題武昌靈竹寺云：「孟宗泣竹笋冬生，豈是青青竹有情。影響主張非別物，人心但莫負幽明。」語雖淺近，然當于理，樂天云「餘霞散成綺，別葉乍辭風」等語，麗矣，不過于嘲風雪，弄花草而已。故寄唐生詩云：「非求宮律高，不務文章奇；惟歌生民病，願得天子知。」

長慶：「論詩之豪者，世稱李杜；索其風雅比興，十無一焉。杜詩最多，可傳者千餘，至于貫穿古今，覼縷格律，盡工盡善，又過于李，然撮其新安石壕潼關吏蘆子花門之章，『朱門酒肉臭，路有凍死骨』之句，亦不過三四十。杜尚如此，況其下乎？」今觀杜集憂戰伐，呼蒼生，憫瘡痍者，往往而是，豈直三四十而已哉，豈樂天未嘗熟考之耶？

士人程文，窮日力作一論，既不限聲律，復不拘語句，尚罕得反復折難，使其理判然者。觀赴奉先詠懷五百言，乃聲律中老杜心迹論一篇也。自「杜陵有布衣，老大意轉拙。許身一何愚，自比稷與契」，其心術祈嚮，自是稷契等人。「窮年憂黎元，歎息腸内熱」，與飢渴由己者何異，然常爲不知者所病，故曰「取笑同學翁」。世不我知而所守不變，故曰「浩歌彌激烈」。又云：「非無江海志，蕭灑送日月。當今廊廟具，建厦豈云缺。葵藿傾太陽，物性固莫奪。」言非不知隱遯爲高也，亦非以國無其人也，特廢義亂倫，有所不忍。「以兹悟生理，獨恥事干謁」，言志大術疏，未始阿附以借勢也，爲下士所笑，而浩歌自若，皇皇慕君，而雅志棲遁，既不合時，而又不少低屈，皆設疑互答，屢致意焉。非巨刃有餘，孰能之乎？中間鋪敍，間關酸辛，宜不勝其戚戚，而「默思失業徒，因念遠戍卒」，所謂憂在天下，而不爲一己失得也。禹稷顏子不害爲同道，少陵之迹江湖而心稷契，豈爲過哉。孟子曰：「窮則獨善其身，達則兼善天下。」其窮也未嘗無志于國與民，其達也未訾不抗其易退之節，早謀先定，出處一致矣。是詩先後周復，正合乎此。昔人目元和賀雨詩爲諫書，余特目此詩爲心迹論也。

砦溪詩話跋

志以言而章，言以文而遠，文以敍而傳，敍以德而久。古太史氏職採民謠，緝爲歌詩，以獻於王，王以知其才而見其志，于是乎伸之。及古道廢闕，英才埋没，往往託之著述比興以自見者多矣；然非得當世聞人表而出之，則亦無以取信於後世。先君子平生以直道行己，動與物忤，志不獲騁，終老林下。遺文頗富，未克流于世，而遭砦子之火，獨詩話十卷僅存。大丞相陳公妙年，以文章先多士，爲天子名宰，望重德隆，不輕許可，載覽遺稿，歎惜不遇，慨然以盛文序於首。正聲勁氣，端莊典雅，遂使積年曖昧，一旦光明，相與傳久，可謂立言而不朽者。次年七月甲子，廓敬書於後，以示子孫，無忘盛德焉。

詩話雜說，行於世者多矣，往往徒資笑談之樂，鮮有益於後學。若砦溪詩話，議論去取，一出於正，真所謂有補於名教者，其詳已具大丞相陳公之敍。永存與先生宗裔，同出光之固始，乃敢鋟木以廣其傳。乾道己丑孟冬吉日，右朝奉郎權知蘄州軍州事黄永存謹識。

左史楊公邦弼誌先祖之墓，其略曰：「公登宣和甲辰第，授辰州辰溪縣丞，就升令。在任五年，以才諝稱。辟差沅州軍事判官，攝倅事。郎將汪長源與傜酋有隙，酋鼓衆數萬，聲言渡江乘城，人心恟懼。公奮不顧身，入其巢穴，曉以禍福，悉愧懾謝罪，一州賴以全。繼權麻陽縣，遭巨寇曹成之擾，公率羣傜于敵，禽其將，賊衆宵遁。尋辟鄂之嘉魚令，下車未幾，流移還集。復權岳之平江。甫半歲，帥漕交辟，處之賓幕。平江士民千餘人，詣都督行府乞還任，丞相張公浚止其事，有詔即真。時湖賊楊么抄掠數郡，遏絶水道。官軍屯岳陽，而縣距州數舍，地險，艱於轉餉。公慮糧食不繼，預設巨艦，令民輸租其中，得米千餘斛，乘風而前。賊引數十艘尾逐。會官軍至，隻舟不得返，因降其衆，官軍得以仰哺，賊壘遂平。秩且滿，有權貴寄産于縣境爲民患者，公按以三尺，乃爲排根。自以植節不善諧俗，遂委官而歸，無復功名意。丞相張公以人物爲己任，每欲推之要津。及帥閩，招致幕下數月，竟不肯留。丞相見其確守退志，乃謂人曰：「如黄令之才，使稍宦達，何所不至。今恬于名位，甘老林泉，故平生抱負弗克施，良可惜也。」公學問優于人，志度閎深，調護不虞，不動聲氣。遇倉卒，州縣嘗倚以爲重。居官所至人愛，所去見思，一時使者多朝廷大吏，察治狀無以易公，争相辟置，故其風績迭見于湖北表裏如此。先祖嘗著詩話十卷，發揮杜少陵奥奥不得施用之處，鄉衮正獻陳公爲之敍引，學者從誦習之。比刊于蘄春，先君復刊于家塾，所傳廣矣。𤋮不肖，分教潭湯，適在先祖遊宦之地，詎可無此書乎？因稍正其訛舛，刊之學宫，且以出處之大方，識于卷末，庶觀者有所考焉。嘉泰三年癸亥正月朔旦，孫從政郎沅州學教授𤋮謹書。

歲在壬子，予守沅，蒞政之暇，遍觀學宮所有書籍。一見碧溪詩話，與其他所集旨趣不同，蓋黄令君所援引諸家之詩，悉指少陵爲歸宿地，雖于去取閒默寓其不得時以行志之憤，然議論皆本于愛君憂國，事親敬長，一掃騷人絺章繪句之習。其于名教，豈小補哉！孔子曰：「詩可以怨，邇之事父，遠之事君。」碧溪其有見于此乎。沅本字小而訛，予司臬鄉部，公餘略加訂正，而鋟諸梓。非惟可以便觀覽，亦使此集之傳益廣云。咸淳己巳立秋日，澧陽聶棠識。

碧溪詩話十卷，宋黄徹常明撰。書録解題謂是莆田人，而八閩通志則云邵武人，舉紹興十五年進士，殆家本莆田而占籍於邵武者也。編中持論多本少陵。自言官辰沅逾年。顧志州郡官師者，不載姓氏，集亦失傳。其送弟詩句云：「就舍勿令人避席，過江莫與馬同船。」語淺情真，不失風雅之旨矣。康熙戊子三月，小長蘆朱彝尊識於曝書亭。

吾家詩學，肇自莆陽監察公昆弟。厥後文節爲江西鼻祖，而閩中一派，流衍特長，論者以晚唐體目之。不知宗法有本，厚人倫，維風教，常明公碧溪詩話具在，可攷而知也。模自壬午入閩，得拜族尊莘田先生。先生官四會令，罷歸家居，蕭然環堵，焚香著書，不特文章媲美前人，氣節尤與常明公符合，益信君子之澤，未有艾焉。新安鮑君以文近有叢書之刻，模因檢所藏曝書亭舊鈔，亟請開雕。以文復購善本，校其訛脱，詳載前後序跋，又皆竹垞先生當日所未見，而常明公之生平功績，於以燦然。發潛闡幽，以文高誼，感不朽矣。乾隆丙申陽月，無雙後裔黄模敬書。

對牀夜語

景定三年十月，予友范君景文授以所著書一編，語甚綺而文甚高。時夜將半，翦燭疾讀，不能去手，大類葛常之韻語陽秋，雞戒晨而畢。株連節解，激發人意，作而曰：「美哉此書也！」杜子美詩，王介甫談經，以爲優于經，其爲史學者，又視爲史，無他，事覈而理勝也。韓退之謂李長吉歌詩爲騷，而進張籍詩于道。楊大年倡「西崑體」，一洗浮靡，而尚事實，至送王欽若行，君命有所不受，其名節有如此者。若論詩而遺理，求工于言詞而不及氣節，予竊惑之。輒序于對牀夜語之首，以補其遺，景文然之不？深居之人馮去非可遷甫。

良月二日，去非頓首再拜景文詩盟，尚幹契友去非，若夫興懷姜堯章同遊時，又高翥葉靜逸輩日夜鈞遊時，又近與孫道子張宗瑞輩謔浪笑傲于間，今不能得游，從一二老友栩栩然夢游，合眼欹枕，能在目中，是亦遊也。舊交新貴，往者不我思，來者不我卽，雖夢中亦不復得見，得見景文斯可矣。況對牀夜語可與晤語邪？序文不敢以不能辭。愚詩漫以求教，其間有一聯云：「讀書祇爲聲名計，亦恐菴山解笑人。」不直作者一笑，姑以侑空。書意不宣，去非頓首再拜。「尚幹」疑「省幹」。

對牀夜語卷第一

宋　范晞文撰

「羔羊之皮，素絲五紽」，詩人美在位者之詞也。「充耳琇瑩，會弁如星」，又「駟馬既閑，輶車鸞鑣」之類，皆借服御以美其君也。若楚辭「高予冠之岌岌兮，長余佩之陸離」，是亦以服御自美也。

古詩十九首有云：「冉冉孤生竹，結根泰山阿，與君爲新婚，兔絲附女蘿。兔絲生有時，夫婦會有宜。千里遠結婚，悠悠隔山陂。思君令人老，軒車來何遲。」言妻之於夫，猶竹根之於山阿，兔絲之於女蘿也，豈容使之獨處而久思乎！詩云：「葛生蒙楚，蘞蔓于野。予美亡此，誰與獨處！」同此怨也。又「涉江采芙蓉，蘭澤多芳草。采之欲遺誰，所思在遠道」，又「庭中有奇樹，緑葉發華滋。攀條折其榮，將以遺所思。馨香盈懷袖，路遠莫致之」，亦猶詩人「籊籊竹竿，以釣於淇。豈不爾思，遠莫致之」之詞，第反其義耳。前輩謂古詩十九首可與三百篇並驅者，亦此類也。

霍去病志得意歡，作歌曰：「四夷既獲，諸夏康兮。國家安寧，樂未央兮。載戢干戈，弓矢藏兮。麒麟來臻，鳳凰翔兮。與天相保，永無疆兮。親親百年，各延長兮。」去病非以文章名者，乃知西漢時言語，自非後世可企。

詩曰：「山有漆，隰有栗。子有酒食，何不日鼓瑟？且以喜樂，且以永日。宛其死矣，他人入室。」悲其君有酒食鼓瑟之不能樂，猶有國而弗治，則將爲他人之所有也。曹子建樂府云：「置酒高殿上，親友從我遊。秦箏何慷慨，齊瑟和且柔。主稱千金壽，賓奉萬年酬。」又：「盛時不可再，百年忽我遒。生存華堂處，零落歸山丘。」有詩人爲樂之意而無其諷。又詩曰：「蟋蟀在堂，歲聿云暮。今我不樂，日月其除。無已太康，職思其居。好樂無荒，良士瞿瞿。」既欲其樂，又慮其荒，此詩人憂深思遠之意。陸士衡云：「來日苦短，去日苦長。今我不樂，蟋蟀在房。我酒既旨，我殽既臧。短歌可詠，長夜無荒。」全是詩人之體。

七哀詩，子建云：「君行踰十年，孤妾常獨棲。」怨遊子之未返也。王仲宣云：「路有飢婦人，抱子棄草間。」歎時世之喪亂也。又：「方舟泝大江，日暮愁我心。」感羈旅之多憂也。張孟陽云：「毁壞過一抔，便房啓幽户。」傷漢陵之發掘也。又：「白露中夜結，木落何條森。」慨秋氣之可悲也。哀之雖同，而意各異。初不解七哀義，或謂病而哀，義而哀，感而哀，悲而哀，耳目聞見而哀，口歎而哀，鼻酸而哀，所哀雖一事而七者具也。

子建公讌詩云：「清夜遊西園，飛蓋相追隨。明月澄清景，列宿正參差。秋蘭被長坂，朱華冒緑池。潛魚躍清波，好鳥鳴高枝。」讀之猶想見其景也。是時劉公幹王仲宣亦有詩。劉云：「月出照園中，珍木鬱蒼蒼。清川過石渠，流波爲魚防。芙蓉散其華，菡萏溢金塘。靈鳥宿水裔，仁獸遊飛梁。」王云：「涼風撤蒸暑，清雲却炎暉。高會君子堂，並坐蔭華榱。嘉肴充圓方，旨酒盈金罍。管絃發徽音，曲度清且悲。」皆直寫其事，今人雖畢力竭思，不能到也。

蔡琰雖失身，然詞甚古，如「不謂殘生兮却得旋歸，撫抱胡兒兮泣下沾衣。漢使迎我兮四牡騑騑，胡兒號兮誰得知。與我生死兮逢此時，愁爲子兮日無光輝，焉得羽翼兮將汝歸。一步一遠兮足難移，魂消影絶兮恩愛遺」，此將歸別子也。時身歷其苦，詞宜乎心，怨而怒，哀而思，千載如新，使經聖筆，亦必不忍删之也。劉商雖極力擬之，終不似，蓋不當擬也。

子建：「明月照高樓，流光正徘徊，上有愁思婦，感歎有餘哀。」結句云：「願爲西南風，長逝入君懷。君懷良不開，賤妾當何依。」解韻者謂哀叶於希反，且引毛詩「山有蕨薇，隰有杞桋。君子作歌，維以告哀」。又謂懷叶胡威反，及引離騷「載雲旗兮委蛇」、「心低徊兮疲懷」等語爲證。辨則辨矣，如不通何！且子建此篇，既押徊，又押哀，乃一韻耳。及懷字之上亦有「會合何時諧」，諧、懷亦一韻也，何必强爲引證。蓋古未拘音韻，旁入他聲者，亦奚疑焉？若魏文帝「漫漫秋夜長」，皆押十陽，獨一句云：「三五正縱横。」又阮籍「登高臨四野」，皆押七歌，獨一句云：「豈復歎咨嗟。」不知解者又當如何？苟謂後世亦有如此押者，則擬古者仿之耳，非古人作古之意也。

張茂先：「穆如灑清風，涣若春華敷。」又：「屬耳聽鶯鳴，流目玩儵魚。」以對言之，則當曰「清風灑」、「聽鳴鶯」也。古對間當如此，亦楚詞「蕙肴蒸兮蘭藉，奠桂酒兮椒漿」。

謝惠連：「屯雲蔽曾嶺，驚風涌飛流。零雨潤墳澤，落雪灑林丘。浮氛晦崖巘，積素惑原疇。曲汜薄停旅，通川絶行舟。」連四韻句法皆相似，古詩正不當以此拘也。

魏文帝：「西北有浮雲，亭亭如車蓋。惜哉時不遇，適與飄風會。吹我東南行，行行至吳會。吳會非我鄉，安能久留滯。棄置勿復陳，客子常畏人。」又子建「轉蓬離本根，飄颻隨長風。何意迴飈舉，吹我入雲中。高高上無極，天路安可窮。類此遊客子，捐軀遠從戎。毛褐不掩形，薇藿常不充。去去莫復道，沉憂令人老。」此結句換韻之始。

楚詞「沅有芷兮澧有蘭，思公子兮未敢言」，又「望美人兮未來，臨風怳兮浩歌」，又「王孫遊兮不歸，春草生兮萋萋」，又「惟草木之零落兮，恐美人之遲暮」，皆愛君惜時之詞，後世擬之者，不過徒法其句耳，非其意也。江文通云：「日暮碧雲合，佳人殊未來。」又：「黄雲蔽千里，遊子何時還。」謝靈運云：「圓景早已滿，佳人猶未適。」惠連云：「紈素既已成，君子行未歸。」玄暉云：「春草秋更緑，公子未西歸。」劉休玄云：「芳年有華月，佳人無還期。」陸士衡云：「芳草久已茂，佳人竟不歸。」古詩亦有「浮雲蔽白日，遊子不顧返」。

古塘上曲有云：「莫以賢豪故，棄捐素所愛。莫以魚肉賤，棄捐葱與薤。莫以桑麻賤，棄捐菅與蒯。」前云：「衆口鑠黄金，使君生別離。」或謂甄后爲郭后所譖，遂作此，觀其辭，殆亦是也。

陸士衡云：「男歡智傾愚，女愛衰避妍。不惜微軀退，惟懼蒼蠅前。願君廣末光，照妾薄暮年。」則爲甄后作無疑矣。劉休玄擬古云：「顧垂薄暮景，照妾桑榆時。」適與士衡末句同。

詩云：「昔我往矣，楊柳依依。今我來思，雨雪霏霏。」東坡謂韓退之「始去杏飛蜂，及歸柳嘶蚻。」與詩意同。子建云：「昔我初遷，朱華未希。今我旋止，素雪云飛。」又：「始出嚴霜結，今來白露晞。」王正長云：「昔往倉庚鳴，今來蟋蟀吟。」顏延年云：「昔辭秋未素，今也歲載華。」退之又居其後也。

子建詩：「朱華冒綠池。」古人雖不於字面上著工，然「冒」字殆妙。陸士衡云：「飛閣纓虹帶，層臺冒雲冠。」潘安仁云：「川氣冒山嶺，驚湍激巖阿。」顏延年云：「松風遵路急，山烟冒壠生。」江文通云：「涼葉照沙嶼，秋華冒水潯。」謝靈運云：「蘋萍泛沈深，菰蒲冒清淺。」皆祖子建。

張平子詩云：「我聞其聲，載坐載起。」王仲宣云：「我思弗及，載坐載起。」劉公幹云：「思子沉心曲，長歎不能言。起坐失次第，一日三四遷。」懷人之意，盡於此矣。

左太沖詠史詩云：「濟濟京城內，赫赫王侯居。冠蓋蔭四術，朱輪竟長衢。朝集金張館，暮宿許史廬。南鄰擊鐘磬，北里吹笙竽。寂寂揚子宅，門無卿相輿。」鮑明遠詠史云：「京城十二衢，飛甍各鱗次。仕子彯華纓，遊客竦輕轡。明星晨未稀，軒蓋已雲至。賓御紛颯沓，鞍馬光照地。君平獨寂寞，身世兩相棄。」江文通詠史亦云：「金張服貂冕，許史乘華軒。王侯貴片議，公卿重一言。太平多歡娛，飛蓋東都門。顧念張仲蔚，蓬蒿滿中園。」三詩一軌也。

子建云：「朝遊江北岸，日夕宿湘沚。」潘安仁云：「朝發晉京陽，夕次金谷湄。」劉越石云：「朝發廣莫門，暮宿丹水山。」謝靈運云：「旦發清溪陰，暝投剡中宿。」鮑明遠云：「朝遊雁門山，暮還樓煩宿。」皆本楚詞「朝發軔於蒼梧兮，夕予至於玄圃」。若陸士衡「朝采南澗藻，夕息西山足」，又江文通「朝食琅玕實，夕飲玉池津」，則亦本楚詞「朝飲木蘭之墜露兮，夕餐秋菊之落英」。

傅玄詞云：「美女一何麗，顏若芙蓉花。一顧亂人國，再顧亂人家。未亂猶可奈何。」全是李延年歌。延年歌云：「北方有佳人，絶世而獨立。一顧傾人城，再顧傾人國。寧不知傾城與傾國，佳人難再得。」

石季倫王昭君詩序云：「匈奴請婚於漢，元帝以後宮良家子昭君配焉。昔公主嫁烏孫，令琵琶馬上作樂，以慰其道路之思，其送昭君，亦必爾也。」熟參此敍，乃知昭君出嫁之時，未必以琵琶寄情，特後人想像而賦之耳。

王景元詩：「詎憶無衣客，但知狐白温。」用子建「狐白足禦冬，焉念無衣客」之語。謝玄暉亦云：「誰規鼎食盛，寧要狐白鮮。」

靈運詩：「初篁包緑籜，新蒲含紫茸。」邱希範詩：「巢空初鳥飛，荇亂新魚戲。」綽有流麗之風，視小謝「魚戲新荷動，鳥散餘花落」之句，亦無愧。

「一身事關西，家族滿山東。一年從車駕，齋祭甘泉宫。三朝國慶畢，休沐還舊邦。四牡曜長路，輕蓋若飛鴻。五侯相餞送，高會集新豐。六樂陳廣坐，組帳揚春風。七盤起長袖，庭下列歌鐘。八珍盈彫俎，綺肴紛錯重。九族共瞻遲，賓友仰徽容。十載學無就，善宦一朝通。」鮑明遠數詩也。卦名、人名及建除等體，世多有之，獨無以此爲戲者。

鮑明遠詩：「朱唇動，素腕舉，洛陽少童邯鄲女。古稱淥水今白紵，催絃急管爲君舞。窮秋九月荷葉黄，北風驅雁天雨霜，夜長酒多樂未央。」全類張籍王建。

韓非子曰：六國時，張敏與高惠二人爲友，每相思不能得見，敏便於夢中往求之，但行至半道，即迷不知路。沈休文云：「神交疲夢寐，路遠隔思存。」又：「夢中不識路，何以慰相思？」用前事也。古詞云：「遠道不可思，夙昔夢見之。」又：「獨宿累長夜，夢想見容輝。」皆沿韓非之微意而變之耳。

陸士衡吴趨行云：「楚妃且勿歎，齊娥且莫謳。四坐並清聽，聽我歌吴趨。吴趨自有始，請從閶門起。」謝靈運會吟行云：「六引緩清唱，三調佇繁音。列筵皆静寂，咸共聆會吟。會吟自有初，請從文命敷。」盡踵其步驟。

蘇子卿詩：「俯觀江漢流，仰視浮雲翔。」魏文帝云：「俯視清水波，仰看明月光。」曹子建云：「俯降千仞，仰登天阻。」何敬祖云：「仰視垣上草，俯察階下露。」又：「俯臨清泉淵，仰觀嘉木敷。」謝靈運云：「俯濯石下潭，仰看條上猿。」又：「俛視喬木杪，仰聆大壑淙。」辭意一也。古人句法極多，有相襲者，如前所議「日暮碧雲合」及「朝遊江北岸」之類皆是。若嵇叔夜「目送歸鴻，手揮五絃。俯仰自得，遊心太玄」，則運思寫心迥不同矣。

宋袁淑有詩云：「種蘭忌當門，懷璧莫向楚。楚少別玉人，門非植蘭所。」蓋淑爲彭城王府祭酒，王不好文學，故云。

薛道衡「空梁落燕泥」之句，人多不見其全篇，蓋題是昔昔鹽。其詞云：「垂柳覆金隄，蘼蕪葉復齊。水溢芙蓉沼，花飛桃李蹊。採桑秦氏女，織錦竇家妻。關山別蕩子，風月守空閨。常斂千金笑，長垂雙玉啼。盤龍隨鏡隱，彩鳳逐帷低。飛魂同夜鵲，倦寢憶晨雞。暗牖懸蛛網，空梁落燕泥。前年過代北，今歲往遼西。一去無消息，那能惜馬蹄。」無非閨中懷遠之意，但不知立題之義如何。趙嘏乃廣爲二十章，以一句爲一題，亦復綺麗。其中有云：「良人猶遠戍，寂寞夜閨空。繡户流春月，羅帷坐曉風。魂飛沙帳北，腸斷玉關中。尚自無消息，錦衾那得同。」又：「雲中路杳杳，江畔草萋萋。妾久垂珠淚，君何惜馬蹄。邊風悲曉角，營月怨春鼙。未道休征戰，愁眉又復低。」

對牀夜語卷第二

嚴滄浪羽云：禪道惟在妙悟，詩道亦在妙悟。惟悟乃爲當行，乃爲本色。然悟有淺深，有分限之悟，有透徹之悟，有但得一知半解之悟。漢魏尚矣，不假悟也。陶謝至盛唐諸公，透徹之悟也。他雖有悟者，皆非第一義也。姜白石夔亦有云：文以文而工，不以文而妙，然舍文無妙，聖處要自悟。蓋文章之高下，隨其所悟之深淺，若看破此理，一味妙悟，則徑超直造，四無窒礙，古人卽我，我卽古人也。

嚴滄浪又云：詩有別才，非關書也。詩有別趣，非關理也。而古人未嘗不讀書，不窮理，所謂不涉理路，不落言筌者，上也。詩者，吟詠情性也。盛唐詩人，惟在興趣，羚羊挂角，無迹可尋。故其妙處，瑩徹玲瓏，不可湊泊，如空中之音，相中之色，水中之月，鏡中之影，言有盡而意無窮。近代諸公作奇特解會，以文字爲詩，以議論爲詩，以才學爲詩。以是爲詩，夫豈不工，終非古人之詩也。蓋於一唱三歎之音，有所歉焉。然則近代之詩無取乎？曰：有之。吾取其合於古人者而已。

蕭千巖德藻云：詩不讀書不可爲，然以書爲詩，不可也。老杜云：「讀書破萬卷，下筆如有神。」讀書而至破萬卷，則抑揚上下，何施不可，非謂以萬卷之書爲詩也。

劉後村克莊云：唐文人皆能詩，柳尤高，韓尚非本色。迨本朝，則文人多，詩人少，三百年間，雖人各有集，集各有詩，詩各自爲體，或尚理致，或負才力，或逞辨博，要皆文之有韻者爾，非古人之詩也。

周伯弜弼云：言詩而本於唐，非固於唐也。自河梁之後，詩之變，至於唐而止也。謫仙號爲雄拔，而法度最爲森嚴，況餘者乎？立心不專，用意不精，而欲造其妙者，未之有也。元和蓋詩之極盛，其實體製自此始散，僻字險韻以爲富，率意放詞以爲通，皆有其漸，一變則成五代之陋矣。

「兩句三年得，一吟雙淚流。知音如不賞，歸卧故山秋。」島之詩未必盡高，此心亦良苦矣。信乎非言之難，其聽而識之者難遇也。雖然，馬非伯樂而不鳴，琴非子期而不調，果不吾遇也，則困鹽車焦爨下，吾寧樂之，後世復有揚子雲，必好之矣。

四靈，倡唐詩者也，就而求其工者，趙紫芝也。然具眼猶以爲未盡者，蓋惜其立志未高而止於姚賈也。學者闖其閫奥，闢而廣之，猶懼其失。乃尖纖淺易，相煽成風，萬喙一聲，牢不可破，曰此「四靈體」也。其植根固，其流波漫，日就衰壞，不復振起。吁！宗之者反所以累之也！

「樹摇幽鳥夢，螢入定僧衣。」「勁風吹雪聚，渴鳥啄冰開。」「古廳眠易魘，老吏語多虚。」「坡暖冬生笋，松涼夏健人。」「林花掃更落，逕草踏還生。」「垂枝松落子，側頂鶴聽棋。」「古塔蟲蛇善，陰廊鳥雀癡。」「病嘗山藥遍，貧起草堂低。」「廢巢侵燒色，荒塚入鋤聲。」「地古多生藥，溪靈不聚魚。」「隴狐來試客，沙鶻下欺人。」「遠鐘驚漏壓，微月被燈欺。」「古壁燈熏畫，秋琴雨漫絃。」「草礙人行緩，花繁鳥度遲。」右數聯亦晚唐警句，前此少有表而出者，蓋不獨「雞聲」「人跡」「風暖」「日高」等作而已。情景兼融，句意兩極，琢磨瑕垢，發揚光綵，殆玉人之攻玉，錦工之機錦也。然求其聲諧韶濩，氣劭金石，則無有焉，識者口未誦而心先厭之矣。今之以詩鳴者，不曰「四靈」，則曰晚唐，文章與時高下，晚唐爲何時耶！放翁云：「文章光燄伏不起，甚者自謂宗晚唐。」

老杜詩：「天高雲去盡，江迥月來遲。衰謝多扶病，招邀屢有期。」上聯景，下聯情。「身無却少壯，跡有但羈棲。江水流城郭，春風入鼓鼙。」上聯情，下聯景。「水流心不競，雲在意俱遲。」景中之情也。「卷簾唯白水，隱几亦青山。」情中之景也。「感時花濺淚，恨別鳥驚心。」情景相觸而莫分也。「白首多年疾，秋天昨夜涼。」「高風下木葉，永夜攬貂裘。」一句情一句景也。固知景無情不發，情無景不生，或者便謂首首當如此作，則失之甚矣。如「淅淅風生砌，團團月隱牆。遥空秋雁滅，半嶺暮雲長。病葉多先墜，寒花只暫香。巴城添淚眼，今夕復清光」，前六句皆景也。「清秋望不盡，迢遞起層陰。遠水兼天淨，孤城隱霧深。葉稀風更落，山迥日初沈。獨鶴歸何晚，昏鴉已滿林」，後六句皆景也。何患乎情少？

五言律詩，固要貼妥，然貼妥太過，必流於衰。苟時能出奇，於第三字中下一拗字，則貼妥中隱然有峻直之風。老杜有全篇如此者，試舉其一云：「帶甲滿天地，胡爲君遠行？親朋盡一哭，鞍馬去孤城。草木歲月晚，關河霜雪清。別離已昨日，因見古人情。」散句如「乾坤萬里眼，時序百年心」，「梅花萬里外，雪片一冬深」，「一逕野花落，孤村春水生」，「蟲書玉佩蘚，燕舞翠帷塵」，「村春雨外急，鄰火夜深明」，「山縣早休市，江橋春聚船」，「老馬夜知道，蒼鷹飢著人」，用實字而拗也。「行色遞隱見，人烟時有無」，「蟬聲集古寺，鳥影度寒塘」，「簷雨亂淋幔，山雪低度牆」，「飛星過水白，落月動沙虛」，用虛字而拗也。其他變態不一，却在臨時斡旋之何如耳。苟執以爲例，則盡成死法矣。

虛活字極難下，虛死字尤不易，蓋雖是死字，欲使之活，此所以爲難。老杜「古牆猶竹色，虛閣自松聲」及「江山有巴蜀，棟宇自齊梁」，人到於今誦之。予近讀其瞿塘兩崖詩云：「入天猶石色，穿水忽雲根。」「猶」「忽」二字如浮雲著風，閃爍無定，誰能跡其妙處。他如「江山且相見，戎馬未安居」，「故國猶兵馬，他鄉亦鼓鼙」，「地偏初衣袷，山擁更登危」，「詩書遂牆壁，奴僕且旌旄」，皆用力於一字。

「仰看明星當空大，無處告訴只顛狂。」「但使殘年飽喫飯，案頭乾死讀書螢。」「却似春風相欺得，更接飛蟲打著人。」「堂上不合生楓樹。」「不分桃花紅似錦。」「惜君只欲苦死留。」「數日不可更禁當。」皆化俗爲雅，靈丹點鐵矣。又「王孫若箇邊」，「若箇」猶「那箇」。「遮莫鄰雞報五更」，「遮莫」猶「儘教」。若「爺娘妻子走相送」，則本木蘭「不聞爺娘哭子聲」。又「昏黑應須到上頭」，乃是常琮全語。

數物以箇，俗語也。老杜有「峽口驚猿聞一箇」，「兩箇黄鸝鳴翠柳」。雙字有「樵聲箇箇同」，「箇箇五花文」，「漁舟箇箇輕」，「却遶井欄添箇箇」。司空圖：「鶴羣長遶三株樹，不借閒人一隻騎。」「隻」亦「箇」字之類。

老杜偪仄行：「自從官馬送還官，行路難行澀如棘。」泛江夜宴：「燈前往往大魚出，聽曲低昂如有求。」退之曲江荷花：「大明宫中結事歸，走馬來看立不正。」謁衡岳廟：「手持杯珓導我擲，云此最吉餘難同。」下三字似乎趁韻，而實有工於押韻者。

「汲黯匡君切，廉頗出將頻。直辭才不世，雄略動如神。」以下聯貼上聯也。「神女峯娟妙，昭君宅有無。曲留明怨惜，夢盡失歡娱。」猶前格也，特倒置下句耳。若「羣盜哀王粲，中年召賈生。登樓初有作，前席竟爲榮。宅入先賢傳，才高處士名。異時懷二子，春日復含情」，未見其全篇如此，亦又一格也。

雙字用於五言，視七言爲難，蓋一聯十字耳，苟輕易放過，則何所取也。老杜雖不以此見工，然亦每加之意焉。觀其「納納乾坤大，行行郡國遥」，不用「納納」，則不足以見乾坤之大；不用「行行」，則不足以見道路之遠。又「寂寂春將晚，欣欣物自私」，則一氣轉旋之妙，萬物生成之喜，盡於斯矣。至若「汀烟輕冉冉，竹日淨暉暉」，「湛湛長江去，冥冥細雨來」，「野逕荒荒白，春流泯泯清」，「地晴絲冉冉，江碧草纖纖」，「急急能鳴雁，輕輕不下鷗」，「簷影微微落，津流脈脈斜」，「相逢雖衮衮，告別莫匆匆」等句，俱不泛。若「濟潭鱣發發，春草鹿呦呦」，則全用詩語也。

老杜詩：「兩邊山木合，終日子規啼。」以「終日」對「兩邊」。「不知雲雨散，虛費短長吟。」以「短長」對「雲雨」。「桑麻深雨露，燕雀半生成。」以「生成」對「雨露」。「風物悲遊子，登臨憶侍郎。」以「登臨」對「風物」。句意適然，不覺其爲偏枯，然終非法也。柳下惠則可，吾則不可。

詩在意遠，固不以詞語豐約爲拘。然開元以後，五言未始不自古詩中流出，雖無窮之意，嚴有限之字，而視大篇長什，其實一也。如「舊里多青草，新知盡白頭」，又「兩行燈下淚，一紙嶺南書」，則久別乍歸之感，思遠懷舊之悲，隱然無窮。他如詠閒適，則曰「坐歇青松晚，行吟白日長」。狀景物，則曰「雲霞出海曙，梅柳渡江春」。似此之類，詞貴多乎哉？劉後村有云：「言意深淺，存人胸懷，不繫體格。若氣象廣大，雖唐律不害爲黃鐘大吕。否則手操雲和，而驚飈駭電，猶隱隱絃撥間也。」

周伯弜選唐人家法，以四實爲第一格，四虛次之，虛實相半又次之。其説「四實」，謂中四句皆景物而實也。於華麗典重之間有雍容寬厚之態，此其妙也。昧者爲之，則堆積窒塞，而寡於意味矣。是編一出，不爲無補後學，有識高見卓不爲時習熏染者，往往於此解悟。間有過於實而句未飛健者，得以起或者窒塞之譏。然刻鵠不成尚類鶩，豈不勝於空疏輕薄之爲，使稍加探討，何患不古人之我同也。

「四虛」序云：「不以虛爲虛，而以實爲虛，化景物爲情思，從首至尾，自然如行雲流水，此其難也。否則偏於枯瘠，流於輕俗，而不足採矣。姑舉其所選一二云：「嶺猿同旦暮，江柳共風烟。」又：「猿聲知後夜，花發見流年。」若猿，若柳，若花，若旦暮，若風烟，若夜，若年，皆景物也。化而虛之者一字耳，此所以次於四實也。

「故人江海別，幾度隔山川。乍見翻疑夢，相悲各問年。孤燈寒照雨，深竹暗浮烟。更有明朝恨，離杯惜共傳。」「暮蟬不可聽，落葉豈堪聞。共是悲秋客，那知此路分。荒城背流水，遠雁入寒雲。陶令門前菊，餘花可贈君。」前一首司空曙，後一首郎士元，皆前虛後實之格。今之言唐詩者多尚此。及觀其作，則虛者枯，實者塞，截然不相通，徒駕宗唐之名而實背之也。其前實後虛者，卽前格也，第反景物於上聯，置情思於下聯耳。如劉長卿「楚國蒼山古，幽州白日寒。城池百戰後，耆舊幾家殘」，則始可以言格。若劉商「曉晴江柳變，春夢塞鴻歸。今日方知命，前年自覺非」，則下句幾爲上句壓倒。

李杜之後，五言當學劉長卿郎士元，下此則十才子。盧綸、吉中孚、韓翃、錢起、司空曙、李端、苗發、崔七言律詩極不易，唐人以詩名家者，集中十僅一二；且未見其可傳。蓋語長氣短者易流於卑，而事實意虛者又幾乎塞。用物而不爲物所贅，寫情而不爲情所牽，李杜之後，當學者許渾而已。周伯弜以唐詩自鳴，亦惟以許集諄諄誨人。今摭其警句可以爲法者書於後，云：「風傳鼓角霜侵戟，雲卷笙歌月上樓。」「山殿日斜喧鳥雀，石潭波動戲魚龍。」「潮寒水國秋砧早，月暗山城夜漏稀。」「日照蒹葭明楚塞，烟分楊柳見隋堤。」「潮生水郭蒹葭響，雨過山城橘柚疏。」「野蠶成繭桑柘盡，溪鳥引雛蒲稗深。」凌歊臺云：「湘潭雲盡暮山出，巴蜀雪消春水來。」洛城云：「水聲東去市朝變，山勢北來宮殿高。」金陵云：「石燕拂雲晴亦雨，江豚吹浪夜還風。」書所見云：「五夜有情隨暮雨，百年無節待秋霜。」衞將軍廟云：「漢業未興王霸在，秦軍才散魯連歸。」皆妙。其起結尤非中唐人可及。

趙嘏劉滄七言，間類許渾，但不得其全耳。

古樂府當學王建，如涼州行、刺促詞、古釵行、精衞詞、老婦歎鏡、短歌行、渡遼水等篇，反覆致意，有古作者之風，一失於俗則俚矣。

或問放翁曰：「李賀樂府極今古之工，巨眼或未許之，何也？」翁云：「賀詞如百家錦衲，五色炫耀，光奪眼目，使人不敢熟視，求其補於用，無有也。杜牧之謂稍加以理，奴僕命騷可也。豈亦惜其詞勝！若金銅仙人辭漢一歌，亦傑作也。然以賀視温庭筠輩，則不侔矣。」

對牀夜語卷第三

李太白北上行，卽古之苦寒行也。苦寒行首句云「北上太行山，艱哉何巍巍」，因以名之也。太白詞有云：「磴道盤且峻，巉巖凌穹蒼。馬足蹶側石，車輪摧高岡。」又：「殺氣毒劍戟，嚴風裂衣裳。」此正古詞「羊腸坂詰屈，車輪爲之摧。樹木何蕭瑟，北風聲正悲」。太白又有「奔鯨夾黄河，鑿齒屯洛陽。猛虎又掉尾，磨牙皓秋霜」，亦古詞「熊羆對我蹲，虎豹夾路啼。」又：「汲水澗谷阻，采薪隴坂長。草木不可餐，飢飲零露漿。」是亦古詞「行行日已遠，人馬同時飢。擔囊行取薪，斧冰持作糜」，特詞語小異耳。陸士衡謝靈運諸作，亦不出此轍。若老杜則不然，曰：「漢時長安一丈雪，牛馬毛寒縮如蝟。」又：「凍埋蛟龍南浦縮，寒刮肌膚北風利。」一空故習矣。

老杜詩：「重露成涓滴，稀星乍有無。」前輩謂此聯能窮物理之變，探造化之微。又有句云：「久露晴初溼，高雲薄未還。」又：「晚照斜初徹，浮雲薄未歸。」雖不追前作，然含悠揚不迫之意，他人未易及也。若「塞雲多斷續，邊日少光輝。」又「蜀星陰見少，江雨夜聞多」。則又於前所稱者不同也。

老杜多欲以顔色字置第一字，却引實字來，如「紅入桃花嫩，青歸柳葉新」是也。不如此，則語既弱而氣亦餒。他如「青惜峰巒過，黄知橘柚來」，「碧知湖外草，紅見海東雲」，「緑垂風折笋，紅綻雨肥梅」，「紅浸珊瑚短，青懸薜荔長」，「翠深開斷壁，紅遠結飛樓」，「翠乾危棧竹，紅膩小湖蓮」，「紫收岷嶺芋，白種陸池蓮」，皆如前體。若「白摧朽骨龍虎死，黑入太陰雷雨垂」，益壯而險矣。

老杜詩：「冬温蚊蚋在，人遠鳧鴨亂。」詩意謂因冬之温，故尚有蚊蚋，因人之遠，故鳧鴨得恣其亂，默有所寓也。韓子蒼乃謂人遠如鳧鴨之亂，恐非公意。況此十字正是五言句法。

「牽牛出河西，織女處其東。萬古永相望，七夕誰見同。神光竟難候，此事終朦朧。」觀此則老杜不取世俗説也。然又有詩云：「牛女年年渡，何曾風浪生。」

「無貴賤不悲，無富貧亦足。萬古一骸骨，鄰家遞歌哭。」又：「禍首燧人氏，厲階董狐筆。君看燈燭張，轉使飛蛾密。」達道之言也，詩云乎哉？

自京赴奉先有云：「入門聞號咷，幼子飢已卒。吾寧捨一哀，里巷猶嗚咽。所愧爲人父，無食致夭折。豈知秋未登，貧窶有倉卒。」舐犢之悲，流出胸臆。故彭衙行云：「衆雛爛熳睡，唤起霑盤飧。」赴王十五會云：「病身虚俊味，何幸飫兒童。」

「寄書問三川，不知家在否。比聞同罹禍，殺戮到雞狗。幾人全性命，盡室豈相偶。自寄一封書，今已十月後，反畏消息來，寸心亦何有！」亂離之後，殺戮殆盡，其能全家生免者幾希矣，故反畏其消息之回。憶昔云：「洛陽宮殿燒焚盡，宗廟新除狐兔穴。傷心不忍問耆舊，復恐初從亂離説。」亦慮其動懷舊之悲也。

「干戈猶在眼，儒術豈謀身。」「紈袴不餓死，儒冠多誤身。」感憤之作也，曾何傷。若「儒術於我何有哉，孔丘盜跖俱塵埃」，叱聖人之名，而使之與盜賊同列，嘻！得罪於名教亦甚焉。或謂孟子曰舜跖之徒，舜與跖豈可徒耶，然爲利爲善之别，亦昭然矣。

寄岑參云：「沉吟坐秋軒，飯食錯昏晝。」謂懷人之深，至忘昏晝也。夔府詠懷云：「奴僕何知禮，恩榮錯與權。」謂小人之僭不可假借也。至日云：「何人錯憶窮愁日，愁日愁隨一線長。」堂成云：「旁人錯比揚雄宅，懶惰無心作解嘲。」呀鶻云：「清秋落日已側身，過雁歸鴉錯回首。」他如「尚錯雄鳴管」，「錯揮鐵如意」及「舉目貪看鳥，回頭錯應人」，「江邊老翁錯料事，眼暗不見風塵清」，雖出一手，而用之工拙，亦甚易辨。

漢書：「大兒孔文舉，小兒楊德祖。」最能行云：「小兒學問止論語，大兒結束隨商旅。」徐卿二子歌：「大兒九齡色清澈，秋水爲神玉爲骨。小兒五歲氣食牛，滿堂賓客皆回頭。」劉少府畫山水歌：「大兒聰明到，能添老樹巔崖裏。小兒心孔開，貌得山僧及童子。」本漢語也。

子厚：「西岑極遠目，毫末皆可了。」老杜有「齊魯青未了」。劉禹錫「一方明月可中庭」，老杜有「清池可方舟」。退之「緑淨不可唾」，老杜「自爲青城客，不唾青城地」，乃知老杜無所不有。

高適九日詩云：「縱使登高祇斷腸，不如獨坐空搔首。」老杜有「羞將短髮還吹帽，笑倩旁人爲整冠」，亦反其事也。結句云：「明年此會知誰健，醉把茱萸仔細看。」與劉希夷「今年花落顏色改，明年花開復誰在」之意同。氣長句雅，俱不及杜。戴叔倫對月云：「明年此夕遊何處，縱有清光知對誰。」欲脱其胎而不可，蓋才力不逮也。東坡用其意，作中秋月詩云：「此生此夜不長好，明月明年何處看。」遂成絶句。

高適詩云：「林稀落日行人少，醉後無心怯路歧。」老杜有「前村山路險，歸醉每無愁」，詞簡意工，孰臻其妙，學造語者宜知之。又如楊衡詩云：「正是憶山時，復送歸山客。」張籍云：「長因送人處，憶得別家時。」盧象還家詩云：「小弟更孩幼，歸來不相識。」賀知章云：「兒童相見不相識，笑問客從何處來。」語益換而益佳，善脱胎者宜參之。近時嚴坦叔還家詩，亦有「舊時巷陌渾忘記，却問新移來住人」，頗得知章之遺意。

老杜得弟信詩云：「浪傳烏鵲喜，深負鶺鴒詩。」喜觀即到詩云：「待爾嗔烏鵲，拋書示鶺鴒。」是皆用「鶺鴒」寓兄弟事。其憶之則云：「百戰今誰在，三年望汝歸。」別之則云：「數杯巫峽酒，百丈內江船。」又止於盡憶別之意，未嘗用事也，亦何害其不爲憶弟別弟之詩。其他與子姪之詩亦然。近因舉許渾示弟詩，有云：「家貧爲客早，路遠得書稀。」或謂不見示弟之意，不足爲佳，似未嘗讀杜詩也。

好句易得，好聯難得，如「池塘生春草」之類是也。唐人：「天勢圍平野，河流入斷山。」「朽關生溼菌，傾屋照斜陽。」「風兼殘雪起，河帶斷冰流。」「興闌啼鳥換，坐久落花多。」「客尋朝磬至，僧背夕陽歸。」「廢巢侵燒色，荒冢入鋤聲。」「石梯迎雨潤，沙井帶潮鹹。」「迸笋侵窗長，驚蟬出樹飛。」下句皆勝於上。老杜固不當以此論其工拙，然亦時有此作。如「地卑荒野大，天遠暮江遲」，「亂雲低薄暮，急雪舞迴風」，「深山催短景，喬木易高風」，「岸風翻夕浪，舟雪灑寒燈」，「風箏吹玉柱，露井凍銀牀」，「薄雲巖際宿，孤月浪中翻」，「遠鷗浮水靜，輕燕受風斜」等句，皆不免此病。

「十日君家把酒杯，六年波浪與塵埃。不知烏石岡邊路，到老相尋得幾回。」人謂此詩本顧況「一別二十年，人堪幾回別」之句。予讀老杜別唐十五詩云：「九載一相逢，百年能幾何。」顧之意或原於此。張籍有絶句云：「山東二十餘年別，今日相逢在上都。説盡向來無限事，相看摩捋白髭鬚。」句不同而意極長。使後人能於其中易以一字，則不足以爲絶句。賈島亦有「舊國別多日，故人無少年」，與張意同。

韓偓落花詩：「總得苔遮猶慰意，便教泥污更傷心。」弱甚。老杜有「縱教醉裏風吹盡，可待醒時雨打稀」，去偓輩遠矣。王建亦有「且願風留著，唯愁日炙銷」，正堪與偓詩上下。

詩用古人名，前輩謂之點鬼簿，蓋惡其爲事所使也。如老杜「但見文翁能化俗，焉知李廣不封侯」，「今日朝廷須汲黯，中原將帥憶廉頗」等作，皆借古以明今，何患乎多？李商隱集中半是古人名，不過因事造對，何益於詩？至有一篇而疊用者，如茂陵云：「玉桃偷得憐方朔，金屋修成貯阿嬌。誰料蘇卿老歸國，茂陵松柏雨蕭蕭。」此猶有微意。牡丹詩云：「錦幃初見衛夫人，繡被猶堆越鄂君。石崇蠟燭何曾翦，荀令香爐可待熏。」不切甚矣。

詩人形容新臺之事，不過曰：「新臺有泚，河水瀰瀰。燕婉之求，籧篨不鮮。」形容公子頑之事，不過曰：「牆有茨，不可掃也。中冓之言，不可道也。所可道也，言之醜也。」如是而已。李商隱咏真妃之事，則曰：「平明每幸長生殿，不從金輿唯壽王。」彰君之惡也。聖人答陳司敗知禮之問，恐不爾也。又：「未免被他褒女笑，只教天子暫蒙塵。」又：「君王若道能傾國，玉輦何由過馬嵬。」又：「如何四紀爲天子，不及盧家有莫愁。」皆有重色輕天下之心，大抵商隱之詩類如此。如東阿王云：「君王不得爲天子，半爲當年賦洛神。」曼倩詞云：「如何漢殿穿針夜，又向窗中覷阿環。」至有「趙后樓中赤鳳來」之句，發乎情止乎禮義之意安在？

人知許渾七言，不知許五言亦自成一家。知劉長卿五言，不知劉七言亦高。許五言如：「樹色隨山迥，河聲入海遥。」「月高花有露，烟合水無風。」「別馬嘶營柳，驚烏散井桐。」「海風聞鶴遠，潭日見魚深。」全篇如示弟云：「自爾出門去，淚痕常滿衣。家貧爲客早，路遠得書稀。文字誰人識，烟波幾日歸？秋風正摇落，孤雁又南飛。」長卿七言，登餘干古城云：「孤城上與白雲齊，萬古蕭條楚水西。官舍已空秋草緑，女牆猶在夜烏啼。平沙渺渺來人遠，落日亭亭向客低。沙鳥不知陵谷變，朝來暮去弋陽溪。」其他散句如：「漢口夕陽斜渡鳥，洞庭秋水遠連天。」「江上月明胡雁過，淮南木落楚山多。」「細雨溼衣看不見，閒花落地聽無聲。」措思削詞皆可法。餘則珠聯玉映，尤未易徧述也。

許渾絶句亦佳，但句法與律詩相似，是其所短耳。學仙云：「聞有三山不知處，茂陵松柏滿西風。」緱仙廟云：「曲終飛去不知處，山下碧桃春自開。」秋思云：「高歌一曲掩明鏡，昨日少年今白頭。」皆無衰靡之氣。若旌儒廟云：「廟前亦有商山路，不學老翁歌紫芝。」四皓廟云：「山酒一卮歌一曲，漢家天子忌功臣。」則雄拔藻麗之中，有一段議論在，又與前作不侔矣。其始皇墓云：「一種青山秋草裏，路人惟拜漢文陵。」曹鄴亦有「行人上陵過，却拜扶蘇墓」，扶蘇非有德於人者，意亦不如許。

「風定花猶落，鳥鳴山更幽。」前輩謂上句置靜意於動中，下句置動意於靜中，是猶作意爲之也。劉長卿「片雲生斷壁，萬壑徧疏鐘」，其體與前同，然初無所覺，咀嚼既久，乃得其意。

有所思，古樂府云：「有所思，思昔人，曾閔二子善養親。和顔色，奉昏晨，至誠烝烝通神明。」傳者一失於正，遂致庾肩吾有「拂匣看離扇，開箱見別衣。」吴均有「春風驚我心，秋露傷君髮。」至盧仝則云：「當時我醉美人家，美人顔色嬌如花。今日美人棄我去，青樓珠箔天之涯。」豈亦傳習之誤耶？或謂仝此詩自有所寓云。

崔豹古今注曰：「杞梁妻者，杞殖妻妹朝日所作也㊀。殖戰死，妻曰：『上無父，中無夫，下無子，人生之苦至矣。』乃抗聲長哭，杞都城感之而頹，遂投水死。其妹悲姊之貞，乃作歌，名曰杞梁妻焉。梁，殖之字也。列女傳曰：「齊莊公襲莒，殖戰而死。」僧貫休乃云：「秦之無道兮四海枯，築長城兮遮北胡。築人築土一萬里，杞梁貞婦啼嗚嗚。上無父兮中無夫，下無子兮孤復孤。一號城崩塞色苦，再號杞梁骨出土。疲魂飢魄相逐歸，陌上少年毋相非。」味其詞，則杞梁乃秦之築城卒，其妻亦未嘗死也。殖戰而死下，似有脫文。

㊀「殖」，說苑立節篇作「殖」，古今注作「植」，下同。

吴融「見多鄰犬遥相認，來慣幽禽近不驚」，與雍陶「初歸山犬翻驚主，久別江鷗却避人」之句同。白樂天「想得家中夜深坐，還應説著遠行人」，語頗直，不如王建「家中見月望我歸，正是道上思家時」有曲折之意。劉商柳詩「幾回離別折欲盡，一夜春風吹又長」，不如樂天草詩「野火燒不盡，春風吹又生」語簡而思暢。或又謂樂天此聯，不如「春入燒痕青」之句。

吴融秋樹詩云：「曉烟散去陰全薄，明月臨來影半空。」姚倫：「亂聲千葉下，寒影一巢孤。」或許其有摹寫之工。劉方平有「萬影皆因月，千聲各爲秋」，亦佳，但不題樹。然起句云「林塘夜泛舟，蟲響荻颼颼」，引帶而下，頓覺精彩。盧綸山中古木云：「墜葉鳴荒竹，斜根擁斷蓬。半侵山影裏，長在水聲中。」思致亦不淺。

對牀夜語卷第四

唐人絶句，有意相襲者，有句相襲者。王昌齡長信宮云：「玉顔不及寒鴉色，猶帶昭陽日影來。」孟遲長信宮亦云：「自恨輕身不如燕，春來還遶御簾飛。」王建綺岫宮云：「武帝去來紅袖盡，野花黄蝶領春風。」鮑溶隋宮云：「煬帝春遊古城在，壞宮芳草滿人家。」張喬寄維揚友云：「月明記得相尋處，城鎖東風十五橋。」杜牧懷吴中友云：「惟有别時今不忘，暮烟秋雨過楓橋。」韋應物訪人云：「怪來詩思清人骨，門對寒流雪滿山。」王涯宮詞云：「共怪滿衣珠翠冷，黄花瓦上有新霜。」又杜牧沈下賢云：「一夕小敷山下路，水如環珮月如襟。」白樂天暮江吟云：「可憐九月初三夜，露似真珠月似弓。」劉長卿送朱放云：「莫道野人無外事，開田鑿井白雲中。」韓偓即目云：「須信閒中有忙事，曉來衝雨覓漁師。」此皆意相襲者。又杜牧送隱者云：「公道世間唯白髮，貴人頭上不曾饒。」高蟾春詩云：「人生莫遣頭如雪，縱得春風亦不消。」賀知章還家云：「兒童相見不相識，却問客從何處來。」雍陶過故宅看花云：「今日主人相引看，誰知曾是客移來。」賈島渡桑乾云：「客舍并州已十霜，歸心日夜憶咸陽。無端更渡桑乾水，却望并州是故鄉。」李商隱夜雨寄人云：「君問歸期未有期，巴山夜雨漲秋池。何當共翦西窗燭，却話巴山夜雨時。」此皆襲其句而意別者。若定優劣，品高下，則亦昭然矣。

七言仄韻，尤難於五言。長孫佐輔有詩云：「獨訪山家歇還涉，茅屋斜連隔松葉。主人聞語未開門，遶籬野菜飛黄蝶。」好事者或繪爲圖。柳子厚云：「南州溽暑醉如酒，隱几熟眠開北牖。日午獨覺無餘聲，山童隔竹敲茶臼。」言思爽脱，信不在前詩下。高駢云：「清溪道士人不識，上天下天鶴一隻。洞門深鎖碧窗寒，滴露研硃點周易。」駢爲吕用之所紿，至於殺身亡家而不悟，固無足取，然此等辭語，決非塵埃人可道。

唐人五言四句，除柳子厚釣雪一詩之外，極少佳者。今偶得四首，漫録於此。玉階怨云：「玉階生白露，夜久侵羅襪。却下水晶簾，玲瓏望秋月。」拜月云：「開簾見月時，便即下階拜。細語人不聞，北風吹裙帶。」蕪城懷古云：「風吹城上樹，草没城邊路。城裏月明時，精靈自來去。」秋日云：「返照入閭巷，憂來與誰語？古道無人行，秋風動禾黍。」前二篇備婉孌之深情，後兩首抱荒寂之餘感。

王昌齡從軍行云：「百戰苦風塵，十年履霜露。雖投定遠筆，未坐將軍樹。早知行路難，悔不理章句。」怨其有功未報也。岑參云：「早知逢世亂，少小漫讀書。悔不學彎弓，向東射狂胡。」悲其所遇非時也。意雖反而實同。

岑參詩：「疲馬卧長坂，夕陽下通津。山風寒空林，颯颯如有人。」賈島云：「數里聞寒水，山家少四鄰。怪禽啼曠野，落日恐行人。」遠途悽慘之意，畢見於此。

王維寄崔鄭二山人云：「鄭生老泉石，崔子老丘樊。賣藥不二價，著書仍萬言。息陰無惡木，飲水必清源。予賤不及議，斯人竟誰論。」是時維官必未顯也。送邱爲云：「知爾不能薦，羞稱獻納臣。」則可言而不言。綦毋潛之落第，孟浩然之斥還，豈亦維謀之薦之不力也？

詩人發興造語，往往不約而合。如「雨中山果落，燈下草蟲鳴」，王維也。「樹初黃葉日，人欲白頭時」，樂天也。司空曙有云：「雨中黃葉樹，燈下白頭人。」句法王而意參白，然詩家不以爲襲也。

楊衡詩云：「落葉寒擁壁，清霜夜沾石。正是憶山時，復送歸山客。殷勤一尊酒，曉月當窗白。」語意清脱，略無塵土紛華之氣。及讀其白紵詞，則有云：「躡珠履，步瓊筵，輕身起舞紅燭前。」又：「涼風蕭蕭漏水急，月華泛灧紅蓮溼，牽裙攬帶翻成泣。」又：「金壺半傾芳夜促，梁塵霏霏暗紅燭。」全類李長吉。謂與前詩同出一喙，吾不信也。其看花小句亦佳，詩云：「都無看花意，偶到樹邊來。可憐枝上色，一一爲愁開。」

蘇渙有變律詩二首，其一云：「養蠶爲素絲，葉盡蠶不老。傾筐對空林，此意向誰道。一女不得織，萬夫受其寒。一夫不得意，四海行路難。」言語如此，則渙亦非尋常之盜也。

高適詩：「二月猶北風，天陰雪冥冥。寥落一室中，悵然慚百齡。苦愁正如此，門柳復青青。」皇甫冉云：「岸有經霜草，林有故年枝。俱應待春色，獨使客心悲。」不如適氣長而有生意。淵明歸去詞云：「木欣欣以向榮，泉涓涓而始流。善萬物之得時，感吾生之行休。」冉述之也。

老杜入六弟宅詩云：「令弟雄軍佐，凡才污省郎。」李嘉祐云：「故鄉那可到，令弟獨能歸。」初謂唐人自有此稱，及讀謝靈運酬惠連詩云：「末路值令弟，開顏披心胸。」乃知不始唐人也。

老杜螢火詩：「幸因腐草出，敢近太陽飛。未足臨書卷，時能點客衣。隨風隔幔小，帶雨傍林微。十月清霜重，飄零何處歸。」韓退之云：「朝蠅不須驅，暮蚊不可拍。蠅蚊滿八區，可盡與相格？得時能幾時，與汝恣啖咋。涼風九月到，掃不見蹤跡。」疾惡之意一也。然杜微婉而韓急迫，豈亦目擊伾文輩專恣而惡之耶？

退之南山詩云：「延延離又屬，夬夬叛還覯。喁喁魚闖萍，落落月經宿。誾誾樹牆垣，巘巘架庫厩。參參削劍戟，煥煥銜瑩琇。敷敷花披萼，闟闟屋摧霤。悠悠舒而安，兀兀狂以狃。起起出猶奔，蠢蠢駭不懋。」連十四句皆用雙字起，蓋亦古詩「青青河畔草，鬱鬱園中柳」之意。

退之序孟東野詩云：「東野之詩，其高出魏晉，不懈而及於古，其他浸淫乎漢氏矣。又薦之以詩云：「有窮者孟郊，受材實雄驁。冥觀洞古今，象外逐幽好。横空盤硬語，妥貼力排奡。敷柔肆紆餘，奮猛卷海潦。榮華肖天秀，捷疾逾響報。」東坡讀東野詩，乃云：「孤芳擢荒穢，苦語餘詩騷。水清石鑿鑿，湍急不受篙。初如食小魚，所得不償勞。又如煮彭越，竟日嚼空螯。要當鬬僧清，未足當韓豪。人生如朝露，日夜火消膏。何苦將兩耳，聽此寒蟲號。」退之進之如此，而東坡貶之若是，豈所見有不同耶？然東坡前四句，亦可謂巧於形似。

東野長安道詩云：「胡風激秦樹，賤子風中泣。家家朱門開，得見不可入。長安十二衢，投樹鳥亦急。高閣何人家，笙簧正喧吸。」氣促而詞苦，亦可憐也。退之有贈孟之詩云：「長安交遊者，貧富各有徒。親朋相過時，亦各有以娛。陋室有文史，高門有笙竽。何能辨榮悴，且欲分賢愚。」亦廣其意而使之安其貧也。

退之誌虢州司户韓岌墓，止稱其父祖之能。太學博士李于墓，惟辨其服藥之誤。若殿中少監馬繼祖墓，則哀其四十年間哭三世耳。子厚亦然。祕書姜嶨墓，謂其生三日，即授六品官，及嗜音畜妓。襄陽丞趙公矜墓，亦獨記其子求銘之事。又温縣主簿韓慎墓，不過曰：「生也以其弟之恭，知君之爲友；没也以其弟之戚，知君之爲愛。」古人誌實不少假，今則不然，真諛墓也。退之銘墓，其詞約，子厚銘墓，其詞豐，各炫其長也。子厚獨銘覃季子墓云「困其獨，豐其辱」，兩句而已。

子厚與李睦州論服氣書，末云：「願椎肥牛，擊大豕，刲羣羊，以爲兄饍；窮隴西之麥，殫江南之稻，以爲兄壽。鹽東海之水以爲鹹，醯敖倉之粟以爲酸，極五味之適，致五臟之安，心恬而志逸，貌美而身胖。」退之，李博士服丹致斃，誌其墓云：「五穀三牲，鹽醯果蔬，人所常御。今惑者曰五穀令人夭，當務減節。鹽醯以濟百味，豚魚雞三者古以養老，反曰是皆殺人，不可食。不信常道，臨死乃悔。」子厚戒之於其生，退之誌之於其死，服丹與氣，誠不若飲食之常也。古詩云：「服藥求神仙，多爲藥所誤。不如飲美酒，被服紈與素。」此二文之本。

退之紀夢云：「我能屈曲自世間，安能從汝巢神山。」遊青龍云：「忽驚顔色變韶稚，却信靈仙非怪誕。」又謝自然云：「簷楹氣明滅，五色光屬聯。須臾自輕舉，飄若風中烟。」信且見矣。華山女云：「豪家少年豈知道，來繞百匝脚不停。雲窗霧閣事恍惚，重重翠幔深金屏。仙梯難攀俗緣重，浪憑青鳥通丁寧。」又誰氏子云：「或云欲學吹鳳笙，所慕靈妃媲蕭史。」非不信且見，故從而斥之也。

聯句，或二人三人，隨其數之多寡不拘也。其法則不同。有跨句者，謂連作第二第三句，城南等作是也；有一人一聯者，會合遣興等作是也。有一人四句者，有所思等作是也。遣興聯句，東野云：「我心隨月光，寫君庭中央。」退之云：「月光有時晦，我心安所忘。」詞貫意串，如同一喙。不然，則真四公子棋耳。

東野詩云：「靜木有恬翼，潛波無躁鱗。迺知喧競場，莫處君子身。」蓋謂君子之立身，不容不擇其所。寓言云：「誰謂碧山曲，不廢青松直。誰謂濁水泥，不污明月色。」是又欲和光而同塵也。下句亦本太白「獨漉水中泥，水濁不見月」，第反其意耳。

王荆公謂老杜「暝色赴春愁」，下得「赴」字大好，若下「見」字、「起」字卽小兒言語。予觀唐詩，知此句乃皇甫冉詩，荆公誤記也。其詩云「暝色赴春愁，歸人南渡頭。渚烟空翠合，湖月碎光流」云云。王昌齡亦有「寒鳥赴荒園」之句，似不逮前。雖句中不可無好字，亦看人用之何如耳。岑參有句云：「愁雨懸空山。」「懸」字不易及。裴説用之云：「嶽面懸青雨。」點化既工，尤勝於岑。李嶠有「星月懸秋漢」，唐僧有「雪溜懸南岳」，又「懸燈雪屋明」，皆於「懸」字上見工。

老杜泉詩有云：「明涵客衣淨，細蕩林影趣。」「涵」「蕩」二字，曲盡形容之妙。嚴維詠泉亦云：「獨映孤松色，殊分衆鳥喧。」頗得老杜活法。又張鼎詠僧舍小池云：「冷光搖砌錫，疏影露枝猿。」人皆知其「搖」「露」二字有功，殊不知其用心實在「砌」字「枝」字之上，熟參者始知之。唐人又有「映地爲天色，飛空作雨聲」，「窺魚光照鶴，洗鉢影搖僧」，皆詠泉之作也。

前輩云，詩家病使事太多，蓋皆取其與題合者類之，如此乃是編事，雖工何益。李商隱人日詩云：「文王喻復今朝是，子晉吹笙此日同。舜格有苗旬太遠，周稱流火月難窮。縷金作勝傳荆俗，翦綵爲人起晉風。獨想道衡詩思苦，離家恨得二年中。」正如前語。若隋宮詩云：「玉璽不緣歸日角，錦帆應是到天涯。」又籌筆驛云：「管樂有才真不忝，關張無命欲何如。」則融化斡旋如自己出，精粗頓異也。

商隱又有題新創河亭詩云：「河蛟縱玩難爲室，海蜃遥驚恥化樓。」不過蛟室蜃樓耳，而點化如此。世稱王禹玉「鳳輦鰲山」之句，本斯意也。

「虹收青嶂雨，鳥没夕陽天。」「月澄新漲水，星見欲銷雲。」「池光不受月，野氣欲沉山。」「城窄山將壓，江寬地共浮。」「秋應爲紅葉，雨不厭蒼苔。」皆商隱詩也，何以事爲哉？又落花云：「落時猶自舞，掃後更聞香。」梅花云：「素娥唯與月，青女不饒霜。」尤妙。若「江海三年客，乾坤百戰場」，則絶類老杜。

李商隱賈誼詩云：「可憐夜半虚前席，不問蒼生問鬼神。」韓偓云：「如今冷笑東方朔，唯用詼諧侍漢皇。」又：「長卿祇爲長門賦，未識君臣際會難。」皆反其事而言之。是時韓在翰林，故出此語，視李爲切。

韓偓在唐末粗有可取者，如「沙頭有廟青林合，驛步無人白鳥飛」，「細水浮花歸别浦，斷雲含雨入孤村」，「白髭兄弟中年後，瘴海程途萬里長」，五言如「鳥啼深不見，人語静先聞」，雖神氣短緩，亦微有深致。其秋夜憶家絶句云：「垂老何時見弟兄，背燈悲泣到天明。不知短髮能多少，一滴秋霖白一莖。」悽楚可悲，亦善於詞者。若「挾彈少年多害物，勸君莫近五陵飛」，又「蕭艾轉肥蘭蕙瘦，可能天亦妬馨香」，是直訕耳。詩人比興掃地矣。

對牀夜語卷第五

阮嗣宗詠懷云：「開軒臨四野，登高望所思。丘墓蔽山岡，萬代同一時。千秋萬歲後，榮名安所之！」可謂混貴賤之殊，盡死生之變。老杜云：「王侯與螻蟻，同盡隨丘墟。」則簡而妙矣。又劉越石答盧諶云：「何以贈子，竭心公朝。」老杜送嚴武云：「公若登台輔，臨危莫愛身。」鮑照東武吟云：「將軍既下世，部曲亦罕存。」老杜哭嚴僕射云：「素幔隨流水，歸舟返舊京。老親如夙昔，部曲異平生。」善用古者自不同。若「丈人試靜聽，賤子請具陳」，則又用鮑明遠「主人且勿諠，賤子歌一言」之句。又「身輕一鳥過」，亦用張景陽詩。張詩云：「人生瀛海內，忽如鳥過目。」

左太沖詠史云：「吾希段干木，偃息藩魏君。吾慕魯仲連，談笑却秦軍。」皮日休七愛云：「吾愛房與杜，貧賤共聯步。」又云：「吾愛李太尉，崛起定中原。」做前詩也。

羅隱隴頭水云：「借問隴頭水，年年恨何事？全疑嗚咽聲，中有征人淚。」于濆云：「借問隴頭水，終年恨何事？深疑嗚咽聲，中有征人淚。」所賦同，造語同，未有議其非者，今人則豈無剽竊之疑。又如皇甫冉詩云：「巫峽見巴東，迢迢出半空。雲藏神女館，雨到楚王宮。朝暮泉聲落，寒暄樹色同。清猿不可聽，偏在九霄中。」李端云：「巫山十二峰，皆在碧虛中。回合雲藏日，霏微雨帶風。猿聲寒過水，樹色暮連空。愁向高唐望，清秋見楚宮。」句意亦同。宋玉高唐賦云：「昔楚襄王與玉遊於雲夢之臺，望高唐之觀，其上獨有雲氣。王曰：『此何氣也？』玉對曰：『昔先王嘗夢見一婦人曰：妾巫山之女也，聞君遊高唐，願薦枕席。王因幸之。』」又神女賦云：「襄王使玉賦高唐之事，其夜王寢，夢與神女遇。」詳其所賦，則神女初幸於懷，再幸於襄，其誣蔑亦甚矣。流傳未泯，凡此山之片雲滴雨，皆受可疑之謗，神果有知，則亦必抱長憤於沈冥恍惚之間也。于濆有詩云：「何山無朝雲，彼雲亦悠揚。何山無暮雨，彼雨亦蒼茫。宋玉恃才者，憑虛搆高唐。自重文賦名，荒淫歸楚襄。峨峨十二峯，永作妖鬼鄉。」或可以洩此憤之萬一也。

常建弔王將軍墓云：「嫖姚北伐時，深入强千里。戰餘落日黄，軍敗鼓聲死。嘗聞漢飛將，可奪單于壘。今與山鬼鄰，殘兵哭遼水。」哀之至矣。第二聯尤妙。祖詠有夕次圃田店詩，亦與前格相類，詩云：「前路入鄭郊，向經百餘里。馬煩時欲歇，客歸程未已。落日桑柘陰，遥村烟火起。西還不遑宿，中夜渡京水。」秀整而韻不緩，且曲盡旅行之意。詠又有「風簾摇竹影，秋雨帶蟲聲」。又「遠樹低蒼壘，孤山出草城」。亦錢郎之亞也。

「既老又不全，始得離邊城。一枝假枯木，步步向南行。去時日一百，來時一月程。常恐道路旁，掩棄狐兎塋。所願死鄉里，到日不願生。聞此哀怨詞，念念不忍聽。惜無異人術，倏忽具爾形。」右趙微明回軍跛者之詩，只讀起句，不必看題目，亦必知爲此詩矣。所謂「去時日一百，來時一月程」，則前月行軍之速，今日被疾而歸，曲見於此。又「所願死鄉里，到日不願生」，百世之下，誦之猶慘然，其時可知也。結句用事尤著題，且有不盡之哀。盧綸逢病軍人詩云：「行多有病住無糧，萬里還鄉未到鄉。蓬鬢哀吟古城下，不堪秋氣入金瘡。」驅駕雖未及前，而淒苦之意，殆無以過，起句亦盡。

劉滄咸陽云：「渭水故都秦二世，咸陽秋草漢諸陵。」唐彥謙蒲津河亭云：「烟橫博望乘槎水，日上文王避雨陵。」論句法則劉不及唐，然序懷感之意，得諷興之體，則劉詩勝。若崔曙登望仙臺云：「三晉雲山皆北向，二陵風雨自東來。」思優柔而語益健矣。劉滄下聯云：「天空絕塞聞邊雁，葉盡孤村見夜燈。」視許渾「高樹有風聞夜磬，遠山無月見秋燈」，尤爲工妥。王荆公「已無船舫猶聞笛，遠有樓臺只見燈」之句，必自此聯出也。

劉灣雲南行云：「妻行求死夫，父行求死子。」且喪亂之世，妻倚夫而苟生，父恃子而送死者，今皆先其身而夭，則鰥寡孤獨，失其所矣。但詞傷於直。潘安仁關中詩云：「肝腦塗地，白骨交衢。夫行妻寡，父出子孤。」亦欠包涵之工。

潘安仁悼亡云：「望廬思其人，入室想所歷。」悲有餘而意無盡。江文通擬之云：「明月入綺窗，髣髴想蕙質。」工於述者也。白樂天用之云：「手攜稚子夜歸院，月冷房空不見人。」又任彥升哭人云：「寧知安歌日，非君撤瑟辰。」白樂天亦用之云：「當君白首同歸日，是我青山獨往時。」

白樂天楊柳枝云：「陶令門前四五樹，亞夫營裏百千條。何似東都正二月，黄金枝映洛陽橋。」劉禹錫云：「金谷園中鶯亂啼，銅駝陌上好風吹。城東桃李須臾盡，争似垂楊無限時。」張祜云：「凝碧池邊斂翠眉，景陽樓下綰青絲。那勝妃子朝元閣，玉手和烟弄一枝。」薛能云：「和風烟樹九重城，夾路春陰十萬營。惟向邊頭不堪望，一株憔悴少人行。」三詩皆倣白，獨薛能一首變爲淒楚耳。李商隱亦有二絶，立意頗新。其詞云：「暫憑尊酒送無憀，莫損愁眉與細腰。人世死前唯有别，春風争擬惜長條。」「含烟惹霧每依依，萬緒千條拂落暉。爲報行人休盡折，半留相送半迎歸。」

商隱别有柳枝詞，味其序，柳枝乃商隱從昆讓山鄰家之女，因悦商隱燕臺詩，遂通其約，且以後三日爲期。會友人盜商隱卧裝先去，不果留，嗣後竟爲他人所有。詩中所謂「嘉瓜引蔓長，碧玉冰寒漿。東陵雖五色，不忍值牙香」，非不忍也，不果也。若「玉作彈棋局，中心亦不平」，又「如何湖上望，只是見鴛鴦」，亦惜其不終遇之意。

商隱詩：「鬬雞回玉勒，融麝暖金釭。玳瑁明珠閣，琉璃冰酒缸。」七言云：「不收金彈抛林外，却惜銀牀在井頭。綵樹轉燈珠錯落，繡檀迴枕玉雕鎪。」金玉綵繡，排比成句，乃知號「至寶丹」者，不獨王禹玉也。

劉長卿有湘中紀行十詩，花石潭有云：「水色淡如空，山光復相映。」浮石瀨云：「秋色照瀟湘，月明聞蕩槳。」横龍渡云：「亂聲沙上石，倒影雲中樹。」皆勝語也。他如「天光映波動，月影隨江流」，又「入夜翠微裏，千峯明一燈」，又「潮氣和楚雲，夕陽映江樹」，又「卷簾高樓上，萬里看日落」，詞妙氣逸，如生馬駒不爲韁絡所掣，讀之使人飄飄然有憑虚御風之意。謂其思鋭才窄者，不亦誣矣。

劉長卿王昭君歌云：「自矜驕豔色，不顧丹青人。那知粉繪能相負，却使容華翻悞身。上馬辭君嫁驕虜，玉顔對君啼不語。北風雁急浮雲秋，萬里獨見黄河流。纖腰不復漢宫寵，雙蛾長向胡天愁。琵琶絃中苦調多，蕭蕭羌笛聲相和。誰憐一曲傳樂府，能使千秋傷綺羅。」銅雀臺尾句云：「春風不逐君王去，草色年年舊宫路。宫中歌舞已浮雲，空指行人來往處。」皆反覆包蓄，得古風體。他如：「朔風蕭蕭動枯草，旌旂獵獵榆關道。漢月何曾照客愁，胡笳只解催人老。」又：「横笛能留孤客愁，緑波澹澹如不流。商聲寥亮羽聲苦，江天寂歷江楓秋。」如此等作，尤不可以五言掩其美。

鄭谷鷓鴣詩云：「雨昏青草湖邊過，花落黄陵廟裏啼。」不用鉤輈格磔等字，而鷓鴣之意自見，善詠物者也。人惟傳其海棠一聯耳。又有句云：「潮來無别浦，木落見他山。」李洞有「樓高驚雨闊，木落覺城空」，非不佳，但「驚」「覺」兩字失於有意，不若谷詩之自在。然谷他作，多卑弱無氣。

張祜公子詩云：「紅粉美人擎酒勸，錦衣年少臂鷹隨。」公子之富貴可知已。顧況云：「雙鐙懸金縷鶻飛，長衫刺雪生犀束。」不過形容其車馬衣服之盛耳。然末句云：「入門不肯自升堂，美人扶踏金階月。」氣象不侔矣。雍陶云：「金鞭留當誰家酒，拂柳穿花信馬歸。」公子豈空囊而出耶？若改「留」字爲「戲」字，猶可也。

唐人詠太和公主還宫詩極多，惟李頻一聯最佳，詞云：「禁花半老曾攀樹，宫女多非舊識人。」其他五言如「河聲入峽急，地勢出關低」，「秋盡蟲聲急，夜深山雨重」，可與十才子並驅。

李贊皇桂花曲云：「仙女侍，董雙成，桂殿夜涼吹玉笙。曲終却從仙官去，萬户千門空月明。」錢起云：「曲終人不見，江上數峯青。」雖詞約而深，不出前意也。贊皇詩，人少知之，而錢以此名世，亦可見幸不幸耳。

「馬上相逢久，人中欲認難。」「問姓驚初見，稱名憶舊容。」「乍見翻疑夢，相悲各問年。」皆唐人會故人之詩也。久别倏逢之意，宛然在目，想而味之，情融神會，殆如直述。前輩謂唐人行旅聚散之作，最能感動人意，信非虚語。戴叔倫亦有「歲月不可問，山川何處來」，意稍露而氣益暢，無愧於前也。

詩用生字，自是一病。苟欲用之，要使一句之意，盡於此字上見工，方爲穩帖。如唐人「走月逆行雲」，「芙蓉抱香死」，「笠卸晚峯陰」，「秋雨慢琴絃」，「松涼夏健人」，「逆」字「抱」字「卸」字「慢」字「健」字，皆生字也，自下得不覺。

戎昱詩云：「遠客歸去來，在家貧亦好。」樂天云：「始知爲客苦，不及在家貧。」唐僧善生云：「縱然爲客樂，争似在家貧。」皆本古詩「客行雖云樂，不如早旋歸」。太白亦有「錦城雖云樂，不如早還家」。

唐僧澹交寫真詩云：「圖形期自見，自見却傷神。已是夢中夢，更逢身外身。水花凝幻質，墨綵聚空塵。堪笑予兼爾，俱爲未了人。」或稱其了死生，齊物我。予謂此詩謂之不著題，不可也。若論見識，則譬猶盲者之捕蟬耳，求其聲尚不可得，況其形乎？清尚哭僧詩云：「水流元在海，月落不離天。」斯可以言悟。

張喬多有好絶句，河湟舊卒云：「少年隨將討河湟，白首清時返故鄉。十萬漢家零落盡，獨吹邊曲向殘陽。」漁父云：「首戴圓荷髮不梳，葉舟爲宅水爲居。沙頭聚看人如市，釣得澄江一尺魚。」不獨「城鎖東風十五橋」之句也。又：「兄弟江南身塞北，雁飛猶自半年餘。夜來因得還鄉夢，起讀前秋轉海書。」亦籍牧之亞。

「情新因意勝，意勝逐情新。」上官儀詩也。王駕有「雨前初見花間蕊，雨後全無葉底花」，脫胎工矣。人以爲此格自駕始，非也。或又謂爲荆公所作，亦非也。

「鴿墜霜毛落定僧」，「寒將發定衣」，「坐石鳥疑死」，又「螢入定僧衣」，非衲子親歷此境，不能道也。若「萬里八九月，一身西北風」，「七千里外一家住，十二峯前獨自行」，行脚之作也。上聯則沈佺期「五湖三畝宅，萬里一歸人」，下聯則柳子厚「一十年前南渡客，四千里外北歸人」。「楓根支酒甕，鶴虱落琴牀。」貫休詩也。「鶴虱」兩字，未有人用。又「童子念經深竹裏，獮猴拾蝨夕陽中」，亦生。

唐僧詩，除皎然靈徹三兩輩外，餘者率皆衰敗不可救，蓋氣宇不宏而見聞不廣也。今擇其稍勝者數聯於后。清塞云：「叢桑山店迥，孤燭海船深。」「寒扉關雨氣，風葉隱鐘音。」「飢鼠緣危壁，寒狸出壞墳。」齊己云：「只有照壁月，更無吹葉風。」聽泉「湘水瀉秋碧，古風吹太清。」聽琴貫休云：「好山行恐盡，流水語相隨。」「壑風吹磬斷，杉露滴花開。」子蘭云：「疏鐘摇雨脚，積水浸雲容。」懷浦云：「月没棲禽動，霜晴凍葉飛。」亦足以見其清苦之致。

景文，亦良士也，掇拾古人前後歌詩句語，評品頗當，彙而成帙，名之曰對牀夜語。緬想金玉良友，清宵霏屑，悠然不礙日出事，非籌夜者之一奇觀乎？則其爲人脱略無滯留，誠得張弛之宜也。若曰供長日展玩，豈其宜哉？用是敢翻梓不廢。時正德十六年八月十五日太學生江陰陳沐新之識。

景文號藥莊，錢塘人，南宋太學生，嘗與高菊磵姜白石諸人遊。咸淳丙寅，同葉李蕭規等上書詆賈似道，似道以泥金飾齋扁事罪之，分竄瓊州。其行誼卓然，殆陳東歐陽澈之流，非如江湖詩人，僅以風雅自命而已。所著夜語一編，詞約理勝，深得説詩之旨。景定間，南康馮去非爲之序，諄諄以名節相勉，景文卒亦不負其言，斯可謂之知己矣。歷歲寖久，漸泯其傳，杭人鮮有能舉其姓氏者。予因取家塾舊鈔，正以前明活字印本，梓而行之。蓋亦惟其人，不徒以其言也。景文當元世祖時，程鉅夫奉詔求賢，與趙孟頫同薦于朝，授江浙儒學提舉，不赴，後以子拱爲無錫教授，遂卽邑之茅埸里居焉。故其行事，略見于無錫流寓志。近錢唐厲孝廉鶚箋絶妙好詞，則云以程鉅夫薦，擢江浙儒學提舉，轉長興丞，有藥莊廢稿。當别有所據。予所見林廣齋集中題范晞文詩稿一律云：「研玩新編比碎金，知君風月滿清襟。才高欲進竿頭步，興到還磨盾鼻吟。字有三千何日奏，稿留五七已年深。漢廷射策無蘇李，千載河梁是正音。」范蓋以武資請解，故有竿頭盾鼻一聯云。乾隆壬辰十月十日，古歙鮑廷博識於知不足齋。

歲寒堂詩話

歲寒堂詩話卷上

宋　張戒撰

建安陶阮以前詩，專以言志；潘陸以後詩，專以詠物。兼而有之者，李杜也。言志乃詩人之本意，詠物特詩人之餘事。古詩蘇李曹劉陶阮本不期于詠物，而詠物之工，卓然天成，不可復及。其情真，其味長，其氣勝，視三百篇幾于無愧，凡以得詩人之本意也。潘陸以後，專意詠物，雕鐫刻鏤之工日以增，而詩人之本旨掃地盡矣。謝康樂「池塘生春草」，顏延之「明月照積雪」，案：「明月照積雪」乃謝靈運詩，此誤。謝玄暉「澄江靜如練」，江文通「日暮碧雲合」，王籍「鳥鳴山更幽」，謝真「風定花猶落」，柳惲「亭皋木葉下」，何遜「夜雨滴空階」，就其一篇之中，稍免雕鐫，粗足意味，便稱佳句，然比之陶阮以前蘇李古詩曹劉之作，九牛一毛也。大抵句中若無意味，譬之山無烟雲，春無草樹，豈復可觀。阮嗣宗詩，專以意勝；陶淵明詩，專以味勝；曹子建詩，專以韻勝；杜子美詩，專以氣勝。然意可學也，味亦可學也，若夫韻有高下，氣有强弱，則不可强矣。此韓退之之文，曹子建杜子美之詩，後世所以莫能及也。世徒見子美詩多粗俗，不知粗俗語在詩句中最難，非粗俗，乃高古之極也。自曹劉死至今一千年，惟子美一人能之。中間鮑照雖有此作，然僅稱俊快，未至高古。元白張籍王建樂府，專以道得人心中事爲工，然其詞淺近，其氣卑弱。至于盧仝，遂有「不唧溜鈍漢」、「七椀喫不得」之句，乃信口亂道，不足言詩也。近世蘇黄亦喜用俗語，然時用之亦頗安排勉强，不能如子美胸襟流出也。子美之詩，顔魯公之書，雄姿傑出，千古獨步，可仰而不可及耳。

國朝諸人詩爲一等，唐人詩爲一等，六朝詩爲一等，陶阮、建安七子、兩漢爲一等，風騷爲一等，學者須以次參究，盈科而後進，可也。黄魯直自言學杜子美，子瞻自言學陶淵明，二人好惡，已自不同。魯直學子美，但得其格律耳；子瞻則又專稱淵明，且曰「曹劉鮑謝李杜諸子皆不及也」，夫鮑謝不及則有之，若子建李杜之詩，亦何愧于淵明？卽淵明之詩，妙在有味耳，而子建詩，微婉之情、洒落之韻、抑揚頓挫之氣，固不可以優劣論也。古今詩人推陳王及古詩第一，此乃不易之論。至于李杜，尤不可輕議。歐陽公喜太白詩，乃稱其「清風明月不用一錢買，玉山自倒非人推」之句。案：李白詩刊本「明月」或作「朗月」。此等句雖奇逸，然在太白詩中，特其淺淺者。魯直云：「太白詩與漢魏樂府爭衡」，此語乃真知太白者。王介甫云：「白詩多說婦人，識見汚下。」介甫之論過矣。孔子删詩三百五篇，說婦人者過半，豈可亦謂之識見汚下耶？元微之嘗謂自詩人以來，未有如子美者，而復以太白爲不及，故退之云：「不知羣兒愚，那用故謗傷。」退之于李杜但極口推尊，而未嘗優劣，此乃公論也。子美詩奄有古今，學者能識國風騷人之旨，然後知子美用意處，識漢魏詩，然後知子美遺詞處。至于掩顔謝之孤高，雜徐庾之流麗，在子美不足道耳。歐陽公詩學退之，又學李太白。王介甫詩，山谷以爲學三謝。蘇子瞻學劉夢得，學白樂天太白，晚而學淵明。魯直自言學子美。人才高下，固有分限，然亦在所習，不可不謹，其始也學之，其終也豈能過之。屋下架屋，愈見其小，後有作者出，必欲與李杜爭衡，當復從漢魏詩中出爾。

詩以用事爲博，始于顏光禄而極于杜子美。以押韻爲工，始于韓退之而極于蘇黄。然詩者，志之所之也。情動于中而形于言，豈專意于詠物哉？子建「明月照高樓，流光正徘徊」，本以言婦人清夜獨居愁思之切，非以詠月也，而後人詠月之句，雖極其工巧，終莫能及。淵明「狗吠深巷中，鷄鳴桑樹顛」，本以言郊居閒適之趣，非以詠田園，而後人詠田園之句，雖極其工巧，終莫能及。故曰「言之不足，故長言之。長言之不足，故詠歎之。詠歎之不足，故不知手之舞之，足之蹈之」。後人所謂含不盡之意者此也，用事押韻，何足道哉！蘇黄用事押韻之工，至矣盡矣，然究其實，乃詩人中一害，使後生只知用事押韻之爲詩，而不知詠物之爲工，言志之爲本也，風雅自此掃地矣。

韻有不可及者，曹子建是也。味有不可及者，淵明是也。才力有不可及者，李太白韓退之是也。意氣有不可及者，杜子美是也。文章古今迥然不同，鍾嶸詩品以古詩第一，子建次之，此論誠然。觀子建「明月照高樓」、「高台多悲風」、「南國有佳人」、「驚風飄白日」、「謁帝承明廬」等篇，鏗鏘音節，抑揚態度，温潤清和，金聲而玉振之，辭不迫切，而意已獨至，與三百五篇異世同律，此所謂韻不可及也。淵明「狗吠深巷中，鷄鳴桑樹顛」、「採菊東籬下，悠然見南山」，此景物雖在目前，而非至閑至静之中，則不能到，此味不可及也。杜子美李太白韓退之三人，才力俱不可及，而就其中退之喜崛奇之態，太白多天仙之詞，退之猶可學，太白不可及也。至于杜子美，則又不然，氣吞曹劉，固無與爲敵，如放歸鄜州而云「維時遭艱虞，朝野少暇日。顧慚恩私被，詔許歸蓬蓽」，新婚戍邊而云「勿爲新婚念，努力事戎行。羅襦不復施，對君洗紅妝」，壯遊云「兩宫各警蹕，萬里遥相望」，洗兵馬云「鶴駕通宵鳳輦備，鷄鳴問寢龍樓曉」，凡此皆微而婉，正而有禮，孔子所謂「可以興，可以觀，可以羣，可以怨。邇之事父，遠之事君」者。如「刺規多諫諍，端拱自光輝」，「儉約前王體，風流後代希」，「公若登台輔，臨危莫愛身」，乃聖賢法言，非特詩人而已。

「蕭蕭馬鳴，悠悠旆旌」，以「蕭蕭」「悠悠」字，而出師整暇之情狀，宛在目前。此語非惟創始之爲難，乃中的之爲工也。荆軻云：「風蕭蕭兮易水寒，壯士一去兮不復還。」自常人觀之，語既不多，又無新巧，然而此二語遂能寫出天地愁慘之狀，極壯士赴死如歸之情，此亦所謂中的也。古詩「白楊多悲風，蕭蕭愁殺人」，「蕭蕭」兩字，處處可用，然惟墳墓之間，白楊悲風，尤爲至切，所以爲奇。樂天云：「説喜不得言喜，説怨不得言怨。」樂天特得其粗爾。此句用「悲」「愁」字，乃愈見其親切處，何可少耶？詩人之工，特在一時情味，固不可預設法式也。

國風云：「愛而不見，搔首踟蹰。」「瞻望弗及，佇立以泣。」其詞婉，其意微，不迫不露，此其所以可貴也。古詩云：「馨香盈懷袖，路遠莫致之。」李太白云：「皓齒終不發，芳心空自持。」皆無愧于國風矣。杜牧之云：「多情却是總無情，惟覺尊前笑不成。」意非不佳，然而詞意淺露，略無餘蘊。元白張籍，其病正在此，只知道得人心中事，而不知道盡則又淺露也。後來詩人能道得人心中事者少爾，尚何無餘蘊之責哉。

陶淵明云：「世間有喬松，于今定何聞。」此則初出于無意。曹子建云：「虛無求列仙，松子久吾欺。」此語雖甚工，而意乃怨怒。古詩云：「服食求神仙，多爲藥所誤。」可謂辭不迫切而意已獨至也。

東坡評文勛篆云：「世人篆字，隸體不除，如浙人語，終老帶吳音。安國用筆，意在隸前，汲冢魯壁，周鼓泰山。」東坡此語，不特篆字法，亦古詩法也。世人作篆字，不除隸體，作古詩不免律句，要須意在律前，乃可名古詩耳。

人才各有分限，尺寸不可强。同一物也，而詠物之工有遠近；皆此意也，而用意之工有淺深。章八元題鴈塔云：「十層突兀在虛空，四十門開面面風。却訝鳥飛平地上，忽驚人語半天中。回梯倒踏如穿洞，絶頂初攀似出籠。」案：此詩刊本「忽驚」作「自驚」，「倒踏」作「暗踏」。此乞兒口中語也。梅聖俞云：「復想下時險，喘汗頭目旋。不知且安坐，休用窺雲烟。」何其語之凡也。東坡真興寺閣云：「山林與城郭，漠漠同一形。市人與鴉鵲，浩浩同一聲。側身送落日，引手攀飛星。登者尚呀咻，作者何以勝。」案：此詩刊本「山林」作「山川」，「呀咻」作「呀喘」。登靈隱寺塔云：「足勸小舉相，前路高且長。漸聞鐘磬音，飛鳥皆下翔。入門亦何有，雲海浩茫茫。」案：此詩刊本「亦何有」作「空有無」。意雖有佳處，而語不甚工，蓋失之易也。劉長卿登西靈寺塔云：「化塔凌虛空，雄規壓川澤。亭亭楚雲外，千里看不隔。盤梯接元氣，坐壁栖夜魄。」王介甫登景德寺塔云：「放身千仞高，北望太行山。邑屋如蟻冢，蔽虧塵霧間。」此二詩語雖稍工，而不爲難到。杜子美則不然，登慈恩寺塔首云：「高標跨蒼天，烈風無時休。自非曠士懷，登茲翻百憂。」案：此詩刊本「蒼天」或作「蒼穹」，「曠士」或作「壯士」。不待云「千里」「千仞」「小舉足」「頭目旋」而窮高極遠之狀，可喜可愕之趣，超軼絶塵而不可及也。「七星在北户，河漢聲西流。羲和鞭白日，少昊行清秋。」視東坡「側身」「引手」之句陋矣。「秦山忽破碎，涇渭不可求。俯視但一氣，焉能辨皇州？」豈特「邑屋如蟻冢，蔽虧塵霧間」，山林城郭，漠漠一形，市人鴉鵲，浩浩一聲而已哉？人才有分限，不可强乃如此。

國風離騷固不論，自漢魏以來，詩妙于子建，成于李杜，而壞于蘇黄。余之此論，固未易爲俗人言也。子瞻以議論作詩，魯直又專以補綴奇字，學者未得其所長，而先得其所短，詩人之意掃地矣。段師教康崐崘琵琶，且遣不近樂器十餘年，忘其故態，學詩亦然。蘇黄習氣淨盡，始可以論唐人詩。唐人聲律習氣淨盡，始可以論六朝詩。鐫刻之習氣淨盡，始可以論曹劉李杜詩。詩序云：「情動于中而形于言，言之不足，故嗟歎之。」子建李杜皆情意有餘，洶湧而後發者也。劉勰云：「因情造文，不爲文造情。」若他人之詩，皆爲文造情耳。沈約云：「相如工爲形似之言，二班長于情理之說。」劉勰云：「情在詞外曰隱，狀溢目前曰秀。」梅聖俞云：「含不盡之意，見于言外；狀難寫之景，如在目前。」三人之論，其實一也。

杜子美云「續兒誦文選」，又云「熟精文選理」，然則子美教子以文選歟？近時士大夫以蘇子瞻譏文選去取之謬，遂不復留意。殊不知文選雖昭明所集，非昭明所作。秦漢魏晉奇麗之文盡在，所失雖多，所得不少。作詩賦四六，此其大法，安可以昭明去取一失而忽之？子瞻文章從戰國策陸宣公奏議中來，長于議論而欠宏麗，故雖揚雄亦薄之，云「好爲艱深之詞，以文淺易之說」。雄之說淺易則有矣，其文詞安可以爲艱深而非之也。韓退之文章豈減子瞻，而獨推揚雄云：「雄死後作者不復生。」雄文章豈可非哉？文選中求議論則無，求奇麗之文則多矣。子美不獨教子，其作詩乃自文選中來，大抵宏麗語也。

杜子美登慈恩寺塔云：「回首叫虞舜，蒼梧雲正愁。惜哉瑶池飲，日宴崐崙丘。」此但言其窮高極遠之趣爾，南及蒼梧，西及崐崙，然而叫虞舜，惜瑶池，不爲無意也。白帝城最高樓云：「扶桑西枝對斷石，弱水東影隨長流。」案：此詩刊本「對斷石」或作「封斷石」。使後來作者如何措手？東坡登常山絶頂廣麗亭云：「西望穆陵關，東望琅邪臺。南望九仙山，北望空飛埃。相將叫虞舜，遂欲歸蓬萊。」襄子美已陳之迹，而不逮遠甚。山谷登快閣詩云：「落木千山天遠大，澄江一道月分明。」此但以遠大分明之語爲新奇，而究其實，乃小兒語也。山谷晚作大雅堂記，謂子美死四百年，後來名世之士，不無其人，然而未有能升子美之堂者，此論不爲過。

楊太真事，唐人吟詠至多，然類皆無禮。太真配至尊，豈可以兒女語黷之耶？惟杜子美則不然，哀江頭云：「昭陽殿裏第一人，同輦隨君侍君側。」不待云「嬌侍夜」、「醉和春」，而太真之專寵可知，不待云「玉容」、「梨花」，而太真之絕色可想也。至于言一時行樂事，不斥言太真，而但言輦前才人，此意尤不可及。如云：「翻身向天仰射雲，一笑正墜雙飛翼。」案：此詩刊本「向天」或作「向空」，「一笑」或作「一箭」。不待云「緩歌慢舞凝絲竹，盡日君王看不足」，而一時行樂可喜事，筆端畫出，宛在目前。「江水江花豈終極」，案：此詩刊本「江水」或作「江草」。不待云「比翼鳥」、「連理枝」，「此恨綿綿無盡期」，而無窮之恨，黍離麥秀之悲，寄于言外。題云哀江頭，乃子美在賊中時，潛行曲江，睹江水江花，哀思而作。其詞婉而雅，其意微而有禮，真可謂得詩人之旨者。長恨歌在樂天詩中爲最下，連昌宫詞在元微之詩中乃最得意者，二詩工拙雖殊，皆不若子美詩微而婉也。元白數十百言，竭力摹寫，不若子美一句，人才高下乃如此。

梅聖俞云：「狀難寫之景，如在目前。」元微之云：「道得人心中事。」此固白樂天長處，然情意失于太詳，景物失于太露，遂成淺近，略無餘蘊，此其所短處。如長恨歌雖播于樂府，人人稱誦，然其實乃樂天少作，雖欲悔而不可追者也。其敍楊妃進見專寵行樂事，皆穢褻之語。首云「漢皇重色思傾國，御宇多年求不得」，後云「漁陽鼙鼓動地來，驚破霓裳羽衣曲」，又云「君王掩面救不得，回看血淚相和流」，案：白居易詩刊本「回看」或作「回首」。此固無禮之甚。「侍兒扶起嬌無力，始是新承恩澤時」，此下云云，殆可掩耳也。「遂令天下父母心，不重生男重生女」，此等語乃樂天自以爲得意處，然而亦淺陋甚。「夕殿螢飛思悄然，孤燈挑盡未成眠」，此尤可笑，南内雖凄涼，何至挑孤燈耶？惟敍上皇還京云：「天旋日轉回龍馭，到此躊躇不能去。馬嵬坡下泥土中，不見玉顏空死處。君臣相顧盡沾衣，東望都門信馬歸。歸來池苑皆依舊，太液芙蓉未央柳。」敍太真見方士云：「風吹仙袂飄飄舉，猶似霓裳羽衣舞。玉容寂寞淚闌干，梨花一枝春帶雨。」一篇之中，惟此數語稍佳爾。長恨歌，元和元年尉盩厔時作，是時年三十五，謫江州十一年，作琵琶行，二詩工拙，遠不侔矣。如琵琶行雖未免于煩悉，然其語意甚當，後來作者，未易超越也。

韓退之詩，愛憎相半。愛者以爲雖杜子美亦不及，不愛者以爲退之于詩本無所得，自陳無己輩皆有此論。然二家之論俱過矣。以爲子美亦不及者固非，以爲退之于詩本無所得者，談何容易耶？退之詩，大抵才氣有餘，故能擒能縱，顛倒崛奇，無施不可。放之則如長江大河，瀾翻洶湧，滾滾不窮；收之則藏形匿影，乍出乍没，姿態横生，變怪百出，可喜可愕，可畏可服也。蘇黄門子由有云：「唐人詩當推韓杜，韓詩豪，杜詩雄，然杜之雄亦可以兼韓之豪也。」此論得之。詩文字畫，大抵從胸臆中出，子美篤于忠義，深于經術，故其詩雄而正。李太白喜任俠，喜神仙，故其詩豪而逸。退之文章侍從，故其詩文有廊廟氣。退之詩正可與太白爲敵，然二豪不並立，當屈退之第三。

柳柳州詩，字字如珠玉，精則精矣，然不若退之之變態百出也。使退之收斂而爲子厚則易，使子厚開拓而爲退之則難。意味可學，而才氣則不可强也。

韋蘇州詩，韻高而氣清。王右丞詩，格老而味長。雖皆五言之宗匠，然互有得失，不無優劣。以標韻觀之，右丞遠不逮蘇州。至于詞不迫切，而味甚長，雖蘇州亦所不及也。

世言白少傅詩格卑，雖誠有之，然亦不可不察也。元白張籍詩，皆自陶阮中出，專以道得人心中事爲工，本不應格卑，但其詞傷于太煩，其意傷于太盡，遂成冗長卑陋爾。比之吴融韓偓俳優之詞，號爲格卑，則有間矣。若收斂其詞，而少加含蓄，其意味豈復可及也。蘇端明子瞻喜之，良有由然。皮日休曰：「天下皆汲汲，樂天獨恬然天下皆悶悶，樂天獨舍旃。仕若不得志，可爲龜鑑焉。」此語得之。

退之于籍湜輩，皆兒子畜之，獨于東野極口推重，雖退之謙抑，亦不徒然。世以配賈島而鄙其寒苦，蓋未之察也。郊之詩，寒苦則信矣，然其格致高古，詞意精確，其才亦豈可易得。

論詩文當以文體爲先，警策爲後。若但取其警策而已，則「楓落吴江冷」，豈足以定優劣？

孟浩然「微雲淡河漢，疏雨滴梧桐」之句，東野集中未必有也。然使浩然當退之大敵，如城南聯句，亦必困矣。子瞻云：「浩然詩如內庫法酒，却是上尊之規模，但欠酒才爾。」此論盡之。

韋蘇州律詩似古，劉隨州古詩似律，大抵下李杜韓退之一等，便不能兼。隨州詩，韻度不能如韋蘇州之高簡，意味不能如王摩詰孟浩然之勝絕，然其筆力豪贍，氣格老成，則皆過之。與杜子美並時，其得意處，子美之匹亞也。「長城」之目，蓋不徒然。

世以王摩詰律詩配子美，古詩配太白，蓋摩詰古詩能道人心中事而不露筋骨，律詩至佳麗而老成。如隴西行息夫人西施篇羽林閨人別弟妹等篇，信不減太白；如「興闌啼鳥換，坐久落花多」。案：王維詩刊本「啼鳥換」或作「啼鳥緩」。「草枯鷹眼疾，雪盡馬蹄輕」等句，信不減子美。雖才氣不若李杜之雄傑，而意味工夫，是其匹亞也。摩詰心淡泊，本學佛而善畫，出則陪岐薛諸王及貴主遊，歸則饜飫輞川山水，故其詩于富貴山林，兩得其趣。如「興闌啼鳥換，坐久落花多」之句，雖不誇服食器用，而真是富貴人口中語，非僅「笙歌歸院落，燈火下樓臺」之比也。

張司業詩與元白一律，專以道得人心中事爲工，但白才多而意切，張思深而語精，元體輕而詞躁爾。籍律詩雖有味而少文，遠不逮李義山劉夢得杜牧之，然籍之樂府，諸人未必能也。

李義山劉夢得杜牧之三人，筆力不能相上下，大抵工律詩而不工古詩，七言尤工，五言微弱，雖有佳句，然不能如韋柳王孟之高致也。義山多奇趣，夢得有高韻，牧之專事華藻，此其優劣耳。

「地險悠悠天險長，金陵王氣應瑶光。休誇此地分天下，只得徐妃半面妝。」李義山此詩，非誇徐妃，乃譏湘中也。義山詩佳處，大抵類此。詠物似瑣屑，用事似僻，而意則甚遠，世但見其詩喜説婦人，而不知爲世鑒戒。「玉桃偷得憐方朔，金屋妝成貯阿嬌。誰料蘇卿老歸國，茂陵松柏雨蕭蕭。」案：李商隱詩刊本「妝成」或作「修成」。此詩非誇王母玉桃，阿嬌金屋，乃譏漢武也。「景陽宮井剩堪悲，不盡龍鸞誓死期。腸斷吴王宮外水，濁泥猶得葬西施。」此詩非痛恨張麗華，乃譏陳後主也。其爲世鑒戒，豈不至深至切。「内殿張絃管，中原絶鼓鼙。舞成青海馬，鬭殺汝南雞。不睹華胥夢，空聞下蔡迷。宸襟他日淚，薄暮望賢西。」夫雞至于鬭殺，馬至于舞成，其窮歡極樂不待言而可知也。「不睹華胥夢，空聞下蔡迷」，志欲神仙而反爲所惑亂也。其言近而旨遠，其稱名也小，其取類也大。杜牧之華清宮三十韻，鏗鏘飛動，極敍事之工，然意則不及此也。「卜肆至今多寂寞，酒壚從古擅風流。浣花牋紙桃花色，好好題詩詠玉鉤。」此詩送入蜀人，雖似誇文君酒壚，而其意乃是譏蜀人多粗鄙少賢才爾。義山詩句，其精妙處大抵類此。

往年過華清宮，見杜牧之温庭筠二詩，俱刻石于浴殿之側，必欲較其優劣而不能。近偶讀庭筠詩，乃知牧之之工，庭筠小子，無禮甚矣。劉夢得扶風歌、白樂天長恨歌及庭筠此詩，皆無禮于其君者。庭筠語皆新巧，初似可喜，而其意無禮，其格至卑，其筋骨淺露，與牧之詩不可同年而語也。其首敍開元勝遊，固已無稽，其末乃云「豔笑雙飛斷，香魂一哭休」，此語豈可以瀆至尊耶？人才氣格，自有高下，雖欲强學不能，如庭筠豈識風雅之旨也？牧之才豪華，此詩初敍事甚可喜，而其中乃云：「泉暖涵窗鏡，雲嬌惹粉囊。嫩嵐滋翠葆，清渭照紅妝。」是亦庭筠語耳。

王介甫云：「遠引江山來控帶，平看鷹隼去飛翔。」疑非介甫語。又云：「留歡薄日晚，起視飛鳥背。」又云：「灑筆飛鳥上，爲王賦雌雄。」語雖稍工，而不爲難到。東坡云「飛鳥皆下翔」，失之易也。李太白登西靈寺塔云：「鳥拂瓊簷度，霞連練栱張。」亦疑非太白語。廬山謡云：「翠景紅霞映朝日，鳥飛不到吴天長。登高壯觀天地間，大江茫茫去不還。」此乃真太白詩矣。如介甫、東坡，皆一代宗匠，然其詞氣視太白一何遠也。陶淵明云：「迢迢百尺樓，分明望四荒。暮則歸雲宅，朝爲飛鳥堂。」此語初若小兒戲弄不經意者，然殊有意味可愛。

杜牧之序李賀詩云：「騷人之苗裔。」又云：「少加以理，奴僕命騷可也。」牧之論太過。賀詩乃李白樂府中出，瑰奇譎怪則似之，秀逸天拔則不及也。賀有太白之語，而無太白之韻。元白張籍以意爲主，而失于少文，賀以詞爲主，而失于少理，各得其一偏。故曰：「文質彬彬，然後君子。」

元微之戲贈韓舍人云：「玉磬聲聲徹，金鈴箇箇圓。高疏明月下，細膩早春前。」此律詩法也。五言律詩，若無甚難者，然國朝以來，惟東坡最工，山谷晚年乃工。山谷嘗云：「要須唐律中作活計，乃可言詩。」雖山谷集中，亦不過白雲亭宴集十韵耳。

韓退之之文，得歐公而後發明。陸宣公之議論，陶淵明柳子厚之詩，得東坡而後發明。子美之詩，得山谷而後發明。後世復有揚子雲，必愛之矣，誠然誠然。往在桐廬見呂舍人居仁，余問：「魯直得子美之髓乎？」居仁曰：「然。」「其佳處焉在？」居仁曰：「禪家所謂死蛇弄得活。」余曰：「活則活矣，如子美『不見旻公三十年，封書寄與淚潺湲。舊來好事今能否？老去新詩誰與傳。』此等句魯直少日能之。『方丈涉海費時節，玄圃尋河知有無。桃源人家易制度，橘州田土仍膏腴。』此等句魯直晚年能之。至于子美『客從南溟來』，『朝行青泥上』，壯游北征，魯直能之乎？如『莫自使眼枯，收汝淚縱橫。眼枯却見骨，天地終無情』，此等句魯直能到乎？」居仁沈吟久之曰：「子美詩有可學者，有不可學者。」余曰：「然則未可謂之得髓矣。」

往在柏臺，鄭亨仲方公美誦張文潛中興碑詩，戒曰：「此弄影戲語耳。」二公駭笑，問其故，戒曰：「『郭公凛凛英雄才，金戈鐵馬從西來。舉旗爲風偃爲雨，灑掃九廟無塵埃。』豈非弄影戲乎？『水部胸中星斗文，太師筆下蛟龍字』，亦小兒語耳。如魯直詩，始可言詩也。」二公以爲然。

作粗俗語倣杜子美，作破律句倣黃魯直，皆初機爾。必欲入室升堂，非得其意則不可。張文潛與魯直同作中興碑詩，然其工拙不可同年而語。魯直自以爲入子美之室，若中興碑詩，則真可謂入子美之室矣。首云「春風吹船著浯溪」，末云「凍雨爲洗前朝悲」，鋪敍云云，人能道之，不足爲奇。

乙卯冬，陳去非初見余詩，曰：「奇語甚多，只欠建安六朝詩耳。」余以爲然。及後見去非詩全集，求似六朝者，尚不可得，况建安乎？詞不逮意，後世所患。鄒員外德久嘗與余閲石刻，余問：「唐人書雖極工，終不及六朝之韻，何也？」德久曰：「一代不如一代，天地風氣生物，只如此耳。」言亦有理。

「獨坐燒香静室中，雨聲初罷鳥聲空。瓦溝柏子時時落，知有寒天木杪風。」此絶句非余得意者，而陳去非獨稱誦不已。張巨山出去非詩卷，戒獨愛其征牟書事一首云：「神仙非異人，由來本英雄。蒼山雨中高，緑草溪上豐」者，而去非亦不自以爲奇也。王雱云：「作文字易，識文字難。刪詩定書，須仲尼乃可。」蕭統文選之有不當，又何怪也。

王介甫只知巧語之爲詩，而不知拙語亦詩也。山谷只知奇語之爲詩，而不知常語亦詩也。歐陽公詩專以快意爲主，蘇端明詩專以刻意爲工，李義山詩只知有金玉龍鳳，杜牧之詩只知有綺羅脂粉，李長吉詩只知有花草蜂蝶，而不知世間一切皆詩也。惟杜子美則不然，在山林則山林，在廊廟則廊廟，遇巧則巧，遇拙則拙，遇奇則奇，遇俗則俗，或放或收，或新或舊，案：説郛刊本作「或刻或奮」。一切物，一切事，一切意，無非詩者。故曰「吟多意有餘」，又曰「詩盡人間興」，誠哉是言。案：此條及下條原本未載，今據學海類編增入。

孔子曰：「詩三百，一言以蔽之，曰：『思無邪。』」世儒解釋終不了。余嘗觀古今詩人，然後知斯言良有以也。詩序有云：「詩者，志之所之也。在心爲志，發言爲詩。情動于中，而形于言。」其正少，其邪多。孔子删詩，取其思無邪者而已。自建安七子、六朝、有唐及近世諸人，思無邪者，惟陶淵明杜子美耳，餘皆不免落邪思也。六朝顔鮑徐庾，唐李義山，國朝黄魯直，乃邪思之尤者。魯直雖不多説婦人，然其韻度矜持，冶容太甚，讀之足以蕩人心魄，此正所謂邪思也。魯直專學子美，然子美詩讀之，使人凛然興起，肅然生敬，詩序所謂「經夫婦，成孝敬，厚人倫，美教化，移風俗」者也，豈可與魯直詩同年而語耶？

歲寒堂詩話卷下

【巳上人茅齋】余嘗聞劉右司棐以子美「枕簟入林僻，茶瓜留客遲」最得避暑之佳趣，余不以爲然。鄭武子曰：「此句非不佳，但多『僻』與『遲』兩字，若云『枕簟入林，茶瓜留客』，豈不快哉！」

【冬日洛城北謁玄元皇帝廟】以神武定天下，高祖太宗之功也，何必以家世不若商周爲愧，而妄認老子爲祖，必不足以爲榮，而適足以貽世笑。子美云「世家遺舊史」，謂老子爲唐之祖，其家世不見于舊史也；「守祧嚴具禮」，謂以宗廟事之也。「五聖」「千官」等句，雖若狀吳生畫手之工，而其實謂無故而畫五聖千官于此也。凡此事既明白，但直敍其事，是非自見，六義所謂賦也。身退知周室之卑，漢文景尚黃老，垂拱無爲而天下治，老子之道如此。故子美云「谷神如不死，養拙更何鄉」也。

【戲爲六絶句】此詩非爲庾信王楊盧駱而作，乃子美自謂也。方子美在時，雖名滿天下，人猶有議論其詩者，故有「嗤點」「哂未休」之句。夫子美詩超今冠古，一人而已，然而其生也，人猶笑之，歿而後人敬之，况其下者乎。子美忿之，故云「爾曹身與名俱滅，不廢江河萬古流」，「龍文虎脊皆君馭，歷塊過都見爾曹」也。然子美豈其忿者，戲之而已，其云：「或看翡翠蘭苕上，未掣鯨魚碧海中。」若子美真所謂掣鯨魚碧海中者也，而嫌于自許，故皆題爲戲句。

【自京赴奉先縣詠懷五百字】少陵在布衣中，慨然有致君堯舜之志，而世無知者，雖同學翁亦頗笑之，故「浩歌彌激烈」，「沈飲聊自遣」也。案：此詩刊本「自遣」或作「自適」。此與諸葛孔明抱膝長嘯無異，讀其詩，可以想其胸臆矣。嗟夫，子美豈詩人而已哉！其云：「彤庭所分帛，本自寒女出。鞭撻其夫家，聚斂貢城闕。聖人筐篚恩，實欲邦國活。臣如忽至理，君豈棄此物。多士盈朝廷，仁者宜戰慄。」案：此詩刊本「鞭撻」或作「鞭笞」，「實欲」或作「實願」。又云：「朱門酒肉臭，路有凍死骨。榮枯咫尺異，惆悵難再述。」方幼子餓死之時，尚以常免租税不隸征伐爲幸，而思失業徒，念遠戍卒，至于「憂端齊終南」，此豈嘲風詠月者哉？蓋深于經術者也，與王吉貢禹之流等矣。

【哀王孫】觀子美此詩，可謂心存社稷矣。烏朝飛而夜宿，今「夜飛延秋門上呼」，「又向人家啄大屋」者，長安城中兵亂也。鞭至于斷折，馬至于九死，「骨肉不待同馳驅」，案：此詩刊本「又向」或作「又來」，「不待」或作「不得」。則達官走避胡之急也。以龍種與常人殊，又囑王孫使善保千金軀，則愛惜宗室子孫也。雖以在賊中之故，「不敢長語臨交衢」，然「且爲王孫立斯須」者，哀之不忍去也。朔方健兒非不好身手，而「昔何勇鋭今何愚」，不能抗賊，使宗室子孫，狼狽至此極也。「竊聞太子已傳位」，必云太子者，以言神器所歸，吾君之子也。言「聖德北服南單于」，又言花門助順，所以慰王孫也。其哀王孫如此，心存社稷而已。而王深父序，反以爲譏刺明皇，失子美詩意矣。

【行次昭陵】自「文物多師古」以下四句，不惟美太宗之治，亦歎今之不然也。書云：「上帝降災于下方。」太宗卽位之初，兵戈猶未已，然太宗指揮而安率土，遂盪滌汙俗而致太平，其易如此。「玉衣晨自舉，鐵馬汗常趨」，蓋歎其威靈如在。「寂寥開國日，流恨滿山隅」，歎後世子孫寂寥，無復太宗開國時遺風，是以「流恨滿山隅」也。

【洗兵馬】山谷云：「詩句不鑿空强作，對景而生便自佳。」山谷之言誠是也。然此乃衆人所同耳，惟杜子美則不然。對景亦可，不對景亦可。喜怒哀樂，不擇所遇，一發于詩，蓋出口成詩，非作詩也。觀此詩聞捷書之作，其喜氣乃可掬，眞所謂「情動于中而形于言，言之不足，不知手之舞之，足之蹈之」也。其曰「東走無復憶鱸魚，南飛覺有安巢鳥」，案：此詩刊本「安巢」或作「安枝」。言人思安居，不復避亂也。曰「寸地尺天」，曰「奇祥異瑞」，曰「皆人貢」，曰「爭來送」，曰「不知何國」，曰「復道諸山」，皆喜躍之詞也。「隱士休歌紫芝曲」，言時平當出也。「詞人解撰河清頌」，案：此詩刊本「解撰」或作「角撰」，「河清」或作「清河」。言當作頌聲也。「田家望望惜雨乾，布穀處處催春種」，言人思歸農也。「淇上健兒歸莫懶，城南思婦愁多夢」，言戍卒之歸休，室家之思憶，敍其喜躍。不嫌于褻，故云「歸莫懶」「愁多夢」也。至于「鶴駕通宵鳳輦備，雞鳴問寢龍樓曉」，雖但敍一時喜慶事，而意乃諷肅宗，所謂主文而譎諫也。「攀龍附鳳勢莫當，天下盡化爲侯王。汝等豈知蒙帝力，時來不得誇身强」，雖似憎惡武夫，而熟味其言，乃有深意。易師之上六曰：「開國承家，小人勿用。」三略亦曰：「還師罷軍，存亡之階。」子美于克捷之初，而訓勅將士，俾知帝力，不得誇身彊，其憂國不亦至乎？子美吐詞措意每如此，古今詩人所不及也。山谷晚作大雅堂記，謂子美詩好處，正在無意而意已至。若此詩是已。

【秦州雜詩】「長江風送客，孤館雨留人」，此晚唐佳句也。然子美「塞門風落木，客舍雨連山」，則留人送客不待言矣。第十八首「塞雲多斷續，邊日少光輝」，此兩句畫出邊塞風景也。「山雪河冰野蕭索，青是烽烟白人骨」，亦同。

【苦竹】觀此詩前四句，則苦竹叢在目前矣。

【乾元中寓居同谷七歌】杜子美李太白，才氣雖不相上下，而子美獨得聖人删詩之本旨，與三百五篇無異，此則太白所無也。元微之論李杜，以爲太白「壯浪縱恣，擺去拘束，摹寫物象，亦差肩于子美。至若鋪陳終始，排比聲韻，李尚未能歷其藩翰，況堂奥乎。」鄙哉，微之之論也！鋪陳排比，曷足以爲李杜之優劣。子曰：「不學詩，無以言。」又曰：「詩可以興，可以觀，可以羣，可以怨，邇之事父，遠之事君。」序曰：「先王以是經夫婦，成孝敬，厚人倫，美教化，移風俗。」又曰：「上以風化下，下以風刺上，主文而譎諫，言之者無罪，聞之者足以戒。」子美詩是已。若乾元中寓居同谷七歌，真所謂主文而譎諫，可以羣，可以怨，邇之事父，遠之事君者也。「氣劘屈賈壘，目短曹劉牆」，誠哉是言。「乾元元年春，萬姓始安宅」，故子美有「長安卿相多少年」之羡，且曰：「我生胡爲在窮谷，中夜起坐萬感集。」蓋自傷也。讀者遺其言而求其所以言，三復玩味，則子美之情見矣。

【劍門】「一夫怒臨關，百萬未可傍」，余嘗聞之王大卿俁曰：「一夫怒乃可，若不怒，雖臨關何益也。」昭陵泥功山岳麓寺鹿頭山七歌遭田父泥飲又上後園山脚收京北征壯遊，子美詩設詞措意，與他人不可同年而語。如狀昭陵之威靈，乃云「玉衣晨自舉，鐵馬汗常趨」；案：此詩刊本「鐵馬」或作「石馬」。狀泥功山之險，乃云「朝行青泥上，暮在青泥中。白馬爲鐵驪，小兒成老翁」；狀岳麓寺之佳，乃云「塔劫宮牆壯麗敵，香廚松道清涼俱」。案：此詩刊本「塔劫」或作「塔級」，「宮牆」或作「宮墻」，「香廚」或作「石廚」，「清涼」或作「清崇」。此其用意處，皆他人所不到也。鹿頭山云「遊子出京華，劍門不可越」，案：此詩刊本「京華」或作「咸京」。七歌云「山中儒生舊相識，但話宿昔傷懷抱」，遭田父泥飲云「久客惜人情，如何拒鄰叟」，又上後園山脚云「到今事反覆，故老淚萬行。龜蒙不可見，況乃懷故鄉」，案：此詩刊本「不可」或作「不復」，「懷故」或作「復舊」。皆人心中事而口不能言者，而子美能言之，然詞高雅，不若元白之淺近也。收京云「賞應歌杕杜，歸及薦櫻桃」，有旨哉，與陸宣公諫德宗尋訪内人疏何異？子美顛沛造次于兵戈之中，而每以宗廟爲言，如北征往往是也，此其意尤不可及。壯遊云「河朔風塵起，岷山行幸長。兩宮各警蹕，萬里遥相望」，不待褒貶而是非自見矣。

【江頭五詠】物類雖同，格韻不等。同是花也，而梅花與桃李異觀。同是鳥也，而鷹隼與燕雀殊科。詠物者要當高得其格致韻味，下得其形似，各相稱耳。杜子美多大言，然詠丁香、麗春、梔子、鸂鶒、花鴨，字字實録而已，蓋此意也。

【屏迹二首】「用拙存吾道」，若用巧，則吾道不存矣，心跡雙清，縱白首而不厭也。子美用意如此，豈特詩人而已哉？「桑麻深雨露，燕雀半生成」，此子美觀物之句也，若非幽居，豈能近此物情乎？妙哉，造化春工，盡于此矣！

【奉酬嚴公寄題野亭之作】嚴云：「莫倚善題鸚鵡賦。」杜云：「阮籍焉知禮法疏。」二人贈答，不可謂無意也。

【陳拾遺故宅】此宅蓋拾遺與趙彦昭郭元振輩嘗題字于壁間，云「公後登宰輔」，少陵詩紀此而已。

【謁文公上方】此僧不下階除十年餘，雖長者布金，而禪龕只宴如。子美以爲「大珠脱玷翳，白月當空虛」，必高僧也。「庭前猛虎卧」，或實有之，子美不徒用事爾。汲引吹噓，皆傳法之意。

【舍弟占歸草堂檢校聊示此詩】此非詩也，家書也。弟歸檢校草堂，乃令數鵝鴨，閉柴荆，趁臘月栽竹，可謂隱居之趣矣。

【江陵望幸】此非詩，乃望幸表也。「通蜀照秦」，「含越控吴」，則指陳江陵建都大略也。「甲兵分聖旨，居守付宗臣」，則祈請語也。氣象廓然，可與兩都三京齊驅並駕矣。

【山寺】章留後遊山寺，以僧告訴，「遂爲顧兵徒，咄嗟檀施開」。子美諷之曰「以兹撫士卒，孰曰非周才」，又曰「窮子失淨處，高人憂禍胎」，何哉？夫窮子以淨處爲安，高人隱士以避世爲福，以近人爲禍，今山寺以使君之威，「咄嗟檀施開」，雖棟宇興修，而煩擾之禍，必自此始矣。子美之詩，有味其言也。

【寄司馬山人十二韻】子美自云「道術曾留意，先生早擊蒙」，又乞哀于山人云「相哀骨可換，亦遺馭清風」。然則子美亦嘗于仙術留意耶？子美于仙佛皆嘗留意，但不知其果有得否爾？云「有時騎猛虎，虚室使仙童」，恐未必實録也。

【嚴鄭公宅同詠竹】【階下新松】竹「欲令無翦伐」，松「欲高一百丈」，雖云美意，亦有譏也。

【觀李固請司馬弟山水圖】「寒天留遠客，碧海挂新圖」，此兩句不待他求，而得高人之趣。匡牀竹火爐，無長物也，可謂簡易矣。

【莫相疑行】以子美之才，而至于頭白齒落無所成，真可惜也。故嘗有「中宵祇自惜，晚起索誰親」之句。案：此詩刊本「中宵」作「宵中」，或作「消中」。穀梁子曰：「名譽既聞，而有司不舉，有司之罪也。有司舉之，而王者不用，有國者之罪也。」子美之自惜，蓋歎時之不用，人之不知耳。悲夫！一往時文彩動人主」，今不幸而流落，至于「飢寒趨路傍」，「晚將末契託少年」，豈其得已？「當面輸心背面笑」，案：此詩刊本「契託」或作「節契」，「輸心」或作「論心」。乃俗子常態，古今一也。夫子美名垂萬年，豈與世上兒爭好惡者哉！而或者疑之，故有「寄謝」之句，且題曰莫相疑行。

【赤霄行】子美自以爲孔雀，而以不知己者爲牛。自當時觀之，雖曰薄德可也，自後世觀之，與子美同時而不知者，庸非牛乎？子美不能堪，故曰「老翁慎莫怪少年，葛亮貴和書有篇。丈夫垂名動萬年，記憶細故非高賢」，蓋自遣也。淵明之窮，過于子美，抵觸者固自不乏，然而未嘗有孔雀逢牛之詩，忘懷得失，以此自終，此淵明所以不可及也歟！

【杜鵑】山谷云：臣甫杜鵑再拜詩，爲明皇遷南内時作也。

【武侯廟】孔明卧于南陽之時，豈期爲人用耶？及玄德三顧，意氣相感，遂許以驅馳。更幼主之托，抗表以辭，仗義北伐，卒死于軍，義風凛然，竦動千載。故子美于空山之中，睹其遺廟而曰「猶聞辭後主，不復卧南陽」者，追想而歎慕之也。此詩若草草不甚留意，而讀之使人凛然，想見孔明風采，比夫李義山「魚鳥猶疑畏簡書，風雲長爲護儲胥」之句，又加一等矣。

【鬬雞】「簾下宮人出，樓前御柳長。」此名鬬雞，乃看棚詩爾。

【偶題】此少陵論文章也。夫「文章千古事，得失寸心知。作者皆殊列，名聲豈浪垂」，烏可以輕議哉！

可知矣。【秋野】「易識浮生理，難教一物違。水深魚極樂，林茂鳥知歸。」夫生理有何難識，觀魚鳥則不厭北山薇。」案：此詩刊本「吾老」或作「衰老」，「北山」或作「此山」。此子美悟理之句也。杜子美作詩悟理，韓退之學文知道，精于此故爾。

【晴】「啼鴉争引子，鳴鶴不歸林。下食遭泥去，高飛恨久陰。」案：此詩刊本「啼鴉」或作「啼鳥」。子美之志可見矣。「下食遭泥去」，則固窮之節，「高飛恨久陰」，則避亂之急也。子美之志，其素所蓄積如此，而目前之景，適與意會，偶然發于詩聲，六義中所謂興也。興則觸景而得，此乃取物。

【舟中出江陵南浦奉寄鄭少尹審】少陵遭右武之朝，老不見用，又處處無所遇，故有「百年同棄物，萬國盡窮塗」之句，余三復而悲之。

【送盧十四弟侍御護韋尚書靈櫬歸上都】觀歷代史册，人主之美，莫先于納諫。陸宣公云：以太宗有經緯天地之文，有底定禍亂之武，有躬行仁義之德，有理致太平之功，其爲休烈耿光，可謂盛極矣。然而人到于今稱詠，以爲道冠前古，澤被無窮者，則從諫改過爲其首焉。是知諫而能從，過而能改，帝王之美莫大于斯。子美「刺規多諫諍，端拱自光輝」之句，即此意也。

【可歎】觀子美此篇，古今詩人，焉得不伏下風乎？忠義之氣，愛君憂國之心，造次必于是，顛沛必于是，言之不足，嗟歎之，嗟歎之不足，故其詞氣能如此，恨世無孔子，不列于國風雅頌爾。「天上浮雲如白衣，斯須改變如蒼狗。古往今來共一時，人生萬事無不有。」案：此詩刊本「如白」或作「似白」。此其懷抱抑揚頓挫，固已傑出古今矣。河東女兒，不知以何事而抉眼去其夫，豈秋胡婦不忍視其夫之不義而死者乎？「丈夫正色動引經」，偉哉王季友之爲人也。「羣書萬卷常暗誦」，而孝經一通，獨把翫在手，非深于經術者，焉知此味乎？季友知之，子美亦知之，故能道此句，古今詩人豈知此也。「貧窮老瘦家賣履」，案：此詩刊本「履」一作「屧」，或作「屐」。而高帝之孫，二千石之貴，乃引爲賓客，雖三年之久，而未曾語，「小心恐懼閉其口」，賓主之間如此，與夫勢利之交，朝暮變炎涼者，異矣！故曰「太守得之更不疑，人生反覆看亦醜」。案：此詩刊本「亦醜」或作「已醜」。陳蕃設榻于徐孺，北海徙履于康成，顏回陋巷不改其樂，澹臺滅明非公事未嘗至于偃之室，于王季友復見之，子美以爲可以佐王也，故曰「用爲羲和天爲成，用平水土地爲厚。死爲星辰終不滅，致君堯舜焉肯朽」。夫佐王治邦國者，非斯人而誰可乎？

江西詩派小序

江西詩派小序　宋　劉克莊撰

山谷

國初詩人，如潘閬魏野，規規晚唐格調，寸步不敢走作。楊劉則又專爲崑體，故優人有尋扯義山之誚。蘇梅二子，稍變以平淡豪俊，而和之者尚寡。至六一坡公，巍然爲大家數，學者宗焉。然二公亦各極其天才筆力之所至而已，非必鍛鍊勤苦而成也。豫章稍後出，會萃百家句律之長，究極歷代體製之變，蒐獵奇書，穿穴異聞，作爲古律，自成一家，雖隻字半句不輕出，遂爲本朝詩家宗祖，在禪學中比得達磨，不易之論也。其內集詩尤善，信乎其自編者。頃見趙履常極宗師之，近時詩人惟趙得豫章之意，有絶似之者。

後山

後山樹立甚高，其議論不以一字假借人，然自言其詩師豫章公。或曰：「黄陳齊名，何師之有？」余曰：「射較一鏃，弈角一著，惟詩亦然。後山地位去豫章不遠，故能師之。若同時秦晁諸人，則不能爲此言矣。此惟深於詩者知之。文師南豐，詩師豫章，二師皆極天下之本色，故後山詩文高妙一世。然題太白畫像云：『江西勝士與長吟，後來不憂身陸沈。』勝士謂饒德操也。按德操此詩去手污吾足之作，大争地位，太白非德操，遂陸沈耶？似非篤論。」

韓子蒼

子蒼蜀人，學出蘇氏，與豫章不相接。呂公强之入派，子蒼殊不樂。其詩有磨淬翦截之功，終身改竄不已，有已寫寄人數年，而追取更易一兩字者，故所作少而善。

徐師川

豫章之甥，然自爲一家，不似渭陽，高自標樹，藐視一世。同時諸人，多推下之，然集中不能皆善。舊傳豫章見師川雙廟詩，勉諸洪進步，今雙廟詩不存，則其詩零落亦多矣。師川在靖康中，朝列有改名避僞楚諱者，師川名婢曰昌奴，朝士至則呼之，以名節自任，故其詩云：「直道庶幾師柳下，不應四海獨詩名。」可謂實録。諸人所以推下之者，蓋不獨以其詩也。

潘邠老

東坡文潛先後謫黄州，皆與邠老游，其詩自云師老杜，然有空意無實力。余舊讀之，病其深蕪。後見夏均父讀邠老詩，亦有深蕪之評。

三　洪

三洪與徐師川，皆豫章之甥。龜父警句，往往前人所未道，然早卒，惜不多見。駒父詩尤工，初與龜父游梅仙觀，龜父有詩，卒章云：「願爲龍鱗嬰，勿學蟬骨蛻。」是以直節期乃弟矣。駒父後居上坡，晚節不終，不特有愧於舅氏，亦有愧於長君也。玉父南渡後，爲少蓬，聞師川召，有懷駒父詩云：「欣逢白鶴歸華表，更想黃龍出羽淵。」然師川卒不能返駒父於鯨波之外，玉父愛兄之道至矣，余讀而悲之。

夏均父

均父集中，如擬陶韋五言，亹亹逼真，律詩用事琢句，超出繩墨，言近旨遠，可以諷味，蓋用功於詩，而非所謂無意於文之文也。然竦之諸孫，故其詩云：「堂堂文莊公，事業何峥嶸。」孟子曰：「孝子慈孫，百世不能改。」均父欲改之乎？其志亦可悲已。

二　謝

呂紫微評無逸詩似康樂，幼槃詩似玄暉。按康樂一字百鍊乃出冶，玄暉尤麗密。無逸輕快有餘而欠工緻，幼槃差苦思，其合玄暉者亦少。然弟兄在政宣間，科舉之外，有歧路可進身，韓子蒼諸人，或自鬻其技至貴顯，二謝乃老死布衣，其高節亦不可及。

二林

二林詩極少，曾端伯作高隱小傳，云有詩文百二十卷，今所存十無一二。兄弟皆隱君子，不但以詩重。

晁叔用

喻汝礪作具茨集序云：「予曩遊都城，與晁用道爲同門生。後三十六年，識公武於涪陵，不知爲用道子也。一日來謁，曰：『先公平生論著，自丙午之亂，存者特歌詩二百許篇，敢匄先生一言以發之。』又出其家譜牒，乃知其先君名沖之，字叔用，世所謂具茨先生者也。予聳然曰：『是吾用道耶！第今字叔用爲小異耳。』方紹聖初，天下偉異豪爽絕特之士，離讒放逐，晁氏羣從，多在黨中，叔用於是飄然遺形，逝而去之，宅幽阜蔭茂林於具茨之下，世之網羅，不得而嬰也。暨朝廷諸公謀欲起之，乃復任心獨往，高挹而不顧，世之榮利，不得而羈也。至於疾革，乃取平生所著書，聚而焚之，曰：『是不足以成吾名。』世之言語文章，不得而污也。然則吾叔用所以傳於後世者，果於詩乎？顧其胸中必有含章内奥，而深於道者矣。宋興，至咸平景德中，儒學文章之盛，不歸之平棘宋氏，則屬之清豐晁氏。二氏者，天下甲門也。文元公事章聖皇帝二十年，當是時，甄明舊儀，緒正禮樂，一時詔令，皆出其手，於是朝廷典章法度之事，非六籍之英，則三代之器也。迨其子文莊公繼踐西省，時文元公方請老家居也。宋宣獻謂世掌書命者，惟唐新昌楊氏及見其子，而晁氏繼之。叔用以文莊爲曾大父，以文元公爲高祖，家藏至二萬卷，故其子孫焠掌勵志，錯綜而藻繢之，皆以文學顯名。予嘗從叔用商近朝人物，嘉言善行，朝章國典，禮文損益，靡不貫洽，以詩鳴者，豈叔用之志也哉！雖然，叔用既已油然棲志於林澗曠遠之中，遇事寫物，形於興屬，淵雅疏亮，未嘗爲悽怨危憤激烈愁苦之音，其於晦明消長用舍得失之際，未嘗不安而樂之也。嗚呼，所謂含章内奥而深於道者非耶！秦漢以來，士有抱奇懷能，留落不遇，往往燥心污筆，有怨誹憤悷沈抑之思，氣候急刻，不能閑退，古之詞人皆是也。太史公作賈誼傳，蓋以屈原配之，又裁録其二賦焉。至誼論三代之陶世振俗，固結天下之具，與夫秦之所以暴興棘亡，斬艾天下之術，則遷有所不録。豈謂誼一不平於其中，遂哀怨壹鬱，泣涕以死，借使文帝盡用其言，誼亦安能有所建立於天下乎？惟深於道者，遁於世而不怨，發於詞而不怒，君子是以知其必能有爲於世者也。吾於叔用豈直以詩人命之哉！」此序筆力浩大，與叔用之詩相稱。余讀叔用詩，見其意度宏闊，氣力寬餘，一洗詩人窮餓酸辛之態。其律詩云：「不擬伊優陪殿下，相隨于蔿過樓前。」「亂離後追書承平事，未有悲哀警策於此句者。晁氏家世貴顯，而叔用不宜於此時陪伊優之列，而甘隨于蔿之後，可謂賢矣。它作皆激烈慷慨，南渡後放翁可以繼之。

汪信民

吕滎陽居符離，信民爲教官，從滎陽學，故紫微公尤推尊信民。其詩云：「富貴空中華，文章木上瘿。要知真實地，惟有華嚴境。」蓋吕氏家世本喜談禪，而紫微與信民皆尚禪學。

李商老

公擇尚書家子弟也，東坡山谷文潛諸公皆與往還，頗博覽强記，然詩體拘狹少變化。

三僧

三僧中，如璧詩輕快似謝無逸，亦欠工；祖可喲讀書，詩料多無蔬筍氣，僧中一角麟也；善權與可相上下。

高子勉

親見山谷，經指授。記覽多，如麥城詩押險韻，略無窘態。集中健語層出，紫微公乃以殿諸人何也？可升。

江子之

子我弟也。子我詩多而工，舍兄而取弟，亦不可曉。豈子我自爲家，不肯入社，如韓子蒼耶？

李希聲

與徐師川潘邠老諸人同時。

揚信祖

「吏道官官惡，田家事事賢」，唐人得意語也。

吕紫微

紫微公作夏均父集序云：「學詩當識活法。所謂活法者，規矩備具而能出於規矩之外，變化不測而亦不背於規矩也。是道也，蓋有定法而無定法，無定法而有定法，知是者則可以與語活法矣。謝玄暉有言：『好詩流轉圜美如彈丸。』此真活法也。近世惟豫章黄公首變前作之弊，而後學者知所趣向，畢精盡知，左規右矩，庶幾至於變化不測。然予區區淺末之論，皆漢魏以來有意於文者之法，而非無意於文者之法也。子曰：『興於詩。』又曰：『詩可以興，可以觀，可以羣，可以怨，邇之事父，遠之事君，多識於鳥獸草木之名。』今之爲詩者，讀之果可以使人興起其爲善之心乎，果可以使人興觀羣怨乎，果可以使之知事父事君而能識鳥獸草木之名之理乎？爲之而不能使人如是，則如勿作。吾友夏均父賢而有文章，其於詩，蓋得所謂規矩備具而出於規矩之外，變化不測者。後更多從先生長者游，聞聖人之所以言詩者，而得其要妙，所謂無意於文之文而非有意於文之文也。」余嘗以爲此序天下之至言也。然均父所作，似未能然，往往紫微父自道耳。所引謝宣城「好詩流轉圜美如彈丸」之語，余以宣城詩考之，如錦工機錦，玉人琢玉，極天下巧妙。窮巧極妙，然後能流轉圜美，近時學者，往往誤認彈丸之喻而趨於易，故放翁詩云：「彈丸之論方誤人。」又朱文公云：「紫微論詩，欲字字響，其晚年詩多啞了。」然則欲知紫微詩者，以均父集序觀之，則知彈丸之語，非主於易，又以文公之語驗之，則所謂字字響者，果不可以退惰矣。

總序

呂紫微作江西宗派，自山谷而下，凡二十六人，內何人表顒、潘仲達大觀有姓名而無詩，詩存者凡二十四家。王直方詩絶少，無可采。餘二十三家，部帙稍多，今取其全篇佳者，或一聯一句可諷詠者，或對偶工者，各著於編，以便觀覽。派中如陳後山彭城人，韓子蒼陵陽人，潘邠老黄州人，夏均父、二林蘄人，晁叔用江子之開封人，李商老南康人，祖可京口人，高子勉京西人，非皆江西人也。同時如曾文清乃贛人，又與紫微公以詩往還，而不入派，不知紫微去取之意云何，惜當日無人以此叩之。後來誠齋出，真得所謂活法，所謂流轉圜美如彈丸者，恨紫微公不及見耳。派詩舊本，以東萊居後山上，非也。今以繼宗派，庶幾不失紫微公初意。

娱書堂詩話

娱書堂詩話卷上

宋　趙與虤撰

唐許渾題孫處士居云："高歌懷地肺，遠賦憶天台。"極爲的對。真誥曰："金陵者，洞虚之膏腴，句曲之地肺。"注云："其地肥，故曰膏腴。水至則浮，故曰地肺。"

古樂府云："愛惜加窮袴，防閑託守宫。"冷齋夜話云："窮袴，漢時語，今襠袴也。"然未詳所出。按西漢上官后傳："宫人使令皆爲窮袴，多其帶服。"服虔曰："窮袴有前後襠，不得交通也。"師古曰："即今之緄襠袴也。"

蘇才翁舜元仕至轉運使，皇祐辛卯，按部至海昌安國寺藏院，留一詩於壁曰："畫堂三月初三日，絮撲紗窗燕拂簷。蓮子數杯嘗冷酒，柘枝一曲試春衫。階臨池面勝看鏡，屋映花叢當下簾。誰倚南樓指新月，玉鉤素手兩纖纖。"書法遒勁，有懷素體，今刻於石。

冷齋夜話稱文與可詩精絶。鷺鷥云："頸細銀鉤淺曲，脚高緑玉深翹。岸上水禽無數，有誰似爾風標？"予閲與可詩，復有云："避雨竹間點點，迎風柳下翩翩。静依寒蓼如畫，獨立晴沙可憐。"尤清拔可喜。

虞翻傳：翻放棄南方，自恨淪没，每謂生無可樂，死以青蠅爲弔客。故靈徹謫汀州詩云："青蠅爲弔客，黄耳寄家書。」

黄亞夫庶怪石絶句云：「山鬼水怪著薜荔，天禄辟邪眠莓苔。鉤簾坐對心語口，曾見漢唐池館來。」天禄、辟邪，獸名。漢西域傳：「烏弋有桃拔。」孟康曰：「似鹿長尾，一角者謂爲天禄，兩角者或爲辟邪。」

李西臺直宿早朝二詩，其一云：「春風夜急銅龍漏，淡月半斜金井欄。已覺亞枝風露重，宿鶯猶睡怯餘寒。」其二云：「著衣香重海棠風，人在瀛州御苑東。將對赤墀班未定，井幹樓角日先紅。」吕居仁跋云：「觀西臺詩，想見國初太平氣象不遠，餘風遺烈，足以竦動後世。『渺想貞觀初，難與數子偕。』吾與諸公亦云。」

山谷自黔中還荆南，見一女子奇美，因賦水仙花以寓意。山谷下世，女子貧不能給，其夫鬻於田氏。一日，召高子勉飲，妾出侑觴，子勉請以詩中「國香」字名之，因作長篇紀其事。有云：「却把水仙花説似，猛省西家黄學士。乃能知妾妾當時，悔不書空作黄字。」每誦此句，未達其旨，因閲李賀唐兒歌，而有「東家嬌娘求對值，濃笑書空作唐字」之句。

郭功甫嘗與王荆公登金陵鳳凰臺，追次李太白韻，援筆立成，一座盡傾。白句人能誦之，郭詩罕有記者，今俱紀之。太白云：「鳳凰臺上鳳凰游，鳳去臺空江自流。吴時花草埋幽徑，晉國衣冠成古丘。三山半落青天外，二水中分白鷺洲。總爲浮雲能蔽日，長安不見使人愁。」功甫云：「高臺不見鳳凰游，浩浩長江入海流。舞罷青娥同去國，戰殘白骨尚盈丘。風搖落日催行棹，潮擁新沙換故洲。結綺臨春無處覓，年年荒草向人愁。」

陸放翁云：「先少師宣和初有贈晁以道詩云：『奴愛才如蕭穎士，婢知詩似鄭康成。』晁公大愛賞。」二事所出，漫紀於此。世說：鄭玄使一婢，忤意，將撻之，方自陳說，玄曳之泥中。一婢來曰：「胡爲乎泥中？」答曰：「薄言往愬，逢彼之怒。」摭言：蕭穎士有僕，事之十餘年。穎士箠楚嚴慘，人或激之擇木，僕曰：「非不能也，愛其才耳。」

東坡謂晨飲爲澆書，李黄門謂午睡爲攤飯。陸務觀嘗有絶句云：「澆書滿挹浮蛆甕，攤飯横眠夢蝶牀。莫笑山翁見機晚，也勝朝市一生忙。」

鷓鴣，其聲格磔可聽，世俗想像其音，或云「懊惱澤家」，或云「行不得哥哥」，蓋方言不同，而歌詠亦各用之。韋莊詠鷓鴣詩云：「南禽無侣似相依，錦翅雙雙傍馬飛。孤竹廟前啼暮雨，汨羅祠畔弔殘暉。秦人只解歌爲曲，越女空能畫作衣。懊惱澤家非有恨，年年長憶鳳城歸。」山谷詠李居士馴鷓鴣云：「真人夢出大槐宫，萬里蒼梧一洗空。終日憂兄行不得，鷓鴣應是庫亭公。」韋用前語，黄用後語。

羅隱嚴陵灘詩，范文正公釣臺詩，俱押「高」字。范詩特高妙，至用雲臺事，尤非隱所及。羅云：「中都九鼎勒英髦，漁釣牛蓑且遁逃。世祖昇遐夫子死，原陵不及釣臺高。」范云：「漢包六合網英豪，一個冥鴻惜羽毛。世祖功臣三十六，雲臺爭似釣臺高？」

曾參預從龍赴省時，館於衢之順溪，題一絶云：「紅照西沈暫解鞍，偶然假館豈求安。新豐獨酌誰爲侶？坐對窗前竹一竿。」識者已睫之矣。是年竟至大魁，致身政府，至今其館扁爲狀元。

四明高端叔博學能詩，鄉里所推重。嘗有雪詩一聯云：「灑窗蠶食葉，入竹蟹行沙。」人稱其工。又有對云：「人間桂子月中種，水底梅花隄上枝。」竟坎壈不仕。樓攻愧挽之云：「弟子皆藍綬，先生竟白袍。」

毛國英，澤民之從子也，以詩自鳴。嘗經岳侯駐兵之地，江禁方嚴，國英投詩云：「鐵鎖沈沈截碧江，風旗獵獵駐危檣。禹門縱使高千尺，放過蛟龍也不妨。」侯曰：「詩人也。」委舟以渡之。

僧志南能詩，朱文公嘗跋其卷云：「南詩清麗有餘，格力閒暇，無蔬筍氣。如云：『霑衣欲溼杏花雨，吹面不寒楊柳風。』予深愛之。」

唐制，有冤者哭昭陵下，故李洞策夜獻籐詩云：「公道此時如不得，昭陵痛哭一生休。」陸務觀亦有句云：「積憤有時歌易水，孤忠無路哭昭陵。」

唐羅隱繡詩云：「花隨玉指添春色，鳥逐金針長羽毛。」趙彥若剪綵花詩云：「花隨紅意發，葉就緑情新。」鑄意俱奇，皆警句也。

白樂天獻裴晉公詩云：「聞説風情筋力在，只如初破蔡州時。」王禹玉上文潞公詩云：「功業特高嘉祐末，精神如破貝州時。」隱括樂天語也。

胡忠簡公以言事忤秦檜，謫嶺外，士大夫畏罪莫敢與談，獨王盧溪庭珪詩以送之。其一云：「囊封初上九重關，是日清都虎豹閑。百辟動容觀奏牘，幾人回首愧朝班。名高北斗星辰上，身墮南州瘴海間。豈待他年公議出，漢庭行召賈生還。」其二云：「大厦元非一木支，欲將獨力拄傾危。癡兒不了公家事，男子要爲天下奇。當日奸諛皆膽落，平生忠義只心知。端能飽喫新州飯，在處江山足護持。」爲邑人歐陽識告訐，竄辰州。檜死而還。

唐任濤，高安人，詩名早著，有「露團沙鶴起，人卧釣船流」之句。李常侍隲廉察江西，特與放里役。

胡文恭公子宗炎，善爲詩，有句云：「飛禽避軒蓋，殘果落莓苔。」歐陽公賞之。

周晞稷承勛有詩名，曾爲瑞之新昌尉，題度門院詩云：「才入度門寺，先觀覺範詩。昔人吟不盡，今日到方知。地僻寒來早，山高月上遲。池邊老修竹，曾映董生幃。」蓋龔龍圖端書堂在焉。宿玉隆宫云：「夜爇松明火，朝焚柏子香。舉家來萬壽，佳節遇重陽。雨止雲穿月，風高天欲霜。吾廬籬下菊，應怪未還鄉。」

舊傳一貧士死，見陰吏，爲言「當再生，汝有三百甕虀禄未盡」。陸放翁病愈絶句云：「鏡中無復舊朱顔，一笑衰翁乃爾頑。三百甕虀消未盡，不知更著幾年還？」戲用此事。

昔有沙門游永嘉雁蕩，欲賦未就。遇負薪老人倚杖而歎，問曰：「何歎？」曰：「一生看不足。」遂得句云：「四海名山曾在目，就中此境難圖録。巖前撞見白頭翁，自道一生看不足。」

洪州大智禪寺百丈山，高可千尺，爲大叢林。唐宣宗嘗以詩題云：「大雄真跡枕危巒，梵宇層樓峻萬般。日月每從肩上過，山河長在掌中看。仙華不問三春秀，靈境無時六月寒。更有上方人罕到，暮鐘朝磬碧雲端。」不獨爲此山絶唱，帝王意度，於此可見。

楊誠齋序千巖摘稿云：「余嘗論近世之詩人，若范石湖之清新，尤梁溪之平淡，陸放翁之敷腴，蕭千巖之工致，皆余之所畏者。」姜白石詩稿自序云：「尤延之先生爲余言：近世人士喜言江西，温潤有如范至能者乎？痛快有如楊廷秀者乎？高古如蕭東夫，俊逸如陸務觀，是皆出自機杼，亶有可觀者。又奚以江西爲？」觀二公推許，想見當時騷雅之盛，建安大曆，風斯下矣。

王武臣度豫章新吴人，吟詩有警句。如「雲生坐來石，風掩讀殘書」，「危紅賒晚景，漲緑上平沙」，「鴉分供餘食，鴿亂著殘棋」，「樵斧和雲斫，漁蓑帶雪披」，皆清奇可誦，張紫微謝艮齋極稱賞之。

康伯可與之，紹興間，過清江游慧力寺，題二詩於松風亭。其一云：「天涯芳草盡緑，路旁柳絮争飛。啼鳥一聲春晚，落花滿地人歸。」其一曰：「江上濃陰曉未開，瘦筇支我上蒼苔。春寒前日去已盡，今日又從何處來？」

王荆公初夏絶句：「石梁茅屋有灣碕，流水濺濺度兩陂。晴日暖風生麥氣，緑陰幽草勝花時。」范石湖云：「嘗蒙恩獨引觴燕，壽王與行苑中親誦後句，以爲佳。」

姜堯章夔居苕溪，與白石洞爲鄰，潘轉庵字之曰白石道人，且畀以詩曰：「人間官爵似樗蒲，采到枯松亦大夫。白石道人新拜號，斷無繳駁任稱呼。」堯章報以長句，其詞曰：「南山仙人何所食？夜夜山中煑白石。世人喚作白石仙，一生費齒不廢錢。仙人食罷腹便便，七十二峯生肺肝。真祖只在南山南，我欲從之不憚遠？無方煑石何由軟？佳名錫我何敢辭？但愁自此長苦飢，囊中只有轉庵詩，便當掬水三嚥之。」

李莊簡公光詩，清絶可愛，越州雙雁道中一絶云：「晚潮落盡水涓涓，柳老秧齊過禁烟。十里人家雞犬静，竹扉斜掩護蠶眠。」後至政府，與秦檜議論不合，爲中司所擊，送藤州安置，差密院使臣伴送，公戲贈之云：「日日孤村對落暉，瘴烟深處忍分離。追攀重見蔡明遠，贖罪難逢郭子儀。南渡每憂鳶共墮，北轅應許雁相隨。馬蹄慣踏關山路，他日重來又送誰？」亦婉而有深意。

韓子蒼題淵明採菊圖詩：「九日東籬採菊英，白衣遥見眼能明。向令自有杯中物，一段風流可得成？」曾文清公訪戴圖詩：「小艇相從本不期，剡中雪月並明時。不因興盡回船去，那得山陰一段奇？」兩詩意同，同爲佳作。

曾文清謝路憲送蟹詩：「從來歎賞内黄侯，風味樽前第一流。只合蹣跚赴湯鼎，不須辛苦上糟丘。」「内黄侯」三字甚新。

梅聖俞因劉元甫戲言之讖，竟終於都官，葬在宣城，俗呼爲梅夫子墓。弔之者有句云：「贏得兒童叫夫子，可憐名位只都官。」

娱書堂詩話卷下

太宗命蘇易簡講文中子，有「楊素遺子食經，羹藜含糗」之説。上因問：「食品何物最珍？」對曰：「物無定味，適口者珍。臣止知虀汁爲美。臣憶一夕寒甚，擁爐痛飲。夜半吻燥，中庭月明，殘雪中覆一虀盎，引缶連沃，臣此時自謂上界仙厨，鸞脯鳳腊，殆恐不及。屢欲作冰壺先生傳紀之，而未暇也。」上笑而然之。陳簡齋食虀詩云：「冰壺先生當立傳，木奴魚婢何足録？」陸務觀亦云：「髯鬚主簿方用事，冰壺先生來解圍。」「魚婢」字出古今注，江東謂青魚爲婢。

高皇棄天下，金人來爲弔祭禮。丞相京公鏜以檢正假儀曹長充使報謝。至近境，開宴以樂。公以遏音辭，且云：「若不撤樂，有死無貳。」論辯數十，虜人爲屈。留汴俟命時有詩云：「鼎湖龍馭去無蹤，三遣行人意則同。凶禮强更爲吉禮，夷風終未變華風。設令耳與笙鏞末，祇願身糜鼎鑊中。已辦滯留期得請，不辭築館汴江東。」既旋，壽王有「執禮可嘉」之褒，除權工部侍郎。

孫君孚升云：昔與杜挺之梅聖俞同舟泝汴，見聖俞吟詩，日成一篇，衆莫能和，因密伺聖俞如何作詩。蓋寢食游觀，未嘗不吟諷思索也。時時於座上忽引去，奮筆書一小紙，内算袋中，同舟竊取而觀，皆詩句也。或半聯，或一字，他日作詩，有可用者入之。或云「作詩無古今，惟造平淡難」，乃算袋中所書也。

康與之在高宗朝以詩章應制，與左璫狎。適睿思殿有徽祖御畫，特爲卓絕，上時持玩，以起羹牆之悲。璫下直竊攜至家，而康適來，留之飲，因出示之。康紿璫入取殽核，輒書一絕於上曰：「玉輦宸游事已空，尚餘奎藻繪春風。年年花鳥無窮恨，盡在蒼梧夕照中。」璫見之大駭，然無奈何。明日，伺間叩頭請死。上大怒，亟取視之，天顏頓霽，但一慟而已。

「力通青海求龍種，死諱文成食馬肝。」此楊文公詠武帝詩。漢書：武帝既誅文成，惜其方不盡。膠東樂大與文成同師，因樂成侯求見。帝說，大曰：「臣恐效文成，則方士皆掩口，烏敢言方哉？」上曰：「文成食馬肝死耳。」按洞冥記云：「元鼎五年，郅支國貢馬肝石，半青半黑，如馬肝，春以和九轉之丹，用拭髮，白者皆黑。羣臣於甘泉，有白髮者，賜拭皆黑。酷烈，不雜丹砂，不可近髮㊀。」齊人李少翁以神仙惑帝，帝乃以馬肝石和九轉神明丸賜少翁，少翁死，即文成也。今人見景帝有「食肉不食馬肝，未爲不知味」之語，遂謂文成食馬之肝而死，非也。

㊀「可近」兩字原脫，據洞冥記補。

歐陽文忠公詩：「山浦轉帆迷向背，夜江看斗辨西東。」東坡亦云：「山水照人迷向背，只尋孤塔認西東。」身游山水間，果有兹理，二公善於形容矣。

文康王公晦叔諱曙，嘗宰定海縣，賦回峯院詩云：「山勢欲壓海，禪扃向此開。魚龍腥不到，日月影先來。樹色秋擎出，鐘聲浪答回。何期隨吏役，暫得拂塵埃。」商逸卿得遺墨刻之。

清明絶句，王元之云：「無花無酒過清明，興味都來似野僧。昨日鄰家乞新火，曉窗分與讀書燈。」李方叔云：「千株蜜炬出嚴闈，走馬天街賜近臣。我亦茅簷自鑽燧，煨針燒艾檢銅人。」二詩善述冷淡況味，漫筆之。

荆公「繰成白雪桑重綠，割盡黃雲稻正青」之句，今古傳誦。宋人廷博案：宋人二字似誤。紫芝送謝耘游淮詩有云：「柘空淮繭白，梅近楚秧青。」蓋模倣此。

周益公休致，白石黃景説賀以古風云：「相公能辭一品官，不能辭他九轉丹。相公能却萬鍾粟，不能却他長生籙。潭潭之居移氣體，新年七十兒童似。朝朝見客步如飛，窗下時時看細字。高車得似垂車榮，巍冠何如挂冠清？深衣獨樂真天人，誰其友者耼與彭。」

環溪吳沆觀稼詩有云：「新月輝輝動，黃雲漸漸收。」形容甚工。

芝田録云：「鑰必以魚者，取其不瞑目守夜之義。」王荆公詩云：「開厨發篋鳴鎖魚。」山谷詩云：「時送一鴟開鎖魚。」

南史：齊高帝賜明僧紹竹根如意，筍籜冠，隱者榮焉。唐李泌隱衡山，嘗取松樛枝以隱背，名曰「養和」。陸放翁詩云：「夭矯竹如意，鱗皴松養和。」

台州市云：「唐任處士□□有詩云：「絶頂新秋生夜凉，鶴飛松露滴衣裳。前峯月照半江白，僧在水濱開竹房。」

孟子言舜封象於有庫。今道永之間有鼻亭，蓋字訛也。正在瀟水之上，舟楫往來其下，客有題詩云：「如今不似當時傲，日日江頭送客舟。」

陸龜蒙詩云：「他年欲事先生去，十賚須加陸逸沖。」注：逸沖常事陶隱居，錫名栖靜居士。十賚猶人間九錫也。秦少游遊仙詞一絶，亦用此意。詩云：「本是廬山種杏人，出山來事碧虚君。上清欲問因何到，請看仙家十賚文。」

僧島雲過盱江麻姑山，題絶句云：「萬疊峯巒入太清，麻姑曾此會方平。一從燕罷歸何處？寶殿瑤臺空月明。」先作「自從」，後於同輩舉似，同輩云：「詩固清矣，『自』字未穩，當作『一』字。」雲服其言。暨再入山，已爲人改作「一從」矣。亦可謂一字師。

明妃曲，古今作者多矣，近時徐思叔得之所賦一篇，亦爲時人膾炙。其詞云：「妾生豈願爲胡婦，失信寧當累明主。已傷畫史忍欺君，莫使君王更欺虜。琵琶却解將心語，一曲纔終恨何數。朦朧胡霧染宫花，淚眼横波時自雨。專房莫倚黄金賂，多少專房棄如土。寧從别去得深嚬，一步思君一回顧。胡山不隔思歸路，只把琵琶寫辛苦。君不見有言不食古高辛，生女無嫌嫁槃瓠。」

柴與之中行，嘉定間仕於朝，與時宰議論不合，去國。危逢吉積以詩送之：「力爲君王乞得州，補天未了石還投。人才自係國輕重，吾道亦關公去留。殿角才辭槐影日，船頭便轉荻花秋。競誇祖帳都門外，誰識眉攢杜甫愁？」

裘元量萬頃，豫章人。性恬退，不樂仕，以薦者召爲司直。在朝嘗賦歸興云：「新築書堂壁未乾，馬蹄催我上長安。兒時祇道爲官好，老去方知行路難。千里關山千里念，一番風雨一番寒。何如静坐茅齋下，翠竹蒼梧子細看。」遂乞歸。

嚴子陵釣臺題詠尚矣，天台戴式之復古一絶云：「萬事無心一竹竿，三公不换此江山。平生誤識劉文叔，惹起虚名滿世間。」亦新意可喜。

唐劉言史觀繩伎一篇末聯云：「坐中還有沾巾者，曾見先皇初教時。」蓋謂玄宗遺樂。近時高九萬賦觀思陵御製墨本絶句，正用此意。詩云：「淡黄越紙打殘碑，盡是先皇御製詩。白髮内人和淚看，爲曾親見寫詩時。」

麻山瀑布分兩派而下，灌溉甚博。豐城孫南叟伯温爲南城簿，嘗游，賦古風云：「九關守不嚴，失却兩玉龍。塵世著不得，忽來此山中。雷霆白晝閑，冰雪詩人胸。天公不汝尤，爲人作年豐。」甚有江西體。

道士黄居萬瀑布一絶云：「龍梭織處人難見，地軸舒來尺莫量。定是水仙工性巧，逐時裁去補滄浪。」亦有形容之工。

予曾伯祖伯琳官至右選，平生喜爲詩。嘗賦五月菊，有「爲嫌陶令醉，看伴屈原醒」之句，人所傳誦。

頃傳龜峯絶句，不知誰氏作，亦有思致。詩云：「大禹胼胝決九州，百川無復恣橫流。介蟲不覺鴻波落，睡在高峯頂上頭。」

慶元間，韓侂胄用事，貶趙忠定公於永，舟次衡陽，泊古鄽，一夕而死。敖器之陶孫時處上庠，以詩哭之曰：「左手旋乾右轉坤，羣公相扇動流言。狼胡無地歸姬旦，魚腹終天痛屈原。一死固知公所欠，孤忠賴有史常存。九原若遇韓忠獻，休説渠家末世孫。」

客有誦禽言二詩，句意皆工，惜失姓氏。子規云：「剛道故鄉如許好，其如游子不歸何。自從五柳先生死，空染千山血淚多。」著新脱故云：「蠶繭方成四月初，烏能早計巧相呼。誰和機杼聲纔息，已有王官來索租。」

廬陵歐陽伯威鐵少與周益公同場屋，連戰不利，遂篤意於詩。誠齋嘗摘其警句抄之。如：「西風五更雨，南雁數行書。」「詩成夔子國，人在仲宣樓。」「細雨雙飛鷺，寒蓑獨釣船。」「夢回千里外，燈轉一窗深。」「誰知花過半，纔與酒相尋。」「故人驚會面，新恨説從頭。」「天上張公子，雲間陸士龍。」「月白玄猿哭，更殘絡緯悲。」「語離遽如許，話舊復何時。」「巷南巷北人招飲，一雨一晴花耐看。」「有客過門湖海士，隔籬呼酒咄嗟間。」「夢回金馬玉堂上，文在冰甌雪椀中。」「青山如故情非故，芳草喚愁詩遣愁。」「擾擾征人相顧語，蕭蕭落葉不勝秋。」「風色似傳花信到，夕陽微放柳梢明。」「千里歸來人事改，十年猶幸此身存。」絶句四首：「戀樹殘紅澀不飛，楊花雪落水生衣。年來百念成灰冷，無語送春春自歸。」「桑麻得雨更青葱，芍藥留春結晚紅。怪得鳥聲如許好，此身還在亂山中。」「爲憐桃杏亞枝斜，看到斜陽遂亂鴉。又是一春窮不死，天教留眼看鶯花。」「篷窗卧聽疏疏雨，却是芭蕉夜半聲。煙浪蔽天天倚蓋，略容一點白鷗明。」公跋云：「鳥啼花落，欣然會心處，酌大白，嚥伯威詩，欲馭風騎氣也。」

□□□□□題瑞州飛霞山有句云：「野猿來往嘯明月，山鳥兩三啼曉風。」誠齋嘗稱之。

王從周鎬，吉之永豐人，仕至忠州守。喜爲詩，亦有警句。早行云：「髮爽帶風梳，齒疏和月漱。」觀橋寓樓云：「避喧那厭雨，宜睡不思茶。」將雨云：「雲學催詩黑，風仍作頌清。」望嶽云：「未知真是岳，祇見半爲雲。」望仙樓云：「只言弱水蓬萊遠，無奈仙風道骨何。」壽趙倅云：「仁心廣大麟難比，壽骨清奇鶴不如。」紹師覓詩云：「凍雪寒梅雙屐蠟，澂江明月一竿絲。」送潘文叔云：「催租例擾潘郊老，付麥誰憐石曼卿。」出春陵云：「山色兩間供步障，松陰半畝當郵亭。」上何尚書云：「籍通上界神仙府，身現甘泉侍從臣。」移竹後雨絶句：「洗紅窣窣烏藍雨，落紫颼颼皁角風。挂起北窗聊問訊，新移來竹定惺忪。」

陶弘景隱居華山，梁高祖問曰：「山中何所有？」弘景以詩答曰：「山中何所有，嶺上多白雲。只可自怡悦，不堪持贈君。」陳簡齋嘗倣之云：「石爐深炷火，撩亂一榻書。只可自怡悦，不堪寄張扶。」

列仙傳：費長房遇壺翁，有神術，能縮地脈，千里聚在目前，放之如初。岑參詩云：「帝鄉北近日，瀘口南連蠻。何當遇長房，縮地到京關。」又云：「惟求縮脚地，鄉路莫教賒。」王建詩云：「安得縮地經，忽使我在旁。」蓋取諸此。

滹南詩話

滹南詩話卷一

金　王若虛著

世所傳千註杜詩，其間有曰新添者四十餘篇。吾舅周君德卿嘗辨之云：「唯瞿唐懷古呀鶻行送劉僕射惜別行爲杜無疑，自餘皆非本真，蓋後人依倣而作，欲竊盜以欺世者，或又妄撰其所從得，誣引名士以爲助，皆不足信也。」東坡嘗謂太白集中，往往雜入他人詩，蓋其雄放不擇，故得容僞，於少陵則決不能。豈意小人無忌憚如此！其詩大抵鄙俗狂瞽，殊不可讀。蓋學步邯鄲，失其故態，求居中下且不得，而欲以爲少陵，眞可憫笑。王直方詩話既有所取，而鮑文虎杜時可間爲註説，徐居仁復加編次，甚矣。世之識眞者少也。其中一二雖稍平易，亦不免蹉跌。至於逃難解憂送崔都水聞惠子過東溪巴西觀漲及呈竇使君等，尤爲無狀。洎餘篇大似出于一手，其不可亂眞也。如糞丸之在隋珠，不待選擇而後知，然猶不能辨焉。世間似是而相奪者，又何可勝數哉！予所以發憤而極論者，不獨爲此詩也。吾舅自幼爲詩，便祖工部，其教人亦必先此。嘗與予語及新添之詩，則嚬蹙曰：「人才之不同如其面焉，耳目鼻口相去亦無幾矣，然諦視之，未有不差殊者。詩至少陵，他人豈得而亂之哉？」公之持論如此，其中必有所深得者，顧我輩未之見耳，表而出之，以俟明眼君子云。

吾舅嘗論詩云：「文章以意爲之主，字語爲之役。主强而役弱，則無使不從。世人往往驕其所役，至跋扈難制，甚者反役其主。」可謂深中其病矣。又曰：「以巧爲巧，其巧不足，巧拙相濟，則使人不厭。唯甚巧者，乃能就拙爲巧，所謂游戲者，一文一質，道之中也。雕琢太甚，則傷其全。經營過深，則失其本。」又曰：「頸聯頷聯，初無此說，特後人私立名字而已。大抵首二句論事，次二句猶須論事，首二句狀景，次二句猶須狀景，不能遽止。自然之勢，詩之大略，不外此也。」其篤實之論哉。

史舜元作吾舅詩集序，以爲有老杜句法，蓋得之矣。而復云由山谷以入，則恐不然。吾舅兒時，便學工部，而終身不喜山谷也。若虛嘗乘間問之，則曰：「魯直雄豪奇險，善爲新樣，固有過人者。然於少陵初無關涉，前輩以爲得法者，皆未能深見耳。」舜元之論，豈亦襲舊聞而發歟，抑其誠有所見也？更當與知者訂之。

謝靈運夢見惠連而得「池塘生春草」之句，以爲神助。石林詩話云：「世多不解此語爲工，蓋欲以奇求之耳。此語之工，正在無所用意，猝然與景相遇，借以成章，故非常情所能到。」冷齋云：「古人意有所至，則見于情，詩句蓋寓也。謝公平生喜見惠連，而夢中得之，此當論意，不當泥句。」張九成云：「靈運平日好雕鐫，此句得之自然，故以爲奇。」田承君云：「蓋是病起忽然見此爲可喜而能道之，所以爲貴。」予謂天生好語，不待主張，苟爲不然，雖百說何益。李元膺以爲反覆求之，終不見此句之佳，正與鄙意暗同。蓋謝氏之誇誕，猶存兩晉之遺風，後世惑于其言而不敢非，則宜其委曲之至是也。

梅聖俞愛嚴維「柳塘春水慢，花塢夕陽遲」之句，以爲天容時態，融和駘蕩，如在目前。或者病之曰：「夕陽遲繫花，而春水慢不繫柳。」苕溪又曰：「不繫花而繫塢。」予謂不然，夕陽遲固不在花，然亦何關乎塢哉？詩言「春日遲遲」者，舒長之貌耳。老杜云「遲日江山麗」，此復何所繫耶？彼自詠自然之景。如「梨花院落溶溶月，柳絮池塘淡淡風」，初無他意，而論者忘爲云云，何也？裴光約詩云：「行人折柳和輕絮，飛燕銜泥帶落花。」或曰：「柳常有絮，泥或無花。」苕溪以爲得其膏肓，此亦過也。據一時所見，則泥之有花，不害于理，若必以常有責之，則絮亦豈所常有哉？

柳公權「殿閣生微涼」之句，東坡罪其有美而無箴，乃爲續成之，其意固佳，然責人亦已甚矣。吕希哲曰：「公權之詩，已含規諷。」蓋謂文宗居廣厦之下，而不知路有暍死也。洪駒父嚴有翼皆以爲然。或又謂五絃之薰，所以解愠阜財，則是陳善閉邪責難之意。此亦彊勉而無謂，以是爲諷，其誰能悟。予謂其實無之，而亦不必有也。規諷雖臣之美事，然燕閒無事，從容談笑之暫，容得順適于一時，何必盡以此而繩之哉。且事君之法，有所寬乃能有所禁，略其細故于平素，乃能辨其大利害于一朝。若夫煩碎迫切，毫髮不恕，使聞之者厭苦而不能堪，彼將以正人爲仇矣，亦豈得爲善諫邪？

杜詩稱李白云「天子呼來不上船」，吴虎臣漫録以爲范傳正太白墓碑云：「明皇泛白蓮池，召公作引，時公已被酒于翰苑中，乃命高將軍扶以登舟。」杜詩蓋用此事。而夏彦剛謂蜀人以襟領爲船，不知何所據？苕溪叢話亦兩存之。予謂襟領之説，定是謬妄，正使有據，亦豈詞人通用之語。此特以「船」字生疑，故爾委曲。然范氏所記，白被酒于翰苑，而少陵之稱，乃市上酒家，則又不同矣。大抵一時之事，不盡可考。不知太白凡幾醉，明皇凡幾召，而千載之後，必於傳記求其證邪？且此等不知，亦何害也。

老杜北征詩云「見耶背面啼」，吾舅周君謂「耶」當爲「卽」字之誤，其説甚當。前人詩中亦或用「耶娘」字，而此詩之體，不應爾也。

近代詩話云：杜詩云「皁鵰寒始急」，白氏歌云「千呼萬喚始出來」，人皆以爲語病，其實非也。事之終始則音上聲，有所宿留則音去聲。予謂不然，古人淳至，初無俗忌之嫌，蓋亦不必辨也。

荆公云：「李白歌詩豪放飄逸，人固莫及，然其格止于此而已，不知變也。至于杜甫，則發斂抑揚，疾徐縱横，無施不可。蓋其緒密而思深，非淺近者所能窺，斯其所以光掩前人而後來無繼也。」而歐公云：「甫之于白，得其一節，而精彊過之。」是何其相反歟？然則荆公之論，天下之言也。

退之雪詩有云：「隨車翻縞帶，逐馬散銀杯。」世皆以爲工。予謂雪者，其先所有，縞帶銀杯，因車馬而見耳，「隨」「逐」二字甚不安。歐陽永叔江鄰幾以「坳中初蓋底，垤處遂成堆」之句，當勝此聯。而或者曰：「未知退之真得意否？」以予觀之，二公之評論實當，不必問退之之意也。

退之謁衡嶽詩云：「手持盃珓導我擲，云此最吉餘難同。」「吉」字不安，但言靈應之意可也。

退之詩云：「豈不旦夕念，爲爾惜居諸。」居諸，語辭耳，遂以爲日月之名，既已無謂，而樂天復云：「廢興相催逼，日月互居諸。」「恩光未報答，日月空居諸。」老杜又有「童丱聯居諸」之句，何也？

退之詩云：「泥盆淺小詎成池，夜半青蛙聖得知。」言初不成池，而蛙已知之，速如聖耳。山谷詩云：「羅幃翠幕深調護，已被游蜂聖得知。」此「知」字何所屬邪？若以屬蜂，則「被」字不可用矣。

孔毅父雜說，譏退之笑長安富兒不解文字，既而晚年有聲伎，罪李于輩諸人服金石，而自餌硫黃。陳後山亦有此論。甚矣其妄議人也。紅裙之誚，亦曰唯知彼而不知此，蓋詞人一時之戲言，非遂以近婦人爲諱也。且詩詞豈當如是論，而遽以爲口實邪？其罪李于輩，特斥其燒煉丹砂而祈長生耳。病而服藥，豈所禁哉？樂天固云「退之服硫黃，一病訖不痊」，則公亦因病而出于不得已，初不如于輩有所冀幸以致斃也。抑前詩復有「盤饌羅羶葷」之句，以二子繩之，則又當不敢食肉矣。

崔護詩云「去年今日此門中」，又云「人面祇今何處去」，沈存中曰：「唐人工詩，大率如此，雖兩『今』字不恤也。」劉禹錫詩云「雪裏高山頭白早」，又云「于公必有高門慶」，自注云：「高山本高，于門使之高，二義殊。」三山老人曰：「唐人忌重疊用字。如此二說，何其相反歟？」予謂此皆不足論也。

宋之問詩有云：「年年歲歲花相似，歲歲年年人不同。」或曰：「此之問甥劉希夷句也。之問酷愛，知其未之傳人，懇乞之，不與，之問怒，乃以土袋壓殺之。」此殆妄耳。之問固小人，然亦不應有是。年年歲歲，歲歲年年，何等陋語，而以至殺其所親乎？大抵詩話所載，不足盡信。「池塘生春草」，有何可嘉，而品題者百端不已。荆公金牛洞六言詩，初亦常語，而晁無咎附之楚辭，以爲二十四字，而有六籍羣言之遺味。書生之口，何所不有哉？

樂天詩云：「楚王疑忠臣，江南放屈平。晉朝輕高士，林下棄劉伶。一人常獨醉，一人常獨醒。醒者多苦志，醉者多歡情。歡情信獨善，苦志竟何成！」夫屈子所謂獨醒者，特以爲孤潔不同俗之喻耳，非真言飲酒也，詞人往往作實事用，豈不誤哉？

樂天之詩，情致曲盡，入人肝脾，隨物賦形，所在充滿，殆與元氣相侔。至長韻大篇，動數百千言，而順適愜當，句句如一，無争張牽强之態。此豈撚斷吟鬚悲鳴口吻者之所能至哉！而世或以淺易輕之，蓋不足與言矣。

郊寒白俗，詩人類鄙薄之，然鄭厚評詩，荆公蘇黄輩曾不比數，而云樂天如柳陰春鶯，東野如草根秋蟲，皆造化中一妙，何哉？哀樂之真，發乎情性，此詩之正理也。

皮日休詠房杜詩云：「黄閣三十年，清風一萬古。」凡言千古萬古者，皆是無窮之意，今下一字，便有所止矣。

滹南詩話卷二

唐子西文録云：「古之作者，初無意于造語，所謂因事陳辭，老杜北征一篇，直紀行役耳，忽云『或紅如丹砂，或黑如點漆。雨露之所濡，甘苦齊結實』，此類是也。文章即如人作家書乃是。」慵夫曰：「子西談何容易，工部之詩，工巧精深者，何可勝數，而摘其一二，遂以爲訓哉？正如冷齋言樂天詩必使老嫗盡解也。夫三百篇中亦有如家書及老嫗能解者，而可謂其盡然乎？且子西又嘗有所論矣。曰：『詩在與人商論，深求其疵而去之，等閒一字放過則不可，殆近法家難以言恕，故謂之詩律。立意之初，必有難易二塗，學者不能强所劣，往往舍難而趨易，文章不工，每坐此也。』又曰：『吾作詩甚苦，悲吟累日，僅能成篇，初未見可羞處，明日取讀，疵病百出，輒復悲吟累日，反覆改正，稍稍有加。數日再讀，疵病復出。如此數四，方敢示人，然終不能奇也。』觀此二説，又何其立法之嚴，而用心之勞邪，蓋喜爲高論而不本于中者，未有不自相矛盾也。

退之曰：「文無難易，唯其是耳。」豈復有病哉？

歐公寄常秩詩云：「笑殺汝陰常處士，十年騎馬聽朝雞。」伊川云：「夙興趨朝，非可笑事，永叔不必道。」夫詩人之言，豈可如是論哉？程子之誠敬，亦已甚矣。

荆公詠雪云：「試問火城將策試，何如雲屋聽窗知。」苑極之不愛其上句。山谷云：「管城子無食肉相，孔方兄有絶交書。」極之不愛其下句。此與人意暗同。

羅可雪詩有「斜侵潘岳鬢，横上馬良眉」之句，陳正敏以爲信然，却是假雪耳。盧延讓有「栗爆燒氈破，猫跳觸鼎翻」之句，楊文公深愛，而或者疑之。予謂此語固無甚佳，然讀之可以想見明窗温爐閒坐之適。楊公所愛，蓋其境趣也邪？

東坡詩云：「文章豈在多，一頌了伯倫。」朱少章云：「唐藝文志有劉伶文集三卷，則非無他文章也，坡豈偶忘于落筆之時乎？抑别有所聞也。」予謂不然。按晉史云：「伶未嘗措意文翰，惟著酒德頌一篇。」坡亦據此而已。且公意本謂只此一篇，足以道盡平生，傳名後世，則他文有無，亦不必論也。

東坡章質夫惠酒不至詩，有「白衣送酒舞淵明」之句。碧溪詩話云：「或疑舞字大過，及觀庾信答王褒餉酒云『未能扶畢卓，猶足舞王戎』，乃知有所本。」予謂疑者但謂淵明身上不宜用耳，何論其所本哉。

東坡題陽關圖云：「龍眠獨識殷勤處，畫出陽關意外聲。」予謂可言聲外意，不可言意外聲也。

東坡酷愛歸去來辭，既次其韻，又衍爲長短句，又裂爲集字詩，破碎甚矣。陶文信美，亦何必爾，是亦未免近俗也。

東坡和陶詩，或謂其終不近，或以爲實過之，是皆非所當論也。渠亦因彼之意，以見吾意云爾，曷嘗心競而較其勝劣邪？故但觀其眼目旨趣之何如，則可矣。

東坡云：「論畫以形似，見與兒童鄰。賦詩必此詩，定非知詩人。」夫所貴于畫者，爲其似耳。畫而不似，則如勿畫。命題而賦詩，不必此詩果爲何語。然則坡之論非歟？曰：論妙于形似之外，而非遺其形似，不窘于題，而要不失其題，如是而已耳。世之人不本其實，無得于心，而借此論以爲高。畫山水者，未能正作一木一石，而託雲烟杳靄，謂之氣象。賦詩者茫昧僻遠，按題而索之，不知所謂，乃曰格律貴爾。一有不然，則必相嗤點，以爲淺易而尋常，不求是而求奇，真僞未知，而先論高下，亦自欺而已矣，豈坡公之本意也哉？

鄭厚云：「魏晉已來，作詩唱和，以文寓意。近世唱和，皆次其韻，不復有真詩矣。詩之有韻，如風中之竹，石間之泉，柳上之鶯，牆下之蛩，風行鐸鳴，自成音響，豈容擬議。夫笑而呵呵，歎而唧唧，皆天籟也，豈有擇呵呵聲而笑，擇唧唧聲而歎者哉？」慵夫曰：「鄭厚此論，似乎太高，然次韻實作者之大病也。詩道至宋人，已自衰弊，而又專以此相尚，才識如東坡，亦不免波蕩而從之，集中次韻者幾三之一。雖窮極技巧，傾動一時，而害于天全多矣。使蘇公而無此，其去古人何遠哉？」

東坡薄薄酒二篇，皆安分知足之語，而山谷稱其憤世嫉邪，過矣。或言山谷所擬勝東坡，此皮膚之見也。彼雖力加奇險，要出第二，何足多貴哉？且東坡後篇自破前説，此乃眼目，而山谷兩篇，只是東坡前篇意，吾未見其勝之也。

東坡雁詞云「揀盡寒枝不肯棲」，以其不棲木故云爾，蓋激詭之致，詞人正貴其如此。而或者以爲語病，是尚可與言哉。近日張吉甫復以「鴻漸于木」爲辯，而怪昔人之寡聞，此益可笑。易象之言，不當援引爲證也。其實雁何嘗棲木哉？

東坡送王緘詞云：「坐上别愁君未見，歸來欲斷無腸。」此未别時語也。而言歸來，則不順矣。欲斷無腸，亦恐難道。贈陳公密侍兒云「夜來倚席親曾見」，此本卽席所賦，而下「夜來」字，却是隔一日。

王直方詩話稱晁以道見東坡梅詞云：「便知道此老須過海，只爲古今人不曾道到此，須罰教去。」苕溪漁隱曰：「此言鄙俚，近于忌人之長，幸人之禍，直方無識，載之詩話，寧不畏人之譏誚乎？」慵夫曰：「此詞意屬朝雲也，以道之言特戲云爾，蓋世俗所謂放不過者，豈有他意哉？苕溪議直方之無識，而不知己之不通也。」

陳後山云：「子瞻以詩爲詞，雖工非本色。今代詞手，唯秦七黄九耳。」予謂後山以子瞻詞如詩，似矣，而以山谷爲得體，復不可曉。晁無咎云：「東坡詞小不諧律吕，蓋横放傑出，曲子中縛不住者。」其評山谷則曰：「詞固高妙，然不是當行家語，乃著腔子唱和詩耳㊀。」此言得之。

㊀「和」，知不足齋叢書本作「如」。

晁無咎云：「眉山公之詞短于情，蓋不更此境耳。」陳後山曰：「宋玉不識巫山神女，而能賦之，豈待更而後知，是直以公爲不及于情也。嗚呼！風韻如東坡，而謂不及于情，可乎？彼高人逸才，正當如是，其溢爲小詞而閒及于脂粉之間，所謂滑稽玩戲，聊復爾爾者也。若乃纖豔淫媟，入人骨髓，如田中行柳耆卿輩，豈公之雅趣也哉？」

陳後山謂子瞻以詩爲詞，大是妄論，而世皆信之，獨茅荆產辨其不然，謂公詞爲古今第一。今翰林趙公亦云此，與人意暗同。蓋詩詞只是一理，不容異觀。自世之末作習爲纖豔柔脆，以投流俗之好，高人勝士，亦或以是相勝，而日趨于委靡，遂謂其體當然，而不知流弊之至此也。文伯起曰：「先生慮其不幸，而溺于彼，故援而止之，特立新意，寓以詩人句法。」是亦不然。公雄文大手，樂府乃其游戲，顧豈與流俗爭勝哉！蓋其天資不凡，辭氣邁往，故落筆皆絕塵耳。

東坡南行唱和詩序云：「昔人之文，非能爲之爲工，乃不能不爲之爲工也。山川之有雲，草木之有華實，充滿勃鬱而見于外，雖欲無有，其可得耶。故予爲文至多，而未嘗敢有作文之意。」時公年始冠耳，而所有如此，其肯與江西諸子終身爭句律哉？

東坡，文中龍也，理妙萬物，氣吞九州，縱橫奔放，若游戲然，莫可測其端倪。魯直區區持斤斧準繩之説，隨其後而與之争，至謂未知句法，東坡而未知句法，世豈復有詩人？而渠所謂法者，果安出哉？老蘇論揚雄，以爲使有孟軻之書，必不作太玄。魯直欲爲東坡之邁往而不能，于是高談句律，旁出樣度，務以自立而相抗，然不免居其下也，彼其勞亦甚哉，向使無坡壓之，其措意未必至是。世以坡之過海爲魯直不幸，由明者觀之，其不幸也舊矣。

吴虎臣漫録云：「歐陽季默嘗問東坡：『魯直詩何處是好。』坡不答，但極稱道。季默復問如雪詩『卧聽疏疏還密密，起看整整復斜斜』豈亦佳邪？坡云：『正是佳處。』」慵夫曰：「予于詩固無甚解，至于此句，猶知其不足賞也，當是所傳妄耳。」徐師川亦嘗詠雪云：「積得重重那許重，飛時片片又何輕。」曾端伯以爲警策，且言「師川作此罷，因誦山谷『疏疏密密』之句，云我則不敢容易道」。意謂魯直草率而已語爲工也。噫！予之惑滋甚矣。

王直方云：「東坡言魯直詩高出古人數等，獨步天下。」予謂坡公決無是論，縱使有之，亦非誠意也。蓋公嘗跋魯直詩云：「每見魯直詩，未嘗不絶倒。然此卷語妙甚，能絶倒者已是可人。」又云：「讀魯直詩，如見魯仲連李太白，不敢復論鄙事。雖若不適用，然不爲無補于世。」又云：「如蝤蛑江瑶柱，格韻高絶，盤餐盡廢，然多食則動風發氣。」其許可果何如哉？

山谷之詩，有奇而無妙，有斬絶而無横放，鋪張學問以爲富，點化陳腐以爲新，而渾然天成，如肺肝中流出者，不足也。此所以力追東坡而不及歟？或謂論文者尊東坡，言詩者右山谷，此門生親黨之偏説，而至今詞人多以爲口實，同者襲其迹而不知返，異者畏其名而不敢非。善乎吾舅周君之論也，曰：「宋之文章至魯直，已是偏仄處。陳後山而後，不勝其弊矣。人能中道而立，以巨眼觀之，是非真僞，望而可見也。」若虚雖不解詩，頗以爲然。近讀東都事略山谷傳云：「庭堅長于詩，與秦觀張耒晁補之游蘇軾之門，號四學士，獨江西君子以庭堅配軾，謂之蘇黄。」蓋自當時已不以是爲公論矣。

山谷題陽關圖云：「渭城柳色關何事，自是行人作許悲。」夫人有意而物無情，固是矣。然夜發分寧云：「我自只如常日醉，滿川風月替人愁。」此復何理也？

山谷詩云：「語言少味無阿堵，冰雪相看有此君。」夫阿堵者，謂阿底耳。顧愷之云「傳神寫照，正在阿堵中」，殷浩見佛經云「理應阿堵上」，謝安指桓温衛士云「明公何須壁閒阿堵輩」是也。今去物字，猶此君去君字，乃歇後之語，安知其爲錢乎？

山谷題嚴溪釣灘詩云：「能令漢家九鼎重，桐江波上一絲風。」説者謂東漢多名節之士，賴以久存，跡其本原，正在子陵釣竿上來。予謂論則高矣，而風何與焉？嘗質之吾舅周君，君笑曰：「想渠下此字時，其心亦必不能安也。」或曰詩人語不當如是論，曰：固也，然亦須不害于理乃可。如東坡眉石硯詩，指胡馬于眉間，與此是一箇規模也，而豈有意病哉？

蘇黄各因玄真子漁父詞增爲長短句，而互相譏評。山谷又取船子和尚詩爲訴衷情，而冷齋亦載之。予謂此皆爲蛇畫足耳，不可作也。

山谷詞云：「新婦磯邊眉黛愁，女兒浦口眼波秋。」自謂以山色水光替却玉肌花貌，真得漁父家風，東坡謂其太瀾浪，可謂善謔。蓋漁父身上，自不宜及此事也。

山谷最不愛集句，目爲百家衣，且曰正堪一笑。予謂詞人滑稽，未足深誚也。山谷知惡此等，則藥名之作，建除之體，八音列宿之類，獨不可一笑耶？

山谷雨絲詩云：「煙雲杳靄合中稀，霧雨空濛密更微。園客繭絲抽萬緒，蛛蝥網面罩羣飛。風光錯綜天經緯，草木文章帝杼機。願染朝霞成五色，爲君王補坐朝衣。」夫雨絲云者，但謂其狀如絲而已，今直說出如許用度，予所不曉也。

山谷詞云：「盃行到手莫留殘，不道月明人散。」嘗疑「莫」字不安，昨見王德卿所收東坡書此詞墨跡，乃是「更」字也。

滹南詩話卷三

荆公有「兩山排闥送青來」之句，雖用「排闥」字，讀之不覺其詭異。山谷云「青州從事斬關來」，又云「殘暑已促裝」，此與排闥等耳，便令人駭愕。

山谷閔雨詩云：「東海得無寃死婦，南陽應有卧雲龍。」「得無」猶言「無乃」耳，猶欠有字之意。卧雲龍，真龍邪？則豈必南陽，指孔明邪？則何關雨事。若曰遺賢所以致旱，則迂闊甚矣。

清明詩云：「人乞祭餘驕妾婦，士甘焚死不封侯。」士甘焚死，用介之推事也。齊人乞祭餘，豈寒食事哉？若泛言所見，則安知其必驕妾婦，蓋姑以取對，而不知其疏也，此類甚多。

食瓜有感云：「田中誰問不納履，坐上適來何處蠅。」是固皆瓜事，然其語意，豈可相合也？

弈棋云：「湘東一目誠甘死，天下中分尚可持。」以湘東目爲棋眼，不愜甚矣，且此聯豈專指輸局邪？不然，安可通也？

接花云：「雍也本犂子，仲由元鄙人。升堂與入室，只在一揮斤。」「揮斤」字無乃不安，且取喻何其迂也。

士會自秦還晉，繞朝贈之以策。蓋當時偶以此耳，非送行者必須策也。而山谷送人詩云「願卷囊書當贈鞭」，又云「折柳當馬策」，亦無謂矣。

秦繆公謂蹇叔曰：「中壽，爾墓之木拱矣。」蓋墓木也。山谷云「待而成人吾木拱」，此何木邪？

山谷牧牛圖詩，自謂平生極至語，是固佳矣，然亦有何意味？黄詩大率如此，謂之奇峭，而畏人説破，元無一事。

弔邢惇夫云：「眼看白璧埋黄壤，何況人間父子情。」既下「何況」字，須有他人猶痛悼之意乃可。

猩毛筆云「身後五車書」，按莊子，惠施多方，其書五車，非所讀之書，即所著之書也，遂借爲作筆寫字，此以自贊耳。而呂居仁稱其善詠物，而曲當其理，不亦異乎？只平生幾兩屐，細味之亦疏，而拔毛濟世事，尤牽强可笑。以予觀之，此乃俗子謎也，何足爲詩哉？

詩人之語，詭譎寄意，固無不可，然至于太過，亦其病也。山谷題惠崇畫圖云：「欲放扁舟歸去，主人云是丹青。」使主人不告，當遂不知。王子端叢臺絶句云：「猛拍闌干問廢興，野花啼鳥不應人。」若應人可是怪事。竹莊詩話載法具一聯云：「半生客裏無窮恨，告訴梅花説到明。」不知何消得如此，昨日酒間偶談及之，客皆絶倒也。

山谷贈小鬟驀山溪詞，世多稱賞。以予觀之，「眉黛壓秋波，儘湖南水明山秀」，「儘」字似工，而實不愜。又云「婷婷嫋嫋，恰近十三餘」，夫近則未及，餘則已過，無乃相窒乎？「春未透，花枝瘦」，止謂其尚嫩，如「荳蔻梢頭二月初」之意耳，而云「正是愁時候」，不知「愁」字屬誰？以爲彼愁邪，則未應識愁；以爲己愁邪，則何爲而愁？又云：「只恐遠歸來，緑成陰，青梅如豆。」按杜牧之詩，但泛言花已結子而已，今乃指爲青梅，限以如豆，理皆不可通也。

古之詩人，雖趣尚不同，體制不一，要皆出于自得。至其辭達理順，皆足以名家，何嘗有以句法繩人者。魯直開口論句法，此便是不及古人處。而門徒親黨以衣鉢相傳，號稱法嗣，豈詩之真理也哉？

魯直於詩，或得一句而終無好對，或得一聯而卒不能成篇，或偶有得而未知可以贈誰，何嘗見古之作者如是哉？

山谷自謂得法于少陵，而不許于東坡。以予觀之，少陵，典謨也，東坡，孟子之流，山谷則揚雄法言而已。

魯直論詩，有奪胎換骨、點鐵成金之喻，世以爲名言，以予觀之，特剽竊之黠者耳。魯直好勝，而恥其出于前人，故爲此强辭，而私立名字。夫既已出于前人，縱復加工，要不足貴。雖然，物有同然之理，人有同然之見，語意之間豈容全不見犯哉？蓋昔之作者，初不校此，同者不以爲名爲害不皆故，也是于在專不，處妙于至。已而然當所其盡而得自所其隨，夸爲以不者異，嫌家，而各傳後世，何必如魯直之措意邪？

蜀馬良兄弟五人，而良眉間有白毫，時人爲之語曰：「馬氏五常，白眉最良。」蓋良實白眉，而良不在乎白眉也。而北齊陽休之贈馬子結兄弟詩云「三馬俱白眉」，山谷送秦少游云「秦氏多英俊，少游眉最白」，豈不可笑哉？

王直方詩話云：「秦少游嘗以真字題邢惇夫扇云：『月團新碾瀹花甆，飲罷呼兒課楚辭。風定小軒無落葉，青蟲相對吐秋絲。』山谷見之，乃於扇背作小草云：『黄葉委庭觀九州，小蟲催女獻功裘。金錢滿地無人費，百斛明珠薏苡秋。』少游見之，復云：『逼我太甚。』」予謂黄詩語徒雕刻而殊無意味，蓋不及少游之作。少游所謂相逼者，非謂其詩也，惡其好勝而不讓耳。

朱少章論江西詩律，以爲用崑體功夫，而造老杜渾全之地。予謂用崑體功夫，必不能造老杜之渾全，而至老杜之地者，亦無事乎崑體功夫，蓋二者不能相兼耳。茅璞評劉夷叔長短句，謂以少陵之肉，傳東坡之骨，亦猶是也。

「且食莫踟躕，南風吹作竹。」此樂天食筍詩也。朱喬年因之曰：「南風吹起籜龍兒，戢戢滿山人未知。急唤蒼頭斸烟雨，明朝吹作碧參差。」「年年乞與人間巧，不道人間巧更多。」此楊朴七夕詩也。劉夷叔因之曰：「只應將巧畀人間，定却向人間乞取。」此江西之餘派，欲益反損，政堪一笑。而曾端伯以喬年爲點化精巧，茅荆産以夷叔爲文婉而意尤長。嗚呼！世之末作，方日趨于詭異，而議者又從而簧鼓之，其爲弊何所不至哉！

王仲至召試館中詩有「日斜奏罷長楊賦」之句，荆公改爲「奏賦長楊罷」，云如此語乃健。是矣，然意無乃復窒乎？

張文潛詩云：「不用爲文送窮鬼，直須圖事祝錢神。」唐子西云：「脱使真能去窮鬼，自量無以致錢神。」夫錢神所以不至者，唯其有窮鬼在耳。二子之語，似可喜而實不中理也。

李師中送唐介詩，雜壓寒删二韻，冷齋夜話謂其落韻，而緗素雜記云「此用鄭谷等進退格」，藝苑雌黄則疑而兩存之。予謂皆不然。謂之落韻者，固失之太拘，而以爲有格者，亦私立名字，而不足據，古人何嘗有此哉？意到卽用，初不必校，古律皆然，胡乃妄爲云云也。但律詩比古稍嚴，必親鄰之韻乃可耳。

冷齋夜話云：「前輩作花詩，多用美女比其狀，如曰『若教解語應傾國，任是無情也動人』，塵俗哉。山谷作酴醿詩曰：『露濕何郎試湯餅，日烘荀令炷鑪香。』乃用美丈夫比之，特爲出類。而吾叔淵材詠海棠則又曰：『雨過温泉浴妃子，露濃湯餅試何郎。』意尤佳也。」慵夫曰：「花比婦人，尚矣。蓋其于類爲宜，不獨在顏色之間。山谷易以男子，有以見其好異之僻，淵材又雜而用之，益不倫可笑。」此固甚紕繆者，而惠洪乃節節歎賞，以爲愈奇，不求當而求新，吾恐他日復有以白皙武夫比之者矣，此花無乃太粗鄙乎？魏帝疑何郎傅粉，止謂其白耳，施于酴醾尚可，比海棠則不類矣。且夫雨過露濃，同于言濕而已，果何所異而別之爲對耶？

楊軒牡丹詩云：「楊妃歌舞態，西子巧讒魂。利劍斫不斷，餘妖鍾此根。」東坡詠酴醾以「吳宮紅粉」命意，而終之曰「餘妍入此花」。山谷詠桃花，以「九疑蕚緑華」命意，而終之曰「猶記餘情開此花」。詠水仙以「凌波仙子」命意，而終之曰「種作寒花寄愁絶」。是皆以美人比花，而不失其爲花。近世士大夫，有以墨梅詩傳于時者，其一云：「高髻長眉滿漢宮，君王圖上按春風。龍沙萬里王家女，不著黄金買畫工。」其一云：「五換鄰鐘三唱雞，雲昏月淡正低迷。風簾不著欄干角，瞥見傷春背面啼。」予嘗誦之于人，而問其詠何物，莫有得其髣髴者，告以其題，猶惑也。尚不知爲花，況知其爲梅，又知其爲畫哉？自賦詩不必此詩之論興，作者誤認而過求之，其弊遂至于此，豈獨二詩而已。東坡眉石硯醉道士石等篇，可謂横放而曠遠，然亦未嘗去題也。而論者猶戒其專力于是，則秉筆者，曷少貶乎？

予嘗病近世墨梅二詩，以爲過，及觀宋詩選陳去非云：「粲粲江南萬玉妃，別來幾度見春歸。相逢京洛渾依舊，衹有緇塵染素衣。」曹元象云：「憶昔神遊姑射山，夢中栩栩片時還。冰膚不許尋常見，故隱輕雲薄霧間。」乃知此弊有自來矣。按曹元象一作曾元象。

張舜民謂樂天新樂府幾乎罵，乃爲孤憤吟五十篇以壓之，然其詩不傳，亦略無稱道者，而樂天之作自若也。公詩雖涉淺易，要是大才，殆與元氣相侔，而狂吠之徒，僅能動筆，類敢謗傷，所謂「爾曹身與名俱滅，不廢江河萬古流」也。

蕭閑云「風頭夢，吹無跡」，蓋雨之至細，若有若無者，謂之夢，田夫野婦皆道之。而雷溪注以爲夢中雲雨，又曰「雲夢澤之雨」，謬矣。賀方回有「風頭夢雨吹成雪」之句，又云「長廊碧瓦，夢雨時飄灑」，豈亦如雷溪之説乎？

蕭閑憶恒陽家山云：「誰幻出故山邱壑，謂予心目。」注以故山爲江左，非也，只是指恆陽而已。「好在斜川三尺玉」，公宅前有池，可三畝，號小斜川，三尺字以廣狹深淺言之，俱不安。注以爲漱玉堂泉，按此堂自在北潭中，豈相干涉。予官門山，嘗得板本，乃是「畝」字，意其不然，蓋如言幾頃玻璃之類耳。「暮涼白鳥歸喬木」，乃宅前真景也。而注云「潔身而退，如白鳥之歸林」，何其妄哉？

前人有「紅塵三尺險，中有是非波」之句，此以意言耳。蕭閑詞云「市朝冰炭裏，湧波瀾」，又云「千丈堆冰炭」，便露痕跡。

樂天望瞿塘詩云：「欲識愁多少，高於灧澦堆。」蕭閑送高子文詞云：「歸與高於灧澦堆。」雷溪漫注，蓋不知此出處耳。然樂天因望瞿塘，故即其所見而言，泛用之，則不切矣。

蕭閑樂善堂賞荷花詞云：「臙脂膚瘦薰沈水，翡翠盤高走夜光。」世多稱之。此句誠佳，然蓮體實肥，不宜言瘦。予友彭子升嘗易「膩」字，此似差勝，若乃走珠之狀，惟雨露中然後見之。據辭意，當時不應有雨也。山黛月波之類，蓋總述所見之景，而雷溪注云：「言此花以山爲眉，波爲眼，雲爲衣。」不亦異乎？至「一枝梅綠橫冰萼，淡雲新月炯疏星」之句，亦如此說，彼無真見而妄意求之，宜其繆之多也。

蕭閑使高麗詞云「酒病賴花醫却」，世皆以花爲婦人，非也。此詞過處既有「離索餘香，收拾新愁」之語，豈復有婦人在乎？以文勢觀之，亦不應爾。其所謂花，蓋真花也。言其人已去，賴以解酲者，獨有此物而已，必當時之實事。李後主詩云「酒惡時拈花蕊嗅」，公詠花詞亦喜用醒心香字，蓋取其清澈之氣，以滌除惡味耳。

蕭閑自鎮陽還兵府，贈離筵乞言者云：「待人間覓箇無情心緒，著多情換。」此篇有恨別之意，故以情爲苦，而還羨無情，終章言之，宜矣。使高麗詞亦云：「無物比情濃，覓無情相博。」次第未應及此也。

謝安謂王羲之曰：「中年以來，傷于哀樂。」羲之曰：「年在桑榆，自然至此，頃正賴絲竹陶寫，恒恐兒輩覺，減其歡樂之趣。」坡詩用其事，云：「正賴絲與竹，陶寫有餘歡。」夫「陶寫」云者，排遣消釋之意也。所謂歡樂之趣，有餘歡者，非陶寫其歡，因陶寫而歡耳。蕭閑屢使此字，而直云「陶寫歡情」，「陶寫餘歡」，「舊歡若爲陶寫」，似背元意。

近歲諸公，以作詩自名者甚衆，然往往持論太高，開口輒以三百篇十九首爲準。六朝而下，漸不滿意。至宋人殆不齒矣。此固知本之説，然世間萬變，皆與古不同，何獨文章而可以一律限之乎？就使後人所作，可到三百篇，亦不肯悉安于是矣。何者，滑稽自喜，出奇巧以相誇，人情固有不能已焉者。宋人之詩，雖大體衰於前古，要亦有以自立，不必盡居其後也。遂鄙薄而不道，不已甚乎？少陵以文章爲小技，程氏以詩爲閑言語。然則凡辭達理順，無可瑕疵者，皆在所取可也。其餘優劣，何足多較哉？

中國文學研究典籍叢刊

歷代詩話續編

中

丁福保 輯

中華書局

梅磵詩話

梅磵詩話卷上

元　韋居安撰

山谷云：「俞清老作景陶軒，名爲未當。詩云：『高山仰止，景行行止。』景，明也。高山則仰之，明行則行之耳。魏晉間所謂『景莊』『景儉』，從一人差謬，遂相承謬。」余觀葉靖逸四朝聞見録云：「真文忠公德秀字景元，樓宣獻公鑰嘗從容扣之以字義，真公答以慕元德秀之爲人，故曰『景元』。樓公取詩注『景行行止』處示之，則『景』之義爲『明』，謂『高山仰止』對『明行行止』也，真遽易爲希元。蓋『景元』乃『明元』，無謂也。」今人命字，以「景」爲「希」者滔滔皆是，亦承襲之誤歟？

陸士衡爲顧彦先贈婦詩云：「京洛多風塵，素衣化爲緇。」謝玄暉酬王晉安詩云：「誰能久京洛，緇塵染素衣？」予觀陳簡齋和張規臣墨梅詩云：「粲粲江南萬玉妃，别來幾度見春歸。相逢京洛還似舊，惟恨緇塵滿素衣。」結用陸謝語，道得著。

晁文元隨因紀述云：「晉右將軍王羲之，器宇詞翰，三者俱優，而所作會於蘭亭曲水序，有樂極悲來嗟悼之意。其語云：『固知一死生爲虚誕，齊彭殤爲妄作。』吾觀文選中但有王元長曲水詩序，而羲之序獨不收，且謂梁昭明太子深於内學，以羲之不達大觀之理，故不收之。余謂或者以『絲竹管絃』語重複，『天朗氣清』非上巳日景象，文選遂不收入。」今晁公議論如此，則知昭明未必以此八字之故。況「絲竹管絃」前漢張禹傳已有之，「輕清爲天，謂上巳日也，」「天朗氣清」亦何害？姑以此備識者詳覽。

杜子美茅屋爲秋風所破歌云：「安得廣厦千萬間，大庇天下寒士俱歡顏。」白樂天製綾襖詩云：「安得大裘長萬丈，與君都蓋洛陽城。」碧溪詩話云：「觀子美樂天詩意，直欲推身利以利人。」余近閱遺山元好問酒詩云：「去古日已遠，百僞無一真。獨惟醉鄉地，中有羲皇淳。聖教難爲功，乃見酒力神。誰能釀滄海，盡醉區中民。」詩意宏闊，亦非苟作。

杜子美戎州詩有「重碧黏春酒，輕紅擘荔枝」之句。范石湖吳船録云：「印本『黏』或作『酤』，郡有碑本，乃作『黏』字。當以碑本爲正。」石湖之說固有所據，然考之元微之元日詩云：「羞看稚子先拈酒。」白樂天詩云：「歲酒先拈辭不得。」「拈」指取物也，乃唐人語。作「黏」作「酤」皆非。

成都號錦官城。眉山史學齋繩祖內子著錦官百詠，鋟梓於柯山倅廨。余觀杜老春夜喜雨詩云：「曉看紅溼處，花重錦官城。」錦官正指成都，贋本以「官」爲「宫」，誤矣。

前輩詠子規者多矣。杜老一篇，專諷明皇失位幸蜀，肅宗自即位靈武，又爲李輔國所間，遷明皇於西內，故云：「君不見蜀天子，化作杜鵑似老烏。寄巢生子不自啄，羣鳥至今爲哺雛。雖同君臣有舊禮，骨肉滿眼身羈孤。」末云：「萬事反覆何所無？豈憶當殿羣臣趨。」又有「君看羣鳥情，猶能事杜鵑」之句，皆託此以諷也。建炎間，苗傳劉正彦作亂，是時中丞鄭穀密遣謝嚮如平江，仍作詩寄呂元直張德遠二公云：「杜鵑飛飛無定棲，寄巢生子百鳥依。園林花老晝夜啼，安得猛士挾以歸。」呂張得詩卽起兵，成復辟功，詩不徒作也。巴蜀自丙申、丁酉以來，遭兵禍不歇，冰崖蕭斯立一絶云：「思歸言語苦悲辛，啼老江南緑樹春。莫倚巴西君故土，巴西風景近愁人。」意新語警，亦非泛泛之作。

岳州洞庭湖廣袤八百里。杜老登岳陽樓詩云：「昔聞洞庭水，今上岳陽樓。」王内翰洙注云：「風土記曰：『陽羨縣東太湖中有包山，山下有穴，潛行地中，無所不通，謂之洞庭地脈。』」按陽羨乃常州舊縣名，東有太湖，乃蘇湖常三州大湖，湖中有洞庭山，遽指此爲岳之洞庭湖，可乎？

李太白廬山瀑布詩有「疑是銀河落九天」句，東坡嘗稱美之。又觀太白「海風吹不斷，江月照還空」一聯，磊落清壯，語簡意足，優於絶句，真古今絶唱也。然非歷覽此景，不足以見此詩之妙。

「隋堤柳，歲久年深盡衰朽。風飄飄兮雨蕭蕭，三株兩株汴河口。老枝病葉愁殺人，曾經大業年中春。蕭牆禍生人事變，晏駕不得歸秦中。土墳數尺何處葬？吴公臺下多愁風。二百年來汴河路，莎草和烟朝復暮。後王何以鑒前王，請看隋堤亡國樹。」此白樂天隋堤柳詩也，感物懷古，可爲後世鑒戒。宋開禧丁卯，權臣韓侂胄誅死，劉淮叔通詠韓家府詩云：「寶蓮山下韓家府，鬱鬱沉沉深幾許。主人飛頭去和虜，緑户玄牆鎖風雨。九世卿家一朝覆，太師之誅魏公辱。後人不信有前車，突兀眼前看此屋。」末意與樂天詩相似，章泉趙昌父甚稱賞之。

韓退之石鼎聯句詩序云：「元和七年十二月四日，衡山道士軒轅彌明自衡山來，舊與劉師服進士衡湘中相識，將過太白，知師服在京，夜抵其居宿。有校書郎侯喜，新有能詩聲，夜與劉説詩，彌明在其側，貌極醜，白鬚黑面，長頸而高結，喉中又作楚語。」唐子西文録云：「東坡隔句對云：『著意尋彌明，長頸高結喉。無心逐定遠，燕頷飛虎頭。』或云『結』字古『髻』字。按東漢馬廖傳：『長安語云：「城中好高結。」讀作「髻」。』而退之序是『長頸高結，句斷喉中又作楚語』。」余謂如此點句方是。近世劉後村老道士詩云：「老於蒙叟仍黄馘，配以彌明亦結喉。」此又因坡詩而承襲其誤也。

潘閬字逍遥，錢塘人。今武學前有潘閬巷，即其所居之里。巷内三將軍廟，有閬祠堂。閬工唐風，歸自富春，有「漁浦風波惡，錢塘燈火微」之句，人多稱之。爲秦王記室參軍，王坐罪，捕閬急，閬自髡其髮，易緇衣出南薰門。後太宗意漸解，再入京，敕受四門助教。閬以老懶不任朝謁爲辭，自封還敕命，時文法猶疏簡若此。未幾論者謂閬終秦黨，語多怨望，遂編置信上，勺道旁石井泉，題詩柱上云：「炎炎畏日樹將焚，却悵都無一點雲。强跨蹇驢來得到，皆疑渴殺老參軍。」猶稱記室舊銜，亦可謂忠於所事矣。蘇黄門見之，以爲有前輩氣味，不在石曼卿蘇子美下。

沈存中筆談載潘閬有詩名，與錢易許洞爲友。錢許皆一時名士，閬之取友，又可想見。近世陸放翁老學菴筆記亦稱其「夜涼疑有雨，院靜似無僧」之句。嘉定間，杭守建先賢祠於西湖，欲祀閬於列，有風不宜預者，遂黜閬。事見葉靖逸四朝聞見録。

林和靖詩好爲的對，雖人名亦取其字虛實色類相偶，如「伶倫近日無侯白，奴僕當時有衞青」之類，人多稱其工。然侯白本非伶倫，以秀才入官，隋文帝嘗令於祕書省修國史，但好爲滑稽，啓顔録亦稱其機辨敏捷。楊素與牛宏退朝，白謂素曰：「日之夕矣。」素大笑曰：「以我爲『牛羊下來』耶。」其詼諧皆此類。隋唐書亦有侯白笑林十卷，世爲優者多附益之，故和靖以爲伶倫，誤也。

絶句括盡題意方佳。清獻趙公八詠樓詩云：「隱侯詩價滿東吴，八詠篇章意思殊。聞説當時清瘦甚，不知還爲苦吟無？」又繡川湖詩云：「東南山水聞之久，未省人曾説義烏。萬頃波濤驚客眼，始知中有繡川湖。」二詩括盡題意，得絶句體。

華陰員資深三蓮詩話云：「或傳富鄭公奉使遼國，虜使者云：『早登雞子之峯，危如累卵。』答曰：『夜宿丈人之館，安若泰山。』又曰：『酒如線，因針乃見。』富答曰：『餅如月，遇食則缺。』」詩話係録本，員乃南渡前人。辛巳歲，偶於朋友處見之，所載富公之詩皆傑特不凡，因筆於此。

晁文元法藏碎金載詩一聯云：「兩輪日月搬興廢，一合乾坤夾是非。」達者之言也，不言何人作。余觀張世南宦遊紀聞，知爲蜀人焦夫子「搬」字元作「磨」字。焦，宋初人，忘其名，以博學教導後進，故世以夫子稱之。

陳亞，維揚人，仕至太常少卿。性好諧謔，嘗著藥名詩行於世。幼孤，育於舅家。舅姓李，爲醫工，人呼爲「衙推」。亞登第，人皆賀其舅。亞有詩云：「張公喫酒李公醉，自古人言信有之。陳亞今年新及第，滿城人賀李衙推。」

金陵半山寺乃荆公舊宅，屋後有謝公墩，下臨深溝，上有古木，余嘗與漕幕諸公同遊。荆公舊有詩云：「我名公字偶相同，我屋公墩在眼中。公去我來墩屬我，不應墩姓尚隨公。」他人欲櫽括此意，非累數十言不可，而公以二十八字盡之，真得束廣就狹體。

荆公詩云：「蕭蕭摶黍聲中日，漠漠春鉏影外天。」摶黍，黄鸝也。詩疏云：「黍方熟時，鳴於桑間。」春鉏，鷺也。爾雅云「取鷺之行步」云。冰崖蕭立之秋日絶句云：「野店聊爲一枕謀，五更歸夢入鄉愁。溪流清淺春鉏曉，籬落荒涼絡緯秋。」詠二物而寓耕織意，亦一格。

荆公行青苗、免役等法，引用一等小人，天下受其害，卒召六十年後靖康之禍。洪平齋有詩云：「君臣一德盛熙寧，厭故趨新用六經。但怪畫圖來鄭俠，何斯奏議出唐坰。掌中大地山河舞，舌底中原草木腥。養就禍胎身始去，依然鍾阜向人青。」按國史，俠嘗從安石學，坰乃安石所薦，皆以新法不便攻之。此詩乃五十六字史論。近時李石山振龍題荆公定林菴一聯云：「誰令此地成南渡？所謂伊人在此山。」亦可傳。

荆公手種松在定林菴前，高標挺然，上侵霄漢。南豐曾景建詩云：「彙進羣姦卒召戎，萌芽培養自熙豐。當時手植留遺愛，只有巖前十八公。」此亦誅心之論。

西塘先生鄭俠，字介夫，福州福清人。父監江寧府稅時，先生就清涼寺讀書，不交人事，惟正旦至日一歸省親。時荆公以舍人居憂，聞而奇之。有楊驥者，自鄱陽來學於荆公，公使依先生學。一夕大雪，先生讀書過夜半，寒甚，呼驥起飲。酒酣登樓，觀雪賦詩，氣宇浩然。詩云：「濃雪暴寒齋，寒齋豈怕哉！漏隨書卷盡，春逐酒瓶開。一酌招孔孟，再斟留賜回。醺酣入詩句，同上玉樓臺。」他日驥謁荆公，語次誦先生詩，公歎賞曰：「真好學者。」累誦其「漏隨書卷盡，春逐酒瓶開」之句。先生將應舉，因贄所業謁荆公，公益稱獎。既而登進士甲科，年二十四釋褐，授將仕郎，試祕書省校書郎，調光州法曹。熙寧間，監安上門，時天久不雨，河北陝西饑民皆流入京城，而京城外飢民尤多。公畫而爲圖，且上書曰：「臣謹按安上門逐日所見，繪成一圖，百不及一。但經聖眼，亦可流涕，況於千萬里之外哉！」歷言大旱及青苗、免役等事。上出俠圖及疏示輔臣，問安石曰：「識俠否？」安石曰：「嘗從臣學。」固乞避位。俠未幾下臺獄，竄汀州，又改英州，由是直聲聞天下。後年踰八十，以壽終於家。觀其妙年詠雪之作，其志趣已不凡。

待制周孟陽，海陵人。少游徑山，賦詩有「地高多與風雲會，天近常爲日月鄰」之句，人以爲遭遇英宗符。臨川何尚書異少時登高峯壇，有「天近風轉清，地高日難晚」之句。林黄中侍郎見之，知其異日必貴且壽。余二十年前之杭，常登吴山，見一第宅桃符云：「地高春易盛，天近澤常多。」亦以「地高」對「天近」，仿前人句法也。

晁文元耄智餘書云：「新鮮膾一筯，清醇酒一杯。晉室惟張翰，當時得意來。」陳燦山琰題二陸祠云：「塵暗香殘二陸祠，可憐詞藻妙當時。聯鑣入洛成何事，一段淒涼鶴不知。」合二詩而觀，則張陸禍福之幾，在知與不知耳。

陳聖俞令舉，嘉禾人。慶曆中，登進士乙科。嘉祐四年，中制科，宰越之山陰。秩滿當召試館職，會朝廷行青苗法，上書力詆時政，謫監南康軍酒稅。到官，與劉太傅凝之日跨雙犢，以窮康廬泉石之勝。見於詩歌云：「我騎牛，君莫笑，人間萬事從吾好。千金市骨駿馬來，乘肥大躍須年少。蒲爲鞭，草爲轡，瀑布山前松徑裏。看山聽水要行遲，輕策緩驅塵不起。布袍葛帶烏接䍦，山家裝束不時宜。匏樹注酒就君飲，皂囊貯書當角垂。我吟狂，醉欲倒，同醉同吟白雲老。此老不可天下人，一住廬山三十春。聲如洪鐘目如電，七十神光射人面。上牛下牛不要扶，合與山中作畫圖，汴州馬上顧何如？春泥没腹仍濺帽，夜半歸來人亦痛。天真喪亂百憂集，衣食毛髮歸妻孥。争如來騎牛，水光山色俱悠悠。」此歌世争傳之。後遇赦還鄉，絶意仕進。元豐中卒，葬於吾鄉南門外之蘇灣，距城僅三里許，過者必式焉。蘇東坡作定風波詞，自序云：「余昔與張子野劉孝叔李公擇陳令舉楊公素會於吳興時，子野作六客詞，卒章云：『盡道賢人聚吳分，試問也應傍有老人星。』後十五年，再適吳興，而五人者皆已亡。」坡賦後六客詞，又有「十五年來真一夢，何事長庚對月獨淒涼」之句，蓋惜之也。坡祭令舉文云：「一奮而不顧，遂至於斥。一斥而不復返，遂至於死。」其哀窮悼屈，又可想見。

李元膺秋晚早行詩云：「霧侵駝褐曉寒輕，星斗闌干野外明。寂寞小橋和夢過，豆田深處草蟲鳴。」近世雪窗張武子亦有早行詩云：「千山萬山星斗落，一聲兩聲鐘磬清。路入小橋和夢過，豆花深處草蟲鳴。」末二句僅易三字，豈暗合耶？否則不無蹈襲之失。

蔡寬夫爲太學博士，和人「治」字韻詩云：「先生萬古名何用，博士三十冗不治。」見王直方詩話云。近時方烏山蒙仲吟稿中亦有此聯。

李長吉集中有染絲上春機美人梳頭歌，婉麗精切，自成一家機軸。近世襄邑許介之集中，亦有染絲上春機美人對鏡歌，頗得長吉體製。染絲上春機云：「錦江之水來蜀西，女紅染絲上春機。可憐欲織未織時，思君意緒如亂絲。亂絲尚可理，妾愁渺無際。寒窗軋軋千萬梭，斷魂隨梭暗來去。蕩子醉花月，妾辜鸞鏡妝。寒蛩只解趣機杼，争奈情如刀劍傷。織成回文詩，寄與白玉郎。願郎勿棄置，上有雙鴛鴦。覷著雙鴛鴦，忍教孤妾守空房？」美人對鏡歌云：「天上雄雞啼一聲，人間萬雞相應鳴。美人紅酣尚未醒，鎖掣金匙鸚鵡驚。鸚鵡從來巧言語，聲聒錦幃殘夢起。

猛揎羅袖窩緑雲，步逼妝臺趁梳洗。玉奩脱覆光爍人，洞房環曲驚曉春。不是清空月飛入，如何中有姮娥身？軒轅百鍊今湮滅，揚州青銅却奇絶。人非照鏡鏡照人，鏡亦分明爲人説。媸妍一鏡固兩般，狐婦懷姦心膽寒。閨中少女色莊麗，眉頰不妨終日看。」

羊叔子鎮襄陽，嘗與從事鄒湛登峴山，慨然有湮没無聞之歎，峴山因是以傳。吾鄉亦有峴山，在南門外，距城三里而近。上有李適之窪樽，下有古刹一區。乙亥冬，經兵火不存。東坡爲守時，嘗登此山，詩云：「苕水如漢水，鱗鱗鴨頭青。吴興勝襄陽，萬瓦浮青冥。我非羊叔子，愧此峴山亭。悲傷意則同，歲月如流星。湛輩何足道，當以德自銘。」此山經東坡品題，亦因之而重。

吾鄉地瀕具區，故郡以湖名。葉水心爲趙守希蒼作勝賞樓記，有「四水會於霅溪，鏡波藍浪」等語，然直齋爲吴守子明記重建碧瀾堂，亦云「鏡波藍浪，萬頃空闊」。以是觀之，則水晶宫之稱非浪得也。環城數十里，彌望皆菰蒲芰荷。城中月河蓮花莊一帶亦然。余賞愛楊廷秀過霅川大溪詩數語，形容最佳。詩云：「菰蒲際天青無邊，只堪蓮蕩不堪田。中有一溪元不遠，摺作三百六十灣。正如緑錦衣地上，玉龍盤屈於其間。」味此詩，則霅之勝概大略可見。

蜀僧居簡號北礀，憶霅詩云：「夢憶湖州舊，樓臺畫不如。舟從城裏過，人在水中居。閉户防鷩鷺，開窗便釣魚。魚沉猶有雁，不寄一行書。」前數句言霅城景物，他鄉所無也。

賈收字耘老，霅之隱君子也，居城南。東坡作守時，屢過之，題詩畫竹於壁間。耘老有詩集行於世。其家臨流扃水，閣爲浮暉，沈蔚會宗賦天仙子詞詠其景，首句云：「景物因人成勝概」是也。其後屋屢易主。南渡後，胡仔仲任卜居城南，與其故址相近，賦一絶載其事云：「三間小閣賈耘老，一首佳詞沈蔚宗。無限當時好風月，如今盡屬續溪翁。」仲任乃待制，號三山老人，貫本歙之績溪，後家居於苕。仲任著叢話，行於世，自號苕溪漁隱。又繪漁隱圖，賦詩其上。其居今亦不存。余景定壬戌冬，得數椽於城南慈感渡側，詢之故老，云距賈公舊址不遠，因作五言八句云：「卜居求静處，喜傍碧溪灣。隔岸高低柳，當軒遠近山。天開圖畫久，人共水雲閑。聞説賈耘老，舊曾居此間。」鄉人多有和者。

東坡過皇恐灘，有「山憶喜歡勞遠夢，灘名皇恐泣孤臣」之句。蜀中有喜歡山，坡公借此以對。胡澹菴南遷，行臨皐道中，抵買愁村詩：「北望長思聞喜縣，南來怕入買愁村。」漢武元鼎六年幸緱氏，至左邑桐鄉，聞南越破，以爲聞喜縣。楊廷秀過瘦牛嶺詩云：「平生豈願乘肥馬，臨老須教過瘦牛。」二公效坡體，對俱的。余嘗冬夜宿縉雲打鐵山，有「飲羔肯羡銷金帳，問驛姑投打鐵山」之句。又泊奔牛閘，亦有一聯云：「浮家小泊奔牛堰，遠信因思回雁峯。」仿諸老格也。

澹菴胡公以攻和議謫新州，守臣張棣黨附秦檜，告公嘗賦詞云「欲駕巾車歸去，有豺狼當轍」，語言不遜，再謫吉陽軍。余觀公集中有次羅長卿韻懷親詩云：「天平自是非我孝，世間豈有人無親。索居誰念卜子夏，不死日飲拋青春。少年忽作老翁老，故鄉何似新州新。安得君來同夜話，寒爐自撥紅麒麟。」味詩起句，亦含諷意，不但賦詞也。

澹菴在謫所，因讀離騷，浩然有江湖之思，作瀟湘夜雨圖以寄興，自題一絶云：「一片瀟湘落筆端，騷人千古帶愁看。不堪秋著楓林港，雨闊烟深夜釣寒。」時紹興丁卯七夕也。後一百三十五年辛巳，此畫歸之苕溪趙子昂，余得一觀，詩與畫俱清麗可愛，結字亦端勁。世但見其詩文，而不知其尤長於墨戲，可謂「澹菴三絶」。

山谷元豐間宰吉之太和，秩滿，有晚登快閣詩云：「痴兒了却公家事，快閣東西倚晚晴。落木千山天遠大，澄江一道月分明。朱絃已爲佳人絶，青眼聊因美酒横。萬里歸船弄長笛，此心吾與白鷗盟。」此閣一經品題，名重天下，前後和者無慮數百篇，罕有傑出者。近世文溪李公昴英一絶云：「賦詩江閣凭闌日，伸足城樓濯雨時。逆順境殊同一快，先生學力豈專詩。」命意造語俱切。文溪自注云：「山谷謫居宜州城樓，得熱疾，病中以簷溜濯足，連稱『快哉』，未幾仙去。」

趙德行賓退録云：「州縣率南面，然『南面』二字，人臣不得用也。惟山谷送徐隱父宰餘干詩云：『地方百里身南面』，豈别有所本歟？」余謂論語：「子曰：『雍也可使南面。』」則此二字，人臣亦通用。

山谷别楊明叔詩云：「皮毛剥落盡，惟有真實在。」用藥山答石頭禪師語，但易「膚」爲「毛」

耳。戴式之小樓登覽詩云：「皮毛剥落一真在，年紀侵尋百事非。」上句亦用藥山語。

唐人詩云：「蛇蝎性靈生便毒，蕙蘭根異死猶香。」詩人玉屑許此一聯爲愛憎格。余觀戴式之京都懷徐淵子直院詩一聯云：「菊花到死猶堪惜，秋葉雖紅不耐看。」亦此體也。

「梅花丈人行，柳色少年時。」戴式之詩也。上句用唐子西二月見梅詩，云：「祇今已是丈人行，肯與年少争春風。」下句用南史：「此柳風流可愛，似張緒少年時。」用事亦一的對。隋史宇文化及傳「校尉令狐行達」，注：「令，離呈反，姓也，畢萬之後。」國語「晉大夫令狐文子」，「令狐爲複姓，「令」係平聲。戴式之思歸詩云：「未有人供令狐米，欲從鬼借尉遲錢。」是以「令」爲去聲矣。

奪胎换骨之法，詩家有之，須善融化，則不見蹈襲之迹。陸魯望詩云：「溪山自是清涼國，松竹合封蕭灑侯。」戴式之贈葉竹山詩云：「山中便是清涼國，門下合封蕭灑侯。」王性之詩云：「雲氣與山爲態度，月華借水作精神。」式之舟中詩云：「雲爲山態度，水借月精神。」如此下語，則成蹈襲。李淑詩苑云：「詩有三偷語，最是鈍賊，學詩者不可不戒。」

范文正公寄林處士詩云：「片心高與月徘徊，豈爲千金下釣臺？猶笑白雲多事在，等閑爲雨出山來。」僧顯萬詩云：「萬松嶺上一間屋，老僧半間雲半間。三更雲去逐行雨，回頭却羡老僧閑。」二詩寫出山林真趣。

七言律詩有上三下四格，謂之折腰句。白樂天守吳門日，答客問杭州詩云：「大屋簷多裝雁齒，小航船亦畫龍頭。」歐陽公詩云：「靜愛竹時來野寺，獨尋春偶到溪橋。」盧贊元雨詩：「想行客過溪橋滑，免老農憂麥隴乾。」劉後村衛生詩云：「采下菊宜爲枕睡，碾來芎可入茶嘗。」胡琴詩云：「出山雲各行其志，近水梅先得我心。」皆此格也。

詩人喜用全語。東坡戲徐君猷孟亨之皆不飲酒詩云：「公獨未知其趣耳，臣今時復一中之。」近世王才臣詩云：「歸去來兮覺今是，不知我者謂何求。」鄉人方君遇詩云：「是有命焉非倖致，不知我者謂何求。」方秋崖送客水月園詩云：「翁之樂者山林也，客亦知夫水月乎？」潘倬詩云：「逝者如斯未嘗往，後之視昔亦猶今。」下語皆渾然天成，然非詩之正體。

毛友龍達可未第時，其內子寄以詩云：「剔燭親封錦字書，擬憑歸雁寄天隅。經年未報干秦策，不識如今舌在無？」達可，三衢人，後去「龍」字，止名友。政和間，由禮部出守鄉郡。有爛柯集行於世。

毛珏平仲題弔子陵釣臺云：「先生高隱事如何？豈謂功名不足多。知道故人能辨事，一竿贏得釣清波。」或云古今題釣臺者，固多膾炙人口，此獨得先生之心，後世惟陳希夷似之。余嘗見潘庭堅題希夷睡圖云：「夾馬營中紫氣高，屬猪人已著黄袍。太祖丁亥天成二年生。這回天下都無事，可是山中睡得牢。」合二詩而觀之，則子陵希夷心事可以知其梗概。

苕溪漁隱有「溪邊短短長長柳」之句。後山詩云：「短短長長柳，三三五五星。」又後山詩注云：「唐王建詩：『長長南山松，短短北澗楊。』前輩詩字字有來歷。」楊時可梅詩云：「初無汲汲爭春意，自是羣花不肯開。」僧居簡柳詩云：「初無惱亂東風意，自是東風惱亂他。」二詩皆有新意。

信州弋陽縣西有大石，歧首，名丫頭巖。或題云：「何不梳妝便嫁休，長教人喚作丫頭。」欠兩句，後施逵續之云：「只因未有良媒在，直至如今萬萬秋。」逵，建安人，太學第四人登第。後從范汝爲之亂，范敗，竄入北界，易名宜生，狀元及第，仕至禮部尚書，復以出疆漏語被誅。

忠愍李公若水字清卿，洛州人。靖康間爲吏部侍郎，扈從欽宗至金人軍營，抗節不屈而死。余嘗見其集中有都下言懷詩一聯云：「報主有心葵向日，致身無路手捫天。」又有七言八句云：「胡馬南來久不歸，山河殘破一身微。功名誤我等雲過，歲月驚人還雪飛。每事恐遺千古笑，此生甘與衆人違。艱難猶有君親念，血淚斑斑滿客衣。」觀其平日言志之作，氣節可知矣。

曾裘父作秦女行并序云：「靖康間，有女子爲金人所掠，自稱秦學士女，在道中題詩云：『眼前雖有還鄉路，馬上曾無放我情。』讀之者淒然。余少時嘗欲紀其事，因循數十年，不克爲之。壬辰歲九月，因讀蔡琰胡笳十八拍，慨然有感於心，乃爲之追賦其事，號秦女行。」云：「妾家家世居淮海，郎罷聲名傳海內。自從貶死古藤州，門户凋零三十載。可憐生長深閨裏，耳濡目染知文字。亦嘗强學謝娘詩，未敢女子稱博士。年長以來逢世亂，黄頭鮮卑來入漢。妾身亦復墮兵間，往事不堪回首看。飄然一身逐胡兒，被驅不異犬與雞。奔馳萬里向沙漠，天長地久無還期。北風蕭蕭易水寒，雪花席地經燕山。千杯虜酒安能醉，一曲琵琶不忍彈。吞聲飲恨從誰訴？偶然信口題詩句。眼前有路可還鄉，馬上無人容我去。詩成吟罷只茫然，豈意漢地能流傳。當時情緒亦可想，至今聞者猶悲酸。憶昔中郎有女子，亦陷虜中垂一紀。暮年不料逢阿瞞，厚幣贖之歸故里。惜哉此女不得如，終竟老死留穹廬。空餘詩話傳悽惻，不減胡笳十八拍。』」秦女一行，意甚淒楚，曾詩一篇，辭甚感愴，皆可傳也。

蒼山曾原一子實，章貢人。七歲時，賦楊妃襪詩云：「萬騎西行駐馬嵬，凌波曾此墮香埃。誰知一掬香羅小，踏轉開元宇宙來。」造語警拔，寓意精深，殊不類幼稚者。又有題蔡琰別虜圖云：「向來曾讀胡笳曲，千言萬語恨不足。今日重看離別圖，琰也斂袂雙眉蹙。手攜二兒攔道啼，兒也悽蹙雙牽衣。胡奴氈車酒邊別，漢使駐馬愁雲低。當初入胡憶鄉國，此日歸漢胡地憶。知渠憶別還爲誰，二雛迢迢天地隔。人生離別悲難勝，況乃母子那無情。重重氈帳夜深煖，誰知別淚今盈盈。君不見臂斷兒啼山店夜，世間此事無人畫。」全篇甚有思致，末用五代史事尤佳。

陳東少陽，京口人。宣和靖康間爲太學生，上書攻詆六賊，天子嘉其忠，命之以官，弗受。建炎中興，以直言召至行在所，未得見。又三上書，首排柄國之臣，謂不足共大事。汪伯彥黃潛善怒之，力請誅殛，遂身膏東市。後天子感悟，追贈京秩。紹興四年，再贈朝奉郎祕閣修撰，仍官其子弟，錫之土田，以恤其家。東少負氣節，有憤世嫉邪之志。在太學時，嘗因大雪與同舍生飲初篮齋，酒酣約聯句爲樂，公獨爲古詩一篇曰：「飛廉強攪朔風起，朔雪隨風灑中土。雪花著地不肯消，萬億蒼生受寒苦。天公剛被陰雲遮，世人凍死如亂麻。人間愁歎之聲不忍聽，誰肯採摭傳說聞達太上家！地上賤臣無言責，私憂過去如杞國。遏雲直欲上天門，首爲蒼生訟風伯。天公儻信臣言憐世間，開陽闔陰不作難，便驅飛廉囚下酆都獄，急使飛雪作水流潺潺，東方出日還照燿，坐令和氣生人寰。」又爲律詩三十韻，有「山岳遭埋没，乾坤著蔽蒙。已成堆積勢，還費掃除功」之句，皆有深意。被收之日，視死如歸，則東之志操，在此詩見之矣。

曾茶山訪戴云：「小艇相從本不期，剡中雪月並明時。不因興盡回船去，那得山陰一段奇。」子來子儀亦有詩云：「四山摇玉祖光浮，一舸玻璃凝不流。若使過門先見了，千年風致一時休。」子儀實祖茶山之意。近時大山蕭山則詩云：「訪戴何如莫訪休，清談生忌晉風流。渡江一楫無人畫，多重王家剡雪舟。」運意高妙，真能發前人之未發。

沈作喆字明遠，吴興人，守約丞相之姪，自號寓山。登紹興進士第。嘗爲江右漕屬，作哀扇工詩，摭怒洪帥魏道弼，捃深文劾之，坐奪三官。其後從人使虜，南澗韓無咎遺之詩曰：「但如王粲賦從軍，莫爲班姬詠團扇。」有旨哉！洪有士子與寓山往來相款洽，一日清晨來訪，寓山猶在寢，遂徑造書室，翻篋中紙，詩稿在焉，由是達魏之聽。陳直齋吴興氏族志云：「哀扇工詩，罵而非諷，非言之者罪也。」其詩不傳。

王公袞吉老，會稽山陰人。紹興甲戌登進士第。仕至左司郎中。盜劫其母墓，獄成，盜不死，吉老手殺之，詣州自言。兄宣子請納所居官，以贖其罪。時梅溪王公十朋爲簽幕，賦詩以美之云：「臣子大節孝與忠，父母仇讎天下同。賢哉會稽王孝子，感慨有古烈士風。松楸一夕盜破冢，親獲鼠輩聞之公。有司守法貸其命，孝子銜恨無終窮。誰謂書生膽如許，貌若尫羸中甚武。手斬凶人提髑髏，請死伸冤詣公府。君不見齊襄内行世所羞，春秋賢之緣復讎。又不見子胥鞭屍報父怨，太史爲之作佳傳。君今枕戈志已伸，更須移孝爲忠臣。他年當作傅介子，誓斬樓蘭雪國恥。」詩紀其實也。宣子名佐，以南省高選奉廷對魁天下。紹興間，因不附秦檜而斥。淳熙中，平潭寇有功，天子嘉之，官至八座。吉老風節亦如是。其王氏之二難歟？

梅磵詩話卷中

紹興末，曾茶山卜居於越，得禹跡寺東偏空舍十許間居之，手種竹盈庭，日讀書賦詩其中。公平生清約，不營尺寸之產，所至寓僧舍，蕭然不蔽風雨。公詩有曰：「手自栽培千箇竹，身常枕藉一牀書。」蓋寓居時所賦也。公年雖高，吟詠猶不輟。莆田趙仲白讀公詩集，有詩云：「茶山八十二癯仙，千首新詩手自編。吟到瘴烟因避寇，貴登從槖只栖禪。新於月出初三夜，淡比湯煎第一泉。咄咄逼人門弟子，劍南已見祖燈傳。」蓋山陰陸務觀實從公學詩，陸有劍南集行於世，故末及之。

陸放翁名游，字務觀。「觀」字係去聲。或云其母夢秦少游至而寤，遂生放翁，因以其字命名，而名爲字。後村詩話載史相力薦放翁，賜第，其去國自是臺評，王景文乃云：「直翁未了平生事，不了山陰陸務觀。」放翁見詩，笑云：「我字務觀乃去聲，如何作平聲押了。」近時方蒙仲有奉題劉後村文稿數首，内一絶云：「昔聞秦七與黄九，後有幼安與務觀。」「觀」字亦作平聲。想後村見之，亦發一笑。

放翁送仲高兄宫學秩滿赴行在詩云：「兄去遊東閣，才堪直北扉。莫憂持槖晚，姑記乞身歸。道誼無今古，功名有是非。臨分出苦語，不敢計從違。」其兄不悦。後放翁入朝，仲高亦用此詩送行，只改「兄」作「弟」字。「臨分出苦語」之句，見東坡詩。

放翁老學庵筆記載：「孫策傳：『張津嘗著絳帕頭。』帕頭者，巾幘之類，猶今言幞頭也。韓文公云『以紅帕首』，已爲失之。東坡云：『絳帕蒙頭讀道書。』增一『蒙』字，其誤尤甚。」按江表傳：「孫策欲斬道士于吉，諸將勸之。策曰：『昔南陽張津爲交州刺史，捨前聖典訓，廢漢家法律，嘗著絳帕蒙頭，鼓琴燒香，讀邪俗道書，云以助化，卒爲南夷所殺。此甚無益，諸君但未悟耳。』」放翁以東坡增一「蒙」字爲誤，特未詳覽江表傳耳。

趙元鎮丞相雨夜不寐詩云：「西風吹雨夜瀟瀟，冷燼殘香共寂寥。要作秋江篷底睡，正宜窗外有芭蕉。」歐陽寓菴詩云：「篷窗卧聽瀟瀟雨，却似蕉窗夜半聲。」一蕉窗如在舟中，一舟中如在蕉窗，詩家意思無盡藏，特因所感而發耳。

蕪湖夢日亭即王敦夢日環其城，晉明帝微服往觀之地也。余四十年前，嘗於親友處見一碑刻本詩云：「樓船犀甲下荆州，蜂目將軍住碧油。虎帳覺來驚日墮，龍媒嘶去逐星流。姦萌問鼎終何在，計落遺鞭始可羞。幽草亂花荒故壘，無人能作晉春秋。」詩律高古，惟忘其名氏云。

昔有題虎丘真娘墓詩云：「虎丘山下冢纍纍，舉目松楸盡可悲。何事世人偏重色，真娘墓上獨留詩。」呂成公登八詠樓有感云：「仲舒舊事無人記，家令風流一世傾。天下何曾識真吏，古來幾許尚虛名。」呂自註云：「王仲舒守婺，有異政。」蕭冰崖琵琶亭詩云：「魯男子事無人記，此地琵琶更結亭。獨倚闌干成一笑，晚風低雁著寒汀。」三詩皆有意味。

葉石林居吳下，一日出閶門，至小寺中，見壁間有題詩一絶云：「黄葉西陂水漫流，籧篨風急滯扁舟。夕陽暝色來千里，人語雞聲共一邱。」意極喜，不書名氏。問寺僧，云：「吳縣寇主簿國寶所作，今官滿去矣。」歸而問之吳下士夫，云：「寇從陳無己學。」蓋與余同年榜下，未嘗往來。此石林詩話所載也。余考之登科記，石林乃何昌言榜登科，寇乃元符三年李釜榜下。石林謂與之同年，何耶？

永嘉潘檉，字德久，號轉菴。水心先生序其詩集，言德久十五六，詩律已就，永嘉言詩，皆本德久。讀書評文，得古人深處。舉進士不中第，用父賞，授右職，爲閤門舍人。題釣臺一聯云：「但得諸公依日月，不妨老子卧林丘。」爲人傳誦。嘗從使節出疆，有北征往來所賦上龜山寺一首云：「菜花開處認遺基，荒屋殘僧未忍離。寺付丙丁應有數，岸分南北最堪悲。金鈴塔上如相語，鐵佛風前亦斂眉。野匠不知行客意，競磨濃墨打頑碑。」或未喻「金鈴塔上如相語」之句，余按晉書佛圖澄傳，澄能聽鈴音以知吉凶，往投石勒。及劉曜攻洛陽，勒將殺之，其羣下咸諫以爲不可。勒以訪澄，澄曰：「相輪鈴音云：『秀支替戾岡，僕谷敏禿當。』此羯語也。『秀支』軍也，『替戾岡』出也，『僕谷』劉曜胡位也，『敏禿當』捉也，此言軍出當捉得曜。」勒遂擒曜。德久用此事，不無深意。

王沂公梅詩有「雪中未問調羹事，只向百花頭上開」之句，識者知其必爲宰相狀元。梁鄭公克家未第時，爲潮州揭陽宰館客，寓縣治東齋。齋前有梅一株，忽於九月中盛開，嶺外梅著花固早於江浙間，然必至冬方有之，邑人殊以爲異。時紹興二十八年也。邑士多賦詩，往往皆諂令君。梁公亦賦一篇云：「老菊枯殘九月霜，誰將先煖入東堂？不因造物於人厚，肯放南枝特地香。九鼎燮調端有待，百花羞澀敢言芳。看來冰玉輝相映，好取龍吟播樂章。」語意不凡，與沂公所作頗相類。明年還泉州，中解試首選。又明年廷對魁天下。孝宗朝拜相。

沈持要樞，吾鄉鄞南人。官至太子詹事。孝宗朝以論事不合，謫筠州，數年後放還田里。持要生日，鄉曲親戚及邑官多有獻詩詞爲壽者，獨邑尉潘君方一詩最蒙稱獎。詩云：「昔年單騎上筠州，覓得雙蛾伴遠遊。去日但知供夜直，歸時猶未識春愁。禪人尚有香囊恨，道士猶懷炭婦羞。鐵石心腸長壽藥，不風流處却風流。」蓋持要貶謫上道時，鬻雙鬟以偕往，歸日遣之還家，仍處女也。潘尉用此事甚切。

宋太祖命諸將征江南，大將曹彬與諸將約，城破之日，誓不妄殺一人，載在史册，可考也。嘗觀曾景建金陵百詠樂官山詩序云：「南唐初下時，諸將置酒，樂人大慟，殺之瘞此山，因得名。」詩云：「城破轅門宴賞頻，伶倫執樂淚沾巾。駢頭就戮緣家國，愧死南歸結綬人。」以山名詩意觀之，豈果不妄殺耶？

平園周益公在翰苑時，天台徐淵子似道投詩云：「翰林帳下飲羊羔，客子騎驢渡灞橋。莫似靈鼇笑浮蟻，戴山負粟各逍遥。」後淵子仕亦至翰林直院。

詩人嘲風詠月，不過以文章自娱戲耳。楊廷秀檄風伯詩云：「峭壁呀呀虎擘口，惡灘洶洶雷出吼。溯流更著打頭風，如撑鐵船上牛斗。風伯勸汝一杯酒，何須惡劇驚詩叟。端能爲我霽威否？岸柳掉頭荻摇手。」

鄉人雪巢林憲景思，紹淳間前輩，後居天台。少從侍郎徐敦立度游，立得句法於魏昌世衍，實後山陳公嫡派也。梁溪尤公延之序其詩，言：「景思喜哦，初不鍛鍊，而落筆立就，渾然天成，無一語蹈襲。如『柔櫓晚潮上，寒燈深樹中』，『汲水延晚花，推窗數新竹』，『中夜鵝鷺喧，誰家海船上』，唐人之精於詩者不是過。」楊公廷秀亦云：「景思之詩似唐人。」尤楊二公少所許可，其論景思詩，如出一口，非溢美也。近世三衢鄭景龍編宋百家詩續選，謂景思詩高處不止似唐人，且摘出「羣花飛盡楊花飛，楊花飛盡無可飛」，「天空霜無影」等句，謂其超出詩人準繩之外，亦非虚語。

紹興辛巳之冬，金主亮傾國入寇，如林之族，充塞淮甸。尉子橋之戰，大將王權先遁，統領姚興獨以所部四百騎當虜六十萬，自辰至午，凡十戰，斃數百人。虜相謂曰：「使更數人如此，吾曹何可當？」權不遣一卒援，部將戴臯亦玩視不救，與竟没於陣。朝廷憫其忠，厚加恤典，謚以忠毅，立廟淮甸，迄今血食橘園。林宋偉力叟題四絶於廟，其一云：「赤心許國自平時，見敵捐軀更不疑。權忌臯庸皆遁走，同時死難只青獅。」注云：「青獅乃姚馬名，每親飼之，若通其語言。時取斗酒，投大盆中，與馬同飲，曰：『吾與汝同力報國。』竟與馬同死。」其二云：「農父犁田出寶刀，銅花浸血冷侵毛。神鋒凜凜衝星斗，未許豐城劍氣高。」注云：「耕者得姚所用大刀，重六十斤。」其三云：「歲歲蒸嘗九月期，西風笳鼓萬人悲。山邊走馬神旗閃，遥望君侯復下來。」注云：「軍民每當重九侯生日，集祠下祭酹，往往見飛騎來遶山，謂太尉來降。」其四云：「兩日經行舊戰場，却來祠下謁堂堂。偷生諸將今何在？萬古英靈獨耿光。」林詩載於黄柔升所編六義。余嘉其忠節，表而出之。

嘉熙間，高沙卒榮全據城叛，郡守馬公光祖聞變逃匿，僅以身免。有營妓毛惜惜者，全召之佐酒，惜惜怒之曰：「汝本朝廷健兒，何敢反耶？惟有死耳，不能爲反賊行酒。」全以刀裂其口，立命臠之，駡至死不絶聲。時臨川陳藏一在城中，目擊其事，作詩有「食禄爲臣無國士，捐身駡賊有官奴」之句。三山潘庭堅聞之，謂天壤間有如此奇特事，亦有詩云：「恨無匕首學秦女，向使裹頭真杲卿。」見潘公吟稾。余謂自周南之詩熄，爲女婦者懵不知彤管之爲何物，曠二三百年得一人，史氏必謹志之曰烈女，今毛惜惜出於妓籍中，耳目見聞，無非皆淫褻之事，非有則範取以自厲也，一旦叱詈叛卒，至死不絶聲，視古烈女無少愧，可不謂之難得乎？一時詩人皆壯此婦之節，見之歌詠，亦以有關於世教故也。

陳起宗之，杭州人。鬻書以自給，刊唐宋以來諸家詩，頗詳備。亦有芸居吟稿板行，芸居其自號也。集中有夜過西湖詩一絶云：「鵲巢猶挂三更月，漁板驚回一片鷗。吟得詩成無筆寫，蘸他春水畫船頭。」語意殊不塵腐。

曾景建金陵百詠決囚燈詩云：「五詳三覆始施刑，明滅蘭膏豈足憑。可惜當年殺嚴續，無人爲益決囚燈。」序云：「後主聽死囚，然佛燈決之。因家賂左右竊益膏油，輒得不死。」按五代史南唐世家載：鍾謨素善李德明。謨奉使歸，而聞德明由宋齊丘等見殺，欲報其寃，未能發。陳覺，齊丘黨也，與景相嚴續素有隙。覺常奉使周，還言世宗以江南不卽聽命者，嚴續之謀，勸景誅續以謝罪。景疑之。謨因請使於周，以驗其事。景已割地稱臣，乃使謨入朝謝罪，言不割地者非續謀，願赦之。世宗大驚曰：「續能爲謀，是忠其主也。朕豈殺忠臣乎？」謨言覺姦詐，景怒，流覺饒州殺之。宋齊丘坐覺黨與，放還青陽賜死。又胡致堂讀史管見云：「敵國謀臣，我所惡也。蓋有設間用計而去之者矣，未聞名揚忠直，諭使勿殺，如世宗於嚴續者，用心如此，天下有不服者乎？」以是觀之，則後主未嘗殺續也。景建何所據耶？

百詠中蔣帝廟詩有「闔棺漫說榮枯定，青骨猶當履至尊」之句，人多不解「青骨」二字。偶閱海録碎事載後漢末蔣子文嘗爲秣陵尉，自謂青骨，死當爲神。後因顯靈，吳主爲立祠鍾山下，因改山爲蔣山。後累封爲帝。始知二字本此。

葉廷珪，紹興間嘗爲兵部郎中、泉南太守，所編海録碎事，河陽傅安道爲之序，謂此書乃葉公博極羣書，撮其機要廣録而儲用之，且稱其琴泉軒詩云：「不是妙音生妙指，只緣流水似流泉。」無名木詩云：「人休清樾摩挲認，鳥宿高枝睥睨看。」置於唐人詩中，殆不能辨。同時朱喬年嘗喜稱之。葉公詩集余未之見，嘗鼎一臠可知已。

後漢建武中，北海甄宇徵博士。臘日賜羊，人一頭，大小肥瘦不等，衆議欲殺羊，稱分其肉。宇恥之，因先自取其最瘦者。後召問瘦羊博士所在。近世蕭小山泰來仕於朝，臘祭謁告詩云：「官卑豈願乘肥馬，食儉惟知取瘦羊。」下句正用此事。「瘦羊」對「肥馬」亦的。

蕭冰崖立之詠秦詩云：「燔經初意欲民愚，民果俱愚國未墟。無奈有人愚不得，夜思黄石讀兵書。」詠疑冢詩曰：「安排死去千年恨，刻畫生前一寸心。安得此心如此冢，不教人識至如今。」兩詩俱有新意。

蕭汜之讀秦記詩云：「築了聯雲萬里城，春風絃管醉中聽。淒涼六籍寒灰裏，宿得咸陽火一星。」蕭舜凱讀周勃傳詩云：「軍門一入仗天戈，便合麾軍作漢歌。太尉問頭幾失事，六軍右袒合如何？」二詩皆不苟作。

潘庭堅昉，三山人。端平乙未第三人登科。詩筆飄逸不凡，嘗贈寫梅林信夫詩云：「畫馬終須入馬胎，寫梅安得不爲梅。他生我願爲孤竹，清淺溪頭伴子開。」起句用法雲秀老責李伯時畫馬事，末句願爲孤竹伴梅開於清淺溪頭，語意皆灑落可喜。

洪平齋題陶靖節祠云：「雨引莓苔上短垣，流泉無恙自涓涓。不如歸去來兮好，百世聞風只杜鵑。」李雪林弊杜鵑詩云：「血滴成花不自歸，銜愁猶泣在天涯。秋聲更比春聲苦，除却淵明勸得誰？」李詩祖平齋意。

鄭安晚丞相未貴時，賦冬瓜詩云：「翦翦黄花秋後春，霜皮露葉護長生。生來籠統君休笑，腹内能容數百人。」宰相器寬，已於此詩見之。

安晚當國時，一日退朝後，諸公造見，延之□□。時適秋晚，見一葉墜於金魚池中，風吹不定，因命諸公賦詩。其間律絶古體皆有之，多不愜其意；獨華谷嚴粲坦叔止得一句云：「風池行落葉。」安晚再三稱賞。次日有中舍之除。余得之盱江吴浚允文。

紹定間，江右寇作，盱撫吉贛諸邑，多被焚蕩。嚴坦叔兵火後還家詩云：「萬屋烟消餘塔身，還家何處訪情親。舊時巷陌今難認，却問移來新住人。」此等景象，經亂離者方知之。

趙紫芝天樂呈蔣薛二友詩云：「中夜清寒入緼袍，一杯山茗當香醪。禽翻竹葉霜初下，人立梅花月正高。無欲自然心似水，有營何止事如毛。春來擬約蕭閑伴，同上天台看海濤。」全篇有蕭灑自適之趣，第三句尤佳。惠崇池上詩云：「禽還時動竹。」亦此意。蓋霜落則禽寒，寒則翻身。寫物之妙可見矣。

蕭大山贈陸冰詩八句，純用陸姓事。詩云：「標格真清挾雪霜，每聽新詠覺神傷。茶分鴻漸經中味，菊愛龜蒙賦裏香。圃積玉多知學飽，囊裝金少爲貪忙。向來笑疾難醫在，老筆空鈔十卷方。」與東坡贈張子野詩頗相類。「鴻漸」對「龜蒙」尤的。

後村詩話載李似之侍郎詩云：「老子因何一念差，肯將簪紱換袈裟。」謂公爲侍從，晚年有袈裟之羨，其誰信之？余觀夷堅甲志載：「李子約撰生六子，長彌性，次彌倫彌大，皆預鄉貢未第。子約議更其名，以須申禮部乃得易，先改第四子彌遠曰正路。正路年十六，入太學，夢神告曰：『李秀才君已及第。』出片紙，闊三寸許，上有『彌遜』二字，以示之。李曰：『我舊名彌遠，今名正路，是非我。』其人曰：『是真郎君也。』辨論久之方寤，頗以爲喜，憚其父嚴毅，未敢白，以告母柳夫人。夫人爲言之，遂令名彌遜，而以似之爲字。後數年，試上舍畢，歸侍旁，報榜者一人先至云：『已魁多士。』索其榜，無有，但探懷中取片紙，上書『李彌遜』三字。方疑未信，似之云：『五年前所夢，豈非今日事乎？紙之廣狹，字之大小，無不同者。但夢中不著姓，未必可信。』已而果然。」又丁志載：「似之爲臨川守，以父忌日往疏山寺設僧供，與長老行滿共飯。滿年八十餘矣。飯且竟，熟睨公曰：『公乃遜老乎？』李不應，左右皆愕。俄又曰：『此老僧同門兄也，名上下二字皆與公同。自聞公出守，固已疑之，今日察公言笑動作，不見少異，公其後身復何疑。』李叩以何年終，則元祐戊辰卒，李初生之年也。李亦感異，還家揭燕寢曰小雲堂而賦詩云：『老子當年一念差，肯將簪紱換袈裟。同堂尚有滿兄在，異世猶將遜老誇。結習未能忘作舞，因緣那得見拈花。却修淨土尋來路，淡薄如今居士家。』李初命名，固復於夢兆。」今以其全篇觀之，則其爲遜老後身決矣。後村謂公詩有袈裟之羨，人不之信，特未詳閱夷堅志前後所載耳。

東坡詩注云：「有一貧士，家惟一甕，夜則守之以寢。一夕，心自惟念，苟得富貴，當以錢若干營田宅，蓄聲妓，而高車大蓋，無不備置，往來於懷，不覺歡適起舞，遂踏破甕。故今俗間指妄想者爲甕算。」又詩序云：「劉幾仲餞飲東坡，中觴聞笙簫聲，若在雲霄間，抑揚往返，粗中音節。徐察之，出於雙瓶，水火相得，自然吟嘯。食頃乃已。作瓶笙詩紀之。」劉後村即事詩一聯云：「辛苦謀身無甕算，殷勤娱耳有瓶笙。」以「甕算」對「瓶笙」甚的。

劉後村綠珠詩云：「畏死任新室，輕生謝季倫。細評投閣者，大愧墜樓人。」蕭泛之讀晉史詩云：「金谷樓頭視若無，此身斷不負齊奴。可憐司馬家兒婦，正喜劉郎是丈夫。」二詩褒貶皆當。

劉卞加字子民，濱州安定人。弱不好弄，六歲誤觸甕碎，家人更譙之，神色自若曰：「俟釘鉸者來，當全之。」復譙其妄，曰：「人破尚可修，矧甕耶！」釘鉸者至，料理如新。自是築環堵於家之後圃，不出不語者三十餘年，或食或不食。徽宗聞其名，數敕郡縣津致，間馳近侍召之，對曰：「吾有嚴顧，不出此門。」上知不可奪，賜號高尚先生。後村七十四，吟云：「生慚族老封高尚，死慕先賢謚醉吟。」上句用卞加事，下句自注云：「有司議樂天謚，宣宗曰：『醉吟先生足矣。』」

後村有訪梅詩數絶，首篇云：「夢得因桃數左遷，長源爲柳忤當權。幸然不識桃并柳，却被梅花累十年。」蓋後村落梅詩云：「一片能教一斷腸，可堪平砌更堆牆。飄如仙客來過嶺，墜似騷人去赴湘。亂點莓苔多莫數，偶粘衣袖久猶香。東君謬掌花權柄，却忌孤高不主張。」好事者箋注其詩，以媚嘉定柄臣，由此閑廢十年。

東南之俗，以養鵓鴿爲樂，而杭猶甚。紹興中，有賦詩者曰：「鐵勒金絨似錦鋪，暮收朝放費工夫。争如養取南來雁，沙漠能傳二帝書。」時徽欽二帝蒙塵朔漠故也。後村跋宣和殿畫鵲詩云：「莫看宣和鵲，孤臣淚滴綃。筆精毫髮到，地禁羽毛嬌。蟲網丹青剥，胡沙鹵簿遥。不知上林雁，倘信報前朝。」

梅溪王十朋隆興間出守某郡，宴七邑宰，賦詩云：「九重宵旰愛民深，令尹宜懷撫字心。今日黄堂一杯酒，殷勤端爲庶民斟。」西山真公德秀嘉定間帥長沙，開藩之初，會十二邑宰，亦賦詩云：「從來守令與斯民，都是同胞一樣親。豈有脂膏供爾禄，不思痛癢切吾身。此邦祇是唐時古，我輩當如漢吏循。今日湘潭一杯酒，直須散作十分春。」二公所作，真情懇切，足以動人之良心。

宋自述明父，西園之子，自適自遜皆其昆季。嘗作看梅詩云：「山鳥寂不鳴，霜露沾衣裳。欲折意不忍，徘徊以彷徨。」是花寒不芳，此花寒獨香。」又感興云：「舊葉甫辭柯，新葉已萌蘖。頭白不再玄，春風吹亦脱。」旨味悠長，殊有古意。

壺山宋謙夫萍詩云：「苦無根蒂逐波流，風約纔稀雨復稠。舊説楊花能變此，是他種子已輕浮。」蚊詩云：「朋比趨炎態度輕，禦人口給屢憎人。雖然暗裏能鑽刺，貪不知幾竟殺身。」蕭舜凱赴燈蛾詩云：「前身向火乞兒輩，炙手權門癢競爬。今日趨炎猶未歇，不知老眼已昏花。」三詩皆不專詠物。

杜小山耒嘗問句法於趙紫芝，答之云：「但能飽喫梅花數斗，胸次玲瓏，自能作詩。」戴石屏云：「雖一時戲語，亦可傳也。」余觀劉小山詩云：「小窗細嚼梅花蕊，吐出新詩字字香。」羅子遠詩云：「飢嚼梅花香透脾。」亦此意。

漫塘先生劉宰平國，金壇人。嘉定間，屢召不起，士論高之。嘗有題荆公遊半山圖云：「歸來心自平，蹇驢踏秋風。舉鞭問髯奴：何如浣花翁？道旁幾高松，風來自相語。桃李今何之，歲寒吾與汝。」起句佳，意有含蓄，末託興亦深。

退學孔應得德夫，先聖五十二代孫。辛丑臨雍賜第，主吉之太和簿。秩滿，歸寓里柯山。槐城王□國用送行一聯云:「攜取鶴歸清獻里,載將書入仲尼家。」用事甚切。

永嘉徐照題子陵釣臺詩云:「梅福神仙者,新知是婦翁。」王實齋詩云:「梅公先□嚴公壻,出處同時道不同。吴市尚猶輕一尉,羊裘何必羨三公。」子陵爲梅公壻,傳記所不載,意二詩必有所本。

嘉禾錢穮慶豐,紹定戊子,宰吉之太和。是歲邑士上春官者凡三十有六人,宰勸駕賦詩,有「三十六鱗隨浪化,數千百載遇龍飛」之句,人以爲期待士子之厚。己丑龍飛,臨軒策士,邑之擢第者十有一人,袁文焴賦冠南宫,與兄樵同登,一時衣冠盛事也。

趙善倫季思京口多景樓詩云:「壯觀東南二百州,景於多處更多愁。江流千古英雄淚,山掩諸公富貴羞。北府如今惟有酒,中原在望忍登樓!西風戰艦今何在?且辦年年使客舟。」全篇警拔,江湖間多稱之。或以爲劉改之詩,誤矣。

劉改之有代歐陽丞上平章韓侂胄兩絶云:「當年歐富與韓范,戮力同心佐漢庭。今日故家渾似舊,醉翁之後獨凋零。」「玉立堂堂社稷臣,人言忠獻是前身。三生晝錦堂前夢,莫忘當年作記人。」大爲韓侂胄稱賞。龍州集中不載。鄉人曹倅待聘爲通州静海宰,與郡博士施其姓者皆好吟,劉改之有詩與二公云:「茅葦連天昨已非,二年重到最堪悲。芹宫尚有肩吾在,花縣猶存子建知。躑躅南飛三繞樹,凄涼北望四悲詩。東風若不均披拂,薦福詩然又斷碑。」改之詩多豪放，此篇必晚年所作，其氣索甚，集中亦不載。

山陰許景迂，舊名閎，其先京口人，癸丑陳亮榜登科。有野雪吟稿行於世，五言一聯云：「野店青窺户，春船緑漲篙。」頗近唐人。

菊磵高九萬賦思陵御製墨本詩云：「淡黄越紙打殘碑，盡是先皇御賜詩。白髮内人和淚讀，爲曾親見寫詩時。」余甲戌歲薄宦三衢，常陪同僚遊爛柯山集仙觀，有即事十絶句，内一首觀寧宗御書畫扇云：「篋中寶扇久珍儲，上有寧皇御筆書。因記小臣生聖世，爲觀奎畫重欷歔。」倣此體也。

建安魏醕父慶之，號菊莊，有吟稿行於世，所著詩人玉屑，編類精密，諸公多稱之。壺山詹夢璧子蒼與之同里。咸淳初年，詹待鉛山丞闕館，寓吾鄉秀邸，與余唱和，詩筒往來不輟，相得歡甚。丁卯春自苕還建，余賦沁園春詞送其行，及以詩寄菊莊云：「一莊純種菊，此地著詩仙。再世陶元亮，三生魏仲先。餐英知正味，飲水得長年。每見君吟稿，予懷亦洒然。」戊辰初春，壺山自官次貽書及寄菊莊和篇來，其中一聯云：「今屑方對月，何日結忘年？」殊有意味。今轉盼十五年矣，聞壺山菊莊墓木皆已合抱，追思故交，爲之愴然。菊莊與玉林黄叔暘友善，有過玉林詩云：「一步離家是出塵，幾重山色幾重雲。沙溪清淺橋邊路，折得梅花又見君。」亦有新意。

葛天民春懷詩云：「夜雨漲波高一尺，失却擣衣平正石。明朝水落石依然，老夫一夜空相憶。」意在言外。又有「因栽白扁豆，欲當紫團參」一聯，屬對亦工。

愛山駱彌高舊居杭之西湖，自稱爲賓王苗裔。寶祐間，三山王必張景韶宰長興，駱袖詩往見之。王以詩贈駱，一聯云：「派傳桂子天香句，家住梅花月影間。」道得甚切。

臞軒王邁實之，蒲陽人。嘉定丁丑，吴潛榜第四人登第。立朝敢言，嫉惡尤甚。集中有嘲輕薄子詩，曲盡其情狀。詩云：「覆雨翻雲奈爾何？胸中所得亦無多。貌輕匹似霜沾葉，量淺渾如鼠飲河。賣友穽中偏下石，叛師室裏忍操戈。正緣才小不聞道，難入淵騫德行科。」

蒲江盧祖皐申之廟山道中詩云：「粉黄蛺蝶繞疏籬，山崦人家挂酒旗。細雨嫩寒衫袖薄，客中知是菊花時。」語意清新，頗能模寫村居景趣。

士之遁世者，以山深林密爲樂。林和靖詩云：「山水未深猿鳥少，此生猶擬別移居。直過天竺溪橋畔，獨樹爲橋小結廬。」近世葉靖逸西湖秋晚詩云：「愛山不買城中地，畏客長撑屋後船。荷葉無多秋事晚，又同鷗鷺過殘年。」亦頗得野趣。

劉敏求字好古，吉之太和人。博物洽聞，尤長於詩。累舉不第。有題滕王閣詩，江西人士多稱之。詩云：「閣中環珮知何處，遊子再遊春欲暮。鶯啼紅樹柳摇風，疑是當年舊歌舞。古來興廢君莫嗟，君看紅日西山斜。西山不改舊顏色，換盡行人吟落霞。」或謂「西山不改舊顏色」，亦偃蹇不第之讖。

力菴朱正中洛陽橋觀水詩云：「點點風帆底處還，似無似有海門山。白鷗却怕潮頭惡，閑臥汀花野草間。」末句頗有静退意。

江陰乃春申君黄歇舊封。君山浮遠堂瞰江對淮，爲一郡勝境。李鶴田珏一聯云：「此水自當兵十萬，昔人曾有客三千。」人多稱誦。

紹定辛卯，臨安大火，九廟俱燬，獨丞相史彌遠賜第以殿司軍救撲而存。洪平齋吴都城火詩云：「九月丙戌夜未中，祝融漲燄連天紅。層樓傑觀舞燧象，綺峯繡陌奔燭龍。始從李博士橋起，三面分風十五里。崩摧洶洶海潮翻，填咽紛紛釜魚死。開禧回禄前未聞，今更五分多二分。大塗小撤禁不講，拱手坐視連宵焚。殿前將軍猛如虎，救得汾陽令公府。祖宗神靈飛上天，痛哉九廟成焦土。」末意規諷時宰甚切，聞之者足以戒。

葉靖逸九日詩云：「秋風吹客客思家，破帽從渠自在斜。腸斷故鄉歸未得，借人籬落賞黄花。」趙愚齋客中清明詩云：「紅塵烏帽寄他鄉，欲語春愁怕斷腸。惆悵清明歸未得，借人門户插垂楊。」二詩同一機軸。

留耕王伯大幼學守臨江日，石屏戴復古往訪之，留耕贈一絶云：「詩老相過鬢已星，吟魂未減昔年清。揮毫不著人間語，盡把梅花巧琢成。」或謂梅花亦人間物，二字似未穩，留耕以爲然，遂改作「塵埃」云。

省題詩自成一家機軸，非他詩比，葛常之韻語陽秋蓋嘗言之。然騷人墨客雖從事於時文，至作省詩，亦不爲格律所縛。楊廷秀序訓蒙省詩，亦曰「以騷人之情性，寓舉子之刀尺」，真名言也。余觀紹定戊子科，括蒼秋試，出「賞月延秋桂」詩，舉子朱光破云：「詠與桂相投，延之桂亦留。賞渠今夜月，了我此生秋。」結云：「不須零碎折，和鑑抱歸休。」下語奇崛，考官爲之擊節。是年取解，次年龍飛榜擢第。

蜀人劉朔齊震孫，嘉熙間由宰掾守霅，郡圃桃符云：「坡仙舊有棠陰在，蜀客新從花底來。」殊不泛。余嘗居霅之城南，咸淳丁卯歲題桃符云：「曆頒歲首三元日，春滿城南尺五天。」下句用杜詩注「城南韋杜，去天尺五」，鄉人頗以爲切。

杭州六和塔屹立於老木蒼崖之上，前對越山，俯瞰胥濤，吳越勝概盡在目中。均山朱渙行父詩云：「古木蒼崕高又寒，寶坊突兀峙其間。閱人多矣數層塔，開户視之三面山。已没還生潮又汐，既修復缺岸成灣。老僧袖手浮雲表，門外憧憧自往還。」全篇確切有味。

詩人遊孤山弔和靖者，佳製不一而足。近世徐抱獨與蜀僧居簡之作，人多稱之。徐云：「咸平處士風流遠，招得梅花枝上魂。疏影暗香如昨日，不知人世幾黄昏。」居簡云：「先生一意若雲閑，潔白都無一點斑。名字不須深刻石，暗香疏影滿人間。」簡號北磵。

世間不分不曉事，有以兩語詠之云：「醉來黑漆屏風上，草寫盧仝月蝕詩。」不知何人所作。

因閲夷堅丙志，知爲金華葉祖義之作。葉少游上庠，負儁聲，天性滑稽，多因口語譃浪，所至遭憎惡。後登科爲杭州教，輕忽，生徒及同官無不怨之。一日以事去官，無一人祖送，獨與西湖寺僧三兩輩差善，至是皆出城送之。葉與之酌酒敍别，半醉酣，歌曰：「如夢如夢，和尚出門相送。」聞者絶倒。

泉南林洪字龍發，號可山，肄業杭泮，粗有詩名。理宗朝，上書言事，自稱爲和靖七世孫，冒杭貫取鄉薦。刊中興以來諸公詩，號大雅復古集，亦以己作附於後。時有無名子作詩嘲之曰：「和靖當年不娶妻，只留一鶴一童兒。可山認作孤山種，正是瓜皮搭李皮。」蓋俗云以强認親族者爲瓜皮搭李樹云。

梅磵詩話卷下

曾蒼山作蘇雲卿歌，序云：「雲卿爲張魏公友。魏公相，雲卿隱豫章東湖，粥蔬自給。公託帥漕聘之，微服乃得見。詰朝再至，則閉關矣。啓之，惟金與書在，并不啓封。」歌云：「東湖湖面波漫瀰，東湖岸上春土肥。先生鋤雲明月曉，種成蔬縝今成畦。把茅蕭蕭環四壁，此身不願人間識。乾清坤夷那復知，寸心杳渺黄塵隔。故人子房今九雲，友情不斷江湖濱。江西使者却騶騎，故作敲門問字人。黄金百鎰牋一幅，多謝春風到茅屋。君爲使者吾邦民，見君容我更樵服。故人與我情重哉，君且歸矣明當來。明朝啓扉人不見，黄金不動書不開。使者持書三太息，封書徑上黄扉側。翩翩鶴馭雲冥冥，空來湖上看行迹。向來桐江嚴子陵，曾得故人雙眼青。茫䑳却踏京華路，太史驚誇説客星。先生得書掉頭去，并此湖光不回顧。夢夫嫞婦截髻鬟，亦有老大閨中女。」蒼山此歌，儘有發越。余嘗觀張世南宦游紀聞載宋自適紀蘇翁本末甚詳，宋后得翁遺址，面挹湖山，仍築小菴，以寄仰高之思。章泉先生爲名之曰灌園菴。

習隱印尚書應雷，字德豫，通州人。繇上庠舍選登辛丑第，屢持麾節及沿江副閫，所至政如神明。景定間，寓居吴之常熟，凡八年，無意禄仕，累召不起。咸淳乙巳，淮閫乏人，權臣力挽其出。印畏禍，勉從之，非其志也。賦詩云：「習隱今番習不成，此行非爲利和名。甲兵洗淨報天子，歸對青山樂太平。」在鎮五年，軍民畏而愛之。癸酉冬，有星隕於譙樓，未幾以疾終。甲兵洗淨，竟不克酬，惜夫！

竹逸趙與訢立道，婺之蘭谿人。幼歲穎悟，常隨侍其兄爲吳興户曹。一日，有人饋户曹以銅鏡，戲命立道賦詩，卽口占云：「水晶宮中，誰磨青銅。青銅鑒形，神遊水晶。天上一輪月，胡爲在人間？莫是人間世，別有一廣寒。」語意不類少作。後登乙未第，改秩而卒。

三山林泳太淵，竹溪之子，能詩，尤長於四六。題岳王一聯云：「忠無身報主，冤有骨封王。」極爲諸公稱獎。又戲代竹夫人謝表，其中警聯有云：「丙枕恩洽，則任股肱；甲帳侍宸，則置左右。長生殿無人之夜，睡曾見於海棠；摩訶池避暑之時，曲亦聞於花蕊。袞袞濫登於尚寢，空空且退於幽閨。」亦嘗以文爲戲者。

千峯陳宗禮立之，開慶己未歲，持廣東憲節，行部過舜廟，有詩云：「存古尚瞻虞袞冕，撫時幾換禹山河。海濱樂可忘天下，解寫靈明有老軻。」道間卽事有「山川每爲蠻煙累，人物多由謫籍香」之句。時臺臣虞宓摘其語，見之彈文，謂有譏訕意。然皆警句也。

後村南岳稿觀元祐黨籍碑詩云：「嶺外瘴魂多不返，冢中枯骨亦加刑。更無人敢扶公議，直待天爲見彗星。早日大程知反覆，暮年小范要調停。書生幾點殘碑淚，一弔諸賢地下靈。」後改第三第四句云：「稍寬末後因奎宿，暫仆中間爲彗星。」按夷堅戊志云：「崇寧大觀間，蔡京當國，設元祐黨禁，蘇文忠文辭字畫，存者悉毀之。王詔以重刻醉翁亭記至於削籍。由是人莫敢讀蘇文。政和中，忽稍弛其禁，且陰訪求墨迹，皆以爲巨璫梁師成出妾之子，故主張是，實不然也。時方建上清寶籙宫，齋醮之儀備極恭敬，徽宗每躬造焉。一夕，命道士拜章，伏地踰數刻乃起。扣其故，對曰：『適至帝所，值奎星奏事，良久方畢，臣始能達章。』上問：『奎宿何人？所奏何事？』曰：『所奏不可得聞，然此星宿者，故端明殿學士蘇軾也。』上爲之改容，遂一變前事。時婺守陳子象之父爲温州掾曹，傳其説如此。」後村第三句「稍寬末後因奎宿」，謂政和中一變前事也。又按宋國史編年，崇寧五年春正月，彗出西方，其長竟天。上求直言，大赦。劉逵爲中書侍郎，勸上碎元祐黨碑，寬上書係籍人禁。夜半，遣黄門毁石刻。後村第四句「暫仆中間爲彗星」，謂崇寧中因星變毁黨碑也。此一聯用事亭當，「奎宿」對「彗星」尤的，乃知作詩不厭改也。

靖康間，金人犯闕，陽武蔣令興祖死之。其女爲賊虜去，題字於雄州驛中，敍其本末，仍作減字木蘭花詞云：「朝雲横度，轆轆車聲如水去。白草黄沙，月照孤村三兩家。天天去也，萬結愁腸無晝夜。漸近燕山，回首鄉關歸路難。」蔣令，浙西人。其女方笄，美顔色，能詩詞，鄉人皆能道之。此詞湯巖起滄海遺珠所載㊀。近丁丑歲，有過軍挾一婦人經從長興和平酒庫前，題一詞云：「我生不辰，逢此百罹，況乎亂離。奈惡因緣到，不夫不主，被擒捉去，爲妾爲妻。父母公姑，弟兄姨妹，流落不知東與西。心中事，把家書寫下，分付伊誰？越人北向燕支，回首望雁峯天一涯。奈翠鬟雲軟，笠兒怎戴，柳腰春細，馬迅難騎。缺月疏桐，淡煙衰草，對此如何不淚垂！君知否？我生於何處，死亦魂歸。」詞名沁園春。後書雁峯劉氏題。語意悽惋，見者爲之傷心，可與蔣氏詞並傳。

㊀「此詞湯巖起」原作「此湯巖起詩」，據上下文意改。

昔有爲河北三鴉鎭官者，宦況蕭條，僅有蒲藕可買，乃作詩曰：「二年憔悴在三鴉，無米無錢怎養家？每日兩餐都是藕，看看口裏出蓮花。」又有監吳中市征者，因羊價絕高，作詩曰：「平江九伯一斤羊，俸薄如何敢買嘗。只把魚蝦供兩膳，肚皮今作小池塘。」聞者捧腹。余嘗過括之馮嶺，見旅舍壁間一絕，亦效前體爲之。詩云：「東甌倦客又西征，路入芝田已絕腥。每日三厨都是筍，看看滿腹萬竿青。」亦可一笑。

池陽華岳字子西，號翠微，豪放不羈，詩文皆有氣骨。嘉泰開禧間，肄業右庠，上書攻韓侂胄得罪，羈管建安。集中有獻韓詩：「君家勳業在盤盂，莫把頭顱問屬鏤。音閭漢地不埋王莽骨，唐天難庇祿山軀。不隨召奭始求老，便學孔明終託孤。十廟英靈儼如昨，謾於宗社作穿窬。」當權臣勢燄薰灼之日，皆奮不顧身，投詩抵刺，又上書攻之，氣節殊可嘉尚。丁卯誅韓之後，復籍於學。嘉定初，中右科第二人，授殿前司官屬，復以謀史相彌遠被誅。

雪蓬姚鏞希聲，越上人。嘉定丁丑登進士第。余紹定己丑侍親司警吉之太和時，雪蓬爲元幕，嘗識之端平。初守章貢，因風聞得罪謫衡山。有吟稿行於世，集中警句頗多，姑摘其一二於此。題衡岳云：「萬山環拱祝融尊，紫蓋前驅若駿奔。火德中天扶日月，炎方一柱鎮乾坤。久無執贄求侯牧，空有穹碑立廟門。北望中原青一髮，悽其四岳正塵昏。」離衡云：「天恩下釋湘纍客，心事悠悠月滿船。種藥已收思病日，著書不就負殘年。雜花怪石分人去，老竹荒亭入畫傳。歸夢鑑湖三百里，白鷗相候亦欣然。」法華寺云：「入門松徑幽，樹杪見鐘樓。客至犬迎吠，香消僧出遊。水花凝晚照，風葉引涼秋。欲作居山計，吾盟在白鷗。」

曾蒼山海棠詩云：「空谷嫣然笑靨開，春風元自蜀山來。少陵忘汝渾閒事，更有離騷忘却梅。」或謂杜少陵不說海棠，避母名也，故鄭谷詩云：「浣花溪上添惆悵，子美無情爲發揚。」離騷經中不曾說梅，事意相近。而蒼山此詩，抑揚儘有意味。

梅格高韻勝，詩人見之吟詠多矣。自和靖「香影」一聯爲古今絕唱，詩家多推尊之。其後東坡次少游「槁」字韻及謫羅浮時賦古詩三篇，運意琢句，造微入妙，極其形容之工，真可企斂孤山。以此見騷人詠物，愈出而愈奇也。

南渡後，朱文公追和坡韻，世多誦之。近世陸放翁雪後尋梅詩云：「幽香淡淡影疏疏，雪虐風饕亦自如。自是花中巢許輩，人間富貴不關渠。」意高語爽，真不苟作。魏鶴山雪後觀梅詩云：「遠鐘入枕遞新晴，衾鐵稜稜睡不成。起傍梅花讀周易，一窗明月四簷聲。」後兩句寄興高遠，人所傳誦。後村又有百花絶句，和者二十餘家，信乎風月之無盡藏也。

植物中惟竹挺高節，抱貞心，故君子比德於竹焉，古今賦詠者不一。半山老人一聯云：「誰憐老節生來瘦，自許高才老更剛。」自負甚高。李師直一聯云：「未出土時先有節，便侵雲去也無心。」語亦奇的。李叔與一絶云：「一種春風到町畦，物情春亦不能齊。過籬新筍貪成竹，不管同根未脱泥。」殊有言外之意。

鄉人錢牧叔謙別墅在西門外，地名張釣魚灣，即唐人元真子張志和釣游處。水亭三間，扁曰「魚灣風月」，諸公多有賦詠。余亦有一詞，寄聲摸魚兒，謾録於此。詞云：「繞苕城水平坡渺，雙明遥睇無際。就中惟有魚灣好，占得西關佳致。楊柳外，羨泛宅浮家，當日元真子。溪山信美，歎陳迹猶存，前賢已往，誰會景中意？　蕭閑甚，築屋三間近水，汀州香泛蘭芷。清風明月知多少，肯滯軟紅塵裏。垂釣餌，這春水生時，贉有桃花鱖，煩襟淨洗。待辦取輕蓑，來分半席，相對弄清泚。」

宋嘉平寶紹間，叛將李全駐兵淮東之山陽，驕悍難制，戕許國，逐姚翀，殺命士荀夢玉杜來，士大夫視山陽，不啻如蛇鄉虎落。時莆人林興宗景復授法曹以往，時論壯之。安晚鄭公在瑣闥餞行，有詩云：「淮海轅門立奇士，要看左袒爲劉時。」蓋勉其盡節也。景復到任後，改淮安令。辛卯春，全破通泰，犯揚州，爲王師掩擊，殪城下。其妻楊姑姑懼朝廷必討，遂掃衆盡俘執南官北去。景復羈囚山東凡十年，挺節無所污，安晚餞詩可無負矣。信菴趙公遣閒物色，捐金資得之以反，縣國印與告身俱存。趙公奏乞旌擢以勸盡節者，朝廷録用，官至曲江守。景復北地詩有「最是北來少許料，地寒難得見梅花」，又有「形容變盡頭如雪，不改當時一寸心」之句，江湖間多稱之。

嘉熙間，兩淮俶擾不靖，淮民多死於兵。有自浮光過淮安，道中書所見詩云：「浮光迤邐過淮安，舉目淒然不忍觀。數畝地埋千百塚，一家人哭兩三般。犬銜骿脡筋猶軟，鴉啄骷髏血未乾。寄與滿朝朱紫道，鐵人見此也心酸。」味此詩，有以見兵連禍結，當時之民不得以全其生者，可哀也。

莆田李瓘君瑞，號天隱，咸淳戊辰繇上庠舍選登第。即挂冠不仕，申尚書省，乞以合得官回贈其親，遂賦詩而歸。詩云：「古云學古斯入官，我見學易而官難。平生透破夢覺關，本來面目只儒酸。吾親不侍若爲歡，不如歸去卧林間。殿前三策瀝忠肝，多謝皇恩天地寬。戲衫卸下白衣還，扁舟飛過子陵灘。前修亦有遽與摶，聖世與之俱空閑。何物种放太厚顔，山鬼移文伐其姦。此行無復出閩山，休陰息影谷之盤。今朝醲酒酹雩壇，便向錢塘門挂冠。」按國史，紹興初，策士臨邛李備以禄不及養，願以官回贈。淳熙初，策士昌元王昂既賜第，調潼川戶曹，自言不願仕，上嘉之，特改承務郎致仕。嘉定間，眉人史公亮史天應援故事有請，上並從之。宋朝三百年間，新進士即日挂冠者，惟李僑王昂史公亮史天應李瓘五人而已。余與君瑞爲同年生，故喜而書之。

遺山元裕之樂府摸魚兒注云：「乙丑歲，赴試并州，道逢捕雁者獲一雁，殺之矣，其脱網者悲鳴不能去，竟自投於此而死。予因買得之，葬之汾水之上，累石爲識，號曰雁丘。同行者多爲賦詩，予亦有雁丘詞，舊所作無宫商，今改定。」詞云：「恨人間情是何物？直教生死相許。天南地北雙飛客，老翅幾回寒暑。歡樂趣，離别苦，是中更有癡兒女。君應有語，渺萬里層雲，千山暮景，隻影爲誰去？橫汾路，寂寞當年簫鼓，荒煙依舊平楚。招魂楚些何嗟及，山鬼自題風雨。天也妒，未信與鶯兒燕子俱黄土。千秋萬古，爲留待騷人，狂歌痛飲，來訪雁丘處。」時李仁卿同賦詞云：「雁雙雙止飛汾水，回頭生死殊路。天長地久相思債，何似眼前俱去。摧勁羽，倘萬一幽冥，却有重逢處。詩翁感遇，把江北江南，風嗥月唳，并付一丘土。仍爲汝，小草幽蘭麗句，聲聲字字酸楚。拍江秋影今何在？□□欲迷隄樹。霜魂苦，算猶勝王嬙青冢真娘墓。憑誰説與，對烏道長空，龍艘古渡，馬耳淚如雨。」裕之仁卿皆中原人，詳味二詞，亦有優劣，識者必能辨之。詞名摸魚兒。

歷陽李士達，肄業郡庠，齋舍與尊經閣相近，每夕夢一青衣童吟詩登梯而上，彷彿僅記四句云：「帶白雙雙鷺，拖青點點鴉。晚風吹不去，留與伴蘆花。」嘉定丙子鄉舉省詩，出「涼葉照沙嶼」詩，思頸聯結句未就，忽憶舊夢，以所記四句足成之，有司稱賞，以爲神語，遂領薦。次年登科。余壬申歲被漕檄攝教此邦，士友備言之。茲事與唐人錢起湘靈鼓瑟詩頗相類。

鄉人曹龜年，乾淳間老儒，以特科入仕，終於縣主簿。有能詩聲，吟稿甚富，余幼歲嘗見之，僅記其詠墨梅枕屏絶句，結云：「莫道有香描不得，夜來夢蝶尚徘徊。」極切題。

鄉人周師成，字宗聖，號雉山，妙年擢第，博學工詩文，一時名宿如盧申之趙紫芝劉潛夫諸公，皆與之遊。有家藏集，江湖吟稿中僅刊十數首。嘗作雞冠花詩云：「爪距深藏獨露冠，紫茸簇出弄輕寒。五更月下朦朧看，只欠一聲驚夜闌。」得詠物體。秋暮卽事一聯云：「黄蘆花白月無賴，烏柏葉紅秋可憐。」殘菊詩云：「花縮添新紫，香銷減舊黄。」膾炙人口。

鄉人張沄聲父，號五澗，少從沈晦岩先生學，以周禮拔鄉解，壬子紹熙三年發解。詩律高古，嘗詠苔梅詩云：「老龍全身著艾蒳，不耐久蟄潛拏空。爪頭撥動陽春信，香在霜痕雪點中。」又題黄碧酒肆詩云：「東風吹雨水平沙，下却籃輿訪酒家。行役不知春早暮，牆頭紅杏欲飛花。」二絶皆警策。

雪坡姚寅居吾鄉之東林，派出關西，名將之後，以詩遊於諸公間。岷隱□尚書分教湖學，時正盛暑，姚投詩云：「重席先生開世才，相逢青眼必須開。手遮紅日汗如雨，不是雪中乘興來。」

岷隱頗異待之。

永嘉張庭芝，號山民。寶祐間，遊學於苕，嘗攜吟稿來訪，其詠影一篇云：「虚幻已堪笑，一身同去留。自從生便有，直到死方休。出户相隨月，臨溪不逐流。蒲團趺坐處，回顧失蹤由。」頗有意味。他作亦多可采，俛仰二紀，餘不能悉記矣。

雙溪馮熙之送別劉篁嶸詩云：「來似孤雲出岫閑，去如高月耿難攀。若爲化作修修竹，長伴先生篁嶸山。」語意不減唐人。

早行詩，前輩多佳作。近世如楊秀詩：「霧外江山看不真，只憑雞犬認前村。渡頭蒲板霜如雪，印我青鞋第一痕。」宋清隱詩云：「西郊雲起白漫漫，近樹遥峯欲辨難。山下幾多迷路者，人間方夢大槐安。」劉應時詩云：「登輿睡思尚昏昏，斗柄銜山月在門。雞犬未鳴潮半落，草蟲聲在豆花村。」三詩意皆高遠。

方回字萬里，號虚谷，新安人。景定壬戌别頭登第。吟稿中有「何許中原惟雁見，不多吾輩只鷗知」之句，寄興甚遠。又舟行苕霅間，嘉其景勝，賦詩云：「人生不作湖州守，亦合移居住霅濱。」後德祐改元，爲吴興倅貳，雖少酬所願，亦應不作守之讖。

淳祐壬寅，通州受圍急，守將杜霆棄城遁，火三日不絶。時淮安肇老住常熟縣福山一刹，與通州對岸，目擊此變，作詩云：「見説通州破，傷心不忍言。隔江三日火，故里幾人存。哭透青霄裂，冤吞白晝昏。時逢過來者，愁是夢中魂。」肇老，通州人也。

亡金正大四年戊子十月，汴京遇仙樓酒家楊廣道趙君瑞，皆山後人也。其鄉僧李菩薩者，人以爲狂，常就二人借宿。每夜酒客散，乃從外來，卧具有閑剩，則就之，不然，赤地亦寢。一日，天寒甚，楊生憐其羈窮，飲以酒數杯，僧若愧無以報主人者。晨起持酒盌出，同宿者聞噀酒聲，少焉僧來説云：「增明亭前，牡丹花開矣。公等速起往看之。」人熟知其狂，不信也。已而視庭中，果有兩花開。自此僧去不復至。京師人聞之，觀者塡咽，醉客相枕藉，酒壚爲之一空，獲利不貲，蓋僧以是報楊也。元裕之賦滿庭芳詞云：「天上殷韓，解羈官府，爛遊舞榭歌樓。開元釀酒，來看帝王州。常見牡丹開候，獨占斷、穀雨風流。仙家好，霜天橘葉，穠豔破春柔。狂僧，誰借手，一杯唤起，緑怨紅愁。天香國豔，梅菊替人羞。盡揭紗籠護日，容光動玉斝瓊舟。都人士，年年十月，常記遇仙游。」余考其時，亡金末帝完顏守緒即位於甲申歲，乙酉改元，正大四年戊子，則宋紹定元年也。此僧能開花於頃刻之間，真可與殷七七韓湘同日語矣。

謝安石與王坦之見郄超，久而不出，坦之欲去，安石云：「豈不能爲性命忍須臾耶？」以超乃桓温腹心故也。東坡爲鳳翔府僉判，謁太守陳希亮公弼，久不得見，有客位假寐詩云：「謁入不得去，兀坐如枯株。豈惟主忘客，今我亦忘吾。同僚不解事，愠色見髯鬚。雖無性命憂，且復忍須臾。」末句用謝公語。余觀張世南宦游紀聞：「余儔字季倫，章泉趙昌父雅愛之，作書使訪韓仲止。及門，候渴甚久，將命者出，扣所從來，久猶未出。余儔題詩壁間云：『謁入久不出，兀坐如枯荄。蒼頭前致詞，問我因何來。士節久凋喪，人情易嫌猜。本無性命憂，不去安待哉？』已而拂袖去。仲止見詩，遣人追之，余儔竟不返。」二詩起結事意同，余儔實效彼體。

余次子名奇，字學易，號若溪，出繼長興母舅沈氏。後習舉，未弱冠，中甲子科舉嗣榜。庚午秋初，不幸以疾亡，年僅二十有五。頗好吟，尤於五言唐律用工。如「撥灰煨芋子，帶溼爇松枝」，「林缺添松補，籬疏倩菊遮」，「敗壁蝸黏篆，空階蚓結樓」，「窗破入雲氣，林疏漏月痕」，「野黑雞聲顫，林深燐火明」，「病多諳藥性，吟苦識詩情」，「黄犢拖犁倦，青帘説酒清」，「山風噓冷信，簷溜管離情」，皆律切有味。又題倪文昌玉湖書院古風一篇，人頗稱之。詩云：「齊齋老子今安在？一去人間餘廿載。白衣蒼狗幾千回，惟有溪山長不改。吴興勝概誇玉湖，鵝溪一幅元暉圖。天光上下渺無極，寒玉倒浸清冰壺。晴波萬頃瑩如洗，一卷石向波心起。先生具眼此結廬，收拾溪山入詩裏。漁人艇子時往還，笭箵擲下前溪灣。一聲欸乃水天碧，回頭却羨沙鳥閑。樓高望極情思遠，前揖衡山後蒼弁。陌頭楊柳幾春風，當年曾識齊齋面。我今懷古心悠悠，古人不見今人愁。夕陽收盡暝煙浮，扁舟載月歸來休。」此詩扁揭於書院東偏之水晶境界，兵火後不存。

余丙子歲司糾三衢，二月十一日，宋太后詔諭諸郡歸附，郡將而下，奉詔依應，吏民安堵如故。至四月二十三日，忽西安縣管下諸郡草寇攻城甚急，守將孟茂以衆寡不敵而遁。余挈累往城北菱角塘孔宰家避難。午後城破，沈倅應龍被傷，西安令趙若錄遇害。是晚縱火。次日賊沿門剽掠，余孀女暨本廳兵級徐春妻俱被執。越一日，遂與次子及外孫冒險出城逃避，幾死者數矣。賊退，徐春知其妻掠在近城茜塘民家，以銀贖歸，知吾女已死，云是晚賊欲亂之，吾女極口詬罵曰：「爾輩賊也，我是見任官女，何得無禮！」遂斃於毒手。寓翁留忠齋聞之，亦高其節。後捕得行兇者，郡守董瓚置之極典，一郡稱快。余嘗有詩悼之曰：「視死如歸不受污，今無彤管爲伊書。倉皇父子終天訣，菱角塘邊孔氏居。」每一思之，涕泗交下。

括蒼馮公嶺延袤數十里，其高插天。山之顛有半山菴，乃往來駐足之地，壁間留題甚多。東畝曹西士豳布衣時經過，題兩絕於壁云：「平蕪十里緑迢迢，水宿山行好耐勞。最是愁人最奇崛，馮公之嶮浙江濤。」「村南村北梧桐樹，山後山前白菜花。莫向杜鵑啼處宿，楚鄉寒食客思家。」後□□出藩入從㊀，仕路通顯，菴僧模字鋟板，揭之楣間。

㊀□□，據上文疑當作「西士」。

靈隱寺前冷泉亭在飛來峯下，景趣幽絶，古今留題不一，東坡呈唐林夫一篇，固已度越衆作。近丹巖林稹一絶云：「一泓清可沁詩脾，冷暖年來只自知。流出西湖載歌舞，回頭不似在山時。」頗爲人所稱誦。續有臨川陳藏一題於後云：「巖裏空寒玉有聲，亭前淵靜鏡生明。從他流人香塵去，不礙源頭徹底清。」亦有意味。

天台劉瀾，字養源，號江村，以詩遊江湖，後村西澗二公嘗跋其吟稿。集中有桐江曉泊詩云：「風蕭蕭，水瑟瑟，淡烟空濛冠朝日。灘頭枯木如畫出，鸛鴿飛來添一筆。」又登昭亭一聯云：「東風半緑官圩草，西日遥紅别岸山。」皆警策可喜。

前史謂禰衡附孔融，慢曹操，操以其才名不欲殺，送劉表。後復慢表，表不能容，以江夏太守黄祖性急，送衡與之。爲祖所殺。後村詩話云：「頃見余子壽云：謝希孟爲某總餉所惡，假手留鑰張定叟劾去之。謝希孟作詩云：『上有皇天下后土，此身不患無歸所。憑誰説與清河公，何苦爲人作黄祖？』」後村謂祖爲曹劉驅使，已可笑，又有一種人爲祖驅使，益可笑也。近時鄱陽趙嘉賓子充，余同年進士也。初筮爲淮西某縣簿領，因事忤江東趙漕，漕亦嗾江閫黄萬石劾之。是萬石又爲人作黄祖矣。

吴禮部詩話

吴禮部詩話

元　吴師道撰

仲長統述志詩，允謂奇作，其曰「叛散五經，滅棄風雅」者，得罪於名教甚矣。蓋已開魏晉曠達之習，玄虚之風，昌黎志闢異端，而漢三賢贊，統與焉，殆未之察也。

湯伯紀注陶淵明述酒詩，定爲廋辭隱語，蓋恭帝哀詩。發千古之未發，諸否之躂之，其難解處，亦不敢決，得存疑之意，愚嘗有一二管見補之。「重離照南陸，鳴鳥聲相聞。秋草雖未黄，融風久已分。素礫皛修渚，南岳無餘雲。」湯注：「司馬氏出重黎之後，此言晉室南渡，國雖未末，而勢之分崩久矣。至於今，則典午之氣數遂盡也。素礫未詳。修渚疑指江陵。」愚謂以「離」爲「黎」，則是陶公故訛其字以相亂。離，南也，午也。重離，典午再造也。止作晉南渡説，自通。書「我則鳴，鳥不聞」，陶正用此。鳥指鳳凰，此謂南渡之初，一時諸賢猶盛也。礫，小石。修渚，長江，指江左。皛，顯也。此承首句離照字言。「素礫」顯於江渚，其微已甚；至「南岳無餘雲」，則氣數全盡矣。「豫章抗高門，重華固靈墳」，湯注：「裕始封豫章郡公。『重華』謂恭帝禪宋也。」愚謂亦寓裕字，恭帝封零陵王，舜冢在零陵九疑，故云爾。裕實篡弑，陶翁豈肯以禪目之。「日中翔河汾」，日中，午也。裕以元熙二年六月廢帝，故詩序夏徂秋，亦寓意云。愚嘗讀離騷見屈子閔宗周之阽危，悲身命之將隕，而其賦遠遊之篇曰：「仍羽人於丹丘，留不死之舊鄉。」「超無爲以至清，與泰初而爲鄰。」乃欲制形鍊魄，排空御風，浮遊八極，後天而終。原雖死，猶不死也。陶公此詩，憤其主弑國亡，而末言游仙修鍊之適，且以天容永固、彭殤非倫贊其君，極其尊愛之至，以見亂臣賊子，乍起倏滅於天地之間者，何足道哉。陶公胸次沖淡和平，而忠憤激烈，時發其間，得無交戰之累乎？洪慶善之論屈子，有曰：「屈原之憂，憂國也；其樂，樂天也。」吾於陶公亦云。

湯公因釋述酒詩，遂及諸篇，直以暴其心曲，故不泛論，甚簡而精。愚讀之，偶有所見，附著於后。

贈長沙公族祖云：「同源分流㊀，人易世疏。慨然寤歎，念茲厥初。禮服遂悠，歲月眇徂，感彼行路，眷然躊躇」云云。蘇明允族譜引，一篇之意，不出此數語。命子詩末句：「亦已焉哉。」鄭康成誡子書末曰：「若忽忘不識，亦已焉哉。」公正用此語，陸放翁筆記云爾。歸鳥四章。一章「和風」，二章接「清陰」句下，三章「日夕氣清」，四章「寒條」，具四時意。歸田園居第一首：「狗吠深巷中，雞鳴桑樹顛。」古雞鳴行：「雞鳴高樹顛，狗吠深巷中。」陶公全用其語。第二篇：「種豆南山下，草盛豆苗稀。」本楊惲書意。始作鎮軍參軍經曲阿：「被褐欣自得，屢空常晏如。」五柳先生傳：「短褐穿結，簞瓢屢空。」自何晏注論語，以空爲虛無，意本莊子，前儒多從之。朱子以回賜屢空貨殖對言，故以空匱釋之。今此以「被褐」對「屢空」。又飲酒第十二首：案湯注第九首。「顔生稱爲仁，榮公言有道。屢空不獲年，長飢至於老。」以「屢空」對「長飢」，朱子之意，正與之合。

還舊居詩：「疇昔家上京。」按上京在今南康郡城外十里，栗里原去郡一舍，則公嘗徙於此。前者移家詩，居不一處也。

擬古第二首：「聞有田子泰，節義爲士雄。」湯注：「田疇字子泰，北平無終人。」按始疇從劉虞，虞爲公孫瓚所害，誓言報讎，卒不能踐，而從曹操討烏桓，節義亦不足稱。陶公亦是習聞世俗所尊慕爾。第三首：「仲春遘時雨，始雷發東隅。衆蟄各潛駭，草木縱横舒。翩翩新來燕，雙雙入我廬。先巢故尚在，相將還舊居。自從分別來，門庭日荒蕪。我心固匪石，君情定何如？」託言不背棄之義。雜詩第二首：「日月擲人去，有志不獲騁。」陶翁之志非它，忠憤而已。念此還悲悽，終曉不能靜。」此與述酒篇「流淚抱中歎，傾耳聽司晨」意同。讀山海經第一首：「遶屋樹扶疏。」湯注：「扶疏本太玄。」愚按燕剌王傳劉向封事，皆有此語，在揚雄前。第十首「刑天舞干戚」，他本誤作「形天無千歲」，曾紘伯容爲辨正之。

桃花源記并詩，洪景盧云：「後人因陶公記詩，不過稱贊仙家之樂，唯韓公有『渺茫寧知僞與真』云云，不及所以作記之意。竊意桃源之事，以避秦爲言，至云無論魏晉，乃寓意劉裕，託之於秦爾。又引胡仁仲詩大略云：「靖節先生絶世人，奈何記僞不考真。先生高步窘末代，雅志不肯爲秦民。故作斯文寫幽意，要似寰海離風塵。」斯説得之。愚早歲嘗題桃源圖云：「古今所傳避秦，如茹芝之老，採藥之女，入海之童，往往不少，桃源事未必無，特所記漁父迷不復得路者，有似異境幻界神仙家之云。此韓公所以有是言。愚觀翁慨然叔季，寤寐羲皇，異時所賦『路若經商山，爲我少躊躇。多謝綺與甪，精爽今何如』，慕向至矣。其於桃源固所樂聞，故今詩云：『黄綺之商山，伊人亦云逝。願言躡輕風，高舉尋吾契。』於此可以知其心，而事之有無，奚足論哉？」頗與前輩之意相發。

㊀「同」原作「向」，據知不足齋叢書本改。

予家淵明集十卷，卷後有楊休之序録、宋丞相私記及曾紘説讀山海經誤句三條，乾道中，林栗守江州時所刊。第三卷首有序云：「文選五臣注淵明辛丑歲七月赴假還江陵夜行塗中詩題云：『淵明詩，晉所作者，皆題年號，入宋所作，但題甲子而已。意者恥事二姓，故以異之。』思悦考淵明之詩，有以題甲子者，始庚子距丙辰，凡十七年間，只九首耳，案集九題詩十一首。皆晉安帝時所作也。中有乙巳歲三月爲建威參軍使都經錢溪作，此年秋，乃爲彭澤令，在官八十餘日，即解印綬，賦歸去來兮。後一十六年庚申，晉禪宋，恭帝元熙二年也。蕭得施作傳曰：『自宋高祖王業漸隆，不復肯仕。』於淵明之出處，得其實矣。寧容晉未禪宋前二十載，輒恥事二姓，所作詩但題以甲子而自取異哉？矧詩中又無標晉年號者，其所記甲子，蓋偶記一時之事耳，後人類而次之，亦非淵明意也。世之好事者，多尚舊説，今因詳校，故書於第三卷首，以明五臣之失，且祛來者之惑。」愚按陳振孫伯玉亦云：「有治平三年思悦題。」思悦者，不知何人，今未有考，但其所論甚當而有未盡。且宋書南史皆云自宋高祖王業漸隆，不復肯仕，所著文章，皆題其年月，義熙以前，明書晉氏年號，自永初以來，惟云甲子而已。李善注文選，淵明始作鎮軍參軍經曲阿題下，引宋書云云。蓋自沈約李延壽皆然，李善亦引之，不獨五臣誤也。今考淵明文，惟祭程氏妹文書「義熙三年」，祭從弟敬遠文則云「歲在辛亥，節惟仲秋」，自祭文則曰「歲惟丁卯，律中無射」。惟丁卯在宋元嘉四年，辛亥亦在安帝時，則所謂一時偶記者，信乎得之矣。本傳：「江州刺史王弘欲識之，不能致。潛遊廬山，弘令其故人龐通之齎酒具，半道栗里邀之。」集中答龐參軍四言五言各一首，皆敍鄰曲契好，明是此人。又有怨詩示龐主簿者，卽參軍邪？「半道栗里」，亦可證移家之事。陳氏書録稱吳仁傑斗南有年譜，張縯季長有辨證，俟見并考之。

周伯弜編三體詩，絶句以杜常華清宫一首爲冠：「行盡江南數十程，曉風殘月入華清。朝元閣上西風急，都入長楊作雨聲。」按唐史及小説諸書，皆無杜常名字。或者以爲宋人。然華清宫朝元閣，宋時不存已久，自當爲唐人詩無疑。「曉風」，以陳仁詩統作「曉乘」爲是，下有「西風」字，不應重用也。「長楊」止以樹言爾。近有僧圓至，注作長楊宫，在盩厔縣南。相去遼絶，知其不通，遂謂詩人寓言託諷，皆謬也。且此詩首句「江南」之云，地里已自難曉，故或者以蜀江之南釋之，此句亦閒況不切。後兩句雖形容空宫凄涼之景，亦非奇語。又用「長楊」字使人致惑，以冠此編，殊未爲當。

杜牧之宣州開元寺詩首句：「松寺曾同一鶴棲。」至注云：「所謂同鶴棲者，恐是與婦人同宿，託名鶴爾。」此尤謬妄。牧之跌宕，人遂以此歸之，可發一笑。李洞送三藏歸西域云：「十萬里程多少難，沙中彈舌授降龍。五天到日應頭白，月落長安半夜鐘。」末句言其始去之時也，至注以爲思三藏之時，則味短矣。

朱子感興詩第一篇云：「崑崙大無外，旁礴下深廣。陰陽無停機，寒暑互來往。皇羲古神聖，妙契一俯仰。不待窺馬圖，人文已宣朗。渾然一理貫，昭晰非象罔。珍重無極翁，爲我重指掌。」北山何先生曰：「此篇三節，首尾一意。首四句言盈天地間，別無物事，一陰一陽，流行其中，實天地之功用，品彙之根柢。次六句言伏羲觀象設卦，開物成務，建立人極之功。無極翁只是舉濂溪之號，猶昔人目范太史爲唐鑑翁爾。此篇只是以陰陽爲主，後面諸章，亦多是說此者，而諸說推之太過。」蔡仲覺謂「此篇言無極、太極，不知指何語爲說太極，況無極乎？太極固是陰陽之理，言陰陽則太極已在其中，若强揠作太極說，則一章語脈，皆貫穿不來。此等言語混淆，最說理之大病。」第二篇云：「吾觀陰陽化，升降八紘中。前瞻既無始，後際那有終。至理諒斯存，萬世與今同。誰言混沌死，幻語驚盲聾。」勉齋先生曰：「兩篇皆是言陰陽，前篇是說橫看底，後篇是說直看底，橫是上下四方，遠近大小，此理拍塞，無一處不周，無一物不到，直是上自開闢以來，下至千萬世之後，只是這物事流行不息。」而蔡氏反以勉齋之說爲不然，使二篇果爲太極作，勉齋安得無一言以及之乎？或者猶謂一理至理，豈非太極之名？且何先生固已言太極是陰陽之理，但全篇章指，非說太極耳。蔡氏乃以次篇爲說，動而陽，靜而陰，尤不可通。又第十四章元亨云云，因誠字萬化原字，諸公又以爲説太極。竊謂此言天道元亨利貞，非誠則無有，而人之五性，實以此存。世人逞其私見，穿鑿以爲知，不順乎自然，故道愈昏而不可見。若山林之士，幽寂探索，反得其原，此指先天太極圖之傳，出於隱者也。蓋上篇言聖賢操存之要，無非踐行，下篇言異端詞藻之害道，故於此發明其旨，亦不必深爲之説也。

衞武公抑戒賓筵二詩，極言荒湛之失，本以刺王，而引以自歸。至於喪亂回遹等語，皆所不諱，蓋所以致其警戒之切爾，舊序之言爲是。韋蘇州逢楊開府詩云：「少事武皇帝，無賴恃恩私。身作里中横，家藏亡命兒。朝持摴蒲局，暮竊鄰家姬。司隸不敢捕，立在白玉墀。驪山風雪夜，長楊羽獵時。一字都不識，飲酒肆頑癡。武皇升仙去，憔悴被人欺。讀書事已晚，把筆學題詩。兩府始收迹，南宮謬見推。非才果不容，出守撫惸嫠。忽逢楊開府，論舊涕俱垂。坐客何由識，惟有故人知。」此蓋韋公因見當時三衞恣横，身在其列，故託以自言，亦古人之意。論者遂謂韋少豪縱不羈，晚始折節，所謂對癡人談夢也。使真爲自言，則竊姬之醜，不識字之愚，何至如此歷舉乎？

崔顥黄鶴樓詩，題下自注云：「黄鶴，乃人名也。」其詩云：「昔人已乘白雲去，此地空餘黄鶴樓。」云乘白雲，則非乘鶴矣。圖經載費文禕登仙駕鶴于此，齊諧志載仙人子安乘黄鶴過此，皆因黄鶴而爲之説者，當以顥之自注爲正。張南軒辨費文禕事妄，謂黄鶴以山得名，或者山因人而名之歟？李邕岳麓寺碑，題江夏黄仙鶴刻，邕書好自刻之，此固邕寓名，然亦可見相傳之謬矣。

北山詩後三章，「或燕燕居息」以下凡十二句，皆首用「或」字。韓公南山詩蓋本此。盧仝放魚詩，亦連六句用「或」字。南山之作，仝固得於目擊也。

方崧卿韓文舉正後有附録等，裒集後人有及韓公事甚悉，而李商隱讀韓詩甚壯偉，獨不及載，何也？王伯大所刻本音釋中載之。

元微之連昌宫詞，多重用韻「竹」「速」「逐」「録」「屋」「續」等。漁隱叢話載古人重用韻甚多，而未及此。

「有客來相問，如何是治生。但存方寸地，留與子孫耕。」此賀水部詩。賀，唐末五代時得道者。東坡以五詩紀其事，詳見汪浮溪集。名亢，陳後山所爲作傳者。

沈存中云：「婺州金華山有松石。」陸龜蒙笠澤叢書：「松石爲琴薦。」姜特立松石歌：「壺山柏木不足道，康干節理由人爲。」注：壺山有柏，半化爲石，餘是堅木。回紇康干河有松，人斫之投水中，三年化爲石，節理皆松也。」陸放翁斷碑歎云「二蕭同起南蘭陵，正如文叔與伯升。至今人悲大蕭死，齎恨不見梁家興」云云，蓋詠蕭懿祠堂碑也。懿忠而衍篡，事具史傳明甚，而翁誤乃如此。又籌筆驛云：「一等人間管城子，不堪譙叟作降箋。」按三國志譙周爲後主畫降策，而降表乃郤正所爲，亦誤也。

昔人譏王介甫「殘菊飄零滿地金」之句，以秋英不比春花落，公引楚詞爲證。或謂「落」，初也，始也，如落成之落。愚謂楚詞「落英」與「墜露」對言，屈子似非指「落」爲「始」者，讀者不以辭害意可也。朱子不釋「落」字，亦闕疑之意。朱文公贈人詩云：「知君亦念我，相望平聲兩咨嗟。」今按「望」字作去聲讀自可；而注平聲者，豈以其音之調乎？文公之於詩，其精如此。

轆轤出入用韻，必有奇句乃可，如李師中送唐介詩是也。若句韻尋常，用此何爲。又必用韻連而聲協者，若東冬、寒山、爻豪、清青之類，今人乃間越用之，或一在上平，一在下平，皆非是。

舊作集句，用東坡「庭下已生書帶草」句對唐人「馬頭初見米囊花」，以爲的切。近閱張祐詩，有云「碧抽書帶草，紅節米囊花」，已有此句矣。

舊得黃可玉江行小藁，讀其望九峯山詩云「看山如覓孟萬年，君自求之眉睫間。病翁生愁午睡去，舟行失却九峯山。前瞻數點頗銛鋭，沿流計程只此是」云云，愛其意新而語佳。後閱程致道北山集望九華山詩序云：「船發大雲倉五十里許，顧江南衆江中，有數峯奇爽特異，一見即知其爲九華，問篙人，果然。」因知褚季野於廣坐中識孟萬年，正應如此，黃豈嘗見此邪？不然，則詩人胸次之妙，固有不約而同者。

唐子西詩文皆精確，前輩謂其早及蘇門，不在秦晁下。以予評之，規模意度，殆是陳無己流亞也。世稱宋詩人，句律流麗，必曰陳簡齋；對偶工切，必曰陸放翁。今子西所作，流布自然，用故事故語，融化深穩，前乎二公已有若人矣。劉後村詩話嘗舉十餘聯，考其集中，蓋不勝舉也。春日郊外詩「水生看欲到垂楊」，絶句「疑此江頭有佳句，爲君尋取却茫茫」，簡齋有「水光忽到樹」及「忽有好詩生眼底，安排句法已難尋」之句，非襲用其語，則亦暗合者與。

作詩之妙，實與景遇，則語意自別。古人模寫之真，往往後人耳目所未歷，故未知其妙耳。甲寅秋，與黄晉卿夜宿杭佑聖觀，房牆外有古柏一株，月光隔樹，玲瓏晃耀。晉卿曰：「此可賦詩。」後閲默成潘公集，有一詩云：「圓月隔高樹，舉問何以名。鏡懸寶絲網，燈晃雲母屏。」序稱：「因見日未出木表，光景清異，與諸弟約賦。」夜夢人告以何不用下二句，乃知此夕發興，與潘公不殊。又壬戌四月，予過京口，遇謝君植，同登北固，臨視大江，風起浪湧，往來帆千百，若凝立不動者，因憶古人「千帆來去風，帆遠却如閒」之句，誠佳語也。此類甚多，姑記二條，與朋友所共知者。

大德丙午，師道侍先君在仙居，郭外數里南峯僧寺，山水頗清絶，嘗一至焉。寺有藍光軒，宋季名士吴諒直翁講授其上，壁間題刻詩詞，甚有佳者，略記三首于後。郭三益詩云：「山光竹影交寒輝，下有碧浸吹漣漪。沙痕隱隱白鳥去，石聲鑿鑿扁舟歸。芝蘭發香禪味遠，雲霧吐秀人家稀。須知春事不可挽，杜鵑已遶林中飛。」郭南渡後人，嘗爲令。陳碧樓仁玉騷詞云：「懷佳人兮山扃，躡煙霏兮步輕。蹇獨立兮山上，空山無人兮寒松自聲。懷佳人兮何許，白雲封關兮猿鶴看户。羌有懷兮曷愬，風虚徐兮簷鐸語。遲佳人兮未來，聊逍遥兮容與。」陳有文名，以白衣召用，作此時年甚少，蓋懷吴諒直翁也。又有徐一初九日登高摸魚兒詞，蓋丙子後作：「對茱萸一年一度，龍山今在何處？參軍莫道無勳業，消得從容尊俎。君看取，便破帽飄零，也博名千古。當年幕府，知多少時流，等閑收拾，有箇客如許。追往事，滿目山河晉土，征鴻又過邊羽。登臨莫上高層望，怕見故宫禾黍。觴緑醑，澆萬斛牢愁，淚閣新亭雨。黄花無語，畢竟是西風□□披拂，猶識舊時主。」亦感慨之作也。

仙居求愛廬先輩説僧清壹詩，略記一二。寄無著云：「逢人稱宿臘，玄解少人知。俗濁唯貪隱，禪高不礙詩。水邊秋杖屨，石上雪鬢眉。雞犬添鄰曲，還同賦紫芝。」寄萬先輩云：「歸從衡岳此身清，老校羣書眼倍明。白屋有田供伏臘，青雲無夢到公卿。頻挑野菜招僧至，少著深衣入郭行。早歲自嗟行役遠，失將詩律問先生。」萬名哲，字愚公，亦善詩。中秋寄陳碧樓云：「秋氣清如此，秋花香奈何。人生還健在，月色況明多。有酒君當醉，無愁我欲歌。樓高俯松頂，誰共酌姮娥。」絶句云：「少日時時負百憂，從人絡馬與牽牛。中年置此身如竹，荏苒風前得自由。」

宋高宗大字草書桂花詩云：「秋入幽巖桂影團，香深粟粟照林丹。應隨王母瑤池曉，染得朝霞下廣寒。」後題復古殿御書。先大父有以碑本作兩大幅，挂堂上，盛正卿太傅見之，爲考某年月賜某人，以書來言之，後俱不存。天歷己巳歲，予過江西南康郡學，見石刻在焉，因摹以歸，惜不能記盛公之語，第歎其博識而已。

政和二年三月廿四日，鄜延帥府大閱，即席呈獻帥座賈公凱歌十首，楊景一：「旌旗風暖颺春暉，的皪寒光照鐵衣。壯士銜枚聽傳令，邊鴻敢傍陣雲飛。」二：「奏罷清笳聽凱歌，行營細柳拂彫戈。征人盡道從軍樂，城上黃雲喜氣多。」三：「天兵十萬擁貔貅，紫塞年年大有秋。不是頡羌求款附，爲君唾手取靈州。」四：「正塞從來豫虜謀，好將忠赤報銜頭。速修朝覲趨丹鳳，乞汝河西十二州。」五：「王畿諸將戍沙場，亦有家書寄雁行。不說邊庭征戰苦，侍郎恩意似汾陽。」六：「丈八蛇矛錦甲新，虬鬚虎頸漢將軍。彎弓盤馬當牙帳，雙發鳴鶻入塞雲。」七：「控弦十萬漢蕃兵，行鼓分屯細柳營。白面元戎心似鐵，不教羌騎近長城。」八：「崆峒猛士射鵰還，三石雕弓月様彎。爲問轅門何似勇，劖騎生馬注南山。」九：「招馬紅旗繡浪開，戰鼙百面打春雷。南山萬仞陰崖險，似箭紅塵一溜來。」十：「宿麥斜桑滿塞垣，彎弓不復射遊魂。華戎說罷干戈事，萬歲山呼荷至尊。」十首頗有古作者風，舊得之楊志行待制，所惜其人不著，故録之。

陸秀夫抱幼主沉海，諸公作挽詩，惟盛元仁一章爲冠：「紫宸黃閣共樓船，海氣昏昏日月偏。

平地已無行在所，丹心猶數中興年。生投魚腹不見水，死抱龍髯欲上天。板蕩純臣有如此，流芳青史更無前。」盛號虎林。

吴琳禹玉號存吾，履齋之子，書法奇逸，詩亦高勝。早年倅婺，題詩鹿田西寺壁云：「爲從吏隱招提宿，相望城中隔幾塵。雲暗雨來疑是晚，山深寒在不知春。鋤松得石添幽徑，接竹通泉隔近鄰。此去又尋三洞約，初平應怪我來頻。」「在」字元作「重」，既去之，明日，遣小吏持片紙覆其上。予以至治壬戌，與張子長遊寺中，時亦春深雨寒，冥坐雲霧中，嘗作志道其事。後數年爲宣城録事，舍館存吾故第，其孫鉷子彦出家集，乃缺此篇，因寫遺之，併和一章云。

嘗見何欽無適好寫竹，賦云：「稜欒兮娟娟，玉立兮露寒。翠青葱兮薈蔚，鳳鸞舞兮琅玕。風之來兮天之庭，過巖谷兮韻秋聲。金瑣碎兮滿地，日暉暉兮淨明。若有人兮凜高節，歷歲寒兮傲霜雪。我欲從之兮路阻絶，隔秋水兮共明月。」詞旨清絶可愛。後閲趙石泉道士詩集，載此篇，云是海陵王崿山父作。近見一隸字大書石本，崿所書者，題作清涼寺竹賦云。

韓魏公手書早夏三詩，備蕭散閑適之趣，安陽集所無，今録于後。二絶句云：「脱幘吏休後，凭軒風快餘。瀑泉增瀨急，新葉補林疏。」「暑初天未熱，觀閣進輕涼。果熟愁枝重，荷生覺渚香。」律詩云：「十里溪源注北塘，貯成寬碧澮泱泱。新蒲弱荇參差緑，去鷲來鳧斷續行。一鏡輕波摇鷁舸，滿罾斜日晒魚梁。使君思拙無清夢，高柳陰成草自長。」

杜牧之聞慶州趙縱使君與党項戰死詩云：「將軍獨乘鐵驄馬，榆溪戰中金僕姑。死綏却是古來有，驕將自驚今日無。青史文禪争點筆，朱門歌舞笑捐軀。誰知我亦輕生者，不得君王丈二殳。」儂智高陷康州，守臣曹覲死之，元厚之哀詩云：「轉戰譙門日欲晡，空拳獨自把戈鈇。身垂虎口方安坐，命在鴻毛更疾呼。柱下杲卿存斷節，袴中杵臼得遺孤。空餘三尺英雄氣，不愧山西士大夫。」劉後村謂二詩可並驅。嘉定中，金人犯蘄黄，蘄守李誠之茂欽、黄守何大節立可死之。後村有聞二守臣訃詩云：「初聞邊報暗呑聲，想見登譙與虜争。世俗今猶疑許遠，君王元未識真卿。傷心百口同臨穴，極目孤城絶救兵。多少虎臣提將印，誰知戰死是書生。」「何老長身李白鬚，傳聞死尚握州符。戰場便合營雙廟，太學今方出二儒。史館何人徵逸事，羽林無日訪遺孤。病夫疇昔曾同幕，西望關山涕自濡。」詞氣無愧前詩，亦平日愛其作而摹擬之也。宋寧宗紀書此事云：「何大節棄城，李誠之死之。」後村答傅伯成諫議書極辨何公初護官吏士民過武昌，復自還黄固守，半月城破，爲虜騎擁入大江以死，而逃死吏民誣以遁。疑遠之句，爲何發也。茂欽，東陽人，予嘗并載何事於敬鄉録。

龔開聖予工詩，善畫馬，篆隸亦奇古，每畫題詩于後，嘗見三幅皆佳。高馬小兒圖詩云：「華驄料肥九分膔，童子身長五尺饒。青絲鞚短金勒緊，春風去去人馬驕。莫作尋常厮養看，沙陀義兒皆好漢。此兒此馬俱可憐，馬方三齒兒未冠。天真爛熳好容儀，楚楚衣裝無不宜。豈比五陵年少輩，胭脂坡下鬬輕肥。四海風塵雖已息，人材自少當愛惜。如此小兒如此馬，它日應須萬人敵。老夫出無驢可騎，乃有此馬騎此兒。呼兒回頭爲小駐，停鞭聽我新吟詩。兒不回頭馬行疾，老夫對之空嘖嘖。」黑馬圖詩云：「八尺龍媒出墨池，崑崙月窟等閑馳。幽州俠客夜騎去，行過陰山鬼不知。」瘦馬圖詩云：「一從雲霧降天闕，空盡先朝十二閑。今日有誰憐瘦骨，夕陽沙岸影如山。」

張公翊清溪圖，畫池陽清溪也。郭功甫題五絶句，有「唯欠子瞻詩」之語，遂求東坡爲賦清溪詞。蘇公復令某示秦少游，寫小杜弄水亭詩。其後自元豐以來，諸賢題詠甚多，真蹟在金華智者寺草堂，蓋宋季王佖元敬使君得之。易世後，其家以售于寺。坡公作詞之後，有長樂張勵深道長句，彷彿蘇體亦佳：「九華鬱兮江南山，清溪下兮貫山間。江北騖兮溪東旋，濁湯湯兮清漫漫。山幾轉兮水幾盤，近交臂兮遠連環。決天末兮浮雲端，齊之山兮秋之浦。景晦明兮氣吞吐，草木蓊兮媚林莽。繡屏張兮翠綃舞，深窈窕兮掩幽隝。雨吟猿兮風嘯虎，下鳧鴈兮泳魴鱮。商之檣兮漁之罟，互出没兮更散聚。樵有舍兮梵有宇，雲巖阿兮棘樊圃。翚連甍兮岸之滸，弄潺湲兮棹容與。中横絶兮梁爲渡，隱孤城兮其西去。春之朝兮秋之夕，風既清兮月又白。退矯首兮俯陳迹，攜佳人兮不可得。空遠望兮中感百，思悠悠兮情惻惻。悵興亡兮懷今昔，獨兹溪兮無終極。嗟夫人兮擺塵滓，遥徜徉兮玩山水。移山川兮置窗几，手舒卷兮千萬里。輈余車兮秣余馬，往其從兮山之下。枻吾舟兮泛清瀉，樂魚鳥兮放林野。顧未適兮胡爲者，聊寓言兮公壘畫。」勵訔爲江淮制置發運使，名字見王明清揮塵録。吾鄉時天彝復作後詞，自謂非敢僭追老仙，聊自寄其耿耿，併録于此：「予悲時俗之汩汙兮，欲往睨乎鴻蒙。託剛風而上浮兮，恐毳羽之不豐。乃有啓予以幽狀兮，繚陘峴其逶遲。斂千嶂於掌握兮，裒百派於一巵。修梁横絶兮平漲淼瀰，重彎迴複兮衆漁四來。突空明兮臥鮮徼，予精壯而神注兮，若有聆其犖音。顧自致於其間兮，嗟道里之邈綿。萃埃壒其壓頂兮，忽不料其凋年。懷庚白而莫見兮，訪杜子其迹遼。雖枯骴之漬蝕兮，尚想見其宏標。託孤嘯於烟月兮，委逸才于篇翰。徒飛揚於迮地兮，孰知得志之爲憾。遺佔畢於來世兮，徒組藻之可尋。謂厥智之殫此兮，非彼昊疇與明。方擎嵩且挾華兮，超東海而控搏。何有九華之韶麗兮，孰睠秋浦之淙潺。顧熾陽之鷙鹹兮，望茂樹而少休。固知其異於高甍兮，聊以給俄頃之淺謀。後二子數百禩兮，宛勝踐其猶白。孰使予鬱邑而傺侘兮，古與今如一丘之貉。惟宇宙之曠大兮，舍夫人其誰整。何夫人之足悲兮，恐帝監之未審。予誠非其任兮，背膺胖以紆軫。因幽狀之臨睫兮，獨默默而深省。」

史蒙卿景正有感詩云：「途窮那免哭，哭罷一高歌。白日催年急，青山閱世多。浮生從潦倒，遺恨不消磨。何許南來雁，殷勤掠瞑過。」即事云：「宮花攢曉日，仙鶴下雲端。自是傷心極，那能著眼看。風沙兩宮恨，烟草八陵寒。一掬孤臣淚，秋霖對不乾。」黄石翁可玉寒食客中云：

「明朝便典黑貂裘，寒食寧無數日留。烟斷昔曾悲介子，火衰今不祀商丘。百年盡付風吹柳，一雨遠隨山入樓。安得五侯鯖到我，自修茶事試香篝。」一「慘淡微茫斷客魂，最難忘處最難言。南陵不可避風雨，麥飯如何託子孫。往事滄江吹白鳥，誰家鐵撥送金尊。欲尋隱者相傾倒，烟柳深深不見門。」二　數詩詞旨精深，音節悲壯，淒涼感慨之意，溢於言表，讀之猶使人惻然。

葉靖逸題岳王墓詩云：「萬古知心只老天，英雄堪恨復堪憐。如公少緩須臾死，此虜安能八十年。漠漠凝塵空偃月，堂堂遺像在凌烟。早知埋骨西湖路，學取鴟夷理釣船。」是詩流傳膾炙人口，其家月致餽于葉。又有林弓寮題云：「天意竟如此，將軍足可傷。忠無身報主，冤有骨封王。苔雨樓牆暗，花風廟路香。沉思百年事，揮淚灑斜陽。」人亦稱之，然已不逮葉作。近時趙子昂篇尤勝：「鄂王墳上草離離，秋日荒涼石獸危。南渡君臣輕社稷，中原父老望旌旗。英雄已死何嗟及，天下中分遂不支。莫向西湖歌此曲，水光山色不勝悲。」若古今賦詞者，劉改之六州歌頭一闋，悲壯激烈。詞云：「中興諸將，誰是萬人英。身草莽，人雖死，氣填膺，尚如生。年少起河北，劍三尺，弓兩石，定襄漢，開虢洛，洗洞庭。北望帝京，狡兔依然在，良犬先烹。過舊時營壘，荆鄂有遺民。憶故將軍，淚如傾。說當年事，知恨苦，不奉詔，僞邪真。臣有罪，陛下聖，可鑒臨，一片心。萬古分茅土，終不到，舊姦臣。人世夜，白日照，忽開明。袞佩冕圭百拜，九原下，榮感君恩。看年年二月，滿地野花春，鹵簿迎神。」時有淮西帥李訦和其韻，爲書忠烈廟廟額，其詞非劉比也。

方干泊嚴光臺下詩，末云：「前賢竟何益，此地誤垂竿。」可謂無識之言。于今侑食子陵祠，使子陵有知，必不樂也。

李商隱隋宫中四句云：「玉璽不緣歸日角，錦帆應是到天涯。于今腐草無螢火，終古垂楊有暮鴉。」日角、錦帆、螢火、垂楊是實事，却以他字面交蹉對之，融化自稱，亦其用意深處，真佳句也。

宣城涇縣有琴高山琴高溪，俗傳控鯉而升之所。每歲三月中，有小魚數十萬，一日來集，亦傳以爲投藥滓所化。至今人待此日，盡網之，曝以爲乾，味甚美。吴履齋嘗賦詩和人韻云：「仙人藥苗化爲魚，身雖纖細味豐腴。土人涉溪如採荇，以布爲網猶恐疏。不比吴王耽嗜鱠，松江千古留腥滓。好似春茶槍與旗，俯視銀條不足數。人生所樂在家鄉，何必定食河之魴。琴高仙游不可躡，自向崐崙朝玉皇。玉皇一笑倚天末，乞與五湖任囊括。扁舟烟雨歸去來，卧聽魚槎聲濊濊。」予嘗欲爲再賦，未暇也。

魯齋王先生，既録天台陳南塘柏茂卿夙興夜寐箴，遺其友葉通齋，復載其懷友詩云：「攜書入空山，幾若與世絶。俯仰一室間，頗見古人別。良朋令人思，思君意彌切。食芹差自甘，那得共君啜。」又有盛雪巢一詩云：「臯夔不著書，周召不决科。端坐廟堂上，四海臻泰和。吾道固如是，後來文藝多。嗒然空山中，獨抱明良歌。」皆知道者之言也。

毛澤民詩：「不須買絲繡平原，不用黃金鑄子期。」本李賀貫休詩語。劉後村「鑄成范蠡何嗟及，繡作平原未必知」，對亦佳。范蠡事見吳越春秋。

荆公詩：「秋日不可見，林端但餘黃。」釋者謂「黃」爲黃落，非也。「黃」指日之餘輝也，故其下云：「杖藜思平野，俛仰畏無光。」

樊宗師園記云「蟲鳥聲無人」，句甚妙。黃魯直送王郎詩，全用此句。又贈黃從善云：「鳥聲無人兮，我友來卽。」又手寫其父亞夫宿趙屯詩云：「山間聞雞犬，無人見煙樹。」亦是用此意。古人於作者好語，不忘如此。

鮮于伯幾初至婺，題詩于屏云：「廨舍如僧舍，官曹似馬曹。頭巾終日岸，手板或時操。」佳句也。

往歲過婺源，偶至江氏琅玕閣，其人出乃父所得詩卷相示，無慮百數十首，讀至一首云：「詩仙長倚玉闌干，句脫塵凡妙不難。六月雪霜侵几研，一生烟火隔心肝。鳳皇管遍風旋應，翡翠窗深露不乾。記得月明扶醉上，骨輕毛豎怯清寒。」灑然異之，乃王儀仲履作也，併得其所爲閣記，亦佳，遂綴爲一卷，題數語表之。因尋訪其作，得數首，皆警拔可愛。「求田問舍暮年意，談道著書千古心。相如徒有四立壁，郿塢多藏數萬金。園絲五色繅獨繭，廣奏七均諧大音。何時窪尊酌春水，筧溪石上青楓林。」一「似聞梅塢誇新築，但願柴門守故山。田翁有酒飲輒醉，釣船無魚空復還。半生墮落憂患界，萬事元在鴻濛間。繩牀坐了一小劫，縱有天梯何用攀。」二「牛羊矗矗澤中道，薺麥芃芃霜後村。朔風作惡吹破屋，落葉不知深擁門。盡歡水飲而菽食，隨緣女嫁并男婚。平生四海習鑿齒，茗椀風爐相對論。」三「五月蘋花思渺然，綠波憶蕩浦西船。寧穿布韈青鞋底，不醉琵琶綠繭絃。山郭鶯啼春又暮，蕭齋人靜澹無烟。一言滿慰三年别，借枕風前對榻眠。」四 他皆類此。

大德中，有謝文質海牙者，爲浙東廉訪僉事，性嗜酒，不飲則臨政精明。市日者某，形貌長大，每飲引與對坐，不交一談，亦不與之酒，醉則取劍撫弄，衆避匿乃已。嘗分司舟回，一書吏從，未至城數里宿，夜中，月明興動，潛起登岸，題一詩酒家壁云：「修雲淡淡抹山眉，野水人家半酒旗。應是小梅開未了，小舟撐月過前溪。」去入山麓小寺，登樓撞鐘，僧皆驚起，謝踞禪牀，大呼索酒，貯以木桶，跪僧于前，以一白酌竟，擊僧頂，置其上，酒盡困睡，僧不敢去。天明，舟中失謝所在，遥見堊壁題字，書吏識之，迹其所往，逢道上樵者言寺中擾擾狀，趨視，則謝猶未醒，須臾，騶從至迎之，乃去。

東坡自黄移汝，别子由於高安，過瑞昌亭子山，題字崖石，點墨竹葉上，至今環山之竹，葉葉有墨點。景定中，王景琰主瑞昌簿，移植廳事，扁其堂曰景蘇，蓋簿廳東坡夜宿處也。吾鄉横山丘一中，爲江州添倅，記其概。一時多賦詩者。僧道璨無文詩云：「一葉復一葉，也道幾翻覆。一點復一點，書墨要接續。親見長公來，一節不肯曲。見竹如見公，北麓能不俗。回首熙豐間，幾人愧此竹。翰墨直枝葉，點化到草木。長公有深意，此事付北麓。」語雖直致而意佳。北麓，景琰號也。丘記未見。其遺藁有答主簿短啓，中有云：「移來三兩竿之清風，拈起二百年之公案。所恨無顛米之筆，十丈捲船；何當登景蘇之堂，一尊酌月。」亦爲里人所傳誦云。

佛家記李習之問道藥山，惟儼禪師作偈曰：「鍊得身形似鶴形，千株松下兩函經。我來問道無餘語，雲在青天水在瓶。」按習之文集有去佛齋文，衞道之意，不畔韓公。平生不甚作詩，止有戲贈一首「縣君好塼渠」云云，語尤淺拙不類，必依託者爲之也。獨吏部行狀云：「及長，讀書能詩也。」生之所習，此語却非，一時不自覺耳。

杜老兵車行：「長者雖有問，役夫敢伸恨。」尋常讀之，不過以爲漫語而已。更事之餘，始知此語之信。蓋賦斂之苛，貪暴之苦，非無訪察之司，陳訴之令，而言之未必見理，或反得害。不然，雖幸復伸，而異時疾怒報復之禍尤酷，此民之所以不敢言也。「雖」字「敢」字，曲盡事情。

文文山死節，諸公傷悼之作佳者，如鄧中齋光薦詩云：「憶公淚懸河，九地無處瀉。想公騎赤龍，請命蒼梧野。世人醉生死，翻笑獨醒者。焉知千載英，精爽皎不夜。義士無廢興，時運有代謝。念昔喪亂初，公騎使君馬。奮袂起勤王，慷慨淚盈把。須臾三萬衆，如自九天下。燈棋書檄交，笑語雜悲咤。捧土障洪河，一繩維大廈。至哉朝宗性，百折終不舍。身北冠自南，血碧心肯化。顏鈎凜忠勁，杜詩蔚騷雅。晉陽骨肉寃，東市刀兵解。精誠揭天日，氣魄動夷夏。丈夫如此何，一死尤足怕。田横老賓客，白髮餘息假。有時夢巖電，意悟當飄灑。非無中丞傳，殺青自誰寫。魂歸哀江南，千秋俎鄉社。」又贊畫像云：「目煌煌兮疏星曉寒，氣英英兮晴雷殷山。頭碎柱而璧完，血化碧而心丹。嗚呼，誰謂斯人，不在世間。」李養吾明通題吟嘯集云：「南人不識兩膝貴，曲摺百態卑且勞。斯人護膝不護頭，故以頸血沾君刀。蟠胸孤憤擘不碎，殺氣千丈纏旌旄。援桴親鼓盡南海，背水更用蜑丁鏖。俘來吮血語神語，咄咄尚與天爭豪。須臾赤日減顏色，玄雲莽莽風飈飈。或言巨靈收拾付真宰，讀罷拊膺生長號。又言豐隆列缺對愁絶，疾指玉鞭鞭六鼇。雨瓢倒翻水怪舞，斗樞横軋天籟號。憐伊肝膽苦復苦，亦見曩昔真離騷。劫灰滿地莫挂眼，蓬萊雖遠容輕舠。長驅癘鬼尚堪戰，儘閑未許飛仙遨。乃言興廢在爾不吾與，吾死吾主吾焉逃。魯叟聞言拍手笑，斯人六經爲骨爲皮毛。斯人捲取六經去，空將贋本傳兒曹。」黄誠性云：「三百餘年樂育恩，晚從科目得斯人。崎嶇嶺海期年國，零落氈毛萬死身。諸葛未亡猶有漢，包胥欲泣更無秦。挑燈慷慨歌梁父，鬖髮蕭森僾鬼神。」皆可傳誦。謝皋羽挽詩：「落日沈滄海，寒風上薊門。雨青餘化血，林黑見歸魂。」惜忘其首尾四句爾。皋羽又有三詩爲文山作，亦感激悲痛。其一結客行云：「結客衛京師，棄家南斗陲。相看各意氣，欲取遼陽歸。事左脱身去，豈爲無所爲。家藏楚王子，手執五陵兒。泣奉先主令，白旄纛天麾。鞭屍讎必報，函首捷終馳。力盡志不遂，以死謝漸離。」其一邳州哭云：「邳州哭，井水竭。去年哭母瘴海熱，今年此日來邳州，母死未禫子爲囚。邳州土溼淚長在，化爲蒼苔色不改，雨洗離魂歸瘴海。」其一則任士林叔實所作。謝翱傳云：「翱晚登子陵西臺，以竹如意擊石，歌招魂之詞曰：『魂來兮何極，魂去兮關水黑。化爲朱鳥兮，有咮焉食。』」蓋謝嘗募義從公，故尤不能忘情也。

方岳巨山詠史：「堪笑張華死不休，讒精象緯古無儔。中台星折何曾識，祇識龍泉動斗牛。」張華「堪笑平生血濺衣，但知忠義未知幾。命闕鬼質緣何事，年及縣車自不歸。」顔真卿「笑」字改作「歎」字，可也。命意甚佳。近見牟應龍成父二詩亦類此：「伏波垂老困壺頭，正坐功名意未休。爲問是翁誇矍鑠，何如老子得遨遊。」馬援「長源銳意偓佺齊，晚節還爲富貴迷。幸自山中足煨芋，何須禁裏見燒梨。」對偶尤工。

閻子靜初挾其鄉人書至京謁賈仲明，以梅枝拄杖爲獻，適姚公茂諸人至，賈因見閻道其故，諸公令賦梅杖詩，閻卽賦云：「斫取江南萬玉柯，春風入手慣摩挲。較清邛竹能香否，鬬品鳩藤奈俗何。聲破夢回霜滿户，影隨詩瘦月横坡。人言功在調羹上，不道扶顛力更多。」諸公延譽，遂知名。

友人葉審言家藏孫應時手寫五言律詩十八首，自荆江入蜀止石頭城，蓋規摹老杜者。應時字季和，餘姚人，游朱吕之門。慶元中，宰常熟縣，爲子游立祠，朱子作記者。朱子嘗稱其湖山諸詩，語意清遠，豈此等邪？今録數首于後：「日落風更起，江頭船不行。淒涼大夫宅，蕭瑟故王城。一醉重樓晚，千秋萬古情。愁邊動寒角，夜久意難平。」歸舟晚泊「落照久未夕，斷雲低不飛。孤舟上水急，歸鳥度山微。蕭颯天涯鬢，淋浪醉後衣。憑闌一笑去，客夢轉頭非。」益昌僧寺静境軒「小飲不成醉，清談多所欣。秋聲摇落日，野色盪寒雲。心事長千載，腰圍更幾分。望遠足離思，西風叢桂發，倚檻得相聞。」武擔山「西臺在何許，秋草暮雲間。十畝有餘竹，一窗無數山。望遠足離思，憂時多苦顔。相看終惜醉，更挈酒瓶還。」武擔西臺「今晨明客眼，桃杏照江紅。鳥哢蒼山曲，人聲翠竹中。獨遊空遠思，一笑負春風。便想荆州重，簪花醉渚宫。」新灘見桃杏書事。朱子又稱其子陵仲弓二絶甚佳。子陵詩見後釣臺諸作中。仲弓詩云：「清濁無心陳仲弓，圓機聊救漢諸公。末流不料兒孫誤，千古黄初佐命功。」王厚齋困學紀聞云：「孫燭湖其號也。」

劉因夢吉詠薔薇詩：「色染女真黄，露凝天水碧。」又薔薇酒詩，亦用下六字，常愛其佳對。李思衍昌翁亦有一聯云：「土暗塵昏天水碧，風驚雨過女真黄。」未知孰先後也。李又有「鬼火光中遺石馬，仙盤柱下泣銅人」句，對亦工。

吴興姚式子敬手寫高彦敬尚書絶句一卷，皆佳。「北來朋友不如鴻，幾箇西飛幾箇東。多少登臨舊樓觀，闌干閑在夕陽中。」過京口「二千里地佳山水，無數海棠官路旁。風送落紅攙馬過，春光更比路人忙。」過信州「雷聲驅雨轉山西，山腹雲根似削齊。日暮牧兒歸不得，料應白水漲前溪。」弋陽「仰有嵐光俯有溪，軒窗初不計東西。雲峯雨岫安排定，松竹林林自整齊。」拍洪樓「山腰澗曲繚短垣，百怪老樹龍蛇蜿。山翁有時抱琴至，雪霽明月開北軒。」一「溪頭白鷺來相安，溪上紅桃雨打殘。滿目雲山爲誰好，一川晴色上樓看。」滿目雲山樓「古木陰中生白烟，忽從石上見流泉。閑隨委曲尋源去，直到人家竹塢邊。」即事「雞鳴上馬戴星還，鄰近人家見面難。一度相思一回首，二千里外得相看。」三「並行沿隄步晚晴，野香牽引過林坰。誰知却是江南夢，尋到西曹夜直廳。」寄友「草色琅玕逼兩楹，早陰纔過午陰晴。斜陽又送西軒影，一就移牀待月生。」濟州道庵子敬爲人修潔，詞翰皆工，此卷作行草，尤可愛。

柳柳州云：「微風一披拂，林影久參差。」陳簡齋云：「微波喜搖人，小立待其定。」語有所自，而意不同。

題赤松詩，舒道紀最佳。見下卷。唐人如皎然曹唐二絶句，亦可喜。皎云：「緑岸朦朧出見天，晴沙瀝瀝水濺濺。何處羽人長洗藥，殘花無數逐流泉。」曹云：「共愛初平住九霞，焚香不出閉金華。白羊成陣難收拾，喫盡溪邊苣蕂花。」吾鄉談赤松題詠者，未有人拈出也。

陶公歸去來辭：「三徑就荒，松菊猶存。」下復云：「景翳翳以將入，撫孤松而盤桓。」係松於徑荒景翳之下，其意可知矣。又好言孤松，如「冬嶺秀孤松」，如「青松在東園，衆草没其姿」，下云、

「連林人不見，獨樹衆乃奇」，皆以自況也。人但知陶翁菊愛而已，不知此也。

李商隱詩：「玉桃偷得憐方朔，金屋妝成貯阿嬌。」以東方朔爲方朔，人以爲病，若用臣朔字自佳，乃傳語也。

唐人詩云：「惟有舊巢燕，主人貧亦歸。」後人沿襲用之，往往謂舊燕復來。其實燕至人家，既養雛而去，已不知其所往，安有復來之理？此類皆習於口熟，而不覺其誤者也。

李伯時畫飛騎習射圖，其手帖云：「公麟元豐初點檢南宫試卷畢，陪預集英殿門應奉廷試，因得至衛士班，見飛騎習射拖毬楊枝戲，人偉馬駿，妙天下選。時乘輿幸寶津有日，督課勝負，窮景不休，故頗遂縱觀。今追圖大概，以奉雌堂清玩，若氣勢不至差俗，則丹青可屏，當蒙照恕也。元祐丁卯臘日謹題。」後又云：「第一斫鬉射，最難引弓，然多中，中者自帛而下，平截斷之，射毬鮮中，以飛硯故，十發三四中爲精矣。」尤延之楊廷秀樓大防皆有題詩。朱文公跋云：「觀龍眠飛騎圖，及讀延之廷秀大防三君子佳句，因思法雲秀公語，尤物移人，甚可畏也。」後人有古體詩二首，其一云奉題太丞丈龍眠騎射圖，下有叔簡字，不著姓；其一題嘉定庚午四月二十日章良能。叔簡詩云：「飛毬飲羽柳如截，馬氣横生人更傑。不作遊觀御寶津，騎戰還應一當百。天家行樂少人知，龍眠屬從天上歸。意象慘淡研精微，曹霸以來無此奇。壯夫披圖雙淚垂，時危那得生致之。」章詩云：「禁營貔虎天廐龍，技癢不奈芻粟豐。聞道寶津嘗扈蹕，前期踴躍矜驍雄。紅綃低繫柳枝碧，滿滿彎弓斫鬉射。偶然穿葉未爲奇，截下紅綃方破的。綵繩長曳綵毬輕，閃爍眩轉如奔星。弦頭霹靂趁馬脚，回看一箭落欃槍。烏紗帽穩春衫薄，文韉煥爛青絲絡。千步場深隔九闕，畢景馳驅有餘樂。李侯應奉隨春官，日晏歸穿衛士班。平生抵死憐神駿，絶藝那能不細看。不學閻公伏池側，倉皇丹粉供宣索。他年乘輿試追尋，妙處祇須憑子墨。十六蹄翻意態真，磬控應節顧眄親。當時騎士盡應爾，尚想元豐兵制新。慨今多事困供億，養兵殆且殫民力。未聞士歌馬騰槽，安得從容觀戲劇。」浦江趙敬叔先購得圖，後得帖，遂爲完美。謂圖出玉山汪季路家，缺二馬及楊樓詩，蓋爲人裁取別作卷也。考續通鑑長編，嘉定二年己巳五月丁巳，御史章良能同知樞密院，六年癸酉夏四月丙子參知政事，明年二月薨，此詩在政府作也。又紹熙元年庚戌秋八月，校書郎王叔簡與禮部侍郎李巘、著作郎鄧馹同檢視劉季榮所造新曆，叔簡必王叔簡也。所謂太丞及雌堂稱太守，不知爲何人也。尤楊樓有集，詩不録，王章二作皆佳，不以能詩名，故表而出之。

韓魏公賦喜雨「須臾慰滿三農望，收斂神功寂似無」，足以覘其相業。李邦直沂山禱雨有應詩云：「南山高峻層，北山亦崷崒，坐看兩山雲出没。來傷驅，歸如呼，始覺山中有神物。鬱鬱其焚蘭，坎坎其擊鼓，祝屢云云巫屢舞。我民無罪天所憐，一夜雷風三尺雨。嶺木兮蒼蒼，溪泉兮泱泱。雲散諸峯互明滅，東阡西陌農事忙，廟閉山空音響絶。」狀事造語極佳，然其意則本婦翁而衍之者也。公又有「雨匀春圃桔槔閑」之句，邦直「農事忙」句，亦反而用之也。

時天彝詩，見下卷。其書唐百家詩選後諸評，深知唐人詩法者也，悉録于後：

薛稷詩，明健激昂，有建安七子之風，不類唐人。其字偉麗亦稱之，不自珍惜，附麗匪人，至汙斧鑕，爲士君子所戒。有才而無學，良不可哉。

孟浩然高抗有節，一時豪傑翕然慕仰，非特以其詩也。張承吉云：「孟簡雖持節，襄陽屬浩然。」所以自處者如此。而韓竇方訝其不來，多見其不知量也。盧象開元時人，詩亦清妙，要非後來所及也。第一卷。

高適才高，頗有雄氣，其詩不習而能，雖乏小巧，終是大才。岑嘉州與子美游，長於五言，皆唐詩巨擘也。第二、第三卷。

自儲光羲而下，王建崔顥陶翰崔國輔皆開元天寶間人，詞旨淳雅，蓋一時風氣所鍾如此。元和以後，雖波濤闊遠，動成奇偉，而求其如此等邃遠清妙，不可得也。第四卷。

王昌齡尤所寶玩。李頎於諸人中尤有古意。戎昱稍爲後輩，多軍旅離别之思，造語益巧，用意益淺矣。第五卷。

此卷十四家，予所有者，獨李嘉祐集。楊衡雍裕之見十賢集中，往往皆律詩，蓋小才也。餘人多有奇語，沈千運王季友尤老成趙微明最爲不顯，挽歌長别之句，使人三歎，雖當時作者，不能過也。第六卷。

大曆後，李紓包佶有盛名，叔倫士元從容其間，詩思逸發，於綺麗外仍有思致，非餘子所及也。第七卷。

錢起屢擅場，江行百篇，韻短意密。盧綸與李益中表，唱酬交贊，在大曆十才子中號爲翹楚。司空文明結思尤精，如「前途歡不集，往事恨空來」，令人三歎不已。第八卷。

皇甫冉鮑防二張詩，在唐中葉，所謂鐵中錚錚者。冉及張登耿湋有全集，李端于武陵集，錢塘陳氏刊行，纔各百餘首，僅是斷藁耳。第九、第十卷。

文章尚論其世，長孫佐輔貞元前人，要爲有一種風氣。五竇詩存者惟聯珠集。叔向詩彌佳，傳彌少，草木飄風之歎，不其然乎？羊士諤刺王韋遠貶，亦有氣節。十賢集，士諤亦在其中。第十一卷。

楊巨源始與元白學詩，而詩絶不類元白。王建自云紹張文昌，而詩絶不類文昌。豈相馬者固不在色別乎？巨源清新明嚴，有元白所不能至者。建樂府固倣文昌，然文昌恣態横生，化俗爲雅，建則從俗而已，馴致其弊，便類聶夷中。第十二卷。

武元衡令狐楚皆以將相之重，聲蓋一時，其詩宏毅闊遠，與灞橋驢子上所得者異矣。

劉言史有小説行於世，其詩鋪張甚富，而咀嚼少味，正似其小説，獨竹間梅二十八字，清灑可愛耳。第十三卷。

憲宗將吐突承璀，李絳白居易爭之甚苦，僅能略出之。淮南李涉探上意，知承璀恩顧未衰，遽上言兵不可罷，承璀親近信臣不可出。知匭使孔戣責誚不受，涉行貨於他徑，達之上前。戣奏涉奸罔滔天，遂被遠貶。其爲人如此，而詩句清熟，有足賞者，世方以言取人，果可信乎？第十四卷。

盧仝奇怪，賈島寒澀，自成一家。張祜樂府，時有美麗。趙嘏多警句，能爲律詩，蓋小才也。朱慶餘，張籍門人，傳其詩法，然獨以閨怨一篇知名于時，此集乃不錄。于鵠曹唐，僅如候蟲之自鳴者耳。第十五卷。

許用晦工爲七言。項斯亦師張水部，自以字清意遠匠物爲工，然格律卑近，漸類晚唐矣。至李頻，則真晚唐也。第十六卷。

兩卷十八家，多大中以後人。施肩吾最爲富麗，李楚望結思尤清，高蟾工爲絶句，然無甚高論矣。李羣玉特爲令狐綯所知，前後集十卷，亦多可稱者。薛大拙高自位置，訶罵前作，以是爲有識所貶，至其妙處，纖穠間作，亦不可誣也。陳雍二陶薛逢崔塗之流，皆慕爲組麗，百畝一豆，時亦見之。第十七、十八卷。

三劉二曹，如負蝂升高，雖窮智力，要爲有限。崔魯粗有法度，玄英荀鶴卑陋已甚。退之所謂蟬噪，非此也邪？第十九卷。

子華致光，著名晚唐，俱直翰苑，以文章領袖衆作。方昭宗時，羣邪内訌，兇頑外擅，致光間關其間，執義彌堅，如不草韋昭範詔，凜然有烈丈夫之風，非子華所能及也。然其詩過於纖巧，淫靡特甚，不類其所爲。或言香奩集和凝所作，誤歸之致光，豈信然邪？第二十卷。

老杜「佳人雪藕絲」，「雪」字蓋本家語「以黍雪桃」，注者皆不知此。又凡作詩難用經句，老杜則不然，「丹青不知老將至，富貴於我如浮雲」，若自己出。

老杜七言長篇，句多作對，皆深穩矯健。洗兵馬行除首尾及攀龍附鳳云云兩句不對，司徒尚書一聯稍散異，餘無不對者，尤爲諸篇之冠。韓公長句皆不對，其體正相反。

崔鶠德符，崇寧後，監洛南稻田務，嘗送客會節園，時梅花正開。明年，監修大内閤官容佐，取以爲景華御苑。德符不知，春晚復騎瘦馬與老兵來遊，坐梅下賦詩云：「去年白玉花，結子深枝間。小憩藉清影，深顰啄微酸。故人不可見，春事今已闌。繞樹尋履跡，空餘玉花斑。」次日，佐入園，見馬糞，知爲德符，且怒其未嘗見己，即具奏，劾以擅入御苑，勒停。家貧，傳食諸人家，久而後歸陽翟。洪氏隨筆載其事，以爲馬永卿嘗載嬾真録中而未見。今考馬録正同，特以爲在宣和中者，當是劉克莊。潛夫嘗賦梅云：「東君誤執花權柄，却忌孤高不主張。」忤史相彌遠，不得遷。又有詩云：「夢得因桃數左遷，長源爲柳忤當權。雖然不識桃和柳，却被梅花累十年。」又云：「一聯半首致魁台，前有沂公後簡齋。自是君詩無警策，梅花窮殺幾人來。」按詩人坐梅見累，無如德符，而潛夫不及之者，恐未聞爾。

東坡送別子由詩云：「登高回首坡隴隔，時見烏帽出復没。」模寫甚工。異時記凌虚臺，謂見山之出於林木之上者，纍纍然如人之旅行於牆外而見其髻也，蓋同一機軸。

李明通養吾紅梅詩云：「月香水影昡錦晝，冰魂雪骨酣華春。神仙狡獪本玩世，處士游俠聊驚人。怒艷不顧殺氣横，忠赤自與晴曦親。山林著汝吾未許，絳衣朱襮塵緇塵。」蓋寓意有所指也。楮衾詩亦佳：「相親賴有楮先生，雪與陽春指顧成。狐白温温疑伯仲，龜紋隱隱見縱横。夜闌更作封章夢，晨起猶聞展卷聲。垂老未忘鑽故紙，三生習氣太分明。」

吾鄉蘭溪，去城三十里，其地名白雁，次則望雲山與建德接境。建德之鎮山曰烏龍，旁一港通分水縣，先君嘗誦鄉人趙叔嘉左藏説有人賦詩一聯云：「烏龍分水去，白雁望雲來。」可謂精確，惜不得全篇。

錢塘李道坦坦之，早歲入道洞霄宫，學文於隱者鄧牧牧心，盛爲所稱許。有葉林玄文者，亦隱山中。二人既没，坦之遂出山。大德中，留蘭溪，與予極相得，時時誦葉鄧詩。鄧有寄友詩云：「我在越，君在吴，馳書邀我遊西湖。我還吴，君適越，遥隔三江共明月。明月可望，佳人參差。笑言何時，寫我相思。知君去掃嚴陵墓，衹把清尊酹黄土。浮雲茫茫江水深，感慨空勞弔今古。孤山山下約陳實，聯騎須來踏春色。西湖千樹花正繁，莫待東風吹雪積。有酒如澠，有肉如陵。鼓趙瑟，彈秦箏，與君沉醉不用醒。人生行樂耳，何必千秋萬歲名。」葉公詩，如：「金粟花前風細細，寶階地上月輝輝。夢回不屬紅塵境，涼露滿衣人醉歸。」他警句如：「芙蓉搖風柳挂月，醉來健倒梨花堆。千百春鉏一株樹，野田吹下雪花風。」皆佳。戴錫祖禹能詩，因牧心推獎，遂知名。送白湛淵教授宣城云：「乘閑爲我弔李白，醉卧江邊不復醒。當時錦袍照緑水，今日孤墳秋草生。」人呼戴緑水。又賦白馬圖云：「當時超逸真絶倫，皎如玉龍上天門。朝馳峻坂飛疋練，暮浴深淵浮素雲。四蹄飽踏咸陽月，滿身猶帶燕山雲。衹愁玄霧閟雄姿，未許清塵汗汗血。」人呼戴白馬。送牧心云：「去年别爾雁南征，今年迎爾春水生。我心思爾如江水，回波相續無窮已。君如鴻雁早驚霜，方逐長風度千里。」次韻王理得往昔行云：「美人昔愛唱伊州，少年未解人間愁。五侯繫馬春日暮，白雲遶梁花滿樓。同遊星散樂難得，重逢却怪旁人識。花隨塵土暗芳菲，鳳閉樊籠摧羽翼。不須感舊爲凄然，夢境悲歡能幾年。君看古來歌舞地，梁園金谷成荒田。」讀此可信。牧心嘗客會稽王修竹監簿所，有陳觀國用賓送其出陶山詩，亦佳：「青山無送迎，幽人自來去。落葉若相送，卷卷及行屨。簷端有孤雲，仍爲守其處。落葉惜人不在山，孤雲尚期人再還。斯人可期復可惜，我處落葉孤雲間。」謝翶皋羽善古詩文，牧心與之善，其卒也，爲作傳云：「初與之論文不合，後乃相推敬。牧薄游山水間，君病篤，望牧不至，懷以詩云：『謝豹花開桑葉齊，戴勝芊生藥草肥，九鎖山人歸未歸。』蓋絶筆之作。」前輩風致如此。今坦之既不可復見，姑録所記憶者於此。

坦之作杜鵑行云：「吾聞昔有蜀天子，化作寃禽名杜宇。一身流落懷故鄉，萬里逢人訴離苦。西來縱呼巫峽間，楚臺花落青春闌。臺中魂夢久寂寞，行雲日暮愁空山。明朝復向瀟湘發，北叫蒼梧江竹裂。竹間之淚花上血，怨入東風俱不滅。天涯無窮朝暮啼，王孫草緑不思歸。哀哉王孫終不歸，江南江北楊花飛。」時年二十餘爾。逮從鄧公，日益精進，其歌行最爲流麗，嘗言學詩必以李杜爲宗，唐律四十字、五十六字，成一片文章，豈可以閑冗語填之。大凡詩一字未佳未穩，必有一字可代，思之自當得也。在蘭江時，嘗手寫一帙留予家。至大戊申别後，寄友三詩，一以與予曰：「拂袖行歌歸故鄉，相思又是一星霜。夢回江上秋楓杳，愁入天涯春草長。書問久淹嗟契闊，詩章時讀慰凄涼。知君亦有逍遥興，肯學征鴻爲稻粱。」又送人歸嚴陵併寄予云：「官車一兩馬並馳，送君朝出城門西。投觴誓河以爲别，東流到海無還期。雲間挂冠歸故里，河上停帆謝游子。不顧松江食巨鱸，甘向桐川釣寒水。子陵昔釣川之側，百尺高臺猶屹立。斜日歸舟繫石根，稽首清風無愧色。金華洞天深且幽，神仙牧羊松下遊。故人吴君仙者儔，高卧巖屋秋浮浮。兹山相鄰爾睦州，山翠俯壓城南樓。吴君之家某水丘，尺書欲煩親手投。

一見足寫平生憂。」坦之素善書，予愛之，嘗裒其手寫者一卷，爲人竊去，僅存一幅，二詩皆佳。高將軍白鷂子歌：「淮西猛士高將軍，新獲驍禽被涼素。調之弗顧情未狎，跨馬臂出城東去。征鴻作字雲邊斜，聳身直上誰能遮。天寒日莫望不見，北風萬里吹瑶花。雲飛忽斷鴻飛却，短草長烟際沙漠。但餘孤色揺清秋，未許纖毫生碧落。歸來珍衛不解鞲，親手餧肉供飢喉。英雄遇合固有分，可惜驚塵俱雪頭。」其一李白酒樓歌：「溧陽酒樓春水涯，白也繫馬樓東家。千金醉盡不復顧，猶吹玉笛引吴娃。日斜樓外東風起，春愁滿眼楊花裏。高歌一曲下樓去，傳徧江南數千里。錦袍緑水迷蹤跡，月落空梁照顔色。江頭盡日不見人，樓上幾年無此客。倚闌仰看西飛雲，胡爲不飲愁其身。即今寂寞千年後，誰酹青山山下墳。」他皆類此。警句如：「落日中原小，悲風易水寒。」嘗自言以此詩寄鄧，善之，鄧借以爲己作。「凡物皆歸土，深山始見天。」（落葉）「城南草緑王孫去，江上花飛燕子來。」「清江百曲秋花底，漁火孤村莫雨中。」「芙蓉水碧雙鳧冷，苜蓿秋高萬馬肥。」不可勝録也。

嚴陵釣臺題詠甚多，自范希文黄魯直三絶句後，殆難措手。戴復古詩亦爲人所稱道，此外所見尚有佳者，釣臺集所未及。王厚齋記孫燭湖應時作云：「簿書流汗走君房，那得狂奴故態降。努力諸公了臺閣，不煩魚雁到桐江。」吾鄉陳子象庚谿詩話中記不知名作云：「范蠡妄名載西子，介推逃跡累山焚。先生正爾無多事，聊把魚竿坐水村。」予家有北園吟一編，崑山陳壽卿作一詩云：「尚父鷹揚起渭濱，六韜猶自佐周文。子陵豈是要君者，寇鄧諸公已策勳。」先大父嘗言吾鄉有楊某者，好爲詩，多俚率，獨釣臺詩可喜云：「虹作長竿雲作餌，纖月沉鉤在江底。巨鱗入手還縱之，漢家鼎小難調理。」紫巖于介翁，予早歲所師，嘗記其作云：「拋却羊裘入漢庭，偶然偃臥兩忘形。先生無處可伸足，太史何煩奏客星。」

附　詞

木蘭花慢柳耆卿清明詞，得音調之正，蓋傾城、盈盈、歡情於第二字中有韻。近見吳彥高中秋詞，亦不失此體，餘人皆不能然。元遺山集中凡九首，內五首兩處用韻，亦未爲全知者，今載二詞于後：

柳詞云：「拆桐花爛熳，乍疏雨，洗清明。正豔杏燒林，緗桃繡野，芳景如屏。傾城盡，尋勝去，驟雕鞍，紺幰出郊坰。風暖繁絃脆管，萬家競奏新聲。盈盈，鬭草踏青人，豔冶遞逢迎。向路旁往往，遺簪墮珥，珠翠縱橫。歡情，對佳麗地，任金罍罄竭玉山傾。拚却明朝永日，畫堂一枕春酲。」

吳詞云：「敞千門萬户，瞰蒼海，爛銀盤。對沆瀣樓高，儲胥雁過，墜露生寒。闌干眺，河漢外，送浮雲，盡出衆星乾。丹桂霓裳縹緲，似聞雜佩珊珊。長安底處，高寬人不見，路漫漫。歎舊日心情，如今容鬢，瘦沈愁潘。幽歡縱容易得，數佳期動是隔年看。歸去江湖一葉，浩然對影垂竿。」然吴詞後段起句又異，當依柳爲正。

東坡賀新郎詞「乳燕飛華屋」云云，後段「石榴半吐紅巾蹙」以下皆詠榴。卜算子「缺月挂疏桐」云云，「縹緲孤鴻影」，以下皆説鴻，别一格也。

韓南澗題采石蛾眉亭詞云：「倚天絶壁，直下江千尺。天際兩蛾横黛，愁與恨，幾時極。暮潮風正急，酒闌聞塞笛。試問謫仙何處？青山外，遠烟碧。」此霜天曉角調也，未有能繼之者。

于湖玩鞭亭，晉明帝覘王敦營壘處，自温庭筠賦詩後，張文潛又賦于湖曲，以正湖陰之誤，詞皆奇麗警拔，膾炙人口。徐寶之韓南澗亦發新意。張安國賦滿江紅云：「千古凄涼，興亡事，但悲陳迹。凝望眼，吴波不動，楚山叢碧。巴滇緑駿追風遠，武昌雲旆連天赤。笑老姦遺臭到如今，留空壁。邊書静，烽烟息。通軺傳，銷鋒鏑。仰太平天子，聖明無敵。蹙踏揚州開帝里，渡江天馬龍爲匹。看東南佳氣鬱葱葱，傳千億。」雖間采温張語，而詞氣亦不在其下。嘗見安國大書此詞，後題云：「乾道元年正月十日。」筆勢奇偉可愛。建康實録唐□□所曾者亦林湖陰云云，庭筠之誤有自來矣。

歐公小詞，間見諸詞集，陳氏書録云一卷，其間多有與陽春花間相雜者，亦有鄙褻之語一二厠其中，當是仇人無名子所爲。近有醉翁琴趣外篇，凡六卷，二百餘首，所謂鄙褻之語，往往而是，不止一二也。前題東坡居士序，近八九語，所云散落尊酒間，盛爲人所愛尚，猶小技，其上有取焉者。詞氣卑陋，不類坡作，益可以證詞之僞。

姚子敬嘗手選古今樂府一帙，以夏英公竦喜遷鶯宮詞爲冠，其詞云：「霞散綺，月沉鈎，簾捲未央樓。夜涼河漢截天流，宮闕鎖清秋。瑶階樹，金莖露，玉輦香秋雲霧。三千珠翠擁宸遊，水殿按涼州。」富豔精工，誠爲絶唱。

「新來塞北，傳到真消息。赤地居民無一粒，更五單于争立。誰師尚父鷹揚，熊羆百萬堂堂。看取黄金假鉞，歸來異姓真王。」又云：「堂上謀臣尊俎，邊頭將士干戈，天時地利與人和，燕可伐歟曰可。今日樓臺鼎鼐，明年帶礪山河。大家齊唱大風歌，不日四方來賀。」世傳辛幼安壽韓侂胄詞也。又有小詞一首，尤多俚談，不録。近讀謝疊山文，論李氏繫年録朝野雜記之非，謂乾道間，幼安以金有必亡之勢，願詔大臣預修邊備，爲倉卒應變之計，此憂國遠猷也，今摘數語而曰贊開邊，借江西劉過京師人小詞曰「此幼安作也」，忠魂得無寃乎？故今特爲拈出。

吴禮部詩話終。

跋

元吴禮部正傳集，世多抄本，獨詩話雜説一卷，罕有藏弆者。明金華胡孝廉元瑞家，收書最富，嘗跋此册及敬鄉録云：「遍舉郡邑凡有聞者，緝其製作履歷，粲若指掌，下逮畸流逸客，片語隻詞，亦博采旁證，竟其隱伏，耳目所不及，點綴弗遺。其爲力勤而用心苦矣。今去吴公僅二百載，而文辭之詳邈，弗得睹南渡而上人才篇什，史乘佚而未收者，尚倚藉諸編，稍獲蹤其崖略。余于禮部，異世子雲也，因筆于簡末，以俟異世之爲余子雲者驗之。解元端所云此書難得而可寶審矣。」邗江馬君半槎癖嗜異書，搜剔隱祕，購得元時刻本，方與余同輯宋詩紀事，獲覩南宋諸賢佚唱，如王叔簡吴諒陳仁玉萬嘉吴琳孫應時張勱史蒙卿林泳陳柏王儀鄧剡僧靈一輩，歎爲未有。獨敬鄉録無從訪求，向晤東陽王丈鶴潭云有其書，恨未借抄以成合璧，而爲元瑞之子雲，余兩人未敢讓焉。錢塘厲鶚書。

右小山堂趙氏寫本，郁君佩先所贈，惜傳鈔多謬，無從得維揚馬氏所藏元刻正之耳。至卷内舒道紀赤松詩及時天彝詩二條，元注云見下卷，亦不傳，惜哉。知不足齋書。

詩譜

詩譜　元　陳繹曾撰

古體

周南，不離日用間，有福天下萬世意。

召南，至誠諄恪，秋毫不犯。

邶風，君子處變，淵靜自守。

齊風，翩翩有俠氣。

唐風，憂思深遠。

秦風，秋聲朝氣。

豳風，深知民情而真體之。

小雅，忠厚。

宣王小雅，振刷精神。

大雅，深遠。

宣王大雅，鋪張事業。

周頌，天心布聲。

魯頌，謹守禮法。

商頌，天威大聲。

凡讀三百篇，要會其情不足性有餘處。情不足，故寓之景；性有餘，故見乎情。

凡讀騷，要見情有餘處。

凡讀漢詩，先真實，後文華。

凡讀建安詩，於文華中取真實。

三國六朝樂府，猶有真意，勝於當時文人之詩。

凡讀文選詩，分三節，東都以上主情，建安以下主意，三謝以下主辭。齊梁諸家，五言未成律體，七言乃多古製，韻度獨出盛唐人上一等，但理不勝情，氣不勝辭耳。

律體

沈約　吳均　何遜　王筠　任昉

陰鏗　徐陵　薛道衡　江總

右諸家，律詩之源，而尤近古者，視唐律雖寬，而風度遠矣。

絶句體

古樂府，渾然有大篇氣象。

六朝諸人，語絶意不絶。

雜體

晉傅咸作七經詩，其毛詩一篇略曰：「聿修厥德，令終有淑。勉爾遁思，我言維服。盜言孔甘，其何能淑。讒人罔極，有靦面目。」此乃集句詩之始。或謂集句起於王安石，非也。

張衡

寄興高遠，遺辭自妙。

唐山夫人

安世歌，質古文雅。

蔡琰

真情極切，自然成文。

漢郊祀歌

鍛意刻酷，煉字神奇。

漢樂府

真情自然，但不能中節爾。累度乃是好景。

古詩十九首

情真，景真，事真，意真。澄至清，發至情。

陳思王

斲削精潔，自然沈健。

王粲　劉楨

真實有餘，澄濾不足。

思健功圓。

嵇康

人品胸次高，自然流出。

阮籍

天識清虛，禮法疏短。

張華

氣清虛，思頗率。

傅玄

思切清古，失之太工。

潘　岳

安仁質勝於文，有古意，但澄汰未精耳。

陸　機

士衡才思有餘，但胸中書太多，所擬能痛割捨乃佳耳。

束　皙

全篇鍛煉，首尾有法。

張　協

逐句鍛煉，辭工製率。

郭　璞

構思險怪而造語精圓，三謝皆出於此。杜李精奇處皆取此。本出自淮南小山。

劉琨　盧諶

忠義之氣，自然形見，非有意於詩也。杜子美以此爲根本。

陶淵明

心存忠義，心處閑逸，情真景真，事真意真，幾於十九首矣，但氣差緩耳。至其工夫精密，天然無斧鑿痕迹，又有出於十九首之表者。盛唐諸家風韻皆出此。

謝瞻

景至清虛，甚有古文。

謝靈運

以險爲主，以自然爲工。李杜取深處多取此。

謝惠連

酌取險怪自然之中，而句句爲之。

鮑　照

六朝文氣衰緩，唯劉越石鮑明遠有西漢氣骨。李杜筋取此。

謝　脁

藏險怪於意外，發自然於句中。齊梁以下造語皆出此。

沈　約

佳處斲削清瘦可愛，自拘聲病，氣骨薾然。唐諸家聲律皆出此。

江　淹

善觀古作，曲盡心手之妙，其自作乃不能爾。故君子貴自立，不可隨流俗也。

升菴詩話

重編升菴詩話弁言

升菴詩話，自明以來無善本。有刻入升菴文集者，凡八卷；自五十四卷至六十一卷。有刻入升菴外集者，凡十二卷；自六十七卷至七十八卷。有刻入丹鉛總録者，凡四卷；自十八卷至二十一卷。函海又載其十二卷及補遺三卷。此詳彼略，此有彼無，前後異次，卷帙異數。其字句之譌，則各本皆然。魯魚亥豕，往往不能句讀，殆皆仍其傳寫之誤耳。明刻書夙以多譌聞，茲復益以傳寫之誤，升菴嘉惠後學之心，後學其何以領悟邪？升菴淵通賅博，而落魄不檢形骸，放言好僞撰古書，以自證其說。如稱宋本杜集麗人行中有「足下何所有？紅蕖羅襪穿鐙銀」二句，錢牧齋徧檢各宋本杜集，均無此二句。又如岑之敬棲烏曲載樂府詩集，有「明月二八照花新，當壚十五晚留賓」之句。升菴截此二句，添「回眸百萬横自陳」一句，別題爲岑之敬當壚曲。又如李陵詩有「紅塵蔽天地，白日何冥冥」二句，下闕，見古文苑，見文選李善本西都賦注。升菴詩話備載全詩，下多十二句，云出修文御覽。此書亡來已久，殊不可信。以文義考之，「白日何冥冥」下，何得遽接云「招摇西北指，天漢東南傾」邪？又載七平七仄詩，七平如文選「離袿飛綃垂纖羅」，今考傅武仲舞賦、古文苑、文選，皆云「華袿飛綃雜纖羅」，不言「垂纖羅」也。凡此種種，皆失之僞撰。又如稱渤海北海之地，今哈密扶餘，中國之滄州景州名渤海者，蓋僑稱以張休盛云云。不知哈密在西，扶餘在東，絶不相及。滄景一帶，地皆瀕海，故又有瀛州瀛海諸名，謂曰僑置，殊非事實。又「香雲」「香雨」，並出王嘉拾遺記，而引李賀元稹之詩，又以盧象「雲氣杳流水」句，誤爲「香」字，此亦其引據疏舛處。王弇州譏其求之宇宙之外，而失之耳目之前。陳耀文且有正楊之作以詆之，後學或引以病升菴。然升菴之才器，實在有明諸家之上，瑕玷雖多，而精華亦復不少，四庫提要謂求之于古，可以位置于鄭樵羅泌之間，後學棄其瑕玷而取其精華可也。余讀升菴集，仰其爲人。會有歷代詩話續編之刻，爰搜集各本，詳加校訂，譌者正之，複者删之，缺者補之。至其僞撰之句，則原之以存其真，據其題中第一字之筆畫數，改編一十四卷，自謂較各本爲善矣。割裂古人書，世所詬病，若升菴詩話之散如盤沙，不割裂無以得善本，而或者升菴嘉惠後學之心，反以余之割裂而顯也。敢以質諸當世君子。中華民國四年冬，無錫丁福保識。

升菴詩話卷一

明　楊慎著

一笑

杜詩「一箭正墜雙飛翼」，黄山谷注作「一笑」，蓋用賈大夫妻射雉事也。

九字梅花詩

元天目山釋明本中峯有九字梅花詩云：「昨夜西風吹折中林梢，渡口小艇滚入沙灘坳。野樹古梅獨卧寒屋角，疏影横斜暗上書窗敲。半枯半活幾個擫蓓蕾，欲開未開數點含香苞。縱使畫工奇妙也縮手，我愛清香故把新詩嘲。」池南唐文鳯謂余曰：「此詩不佳，影不可言敲。又後四句有齋飯酸餡氣。」屬予作一首，乃口占云：「玄冬小春十月微陽回，緑蕚梅蕊早傍南枝開。錯折贈未寄陸凱隴頭去，相思忽到盧仝窗下來。歌殘水調沉珠明月浦，舞破山香碎玉凌風臺。恨高樓三弄叫雲笛，無奈二十四番花信催。」近覩盧贊元酴醾花詩云：「天將花王國豔殿春色，酴醾洗妝素頰相追陪。絶勝濃英綴枝不韻李，堪友横斜照水攙先梅。瑶池董雙成浴香肌露，竹林嵇叔夜醉玉山頹。風流何事不入錦囊句，清和天氣直挽青陽回。」亦九字律也。詩亦有思致，以李花爲不韻，甚切體物，前人亦未道破者。

人日梅詩

李羣玉人日梅花詩：「半落半開臨野岸，團情團思媚韶光。玉鱗寂寂飛斜月，素手亭亭對夕陽。」亦有思致。「玉鱗寂寂飛斜月」，真奇句也，「暗香浮動」恐未可比。

十字平音

唐詩：「三十六所春宮殿，一一香風透管絃。」又：「緑波東西南北水，紅闌三百九十橋。」又：「春城三百九十橋，夾岸朱樓隔柳條。」又：「煩君一日殷勤意，示我十年感遇詩。」陳郁云：「十音當爲諶也，謂之長安語音，律詩不如此，則不叶矣。」

十樣鸞箋

韓浦詩云：「十樣鸞箋出益州。」成都古今記載其目，曰深紅，曰粉紅，曰杏紅，曰明黄，曰深青，曰淺青，曰深緑，曰淺緑，曰銅緑，曰淺雲，凡十樣。又有松花、金沙、流沙、彩霞、金粉、桃花、冷金之别，卽其異名。又蜀志載，王衍以霞光箋五百幅賜金堂令張蠙，霞光卽深紅箋也。又有百韻箋，以其幅長可寫百韻詩爲名。其次學士箋，則短於百韻焉。

七平七仄詩句

「吐舌萬里唾四海。」宋玉大言賦「七變入臼米出甲。」緯書「一月普見一切水，一切水月一月攝。」佛經「離袿飛臀垂纖羅。」文選「梨花梅花參差開。」崔魯「有客有客字子美。」杜甘，其何能淑。讒人罔極，有靦面目。」此乃集句詩之始，或謂集句起於王安石，非也。

七經詩集句之始

晉傅咸作七經詩，其毛詩一篇略曰：「聿修厥德，令終有淑。勉爾遁思，我言維服。盜言孔甘，其何能淑。讒人罔極，有靦面目。」此乃集句詩之始，或謂集句起於王安石，非也。

七夕曝衣

沈佺期七夕曝衣篇云：「君不見昔日宜春太液邊，披香畫閣與天連。燈火灼爍九衢映，香氣氛氳百和然。此夜星繁河正白，人傳織女牽牛客。宮中擾擾曝衣樓，天上娥娥紅粉席。舒羅散綵雲霧開，綴玉垂珠星漢迴。朝霞散彩羞衣架，晚月分光劣鏡臺。上有仙人長命綹，中看寶媛迎歡繡。璹瑁筵中別作春，琅玕窗裏翻成晝。椒房金屋寵新流，意氣嬌奢不自由。漢文宜惜露臺費，晉武須焚前殿裘。」佺期此詩，首以藻繪，終歸諷戒，深可欽玩。」近刻沈集不載此詩，蓋本類書抄合，非當日全集也。

八角磨盤

朱子語録云：「人謂楊億通禪學者，以其有『八角磨盤』之句耳。」按北澗禪師偈云：「六月一日前，萬象森羅替説禪。六月一日後，八角磨盤空裏走。今朝正當六月一，無位真人赤骨律。金毛獅子解翻身，無角鐵牛眠少室。十聖三賢總不知，笑倒寒山并拾得。」楊億因演而爲頌曰：「八角磨盤空裏走，金毛獅子變作狗。擬欲藏身北斗中，應須合掌南辰後。」

八詠

沈約八詠詩云：「登臺望秋月，會圃臨春風。秋至愍衰草，寒來悲落桐。夕行聞夜鶴，晨征聽曉鴻。解佩去朝市，被褐守山東。」此詩乃唐五言律之祖也。「夕夜」「晨曉」四字，似複非複，後人決難下也。東坡詩「朝與鳥一作烏。鵲朝，夕與牛羊夕」，二句尤妙，亦祖沈意。

丁屈朋斜

姜平子，天水人，仕於苻堅。堅宴羣臣賦詩，平子詩内丁字直而不屈，堅問其故，答曰：「屈下者不正之物，未足以獻也。」堅悦，擢上第。此與劉晏朋字未正之對相似。

上番

杜工部竹詩「會須上番看成竹」，獨孤及詩「舊日霜毛一番新，別時芳草兩回春。不堪花落花開處，況是江南江北人」，「番」去聲，但杜公竹詩「番」字於義不叶。韓石溪都憲家，有蔡夢弼杜詩註：「上番音上筤。」蜀名竹叢曰林筤。易説卦：「爲蒼筤竹。」古註：「音浪。」

上巳詩

王融上巳詩：「粤上斯巳，惟暮之春。」二句古雅。詩評：四言詩，「三百篇之後，曹植王融」。

上林賦連綿字

上林賦「垂條扶疏，落英幡纚，紛溶萷蔘，猗狔從風，瀏莅芔歙」數句，皆言草木從風之形與聲也。但其用字既古，其音又與俗音不同，今略解之。紛溶，猶丰茸也。萷蔘，即蕭森⊖。猗狔，猶猗那也，字一作旖旎，又作猗儺。瀏莅，即流麗。芔歙，即歘吸。歘字古作𢱧，見石鼓文，省寫作芔，五臣注遂誤以爲卉字。按長門賦「列丰茸之游樹」，謝靈運詩「升長皆丰茸」，按謝集「丰茸」實作「丰容」。則紛溶、丰茸一也。杜詩「巫山巫峽氣蕭森」，則箾蔘、蕭森一也。毛詩「猗儺其枝」，楚辭「紛旖旎乎都房」，阮籍詩「猗靡情歡愛」，則猗狔也，猗儺也，旖旎也，猗靡也，一也。陶弘景詩「悽切嘹唳傷夜情」，趙彦昭詩「流麗鳴春鳥」，則瀏莅與嘹唳及流麗一也。杜詩「秋風欻吸吹南國」，則岉歙與欻吸一也。字有古今，音有楚夏，類如此，聊舉其略耳。

㊀「箾蔘即蕭森」原在「又作猗儺」下，據升菴先生文集改。

于蒍

晁叔用詩：「不擬伊優陪殿下，相隨于蒍過樓前。」劉後村曰：「晁氏家世貴顯，而叔用不肯於此時陪伊優之列，而甘隨于蒍之後，可謂賢矣。」伊優事見東方朔傳，人皆知之。于蒍事，博學者或不知也。按明皇雜録：「元宗御五鳳樓觀酺宴時，命三百里内刺史縣令各以聲樂集樓下。時多以車載樂工數百，皆衣文繡，服箱之牛皆爲虎豹犀象之狀。魯山令元德秀惟遣樂工數十人，聯袂歌于蒍而已。于蒍者，德秀所爲歌也。帝聞異之，歎曰：『賢人之言哉！』此事亦見唐書列傳。宋時聖壽日，州縣皆集僧道誦經，唯陸象山令儒生講洪範皇極錫福一章，時議韙之。事與此同。

弓琱

天順初，英廟大獵，從官皆戎服弓矢以護蹕，應制賦詩。有祭酒劉某詩，以「琱弓」爲「弓琱」。

大學生輕薄者帖詩於監門云：「獵羽楊長共友僚，珊弓詩倒作弓珊。祭酒如今爲酒祭，衡官何以達廷朝。」廣東舉人王佐上詩於劉云：「樂羊終是愧巴西，許下惟聞哭習脂。豈是先生無好句，弓珊何愧古人詩。」本爲能得司成之喜，劉覽愈怒。後王佐刻其桐鄉詩，載此首，遂大傳其事。

山行經村徑

「一徑有人跡，到來惟數家。依稀聽機杼，寂歷看桑麻。雨濕渡頭草，風吹墳上花。却驅羸馬去，數點歸林鴉。」長孫左輔，開元以前人，其詩與李適齊名，今刻本「左」作「佐」，非。

山谷詩

黄山谷詩可嗤鄙處極多，其尤無義理者，莫如「雙鬟女弟如桃李，早年歸我第二雛」之句，稱子婦之顏色於詩句，以贈其兄，何哉？朱文公謂其詩多信筆亂道，信矣。

下落花

李太白詩：「玉窗青青下落花。」花已落，又曰下，增之不覺綴，而語益奇。

小姑無郎

古樂府清溪小姑曲云：「開門白水，側近橋梁。小姑所居，獨處無郎。」唐李義山詩：「神女生涯元是夢，小姑居處本無郎。」小姑，蔣子文第三妹也。楊炯少姨廟碑云：「虞帝二妃，湘水之波瀾未歇；蔣侯三妹，青溪之軌跡可尋。」

小兒拳

黄山谷詩「蕨牙初長小兒拳」，以爲奇句，然太白詩已有「不知行徑下，初拳幾枝蕨」之句，已落第二義矣。

女狀元

女侍中，魏元叉妻也；女學士，孔貴嬪也；女校書，唐薛濤也；女進士，宋女娘林妙玉也；女狀元，王蜀黄崇嘏也。崇嘏，臨邛人。作詩上蜀相周庠，庠首薦之，屢攝府縣，吏事精敏，胥徒畏服。庠欲妻以女，嘏以詩辭之曰：「一辭拾翠碧江湄，貧守蓬茅但賦詩。自服藍衫居郡掾，未抛鸞鏡畫蛾眉。立身卓爾青松操，挺志堅然白璧姿。幕府若容爲坦腹，願天速變作男兒。」庠大驚，具述本末，乃嫁之。傳奇有女狀元春桃記，蓋黄氏也。

子美贈花卿

「錦城絲管日紛紛，半入江風半入雲。此曲只應天上有，人間能得幾回聞。」花卿名敬定，丹稜人，蜀之勇將也，恃功驕恣。杜公此詩譏其僭用天子禮樂也，而含蓄不露，有風人言之無罪，聞之者足以戒之旨。公之絶句百餘首，此爲之冠。唐世樂府，多取當時名人之詩唱之，而音調名題各異。杜公此詩，在樂府爲入破第二疊。王維「秦川一半夕陽開」，在樂府名相府蓮，訛爲想夫憐；「秋風明月獨離居」爲伊州歌；岑參「西去輪臺萬里餘」爲簇拍六州；盛小叢「雁門山上雁初飛」爲突厥三臺；王昌齡「秦時明月漢時關」爲蓋羅縫；張仲素「亭亭孤月照行舟」爲湖渭州；王之渙「黄河遠上白雲間」爲梁州歌；張祜「十指纖纖似笋紅」爲氐州第一；苻載「月裏嫦娥不畫眉」爲甘州歌；無名氏「十年一遇聖明朝」爲水調歌；「雕弓白羽獵初回」爲水鼓子，後轉爲漁家傲云。其餘有詩而無名氏者尚多，不盡書焉。

子書傳記語似詩者

「美色不同面，悲音不共聲。」論衡「片玉可以奇，奚必待盈尺。」抱朴子「兩江珥其市，九橋帶其流。」揚雄「生無一日歡，死有萬世名。」列子「善御不忘馬，善射不忘弓。」韓詩外傳「文繡被臺榭，菽粟食鳧雁。」晏子「日日獻玉衣，旦旦進玉食。」列子「駿馬養外廄，美人充下陳。」戰國策「操行有常賢，仕宦無常遇。」王充「觸露不掐葵，日中不剪韭。」古諺「飛鳥號其羣，鹿鳴求其友。」楚辭注「膏以肥自焫，翠以羽殃身。」蘇秦「薰以香自燒，膏以明自煎。」陳留父老「良將如收電，可見不可追。」抱朴子「高不絕山阜，跛羊升其顛。深不絕涓流，稚子浴其淵。」牟子「急行無善步，促柱少和聲。」王充「孔子辭廩邱，終不盜帶鉤。許由讓天下，終不利封侯。」淮南「高山尋雲霓，深谷肆無景。」羊祜疏「南遊罔宦野，北息沉墨鄉。」淮南「日回而月周，時不與人遊。」淮南「百里不販樵，千里不販糴。」古諺「兩貴不可同，兩勢不可雙。」説苑「女愛不敝席，男歡不盡輪。」鬼谷子「御馬不釋策，操弓不反檠。」家語「鵲巢知風起，獺穴知水生。」韓詩外傳「豐屋知名家，喬木知舊都。」吕覽「井水無大魚，新林無長木。」上「餓狼守庖厨，餓虎牧牢豚。」仲長統昌言「代馬依北風，越鳥翔故巢。」吳越春秋「荆山不貴玉，鮫人不貴珠。」韓詩外傳「蠹蝝仆柱梁，蚊虻走牛羊。」新序「青崖若點黛，素湍如委練。」羅含湘中記「白沙如霜雪，赤岸若朝霞。」上「洞庭對岳陽，修眉鑒明鏡。」上「神邱有火穴，光景照千里。崑崙有弱水，鵝毛不能起。」玄中記「蟪蛄鳴於朝，寒螿鳴於夕。」風土記秋日「蜩成市於朝，蚊成市於夕。」夏「煦氣成虹霓，揮袖起風塵。」劉邵趙都賦「不寶咫尺玉，而愛寸陰旬。」司馬法「鼓聲不過閶，鞞聲不過闒。」上「鐸以聲自毀，膏以明自鑠。」淮南「大江如索帶，舟船如鳧雁。」郡國志「跳踔被商爲，重譯吟詩書。」王充「醴泉有故源，嘉禾有舊根。」「白璧不可爲，容容多後福。」左雄傳「仲尼長東魯，大禹出西羌。」晉書戴叔鸞傳「明月不妄映，蘭葩豈虛鮮。」郭璞「新霽青陽升，天光入隙中。」佛經「日從蒙汜出，初樹照無影。」上「隴坂縈九曲，不知高幾里。」三秦記「高樹翳朝雲，文禽蔽淥水。」應璩「平流鼓怒浪，靜樹振驚飈。」「搖木不生危，松柏不處卑。」國語「遁闕不可復，亡犴不可再。」淮南「一淵不兩蛟。」淮南「兩雄不並棲。」三國志

子由四絶句

蘇子由題李龍眠山莊圖四詩，奇景奇句，可誦可想。放翁謂子由詩勝子瞻，亦有見也。子由四絶句，詳見卷十四，可參觀之。漈，閩中水名，鄭樵號夾漈可證。仙遊縣九鯉湖有九漈。

三千歌舞

許渾凌歊臺詩曰：「宋祖凌歊樂未回，三千歌舞宿層臺。」此宋祖乃劉裕也。南史稱宋祖清簡寡欲，儉於布素，嬪御至少，嘗得姚興從女，有盛寵，頗廢事，謝晦微諫，即時遣出，安得有三千歌舞之事也。審如此，則是石勒之節宮，煬帝之江都矣。渾非有意於誣前代，但胸中無學，目不觀書，徒弄聲律以僥倖一第，機關用之既熟，不覺於懷古之作亦發之，而後之淺學如楊仲弘高棅郝天挺之徒，選以爲警策，而村學究又誦以教蒙童，是以流傳至此不廢耳。

三羅詩

晚唐江東三羅，羅隱、羅鄴、羅虬也。皆有集行世，當以鄴爲首。如閨怨云：「夢斷南窗啼曉鳥，新霜昨夜下庭梧。不知簾外如珪月，還照邊庭到曉無。」南行云：「臘晴江暖鸊鵜飛，梅雪香沾越女衣。魚市酒村相識徧，短船歌月醉方歸。」此二詩，隱與虬皆不及也。

三雅杯

劉孝綽詩：「共摛雲氣藻，同舉雅文杯。」于志寧詩：「具裁七步詠，共傾三雅杯。」句法相似。

三句詩

古有三句之詩，意足詞贍，盤屈於二十一字之中，最爲難工。偏檢前賢詩，不過四五首而已。岑之敬當壚曲云：「明月二八照花新，當壚十五晚留賓，回眸百萬橫自陳。」最爲絕倡。唐傳奇無名氏春詞云：「楊柳裊裊隨風急，西樓美人春夢中，繡簾斜捲千條入。」一作楊妃舞曲，後跋云：「三句之詩，妙絕古今。」幽怪録所載同。宋謝皐羽寄鄧牧心云：「杜鵑花開桑葉齊，戴勝芋生藥草肥，九鎖山人歸未歸？」洪武中詹天曜寄山中友人云：「桂樹蒼蒼月如霧，山中故人讀書處，白露濕衣不可吟風颯颯吹去。」一本有「雖佳，比之唐人則遠矣」。又古步虛詞云：「三十六天高太清，元君夫人蹋雲語，玉笙。」近日雲南提學彭綱詠刺桐花云：「樹頭樹底花楚楚，風吹綠葉翠翩翩，露出幾枝紅鸚鵡。」亦風韻可愛也。刺桐花，雲南名爲鸚哥花，花形酷似之。彭公此詩本四句，命吏寫刻於匾，遺其一句，復誦之，自覺意足，乃不更改。余聞之晉寧侍御唐池南云。

女郎秦玉鸞憶所懽

「蘭幙蟲聲切，椒廷月影斜。可憐秦館女，不及洛陽花。」唐人「玉顔不及寒鴉色」蓋祖此意。

口脂

杜子美臘日詩：「口脂面藥隨恩澤，翠管銀罌下九霄。」唐制臘日宜賜脂藥。李嶠有賜口脂表云：「青牛帳裏，未輟爐香；朱鳥窗前，新調鉛粉。揉之以辛夷甲煎，然之以桂火蘭蘇。」令狐楚表云：「雪散凝紅紫之名，香膏蘊蘭蕙之氣。合自金鼎，貯于雕奩。」劉禹錫有代謝賜表云：「宜奉聖旨，賜臣臘日口脂面脂，紫雪紅雪，雕奩既開，珍藥斯見，膏凝雪瑩，合液騰芳。」可補杜詩註之遺。

六朝七言律其體不純，寄張禺山。

「蝶黄花紫燕相追，楊低柳合路塵飛。已見垂鈎掛緑樹，誠知淇水沾羅衣。兩童夾車問不已，五馬城南猶未歸。鶯啼春欲駛，無爲空掩扉。」右梁簡文情曲，後二句又作五言也。「長安城中秋夜長，佳人錦石擣流黄。香杵紋砧知近遠，傳聲遞響何凄涼。七夕長河爛，中秋明月光。蟋蟀塞邊絶候雁㊀，鴛鴦樓上望天狼。」右後魏温子昇擣衣，第五六句又作五言。「文窗玳瑁影嬋娟，香帷翡翠出神仙。促柱點脣鶯欲語，調弦繫爪雁相連。秦聲本自楊家解，吳歈那知謝傳憐。祇愁芳夜促，蘭膏無那煎。」右陳後主聽箏，後二句五言。「舊知山裏絶氛埃，登高日暮心悠哉。子平一去何時返，仲叔長遊遂不來。幽蘭獨夜清琴曲，桂樹凌雲濁酒杯。槁項同枯木，丹心等死灰。」右隋王無功北山，後二句五言。

㊀「候雁」兩字原缺，據丁福寶漢魏六朝詩補。

六赤打葉子

李洞集有贈龍州李郎中，先夢六赤，後因打葉子，因以詩上。其詩云：「紅蠟香烟撲畫楹，梅花落盡庾樓清。光輝圓魄銜山冷，彩鏤方牙着腕輕。寶帖牽來獅子鎮，金盆引出鳳凰傾。徵黄喜兆莊周夢，六赤重新擲印成。」六赤者，古之瓊𤮐，今之骰子也。葉子，如今之紙牌酒令。鄭氏書目有南唐李後主妃周氏編金葉子格，此戲今少傳。

六言詩始

任昉云：「六言詩始於谷永。」慎按文選注引董仲舒琴歌二句，亦六言，不始於谷永明矣。樂府滿歌行尾一解「命如鑿石見火，居世竟能幾時」，亦六言也。

水寺鐘

「夜入霜林火，寒生水寺鐘。」張祜詩也。「芳草漁家路，斜陽水寺鐘。」李國用句也。

木綿

唐李商隱詩「木綿花暖鷓鴣飛」，又王叡詩「紙錢飛出木綿花」。南中木綿樹，大如抱，花紅似山茶而蕊黄，花片極厚，非江南所藝者。張勃吳録云：「交趾安定縣有木綿樹，實如酒杯，口有綿，可作布。」按此卽今之斑枝花，雲南阿迷州有之，嶺南尤多。註：廣洋有斑枝花曲。

井公六博

古樂府「井公能六博，玉女善投壺」，蓋因井星形如博局，而附會之，亦詩人「北斗挹酒漿」之意也。曹子建詩：「仙人攬六着，對博泰山隅。」齊陸瑜詩：「九仙會歡賞，六博具娛神。戲谷聞餘地，銘山憶舊秦。」周王子淵詩：「誰能攬六着，還須訪井公。」庾子山詩：「藏書凡幾代，看博已千年。」陳張正見詩：「已見玉女笑投壺，復睹仙童欣六博。」

尹式詩

尹式和宋之問詩：「愁髮含霜白，衰顏寄酒紅。」杜子美云：「髮短何須白，顏衰肯再紅。」宋陳後山云：「短髮愁催白，衰顏酒借紅。」皆互相取用，各不失爲佳。

弔月

錢起詩：「月弔啼烏寒鴉起。」李賀詩：「蟪蛄弔月曲欄下。」

仇池筆記

陽關三疊，每句皆再唱，而首句不疊。

巴陵贈賈至舍人

「賈生西望憶京華，湘浦南遷莫怨嗟。聖主恩深漢文帝，憐君不遣到長沙。」賈至中書省舍人左遷巴陵，有詩云：「極浦三春草，高樓萬里心。楚山晴靄碧，湘水暮流深。忽與朝中舊，同爲澤畔吟。感時還北望。不覺淚沾襟。」太白此詩解其怨嗟也，得温柔敦厚之旨矣。

孔欣詩

南朝孔欣樂府云：「相逢狹路間，道狹正踟躕。輟步相與言，君行欲焉如？淳朴久已散，榮利迭相驅。流落尚風波，人情多遷渝。勢集堂必滿，運去庭亦虛。競趣嘗不暇，誰肯顧桑樞。未若及初九，携手歸田廬。躬耕東山畔，樂道讀玄書。狹路安足遊，方外可寄娛。」此詩高趣，可並淵明。欣早歲辭榮，不負其言矣。

止觀之義

杜詩：「白首重聞止觀經。」佛經云：「止能捨樂，觀能離苦。」又云：「止能修心，能斷貪愛。觀能修慧，能斷無明。」止如定而後能靜，觀則慮而後能得也。

公冶長通鳥音

世傳公冶長通鳥語，不見於書。惟沈佺期燕詩云：「不如黄雀語，能免冶長災。」白樂天鳥雀贈答詩序云：「余非冶長，不能通其意。」似實有其事，或在亡逸書中，如衡波傳魯定公記之類，今無所考耳。

日抱黿鼉

韓石溪廷延語余曰：「杜子美登白帝最高樓詩云：『峽坼雲霾龍虎卧，江清日抱黿鼉游。』此乃登高臨深，形容疑似之狀耳。雲霾坼峽，山木蟠拏，有似龍虎之卧；日抱清江，灘石波盪，有若黿鼉之游。」余因悟舊註之非，其云「雲氣陰黯，龍虎所伏，日光圓抱，黿鼉出曝」，真以爲四物矣。卽以杜證杜，如「江光隱映黿鼉窟，石勢參差鳥鵲橋」，同一句法，同一解也。蘇子赤壁賦云：「踞虎豹，登虬龍，攀棲鶻之危巢，俯馮夷之幽宫。」亦是此意，豈真有鳥鵲黿鼉虬龍虎豹哉？

月黄昏

林和靖梅詩：「疏影横斜水清淺，暗香浮動月黄昏。」葦航紀談云：「『黄昏』以對『清淺』，乃兩字非一字也。月黄昏，謂夜深香動，月爲之黄而昏，非謂人定時也。蓋晝午後，陰氣用事，花房斂藏；夜半後，陽氣用事，而花敷蕊散香。凡花皆然，不獨梅也。」坡詩：「只恐夜深花睡去，高燒銀燭照紅妝。」宋人梔子花詞「惱人惟是夜深時」，是此理。余嘗有詩云：「曉屏睡夢暖香中，花氣薰人怯曉風。」亦與此意同，蓋物理然耳。

文選生煙字

宋人小説謂劉禹錫竹枝詞「瀼西春水縠文一作紋。生」，乃生熟之生，信是。文選謝朓詩：「遠樹曖芊芊，生煙紛漠漠。」亦然。小謝之句，實本靈運。靈運撰征賦云：「披宿莽以迷徑，睹生煙而知墟。」

文與可

坡公亟稱文與可之詩，而世罕傳。丹淵集余家有之，其五言律有韋蘇州孟襄陽之風，信坡公不虛賞也。今録其數首於此。詠閑樂云：「晝睡欲過午，好風吹竹牀。溪雲生薄暮，山雨送微涼。粉臭衣裳潤，蘭薰枕席香。歸來閑且樂，多謝墨君堂。」過友人谿居云：「籬巷隔菰蒲，閑扉掩自娱。水蟲行插岸，林鳥過提壺。白浪摇秋艇，青烟蓋晚厨。主人誇野飯，爲我煮秋鱸。」晚次江上云：「宛轉下江岸，霜風繞人衣。翩翩渚鴻歷，閃閃林鴉歸。前壑已重靄，遠峯猶落暉。孤舟欲何向，擘浪去如飛。」玉峰園避暑值雨云：「南園避中伏，意適晚忘歸。牆外谷雲起，簷前山雨飛。興饒思秉燭，坐久欲添衣。爲愛東岩下，泉聲通翠微。」極寒云：「燈火宜冬杪，圖書稱夜長。簾鈎掛新月，窗紙漏飛霜。酒醴慚孤宦，氈裘逐異鄉。誰知舊山下，梅豔滿東牆。」江上主人云：「客路逢江國，人家占畫圖。青林隨遠岸，白水滿平湖。魚小猶論尺，鷗輕欲問銖。何時遂休去，來此伴潛夫。」詠梨花云：「素質靜相依，清香暖更飛。笑從風外歇，啼向雨中歸。江令歌瓊樹，甄妃夢玉衣。畫堂明月地，常此惜芳菲。」詠杏花云：「仙杏一番新，妖嬈洗露晨。待妝嫌粉重，欲點要酥勻。月淡斜分影，池清倒寫真。君須憐舊物，曾伴曲江春。」此八詩置之開元諸公集中，殆不可別，今曰宋無詩，豈其然乎！

文思遲速

「相如含筆而腐毫，枚皐應詔而奏賦。」言文思遲速之異也。唐人云：「潘緯十年吟古鏡，何涓一夕賦瀟湘。」書家亦云：「思訓經年之力，道玄一日之功。」

天闕象緯逼

杜工部龍門奉先寺詩「天闕象緯逼」，或作「天闚」，殊爲牽强。張表臣詩話據舊本作「天闕」，引史記「以管闚天」之語，其見卓矣。余又按文選潘岳閑居賦「闚天文之秘奥」，注引陸賈新語：「楚王作乾谿之臺闚天文。」杜子美精熟文選者也。其用天闚字，正本此，况天文卽象緯也，不但用其字，亦用其義矣。子美復生，必以余爲知言。

天風海濤

趙汝愚詩：「江月不隨流水去，天風常送海濤來。」朱文公愛之，遂書「天風海濤」字於石，今人不知爲趙公詩也。

天馬歌

天馬歌：「天馬徠，歷無草。」「草」卽「皁」字，從「艸」從「早」，「草」字可染皁也，後借爲「皁隸」之「皁」。「歷」解爲槽櫪之「櫪」，言其性安馴，不煩控制也。師古解爲水草之「草」，失之。

升菴詩話卷二

夭邪

唐詩：「錢唐蘇小小，人道最夭邪。」又：「長安女兒雙髻鴉，隨風趁蝶學夭邪。」夭音歪。

不嫁惜娉婷

杜子美詩「不嫁惜娉婷」，此句有妙理，讀者忽之耳。陳後山衍之云：「當年不嫁惜娉婷，傅粉施朱學後生。不惜捲簾通一顧，怕君着眼未分明。」深得其解矣。蓋士之仕也，猶女之嫁也，士不可輕於從仕，女不可輕於許人也。着眼未分明，相知之不深也。古人有相知之深，審而始出，以成其功者，伊尹孔明是也。有相知不深，確乎不出，以全其名者，嚴光蘇雲卿是也。有相知不深，闖然以出，身名俱失者，劉歆荀彧是也。白樂天詩：「寄言癡小人家女，慎勿將身輕許人。」亦子美之意乎？

不借軍持

陸放翁詩：「遊山雙不借，取水一軍持。」不借，草鞋也，言其價賤不須借也。古今注：「漢文帝履不借以臨朝。」漢時已有此名矣。軍持，淨瓶也，出佛經。賈島送僧詩云：「我有軍持憑弟子，岳陽江裏汲寒流。」

太白懷鄉句

太白渡金門詩：「仍憐故鄉水，萬里送行舟。」送人之羅浮詩：「爾去之羅浮，余還憩峨眉。」又淮南卧病懷寄蜀中趙徵君蕤詩云：「國門遥天外，鄉路遠山隔。朝憶相如臺，夜夢子雲宅。」皆寓懷鄉之意。趙蕤，梓州人，字雲卿，精於數學，李白齊名。蘇頲薦西蜀人才疏云：「趙蕤術數，李白文章。」宋人注李詩遺其事，併附見焉。圖經云：「蕤，漢儒趙賓之後，鹽亭人，屢徵不就，所著有長短經。」

太白句法

太白詩：「天山三丈雪，豈是遠行時。」又云：「水國秋風夜，殊非遠別時。」「豈是」「殊非」，變幻二字，愈出愈奇。孟蜀韓琮詩：「晚日低霞綺，晴山遠畫眉。青青河畔草，不是望鄉時。」亦祖太白句法。

太白用徐陵詩

徐陵詩：「竹密山齋冷，荷開水殿香。」太白詩：「風動荷花水殿香。」全用其語。

太白梁甫吟

李太白梁甫吟：「手接飛猱搏彫虎，側足焦原未言苦。」蓋用尸子載中黄伯及莒國勇夫事，而楊子見蕭粹可，皆不能注，今録其全文于此。尸子曰：「中黄伯曰：『余左執太行之猱，而右搏彫虎。夫貧窮者，太行之猱也，疏賤者，義之彫虎也，而吾日遇之，亦足以試矣。』」又曰：「莒國有石焦原者，廣五十步，臨百仞之谿，莒國莫敢近也。有以勇見莒子者，獨却行齊踵焉。所以稱于世。夫義之爲焦原也，亦高矣。賢者之於義，必且齊踵，所以服一時也。」

太白用古樂府

古樂府：「暫出白門前，楊柳可藏烏。歡作沉水香，儂作博山鑪。」李白用其意，衍爲楊叛兒，歌曰：「君歌楊叛兒，妾勸新豐酒。何許最關情，烏啼白門柳。烏啼隱楊花，君醉留妾家。博山鑪中沉香火，雙煙一氣凌紫霞。」古樂府：「朝見黄牛，暮見黄牛。三朝三暮，黄牛如故。」李白則云：「三朝見黄牛，三暮行太遲。三朝又三暮，不覺鬢成絲。」古樂府云：「郎今欲渡畏風波。」李白云：「郎今欲渡緣何事，如此風波不可行。」古樂府云：「春風復多情，吹我羅裳開。」李反其意云：「春風復無情，吹我夢魂散。」古人謂李詩出自樂府古選，信矣。其楊叛兒一篇，卽「暫出白門前」之鄭箋也。因其拈用，而古樂府之意益顯，其妙益見。如李光弼將子儀軍，旗幟益精明。又如神僧拈佛祖語，信口無非妙道，豈生吞義山拆洗杜詩者比乎？

五雲太甲

杜詩：「五雲高太甲，六月曠摶扶。」注不解五雲之義，嘗觀王勃益州夫子廟碑云：「帝車南指，遁七曜于中階；華蓋西臨，藏五雲于太甲。」酉陽雜俎謂「燕公讀碑，自『帝車』至『太甲』四句，悉不解。訪之一公，一公言北斗建午㊀，七曜在南方，有是之祥，無位聖人當出，華蓋以下，卒不可悉」。愚謂老杜讀書破萬卷，自有所據，或入蜀見此碑而用此語也。晉天文志：華蓋在旁六星曰六甲，分陰陽而配節候。太甲恐是六甲一星之名，然未有考證，以一行之邃於星曆，張燕公段柯古之殫見洽聞，而猶未知焉，姑闕疑以俟博識。

㊀「午」原作「正」，據酉陽雜俎改。

五言律起句

五言律起句最難，六朝人稱謝朓工於發端。如「大江流日夜，客心悲未央」，雄壓千古矣。唐人多以對偶起，雖森嚴，而乏高古。宋周伯弜選唐三體詩，取起句之工者二：「酒渴愛江清，餘酣漱晚汀。」又「江天清更愁，風柳入江樓」是也。語誠工，而氣衰颯。余愛柳惲「汀洲采白蘋，日落江南春」；吴均「咸陽春草芳，秦帝捲衣裳」，又「春從何處來，拂水復驚梅」；梁元帝「山高巫峽長，垂柳復垂楊」；唐蘇頲「北風吹早雁，日日渡河飛」；張柬之「淮南有小山，嬴女隱其間」；王維「風勁角弓鳴，將軍獵渭城」；杜子美「將軍膽氣雄，臂懸兩角弓」；孟浩然「八月湖水平，涵虚混太清」。雖律也，而含古意，皆起句之妙，可以爲法，何必效晚唐哉？伯弜之見，誠小兒也。

五言律八句不對

五言律，八句不對，太白浩然集有之，乃是平仄穩貼古詩也。僧皎然有訪陸鴻漸不遇一首云：「移家雖帶郭，野徑入桑麻。近種籬邊菊，秋來未著花。到門無犬吠，欲去問西家。報道山中去，歸來每日斜。」雖不及李白之雄麗，亦清致可喜。

五字

郭頒世語曰：「司馬景王命中書郎虞松作表，再呈不可意。鍾會取草，爲定五字，松悦服，以呈景王。景王曰：『不當爾耶？』松曰：『鍾會也。』景王曰：『如此可大用。』」沈佺期詩「五字擢英才」，用此事也。解者以五字爲詩，誤矣。

元載韓侂胄

杜牧之河湟詩曰：「元載相公曾下筯，憲宗皇帝亦留神。旋見衣冠就東市，忽遺弓劍不西巡。」觀此，則載曾謀復河湟，史亦不言其事。愚謂元載欲復河湟，韓侂胄欲伐金虜，近日夏言欲取河套，其事則是，其時則非，其人尤非也。力小任重，鮮不仆，信哉！況三人者，取死之罪多矣，一節烏足掩之。

元微之第三歲日詠春風憑楊員外寄長安柳

「三日春風已有情，拂人頭面稍輕盈。殷勤爲報長安柳，莫惜枝條動軟聲。」第三歲日，正月初三日也。楊員外名汝士，亦詩人。此詩題甚奇，可作詩家故事。

元微之唐憲宗挽詞

「天寶遺餘事，元和盛聖功。二兇梟帳下，三叛斬都中。始服沙陀虜，方吞邏逤戎。狼星如要射，猶有鼎湖弓。」二兇謂楊惠琳李師道，傳首京師，三叛謂劉闢李錡吴元濟，斬於都市，斯亦近詩史矣。

元朝番書

元朝主中國日，用羊皮寫詔，謂之「羊皮聖旨」。其字用蒙古書，中國人亦習之。張孟詩云：「鴻濛再剖一天地，書契復見科斗文。」張光弼輦下曲云：「和寧沙中摸遨筆，史臣以代鉛槧事。百司譯寫高昌，龍蛇復見古文字。」侏儷犬羊之俗，而以科斗龍蛇稱之，蓋春秋多微辭之義也。

元次山好奇

文章好奇，自是一病，好奇之過，反不奇矣。元次山集凡十一卷，大唐中興頌一篇，足名世矣。詩如欸乃一絶已入選，春陵行及賊退示官吏，雖爲杜公所稱，取其志，非取其辭也。其餘如涸溪詩：「松膏乳水田肥良，稻苗如蒲米粒長。糜色如珈玉液酒，酒熟猶聞松節香。」又：「修竹多夾路，扁舟皆到門。」東坡常書之，然此外亦無留良矣。

元洪二子題山詩

元遺山北嶽詩：「東州死愛華不注，向在陋邦何足數。敬亭不着謝宣城，斷岸何緣比天姥。」言山水在通都，易得名也。洪震老，元人，淳安東泉山詩：「通都大邑人争馳，一泉一石小亦奇。雲深路絶無人處，縱有佳山誰得知？」言山水在僻遠，人不知也。二詩意絶相類，亦名言也。

王季友詩

王季友觀于舍人壁山水畫云：「野人宿在人家少。」唐音誤「人家」作「山家」。既云野人，何得少宿山家邪？

王融詩

「遊禽暮知返，行人獨不歸。坐銷芳草氣，空度明月輝。嚬容入朝鏡，思淚點春衣。巫山彩雲合，淇上緑條稀。待君竟不至，雙雙秋雁飛。」「想像巫山高，薄暮陽臺曲。烟雲乍捲舒，蘅芳時斷續。彼美如可期，晤言紛在矚。憮然坐相望，秋風下庭緑。」此詩多誤字，以樂府及英華玉臺新詠初學記參對定之。

王褒渡河

「秋風吹木葉，還似洞庭波。常山臨代郡，亭障繞黄河。心悲異方樂，腸斷隴頭歌。薄暮疲征馬，失道北山阿。」首二句警絶。

王邱東山詩

「高潔非養正，盛名亦險艱。智哉謝安石，携妓入東山。雲岩響金奏，空水灩朱顔。蘭露滋香澤，松風鳴珮環。歌聲入空盡，舞影到池閑。杳眇同天上，繁華非世間。卷舒混名跡，縱誕無憂患。何必蘇門嘯，冥然閉清關。」王邱，初唐人，雀鼠谷應制詩出沈宋上。此詩清新俊逸，太白之先鞭也。

王績贈學仙者

「采藥層城遠，尋師海路賒。玉壺横日月，金闕斷煙霞。仙人何處在，道士未還家。誰知彭澤也，更覓步兵邪？春釀煎松葉，秋杯泛菊花。相逢寧可醉，定不學丹砂。」此詩深有風諭於世之妄意長生者，比之朱子脱屣非難，殊爲正論，無愧文中子之友于矣。

王摩詰遺詩

王摩詰詩，今所傳僅六卷。如「輕陰閣小雨，深院晝慵開。坐看蒼苔色，欲上人衣來」一首，見於洪覺範天厨禁臠；「人家在仙掌，雲氣欲生衣」二句，見於董逌畫跋。而本集不載，則知其詩遺落多矣。

王少伯贈張荆州

「祝融之峰紫翠衡，歲如何其雪嶄岩。邑西有路緣石壁，我欲從之愁窽嵌。魚有心兮脱網罟，江無人兮鳴楓杉。王君飛鳥仍未去，蘇耽宅中意遥緘。」險韻奇句，韓文公所謂「横空盤硬語，妥帖力排奡」也。

王周嘉陵江

「嘉陵江水色，一帶柔藍碧。天女瑟瑟衣，風梭晚來織。」晚唐絶句，此殆爲冠，而洪氏唐絶不收。

王奐惆悵詞

「夢裏分明入漢宮，覺來燈背錦屏空。紫臺月落關山曉，腸斷君王信畫工。」「李夫人病已經秋，武帝來看不舉頭。修嫮穠華消歇盡，玉墀羅袂一生愁。」漢武帝思李夫人賦曰：「美連娟以修嫮兮，命勦絶而不長。」西京雜記武帝落葉哀蟬曲云：「羅袂兮無聲，玉墀兮塵生。」亦思李夫人所作也。剪裁之妙，可謂佳絶。舊本「德所穠華」，誤謬不通，劉珥江見元人刻本，定爲「修嫮」字，誠一快也。余又見陳子高演此詩爲太平時填詞，易舊句「楚魂湘血」爲「玉墀羅袂」，始爲全美，今從之。

王績野望詩

「東皐薄暮望，徙倚欲何依。樹樹皆秋色，山山惟落暉。牧人驅犢返，獵馬帶禽歸。相顧無相識，長歌懷采薇。」王無功，隋人，入唐，隱節既高，詩律又盛，蓋王楊盧駱之濫觴，陳杜沈宋之先鞭也，而人罕知之，況文中子之道德乎？乃知名亦有幸不幸，古云蓋棺事乃定，若此者，千年猶未定也。

王粲用劉歆賦語

劉歆遂初賦：「望亭隧之曒曒兮，飛旗幟之翩翩。」王粲七哀詩：「登城望亭隧，翩翩飛羽旗。」實用劉歆語。

王筠詠邊衣

王筠詠征婦裁衣行路難，其略云：「裲襠雙心共一抹，袙腹兩邊作八撮。襻帶雖安不忍縫，開孔纔穿猶未達。胸前却月兩相連，本照君心不照天。」數句敍裁衣曲折纖微，如出縫婦之口。詩至此可謂細密矣。

王建宫詞

王建宫詞一百首，至宋南渡後失去七首，好事者妄取唐人絶句補入之。「淚盡羅巾夢不成」，白樂天詩也。「鴛鴦瓦上忽然聲」，花蕊夫人詩也。「寶帳平明金殿開」，王少伯詩也。「日晚長秋簾外報」，又「日映西陵松柏枝」二首，乃樂府銅雀臺詩也。「銀燭秋光冷畫屏」及「閒吹玉殿昭華管」二首，杜牧之詩也。余在滇南見一古本，七首特全，今録於左：「忽地金輿向月陂，內人接著便相隨。却回龍武軍前過，當殿教看卧鴨兒。」唐著作佐郎崔令欽教坊記云：「左右兩教坊，左多善歌，右多工舞，外有水泊，俗號月陂，形如偃月也。」又云：「妓女入宜春苑，謂之內人，亦曰前頭人，言常在駕前也。其家在教坊，四季給米。得幸者，謂之十家。」「畫作天河刻作牛，玉梭金鑷采橋頭。每年宮女穿針夜，勑賜新恩乞巧樓。」「春來嬾困不梳頭，嬾逐君王苑北遊。暫向玉階花下立，簸錢贏得兩三籌。」「彈碁玉指兩參差，背局臨虛鬭着危。先打角頭紅子落，上三金子半邊垂。」「宛轉黃金白柄長，青荷葉子畫鴛鴦。把來不是呈新樣，欲進微風到御牀。」「供御香方加減頻，水沉山麝每回新。內中不許相傳出，已被醫家寫與人。」「藥童食後進雲漿，高殿無風扇小涼。每到日中重掠鬢，衩衣騎馬繞宮廊。」

王適詩

「忽見寒梅樹，開花漢水濱。不知春色早，疑是弄珠人。」此王適梅花詩也。唐音選之，一首足傳矣。適，唐初人。陳子昂列傳云：幽人王適見感遇詩曰：是必爲海內文宗矣。即其人也。予見蜀志載王適蜀中旅懷一首云：「有時須問影，無事則書空。棄置如天外，平生似夢中。別離同夜月，愁思隔秋風。老少悲顏駟，盈虛悟翟公。」蓋因旅遊入蜀而見子昂也。近註唐音以王適爲韓退之銘其墓者，不知開元以後安得此句法哉。不惟胸中無書，又且目中無珠，妄淺如此，何以詿爲？

王陽明紀夢詩

慎嘗反復晉書，目王導爲叛臣，頗爲世所駭異。後見崔後渠松窗雜録，亦同余見。近讀陽明紀夢詩，尤爲卓識真見，自信鄙説之有稽而非謬也。其自序曰：「正德庚辰八月廿八夕，卧小閣，忽夢晉忠臣郭景純氏以詩示予，且極言王導之姦，謂世之人徒知王敦之逆，而不知王導實陰主之。其言甚長，不能盡録，覺而書其所示詩於壁，復爲詩以紀其略。嗟乎！今距景純若千年矣，非有實惡深寃，鬱結而未暴，寧有數千載之下，尚懷憤不平若是者耶！」詩云：「秋夜卧小閣，夢遊滄海濱。海上神仙不可到，金銀宮闕尚嶙峋。中有仙人芙蓉巾，顧我宛若平生親。欣然就語下烟霧，自言姓名郭景純。攜手歷歷訴衷曲，義憤感激難具陳。切齒尤深怨王導，深姦老猾長欺人。當年王敦覬神器，導實陰主相緣夤。不然三問三不答，胡忍使敦殺伯仁。寄書欲拔太真舌，不相爲謀敢爾云。敦病已篤事已去，臨哭嫁禍復賣敦。事成同享帝王貴，事敗仍爲顧命臣。幾微隱約亦可見，世史掩覆多失真。袖出長篇再三説，覺來字字能書紳。開窗試抽晉史閲，中間事迹頗有因。因思景純有道者，世移事往千餘春。若非精誠果有激，豈得到今猶憤嗔。不成之語以筮戒，敦實氣沮竟殞身。人生生死亦不易，誰能視死如輕塵。燭微先幾炳易道，多能餘事非所論。取義成仁忠晉室，龍逢龔勝心可倫。是非顛倒古多有，吁嗟景純終見伸。御風騎氣遊八垠，彼敦之徒草木糞土臭腐同沉淪。」郭景純夢中詩：「我昔明易道，故知未來事。時人不我識，遂傳耽一技。一思王導徒，神器良久覬。諸謝豈不力，伯仁見其底。所以敦者仇，罔顧天經與地義。不然百口未負托，何忍置之於死地！我於斯時知有分，日中斬柴市。我死何足悲，我生良有以。九天一人拊膺悲，晉室諸公亦可恥。舉目山河徒歎非，攜手登亭空灑淚。王導真姦雄，千載人未議。偶感君子談中及，重與寫真記。固知倉卒不成文，自今當與頻謔戲。儻其爲我一表揚，萬世萬世萬萬世。」

王昌齡長信秋詞

「芙蓉不及美人妝，水殿風來珠翠香。却恨含情掩秋扇，空懸明月待君王。」司馬相如長門賦：「懸明月以自照兮，徂清夜於洞房。」此用其語，如李光弼將子儀之師，精神十倍矣。作詩者其可不熟文選乎？

王昌齡殿前曲

「昨夜風開露井桃，未央前殿月輪高。平陽歌舞新承寵，簾外春寒賜錦袍。」此詠趙飛燕事，亦開元末納玉環事，借漢爲喻也。

王昌齡從軍行

「秦時明月漢時關，萬里長征人未還。但得龍庭飛將在，不教胡馬度陰山。」此詩可入神品，「秦時明月」四字，横空盤硬語也，人所難解。李中溪侍御嘗問余，余曰：揚子雲賦「欃槍爲闉，明月爲堠」，此詩借用其字，而用意深矣。蓋言秦時雖遠征，而未設關，但在明月之地，猶有行役不踰時之意。漢則設關而戍守之，征人無有還期矣，所賴飛將禦邊而已，雖然，亦異乎守在四夷之世矣。

王之渙梁州歌

「黄河遠上白雲間，一片孤城萬仞山。羌笛何須怨楊柳，春光不渡玉門關。」此詩言恩澤不及於邊塞，所謂君門遠於萬里也。薛能柳枝詞「和花香雪九重城」，亦此意。「光」一作「風」。

王雪山論詩

王雪山云：「詩人偶見鵲有空巢，而鳩來居，談詩者，便謂鳩性拙不能爲巢，而恒居鵲之巢，此談詩之病也。」今按詩人興況之言，鳩居鵲巢，猶時曲云「烏鴉奪鳳巢」耳，非實事也。今便謂烏性惡，能奪鳳巢，可乎？「食我桑葚，懷我好音」，亦美其地也，而註者便謂桑葚美味，鴞食之而變其音。鴞不食葚，試養一鴞，經年以葚食之，亦豈能變其音哉！今俗諺云「螞蟻戴籠頭」，例此言，亦可言蟻著轡可駕乎！宋人不知比興，遂謬解若此，儒生白首誦之，而不敢非，可怪也。王雪山，南宋人。

方澤杜常

詩話云：杜常方澤，在唐詩人中，名姓不顯，而詩句驚人，今惟存華清宮一首。孫公談圃亦以爲宋人，近註唐詩三體者，亦引談圃，而不正指其非唐人，蓋不欲顯選者之失耳。予又見范蜀公文集中有手記一卷，記其一時交游名流，中有杜常名姓，下註曰：「詩學。」又宋史有杜常傳云：杜常，太后之姪，能詩。以史與談圃手記參之，爲宋人無疑矣。如唐詩鼓吹以宋胡宿詩入唐選。宿在宋史有傳，文集今行於世，所選諸詩在焉，觀者不知其誤，何耶？鼓吹之選，皆晚唐之最下者，或疑非遺山，觀此益知其僞也。按此節與卷五杜常華清宮條小異，並存之。

丹的

潘岳芙蓉賦：「丹輝拂紅，飛須垂的。斐披艴赫，散焕熠爚。」的，子藥切，婦人以丹注面也。

吳才老解爲「指的」，非。

平楚

謝朓詩：「寒城一以眺，平楚正蒼然。」楚，叢木也。登高望遠，見木杪如平地，故云平楚，猶詩所謂平林也。陸機詩「安轡遵平莽」，謝語本此。唐詩「燕掠平蕪去」，又「遊絲蕩平綠」，又因謝詩而衍之也。

北走

李文正嘗與門人論詩曰：「杜子美詩『北走關山開雨雪』與『胡騎中宵堪北走』，兩『北走』字同乎？」愼對曰：「按字書，疾趨曰走，上聲，驅之走曰奏，去聲。北走關山，疾走之走也，如漢書『北走邯鄲道』之走。胡騎北走，驅而走之也，如漢書『季布北走胡』之走是，疑不同。」先生曰：「爾言甚辨，然吾初無此意。」盧師邵侍御在側曰：「恐杜公亦未必有此意。」蓋如此解詩，似涉於太鑿耳。

甘泉歌

秦始皇作驪山陵，周迴跨陰盤縣，界水背陵障，使東西流，運大石於渭北，諸民怨之，作甘泉之歌云：「運石甘泉口，渭水不敢流。千人唱，萬人謳，金陵餘石大如塸。」此歌見三秦記。余編風雅逸編，秦以前古歌謡，搜括無遺，而乃復遺此。刻梓已行，不容竄入，遂筆於此，信乎纂録之難周也。

升菴詩話卷三

打油詩

小市水漲，妓居北巖寺，黠少年作詩曰：「水漲倡家住得高，北巖和尚得鬆腰。丟開般若經千卷，且説風流話幾條。最喜枕邊添耍笑，由他岸上湧波濤。師徒大小齊聲祝，願得明年又一遭。」亦可笑。

皮日休館娃宫懷古

「響屧廊中金玉步，採香徑裏綺羅身。不知水葬歸何處，溪月彎彎欲效顰。」杜牧之詩：「西子下姑蘇，一舸逐鴟夷。」後人遂謂范蠡載西施以去，然不見其所據。余按墨子云：「西施之沉，其美也。」蓋勾踐平吴後，沉之於江也，又兼此詩可證。李義山景陽井一首，亦叶此意。

令狐楚塞上曲

「陰磧茫茫塞草腓，桔槔烽上暮烟飛。交河北望天連海，蘇武曾將漢節歸。」令狐楚與王涯張仲素同時爲中書省舍人，其詩長于絶句，號「三舍人詩」，同爲一集。

仙女湘妃廟

「碧杜紅蘅縹渺香，冰絲彈月弄新涼。峯巒到曉渾相似，九處堪疑九斷腸。」此詩出塵絶俗，信非食煙火人語也。

戎昱霽雪詩

「風捲殘雲暮雪晴，江烟洗盡柳條青。簷前數片無人掃，又得書窗一夜明。」暗用孫康事，妙。

玉華仙子歌

李康成玉華仙子歌：「璇階電綺閣，碧題霜羅幙。」蔡孚打毬篇：「紅鬣錦鬉風騄驥，黄駱絲鞭電紫騮。」以電霜風雷實字爲眼，工不可言，惟初唐有此句法。

玉瑕錦纇

杜詩七言律，如玉臺觀第三句「遂有馮夷來擊鼓」，第七句「更有紅顔生羽翼」，寄馬巴州首句「勳業終歸馬伏波」，第五句「獨把漁竿終遠去」，猶王右軍書帖多誤字，皆玉瑕錦纇，不可效尤也。今之臨文荒率者，動以二公爲口實，是壽陵學邯鄲之步，良可笑哉！

半山用字

王半山文：「梁王墜馬，賈傅自傷；門人泔魚，曾子垂涕。」又詩曰：「泔魚已悔當年事，搏虎方驚此日身。」泔魚事出荀子，云：「曾子食魚，有餘，曰：『泔之。』門人曰：『泔之傷人，不若奥之。』曾子泣涕曰：『有異心乎哉！』傷其聞之晚也。」左傳：「林楚怒焉，及衢而騁。」莊子「草木怒生」，又說「大鵬怒而飛，其翼若垂天之雲」。林希逸曰：「莊子好用一怒字。」王介甫詩「山木悲鳴水怒流」，此老善用古人好字面。

半山用王右丞詩

王維書事詩：「輕陰閣小雨，深院晝慵開。坐看蒼苔色，欲上人衣來。」洪覺範天厨禁臠云：「此詩含不盡之意，子由所謂不帶聲色者也。」王半山亦有絶句，詩意頗相類。按半山詩云：「山中十日雨，雨晴門始開。坐看蒼苔文，欲上人衣來。」蔡正孫編詩林廣記，乃以「若耶溪上踏莓苔」一首當之，謬矣。

半江

近傳邵文敬「半江帆影落樽前」之句，以爲奇絶，遂號爲邵半江。然唐趙嘏詩「半江帆盡見分流」之句，宋米元章亦云「六朝山色落樽前」，已落前人第二矣。

半豹

郭頒世語云：「殷仲文讀書，若半袁豹，則筆端不減陸士衡。」蓋惜其有才而寡學也。李商隱四六啓云：「學殊半豹，藝愧全牛。」

右丞詩用字

王右丞詩：「暢以沙際鶴，兼之雲外山。」孟浩然云：「重以觀魚樂，因之鼓枻歌。」雖用助語辭，而無頭巾氣。宋人黄陳輩效之，如：「且然聊爾耳，得也自知之。」又如：「命也豈終否，時乎不暫留。」豈止學步邯鄲，效顰西子，乃是醜婦生瘡，雪上再霜也。

石湖妙句

范石湖初夏詩：「雪白茶䕷紅寶相，尚攜春色見薰風。」靈巖詩：「雪浪長風三萬頃，蒼烟古木二千秋。」白玉樓步虚詩序甚工，類畫記。

石碣陽鐫額

東皐雜録云：「漢碑，額多篆，身多隸，隸多凹，篆多凸，惟張平子碑則額與身皆篆也。」慎按：三代鍾鼎文有款識，隱起而凸曰款，以象陽；中陷而凹曰識，以象陰。刻之印章，則陽文曰朱文，陰文曰白文；蓋古今金石同一例也。劉禹錫宜城歌云：「花臺側生樹，石碣陽鐫額。」不見漢碑，不知此何爲何説也。

石蛣卸亭

唐人送元中丞江淮轉運詩一首，王維錢起集皆有之，其云：「去問珠官俗，來經石蛣春。東南卸亭上，莫使使或作問。有風塵。」用事頗隱僻。石蛣，用荀子「紫蛣魚鹽」及文選「石蛣應節而揚葩」事也。卸亭，吴大帝駐輦所憩，後人建卸亭，在晉陵，庾信詩「卸亭一回望，風塵千里昏」是也。今刻本或改「石蛣」作「右却」，「卸亭」或改作「衍亭」，轉刻轉誤，漫一正之。

石苔可踐

陰王無功詩：「石苔應可踐，叢枝幸易攀。清溪歸路直，乘月醉歌還。」閑詠此詩，有疑難者曰：「石苔之滑，踐之豈不顛？」余曰：「非也，觀詩中一幸字，便得其解，蓋言石苔本難踐，幸有叢枝可攀援耳。」古人用意，須三思乃得之。謝靈運詩：「苔滑誰能步，葛弱豈可捫？」此反其意。唐杜審言詩：「攀崖踐苔易，迷路出花難。」又順用無功詩意也。章後齋聞予此言，所見畧同，因成一絶，見本集。

石尤風

郎士元留盧秦卿詩云：「知有前期在，難分此夜中。無將故人酒，不及石尤風。」石尤風，打頭逆風也。行舟遇之，則不行。此詩意謂行舟遇逆風則住，故人置酒而以前期爲辭，是故人酒不及石尤風矣，語意甚工。近人吳中刻唐詩，不解石尤風爲何語，遂改作古淳風，可笑又可恨也。

石城樂

石城樂，宋臧質作。碧玉歌一名千金意，晉孫綽作。慕容攀牆視，慕容垂作。樂府皆失其名，當表出之。胡應麟曰：「按慕容攀視三首，殊不類垂作，蓋當時童謡耳。」

石屏奇句

宋人詩話稱戴石屏「春水渡傍渡，夕陽山外山」，以爲奇句。余觀唐韓君平「夕陽山向背，春草水東西」，意同而語尤工。

四言詩

劉彦和云：「四言正體，雅潤爲本；五言流調，清麗居宗。」鍾嶸云：「四言文約義廣，取效風雅，便可多得，每苦文繁而意少，故世罕習焉。」劉潛夫云：「四言尤難，三百篇在前故也。」葉水心云：「五言而上，世人往往極其才之所至，而四言詩，雖文辭巨伯，輒不能工。」合數公之説論之，所謂易者，易成也；所謂難者，難工也。方元善取韋孟諷諫云「誰謂華高，企其齊而。誰謂德難，厲其庶而」，以爲使經聖筆，亦不能删，過矣。此不過步驟河廣一章耳。予獨愛公孫乘月賦：「月出皎兮，君子之光。君有禮樂，我有衣裳。」張平子西京賦：「豈伊不虔，思放天衢。豈伊不懷，歸于枌榆。天命不慆，疇敢以渝。」隸釋載漢碑唐扶頌：「如山如岱，嵩如不傾。如江如河，澹如不盈。」其句法意味，真可繼三百篇矣。或曰：「唐山夫人房中樂歌何如？」曰：「是真可以繼關雎，不當以章句摘也。」曰：「然則曹孟德『月明星稀』，嵇叔夜『目送歸鴻』，何如？」曰：「此直後世四言耳，工則工矣，比之三百篇，尚隔尋丈也。」

四言詩自然句

江淹別賦：「春草碧色，春水緑波。送君南浦，傷如之何。」取諸目前，不雕琢而自工，可謂天然之句。他如梁元帝：「秋水文波，秋雲似羅。」唐羅昭諫蟋蟀賦：「美人在何？夜影流波。與子佇立，徘徊思多。」抑其次也。近世知學六朝初唐，而以餖飣生澀爲工，漸流于不通，有改「鶯啼」曰「鶯呼」，「猿嘯」曰「猿唳」，爲士林傳笑，安知此趣耶？

四嬋娟

孟東野詩：「花嬋娟，泛春泉。竹嬋娟，籠曉煙。雪嬋娟，不長妍。月嬋娟，真可憐。」其辭風華秀豔，有古樂府之意。雪嬋娟，今本或作妓嬋娟，非也。余嘗令繪工繪此爲四時嬋娟圖，以花當春，以竹當夏，以月當秋，以雪當冬也。

白渠歌

「田于何所？池陽谷口。鄭國在前，白渠在後。舉鍤成雲，決渠爲雨。水流竈下，魚躍入釜。

涇水一石，其泥數斗。且溉且糞，長我禾黍。衣食京師，百萬餘口。」漢紀所載比漢書多「水流」「魚跳」二句。

白苧舞

韻語陽秋曰：「宋書樂志有白苧舞。」樂府解題謂白苧曰：「質如輕雲色如銀，製以爲袍餘作巾，袍以光軀巾拂塵。」王建云：「新縫白苧舞衣膩，來遲要得吳王迎。」元稹云：「西施自舞王自管，白苧翩翻鶴翎散。」則白苧，舞衣也。王建云：「新換霓裳月色裙。」豈霓裳羽衣舞亦用白邪？柘枝舞起於南蠻諸國，而盛於李唐，傳於今者，尚其遺制也。章孝標云：「柘枝初出鼓聲招，花鈿羅裙聳細腰。」言當招之以鼓。而鄭在德詩云：「三敲畫鼓聲催急，一朵紅蓮出水遲。」則所用者一人而已。法振詩云：「畫鼓催來錦臂攘，小娥雙起整霓裳。」則所用又二人。按樂苑用一女童，帽施金鈴，抃轉有聲，其來也於蓮花中藏，花折而後見，則當以一人爲正，今或用五人，與古小異矣。

白頭烏

三國典略曰：「侯景篡位，令飾朱雀門，其日有白頭烏萬計，集于門樓。童謠曰：『白頭烏，拂朱雀，還與吴。』」杜工部詩：「長安城頭頭白烏，夜上延秋門上呼。」蓋用其事，以侯景比禄山也。而千家註不知引此。

白蓮詩

陸魯望白蓮詩：「素蘤多蒙别豔欺，此花端合在瑶池。無情有恨何人見，月曉風清欲墮時。」觀東坡與子帖，則此詩之妙可見。然陸此詩祖李長吉，長吉詠竹詩云：「斫取青光寫楚辭，膩香春粉黑離離。無情有恨何人見，露壓煙籠千萬枝。」或疑無情有恨不可詠竹，非也。竹亦自嫵媚，孟東野詩云：「竹嬋娟，籠曉煙。」左太沖吴都賦詠竹云：「嬋娟檀欒，玉潤碧鮮。」合而觀之，始知長吉之詩之工也。

白樂天酬嚴給事玉蕊花

「嬴女偷乘鳳去時，洞中潛歇弄瓊枝。不緣啼鳥春饒舌，青瑣仙郎可得知。」此豈老嫗能解者。

白樂天暮江吟

「一道殘陽鋪水中，半江瑟瑟半江紅。可憐九月初三夜，露似真珠月似弓。」詩有丰韻，言殘陽鋪水，半江之碧，如瑟瑟之色。半江紅，日所映也，可謂工緻入畫。

司空圖論詩

「陳杜濫觴之餘，沈宋始興之後，傑出於江寧，宏思於李杜，極矣！右丞、蘇州趣味澄敻，若清沇之貫達。大曆十數公，抑又其次，元白力勁而氣孱，乃都市豪估耳。劉公夢得、楊公巨源，亦各有勝。劉德仁時得佳致，亦足滌煩。」又曰：「王右丞韋蘇州，澄澹精緻，格在其中，豈妨於遒舉哉？賈浪仙誠有警句，觀其全篇，意思殊餒，大抵附於蹇澀，方可致才，亦爲體之不備也。」其論皆是。而推尊右丞、蘇州，尤見卓識，宜其一鳴於晚唐也。其文集罕傳，余家有之，特標其論詩一節。又有韻語云：「自知非詩，詩未爲奇。奇研昏練，爽戛魄凄。神而不知，知而難狀。揮之八垠，卷之萬象。河渾沇清，放恣從橫。濤怒霆蹴，掀鼇倒鯨。鑱空擢壁，琤冰擲戟。鼓煦呵春，霞溶露滴。鄰女自嬉，補袖而舞。色絲屢空，續以麻絇。鼠革丁丁，焮之則穴。蟻聚汲汲，積而隤凸。上有日星，下有風雅。歷詆自是，非吾心也。」其目曰詩賦，首句言「自知非詩」，乃是詩也；謂「未爲奇」，乃是奇也。句法亦險怪。胡致堂評其清節高致，爲晚唐第一流人物，信矣。圖字表聖，避亂居王官谷。

司空圖狂歌

「昨日流鶯今日蟬，起來又是夕陽天。六龍飛轡長相窘，何忍臨岐更着鞭。」此戒人之嗜欲傷生者也。申包胥曰：「人生實難，有不獲其死者乎？」蔡洪曰：「六龍非我馬，白日非我燭。」亦是此意。

司空圖聽雨

「半夜思家睡裏愁，雨聲落落屋簷頭。照泥星出依前黑，淹爛庭花不肯休。」古諺云：「乾星照濕土，來日依舊雨。」

司空圖重陽阻雨

「重陽阻雨獨銜盃，移得山家菊未開。猶勝登高閑望斷，孤烟殘照馬嘶回。」亦得閉户静中之趣。

司空圖馮燕歌

「魏中義士有馮燕，游俠幽并最少年。避讐偶作滑臺客，嘶風躍馬來翩翩。此時恰遇鶯花月，堤上軒車晝不絶。兩面高樓笑語聲，指點行人情暗結。擲果潘郎誰不慕，朱門別見紅妝露。故故推門掩不開，似教歐軋傳言語。馮生敲鐙袖籠鞭，半拂垂楊半惹烟。樹間青鳥知人意，的的心期暗與傳。傳道張嬰偏嗜酒，從此春閨爲我有。梁間客燕正相欺，屋上鳴鳩空自鬬。嬰歸醉卧非讐汝，豈知負過人懷懼。燕依户扇欲潛逃，巾在枕傍指令取。誰言狼戾心能一作難。忍，待我情深情不隱。回身本爲取巾難，倒柄方知授霜刃。馮君拊劍即持一作遲。疑，自顧平生心不欺。爾能負彼必相負，假手他人誰在誰㊀。窗間紅艷猶可掬，熟視花鈿情不足。唯將大義斷胸襟，粉頸初迴如切玉。鳳皇釵碎各分飛，怨魄嬌魂何處歸？淩波若唤游金谷，羞被揶揄淚滿衣。新人藏匿舊人起，白晝喧呼駭鄰里。誣執張嬰不自明，貴免生前遭拷捶。官將赴市擁紅塵，掉臂人來擗看人。傳聲莫遣有寃濫，盜殺嬰家即我身。初聞僚吏翻憂歎，集作憂，疑非。呵叱風狂詞不變。縲囚解縛自猶疑，疑是夢中方集作云。脱免。未死勸君莫浪言，臨危不顧始知難。已爲不平能割愛，更將身命救深寃。白馬賢侯賈相公，長懸金帛募才雄㊁。拜章朗讀集作請贖。馮燕罪，千古三河激義風。黄河東注無時歇，注盡波瀾名不滅。爲感詞人沈下賢，長歌更與分明説。此君精爽知猶在，長與人間留炯戒。鑄作金燕香作堆，焚香酹酒聽歌來。」麗情集作沈亞之歌，中亦云「爲感詞人」云云。下賢，亞之字也。

㊀「手」原作「首」，據全唐詩改。　㊁「募」原作「慕」，據全唐詩改。

古詩二言至十一言

黄帝彈歌「斷竹，屎木，飛土，逐肉」，二言之始也。詩頌「振振鷺，鷺于飛。鼓咽咽，醉言歸」，三言之始也。「鬱陶乎予心」，「顔厚有忸怩」，五言之始也。詩雅「我不敢效我友自逸」，八言之始也。杜詩「男兒生不成名身已老」，九言也。東坡詩「山中故人應有招我歸來篇」，十言也。李太白「黄帝鑄鼎於荆山鍊丹砂，丹砂成騎龍飛上太清家」，十一言也。「我不敢效我友自逸」，亦可作兩句，若長吉「酒不到劉伶墳上土」八言，一句渾全。

古詩

「客從北方來，言欲到交阯。遠行無他貨，惟有鳳皇子。百金我不欲，千金難爲市。久在籠中居，羽儀紛不理。放之飛翺翔，何時到故里。」此漢無名氏詩也。以爲王羲之，非也。

又

古詩：「文綵雙鴛鴦，裁爲合歡被。著以長相思，緣以結不解。」著，昌慮切。鄭玄儀禮注：「著，充之以絮也。」緣以絹也，鄭玄禮記注：「緣，飾邊也。」長相思，謂以絲縷絡綿交互網之，使不斷，長相思之義也。結不解，按説文結而可解曰紐，結不解曰締。締謂以針縷交鎖連結，混合其縫，如古人結綢繆，同心製，取結不解之義也。既取其義以著愛而結好，又美其名曰相思，曰不解云。合歡被，宋趙德麟侯鯖録有解。會而觀之，可見古人詠物托意之工矣。

古詩十九首拾遺

「閨中有一婦，搗衣寄遠人。深夜不安寢，杵聲聞四鄰。夫壻從軍久，别離無冬春。欲寄向何處，邊塞多風塵。蘭茝徒芬香，無由近君身。」此古詩十九首之遺也。鍾嶸云「古詩凡四十餘首」，陸機所擬十餘首，至梁昭明選十九首，其餘有見於樂府及玉臺新詠者，若「上山採蘼蕪」，「橘柚垂華實」，「紅塵蔽天地」，「十五從軍征」，「四坐且莫諠」，「悲與親友别」，「穆穆清風至」，「蘭若生春陽」，「步出城東門」，「白楊初生時」，凡十首，皆首尾全。近又閲類要及北堂書鈔修文殿御覽會合叢殘得此首，其碎句無首尾者，載之於詩話補遺。

古歌銅雀詞

「長安城西雙員闕，上有一雙銅雀宿。一鳴五穀生，再鳴五穀熟。」此詩文選註所引有缺字，今考太平御覽足之。劉禹錫詩：「銅雀應豐年。」

古詩用古韻

南平王劉鑠過歷山湛長史草堂詩云：「兹山蘊靈詭，憑覽趣亦贍。九峯相接連，五渚逆縈浸。層阿疲且引，絶嵓暢方禁。溜泉夏更寒，林交晝長蔭。伊予久緇涅，復得味苦淡。願逐安期生，於焉愜高枕。」「贍」音「慎」，「淡」「枕」與「浸」「蔭」，皆相叶爲韻，蓋用古韻也。又庾信喜晴應詔詩云：「御辯誠膺籙，維皇稱有建。柏梁驂四馬，高陵馳六傳。河堤崩故柳，秋水高新堰。王城水鬭息，洛浦河圖獻。伏泉還習坎，陰風已回巽。桐枝長舊圍，蒲節抽新寸。山藪欣藏疾，幽棲得無悶。有慶兆民同，論年天子萬。」亦古韻也。吴才老韻補，自謂博極羣書，而不引此，何邪？劉鑠，字休玄，文選載其擬古二首，其别詩惟見此首耳。湛長史，名茂之，其酬休玄詩云：「閉户守玄漠，無復車馬跡。衰廢歸邱樊，歲寒見松柏。身斲淮陽老，名忝梁園客。習隱非市朝，追賞在山澤。離離插天樹，磊磊間雲石。將此怡一生，傷哉駒過隙。」六朝詩今罕傳，併紀於此。

古今樂録

宋武帝出遊鍾山，幸何美人墓，朱碩仙歌曰：「爲憶所歡時，緣山破芿荏。山神感儂意，磐石鋭峯動。」帝不悦曰：「小人弄我。」時朱子尚亦善歌，復爲一曲曰：「曖曖日欲暝，觀騎立踟蹰。太陽猶尚可，且願停斯須。」於是並蒙賞。按「荏」音「宂」，蓋方言也。

古行路難

「千門皆閉夜何央，百憂俱集斷人腸。探揣箱中取刀尺，拂拭機上斷流黄。情人逐情雖可恨，傷㒵邊遠乏衣裳。已繰一繭催衣縷，復擣百和熏衣香。猶悵舊時腰大小，不知今日身短長。裲襠雙心共一抹，袙複兩邊作八攝。襻帶雖安不忍縫，開孔才穿猶未達。胸前却月兩相連，本照君心不照天。願君分明得此意，勿復流蕩不如先。含悲蓄怨判不死，封情忍思待明年。」此詩敍寄衣而細微曲折，如出縫婦之口，詩至此可謂細密矣。

古鏡詩

「我有古時鏡，初自壞陵得。蛟龍猶泥塗，鬼魅幸月蝕。」無名氏作，見梁書。

古胡無人行

「望胡地，何險側。斷胡頭，脯胡臆。」此古詞雖不全，然李太白作胡無人尾句全效，而注不知引。又郭氏樂府亦不載，蓋止此四句，而餘亡矣。

古字窺作闚

古字「窺」作「闚」。論語：「闚見室家之好。」易：「闚觀，利女貞。」史記：「以管闚天。」莊子：「上闚青天。」陸賈新語：「楚王作乾谿之臺闚天文。」潘岳閑居賦：「闚天文之秘奥。」杜詩「天闚象緯逼」，正用上數語，不識古字者，改爲「天闕」。王安石云「天閱」，黄山谷亟贊其是，東坡云：「只是怕他。」

古書不可妄改

古書不可妄改，聊舉二端。如曹子建名都篇：「膾鯉臇胎蝦，寒鱉炙熊膰。」此舊本也。五臣妄改作「炰鱉」。蓋「炰鱉膾鯉」，毛詩舊句，淺識者孰不以爲「寒」字誤而從「炰」字邪？不思「寒」與「炰」字形相遠，音呼又别，何得誤至於此？文選李善注云：「今之時餉謂之寒，蓋韓國饌用此法。」鹽鐵論「羊淹雞寒」，崔駰傳亦有「雞寒」，曹植文「寒鵠蒸麑」，劉熙釋名「韓雞爲正」，古字「寒」與「韓」通也。王維老將行「恥令越甲鳴吾君」，此舊本也。近刊本爲不知者改作「吴軍」，蓋「越甲吾君」，似是連對，不思前韻已有「詔書五道出將軍」，五言古詩有用重韻，未聞七言有重韻也。維豈謬至此邪！按劉向說苑：「越甲至齊，雍門子狄請死之，曰：『昔者王田於囿，左轂鳴，車右請死之，曰：「吾見其鳴吾君也。」今越甲至，其鳴君，豈左轂之下哉！』」正其事也。見其事與字之所出，始知改者之妄。

古蜡祝丁零威歌遺句

禮記蠟祝辭云：「土反其宅，水歸其壑，昆蟲無作，草木歸其澤。」而蔡邕獨斷又有「豐年若土，歲取千百」。增此二句，義始足。丁零威歌：「城郭是，人民非，何不學仙冢纍纍？」而修文御覽所引云：「何不學仙去，空伴冢纍纍。」增此三字，文義始明，書所以貫乎博考也。

古賦形容麗情

九歌「滿堂兮美人，忽獨與予兮目成」，宋玉招魂「娭光眇視目曾波」，相如賦「色授魂與，心愉於側」，枚乘菟園賦「神連未結，已諾不分」，陶淵明閑情賦「瞬美目以流盼，含言笑而不分」，曲盡麗情，深入冶態，裴硎傳奇，元氏會真，又瞠乎其後矣，所謂「詞人之賦麗以淫」也。

古梅

蕭東之古梅二絶云：「湘妃危立凍蛟背，海月冷掛珊瑚枝。醜怪驚人能嫵媚，斷魂只有曉寒知。」其二云：「百千年蘚着枯樹，一兩點春供老枝。絶壁笛聲那得到，只愁斜日凍蜂知。」甚有風裁。

汃月朽月

蜀西南多雨，名曰漏天，杜子美詩「鼓角漏天東」，又「徑欲誅雲師，疇能補天漏」是也。自秋分後遇壬謂之入霑，吴下曰入液。宋黄仁傑夔州苦雨詩：「九月不虚爲朽月，今年賴得是豐年。」汃音讀爲怕，平聲。東方傳諸語云：「令壺齟，老柏塗。」塗與汃同，註云丈加切，其下解云：「塗者，漸洳徑也。」亦雨濕泥濘之義。爾雅：「十二月爲畢。」塗月汃月之諺雖俗，其音義字形，亦遐而尚矣。

羊腸熊耳

庾開府詩：「羊腸連九坂，熊耳對雙峰。」鮑照詩：「二崤虎口，九折羊腸。」可謂工矣。比之杜工部「高鳳聚螢，驥子鶯歌」之句，則杜覺偏枯矣。

行道遲遲

詩「行道遲遲，中心有違」，思致微婉。紫玉歌所謂「身遠心邇」，洛神賦所謂「足往神留」，皆祖其意。

米元章

米元章之書法，人皆知之，其詩律之妙，人或不盡知也。予愛其望海樓一詩云：「雲間鐵瓮近青天，縹緲飛樓百尺連。三峽江聲流筆底，六朝帆影落樽前。幾番畫角催紅日，無事滄洲起白烟。忽憶賞心何處是，春風秋月兩茫然。」又詠潮云：「怒氣號聲迸海門，州人傳是子胥魂。天排雲陣千家吼，地擁銀山萬馬奔。勢與月輪齊朔望，信如壺漏報朝昏。吴亡越霸成何事，一唱漁歌過遠村。」又垂虹亭一絶云：「斷雲一葉洞庭帆，玉破鱸魚霜破柑。好作新詩繼桑苧，垂虹秋色滿東南。」

托物起興

昔崔延伯每臨陣，則令田僧起爲壯士歌，然後單馬入陣，所向無前，至僧起死，則不復能戰。宋子京修唐書，爇二椽燭，妾媵夾侍，望之如神仙。吴元中居翰苑，每草制誥，則使婢遠山磨墨，運筆措詞，宛若畫，此所謂托物起興，仗境生法也。

百東坡

東坡泛潁詩：「散爲百東坡，頃刻復在兹。」劉須溪謂本傳燈録，按傳燈録良价禪師因過水睹影而悟，有偈云：「切忌從他覓，迢迢與我疏。我今獨自往，處處得逢渠。渠今正是我，我今不是渠。」

竹香

杜子美竹詩：「雨洗娟娟净，風吹細細香。」李長吉新笋詩：「斫取青光寫楚詞，膩香春粉黑離離。」又昌谷詩：「竹香滿凄寂，粉節塗生翠。」竹亦有香，細嗅之乃知。

升菴詩話卷四

竹笋江魚

杜子美送人迎養詩：「青青竹笋迎船出，白白江魚入饌來。」用孟宗姜詩事。韋蘇州送人省覲亦云：「沃野收紅稻，長江釣白魚。」又云：「洞庭摘朱果，松江獻白鱗。」然杜不如韋多矣，青青字自好，白白近俗，有似兒童「白白一羣鵝，被人趕下河」之謠也，豈大家語哉？

竹枝詞

元楊廉夫竹枝詞，一時和者五十餘人，詩百十餘首。余獨愛徐延徽一首云：「盡説盧家好莫愁，不知天上有牽牛。賸抛萬斛臙脂水，溜向銀河一色秋。」

伏毒寺詩

杜詩：「鄭國伏毒寺，瀟洒在江心。」劉禹錫詩：「曾作關中客，頻經伏毒岩。晴煙沙苑樹，曉日渭川帆。」

帆字音

帆字，符咸切，舟上幔也。又扶泛切，使風也。舟幔則平聲，使風則去聲，蓋動静之異也。劉熙釋名曰：「隨風張幔曰帆。」註去聲。廣韻曰：「張布障風曰帆，音與梵同。」左傳宣十三年註：「拔旆投衡上，使不帆風。」謂車旆之受風，若舟帆之帆風也。舟帆之帆平聲，帆風之帆去聲。疏云：「帆是扇風之名。」孫綽子曰：「動不中理，若帆舟而無柁。」南史：「因風帆上，前後連烟。」荆州記云：「宫亭湖廟神能使湖中分風而帆南北。」晉湛方生有帆入南湖詩，又有還都帆詩，謝靈運有遊赤石進帆海詩，劉孝威有帆渡吉陽洲詩。選詩「無因下征帆」；徐陵詩「南茨大艦，北帆清湘」；劉删詩「迴艫乘派水，舉帆逐分風」；張曲江詩「征鞍税北渚，歸帆指南陲」；張燕公詩「離魂似征帆，常往帝鄉飛」；趙冬曦詩「帝城馳夢想，歸帆滿風飈」；杜詩「浦帆晨初發」；韓退之詩「無因帆江水」；包何詩「錦帆乘風轉，金裝照地新」；孟浩然詩「嶺北迴征帆，巴東問故人」；徐安身詩「暮雨衣猶濕，春風帆正開」。近蘇州刻孟詩，改「征帆」爲「征棹」，何仲默笑曰：「征帆改征棹，錦帆亦改曰錦棹，可乎？」蓋淺學妄改，非初誤也。

同能不如獨勝

孫位畫水，張南本畫火，吴道玄畫，楊繪塑，陳簡齋詩，辛稼軒詞，同能不如獨勝也。太白見崔顥黄鶴樓詩，去而賦金陵鳳凰臺。

劣唐詩

學詩者動輒言唐詩，便以爲好，不思唐人有極惡劣者，如薛逢戎昱，乃盛唐之晚唐。晚唐亦有數等，如羅隱杜荀鶴，晚唐之下者；李山甫盧延遜，又其下下者，望羅杜又不及矣。其詩如「一個襴衡容不得」，又「一領青衫消不得」之句。其他如「我有心中事，不向韋三説。昨夜洛陽城，明月照張八」，又如「餓貓窺鼠穴，饑犬舐魚砧」，又如「莫將閒話當閒話，往往事從閒話生」，又如「水牛浮鼻渡，沙鳥點頭行」，此類皆下淨優人口中語，而宋人方採以爲詩法，入全唐詩話，使觀者曰，是亦唐詩之一體也。如今稱燕趙多佳人，其間有跛者，眇者，瓶甕者，疥且痔者，乃專房寵之曰是亦燕趙佳人之一種，可乎？

多景樓　周繇

「盤江上幾層，峭壁半垂藤。殿鎖南朝像，龕禪外國僧。海濤春砌檻㊀，山雨灑窗燈。日暮疏鐘起，聲聲徹廣陵。」又：「每日憐晴眺，閒吟只自娱。山從平地有，水到遠天無。老樹多封楚，輕烟暗染吴。雖居此廊下，入户亦踟躕。」此二詩勝張祜金山詩，而人罕稱之。

㊀「春」原作「舂」，據函海本改。

任希古和七月七日臨昆明池

「秋風始摇落，秋水正澄鮮。飛眺牽牛渚，激賞鏤鯨川。岸珠淪曉魄，池灰斂曙煙。泛槎分寫漢，儀星別搆天。雲光波處動，日影浪中懸。驚鴻結蒲弋，遊鯉入莊筌。萍葉疑江上，菱花似鏡前。長林代輕幄，細艸即芳筵。文華開翠激，筆海控清漣。不挹蘭尊聖，空仰桂舟仙。」此詩工致嚴密，杜詩「石鯨鱗甲」之句實祖之，結句尤工。

成文幹中秋月

「王母妝成鏡未收，倚闌人在水精樓。笙歌莫占清光盡，留與溪翁下釣舟。」此厭繁華而樂清静之意。鄭谷春草詩「香輪莫碾青青破，留與遊人一醉眠」，亦此意也。

吕用之

唐吕用之在維揚日，佐高駢專權擅政。有商人劉損妻裴氏，有國色，用之以陰事搆取。損憤惋，因成詩三首，曰：「寶釵分股合無緣，魚在深淵日在天。得意紫鸞休舞鏡，斷踪青鳥罷銜錢。金盃傾覆難收水，玉軫傾攲懶續絃。從此蘼蕪山下過，只應將淚比流泉。」「鸞辭舊伴知何止，鳳得新梧想稱心。紅粉尚殘休羃羃，白雲將散信沉沉。已休磨琢投期玉，嬾更經營買笑金。願作山頭似人石，丈夫衣上淚痕深。」「舊嘗遊處徧尋看，睹物傷情死一般。買笑樓前花已謝，畫眉窗下月空殘。雲歸巫峽音容斷，路隔星河去住難。莫道詩成無淚下，淚如泉涌亦須乾。」詩成，吟咏不輟。一日晚，見一虬髯老叟，行步迅疾，眸光射人，揖損曰：「子衷心有何不平之事？」損具對之，叟夜果入用之家，化形於斗拱之上，叱用之曰：「所取劉氏之妻併其寶貨，速還之，否則隨刃落矣。」用之驚惶，夜遣幹事齎金併裴氏還損，損夜從舟去，虬髯亦無蹤跡。

呂温題陽人城

「忠驅義感卽風雷，誰道南方乏武才。天下起兵誅董卓，長沙子弟最先來。」呂東萊麗澤編取此詩。伍子胥兵法云：「天無陰陽，地無險易，人無勇怯。將有智愚，算有多少，政有賞罰。」此言當矣。孔明屯五丈，魏人畏之如虎，所用蜀兵也。虞允文采石之戰，殪逆亮於頃刻，所用者吳兵也。

西郊詩

韻語陽秋杜子美西郊詩云「無人競來往」，或云「無人與來往」，或云「無人覺來往」，「競」

「與」皆常談，「覺」字非子美不能道也，蓋煬者辟竈，有道之所驚，舍者争席，隱居者之所貴也。

西施

劉長卿題西施障子曰：「窗風不舉袖，但覺羅衣輕。」二語雖太白可頡頏也。

朱鷺

古樂府有朱鷺曲，解云：「因飾鼓以鷺而名曲焉。」又云：「朱鷺咒鼓，飛於雲末。」徐陵詩有「梟鐘鷺鼓」之句，宋之問詩「稍看朱鷺轉，尚識紫騮驕」，皆用此事。蓋鷺色本白，漢初有朱鷺之瑞，故以鷺形飾鼓，又以朱鷺名鼓吹曲也。梁元帝放生池碑云：「元龜夜夢，終見取於宋王。朱鷺晨飛，尚張羅於漢后。」與朱鷺飛雲末事相叶，可以互證，補樂府解題之缺。

朱萬初墨

元有朱萬初，善製墨，純用松烟，蓋取三百年摧朽之餘，精英之不可泯者用之，非常松也。天曆乙巳，開奎章閣，揀儒臣親侍翰墨，欒公存初、康里公子山皆侍閣下，以朱萬初所製墨進，大稱旨，得禄食藝文館。虞文靖公贈之詩曰：「霜雪摧殘澗壑非，深根千歳斧斤違。寸心不逐飛烟化，還作玄雲繞紫微。」蓋紀茲事也。又跋其後曰：「近世墨，以油烟易松，姿媚而不深重。萬初既以墨顯，又得真定劉法造墨法於石刻中，以爲劉之精藝深心，盡在於此，必無誤後世，因覃思而得之。余嘗謂松烟墨深重而不姿媚，油烟墨姿媚而不深重，若以松脂爲炬取烟，二者兼之矣。若宋徽宗嘗以蘇合油搜烟爲墨，至金章宗購之，一兩墨價黃金一斤，欲仿爲之不能，此謂之墨妖可也。」

朱慶餘仙遊寺

「雲抱龍堂薜石乾，山遮白日寺門寒。長松瀑布饒奇狀，曾有仙人駐鶴看。」末句切題，不然，是寺皆可用。

朱慶餘閨意上張水部

「洞房昨夜停紅燭，待曉堂前拜舅姑。妝罷低聲問夫壻，畫眉深淺入時無。」詩人多以美人自喻，薛能吳姬之詩，亦其一也。宋人詩話云：「東坡如毛嬙西子洗妝，與天下婦人鬬巧」，亦此意。洪容齋云：「此詩不言美麗，而味其詞意，非絕色第一不足以當之。」其評良是。

朱滔括兵 麗情集

朱滔括兵，不擇士族，悉令赴軍，自閲於毬場。有士子容止可觀，進趨純雅。滔問曰：「所業者何？」曰：「學爲詩。」曰：「有妻否？」曰：「有。」卽令作寄内詩，援筆立成，詞曰：「握筆題詩易，荷戈征戍難。慣從鴛被暖，怯向雁門寒。瘦盡寬衣帶，啼多漬枕檀。試留青黛着，回日畫眉看。」又令代妻作詩答曰：「蓬鬢荆釵世所稀，布裙猶是嫁時衣。胡麻好種無人種，合是歸時底不歸。」滔遺以束帛，放歸。

朱玄晦真人詩

「郭外西郊柳已芽，中流極目浩無涯。江明白白紅紅樹，春在三三兩兩家。幾度來遊同社燕，一樽相屬到昏鴉。此邦物色吟幾盡，爲謝山中好物華。」真跡在内江。

江淹詠美人春遊

「江南二月春，東風轉緑蘋。不知誰家子，看花桃李津。白雪凝瓊貌，明珠點絳唇。行人咸歎息，争擬洛川神。」此詩見文通外集。點絳唇，後人以爲曲名，以此知是詩膾炙人口久矣。

江平不流

杜詩「江平不肯流」，意求工而語反拙，所謂鑿混沌而畫蛇足，必夭性命而失卮酒也。不若李羣玉樂府云「人老自多愁，水深難急流」也。又不若巴渝竹枝詞云：「大河水長漫悠悠，小河水長似箭流。」詞愈俗愈工，意愈淺愈深。

江蒲

周禮「汧浦」作「弦浦」。左傳「萑浦」作「萑蒲」。杜詩：「側生野岸及江蒲。」江蒲，江浦也。

江南行

「江煙濕雨鮫綃軟，漠漠遠山眉黛淺。水國多愁又有情，夜槽壓酒銀船滿。細柳搖煙凝曉空，吳王臺榭春夢中。鴛鴦瀏鶒喚不起，平鋪淥水眠東風。西陵路遠月悄悄，油壁輕車蘇小小。」「細柳搖煙」一作「綳絲採怨」。

江烏海燕

余最愛樂府「桂殿江烏對，彫屏海燕重」之句，不知何人作也。

江總長安九日詩

「心逐南雲逝，身隨北雁來。故園籬下菊，今日爲誰開。」總爲梁人，歷梁陳隋至唐貞觀中九十餘矣。此詩在唐時作，故編之。

江總怨詩

「採桑歸路河流深，憶昔相期柏樹林。奈許新縑傷妾意，無由故劍動君心。」六朝之詩，多是樂府，絕句之體未純，然高妙奇麗，良不可及。泝流而不窮其源，可乎？故特取數首於卷首，庶乎免於賣花擔上看桃李之誚矣。古樂府「下山逢故夫」詩曰：「新人工織縑，舊人工織素。」故劍，用干將莫邪雌雄二劍離而復合事。

沙海

戰國策「暉臺之下，沙海之上」，九域志有沙海，孟浩然和張三自穰縣還途中遇雪詩：「風吹沙海雪，來作柳園春。」正是梁地事。

冷朝陽送紅線酒

「採菱歌怨木蘭舟，送客魂銷百尺樓。還似宓妃乘霧去，碧天無際水東流。」紅線，薛嵩之青衣也。有劍術，夜飛入橫海軍解圍，嵩留之不得，會幕下詩人送之，冷朝陽此詩爲冠。酒闌，托以更衣，倏忽不見，亦異哉！

佛經似詩句

佛經有云：「樂行不如苦住，富客不如貧主。」又見洞山語録：「破鏡不重照，落花難上枝。」絶似唐人樂府也。

仲尼登泰山

宋景文公筆記云：「仲尼登泰山，見七十二家，字各不同。」其事甚新，但未詳其所出。

岑參蔟拍六州歌頭

「西去輪臺萬里餘，也知音信日應疏。隴山鸚鵡能言語，爲報家人數寄書。」伊州渭州梁州氏州甘州涼州，謂之六州。宋時大喪以六州歌頭引之，本朝用應天長。

吹蠱

鮑照苦熱行：「含沙射流影，吹蠱痛行暉。」南中畜蠱之家，蠱昏夜飛出飲水，光如曳彗，所謂行暉也。文選注：「行暉，行旅之暉。」非也。

近水樓臺

范文正公鎮錢塘，兵官皆被薦，獨巡檢蘇麟不遇，乃上詩曰：「近水樓臺先得月，向陽花木易爲春。」公即薦之。

沐繼軒荔枝詩

國朝武將能詩者，洪武中孫炎，其後湯東谷允績、廣帥王一清、定襄郭登，人皆知之。雲南都督繼軒沐璘，字學皇象，畫學米元章，詩學六朝盛唐，以僻遠，人罕知之。余嘗選其數絕句於皇明詩抄，其詠臨安荔枝長篇云：「建水夫何如，厥土早而熱。蠻花開佛桑，候禽罷鶗鴂。莽雲覆溟濛，梅雨滋霧翳。接地茂緗枝，遮空舒黛葉。翠葆霞焜煌，錦幄風掀揭。香麝忌經過，飛鼺鳳爪天下奇，龍牙衆中傑。飽食慚素飱，長吟望林樾。」奢，歔、歇二音，盛貌，又肥大意。

防盜竊。勁雛赤膚脱，肥奢瓊穰凸。明璫恠可飱，冰丸訝許嚙。真珠堆緑雲，璹瑁乘綵纈。

耳衣

唐人邊塞曲：「金裝腰帶重，錦縫耳衣寒。」耳衣，今之暖耳也。

卵色天

唐詩：「殘霞蹙水魚鱗浪，薄日烘雲卵色天。」東坡詩：「笑把鴟夷一樽酒，相逢卵色五湖天。」正用其語。花間詞「一方卵色楚南天」，註以卵爲泖，非也。註東坡詩者，亦改卵色爲柳色，王龜齡亦不及此邪？

阮何雙

唐詩：「雲仍王謝並，風貌阮何雙。」南史：宋孝武選侍中四人，並以風貌，王彧謝莊爲一雙，阮韜何偃爲一雙。

君攸桂檝泛中河

「黄河曲渚通千里，濁水分流引八川。仙槎逐源終未返，蘇亭遺跡尚依然。眇眇雲根侵遠樹，蒼蒼水氣合遥天。波影雜霞無定色，湍文觸岸不成圓。赤馬青龍交出浦，飛雲蓋海遠淩烟。蓮舟渡沙轉不礙，桂櫂距浪弱難前。風重金烏翅自轉，汀長錦纜影微懸。榜人欲歌先扣枻，津吏猶醉强持船。河堤極望今如此，行杯落葉詎虚傳。」此六朝詩也。七言律未成而先有七言排律矣，雄渾工緻，固盛唐老杜之先鞭也。

余延壽折楊柳

「大道連國門，東西種楊柳。葳蕤君不見，裊娲垂來久。緑枝棲暝禽，雄去雌獨吟。餘花怨春盡，微月起秋陰。坐望窗中蝶，起攀枝上葉。好風吹長枝，婀娜何如妾。妾見柳園新，高樓四五春。莫吹胡塞曲，愁殺隴頭人。」

余知古論退之文

唐人余知古與歐陽生論文書云：「韓退之作原道，則崔豹答牛亨書；作諱辯，則張昭論舊名；作毛穎傳，則袁淑太蘭王九錫；作送窮文，則揚子雲逐貧賦。」

老泉詩

蘇老泉詩:「佳節每從愁裏過，壯心偶傍醉中來。」白樂天詩有「百年愁裏過，萬感醉中來」之句，老泉未必祖襲，蓋偶同耳。

老子論性

文子引老子曰:「人生而靜，天之性也。感物而動，性之欲也。」漢儒取入禮記，遂爲經矣。若知其出于老氏，宋儒必洗垢索瘢，曲爲譏評，但知其出於經，則護持交贊，此亦矮人之觀場也。文如「澹泊明志，寧靜致遠」，本出於淮南子，而諸葛稱之。若儒者知其劉安語，將坐睡唾去也。

狄香

張衡同聲歌:「洒掃清枕席，鞮芬以狄香。」鞮，履也。狄香，外國之香也。謂以香薰履也。近刻玉臺新詠及樂府詩集改「狄香」作「秋香」，大謬。吳中近日刻古書，妄改例如此，不能一一盡彈正之。

串

文選謝惠連詩：「聊用布親串。」註：「串，習也。」梁簡文詩：「長顰串翠眉。」南史：「軍人串噉粗食。」

何兆玉蕊花

「羽車潛下玉龜山，塵世何緣睹蕣顏。惟有多情天上雪，好風吹上綠雲鬟。」兆，蜀人。

吾猶昔人

柳子厚戲題石門長老東軒詩曰：「坐來念念非昔人，萬偏蓮花爲誰用？」法苑珠林：「梵志出家，白首而歸，鄰人見之曰：『昔人尚存乎？』梵志曰：『吾猶昔人，非昔人也。』」子厚正用此事，而注者不知引。

坐猿坐鷺

杜詩「楓樹坐猿深」，又「黃鶯並坐交愁濕」，「坐」字奇崛。張説詩：「樹坐參猿嘯，沙行入鷺羣。」前人已云矣。

估客樂

估客樂，齊武帝之所作也。其辭曰：「昔經樊鄧役，阻潮梅根渚。感意一作憶。追往事，意滿辭不敍。」阻潮，一本作「假檝」。武帝作此曲，令釋寶月被之管絃，帝遂數乘龍舟遊江中，以紝越布爲帆，綠絲爲帆縴，鍮石爲篙足。篙傍者，悉着鬱林布作淡黃袴，舞此曲，用十六人云。按史稱齊武帝節儉，常自言朕治天下十年，當使黄金與土同價，然其從流忘返之奢如此，貽厥孫謀，何怪乎金蓮布地也。

邢象玉古意

「家中新酒熟，園裏木初榮。佇杯欲取醉，悒然思友生。忽聞有奇客，何姓復何名？嗜酒陶彭澤，能琴阮步兵。何須問寒暑，逕坐共山亭。舉袂袪飛鳥，持巾掃落英。心神無俗累，歌詠有新聲。新聲是何曲，滄浪之水清。」象玉，初唐人，與王無功爲友，此詩脱洒而含古意。

邵公批語

先太師戊戌試卷，出舉子蹊逕之外，考官邵公名暉批云：「奇寓于純粹之中，巧藏於和易之內。」當時以爲名言。後觀龍川集，乃知是陳同甫作論法也。先輩讀書博且精㊀，不似後生之束書不觀㊁，游談無根也，因書之家乘。

㊀「且」字原脱，據升庵先生文集補。㊁「書」原作「架」，同上改。

角妓垂螺

張子野詞：「垂螺近額，走上紅裀初趁拍。」晏小山詞：「雙螺未學同心綰，已占歌名。月白風清，長倚昭華笛裏聲。」又云：「紅窗碧玉新名舊，猶綰雙螺。一寸秋波，千斛明珠覺未多。」「垂螺」「雙螺」，蓋當時角妓未破瓜時額飾，今搬演淡色，猶有此制。

吴趨趨非平聲

莊子有「不任其聲而趨舉其詩焉」，崔注云：「不任其聲，憊也；趨舉其詩，無音曲也。」劉會孟曰：「趨者，情愜而詞迫也。」與吴趨之趨當音七注切。

吴二娘

吴二娘，杭州名妓也。有長相思一詞云：「深花枝，淺花枝，深淺花枝相間時，花枝難似伊。巫山高，巫山低，暮雨瀟瀟郎不歸，空房獨守時。」白樂天詩：「吴娘暮雨瀟瀟曲，自別江南久不聞。」又：「夜舞吴娘袖，春歌蠻子詞。」自注：「吴二娘歌詞有『暮雨瀟瀟郎不歸』之句。」絶妙詞選以此爲白樂天詞，誤矣。吴二娘亦杜公之黄四娘也，聊表出之。

秃節

晁以道家有宋子京手書杜少陵詩一卷，「握節漢臣歸」乃是「秃節」，「新炊間黄粱」乃是「聞黄粱」。以道跋云：「前輩見書自多，不似晚生但以印本爲正也。」愼按：後漢書張衡傳云：「蘇武以秃節效貞。」杜公正用此語，後人不知，改「秃」爲「握」。晁以道徒知宋子京之舊本，亦不知秃節之字所出也，況今之淺學乎？

巫山曲

「下壓重泉上千仞，香雲結夢西風緊。縱有英靈得往來，猊軛驅軒亦顛隕。嵐光𡾊𡾊雷隱隱，愁爲衣裳恨爲鬢。莫灑朝行何所之，江邊日月情無盡。珠零冷露丹墮楓，細腰長臉愁滿宮。人生對面猶異同，何況千巖萬壑中。」羅隱詩多鄙俗，此詩不類其平生，見固陵文類，其集不收。

巫峽江陵

盛弘之荆州記巫峽江水之迅云：「朝發白帝，暮到江陵，其間千二百里，雖乘奔御風，不以疾也。」杜子美詩：「朝發白帝暮江陵，頃來目擊信有徵。」李太白：「朝辭白帝彩雲間，千里江陵一日還。兩岸猿聲啼不盡，扁舟已過萬重山。」雖同用盛弘之語，而優劣自别。今人謂李杜不可以優劣論，此語亦太憒憒。白帝至江陵，春水盛時行舟，朝發夕至，雲飛鳥逝不是過也。太白述之爲韻語，驚風雨而泣鬼神矣。太白娶江陵許氏，以江陵爲還，蓋室家所在。

回颿撾

語林云：「王敦嘗坐武昌釣臺，聞行船打鼓，嗟稱其能。俄而一槌小異，敦以扇柄撞几曰：『可恨。』時王應侍側，曰：『不然，此是回颿撾。』使視之，云船人入夾口。應知鼓又善於敦也。」予舊有江行詩云：「回颿移鼓摻，策杖送拏音。」蓋用此事，下句用莊子漁父事。

宋人絶句

宋詩信不及唐，然其中豈無可匹體者，在選者之眼力耳。如蘇舜欽吴江詩：「月從洞庭來，光映寒湖凸。四顧無纖塵，魚躍明鏡裂。」王半山雨詩云：「山中十日雨，雨晴門始開。坐看蒼苔紋，欲上人衣來。」孔文仲早行云：「客行謂已旦，出視見落月。瘦馬入荒陂，霜花重如雪。」崔鶠春日云：「落日不可盡，丹林紫谷開。明明遠色裏，歷歷暝鴉回。」寇平仲南浦云：「春風入垂楊，烟波漲南浦。落日動離魂，江花泣微雨。」郭功甫水車嶺云：「千丈水車嶺，懸空九疊屏。北風來不斷，六月亦生冰。」蘇子由中秋夕云：「巧轉上人衣，徐行度樓角。河漢冷無雲，冥冥獨飛鵲。」旅行云：「猿狖號枯木，魚龍泣夜潭。行人已天北，思婦隔江南。」朱文公雨詩云：「孤燈耿寒焰，照此一窗幽。臥聽簷前雨，浪浪殊未休。」張南軒題南城云：「坡頭望西山，秋意已如許。雲影渡江來，霏霏半空雨。」東渚云：「團團陵風桂，宛在水之東。月色穿林影，卻下碧波中。」麗澤云：「長吟伐木詩，停立以望子。日暮飛鳥歸，門前長春水。」西嶼云：「繫舟西岸邊，幅巾自來去。島嶼花木深，蟬鳴不知處。」采菱舟云：「散策下舸亭，水清魚可數。卻上采菱舟，乘風過南浦。」五詩有王維輞川遺意，誰謂宋無詩乎？

升菴詩話卷五

何兆章仇公席上詠真珠姬

「神女初離碧玉階，彤一作彩。雲猶擁牡丹鞋。應知子建憐羅襪，顧步徘徊拾翠釵。」章仇兼瓊時爲成都節度使。

宋人論詩

宋人論詩云：「今人論詩，往往要出處，『關關雎鳩』出在何處？」此語似高而實卑也。何以言之？聖人之心如化工，然後矢口成文，吐辭爲經，自聖人以下，必須則古昔，稱先王矣。若以無出處之語皆可爲詩，則凡道聽塗説，街談巷語，酗徒之駡坐，里媪之詈雞，皆詩也，亦何必讀書哉？此論既立，而村學究從而演之曰：「尋常言語口頭話，便是詩家絶妙辭。」噫！三百篇中，如國風之微婉，二雅之委蛇，三頌之簡奥，豈尋常語口頭話哉？或舉宋人語問予曰：「『關關雎鳩』，出在何處？」予答曰：「『在河之洲』，便是出處。」此言雖戲，亦自有理。蓋詩之爲教，多識於鳥獸草木之名。關關，狀鳥之聲；雎鳩，舉鳥之名。河洲指鳥之地，即是出處也。豈必祖述前言，而後爲出處乎？然古詩祖述前言者，亦多矣。如云「先民有言」，又云「人亦有言」，或稱「先民有作」，或稱「我思古人」。五子之歌述皇祖有訓，禮引逸詩稱：「昔吾有先正，其言明且清。」小旻刺厲王而錯舉洪範之五事，大東傷賦斂，而歷陳保章之諸星，此卽古詩述前言援引典故之實也，豈可謂無出處哉？必以無出處之言爲詩，是杜子美所謂僞體也。

宋人多議論可厭

宋人議論多而成功少，元人評之當矣。且以一事言之。張君房謂藝祖受禪歲在庚申，庚者金也，申亦金位，當爲金德。謝絳謂作京于汴，天下中樞，當爲土德。程伊川謂唐爲土德，故無河患，宋爲火德，故多水患。甚矣宋人之饒舌也，其君之厭聽也宜哉。

宋之問嵩山歌

「登天門兮坐磐石之嶙峋，前瀧瀧兮未半，下漠漠兮無垠。紛窈窕兮岩倚披以鵬翅，洞膠葛兮峯稜層以龍鱗。松移岫轉，左變而右易；風生雲起，出鬼而入神。吾不知其若此靈怪，願游杳冥兮見羽人。」重曰：「天門兮穹崇，迴合兮攢叢。松萬仞兮挂日，石千尋兮倚空。晚陰兮足風，夕陽兮艷紅。試一望兮敓魄，況衆妙之無窮。下嵩山兮多所思，攜佳人兮步遲遲。松間明月常如此，君再游兮復何時。」此詩本集不收，嵩山有石刻，今但傳後四句耳。

宋子虛詠史

宋子虛詠史凡三百餘首，其佳者如詠甘羅云：「函谷關中富列侯，黄童亦僭上卿謀。當年園綺猶年少，甘隱商山到白頭。」詠緑珠云：「紅粉捐軀爲主家，明珠一斛委泥沙。年年金谷園中燕，銜取香泥葬落花。」詠張果云：「滄溟幾度見揚塵，曾醉堯家丙子春。近日喜無天使至，蹇驢留得載閑身。」徐佐卿化鶴云：「化作遼東羽翼回，適逢沙苑獵弦開。寧知萬里青城客，直待他年箭主來。」詠陸贄云：「詔下山東感泣來，謫歸門巷鎖蒼苔。奉天以後誰持筆，不用當時陸九才。」詠宋宫人王婉容云：「貞烈那堪黠虜求，玉顔甘没塞垣秋。孤墳若是鄰青塚，地下昭君見亦羞。」王婉容隨徽欽北去，粘罕見之，求爲子婦，婉容自刎車中，虜人葬之道旁，可謂英烈矣。

批 頰

唐盧延遜詩：「樹上諮諏批頰鳥，窗間壁剥叩頭蟲。」王半山詩：「翳林窺搏黍，藉草聽批頰。」元人送春詩：「批頰穿林叫新緑。」韓致光春恨詩云：「殘夢依依酒力餘，城頭批頰伴啼烏。平明乍捲西樓幕，院静初聞放轆轤。」批頰蓋鳥名，但不詳爲何形狀耳。或曰即鵯鵊也，催明之鳥，一名夏鷄，俗名隔隥鷄。

沈君攸薄暮動弦歌

柳谷向晚沉餘日，蕙樓臨暝徙斜光。金户半入叢林影，蘭徑時移落蕊香。絲繩玉壺傳綺席，秦筝趙瑟響高堂。舞裙拂履喧珠珮，歌音出扇繞塵梁。雲邊雪飛弦柱促，留賓但須羅袖長。日暮邀歡恒不倦，處處行樂爲時康。

沈氏竹火籠詩

陳范靜妻沈滿願竹火籠詩曰：「剖出楚山筠，織成湘水紋。寒消九微火，香傳百和薰。氤氳擁翠被，出入隨緗裙。徒悲今麗質，豈念昔凌雲。」此詩言外之意，以諷士之以富貴改節者，卽孟子所云「鄉爲身死而不受，今爲宫室之美妻妾之奉而爲之」者，而含蓄蘊藉如此。「徒悲」「豈念」四字，尤見其意，上薄風雅，下掩唐人矣。宋人稱李易安「所以嵇中散，至死薄殷周」之句，以爲婦人有此大議論，然太淺露。比之沈氏此詩，當在門牆之外矣。

沈彬弔邊人

「殺聲沉後野風悲，漢月高時望不歸。白骨已枯沙上草，佳人猶自寄寒衣。」此詩亦陳陶之意，仁人君子觀此，何忍開邊以流毒萬姓乎！

沈彬入塞詩

唐沈彬有詩二卷，舊藏有之。其入塞詩云：「年少辭鄉事冠軍，戍樓閒上望星文。生希沙漠擒驕虜，死奪河源答聖君。鳶覷敗兵眠血草，馬驚寃鬼哭愁雲。功多地遠無人紀，漢閣笙歌日又曛。」此言盡邊塞之苦。郭茂倩樂府亦載之，而句字不同，其本集所載爲勝，特具録之。

李太白論詩

李太白論詩云：「興寄深微，五言不如四言，七言又其靡也，况使束於聲調俳優哉？」故其贈杜甫詩有「飯顆」之句，蓋譏其拘束也。余觀李太白七言律絶少，以此言之，未窺六甲，先制七言者，視此可省矣。

李太白相逢行

太白相逢行云：「朝騎五花馬，謁帝出銀臺。秀色誰家子，雲中珠箔開。金鞭遥指點，玉勒乍遲回。夾轂相借問，知從天上來。憐腸愁欲斷，斜日復相催。下車何輕盈，飄飄似落梅。嬌羞初解佩，語笑共銜盃。銜盃映歌扇，似雲月中見。相見不相親，不如不相見。相見情已深，未語可知心。胡爲守空閨，孤眠愁錦衾。錦衾與羅幃，纏綿會有時。春風正澹蕩，暮雨來何遲。願言三青鳥，却寄長相思。光景不待人，須臾髮成絲。壯年不行樂，老大徒傷悲。持此道密意，無令曠佳期。」此詩予家藏樂史本最善，今本無「憐腸愁欲斷」四句，他句亦不同數字，故備録之。太白號斗酒百篇，而其詩精練若此，所以不可及也。

李白帖

眉州象耳山有李白留題云：「夜來月下卧醒，花影零亂，滿人襟袖，疑如濯魄於冰壺也。李白書。」今有石刻存，又見甲秀堂帖。

李白横江詞

「横江館前津吏迎，向余東指海雲生。郎今欲渡緣何事，如此風波不可行。」古樂府烏棲曲：「採菱渡頭擬黄河，郎今欲渡畏風波。」太白以一句衍作二句，絶妙。

李陵詩

修文殿御覽載李陵詩云：「紅塵蔽天地，白日何冥冥。微陰盛殺氣，淒風從此興。招搖西北指，天漢東南傾。嗟爾窮廬子，獨行如履冰。裋褐中無緒，帶斷續以繩。寫水置瓶中，焉辨淄與澠。巢父不洗耳，後世有何稱。」此詩古文苑只載首二句，見于修文殿御覽。鍾嶸所謂「驚心動魄，一字千金」，信不誣也。當補入之，以傳好古者。

李育飛騎橋詩

吳志：孫權征合淝，爲魏將張遼所襲，乘駿馬，上津橋，板撤丈餘，超度得免，故以名橋。在今廬州境中。詩本逸去，畧追記之附於此：「魏人野戰如鷹揚，吳人水戰如龍驤。氣吞魏主惟吳主，建旗敢到新城傍。霸主心當萬夫敵，麾下蒼黃無羽翼。塗窮事變接短兵，生死之間不容息。馬奔津橋橋半撤，洶洶有聲如地裂。蛟駭横飛秋水空，鶚鶩徑度秋雲缺。奮迅金羈汗霑臆，濟主艱難天借力。艱難始是報主時，平日主君誰愛惜。」此詩五七歲時先君口授，小子識之。張飛當陽阪，曹操不敢逼，而逍遥津甘寧凌統不能禦張遼，則寧統之將畧，下張飛遠甚矣。

李益詩

李益集有樂府雜體一首云：「藍葉鬱重重，藍花石榴色。少女歸少年，光華自相得。愛如寒爐火，棄若秋風扇。山岳起面前，相看不相見。春至草亦生，誰能無別情。殷勤展心素，見新莫忘故。遥望孟門山，殷勤報君子。既爲隨陽雁，勿學西流水。」此詩比興有古樂府之風，唐人鮮及。或云非益詩，乃無名氏代霍小玉寄益之詩也。

又

尤延之詩話云：「會真記『隔牆花影動，疑是玉人來』，本于李益『開門風動竹，疑是故人來』。」然古樂府「風吹窗簾動，疑是所歡來」，其詞乃齊梁人語，又在益先矣。近世刻李益集不見此詩，惟曾慥詩函載其全篇，今録於此：「微風驚暮坐，臨牖思悠哉。開門復動竹，疑是故人來。時滴枝上露，稍沾階下苔。幸當一入幌，爲拂緑琴埃。」題云竹窗聞風寄苗發司空曙。

李郢酬王舍人雪中見寄

「三日柴門擁不開，階庭平滿白皚皚。今朝踏作瓊瑶跡，爲有詩從鳳沼來。」後人或妄改「詩從」作「詩仙」，語意索然。

李郢宿杭州虚白堂

「秋月斜明虚白堂，寒蛩唧唧樹蒼蒼。江風徹曉不得寐，二十五聲秋點長。」唐語林盛稱此詩。

李賀昌谷北園新笋

「斫取青光寫楚辭，膩香春粉黑離離。無情有恨何人見，露壓烟啼千萬枝。」汗青寫楚辭，既是奇事，膩香春粉，形容竹尤妙。結句以情恨詠竹，似是不類。然觀孟郊竹詩「嬋娟籠曉烟」，竹可言嬋娟，情恨亦可言矣，然終不若詠白蓮之妙。李長吉在前，陸魯望詩句非相蹈襲，蓋著題不得避耳。勝棋所用，敗棋之著也，良庖所宰，族庖之刀也，而工拙則相遠矣。

李端古别離詩

李端古别離詩云：「水國葉黄時，洞庭霜落夜。行舟聞商賈，宿在楓林下。此地送君還，茫茫似夢間。後期知幾日，前路轉多艱一作山。巫峽通湘浦，迢迢隔雲雨。天晴見海檣，月落聞鐘一作津鼓。人老自多愁，水深難急流。清宵歌一曲，白首對汀洲。與君桂陽別，令君岳陽待。後事忽差池，前期日空在。水落雁嗷嗷，洞庭波浪高。遠山雲似蓋，極浦樹如毫。朝發能幾里，暮來風又起。如何兩處愁，皆在孤舟裏。昨夜天月明，長川寒且清。菊花開欲盡，薺菜泊來生。下江帆勢速，五兩遥相逐。欲問去時人，知投何處宿。空冷猿嘯時，泣對湘潭竹。」此詩端集不載，古樂府有之，然題曰二首，非也，本一首耳。其詩真景實情，婉轉惆悵，求之徐庾之間且罕，況晚唐乎？大曆以後，五言古詩可選者，惟端此篇與劉禹錫搗衣曲、陸龜蒙「茱萸匣中鏡」、温飛卿「悠悠復悠悠」四首耳。

李耆卿評文

李耆卿評文云：「韓如海，柳如泉，歐如瀾，蘇如潮。」余謂此評極當，但謂柳如泉未允，易泉以江可也。耆卿名塗，臨川人，朱子門人之門人也。所著有古今文章精義，與陳騤文則識趣相彷佛云。

李餘寒食詩

「玉輪江上雨絲絲，公子遊春醉不知。翦渡歸來風正急，水濺鞍帕嫩鵝兒。」元微之稱蜀士李餘劉猛工爲新樂府。餘詩傳者，僅此二首。

李餘臨邛怨

「藕花衫子柳花裙，多著沉香慢火薰。惆悵妝成君不見，空教緑綺伴文君。」李餘，成都人，文宗太和八年狀元。蜀士在唐居首選者九人，射洪陳伯玉，内江范金卿，閬州尹樞，樞弟尹極，夔州李遠，巴州張曙，綿州于環。

李嘉祐王舍人竹樓

「傲吏身閒笑五侯，西江取竹起高樓。南風不用蒲葵扇，紗帽閒眠對水鷗。」長夏之景，清麗瀟灑，讀之使人神爽。鏡川楊文懿公愛此詩，嘗以「對鷗」名其閣，先師李文正公爲作賦云。

李義山螢詩

「水殿風清玉户開，飛光千點去還來。無風無月長門夜，偏到階前點緑苔。」似是螢謎，不書題可知也。

李義山柳詩

「曾逐東風拂舞筵，樂遊春苑斷腸天。如何肯到清秋日，已帶斜陽又帶蟬。」宋盧陵陳模詩話云：「前日春風舞筵，何其富盛，今日斜陽蟬聲，何其淒涼，不如望秋先零也。形容先榮後悴之意。」

李義山景陽井

「景陽宮井剩堪悲，不盡龍鸞誓死期。惆悵吴王宫外水，濁泥猶得葬西施。」觀此，西施之沉信矣。杜牧所云逐鴟夷者，安知不謂沉江而殉子胥乎？「鴟革浮胥骸」，亦子胥事也。

李約觀祈雨

「桑條無葉土生烟，簫管迎龍水廟前。朱門幾處貥歌舞，猶恨春陰咽管絃。」與聶夷中「二絲五穀」之詩並觀，有三百篇意。

抛塼擊壤

宋世，寒食有抛堉之戲，兒童飛瓦石之戲，若今之打瓦也。梅都官禁烟詩：「窈窕踏歌相把袂，輕浮賭勝各飛堉。」堉，七禾切。或云起於堯民之擊壤。

杜少陵論詩

杜少陵詩曰：「不及前人更勿疑，遞相祖述竟先誰。別裁僞體親風雅，轉益多師是汝師。」此少陵示後人以學詩之法。前二句，戒後人之愈趨愈下。後二句，勉後人之學乎其上也。蓋謂後人不及前人者，以遞相祖述，日趨日下也。必也區別裁正浮僞之體，而上親風雅，則諸公之上，轉益多師，而汝師端在是矣。此説精妙。杜公復生，必蒙印可，然非予之説也。須溪語羅履泰之説，而予衍之耳。

杜詩本選一作「杜詩本謝」。

謝宣遠詩「離會雖相雜」，杜子美「忽漫相逢是別筵」之句實祖之。顏延年詩「春江壯風濤」，杜子美「春江不可渡，二月已風濤」之句實衍之。故子美諭兒詩曰「熟精文選理」。

杜詩奪胎之妙

陳僧慧標詠水詩：「舟如空裏泛，人似鏡中行。」沈佺期釣竿篇：「人如天上坐，魚似鏡中懸。」杜詩：「春水船如天上坐，老年花似霧中看。」雖用二子之句，而壯麗倍之，可謂得奪胎之妙矣。

杜詩步檐字

杜子美詩：「步檐倚杖看牛斗。」檐，古簷字。楚辭大招：「曲屋步櫩。」注：「曲屋，周閣也。步櫩，長砌也。」司馬相如賦：「步櫩周流，長途中宿。」「櫩」亦古「簷」字也。又梁陸倕鍾山寺詩：「步簷時中宿，飛階或上征。」沈氏滿願詩：「步簷隨新月，挑燈惜落花。」杜公蓋襲用其字，後人不知，妄改作「步蟾」，且前句有「新月」字，而結句又云「步蟾」，複矣。況「步蟾」乃舉子坊牌字，杜公詩寧有此惡字耶？甚矣，士俗不可不醫也。

杜詩數目字

「漢宫一百四十五，多下珠簾閉鎖窗。何處鶯巢夏將半，茅簷煙寺語雙雙。」此杜牧燕子詩也。「一百四十五」見文選註。大抵牧之詩好用數目垛積，如「南朝四百八十寺」、「二十四橋明月夜」、「故鄉七十五長亭」是也。

杜詩與包佶同意

包佶詩「波影倒江楓」，與杜詩「石出倒聽楓葉下」同意，二句並工，未易優劣也。

杜詩左擔之句

杜子美愁坐詩曰：「高齋常見野，愁坐更臨門。十月山寒重，孤城水氣昏。葭萌氐種迥，左擔犬戎存。終日憂奔走，歸期未敢論。」葭萌、左擔，皆地名也。葭萌人知之，左擔人罕知也。註者不知，或改作「武擔」，又改作「立擔」，皆可笑。按太平御覽引李克蜀記云：「蜀山自綿谷葭萌道徑險窄，北來擔負者，不容易肩，謂之左擔道。」又李公胤益州記云：「陰平縣有左肩道，其路至險，自北來者，擔在左肩，不得度右肩。」常璩南中志云：「自僰道至朱提，有水步道九道，有黑水及羊官水道，度三津，至險難行，故行者謡曰：『楢溪赤水，盤蛇七曲。盤羊烏樠，氣與天通。庲降賈子，左擔七里。』又有牛叩頭、馬搏坂，其險如此。」據此三書，左擔道有三，綿谷一也，陰平二也，朱提三也，義則一而已。朱提今之烏撒，雲貴往來之西路也。

杜詩野艇字

杜詩古本「野艇恰受兩三人」，淺者不知「艇」字有平音，乃妄改作「航」字，以便於讀，謬矣。古樂府云：「沿江有百丈，一濡多一艇。上水郎擔篙，何時至江陵。」艇音廷，杜詩蓋用此音也。故曰：胸中無國子監，不可讀杜詩。彼胸中無杜學，乃欲訂改杜詩乎？

杜詩訛字

燕子詩「穿花落水益沾巾」，范德機善本作「帖水」。「一笑正墜雙飛翼」，黄山谷云「一笑」俗作「一箭」，非。「紛紛戲蝶過閑幔」，張文潛本作「開幔」。

杜詩天棘

杜詩：「江蓮摇白羽，天棘蔓青絲。」鄭樵云：「天棘，柳也。」此無所據，杜撰欺人耳。且柳可言絲，衹在初春，若茶瓜留客之日，江蓮白羽之辰，必是深夏，柳已老葉濃陰，不可言絲矣。若夫蔓云者，可言兔絲、王瓜，不可言柳。此俗所易知，天棘非柳明矣。按本草索隱云：「天門冬，在東嶽名淫羊藿，在南嶽名百部，在西嶽名管松，在北嶽名顛棘。」顛與天，聲相近而互名也。此解近之。

杜工部荔枝詩

杜子美詩：「側生野岸及江蒲，不熟丹宫滿玉壺。雲壑布衣鮐背死，勞生害馬翠眉須。」杜公此詩，蓋紀明皇爲貴妃取荔枝事也。其用「側生」字，蓋爲廋文隱語，以避時忌，春秋定哀多微辭之意，非如西崑用僻事也。末二句蓋昌黎感二鳥之意，言布衣抱道，有老死雲壑而不徵者，乃勞生害馬以給翠眉之須，何爲者耶？其旨可謂隱而彰矣。山谷謂「雲壑布衣」，指後漢臨武長唐羌諫止荔枝貢者，此俗所謂厚皮饅頭，夾紙燈籠矣。山谷尚如此，又何以責黃鶴蔡夢弼輩乎？

杜鵑花

「蜀國曾聞子規鳥，宣城還見杜鵑花。一叫一回腸一斷，三春三月憶三巴。」此太白寓宣州懷西蜀故鄉之詩也。太白爲蜀人，見於劉全白誌銘、曾南豐集序、魏楊遂故宅祠記及自敍書，不一而足，此詩又一證也。近日吾鄉一士夫，爲山東人作詩序，云太白非蜀人，乃山東人也。余以前所引證詰之，答曰：「且詒山東人，祈綽楔貲，何暇核實。」

杜審言詩

杜審言早春遊望詩，唐詩三體選爲第一首是也。首句「獨有宦遊人」，第七句「忽聞歌古調」，妙在「獨有」「忽聞」四虚字。文選殷仲文詩「獨有清秋日」，審言祖之，蓋雖二字，亦不苟也。詩家言子美無一字無來處，其祖家法也。

杜逸詩

合璧事類載杜工部詩云：「三月雪連夜，未應傷物華。只緣春欲盡，留着伴梨花。」此詩舊集不載。又：「寒食少天氣，春風多柳花。」又：「小桃知客意，春盡始開花。」則今之全集遺逸多矣。

杜牧柳詩

「嫩樹新開翠影齊，倚風情態被春迷。依依故國樊川恨，半掩村橋半拂溪。」杜牧之，樊川人，集名樊川集。

杜牧池州別孟遲先輩

「昔子來陵陽，時常苦炎熱。寺樓最褰軒，坐見飛鳥没。一樽中夜酒，半破前峯月。烟院松飄蕭，風廊竹交戛。好鳥響丁丁，小溪光汃汃。離袖颭應勞，恨粉啼還咽。慵憂長者來，病怯長術喝。呼兒旋供衫，走門空踏襪。手把一枝物，桂花香帶雪。喜極至無言，笑餘翻不悦。人生直作百歲翁，亦是萬古一瞬中。我欲東召龍伯翁，水盡到底看海空。酌君一杯酒，與君狂且歌。

離別豈足更關意，衰老相隨可奈何。」二詩奇崛㊀，而用韻古，舊見石刻，多磨滅，節而書之。

㊀此云「二詩」，疑脱去一詩。按杜牧另有題池州弄水亭，不知是否？

杜牧詩

「盡道青山歸去好，青山能有幾人歸。」比之「林下何曾見一人」之句，殊有含蓄。

杜牧邊上聞胡笳

「何處吹笳薄暮天，塞垣高鳥没狼烟。遊人一聽頭先白，蘇武争禁十九年。」蘇武之苦節如此，而歸來只爲典屬國，漢之寡恩，霍光之罪也。王維詩：「蘇武纔爲典屬國，節旄空盡海西頭。」

杜牧登樂遊原

「長空澹澹没孤鴻，萬古消沉在此中。看取漢家何事業，五陵無樹起秋風。」此詩諸家皆選，而首句誤作「孤鳥没」，不成句，今據善本正之。

杜牧之

律詩至晚唐，李義山而下，惟杜牧之爲最。宋人評其詩豪而艷，宕而麗，於律詩中特寓拗峭，以矯時弊，信然。

牧之屏風美人

屏風周昉畫纖腰，歲久丹青色漸凋。斜倚玉窗鸞髮女，拂塵猶自妒嬌嬈。

杜常華清宫

「行盡江南數十程，曉星殘月入華清。朝元閣上西風急，都入長楊作雨聲。」宋周伯弜唐詩三體以此首爲壓卷第一。詩話云：「杜常方澤姓名不顯，而詩句驚人如此。」按杜常乃宋人，杜太后之姪，宋史文苑有傳。孫公談圃亦以爲宋人。范蜀公文集有笏記一卷，紀時賢姓名，而杜常在其列，下注「詩學」二字，其爲宋人無疑，周伯弜誤矣，然詩極佳。「曉星」，今本作「曉風」，重下句「西風」字，或改作「曉乘」，亦不佳。余見宋敏求長安志，乃是「星」字。敏求又云：「長楊非宫名，朝元閣去長楊五百餘里，此乃風入長楊樹葉似雨聲也。」深得作者之意。此詩姓名時代誤，「曉風」字誤，「長楊」意誤，特爲正之。

社南社北

韋述開元譜云：「倡優之人取媚酒食，居於社南者，呼之謂社南氏，居於北者，呼之謂社北氏。」杜子美詩「社南社北皆春水」，正用此事，後人不知，乃改「社」作「舍」。

門外猧兒

「門外猧兒吠，知是蕭郎至。剗韈下香階，寃家今夜醉。扶得入羅幃，不肯脱羅衣。醉則從他醉，猶勝獨睡時。」此唐人小辭。前輩言，觀此可知詩法，或以問子蒼，曰：「只是轉折多。」蓋八句而四轉折也。

姑蘇臺

「無端春色上蘇臺，鬱鬱芊芊草不開。無風自偃君知否，西子裙裾拂過來。」此初唐人詩也。白樂天詩「草緑裙腰一道斜」，祖其意也。

升菴詩話卷六

忠簡武穆詩句

宗岳二公，以忠節戰功冠於南宋，戎馬倥偬，筆硯想無暇也。余嘗見宗忠簡石刻華陰道二絶云：「烟遮晃白初疑雪，日映斕斑卻是花。馬渡急流行小崦，柳絲如織映人家。」又云：「菅茅作屋幾家居，雲碓風帘路不紆。坡側杏花溪畔柳，分明摩詰輞川圖。」岳公湖南僧寺詩有「潭水寒生月，松風夜帶秋」之句，唐之名家，不過如此。嗚呼，二公其可謂全才乎！

兩女郎詩

女郎李月素贈情人詩云：「感郎千金意，含嬌抱郎宿。試作帳中音，羞開燈前目。」張碧蘭寄阮郎云：「君似洛陽花，妾似武昌柳。兩地惜春風，何時一攜手。」真花月之妖也。

雨粟鬼哭

王充嘗辯雨粟鬼哭之妄云：「河圖洛書，聖明之瑞應也。倉頡之制文字，天地之出圖書，何非何惡，而令天雨粟鬼夜哭哉！使天地鬼神，惡人有書，則其出圖書非也。」此乃正論。漢書緯書又云：「兔夜哭，謂憂其毫將爲筆也。」堪一笑。

含笑花謎

施宜生含笑花詩：「百步清香透玉肌，滿堂皓齒轉明眉。褰帷跛客相迎處，射雉春風得意時。」

京師易春晚

杜審言詩：「始出鳳凰池，京師易春晚。」奇句也。蓋言繁華之地，流景易邁。李頎詩：「好在長安行樂地，空令歲月易蹉跎。」亦此意耳。近刻本改作「陽春晚」，非也。

軋軋鴉

杜牧登九峯樓詩：「白頭搔殺倚柱遍，歸棹何時軋軋鴉。」軋軋鴉，棹聲也。按樊川集，「歸棹」句實作「歸棹何時聞軋鴉」。

咄唶歌

「棗下何纂纂，榮華各有時。棗初欲赤時，人從四方來。棗適今日磬，誰當仰視之。」「咄唶」，晉書作「咄嗟」。魯靈光殿賦作「窋咤」。

河州王司馬詩

司馬王公竑，陝西河州人。其直節英名，人皆知之，而不知其文藻也。余同年太史玉壘王公元正，爲余誦其八詩，今記其五：回瀾閣云：「不成亭館不成樓，矮屋重棚立水頭。非擬金梁横巨海，也爲砥柱屹中流。座中爽氣消三伏，檻外飛湍肅九秋。幾度登臨仰前哲，昌黎古作邈難儔。」醒心亭云：「鑑池池上結茅亭，卸却煩襟任獨醒。雲影散來無外物，天光澄處是虚靈。青青草色開窗見，颯颯松聲隔座聽。塵慮不干真境絶，焚香兀坐理黄庭。」秋香徑云：「歸老溪園徑未荒，徑邊黄菊有餘芳。芒鞋踏處濡朝露，藜杖攜來帶晚香。清景且宜供笑傲，高年何必問行藏。淵明把酒來籬下，我亦隨緣醉此傍。」丹霞塢云：「不學逋仙學董仙，杏花開徧石墻邊。渾疑日下朝雲界，半是人間也老天。晚景催人雖潦倒，春光在眼且留連。村翁攜酒來相訪，憩此徜徉共醉眠。」水竹居云：「水繞柴門竹繞闌，歸來寓此足盤桓。一溪冰玉涵春意，萬個琅玕耐歲寒。對鬓只求詩興好，臨流肯放酒杯乾。衰遲幸入康莊境，一任紅塵蜀道難。」王公詩，人罕傳，今特録之。

芳梅詩

「新歲芳梅樹，繁苞四面同。春風吹漸落，一夜幾枝空。小婦今如此，長城恨不窮。莫將遼海雪，來比後庭中。」此劉方平梅花詩也。既不用事，又不拘對偶，而工緻天然，雖太白未易先後也。梅花詩被宋人作壞，令人見梅枝條可憎，而香影無味，安得誦此詩及梁元帝徐陵陰鏗江總諸詠，一洗梅花之辱乎？

岳陽樓詩

余昔過岳陽樓，見一詩云：「樓上元龍氣不除，湖中范蠡意何如。西風萬里一黃鵠，秋水半江雙白魚。鼓瑟至今悲二女，沉沙何處弔三閭。朗吟仙子無人識，騎鶴吹簫上碧虛。」乃視其姓名，則元人張翔，字雄飛，不知何地人也。雄飛在元不著詩名，然此詩實可傳。同時虞伯生范德機皆有岳陽樓詩，遠不及也，故特表出之。

明駝使

木蘭辭：「願借明駝千里足，送兒還故鄉。」今本或改「明」作「鳴」，非也。駝臥，腹不帖地，屈足漏明，則走千里，故曰明駝。唐制，驛置有明駝使，非邊塞軍機，不得擅發。楊妃私發明駝使賜安禄山荔枝，見小説。

明月可中

劉禹錫生公講堂詩：「高坐寂寥塵漠漠，一方明月可中庭一作亭。」山谷須溪皆稱其「可」字之妙。按佛祖統紀載宋文帝大會沙門，親御地筵，食至良久，衆疑日過中，僧律不當食。帝曰：「始可中耳。」生公乃曰：「白日麗天，天言可中，何得非中。」遂舉箸而食。禹錫用「可中」字本此，蓋卽以生公事詠生公堂，非杜撰也。彼言白日可中，變言明月可中，尤見其妙。

采蓮曲

「錦帶雜花鈿，羅衣垂緑川。問子今何去，出采江南蓮。遼西三千里，欲寄無因緣。願君早旋反，及此荷花鮮。」八句不對，太白浩然皆有此體。

芬月

沈佺期詩「芬月期來過」，又稱「芳月」。

妖浮

羊孚曰：「吴聲妖而浮。」

所欽韻語陽秋

嵇康贈弟秀才四言詩云「感悟馳情，思我所欽」，則以所欽爲弟。陸機贈從兄車騎詩云「寤寐靡安豫，願言思所欽」，則以所欽爲兄。又贈馮羆詩云「慷慨爲誰感，願言懷所欽」，則以所欽爲友。

青精飯

杜詩：「豈無青精飯，使我顔色好。」青精飯，一名南天燭，又曰墨飯草，以其可染黑飯也，道家謂之青精飯，故仙經云「服草木之正，氣與神通。食青燭之津，命不復隕」，謂此也。

青樓曲

「白馬金鞍從武皇，旌旗十萬宿長楊。樓頭小婦鳴箏坐，遥見飛塵入建章。」此詠遊俠恩倖，有如此之夫，有如此之婦，含諷感時，意在言表。

青嵐帚

陳陶詠竹詩：「青嵐帚亞思君祖，緑潤偏多憶蔡邕。」陳張君祖竹賦：「青嵐運帚，碧空掃烟。」蔡邕竹贊云：「緑潤碧鮮，紺文紫錢。」

長安貧兒鏤臂文

「昔日已前家未貧，苦將錢物結交親。如今失路尋知己，行盡關山無一人。」鏤臂，或謂之劄青，狹斜游人與倡狎多爲此態。

長頸高結

韓文石鼎聯句序：「長頸高結，喉中作楚語。」結字斷句，結音髻，義亦同。西漢書「髻」皆作

「結」，文公正用此，今多作「結喉」，誤矣。且「中作楚語」，成何文理。

長河既已縈

古文苑王融遊仙詩：「長河既已縈，層山方可礪。」「縈」今本誤作「榮」，解者遂謬云榮如草木之榮華，猶言海變桑田，可笑。不思縈，縈帶也。帶河礪山眼前事，何必遠引。

妾魚

古者一國嫁女，同姓二國媵之。儀禮有媵爵，謂先飲一爵，後二爵從之也。楚辭「魚鱗鱗兮媵予」，江海間有魚，遊必三，如媵隨妻先一後二，人號爲婢妾魚。唐詩：「江魚羣從稱妻妾，塞雁聯行號弟兄。」

弦超贈神女詩

「今日何日辰良，今夕何夕夜長。琅疏瓊牖洞房，中有美女齊姜。參差匏管笙簧，歌聲含宮反商。蕭暉窈窕芬芳，明燈朗炬煌煌。卸巾解珮褫裳，願言與子偕臧。」此詩甚佳而罕傳，余嘗選古今六言詩，刻已成，偶遇此詩，謾記於此。

帛道猷詩

晉世釋子帛道猷，有陵峯採藥詩曰：「連峯數千里，修林帶平津。茅茨隱不見。雞鳴知有人。」此四句古今絕唱也，有石刻在沃州岩。按弘明集亦載此詩，本八句，其後四句不稱，獨刻此四句，道猷自删之耶，抑別有高人定之耶？宋秦少游詩：「菰蒲深處疑無地，忽有人家笑語聲。」庚溪作詩話，謂少游道潛道潛詩：「隔林髣髴聞機杼，知有人家在翠微。」雖祖道猷語意而不及。比道猷尤爲精練，所謂「蘇糞壤以充幃，謂申椒其不芳」也。

阿䩺廻

太白詩「羌笛橫吹阿䩺廻」，番曲名。張祜集有阿濫堆，蓋飛禽名，明皇御玉笛采其聲翻爲曲子，卽此也。番人無字，止以聲傳，故隨中國所書，人各不同耳，難以意求也。

泥人嬌

俗謂柔言索物曰泥，乃計切，諺所謂軟纏也。杜子美詩「忽忽窮愁泥殺人」，元微之憶內詩「顧我無衣搜畫匣，泥他沽酒拔金釵」，非煙傳詩曰「郎心應似琴心怨，脉脉春情更泥誰」，楊乘詩

「晝泥琴聲夜泥書」，元鄧文原贈妓詩「銀燈影裏泥人嬌」，柳耆卿詞「泥歡邀寵最難禁」。字又作詎，花間集「黄鶯嬌囀詎芳妍」，又「記得泥人微斂黛」。字又作妮，王通叟詩「十三妮子緑窗中」，今山東目婢曰小妮子，其語亦古矣。

松下

古人詩句，不知其用意用事，妄改一字，便不佳。孟蜀牛嶠楊柳枝詞：「吴王宫裏色偏深，一簇煙條萬縷金。不分錢唐蘇小小，引郎松下結同心。」按古樂府小小歌有云：「妾乘油壁車，郎乘青驄馬。何處結同心，西陵松柏下。」牛詩用此意詠柳而貶松，唐人所謂尊題格也。後人改「松下」作「枝下」，語意索然矣。

周舍還田舍詩

「舊遊久已倦，歸來多暇日。未鑿武陵嵓，先開仲長室。松篁日月長，蓬麻歲時密。心存野人趣，貴使容吾膝。況兹薄春晴，高秋正蕭瑟。」真得田家之意。

周鼐詩

周鼐有觀天竺寺激水詩云：「拳石耆婆色兩青，竹龍驅水轉山鳴。夜深不見跳珠碎，疑是簷間滴雨聲。」

武后如意曲

「看朱成碧思紛紛，憔悴支離爲憶君。不信比來長下淚，開箱驗取石榴裙。」張君房脞說云：「千金公主進洛陽男子，淫毒異常，武后愛幸之，改明年爲如意元年。是年，淫毒男子亦以情殫疾死，后思之作此曲，被于管絃。」嗚呼，武后之淫虐極矣！殺唐子孫殆盡。其後武三思之亂，武氏無少長，皆誅斬絶焉。雖武攸緒之賢，而不能免也。使其不入宮闈，恣其情慾於北里教坊，豈不爲才色一名伎，與劉采春薛洪度相輝映乎？魯三江詠史詩云：「唐代宗風本雜夷，周家又見結龍漦。不如放配河間傳，免使摧殘仙李枝。」

武侯祠詩

正德戊寅，予訪余方池編修于武侯祠，見壁間有詩云：「劍江春水緑沄沄，五丈原頭日又曛。舊業未能歸後主，大星先已落前軍。南陽祠宇空秋草，西蜀關山隔暮雲。正統不慙傳萬古，莫將成敗論三分。」後有題云：「此詩始終皆武侯事，子美或未過之。」方池不以爲然。予曰：「此亦微顯闡幽，不隨人觀場者也，惜不知其名氏。」

坡詩

東坡「春事闌珊芳草歇」，或疑「歇」字似趁韻，非也。唐劉瑶詩「瑶草歇芳心耿耿」，傳奇女郎王麗真詩「燕折鶯離芳草歇」，皆有出處，一字不苟如此。謝康樂「芳草今未歇」。

坡詩月明看露上

蘇東坡詩八首，大率皆田中語，其第四首云「種稻清明前，樂事我能數。毛空暗春澤，鍼水聞好語。分秧及初夏，漸喜風葉舉。月明看露上，一一珠垂縷。秋來霜穗重，顛倒相撑拄。但聞畦壠間，蚱蜢如風雨。新春便入甑，玉粒照筐筥」云云。此詩敍田家自清明至成熟，曲盡其趣。注未能盡發其妙，今補之於後。「漸喜風葉舉」，秧初立苗後，得風則長。吕氏春秋所謂「禾心中央，疏爲冷風」是也。「月明看露上」，農夫云秧苗得露，皆先潤其根。由根上節至葉，稍垂一點，月明窺見其上。洪舜俞平齋集有魏城晚涼倚窗觀稼二絶云：「晚風不動稻苗平，葉葉頭邊沆瀣明。井養不窮功用在，誰將易象細推評。」其二云：「飛明一點上苗端，難作尋常露雨看。碧眼道人參解得，黄河夜半泝崑崙。」以此補坡詩注，真妙也。此事奇，坡詩詠之奇，平齋二詩注之又奇，特表出之。

宗懍荆州泊

「南樓西下時，月裏聞來棹。桂水舳艫回，荆州津濟鬧。移帷向星漢，引帶思容貌。今夜一江人，惟應妾身覺。」有國風之意，怨而不怒，豔而不淫。

宗懍春望

「日暮春臺望，徙倚愛餘光。都尉新移棗，司空始種楊。一枝猶桂馥，十步有蘭香。望望無萱草，沉憂竟不忘。」此詩用事奇崛工緻。漢人尹都尉著書，名種楊法，中有云「棗鼠耳，槐兔目」之語。淮南子：「二月之官司空，其樹楊。」用事頗僻，故須略釋。棗楊桂蘭，所見也，興也。萱草，所懷也，比也。八句之中，草木居其五焉，在後人不勝其堆垛矣。用之不覺者，以意勝也。與顧野王芳樹詩相似。

昔昔鹽

梁樂府夜夜曲，或名昔昔鹽，昔卽夜也。列子：「昔昔夢爲君。」鹽亦曲之别名。

波漂菰米

客有見予拈「波漂菰米」之句而問曰：「杜詩此首中四句，亦有所本乎？」予曰：「有本，但變化之極其妙耳。」隋任希古昆明池應制詩曰：「回眺牽牛渚，激賞鏤鯨川。」便見太平宴樂氣象。今一變云：「織女機絲虛夜月，石鯨鱗甲動秋風。」讀之則荒煙野草之悲見於言外矣。西京雜記云：「太液池中有雕菰，紫籜緑節，鳧雛鴈子，唼喋其間。」三黄舊圖云：「宫人泛舟採蓮，爲巴人櫂歌。」便見人物遊嬉，宫沼富貴。今一變云：「波漂菰米沉雲黑，露冷蓮房墜粉紅。」讀之則菰米不收而任其沉，蓮房不採而任其墜，兵戈亂離之狀具見矣。杜詩之妙，在翻古語，千家註無有引此者，雖萬家注何用哉？因悟杜詩之妙。如此四句，直上與三百篇「牂羊羵首，三星在罶」同，比之晚唐「亂殺平人不怕天」、「抽旗亂插死人堆」，豈但天壤之隔。

孟浩然詩句

孟集有「到得重陽日，還來就菊花」之句，刻本脱一「就」字，有擬補者，或作「醉」，或作「賞」，或作「泛」，或作「對」，皆不同，後得善本是「就」字，乃知其妙。唐詩亦有之，崔顥「玉壺清酒就君家」，李郢詩：「聞説故園香稻熟，片帆歸去就鱸魚。」杜工部詩題有秋日泛江就黄家亭子。而古樂府馮子都詩有「就我求清酒，青絲繫玉壺。就我求珍肴，金盤鱠鯉魚」，則前人已道破矣。

孟東野感懷

「晨登洛陽陌，目極天茫茫。羣物歸大化，六龍頹西羌。豺狼日已多，草木日已霜。饑年無遺粟，衆鳥去空場。路傍誰家子，白首離故鄉。含酸望松柏，仰面訴穹蒼。去去勿復道，苦饑離故鄉。」此詩似阮嗣宗。

孟遲旅望闕幽

「青山歷歷水悠悠，望遠傷離獨倚樓。日暮風吹官渡柳，白鴉飛出古城頭。」此詩題又作「蕪城」，或作「孟簡」，未知孰是。

金雌詩

晉末桓玄之亂，有金雌詩讖曰：「雲出而雨漸欲舉，短如之何乃相阻。交哉亂也當何所，惟有隱巖植禾黍，西南之朋困桓父。」雨雲者，「玄」字也。短者，祚短也。蓋桓玄滅亡之兆。又云：「大火有心水抱之，悠悠百年是其時。」火，宋之分野；水，宋之德也。金雌不知何語，亦如赤伏符之類耳。後考隋書經籍志郭文著金雄記金雌詩。

金山寺詩

「靈山一峯秀，岌然殊衆山。盤根大江底，插影浮雲間。雷霆常間作，風雨時往還。象外懸清景，千載長躋攀。」此唐人韓垂題金山寺詩也，當爲第一。張祜詩雖佳，而結句「終日醉醺醺」，已入「張打油，胡釘鉸」矣。

金魚金龜

佩魚，始于唐永徽二年，以鯉爲李也。武后天授元年，改佩龜，以玄武爲龜也。杜詩「金魚換酒來」，蓋開元中復佩魚也。李白憶賀知章詩「金龜換酒處」，蓋白弱冠遇賀知章，尚在中宗朝，未改武后之制。

金人咏物詩

中州集金羽士王予可詠西瓜云：「一片冷沉潭底月，半灣斜捲隴頭雲。」孫鐸詠玉簪花云：「披拂西風如有待，徘徊涼月更多情。」鄭子聃詠酴醾詩云：「玉斧無人解修月，珠裙有意欲留仙。」皆極體物之工。

金溠

張籍蠻中詩：「銅柱南邊毒草春，行人幾日到金溠。」金溠，交阯地名，水經注所謂「金溠清渚」也。今刻本作「麟」，非。

季札墓碑

陶潛季札讚曰：「夫子戾止，爰詔作銘。」謂題季子有吳延陵君碑也。此可證其爲古無疑。秦觀疑其出于唐人，未考陶集乎？

季隨

蕭穎士蒙山詩：「予尚捐俗紛，季隨躡遐軌。」季隨卽周八士中一人也。蒙山有季隨隱跡事，未知所出，亦奇聞也。

東坡評陶詩

陶詩質而實綺，癯而實腴。

東坡梅詩

禪宗頌古唐僧古梅詩云：「雪虐風饕水浸根，石邊尚有古苔痕。天公未肯隨寒暑，又孽清香與返魂。」東坡梅花詩：「蕙死蘭枯菊已摧，返魂香入隴頭梅。」正用此事，而注者亦不之知也。

東山李白

杜子美詩：「近來海內爲長句，汝與東山李白好。」流俗本妄改作「山東李白」。按樂史序李白集云：「白客遊天下，以聲妓自隨，效謝安石風流，自號東山，時人遂以東山李白稱之。」子美詩句，正因其自號而稱之耳，流俗不知而妄改。近世作大明一統志，遂以李白入山東人物類，而引杜詩爲證，近於郢書燕説矣。噫，寡陋一至此哉！

東閣官梅

杜工部和裴迪登州東亭送客逢早梅相憶見寄詩云：「東閣官梅動詩興，還如何遜在揚州。」按遜傳無揚州事，而遜集亦無揚州梅花詩，但有早梅詩云：「兔園標節序，驚時最是梅。銜霜當路發，映雪凝寒開。枝横却月觀，花繞凌風臺。應知早飄落，故逐上春來。」杜公以裴迪逢早梅而作詩，故用何遜比之。又以却月凌風，皆揚州臺觀名耳。所謂東閣官梅者，乃新津之地也，非揚州有東閣也。宋世有妄人，假東坡名作杜詩註一卷刻之，一時争尚杜詩，而坡公名重天下，人争傳之，而不知其僞也。其註此詩云：「遜作揚州法曹，廨舍有梅一株，遜吟詠其下。後居洛思之，因請再任，及抵揚州，梅花盛開，相對彷彿終日。」按何遜未嘗爲揚州法曹，是時南北分裂，遜爲梁臣，何得復居洛陽？洛陽乃魏地也，既居魏，何得又請再任，請於梁乎？請於魏乎？其説之脱空無稽如此，略曉史册者，知其僞矣。近日邵文莊寶乃手抄其註，入杜詩七言律刻行，豈不誤後學耶？僞蘇註之謬，宋世洪容齋、嚴滄浪、劉須溪父子、馬端臨經籍考，皆力辨其謬，而文章鉅公如邵文莊者，乃獨信之，亦尺有所短也。僞蘇註中，如謂「不分桃花紅勝錦」爲李夫人之語，「十年厭見旌旗紅」爲四皓語，皆架空妄説，如盲人風漢之言，然猶借古人名也。又謂碧山學士爲梁章褒，又「昏黑應須到上頭」爲隋常琮語，併人名亦杜撰之。又妄撰景差五言律一聯，尤可笑。蘇李始有五言古詩，而楚襄王時乃有五言律乎？其人信白丁也。而讀者不之悟，其奈之何！

東丹王千角鹿圖

遼太祖阿保機二子，長曰突欲，遼史名倍。次曰堯骨。後改名德光。唐明宗天成元年丙戌，遼主滅渤海，渤海，北海之地，今哈密扶餘也。中國之滄州景州名渤海者，蓋僑稱以張休盛。改爲東丹國，以倍爲東丹王。其後述律后立次子德光，東丹王曰：「我其危哉，不如適他國以成泰伯之名。」遂立石海上，刻詩曰：「小山壓大山，大山全無力。羞見故鄉人，從此投外國。」遂越海歸中國，唐明宗長興六年也。明宗賜予甚厚，賜姓李，名贊華，以莊宗妃夏氏妻之，拜懷化軍節度使。東丹王有文才，博古今，其泛海歸華，載書數千卷，尤好畫。世傳東丹王千角鹿圖，李伯時臨之，董北苑有跋，宣和畫譜列其目焉。東丹王事見遼志及宣和畫譜、董逌畫跋、陳桱通鑑續編梓之以便覽考。

亞枝花

白居易集有「亞枝」，謂臨水低枝也。孟東野詩：「南浦桃花亞水紅，水邊柳絮由春風。」白詩又云「亞竹亂藤多照岸」，亦佳句也。

桂子

劉績霏雪録載杭州靈隱寺月中墜桂子事，似涉怪異。余按本草圖經云：「江東諸處多于衢路間拾得桂子，破之辛香，古老相傳，是月中下也。」不知當地何以獨無焉，寧非月路耶！餘杭靈隱寺僧云種得一株，近代詩人多所論述。漢武洞冥記云有遠飛雞，朝往夕還。常銜桂實，歸于南土，所以北方無之。南方月路，固宜有也。月路之説尤怪異，漫志之。白樂天詩：「偃蹇月中桂，結根依青天。天風繞月起，吹子下人間。」自注云：「杭州天竺寺有月中桂子。」

洞宫

仙傳燕昭王得洞光之珠以飾宫，王母三降其地，名曰洞宫。劉滄有宿洞詩：「沐髮清齋宿洞宫。」又唐人稱道院曰洞宫，楊巨源詩：「洞宫曾向龍邊宿，雲徑應從鳥外還。」

珊瑚鉤詩話

張表臣云：「刺美風化，緩而不迫，謂之風。采摭事物，摛華布體，謂之賦。推明政治，莊語得失，謂之雅。形容盛德，揚勵休功，謂之頌。幽憂憤悱，寓之比興，謂之騷。感觸事物，託於文章，謂之辭。程事較功，考實定名，謂之銘。援古刺今，箴戒得失，謂之箴。猗哉遷抑，以揚永言，謂之歌。非鼓非鐘，徒歌謂之謡。步驟馳騁，斐然成章，謂之行。品秩先後而推之，謂之引。聲音雜比，高下短長，謂之曲。吁嗟慨歎，悲憂深思，謂之吟。吟詠性情，總合而言志，謂之詩。蘇李而上，高古簡淡，謂之古。沈宋而下，法律精切，謂之律。」此詩之語衆體也。

侯夫人梅詩

侯夫人看梅詩云：「砌雪無消日，卷簾時自顰。庭梅對我有憐意，先露枝頭一點春。香清寒豔好，誰惜是天真。玉梅謝後青陽至，散與羣芳自在春。」亦是一體。

星橋

蘇味道詩「星橋鐵鎖開」，本陳張正見詩「天路横秋水，星橋轉夜流」之句。

津陽門詩全見詩林振秀。

曾子固云：「白樂天長恨歌，元微之連昌宫詞，鄭嵎津陽門詩，皆以韻語紀常事。」鄭嵎詩世多不傳，余因子固言，訪求得之。其詩長句七言，凡一千四百字，一百韻，止以門題爲名，其實敍開元陳跡也。其敍五王遊獵云：「五王扈遊夾城路，轉聲校獵渭水湄。或作「濱」，誤。彤弓鏽韔不知數，翻身滅没皆蛾眉。赤鷹黄鶻雲中來，妖狐狡兔無所依。」自注：「申王有高麗赤鷹，岐王有北山黄鶻，逸翮奇姿特異。」其敍賜浴云：「暖山度臘東風微，宫娃賜浴長湯池。刻成玉蓮噴香液，漱回煙浪深逶迤。犀屏象薦雜羅列，錦鳧繡雁相追隨。」注與王建「池底鋪錦」事相合。其敍三國姣淫云：「上皇寬容易承事，十家三國争光輝。鳴鞭後騎何躞蹀，宮妝禁袖皆仙姿。」其敍教坊歌舞云：「瑶光樓南皆紫禁，梨園仙宴臨花枝。迎娘歌喉玉窗窱，蠻兒舞帶金葳蕤。」自注：「迎娘蠻兒，乃梨園子弟之聞名者。」其敍離宮之盛云：「飲鹿泉邊春露晞，粉梅檀杏飄朱墀。金沙洞口長生殿，玉蕊峰頭王母祠。蓬萊池上望秋月，無雲萬里懸清輝。上皇夜半月中去，三十六宮愁不歸。」末四句，則世所傳遊月宮事也。其敍幸蜀歸復至華清云：「鑾輿卻入華清宮，滿山紅實垂相思。飛霜殿前霜悄悄，迎風亭下風颸颸。雪衣女失玉籠在，長生鹿瘦銅牌垂。象牀塵凝罨颯被，畫簷蟲網玻瓈碑。煙中劈破摩詰畫，雲間自失玄宗詩。孔雀松殘赤琥珀，鴛鴦瓦碎青瑠璃。」其敍舞馬羽裳云：「馬知舞徹下珠榻，人惜曲終更羽衣。」自注：「宮妓梳九妓仙髻，衣孔雀翠羽。七寶瓔絡，爲霓裳羽衣之舞。舞罷，珠翠可掃焉。」其事皆與雜録小説符合。然其詩則警策清越，不及元白多矣。聊舉其畧云。

郝仙女廟詞

博陵縣有郝仙女廟。仙女，魏青龍中山人，年及笄，姿色姝麗，採蘋水中，蒼煙白霧，俄失其所在。母哀求水濱，願言一見。良久，異香襲人，隱約于波渚間，曰：「兒以靈契，托蹟綃宮，陰主是水府。世緣已斷，毋用悲悒。而今而後，使鄉梓田蠶歲宜，有感而通，乃爲吾驗。」後人立廟焉。而有題喜遷鶯詞于壁云：「汀州蘋滿，記翠籠采采，相將鄰媛。蒼渚烟生，金支光爛，人在霧綃鮫館。小鬟頓成雲散，羅襪淩波不見。翠鸞遠，但清溪如鏡，野花留靨。情眺鸞變現。身後神功，繞就吴蠶繭。漢女菱歌，湘妃瑶瑟，春動倚雲層殿。彤車載花一色，醉盡碧桃清宴。故山晚，歎流年一笑，人間飛電。」

郝經論書

郝陵川論書云：「太嚴則傷意，太放則傷法。」又云：「心正則氣定，氣定則腕活，腕活則筆端，筆端則墨注，墨注則神凝，神凝則象滋。無意而皆意，不法而皆法。」皆名言也。凡元人評書畫皆精當，遠勝宋人。

挂胡牀

魏裴潛爲兖州太守，嘗作一胡牀，及其去，留以挂柱。梁簡文帝詩：「不學胡威絹，寧挂裴潛牀。」太白詩：「去時無一物，東壁挂胡牀。」

幽州臺詩

陳子昂登幽州臺歌云：「前不見古人，後不見來者。念天地之悠悠，獨愴然而涕下。」其辭簡直，有漢魏之風，而文集不載。

幽陽

陳子昂詩：「微月生西海，幽陽始化昇。」月本陰也，而謂之幽陽。三五陽也，而平明已缺，此語亦道家説，坎爲月而中滿。女本陰也，而爲嬰兒之理也。國語亦云：「女陽物而晦時。」

升菴詩話卷七

神絃曲

「中庭有樹自語，梧桐摧枝布葉。」陳後山詩「庭梧盡黃隕，風過自成語」，又「銜風窗自語，涴壁蝸成字」，皆用此事。

神瀵

陳希夷詩：「倏爾火輪煎地脈，愕然神瀵湧山椒。」「神瀵」出列子，卽易所謂「山澤通氣」，參同契所謂「山澤氣相蒸，興雲而爲雨」是也，地理書，沃焦尾閭，皆此理耳。

爲善最樂

書云：「民訖自若是多盤。」注云：「民之行已盡用善道，是多樂也。」東平王蒼曰：「爲善最樂。」周公曰：「心逸日休。」內典云：「爲善若熟，種種快樂。」亦是此意。

律詩當句對

王維詩：「門外青山如屋裏，東家流水入西鄰。」嚴維詩：「木奴花映桐廬縣，青雀舟隨白鷺濤。」謂之當句對。

泉明

李太白詩：「昔日繡衣何足榮，今朝貰酒與君傾。且就東山賒月色，酣歌一夜送泉明。」泉明即淵明，唐人避高祖諱，改淵爲泉也。今人不知，改泉明作泉聲，可笑。

洪容齋唐人絶句

洪容齋集録唐人絶句五十餘卷，詩近萬首。然予觀之，猶有不盡，隨即書於簡端二十餘首。近又得二首，其一無名氏詠姑蘇臺云：「無端春色上蘇臺，鬱鬱芊芊草不開。無風自偃君知否，西子裙裾拂過來。」其二柳公綽題梓州牛頭寺云：「一出西城第二橋，兩邊山木晚蕭蕭。井花淨洗行人耳，留聽溪聲入夜潮。」

香毬金縷

白樂天詩：「柘枝隨畫鼓，調笑從香毬。」又云：「香毬趁拍迴環匝，花盞抛巡取次飛。」皆紀管絃酒席中事，但不知「香毬」何用，如今人詞中用「金縷」字，亦竟不知金縷於歌何關？

香雲香雨

雨未嘗有香也，而李賀詩「衣微香雨青氛氳」，元微之詩「雨香雲淡覺微和」，雲未嘗有香，而盧象詩云：「雲氣香流水」。

若光嵫景

江淹詩：「屬我嵫景半，賞爾若光初。」嵫景，崦嵫之景；若光，若木之光。一喻老，一喻少也。

苻堅詩

「商風隕秋籜」，苻堅詩也，何讓漢魏。

風箏詩

古人殿閣，簷稜間有風琴、風箏，皆因風動成音，自諧宫商。元微之詩：「爲啄風箏碎珠玉。」高駢有夜聽風箏詩云：「夜静絃聲響碧空，宫商信任往來風。依稀似曲纔堪聽，又被風吹別調中。」僧齊己有風琴引云：「按吴絲，雕楚竹，高托天風拂爲曲。一一宫商在素空，鸞鳴鳳語翹梧桐。夜深天碧松風多，孤窗寒夢驚流波。愁魂傍枕不肯去，翻疑住處鄰湘娥。金風聲盡薰風發，冷泛虚堂韻難歇。常恐聽多耳漸煩，清音不絶知音絶。」王半山有風琴詩云：「風鐵相敲固可鳴，朔兵行夜響行營。如何清世容高枕，翻作幽窗枕上聲。」此乃簷下鐵馬也，今名紙鳶曰風箏，亦非也。

屏風牒

梁蕭子雲上飛白書屏風十二牒。李白詩「屏風九疊雲錦張」，牒卽疊也。唐詩「山屏六疊郎歸夜」，宋詞「屏風疊疊開紅牙」，今改「疊」作「曲」，非。

軍門曰和

孫子兵法：「兩君相對曰和。」戰國策：「章子爲齊將，與秦軍交和而舍。」又楚策：「開西和門。」注：「軍門曰和。」唐鄭培詩「戎壘三和夕」，文苑英華改作「秋」，誤矣。

飛霜殿

范元實詩話：「白樂天長恨歌工矣，而用事猶誤。『峨眉山下少人行。』明皇幸蜀，不行峨眉山也，當改云劍門山。『七月七日長生殿，夜半無人私語時。』長生殿乃齋戒之所，非私語地也。華清宮自有飛霜殿，乃寢殿也，當改『長生』爲『飛霜』則盡矣。」按鄭嵎津陽門詩：「金沙洞口長生殿，玉蕊峯頭王母祠。」則長生殿乃在驪山之上，夜半亦非上山時也。又云：「飛霜殿前月悄悄，迎風亭下風颸颸。」據此，元實之所評信矣。

洛陽花雪

何遜與范雲聯句詩云：「洛陽城東西，却作經年別。昔去雪如花，今來花似雪。」李商隱送王校書分司詩云：「多少分曹掌秘文，洛陽花雪夢隨君。定知何遜緣聯句，每到城東憶范雲。」又漫成一絶云：「不妨何范盡詩家，未解當年重物華。遠把龍山千里雪，將來擬並洛陽花。」二詩皆用此事，若不究其原，不知爲何說也。

洛春謡

劉須溪所選古今詩統，亡其辛集一册，諸藏書家皆然。予於滇南偶得其全集，然其所選，多不愜人意，可傳者止十之一耳。辛集中皆宋人詩，無足採取，獨司馬才仲洛春謡，曹元寵夜歸曲，尚有長吉義山之遺意，今録於此。洛春謡云：「洛陽碧水揚春風，銅駝陌上桃花紅。商樓疊柳緑相向，綃帳金鸞香霧濃。龍裘公子五陵客，拳毛赤兔雙蹄白。金鈎寶玦逐飛香，醉入花叢惱花魄。青蛾皓齒别吴倡，梅粉粧成半額黄。羅屏繡幙圍寒玉，帳裏吹笙學鳳皇。細緑團一作圓。紅曉烟溼，車馬騑騑雲櫛櫛。瓊蕊杯深琥珀濃，鴛鴦枕鏤珊瑚澀。吹龍笛，歌白紵，蘭席淋漓日將暮。君不見灞陵岸上楊柳枝，青青送别傷南浦。」夜歸曲云：「饑烏啞啞啼暮寒，回風急雪飄朱一作未。闌。鎖窗綉閣豔紅獸，畫幙金泥摇彩鸞。吴粧秀色攢眉緑，能唱襄陽大堤曲。酒酣横管咽孤吹，吹裂柯亭傲霜竹。遠空寒雲渾不動，老狐應渡黄河凍。暗回微暖入江梅，何處荒榛掛么鳳。歸來穩跨青連錢，貂茸擁鼻行翩翩。籠紗蜜炬照飛霰，十二玉樓人未眠。」

後山詩話

鮑明遠行路難壯麗豪放，若決江河，詩中不可比擬，大似賈誼過秦論。

冷朝光越溪怨

「越王宫裏如花人，越水溪頭採白蘋。白蘋未盡人先盡，誰見江南春復春。」朝光詩僅此一首，亦奇作也。

哀曼

晉鈕滔母孫氏箜篌賦曰：「樂操則寒條反榮，哀曼則晨華朝滅。」「曼」與「慢」通，亦曲名。

馬戴詩

嚴羽卿云：馬戴之詩，爲晚唐之冠。信哉。其薊門懷古云：「荆卿西去不復返，易水東流無盡時。日暮蕭條薊城北，黄沙白草任風吹。」雅有古調。至如「猿啼洞庭樹，人在木蘭舟」。雖柳吴興，無以過也。

馬戴楚江懷古

「露氣寒光集，微陽下楚邱。猿啼洞庭樹，人在木蘭舟。廣澤生明月，蒼山夾亂流。雲中君不見，竟夕自悲秋。」前聯雖柳惲不是過也，晚唐有此，亦希聲乎！嚴羽卿稱戴詩爲晚唐第一，信非溢美。

馬戴喻鳧詩句

「積靄沉斜月，孤燈照落泉。」喻鳧詩也。「積翠含微月，遥泉韻細風。」馬戴詩也。二詩幽思同而句法亦相似。

南浦詩

寇準南浦：「春風入垂楊，烟波漲南浦。落日動離魂，江花泣微雨。」妙處不減唐人。

南雲

詩人多用「南雲」字，不知所出，或以江總「心逐南雲去，身隨北雁來」爲始，非也。陸機思親賦云：「指南雲以寄欽，望歸風而效誠。」陸雲九愍云：「眷南雲以興悲，蒙東雨而涕零。」蓋又先于江總矣。

南裔志

蚺惟大蛇，既洪且長。采色駮映，其文錦章。食象吞鹿，腴成養瘡。賓饗嘉食，是豆是觴。

南州行

「挺艇至南國，國門連大江。中洲兩邊岸，數步一垂楊。金釧越溪女，羅衣胡粉香。織縑春卷幔，采蕨暝提筐。弄瑟嬌垂幌，迎人笑下堂。河頭浣衣處，無數紫鴛鴦。」此二詩，一見英華，一見樂府。蓋初唐人作也㊀。所謂暗中摸索，亦可知者。高棅乃編之於中唐，真無見哉。

㊀「二」與「一見英華，一見樂府」數字原脱，據函海本補。

庭珪贗墨

「庭珪贗墨出蘇家，麝煤添澤紋烏鞾。柳枝瘦龍印香字，十襃一日三摩挲。」此山谷題庭珪贗墨詩，然其製可見，今贗者亦希見矣。

胡唐論詩

胡子厚與予論詩曰：「人有恒言曰：唐以詩取士，故詩盛；今代以經義選舉，故詩衰。此論非也。詩之盛衰，係於人之才與學，不因上之所取也。漢以射策取士，而蘇李之詩、班馬之賦出焉，此豈係於上乎？屈原之騷，争光日月，楚豈以騷取人耶？况唐人所取五言八韻之律，今所傳省題詩，多不工。今傳世者，非省題詩也。姑以畫論，晉有顧凱之，唐有吴道玄，晉唐未嘗以畫取士也。至宋則馬遠夏珪，不足爲顧吴之衙官，近代吴小仙林良，又不足爲馬夏之奴僕。畫既有唐子元薦與予書，論本朝之詩：「洪武初，高季迪袁可潛一變元風，首開大雅，卓乎冠矣。二公而下，又有林子羽劉子高孫炎孫蕡黄元之楊孟載輩羽翼之。近日好高論者曰沿習元體，其失也瞽。又曰國初無詩，其失也聾。一代之文，曷可誣哉！永樂之末至成化之初，則微乎銷矣。弘治間，文明中天，古學焕日：藝苑則李懷麓張滄洲爲赤幟，而和之者多失於流易；山林則陳白沙莊定山稱白眉，而識者皆以爲傍門。至李何二子一出，變而學杜，壯乎偉矣。然正變雲擾而剽襲雷同，比興漸微而風騷稍遠，唐子應德箴其偏焉。嘉靖初，稍稍厭棄，更爲六朝之調。初唐之體，蔚乎盛矣，而纖艷不逞，闡緩無當，作非神解，傳同耳食。陳子約之議其後焉。」張子愈光，滇之詩人也。以二子之論爲的，故著之。

胡　燕

玄中記：「胡燕斑胸聲小，越燕紅襟聲大。」李賀詩：「勞勞胡燕怨酣春。」吴越春秋：「越燕向日而熙。」丁仙芝詩：「曉幙紅襟燕。」

胡曾詠史

「漠漠黄沙際碧天，問人云此是居延。停驂一顧猶魂斷，蘇武争銷十九年。」此詩全用杜牧之，詩亦宜然，謂之時代可也。」余深服其言。

之句。慎少侍先師李文正公，公曰：「近日兒童村學教以胡曾詠史詩，入門先壞了聲口矣。」慎曰：「如詠蘇武一首亦好。」公曰：「全是偷杜牧之聞胡笳詩。」退而閱之，誠然。曾之詩，此外無留良者。

胡琴婢勝兒

吴泰伯祠在閶門之東。每春秋，市人相率牲醴，多圖善馬綵輿美女以獻之。時金銀行以輕綃畫侍婢捧胡琴以從，其貌勝於舊繪者，名爲勝兒，蓋他獻者無以匹也。女巫方舞，有進士劉景復送客之金陵，置酒於廟東通波館，忽欠伸思寢，夢紫衣冠者言襄王奉屈。劉生隨至廟，周旋揖讓而坐，王語劉生曰：「適納一胡琴妓，藝精而色麗，知吾子善歌，故奉邀作胡琴一曲以寵之。」生初頗不酣，命酌人間酒一杯，已醉，乃作歌曰：「繁紘已停雜吹歇，勝兒調弄邏娑撥。四絃攏撚三五聲，喚起邊風駝明月。大聲嘈嘈奔淈淈，浪蹙波間倒溟渤。小絃切切怨颸颸，鬼哭神悲秋悉窣。倒腕斜挑掣流電，春雷直戛騰秋鶻。漢妃徒得端正名，秦女虛誇有仙骨。我聞天寶十年前，涼州未作西戎窟。麻衣右衽皆漢民，不省胡塵暫蓬勃。太平之末狂胡亂，犬豕奔騰恣唐突。玄宗未到萬里橋，東洛西京一時没。海内漢民皆入虜，飲恨吞聲空咽嗢。時看漢月望漢天，怨氣衝星成彗孛。國門之西八九鎮，高城深壘閉閑卒。河湟咫尺不能收，輓粟推車徒兀兀。今朝聞撥涼州曲，使我心神暗超忽。勝兒若向邊塞彈，征人淚血應闌干。」吟畢以獻，王召勝兒授之。王之侍兒有妬者，以金如意擊勝兒，劉生驚而寤，歌傳於吳中。

音韻之原

或問余音韻之原，余曰：唐虞之世已有之矣，舜典曰「聲依永，律和聲」是也。「股肱喜哉，元首起哉，百工熙哉。」又：「元首明哉，股肱良哉，庶事康哉。」熙之叶「喜」「起」，明之叶「良」「康」，即吳才老韻之祖也。「日出而作，日入而息，鑿井而飲，耕田而食，帝於我有何力哉。」即沈約韻之祖也。王充論衡作「帝於我有何力哉」，力與上文「息」「食」爲韻。列子作「帝力於我何有哉」，恐是傳寫之倒。大凡作古文賦頌，當用吳才老古韻，作近代詩詞，當用沈約韻。近世有倔强好異者，既不用古韻，又不屑用今韻，惟取口吻之便，鄉音之叶，而著之詩焉，良爲後人一笑資爾。

柳公綽梓州牛頭寺詩

「纔出城西第一橋，兩邊山木晚蕭蕭。井花莫洗行人耳，留聽溪聲入夜潮。」此詩今刻於樂至縣湧泉寺。與前洪容齋唐人絶句條下所載畧異，并録之。

柳花香

李太白詩：「風吹柳花滿店香。」温庭筠詠柳詩：「香隨靜婉歌塵起，影伴嬌嬈舞袖垂。」傳奇詩：「莫唱踏春陽，令人離腸結。郎行久不歸，柳自飄香雪。」其實柳花亦有微香，詩人之言非誣也。李又有「瑶臺雪花數千點，片片吹落春風香」之句。

柳枝詞

麗情集載湖州妓周德華者，劉采春女也，唱劉禹錫柳枝詞云：「春江一曲柳千條，二十年前舊板橋。曾與美人橋上别，恨無消息到今朝。」此詩甚佳，而劉集不載，然此詩隱括白香山古詩爲一絶，而其妙如此。

洵美且都

詩：「有女同車，顔如舜華。將翺將翔，佩玉瓊琚。彼美孟姜，洵美且都。」孟姜，世族貴女也。美，質之佳麗也。都，飾之閑雅也。「顔如舜華」，可以言美矣。「佩玉瓊琚」，可以言都矣。蓋冶容艷態，多出於膏腴甲族薰釀含浸之下。彼山姬野婦，雖美而不都，縱有舜華之顔，加以瓊琚之佩，所謂婢作夫人，鼠披荷葉。故曰三代仕宦，方會穿衣喫飲，苟非習慣，則舉止羞澁，烏有閑雅乎？漢宫尹夫人之見邢夫人，賈充家郭氏之見李氏，亦可證也。譬則士之有所卓立，必藉國家教養，父兄淵源，師友講習，三者備而後可。采薪之女，教之容止，七日而傾吳宮。釣渭之夫，立之尚父，三年而集周統，豈理之常也哉。

逐子

杜詩：「大家東征逐子回。」劉須溪云：「『逐』字不佳。」予思之，杜詩無一字無來處，所以佳，此「逐」字無來處，所以不佳也。今稱人之母隨子就養曰逐子，可乎？然亦未有他好字易之。近有語予以「將」字易之，詩云「不遑將母」，蓋反言見義，若春秋杞伯姬以其子來朝，而書杞伯姬來朝其子之例也。爲文富於萬篇，貧於一字，其難如此。古樂府有「一母將九雛」之句，則「將」字甚愜，當試與知音訂之。

卿雲歌

太平御覽引卿雲歌：「卿雲爛兮，糺漫漫兮。」「糺」，今諸書所引誤作「札」。

陳同甫與朱子書

同甫與朱子書略云：「因吾眼之偶開，便以爲得不傳之絕學，三三兩兩，附耳而語，有同告密，畫界而立，一似結壇，盡絶一世之人於門外，而謂「千年之君子，皆盲眼不可點洗，二千年之天地日月，若有若無，世界皆是利欲，亦過矣。」予喜其言，有切於士病，故書之以自警。劉安世嘗云：「願士夫有此名節，不願士夫立此門户。」此元祐之士病。黄履翁云：「願士夫務道學之實，不願士夫立道學之名。」則淳熙以後士病也。黨籍僞學之禁，雖小人無忌憚，亦君子有以招之也。

陳子昂詩

陳子昂送客詩云：「故人洞庭去，楊柳春風生。相送河州晚，蒼茫别思盈。白蘋已堪採，緑芷復含榮。江南多桂樹，歸客贈生平。」今本作「平生」，非。書所以貴舊本也。余見新本，疑其誤而思之未得，一見舊本釋然。

陳白沙詩

白沙之詩，五言沖淡，有陶靖節遺意，然賞者少。徒見其七言近體，效簡齋康節之渣滓，至於筋斗、樣子、打乖、個裏，如禪家呵佛罵祖之語，殆是傳燈録偈子，非詩也。若其古詩之美，何可掩哉？然謬解者，篇篇皆附於心學性理，則是癡人説夢矣。

陳孚遠詩

元陳孚遠歸帆絶句云：「日落牛羊歸，渡頭動津鼓。煙昏不見人，隱隱數聲櫓。」識者以爲不減王維。

陳文惠公詩

陳文惠公堯佐吴江詩云：「平波渺渺烟蒼蒼，菰蒲纔熟楊柳黄。扁舟繫岸不忍去，西風斜日鱸魚香。」後人於其地立鱸香亭，和者計百餘人，皆不及也。噫，此詩尚敢和耶！又碧瀾堂詩云：「苕溪清淺霅溪斜，碧玉光涵一萬家。誰向月明中夜聽，洞庭漁笛隔蘆花。」二詩曲盡東南之景，後之作者，無復措手。

荀子解詩

予嘗愛荀子解詩卷耳云：「卷耳，易得也，頃筐，易盈也，而不可貳以周行。」深得詩人之心矣。小序以爲「求賢審官」，似戾於荀旨，朱子直以爲文王朝會征伐，而后妃思之是也。但「陟彼崔嵬」下三章，以爲託言，亦有病婦人思夫，而却陟岡飲酒，攜僕望岨，雖託言之，亦傷於大義矣。原詩人之旨，以后妃思文王之行役而云也。「陟岡」者，文王陟之也。「馬玄黄」者，文王之馬也。「僕痡」者，文王之僕也。「金罍」「兕觥」者，冀文王酌以消憂也。蓋身在閨門，而思在道途，若後世詩詞，所謂「計程應説到梁州」，「計程應説到常山」之意耳。曾與何仲默説及此，仲默大稱賞，以爲千古之奇。又語予曰：「宋人尚不能解唐人詩，以之解三百篇，真是枉事，不若直從毛鄭可也。」

烏夜啼

「芳草二三月，草與水同色。攀條摘香花，言是歡氣息。」唐劉禹錫詩：「烟波與春草，千里同一色。」温飛卿詩：「蠻水揚光色如草。」楊孟載詩：「春草春江相妬緑。」

怪石詩

黄庶，字亞夫，嘗有怪石一絶傳于世云：「山鬼水怪著薜荔，天禄辟邪眠莓苔。鉤簾坐對心語口，曾見漢家池館來。」人士膾炙，以爲奇作。唐張碧詩亦不多見，嘗有池上怪石詩云：「寒姿數片奇突兀，曾作秋江秋水骨。先生應是厭風雷，著向池邊塞龍窟。我來池上傾酒樽，半酣書破青烟痕。參差翠縷擺不落，筆頭驚怪黏秋雲。我聞吴中項容水墨有高賈，邀得將來倚松下。鋪却雙縉直道難，掉首空歸不成畫。」二詩殆未易甲乙也。

酒　龍

陸龜蒙詩：「花匠礙寒應束手，酒龍多病尚垂頭。」又詠茶詩：「思量北海徐劉輩，枉向人間號酒龍。」北海謂孔融，徐邈及劉伶也。

連臂蹋地

戚夫人侍兒賈佩蘭歌上靈之曲：「連臂蹋地以爲節。」蹋，以足踏地而歌也，丑犯切。揚雄蜀都賦：「蹋凄秋，發陽春。」

康　浪

甯戚飯牛歌：「康浪之水白石爛。」康浪水在今山東，見一統志，可考。今樂府誤作滄浪之水。滄浪在楚，與齊何干涉也。駱賓王文云：「觀梁父之曲，識臥龍於孔明；聽康浪之歌，得飯牛於甯戚。」此可以證。近書坊刻駱集，又妄改「康浪」作「康衢」，自是堯時事，與甯戚何干涉也。

席　箕

李賀塞上詩：「天遠席箕愁。」劉會孟注「席箕」如箕踞坐。予按秦韜玉塞上曲云「席箕風緊馬𩨂豪」，此豈箕踞義哉？「席箕」恐是塞上地名，書之以俟知者。李本寧太史云：席箕是草名，出太平廣記。𩨂音延。

晉沈琉前溪歌

前溪滄浪映，通波澄淥清。聲弦傳不絕，寄汝千載名。

荔枝六言

曾吉甫荔子六言二首，其一云：「蕉子定成噲伍，梅丸應愧盧前。金谷危樓魂斷，白州舊井名傳。」其二云：「紅皺解羅襦處，清香開玉肌時。繡嶺堪憐妃子，苧蘿不數西施。」

浮渲梳頭

本事詩載劉禹錫李司空席上贈妓詩云㊀：「浮渲梳頭宮樣妝，春風一曲杜韋娘。」今本「浮渲梳頭」作「高髻雲鬟」，又以爲韋應物詩者，誤也。蓋韋與劉皆嘗爲蘇州刺史，是以傳疑。「浮渲」字妙，畫家以墨飾美人髩髮，謂之渲染。

㊀「李」原作「杜」，據本事詩改。

范季隨評詩

宋范季隨云：「唐末詩人，雖格致卑淺，然謂其非詩則不可。今人作詩，雖句語軒昂，但可遠聽，其理則不可究。」

高棅選唐詩正聲

「五言古詩，漢魏而下，其響絶矣。六朝至初唐，止可謂之半格。」又曰：「近體，作者本自分曉，品者亦能區别。」高棅選唐詩正聲，首以五言古詩，而其所取，如陳子昂「故人江北去，楊柳春風生」，李太白「去國登兹樓，懷歸傷莫秋」，劉眘虚「滄溟千萬里，日夜一孤舟」，崔曙「空色不映水，秋聲多在山」，皆律也。而謂之古詩，可乎？譬之新寡之文君，屢醮之夏姬，美則美矣，謂之初笄室女，則不可。於此有盲妁，取損罏而充完璧，以白練而爲黄花，苟有孱壻，必售其欺。高棅之選，誠盲妁也。近見蘇刻本某公之序，乃謂「正聲」，其格渾，其選嚴。噫！是其孱壻乎！

高宗過温湯

「温渚停仙蹕，豐郊駐曉旌。路曲迴輪影，岩虚傳漏聲。暖溜驚湍駛，寒空碧霧輕。林黄疏葉下，野白曙霜明。眺聽良無已，烟霞斷續生。」此篇文苑英華作太宗。按驪山石刻年紀麟德十月朔日，爲高宗無疑。應制和者，王德貞楊思玄鄭羲真，又皆高宗朝士也。

夏侯湛補亡詩

夏侯湛補亡詩曰：「既殷斯虔，仰説洪恩。名定匡省，奉朝侍昏。宵中告退，鷄鳴在門。孳孳温恭，夙夜是敦。」

徐凝宫詞

「水色簾前流玉霜，漢家飛燕在昭陽。掌中舞罷簫聲絶，三十六宫秋夜長。」徐凝詩多淺俗，瀑布詩爲東坡所鄙，獨此詩有盛唐風格。

連綿字

左太沖招隱詩：「峭蒨青葱間，竹柏得其真。」五言詩用四連綿字，前無古，後無今。

海魚空鳥

「大海從魚躍，長空任鳥飛。」唐荆州陟屺寺僧玄覽詩也。朱文公嘗書之，且跋之曰：「大丈夫處世，不可無此氣象。」蓋亦取之。玄覽齋壁有張璪畫松，符載讚之，衛象詩之，覽悉加堊焉。曰：「無事汚吾壁也。」異哉，此犵奴能知魚鳥任其飛躍，又何必介意於三才子之筆乎？

海紅

劉長卿集有夏中崔中丞宅見海紅摇落一花獨開詩，海紅未詳爲何花。後見李白詩注云：「新羅國多海紅，唐人多尚之，亦戎王子之類也。」又柑有名海紅者，見橘譜。

升菴詩話卷八

蚌盤

「金翠絲簧畧不舒，蚌盤清宴意何如㊀。豈知三閣繁華主，解爲君王妙破除。」孫元晏有詠史百首，胡曾汪遵之比也，惟此一首，差强人意。

㊀「何如」原作「如何」，據函海本改。

桃花詩

唐自貞觀至景龍，詩人之作，盡是應制。命題既同，體製復一，其綺繪有餘，而微乏韻度，獨蘇頲「東望望春春可憐」一篇，迥出羣英矣。予又見中宗賞桃花，應制凡十餘人，最後一小臣一絶云：「源水叢花無數開，丹椒紅蕚間青梅。從今結子三千歲，預喜仙遊復摘來。」此詩一出，羣作皆廢，中宗令宫女唱之，號「桃花行」，惜不知作者名。然宋元近時選唐詩者將百家，無有選此者。未之見耶？不之識耶？

凍洛

集韻：「淞，凍洛也。」三蒼解詁：「液雨也。其字音送，俗曰霧淞。」漢書五行志：「雨木冰，亦曰樹介，又曰木稼，稼即介之訛耳，寒甚而木冰，如樹著介冑也。」曾南豐集云：「齊地寒甚，夜如霧凝於木上，日出飄滿庭階，尤爲可愛，遂作詩云：『園林初日净無風，霧淞花開樹樹同。記得集英深殿裏，舞人齊插玉籠鬠。』」齊地以爲豐年之兆，諺云：「霜淞如霧淞，窮漢備飯瓮。」然淞之極，則以爲樹介冰木，諺云：「木若稼，達官怕。」蓋寒淺則爲霧淞，寒極則爲木冰。霧淞召豐，而木冰召凶也。李獻吉詩：「大寒冰雨何紛紛，曉行日臨江吐雲。」蓋詠木冰也。又云：「今朝走白露，南枝參差開。紫宮散花女，騎龍下瑶陔。」蓋詠霧淞也。各極體物之妙云。

韋應物螢火詩

「月暗竹亭幽，螢光拂席流。還如故園夜，又度一年秋。」「暂愜觀書興，何慚秉燭遊。府中徒冉冉，明發好歸休。」此二詩絶佳，予愛之。比之杜子美，則杜似太露。

韋應物蘇州郡齋燕集詩

詩話稱韋蘇州郡齋燕集詩首句「兵衛森畫戟，燕寢凝清香。海上風雨至，逍遥池閣涼」爲一代絶倡。余讀其全篇，每恨其結句云：「吴中盛文史，羣彦今汪洋。方知大藩地，豈曰財賦强。」乃類張打油胡釘鉸之語，雖村教督食死牛肉燒酒，亦不至是繆戾也。後見宋人麗澤編無後四句。又閲韋集，此詩止十六句，附顧况和篇亦止十六句，乃知後四句乃吴中淺學所增，以美其風土，而不知釋迦佛脚下不可着糞也。三十年之疑，一旦釋之，是日中秋，與弘山楊從龍飲，讀之以爲千古之一快，幾欲如貫休之撞鍾矣。

韋應物寄淮上綦毋三

「滿城憐傲吏，終日賦新詩。請報淮南客，春帆浪作期。」「請」字當作去聲。白樂天詩：「當時綺季不請錢。」自注：「請，平聲。」

韋應物浣紗女

「錢塘江畔是誰家，江上女兒全勝花。吴王在時不得出，今日公然來浣紗。」有風調。

韋莊古别離

「晴烟漠漠柳毿毿，不那離情酒半酣。遥把玉鞭雲外指，斷腸春色在江南。」韋端己送别詩多佳，經諸家選者不載。贈進士詩：「新馬杏花色，緑袍春草香。」

韋莊江行西望寄友

「西望長安白日遥，半年無事駐蘭橈。欲將張翰松江雨，畫作屏風寄鮑昭。」用事新奇可愛。鮑照，唐人，避武后諱，改曰昭。

韋詩誤字

韋蘇州詩「獨憐幽草澗邊生」，古本「生」作「行」，「行」字勝「生」字十倍。

孫器之評詩

定陶孫器之評詩曰：「魏武帝如幽燕老將，氣韻沉雄。曹子建如三河少年，風流自賞。鮑明遠如飢鷹獨出，奇矯無前。謝康樂如東海揚帆，風日流麗，陶彭澤如絳雲在霄，舒卷自如。王右丞如秋水芙蓉，倚風自笑。韋蘇州如園客獨繭，暗合音徽。孟浩然如洞庭始波，木葉微落。杜牧之如銅丸走坂，駿馬注坡。白樂天如山東父老，課農桑，事事言言皆着實。元微之如李龜年説天寶遺事，貌悴而神不傷。劉夢得如鏤冰雕瓊，流光自照。李太白如劉安雞犬，遺響白雲，覈無補多欲。孟東野如埋泉斷劍，臥壑寒松。張籍如優工行鄉飲，醻獻秩如，時有詼氣。柳子厚如高秋獨眺，霽晚孤吹。李義山如百寶流蘇，千絲鐵網，綺密瓌妍，要非適用。宋朝蘇東坡如屈注天潢，倒連滄海，變眩百怪，終歸雄渾。歐公如四瑚八璉，正可施之宗廟。荆公如鄧艾縋兵入蜀，要以險絶爲功。山谷如陶弘景入官，析理譚玄，而松風之夢故在。梅聖俞如關河放溜，瞬息無聲。秦少游如時女步春，終傷婉弱。後山如九皐獨唳，深林孤芳，沖寂自妍，不求識賞。韩子蒼如梨園按樂，排比得倫。吕居仁如散聖安禪，自能奇逸。其他作者，未易殫陳，獨唐杜工部如周公制作，後世莫能擬議。」

孫逖詩

「漁父歌金洞，江妃舞翠房。」最爲秀句，今本作「漁火」，非。

孫思邈詩

孫思邈四言詩曰：「取金之精，合石之液。列爲夫婦，結爲魂魄。一體混沌，兩精感激。河車覆載，鼎候無忒。洪鑪列火，烘燄翕赫。煙未及黠，燄不假碧。如畜扶桑，若藏霹靂。姹女氣索，嬰鬼聲寂。透出兩儀，麗於四極。壁立幾多，馬馳一驛。宛其死矣，適然從革。惡黜善遷，情回性易。紫色内達，赤芒外射。熠若火生，乍疑血滴。號曰中還，退藏於密。霧散五内，川流百脈。骨變金植，顔駐玉澤。陽德乃敷，陰功乃積。南宫度名，北斗落籍。」此詩詞高古類魏伯陽，而世傳者少，録於此云。

茸母孟婆

宋徽宗在北虜，清明日詩曰：「茸母初生認禁烟，茸母，草名，北地寒食茸母生。無家對景倍凄然。帝城春色誰爲主，遥指鄉關涕淚連。」又戲作小詞云：「孟婆孟婆，你做些方便，吹個船兒倒轉。」孟婆，宋汴京勾欄語，謂風也。「茸母」「孟婆」，正是的對。邵桂子甕天解語别天會録。

袁伯文詩

「玉墀滴清露，羅幌已依霜。逢春每先絶，争秋欲幾芳。」袁伯文楚妃引也。「風闔晚翻靄，月殿夜凝明。願君早流盼，無令春草生。」徐孝嗣白雪曲也。「淚滴珠難盡，容殘玉易消。倘隨明月去，莫道夢魂遥。」張文收醽樂也。「羅敷初總髻，蕙芳正嬌小。月落始歸船，春眠恆著曉。」又：「别前花照露，别後露垂葉。歌舞須及時，如何坐悲妾。」李暇怨詩也。數詩，少時愛而誦之。

然諸選皆不收，何見耶？

袁紹盃

後漢鄭玄傳：「袁紹總兵冀州，遣使要玄，大會賓客。玄最後至，乃延升上坐，飲酒一斛。紹客多豪俊，並有才説，玄依方辨對，咸出問表，莫不嗟服。」杜詩「江上徒逢袁紹盃」，公以玄自比爲儒而逢世亂也。須溪批云：「如此引袁紹事不曉。」噫！須溪眯目之言不曉，真不曉也。王洙注引河朔飲事，尤無干涉。不讀萬卷書，不能解讀杜詩，信哉。

袁崧山川記

高山嵯峨，巖石磊落。傾側縈迴，下臨峭壑。行者攀緣，牽援帶索。

素足女

李白詩：「東陽素足女，會稽素舸郎。相看月未墮，白地斷肝腸。」按謝靈運有東陽江中贈答二首云：「可憐誰家婦，緣流洗素足。明月在雲間，迢迢不可得。」答詩云：「可憐誰家郎，緣流乘素舸。但問情若爲，月就雲中墮。」太白蓋全祖之也，而注不知引。

書貴舊本

觀樂生愛收古書，嘗言古書有一種古香可愛。余謂此言末矣，古書無訛字，轉刻轉訛，莫可考證。余於滇南見故家收唐詩紀事抄本甚多，近見杭州刻本，則十分去其九矣。刻陶淵明集，遺季札贊。草堂詩餘舊本，書坊射利，欲速售，減去九十餘首，兼多訛字，余抄爲拾遺辯誤一卷。先太師收唐百家詩，皆全集，近蘇州刻則每本減去十之一，如張籍集本十二卷，今只三四卷，又傍取他人之作入之；王維詩取王涯絶句一卷入之，詫於人曰此維之全集，以圖速售，今王涯絶句一卷，在三舍人集之中，將誰欺乎？此其大關繫者。若一句一字之誤尤多。略舉數條，如王渙李夫人歌「修嫮穠華銷歇盡」，「修嫮」訛作「德所」；武元衡詩「劉琨坐嘯風清塞」，訛作「生苑」，琨在邊城，則「清塞」字爲是，焉得有苑乎？杜牧詩「長空澹澹没孤鴻」，今妄改作「孤鳥没」，平仄亦拗矣；杜詩「七月六日苦炎蒸」，俗本「蒸」作「熱」；「紛紛戲蝶過開幔」，俗本「開」作「閒」，不知子美父名閒，詩中無「閒」字；「邀歡上夜關」，今俗本作「卜夜間」；「曾閃朱旗北斗殷」，妄改「殷」作「閒」，成何文理？前人已辯之矣。劉巨濟收許渾詩「湘潭雲盡暮烟出」，今俗本「烟」作「山」，亦是淺人妄改。湘水多烟，唐詩「中流欲暮見湘煙」是也。「烟」字大勝「山」字。李義山詩：「瑶池宴罷留王母，金屋妝成貯阿嬌。」俗本作「玉桃偷得憐方朔」，直似小兒語耳。陸龜蒙宫人斜詩「草着愁煙似不春」，俗本作「草樹如煙似不春」，尤謬。小詞如周美成「愔愔坊曲人家」，「坊曲」妓女所居，俗改「曲」作「陌」。張仲宗詞「東風如許惡」，俗改「如許」作「妬花」，平仄亦失貼。孫夫人詞「日邊消息空沉沉」，俗改「日」作「耳」。東坡「玉如纖手嗅梅花」，俗改「玉如」作「玉奴」，其餘不可勝數也。書所以貴舊本者，可以訂訛，不獨古香可愛而已。

書堂飲散復邀李尚書下馬賦

杜云：「湖月林風相與清，殘樽下馬復同傾。久拚野鶴如雙鬢，遮莫鄰雞下五更。」湖上林中，地已清矣。湖有月，林有風，景益清矣。故着「相與清」字。俗本作「湖上」，或作「湖水」，皆淺。既有湖，不須着「水」字，若云「湖上林風」，不得着「相與清」字，此工緻細潤，味之自知。「遮莫」，猶言儘教也，當時諺語。

梁宮人前溪歌

「當曙與未曙，百鳥啼前窗。獨眠抱被歎，憶我懷中儂，單情何時雙。」用韻甚古。窗，粗叢切，雙，鬭工切。今樂府刻倒其字作「窗前」，失其音矣。

梁元帝陽雲館柳詩

「楊柳非花樹，依樓自覺春。枝邊通粉色，葉底映紅巾。帶日交窗影，西風掃隙塵。入簾應有意，偏宜桃李人。」此詩諸本所載不同，以定本正之。

梁元帝登百花亭懷荆楚此詩又以爲邵陵王綸作。

「極目纔千里，何由望楚津㊀。落花灑行路，垂楊拂砌塵。柳絮飄春雪，荷珠漾水銀。試酌新清酒，遥勸陽臺人。」見江州石本。

㊀「何由」兩字原脱，據梁元帝集補。

梁元帝螢火詩

本隨秋草幷，今與夕風清。縈空若星隕，拂樹似花生。屏疑神火照，簾似夜珠明。逢君拾光彩，不恪此身輕。

梁武白紵辭

「朱絲玉柱羅象筵，飛琯促節舞少年。短歌流目未肯前，含笑一轉私自憐。」此喻君臣朋友相知不盡者也。楚辭「私自憐兮何極」，三字極有意。人君之聘臣，宰相之薦賢，相知必深，相信必素，而後可出。「曰黄昏以爲期兮，羌中道而改路。」「交不終兮怨長，期不信兮告予以不閒。」屈子所以三致意而怨歎也。還觀古今炯戒多矣，有相知相信之深，一出而成功者，伊尹傅説也；有相知相信未深，確乎不拔者，嚴子陵蘇雲卿也。孔明感三顧而出，先主終違草廬之言，守小信不取荆州，狼狽當陽，欲奔蒼梧，非孔明求救孫將軍，是亦劉表而已。後人好議論者，猶云「只合終身作卧龍」。下此如苻秦之王猛，唐氏之魏徵，不思其身後之言，伐晉，伐高麗，以致敗亡。余謂二君之驕忿甚矣，王猛魏徵縱不死，亦不能止其行也。又下此則范增韓生而已，是女之見金夫而不有躬者也。宋人詩話，以此詩爲古今第一，良有深見，而不著其説，余特爲衍之。

梁武帝父子詩讖

梁武帝冬日詩：「雪花無著蒂，冰鏡不安臺。」梁簡文詠月詩：「飛輪了無轍，明鏡不安臺。」竟成二讖。

梁簡文詠楓葉詩

「萎緑映葭青，疏紅分浪白。落葉洒行舟，仍持送遠客。」此詩二十字，而用彩色四字，在宋人則以爲忌矣；以爲彩色字多，不莊重，不古雅，如此詩何嘗不莊重古雅耶？

梁簡文和蕭侍中子顯春別

「別觀蒲桃帶實垂，江南豆蔻生連枝。無情無意尚如此，有心有恨徒自知。」詩云：「隰有萇楚，猗儺其枝。夭之沃沃，樂子之無知。」此詩祖其意。

書雲

詩人冬至用書雲事，宋人小説以爲分至啓閉，必書雲物，獨以爲冬至事，非也。余按春秋感精符云：「冬至，有雲迎送日者，來歲美。」宋忠註曰：「雲迎日出，雲送日没也。」冬至獨用書雲事，指此未爲偏失也。

䀏眠

楚辭：「遠望兮阡眠。」陸機詩：「林薄杳阡眠。」吕延濟曰：「阡眠，原野之色。」按説文：「䀏，山谷青䀏䀏也。」則「阡眠」字當作「䀏眠」。又列子云：「鬱鬱芊芊。」註：「芊芊，茂盛之貌。」李白賦「彩翠兮芊眠」。「䀏眠」作「芊眠」，亦通。文選别作「盰眠」，字皆從目。

唐詩葳蕤

唐詩「春樓不閉葳蕤鎖」，又「望見葳蕤舉翠華」，「葳蕤」旗名，鹵簿中有之。孫氏瑞應圖云：「葳蕤瑞草，王者禮備至則生。」今之字書，例解爲草木之狀，未得其原也。

唐詩主情

唐人詩主情，去三百篇近；宋人詩主理，去三百篇却遠矣。匪惟作詩也，其解詩亦然。且舉唐人閨情詩云：「裊裊庭前柳，青青陌上桑。提籠忘採葉，昨夜夢漁陽。」即卷耳詩首章之意也。又曰：「鶯啼綠樹深，燕語雕粱晚。不省出門行，沙場知近遠。」又曰：「漁陽千里道，近於中門限。中門踰有時，漁陽常在眼。」又云：「夢裏分明見關塞，不知何路向金微。」又云：「妾夢不離江上水，人傳郎在鳳凰山。」卽卷耳詩後章之意也。若如今詩傳解爲托言，而不以爲寄望之詞，則卷耳之詩，乃不若唐人作閨情詩之正矣。若知其爲思望之詞，則詩之寄興深，而唐人淺矣。若使詩人九原可作，必蒙印可此説耳。

唐詩翻三百篇意

唐劉采春詩：「那年離別日，只道往桐廬。桐廬人不見，今得廣州書。」此本詩疏「何斯違斯」

一句，其疏云：「君子既行王命於彼遠方，謂適居此一處，今復乃去此，更轉遠於餘方。」韋蘇州詩：「春潮帶雨晚來急，野渡無人舟自橫。」此本於詩「汎彼柏舟」一句，其疏云：「舟載渡物者，今不用而與衆物泛泛然俱流水中，喻仁人之不見用。」其餘尚多類是。三百篇爲後世詩人之祖，信矣。

唐詩絶句誤字

唐詩絶句，今本多誤字，試舉一二，如杜牧之江南春云「十里鶯啼緑映紅」，今本誤作「千里」，若依俗本「千里鶯啼」，誰人聽得？「千里緑映紅」，誰人見得？若作十里，則鶯啼緑紅之景，村郭樓臺，僧寺酒旗，皆在其中矣。又寄揚州韓綽判官云「秋盡江南草未凋」，俗本作「草木凋」。秋盡而草木凋，自是常事，不必説也，況江南地暖，草木不凋乎。此詩杜牧在淮南而寄揚州人者，蓋厭淮南之摇落，而羨江南之繁華，若作草木凋，則與「青山明月」、「玉人吹簫」不是一套事矣。余戲謂此二詩絶妙，「十里鶯啼」，俗人添一撇壞了，「草未凋」，俗人減一畫壞了，甚矣，士俗不可醫也。又如陸龜蒙宫人斜詩云「草着愁烟似不春」，只一句，便見墳墓淒惻之意。今本作「草樹如烟似不春」，「草樹如烟」，正是春景，如何下得「不春」字。讀者往往忽之，亦食不知味者也。

唐詩不厭同

唐人詩句，不厭雷同，絶句尤多，試舉其畧。如：「忽見陌頭楊柳色，悔教夫壻覓封侯。」王昌齡春閨怨也。而李頎春閨怨亦云：「紅粉女兒窗下羞，畫眉夫壻隴西頭。自怨愁一作冶。容長照鏡，悔教征戍覓封侯。」王勃九日詩云：「九月九日望鄉臺，他席他鄉送客杯。人今已厭南中苦，鴻鴈那從北地來。」而盧照鄰九日詩亦云：「九月九日眺山川，歸心歸望積風烟。他鄉共酌金花酒，萬里同悲鴻雁天。」杜牧邊上聞胡笳詩云：「何處吹笳薄暮天，塞垣高鳥没狼烟。遊人一聽頭堪白，蘇武争禁十九年。」胡曾詩云：「漠漠黄沙際碧天，問人云此是居延。停驂一顧猶魂斷，蘇武争消十九年。」戎昱湘浦曲云：「虞帝南巡不復還，翠蛾幽怨水雲間。昨夜月明湘浦宿，閨中環珮度空山。」高駢云：「帝舜南巡不復還，二妃幽怨水雲間。當時珠淚垂多少，只到一作道。而今竹尚斑。」白樂天詩：「緑浪東西南北水，紅闌三百九十橋。」劉禹錫云：「春城三百九十橋，夾岸朱樓隔柳條。」杜工部詩：「新春看又過，何日是歸年？」李太白云：「萬里關塞斷，何日是歸年？」鶯鶯詩：「自從銷瘦減容光，萬轉千廻嬾下牀。不爲傍人羞不起，因郎憔悴却羞郎。」歐陽詹太原妓詩：「自從銷瘦減容光，半是思郎半恨郎。欲識舊時雲髻樣，開奴牀上鏤金箱。」李賀詠竹云：「無情有恨何人見，露壓烟籠千萬枝。」皮日休詠白蓮云：「無情有恨何人見，月曉風清欲墮時。」陸龜蒙送棋客詩云：「滿目山川似弈棋，况當秋鴈正斜飛。金門若召楊一作羊。元保，賭取江東太守歸。」温庭筠觀棋詩云：「閑對楸枰傾一壺，黄華坪上幾成盧㊀。他時謁帝銅池水，便賭宣城太守無。」

㊀「盧」原作「都」，據全唐詩改。

唐舞妓着靴

舒元輿詠妓女從良詩云：「湘江舞罷却成悲，便脱蠻靴出鳳幃。誰是蔡邕琴酒客，曹公懷舊嫁文姬。」可考唐時妓女舞飾也。按説文：「鞮，四夷舞人所着履也。」周禮有鞮鞻氏，亦是四夷之舞。今之樂部舞妝，皆出四夷。唐人舞妓皆着靴，猶有此意。盧肇柘枝舞賦：「靴瑞錦以鷩雲匝，袍蹙金而雁欹。」樂府歌：「錦靴玉帶舞回雲。」杜牧之贈妓詩曰：「舞靴應任傍人看，笑臉還須待我開。」黄山谷贈妓詞云：「風流太守，能籠翠羽，宜醉金釵，且留取垂楊掩映映庭階。直待朱輪去後，便從伊穿襪弓鞋。」則汴宋猶似唐制，至南渡頭妓女窄襪弓鞋如良人矣。故當時有蘇州頭杭州脚之諺云。「蠻靴」一本作「鷩靴」，盧肇賦一本云「靴瑞錦以鷩匝，袍蹙金而鴈欹」，以鷩當是，併識於此。

唐彥謙垂柳

「絆惹東風別有情，世間誰敢鬬輕盈。楚王宮裏三千女，饑損蠻腰學不成。」蠻腰或作纖腰，非。詠柳而貶美人，詠美人而貶柳，唐人所謂尊題格也，詩家常例。

唐彥謙詩

唐彥謙絶句，用事隱僻，而諷諭悠遠似李義山。如奏捷西蜀題沱江驛云：「野客乘軺非所宜，況將儒服報戎機。錦江不識臨卭酒，幸免相如渴病歸。」卽李義山「相如未是真消渴，猶放沱江過錦城」之意也。餘如登興元城觀烽火云：「漢川城上角三呼，護蹕防邊列萬夫。褒姒冢前烽火起，不知泉下破顏無。」鄧艾廟云：「昭烈遺黎死尚羞，揮刀斫石恨譙周。如何千載留遺廟，血食巴山伴武侯。」此卽唐人題吳中范蠡廟云「千年宗國無窮恨，只合江邊祀子胥」之句也。漢殿云：「鳥去雲飛意不通，夜壇斜月轉桐風。君王寂慮無消息，却就真人覓鉅公。」首首有醖藉，堪吟詠，比之貫休胡曾輩天壤矣。考其世，蓋僖宗時人也。

唐人傳奇小詩

詩盛於唐，其作者往往托於傳奇小說，神仙幽怪，以傳於後，而其詩大有絶妙今古，一字千金者，試舉一二。「卜得上峽日，秋來風浪多。巴陵一夜雨，腸斷木蘭歌。」又：「雨滴空堦曉，無心換夕香。井梧花落盡，一半在銀牀。」又：「舊日聞簫處，高樓當月宮。梨花寒食夜，深閉翠微中。」又：「命笑無人笑，含嬌何處嬌。徘徊花上月，空度可憐宵。」

唐求送人之邛州

「鶴鳴山下客，滿篋荷瑶琨。放馬荒田草，看碑古寺門。漸寒沙上路，欲暝水邊村。莫忘分襟處，梅花撲酒樽。」唐求，嘉州洓江人，所謂「詩瓢唐山人」也。此詩爲集中第一。

唐詩人鄭仲賢

余弟姚安太守未菴慥，字用能，酒邊誦一絶句云：「『亭亭畫舸繫春潭，只待行人酒半酣。不管烟波與風雨，載將離恨過江南。』兄以爲何人詩？」余曰：「按宋文鑑，則張文潛詩也。」未菴取草堂詩餘，周美成尉遲杯注云：「唐鄭仲賢詩。」余因歎唐之詩人，姓名隱而不傳者何限？或張文潛愛而書之，遂以爲文潛之作耳。

屠蘇爲草名

周王褒詩：「飛甍彫翡翠，繡桷畫屠蘇。」屠蘇本草名，畫于屋上，因草名以名屋。杜詩云：「願隨金騕褭，走置錦屠蘇。」屋名也。後人又借屋名以名酒，「元是屠蘇酒」是也。又大帽形類屋，亦名屠蘇，南史謡云「屠蘇障日覆兩耳」是也。

望行人

「自從江樹秋，日日望江樓。夢見離珠浦，書來在桂州。不同魚比目，終恨水分流。久不開明鏡，多應是白頭。」王建詩多俗，此詩却有初唐之風，當表出之。

升菴詩話卷九

渚宮妓高使君別宴

「悲莫悲兮生別離，登山臨水送將歸。武昌無限新栽柳，不見楊花似雪飛。」高駢自渚宮移鎮揚州，別宴口占楚詞二句，使幕下續之，久未有應。有一妓進曰：「賤妾感相公之恩，續貂可乎？」卽收淚吟曰云云，合座大加賞歎，駢厚贈之。其詩絶佳，雖使温李爲之，不過如此。「飛」一作「時」。

盛小叢突厥三臺

「雁門山上雁初飛，馬邑闌中馬正肥。昨夜陰山逢驛使，殷勤南北寄征衣。」盛小叢，雁門妓女也。此詩甚佳，樂府歌之。三臺，曲名，自漢有之，而調之長短，隨時變易。韋應物集有上皇三臺，元曲有鬼三臺，訛爲「三台」云。

荳蔻

杜牧之詩：「娉娉嫋嫋十三餘，荳蔻梢頭二月初。」劉孟熙謂本草云：「荳蔻未開者，謂之含胎花，言少而娠也。」其所引本草，是言少而娠者也。且牧之詩，本詠娼女，言其美而且少，未經事人，如荳蔻花之未開耳，此爲風情言，非爲求嗣言也。若倡而娠，人方厭之，以爲緑葉成陰矣，何事入詠乎？

莊子解

莊子爲書，雖恢譎佚宕於六經外，譬猶天地日月，固有常經常運，而風雲開闔，神鬼變幻，要自不可闕，古今文士每奇之。顧其字面，自是周末時語，非後世所能悉曉。然尚有可徵者，如正獲之問於監市履狶，乃大射有司正、司獲，見儀禮。解之以牛之白顙者，與豚之亢鼻者，與人之有痔病者，不可以適河，乃古天子春有解祠，見漢郊祀志。唐子乃掌堂涂之子，猶周王侯之子稱門子。義臺乃儀臺。鄭司農云：「故書儀爲義。」「其脰肩肩」，乃見考工記：「梓人爲磬文，數目顧脛。」肩即顧字。如此類不一，而士無古學，不足以知之。諸家解者，或敷演清談，或牽聯禪語，或强附儒家，漫曰此文字奇處妙絶，又惡識所謂奇妙。千八百載，作者之意鬱而未伸，剽竊之用，轉而多誤。羅勉道莊子循本序。內則「卵醬，讀作鯤」，國語亦云「魚禁鯤鮞」，皆以鯤爲魚子。莊子乃以至小爲至大，便是滑稽之開端。南史吉翂傳：「鯤鮞螻蟻，尚貪其生。」鷽音渥。蜩蟟音刀料。鵰鶊音嘲。

西蜀范無隱云：「未成心，則眞性混融，太虛同量，成心則已離乎性，有善有惡矣。人處世間，應酬之際，有不免乎成心，卽當思而求之於未成之前，則善惡不萌，是非無眹，何所不齊哉？」其論精當，足以盡祛前惑。「夢而爲蝶，不知有周；覺而爲周，不知有蝶。其勢不能合，必有時而分矣。萬物之化亦如此。休獨疑逍遥遊，盡性也。齊物論，窮理也。養生主，修身也。」碧虛陳景允。「聖人成焉，以身徇道而成功。聖人生焉，以道徇身而全生也。」陳詳道註。「倐忽生而渾沌死，以喻外王之功成，而內聖之道虧也。」陳碧虛曰：「好生者以世事爲樂，趣死者以人世爲勞，唯超生死者，可以論其大概矣。」羼體註。

莊定山詩

莊定山早有詩名，詩集刻於生前，淺學者相與效其「太極圈兒大，先生帽子高」，以爲奇絶。又有絶可笑者，如「贈我一壺陶靖節，還他兩首邵堯夫」，本不是佳語，有滑稽者，改作外官答京官苞苴詩云：「贈我兩包陳福建，還他一疋好南京。」聞者捧腹。然定山晚年詩入細，有可並唐人者。古詩如題竹及養菴兩篇，七言如題玉川畫，五言律如：「野暝微孤樹，江清著數鷗。與君眞自厚，不是兩相留。」七言律如遊琅琊寺：「偶上蓬萊第一峯，道人今夜宿芙蓉。塵埋下界三千丈，月在西巖七十峯。」羅漢寺云：「溪聲夢醒偏隨枕，山色樓高不礙牆。」又如：「狂搔短髮孤鴻外，病臥高樓細雨中。」病眼云：「殘書漢楚燈前壘，草閣江山霧裏詩。」舟中云：「千家小聚村村暝，萬里河流岸岸同。」又：「秋燈小榻留孤艇，疏雨寒城打二更。」又：「北海風回帆腹飽，長河霜冷岸痕高。」和沈仲律原字韻云：「心無牛口干秦穆，跡繼龍頭愧邴原。」又云：「藜羹莫道無萊婦，蘭畹應知負屈原。」寄劉東山云：「塵外有人占紫氣，鏡中疑我尚朱顏。」次東嶠韻云：「電懸雙眼疑秋水，雪擁三花御野風。」又：「豈無湖水甘神瀵，更有溪毛當紫芝。」書東山草堂扁云：「封題雲臥東山扁，歌詠司空表聖詩。天闕星辰遺舊履，橘洲歲月有殘棊。石橫流潦潛蚪角，梅迸垂蘿屈鐵枝。自笑野人閑袖手，雲烟濃淡忽交馳。」次首云：「沙苑草非騏驥秣，瀟湘竹是鳳凰枝。紫虛有約千回醉，笑指僧趺亦坐馳。」又：「招隱誰甘同寂寞，著書不獨爲窮愁。」木昌道中云：「行客自知無歲暮，賓鴻不記有家歸。」寄鄧五羊云：「後時自許甘邱壑，前席將無問鬼神。浮世虛名非得已，出山小草却悲人。別時笑語風吹斷，會處迷離夢寫真。四十餘年一回首，乾旋坤轉有冬春。」此數首若隱其姓名，觀者決不謂定山作也。

晁詩

晁元忠詩：「安得龍湖潮，駕回安河水。水從樓前來，中有美人淚。人生高唐觀，有情何能已。」晏小山留春令云：「別浦高樓，曾漫倚對江南千里。樓下分流水，聲中有當日凭高淚。」全用其語。

粘天

庾闡揚都賦：「濤聲動地，浪勢粘天。」本自奇語。昌黎祖之曰：「洞庭漫汗，粘天無壁。」張祜詩「草色粘天鶗鴂恨」，黄山谷「遠山粘天吞釣舟」，秦少游小詞「山抹微雲，天粘衰草」，正用此字爲奇。今俗本作「天連」，非矣。

側寒

唐詩「春寒側側掩重門」，王介甫「側側輕寒剪剪風」，許奕小詞「玉樓十二春寒側」，呂聖求詞「側寒斜雨」，「側寒」字詞人相承用之，不知所出，大意側不正也。側寒字甚新，特拈出之。

掘柘詞 掘音扭。按此節已畧見卷三白苧舞條。

樂苑云：「羽調有柘枝曲，商調有掘柘枝。」此舞因曲爲名，用二女童，帽施金鈴，抃轉有聲，其來也於二蓮花中藏之，花折而後見，對舞相呈，實舞中雅妙者也。段成式寄温庭筠雲藍紙詩曰：「三十六鱗充使時，數番猶得寄相思。待將袍襖重抄了，寫盡襄陽掘柘詞。」掘柘詞，温集中亦有。

探情以華

文選王仲宣詩：「探情以華，睹著知微。」本於史記律書「情核其華，道著明矣」之語。華者，貌也。然史記之語，觀仲宣之詩而益明，仲宣之詩，得李善之解而始白，觀書所以貴乎博證也。

補稻畦水詩

「芊芊炯翠羽，剡剡生銀漢。鷗鳥鏡裏來，關山雲邊看。秋菰成黑米，精鑿傳白粲。玉粒足晨炊，紅鮮任霞散。」陸龜蒙引泉詩：「曾聞瑶池溜，亦灌朱草田。鳧伯弄翠蕊，鸞雛舞丹烟。凌風捩桂舵，隔霧馳西船。」二詩曲盡農田之景，然而詞語且宕落。

彫苽

説文：「彫苽，亦名蔣。」徐鉉曰：「彫苽，西京雜記及古詩皆作『雕胡』，内則註作『雕胡』，亦作『安胡』。枚乘七發『安胡之飯』，註：『今所食茭苗米也。』」宋玉賦：「主人之女，炊雕胡之飯。」爾雅：「齧雕蓬。」孫炎云：「米茭也，米可作飯，古人以爲五飯之一。」周禮：「魚宜苽。」干寶云：「苽米飯，膳以魚，同水物也，其米色黑。」杜詩「波漂菰米沉雲黑」，言人不收取而飃亦不啄，但爲「波漂」「沉雲」而已，見長安兵火之慘極矣。

雪讚書紈扇

羊孚作雪讚曰：「資清以化，乘氣以靡。遇象能鮮，即潔成輝。」桓允遂以書扇。余嘗有夏日詩云：「紈扇書，羊孚雪。玉笛吹，李白梅。」

假詩

黄鄮山評翁靈舒戴式之詩云：「近世有江湖詩者，曲心苦思，既與造化迴隔，朝推暮敲，又未有以溉其本根，而詩於是乎始卑。」然予以爲其卑非自江湖始，宋初九僧已爲許洞所困㈠，又上泝於唐，則大曆而下，如許渾輩，皆空吟不學，平生鏤心嘔血，不過五七言短律而已。其自狀云：「吟安一個字，撚斷數行鬚。」不知李杜長篇數千首，安得許多胡須撏扯也。苦哉！又云：「詩在灞橋風雪中，驢子上。」不思周人清廟，漢代柏梁，何必爾耶？又曰：「尋常言語口頭話，便是詩家絶妙詞。」又云：「詩從亂道得。」又自云：「我平生作詩，得貓兒狗子力。」噫！此等空空，知萬卷爲何物哉！然猶是形月露而狀風雲，詠山水而寫花木。今之作贋詩者異此，謂詩必用語録之話，於是無極、先天、行窩、弄丸，疊出層見。又云：「須夾帶禪和子語。」於是打乖、打睡、打坐、樣子、撇子、句子，朗誦之有矜色，疾書之無怍顔，而詩也掃地矣。

㊀「僧」原脱，據六一詩話「國朝浮圖以詩名於世者九人」條補。

榔栗

李屏山達摩贊，所謂「榔栗」者，稱杖也。范石湖詩：「病憐榔栗隨身慣，老覺屠蘇到手遲。」

麥含金

梁鴻傳載鴻詩二首，「麥含含兮方秀」，刻本皆如此。藝文類聚引之，作「麥含金」爲是。「金」與「含」相似而衍爲二字也，此當表出之。

符載甘州歌

「月裏嫦娥不畫眉，只將雲霧作羅衣。不知夢逐青鸞去，猶把花枝蓋面歸。」此詩飄飄欲仙，樂府以爲甘州歌，而禪宗頌古引之。蓋名作衆所膾炙也。符載，成都人，見唐文粹。

清新庾開府

杜工部稱庾開府曰清新。清者，流麗而不濁滯；新者，創見而不陳腐也。試舉其畧，如：「文昌氣似珠，太史明如鏡。」「凱樂聞朱雁，鐃歌見白麟。」「楊柳歌落絮，鵝毛下青絲。」「覆局能懸記，看碑解暗疏。」「池水朝含墨，流螢夜聚書。」「含風摇古度，防露動林於。」古度、林於皆竹木名，自來無人用也。「漢陰逢荷蓧，緇林見杖拏㊀。」「濁醪非鶴髓，蘭肴異蟹胥。」「漢帝看桃核，齊侯問棗花。」「冬嚴日不暖，歲晚風多朔。」「賦用王延壽，書須韋仲將。」「千柱蓮花塔，由旬紫紺園。」「建始移交讓，徽音種合昏㊁。」「螢排亂草出，鴈拾斷蘆飛。」「羊腸連九坂，熊耳對雙峯。」「北梁送孫楚，西堤別葛龔。」「古槐時變火，枯楓乍落膠。」「香螺酌美酒，枯蚌藉蘭肴。」「盛丹須竹節，量藥有刀圭。」「京兆陳安世，成都李意期。」「山精逢照鏡，樵客值圍棊。」「野爐燃樹葉，山杯捧竹根。」「被攏文瓜熟，交塍香穗低。」「學異南宮敬，貧同北郭騷。」「蒙吏觀秋水㊂，萊妻紡落毛。」「雪花開六出，冰珠映九光。」「階下雲峯出，窗前風洞開。」「澗底百重花，山根一片雨。」「峽路沙如月，山峰石似眉。」「荷風驚浴鳥，橋影聚行魚。」「水影摇叢竹，林香動落梅。」「水似桃花色，山如甲煎香。」「路高山裏樹，雲低馬上人。」「酒正離悲促，歌工別曲悽。」「山明疑有雪，岸白不關沙。」詠杏花云：「依稀映林塢，爛熳開山城。」寄王琳云：「玉關道路遠，金陵信使疏。獨下千行淚，開君萬里書。」望渭水云：「樹似新亭岸，沙如龍尾灣。猶言吟暝浦，應有落帆還。」此二絶，即一篇哀江南賦也。重別周尚書云：「陽關萬里道，不見一人歸。惟有河邊雁，年年南向飛。」詠桂云：「南中有八桂，繁華無四時。不識風霜苦，安知零落期。」唐人絶句，皆倣效之。

㈠「緗」原作「细」，據庾子山集改。　㈡「昏」原作「歎」，據同上改。　㈢「觀」原作「歎」，據同上改。

庾信詩

庾信之詩，爲梁之冠絶，啓唐之先鞭。史評其詩曰綺豔，杜子美稱之曰清新，又曰老成。綺豔清新，人皆知之，而其老成，獨子美能發其妙。余嘗合而衍之曰：綺多傷質，豔多無骨。清易近薄，新易近尖。子山之詩，綺而有質，豔而有骨，清而不薄，新而不尖，所以爲老成也。若元人之詩，非不綺豔，非不清新，而乏老成。宋人詩則强作老成態度，而綺豔清新，概未之有。若子山者可謂兼之矣。不然，則子美何以服之如此。

庾肩吾燭影詩

「垂燄垂花比芳樹，隨風隨水俱難駐。秦娥軟舞隙中來，李吾夜績光中度。燭龍潛曜城烏啼，陰陰疊鼓朝天去。」一作「春枝拂岸影上來，還杯繞客光中度」。

晨雞鳴高樹

「晨雞振翮鳴，出洞擅奇聲。蜀道隨金馬，天津應玉衡。摧冠驗遠石，繫火出連營。争栖斜揭暮，解翼横飛度。試飲淮南藥，翻上仙都樹。枝低且候潮，葉淺還承露。枝低觸嚴霜，葉淺伺朝陽。不見猜羣怯寶劍，勇戰出花場。當損黄金距，誰論白玉璫。豈知長鳴逢漢帝，恃氣遇周王。流名説魯國，分影入陳倉。不復愁苻朗，猶能感孟嘗。」金馬碧雞，無中生有，妙句也。緯書：「玉衡星精爲雞。」

梔子同心

梁徐悱妻劉三娘詩：「兩葉雖爲贈，交情永未因。同心何處切，梔子最關人。」唐施肩吾雜曲：「憐時魚得水，怨罷商與參。不如山梔子，却解結同心。」結句又與劉三娘光宅寺詩同。

陶淵明九月九日

「野人迷節候，端坐隔塵埃。忽見黄花吐㊀，方知素節回。映崖千段發，臨浦萬株開。香氣徒盈把，無人送酒來。」按周麟曰：「淵明古體婚曲，入八句中，渾然天成，唐末諸人所不能也。」

㊀「吐」原作「叶」，據函海本改。

陶弼

陶弼，宋仁宗時人，有詩名，仕於兩廣，詩絶似晚唐。宋文鑑選其二首，虔化縣云：「暖雪梅花樹，晴雷贛石溪。」出嶺云：「天文離卷石，人影背含沙。」其他如僧寺云：「花露生瓶水，松風落架書。」早行云：「照枕殘雞月，吹燈落葉風。」李洞喻鳧，可相伯仲。

陪族叔侍郎曄及賈舍人至遊洞庭

「洞庭西望楚江分，水盡南天不見雲。日落長沙秋色遠，不知何處弔湘君。」此詩之妙不待贊，前句云「不見」，後句「不知」，讀之不覺其複。此二「不」字，決不可易。大抵盛唐大家正宗作詩，取其流暢，不似後人之拘拘耳。聊發此義。

又

「帝子瀟湘去不還，空餘秋草洞庭間。淡掃明湖開玉鏡，丹青畫出是君山。」洞庭爲楚之巨浸大觀，近日士夫崇尚别號，楚人以洞庭取號者，比比是：曰洞野，曰洞澤，曰洞湖、洞陽、洞陰、洞濱。唐池南侍御云：「太白詩中『明湖』二字奇甚，無人拈出爲别號及亭扁者。」

悠字單用

詩「悠悠蒼天」，注：「眇邈無期貌。」後人押韻，罕有單用者，惟莊子有「荒唐謬悠」，後漢書「任重道悠」，張平子西京賦「建辰旅之太常，紛焱悠以容裔」，佛經「道性天悠」，可以單押。

悠字押韻

説文：「攸，行水也。」字本從水，省作攸，借爲所字。古文苑西嶽碑：「靈則有攸。」秦嘉迷婚詩：「神啓其吉，果獲令攸。」文選：「紛焱悠以容裔。」注：「旌旗摇動貌。」悠字，詩中除「悠悠」之外，只有「焱悠」與莊子「謬悠」、内典「道性天悠」可押。「攸」，所也。韓文：「壼儀之攸。」左傳：「湫乎攸乎。」注：「乘危貌。」又「鬱攸」，火氣也。五行傳「御於怵攸」，言人君遇災，以憂爲所，則可免也。「怵攸」，猶言敬作所也。前漢書敍傳：「攸攸外寓。」支遁傳：「嘗遊外國，歲數曩悠。」按此條與前條小異，故兩存之。

寄衣曲

唐長孫佐輔寄衣曲云：「征人去年戍遼水，夜得邊書字盈紙。揮刀就燭裁紅綺，結作同心達千里。君寄邊書書莫絶，妾答同心心自結。同心再解心不離，書字頻開字愁滅。結成一夜和淚封，貯書只在懷袖中。莫如書字固難久，願學同心長可同。」佐輔，盛唐人，詩集亡逸。此詩英華亦不載，故謹録之。

寄明州于駙馬

「平陽音樂隨都尉，留滯三年在浙東。吴越聲邪無法曲，莫教倫入管弦中。」南方歌詞，不入管弦，亦無腔調，如今之弋陽腔也。蓋自唐宋已如此，謬音相傳，不可詰也。東坡贈王定國歌姬云：「好把鸞黄記宫樣，莫教弦管作蠻聲。」亦是此意。

寄梅事

寄梅事始見於説苑：「越使諸發云：『豈有一枝梅，可寄國君者乎？』」又詩話載南北朝范曄與陸凱相善，凱在江南寄梅花一枝詣長安與曄，且贈一詩云云。按曄爲江南人。陸凱字智君，代北人。當是范寄陸耳，凱在長安，安得梅花寄曄乎？

崔融從軍行

穹廬雜種亂金方，武將神兵下玉堂。天子旌旗過細柳，匈奴運數盡枯楊。關頭月落橫西裔，塞下凝雲斷北荒。漠漠邊塵飛衆鳥，昏昏朔氣聚羣羊。依稀蜀杖迷新竹，仿佛胡牀識故桑。臨海舊來聞驃騎，巡河本自有中郎。坐看戰壁爲平土，近待軍營作破羌。

崔道融梅詩

楊誠齋愛唐人崔道融詠梅云：「香中別有韻，清極不知寒。」方虛谷云：「惜不見全篇。」余近見雜抄唐詩册子，此首適全，今載之：「數萼初含雪，孤標畫本難。香中別有韻，清極不知寒。横笛和愁聽，斜枝倚病看。朔風如解意，容易莫催殘。」因思古人詩文，前代不傳，或又出於後，未可知也。如蒲城縣李邕書雲麾將軍碑，已爲人擊斷。正德中，劉東阜謫居蒲城，乃爲鐵櫰束之，復完。饒州薦福寺碑，宋代爲雷所轟，近日商人取其三段合爲一，尚可印摹。吁，亦奇事矣！

崔塗王維詩

崔塗旅中詩：「漸與骨肉遠，轉於僮僕親。」詩話亟稱之。然王維鄭州詩：「他鄉絶儔侶，孤客親僮僕。」已先道之矣，但王語渾含勝崔。

崔魯華清宫詩

崔魯華清宮詩四首，每各精練奇麗，遠出李義山杜牧之上，而散見於唐音及品彙漁隱叢語長安古志中，各載其一而已，今並録於此。其一曰：「門横金瑣闃無人，落日秋聲渭水濱。紅葉下山寒寂寂，濕雲如夢雨如塵。」其二曰：「銀河漾漾月輝輝，樓礙星邊織女磯。横玉叫雲天似水，滿空霜霰不停飛。」其三曰：「障掩金雞蓄禍機，翠華西拂蜀雲飛。珠簾一閉朝元閣，不見人歸見燕歸。」其四曰：「草遮回磴絶鳴鑾，雲樹深深碧殿寒。明月自來還自去，更無人倚玉欄干。」

崔道融讀杜紫微集

「紫微才調復知兵，常遣風雷筆下生。猶有枉抛心力處，多於五柳賦閑情。」梁昭明太子序陶淵明集云：「白璧微瑕，惟在閑情一賦。」杜牧嘗著孫武子，又作守論戰論原十六衛，皆有經濟之略，故道融以此絶句少之。杜牧嘗譏元白云：「淫詞媟語，入人肌膚，吾恨不在位，不得以法治之。」而牧之詩淫媟者，與元白等耳，豈所謂睫在眼前猶不見乎？

許渾

唐詩至許渾，淺陋極矣，而俗喜傳之，至今不廢。高棅編唐詩品彙，取至百餘首。甚矣，棅之無目也。棅不足言，而楊仲弘選唐音，自謂詳於盛唐而畧於晚唐，不知渾乃晚唐之尤下者，而取之極多。仲弘之賞鑒，亦羊質而虎皮乎？陳後山云：「近世無高學，舉俗愛許渾。」斯卓識矣。孫光憲云：「許渾詩，李遠賦，不如不做。」當時已有公論，惜乎伯謙輩之懵於此也！

許彥周詩話

許彥周詩話云：「客言李杜詩中説馬如相馬經，有能過之者乎？」僕曰：「毛詩過之。」曰：「六經固不可擬，然亦未嘗仔細説馬相態行步也。」僕曰：「願熟讀之。『兩驂如舞』，此騎語所謂花踏羊行是也。『兩驂如手』，此騎語所謂熟使喚是也。思之便覺『走過掣電傾城知』與『神行電邁涉恍惚』，爲難騎耳。」

魚米

唐田澄蜀城詩：「地富魚爲米，山芳桂是樵。」俗名沃土爲魚米之地，本此。

魚若乘空

柳子厚小石潭記：「潭中魚可百許頭，皆若空遊無所依。」此語本之酈道元水經注：「淥水平潭，清潔澄深。俯視游魚，類若乘空。」沈佺期詩「魚似鏡中懸」，亦用酈語意也。又古詩：「水真綠淨不可唾，魚若空行無所依。」

魚魚雅雅

古樂府朱鷺曲：「朱鷺，魚以烏，鷺何食，食茄下。」「烏」古與「雅」同叶，音作「雅」。蓋古字烏也雅也㊀，本一字也。「雅」與「下」相叶，始得其音。「魚以雅」者，言朱鷺之威儀，魚魚雅雅也。韓文元和聖德詩「魚魚雅雅」之語本此。「茄」古「荷」字。

㊀「蓋」原作「音」，據函海本改。

隋末詩讖

江都迷樓宮人杭靜夜半歌云：「河南楊柳樹，江北李花營。楊柳飛綿何處去，李花結果自然成。」又煬帝作鳳艒歌云：「三月三日到江頭，正見鯉魚波上遊。意欲持鈎往撩取，恐是蛟龍還復休。」皆唐興之兆。又煬帝索酒歌云：「宮木陰濃燕子飛，興衰自古漫成悲。他日迷樓更好景，宮中吐餤奕紅輝。」其後迷樓爲唐兵所焚，竟叶詩讖。出海山記。

陸賈素馨

陸賈南中行紀：「雲南中有花，惟素馨香特酷烈。彼中女子以綵絲穿花心繞髻爲飾。」梁章隱詠素馨花詩云：「細花穿弱縷，盤向綠雲鬟。」用陸語也。花繞髻之飾，至今猶然。予嘗有詩云：「金碧佳人墮馬妝，鷓鴣林裏採秋芳。穿花貫縷盤香雪，曾把風流惱陸郎。」姜夢賓笑謂予曰：「不意陸賈風流之案，千年而始發耶？」

陸希聲梅花塢

「凍蕊凝香色艷新，小山深塢伴幽人。知君有意凌寒雪，羞共千花一樣春。」唐詩梅花詩甚少，絕句尤少，此首「凍蕊凝香」，乃「疏影暗香」之先鞭也。

陸機太白詩音

陸機招隱詩：「哀音附靈波，頹響赴曾曲。」「附」音「拊」。太白詩：「羌笛横吹阿濫迴，向月樓中吹落梅。」下「吹」字音去聲，不惟便於讀，亦義宜爾也。

陸機詩

文選陸機詩：「感別慘舒翮，思歸樂遵渚。」舒翮謂鵠，遵渚謂鴻，言感別之情，慘於舒翮之飛鵠；思歸之志，樂於遵渚之征鴻也。

升菴詩話卷十

曹松警句

「華嶽影寒清露掌，海門風急白潮頭。」松詩多淺俗，此二句差有中唐之意。

曹孟德樂府

曹孟德樂府，如苦寒行猛虎行短歌行，膾炙人口久矣。其稀僻罕傳者，如「不戚年往，憂世不治」，「存亡有命，慮爲之蚩」，又云「壯盛智慧，殊不再來。愛時進趣，將以惠誰」，不特句法高邁，而識趣近於有道，可謂文姦也已。

曹子建遺詩

曹子建棄婦篇云：「石榴植前庭，綠葉搖縹青。丹華灼烈烈，璀彩有光榮。光好燁流離，可以處淑靈。有鳥飛來集，拊翼以悲鳴。悲鳴夫何爲，丹華實不成。拊心長歎息，無字當歸寧。有子月經天，無子若流星。天月相終始，流星没無精。棲遲失所宜，下與瓦石并。憂懷從中來，歎息通雞鳴。反側不能寐，逍遥於前庭。踟躕還入房，肅肅帷幕聲。褰帷更攝帶，撫絃彈鳴箏。慷慨有餘音，要妙悲且清。收淚長歎息，何以負神靈。招摇待霜露，何必春夏成。晚穫爲良實，願君且安寧。」此詩郭茂倩樂府不載，近刻子建集亦遺焉。幸玉臺新詠有之，遂録以傳。

張説蘇摩遮

「臘月凝寒積帝臺，齊歌急鼓送寒來。油囊取得天河水，上壽將添萬歲杯。」蘇摩遮，當時曲名，宋詞作蘇幕遮。説詩凡四首，第一首云：「摩遮本出海西胡，瑠璃寶眼紫髯須。」以此考之，即今之舞回回也。

張籍答朱慶餘

「越女新粧出鏡心，自知明艷更沉吟。齊紈未是人間貴，一曲菱歌直萬金。」此詩蓋深許之。朱慶餘詩，王荆公百家選多取之。

張正見詠鷄

張正見詠鷄詩曰：「蜀郡隨金馬，天津應玉衡。」上句用「金馬碧鷄」事，下句用緯書玉衡星精散爲鷄事也。以無爲有，以虚爲實，影略之句，伐材之語，非深於詩者，孰能爲之？嚴滄浪乃云「張正見之詩，雖多亦奚以爲」，豈知言哉？

張旭詩

張旭以能書名，世人罕見其詩。近日吴中人有收其春草帖一詩，陸子淵爲余誦之，所謂「春草青青萬里餘，邊城落日見離居。情知塞上三年别，不寄雲間一紙書」，可謂絶倡。余又見崔鴻臚所藏有旭書石刻三詩，其一桃花磯云：「隱隱飛橋隔野烟，石磯西畔問漁船。桃花盡日隨流水，洞在青溪何處邊。」其二山行留客云：「山光物態弄春暉，莫爲輕陰便擬歸。縱使晴明無雨色，入雲深處亦沾衣。」其三春遊值雨云：「欲尋軒檻列清樽，江上烟雲向晚昏。須倩東風吹散雨，明朝却待入華園。」字畫奇怪，擺雲捩風，而詩亦清逸可愛，好事者模爲四首懸之。春草一首真蹟，藏江南人家。

張祜上方寺詩

「寶殿依山險，凌虚勢欲吞。畫欄齊木末，香砌壓雲根。遠景窗中岫，孤烟海上村。憑高聊一望，歸思隔吴門。」此詩張祜集不載，見於石刻，真絶唱也。祜以金山詩得名，此詩相伯仲，惜其無傳，故書。

張祜氏州第一

「十指纖纖玉笋紅，鴈行輕度翠弦中。分明自説長城苦，水咽雲寒一夜風。」按張祜集題本作邱家筝。

張李詩

張子容詩：「海氣朝成雨，江天晚作霞。」李嘉祐詩：「朝霞晴作雨，溼氣晚生寒。」二詩語極相似，然盛唐中唐分焉，試辨之。

張説詩

江總折楊柳云：「塞北寒膠折，江南楊柳結。不悟倡園花，遥同葱嶺雪。春心既駘蕩，春樹聊攀折。共此依依情，無奈年年别。」唐張説詩亦云：「塞上綿應拆，江南草可結。欲持梅嶺花，遠競榆關雪。」微變數字，不妨雙美。

沈滿願詩

沈滿願詩：「征人久離別，故國音塵絶。夢裏洛陽花，覺來葱嶺雪。」劉方平梅詩：「歲晚芳梅樹，繁苞四面同。春風吹漸落，一夜幾枝空。小婦今如此，長城恨不窮。莫將遼海雪，來此後庭中。」

張仲舉詞用唐詩語

張仲舉踏莎行云：「芳草平沙，斜陽遠樹，無情桃葉江頭渡。醉來扶上木蘭舟，將愁不去將人去。」唐李端詩：「江上晴樓翠靄間，滿闌春水滿窗山。青楓緑草將愁去，遠入吳雲暝不還。」張詞全用李詩語，若不知其出處，亦不見其工緻也。

張方詩

「二水谿頭車馬行，靈龜背後玉龍横。㶁瀧往日矜河伯，砥柱千年要石兄。潏水右旋江會合，天台曲直卦文明。吾心怵惕便施手，事所當爲不問名。」紹定辛卯三月。

張邵張祁

張邵字才彥，簡池人。其子孝祥，狀元及第，秦檜羅織下獄。檜死，乃仕，後寓烏江，遂家焉。祁字晉彦，有詩名，渡湘江詩曰：「春通瀟湘渡，真觀八景圖。雲藏岳麓寺，江入洞庭湖。晴日花争發，豐年酒易沽。長沙十萬户，游女似京都。」

張祜和杜牧之九華見寄

孤城高柳鳴曉鴉，風簾半鉤清露華。九峯聚翠宿危檻，一夜孤光懸冷沙。出岸遠暉帆欲落，入深寒影鴈差斜。杜陵歸去春應早，莫厭青山謝朓家。

張繼詩

國語：「室無懸耜，野無奥草。」尉繚子兵法：「耕有春懸耜，織有日斷機。」言用兵之妨於耕織也。唐張繼詩：「女停襄邑杼，農廢汶陽耕。」蓋祖尉繚子之語。

張亨父詩

張泰字亨父，姑蘇人。詩句清拔，名於一時。其正月十六日詩云：「長安元夕少燈光，此夜歡娯覺更忙。十里東風吹翠袖，九門銀燭照紅妝。虹橋御陌争春步，雲閣誰家鬭晚香。醉着吟鞭急歸去，老夫當避少年狂。」其手書稿，愼於先師李文正公處見之。

張飛書

涪陵有張飛刁斗銘，其文字甚工，飛所書也。張士環詩云：「天下英雄只豫州，阿瞞不共戴天仇。山河割據三分國，宇宙威名丈八矛。江上祠堂嚴劍珮，人間刁斗見銀鉤。空餘諸葛秦州表，左袒何人復爲劉。」

張諲

王右丞贈張諲詩云：「屏風誤點惑孫郎，團扇草書輕内史。」李頎亦贈諲云：「小王破體閒支策，落月梨花空滿壁。詩堪記室妬風流，畫與將軍作勍敵。」其爲名流所重如此。記室，左思也。將軍，顧凱之也。諲之畫有神鷹圖，予猶及一見之於京肆，以索價太厚，未之購也。

梅聖俞詩

梅聖俞詩：「南隴鳥過北隴叫，高田水入低田流。」山谷詩：「野水自添田水滿，晴鳩却唤雨鳩來。」李若水詩：「近村得雨遠村同，上圳波流下圳通。」其句法，皆自杜子美「桃花細逐楊花落，黄鳥時兼白鳥飛」之句來。

梅谿注東坡詩

王梅谿注東坡詩，世稱其博。予偶信手繙一册，除夜大雪留濰州詩云：「敢怨行役勞，助爾歌飯瓮。」「凇」音宋，積雪也，以爲豐年之兆。坡詩正用此。而注云：「山東人以肉埋飯下，謂之飯瓮。」何異小兒語耶？又祈雪霧猪泉云：「歲宴風日暖，人牛相對閑。」「人牛」字用東方朔占書「春與歲齊，人牛並立」之語，而注亦失引。

牽絲

謝靈運詩：「牽絲及元興，解龜在景平。」註引應璩詩：「不悟牽朱絲，三署來相尋。」李善註云：「牽絲，初仕也。解龜去仕也。」文苑英華康子元參軍帖子判云：「萬里牽絲，俄畢子荊之任；九流懸鏡，行披彥輔之雲。」又似用爲孫楚事。

僞書誤人

劉子玄曰：「郭子橫洞冥記、王子年拾遺記，全構虛辭，用驚愚俗。」卓哉子玄之見也。余推其餘如任昉述異記，殷芸小說，沈約梁四公子記，唐人杜陽雜編天寶遺事，宋人雲仙散録清異錄、杜詩僞蘇註，盛行於時，殊誤學者。司馬公作通鑑，亦誤取天寶遺事，況下此者乎！

崇山

驩兜崇山，今以爲湖廣之慈利縣，非也。沈佺期集有從崇山向越裳詩，其序云：「按九真圖崇山至越裳四十里。杉谷起古崇山，竹谿從道明國來，於崇山北二十五里合，水欹缺，籐竹明昧，有三十峰夾水，直上千餘仞，諸仙窟宅在焉。」其詩云：「朝發崇山下，暮坐越裳陰。西從杉谷度，北上竹谿深。竹谿道明水，杉谷古崇岑。」以此證之，崇山乃在交廣之域爲是。

黄眉墨妝

後周静帝令宫人黄眉墨妝，至唐猶然。觀唐人詩詞，如「蕊黄無限當山額」，又「額黄無限夕陽山」，又「學畫鴉黄半未成」，又「鴉黄粉白車中出」，又「寫月圖黄罷」，其證也。然温飛卿詩，有「豹尾車前趙飛燕，柳風吹散蛾間黄」之句，王荆公詩亦云「漢宫嬌額半塗黄」，事已起於漢，特未『所出耳。又幽怪録神女智瓊額黄。

黄鸝留

諺云：「黄鸝留，看我麥黄葚黑否。」見陸璣草木疏。今作「黄栗留」。

黄蝶

胡蝶或白或黑，或五彩皆具，惟黄色一種，至秋乃多，蓋感金氣也。李白詩「八月胡蝶黄」，深中物理。今本改「黄」爲「來」，何其淺也？白樂天詩亦云：「秋花紫濛濛，秋蝶黄茸茸。」

黄鶴樓詩

宋嚴滄浪取崔顥黄鶴樓詩爲唐人七言律第一。近日何仲默薛君采取沈佺期「盧家少婦鬱金堂」一首爲第一。二詩未易優劣。或以問予，予曰：「崔詩賦體多，沈詩比興多。以畫家法論之，沈詩披麻皴，崔詩大斧劈皴也。」

黄夾纈林

「黄夾纈林寒有葉」，白居易詩也。集中不收。「夾纈」，錦之别名。「黄夾纈林」句甚工。杜詩所謂「霜凋碧樹作錦樹」，同意。

黄雲

春秋運斗樞曰：「黄雲四合，女訛驚邦。」感精符曰：「妻黨翔，則黄雲入國。」「妻黨翔」，謂女謁盛也。淮南子曰：「黄天之氣，上爲黄雲，下爲黄泥。」江淹詩：「河洲多沙塵，風吹黄雲起。」李太白詩：「黄雲城南烏欲栖。」補文選注之未備㊀。

㊀「注」原作「莊」，按此係補文選謝靈運擬魏太子鄴中集詩八首之七「風悲黄雲起」之注。「江淹」原作「謝靈運」，「風吹」原作「風悲」，據文選改。

紫濛

慕容氏目云軒轅之後，從於紫濛之野。晉書慕容氏贊曰：「紫濛徙構，元塞分疆。角端偃月，步摇翻霜。乘危蝟起，怙險鴟張。守以不德，終致餘殃。」宋人送虜使詩云：「風急紫濛催玉勒，日長青瑣聽薰絃。」正用此事。

華不注

左傳成公二年，晉郤克戰於鞌，齊師敗績，逐之，三周華不注。相傳讀「不」字但作「卜」音。伏琛齊記引摯虞畿服經，「不」音「跗」，如詩「蕚不韡韡」之「不」，謂花蒂也。言此山孤秀，如華跗之注於水。其説甚異而有徵。又按水經注云：「華不注山，單椒秀澤，孤峯刺天，青崖翠發，望同點黛。」九域志云：「大明湖望華不注山，如在水中。」李太白詩：「昔我遊齊都，登華不注峯。茲山何峻秀，綵翠如芙蓉。」比之芙蓉，蓋因華不之名也。以數説互證之，伏氏音「不」爲「跗」，信矣。

菩薩蠻

唐詞有菩薩蠻，不知其義。按小説，開元中南詔入貢，危髻金冠，瓔珞被體，故號菩薩蠻，因以製曲。佛經戒律云「香油塗身，華鬘被首」是也。白樂天蠻子朝詩曰「花鬘抖擻龍蛇動」，是其證也。今曲名「鬘」作「蠻」，非也。

揭調

樂府家謂揭調者，高調也。高駢詩：「公子邀歡月滿樓，佳人揭調唱伊州。便從席上西風起，直到蕭關水盡頭。」

雯華

金國夫人王予可詩詞，多用「雯華」字，見中州集。元好問詩：「剝裂雯華漬月秋。」又寶宮寺聯云：「七重寶樹圍金界，十色雯華擁匣梁。」「雯」，雲文也。又石文似雲，亦曰雯華。古三墳書：

「日雲赤曇月雲素雯。」劉因登寺閣詩：「雯華寶樹忽當眼。」

湖陰曲題誤

王敦屯于湖，帝至于湖，陰察營壘而去。此晉紀本文。于湖，今之歷陽也。「帝至于湖」爲一句，「陰察營壘」爲一句。温庭筠作湖陰曲，誤以「陰」字屬上句也。張耒作于湖曲以正之。

傅玄雜詩

傅玄雜詩：「攝衣步前庭，仰觀南雁翔。玄景隨形運，流響歸洞房。」五臣注：「景，雁影也，映於月光而色玄也。」二句皆承上文説雁，其旨始白，五臣注亦不可廢。

湓浦衣帶

陸魯望寄江州司馬詩：「湓浦嘗聞似衣帶，廬峯見説似香爐。」此二句極工，蓋用何遜詩：「湓城俯湓水，湓水縈如帶。日夕望高樓，耿耿青雲外。」而注不知引。

開梅山

宋章惇開梅山詩云：「開梅山，梅山萬仞摩星躔。捫蘿鳥道十步九曲折，時有僵木横崖巔。

負麻直上視南岳，回首蜀道猶平川。人家迤邐列板屋，火耕磽确名畬田。穿堂之鼓堂穿壁，兩頭擊鼓歌聲傳。長藤弔酒跪而飲，何物爽口鹽爲先。馬郎酣歌苗女和，不待媒妁自相牽。白巾纏髻衣繞額，野花山果青垂肩。如今丁口漸蕃息，世界雖異非桃源。熙寧天子廑聖慮，命將傳檄令開邊。給牛貸種使耕墾，植桑插稻輸緡錢。人人歡呼願歸順，裹頭異語淳風旋。不特得地一千里，王道蕩蕩堯爲天。漢皇黷武竟何益，性命百萬塗戈鋋。李廣自殺馬援死，寂寞銅柱并燕然。伊溪之源最沃壤，擇地作邑民争先。大開庠序明禮樂，撫柔新俗威無專。小臣作詩諧樂府，梅山之崖石可鐫。此詩可勒不可泯，頌聲萬古長潺湲。」惇之此詩，專頌開梅山之利。又按濟北晁無咎開梅山一篇云：「開梅山，梅山開自熙寧之五年。其初連峯上參天，巒崖盤嶮閟羣巒。南北之帝鑿混元，此山不圮藏雲烟。躋攀鳥道出薈蔚，下視蛇脊相夤緣。窮南山，南山石室大如屋，黃閔之記盤瓠行跡今依然。高辛氏時北有犬戎寇，國中下令購頭首，妻以少女金盈斗，遍國無人有畜狗。厥初得之病耳婦，以盤覆瓠化而走。堪嗟吳將軍！屈死狺狺口。帝皇下令萬國同，事成違信道不容。竟以女妻之，狗乃負走逃山中。山崖幽絶不復人跡通。帝雖悲思深，往來輒遇雨與風。更爲獨力之衣短後裾㊀，六男六女相婚姻，木皮草實五色文，武溪赤髀皆子孫。侏離其聲異言語，情黠貌癡喜安土。自以吾父有功母帝女，凌夷夏商間，稍稍病侵侮。周宣昔中興，方叔幾振旅。春秋絶筆逮戰國，一負一勝安可數。邇來梅山恃險阻，黃茅竹箭如霔雨㊁。南人顛踣艷溪弩，據關守隘類穴鼠。一夫當其阸，萬衆莫能武。欲知梅山開，誰施神禹斧。大使身服儒，賓客盈幕府。檄傳傜初疑，叩馬卒歡舞。坦然無障礙，土石填溪渚。伊川被髮祭，一變卒爲虜。今雖關梁通，失制後誰禦。開梅山，開山易，防獠難，不如昔人閉玉關。」則言不必開，蓋因章惇小人專其事，爲清議所不與也。然梅山地今爲長沙府之安化縣五寨，自熙寧至今永無蠻獠之患，則惇之此舉，一秦之長城也。不然，則爲長沙之害，豈減於廣西之傜僮哉？

㊀「裾」，函海本作「裙」。㊁「如霔雨」原作「霔霧雨」，據函海本改。

曾子固詩

曾子固享祀軍山廟歌云：「土膏起兮，流泉駛兮　我徂於田，偕婦子兮。既耕且蓺，芸且耔兮。一歲之工，在勤始兮。野無螟蝝，田有水兮。非神之力，其誰使兮。我苞盈兮，我實成兮。揮鐮㩕㩕，風雨聲兮。囷藏露積，如坻京兮。遺秉滯穗，富鰥煢兮。酒食勸酬，消忿爭兮。非神之助，歲莫登兮。我有室家，神所祐兮。我有旄倪，神所壽兮。神之惠我，惟其舊兮。上之報神，亦云厚兮。釃酒刑牲，肴核豐兮。吹簫考鼓，聲逢逢兮。我民歲獻，無終窮兮。千秋萬歲，保斯宮兮。」此詩王荆公稱賞，以爲有雅頌之意，當表出。昧者言子固不能詩，豈其然乎？

裋褐

杜少陵冬日懷李白詩「裋褐風霜入」，惟宋元本仍作「裋」，今本皆作「短褐」。「裋」音「竪」，二字見列子。

楊柳枝壽杯詞

「曉晴樓上捲珠簾，往往長條拂枕函。恰直小蠻初學舞，擬偷金縷押春衫。」「池邊影動散鴛鴦，更引微風亂繡牀。只待玉窗塵不起，始應金雁得成行。」此無名氏柳枝詞也，郭茂倩樂府所遺。今以未盡者，并爲録之。姚合柳枝詞云：「黄金絲挂粉墻頭，動似顛狂静似愁。游客見時心自醉，無因得見玉搔頭。」「勾踐初迎西子年，琉璃爲帚掃溪烟。至今不改當時色，留與王孫繫酒船。」羅隱柳枝詞云：「灞岸晴來送别頻，相偎相倚不勝春。自家飛絮猶無定，争解垂絲絆路人。」「一簇青烟鎖玉樓，半垂欄畔半垂鈎。明年更有新條在，惱亂春風卒未休。」

楊素詩文

楊素作柳弘誄云：「山陽王弼，風流長逝。潁川荀爽，零落無時。修竹夾池，永絶梁園之賦；

長楊映沼，無復洛川之文。」又嘗以五言詩七百字贈播州刺史薛道衡，詞氣穎拔，風韻秀出，爲一盛作。見文苑英華。素本以武功顯，而文藻若此。

游景仁黄鶴樓詩

游景仁黄鶴樓詩：「長江巨浪拍天浮，城郭相望萬景收。漢水北吞雲夢入，蜀江西帶洞庭流。角聲交送千家月，帆影中分兩岸秋。黄鶴樓高人不見，却隨鸚鵡過汀洲。」景仁名侶，廣安人，南渡四賢相之一，有文集，今不傳，獨此詩見楚志。

湛方生酬南平王

「閉户守玄漠，無復車馬跡。衰廢歸邱樊，歲寒見松柏。身慙淮陽老，名忝梁園客。習隱非市朝，追賞在山澤。離離插天樹，磊磊間雲石。將此怡一生，傷感駒度隙。」亦見毗陵志。方生，晉之文人，後仕於劉宋。

黑雲

唐李賀雁門太守行首句云：「黑雲壓城城欲摧，甲光向日金鱗開。」摭言謂賀以詩卷謁韓退之，韓暑臥方倦，欲使閽人辭之，開其詩卷，首乃雁門太守行，讀而奇之，乃束帶出見。宋王介甫云：「此兒誤矣，方『黑雲壓城』時，豈有『向日』之『甲光』也？」或問：「此詩韓王二公去取不同，誰爲是？」予曰：「宋老頭巾不知詩，凡兵圍城，必有怪雲變氣，昔人賦鴻門有『東龍白日西龍雨』之句，解此意矣。予在滇，值安鳳之變，居圍城中，見日暈兩重，黑雲如蛟在其側，始信賀之詩善狀物也。」

喻鳧詩

喻鳧詩：「雁天霞脚雨，漁夜葦條風。」上句絶妙，下句大不稱，此所以爲晚唐也。

集句

亡友安公石，嘉州人，妙於集句，以「鱸魚正美不歸去」對「瘦馬獨吟真可哀」。又：「請君酌我一斗酒，與爾共消萬古愁。」又：「梁間燕子聞長歎，李義山句樓上花枝笑獨眠。劉長卿」「水國蓮花府，韓翃雲帆楓樹林。杜工部」又：集杜句弔葉叔晦，讀者爲之泣下。其詩云：「臨江把臂難再得，便與先生成永訣。文章曹植波浪闊，死爲星辰亦不滅。老去新詩誰與傳，男兒性命絶可憐。出門轉盼已陳跡，妻子山中哭向天。中夜起坐萬感集，人生有情淚沾臆。鳳凰麒麟安在哉？石田茅屋荒蒼苔。君不見空墻日色晚，悲風爲我從天來。」

斑璘

何晏景福殿賦：「光明熠爚，文彩璘斑。」皇甫士安勸志：「青紫之璘斑。」「璘斑」卽斕斑也，斕字俗書。到溉餉任昉杖詩「文彩既斑爛」，「爛」卽俗「斕」字。韓文公詩「華燭光爛爛」，註亦作平音。「斑爛」字古體，俗用「斕」字。

華山畿

「相送勞勞渚，長江不應滿，是儂淚成許。」與讀曲歌「明月不應停，特爲相思苦」同調。

温庭筠觀棋

「閑對楸枰傾一壺，黄華坪上幾成盧。他時謁帝銅池水，便賭宣城太守無。」晉羊保云：「金溝清泚，銅池摇颺。既佳光景，當得劇棋。」以棋賭勝爲宣城太守。

道林岳麓二寺詩

長沙道林岳麓二寺之勝，聞於天下，蓋因杜工部之一詩也。杜公之後，有沈傳師二詩，崔珏一詩，韋蟾一詩，皆效工部之體。余舊見家藏石刻有之，近閱長沙志，已失其半，今具録於此。沈傳師道林岳麓寺詩云：「道林岳麓仲與昆，卓犖請從先後論。松根踏雲二千步，始見大屋開三門。泉清或戲蛟龍窟，殿豁數盡高帆掀。即今異鳥聲不斷，聞道看花春更繁。從容一衲分若有，蕭瑟兩鬢吾能髡。逢迎侯伯轉覺貴，膜拜佛像心加尊。稍揖英皇頮濃淚，試與屈賈招清魂。荒唐大樹悉楠桂，細碎枯草多蘭蓀。沙彌去學五印字，静女來縣千尺幡。主人念我塵眼昏，半夜號令期至暾。遲回雖得上白舫，羈紲不敢言緑樽。兩祠物色採拾盡，壁間杜甫原少恩。晚來光彩更騰射，筆鋒正健如可吞。」又岳麓寺一篇云：「承明年老輒自論，乞得湘守東南奔。爲聞茲國富山水，青嶂逶迤僧家園。含香珥筆皆耆舊，謙抑自忘臺省尊。不令執簡候亭館，直許攜手遊山樊。忽驚列岫晚來逼，朔雲洗盡烟嵐昏。碧波迴嶼三山轉，丹檻遶郭千艘屯。華鏕蹀躞徇沙步，大旆別錯輝松門。樛枝競擎龍蛇勢，折榦不減風霆痕。相重古殿倚巖腹，綵引新徑縈雲根。目傷平楚虞帝魂，情多思遠聊開樽。危絃細管逐歌颺，畫鼓繡靴隨節翻。鏘金七言凌老杜，入木八法蟠高軒。嗟予潦倒久不利，忍復感激論元元。」崔珏道林寺詩曰：「臨湘之濱岳之麓，西有松寺東岸無。松風十里攏不斷，竹泉瀉入千僧廚。宏梁大棟何足貴，山寺難有山泉俱。四時惟夏不敢入，燭龍安敢停斯須。遠公池上種何物，碧羅扇底紅鱗魚。香閣朝鳴大法鼓，天宫夜轉三乘書。野花市井栽不著，山雞飲啄聲相呼。金檻僧迴步步影，石盆水濺聯聯珠。北臨高處日正午，舉手欲摸黃金烏。遥江大船小於葉，遠林雜樹齊如蔬。潭州城郭在何處，東邊一片青模糊。」韋蟾道林寺詩曰：「石門道接蒼梧野，愁色陰深二妃寡。廣殿崔嵬萬壑間，長廊詰曲千巖下。静聽林飛念佛鳥，細看壁畫馱經馬。暖日斜明螮蝀梁，濕烟散冪鴛鴦瓦。北方部落檀香塑，西國文書貝葉寫。壞欄迸竹醉好題，窄路垂藤困堪把。沈裴筆力鬭雄壯，宋杜詞源兩風雅。他方居士來施齋，彼岸上人投結夏。悲我未離擾擾徒，勸我休學悠悠者。何時得與劉遺民，同入東林白蓮社。」四詩佳句層出，而體製一揆，所稱沈裴宋杜，裴乃裴休，宋乃宋之問也。二詩失傳，杜詩見本集。

猶唱猶吹

後庭花，陳後主之所作也。主與倖臣各製歌詞，極於輕蕩。男女唱和，其音甚哀。故杜牧之詩云：「煙籠寒水月籠沙，夜泊秦淮近酒家。商女不知亡國恨，隔江猶唱後庭花。」阿濫堆，唐明皇之所作也。驪山有禽名阿濫堆，明皇御玉笛，將其聲翻爲曲，左右皆能傳唱。故張祜詩曰：「紅葉蕭蕭閣半開，玉皇曾幸此宫來。至今風俗驪山下，村笛猶吹阿濫堆。」二君驕淫侈靡，躭嗜歌曲，以至於亡亂。世代雖異，聲音猶存。故詩人懷古，皆有猶唱猶吹之句。嗚呼，聲音之入人深矣！

隋煬帝野望詩

「寒鴉飛數點，流水繞孤村。斜陽欲落處，一望黯銷魂。」此詩見鐵圍山叢譚，秦少游改爲小詞。

煬帝曲名

玉女行觴，仙人留客，皆煬帝曲名。

隋後主詩

隋後主越王侗楊叛兒歌云：「青春正陽月㊀，結伴戲京華。龍媒玉珂馬，鳳軫繡香車。水映臨橋柳，風吹夾路花。日昏歡宴罷，相將歸狹斜。」越王嗣位，史稱其眉目如畫，温厚仁愛，風格儼然，後爲王世充所弒。臨命禮佛曰：「願自今以往，不復生帝王家。」噫！亦可憐矣。觀其辭藻如此，若不生帝王家，豈不爲文人學士耶！隋越王謚恭帝，李淵立代王侑，亦謚恭帝。二主同謚，蓋東西不相聞也。

㊀「月」原作「户」，據升庵先生文集改。

甄后塘上行

「蒲生我池中，緑葉何離離。豈無蒹葭艾，與君生別離。念君去我時，獨愁常苦悲。想見君顔色，感結傷心脾。念君常苦悲，夜夜不成寐。莫以豪賢故，棄捐素所愛。莫以魚肉賤，棄捐葱與薤。莫以麻枲賤，棄捐菅與蒯。倍恩常苦枯，蹶船常苦没。教君安息定，慎莫致倉卒。與君一別離，何時復相對。出亦復苦愁，入亦復苦愁。邊地多悲風，樹木何搜搜。從君致獨樂，延年壽千秋。」此詩樂府亦載，而詳畧不同。然詞義之善，無如此録之完美，故書於此。「蹶船常苦没」，黄河中行舟常有此患，俗云着淺。説文：「艐，船著不行也。」尚書大傳云：「三艐，國名，亦在黄河側。」甄后此句，正北方之語，特表出之。甄后，中山無極人，爲魏文帝后，其後爲郭嬪譖賜死，臨終作此詩。魏明帝初爲王時，納虞氏爲妃，及即位，毛氏有寵而黜虞氏。卞太后慰勉之。虞氏曰：「曹氏自好立賤，未有能以令終，殆必由此亡國矣。」其後郭夫人有寵，毛后愛弛，亦賜死。魏之兩世家法如此。虞氏亡國之言良是。詩可以觀，不獨三百篇也。元人傳奇，以明帝爲跳槽，俗語本此。

嵐彩飛瓊

劉伯温憶山中篇：「四時嵐彩飛瓊雪，百道泉流湛玉霜。」上句本种放詩「嵐沉玉膏冷」，下句本嵇含山居賦「渧澥之膏玉」。

殘燈詩

韋蘇州對殘燈詩云：「獨照碧窗久，欲隨寒燼滅。幽人將遽眠，解帶翻成結。」梁沈氏滿願殘燈詩云：「殘燈猶未滅，將盡更揚輝。惟餘一兩焰，猶得解羅衣。」韋詩實出於沈，然韋有幽意而沈淫矣。

解紅

曲名有解紅者，今俗傳爲呂洞賓作，見物外清音，其名未曉。近閱和凝集有解紅歌云：「百戲罷，五音清，解紅一曲新教成。兩個瑶池小仙子，此時奪却柘枝名。」樂書云：「優童解紅舞，衣紫緋繡襦，銀帶花鳳冠。」蓋五代時人也。焉有呂洞賓在唐世預填此腔耶？

解音買

僧皎然題周昉畫毗沙天王歌：「憶昔胡兵圍未解，感得此神天上下。」「解」讀如道家「尸解」之「解」，與下相叶。吳氏韻補亦失此一字不收云。

升菴詩話卷十一

搥碎黄鶴樓

李太白過武昌，見崔顥黄鶴樓詩，歎服之，遂不復作，去而賦金陵鳳凰臺也。其事本如此。其後禪僧用此事作一偈云：「一拳搥碎黄鶴樓，一脚踢翻鸚鵡洲。眼前有景道不得，崔顥題詩在上頭。」傍一遊僧亦舉前二句而綴之曰：「有意氣時消意氣，不風流處也風流。」又一僧云：「酒逢知己，藝壓當行。」元是借此事設辭，非太白詩也，流傳之久，信以爲真。宋初，有人僞作太白醉後答丁十八詩云「黄鶴高樓已搥碎」一首，樂史編太白遺詩，遂收入之。近日解學士縉作弔太白詩云：「也曾搥碎黄鶴樓，也曾踢翻鸚鵡洲。」殆類優伶副淨滑稽之語。噫，太白一何不幸耶！

湘烟

許渾詩，劉巨濟涇曾得其手書「湘潭雲盡暮烟出」，「烟」字極妙，兼是許之手筆無疑也。後人改「烟」作「山」，無味。大抵湘中烟色與他方異。張泌詩：「中流欲暮見湘烟。」沈翠微湘中詩：「魚躍浪花翻水面，雁拖烟練束林腰。」頗中湘中晚景。朱慶餘詩亦云：「浦迴湘烟暮，林香岳氣春。」

評李杜

楊誠齋云：「李太白之詩，列子之御風也。杜少陵之詩，靈均之乘桂舟駕玉車也。無待者，神於詩者與？有待而未嘗有待者，聖於詩者與？宋則東坡似太白，山谷似少陵。」徐仲車云：「太白之詩，神鷹瞥漢；少陵之詩，駿馬絶塵。」二公之評，意同而語亦相近。余謂太白詩，仙翁劍客之語；少陵詩，雅士騷人之詞。比之文，太白則史記，少陵則漢書也。

晚見朝日

謝靈運詩：「曉聞夕飈急，晚見朝日暾。」此語殊有變互。凡風起必以夕，此云「曉聞夕飈」，卽杜子美之「喬木易高風」也。「晚見朝日」，倒景反照也。孟郊詩：「南山塞天地，日月石上生。高峯夕駐景，深谷夜先明。」皆自謝詩翻出。

晚唐絶唱

許渾蓮塘詩：「爲憶蓮塘秉燭遊，葉殘花敗尚維舟。烟開翠扇清風曉，水泛紅衣白露秋。神女暫來雲易散，仙娥終去月難留。空懷遠道難持贈，醉倚西闌盡日愁。」此爲許丁卯集中第一詩，而選者不之取也。他如韋莊「昔年曾向五陵遊」一首，羅隱梅花「吴王醉處十餘里」一首，李郢上裴晉公「四朝憂國鬢成絲」一首，皆晚唐之絕唱，可與盛唐峥嵘，惟具眼者知之。

晚唐兩詩派

晚唐之詩分爲二派：一派學張籍，則朱慶餘陳標任蕃章孝標司空圖項斯其人也；一派學賈島，則李洞姚合方干喻鳧周賀「九僧」其人也。其間雖多，不越此二派，學乎其中，日趨于下。其詩不過五言律，更無古體。五言律起結皆平平，前聯俗語十字一串帶過，後聯謂之「頸聯」，極其用工。又忌用事，謂之「點鬼簿」，惟搜眼前景而深刻思之，所謂「吟成五個字，撚斷數莖鬚」也。余嘗笑之，彼之視詩道也狹矣。三百篇皆民間士女所作，何嘗撚鬚？今不讀書而徒事苦吟，撚斷肋骨亦何益哉！晚唐惟韓柳爲大家。韓柳之外，元白皆自成家。餘如李賀孟郊祖騷宗謝，李義山杜牧之學杜甫；温庭筠權德輿學六朝；馬戴李益不墜盛唐風格，不可以晚唐目之。數君子真豪傑之士哉！彼學張籍賈島者，真處裩中之蝨也。二派見張洎集序項斯詩，非余之臆説也。

景龍文館學士長寧公主宅流杯

「憑高瞰迥足怡心，菌閣桃源不暇尋。餘雪依林成玉樹，殘英點岫即瑶岑。」此詩非絶句體，然以半律視之，則極工矣。

貫休題蘭江言上人院

「只是危吟坐翠屏，門前歧路自崩騰。青雲名士時相訪，茶煮西峰瀑布冰。」結句清妙，取之。

貫休古意

「憶在山中時，丹桂花葳蕤。紅泉浸瑤草，日夕生華滋。箬屋開地鑪，翠牆挂藤衣。經行竹窗邊，白猿三四枝。東峰有老人，眼碧頭骨奇。月上來打門，月落方始歸。授我微妙訣，恬淡無所爲。別來六七年，只恐日月飛。」中多新句，超出晚唐。貫休又有「霜月夜徘徊，樓中羌笛催。晚風吹不盡，江上落殘梅」一首。貫休在晚唐有名，此首有樂府聲調。雖非僧家本色，亦猶惠休之碧雲也。「習家池碧草萋萋，嵐樹光中信馬蹄。漢主廟前湘水碧，一聲風角夕陽低。」僧無本詩也，亦佳。

絶句

絶句者，一句一絶，起於四時詠「春水滿四澤，夏雲多奇峯。秋月揚明輝，冬嶺秀孤松」是也。或以爲陶淵明詩，非。杜詩「兩個黄鸝鳴翠柳」實祖之。王維詩：「柳條拂地不忍折，松柏梢雲從更長。藤花欲暗藏猱子，柏葉初齊養麝香。」宋六一翁亦有一首云：「夜涼吹笛千山月，路暗迷人百種花。棋散不知人换世，酒闌無奈客思家。」皆此體也。樂府有「打起黄鶯兒」一首，意連句圓，未嘗間斷，當參此意，便有神聖工巧。

絶句四句皆對

絶句四句皆對，杜工部「兩個黄鸝」一首是也。然不相連屬，即是律中四句也。唐絶萬首，惟韋蘇州「踏閣攀林恨不同」及劉長卿「寂寂孤鶯啼杏園」二首絶妙，蓋字句雖對，而意則一貫也。其餘如李嶠送司馬承禎還山云：「蓬閣桃源兩地分，人間海上不相聞。一朝琴裏悲黄鶴，何日山頭望白雲。」柳中庸征人怨云：「歲歲金河復玉關，朝朝馬策與刀鐶。三春白雪歸青塚，萬里黄河繞黑山。」周朴邊塞曲云：「一隊風來一隊沙，有人行處没人家。黄河九曲冰先合，紫塞三春不見花。」亦其次也。

無名氏六言詩或云李季章作。

蔣凝賦止四韻㈠，郊老詩無全章。丫頭花鈿滿面，不及徐妃半妝。

㈠「蔣凝」，原誤作「將疑」，據函海本改。

無名氏水鼓子

「彫弓白羽獵初回，薄夜牛羊復下來。青塚路邊荒草合，黑山峯外陣雲開。」水鼓子，後轉爲漁家傲。

無名氏水調歌

「千年一遇聖明朝，願對君王舞細腰。乍可當熊任生死，誰能伴鳳上雲霄。」此詩借宮詞以諷。盧照鄰詩：「得成比目何辭死，願作鴛鴦不羨仙。」許棠詩：「導引何如鸜鵒舞，步虛爭似鷓鴣詞。」高季迪詩：「酒醒金屋曙河流，願賜銅盤一滴秋。他日君王上仙去，瑶池猶幸得同遊。」妙得此意。

無名氏楊柳枝

「萬里長江一帶開，岸邊楊柳是誰栽？錦帆未落西風起，惆悵龍舟更不回。」此弔隋煬帝也。俯仰感慨，蓋初唐之詩。後世柳枝詞皆祖之。

無名氏詩

唐無名氏詩：「江上送行人，千山生暮氛。謝安團扇上，爲畫敬亭雲。」僧皎然送邢台州云：「海上仙人屬使君，石橋琪樹古來聞。他時畫出白團扇，乞取天台一片雲。」二詩命意用事相類。晉人重扇題畫，謂之便面，又曰方麴。如羊孚雪贊「右軍蒲葵」，是其事也。

葉晦叔論詩

晦叔云：「七言律大抵多引韻起，若以側句入，尤峻健。如老杜『幽棲地僻』是也，然猶是對偶。若以散句起，又佳，如『苦憶荆州醉司馬』是也。」洪容齋送晦叔詩：「此地相從今歲晚，登臨況是客歸時。却將襟抱向誰可，正爾艱難惟子知。情到中年工作惡，别於生世易爲悲。梅花盡醉沾江上，黯淡西風凍雨垂。」正用此體。予謂絶句如劉長卿「天書遠召滄浪客」一詩，尤奇。七言律，自初唐至開元，名家如太白浩然韋儲集中，不過數首，惟少陵獨多至二百首。其雄壯鏗鏘，過於一時，而古意亦少衰矣。譬之後世舉業，時文盛而古文衰廢，自然之理。

瓠蘆河苜蓿烽

岑參塞上詩：「苜蓿烽邊逢立春，瓠蘆河上淚沾巾。」西域記云：「塞外無驛郵，往往以烽代驛。玉門關外有五烽，苜蓿烽其一也。」又云：「瓠蘆河下廣上狹，洄波甚急，深不可渡。上置玉門關，即西境之咽喉也。」按岑集「烽」實作「峯」。

閭邱均

成都閭邱均，在唐初與杜審言齊名。杜子美贈其孫閭邱師詩云：「鳳藏丹霄莫，龍去白水渾。」蓋稱均之文也。均亦曾至雲南，有刺史王仁求碑文爨王墓碑文，皆均筆也。爨墓碑，洛陽賈餘絢書。予修雲南志，以均與餘絢入流寓志中。

虞世南織錦曲

「寒閨織素錦，含怨斂雙蛾。綜新交縷澁，經脆斷絲多。衣香逐舉袖，釧動應鳴梭。還恐裁縫罷，無信往交河。」此虞世南織錦曲也。分明是一幅織錦圖。「綜」音「縱」，「經」音「逕」。非深知織作者，不知此二句之妙。

稱許有乃祖之風

老杜高自稱許，有乃祖之風。上書明皇云：「臣之述作，沈鬱頓挫，揚雄枚皐，可企及也。」壯游詩則自比于崔魏班揚。又云：「氣劘屈賈壘，目短曹劉墻。」贈韋左丞則曰：「賦料揚雄敵，詩看子建親。」甫以詩雄于世，自比諸人，誠未爲過。至竊比稷與契，則過矣。史稱甫好論天下大事，高而不切，豈自比稷契而然邪？至云「上感九廟焚，下憫萬人瘡。斯時伏青蒲，廷争守御牀」，其忠藎亦可嘉矣。

稱贊文章之妙

王半山評歐文云：「積於中者，浩如江河之停蓄；發於外者，爛如日星之光輝。其清音幽韻，淒如飄風急雨之驟至；其雄詞閎辯，快如輕車駿馬之奔馳。」又稱老泉文云：「其光芒燦爛，若引星辰而上也；其逸馳奔放，若決江河而下也。」葉水心稱李巽岩之文曰：「風霆怒而江河流，六驥飼而八音和，春暉秋明而海澄岳静也。曾點之瑟方希，化人之酒欲清。」

楚妃吟

「窗中曙，花早飛。林中明，鳥早歸。庭前日，暖中闈，香氣亦霏霏。香氣飄，當軒清唱調。獨顧慕，含怨復含嬌。蝶飛蘭復薰，裊裊輕風入翠裙。春可游，歌聲梁上浮。春游方有樂，沉沉下羅幕。」句法極異。

路盈訪璽

北魏承根贈李寶詩：「世道衰陵，淳風殆緬。衢交問鼎，路盈訪璽。徇競争馳，天機莫踐。」「璽」，按玉篇與「彌」同，而此詩與「緬」、「踐」同韻，又以對「問鼎」，則音義皆不同，亦不知指何也。後考他本，乃是壐字，古文「禰」，從「壐」。見説文。

頌聲寢變風息

成康没而頌聲寢，陳靈興而變風息。

遠水如岸

海濱之人曰：「遠望海水，似高於地，有如岸焉，蓋水氣也。」煬帝望海詩曰：「遠水翻如岸，遥山倒似雲。」

鄉里夫妻

俗語云：「鄉里夫妻，步步相隨。」言鄉不離里，如夫不離妻也。古人稱妻曰「鄉里」。沈約山陰柳家女詩曰：「還家問鄉里，詎堪持作夫？」南史張彪傳曰：「我不忍令鄉里落他處。」姚令威曰：「會稽人曰家。」其義同也，見西溪叢語。

雉噫

揚子言孔子之去魯，曰「不聽政諫而不用雉噫」者，注：「雉噫，猶歌歎之聲，梁鴻五噫之類也。」按家語：「孔子去魯，歌曰：『彼婦之口，可以出走。彼婦之謁，可以死敗。優哉游哉，聊以卒歲。』」此卽雉噫之歌也。唐文：「聆鳳衰於接輿，歌雉噫於桓子。」

滇中詩人

滇中詩人，永樂間稱平居陳郭。郭名文，號舟屋。其詩有唐風，三子遠不及也。如竹枝詞云：「金馬何曾半步行，碧雞那解五更鳴。儂家夫壻久離別，恰似兩山空得名。」又登碧雞山太華寺一聯云：「湖勢欲浮雙塔去，山形如擁五華來。」一時閣筆。信佳句也，但全篇未稱耳。其全集予嘗見之，如此二詩，亦僅有也。

瑟居

梁武帝詩：「瑟居超七淨。」「瑟」與「索」同。「蕭索」字一作「蕭瑟」，則「索居」亦得作「瑟居」

也。蓋「瑟」「索」皆借用字，正字作「槭」。

瑟瑟

白樂天琵琶行：「楓葉荻花秋瑟瑟。」此句絶妙。楓葉紅，荻花白，映秋色碧也。瑟瑟，珍寶名，其色碧，故以瑟瑟影指「碧」字。讀者草草，不知其解也。今以問人，輒答曰：「瑟瑟者，蕭瑟也。」此解非是。何以證之？樂天又有暮江曲云：「一道殘陽照水中，半江瑟瑟半江紅。」此瑟瑟豈蕭瑟哉？正言殘陽照江，半紅半碧耳。樂天有靈，必驚予爲千載知音矣。

雍陶哀蜀人爲南詔所俘

「雲南路出洱河西，毒草長青瘴霧低。漸近蠻城誰敢哭，一時收淚羨猿啼。」雲南在唐爲南詔，其蠻王閣羅鳳及酋龍三犯成都，俘其巧匠美女而歸，至今大理有巧匠三十六行。近嘉靖中取雕漆工廿餘人，挈家北上，供應内府，皆蜀俘人之後也。去鄉離家，俘於犬羊，苦已極矣。又畏死吞聲而不敢哭，所以羨猿聲之啼也。一「羨」字妙。或改作「聽」，非知詩者。

瑞香花詩

瑞香花，卽楚辭所謂露甲也。一名錦薰籠，又名錦被堆。韓魏公詩云：「不管鶯聲向曉催，錦衾春曉尚成堆。香紅若解知人意，睡取東君莫放回。」張圖之改「瑞香」爲「睡香」，詩云：「曾向廬山睡裏聞，香風占斷世間春。採花莫撲枝頭蝶，驚覺陽臺夢裏人。」陳子高詩：「宣和殿裏春風早，紅錦薰籠二月時。流落人間真詑事，九秋風露却相宜。」蓋詠九日瑞香也。又唐人詩云：「誰將玉膽薔薇水，新濯瓊肌錦繡襌音單。」體物既工，用韻又奇，可謂絶唱矣。余亦有一章。

賈島佳句

賈島詩：「長江風送客，孤館雨留人。」二句爲平生之冠，而其全集不載。僅見於坡詩注所引。

偃曝

孟浩然：「草堂時偃曝，蘭枻日周旋。」偃曝，謂偃卧曝背也。用文選王僧達「寒榮共偃曝」之句。今刻孟詩，不知其出處，改作「掩曝」，可笑。而謬者猶曰詩刻，必去注釋，從容咀嚼，真味自長，此近日强作解事小兒之通弊也。蓋頤中有物，乃可言咀嚼而出真味，若空腸作雷鳴，而强爲戛齒之狀，但垂饑涎耳，真味何由出哉！

詠王安石

劉文靖公因書事絕句云：「當年一線魏瓠穿，直到横流破國年。草滿金陵誰種下，天津橋上聽啼鵑。」宋子虛詠王安石亦云：「投老歸耕白下田，青苗猶未罷民錢。半山春色多桃李，無奈花飛怨杜鵑。」二詩皆言宋祚之亡由於安石，而含蓄不露，可謂詩史矣。

塞北江南

杜氏通典論涼州云：「地勢之險，可以自保於一隅。財富之殷，可以無求於中國。故五涼相繼與五胡角立，中州人士避難者，多往依之。」蓋其氣士之可樂如此。唐韋蟾詩曰：「賀蘭山下果園成，塞北江南舊有名。」稱其爲塞北之江南以此。

詠蟬詩

陸龜蒙蟬詩云：「伴貂金蟬影，映雀畫成圖。」按梁書，武帝賜吳興太守何戢蟬雀畫扇，陸詩用此事也。

詠被中繡鞋

「雲裏蟾鈎落鳳窩，玉郎沉醉也摩挲。陳王當日風流減，只向波心見襪羅。」夏侯審爲大曆十才子之一，而詩集不傳，惟此一絶及織錦圖「君承皇詔安邊戍」一歌而已。往年劉潤之在蜀刻大曆十子詩，無夏侯審集，余以二詩訊之，潤之笑曰：「兩枚棗子如何泡茶？」余笑曰：「子誠晉人也。」

落月屋梁

落月滿屋梁，猶疑照顔色。」言夢中見之，而覺其猶在，即所謂「夢中魂魄猶言是，覺後精神尚未回」也。詩本淺，宋人看得太深，反晦矣。傳神之説非是。

落梅詩

冰崖蕭立等落梅詩云：「玉龍戰退鹿胎乾，好在晴沙野水看。舞翠夢回仙袂遠，射鵰人去露簷寒。連環骨冷香猶暖，如意痕輕補未完。誰在高樓吹笛處，輕衫當户獨凭闌。」此詩工緻似李義山。後六句皆用美人事，甚奇，不類晚宋之作，當表出之。唐詩：「新柳園林鶯毳色，落梅田地鹿胎斑。」

落星遠

「落星依遠戍，斜日半平林。」梁元帝句也。「故鄉一水隔，風煙兩岸通。」陳後主句也。唐人高處始能及之。見五代新說。

感遇詩

或語予曰：「朱文公感興詩比陳子昂感遇詩有理致。」予曰：「譬之青裙白髮之節婦，乃與靚妝袨服之宮娥爭妍取憐，埒材角妙，不惟取笑旁觀，亦且自失所守。要之不可同日而語也。彼以擬招續楚辭，感興續文選，無見於此矣。故曰離之則雙美，合之則兩傷。」要有契予言者。

罨畫

畫家稱：罨畫，雜彩色畫也。吳興有罨畫溪，然其字當用「䯂」，「罨」乃魚網，非其訓也。張泌詩：「罨岸春濤打船尾。」謂魚網遮岸也。此用字最得字義。左思蜀都賦：「罨翡翠，釣鰋鮋。」

詩用熨字

說文：「熨，持火申繒也。一曰火斗。」柳文所謂鈷鉧也。古音「鬱」，今轉音「暈」。杜工部詩：「美人細意熨帖平。」白樂天詩：「金斗熨波刀剪文。」温庭筠詩：「緑波如熨割愁腸。」陸魯望詩：「波平熨不如。」又：「天如重熨皺。」王君玉詞：「金斗熨秋江。」晁次膺詞：「去日玉刀封斷恨，見時金斗熨愁眉。」

詩用兒字

古詩有用近俗字而不俗者，如孫光憲採蓮詩曰：「菡萏香連十頃陂，小姑貪戲採蓮遲。晚來弄水船頭濕，更脱紅裙裹鴨兒。」李羣玉釣魚詩曰：「七尺青竿一丈絲，菰蒲葉裏逐風吹。幾回舉手抛芳餌，驚起沙灘水鴨兒。」又贈琵琶妓詩有曰：「我見鴛鴦飛水去，君還望月苦相思。一雙裙帶同心結，早寄黄鶯孤雁兒。」盧仝新年亦有詩云：「新年何事最堪悲，病客還聽百舌兒。太歲只遊桃李徑，青風肯换歲寒枝。」

詩小序

朱子作詩傳，盡去小序，蓋矯吕東萊之弊，一時氣信之偏，非公心也。馬端臨及姚牧安諸家辨之悉矣。有一條可發一笑，併記于此。小序云：「菁莪，樂育人才也。子衿，學校廢也。」傳皆以爲非。及作白鹿洞賦，有曰：「廣青衿之疑問。」又曰：「樂菁莪之長育。」或舉以爲問，先生曰：「舊説亦不可廢。」此何異俗諺所謂「玉波去四點，依舊是王皮」乎？

詩文用字須有來歷

先輩言杜詩韓文無一字無來歷，予謂自古名家皆然，不獨杜韓兩公耳。劉勰云：「『灼灼』狀桃花之鮮，『依依』盡楊柳之貌，『喈喈』逐黄鳥之聲，『嗷嗷』學鴻雁之響，雖復思經千載，將何易奪？」信哉其言。試以灼灼舍桃而移之他花，依依去楊柳而著之别樹，則不通矣。近日詩流，試舉其一二：不曰鶯啼，而乃曰鶯呼；不曰猿嘯，而曰猿唳；蛇未嘗吟，而云蛇吟；蛩未嘗嘶，而曰蛩嘶；厭桃葉蓁蓁，而改云桃葉抑抑，桃葉可言抑抑乎？厭鴻鴈嗷嗷，而强云鴻鴈嘈嘈，鴻鴈可言嘈嘈乎？油然者，作雲之貌，未聞淚可言油然；薦者，祭之名，士無田則薦是也，未聞送人省親，而曰好薦北堂親也；夜郎在貴州，而今送人官廣西恆用之；孟諸在齊東，而送人之荆楚襲用之；泄瀉者，穢言也，寫懷而改曰泄懷，是口中暴痢也；館甥，女壻也，上母舅聲而自稱館甥，是欲亂其女也；真如諸天，禪家語也，而用之道觀；遠公大顛，禪者也，而以贈道人；送人屢下第，而曰批鱗書幾上；本不用兵，而曰戎馬豺虎；本不年邁，而曰白髮衰遲；未有興亡之感，而曰麋鹿姑蘇；寄雲南官府，而曰百粤伏波。試問之，曰：「不如此不似杜。」是可笑也。此皆近日號爲作手，徧刻廣傳者。後生效之，益趨益下矣。謂近日詩勝國初，吾不信也。而且互相標榜，不慚大言，造作名字，掩滅前輩，是可爲世道慨，豈獨文藝之末乎？又有以騷人墨客而合之曰騷墨，見雲南志詩文。以汗牛充棟而合之曰汗充，見雲南甲午試録序。皆文理不通，足以發後世一笑。

詩句用意

張説送客詩曰：「同居洛陽陌，經日嬾相求。及爾江湖去，念別思悠悠。」又一首云：「常時好閒獨，朋舊少相過。及爾宣風去，方嗟別日多。」二首一意。余又記羽士吴筠別章叟一首云：「平昔同邑里，經年不相思。今日成遠別，相對心凄其。」能道人情，亦前人未説破也。

詩押徊字

宋賞花釣魚和詩，「徘徊」無別押者，優人有徘徊太多之譏。余思漢書相如傳有「安翔徐徊」，昭帝廟號從徊，揚雄賦有「徊徊徨徨」，唐松陵詩有「遲徊」，庾信文有「徠徊」，當時諸公未之精思耳，何可謂無。

詩用惹字

王右丞詩：「楊花惹暮春。」李長吉詩：「古竹老梢惹碧雲。」温庭筠：「暖香惹夢鴛鴦錦。」孫光憲：「六宮眉黛惹春愁。」用「惹」字凡四，皆絶妙。

詩史

宋人以杜子美能以韻語紀時事，謂之「詩史」。鄙哉宋人之見，不足以論詩也。夫六經各有體，易以道陰陽，書以道政事，詩以道性情，春秋以道名分。後世之所謂史者，左記言，右記事，古之尚書春秋也。若詩者，其體其旨，與易書春秋判然矣。三百篇皆約情合性而歸之道德也，然未嘗有道德字也，未嘗有道德性情句也。二南者，修身齊家其旨也，然其言琴瑟鐘鼓，荇菜芣苢，夭桃穠李，雀角鼠牙，何嘗有修身齊家字耶？皆意在言外，使人自悟。至於變風變雅，尤其含蓄，言之者無罪，聞之者足以戒。如刺淫亂，則曰「雝雝鳴雁，旭日始旦」，不必曰「慎莫近前丞相嗔」也；憫流民，則曰「鴻雁于飛，哀鳴嗷嗷」，不必曰「千家今有百家存」也；傷暴斂，則曰「維南有箕，載翕其舌」，不必曰「哀哀寡婦誅求盡」也；敍飢荒，則曰「牂羊羵首，三星在罶」，不必曰「但有牙齒存，可堪皮骨乾」也。杜詩之含蓄蘊藉者，蓋亦多矣，宋人不能學之。至於直陳時事，類於訕訐，乃其下乘末脚，而宋人拾以爲己寶，又撰出「詩史」二字以誤後人。如詩可兼史，則尚書春秋可以併省。又如今俗卦氣歌、納甲歌，兼陰陽而道之，謂之「詩易」可乎？胡應麟曰：「按『詩史』，其說出孟棨本事。」

詩賦用字

顏延年赭白馬賦：「戒出豕之敗駕，惕飛鳥之跱衡。」「出」字不如「突」字。杜子美詩：「大家東征逐子回。」「逐」字不如「將」字。白居易詩：「千呼萬喚始出來。」「始」字不如「才」字。詩文有作者未工，而後人改定者勝，如此類多有之。使作者復生，亦必心服也。

詩文奪胎

後漢肅宗詔曰：「父戰於前，子死於後。弱女乘于亭障，孤兒號於道路。老母寡妻，設虛祭，飲泣淚，想望歸魂於沙漠之表，豈不哀哉！」李華弔古戰場文祖之。陳陶隴西行云：「可憐無定河邊骨，猶是春閨夢裏人。」可謂得奪胎之妙。

蜀棧古壁詩

余於蜀棧古壁見無名氏號硯沼者書古樂府一首云：「休洗紅，洗多紅在水。新紅裁作衣，舊紅番作裏。回黄轉緑無定期，世事反覆君所知。」此詩古雅，元郭茂倩樂府亦不載。李賀詩云：「休洗紅，洗多顏色淡。卿卿騁少年，昨夜殷橋見。封侯早歸來，莫作弦上箭。」視前詩何啻千里乎？

蜀詩人

唐時蜀之詩人，陳子昂於季子閭邱均李白阮咸雍陶劉灣何兆李餘劉猛，人皆知之。北夢瑣言云：「符載楊衡宋濟張仁寶，皆蜀人，栖隱青城山。」符載字厚之，文學武藝雙絕，文見唐文粹。楊衡詩，見唐音。宋濟詩，止有東陵美女一首。張仁寶，閬中人，見劉後村千家詩。

又

唐世蜀之詩人，陳子昂射洪李白彰明李餘成都雍陶成都裴廷裕成都劉蛻射洪唐球嘉州陳詠青神岑倫成都符載成都雍裕之成都王嚴綿州布衣劉暌綿州鄉貢進士李渥綿州田章綿州柳震雙流阮咸成都劉灣蜀人張曙巴州僧可朋丹稜扈處扆蜀人毛文錫蜀人朱桃椎蜀人杜光庭青城，若張蠙韋莊牛嶠歐陽炯，皆他方流寓而老於蜀者。嘗欲裒集其詩爲一帙，而未暇焉。

蜀詩人王謙

王謙，蜀人。有詩一卷，中有約趙冰壺賞海棠一篇云：「湘羅壓繡華春風，瑤姬慢舞香袖紅。

細腰百轉弓靴穩，銀鵝金鳳花成叢。六么换手調絃索，一串妖聲穿綉幙。沉翠飛香天正樂，寒玉團團貼天角。」其詩絶如李賀，嘗一臠可知鼎味也。

鳳林

水經：「河水又東，歷鳳林北。」注：「鳳林，山名，五巒俱峙。」杜詩：「鳳林戈不息，魚海路常難。」張籍詩：「鳳林關裏水長流，白草黄榆六十秋。邊將皆承主恩澤，無人解道取涼州。」

升菴詩話卷十二

搗衣

字林云：「直春曰搗。古人搗衣，兩女子對立，執一杵，如春米然。」今易作卧杵，對坐搗之，取其便也。嘗見六朝人畫搗衣圖，其制如此。圖後有行書魏瓘賦云：「夜如何其，秋兮已半。拽魯縞，攘皓腕。始于摇揚，終於凌亂。驚飛燕之兩行，遏彩雲而一斷。隱高樓而如動，度遥城而如散。夜有露兮秋有風，杵有聲兮衣可縫，佳人聽兮意何窮。步逍遥于涼景，暢容與于晴空。黄金釵兮碧雲髮，白綸巾兮青女月，佳人聽兮良未歇。臂長虹兮乍開，凌倒景而將越。但見餘韻未畢，微影方流。透迤洞房，半入宵夢。窈窕閒館，方增客愁。李都尉以胡笳動泣，向子期以鄰笛增憂。古人獨感於聽，今者況兼乎秋。願君無按龍泉色，誰道明珠不可投。」賦雖非偶，自是齊梁風流之習也。

蓮花詩

張文潛蓮花詩：「平池碧玉秋波瑩，緑雲擁扇青摇柄。水宫仙子鬬紅妝，輕步凌波踏明鏡。」

杜衍雨中荷花詩：「翠蓋佳人臨水立，檀粉不勻香汗濕。一陣風來碧浪翻，真珠零落難收拾。」此二詩絕妙。又劉美中夜度娘歌：「菱花炯炯垂鸞結，爛學宮粧勻膩雪。風吹涼鬢影蕭蕭，一抹疏雲對斜月。」寇平仲江南曲：「烟波渺渺一千里，白蘋香散東風起。惆悵汀州日暮時，柔情不斷如春水。」亡友何仲默嘗言宋人書不必收，宋人詩不必觀，余一日書此四詩訊之曰：「此何人詩？」答曰：「唐詩也。」余笑曰：「此乃吾子所不觀宋人之詩也。」仲默沉吟久之，曰：「細看亦不佳。」可謂倔强矣。

慈湖撫琴行

「蕭蕭指下生秋風，漸漸幽響颼寒空。月明夜氣清人骨，何處仙珮摇丁東。野鶴驚起舞，流水咽復明。一唱三歎意未已，幽幽話出太古情。龍吟虎嘯遞神怪，千山萬壑風雨晦。海濤震蕩林木響，亂撒金盤冰雹碎。和氣回春陽，縹渺孤鸞翔。三江五湖烟水闊，波聲颼颼鳴漁榔。悲猿臨澗欲渡不敢渡，但聞澗下蕭瑟松風長。閑雲洩碧落，勢去還迴薄。神仙恍惚無定所，微冷似欲止所作。馭風一笑歸蓬瀛，猶有餘音遶寥廓。」慈湖此詩，不減盛唐，亦嘗苦辛，非苟作者。又何必指李杜爲癡，笑昌黎，薄逸少，空萬古爲無人耶？

裴迪詩

湖廣景陵縣西塔寺有陸羽茶泉。裴迪有詩云：「景陵西塔寺，蹤跡尚空虛。不獨支公住，曾經陸羽居。草堂荒産蛤，茶井冷生魚。一汲清冷水，高風味有餘。」迪與王維同時，其詩自輞川倡和外無傳。此詩，予見之石刻云。

繁知一 繁音婆。

繁知一，蜀之巫山人，贈白樂天詩云：「忠州刺史今才子，行過巫山必有詩。爲報高唐神女道，速排雲雨候清辭。」樂天見之，邀繁生同舟，且曰巫山有王無競沈佺期皇甫冉李端四詩。竟不肯作。古人之服善無我如此。沈與皇甫李端詩，人多知之。王無競一首罕傳，今録於此：「神女下高唐，巫山正夕陽。徘徊作行雨，婉戀逐襄王。電影江前落，雷聲峽外長。朝雲無處所，臺殿鬱蒼蒼。」樂天取此在佺期三子之上，信哉。

趙李

阮籍詠懷詩：「西遊咸陽中，趙李相經過。」顔延年以爲趙飛燕李夫人。劉會孟謂「安知非實有此人，不必求其誰何也」，不詳詩意。「咸陽」「趙李」謂游俠近幸之儔，漢書谷永傳「小臣趙李從微賤尊寵，成帝常與微行」者。籍用趙李字正出此。若如顏延年説趙飛燕李夫人，豈可言經過？如劉會孟言當時實有此人，唐王維詩亦有「日夜經過趙李家」，豈唐時亦實有此人乎？乃知讀書不詳考深思，雖如延年之博學，會孟之精鑒，亦不免失之，況下此者耶？「趙李」，按漢書乃宣帝時趙季李款。

漢古詩逸句

「庭中有奇樹，上有悲鳴蟬。」「泛泛江漢萍，飄蕩永無根。」「青青陵中草，傾葉晞朝日。陽春被惠澤，枝葉可攬結。」「餓狼食不多，餓豹食有餘。」「蝴蝶遊西園，莫宿桑樹間。」「天霜木葉下，鴻雁當南飛。」古詩四十餘首，文選收其十九首，今其遺句見於類書多有之，聊録其一二。斷圭缺璧，猶勝瓦礫如山也。「人遠精神近，寤寐夢容光。」無名氏「初秋北風至，吹我章華臺。浮雲多暮色，似從崦嵫來。」同上「石上生菖蒲，一寸八九節。仙人勸我飡，令人好顔色。」同上「羈絷繫世網，進退維準繩。」江偉「去婦不顧門，萎韭不入園。」諸葛孔明「探懷授所歡，願醉不顧身。」王仲宣「皎月垂素光，玄雲爲髣髴。」劉公幹「元景如映壁，繁星如散錦。」庾闡「金荆持作枕，紫荆持作牀。」古歌「争先非吾事，靜照在忘求。」王右軍「來若迅風散，逝如歸雲征。」李克「翕如翔雲會，忽若驚風散。」棗腆「遙看野樹短，遠望樵人細。」虞籌「黃鳥鳴相追，交交弄好音。」古詩「相思心既勞，相望脰亦悁。」陸彥聲「迅颰翼華蓋，飄飄若鴻飛。」石崇「元清渺渺觀，浴景出東渟。」仙詩「逍遥元津際，轡景落滄溟。」同上

箕仙詩

宋元小說載箕仙詩多矣，近日一事尤異。正德庚辰，有方士運箕賦詩，隨所限韻，敏若夙構，而語不凡。其爲喬家宰賦白巖行曰：「六丁持斧施神工，鑿開西南萬仞之崆峒。芙蓉一朵插天表，勢壓天下羣山雄，冰壺倒月色澄澈，瑶臺倚斗光瓏璁。百丈虹霓望吞吐，八埏霖雨瞻空濛。虛空不受一塵染，靈光直與銀河通。乳泉掛壁噴晴雪，玉梅懸谷摇香風。上有神仙玉虛子，凌風出没遊太空。發虬伐蛟下入海底水晶窟，朝真謁帝獨步天上瓊瑶宫。頭角崢嶸自卓立，胸襟磊落誰磨礲。商家傳說作良弼，宋室張浚多奇功。憶昔江樓吹鐵笛，明月一醉三人同。邇來一別世間甲子不知數，但見幾度玉洞桃花紅。金龜老，黃鶴翁，各分一諱貽此公。天然意趣自相合，芳稱長在塵寰中。好將大手整頓乾坤了，歸來一笑，拂雲看劍重會滄溟東。」此詩成一卷，箕仙運筆所書。詩既跌宕，字又飛舞，豈術士能贋作者。吁，異哉！

慢字爲樂曲名

陳後山詩：「吳吟未至慢，楚語不假些。」任淵注云：「慢謂南朝慢體，如徐庾之作。」余謂此解是也，但未原其始。樂記云：「宮商角徵羽，五者皆亂，迭相陵，謂之慢。」又曰：「鄭衛之音，亂世之音也，比于慢矣。」宋詞有聲聲慢石州慢惜餘春慢木蘭花慢拜星月慢瀟湘逢故人慢，皆雜比成調，古謂之嘖曲。「嘖」與「賾」同，雜亂也。琴曲有名散，元曲有名犯，又曲終入破，義亦如此。

端硯詩

唐李咸用端溪硯詩：「媧天補剩石，昆劍切來泥。著指痕猶濕，經旬水未低。呵雲潤柱礎，筆彩飲虹霓。鴝眼工諳謬，羊肝士乍刲。連嘶光比鏡，因墨膩於豎。捧受同交印，矜持過秉珪。宜從方袋挈，枉把短行批。淺水金爲斗，泓澄玉作堤。」此詩不特句佳，亦具賞鑒，可補硯譜之遺。

奪胎換骨

漢賈捐之議罷珠崖疏云：「父戰死於前，子鬬傷於後，女子乘亭鄣，孤兒號於道，老母寡婦飲泣巷哭，遥設虚祭，想魂乎萬里之外。」後漢南匈奴傳、唐李華弔古戰場文全用其語意，總不若陳陶詩云：「誓掃匈奴不顧身，五千貂錦喪胡塵。可憐無定河邊骨，猶是春閨夢裏人。」一變而妙，真奪胎換骨矣。按卷十一詩文奪胎之條與此稍異，特兩存之。

緑沉

杜少陵游何將軍山林詩：「雨抛金鎖甲，苔卧緑沉鎗。」竹坡周少隱詩話云：「甲抛於雨，爲金所鎖。鎗卧於苔，爲緑所沉。有將軍不好武之意。」此瞽者之言也。薛氏補遺云：「緑沉，精鐵也。」引隋書文帝賜張淵緑沉之甲。趙德麟侯鯖録謂緑沉爲竹，引陸龜蒙詩「一架三百竿，緑沉森杳冥」。雖少有據，然亦非也。予考「緑沉」乃畫工設色之名。鄴中記云：「石虎造象牙桃枝扇，或緑沉色，或木蘭色，或紫紺色，或鬱金色。」王羲之筆經云：「有人以緑沉漆管見遺。」南史梁武帝西園食緑沉瓜，是緑沉卽西瓜皮色也。梁簡文詩：「吴戈夏服箭，驥馬緑沉弓。」虞世南詩：「緑沉明月弦。」劉邵一作劭趙都賦：「弩有黄間緑沉。」若如薛與趙之説，鐵與竹豈可爲弓弦耶？楊巨源詩：「吟詩白羽扇，校獵緑沉鎗。」與杜少陵之句同，皆謂以緑沉色爲漆飾鎗柄。

碑生金

陰鏗詩曰：「表柱應堪燭，碑書欲有金。」上句用張華燃燭化狐事。下句碑生金事，人鮮知之。考水經注：「魏受禪，碑六字生金，論者以爲司馬金行，故曹氏六世而晉代之也。」又符子曰：

「木生蝎，石生金。」又賈逵祠前碑石生金，干寶以爲晉中興之瑞。郭璞傳：「碑生金，庾氏禍至矣。」陰所用，蓋出此。

銀燭

穆天子傳：「天下之寶，璿珠燭銀。」郭璞曰：「銀有精光如燭也。」梁簡文詩：「燭銀踰漢女，寶鐸邁昆吾。」江總貞女峽賦：「含照曜之燭銀，泝潺湲之膏玉。」唐人詩用「銀燭」字本此。

複裙詩

陳蕭鄰詠複裙詩：「晶晶金沙淨，離離寶縫分。纖腰非學楚，寬帶爲思君。」

爾公爾侯

宋人經義云：「以爾爲公，則夙夜在公；以爾爲侯，則謹爾侯度。勞於王事，逸無期矣；職思其憂，豫無期矣。何如怡然處順，愼哉爾之優游，確乎不拔，勉哉爾之遁思乎？」蓋爲國家計，則深惜賢者之去；爲賢者計，則又深體其情之不容不去也。此深得詩人之旨，可補詩傳之未備，故特録之。

僧皎然冬日送客

「平明走馬上村橋，花落梅溪雪未消。日短天寒愁送客，楚山無限路迢迢。」無酸餡氣，佳甚。

僧無鄴落葉詩

「遶巷夾溪紅，蕭條逐北風。別林遺宿鳥，浮水感鳴蛩。石小埋初盡，枝長葉未終。帶霜書麗什，閒讀白雲中。」句雖太巧，亦尋常思量不到也。

褥隱芙蓉

集韻：「縫衣曰䌟。」今俗云穿針䌟線是也。杜詩「褥隱綉芙蓉」，而字借「隱」。

銅虹曉虹

器物疑識有王氏銅虹燭錠，「虹」與「缸」同，如漢賦「金缸銜璧」、唐詩「銀缸斜背解明璫」之類也。李賀詩：「飛燕上簾鈎，曉虹屏中碧。」亦謂貴人晏眠而曉燈猶在缸也。

朅來

今文語辭「朅來」「聿來」，不知所始。按楚辭：「車既駕兮朅而歸，不得見兮心傷悲。」舊注：「朅，去也。」又按呂氏春秋：「膠鬲見武王于鮪水曰：『西伯朅去？無欺我也。』武王曰：『不子欺，將伐殷也。』膠鬲曰：『朅至？』武王曰：『將以甲子日至。』」注：「朅，何也。」若然，則「朅」之爲言「盍」也。若以解楚辭，則謂「車既駕矣，盍而歸乎」，以不得見而心傷悲也，意尤婉至。則今文所襲用「朅來」者，亦謂「盍來」也，非是發語之辭矣。文選注劉向七言曰「朅來歸耕永自疏」，顏延年秋胡妻詩曰「朅來空復辭」，義皆謂「盍來」，始通。

靺鞨

靺鞨，國名，古肅慎地也。其地産寶石，大如巨栗，中國謂之「靺鞨」。文與可朱櫻歌云：「金衣珍禽弄深樾，禁籞朱櫻斑若纈。上幸離宫促薦新，藤籃寶籠貂璫發。凝霞作丸珠尚軟，油露成津蜜初割。」君王午坐鼓猗蘭，翡翠一盤紅靺鞨。」葛魯卿西江月詞云：「靺鞨斜紅帶柳，琉璃漲緑平橋。人間花月見新妖，不數江南蘇小。恨寄飛花薂薂，情隨流水迢迢。鯉魚風送木蘭橈，迴棹荒鷄報曉。」二公詩詞皆用靺鞨事，人罕知者，故特疏之。

賦比興

李仲蒙曰：「敍物以言情謂之賦，情物盡也。索物以托情謂之比，情附物也。觸物以起情謂之興，物動情也。」

蔡孚打毬篇

「德陽宮北苑東陬，雲作高臺月作樓。金錘玉蓥千金地，寶杖琱紋七寶毬。竇融一家三尚主，梁冀頻封萬户侯。容色從來荷恩顧，意氣平生事俠遊。共道用兵如斷蔗，俱能走馬入長楸。紅鬣錦鬉風騄驥，黄絡青絲電紫騮。奔星亂下花場裏，初月飛來畫杖頭。自有長鳴須決勝，能馳迅足滿先籌。曹王漫説彈棋妙，劇孟休矜六博投。薄暮漢宮愉樂罷，還歸堯室曉垂旒。」七言排律，唐人亦不多見。初唐有此首及謝偃新曲、崔融從軍行，可謂絶倡。其後則杜工部清明二首。此外何其寥寥乎？楊伯謙選唐音及取王建二首，醜惡之甚，觀者自能識之。中唐則僧清江一首，温庭筠一首，皆雋永可誦。伯謙縱不能取初唐三首，獨不可取清江庭筠之二首乎？何所見之不同也。清江庭筠詩品彙已收，兹不書。

摯虞論詩賦四過

假象太過，則與類相遠。命辭過壯，則與事相違。辨言過理，則與義相失。麗靡過美，則與情相悖。

賤妾亦何爲

古詩：「君亮執高節，賤妾亦何爲。」文選范雲古意詩注引之作「擬何爲」，「擬」字勝「亦」字。

選詩補註

劉履作選詩補註，效朱子註三百篇，其意良勤矣。然曲説强解，殊非作者之意。如郭璞遊仙詩，附會於君臣治道，此何理耶？且所見寡陋，如儲光羲詩：「格澤爲君駕。」格澤，星名。大人賦「建格澤之長竿」是也。履乃云：「獅子名曰白澤。『白』與『格』相近，白澤卽格澤也。」此何異村學究之欺小童耶？

劍門明皇詩

予往年過劍門關，絶壁上見有唐明皇詩云：「劍閣横空峻，鑾輿出狩回。翠屏千仞合，丹嶂五丁開。灌木縈旗轉，仙雲拂馬來。乘時方在德，嗟爾勒銘才。」是詩英華及諸唐詩皆不載，故記於此。

盤渦

蜀江三峽中，水波圓折者名曰盤。「盤」音「漩」。杜詩：「盤渦鷺浴底心性。」張蠙黄牛峽詩：「盤渦逆入嵌崆地，斷壁高分繚繞天。」

慧遠詩

晉釋慧遠遊廬山詩：「崇巖吐氣清，幽岫棲神跡。希聲奏羣籟，響出山溜滴。有客獨冥遊，徑然忘所適。揮手撫雲門，靈關安足闢。留心叩玄扃，感至理弗隔。孰是騰九霄，不奪沖天翮。妙同趣自均，一悟超三益。」此詩世罕傳，弘明集亦不載，獨見於廬山古石刻耳。一作東林寺志。「孰是騰九霄」，與陶靖節「孰是都不營」之句同調，真晉人語也。杜子美詩：「得似廬山路，真隨慧遠遊。」正用此事，字亦不虚。千家註杜，乃不知引此。

樂曲名解

古今樂録云：「傖歌以一句爲一解，中國以一章爲一解。」王僧虔啓曰：「古曰章，今曰解。解有多少，當是先詩而後聲。詩敍事，聲成文，必使志盡於詩，音盡於曲，是以作詩有豐約，制解有多少。又諸曲調皆有辭有聲，而大曲又有『豔』有『趨』有『亂』。辭者，其歌詩也。聲者，若羊吾夷伊那何之類也。豔在曲之前，趨與亂在曲之後，亦猶吴聲西曲前有和後有送也。」慎按：豔在曲之前，與吴聲之和，若今之引子；趨與亂在曲之後，與吴聲之送，若今之尾聲。羊吾夷伊那何皆辭之餘音嫋嫋，有聲無字，雖借字作譜而無義，若今之哩囉嗹唵吽也。知此可以讀古樂府矣。

齊歌曰歐，吴歌曰歈，楚歌曰些，巴歌曰耀。

樂府誤字

陝西近刻左克明樂府本，節郭茂倩樂府詩集，誤字尤多，略舉一二。如讀曲歌云：「逋髮不可料，憔悴爲誰睹。欲知相憶時，但看裙帶寬幾許。」逋髮謂髮之散亂未料理也。「逋」字下得妙，今改作「通髮」，何解也？今據郭本正之。又烏棲曲云：「宜城投酒今行熟。」投酒，重釀酒也。不知何人妄改作「投泊」。投酒熟則有理，「投泊」豈能熟也？雖郭本亦誤。按北堂書鈔云「宜城九醖酒曰投酒」，並引此句。晉白紵舞詞「羅袿徐轉紅袖揚」，何承天芳樹曲「微飈揚羅袿」，皆誤「袿」作「鞋」。

些樂城㊀

唐書驃國之地，南盡溟海，即今滇海。北通南詔些樂城，東北距陽苴咩城六千八百。些樂，即杜詩所謂「和親邏逤城」是也。今作摩些，其字雖異，地一也，音一也。

㊀「些樂」原作「樂些」，據舊唐書西南蠻傳改。下同。

滕王

杜子美滕王亭子詩：「民到于今歌出牧，來遊此地不知還。」後人因子美之詩，注者遂謂滕王賢而有遺愛于民，今郡志亦以滕王爲名宦。予考新舊唐書，並云元嬰爲荆州刺史，驕佚失度。太宗崩，集宦屬燕飲歌舞，狎昵厮養。巡省部内，從民借狗求罝，所過爲害，以丸彈人，觀其走避則樂。及遷洪州都督，以貪聞。高宗給麻二車，助爲錢緡。小説又載其召屬宦妻于宮中而淫之。其惡如此。而少陵老子乃稱之，所謂「詩史」者，蓋亦不足信乎？未有暴于荆洪兩州而仁于閬州者也。

滕王此與前民歌出牧條説異。

杜工部有滕王亭詩，王建詩「搨得滕王蛺蝶圖」，皆稱滕王湛然，非元嬰也。王勃記滕王閣，則是元嬰耳。

請急

杜工部偪側行：「已令請急會。」黄山谷云：「晉令：急假者，五日一急，一歲則六十日。」晉書「車武子早急出，謁子敬，盡急而還」是也。

劉貢父

「青袍也自公。」貢父詩話云：「『也』字作『夜』音，不可如字讀也。白公云『也向慈恩寺裏游』是也。」

劉須溪

廬陵劉辰翁會孟㊀，號須溪，於唐人諸詩集及李杜蘇黄大家，皆有批點。又有批評三字口義及世説新語，士林服其賞鑒之精博，然不知其節行之高也。余見元人張孟浩贈須溪詩云：「首陽餓夫甘一死，叩馬何曾罪辛巳。淵明頭上漉酒巾，義熙以後爲全人。」蓋宋亡之後，劉公竟不出仕也。噫，是與伯夷陶潛何異哉！須溪私印，古篆「三代人物」四字自許，良不爲過。張孟浩蓋亦同時合志者。他如閩中之謝皐羽，徽州之胡餘學，慈溪之黃東發，自以中國遺人，不屈夷狄者，不知其幾。宋朝待士之厚，其效可驗矣。

㊀「會」原作「諱」，據須溪集改。

劉須溪

世以劉須溪爲能賞音，爲其於選詩、李杜諸家皆有批點也。予以爲須溪元不知詩，其批選詩首云：「詩至文選爲一厄。五言盛於建安，而勃窣爲甚。」此言大本已迷矣。須溪徒知尊李杜，而不知選詩又李杜之所自出。予嘗謂須溪乃開剪截羅緞鋪客人，元不曾到蘇杭南京機坊也。

劉靜修跋王子端書

「子端衰衣起遼海，後學一變争奇新。黃山驚歎竹谿泣，鍾鼎騷雅潛精神。」默翁語也。「雪溪仙人詩骨清，畫筆尚餘詩典刑。聲光舊塞天壤破，議論今著兒曹輕。」遺山語也。二公之言必有能辨之者。東坡謂書至於顏柳，而鍾王之法益微；詩至於李杜，而魏晉以來高風絶塵亦少衰矣。朱文公亦以爲然。默翁蓋知此者，是以不取於子端矣。子端名庭筠，號雪溪。黃山，趙秉文也。竹谿，党學士也。默翁，徒單修撰也。

劉禹錫詩

元和以後，詩人之全集可觀者數家，當以劉禹錫爲第一。其詩入選及人所膾炙，不下百首矣。其未經選，全篇如棼絲瀑云：「飛流透嵌隙，噴灑如絲棼。含暈迎初旭，翻光破夕曛。餘波繞石去，碎響隔溪聞。却望瓊沙際，逶迤見脉分。」樂府絶句云：「大艑高帆一百尺，新聲促柱十三絃。揚州市裏商人女，來占西江明月天。」詠硯云：「烟嵐餘斐亹，水墨兩氤氲。好與陶貞白，松窗寫紫文。」詠鶯雜體云：「鶯能語，多情。春將半，天欲明。始逢南陌，復集東城。林疏時見影，花密但聞聲。營中緩催短笛，樓上欲定哀筝。千門萬户垂楊裏，百囀如簧烟景晴。」五言摘句，如：「桃花迷隱跡，櫻葉慰忠魂。」又：「殘兵疑鶴唳，空壘辨烏聲。」又：「路塵高出樹，山火遠連霞。」又：「登臺吸瑞景，飛步翼神飈。」詠花云：「香歸荀一作陶令宅，豔入孝王家。」園景云：「傅粉琅玕節，薰香菡萏莖。榴花裙色好，桐子藥丸成。」妓席云：「容華本南國，妝束學西京。月落方收鼓，天寒更炙笙。」七言，如：「中國書流讓皇象，北朝文士重徐陵。」又：「桂嶺雨餘多鶴跡，茗園晴望似龍鱗。」又：「連檣估客吹羌笛，勢槳巴童歌竹枝。」又：「眼前名利同春夢，醉裏風情敵少年。」又：「野草芳菲紅錦地，遊絲撩亂碧羅天。」又：「青城三百九十橋，夾岸朱樓隔柳條。」又：「三花秀色通春幌，十字春波繞宅牆。」又：「海嶠新辭永嘉守，夷門重見信陵君。」又：「水底遠山雲似雪，橋邊平岸草如烟。」又外集有觀舞一首云：「山雞臨清鏡，石燕赴遥津。何如上客會，長袖入華裀。體輕若無骨，觀者皆聳神。曲盡回身去，層波猶注人。」宛有六朝風致，尤可喜也。劉全集今多不傳，予舊選之爲句圖，今録其尤著者於兹云。

劉言史樂府雜詞

「蟬翼紅冠粉黛輕，雲和新教羽衣成。月光如雪金階上，迸却玻璃義甲聲。」義甲，妓女彈箏護甲也，替指，或以銀，或以玻璃，杜詩「銀甲彈箏鉀」是也。其曰「義甲」者，甲外有甲曰義，如假髻曰義髻，樂有義嘴笛，衣服有義欄，皆外也。項羽目所立楚王爲義帝，以義男義女視之，其無道而猾賊甚矣，身死東城，詎非兆於此乎？

劉言史詩

劉言史瀟湘舟中聽夷女唱曖迺歌云：「夷女采山蕉，緝紗浸江水。野花滿髻粧粉紅，閒歌曖迺深峽裏。曖迺知從何處生？當年泣舜斷腸聲。翠華寂寞嬋娟没，緑篠空餘紅淚情。青烟冥冥覆杉桂，崖壁凌天風雨細。昔人怨恨此地遺，碧杜紃虆含怨姿。清猿未盡鼯鼠切，汨水流到湘妃祠。北人莫作瀟湘遊，九疑雲入蒼梧愁。」曖迺，楚人歌也。元結集作「欸乃」，字不同而義一。此詩世亦罕傳，且録之。

劉駕絶句

劉駕，晚唐人。詩一卷，余家舊有之，今逸其本。嘗記其四首，其一春夜云：「一別杜陵歸未期，衹憑魂夢接親知。近來欲睡渾難睡，夜夜夜深聞子規。」其二秋懷云：「歲歲干戈阻路歧，望山心切與心違。秋來何處開懷抱，日日日斜空醉歸。」望月云：「清秋新霽與君同，江上高樓倚碧空。酒盡露零賓客散，更更更漏月明中。」晚登成都迎春閣云：「朱櫩凭闌眺錦城，烟籠萬井二江明。香風滿閣花滿樹，樹樹樹頭啼曉鶯。」詩頗新異，聊爲筆之。近閲司馬才仲無題二首云：「香夢依稀逐斷雲，桃根渡口惜離分。春愁滿紙無多句，句句句中多爲君。」其二：「肌生香雪步生蓮，一捻腰肢一捻年。頻見樽前渾不語，心心心在阿誰邊。」蓋效之也。

劉駕詩

劉駕詩體近卑，無可采者，獨「馬上續殘夢」一句，千古絶唱也。東坡改之作「瘦馬兀殘夢」，便覺無味矣。

劉元濟詩

近覽廬山舊志，見唐人劉元濟經廬嶽迴望江州想洛陽有作云：「龜山帝始營，龍門禹初鑿。出入經變化，府仰憑寥廓。未若茲山功，連延並巫霍。東北流艮象，西南距坤絡。宏阜自鬱盤，高煙復迴薄。勢入柴桑渚，陰開彭蠡壑。九江杳無際，七澤紛相錯。雲霞散吳會，風波騰鄗鄀。迹隨造化久，利與乾坤博。肹蠁積氣通，紛綸潛怪作。石渠忽見踐，金房安可托。地入天子都，巖有仙人藥。二閟幾迢遞，三宮何倏爚。咫尺窮杳冥，跬步皆恬漠。才驚羽翰幽，居靜龍蛇蠖。明牧振雄詞，棣華殊灼爍。盛業匡西夏，深謀贊禹亳。黃雲拂鼎飛，絳氣橫川躍。佐歷符賢運，人期夢天爵。禮樂富垂髫，詩書成舞勺。清輝靖岳電，利器騰霜鍔。遊聖挹衢樽，鄰幾恭木鐸。墻仞包武侯，波瀾控文若。旋聞刈翹薪，遽睹折葵藿。稷卨序揆圖，良平公輔畧。重臣資出守，英藩諒求瘼。豫樟觀偉材，江洲訪靈崿。陽岫晚氛氲，陰崖莫蕭索。雌伏屢鯨奔，雄飛更鷙搏。驚壘透煙霞，騰猿亂枝格。故園有歸夢，他山非行樂。他鄉徒可遊，湟潤終旋泊。景物觀淮海，雲霄望河洛。城闕紫微星，圖書玄扈閣。神功多粉繪，元氣猶斟酌。丞相下南宮，將軍趨北洛。橫簪並附蟬，列鼎俱調鶴。四野時迷路，五月先投龠。池榭宣瓊管，風花亂珠箔。舊遊勞寤寐，新知無悅樂。天寒欲贈言，歲暮期交一作文約。夜琴清玉柱，秋灰變緹幙。風雲動翰林，宮徵調文簫。言泉激爲浪，思緒飛成繳。千里揮珠璣，五采含丹臒。鍾鼓旋驚鶡，瑾瑜俄抵鵲。竊價慚庸急，叨聲逾寂寞。長望恨南溟，居然翳東郭。」此詩綺繪煥發，比興温然，雖王楊盧駱，未能先也。然不甚流傳，而王周李山甫林寬盧延遜周曇胡曾之徒鄙猥俚賤，優人羞道者，乃有集行世。噫，至言不出，俗言勝也，文亦有幸不幸哉！

劉後村三詩

劉後村集中三樂府效李長吉體，人罕知之，今録於此。其一李夫人招魂歌云：「秦王女兒吹鳳簫，淚入星河翻鵲橋。素娥剗襪踏玉兔，回望桂宮一點霧。粉紅小堞没柳煙，白茅老仙方睡圓。尋愁不見入香髓，露花點衣碧成水。」其二趙昭儀春浴行：「花奴一雙鬟垂耳，緑繩夜汲露桃蕊。青桂寒煙濕不飛，玉龍呵暖紅薇水。翠靴踏雲雲帖妥，燕釵微卸香絲嚲。小蓮夾擁真天人，紅梅犯雪放一朵。鶩錦屏風盡水月，鴔鶄抱頸唼蘭葉。劉郎散却金餅歸，笑引香綃護癡蝶。」其三東阿王紀夢行：「月青露紫羅衾白，相思一夜貫地脉。帝遣纖阿控紫鸞，崑崙低下海如席。曲房小幄雙杏坡，玉鳧吐麝薰錦窠。軟香蕙雨袛釵濕，霱雲三尺生紅韡。金蟾吞漏不入咽，柔情一點薔薇血。海山重結千年期，碧桃小核生孫枝，精移神駭屏山知。」三詩皆佳，不可云宋無詩也。

劉原父喜雨詩

劉原父喜雨詩云：「涼風響高樹，清露墜明河。雖復夏夜短，已覺秋氣多。豔膚麗華燭，皓齒揚清歌。臨觴不肯醉，奈此粲者何。」此詩無愧唐人，不可云宋無詩也。

劉綺莊揚州送人

「桂楫木蘭舟，楓江竹箭流。故人從此去，遠望不勝愁。落日低帆影，歸風引櫂謳。思君折楊柳，淚盡武昌樓。」龔明之中吳紀聞云：「唐人劉綺莊爲崑山尉，研窮古今緗帙，所積甚富，嘗分類應用事注釋于下，如六帖之狀，號崑山編，今其書尚存。」

劉勰論文

劉勰云：「鉛黛所以飾貌，而盼倩生於淑姿；文采所以飾言，而辯麗本於情性。」予嘗戲云：「美人未嘗不粉黛，粉黛未必皆美人。奇才未嘗不讀書，讀書未必皆奇才。」

升菴詩話卷十三

劉三娘光宅寺見少年頭陀有感

「長廊欣目送，廣殿悦逢迎。何當曲房裏，幽隱無人聲。兩葉雖爲贈，交情永未因。同心何處切，梔子最關人。」韓翃「檳榔滿把能消酒，梔子同心好贈人」，正用此事。

劉希夷江南曲

「暮宿南州草，晨行北岸林。日懸滄海闊，水隔洞庭深。烟景無留意，風波有異潯。歲游難極目，春戲易爲心。朝夕無榮遇，芳菲已滿襟。」「艷唱潮初落，江花露未晞。春洲驚翡翠，朱服弄芳菲。畫舫烟中淺，青陽日際微。錦帆衝浪濕，羅袖拂行衣。含情罷所采，相歎惜流輝。」「君爲隴西客，妾遇江南春。朝游含靈果，夕采弄風蘋。果氣時不歇，蘋花日以新。以此江南物，持贈隴西人。空盈萬里懷，欲贈竟無因。」「皓如楚江月，靄若吴岫雲。波中自皎潔，山上亦氤氲。明月留照妾，輕雲持贈君。山川各離散，光氣乃殊分。天涯一爲別，江北不相聞。」「艤舟乘潮去，風帆振早涼。潮平見楚甸，天際望維揚。洄泝各千里，烟波接兩鄉。雲明江嶼出，日照海流長。此中逢歲晏，浦樹落花芳。」「暮春三月晴，維揚吴楚城。城臨大江汜，迴映洞浦清。晴雲曲金閣，珠箔碧雲裏。月明芳樹羣鳥飛，風過長林雜花起。可憐離别誰家子，一至於此情何已。」「北堂紅草盛丰茸，南湖碧水照芙蓉。朝游暮起金花盡，漸覺羅裳珠露濃。自惜鉛華三五歲，已歎關山千萬重。情人一去無還日，欲贈懷芳恨不逢。」「憶昔江南全盛時，平生怨在長洲曲。冠蓋星繁江水上，衝風飄落洞庭緑。落花罥袖紅紛紛，朝霞高閣洗晴雲。誰言此處嬋娟子，珠玉爲心以奉君。」希夷八詩，柔情綺語，絶妙一時，宜乎招宋延清之妒也。

劉文房詩

劉文房詩：「已是洞庭人，猶看灞陵月。」孟東野詩：「長安日下影，又落江湖中。」語意相似，皆寓戀闕之意。然總不若王仲宣云「南登灞陵岸，回首望長安」，涵蓄藴藉，自然不可及也。

劉之遴酬江總詩

「上位居崇禮，寺署鄰棲息。忌聞曉騶唱，每畏晨光絶。高談意未窮，晤對賞無極。探急共遨遊，休沐忘退食。曷用消鄙吝，枉趾觀顔色。下上數千載，揚確吐胸臆。」探急謂其請急也。古云請急，今日給假。

蝦蟆陵

白樂天詩：「自言本是京城女，家在蝦蟆陵下住。」蝦蟆陵在長安。謝良輔詩：「取酒蝦蟆陵下，家家守歲傳巵。」齊己詩：「翠樓春酒蝦蟆陵，長安少年皆共矜。」

鋃鐺

後漢書：「崔烈以鋃鐺鎖。」上音狼，下音當。鋃鐺，大鎖也。今多訛作金銀之「銀」，至有「銀鎖三公脚，刀撞僕射頭」之句。其傳訛習舛如此。

論詩畫

東坡先生詩曰：「論畫以形似，見與兒童鄰。作詩必此詩，定知非詩人。」言畫貴神，詩貴韻也。然其言有偏，非至論也。晁以道和公詩云：「畫寫物外形，要物形不改。詩傳畫外意，貴有畫中態。」其論始爲定，蓋欲以補坡公之未備也。

澀浪

蔡衡仲一日舉温庭筠華清宫詩「澀浪浮瓊砌，晴陽上綵斿」之句，問予曰：「澀浪，何語也？」

予曰：「子不觀營造法式乎？宫墻基，自地上一丈餘，疊石凹入如崖險狀，謂之疊澀。石多作水文，謂之澀浪。」衡仲歎曰：「不通水經，知澀浪爲何等語耶。」因語予曰：「古人賦景福靈光含元者，一一皆通水經，以郭熙界畫樓閣知之耳。」

蕭遇詩

蕭遇春日詩：「水堤烟報柳，山寺雪驚梅。」唐人賞之，謂不減庾子山。

蕭子顯春別

「江東大道日華春，垂楊挂柳掃輕塵。淇水昨送淚沾巾，紅妝宿昔已迎新。」昨别下淚而送舊，今已紅妝而迎新，娼樓之本色也。六朝君臣，朝梁暮陳，何異於此。

蕭紀巫峽詩

巫峽七百里，巴水三回曲。黄牛隱復見，清猿斷還續。

蕭慤春庭晚望

「春庭聊縱望，春臺自相引。窗梅落晚花，池竹問新筍。」「泉鳴知水急，雲來覺山近。不愁花不飛，只畏花飛盡。」二詩載入千里面談寄張禺山。

學選詩

李太白終始學選詩。杜子美好者亦多是效選詩，後漸放手，初年甚精細，晚年橫逸不可當。

豎子

阮籍登廣武而歎曰：「時無英雄，使豎子成名。」豈謂沛公爲豎子乎？傷時無劉項也。豎子指晉魏間人耳。李太白詩：「沉醉呼豎子，狂言非至公。」亦誤認嗣宗語也。東坡詩：「聊興廣武歎，不待雍門彈。」

樹如薺

羅浮山記云：「望平地樹如薺。」自是俊語。梁戴暠詩「長安樹如薺」，用其語也。後人翻之益工，薛道衡詩：「遥原樹若薺，遠水舟如葉。」孟浩然詩：「天邊樹若薺，江畔洲如月。」

衛象吴宫怨

「吴王宫闕臨江起，不捲珠簾見江水。曉氣晴來雙闕間，潮聲夜落千門裏。句踐城中非舊春，姑蘇臺上起黄塵。只今惟有西江月，曾照吴王宫裏人。」此詩與王子安滕王閣詩相似，少誦之，知爲初唐人無疑，而未有明證。偶閲李嶠集，有詠衛象錫絲結，知爲巨山。同時高棅選唐詩，乃收之晚唐，不考之甚矣。

横浦論詩

横浦張九成謂王粲贈蔡子篤詩大有變風之思，嵇叔夜送秀才從軍詩有古詩人之風，劉公幹贈從弟詩，有國風餘法。

避賢

杜詩「衔盃樂聖稱避賢」，用李適之「避賢初罷相，樂聖且衔盃」句也。今本作「世賢」，非。「更取椒花媚遠天」，今本作「椒花」，非。椒花色緑，與葉無辨，不可言媚。

錦衣夜不襲

王子安臨高臺云：「錦衣夜不襞，羅帷晝未空。歌屏朝掩翠，妝鏡晚窺紅。」「錦衣夜不襞」應「妝鏡晚窺紅」，「羅帷晝未空」應「歌屏朝掩翠」，形容富室豪家恣情極樂，反易晝夜，最有深意。今本爲妄人改竄作「錦衣晝不襞，羅帷夕未空」，此乃常事，不足詠也。

雙鯉

古樂府詩：「尺素如殘雪，結成雙鯉魚。要知心裏事，看取腹中書。」據此詩，古人尺素結爲鯉魚形，即緘也，非如今人用蠟。文選：「客從遠方來，遺我雙鯉魚。」即此事也。下云烹魚得書，亦譬況之言耳，非真烹也。五臣及劉履謂古人多於魚腹寄書，引陳涉罩魚倡禍事證之，何異癡人說夢邪！

螢詩

唐劉禹錫秋螢引云：「漢陵秦苑遥蒼蒼，陳根腐葉秋螢光。夜空寂寥金氣淨，千門九陌飛悠揚。紛綸輝映半明滅，金鑪星噴燈花發。露華洗濯清風吹，攢茅不定招摇垂。高麗罘罳過蛛網，斜歷璇題舞羅幌。曝衣樓上拂香裙，承露臺前轉仙掌。槐市諸生夜對書，北窗分明辨魯魚。行子東山起征思，中郎騎省悲秋氣。銅雀人歸自入簾，長門帳空來照淚。誰言向晦常自明，兒童走步嬌女争。天生有光非自衒，遠近低昂暗中見。撮蚊妖鳥亦夜飛，翅如車輪人不見。」宋張文潛熠熠行云：「碧梧含風夏夜清，林塘五月初飛螢。翠屏玉簟起涼意，一點秋心從此生。方池水深涼雨集，上下輝輝亂凝碧。幸因簾捲到華堂，不畏人驚照涼夕。漢宫千門連萬户，夜夜熒煌暗中度。光流太液池上波，影落金盤月中露。銀闕茫茫玉漏遲，年年爲爾足愁思。長門怨妾不成寐，團扇美人還賦詩。避暑風廊人語悄，闌下撲來羅扇小。已投幽室夜分明，更伴殘星天未曉。君不見建章宫殿洛陽西，破瓦頹垣今古悲。荒榛蕪草無人跡，只有秋來熠熠飛。」劉禹錫張文潛二集今不傳，余家有之，兼愛二詩之工，故録之於此。昔年余寓居大理三塔寺，榛莽滿目，飛螢數萬如白晝。余戲相從諸生曰：「車胤見此，不必囊螢。隋煬帝見此，不必下詔搜索矣。」因作流螢篇。何仲默枕藉杜詩，不觀餘家，其於六朝初唐未數數然也。與予及薛君采言及六朝初唐，始恍然自失，乃作明月流螢二篇擬之，然終不若其效杜諸作也。如予此篇，明珠按劍及鯤鵬斥鷃，皆與流螢無交涉，可以知詩之難矣。

數回細寫愁仍破

杜詩：「數回細寫愁仍破。」寫，洗野切。禮記：「器之溉者不寫，其餘皆寫。」注謂傳之器中，史記：「始皇三十五年，寫蜀荆地材，皆至關中。三十六年，每破諸侯，寫放其宫室，作之咸陽。」

左傳注：「寫器令空。」東觀漢記：「封車載貨，寫之權門。」晉郤夫人語二弟云：「傾筐倒寫。」又四夜切。石鼓文：「宮車其寫。」義與「卸」通。舍車解馬曰寫，舟車出載亦曰寫。

艛艒

艛艒，小船名，音「摟搆」，見呂蒙傳。白樂天詩：「兩片紅旗數聲鼓，使君艛艒上巴東。」又：「篺箄州乘送，艛艒驛船迎。」又：「還乘小艛艓，却到古湓城。」「艓」當作「艒」字之誤也。

錦城絲管

唐人樂府多唱詩人絶句，王少伯李太白爲多。杜子美七言絶近百，錦城妓女獨唱其贈花卿一首，所謂「錦城絲管日紛紛，半入江風半入雲。此曲只應天上有，人間能得幾回聞」也。蓋花卿在蜀，頗僭用天子禮樂，子美作此諷之，而意在言外，最得詩人之旨。當時妓女獨以此詩入歌，亦有見哉。杜子美詩，諸體皆有絶妙者，獨絶句本無所解。而近世乃效之而廢諸家，是其真識冥契，猶在唐世妓人之下乎？

錢珝詠史珝音許。

「負罪將軍在北朝，秦淮芳草緑迢迢。高臺愛妾魂應斷，始擬邱遲一爲招。」此詠梁將軍陳伯玉之事。伯玉負罪，自梁奔魏，其後邱遲以書招之，有云：「江南三月，草長鶯啼，雜花亂開。」又曰：「高臺未傾，愛妾猶在。」詩皆用書中語，括書詠史如此，射鵰手也。如胡曾、汪遵，不堪爲奴僕矣。

險諢句

吴均詩：「秋風瀧白水，雁足印黄沙。」爲沈約所笑。唐人以此句爲險諢句，傳奇詩多有之，沈青箱「夜月琉璃水，春風卵色天」是也。韓退之：「水作青羅帶，山如碧玉簪。」杜牧詩：「錢塘鸚鵡緑，吴岫鵁鶄斑。」東坡詩：「山爲翠浪涌，水作玉虹流。」大家亦時有之也。

薅草

杜工部有除薅草詩云：「草有害於人。」「薅」音「燖」，蜀名薅麻，或作「蕁」，非。

濂溪詩

濂溪集和費令游山詩云：「是處塵勞皆可息，時清終未忍辭官。」此乃由衷之語，有道之言，所以不可及也。今之人，口爲懷山之言，暗行媚竈之計，良可惡也。唐僧曇秀云：「住山人少説山多。」杜牧云：「盡道青山歸去好，青山曾有幾人歸。」

蕃馬胡兒

宋柳如京塞上詩：「鳴骹直上一千丈，天静無風聲正乾。碧眼胡兒三百騎，盡提金勒向雲看。」其詩宋人盛稱之，好事者多圖于屏障，今猶有其稿本。唐人好畫蕃馬于屏，花間詞云「細草平沙，蕃馬小屏風」是也。又曲有伊州涼州氐州，後卒有禄山吐蕃之變。宋人愛圖鳴骹胡兒，卒有金元之禍。元人曲有「入破」「急煞」之名，未幾而亂。

鄰舍詩

陳張正見鄰舍詩曰：「簷高同落照，巷小共飛花。」符載詩：「緑迸穿籬筍，紅飄隔户花。」于鵠詩：「燕黍嘗共竈，澆薤亦同渠。傳屐朝尋藥，分燈夜讀書。」劉長卿：「雞聲共林巷，燭影隔茅茨。」徐鍇詩：「井泉分地脉，碪杵共秋聲。」梅聖俞詩：「籬根分井口，壁隙透燈光。」總不如杜工部贈朱山人云：「相近竹參差，相過人不知。幽花欹滿樹，曲水細通池。歸客村非遠，殘樽席更移。看君多道氣，從此數相隨。」渾成不見剞劂，而句句切題。

鄰舟詩

括蒼鮑欽止詩集，余舊見之，其中與滎子陽鄭公華白朐山鄰舟行一首，頗得鄰舟江行之趣，余愛而誦之，今録於此：「舟行有後先，相去能幾許。鏗轟金鼓聲，見面不得語。水花來幽香，岸柳過疏雨。登艫各乘流，解帆會聯浦。携我小龍團，睡起就君煮。」

凝音佞

詩：「膚如凝脂。」「凝」音「佞」。唐詩：「日照凝紅香。」白樂天詩：「落絮無風凝不飛。」又：「舞繁紅袖凝，歌切翠眉愁。」又：「舞急紅腰凝，歌遲翠黛低。」徐幹臣詞：「重省别時，淚漬羅巾猶凝。」張子野詞：「蓮臺香燭殘痕凝。」高賓王詞：「想蕁汀水雲愁凝，閒蕙帳猿鶴悲吟。」柳耆卿詞：「愛把歌喉當筵逞，遏天邊亂雲愁凝。」今多作平音，失之，音律亦不協也。

凝笳疊鼓

謝玄暉鼓吹曲：「凝笳翼高蓋，疊鼓送華輈。」李善注：「徐引聲謂之凝，小擊鼓謂之疊。」岑參凱歌：「鳴笳擂鼓擁回軍。」急引聲謂之鳴，疾擊鼓謂之擂。凝笳疊鼓，吉行之文儀也。鳴笳擂鼓，師行之武備也。詩人之用字不苟如此，觀者不可草草。

諺語有文理

諺語云：「三九二十七，籬頭吹觱栗。」言冬至後寒風吹籬落，有聲如觱栗也。合于莊子「萬竅怒號」之說，而可以爲豳風「一之日觱發」之解矣。賈人之鐸，可以諧黃鍾。田夫之諺，而契周公之詩。信乎六律之音出于天籟，五性之文發於天章，有不待思索勉强者，此非自然之詩乎？余嘗戲集諺語爲古人詩詞中所引者數條，今附于此。「月如彎弓，少雨多風。月如仰瓦，不求自下。」羅景綸詩用之。「朝霞不出市，暮霞走千里。」范石湖詩用之。「乾星照濕土，來日依舊雨。」王建詩用之。「照泥星出依然黑，爛漫庭花不肯休。」「礮車雲」。東坡詩用之。「今日江頭風勢惡，礮車雲起雨欲作。」「風花雲起，下散四野，如烟霧也。」晁無咎詩用之。「明日揚帆應復駛，蒸雲散亂作風花。」「日没胭脂紅，無雨也有風。」梅聖俞詩用之。「日脚射空金鏃直，西望千山萬山赤。野老先知雨又風，明日望此重雲黑。」「東鱟晴，西鱟雨」，則詩所謂「朝隮于西，崇朝其雨」也。「霜淞打雪淞，貧兒備飯甕」，則東坡詩所謂「敢怨行役勞，助爾歌飯甕」也。「日暈主雨，月暈主風」，則梅聖俞所謂「月暈每多風，燈花先作喜。明日掛歸帆，春湖能幾里」也。「天河中有黑雲，謂之黑猪渡河，主雨」，則蕭冰崖所謂「黑猪渡河天不風，蒼龍銜燭不敢紅」也。「秋甲子雨，禾頭生耳」，則杜工部所謂「禾頭生耳禾穗黑」

也。他如「雨灑上元燈，雲掩中秋月」，又「黄梅寒，井底乾」，又云「河射角，好夜作。犂星没，水生骨」，又云「春寒四十五，貧兒市上舞。貧兒且莫誇，且過桐子花」，又云「黄梅雨未過，冬青花未破。冬青花已開，黄梅再不來」，又云「舶䑠風雲起，旱魃深歡喜」，又云：「商陸子熟，杜鵑不哭」，皆爲唐宋詩人引用。若陸璣詩疏引諺云「黄栗留，看我麥黄椹黑否」，詩疏引「蜻蛚鳴，衣裘成。蟋蟀鳴，懶婦驚」，夏小正注引「天河東西，漿洗寒衣」，國語注引古語「上長冒橛，陳根可拔，耕者急發」，四民月令引農謡「三月昏，參星夕。杏葉盛，桑葉白」，又云「杏子開花，可耕白沙」，又「貸我東薔，償我白粱」，先儒皆以解經，不但詩詞之資而已。詩詢芻蕘，舜察邇言，良有以哉？

顔謝詩評

沈約云：「延年體裁明密，靈運興會標舉。」

薰風啜茗

杜子美何將軍山莊詩：「薰風啜茗時。」今本作「春風」，非。此詩十首，皆一時作。其曰「千章夏木清」，又曰「紅綻雨肥梅」，皆是夏景可證。

擂鼓

岑參凱歌：「鳴笳擂鼓擁回軍。」今本「擂」作「疊」，非。近制啓明定昏，鼓三通曰發擂，當用此字，俗作「攂」，非。「擂」亦俗字，然差善於「攂」。古樂府：「官家出遊雷大鼓。」「雷」轉作去聲用。

聶夷中公子行

「花枝滿墻頭，花裏誰家樓。美人樓上歌，不是古梁州。」傷新聲日繁，古調日微也。

颱颶

沈佺期有夜泊越州詩云：「颱颶紫海若，霹靂耿天吴。」「颱颶」蓋指颱風也，字書不載此二字。

薄音婆

王昌齡塞上詩：「故瓶落膊紫薄寒，碑葉城西秋月圓。明勑星馳封寶劍，辭君一夜斬樓蘭。」

儲光羲七言律

儲光羲詩五卷，五言古詩過半，七言律止田家即事一首而已。「桑柘悠悠水蘸堤，晚風晴景不妨犂。高機猶織卧蠶子，下坂饑逢餉饁妻。杏色滿林羊酪熟，麥凉浮隴雉媒低。生時樂死皆由命，事在昊天迴不迷。」

儲詩

儲光羲詩：「落日燒霧明，農夫知雨止。」耿湋詩：「向人微月在，報雨早霞生。」此即諺所謂「朝霞不出市，暮霞走千里」也。劉禹錫武陵詩：「積陰春暗度，將霽霧先昏。」耿湋詩：「晚雷期稔歲，重霧報晴天。」皆用老農占驗語。予舊日秋成詩云：「草頭占月暈，米價問天河。」亦用諺語「月暈長江水，日暈草頭空」，又「七月七夕，視天河顯晦，卜米價豐歉」，蓋老農有驗之占云。

謡作䚻

爾雅曰：「徒歌曰謡。」説文「謡」作「䚻」，注云：「䚻，從肉言。」今按徒歌不謂者，用絲竹相和也。肉言歌者，人聲也，出自胸臆，故曰肉言。童子歌曰童䚻，以其言出自其胸臆，不由人教也。

晉孟嘉云：「絲不如竹，竹不如肉。」唐人謂徒歌曰肉聲，卽說文肉言之義也。

衡州

衡州詩云：「悠悠委薄俗，鬱鬱回剛腸。」此語甚悲。許彦周詩話云：「昔蒯通讀樂毅傳而涕，後之人亦當有味此而泣者也。」

篭簌

唐李郢詩：「薄雪燕蓊紫燕釵，釵垂篭簌抱香懷。一聲歌罷劉郎醉，脱取明金壓繡鞋。」篭簌，下垂之貌。又作「麗㩳」。李賀春坊正字劍子歌：「挼絲團金懸麗㩳。」其義一也。薛君采語予云。

燭剪詩

元武伯英詠燭剪詩：「啼殘瘦玉蘭心吐，蹴落春紅燕尾香。」爲一時所賞。國朝古廉李公時勉詠剪刀詩：「吳綾剪處魚吞浪，蜀錦裁時燕掠霞。深院響傳春晝静，小樓工罷夕陽斜。」公之直節清聲，而詩嫵媚如此，信乎賦梅花者不獨宋廣平也。

升菴詩話卷十四

鍾常侍詩品

劉繪字士章㊀。「抱玉者聯肩，握珠者踵武。」言文士之多。「骨氣奇高，詞彩華茂，情兼雅怨，體被文質。」曹子建詩「陶性靈，發幽思。言在耳目之內，情寄八荒之表」。評阮籍「咀嚼英華，厭飫膏澤，文章之淵泉也。」陸機「詞彩葱蒨，音韻鏗鏘。」張協「名章迥句，處處間起；麗典新聲，絡繹奔會。」謝靈運「託諭清遠，良有鑿裁。」嵇康「鑿」音「蕨」。「善爲悽悷之詞，自有清拔之氣。」劉越石「得景陽之詭諔，含茂先之靡嫚。骨節强於謝混，驅邁疾於顔延。總四家而擅美，跨兩代而孤出。」鮑照「奇章秀句，往往警遒。足使叔源失步，明遠變色。」謝朓「詩體總雜，善於摹擬，筋力于王微，成就於謝朓。」江淹范雲「清便宛轉，如流風迴雪。」丘遲「點綴映媚，似落花依草。」孔雅圭「生於封谿，而文爲彫飾。」封谿，今之廣東出猩猩處。

㊀此處疑有脱文。按詩品云：「元長（王融）、士章，並有盛才，詞美英淨。至于五言之作，幾乎尺有所短。譬應變將略，非武侯所長，未足以貶卧龍。」可資參考。

龍池春遊曲

「紅心草茁紅桃開，龍池淼淼春水來，春鳥啼不歇，春燕語更切。少婦踏青游，傷春無限愁。紅蕖蹀躞曳羅襪，羅襪塵生暗香發。密意難傳陌上郎，含羞折花空斷腸，跢佇路側眄斜陽。」永昌張含詩也。

龍衮羊裘

宋人題釣臺詩曰：「龍衮新天子，羊裘老故人。」陳白沙竊爲己句云：「七尺羊裘幾銖兩，千秋龍衮共低昂。」子陵豈有意與龍衮較低昂乎？句法亦贅，不及宋人。

簡文楓葉詩

梁簡文帝楓葉詩云：「萎綠映葭青，疏紅分浪白。落葉灑行舟，仍持送遠客。」此詩情景婉麗，本集亦不載。

薛濤詩

「聞説邊城苦，如今到始知。好將筵上曲，唱與隴頭兒。」此薛濤在高駢宴上聞邊報樂府也。

有諷諭而不露，得詩人之妙。使李白見之，亦當叩首。元白流紛紛停筆，不亦宜乎？濤有詩集，此首不載。

薛能柳枝詞

「和花香雪九重城，夾路春陰十萬營。惟向邊頭不堪望，一株憔悴少人行。」此詩意言粉飾太平於京都，而廢弛防守於邊塞也。本集作「和花烟絮」，趙松雪作「和花香雪」。唐詩三體作「和風烟雨」，非也。當從本集及松雪所書始有味。

薛道衡和許給事善心戲場轉韻

「京洛重新年，復屬月輪圓。雲間璧獨轉，空裏鏡孤懸。萬方皆集會，百戲盡來前。臨衢車不絕，夾道閣相連。驚鴻出洛水，翔鶴下伊川。豔質迴風雪，笙歌韻管絃。佳麗儼成行，相攜入戲場。衣類何平叔，人同張子房。高高城裏髻，峨峨樓上妝。羅裙飛孔雀，綺帶垂鴛鴦。月映班姬扇，風飄韓壽香。竟夕魚負燈，徹夜龍銜燭。歡笑無窮已，歌吹還相續。羌笛隴頭吟，胡舞龜茲曲。假面飾金銀，盛服摇珠玉。宵深戲木蘭，競爲人所歡。卧馳飛玉勒，立騎轉銀鞍。從衡既躍劍，揮霍復跳丸。抑揚百獸舞，盤珊五禽戲。狻猊弄斑足，巨象垂長鼻。青羊跪復跳，白馬回旋駟。忽見羅浮起，俄看鬱島至。峯領既崔嵬，林叢亦青翠。麏麚下騰倚，猴猨或跂企。金徒列舊刻，玉律動新灰。甲荑垂陌柳，殘花散苑梅。繁星漸寥落，斜月尚徘徊。王孫猶勞戲，公子未歸來。共酌瓊酥酒，同傾鸚鵡杯。普天逢聖日，兆庶喜康哉。」按隋柳彧傳有請禁正月十五日角觝戲奏云：「京邑內外，每以正月望夜，鳴鼓聒天，燎炬照地，人戴獸面，男爲女服，倡優雜技，詭狀異形，高棚跨路，廣幕凌雲，肴醑肆陳，絲竹繁奏。以穢嫚爲歡娱，用鄙褻爲笑樂，淫行因此而生，盜賊由兹而起。請敓行天下，並即禁斷。」即此時事也。

鴻嘶猿唳

周賀詩「鴻嘶荒壘閉」，鴻未聞嘶也。近日一士夫詩「枕上聞猿唳」，余弟敍菴戲之曰：「猿變爲鶴矣。」

鴻篆

謝莊詩「義標鴻篆」，宋詔「嘉篆缺文」，皆謂書也。王融詩：「金縢開碧篆。」又云：「彩標紫毫，華垂丹篆。」文人用往篆皆同。南史：「青箱起焰，素篆從風。」言焚書也。

謝皐羽詩

謝皐羽晞髮集詩皆精緻奇峭，有唐人風，未可例於宋視之也。予尤愛其鴻門讌一篇：「天雲屬地汗流宇，杯影龍蛇分漢楚。楚人起舞本爲楚，中有楚人爲漢舞。鶺鴒淬光雌不語，楚國孤臣泣俘虜。君看楚舞如楚何，楚舞未終聞楚歌。」此詩雖使李賀復生，亦當心服。李賀集中亦有鴻門讌一篇，不及此遠甚，可謂青出於藍矣。元楊廉夫樂府力追李賀，亦有此篇，愈不及皐羽矣。其他如短歌行：「秦淮没日如没鶻，白波漾空濕弦月。舟人倚棹商聲發，洞庭脱木如脱髮。」建業水云：「太白八月魚腦減，武昌城頭鼓紞紞。」海上曲云：「水花生雲起如葑，神龍下宿藕絲孔。」明河篇云：「牽牛夜入明河道，淚滴相思作秋草。婺女城頭玩月華，星君冢上無啼烏。」俠客歌云：「潮動西風吹杜荆，離歌入夜斗西傾。佽飛廟下蛇含草，青拭吴鈎入匣鳴。」效孟郊體云：「牽牛秋正中，海白夜疑曙。野風吹空巢，波濤在孤樹。」律詩如「驛花殘楚水，烽火到交州」；「夜氣浮秋井，陰花冷碧田」；「山鬼下茅屋，野雞啼苧蘿」；「戍近風鳴柝，江空雨送船」；「鄰逋燈下索，鄉夢戍邊回」；「柴關當太白，藥氣近樵青」；「暗光珠母徙，秋影石花消」；「下方聞夕磬，南斗掛秋河」。雖未足望開元天寶之藩墻，而可以據長慶寶曆之上座矣。

謝詩

謝脁酬王晉安詩：「南中榮橘柚，寧知鴻雁飛。」後人不解此句之妙。晉安即閩泉州也。「南中榮橘柚」，即諺云「樹蠻不落葉」也。「寧知鴻雁飛」，即諺云「雁飛不到處」也。樹不凋，雁不到，本是瘴鄉，乃以美言之，此是隱句之妙。

謝靈運逸詩

謝靈運有集，今亡。其詩獨文選及樂府藝文類聚所載數十首耳。余見永嘉記所引斷章，諸選不收者，今錄於此。温州柟溪詩曰：「澹瀲結寒波，檀欒秀霜質。洞合水屢迷，林迴巖愈密。」登石室飯僧詩曰：「迎旭凌絶巘，映弦歸椒浦。結架非丹檻，藉田資宿莽。」又泉山詩曰：「清旦索幽異，方舟越坰郊。石室穿林陬，飛泉發樹梢。」丹山詩曰：「遨遊碧沙渚，坦蕩丹山峯。」

謝靈運逸句

謝靈運詩：「明月入綺窗，髣髴想蕙質。」「消憂非萱草，永懷寧夢寐。」寐，叶音密。上二句乃杜工部「落月滿屋梁」之所祖。

謝自然升仙

謝自然，女仙，白日飛昇，當時盛傳其事。至長安，韓昌黎作謝自然詩，紀其跡甚著，蓋亦得於傳聞也。予近見唐詩人劉商集有謝自然却還舊居一詩云：「仙侶招邀自有期，九天升降五雲隨。不知辭罷虛皇日，更向人間住幾時？」觀此詩，其事可知矣。蓋謝氏爲妖道士所惑，以幻術貿遷他所而淫之，久而厭之，又反舊居。觀商詩中所云「仙侶招邀」，意在言外，惜乎昌黎不聞也。然則世之所謂女仙者，皆此類耳。

謝偃新曲

青樓綺閣已含春，凝妝豔粉復如神。細細香裙全漏影，離離薄扇詎障塵。樽中酒色恒宜滿，曲裏歌聲不厭新。紫燕欲飛先繞棟，黄鶯始弄卽嬌人，撩亂絲垂昏柳陌，參差濃葉暗桑津。上客莫畏斜光晚，自有西園明月輪。

腕與涴同

韋莊應天長詞云：「想得此時情切，淚沾紅袖腕。」「腕」字義與「涴」同，而字則讀如「涴」字入聲始得其叶。然説文玉篇俱無「騗」字，惟元詞中「馬驟騗人語喧」，北音作平聲，四轉作入聲正叶。

覆窠俳體打油釘鉸

太平廣記有仙人伊周昌，號伊風子，有題茶陵縣詩云：「茶陵一道好長街，兩邊栽柳不栽槐。夜後不聞更漏鼓，只聽鎚芒織草鞋。」時謂之「覆窠體」。江南呼淺俗之詞曰「覆窠」，猶今云「打油」也。杜公謂之「俳諧體」。唐人有張打油作雪詩云：「江山一籠統，井上黑窟籠。黄狗身上白，白狗身上腫。」北夢瑣言有胡釘鉸詩。

濾水羅詩

唐人白行簡以濾水羅賦得名，其警句云：「焦螟之生必全，有以小爲貴者；江漢之流雖大，蓋可一以貫之。」靈一詩曰：「濾泉侵月起，掃徑避蟲行。」濾水蓋僧家戒律有此，欲全水蟲之命，故濾而後飮。今蜀中深山古寺猶有此規。白居易送文暢詩：「山宿馴溪虎，江行濾水蟲。」

闗山一點

杜詩：「闗山同一點。」「點」字絶妙。東坡亦極愛之，作洞仙歌云「一點明月窺人」，用其語也，赤壁賦云「山高月小」，用其意也。今書坊本改「點」作「照」，語意索然。且「關山同一照」，小兒亦能之，何必杜公也。幸草堂詩餘注可證。

韓退之別盈上人

「山人愛山出無期，俗士牽俗來何遲。祝融峰下一回首，便是此生長別離。」宋人詩話取韓退之「一間茅屋祭昭王」一首，以爲唐人萬首之冠。今觀其詩只平平，豈能冠唐人萬首？而高棅唐詩品彙取其說，甚矣，世人之有耳而無目也！

韓退之同張水部籍遊曲江寄白二十二舍人

「漠漠輕陰晚自開，青天白日映樓臺。曲江水滿花千樹，有底忙時不肯來。」「城中車馬應無數，能解閒行有幾人。」亦是此意。

韓退之詩

韓文公贈張曙詩云：「久欽江總文才妙，自歎虞翻骨相屯。」以忠直自比，而以奸佞待人，豈聖賢謙己恕人之意哉！考曙之爲人，亦無奸佞似江總者。若曰以文才論，何不以鮑照何遜爲比，而必曰江總乎？此乃韓公平生之病處，而宋人多學之，謂之占地步。心術先壞矣，何地步之有？

韓翃贈李冀

「王孫別舍擁朱輪，不羡空名樂此身。户外碧潭春洗馬，樓前紅燭夜迎人。」今本「別舍」作「別上」，「空名」作「名公」，皆謬。此據善本改之。

韓翃詩

唐人評韓翃詩，謂「比興深於劉長卿，筋節減於皇甫冉」。比興，景也。筋節，情也。

韓滉晦日呈諸判官

「晦日新晴春意饒，萬家攀折度長橋。年年老向江城寺，不覺東風換柳條。」唐人以正月三十日爲晦日，君臣宴飲，應制賦詩。此詩在池州作也。滉又有病中遣妓一首，見三體，姓名誤作司空圖。圖，王屋山隱士，豈有妓可遣乎？

韓琮楊柳枝

「梁苑隋堤事已空，萬條猶舞舊春風。那堪更想千年後，誰見楊花入漢宮。」韓琮在蜀作此，以諷王宗衍，亦有古意。

顛當

顛當窩深如蚓穴，網絲其中，土蓋與地平，大如榆莢，常仰捍其蓋，伺蠅蠖過輒翻蓋捕之，纔入復閉，與地一色，並無絲障可尋也。爾雅謂之王蛈蜴，鬼谷子謂之蛈母。秦中兒童戲曰：「顛當顛當牢守門，蠮螉寇汝無處奔。」范成大六言詩曰：「恐妨胡蝶同夢，笑倩顛當守門。」唐劉崇遠金華子云：「京師兒童以草臨此蟲穴呼之，謂之釣駱駝。須臾此蟲出穴。有明經劉寡辭曰：『此卽爾雅王蛈蜴也。』時人服其博識。浙中謂之駝背蟲，其形酷似駱駝也。」蛈母，一作蛈鬼。

麗人行逸句

松江陸三汀深語予：「杜詩麗人行，古本『珠壓腰衱穩稱身』下有『足下何所着，紅蕖羅襪穿鐙銀』二句，今本亡之。」淮南蔡衡仲昂聞之擊節曰：「非惟樂府鼓吹，兼是周昉美人畫譜也。」

鐃歌曲

漢鐃歌曲多不可句。沈約云：「樂人以音聲相傳，訓詁不可復解。凡古樂録，皆大字是辭，細字是聲，聲辭合寫，故致然爾。」此説卓矣。近日有好古者效之，殆可發笑。

韻語陽秋

書生作文，務强此弱彼，謂之尊題。至於品藻高下，亦畧存公論可也。白樂天在江州聞商婦琵琶，則曰：「豈無山歌與村曲，嘔啞嘲哳難爲聽。今夜聞君琵琶語，如聽仙樂耳暫明。」在巴峽聞琵琶云：「絃清撥利語錚錚，背却殘燈就月明。賴是無心惆悵事，不然争柰子絃聲。」至其後作霓裳羽衣歌，乃曰：「湓城但聽山魈語，巴峽唯聞杜鵑哭。」乍賢乍佞，何至如此之甚乎？韓昌黎美石鼓之篆，至有「羲之俗書逞姸媚」，亦强此弱彼之過也。

魏收挾瑟歌

「春風宛轉入曲房，兼送小苑百花香。白馬金鞍去未返，紅妝玉筯下成行。」此詩緣情綺靡，漸入唐調。李太白王少伯崔國輔諸家皆效法之。

魏收贈裴伯茂詩

「臨風想元度，對酒思公榮。」誠秀句也。惜不見全篇。

魏文帝蒲桃詔東坡橄欖詩

魏文帝示羣臣詔曰：「中國珍果甚多，蒲桃當其朱夏涉秋，尚有餘暑，醉酒宿酲，掩露而食，甘而不餇，脆而不酸，冷而不寒，味厚汁多，除煩解渴。釀以爲酒，甘於麴糱，善醉而易醒。道之固已流羨咽唾，況親食之耶？南方有橘，醋正裂人牙，時有甜耳。他方之果寧有匹者。」東坡橄欖詩：「待得餘甘回齒頰，已輸崖蜜十分甜。」俗諺傳南人說橄欖回味清甘，北人云：「待他回味時，我棗兒已甜了半日矣。」坡詩蓋用此意。今觀魏文帝以蒲桃壓橘，亦相類，可入笑林也。

羅隱紅梅詩

羅隱詠紅梅詩云：「天賜燕脂一抹腮，盤中風味笛中哀。雖然未得和羹用，曾與將軍止渴來。」此却似軍官宿娼謎也。

羅鄴嘉陵江

「嘉陵南岸雨初收，江似秋嵐不煞流。此地終朝有行客，無人一爲棹扁舟。」不煞流，不甚流也。「煞」音近「厦」，今京中諺猶然，謂癡曰煞瓜，肥曰煞大。宋孝宗見容齋隨筆云「煞有好處」是也。

鏡聽

李廓王建皆有鏡聽詞。鏡聽，今之嚮卜也。

寶袜腰綵

袜，女人脇衣也。隋煬帝詩「錦袖淮南舞，寶袜楚宫腰」，盧照鄰詩「倡家寶袜蛟龍被」是也。或謂起自楊妃，出于小説僞書，不可信也。崔豹古今註謂之腰綵，注引左傳「衵服」，謂日日近身衣也。是春秋之世已有之，豈始于唐乎？沈約詩：「領上蒲桃繡，腰中合歡綺。」謝偃詩：「細風吹寶袜，輕露濕紅紗。」

蘭廷瑞詩

滇中詩人蘭廷瑞，楊林人也。予過其家，訪其稿，僅得數十首。如夏日云：「終日憑闌對水鷗，園林長夏似深秋。槐龍細灑鵝黄雪，涼意蕭蕭風滿樓。」冬夜云：「枕上詩成喜不勝，起尋筆硯旋呼燈。銀瓶取浸梅花水，已被霜風凍作冰。」題嫦娥奔月圖曰：「竊藥私奔計已窮，藁砧應恨洞房空。當時射日弓猶在，何事無能近月中。」三詩皆可喜。

蘭草

古樂府：「蘭草自然香，生於大道傍。腰鐮八九月，俱在束薪中。」孟郊詩「昧者理芳草，蒿蘭同一鋤」，實本古樂府意。

蘭亭杜詩

近有士人熟讀杜詩，余聞之曰：「此人詩必不佳，所記是棋勢殘着，元無金鵬變起手局也。」因記宋章子厚日臨蘭亭一本，東坡曰：「章七終不高，從門入者非寶也。」此可與知者道。

蘇頲公主宅夜宴

「車如流水馬如龍，仙史高臺十二重。天上初移衡漢匹，可憐歌舞夜相從。」初唐絕句多爲對偶所累，成半律詩，此首獨脱灑可誦。

蘇堤始末

東坡先生在杭州潁州許州，皆開西湖，而杭湖之功尤偉。其詩云：「我在錢塘拓湖淥，大堤士女爭昌豐。六橋橫絕天漢上，北山始與南山通。忽驚二十五萬丈，老葑席卷蒼雲空。」此詩史也，而注殊畧。今按宋長編云：「杭本江海之地，水泉鹹苦。唐刺史李泌始引西湖水作六井，故井邑日富。及白居易復浚西湖，所溉千餘頃。然湖多葑，近歲廢而不理，湖中葑田積二十五萬餘丈，而水無幾矣。運河失湖水之利，則取給於江潮。潮渾多淤，河行闤闠中，三年一淘，爲市井大患，而六井亦幾廢。公始至，浚茅山鹽橋二河，以茅山一河專受江潮，以鹽橋一河專受湖水。復造堰閘以爲湖水蓄泄之限，然後潮不入市間。至湖上周視良久曰：『今願去葑。葑田如雲，將安所置之？湖南北三十里，環湖往來，終日不達。若取葑田，積之湖中爲長堤以通南北，則葑田去而行者更矣。』堤成，杭人名之曰蘇公堤云。」合是觀之，則公之有功於杭人大矣。予昔在京日，問之杭之士夫，亦不知。今閱公詩注亦畧，故詳注之。嗚呼！治水之難久矣。宋之世，修六塔河三股河，安石以范子淵李仲昌專其事，聽小人李公義、宦官黃懷忠之言，用鐵龍爪濬川杷，天下皆笑其兒戲。積以數年，糜費百十萬之錢穀，漂没數十萬之丁夫，迄無成功，而猶不肯止。其績敗功圮，而姦臣李清臣爲考官，猶以修河問策欲掩護之。甚矣宋之君臣愚且戇也。視東坡杭湖潁湖之役，不數月之間，無糜百金而成百世之功，其政事之才，豈止十倍時流乎！公又欲鑿石門山運河以避浮山之險，當時妬者盡力排之。又欲於蘇州以東鑿挽踣爲千橋，以迅江勢，亦不果用，人皆恨之。噫，難平者事，古今同一慨矣！

蘇李五言詩

蘇文忠公云：「蘇武李陵之詩，乃六朝人擬作。」宋人遂謂在長安而言「江漢」，「盈卮酒」之句又犯惠帝諱，疑非本作。予考之，殆不然。班固藝文志有蘇武集李陵集之目。摯虞，晉初人也。其文章流别志云：「李陵衆作，總雜不類，殆是假托，非盡陵志。至其善篇，有足悲者。」以此考之，其來古矣。卽使假托，亦是東漢及魏人張衡曹植之流始能之耳。杜子美云：「李陵蘇武是吾師。」子美豈無見哉！東坡跋黄子思詩云「蘇李之天成」，尊之亦至矣。其曰「六朝擬作」者，一時鄙薄蕭統之偏辭耳。

蘇子卿梅花詩後周人。

中庭一樹梅，寒多葉未開。只言花是雪，不悟有香來。上郡春恒晚，高樓年易催。織書偏有意，教逐錦文回。

蘇子由四絶句

「泉流逢石缺，脉散成寶網。水作瓔珞看，山是如來想。」瓔珞巖「巖花不可攀，翔蕊久未墮。忽墜幽人前，知子觀空坐。」雨花巖「白龍晝飲潭，修尾掛石壁。幽人欲下看，雨雹晴相射。」白龍潭「蒼壁立積鐵，懸泉瀉天紳。行山見已久，指與未來人。」陳鼓漈此四詩，泉既奇，詩亦稱，何異王右丞。

勸農詩

「仕宦之身，南州北縣。商賈之人，天涯海岸。争如農夫，六親對面。門無官府，身卽强健。夏絹新衣，秋米白飯。不知金貴，惟聞粟賤。鵝鴨成羣，猪羊滿圈。官税早了，逍遥散誕。安眠穩睡，直千直萬。」此詩詞旨平易，足以諭俗。程沙隨跋云：「不知何人作。汪聖錫書于進賢，其門人程迴授邑得之，高季安刻于石。近蜀中亦刻之，竟不知其名氏。」余按：此乃謝艮齋勸農詩也。鶴林玉露亦載之，而缺數句。今據其集録之。

鶯啼修竹

杜子美滕王亭詩：「春日鶯啼修竹裏，仙家犬吠白雲間。」修竹用梁孝王事，犬吠雲中用淮南王事，人皆知之矣。予嘗怪修竹本無鶯啼字也，後見孫綽蘭亭詩「啼鶯吟修竹，游鱗戲瀾濤」，乃知杜老用此也。讀書不多，未可輕議古人。

鐵馬汗常趨

安祿山之亂，哥舒翰與賊將崔乾祐戰，見黄旗軍數百隊，官軍以爲賊，賊以爲官軍，相持久之，忽不見。是日昭陵内石馬皆汗流。杜詩：「玉衣晨自舉，鐵馬汗長趨。」李義山亦云：「天教李令心如日，可待昭陵石馬來。」

驅雁

鮑照詩：「秋霜曉驅雁，春雨暗成虹。」佳句也。杜子美詩「朔風驅胡雁，慘淡帶沙礫」之句本此。又陽休之洛陽伽藍記，有「北風驅雁，千里飛雲」之語。庾信詩「秋風驅亂螢」，句亦奇甚。

顧況詩句

顧況詩：「遠寺吐朱閣，春潮浮緑烟。」二句情景絶妙，雖入文選可也。然況集不載，因知古人詩文，雖全集亦有遺者。如張文昌白鼍行有漢魏歌謡之風，長干行有國風河廣之意，集中不載。李德裕鴛鴦篇有目無詩，而唐詩紀事幸載之。

顧野王芳樹詩

「上林通建章，雜樹徧林芳。日影桃蹊色，風吹梅逕香。幽山桂葉落，馳道柳條長。折榮疑路遠，用表莫相忘。」詠芳樹，而中四句用桃梅桂柳，不覺其冗。若宋人則以爲忌矣。在古人則多多益善，與宗懍春望詩相似。

顧非熊

非熊天洞閣到啼猿閣卽事詩：「萬壑褒中路，何曾不架虛。濕雲和我起，燋枋帶餘塗。岩狖啼垂果，湍禽接迸魚。每逢維艇處，塢裏有人居。」

鷺絲謎

杜牧之詠鷺絲詩：「霜衣雪髮青玉嘴，羣捕魚兒溪影中。驚飛遠映碧山去，一樹梨花落晚風。」分明鷺絲謎也。

驚瀧

唐張泌詩：「溪風送雨過秋寺，澗石驚瀧落夜潭。」瀧，奔湍也。今本作「龍」，非。

讀書萬卷

杜子美云：「讀書破萬卷，下筆如有神。」此子美自言其所得也。讀書雖不爲作詩設，然胸中有萬卷書，則筆下自無一點塵矣。近日士夫争學杜詩，不知讀書果曾破萬卷乎？如其未也，不過拾離騷之香草，丐杜陵之殘膏而已。又嘗記宋宣政間，文人稱翟汝文葉夢得汪藻孫覿四人。孫嘗自評曰：「吾之視浮溪，浮溪之視石林，各少十年書。石林視翟忠惠亦然。」識者以爲確論。今之學文者，果有十年書乎？不過抄玉篇之難字，效紅勒之軋辭而已，乃反峻其門墻，高自標榜，必欲晚古人而薄前輩，何異蚍蜉撼大樹乎！

鷓鴣歌詞

許渾韶州夜讌詩云：「鸚鵡未知狂客醉，鷓鴣先聽美人歌。」聽歌鷓鴣詞云：「南國多情多豔詞，鷓鴣清怨繞梁飛。」又有聽吹鷓鴣一絶，知其爲當時新聲，而未知其所以。及觀李白雲詩云：「客有杜陽至，能吹山鷓鴣。清風動窗竹，越鳥起相呼。」鄭谷亦有「佳人才唱翠眉低」之句，而繼之以「相呼相應湘江闊」，則知鷓鴣曲效鷓鴣之聲，故能使鳥相呼矣。「闊」一作「浦」。

豔雪

韋應物答徐秀才詩云：「清詩舞豔雪，孤抱瑩玄冰。」極其工緻，而「豔雪」二字尤新。又五絃行云：「如伴流風縈豔雪，更逐落花飄御園。」又樂燕行云：「豔雪凌空散，舞羅起徘徊。」屢用「豔雪」字，而不厭其複也。或問予：「雪可言豔乎？」予曰：「曹子建洛神賦以『流風迴雪』比美人之飄搖，雪固自有豔也。然雪之豔，非韋不能道；柳花之香，非太白不能道；竹之香，非子美不能道也。」

靈徹詩

僧靈徹有詩名於中唐。古墓詩云：「松樹有死枝，塚墓惟莓苔。石門無人入，古木花不開。」天台山云：「天台衆山外，歲晚當寒空。有時半不見，崔嵬在雲中。」九日云：「山僧不記重陽節，因見茱萸憶去年。」諸篇爲劉長卿皇甫冉所稱，予獨取天台山一絶，真絶唱也。

衢州斷碑詩

衢州爛柯橋斷碑詩不全，中有句云：「薄煙羃遠郊，遥峰没歸翼。」可謂奇絶，蓋六朝人語，唐人罕及也。又傳爲古仙句也。

灩澦

灩澦歌云：「灩澦大如樸，瞿唐不可觸。金沙浮轉多，桂浦忌經過。」此舟人商估刺水行舟之歌，樂府以爲梁簡文所作，非也。蜀江有瞿唐之患，桂江有桂浦之險，故涉瞿唐者則準灩澦，涉桂浦者則準金沙。今樂府桂浦作「桂楫」，非也。

附録

以下諸條是這次點校時補入的。「杜工部詩」至「杜牧弄水亭詩」據楊慎詩話補遺補，「陸士衡詩」至「貫休題蘭江言上人院」，據函海本升菴詩話補。

杜工部詩

燕子詩「穿花落水益沾巾」，范德機善本作「帖水」。「一笑正墜雙飛翼」，黄山谷云：「一笑，俗作一箭，非。」「紛紛戲蝶過閑幔」，張文潛本作「開幔」。

王霞卿

進士鄭殷彝旅遊會稽，寓唐安寺，見粉壁有題云：「瑯琊王氏霞卿，光啓三年陽春二月登於是閣，臨軒轉恨，睹物增悲，雖看焕爛之花，但比凄凉之色。時有輕綃捧硯，小玉觀題，詩曰：『春來引步暫尋幽，愁見風光倚寺樓。正好開懷對煙月，雙眉不展自如鉤。』」鄭生和曰：「題詩仙子此曾遊，應是尋春别鳳樓。賴得從來未相識，免教錦帳對銀鉤。」霞卿乃邑宰韓嵩自京師挈之任所，嵩遇暴寇而卒，鄭生欣然謁之，時王霞卿竟辭以疾而不見焉，但令總角婢子輕綃持詩答曰：「君是煙霄折桂身，聖朝方切用儒珍。正堪西上文場戰，空向途中泥婦人。」鄭得詩大慚而退。唐會昌中三鄉有女子題詩於壁曰：「西逐良人西入關，良人身歿妾空還。謝娘衞女不相待，爲雨爲雲過此山。」進士陸真洞王祝劉谷王條李昌鄴王碩李僑張綺高衢韋冰賈馳十一人和之，曰「三鄉略。」未聞謁之而不內，恧而退者也。

李芳儀

（辰麗情集，「辰」，古「續」字。）

芳儀，江南國主李景女也。納土後住京師，初嫁供奉官孫某，爲武疆都監妻，生女，皆爲遼中聖宗所獲，封芳儀，生公主一人。趙至忠虞部自北虜歸朝，嘗仕遼爲翰林學士，修國史，著虜庭雜記，載其事。時晁補之爲北都教官，覽其書而悲之，與顏復長道作芳儀曲云：「金陵宮殿春霏微，江南花發鷓鴣飛。風流國主家千口，十五吹簫粉黛稀。滿堂詩酒皆詞客㊀，奪錦揮毫在瑶席㊁。後庭一曲風景致㊂，收淚臨江悲故國㊃。令公獻籍朝未央，敕書築第優降王。魏俘曾不輸織室，供奉一官奔武疆。秦淮潮水鍾山樹，塞北江南易懷土。雙燕清秋夢柏梁，吹落天涯猶並羽。相隨未是斷腸悲㊄，黄河應有却還時。寧知翻手明朝事，咫尺山河不可期。倉皇三鼓滹沱岸，良人白馬人誰見㊅？國亡家破一身存，薄命如雲信流轉。芳儀如我名字新，教歌遣舞不由人。採珠拾翠衣裳好，深紅暗盡警胡塵(七)。陰山射虎邊風急，嘈雜琵琶酒闌泣。無言數遍天河星，只有南箕近鄉邑(八)。當年千指渡江來，十指不知身獨哀(九)。中原骨肉又零落，黄鵠寄意何當回。生男自有四方志，女子那知出門事？君不見李陵椎髻泣窮年，丈夫漂泊猶堪憐。」江州廬山真風觀，李主有國日施財修之，刊姓名於石，有太寧公主永嘉公主，皆李景女，不知芳儀者孰是也？

(一)「詩酒」，雞肋集作「侍酒」。(二)此句雞肋集作「拭汗争看平叔白」。(三)「風景致」，雞肋集作「時事新」。(四)「收」，雞肋集作「揮」。(五)「相」「悲」二字原脱，據雞肋集補。(六)「人」，雞肋集作「今」。(七)「暗盡」，雞肋集作「退盡」。(八)「南箕」後原有「遣」字，據雞肋集删。(九)「十指」，雞肋集作「同苦」。

秦少游女

靖康間，有女子爲金虜所掠，自稱秦學士女，道中題詩云：「眼前雖有還鄉路，馬上曾無放我情。」讀者悽然。曾衮父爲作秦女行云：「妾家家世居淮海，淮海文名喧宇内。自從貶死古藤州，門户凋零三十載。可憐生長深閨裏，耳濡目染知文字。亦嘗强學謝娘詩，女子未嫌稱博士。年長來來逢世亂，□□不堪回首看。一身漂蕩逐胡兒，被驅不異犬與鷄。奔馳萬里向沙漠，天長地久無還期。北風蕭蕭易水寒，雪花滿地經燕山。千盃虜酒愁中醉，一曲琵琶淚裏彈。吞聲飲恨從誰訴，偶然信口題詩句。眼前有路可還鄉，馬上迷魂不知處。詩成吟罷更茫然，豈意漢地能流傳。當時情緒亦可念，至今聞者爲悲酸。憶昔中郎有女子，亦陷虜中垂一紀。暮年多幸逢阿瞞，厚幣贖之歸故里。惜哉此女不得如，終竟老死留窮廬。空餘詩話傳悽惻，不減胡笳十八拍。」

蘇雲卿

雲卿與張浚魏公友，魏公既相，雲卿隱豫章東湖，鬻蔬自給。公托帥漕聘之，微服乃得見。詰朝再至，則閉關矣。啓之，惟書與金在，不啓封。曾茶山作歌云：「東湖湖面波渺瀰，東湖岸上春土肥。先生鋤雲明月曉，種來蔬甲今成畦。把茅蕭蕭環四壁，此身不願人問識。乾坤清夷那復知，寸心香緲黄塵隔。故人子房今九雲，交情不斷江湖濱。江西使漕却騶騎，故作敲門問字人。黄金百鎰牋一幅，多謝春風到茅屋。君爲使者吾邦民，見君容我更樵服。故人與我情重哉，君且歸矣明當來。明朝啓扉人不見，黄金不動書不開。使者持書三太息，封書徑上黄扉側。翩翩鶴馭雲冥冥，空向湖山訪行迹。向來桐山嚴子陵，曾得故人雙眼青。芒鞋却踏金華路，太史驚誇説客星。先生得書掉頭去，并此湖光不回顧。夢夫孀婦截鬟鬟，亦有老大閨中女。」茶山此歌可激貪鄙。張世南遊宦紀聞載宋隱逸，記蘇翁本末甚詳。宋得翁東湖遺址㊀，北面挹湖山築菴，以寄仰高之思㊁，章泉先生名曰灌園菴。

㊀「址」原作「事」，據遊宦紀聞改。㊁「以寄仰高之思」原作「抑高」，據同上改。

張千載

千載字毅甫，廬陵人，文山友也。文山貴顯，屢以官辟，皆不就。文山自廣還至吉州城下，千載來見曰：「丞相赴北，某亦往。」遂以故宋官營求江西省資之北，寓于文山囚所側近，日以美食奉之。文山知是千載，義焉。凡留燕三年，潛造一櫝，文山受刑後，即藏其首，仍尋訪文山妻歐陽夫人於俘虜中，俾出火其屍。千載拾骨置囊，并櫝南歸，付其家葬之。次日，其子夢父文山怒云：「繩矩未斷。」其子心動，毅然啓視之，則有繩束其髮。當其云云夢爾，且髮爾何足計？又萬無繩繫理。繩見，衆服公英爽可畏。劉須溪紀其事，贊于文像後曰：「問居忽忽，萬古咄咄。天風慘然，如動生髮。如何尋約，亦念纘𦅸。豈其英爽，猶累形軀。同時之人，能不類此。昔忌其生，今妬其死。」

鏡殿

唐高宗造鏡殿，武后意也。四壁皆安鏡，爲白晝移戲之需。帝一日獨坐其中，劉仁軌奏事入，驚走下階曰：「天無二日，上無二王。臣見四壁有數天子，不祥莫大焉。」帝立命撤去，后聞之不悦。帝崩後，復建立。楊廉夫詩：「鏡殿青春移戲多，玉肌相照影相摩。六郎酣戰明空笑，隊隊鴛鴦漾緑波。」

瓊花

揚州有蕃釐觀，觀中有瓊花，即陳後主所謂玉樹後庭花曲中云「瓊樹朝新」也。其花後萎，好奇者云「瓊花無種」，過矣。宋傅子容詩云：「比瑒加礬總未嘉，要須博物似張華。因看異代前賢帖，知是唐昌玉蕊花。」注云：「唐楊汝士云：『唐昌觀玉蕊以少故貴。』王汝玉名爲玉蕊，王介甫名爲楊花，取其色白也。山谷名曰山礬，以其可以供染也，即今梔子花。佛經名薝音膽蔔花。本草名越桃。劉禹錫詩：「玉女來看玉樹花，異香先行七香車。攀枝弄雪頻回首，驚怪人間日易斜。」張籍詩：「五色雲中紫鳳車，尋仙來到洞仙家。飛輪回首無蹤跡，惟見斑斑滿地花。」王建詩：「一樹瓏璁玉刻成，飄廊點地色輕輕。女冠夜覓香來處，惟見階前碎月明。」注云：「唐元和中，唐昌觀中玉蕊花盛開，有仙女來遊，取數枝飄然而去。」余謂此詩未必然，蓋目劉張詩有「玉女」「雲車」「飛輪」「回首」之句，遂傅會其説。又目仙女飄然而去，遂傅會天下無種之説，不知詩人詠物托言也。滇雲處處有之，村姑來插盈路，仙女一何多也。

草書枯澀

徐浩真書多渴筆，懷素草書多枯澀，在書法以爲妙品。戴幼公贈懷素詩曰：「忽爲壯麗就枯澀，龍蛇盤騰獸屹立。」曾收懷素草書歌：「連拂數竹勢不絶，藤懸槎蹙生其節。」竇冀亦云：「殊形詭狀不易説，中含枯燥充警絶。」任華云：「時復枯燥何襹褷，忽覺陰山突兀横翠微。」蓋深知懷素之三昧者。姜白石云：「徐季海之渴筆，譬如綺筵之素饌，美人之淡妝。」倪思以癡重筆跡，謂之墨猪。元班彦功之字，評者以爲死猪腸，可以喻矣。

阮籍詩

「昔余遊大梁，登于黄華顛。應龍沉冀州，妖女不得眠。」按趙國策，趙武靈西至河，登黄華之上，夢處女鼓琴歌詩，因納吴廣女娃嬴孟姚。其先亡世而兆于簡子之夢，及入宫而奪嫡亂國，豈非妖女乎？張平子應問曰：「女魃北而應龍翔，而合觀之，可見其微意。」蓋當是時魏明帝郭后毛后妬寵相殺，正類武靈王事，故隱語怪説，亦春秋定哀多微辭意也。顔延年曰：「阮公身事亂朝，常恐遇禍，因兹詠懷，雖志在譏刺，而文多隱避，百代之下，難以情測，故粗明大意，略其幽旨也。」信哉！

多根樹

佛經云：「西城多根樹，蔽芾而婆娑。東西南北中，五方不相見㊀。國中有婿女，求偶者衆多。初有一男求女，約中枝會。復有四男子亦欲求之宿，女亦以言許東西與南北，各各抱被去。至晚，女不來。東枝郎唱曰：『旭日光已出，農夫向田去。妄語既不來，可捨多根樹。』西枝郎吟曰：『彼妙必然來，定是下妄語。如何旭日光，急速現下土。』南枝郎歎曰：『旭日光已出，農夫早向田。我等如癡羊，一夜受凍眠。』北枝郎賡曰：『我等没巴鼻，只爲求他妻。今遭寒與凍，各各被他迷。』中枝郎泣曰：『我不憂己身，一夜寒凍情。但恐多根樹，枝葉不復生。』神樹聞而笑曰：『汝勿憂外事，但憂身事急。樹枯生有時，欲苦無停息。』」

㊀原稿脱一「南」字，據上下文意補。

洛澤

三都尉居塞上，一治曰勒澤索谷，一治居延，一治番和。澤，大洛切，從仌。洛澤，冰著樹如索，故曰澤索也。北方寒夜，冰華著樹如絮。春秋謂之「雨木冰」。五行志曰：「樹介，言冰封如介冑也。」訛作樹稼。諺曰：「木若稼，達官怕。」集韻：「凇，凍洛也。」又液雨也，曾南豐集云：「齊地寒甚，夜霧凝於木上，日出飄滿庭階，充爲可愛，遂作詩云：『園林日出浄無風，霧淞花開樹樹同。記得集英深殿裏，舞人齊插玉瓏鬆。』又曰：『香銷一榻氍毹暖，月映千門霧淞寒。』」又以爲年登之兆。諺云：「霜淞打霧淞，貧兒備飯瓮。」余舊有詩云：「怪得天雞誤曉光，青腰玉女試銀妝。瓊敷綴葉齊如剪，端樹花開冷不香。月白詎謎三里霧，雲黄先兆萬家箱。貧兒飯瓮歌聲好，亦出何須賀謝莊？」

賞梅懸燈 升菴巵言閏集

余少年與恒忱二弟賞梅世耕莊，懸掛燈于梅枝上，賦詩云：「疏梅懸高燈，照此花下酌。只疑梅枝燃，不覺燈花落。」王浚川見而賞之曰：「此奇事奇句，古今未有也。」近閱趙德莊眼兒媚詞云：「黄昏小宴到君家，梅粉試春華。暗香素蕊，横枝疏影，月淡風斜。更饒紅燭枝頭掛，粉蠟鬪香奢。元宵近也，小園先試，火樹銀花。」則昔人亦有此興矣。

齼字音 升菴秇林伐山

齼字，玉篇不載，齒怯也，音楚，去聲。今京師語謂怯皆曰齼，不獨齒怯也。曾茶山和曾宏父餉柑詩云：「莫向君家樊素口，瓠犀微齼初舉切，齒傷醋也，五音類聚。遠山顰。」黄山谷和人送梅子云：「相如病渴應須此，莫與文君蹙遠山。」茶山之詩全效之。方秋崖楊梅詩：「併與文園消午渴，不禁越女蹙春山①。」

①「春」字原脱，據上下文意補。

杜牧弄水亭詩

弄水亭前溪，颭艷翠綃舞。綺席草芊芊，紫峰嵐伍伍。檻前汀雁棲，枕上巴帆去。停樽遲晚月，咽咽上幽渚。斷霓天帔垂，狂燒漢旗怒。塍泉落環珮，畦苗差纂組。不能自免去，但愧來何暮。

子山詩用古韻

庚子山喜晴詩：「王城水鬭息，洛浦河圖獻。伏泉還習坎，陰風已回巽。桐枝長舊圍，蒲節抽新寸。山藪欣藏疾，幽棲得無悶。有慶兆民同，論年天子萬。」巽音旋，寸音斷，悶音慢，皆古韻也。補失引，今著之于此。

古詩文宜改定字

顏延年赭白馬賦：「戒出豕之敗駕，惕飛鳥之跱衡。」「出」字不如「突」字。白居易詩：「千呼萬喚始出來。」「始」字不如「才」字。詩文有作者未工而後人改定者勝，如此類多有之。使作者復生，亦必心服也。

唐盧中讀庾信集

「四朝十帝盡風流，建業長安兩醉遊。惟有一篇楊柳曲，江南江北爲君愁。」庾信字子山，本梁之臣，後入東魏，又西魏，歷後周，凡四朝十帝。其楊柳曲云：「君言丈夫無意氣，試問燕山那得碑？」蓋欲自比班固從竇憲。又云：「定是懷王作計誤，無事翻覆用張儀。」蓋指朱异釀成侯景之亂也。後之議者，悲其失節而愍其非當事權，此詩云「爲君愁」是也。庾信不足責，若馮道身爲宰相，而視改朝易姓若弈棋，王安石以爲合于伊尹五就桀之意。嗚呼！爲此言，其心可知矣。使其老壽不死，遇靖康之亂，其有不捨殘骸事兀朮斡離卜乎？而宋之大儒編之名臣之例，吾不知其何見也？

藝苑巵言

藝苑巵言

明　王世貞撰

余讀徐昌穀談藝録，嘗高其持論矣，獨怪不及近體，伏習者之無門也。楊用脩搜遺響，鉤匿跡，以備覽核，如二酉之藏耳。其於雌黄曩哲，橐鑰後進，均之乎未暇也。手宋人之陳編，輒自引寐。獨嚴氏一書，差不悖旨，然往往近似而未覈，余固少所可。既承乏，東晤于鱗濟上，思有所揚扢，成一家言，屬有軍事，未果。會偕使者按東牟，牘殊簡，以暑謝吏杜門，無齎書足讀，乃取掌大薄蹏，有得輒筆之，投簏箱中。浹月，簏箱幾滿。已淮海飛羽至，棄之，晝夜奔命，卒卒忘所記。又明年，復之東牟，簏箱者宛然塵土間，出之，稍爲之次而録之，合六卷，凡論詩者十之七，文十之三。余所以欲爲一家言者，以補三氏之未備者而已。既成，乃不能當也。其辭旨固不甚謬戾於本，特其漶漫散雜，亡足采者，非以解頤，足鼓掌耳。管公明曰：「善易者不論易。」吾甚愧其言。戊午六月敍。

余始有所抨隲於文章家曰藝苑巵言者，成自戊午耳。然自戊午而歲稍益之，以至乙丑而始脱稿。里中子不善秘，梓而行之。後得于鱗所與殿卿書云：「姑蘇梁生出巵言以示，大較俊語辨博，未敢大盡。英雄欺人，所評當代諸家，語如鼓吹，堪以捧腹矣。」彼豈遂以董狐之筆過責余，而謂有所阿隱耶？余所名者，卮言耳，不必白簡也。而友人之賢者書來見規曰：「以足下資在孔門，當備顔閔科，奈何不作盛德事，而方人若端木哉！」余愧不能答。已而游往中二三君子㊀，以余稱許之不至也，恚而私訾之。未已，則請絶訕訕，削名籍。余又愧不能答。嗟夫！即其人幸而及余之不明而以拙收，不幸而亦及余之不明而以美遺，余不明時時有之，然烏可以恚訾力追而奪也。夫以余之不長譽僅爾，而尚無當於于鱗。令余而遂當于鱗，其見恚寧止二三君子哉！屈到嗜芰，點嗜羊棗，叔夜嗜鍛，玄德嗜結旄，性之所好，習固不能强也，毋若余之益甚嗜欸。蓋又八年而前後所增益又二卷，黜其論詞曲者，附它録，爲别卷，聊以備諸集中。壬申夏日記。

㊀「往」原誤作「彼」，據談藝珠叢本改。

藝苑巵言卷一

泛瀾藝海，含咀詞腴，口爲雌黄，筆代衮鉞。雖世不乏人，人不乏語，隋珠崑玉，故未易多，聊摘數家，以供濯祓。

語關係，則有魏文帝曰：「文章經國之大業，不朽之盛事。年壽有時而盡，榮樂止於其身。二者必至之常期，未若文章之無窮。」

鍾嶸曰：「氣之動物，物之感人，摇蕩性情，形諸舞詠。照燭三才，暉麗萬有，靈祇待之以致饗，幽微藉之以昭告，動天地，感鬼神，莫近於詩。」

沈約曰：「姬文之德盛，周南勤而不怨。太王之化淳，邠風樂而不淫。幽厲昏而板蕩怒，平王微而黍離哀。故知歌謡文理與世推移，風動於上，波震於下。」

李攀龍曰：「詩可以怨，一有嗟歎，卽有永歌。言危則性情峻潔，語深則意氣激烈。能使人有孤臣孽子擯棄而不容之感，遁世絶俗之悲，泥而不滓，蟬蜕汙濁之外者，詩也。」

語賦，則司馬相如曰：「合綦組以成文，列錦繡而爲質。一經一緯，一宫一商。此賦之迹也。賦家之心，包括宇宙，總覽人物，致乃得之於内，不可得而傳。」

揚子雲曰：「詩人之賦典以則，詞人之賦麗以淫。」語詩，則摯虞曰：「假象過大，則與類相遠。造辭過壯，則與事相違。辨言過理，則與義相失。靡麗過美，則與情相悖。」范曄曰：「情志所托，故當以意爲主，以文傳意。以意爲主，則其旨必見；以情傳意，則其辭不流。然後抽其芬芳，振其金石。」鍾嶸曰：「陳思爲建安之傑，公幹仲宣爲輔。陸機爲太康之英，安仁景陽爲輔。謝客爲元嘉之雄，顏延年爲輔。」又曰：「詩有三義。酌而用之，幹之以風力，潤之以丹彩，使味之者無極，聞之者動心，是詩之至也。若專用比興，則患在意深，意深則詞躓；專用賦體，則患在意浮，意浮則詞散。」又云：「『思君如流水』，既是卽目；『高臺多悲風』，亦唯所見；『清晨登隴首』，羌無故實㈠；『明月照積雪』，詎出經史㈡。觀古今勝語，多非補假，皆由直尋。」

㈠「羌」，原誤作差，據珠叢本改。　㈡「史」，原脱，據珠叢本補正。

劉勰曰：「詩有恒裁，體無定位，隨性適分，鮮能通圓。若妙識所難，其易也將至；忽之爲易，其難也方來。」又曰：「情者，文之經；辭者，理之緯。經正而後緯成，理定而後辭暢。」又曰：「文之英蕤，有秀有隱。隱也者，文外之重旨；秀也者，篇中之獨拔。」又曰：「意授於思，言授於意，密則無際，疏則千里。或理在方寸，而求之域表；或議在咫尺，而思隔山河。」又曰：「詩人篇什，爲情而造文；辭人賦頌，爲文而造情。爲情者要約而守真，爲文者淫麗而煩濫㊀。」又曰：「四序紛迴，而入興貴閑；物色雖煩，而析辭尚簡。使味飄飄而輕舉，情曄曄而更新。」

㊀「濫」原作「潤」，據文心雕龍情采改。

江淹曰：「楚謡漢風，既非一骨；魏製晉造，固亦二體。譬猶藍朱成彩，錯雜之變無窮；宮商爲音，靡曼之態不極。」

沈約曰：「天機啓則六情自調，六情滯則音韻頓舛。」又曰：「五色相宣，八音協暢，由乎玄黄律吕，各適物宜。欲使宮羽相變，低昂舛節，若前有浮聲，則後須切響。一篇之内，音韻盡殊；兩句之中，輕重悉異。妙達此旨，始可言文。」又云：「情者，文之經；辭者，理之緯。」又曰：「自漢至魏，詞人才子，文體三變：一則啓心閑繹，托辭華曠，雖存工綺，終致迂迴，宜登公宴，然典正可採，酷不入情。此體之源，出靈運而成也。次則緝事比類，非對不發，博物可嘉，職成拘制，或全借古語，用申今情，崎嶇牽引，直爲偶説，惟睹事例，頓失精采。此則傅咸五經，應璩指事，雖不全似，可以類從。次則發唱驚挺，操調險急，雕藻淫豔，傾炫心魂，猶五色之有紅紫，八音之有鄭衛。斯鮑照之遺烈也。」

庾信曰：「屈平宋玉，始於哀怨之深；蘇武李陵，生於别離之代。自魏建安之末，晉太康以來，彫蟲篆刻，其體三變。人人自謂握靈蛇之珠，抱荆山之玉矣。」

李仲蒙曰：「敍物以言情謂之賦，情物盡也。索物以托情謂之比，情附物也。觸物以起情謂之興，物動情也。」又曰：「麗辭之體，凡有四對。言對爲易，事對爲難，反對爲優，正對爲劣。」

獨孤及曰：「漢魏之間，雖已朴散爲器，作者猶質有餘而文不足。以今揆昔，則有朱絃疏越大羹遺味之歎。沈詹事宋考功始裁成六律，彰施五彩，使言之而中倫，歌之而成聲。緣情綺靡之功，至是始備。雖去雅寖遠，其利有過於古，亦猶路鼗出於土鼓，篆籀生於鳥跡。」

劉禹錫曰：「片言可以明百意，坐馳可以役萬景，工於詩者能之。風雅體變而興同，古今調殊而理一，達於詩者能之。」

李德裕曰：「古人辭高者，蓋以言妙而工，適情不取於音韻；意盡而止，成篇不拘於隻耦。故篇無足曲㈠，詞寡累句。」又曰：「譬如日月，終古常見，而光景常新。」

㈠「足曲」，唐詩紀事作「足尤」。

皮日休曰：「百煉成字，千煉成句。」

釋皎然曰：「詩有四深、二廢、四離。四深謂氣象氤氳，深於體勢；意度槃薄，深於作用；用律不滯，深於聲對；用事不直，深於義類。二廢謂雖欲廢巧尚直，而神思不得直；雖欲廢言尚意，而典麗不得遺。四離謂欲道情而離深僻，欲經史而離書生，欲高逸而離閑遠，欲飛動而離輕浮。」

梅聖俞曰：「思之工者，寫難狀之景，如在目前，含不盡之意，見於言外。」

嚴羽曰㊀：「詩有别才，非關書也；詩有别趣，非關理也。然非多讀書，多窮理，則不能極其至。」又曰：「盛唐諸公惟在興趣，羚羊挂角，無跡可求。故其妙處透徹玲瓏，不可輳泊，如空中之音，相中之色，水中之月，鏡中之象，言有盡而意無窮。」

㊀「羽」，原作「儀」，據珠叢本改。

唐庚云：「律傷嚴，近寡恩。大凡立意之初，必有難易二塗，學者不能强所劣，往往舍難而取易。文章罕工，每坐此也。」

葉夢得云：「古今談詩者多矣，吾獨愛湯惠休『初日芙蓉』、沈約『彈丸脱手』兩語，最當人意。初日芙蓉，非人力所能爲，精彩華妙之意，自然見於造化之外。彈丸脱手，雖是輸寫便利，然其精圓之妙，發之於手。作詩審到此地，豈復更有餘事？又有引禪宗論三種曰：其一『隨波逐浪』，謂隨物應機，不主故常；其二『截斷衆流』，謂超出言外，非情識所到；其三『函蓋乾坤』，謂泯然皆契，無間可俟。」

陳繹曾曰：「情真，景真，意真，事真。澄至清，發至情。」

李夢陽曰：「古人之作，其法雖多端，大抵前疏者後必密，半闊者半必細，一實者一必虚，疊景者意必二。」又云：「前有浮聲，則後須切響。一簡之内，音韻盡殊；兩句之中，輕重悉異。即如人身以魂載魄，生有此體，卽有此法也。」

何景明曰：「意象應曰合，意象乖曰離。」

徐禎卿曰：「因情以發氣，因氣以成聲，因聲而繪詞，因詞而定韻，此詩之源也。然情實眑渺，必因思以窮其奧；氣有粗弱，必因力以奪其偏；詞難妥貼，必因才以致其極；才易飄揚，必因質以定其侈。此詩之流也。若夫妙騁心機，隨方合節，或鈞旨以植義，或宏文以盡心，或緩發如朱絃，或急張如躍栝，或始迅以中留，或既優而後促，或慷慨以任壯，或悲悽而引泣，或因拙以得工，或發奇而似易，此輪扁之超悟，不可得而詳也。」又曰：「朦朧萌折，情之來也；汪洋曼衍，情之沛也；連翩絡屬，情之一也。馳軼步驟，氣之達也。簡練揣摩，思之約也。頡頏纍貫，韻之齊也。混純貞粹，質之檢也。明雋清圓，詞之藻也。」又云：「古詩三百，可以博其源。遺篇十九，可以約其趣。樂府雄高，可以厲其氣。離騷深永，可以裨其思。」

李東陽曰：「詩必有具眼，亦必有具耳。眼主格，耳主聲。」又曰：「法度既定，溢而爲波，變而爲奇，乃有自然之妙。」

王維禎曰：「蜩螗不與蟋蟀齊鳴，絺綌不與貂裘並服。戚悰殊愫，泣笑別音，詩之理也。乃若局方切理，蒐事配景，以是求真，又失之隘。」

黄省曾曰：「詩歌之道，天動神解，本於情流，弗由人造。古人搆唱，真寫厥衷，如春蕙秋華，生色堪把，意態各暢，無事雕模。末世風頹，矜蟲鬭鶴，遞相述師，如圖繒剪錦，飾畫雖嚴，割强先露。」

謝榛曰：「近體誦之行雲流水，聽之金聲玉振，觀之明霞散綺，講之獨繭抽絲。詩有造物，一句不工則一篇不純，是造物不完也。」又曰：「七言絶句，盛唐諸公用韻最嚴。盛唐突然而起，以韻爲主，意到辭工，不暇雕飾，或命意得句，以韻發端，混成無跡。宋人專重轉合，刻意精鍊，或難於起句，借用旁韻，牽强成章。」又曰：「作詩繁簡，各有其宜，譬諸衆星麗天，孤霞捧日，無不可觀。」

皇甫汸曰：「或謂詩不應苦思，苦思則喪其天真，殆不然。方其收視反聽，研精殫思，寸心幾嘔，修髯盡枯，深湛守默，鬼神將通之。」又曰：「語欲妥貼，故字必推敲。一字之瑕，足以爲玷；片語之纇，并棄其餘。」

何良俊云：「六義者，既無意象可尋，復非言筌可得。索之於近，則寄在冥漠；求之於遠，則不下帶衽。」

語文，則顔之推曰：「文章者，原出五經：詔命策檄，生於書者也；序述論議，生於易者也；歌詠賦頌，生於詩者也；祭祀哀誄，生於禮者也；書奏箴銘，生於春秋者也。」

韓愈曰：「養其根而俟其實，加其膏而希其光。根之茂者其實遂，膏之沃者其光曄。」又曰，

「和平之聲淡薄，愁思之聲要妙，歡愉之辭難工，窮苦之言易好。」

柳宗元曰：「本之書以求其質，本之詩以求其情，本之禮以求其宜，本之春秋以求其斷，本之易以求其動，參之穀梁氏以厲其氣，參之孟荀以暢其支，參之老莊以肆其端，參之國語以博其趣，參之離騷以致其幽，參之太史以著其潔。」

蘇軾曰：「吾文如萬斛之珠，取之不竭，惟行於所當行，止於所不得不止耳。」

陳師道曰：「善爲文者，因事以出奇。江河之行，順下而已。至其觸山赴谷，風搏物激，然後盡天下之變。子雲惟好奇，故不能奇也。」

李塗云：「莊子善用虛，以其虛虛天下之實。太史公善用實，以其實實天下之虛。」又曰：「莊子者，易之變。離騷者，詩之變。史記者，春秋之變。」

李攀龍曰：「不朽者文，不晦者心。」

總論，則魏文帝曰：「文以氣爲主。氣之清濁有體，不可力强而致。」

張茂先曰：「讀之者盡而有餘，久而更新。」

陸士衡曰：「其始也，收視反聽，耽思旁迅，精騖八極，心游萬仞。其致也，精曈曨而彌宣，物昭晰而互進，傾羣言之瀝液，嗽六藝之芳潤，浮天淵以安流，濯下泉而潛進。」又曰：「離之則雙美，合之則兩傷。」又曰：「石韞玉而山暉，水懷珠而川媚。」

殷璠曰：「文有神來、氣來、情來，有雅體，有野體、鄙體、俗體，能審鑒諸體，委詳所來，方可定其優劣。」

柳冕曰：「善爲文者，發而爲聲，鼓而爲氣。直與氣雄，精則氣生，使五采並用，而氣行於其中。」

姜夔云：「雕刻傷氣，敷演傷骨。若鄙而不精，不雕刻之過也；拙而無委曲，不敷演之過也。」又云：「人所易言，我寡言之。人所難言，我易言之。」

何景明曰：「文靡於隋，韓力振之，然古文之法亡於韓。詩溺於陶，謝力振之，然古詩之法亦亡於謝。」

已上諸家語，雖深淺不同，或志在揚抡，或寄切誨誘，擷而觀之，其於藝文思過半矣。

四言詩須本風雅，間及韋、曹，然勿相雜也。世有白首鉛槧，以訓故求之，不解作詩壇赤幟。亦有專習潘陸，忘其鼻祖。要之，皆日用不知者。

擬古樂府，如郊祀房中，須極古雅，發以峭峻。鐃歌諸曲，勿便可解，勿遂不可解，須斟酌淺深質文之間。漢魏之辭，務尋古色。相和瑟曲諸小調，係北朝者，勿使勝質；齊梁以後，勿使勝文。近事毋俗，近情毋織。拙不露態，巧不露痕。寧近無遠，寧朴無虛。有分格，有來委，有實境，一涉議論，便是鬼道。

古樂府，王僧虔云：「古曰章，今曰解，解有多少。當時先詩而後聲㊀，詩敍事，聲成文，必使志盡於詩，音盡於曲。是以作詩有豐約，制解有多少。又諸調曲皆有辭有聲㊁，而大曲又有豔、有趨、有亂。辭者，其歌詩也。聲者，若『羊』『吾』『韋』『伊』『那』『何』之類也。豔在曲之前，趨與亂在曲之後，亦猶吴聲西曲，前有和㊂，後有送也。」其語樂府體甚詳，聊志之。

㊀「時」原作「是」，據樂府詩集改。㊁「調曲」原作「曲調」。「皆」原作「解」，並據樂府改。㊂「西曲」原脱，據樂府補。

世人選體，往往談西京建安，便薄陶謝，此似曉不曉者。毋論彼時諸公，即齊梁纖調，李杜變風，亦自可采，貞元而後，方足覆瓿。大抵詩以專詣爲境，以饒美爲材，師匠宜高，捃拾宜博。

西京建安，似非琢磨可到，要在專習凝領之久，神與境會，忽然而來，渾然而就，無岐級可尋，無色聲可指。三謝固自琢磨而得，然琢磨之極，妙亦自然。

七言歌行，靡非樂府，然至唐始暢。其發也，如千鈞之弩，一舉透革。縱之則文漪落霞，舒卷絢爛。一入促節，則凄風急雨，窈冥變幻。轉折頓挫，如天驥下坂，明珠走盤。收之則如槖聲一擊，萬騎忽斂，寂然無聲。

歌行有三難，起調一也，轉節二也，收結三也。惟收爲尤難。如作平調，舒徐綿麗者，結須爲雅詞，勿使不足，令有一唱三歎意。奔騰洶湧，驅突而來者，須一截便住，勿留有餘。中作奇語，峻奪人魄者，須令上下脈相顧，一起一伏，一頓一挫，有力無跡，方成篇法。此是秘密大藏印可之妙。

五言律差易得雄渾，加以二字，便覺費力。雖曼聲可聽，而古色漸稀。七字爲句，字皆調美。八句爲篇，句皆穩暢。雖復盛唐，代不數人，人不數首。古惟子美，今或于鱗，驟似駭耳，久當論定。

七言律不難中二聯，難在發端及結句耳。發端，盛唐人無不佳者。結頗有之，然亦無轉入他調及收頓不住之病。篇法有起有束，有放有斂，有唤有應，大抵一開則一闔，一揚則一抑，一象則一意，無偏用者。句法有直下者，有倒插者，倒插最難，非老杜不能也。字法有虛有實，有沉有響，虛響易工，沉實難至。五十六字，如魏明帝凌雲臺材木㊀，銖兩悉配，乃可耳。篇法之妙，有不見句法者；句法之妙，有不見字法者。此是法極無跡，人能之至，境與天會，未易求也。有俱屬象而妙者，有俱屬意而妙者，有俱作高調而妙者，有直下不對偶而妙者，皆與與境諧，神合氣完使之然。五言可耳，七言恐未易能也。勿和韻，勿拈險韻，勿傍用韻。起句亦然，勿偏枯，勿求理，勿搜僻，勿用六朝强造語，勿用大曆以後事。此詩家魔障，愼之愼之。

㊀「明帝」，當作「文帝」，見三國志文帝紀。

絶句固自難，五言尤甚。離首卽尾，離尾卽首，而腰腹亦自不可少，妙在愈小而大，愈促而緩。吾嘗讀維摩經得此法：一丈室中，置恒河沙諸天寶座，丈室不增，諸天不減，又一刹那定作六十小劫。須如是乃得。

和韻聯句，皆易爲詩害而無大益，偶一爲之可也。然和韻在於押字渾成，聯句在於才力均敵，聲華情實中不露本等面目，乃爲貴耳。

騷賦雖有韻之言，其於詩文，自是竹之與草木，魚之與鳥獸，別爲一類，不可偏屬。騷辭所以總雜重複，興寄不一者，大抵忠臣怨夫惻怛深至，不暇致詮，亦故亂其敍，使同聲者自尋，修隙者難摘耳。今若明白條易，便乖厥體。

作賦之法，已盡長卿數語。大抵須包蓄千古之材，牢籠宇宙之態。其變幻之極，如滄溟開晦，絢爛之至，如霞錦照灼，然後徐而約之，使指有所在。若汗漫縱横，無首無尾，了不知結束之妙。又或瑰偉宏富，而神氣不流動，如大海乍涸，萬寶雜厠，皆是瑕璧，有損連城。然此易耳。惟寒儉率易，十室之邑，借理自文，乃爲害也。賦家不患無意，患在無蓄；不患無蓄，患在無以運之。

擬騷賦，勿令不讀書人便竟。騷覽之，須令人裴回循咀，且感且疑；再反之，沉吟歔欷；又三復之，涕淚俱下，情事欲絶。賦覽之，初如張樂洞庭，褰帷錦官，耳目搖眩；已徐閱之，如文錦千尺，絲理秩然；歌亂甫畢，肅然斂容；掩卷之餘，徬徨追賞。

物相雜，故曰文。文須五色錯綜，乃成華采；須經緯就緒，乃成條理。

天地間無非史而已。三皇之世，若泯若没。五帝之世，若存若亡。噫！史其可以已耶？六經，史之言理者也。曰編年，曰本紀，曰志，曰表，曰書，曰世家，曰列傳，史之正文也。曰叙，曰記，曰碑，曰碣，曰銘，曰述，史之變文也。曰訓，曰誥，曰命，曰册，曰詔，曰令，曰教，曰劄，曰上書，曰封事，曰疏，曰表，曰啓，曰牋，曰彈事，曰奏記，曰檄，曰露布，曰移，曰駁，曰喻，曰尺牘，史之用也。曰論，曰辨，曰説，曰解，曰難，曰議，史之實也。曰贊，曰頌，曰箴，曰哀，曰誄，曰悲，史之華也。雖然，頌即四詩之一，贊、箴、銘、哀、誄，皆其餘音也。附之於文，吾有所未安，惟其沿也，姑從衆。

吾嘗論孟荀以前作者，理苞塞不喻，假而達之辭；後之爲文者，辭不勝，跳而匿諸理。六經也，四子也，理而辭者也。兩漢也，事而辭者也，錯以理而已。六朝也，辭而辭者也，錯以事而已。

首尾開闔，繁簡奇正，各極其度，篇法也。抑揚頓挫，長短節奏，各極其致，句法也。點掇關鍵，金石綺綵，各極其造，字法也。篇有百尺之錦，句有千鈞之弩，字有百鍊之金。文之與詩，固異象同則，孔門一唯，曹溪汗下後，信手拈來，無非妙境。

古樂府、選體歌行有可入律者，有不可入律者，句法字法皆然。惟近體必不可入古耳。

才生思，思生調，調生格。思即才之用，調即思之境，格即調之界。

李獻吉勸人勿讀唐以後文，吾始甚狹之，今乃信其然耳。記聞既雜，下筆之際，自然於筆端攪擾，驅斥爲難。若模擬一篇，則易於驅斥，又覺局促，痕跡宛露，非斲輪手。自今而後，擬以純灰三斛，細滌其腸，日取六經周禮孟子老莊列荀國語左傳戰國策韓非子離騷呂氏春秋淮南子史記班氏漢書，西京以還至六朝及韓柳，便須銓擇佳者，熟讀涵泳之，令其漸漬汪洋。遇有操觚，一師心匠，氣從意暢，神與境合，分途策馭，默受指揮，臺閣山林，絶迹大漠，豈不快哉！世亦有知是古非今者，然使招之而後來，麾之而後却，已落第二義矣。

詩有常體，工自體中。文無定規，巧運規外。樂選律絶，句字敻殊，聲韻各協。下迨填詞小技，尤爲謹嚴。過秦論也，敍事若傳。夷平傳也，指辨若論。至於序、記、志、述、章、令、書、移，眉目小別，大致固同。然四詩擬之則佳，書易放之則醜。故法合者，必窮力而自運；法離者，必凝神而並歸。合而離，離而合，有悟存焉。

風雅三百，古詩十九，人謂無句法，非也。極自有法，無階級可尋耳。

三百篇删自聖手，然旨别淺深，詞有至未。今人正如目滄海，便謂無底，不知湛珊瑚者何處。

詩不能無疵，雖三百篇亦有之，人自不敢摘耳。其句法有太拙者，「載獫歇驕」，三名皆田犬也。

有太直者，「昔也每食四簋，今也每食不飽」；有太促者，「抑磬控忌」，「既亟只且」；有太累者，「不稼不穡，胡取禾三百廛」；有太庸者，「乃如之人也，懷昏姻也，大無信也，不知命也」；其用意有太鄙者，如前「每食四簋」之類也；有太迫者，「宛其死矣，他人入室」；有太粗者，「人而無儀，不死何爲」之類也。

三百篇經聖刪，然而吾斷不敢以爲法而擬之者，所摘前句是也。尚書稱聖經，然而吾斷不敢以爲法而擬之者，盤庚諸篇是也。

孔子曰：「辭達而已矣。」又曰：「修辭立其誠，」蓋辭無所不修，而意則主於達。今易繫禮經家語魯論春秋之篇存者，抑何嘗不工也。揚雄氏避其達而故晦之，作法言，太史避其晦，故譯而達之，作帝王本紀，俱非聖人意也。

聖人之文，亦寧無差等乎哉？禹貢，千古敍事之祖。如盤庚，吾未之敢言也。周公之爲詩也，其猶在周書上乎？吾夫子文而不詩，凡傳者或非其真者也。

易奇而法，詩正而葩。韓子之言固然。然詩中有書，書中有詩也。「明良喜起」，五子之歌，不待言矣。易亦自有詩也，姑舉數條以例之。詩語如「齊侯之子，平王之孫」，「威儀棣棣，不可選也」，「父母之言，亦可畏也」，「天實爲之，謂之何哉」，「中冓之言，不可道也」，「送我乎淇之上矣」，「大夫夙退，毋使君勞」，「反是不思，亦已焉哉」，「匪報也，永以爲好也」，「知我者謂我心憂，不知我者謂我何求」,「心之憂矣,其誰知之」,「他山之石,可以攻玉」,「皇父卿士。家伯冢宰。仲允膳夫,棸子内史」,「發言盈庭,誰敢執其咎」,「如匪行邁謀,是用不得於道」,「心之憂矣,云如之何」,「或出入諷議,或靡事不爲」,「成王之孚,下土之式」,「文王曰咨,咨女殷商,而秉義類」,「白圭之玷,尚可磨也。斯言之玷,不可爲也」,「於乎不顯,文王之德之純」,「學有緝熙于光明」,「至于文武,纘太王之緒」,以入書,誰能辨也。書語如「日中星鳥,以殷仲春」,「蕩蕩懷山襄陵,浩浩滔天」,「明試以功,車服以庸」,「無怠無荒,四夷來王」,「任賢勿貳,去邪勿疑,疑謀勿成,百志惟熙」,「四海困窮,天禄永終。朕志先定,詢謀僉同。鬼神其依,龜筮協從」,「百僚師師,百工惟時」,「臣哉鄰哉,鄰哉臣哉」,「罔晝夜額額,罔水行舟」,「下管鼗鼓,合止柷敔」,「簫韶九成,鳳凰來儀」,「萊夷作牧,厥篚檿絲,厥草惟夭,厥木惟喬」,「火炎崐岡,玉石俱焚」,「佑賢輔德顯忠遂良。兼弱攻昧,取亂侮亡。推亡固存,邦乃其昌」,「聖謨洋洋,嘉言孔彰。惟上帝不常,作善降之百祥,作不善降之百殃」,「惟天無親,克敬惟親。民罔常懷,懷於有仁」,「一人元良,萬邦以貞」,「厥德靡常,九有以亡」,「若作和羹,爾惟鹽梅。罔俾阿衡,專美有商」,「我武惟揚,侵于之疆,取彼凶殘,殺伐用張,于湯有光」,「如虎如貔,如熊如羆」,「月之從星,則以風雨」,「式敬爾由獄,以長我王國」。又「無偏無陂」以至「歸其有極」,總爲一章。易語如「見龍在田,天下文明」,「終日乾乾,與時偕行」,「西南得朋,乃與類行。東北喪朋,乃終有慶」,「密雲不雨,自我四郊」，「其亡其亡，繫於苞桑」，「伏戎於莽，升其高陵，三歲不興」，「賁如皤如，白馬翰如」，「君子得輿，小人剥廬」，「見輿曳，其牛掣，其人天且劓」，「見豕負塗，載鬼一車。先張之弧，後脱之弧」，「困於石，據於蒺藜，入於其宫，不見其妻」，「震來虩虩，笑言啞啞，旅人先笑後號咷」，「乾剛坤柔，比樂師憂，臨觀之義，或與或求」，以入詩誰能辨也？抑不特此，凡易卦爻辭彖小象，叶韻者十之八，故易亦詩也。

秦以前爲子家，人一體也，語有方言而字多假借，是故雜而易晦也。左馬而至西京，洗之矣。相如，騷家流也。子雲，子家流也。故不盡然也。六朝而前，材不能高，而厭其常，故易字，易字是以贅也。材不能高，故其格下也。五季而後，學不能博，而苦其變，故去字，去字是以率也。學不能博，故其直賤也。

藝苑巵言卷二

「關關雎鳩，在河之洲。窈窕淑女，君子好逑。」「采采卷耳，不盈頃筐。嗟我懷人，寘彼周行。」「我姑酌彼金罍。」「未見君子，惄如調饑。」「厭浥行露。豈不夙夜，謂行多露。」「嘒彼小星，三五在東。肅肅宵征，夙夜在公，寔命不同。」「日居月諸。」「静言思之，不能奮飛。」「燕燕于飛，差池其羽。」「先君之思，以勗寡人。」「擊鼓其鏜，踊躍用兵。」「土國城漕。」「雝雝鳴鴈，旭日始旦。」「習習谷風，以陰以雨。」「采葑采菲，無以下體。」「誰謂荼苦，其甘如薺。」「我躬不閲，遑恤我後。」「碩人俁俁，公庭萬舞。有力如虎，執轡如組。」「云誰之思，西方美人。彼美人兮，西方之人兮。」「北風其凉，雨雪其雱。惠而好我，攜手同行。」「愛而不見，搔首踟蹰。」「玉之瑱也，象之揥也，揚且之皙也。胡然而天也！胡然而帝也！」「良馬五之。」「手如柔荑，膚如凝脂，領如蝤蠐，齒如瓠犀，螓首蛾眉。巧笑倩兮，美目盼兮。」「自我徂爾，三歲食貧。」「誰謂河廣？一葦杭之。」「伯也執殳，爲王前驅。」「自伯之東，首如飛蓬。豈無膏沐，誰適爲容！」「其雨其雨，杲杲出日。」「適子之館兮，還予授子之粲兮。」「巷無居人，豈無居人？不如叔也，洵美且仁。」「將叔無狃，戒其傷汝。」「兩服上襄，兩驂雁行。」「清人在彭，駟介旁旁，二矛重英，河上乎翱翔。」「左旋右抽。」「女曰鷄鳴，士曰昧旦。子興視夜，明星有爛。」「子不我思，豈無他人。」「鷄既鳴矣，朝既盈矣。匪鷄則鳴，蒼蠅之聲。」「蟋蟀在堂，歲聿其莫。今我不樂，日月其除。無已太康，職思其居。」「綢繆束薪，三星在天。今夕何夕？見此良人。」「悠悠蒼天！曷其有極？」「予美亡此，誰與獨旦！」「駟驖孔阜，六轡在手。公之媚子，從公于狩。」「游環脅驅。」「陰靷鋈續，文茵暢轂。」「言念君子，温其如玉。」「蒹葭蒼蒼，白露爲霜。所謂伊人，在水一方。遡洄從之，道阻且長。遡游從之，宛在水中央。」「交交黄鳥，止于棘。誰從穆公？子車奄息。維此奄息，百夫之特。臨其穴，惴惴其慄。彼蒼者天，殲我良人！如可贖兮，人百其身！」「憂心如醉。」「豈曰無衣？與子同袍。」「衡門之下，可以棲遲。泌之洋洋，可以樂饑。」「豈其食魚，必河之魴。」「蜉蝣之羽，衣裳楚楚。」「我來自東，零雨其濛。」「皇駁其馬。」「其新孔嘉，其舊如之何？」「鴻飛遵渚，公歸無所。於女信處。」「四牡騑騑，周道倭遲。豈不懷歸，王事靡盬。我心傷悲。」「伐木丁丁，鳥鳴嚶嚶。」「昔我往矣，楊柳依依。今我來思，雨雪霏霏。」「豈不懷歸，畏此簡書。」「和鸞雝雝，萬福攸同。」「我有嘉賓，中心貺之。」「織文鳥章，白旆央央。元戎十乘，以先啓行。」「文武吉甫，萬邦爲憲。」「四騏翼翼，路車有奭。簟笰魚服，鉤膺鞗革。」「方叔涖止，其車三千。旂旐央央，方叔率止。約軝錯衡，八鸞瑲瑲。服其命服，朱芾斯皇，有瑲葱珩。」「蠢爾荆鑾，大邦爲讎。方叔元老，克壯其猶。」「蕭蕭馬鳴，悠悠旆旌。徒御不驚，大庖不盈。」「吉日維戊。」「夜如何其？夜未央。庭燎之光，君子至止，鸞聲將將。」「鶴鳴于九皋，聲聞于天。」「他山之石，可以攻玉。」「其人如玉。」「毋金玉爾音，而有遐心。」「爰居爰處，爰笑爰語。」「載寢之牀，載衣之裳，載弄之璋。」「節彼南山，維石巖巖。赫赫師尹，民具爾瞻。」「正月繁霜。」「父母生我，胡俾我瘉！不自我先，不自我後。」「彼月而微，此日而微。」「高岸爲谷，深谷爲陵。」「發言盈庭，誰敢執其咎？」「明發不寐，有懷二人。」「踧踧周道，鞫爲茂草。我心憂傷，惄焉如擣。」「維憂用老。」「君子無易由言，耳屬于垣。」「我躬不閱，遑恤我後。」「他人有心，予忖度之。」「職爲亂階。」「缾之罄矣，維罍之恥。」「周道如砥，其直如矢。君子所履，小人所視。」「小東大東，杼柚其空。糾糾葛屨，可以履霜。」「跂彼織女，終日七襄。雖則七襄，不成報章。睆彼牽牛，不以服箱。」「東有啟明，西有長庚。」「維南有箕，不可以簸揚。維北有斗，不可以挹酒漿。」「明明上天，照臨下土。」「自貽伊戚。」「我疆我理，南東其畝。」「上天同雲，雨雪雰雰。益之以霡霂，既優既渥。既霑既足，生我百穀。」「祀事孔明，先祖是皇。」「有渰萋萋，興雨祁祁。雨我公田，遂及我私。」「六轡沃若。」「蔦與女蘿，施于松柏。」「有頍者弁。」「君子來朝，何錫予之？雖無予之，路車乘馬。」「鸞聲嘒嘒。」「雨雪瀌瀌，見晛曰消。」「卷髮如蠆。」「終朝采綠，不盈一匊。予髮曲局，薄言歸沐。」「中心藏之，何日忘之！」「牂羊墳首，三星在罶。」「何不日鼓瑟。」「民亦勞止！汔可小康。惠此中國，以綏四方。」「式遏寇虐，憯不畏明。」「王欲玉女。」「天之方難，無然憲憲。天之方蹶，無然泄泄。」「天之牖民，如壎如篪，如璋如圭，如取如攜。」「价人維藩，大師維垣，大邦維屏，大宗維翰，懷德維寧，宗子維城。」「女炰烋於中國。」「天不湎爾以酒。」「雖無老成人，尚有典刑。」「訏謨定命，遠猶辰告。」「無言不讎，無德不報。」「神之格思，不可度思，矧可射思。」「匪面命之，言提其耳。」「誰生厲階，至今爲梗。」「誰能執熱，逝不以濯。其何能淑，載胥及溺。」「進退維谷。」「聽言則對，誦言如醉。」「倬彼雲漢，昭回于天。」「靡神不舉，靡愛斯牲。」「旱魃爲虐，如惔如焚。」「瞻卬昊天，有嘒其星。」「維嶽降神，生甫及申。維申及甫，維周之翰。」「士民其瘵。」「哲夫成城，哲婦傾城。」「婦有長舌，維厲之階。」「人之云亡，邦國殄瘁。」「十千維耦。」「萬億及秭。」「設業設虡，崇牙樹羽。應田縣鼓，鞉磬柷圉。既備乃奏，簫管備舉。」「喤喤厥聲，肅雝和鳴。」「有來雝雝，至止肅肅。相維辟公，天子穆穆。」「龍旂陽陽，和鈴央央，鞗革有鶬。」「無曰高高在上。陟降厥士，日監在茲。」「載芟載柞，其耕澤澤。千耦其耘，徂隰徂畛。」「厭厭其苗，緜緜其麃。」「其崇如墉，其比如櫛，以開百室。」「旨酒思柔。」「於鑠王師，遵養時晦。」「駉駉牡馬，在坰之野。薄言駉者，有驈有皇，有驪有黃，以車彭彭。」「振振鷺，鷺于下。鼓咽咽，醉言舞。」「無小無大，從公于邁。」「永錫難老。」「食我桑黮，懷我好音。」「白牡騂剛，犧尊將將。毛炰胾羹，籩豆大房。萬舞洋洋，孝孫有慶。」「不虧不崩，不震不騰。三壽作朋，如岡如陵。」「公車千乘，朱英緑縢，二矛重弓。公徒三萬，貝胄朱綅，烝徒增增。」「黄髮兒齒。」「鞉鼓淵淵，嘒嘒管聲。既和且平，依我磬聲。」「天命玄鳥，降而生商，宅殷土芒芒。」「相土烈烈，海外有截。」「不競不絿，不剛不柔。敷政優優，百禄是遒。」「苞有三蘖，莫遂莫達。九有有截，韋顧既伐，昆吾夏桀。」「撻彼殷武，奮伐荆楚，罙入其阻。」「赫赫厥聲，濯濯厥靈。壽考且寧，以保我後生。」

詩旨有極含蓄者、隱惻者、緊切者，法有極婉曲者、清暢者、峻潔者、奇詭者、玄妙者。騷賦古選樂府歌行，千變萬化，不能出其境界。吾故摘其章語，以見法之所自。其鹿鳴甫田七月文王大明緜棫樸旱麓思齊皇矣靈臺下武文王生民既醉鳧鷖假樂公劉卷阿烝民韓奕江漢常武清廟維天烈文昊天我將時邁執競思文，無一字不可法，當全讀之，不復載。

古逸詩箴銘謳謡之類，其語可入三百篇者：「翹翹車乘，招我以弓。豈不欲往，畏我友朋。」「君子有酒，小人鼓缶。」「雖有絲麻，無棄菅蒯。雖有姬姜，無棄蕉萃。」「祈招之愔愔，式昭德音。思我王度，式如玉，式如金。」「俟河之清，人壽幾何。」「馬之剛矣，轡之柔矣。馬亦不剛，轡亦不柔。志氣麃麃，取予不疑。」「棠棣之華，翩其反而。豈不爾思，室是遠而。」「魚在在藻，厥志在餌。」「九變復貫，知言之選。」「皎皎練絲，在所染之。」

右逸詩

「立我烝民，莫匪爾極。不識不知，順帝之則。」康衢「黃之池，其馬歕沙。皇人威儀。黃之澤，其馬歕玉。皇人受穀。」黃澤「白雲在天，山陵自出。」白雲

右謡

「卿雲爛兮，糺縵縵兮。日月光華，旦復旦兮。」卿雲「南山有烏，北山張羅。烏自高飛，羅當奈何！」烏鵲「日月昭昭兮寖已馳，與子期兮蘆之漪。」漁父

右歌

「習習谷風，以陰以雨。之子于歸，遠送于野。」猗蘭「隴頭流水，流離四下。念我行役，飄然曠野。」隴頭

右操

「皇皇惟敬口，口生垢，口戕口。」口「與其溺於人也，寧溺於淵。溺於淵，猶可游也。溺於人，

不可救也。」盥盤「毋曰胡傷，其禍將長。」楹「一命而僂，再命而傴，三命而俯，循牆而走，亦莫敢余侮。饘於是，粥於是，以餬余口。」鼎

右　銘

「荷此長耜，耕彼南畝。四海俱有。」舜祠田「皇皇上天，照臨下土。集地之靈，降甘風雨。庶物羣生，各得其所。」用祭天

右　辭

「鳳凰于飛，和鳴鏘鏘。有嬀之後，將育於姜。」懿氏

右　繇

「涓涓不塞，將爲江河。」黄帝語「吾王不游，吾何以休？吾王不豫，吾何以助？一游一豫，爲諸侯度。」「畏首畏尾，身其餘幾。」

右　諺

漢魏人詩語，有極得三百篇遺意者，謾記於後：「非惟雨之，又潤澤之。非惟偏之，我氾布濩之。」「般般之獸，樂我君囿。」「總齊羣邦，以翼大商。迭彼大彭，勳績惟光。」「誰謂華高，企其齊而。誰謂德難，厲其庶而。」「金支秀華，庶旄翠旌。」「王侯秉德，其鄰翼翼，顯明昭式。」「惟德之臧，建侯之常。」「如山如嶽，嵩如不傾。如江如河，澹如不盈。」「大海蕩蕩，水所歸。高賢愉愉，民所懷。」「陽春布德澤，萬物生光輝。」此二雅周頌和平之流韻也。「犖犖紫芝，可以療饑。」「月出皎兮，君子之光。君有禮樂，我有衣裳。」「胡馬依北風，越鳥巢南枝。」「衣帶日以緩。」「清商隨風發，中曲正徘徊。」「秋蟬鳴樹間，玄鳥逝安適。」「棄我如遺迹。」「盈盈一水間，脈脈不得語。」「絃急知柱促。」「去者日以疏，來者日以親。」「愁多知夜長。」「著以長相思，緣以結不解。」「出户獨彷徨，憂思當告誰。」「明明如月，何時可掇。憂從中來，不可斷絕。」「不惜年往，憂世不治。」「山不厭高，海不厭深。」「海水知天寒。」「入門各自媚。」「豈伊不虔，思于天衢。豈伊不懷，歸于枌榆。天命不悟，疇敢以渝。」「自惜袖短，内手知寒。」「憂來無方，人莫之知。」「彷徨忽已久，白露沾我裳。」「民之多僻，政不由己。」「泳彼長川，言息其滸。陟彼高岡，言刈其楚。」此國風清婉之微旨也。「靈之來，神哉沛。先以雨，般裔裔。」「志俶儻，精權奇。籋浮雲，晻上馳。」「今安匹，龍爲友。」「臨高臺以軒。」「江有香草目以蘭。」「昌樂肉飛。」「采虹垂天。」「水何澹澹，山島竦峙。」「日月之行，若出其中。」「孤獸走索羣，銜草不遑食。」「世無萱草，令我哀歎。」此秦齊變風奇峭之遺烈也。

秦始皇時，李斯所撰嶧山碑，三句始下一韻，是采芑第二章法。瑯邪臺銘，一句一韻，三句一換，是老子「明道若昧」章法。

太公陰謀有筆銘，云：「毫毛茂茂，叶房月切陷水可脫，陷文不活。」于鱗取之。余謂其言精而辭甚美，然是鄧析以後語也。「毫毛茂茂」，是蒙恬以後事也，必非太公作。

屈氏之騷，騷之聖也。長卿之賦，賦之聖也。一以風，一以頌，造體極玄，故自作者，毋輕優劣。

天問雖屬離騷，自是四言之韻，但詞旨散漫，事跡惝恍，不可存也。延壽易林、伯陽參同，雖以數術爲書，要之皆四言之懿，三百遺法耳。

楊用脩言招魂遠勝大招，足破宋人眼耳。宋玉深至不如屈，宏麗不如司馬，而兼撮二家之勝。

大風三言，氣籠宇宙，張千古帝王赤幟，高帝哉？漢武故是詞人，秋風一章，幾於九歌矣。思李夫人賦，長卿下，子雲上，是耶？非耶？三言精絶，落葉哀蟬，疑是贋作。幽蘭、秀簟，的爲傅語。

「大風安不忘危，其霸心之存乎？秋風樂極悲來，其悔心之萌乎？」文中子贊二帝語，去孔子不遠。

垓下歌正不必以「虞兮」爲嫌，悲壯嗚咽，與大風各自描寫帝王興衰氣象。千載而下，惟曹公「山不厭高」，「老驥伏櫪」，司馬仲達「天地開闢」，「日月重光」語，差可嗣響。

柏梁爲七言歌行創體，要以拙勝。「日月星辰」一句，和者不及。「宗室廣大日益滋」，爲宗正劉安國。「外家公主不可治」，爲京兆尹。按當作內史。「三輔盜賊天下危」，爲左馮翊咸宣。「盜起南山爲民災」，爲右扶風李成信。其語可謂强諫矣，而不聞逆耳。郭舍人「齧妃女唇甘如飴」，淫褻無人臣禮，而亦不聞罰治，何也？若「枇杷橘栗桃李梅」，雖極可笑，而法亦有所自，蓋宋玉招魂篇內句也。

漢時衞霍營平，糾糾虎臣，然柏梁詩「郡國士馬羽林材」，「和撫四夷不易哉」語，無愧七言風雅。封建三王表及屯田諸疏，兩漢文章皆莫能及，然三王表或幕客所爲。柏梁歌詠，咸依位序，獨驃騎在丞相前，大將軍在丞相後，昔人云「去病日貴」，此亦一徵。按古文苑註稱臺成於元鼎二年，登臺賦詩乃元封三年，而霍去病以元狩六年卒，是時青蓋兼二職也。然則「郡國士馬」之詠，亦出青口耶？

韋孟玄成雅頌之後，不失前規，繁而能整，故未易及。昌穀少之，私所不解。

鍾嶸言「行行重行行」十四首「文溫以麗，意悲而遠。驚心動魄，幾乎一字千金。」後併「去者日以疏」五首爲十九首，爲枚乘作。或以「洛中何鬱鬱」「游戲宛與洛」爲詠東京，「盈盈樓上女」爲犯惠帝諱。按臨文不諱，如「總齊羣邦」，故犯高諱，無妨。宛洛爲故周都會，但王侯多第宅，周世王侯，不言第宅：「兩宮」「雙闕」，亦似東京語。意者中間雜有枚生或張衡蔡邕作，未可知。談理不如三百篇，而微詞婉旨，遂足並駕，是千古五言之祖。

「相去日以遠，衣帶日以緩」，「緩」字妙極。又古歌云：「離家日趨遠，衣帶日趨緩。」豈古人亦相蹈襲耶？抑偶合也？「以」字雅，「趨」字峭，俱大有味。

「東風搖百草」，「搖」字稍露崢嶸，便是句法爲人所窺。「朱華冒綠池」，「冒」字更捩眼耳。「青袍似春草」，復是後世巧端。

李少卿三章，清和調適，怨而不怒。子卿稍似錯雜，第其旨法，亦魯衞也。「上山採蘼蕪」「四坐且莫喧」「悲與親友別」「穆穆清風至」「橘柚垂華實」「十五從軍征」「青青園中葵」「雞鳴高樹顛」「日出東南隅」「相逢狹路間」「昭昭素明月」「昔有霍家奴」「洛陽城東路」「飛來雙白鵠」「翩翩堂前燕」「青青河邊草」，「悲歌、緩聲、八變、豔歌、紈扇篇、白頭吟，是兩漢五言神境，可與十九首、蘇、李並驅。

詩譜稱漢郊廟十九章，煅意刻酷，煉字神奇，信哉！然失之太峻，有秦風小戎之遺，非頌詩比也。唐山夫人雅歌之流，調短弱未舒耳。鐃歌十八中有難解及迫詰屈曲者，「如孫如魚乎悲矣」、「堯羊蜚從王孫行」之類，或謂有缺文斷簡，「妃呼豨」、「收中吾」之類，或謂曲調之遺聲，或謂兼正辭填調，大小混録，至有直以爲不足觀者。「巫山高」、「芝爲車」，非三言之始乎？「臨高臺以軒」、「桂樹爲君船」、「青絲爲君笮」、「雙珠玳瑁簪」㊀，非五言之神足乎？「駕六飛龍四時和」，「江有香草目以蘭，黄鵠高飛離哉翻」，非七言之妙境乎？其誤處既不能曉，佳處又不能識，以爲不足觀，宜也。

㊀「桂樹爲君船」、「青絲爲君笮」、「雙珠玳瑁簪」三句，原作「桂樹雙珠青絲玳瑁」，今據樂府詩集鐃歌古辭補。

鐸舞巾舞，歌俳歌政，如今之琴譜及樂聲車公車之類，絶無意誼，不足存也。

録蘇李雜詩十二首，雖總雜寡緒，而渾朴可詠，固不必二君手筆，要亦非晉人所能辦也。如「人生一世間，貴與願同俱」，「紅塵蔽天地，白日何冥冥」，「招摇西北指，天漢東南傾」，「短褐中無緒，帶斷續以繩」，「瀉水置缾中，焉辨淄與澠」，「仰視雲間星，忽若割長帷」，彷彿河梁間語。

楊用脩録古詩逸句及書語可入詩者，不能精，亦有遺漏。余擇而録之：「紅塵蔽天地，白日何冥冥。」「安知鳳皇德，貴其來見稀。」皆李陵「泛泛江漢萍，飄蕩永無根。」「青青陵中草，傾葉晞朝日。」一作「希」乃妙。「天霜木葉下，鴻雁當南飛。」「人遠精神近，寤寐見容光。」「初秋北風至，吹我章華臺。浮雲多暮色，似從崦嵫來。」「石上生菖蒲，一寸八九節。仙人勸我滄，令我好顏色。」「去婦不顧門，萎韭不入園。」諸葛孔明「探懷授所歡，願醉不顧身。」王仲宣「皎月垂素光，玄雲爲髣髴。」劉公幹「金荆持作枕，紫荆持作牀。」「黄鳥鳴相追，咬咬弄好音。」「翕如翔雲會，忽若驚風散。」棗腆「迅飈翼華蓋，飄飄若鴻飛。」石崇「争先非吾事，静照在忘求。」右軍「遥看野樹短。」虞羲「浴景出東渟。」仙詩已上皆古詩。「生無一日歡，死有萬世名。」列子「片玉可以琦，奚必待盈尺。」「駿馬養外厩，美人充下陳。」戰國策「薫以香自燒，膏以明自煎。」龔勝傳「孔子辭廩丘，終不盗帶鈎。許由讓天下，終不利封侯。」「日回而月周，終不與時游。」「南游罔㝗野，北息沈墨鄉。」俱淮南子「跣跗被商舄，重譯吟詩書。」王充「新霽清暘升，天光入隙中。」佛經「隴坂縈九曲，不知高幾里。」三秦記「喬木知舊都。」吕覽「新林無長木。」同「素湍如委練。」羅含記「揮袖起風塵。」劉邵「蘭葩豈虚鮮。」郭璞「文禽蔽緑水。」應璩「兩雄不並棲。」三國志已上雜書語。

孔雀東南飛質而不俚，亂而能整，敍事如畫，敍情若訢，長篇之聖也。人不易曉，至以木蘭並稱。木蘭不必用「可汗」爲疑，「朔氣」「寒光」致貶，要其本色，自是梁陳及唐人手段。胡笳十八拍軟語似出閨襜，而中雜唐調，非文姬筆也，與木蘭頗類。

余讀琴操所稱記舜禹孔子詩，咸淺易不足道。拘幽，文王在縶也，而曰：「殷道圂圂，浸濁煩。朱紫相合，不别分。迷亂聲色，信讒言。」即無論其詞已，内文明，外柔順，蒙難者固如是乎？「瞻天案圖，殷將亡。」豈三分服事至德人語！「望來羊」固因眼如望羊傳也。他如獻玉退怨歌謂楚懷王子平王。夫平王，靈王弟也，歷數百年而始至懷王。至乃謂玉人爲樂正子，何其俚也。窮劫曲言楚王乖劣，任用無忌，誅夷白氏，三戰破郢，王出奔。用無忌者，平王也。奔者昭王也。太子建已死，有子勝，後封白公，非白氏也。其辭曰：「留兵縱騎虜京闕。」時未有騎戰也。河梁歌：「舉兵所伐攻秦王。」句踐時秦未稱王也，句踐又無攻秦。夫僞爲古而傳者，未有不通於古者也。不通古而傳，是豈僞者之罪哉！

詞賦非一時可就。西京雜記言相如爲子虛上林，游神蕩思，百餘日乃就，故也。梁王兔園諸公無一佳者，可知矣。坐有相如，寧當罰酒，不免腐毫。

「入不言兮出不辭，乘回風兮載雲旗。」雖爾恍忽，何言之壯也。「悲莫悲兮生別離，樂莫樂兮新相知」。是千古情語之祖。

卜居漁父，便是赤壁。諸公作俑，作法於凉，令人永慨。

長卿子虛諸賦，本從高唐物色諸體，而辭勝之。長門從騷來，毋論勝屈，故高於宋也。長卿以賦爲文，故難蜀封禪綿麗而少骨；賈傅以文爲賦，故弔屈鵩鳥率直而少致。

太史公千秋軼才，而不曉作賦。其載子虛上林，亦以文辭宏麗，爲世所珍而已，非真能賞詠之也。觀其推重賈生諸賦可知。賈暢達用世之才耳，所爲賦自是一家。太史公亦自有士不遇賦，絶不成文理。荀卿成相諸篇，便是千古惡道。

雜而不亂，複而不厭，其所以爲屈乎？麗而不俳，放而有制，其所以爲長卿乎？以整次求二子則寡矣。子雲雖有剽模，尚少谿逕。班張而後，愈博愈晦愈下。

子雲服膺長卿，嘗曰：「長卿賦不是從人間來，其神化所至耶？」研摩白首，竟不能逮，乃謗言欺人云：「雕蟲之技，壯夫不爲。」遂開千古藏拙端，爲宋人門户。

國風好色而不淫，小雅怨誹而不亂。長門一章，幾於並美。阿嬌復幸，不見紀傳，此君深於愛才，優於風調，容或有之，史失載耳。凡出長卿手，靡不穠麗工至，獨琴心二歌淺稚，或是一時匆卒，或後人傅益。子瞻乃謂李陵三章亦僞作，此兒童之見。夫工出意表，意寓法外，令曹氏父子猶尚難之，況他人乎？

子虚上林材極富，辭極麗，而運筆極古雅，精神極流動，意極高，所以不可及也。長沙有其意而無其材，班張潘有其材而無其筆，子雲有其筆而不得其精神流動處。長門「邪氣壯而攻中」語，亦是太拙。至「揄長袂以自翳，數昔日之諐殃」以後，如有神助。漢家雄主，例爲色殢，或再幸再棄，不可知也。

孟堅兩都，似不如張平子。平子雖有衍辭，而多佳境壯語。

「頩薄怒以自持，曾不可乎犯干。目略微盼，精彩相授，志態横出，不可勝記。」此玉之賦神女也。「意密體疏，俯仰異觀。含喜微笑，竊視流盼。」此玉之賦登徒也。「神光離合，乍陰乍陽。進止難期，若往若還。轉盼流精，光潤玉顏。含辭未吐，氣若幽蘭。」此子建之賦神女也。其妙處在意而不在象，然本之屈氏「滿堂兮美人，忽與余兮目成。」「既含睇兮又宜笑，子慕余兮善窈窕」，變法而爲之者也。

宋玉諷賦與登徒子好色一章，詞旨不甚相遠，故昭明遺之。大言小言，枚臯滑稽之流耳。小言無内之中本騁辭耳，而若薄有所悟。

班姬擣素如「閱絞練之初成，擇玄黄之自出。准華裁於昔時，疑形異於今日」，又「書既封而重題，笥已緘而更結」，皆六朝鮑謝之所自出也。昭明知選彼而遺此，未審其故。

子雲逐貧賦固爲退之送窮文梯階，然大單薄，少變化。內貧答主人「茅茨土階，瑶臺瓊榭」之比，乃以儉答奢，非貧答主人也。退之横出意變，而辭亦雄贍，末語「燒車與船，延之上坐」，亦自勝凡。子雲之爲賦、爲玄、爲法言，其旁搜酷擬，沉想曲換，亦自性近之耳，非必材高也。

傅武仲有舞賦，皆托宋玉爲襄王問對。及閱古文苑宋玉舞賦，所少十分之七，而中間精語，如「華袿飛髾而雜纖羅」，大是麗語。至於形容舞態，如「羅衣從風，長袖交橫。駱驛飛散，颯沓合并。綽約閑靡，機迅體輕」，又「迴身還入，迫于急節。紆形赴遠，漼以摧折。纖縠蛾飛，繽猋若絶。」此外亦不多得也。豈武仲衍玉賦以爲己作耶？抑後人節約武仲之賦，因序語而誤以爲玉作也？

枚乘菟園賦，記者以爲王褒後，子皐所爲。據結尾婦人先歌而後無和者，亦似不完之篇。「悽唳辛酸，嚶嚶關關，若離鴻之鳴子也。含𠺕嘽諧，雍雍喈喈，若羣雛之從母也。」其笙賦之巧詣乎？「鳴」作「命」。「器和故響逸，張急故聲清，間遼故音庳，絃長故微鳴。」其琴賦之實用乎？「揚和顔，攘皓腕」以至「變態無窮」數百語，稍極形容，蓋叔夜善於琴故也。子淵洞簫、季長長笛，才不勝學，善鋪叙而少發揮。洞簫孝子慈母之喻，不若安仁之切而雅也。

楊用脩所載七仄，如宋玉「吐舌萬里唾四海」，緯書「七變入臼米出甲」，佛偈「一切水月一切攝」，七平如文選「離袿飛綃垂纖羅」，俱不如老杜「梨花梅花參差開」、「有客有客字子美」和美易讀，而楊不之及。按傅武仲舞賦，家有古文苑文選，皆云「華袿飛綃雜纖羅」，不言「垂纖羅」也。

東方曼倩管公明郭景純俱以奇才挾神術，而宦俱不達。景純以舌爲筆者也，公明以筆爲舌者也，曼倩筆舌互用者也。若其超物之哲，曼倩爲最，公明次之，景純下矣。

藝苑卮言卷三

檀弓考工記孟子左氏戰國策司馬遷，聖於文者乎？其叙事則化工之肖物。班氏，賢於文者乎？人巧極，天工錯。莊生列子楞嚴維摩詰，鬼神於文者乎？其達見，峽決而河潰也，窈冥變幻而莫知其端倪也。

諸文外，山海經穆天子傳亦自古健有法。

太史公之文，有數端焉。帝王紀，以己釋尚書者也㊀，又多引圖緯子家言，其文衍而虛；春秋諸世家，以己損益諸史者也，其文暢而雜；儀秦鞅睢諸傳，以己損益戰國策者也，其文雄而肆；劉項紀、信越諸傳，志所聞也，其文宏而壯；河渠平準諸書，志所見也，其文核而詳，婉而多風；刺客游俠貨殖諸傳，發所寄也，其文精嚴而工篤，磊落而多感慨。

㊀「以己釋尚書」，原作「以釋法尚書」，據談藝珠叢本改。

西京之文實。東京之文弱，猶未離實也。六朝之文浮，離實矣。唐之文庸，猶未離浮也。宋之文陋，離浮矣，愈下矣。元無文。

韓柳氏振唐者也，其文實。歐蘇氏振宋者也，其文虛。臨川氏法而狹。南豐氏飫而衍。

老氏談理則傳，其文則經。佛氏談理則經，其文則傳。圓覺之深妙，楞嚴之宏博，維摩之奇肆，駸駸乎鬼谷淮南上矣。

枚生七發，其原玉之變乎？措意垂竭，忽發觀潮，遂成滑稽。且辭氣跌蕩，怪麗不恒。子建而後，模擬牽率，往往可厭，然其法存也。至後人爲之而加陋，其法廢矣。

檀弓簡，考工記煩。檀弓明，考工記奥。各極其妙。雖非聖筆，未是漢武以後人語。

孟軻氏，理之辨而經者。莊周氏，理之辨而不經者。公孫僑，事之辨而經者。蘇秦，事之辨而不經者。然材皆不可及。

吾嘗怪庾子嵩不好讀莊子，開卷至數行，卽掩曰：「了不異人。」以爲此本無所曉，而漫爲大言者，使曉人得之，便當沉湎濡首。

吕氏春秋文有絶佳者，有絶不佳者，以非出一手故耳。淮南鴻烈雖似錯雜，而氣法如一，當由劉安手裁。揚子雲稱其一出一入，字直百金。韓非子文甚奇。如亢倉鶡冠之流，皆僞書。

賈太傅有經國之才，言言著龜也。其辭嚴而開，健而飫。

西京之流而東也，其王褒爲之導乎？由學者靡而短於思，由才者俳而淺於法。劉中壘宏而肆，其根雜。揚中散法而奥，其根晦。法言所云「故眼之」，是何語？

東京之衰也，其始自敬通乎？蔡中郎之文弱，力不副見，差去浮耳。王充野人也，其識瑣而鄙，其辭散而冗，其旨乖而稚。中郎愛而欲掩之，亦可推矣。

嗚呼！子長不絶也，其書絶矣。千古而有子長也，亦不能成史記，何也？西京以還，封建、宮殿、官師、郡邑，其名不雅馴，不稱書矣；一也；其詔令、辭命、奏書、賦頌，鮮古文，不稱書矣；二也；其人有籍信荆聶原嘗無忌之流足模寫者乎？三也；其詞有尚書毛詩左氏戰國策韓非吕不韋之書足薈蕞者乎？四也。嗚呼！豈惟子長，即尼父亦然，六經無可着手矣。

孟堅叙事，如霍氏上官之郤，廢昌邑王奏事，趙韓吏跡，京房術敗，雖不得如化工肖物，猶是顧凱之陸探微寫生。東京以還，重可得乎？陳壽簡質，差勝范曄，然宛縟詳至，大不及也。

曹公莽莽，古直悲凉。子桓小藻，自是樂府本色。子建天才流麗，雖譽冠千古，而實遜父兄。何以故？材太高，辭太華。

魏武帝樂府：「東臨碣石，以觀滄海。水何澹澹，山島竦峙。秋風蕭瑟，洪濤湧起。日月之行，若出其中；星漢燦爛，若出其裏。」其辭亦有本。相如上林云：「視之無端，察之無涯。日出東沼，月生西陂。」馬融廣成云：「天地虹洞，因無端涯。大明出東，月生西陂。」揚雄校獵云㊀：「出入日月，天與地沓。」然覺揚語奇，武帝語壯。又「月生西陂」語有何致，而馬融復襲之？

㊀「揚雄」，原誤作「楊融」，今據談藝珠叢本改。又「校獵」，據文選亦當作「羽獵」。

子建「謁帝承明廬」、「明月照高樓」，子桓「西北有浮雲」、「秋風蕭瑟」，非鄴下諸子可及。仲宣公幹遠在下風。吾每至「謁帝」一章，便數十過不可了。悲婉宏壯，情事理境，無所不有。

洛神賦，王右軍大令各書數十本，當是晉人極推之耳。清徹圓麗，神女之流，陳王諸賦，皆小言無及者。然此賦始名感甄，又以蒲生當其塘上，際此忌兄，而不自匿諱，何也？蒲生實不如塘上，令洛神見之，未免笑子建傖父耳。

塘上之作，朴茂真至，可與紈扇白頭姨姒。甄既摧折，而芳譽不稱，良爲雅歎。「莫以豪賢故，棄捐素所愛。莫以魚肉賤，棄捐葱與薤。莫以麻枲賤，棄捐菅與蒯。」其語意妙絶，千古稱之。然左傳逸詩已先道矣，云：「雖有絲麻，無棄菅蒯。雖有姬姜，無棄蕉萃。」

陳思王贈白馬王彪詩全法大雅文王之什體，以故首二章不相承耳。後人不知，有欲合而爲一者，良可笑也。

楊德祖答臨淄侯書中有「猥受顧錫，教使刊定。春秋之成，莫能損益。呂氏淮南，字直千金。弟子拑口，市人拱手」，及覽臨淄侯書，稱「往僕少小所著辭賦一通」，不言刊定。唯所云「丁敬禮嘗作小文，使僕潤飾之。僕自以才不過若人，辭不爲也。敬禮謂僕：『卿何所疑難？文之佳惡，吾自得之，後世誰相知定吾文者』」，此植相托意耶？當時孔文舉爲先達，其於文特高雄，德祖次之。孔璋書檄饒爽，元瑜次之。而詩皆不稱也。劉楨王粲，詩勝於文。兼至者獨臨淄耳。正平子建直可稱建安才子，其次文舉，又其次爲公幹仲宣。

讀子桓「客子常畏人」及答吳朝歌鍾大理書，似少年美資負才性，而好貨好色，且當不得恒享者。桓靈寶技藝差相埒，而氣尚過之。子桓乃得十年天子，都所不解。

孔文舉好酒及客，恒曰：「坐上客長滿，樽中酒不空，吾無憂矣。」桓靈寶爲義興大守，不得志，歎曰：「父爲九州伯，兒爲五湖長。」遂棄官歸。孔語便是唐律，桓句亦是唐選。而桓尤爽俊，其人不作逆，一才子也。

子桓之雜詩二首，子建之雜詩六首，可入十九首，不能辨也。若仲宣公幹，便覺自遠。

古樂府：「悲歌可以當泣，遠望可以當歸。」二語妙絕。老杜：「玉珮仍當歌。」「當」字出此，然不甚合作，可與知者道也。用脩引孟德「對酒當歌」云：「子美一闡明之，不然，讀者以爲該當之當矣。」大聵聵可笑。孟德正謂遇酒卽當歌也，下云「人生幾何」可見矣。若以「對酒當歌」作去聲，有何趣味？

阮公詠懷，遠近之間，遇境卽際，興窮卽止，坐不着論宗佳耳。人乃謂陳子昂勝之，何必子昂，寧無感興乎哉！

嵇叔夜土木形骸，不事雕飾，想于文亦爾。如養生論絕交書，類信筆成者，或遂重犯，或不相續，然獨造之語，自是奇麗超逸，覽之躍然而醒。詩少涉矜持，更不如嗣宗。吾每想其人，兩腋習習風舉。

平子四愁，千古絶唱，傅玄擬之，致不足言，大是笑資耳。玄又有日出東南隅一篇，汰去精英，竊其常語，尤有可厭者。本詞：「使君自有婦，羅敷自有夫。」於意已足，綽有餘味。今復益以天地正位之語，正如低措大記舊文不全，時以己意續貂，罰飲墨水一斗可也。

陸士衡翩翩藻秀，頗見才致，無奈俳弱何。安仁氣力勝之，趣旨不足。太沖莽蒼，詠史招隱，綽有兼人之語，但太不雕琢。

子卿第二章，絃歌商曲，錯疊數語。十九首：「齊心同所願，含意俱未申。」亦大重犯，然不害爲古。「奚必絲與竹，山水有清音。何事待嘯歌，灌木自悲吟。」乃害古也。然使各用之，山水清音，極是妙詠，灌木悲吟，不失佳語，故曰：「離則雙美，合則兩傷。」

李令伯陳情一表，天下稱孝。後起拜漢中，自以失分懷怨，應制賦詩云：「人亦有言，有因有緣。仕無中人，不如歸田。明明在上，斯語豈然！」謝公東山捉鼻，恒恐富貴逼人。既處台鼎，嫌隙小搆，見桓子野彈琴撫怨詩一曲，至捋鬚流涕。殷深源臥不起，及後敗廢，時云：「會稽王將人上樓，著去梯。匹如始作養劉不出山時觀㊀，有何不可？」乃知嚮者都非真境。

㊀此句與上不相聯屬，疑有脱誤。按世説新語黜免篇曰：「殷中軍廢後，恨簡文曰：『上人箸百尺樓上，儋梯將去。』」並無此句。

王武子讀孫子荆詩而云：「未知文生於情，情生於文？」此語極有致。文生於情，世所恒曉。情生於文，則未易論。蓋有出之者偶然，而覽之者實際也。吾平生時遇此境，亦見同調中有此。又庚子嵩作意賦成，爲文康所難，而云：「正在有意無意之間。」此是遯辭，料子嵩文必不能佳。然有意無意之間，却是文章妙用。

「以彼徑寸莖，蔭此百尺條。」是涉世語。「貴者雖自貴，棄之若埃塵。」是輕世語。「振衣千仞岡，濯足萬里流。」是出世語。每諷太沖詩，便飄飄欲仙。

石衛尉縱横一代，領袖諸豪，豈獨以財雄之，政才氣勝耳。思歸引明君辭情質未離，不在潘陸下，劉司空亦其儔也。答盧中郎五言，磊塊一時，涕淚千古。

沈休文云：「子建『函京』之作，仲宣『灞岸』之篇，子荆『零雨』之章，正長『朔風』之句，並直舉胸情，非傍詩史，正以音律取高前式。」然則少陵以前，人固有「詩史」之稱矣。

實境詩於實境讀之，哀樂便自百倍。東陽既廢，夷然而已，送甥至江口，誦曹顔遠「富貴他人合，貧賤親戚離」，泣數行下。余每覽劉司空「豈意百鍊剛，化爲繞指柔」，未嘗不掩卷酸鼻也。嗚呼！越石已矣，千載而下，猶有生氣。彼石勒段磾，今竟何在？

王處仲每酒間歌「老驥伏櫪，志在千里。烈士暮年，壯心不已」，其人不足言，其志乃大可憫矣。余自庚申以後，每讀劉司空二語，未嘗不欷歔罷酒。至少陵「千秋萬歲名，寂寞身後事」，輒黯然低回久之。

王處仲賞詠「老驥伏櫪」之語，至以如意擊唾壺爲節，唾壺盡缺。即玄德悲髀肉生意也。桓玄子恒言「不能流芳百世，亦當貽臭萬年」，至今爲書生罵端，然直是大英雄語。庾道季云：「廉頗藺相如雖千載上死人，懍懍恒如有生氣。曹蜍李志雖見在，厭厭如泉下人。」人雖不相蒙，意實有會。

偶閱士龍與兄書，前後所評隲者云：「二祖頌甚爲高偉，述思賦深情至言，實爲清妙，恐故未得爲兄賦之最。文賦甚有辭，綺語頗多，文適多體，便欲不清。老杜詩云：「陸機二十作文賦。」當已過二十也。祖德頌甚復盡美。漏賦可謂精工。」又云：「張公父子亦語雲：『兄文過子安。』雲謂兄作二京，必傳無疑。」又云：「張公賦誄自過五言詩耳。玄泰誄自不及士祚誄，兄丞相箴小多，不如女史箴耳。」又云：「登樓名高，恐未可越。祖德頌無乃諫語耳，然靡靡清工，用辭緯澤，亦未易，恐兄未熟視之耳。」又云：「蔡氏所長，唯銘頌耳。銘之善者，亦復數篇，其餘平平。兄詩賦自興絶域，不當稍與比較。」按張爲司空，蔡則中郎也。又云：「昔聞湯仲歎九歌。昔讀楚辭，意不大愛之。頃日視之，實自清絶滔滔，故自是識者。古今來爲如此文，此爲宗矣。真元盛稱九辨，意甚不愛。」其兄弟間議論如此，大自可采。

孫興公云：「潘文淺而淨，陸文深而蕪。」又云：「潘文爛若披錦，無處不善；陸文若排沙揀金，往往見寶。」又茂先嘗謂士衡曰：「人患才少，子患才多。」然則陸之文病在多而蕪也。余不以爲然。陸病不在多而在模擬，寡自然之致。

晉史不載夏侯孝若東方朔贊而載其訓弟文，真無識者也。

晉拂舞歌白鳩獨漉得孟德父子遺韻，白紵舞歌已開齊梁妙境，有子桓燕歌之風。

「奄忽隨物化，榮名以爲寶。」不得已而托之名也。「千秋萬歲後，榮名安所之。」名亦無歸矣，又不得已而歸之酒，曰：「使我有身後名，不如且飲一杯酒。」「服食求神仙，多爲藥所誤」，亦不得已而歸之酒，曰：「不如飲美酒，被服紈與素。」至於被服紈素，其趣愈卑，而其情益可憫矣。

倚馬事，乃桓温征慕容時，喚袁虎倚馬前作露布，文不輟筆。今人罕知其事，至有自謙爲「倚牛者」，可笑也。

陸士衡之「來日苦短，去日苦長」，傅休奕之「志士惜日短，愁人知夜長」，張季鷹之「榮與壯俱去，賤與老相尋」，曹顔遠之「富貴他人合，貧賤親戚離」，語若卑淺，而亦實境所就，故不忍多讀。

渡江以還，作者無幾，非惟戎馬爲阻，當由清談間之耳。景純游仙，曄曄佳麗，第少玄旨。江賦亦工，似在木玄虛下。玄虛海賦，人謂未有首尾，尾誠不可了，首則如是矣，或作九河乃可用此首，今却不免孤負大海。

「噏波則洪連蹴蹜，吹澇則百川倒流。」此玄虛之雄也。「皐翰則宇宙生風，抗鱗則四瀆起濤。」此思光之雄也。「湍轉則日月似驚，浪動則星河如覆。」此興公之雄也。三海賦措語無大懸絶，讀之令人轉憶揚馬耳。

融之此賦，本傳載之甚明。又有「增」「鹽」二韻，出於應手，以爲佳話。而用脩云「恨不見全文」，何也？用脩無史學，如「張浚」「張俊」，三尺小兒能曉，以爲秘聞，何況其它。

淵明托旨沖澹，其造語有極工者，乃大入思來，琢之使無痕跡耳。後人苦一切深沉，取其形似，謂爲自然，謬以千里。

「問君何爲爾？心遠地自偏。」「此還有真意，欲辨已忘言。」清悠淡永，有自然之味。然坐此不得入漢魏果中，是未粧嚴佛階級語。

謝靈運天質奇麗，運思精鑿，雖格體創變，是潘陸之餘法也，其雅縟乃過之。「清暉能娱人，游子澹忘歸。」寧在「池塘春草」下耶？「挂席拾海月」，事俚而語雅。「天雞弄和風」，景近而趣遥。

延之創撰整嚴，而斧鑿時露，其才大不勝學，豈惟惠休之評，視靈運殆更霄壤。如應詔曲水讌，而起語云：「道隱未形，治彰既亂。帝迹懸衡，皇流共貫。惟王創物，永錫洪算。」與題有毫髮干涉耶？至於東宫釋奠之篇起句「國尚師位，家崇儒門」，老生板對，唐律賦之不若矣。

古詩四言之有冒頭，蓋不始延年也，二陸諸君爲之俑也。如皇太子宴宣猷堂應令，而士衡起句曰：「三正迭紹，洪聖啓運。自昔哲王，先天而順。」凡十六韻而始及太子。大將軍宴會，而士衡起句曰：「皇皇帝祐，誕隆駿命。四祖正家，天祿安定。」凡八韻而始入晉亂，齊王冏始平之。又士衡贈斥丘令而曰：「於皇聖世，時文惟晉。受命自天，奄有黎獻。」答賈常侍而曰：「伊昔有皇，肇濟黎蒸。先天創物，景命是膺。」潘安仁爲賈答而曰：「肇自初創，二儀烟熅。爰有生民，伏羲始君。」晉武華林園宴集而應吉甫起句云：「悠悠太上，民之厥初。皇極肇建，彝倫攸敷。」若爾則不必多費此等語，但成一冒頭，百凡宴會酬贈，可舉以貫之矣。若韋孟之諷諫，思王之責躬應詔，靖節之贈族，叔夜之幽憤，仲宣之贈蔡睦文始㊀，越石之贈盧諶，寧有是耶？其他仲宣之思親云：「穆穆顯妣，德音徽止。」閭丘沖之三月宴云：「暮春之月，春服既成。」裴季彥之大蜡曰：「日躔星紀，大呂司辰。」開口見咽，豈不快哉！而選都未之及，何也？

㊀「文始」，原作「文穎」，據王粲集改。

延年五君忽自秀於它作，如「沉醉似埋照，寓辭類托諷。鸞翮有時鎩，龍性誰能馴」，以比己之骯髒也；「韜精日沉飲，誰知非荒宴」，以解己之任誕也；「屢薦不入官，一麾乃出守」，以感己之濡滯也。語意既雋永，亦易吟諷。「明月照積雪」，是佳境，非佳語。「池塘生春草」，是佳語，非佳境。此語不必過求，亦不必深賞。若權文公所論「池塘」「園柳」二語托諷深重，爲廣州之禍張本，王介甫取以爲美談，吾不敢信也。按權云：「池塘者，泉水瀦溉之池。今日生春草，是王澤竭也。豳詩所配一蟲鳴則一候，今日變鳴禽者，候將變也。」

玄暉不唯工發端，撰造精麗，風華映人，一時之傑。青蓮目無往古，獨三四稱服，形之詞詠。登九華山云：「恨不攜謝朓驚人詩來。」特不如靈運者，匪直材力小弱，靈運語俳而氣古，玄暉調俳而氣今。

謝山人謂玄暉「澄江淨如練」，「澄」「淨」二字意重，欲改爲「秋江淨如練」。余不敢以爲然，蓋江澄乃淨耳。

宋高祖每欲除異己㊀，必令壯士丁旿拉殺。旿卽樂府所謂丁都護者也。時人爲之語曰：「莫跋扈，付丁旿。」蕭齊主道成亦然，其所任者桓康也。時人亦語曰：「莫輈張，付桓康。」二字既同而字亦對，又皆協韻，甚奇。晉史載謝安石語亦有韻，曰：「天子有道，守在四鄰，明公何須屋後着人。」正可破此二主。

㊀「祖」原作「宗」，據宋書武帝紀改。

自昔倚馬占檄，橫槊賦詩，曹孟德李少卿桓靈寶楊處道之外，能復有幾？自非本色，故足貽姍。敖曹行路難，猶堪放浪；崇文酵兒，有愧祖武。至於權龍褒輩，祇供盧胡而已。獨南史所載梁曹景宗目不知書，好以意作字，及當上讌，朝賢以曹兜鍪，不煩倡和。曹固請不已，許之。僅餘「競」「病」二韻，卽賦云：「去時兒女悲，歸來笳鼓競。借問行路人，何如霍去病？」一座賞服。宋沈慶之目不知書，每將署事，輒恨眼不識字。上嘗歡飲羣臣，逼令作詩，慶之請顏師古執筆，口授之曰：「微生遇多幸，得逢時運昌。朽老筋力盡，徒步還南岡。辭榮此聖世，何異張子房。」上悅，衆坐稱美。北齊斛律金不解書，有人教押名曰：「但五屋四面平正即得。」至作敕勒歌曰：「敕勒川，陰山下，天似穹廬蓋四野。天蒼蒼，野茫茫，風吹草低見牛羊。」爲一時樂府之冠。宋野史載韓蘄王世忠目不知書，晚年忽若有悟，能作字及小詞，皆有宗趣。一日，蘇仲虎尚書方宴客香林園，韓乘小贏逕造，劇歡而散。次日，餉尚書一羊羔，仍手書臨江仙南鄉子二詞遺之，瀟灑超脫，詞多不載。此四事頗相類。又蜀將王平識不過十字，後周將梁臺識不過百字，而口授書令，辭旨俱可觀。噫！豈釋氏所謂宿習餘因耶？

梁氏帝王，武帝簡文爲勝，湘東次之。武帝之莫愁，簡文之烏棲，大有可諷，餘篇未免割裂，且佻浮淺下，建業江陵之難，故不虛也。昭明鑒裁有餘，自運不足。

王籍「鳥鳴山更幽」，雖遜古質，亦是雋語，第合上句「蟬噪林逾靜」讀之，遂不成章耳。又有可笑者，「鳥鳴山更幽」，本是反不鳴山幽之意，王介甫何緣復取其本意而反之？且「一鳥不鳴山更幽」，有何趣味？宋人可笑，大概如此。

何水部柳吳興篇法不足，時時造佳致。何氣清而傷促，柳調短而傷凡。吳均起語頗多五言律法，餘章綿麗，不堪大雅。

吴興：「庭皐木葉下，隴首秋雲飛。」又：「太液滄波起，長楊高樹秋。」置之齊梁月露間，矯矯有氣，上可以當康樂而不足，下可以凌子安而有餘。

范詹事獄中一篇，雖太白標榜，其持論亦有可觀。范沈篇章，雖有多寡，要其裁造，亦昆季耳。沈以四聲定韻，多可議者。唐人用之，遂足千古。然以沈韻作唐律可耳，以己韻押古選，沈故自失之。

楊用脩謂七始卽今切韻，宫、商、角、徵、羽之外，又有半商、半徵。蓋牙齒舌喉唇之外，有深淺二音故也。沈約以平上去入爲四聲，自以爲得天地秘傳之妙，然辨音雖當，辨字多訛，蓋偏方之舌，終難取裁耳。卽無論沈約，今四詩騷賦之韻，有不出於五方田畯婦女之所就乎？而可據以爲準乎？古韻時自天淵，沈韻亦多矛盾，至於叶音，真同鴂舌。要之爲此格，不能捨此韻耳。天地中和之氣，似不在此。

沈休文所載「八病」，如平頭、上尾、蜂腰、鶴膝、大韻、小韻、旁紐、正紐，以上尾、鶴膝爲最忌。休文之拘滯，正與古體相反，唯近律差有關耳，然亦不免商君之酷。今按「平頭」謂第一字不得與第六字同平聲，律詩如「風勁角弓鳴，將軍獵渭城」，「風」之與「將」，何損其美？「上尾」謂第五字不得與第十字同聲，如古詩「西北有高樓，上與浮雲齊」，雖隔韻，何害？律固無是矣，使同韻如前詩「鳴」之與「城」，又何妨也。「蜂腰」謂第二字與第四字同上去入韻，如老杜「望盡似猶見」，江淹「遠與君别者」之類，近體宜少避之，亦無妨。「鶴膝」第五字不得與第十五字同，如老杜「水色含羣動，朝光接太虚，年侵頻悵望」之類，八句俱如是，則不宜，一字犯亦無妨。五「大韻」，謂重疊相犯，如「胡姬年十五，春日獨當壚」，又「端坐苦愁思，攬衣起西游」，「胡」與「壚」，「愁」與「遊」犯。六「小韻」，十字中自有韻，如「薄帷鑒明月，清風吹我襟」，「明」與「清」犯。七「傍紐」，十字中已有「田」字，不得着「宣」、「延」字。八「正紐」，十字中已有「壬」字，不得着「衽」「任」。後四病尤無謂，不足道也。

白狼槃木，夷詩也。夷語有長短，何以五言？蓋益部太守代爲之也。諸佛經偈，梵語也。梵語有長短，何以五言？鳩摩羅什玄奘輩增損而就漢也。

諸仙詩在漢則漢，在晉則晉，在唐則唐，不應天上變格乃爾，皆其時人僞爲之也。道經又有命張良註度人經敕表，其文辭絶類宋人之下俚者，至官秩亦然，可發一笑。

庾開府事實嚴重，而寡深致。所賦枯樹哀江南，僅如郗方回奴，小有意耳，不知何以貴重若是。江總徐陵淫麗之辭，取給盃酒，責花鳥課。只後主君臣唱和，自是景陽宫井中物。

張正見詩律法已嚴於「四傑」，特作一二拗語爲六朝耳。士衡康樂已於古調中出俳偶，總持孝穆不能於俳偶中出古思，所謂「今之諸侯，又五霸之罪人」也。

陶淵明止酒用二十「止」字，梁元帝春日用二十三「春」字，鮑泉和至用二十九「新」字，僧□

□□用十七「化」字，一時游戲之語，不足多尚。

梁元帝詩有「落星依遠戍，斜月半平林」，陳後主有「故鄉一水隔，風烟兩岸通」，又「日月光天德，山河壯帝居」，在沈宋集中，當爲絶唱。隋煬帝：「寒鴉千萬點，流水遶孤村。」是中唐佳境。

古樂府如「護惜加窮袴，防閑托守宫」，「朔氣傳金柝，寒光透鐵衣」，「殺氣朝朝衝塞門，胡風夜夜吹邊月」，全是唐律。

北朝戎馬縱横，未暇篇什。孝文始一倡之，屯而未暢。温子昇寒山一片石足語及，爲當塗藏拙，雖江左輕薄之談，亦不大過。薛道衡足號才子，未是名家，唯楊處道奕奕有風骨。

王簡棲頭陀寺碑，以北統之筆鋒，發南宗之心印，雖極俳偶，而絶無牽率之病。温子昇之寒陵，尚自退舍，江總持之攝山，能不隔塵？昭明取舍，良不誣也。

吾於文雖不好六朝人語，雖然，六朝人亦那可言。皇甫子循謂藻豔之中有抑揚頓挫，語雖合璧，意若貫珠，非書窮五車，筆含萬化，未足云也。此固爲六朝人張價，然如潘左諸賦及王文考之靈光、王簡棲之頭陀，令韓柳授觚，必至奪色。然柳州晉問、昌黎南海神碑毛穎傳，歐蘇亦不能作，非直時代爲累，抑亦天授有限。

晉書南北史舊唐書，稗官小説也。新唐書，贋古書也。五代史，學究史論也。宋元史，爛朝報也。與其爲新唐書之簡，不若爲南北史之繁；與其爲宋史之繁，不若爲遼史之簡。

正史之外，有以偏方爲紀者，如劉知幾所稱地理，當以常璩華陽國志、盛弘之荆州記第一；有以一言一事爲記者，如劉知幾所稱瑣言，當以劉義慶世說新語第一；散文小傳，如伶元飛燕雖近褻，虬髯客雖近誣，毛穎雖近戲，亦是其行中第一。它如王粲漢末英雄、崔鴻十六國春秋、葛洪西京雜記、周稱陳留耆舊、周楚之汝南先賢、陳壽益部耆舊、虞預會稽典録、辛氏三秦、羅含湘中、朱贛九州、闞駰四國、三輔黄圖、酉陽雜俎之類，皆流亞也。水經注非注，自是大地史。

自古博學之士，兼長文筆者，如子產之別臺駘，卜氏之辨三豕，子政之記貳負，終軍之識鼮鼠，方朔之名藻廉，文通之識科斗，茂先景純種種該洽，固無待言。自此以外，雖鑿壁恒勤，而操觚多繆，以至陸澄書廚，李邕書簏，傅昭學府，房暉經庫，往往來藝苑之譏，乃至使儒林別傳，其故何也？毋乃天授有限，考索偏工，徒務誇多，不能割愛，心以目移，辭爲事使耶？孫搴謂邢劭「我精騎三千，足敵君羸卒數萬」，則又非也。韓信用兵多多益辦。此是化工造物之妙，與文同用。

吾覽鍾記室詩品，折衷情文，裁量事代，可謂允矣，詞亦奕奕發之。第所推源出於何者，恐未盡然。邁凱昉約濫居中品。至魏文不列乎上，曹公屈第乎下，尤爲不公，少損連城之價。吾獨愛其評子建「骨氣奇高，詞采華茂，情兼雅怨，體被文質」；嗣宗「言在耳目之内，情寄八荒之表」;靈運「名章迥句,處處間起。麗典新聲,絡驛奔會」;越石「善爲悽悷之詞,自有清拔之氣」,明遠「得景陽之詭諔,含茂先之靡嫚。骨節强於謝混,驅邁疾於顔延。總四家而並美,跨兩代而孤出」;玄暉「奇章秀句,往往警遒。足使叔源失步,明遠變色」;文通「詩體總雜,善於摹擬,筋力於王微,成就於謝朓」。此數評者,贊許既實,措撰尤工。

藝苑卮言卷四

唐文皇手定中原，籠蓋一世，而詩語殊無丈夫氣，習使之也。「雪恥酬百王，除兇報千古。」「昔乘匹馬去，今驅萬乘來。」差强人意，然是有意之作。帝京篇可耳，餘者不免花草點綴，可謂遠遜漢武，近輸曹公。

中宗宴羣臣「柏梁體」，帝首云：「潤色鴻業寄賢才。」又：「大明御宇臨萬方。」和者皆莫及，然是上官昭容筆耳。內薛稷云：「宗伯秩禮天地開。」長寧公主云：「鸞鳴鳳舞向平陽。」太平公主云：「無心爲子輒求郎。」閻朝隱云：「著作不休出中腸。」差無愧古。

明皇藻豔不過文皇，而骨氣勝之。語象，則「春來津樹合，月落戍樓空」；語境，則「馬色分朝景，鷄聲逐曉風」；語氣，則「翠屏千仞合，丹嶂五丁開」；語致，則「豈不惜賢達，其如高尚心」。雖使燕許草創，沈宋潤色，亦不過此。

盧駱王楊，號稱四傑。詞旨華靡，固沿陳隋之遺，翩翩意象，老境超然勝之。五言遂爲律家正始。內子安稍近樂府，楊盧尚宗漢魏，賓王長歌雖極浮靡，亦有微瑕，而綴錦貫珠，滔滔洪遠，故是千秋絶藝。蕩子從軍，獻吉改爲歌行，遂成雅什。子安諸賦，皆歌行也，爲歌行則佳，爲賦則醜。

五言至沈宋，始可稱律。律爲音律法律，天下無嚴於是者，知虛實平仄不得任情而度明矣。二君正是敵手。排律用韻穩妥，事不傍引，情無牽合，當爲最勝。摩詰似之，而才小不逮。少陵强力宏蓄，開闔排蕩，然不無利鈍。餘子紛紛，未易悉數也。

兩謝戲馬之什，瞻冠羣英；沈宋昆明之章，問收睿賞。雖才俱匹敵，而境有神至，未足遂概平生也。時小許公有一聯云：「一二石分河寫，雙珠代月移。」一聯亦自工麗，惜全篇不稱耳。沈宋中間警聯，無一字不敵，特佺期結語是累句中累句，之問結語是佳句中佳句耳，亦不難辨也。

沈詹事七言律，高華勝於宋員外。宋雖微少，亦見一斑，歌行覺自陟健。

裴行儉弗取四傑，懸斷終始，然亦臆中耳。彼所重王劇王勔蘇味道者，一以鈎黨取族，一以模稜貶竄，區區相位，何益人毛髮事，千古肉食不識丁，人舉爲談柄，良可笑也。

杜審言華藻整栗小讓沈宋，而氣度高逸，神情圓暢，自是中興之祖，宜其矜率乃爾。

「梅花落處疑殘雪」一句，便是初唐。「柳葉開時任好風」，非再玩之，未有不以爲中晚者。若萬楚五日觀伎詩：「眉黛奪將萱草色，紅裙妬殺石榴花。」真婉麗有梁陳韻。至結語：「聞道五絲能續命，却令今日死君家。」宋人所不能作，然亦不肯作。于鱗極嚴刻，却收此，吾所不解。又起句「西施漫道浣春紗」，既與五日無干，「碧玉今時鬬麗華」，又不相比。

陳正字陶洗六朝鉛華都盡，托寄大阮，微加斷裁，而天韻不及，律體時時入古，亦是矯枉之過。開元彩筆，無過燕許，制册碑頌，春容大章。然比之六朝，明易差勝而淵藻遠却，敷文則衍，徵事則狹。許之應制七言，宏麗有色，而他篇不及李嶠。燕之岳陽以後，感慨多工，而實際不如始興。李于鱗評詩，少見筆札，獨選唐詩序云：「唐無五言古詩，陳子昂以其古詩爲古詩，弗取也。七言古詩，唯杜子美不失初唐氣格，而縱横有之。太白縱横，往往彊弩之末，間雜長語，英雄欺人耳。」此段褒貶有至意。又云：「太白五七言絶句，實唐三百年一人。蓋以不用意得之，即太白亦不自知其所至，而工者顧失焉。五言律、排律，諸家概多佳句。七言律體，諸家所難，王維李頎頗臻其妙，即子美篇什雖衆，隤焉自放矣。」余謂七言絶句，王江陵與太白爭勝毫釐，俱是神品，而于鱗不及之。王維李頎雖極風雅之致，而調不甚響。子美固不無利鈍，終是上國武庫，此公地位乃爾，獻吉當於何處生活。其微意所鍾，余蓋知之，不欲盡言也。

李杜光燄千古，人人知之。滄浪並極推尊，而不能致辨。元微之獨重子美，宋人以爲談柄。近時楊用脩爲李左袒，輕俊之士往往傅耳。要其所得，俱影響之間。五言古、選體及七言歌行，太白以氣爲主，以自然爲宗，以俊逸高暢爲貴；子美以意爲主，以獨造爲宗，以奇拔沈雄爲貴。其歌行之妙，咏之使人飄揚欲仙者，太白也；使人慷慨激烈，歔欷欲絶者，子美也。選體，太白多露語率語，子美多穉語累語，置之陶謝間，便覺傖父面目，乃欲使之奪曹氏父子位耶！五言律、七言歌行，子美神矣，七言律，聖矣㊀。五七言絶，太白神矣，七言歌行，聖矣，五言次之。太白之七言律，子美之七言絶，皆變體，間爲之可耳，不足多法也。

㊀「聖」原脱，據談藝珠叢本補。

太白古樂府，窈冥惝怳，縱横變幻，極才人之致。然自是太白樂府。十首以前，少陵較難入，百首以後，青蓮較易厭。揚之則高華，抑之則沉實，有色有聲，有氣有骨，有味有態，濃淡深淺，奇正開闔，各極其則，吾不能不伏膺少陵。

高岑一時，不易上下。岑氣骨不如達夫，遒上而婉縟過之。選體時時入古，岑尤陟健。歌行磊落奇俊，高一起一伏，取是而已，尤爲正宗。

五言近體，高岑俱不能佳。七言，岑稍濃厚。

摩詰才勝孟襄陽，由工入微，不犯痕跡，所以爲佳。間有失點檢者，如五言律中「青門」「白社」、「青菰」「白鳥」一首互用；七言律中「暮雲空磧時驅馬」、「玉靶角弓珠勒馬」，兩「馬」字覆壓；「獨坐悲雙鬢」，又云「白髮終難變」。他詩往往有之，雖不妨白璧，能無少損連城？觀者須略玄黄，取其神檢。孟造思極苦，既成乃得超然之致。皮生擷其佳句，真足配古人。第其句不能出五字外，篇不能出四十字外，此其所短也。

「居庸城外獵天驕」一首，佳甚，非兩「馬」字犯，當足壓卷。然兩字俱貴難易，或稍可改者，

「暮雲」句「馬」字耳。

李頎「花宮仙梵」、「物在人亡」二章，高適「黄鳥翩翩」、「嗟君此別」二詠，張謂「星軺計日」之句，孟浩「縣城南面」之篇，不作奇事麗語，以平調行之，却足一倡三歎。

于鱗選老杜七言律，似未識杜者，恨曩不爲極言之，似非忠告。

青蓮擬古樂府，以己意己才發之，尚沿六朝舊習，不如少陵以時事創新題也。少陵自是卓識，惜不盡得本來面目耳。

謝氏俳之始也，陳及初唐俳之盛也，盛唐俳之極也。六朝不盡俳，乃不自然，盛唐俳殊自然，未可以時代優劣也。

七言絶句，盛唐主氣，氣完而意不盡工；中晚唐主意，意工而氣不甚完。然各有至者，未可以時代優劣也。

「遠公遁跡廬山岑」，刻本下皆云「開山幽居」，不惟聲調不諧，抑亦意義無取。吾弟懋定以爲「開士」，甚妙，蓋言昔日遠公遁跡之岑，今爲開士幽居之地。「開士」見佛書。

盛唐七言律，老杜外，王維李頎岑參耳。李有風調而不甚麗，岑才甚麗而情不足，王差備美。

六朝之末，衰颯甚矣。然其偶儷頗切，音響稍諧，一變而雄，遂爲唐始，再加整栗，便成沈宋。人知沈宋律家正宗，不知其權輿于三謝，橐鑰于陳隋也。詩至大曆，高岑王李之徒，號爲已盛，然才情所發，偶與境會，了不自知其墮者。如「到來函谷愁中月，歸去蟠溪夢裏山」，「鴻雁不堪愁裏聽，雲山況是客中過」，「草色全經細雨濕，花枝欲動春風寒」，非不佳致，隱隱逗漏錢劉出來。至「百年强半仕三已，五畝就荒天一涯」，便是長慶以後手段。吾故曰：「衰中有盛，盛中有衰，各含機藏隙。盛者得衰而變之，功在創始；衰者自盛而沿之，弊繇趨下。」又曰：「勝國之敗材，乃興邦之隆幹；熙朝之佚事，即衰世之危端。此雖人力，自是天地間陰陽剥復之妙。」

何仲默取沈雲卿「獨不見」，嚴滄浪取崔司勳黄鶴樓，爲七言律壓卷。二詩固甚勝，百尺無枝，亭亭獨上，在厥體中，要不得爲第一也。沈末句是齊梁樂府語，崔起法是盛唐歌行語。如織官錦間一尺繡，錦則錦矣，如全幅何？老杜集中，吾甚愛「風急天高」一章，結亦微弱；「玉露凋傷」，「老去悲秋」，首尾匀稱，而斤兩不足；「昆明池水」，穠麗況切，惜多平調，金石之聲微乖耳。然竟當於四章求之。

李于鱗言唐人絶句當以「秦時明月漢時關」壓卷㊀，余始不信，以少伯集中有極工妙者。既而思之，若落意解，當别有所取。若以有意無意可解不可解間求之，不免此詩第一耳。

㊀「絶句」原作「詩句」，據珠叢本改。

有一貴人時名者，嘗謂予：「少陵傖語，不得勝摩詰。所喜摩詰也。」予答言：「恐足下不喜摩詰耳。喜摩詰又焉能失少陵也。少陵集中不啻有數摩詰，能洗眼静坐三年讀之乎？」其人意不懌去。

「峨眉山月半輪秋，影入平羌江水流。夜發清溪向三峽，思君不見下渝州。」此是太白佳境。然二十八字中，有峨眉山平羌江清溪三峽渝州，使後人爲之，不勝痕跡矣，益見此老鑪錘之妙。

摩詰七言律，自應制早朝諸篇外，往往不拘常調。至「酌酒與君」一篇，四聯皆用仄法，此是初盛唐所無，尤不可學。凡爲摩詰體者，必以意興發端，神情傅合，渾融疏秀，不見穿鑿之跡，頓挫抑揚，自出宫商之表可耳。雖老杜以歌行入律，亦是變風，不宜多作，作則傷境。孟襄陽「欲尋芳草去，惜與故人違」，「林花掃更落，徑草踏還生」，韋左司「身多疾病思田里，邑有流亡愧俸錢」，雖格調非正，而語意亦佳。于鱗乃深惡之，未敢從也。

太白鸚鵡洲一篇，效顰黄鶴，可厭。「吴宫」「晉代」二句，亦非作手。律無全盛者，惟得兩結耳：「總爲浮雲能蔽日，長安不見使人愁」，「借問欲棲珠樹鶴，何年却向帝城飛」。太白不成語者少，老杜不成語者多，如「無食無兒」、「舉家聞」、「若欬」之類。凡看二公詩，不必病其累句，不必曲爲之護，正使瑕瑜不掩，亦是大家。七言排律創自老杜，然亦不得佳。蓋七字爲句，束以聲偶，氣力已盡矣，又欲衍之使長，調高則難續而傷篇，調卑則易冗而傷句，合璧猶可，貫珠益艱。

楊用脩駁宋人「詩史」之説而譏少陵云：「詩刺淫亂，則曰『雝雝鳴雁，旭日始旦』，不必曰『慎莫近前丞相嗔』也；憫流民，則曰『鴻雁于飛，哀鳴嗷嗷』，不必曰『千家今有百家存』也；傷暴斂，則曰『維南有箕，載翕其舌』，不必曰『哀哀寡婦誅求盡』也；叙饑荒，則曰『牂羊羵首，三星在罶』，不必曰『但有牙齒存，所堪骨髓乾』也。」其言甚辯而覈，然不知嚮所稱皆興比耳。詩固有賦，以述情切事爲快，不盡含蓄也。語荒而曰「周餘黎民，靡有孑遺」，勸樂而曰「宛其死矣，它人入室」，譏失儀而曰「人而無禮，胡不遄死」，怨讒而曰「豺虎不受，投畀有昊」，若使出少陵口，不知用脩何如貶剥也。且「慎莫近前丞相嗔」，樂府雅語，用脩烏足知之。

劉隨州五言長城，如「幽州白日寒」語，不可多得。惜十章以還，便自雷同，不耐檢。錢劉並稱故耳，錢似不及劉。錢意揚，劉意沉；錢調輕，劉調重。如「輕寒不入宫中樹，佳氣常浮仗外峯」，是錢最得意句，然上句秀而過巧，下句寬而不稱。劉結語「匹馬翩翩春草緑，邵陵西去獵平原」，何等風調；「家散萬金酬士死，身留一劍答君恩」，自是壯語。而于鱗不録，又所未解。

李長吉師心，故爾作怪，亦有出人意表者。然奇過則凡，老過則稚，此君所謂不可無一，不可有二。

韋左司平淡和雅，爲元和之冠。至於擬古，如「無事此離別，不如今生死」語，使枚李諸公見之，不作嘔耶？此不敢與文通同日，宋人乃欲令之配陶陵謝，豈知詩者。柳州刻削雖工，去之稍遠，近體卑凡，尤不足道。

韋左司「今朝郡齋冷」，是唐選佳境。

韓退之於詩本無所解，宋人呼爲大家，直是勢利他語。子厚於風雅騷賦，似得一斑。退之海神廟碑，猶有相如之意；毛穎傳，尚規子長之法。子厚晉問，頗得枚叔之情，段太尉逸事，差存孟堅之造，下此益遠矣。

子厚諸記，尚未是西京，是東京之潔峻有味者；梓人傳，柳之懿乎？然大有可言。相職居簡握要，收功用賢，在於形容梓人處已妙，只一語結束，有萬鈞之力可也，乃更喋喋不已。夫使引者發而無味，發者冗而易厭，奚其文？奚其文？

張爲稱白樂天「廣大教化主」。用語流便，使事平妥，固其所長，極有冗易可厭者。少年與元稹角靡逞博，意在警策痛快，晚更作知足語，千篇一律。詩道未成，愼勿輕看，最能易人心手。

連昌宮辭似勝長恨，非謂議論也，連昌有風骨耳。玉川月蝕是病熱人囈語，前則任華，後者盧仝馬異，皆乞兒唱長短急口歌博酒食者。

唐人有佳句而不成篇者，如孟浩然「微雲澹河漢，疏雨滴梧桐」，楊汝士「昔日蘭亭無豔質，此時金谷有高人」，尉遲匡「夜夜月爲青塚鏡，年年雪作黑山花」㊀，每恨不見入集中。楊用脩嘗爲「青塚」、「黑山」補一首，終不能稱。近顧氏編國雅，乃稱爲用脩得意語，可笑。

㊀「匡」原作「斥」，據唐詩紀事改。

白香山初與元相齊名，時稱「元白」。元卒，與劉賓客俱分司洛中，遂稱「劉白」。白極重劉「雪裏高山頭早白，海中仙果子生遲」，「沈舟側畔千帆過，病樹前頭萬木春」，以爲有神助。此不過學究之小有致者。白又時時頌李頎「渭水自清涇至濁，周公大聖接輿狂」，欲模擬之而不可得。徐凝「千古長如白練飛，一條界破青山色」，極是惡境界，白亦喜之，何也？風雅不復論矣，張打油胡釘鉸，此老便是作俑。

劉禹錫作詩，欲入「餳」字，而以六經無之乃已。不知宋之問已用押韻矣，云：「馬上逢寒食，春來不見餳。」劉用字謹嚴乃爾。然其答樂天而有「筆底心猶毒，杯前膽不豩」。豩，呼關反。此何謂也？

款頭詩、目連變、破船、衕子如厠、失猫、白日見鬼，固是謔語，然亦詩之病。

元輕白俗，郊寒島瘦，此是定論。島詩：「獨行潭底影，數息樹邊身。」有何佳境，而三年始得，一吟淚流。如并州及三月三十日二絶乃可耳。又：「秋風吹渭水，明月滿長安。」置之盛唐，不復可別。

昔人有言：元和以後文士，學奇於韓愈，學澀於樊宗師。歌行則學放於張籍，詩句則學矯激於孟郊，學淺易於白居易，學淫靡於元稹，俱謂之「元和體」。

絕句，李益爲勝，韓翃次之。權德輿、武元衡、馬戴、劉滄五言，皆鐵中錚錚者。「猿啼洞庭樹，人在木蘭舟。」真不減柳吳興迴樂峯一章，何必王龍標、李供奉。「可憐無定河邊骨，猶是深閨夢裏人。」用意工妙至此，可謂絕唱矣。惜爲前二句所累，筋骨畢露，令人厭憎。「葡萄美酒」一絕，便是無瑕之璧。盛唐地位不凡乃爾。

劉駕「馬上續殘夢」，境頗佳。下云「馬嘶而復驚」，遂不成語矣。蘇子瞻用其語，下云「不知朝日昇」，亦未是。至復改爲「瘦馬兀殘夢」，愈墜惡道。

杜詩善本勝者，如「把君詩過目」作「把君詩過日」，「愁對寒雲雪滿山」作「愁對寒雲白滿山」，「闕山同一照」作「闕山同一點」，「娟娟戲蝶過閑幔」作「娟娟戲蝶過開幔」，「曾閃朱旗北斗閑」作「曾閃朱旗北斗殷」，「祇緣貧病人須棄」作「不知貧病關何事」，「握節漢臣迴」作「禿節漢臣回」，「新炊間黃粱」作「新炊聞黃粱」，又麗人行「珠壓腰衱穩稱身」下有「足下何所着？紅蕖羅襪穿鐙銀」，皆泓渟有妙趣。

「天闕象緯逼」，當如舊字，作「天闚」、「閲」，咸失之穿鑿。

王勃：「河橋不相送，江樹遠含情。」杜荀鶴：「承恩不在貌，教妾若爲容。」皆五言律也，然去後四句作絶乃妙。天寶妓女唱高達夫「開篋淚沾臆」，本長篇也，删作絶唱；白居易「曾與情人橋上別」一首，乃六句詩也，亦删作絶，俱妙。獨蘇氏欲去柳宗元「遥看天際」，朱氏欲去謝玄暉「廣平聽方籍」二語，吾所未解耳。

王摩詰：「酌酒與君君自寬，人情翻覆似波瀾。白首相知猶按劍，朱門先達笑彈冠。草色全經細雨濕，花枝欲動春風寒。世事浮雲何足問，不如高卧且加餐。」岑嘉州：「嬌歌急管雜青絲，銀燭金尊映翠眉。使君地主能相送，河尹天明坐莫辭。春城月出人皆醉，野戍花深馬去遲。寄聲報爾山翁道，今日河南異昔時。」蘇子瞻：「我行日夜見江海，楓葉蘆花秋興長。平淮忽迷天遠近，青山久與船低昂。壽州已見白石塔，短棹又轉黄茅岡。波平風軟望不到，故人久立天蒼茫。」八句皆拗體也，然自有唐宋之辨，讀者當自得之。

岑參李益詩語不多，而結法撰意雷同者幾半，始信少陵如韓淮陰，多多益辦耳。

謝茂秦謂許渾「荆樹有花兄弟樂」勝陸士衡「三荆歡同株」，此語大噴大噴。陸是選體中常人語，許是近體中小兒語，豈可同日！

宋延清集中靈隱寺一律，見駱賓王集；落花一歌，見劉希夷集。所載老僧及害劉事，余已有辯矣。若究其詞氣格調，則靈隱自當屬宋，落花故應歸劉。

盧照鄰語如「衰鬢似秋天」，駱賓王語如「候月恒持滿，尋源屢鑿空」，絶似老杜。

僧皎然著詩式，跌宕格二品：一曰越俗，一曰駭俗。內駭俗引王梵志詩：「天公强生我，生我復何爲？還你天公我，還我未生時。」此俗語所不肯道者，何以駭爲？

杜紫微掊擊元白不減霜臺之筆，至賦杜秋詩，乃全法其遺響，何也？其詠物，如「仙掌月明孤影過，長門燈暗數聲來」，亦可觀。

唐自貞元以後，藩鎮富强，兼所辟召，能致通顯。一時游客詞人，往往挾其所能，或行卷贄通，或上章陳頌，大者以希拔用，小者以冀濡沫。而干旄之吏，多不能分別黑白，隨意支應。故剽竊雲擾，諂諛泉涌，取辦俄頃以爲捷，使事飣餖以爲工。至於貢舉，本號詞場，而牽壓俗格，阿趣時好。上第巍峩，多是將相私人，座主密舊。甚乃津私禁臠，自比優伶，關節倖璫，身爲軍吏，下第之後，尚爾乞憐主司，冀其復進。是以性情之真境，爲名利之鉤途，詩道日卑，寧非其故？

人謂唐以詩取士，故詩獨工，非也。凡省試詩，類鮮佳者。如錢起湘靈之詩，億不得一；李肱霓裳之製，萬不得一。律賦尤爲可厭。白樂天所載玄珠斬蛇，并韓柳集中存者，不啻村學究語。杜牧阿房，雖乖大雅，就厥體中，要自峥嶸擅場，惜哉其亂數語，議論益工，面目益遠。

樂府之所貴者，事與情而已。張籍善言情，王建善徵事，而境皆不佳。

「還君明珠雙淚垂，恨不相逢未嫁時」，可謂能怨矣。宋人乃以繫雙羅襦少之。若爾，則所謂「舒而悅悅兮，毋使尨也吠」，可稱難犯之節乎哉？

義山浪子，薄有才藻，遂工儷對。宋人慕之，號爲「西崑」。楊劉輩竭力馳騁，僅爾窺藩。許渾鄭谷厭厭有就泉下意，渾差有思句，故勝之。

今人以賦作有韻之文，爲阿房赤壁累，固耳。然長卿子虛已極曼衍，卜居漁父實開其端。又以俳偶之罪歸之三謝，識者謂起自陸平原，然毛詩已有之，曰：「覯閔既多，受侮不少。」

七言歌行長篇須讓盧駱，怪俗極於月蝕，卑冗極於津陽，俱不足法也。

薛徐州詩差勝蔡邕州，其佻矜相類。蔡之譏四皓曰：「如何鬢髮霜相似，更出深山定是非？」薛之譏孔明曰：「當時諸葛成何事，只合終身作卧龍。」二子功名不終，亦略相等，當是口業報。

晚唐詩押二「樓」字，如「山雨欲來風滿樓」，「長笛一聲人倚樓」，皆佳。又「湘潭雲盡暮烟出，時本皆作「山」。巴蜀雪消春水來」，大是妙境。然讀之，便知非長慶以前語。

李義山錦瑟中二聯是麗語，作適怨清和解，甚通。然不解則涉無謂，既解則意味都盡。以此知詩之難也。

謝茂秦論詩，五言絶以少陵「日出籬東水」作詩法。又宋人以「遲日江山麗」爲法。此皆學究教小兒號嗄者。若「打起黃鶯兒，莫教枝上啼。啼時驚妾夢，不得到遼西」，與「山中何所有？嶺上多白雲。只可自怡悅，不堪持贈君」一法，不惟語意之高妙而已，其篇法圓緊，中間增一字不得，着一意不得，起結極斬絶，然中自紓緩，無餘法而有餘味。

王少伯：「吴姬緩舞留君醉，隨意青楓白露寒。」「緩」字與「隨意」照應，是句眼，甚佳。王子安「九月九日望鄉臺，他席他鄉送客杯」，與于鱗「黄鳥一聲酒一杯」皆一法，而各自有風致。崔敏童「一年又過一年春，百歲曾無百歲人」㊀，亦此法也，調稍卑，情稍濃。敏童「能向花前幾回醉，十千沽酒莫辭貧」與王翰「醉卧沙場君莫笑，古來征戰幾人迴」，同一可憐意也。翰語爽，敏童語緩，其喚法亦兩反。

㊀「童」原作「重」，據談藝珠叢本改。

賈島「三月正當三十日」與顧況「野人自愛山中宿」同一法，以拙起，喚出巧意，結語俱堪諷詠。

靈武回天，功推李郭；椒香犯蹕，禍始田崔。是則然矣。不知僖昭困蜀鳳時，温李許鄭輩得少陵太白一語否？有治世音，有亂世音，有亡國音，故曰聲音之道與政通也，大力者爲之，故足挽迴頹運，沉幾者知之，亦堪高蹈遠引。

宋詩如林和靖梅花詩，一時傳誦。「暗香」「疏影」，景態雖佳，已落異境，是許渾至語，非開元大曆人語。至「霜禽」「粉蝶」，直五尺童耳。老杜云：「幸不折來傷歲暮，若爲看去亂鄉愁。」風骨蒼然。其次則李羣玉云：「玉鱗寂寂飛斜月，素手亭亭對夕陽。」大有神采，足爲梅花吐氣。

詩格變自蘇黄，固也。黄意不滿蘇，直欲凌其上，然故不如蘇也。何者？愈巧愈拙，愈新愈陳，愈近愈遠。

歐陽公自言廬山高明妃曲，李杜所不能作。余謂此非公言也，果爾，公是一夜郎王耳。廬山高僅玉川之淺近者，無論其他。只「半壁見海日，空中聞天鷄」，太白率爾語，公能道否耶？二歌警句，如「紅顏勝人多薄命，莫怨春風强自嗟」，尋常閨閤，不足形容明妃也？「耳目所及尚如此，萬里安能制夷狄」，論學繩尺，公從何處削去之乎拾來？

永叔不識佛理，强闢佛；不識書，强評書；不識詩，自標譽能詩。子瞻雖復墮落，就彼趣中，亦自一時雄快。

魯直不足小乘，直是外道耳，已墮傍生趣中。南渡以後，陸務觀頗近蘇氏而麄，楊萬里劉改之俱弗如也。

謝皐羽微見翹楚，鴻門行諸篇，大有唐人之致。

讀子瞻文，見才矣，然似不讀書者。讀子瞻詩，見學矣，然似絕無才者。懶倦欲睡時，誦子瞻小文及小詞，亦覺神王。

剽竊模擬，詩之大病。亦有神與境觸，師心獨造，偶合古語者。如「客從遠方來」，「白楊多悲風」，「春水船如天上坐」，不妨俱美，定非竊也。其次裒覽既富，機鋒亦圓，古語口吻間，若不自覺。如鮑明遠「客行有苦樂，但問客何行」之於王仲宣「從軍有苦樂，但問所從誰」，陶淵明「鷄鳴桑樹顛，狗吠深巷中」之於古樂府「鷄鳴高樹顛，狗吠深宮中」，王摩詰「白鷺」「黄鸝」，近世獻吉用脩亦時失之，然尚可言。又有全取古文，小加裁剪，如黄魯直宜州用白樂天諸絶句，王半山「山中十日雨，雨晴門始開。坐看蒼苔色，欲上人衣來」，後二語全用輞川，已是下乘，然猶彼我趣合，未致足厭。乃至割綴古語，用文已漏，痕跡宛然，如「河分岡勢」「春入燒痕」之類，斯醜方極。模擬之妙者，分歧逞力，窮勢盡態，不唯敵手，兼之無跡，方爲得耳。若陸機辨亡、傅玄秋胡，近日獻吉「打鼓鳴鑼何處船」語，令人一見匿笑，再見嘔噦，皆不免爲盜跖優孟所訾。

唐人詩云：「海色晴看雨，鐘聲夜聽潮。」至周以言，則云：「海色晴看近，鐘聲夜聽長。」唐僧詩云：「經來白馬寺，僧到赤烏年。」至皇甫子循，則云：「地是赤烏分教後，僧同白馬賜經時。」雖以剽語得名，然猶未見大決撒。獨李太白有「人烟寒橘柚，秋色老梧桐」句，而黄魯直更之曰：「人家圍橘柚，秋色老梧桐。」晁無咎極稱之，何也？余謂中只改兩字，而醜態畢具，真點金作鐵手耳。

又有點金成鐵者，少陵有句云：「昨夜月同行。」陳無己則云：「勤勤有月與同歸。」少陵云：「暗飛螢自照。」陳則曰：「飛螢元失照。」少陵云：「文章千古事。」陳則云：「文章平日事。」少陵云：「乾坤一腐儒。」陳則云：「乾坤着腐儒。」少陵云：「寒花只暫香。」陳則云：「寒花只自香。」一覽可見。

宋詩亦有單句不成詩者，如王介甫：「青山捫蝨坐，黃鳥挾書眠。」又黃魯直：「人得交游是風月，天開圖畫卽江山。」潘邠老：「滿城風雨近重陽。」雖境涉小佳，大有可議，覽者當自得之。

昔人謂崔塗「漸與骨肉遠，轉於僮僕親」，遠不及王維「孤客親僮僕」，固然。然王語雖極簡切，入選尚未，崔語雖覺支離，近體差可，要在自得之。談理而文，質而不厭者，匡衡。談事而文，俳而不厭者，陸贄。子瞻蓋慕贄而識未逮者。

文至於隋唐而靡極矣，韓柳振之，曰斂華而實也。至於五代而冗極矣，歐蘇振之，曰化腐而新也。然歐蘇則有間焉，其流也使人畏難而好易。

楊劉之文靡而俗，元之之文旨而弱，永叔之文雅而則，明允之文渾而勁，子瞻之文爽而俊，子固之文腴而滿，介甫之文峭而潔，子由之文暢而平。于鱗云：「憚於修辭，理勝相掩。」誠然哉！談理亦有優劣焉，茂叔之簡俊，子厚之沉深，二程之明當，紫陽其稍冗矣，訓詁則無加焉。

或謂紫陽齋居大勝拾遺感遇，善乎用脩言之也，曰：「青裙白髮之節婦，乃與靚妝袨服之冶女角色澤哉？」

詩自正宗之外，如昔人所稱「廣大教化主」者，於長慶得一人，曰白樂天；於元豐得一人焉，曰蘇子瞻；於南渡後得一人，曰陸務觀：爲其情事景物之悉備也。然蘇之與白，塵矣；陸之與蘇，亦劫也。

「所以嵇中散，至死薄殷周。」易安此語，雖涉議論，是佳境，出宋人表。用脩故峻其掊擊，不無矯枉之過。

子瞻多用事實，從老杜五言古排律中來。魯直用生拗句法，或拙或巧，從老杜歌行中來。介甫用生重字力於七言絶句及頷聯內，亦從老杜律中來。但所謂差之毫釐，謬以千里耳。骨格既定，宋詩亦不妨看。

嚴滄浪論詩，至欲如那吒太子析骨還父，析肉還母，及其自運，僅具聲響，全乏才情，何也？七言律得一聯云：「晴江木落時疑雨，暗浦風多欲上潮。」然是許渾境界。又「晴」「暗」二字太巧稚，不如別本作「空江」「別浦」差穩。

嚴又云：「詩不必太切。」予初疑此言，及讀子瞻詩，如「詩人老去」「孟嘉醉酒」各二聯，方知嚴語之當。又近一老儒嘗詠道士號一鶴者云：「赤壁橫江過，青城被箭歸。」使事非不極親切，而味之殆如嚼蠟耳。

元裕之好問有中州集，皆金人詩也。如宇文太學虛中、蔡丞相松年、蔡太常珪、党承旨懷英、周常山昂、趙尚書秉文、王內翰庭筠，其大旨不出蘇黃之外。要之，直於宋而傷淺，質於元而少情。

元詩人，元右丞好問、趙承旨孟頫、姚學士燧、劉學士因、馬中丞祖常、范應奉德機、楊員外仲弘、虞學士集、揭應奉傒斯、張句曲雨、楊提舉廉夫而已。趙稍清麗，而傷於淺。虞頗健利。劉多傖語，而涉議論，爲時所歸。廉夫本師長吉，而才不稱，以斷案雜之，遂成千里。

元文人，自數子外，則有姚承旨樞許祭酒衡吳學士澄黄侍講溍柳國史貫吴山長淶危學士素，然要而言之曰「無文」可也。

藝苑巵言卷五

高皇帝神武天授，生目不知書，既下集慶，始厭馬上。長歌短篇，操筆輒韻，有魏武樂府風。制詞質古，一洗騈偶之習。

仁宗皇帝在東宮時，獨好歐陽氏之文，以故楊文貞寵契非淺。又喜王贊善汝玉詩，聖學最爲淵博。宣宗天縱神敏，長歌短章，下筆卽就。每遇南宮試，輒自草程式文曰：「我不當會元及第耶？」而一時館閣諸公，無兩司馬之才，衡向之學，不能將順黼黻，良可歎也。

勝國之季，業詩者，道園以典麗爲貴，廉夫以奇崛見推。迨於明興，虞氏多助，大約立赤幟者二家而已。才情之美，無過季迪；聲氣之雄，次及伯溫。當是時，孟載景文子高輩實爲之羽翼。而談者尚以元習短之，謂辭微於宋，所乏老蒼，格不及唐，僅窺季晚。然是二三君子，工力深重，風調諧美，不得中行，猶稱殆庶，翩翩乎一時之選也。樂代熙朝，風不在下，斥沉思於宇外，摭流景於目前，志逞則滔滔大篇，尚裁則寂寂數語，武陵人之不知有晉，夜郎王之漢孰與大，非虛語也。其後成弘之際，頗有俊民，稍見一斑，號爲巨擘。然趣不及古，中道便止，搜不入深，遇境隨就，卽事分題，一唯拙速。和章累押，無患才多。北地犄之，信陽嗣起，昌穀上翼，庭實下眦，敦古昉自建安，掞華止於三謝，長歌取裁李杜，近體定軌開元，一掃叔季之風，遂窺正始之途。天地再闢，日月爲朗，詎不熾哉！然而正變雲擾，剽擬雷同，信陽之舍筏，不免良箴，北地之效顰，寧無私議？以故嘉靖之季，尚辭者醞風雲而成月露，存理者扶感遇而敚詠懷，喜華者數藻於景龍，畏深者信情於元和，亦自斐然，不妨名世。第感遇無文，月露無質，景龍之境既狹，元和之蹊太廣，浸淫諸派，溷爲下流。中興之功，則濟南爲大矣。今天下人握夜光，途遵上乘，然不免邯鄲之步，無復合浦之還，則以深造之力微，自得之趣寡。詩云：「有物有則。」又曰：「無聲無臭。」昔人有步趨華相國者，以爲形跡之外學之，去之彌遠。又人學書，日臨蘭亭一帖，有規之者云：「此從門而入，必不成書道。」然則情景妙合，風格自上，不爲古役，不墮蹊逕者，最也。隨質成分，隨分成詣，門户既立，聲實可觀者，次也。或名爲閏繼，實則盜魁，外堪皮相，中乃膚立，以此言家，久必敗矣。

文章之最達者，則無過宋文憲濂楊文貞士奇李文正東陽王文成守仁。宋庀材甚博，持議頗當，第以敷腴朗暢爲主，而乏裁剪之功，體流沿而不返，詞枝蔓而不修，此其短也。若乃機軸，則自出耳。楊尚法，源出歐陽氏，以簡澹和易爲主，而乏充拓之功，至今貴之曰「臺閣體」。李源出虞道園，穠於楊而法不如，簡於宋而學不足，豈非天才固優，憚於結撰故耶？王資本超逸，雖不能湛思，而緣筆起趣，殊自斐然，晚立門户，辭達爲宗，遂無可取。其源實出蘇氏耳。烏傷王禕、金華胡翰雜用歐曾蘇黄家語，空於文憲而力勝之。劉誠意用諸子。蘇伯衡方希古皆出眉山父子。方才似高，然少波瀾耳。解大紳文實勝詩，頗自足發，不知所裁。胡光大楊勉仁金幼孜黄宗豫曾子啓王行儉諸公，皆廬陵之羽翼也。劉文安充而近，丘文莊裁而俗，楊文懿該而凡，彭文思達而易。復有程克勤吴原博王濟之謝鳴治諸君，亦李流輩也。王稍知慕昌黎，有體要，惜才短耳。南城羅景鳴欲振之，其源亦出昌黎，務抉奇奥，窮變態，意不能似也。吴中祝允明始倣諸子，習六朝，材更僻澀不稱，皆似是而非者，然古文有機矣。何李之外，始有康德涵。康源出秦漢，然粗率而弗工，有質木者可取耳。王子衡出諸子，然拘碎而弗暢。崔子鍾出左氏檀弓柳氏，才力綿淺，而能以法勝之，精簡有次。陸浚明出班史韓柳氏，閒雅有法，小窘變態。黄勉之出潘陸任庾，整麗而不圓。王允寧出史漢，善敍事，工句而不曉篇法，神采不流動。高子業陳約之出東京雜史，筆雅潔可喜，氣乃不長。江以達屠升文袁永之亦是流派。江豪而雜，屠法而冗，袁雅而弱。鄭繼之出西京，頗蒼老而短。晉江出曾氏而太繁，毘陵出蘇氏而微濃，皆一時射雕手也。晉江開闔既古，步驟多贅，能大而不能小，所以遜曾氏也。毘陵從偏處起論，從小處起法，是以墮彼雲霧中。

余嘗序文評曰：「國初之業，潛溪爲冠，烏傷稱輔。臺閣之體，東里闢源，長沙道流。先秦之則，北地反正，歷下極深，新安見裁。汪伯玉也。理學之逃，陽明造基。晉江毘陵藻棁六朝之華，昌穀示委，勉之泛瀾。」大要盡之矣。

七言律至何李始暢，然曩時亦有一二佳者。如高季迪送沈左司：「函關月落聽鷄度，華嶽雲開立馬看。」京師秋興：「伎同北郭知應濫，俸比東方愧已多。梁寺鐘來殘月落，漢宫砧斷早鴻過。」送鄭都司：「賜履已分無棣遠，舞戈還見有苗來。」送行邊：「兵馳空壁三千幟，客宴高堂十萬錢。」西塢：「松風吹壁鶴翎墮，梅雨過溪魚子生。」謝送酒：「欲沽百錢不易得，忽送一壺殊可憐。」梅花：「雪滿山中高士臥，月明林下美人來。」「簾外鐘來初月上，燈前角斷忽霜飛。」「不共人言惟獨笑，忽疑君到正相思。」清明：「白下有山皆繞郭，清明無客不思家。」郭子章：「家在淮南青桂老，門臨湖水白蘋深。」王忠文憶蕭山：「夕陽玄度飛輪塔，曉雨文通夢筆橋。」劉誠意侍宴：「萬里玉關傳露布，九霄金闕絢雲旗。」又：「夜永星河低半樹，天清猿鶴響空山。」宋潛溪送張翰林歸娶：「紅錦裁雲朝奠雁，紫簫吹月夜乘鸞。」袁海叟白燕：「月明漢水初無影，雪滿梁園尚未歸。」楊按察春草：「六朝舊恨斜陽外，南浦新愁細雨中。」孫左司遊仙：「天與數書皆鳥跡，家傳一劍是龍精。」董良史海屋：「過橋雲磬天台寺，泊岸風帆日本船。」楊訓文采石：「千山落日送樵笛，萬里長風吹客衣。」又江上：「小孤殘照收江左，大別寒烟鎖漢陽。」郭舟屋登太華寺：「湖勢欲浮雙塔去，山形如湧五華來。」徐璣：「郢中白雪無人和，湖上青山有夢歸。」唐愚士：「葡萄引蔓青緣屋，苜蓿垂花紫滿畦。」顧觀送人：「重經白下橋邊路，頗憶玄都觀裏花。」又吴江：「鴻雁一聲天接水，蒹葭八月露爲霜。」張士行湖中觀月：「地與樓臺相上下，天隨星斗共沉浮。」又送人之安慶：「年豐米穀上街賤，日落魚蝦入市鮮。」浦長源送人：「雲邊路遠巴山色，樹裏河流漢水聲。」又：「衣上暮寒吴苑雨，馬頭秋色晉陵山。」謝元功韓信城：「天日可明歸漢志，風雲猶似下齊兵。」方行登秦住山：「採窮江海無靈藥，歸到驪山有刦灰。」瞿佑書事：「射虎何年隨李廣，聞鷄中夜舞劉琨。」吴子愚遣興：「摩挲藥籠三年艾，濩落人寰五石瓠。」陳汝言秋夜：「佳人搗練秋如水，壯士吹笳月滿城。」顧文昱白雁：「錦瑟夜調冰作柱，玉關晨度雪沾衣。」解大紳挽筠澗先生：「山河百二歸真主，泉石東南隱少微。黄菊花時高士醉，青門瓜熟故侯歸。」胡虚白送人之甘州：「馬援橐中無薏苡，張騫槎上有葡萄。」高棅：「旌旗半捲天河落，閶闔平分曙色來。」王文安贈李將軍：「夜斬單于冰上渡，曉驅番馬雪中騎。」謝復古：「鶯聲盡入新豐樹，柳色遥分太液波。」貝瓊：「白雪作花人面落，青山如鳳馬頭看。」劉崧：「林花落處頻中酒，海燕飛時獨倚樓。」陶瑾山居：「江燕定巢來自熟，岩花落子結還稀。」甘瑾：「東風門巷桃花落，流水池塘燕子飛。」又錢唐懷古：「秦關璧使星馳夕，漢苑銅仙露泣秋。」王悦關山月：「漢北征人齊倚劍，城南思婦獨登樓。」曾棨維揚懷古：「玉樹聽殘猶有曲，錦帆歸去已無家。」吴志淳：「燕來已覺社日近，寒退始知春意深。」林子羽：「樓當太乙星辰近，樹拂勾陳雨露香。」又：「堤柳欲眠鶯唤起，宫花乍落鳥銜來。」劉欽謨：「一春空自聞啼鳥，半夜誰來問守宫？」陳思賢：「山雲映水摇秋色，浦樹含風送晚涼。」王希範輓客：「歸去天涯雙白髮，夢回江上一青山。」朱琉舟曉：「幾椽茅屋生春色，無數桃花燒野村。」牟倫別友：「天上故人青眼在，蜀中諸弟素書稀。」任原送舒從事還海南：「珠崖日落天低海，銅柱雲寒雨過城。」陳景祺憶蕭山友：「石岩晝暖花偏好，江樹春晴酒自香。」許彬送人陝西：「黄河九曲天邊落，華嶽三峯馬上來。」郭登送岳正：「青海四年羈旅客，白頭雙淚倚門親。」谷宏經華陰：「遠道雁聲寒雨外，離宫草色暮烟中。」又登岳陽：「中流雨散君山出，故國風多夢澤寒。」鎦績寄人：「歌鐘暗度新豐柳，游騎晴驕上苑花。」僧來復寄洞庭人：「丹壑泉春雲碓藥，橘林風掃石牀花。」張光啓送人入蜀：「雲深蜀魄呼名語，月冷猿聲傍客啼。」姚廣孝寄僧：「林封蘿屋長疑雨，泉響松巖半是風。」晏振之登樓：「青山遠成寒烟積，芳草平洲夕照多。」史明古贈别：「華髮鏡中看漸短，故人天際信全稀。黄梅雨少河流澀，緑樹陰多日景微。」時用章吳中：「野店喚呼雙骰酒，漁舟争買四腮鱸。」劉文安英宗挽詩：「天傾玉蓋旋從北，日昃金輪却復中。」沈啓南從軍：「匈奴久自忘甥舅，僕射今誰托弟兄？雲外旌旗娑勒渡，月中刁斗受降城。」馬東田有感：「衰信已憑雙鬢寄，世緣聊作一枰看。」童軒九日：「黄菊酒香人病後，白蘋風冷雁來時。」劉忠宣游西山：「幾處白雲前代事，數村流水野人家。」吳文定遊東園：「繁花落盡留紅藥，新筍叢生帶緑苔。」文太僕：「相思人在青山外，盡日舟行細雨中。」趙寬偶成：「槁木嗒然聊隱几，飛蓬搔盡不勝簪。」秦廷韶和人：「羅雀已空廷尉宅，沐猴誰製楚人冠。」石熊峯早朝：「煙靄著衣如過雨，御溝摇月欲生潮。」單句，如張南安「六朝遺恨曉山青」，邵工部「半江帆影落樽前」。此等語入弘正間不復可辨，參之貞元長慶，亦無愧色。

五言律，清雅如「浮雲看富貴，流水澹鬚眉」，「已歸仍似客，投老漸如僧」，「老來諸事廢，歸去此身全」，「往事愁人問，虛名畏客稱」，「雨花知佛境，流水識禪心」，「涼風動疏竹，明月在高樓」，「聖代身全老，秋天景易悲」，「霜林收橘柚，風磴坐莓苔」，「分符來五馬，如練照雙旌」，「一燈今夜雨，千里故人心」，「樹從京口斷，山到海門稀」，「野蠶成繭盡，江燕引雛回」，「亂山黃葉寺，孤棹白蘋洲」，「啼鳥醒人夢，流泉淨客心」，「身世雙蓬鬢，功名一釣竿」，「古路無行客，閒門有白雲」，「聽雨愁如海，懷人夜似年」，「已知如意事，不逐苦吟人」，「卧雲歌酒德，對雨著茶經」，「野岸隨流曲，山門隱樹深」，「雲烟謝家墅，松柏禹陵祠」，「避難疏狂客，長貧少定居」，「酒盡尋僧舍，書來問客船」，「泉聲溪碓急，山色野牆低」，「鳥青呼作使，鶴白養成羣」，「看人兒女大，爲客歲年長」，「月從今夜滿，人在異鄉看」，「功成百戰後，老去一身輕」，「鄉淚看花落，愁腸縱酒寬」，「落日在高樹，涼風生客衣」，「夜月柯亭市，涼風鏡水波」，「雲氣千峯暝，秋聲一院涼」，「旅況頻看月，鄉心獨聽潮」，「獨醒愁對雨，多病怕逢春」，「風塵仍作客，寒暑易成翁」，「雁宿蘆中月，人歸草際烟」，「種黍都爲酒，誅茅小作菴」，「海闊疑天近，山空得月多」，「斷雲京口樹，殘月廣陵鐘」，「白日羲皇世，青山綺皓心」，「夕鳥銜船過，寒波背郭流」，「草芳經雨歇，蟲響入秋多」。

壯麗如「水吞三楚白，山接九疑青」，「故國秋雲合，大江春水深」，「風旗春獵野，雪帳夜收兵」，「王者應無敵，胡塵不敢飛」，「舊射雙雕落，新乘五馬行」，「中郎長戟衛，丞相小車來」，「千山懸落日，一騎出孤城」，「新成賜將第，更築候神臺」，「河山千古在，登眺幾人同」，「馬嘶秋草闊，雕没暮雲平」，「地登南極盡，波撼北溟迴」，「山色元來蜀，江聲直到吴」，「千林喧客杵，一嶂起茶烟」，「入雲蒼隼健，坐浪白鷗閒」，「山雨蟲蛇出，江天蝃蝀懸」，「天地兵聲合，關河秋色來」，「建鳳黄金榜，疏龍白玉除」。

起句，五言如「春色醉巴陵，闌干落洞庭」，「江東風日晴，把酒送君行」，「全家離故鄉，萬里謫窮荒」，「別路繞珠林，秋來落葉深」，「落日敞朱樓，春雲暝不流」，「煙靄散春晴，亂鴉深處鳴」，「斜日在松杉，千峰暝色酣」，「長嘯拂吴鈎，南圖惜壯游」，「聖恩寬逐客，不遣過輪臺」，「不寐月當户，起行風滿天」，「今夕爲何夕，他鄉説故鄉」，「長樂鐘聲動，平津樹色開」，「別離知不遠，情至亦潸然」，「涼風起江海，萬樹盡秋聲」，「青山行不盡，深樹見僧房」，「東源山色好，聞説似終南」，「我住湖西寺，君歸湖上山」，「別淚不可忍，杯行到手空」；七言如「故人已乘赤龍去，君獨羊裘釣月明」，「八月十五夜何其，鵝湖漾舟人未歸」，「今年南國天氣暖，十月赤城桃有花」，「日暮山風吹女蘿，故人舟楫定如何」，「督亢陂荒蔓草生，廣陽宫廢故城平」，「牛渚磯頭煙水生，蛾眉亭下大江横」。

七言結句，如「沅湘一帶皆秋草，欲采芙蓉奈晚何」，「見説蘭亭依舊在，祇今王謝少風流」，「天邊楊柳雖無數，短葉長條非故園」，「趙家姊妹多相忌，莫向昭陽殿裏飛」，「前朝冠蓋皆黄土，翁仲淒涼石馬嘶」，「知爾西行定回首，如今江左是長安」，「近來聞説有奇事，買藥修琴曾到城」，「祭罷鱷魚歸去晚，刺桐花外月如鈎」，「瑣窗獨對東風樹，歲歲花開它自春」，俱有意味。吾所以録此者，謂溪毛潤芷，亦可飣飣客席耳。非若二李輩之爲三鸛八葅也。又其全章，亦未盡稱，故聊摘之耳。

楊孟載有一起一聯，甚足情致，而不及之者。「判醉望愁醉，愁因醉轉增」，是詞中菩薩蠻調語；「尚短柳如新折後，已殘花似未開時」，是浣溪沙調語故也。

湯惠休謝琨沈約鍾嶸張説劉次莊張芸叟鄭厚敖陶孫松雪齋，於詩人俱有評擬，大約因袁昂評書之論而模倣之耳。其宋人自相標榜，不足準則。吾獨愛湯惠休所云「初日芙蕖」，沈約云「彈丸脱手」，鍾嶸云「宛轉清便，如流風白雪；點綴映媚，如落花在草」。其次則張芸叟云「春服乍成，醞醅初熟；登山臨水，竟日忘歸」，鄭厚云「秋蛩草根，春鶯柳陰」，不必盡當，而語頗造微。松雪齋不知爲何人，大似不知詩者。

敖陶孫評魏武帝如「幽燕老將，氣韻沉雄」；曹子建如「三河少年，風流自賞」；鮑明遠如「饑鷹獨出，奇矯無前」；謝康樂如「東海揚帆，風日流麗」；陶彭澤如「絳雲在霄，舒卷自如」；王右丞如「秋水芙蓉，倚風自笑」；韋蘇州如「園客獨繭，暗合音徽」；孟浩然如「洞庭始波，木葉微落」；杜牧之如「銅丸走坂，駿馬注波」；白樂天如「山東父老課農桑，事事言言皆着實」；元微之如「龜年說天寶遺事，貌悴而神不傷」；劉夢得如「鏤冰琱瓊，流光自照」；李太白如「劉安雞犬，遺響白雲，覈其歸存，恍無定處」；韓退之如「囊沙背水，惟韓信獨能」；李長吉如「武帝食露盤，無補多欲」；孟東野如「埋泉斷劍，臥壑寒松」；張籍如「優工行鄉飲，醻獻秩如，時有詼氣」；柳子厚如「高秋獨眺，霽晚孤吹」；李義山如「百寶流蘇，千絲鐵網，綺密瓌妍，要非適用」；宋朝蘇東坡如「屈注天潢，倒連滄海，變眩百怪，終歸雄渾」；歐公如「四瑚八璉，正可施之宗廟」；荆公如「鄧艾縋兵入蜀，要以險絶爲功」；山谷如「陶弘景入官，析理談玄，而松風之夢故在」；梅聖俞如「關河放溜，瞬息無聲」；秦少游如「時女步春，終傷婉弱」；陳後山如「九皐獨淚，深林孤芳，沖寂自妍，不求識賞」；韓子蒼如「梨園按樂，排比得倫」；吕居仁如「散聖安禪，自能奇逸」。其他作者，未易殫陳。獨唐杜工部如周公制作，後世莫能擬議。語覺爽儁，而評似穩妥，唯少爲宋人曲筆耳，故全録之。

余於國朝前輩名家，亦偶窺一斑，聊附於此，以當鼓腹。

詩

高季迪如射雕胡兒，伉健急利，往往命中；又如燕姬靚妝，巧笑便辟。劉伯温如劉宋好武諸王，事力既稱，服藝華整，見王謝衣冠子弟，不免低眉。袁可潛如師手鳴琴，流利有情，高山尚遠。劉子高如雨中素馨，雖復嫣然，不作寒梅老樹風骨。楊孟載如西湖柳枝，綽約近人，情至之語，風雅掃地。汪朝宗如胡琴羌管，雖非太常樂，琅琅有致。徐幼文張來儀如鄉士女，有質有情，而乏體度。孫伯融如新就銜馬，步驟未熟，時見輕快。孫仲衍如豪富兒入少年塲，輕脫自好。浦長源林子羽如小乘法中作論師，生天則可，成佛甚遥。解大紳如河朔大俠，鬚髯戟張，與之周旋，酒肉傖父。楊東里如流水平橋，粗成小致。曾子啓如封節度募兵東征，鮮華雜沓，精騎殊少。湯公讓劉原濟如淮陰少年，斗健作𠻳人狀。劉欽謨如村女簪花，穠豔羞澀，正得各半。夏正夫如鄉嗇夫衣繡見達官，雖復整飭，時露本態。李西涯如陂塘秋潦，汪洋澹沲，而易見底裏。謝方石如鄉里社塾師，日作小兒號嗄。吴匏庵如學究出身人，雖復閒雅，不脫酸習。沈啓南如老農老圃，無非實際，但多俚辭。陳公甫如學禪家，偶得一自然語，謂爲游戲三昧。莊孔陽佳處不必言，惡處如村巫降神，里老罵坐。陸鼎儀如吃人作雅語，多在咽喉間。張亨父如作勞人唱歌，滔滔中俗子耳。張靜之如小棹急流，一瞬而過，無復雅觀。楊文襄如老弋陽伎，發喉甚便而多鼻音，不復見調。桑民懌如洛陽博徒，家無擔石，一擲百萬。林待用如太湖中頑石，非不具微致，無乃癡重何。喬希大如漢官出臨遠郡，亦自粗具威儀。祝希哲如盲賈人張肆，頗有珍玩，位置總雜不堪。蔡九逵如灌莽中薔薇，汀際小鳥，時復娟然，一覽而已。王敬夫如漢武求仙，欲根正染，時復遇之，終非實境。石少保如披沙揀金，時時見寶。文徵仲如仕女淡粧，維摩坐語；又如小閣疏窗，位置都雅，而眼境易窮。康德涵如靖康中宰相，非不處貴，恇擾粗率，無大處分。蔣子雲如白蠟糖，看似甘美，不堪咀嚼。王欽佩如小女兒帶花，學作軟麗。唐虞佐如苦行頭陀，終少玄解。王子衡如外國人投唐，武將坐禪，威儀解悟中，不免露抗浪本色。熊士選如寒蟬乍鳴，疏林早秋，非不清楚，恨乏他致。張琦如夜蛙鳴露，自極聲致，然不脱淤泥中。唐伯虎如乞兒唱蓮花樂，其少時亦復玉樓金埒。邊庭實如洛陽名園，處處綺卉，不必盡稱姚魏；又如五陵裘馬，千金少年。顧華玉如春原盡花，苞蘼不少。劉元瑞如閩人强作齊語，多不辨。朱升之如桓宣武似劉司空，無所不恨。殷近夫如越兵縱横江淮間，終不成霸。王新建如長爪梵志，彼法中錚錚動人。陸子淵如入貲官作文語雅步，雖自有餘，未脱本來面目。鄭繼之如冰淩石骨，質勁不華；又如天寶父老談喪亂，事皆實際，時時感慨。孟望之如貧措大置酒，寒酸澹泊，然不至腥羶。黄勉之如假山池，雖爾華整，大費人力。高子業如高山鼓琴，沉思忽往，木葉盡脱，石氣自青；又如衞洗馬言愁，憔悴婉篤，令人心折。薛君采如宋人葉玉，幾奪天巧；又如倩女臨池，疏花獨笑。胡孝思如驕兒郎愛吴音，興到即謳，不必合板。馬仲房如程衞尉屯西宫，斥堠精嚴，甲仗雄整；而士乏樂用之氣。豐道生如沙苑馬，駑駿相半，姿情馳騁，中多敗蹶。王舜夫如敗鐵網取珊瑚，用力堅深，得寶自少。孫太初如雪夜偏師，間道入蔡；又如鳴蜩伏蚓，聲振月露，體滯泥壤。施子羽如寒鴉數點，流水孤村，惜其景物蕭條，迫晚意盡。王履吉如鄉少年久游都會，風流詳雅，而不盡脱本來面目；又似揚州大宴，雖鮭珍水陸，而時有宿味。常明卿如沙苑兒駒，驕嘶自賞，未諳步驟。張文隱如藥鑄鼎，燦爛驚人，終乏古雅。王稚欽如良馬走坂，美女舞竿，五言尤自長城。陳約之如青樓小女，月下箜篌，初取閑適，終成淒楚；又如過雨殘荷，雖爾衰落，嫣然有態。楊用脩如暴富兒郎，銅山金埒，不曉喫飯着衣。李子中如刁家奴，煇赫車馬，施散金帛，原非己物。廖鳴吾如新決渠，浮楚濁泥，一瞬皆下。皇甫子安如玉盤露屑，清雅絶人，惜輕縑短幅，不堪裁剪。袁永之如王謝門中貴子弟，動止可觀。黄才伯如紫瑛石，大似鞍韉，晚年不無可恨。周以言如中智芘芻，雖乏根具，不至出小乘語。施平叔如小邑民築室，器物俱完。張以言如甘州石斗，色澤似玉，膚理粗漫。胡承之如病措大習白猿公術，操舞如度，擊刺未堪。華子潛如盤石疏林，清溪短棹，雖在秋冬之際，不廢楓橘。張孟獨如罵陣兵，嗔目揎袖，果勢壯往。張愈光如拙匠琢山骨，斧鑿宛然；又如束銅錮腹，滿中外道。湯子重如鄉三老入城，威儀舉舉，終少華冶態。傅汝舟如言法華作風話，凡多聖少。喬景叔如清泉放溜，新月挂樹，然此景殊少，不耐縱觀。蔡子木如驕女織流黄，不知絲理，强自斐然。王道思如驚弋宿鳥，撲刺遒迅，殊愧幽閒之狀。許伯誠如賈胡子作狎游，隨事揮散，無論中節。陳羽伯如東市倡，慕青樓價，微傅粉澤，强工顰笑。王允寧如馬服子陳師，自作奇正，不得兵法；又如項王嘔嘔未了，忽發暗嗚。

徐昌穀如白雲自流，山泉冷然，殘雪在地，掩映新月；又如飛天仙人，偶游下界，不染塵俗。何仲默如朝霞點水，芙蕖試風；又如西施毛嬙，毋論才藝，却扇一顧，粉黛無色。李獻吉如金鳷擘天，神龍戲海；又如韓信用兵，衆寡如意，排蕩莫測。李于鱗如峨眉積雪，閬風蒸霞，高華氣色，罕見其比；又如大商舶，明珠異寶，貴堪敵國，下者亦是木難、火齊。宗子相如渥洼神駒，日可千里，未免嚙決之累；又如華山道士，語語烟霞，非人間事。梁公實如綠野山池，繁雅勻適；又如漢司隸衣冠，令人驚美，但非全盛儀物。吳峻伯如子陽在蜀，亦具威儀；又如初地人見聲聞則入，大乘則遠。馮汝行如幽州馬行客，雖見伉俍，殊乏都雅。馮汝言如晉人評會稽王，有遠體而無遠神。張茂參如荒傖度江，揖讓簡略，故是中原門第。盧少楩如翩翩濁世佳公子，輕俊自肆。朱子价如高坐道人，衩衣躡屐，忽發胡語。陳鳴野如子玉兵，過三百乘則敗。彭孔嘉如光祿宴使臣，飣飣詳整，而中多宿物。徐汝思如初調鷹見擊鷙，故難獲鮮。黃淳父如北里名姬作酒糾，才色既自可觀，時出俊語，爲客所賞。謝茂秦如太官舊庖，爲小邑設宴，雖事饌非奇，而飣飣不苟。魏順甫如黃梅坐人，談上乘縱未透汗，不失門宗。

文

宋景濂如酒池肉林，直是豐饒，而寡芍藥之和。王子充胡仲申二公如官厨内醞，差有風法，而不堪清絶。劉伯温如叢臺少年入說社，便辟流利，小見口才。高季迪如拍張檐幢，急迅眩眼。

蘇伯衡如十室之邑，粗有街市，而乏委曲。方希直如奔流滔滔，一瀉千里，而瀠洄滉瀁之狀頗少。解大紳如遞夾快馬，急速而少步驟。楊士奇如措大作官人，雅步徐言，詳和中時露寒儉；又如新廷尉牘，有法而簡。丘仲深如太倉粟，陳陳相因，不甚可食。李賓之如開講法師上堂，敷腴可聽，而實寡精義。陸鼎儀如何敬容好整潔，夏月熨衣焦背。程克勤如假面弔喪，緩步嚴服，動止舉舉，而乏至情。吳原博如茅舍竹籬，粗堪坐起，別無偉麗之觀。王濟之如長武城五千兵，閑整堪戰，而傷於寡。羅景鳴如藥鑄鼎，雖古色驚人，原非三代之器。桑民懌如社劇夷歌，亦自滿眼充耳。楊君謙如夜郎王小具君臣，不知漢大。羅彝正如姜斌道士升講壇，語不離法，而玄趣自少。陳公甫如坐禪僧聖諦一語，東塗西抹，亦自動人。祝希哲如吃人氣迫，期期艾艾；又如拙工製錦，絲理多恨。王伯安如食哀家梨，吻咽快爽不可言；又如飛瀑布岩，一瀉千尺，無淵渟沉冥之致。崔子鍾如古法錦，文理黯然，雅色可愛，惜窘邊幅。湛源明如乞食道人，記經唄數語，沿門唱誦。李獻吉如櫝彝錦綺，天下瓌寶，而不無追蝕絲理之病。何仲默如雉翬五彩，飛不百步，而能鑠人目睛。徐昌穀如風流少年，顧景自愛。鄭繼之如孔北海言事，志大才短。王子衡如絲笮旄牛，珍貴能負，而不曉步驟。康德涵如嘶聲人唱霓裳散序，格高音卑。王敬夫如孤禪鹿仙，亦自縱橫。高子業如玉盤露屑，故是清貴，如寒淡何。夏文愍如登小丘，展足見平野，然是疏議耳。王稚欽書牘如麗人訴情，他文則改鼠爲璞，呼驢作衛。江景昭如入鴻臚館，鳥語侏儺，一字不曉。廖鳴吾如屠沽小肆，强作富人紛紜，殊增厭賤。郭价夫如鄉老敍事，粗見亹亹。豐道生如骨董肆，真贋雜陳，時亦見寶，而不堪偎詐。李舜臣如盆池中金魚，政使足玩，江湖空闊，便自渺然。陳約之如小徑落花，衰悴之中，微有委豔。黄德兆如山猺强作漢語，不免缺舌。黄勉之如新安大商，錢帛米穀金銀俱足，獨法書名畫不真。陸浚明如捉麈尾人，從容對談，名理不乏。江于順如試風雛鷹，矯健自肆。袁永之如王武子擇有才兵家兒，命相不厚。吕仲木如夢中囈語不休，偶然而止。馬伯循如河朔餐羊酪漢，羶肥逆鼻。顏惟喬如暴顯措大，不堪造作。楊用脩如繒綵作花，無種種生氣。屠文升如小家子充烏衣諸郎，終不甚似。王允寧如下邑工，琢玉器非不奇貴，痕跡宛然；又如王子師學華相國在形迹間，所以愈遠。羅達夫如講師參禪，兩處着脚，俱不堪高坐。王道思如金市中甲第，堂搆華焕，巷空宛轉，第匠師手不讀木經，中多可憾。許伯誠如通津郵，資用本少，供億不虚。薛君采如嚼白蠟，杖青蘆，不勝淡弱。朱子价如小兒吹蘆笙，得一二聲似，欲隸太常。喬景叔如江東秀才，文弱都雅，而氣不壯。吴俊伯如佛門中講師，雖多而不識本面目。歸熙甫如秋潦在地，有時汪洋，不則一瀉而已。盧少楩如春水横流，滔蕩縱逸，而少歸宿。梁公實如貧士好古器，非不得一二醒眼者，政苦難繼耳。宗子相如駿馬多蹶，又如妙音聲人，止解唱渭城一曲，日日在耳。李于鱗如商彝周鼎，海外瓌寶，身非三代人與波斯胡，可重不可議。

藝苑卮言卷六

高帝嘗謂宋濂：「浙東人才，惟卿與王禕耳。才思之雄，卿不如禕；學問之博，禕不如卿。」又嘗與劉誠意論文，誠意謂：「宋濂第一，其次，臣不敢多讓，又其次張孟兼。」孟兼性剛愎，好出人上。爲按察副使，上冢歸，邑令謁之，不爲禮。帝聞之弗善也。又與布政使吴印爭，帝大怒，摘捶之幾絕，乃賜死。

當是時，詩名家者，無過劉誠意伯温高太史季迪袁侍御可師。劉雖以籌策佐命，然爲讒邪所間，主恩幾不終，又中胡惟庸之毒以死。高太史辭遷命歸，教授諸生，以草魏守觀上梁文腰斬。袁可師爲御史，以解懿文太子忤旨，僞爲風癲，備極艱苦，數年而後得老死。文名家者，無過宋學士景濂王待制子充。景濂致仕後，以孫慎詿誤，一子一孫大辟，流竄蜀道而死。子充出使雲南，爲元孽所殺，歸骨無地。嗚呼！士生於斯，亦不幸哉！

劉誠意伯温與夏煜孫炎輩，皆以豪詩酒得名。一日，游西湖，望建業五色雲起，諸君謂爲慶雲，擬賦詩。劉獨引大白慷慨曰：「此王氣也。後十年有英主出，吾當輔之。」衆皆掩耳。尋高皇帝下金陵，劉建帷幄之勛，爲上佐，開茅土，其言若契。

吾崑山顧瑛、無錫倪元鎮，俱以猗卓之資，更挾才藻，風流豪賞，爲東南之冠，而楊廉夫實主斯盟。倪繪事尤稱絶倫。高皇帝徵廉夫修元史，欲官之，廉夫作老客婦謡示不屈，乃放之歸。時危素太樸爲弘文館學士，方貴重。上一日聞履聲，問爲誰，太僕率然曰：「老臣危素。」上不懌曰：「吾以爲文天祥耶？」謫佃臨濠死。人以定楊危之優劣。倪顧各散家資，顧仍畫其像，題曰：「儒衣僧帽道人鞋，天下青山骨可埋。若説少年豪俠處，五陵鞍馬洛陽街。」至今人傳之。夫以顧倪之富與廉夫之豪縱而若此，其於陶靖節，可謂異軌同操。

當勝國時，法網寬，人不必仕宦。浙中每歲有詩社，聘一二名宿如廉夫輩主之，刻其尤者爲式。饒介之仕僞吴，求諸彦作醉樵歌，以張仲簡第一，季迪次之。贈仲簡黄金十兩，季迪白金三斤。後承平久，張洪修撰每爲人作一文，僅得五百錢。

解大紳十八舉鄉試第一，以進士爲中書庶吉士，上試詩稱旨，賜鞍馬筆札。而縉率易無所讓，嘗入兵部索皂人，不得，即之尚書所嫚罵。尚書以聞，上弗責也，曰：「縉逸當爾耶。」苦以御史，卽除御史。久之，事文皇帝入内閣，詞筆敏捷，爲一時冠，而意氣闊疏，又性剛多忤，上聞之，亦弗善也。出參議廣西，日與王檢討偶探奇山水自適。上書請鑿章江水，便來往，上大怒，徵下獄。三載，命獄吏沃以燒酒，埋雪中死。

曾學士子啓，上嘗召試天馬歌，援筆立就，佳之，賜寶帶。又因醉遺火，延燒民居，上弗罪也。後病卒，且氣絶，呼酒飲至醉，題曰：「宮詹非小，六十非夭。我以爲多，人以爲少。易簀蓋棺，此外何求？白雲青山，樂哉斯丘。」

景泰中，稱詩豪者十才子，而劉溥湯胤勣爲之首。劉太醫吏目，湯參將也。湯尤縱誕，每稱杜陵無好句，然與劉論詩，伏不出一語。劉欽謨載其事及溥白鵲詩甚詳。成化中，郎署有詩名者，無過於劉昌欽謨，夏寅正夫。欽謨無題與正夫虔州懷古詩，懷麓堂詩話亦載之，然俱平平耳，他作愈不稱。

桑民懌家貧，亡所蓄書，從肆中鬻得，讀過輒焚棄之。敢爲大言，不自量，時銓次古人，以孟軻自況，原遷而下，弗論也。而更非薄韓愈氏曰：「此小兒號嗄。」何傳問翰林文今爲誰，曰：「虚無人，舉天下亦唯悦，其次祝允明，又次羅玘。」悦髻椎而補博士弟子，部使者按水利下邑，悦前謁之，書刺「江南才人桑悦」。博士弟子業不當刺，又厚自譽，使者大駭。已問，知悦素，迺延之校書，而預刊落以試。悦校至不屬，即索筆請書，亡誤，使者大悦服，折節交悦矣。十九舉鄉試，再試，禮部奇其文，至閱道統論，則曰：「夫子傳之我。」縮舌曰：「得非江南桑生耶？大狂士。」斥不取。時丘濬爲尚書，慕悦名，召令具賓主。已，出己文令觀，紿曰：「某先輩譔。」悦心知之，曰：「公謂悦爲逐穢也耶？奈何得若文而令悦觀。」濬曰：「生試更爲之。」歸譔以奏，濬稱善。已令進他文，濬未嘗不稱善也。悦名在乙榜，請謝不爲官。俟後試，而時竟以悦狂，抑弗許，調邑博士。

悦爲博士踰歲，而按察視學者別丘濬，濬曰：「吾故人桑悦，幸無以屬吏視也。」按察既行部抵邑，不見悦，顧問長吏：「悦今安在，豈有恙乎？」長吏素恨悦，皆曰：「無恙，自負不肯迎耳。」乃使吏往召之，悦曰：「連宵且雨淫，傳舍圮，守妻子亡暇，何候若！」按察久不待，更兩吏促之，悦益怒曰：「若真無耳者。即按察力能屈博士，可屈桑先生乎！爲若期三日先生來，不三日不來矣。」按察欲遂收悦，緣濬不果。三日，悦詣按察，長揖立，不跪。按察厲聲曰：「博士分不當得跪耶？」悦前曰：「漢汲長孺長揖大將軍，明公貴豈踰大將軍？而長孺固亡賢於悦，柰何以面皮相恐，寥廓天下士哉！悦今去，天下自謂明公不容悦，曷解耳？」因脱帽徑出，按察度亡已，乃下留之。他日當選兩博士自隨，悦在選，故事博士侍左右立竟日，悦請曰：「犬馬齒長，不能以筋力爲禮，亦不能久任立，願假借，且使得坐。」即移所便坐。御史聞悦名，數召問，謂曰：「匡説詩，解人頤。子有是乎？」曰：「悦所談玄妙，何匡鼎敢望！即鼎在，亦解頤。公幸賜清燕，畢頃刻之長。」御史壯之，令坐講。少休，悦除襪，跣而爬足垢。御史不能禁，令出。尋復薦之，遷長沙倅，再調柳州，悦實惡州荒落，不欲往。人問之，輒曰：「宗元小生，擅此州名久，吾一旦往，掩奪其上，不安耳。」爲柳州歲餘，父喪歸。服除，遂不起。居家益任誕，褐衣楚製，往來郡邑間。

楊君謙爲儀部主事，與郎中不相得，因謝病歸。久之，病良已，起復除原官。循吉多病而好讀書，最不喜人間酬應，嘗開卷至得意，因起踔掉不休，人遂相目呼顛主事云。復官彌月，再乞病告，吏部以格不可，曰：「郎病已，復病耶？安得告？而可爲者致仕耳。」循吉恚曰：「吾雖致仕何！」卽自劾罷，時僅三十餘。既以歸，益亡復問外事，而踪跡益詭怪寡合，出敝冠服羸輿馬，故以起人易而更侮之，又好緣文章語中傷人。正德末，循吉老且貧，嘗識伶臧賢，爲上所幸愛。上一日問：「誰爲善詞者？與偕來。」賢頓首曰：「故主事楊循吉，吴人也，善詞。」上輒爲詔起循吉。郡邑守令心知故，强前爲循吉治裝，見循吉冠武人冠，靺韐戎錦，已怪之。又乘勢語多侵守令。已見上畢，上每有所幸燕，令循吉應制爲新聲，咸稱旨受賞，然賞亡異伶伍。又不授循吉官與秩，問謂曰：「若嫺樂，能爲伶長乎？」循吉愧悔，汗洽背，謀於賢，乃以他語慫上放歸。歸益不自懌，諸後進少年非薄之，亡禮問者。而其文亦漸落，不復進。卒窮老以死，所著奚囊雜纂，未成書。

祝希哲生而右手指枝，因自號枝指生。爲人好酒色六博，不修行檢。嘗傅粉黛，從優伶酒間度新聲，俠少年好慕之，多齎金游允明甚洽。舉鄉薦，從春官試下第。是時海内漸熟允明名，索其文及書者接踵。或輦金幣至門，允明輒以疾辭不見，然允明多醉，伎館中掩之，雖累紙可得，而家故給，以不問僮奴作業。又捐業蓄古法書名籍，售者或故昂直欺之，弗算。至或留客，計無所出酒，窘甚，以所蓄易置，得初直什一二耳。當其窘時，黠者持少錢米乞文及手書輒與，已小饒，更自貴也。嘗遺黑貂裘甚美，欲市之，或曰：「青女至矣，何故市之？」允明曰：「昨蒼頭言始識，不市而忘，敝之簁，何益？」後拜廣中邑令歸，所請受橐中裝可千金，歸日張酒，呼故狎游宴，歌呼爲壽，不兩年都盡矣。允明好負逋責，出則羣萃而訶誶者至接踵，竟弗顧去。

唐伯虎與里中生張夢晉善。張才大不及唐，而放誕過之，恒曰：「日休小豎子耳，尚能稱醉士，我獨不耶！」一日游虎丘，會數賈飲山上亭，且詠。靈曰：「此養物技不過弄杯酒間具，何當論詩，我且戲之。」事更衣爲丐者，上丐賈。食已，前請曰：「謬勞諸君食，無以報。雖不能句，而以狗尾續，柰何？」賈大笑，漫舉詠中事試之，如響。賈不測，始令賡。張復丐酒，連舉大白十數，揮毫頃而成百首，不謝竟去。易維蘿陰下，賈陰使人伺之，無見也，大駭，以爲神仙云。張度賈遠，則上亭，朱衣金目，作胡人舞，形狀殊絶。伯虎舉鄉試第一，坐事免。家以好酒益落，有妬婦，斥去之，以故愈自棄不得。嘗作答文徵明書及桃花庵歌，見者靡不酸鼻也。

文徵仲太史有戒不爲人作詩文書畫者三：一諸王國，一中貴人，一外夷。生平不近女色，不干謁公府，不通宰執書，誠吾吴傑出者也。吾少年時不經事，意輕其詩文，雖與酬酢，而甚鹵莽。年來從其次孫請，爲作傳，亦足稱懺悔文耳。

長沙公少爲詩有聲，既得大位，愈自喜，攜拔少年輕俊者，一時争慕歸之。雖模楷不足，而鼓舞攸賴。長沙之於何李也，其陳涉之啓漢高乎？獻吉才氣高雄，風骨遒利，天授既奇，師法復古，手闢草昧，爲一代詞人之冠。要其所詣，亦可略陳。騷賦上擬屈宋，下及六朝，根委有餘，精思未極。擬樂府自魏而後有逼真者，然不如自運，滔滔莽莽。選體、建安以至李杜，無所不有，第於謝監未是初日芙蓉，僅作顔光禄耳。七言歌行縱横如意，開闔有法，最爲合作。五言律及五七言絶時詣妙境，七言雄渾豪麗，深於少陵，抵掌捧心，不能厭服衆志。文酷倣左氏司馬，叙事則奇，持論則短，間出應酬，頗傷率易。

仲默才秀於李氏，而不能如其大。又義取師心，功期舍筏，以故有弱調而無累句。詩體翩翩，俱在雁行。顧華玉稱其「咳唾珠璣，人倫之雋」。騷賦啓發擬六朝者頗佳，他文促薄，似未稱是。

昌穀少即擒詞，文匠齊梁，詩沿晚季，迨舉進士，見獻吉始大悔改。其樂府、選體、歌行、絶句，咀六朝之精旨，採唐初之妙則，天才高朗，英英獨照。律體微乖整栗，亦是浩然太白之遺也。騷誄頌剳，宛爾潘陸，惜微短耳。今中原豪傑，師尊獻吉；後俊開敏，服膺何生；三吴輕雋，復爲昌穀左袒。摘瑕攻纇，以模剽病李，不知李才大固苞何孕徐不掩瑜也，李所不足者，删之則精；二子所不足者，加我數年，亦未至矣。

徐昌穀有六朝之才而無其學，楊用脩有六朝之學而非其才。薛君采才不如徐，學不如楊，而小撮其短，又事事不如何李，樂府、五言古可得伯仲耳。

昌穀之於詩也，黄鵠之於鳥，瓊瑶之於石，松桂之於木也。高叔嗣空谷之幽蘭，崇庭之鼎彝也。高季迪之流暢，邊庭實之開麗，鄭繼之之雄健，王子衡之宏大，孫太初之奇拔，顧華玉之和適，李賓之之通爽，馬仲房之華整，皆其次也，可謂兼能而不足。薛君采俞仲蔚之於五言古，王稚欽吴明卿之於五言律，又明卿子與之於七言律，高子業之於五言古近體，各極妙境，可謂專至而有餘。

李文正爲古樂府，一史斷耳，十不能得一。黄才伯辭不稱法，顧華玉邊庭實劉伯温法不勝辭。此四人者，十不能得三。王子衡差自質勝，十不能得四。徐昌穀雖不得叩源推委，而風調高秀，十不能得五。何李乃饒本色，然時時己調雜之，十不能得七。于鱗字字合矣，然可謂十不失一，亦不能得八。

何仲默與李獻吉交誼良厚，李爲逆瑾所惡，仲默上書李長沙相救之，又畫策令康修撰居間，乃免。以後論文相掊擊，遂致小間。蓋何晚出，名遽抗李，李漸不能平耳。何病革，屬後事，謂墓文必出李手，時張以言孟望之在側，私曰：「何君没，恐不能得李文，李文恐不得何意，吾曹與戴仲鶡樊少南共成之可也。」今望之銘，亦寥落不甚稱。

李獻吉爲户部郎，以上書極論壽寧侯事下獄，賴上恩得免。一夕遇醉侯於大市街，罵其生事害人，以鞭梢擊墮其齒。侯恚極，欲陳其事，爲前疏未久，隱忍而止。獻吉後有詩云：「半醉唾罵文成侯。」蓋指此事也。

李獻吉既以直節忤時，起憲江西，名重天下。俞中丞諫督兵平寇，用二廣例，抑諸司長跪，李獨植立。俞怪，問：「足下何官耶？」李徐答：「公奉天子詔督諸軍，吾奉天子詔督諸生。」竟出。後與御史有隙，卽率諸生手鋃鐺，欲鎖御史，御史杜門不敢應。坐搆免，名益重。方岳部使過汴，必謁李，年位既不甚高，見則據正坐，使客侍坐，往往不堪，乃起寧藩之獄，陷李幾死。林尚書待用力救得免，自是不復振。

何仲默謂獻吉振大雅，超百世，書薄子雲，賦追屈原。王子衡云：「執符於雅謨，游精於漢魏，以雄渾爲堂奥，以蘊藉爲神樞，思入玄而調寡和。如鳳矯龍變，人罔不知其爲祥，亦罔不駭其異。」黄勉之云：「興起學士，挽回古文，五色錯以彪章，八音和而協美。如玄造包乎品物，海渤匯夫波流。」又云：「江西以後，愈妙而化，如玄造範物，鴻鈞播氣，種種殊別，新新無已。」其推尊之可謂至矣。然王敬夫薛君采各有漫興詩，王詠何云：「若使老夫須下拜，便教獻吉也低頭。」薛云：「俊逸終憐何大復，粗豪不解李空同。」則似有不盡然者。及觀何之駁李詩，有云：「詩意象應曰合，意象乖曰離。空同丙寅間詩爲合，江西以後詩爲離。試取丙寅作，叩其音，尚中金石，而江西以後之作，辭艱者意反近，意苦者辭反常，色黯淡而中理，披慢讀之，若摇鞞鐸耳。」李之駁何則曰：「如摶沙弄泥，散而不瑩，闊大者鮮把持。文又無針線。」又云：「如仲默『神女賦』、『帝京篇』、『南游日』、『北上年』，四句接用，古有此法乎？蓋彼知神情會處下筆成章爲高，而不知高而不法，其勢如搏巨蛇，駕風螭，步驟雖奇，不足訓也。君詩結語太咄易，七言律與絶句等，更不成篇，亦寡音節，百年萬里，何其層見疊出也。七言若剪得上二字，言何必七也。」二子之言，雖中若戈矛，而功等藥石，特何謂李江西以後爲離，與勉之言背馳，此未識李耳。李自有二病，曰：模做多，則牽合而傷跡；結搆易，則粗縱而弗工。

獻吉之於文，復古功大矣。所以不能厭服衆志者，何居？一曰操撰易，一曰下語雜。易則沉思者病之，雜則顓古者卑之。

獻吉文，如譜傳于肅愍康長公碑、封事數章佳耳，其他多涉套，而送行序，尤率意可厭。殷少保正甫爲于鱗誌銘云：「能不爲獻吉也者，乃能爲獻吉者乎？」唯于鱗自云亦然。歌行之有獻吉也，其猶龍乎？仲默于鱗，其麟鳳乎？夫鳳質而龍變，吾聞其語矣，未見其人也。

賦至何李，差足吐氣，然亦未是當家。近見盧次楩繁麗濃至，是伊門第一手也。惜應酬爲累，未盡陶洗之力耳。余與李于鱗言盧是一富賈胡，羣寶悉聚，所乏陶朱公通融出入之妙，李大笑以爲知言。然李材高，不肯作賦，不知何也。俞仲蔚小，乃時得佳者，其爲誄贊，辭殊古。

余嘗於同年袁生處，見獻吉與其父永之僉憲書，極言其内弟左國璣猜忌之狀。末有云：「此人尚爾，何況邊李耶？」邊蓋尚書庭實，與獻吉素稱國士交者。又獻吉晚爲其甥曹嘉所厄良苦，豈文士結習，例不免中人忌耶？

仲默別集，亦不能佳，惟空同集是獻吉自選，然亦多駁雜可删者。余見李嵩憲長稱其「黄河水遶漢宫牆，河上秋風雁幾行。客子過壕追野馬，將軍韜箭射天狼。黄塵古渡迷飛輓，白月横空冷戰場。聞道朔方多勇略，只今誰是郭汾陽」一首。李開先少卿誦其逸詩凡十餘首，極有雄渾流麗，勝其集中存者，爾時不見選，何也？余往被酒跌宕，不能請録之，深以爲恨。

昌穀自選迪功集，咸自精美，無復可憾。近皇甫氏爲刻外集，袁氏爲刻五集。五集卽少年時所稱「文章江左家家玉，烟月揚州樹樹花」者是已，餘多稚俗之語，不堪覆瓿。世人猥以重名，遂概收梓，不知舞陽絳灌既貴後，爲人稱其屠狗吹簫，以爲佳事，寧不泚顙。

五七言律至仲默而暢，至獻吉而大，至于鱗而高。絶句俱有大力，要之有化境在。

獻吉有限韻贈黄子一律云：「禁烟春日紫烟重，子昔爲雲我作龍。有酒每邀東省月，退朝曾對掖門松。十年放逐同梁苑，中夜悲歌泣孝宗。老體幸强黄犢健，柳吟花醉莫辭從。」昌穀有寄獻吉一律云：「汝放金鷄别帝鄉，何如李白在潯陽？日暮經過燕市曲，解裘同醉酒罏傍。徘徊桂樹涼風發，仰視明河秋夜長。此去梁園逢雨雪，知予遥度赤城梁。」李雖自少陵，徐自青蓮，而李得青蓮長篇法，徐得崔沈琢句法，當爲本朝七言律翹楚。而諸家選俱未及，于鱗亦遺之，皆所未解也。

國朝習杜者凡數家，華容孫宜得杜肉，東郡謝榛得杜貌，華州王維楨得杜一支，閩州鄭善夫得杜骨，然就其所得，亦近似耳。唯夢陽具體而微。

李少卿報蘇屬國書，不必論其文及中有逗脱者，其傅合史傳，纖毫畢備，贋作無疑。第其辭感慨悲壯，宛篤有致，故是六朝高手。明唐伯虎報文徵明、王稚欽答余懋昭二書，差堪叔季。伯虎他作俱不稱，稚欽於文割裂，比擬亡當者，獨尺牘差工耳。

講學者動以詞藻爲雕搜之技，工文者則舉拙語爲談笑之資，若枘鑿不相入，無論也。七言最不易工，吾姑舉諸公數聯，如「翼軫衆星朝北極，岷嶓諸嶺導南條」，「天連巫峽常多雨，江過潯陽始上潮」，此薛文清句也。「溪聲夢醒偏隨枕，山色樓高不礙牆」，「狂搔短髮孤鴻外，病臥高樓細雨中」，「千家小聚村村暝，萬里河流處處同」，「殘書漢楚燈前壘，小閣江山霧裏詩」，「化石未成猶有淚，舞鸞雖在不驚塵」，此莊孔暘句也。「竹林背水題將徧，石筍穿沙坐欲平」，「出牆老竹青千個，泛浦春鷗白一雙」，「時時竹几眠看客，處處桃符寫似人」，「竹徑傍通沽酒寺，桃花亂點釣魚船」，此陳公甫句也。「萬里滄江生白髮，幾人燈火坐黄昏」，「半空虛閣有雲住，六月深松無暑來」，「春山日暮成孤坐，游子天涯正憶歸」，「沙邊宿鷺寒無影，洞口流雲夜有聲」，「春巖過雨林芳淡，暗水穿花石溜分」，「且留南國春山興，共聽西堂夜雨聲」，「天迴樓臺含氣象，月明星斗避光輝」，「幽人月出每孤往，棲鳥山空時一鳴」，「山色古今餘王氣，江流天地變秋聲」，「棋聲竹裏消閒晝，藥裏窗前對病僧」，「月遶旌旗千嶂暗，風傳鈴柝九溪寒」，此王文成句也，何嘗不極其致。

公甫少不甚攻詩，伯安少攻詩而未就，故公甫出之若無意者，伯安出之不免有意也。公甫微近自然，伯安時有警策。

顧華玉才華在朱鄭之上，特以其調少下耳。如「君王自信圖中貌，靜女虛迎夢裏車」，又「古寺頻來僧盡老，重陽欲近蟹爭肥」，無論體裁，俱雋婉有味。至「御前却輦言無忌，衆裏當熊死不辭」，尤覺矯矯壯麗。朱句如「寒菊抱花餘舊摘，慈鴉將子試新飛」，亦自楚楚。華玉塡楚，詔修承天誌，以王廷陳顏木應，後不稱旨，一時人亦以爲非宜。自今思之，自不可及，華玉能識今江陵公於未冠時，足稱具眼。

王敬夫七言律有「出門二月已三月，騎馬陳州來亳州」一首，風調佳甚，而選者俱不之知，何也？

邊庭實聞己卯南征事云：「不信土人傳接駕，似聞天語詔班師。」此欲爲古人惻怛忠厚之語，而未免紐造也。至結語「東海細臣瞻巨斗，北樞終夜幾曾移」，愈有理趣而愈不佳。「東海」「北樞」猶爲彼善，「細臣」「巨斗」二字何出？吾最愛其「庭際何所有？有萱復有芋。自聞秋雨聲，不種芭蕉樹」。于鱗詩删亦收之。然芭蕉豈可言樹，芋豈庭中佳物，且獨無雨聲乎？俱屬未妥。若作「自憐秋雨滴，不復種芭蕉」，或云「自聞秋雨聲，不愛芭蕉色」，則上韻亦自可押，而意尤深婉。如題文山祠：「花外子規燕市月，柳邊精衛浙江潮。」却甚精麗。

邊庭實以按察移疾還，每醉，則使兩伎肩臂，扶路唱樂，觀者如堵，了不爲怪。關中許宗魯何棟、西蜀楊名無夕不縱倡，漸以成俗。有規楊用脩者，答書云：「文有仗境生情，詩或托物起興。如崔延伯，每臨陣則召田僧超爲壯士歌；宋子京修史，使麗豎爇椽燭；吴元中起草，令遠山磨隃麋。是或一道也，走豈能執鞭？古人聊以耗壯心，遣餘年，所謂老顛欲裂風景者，良亦有以。不知我者不可聞此言，知我者不可不聞此言。」

康德涵六十，要名伎百人，爲百歲會。既會畢，了無一錢，第持牋命詩送王邸處置。時鄠杜王敬夫名位差亞，而才情勝之，倡和章詞，流布人間，遂爲關西風流領袖，浸淫汴洛間，遂以成俗。

崔子鍾好劇飲，嘗至五鼓，踏月長安街，席地坐。李文正時以元相朝天，偶過早，遥望之曰：「非子鍾耶？」崔便趨至輿傍拱曰：「老師得少住乎？」李曰：「佳。」便脱衣行觴，火城漸繁，始分手别。崔每一舉百餘觥船不醉，醉輒呼：「劉伶小子，恨不見我！」

楊用脩自滇中戍暫歸瀘，已七十餘，而滇士有讒之撫臣昺者。昺俗戾人也，使四指揮以鋃鐺鎖來。用脩不得已至滇，則昺已墨敗。然用脩遂不能歸，病寓禪寺以没。

明興，稱博學饒著述者，蓋無如用脩。其所撰，有升菴詩集升菴文集升菴玉堂集南中集南中續集七十行戍稿升菴長短句陶情樂府續陶情樂府洞天玄記滇載記轉注古音略古音叢目古音獵要古音複字古音駢字古音附録異魚圖贊丹鉛餘録丹鉛續録丹鉛摘録丹鉛閏録丹鉛别録丹鉛總録墨池瑣録書品詞品升菴詩話詩話補遺筮篠新詠月節詞檀弓叢訓墐户録瀑布泉行須候記夏小正録升菴經説楊子卮言卮言閏集敝帚病榻手欥晞籛瓴六書索隱六書練證經書指要。其所編纂，有詞林萬選禪藻集風雅逸編藝林伐山五言律祖蜀藝文志唐絶精選唐音百絶皇明詩抄赤牘清裁赤牘拾遺經義模範古文韻語敍管子録引書晶釓選詩外編交游詩録絶句辨體蘇黄詩體宛陵六一詩選五言三韻詩選五言别選李詩選杜詩選宋詩選元詩選羣書麗句名奏菁英羣公四六節文古今風謡古韻詩略説文先訓文海釣鰲禪林鉤玄填詞選格百琲明珠古今詞英填詞玉屑韻藻古諺古雋寰中秀句六書索隱六書練證逸古編經書指要詩林振秀。楊工於證經而疏於解經，博於稗史而忽於正史，詳於詩事而不得詩旨，精於字學而拙於字法，求之宇宙之外而失之耳目之前，凡有援據，不妨墨守，稍涉評擊，未盡輸攻。

用脩謫滇中，有東山之癖。諸夷酋欲得其詩翰，不可，乃以精白綾作裓，遺諸伎服之，使酒間乞書。楊欣然命筆，醉墨淋漓裙袖，酋重賞伎女購歸，裝潢成卷。楊後亦知之，便以爲快。

用脩在瀘州，嘗醉，胡粉傅面，作雙丫髻插花，門生舁之，諸伎捧觴，游行城市，了不爲怍。

人謂此君故自汗，非也。一措大裹赭衣，何所可忌？特是壯心不堪牢落，故耗磨之耳。

予少時嘗見傳楊用脩春興，末聯云：「虚擬短衣隨李廣，漢家無事勒燕然。」甚美其意，爲之擊節。又讀陸子淵聞警一聯云：「大將能揮白羽扇，君王不愛紫貂裘。」紫貂事雖稍涉宋，然不甚露。其使事之工，駢整含蓄，殊不易匹。後得全什讀之，俱不稱也。因記於此。

常明卿多力善射，雖爲文法吏，時鞢韋跗注兩鞬騎而馳於郊。諸徹侯子弟從俠少年飲，常前突據上坐，起角射，咸不及。問，稍知爲常評事，敬之，奉大白爲壽，常引滿沾醉，竟馳去弗顧。又時過倡家宿，至日高春徐起，或參會不及，長吏訶之，敖然曰：「故賤時過從胡姬飲，不欲居薄耳。」竟用考調判陳州，庭詈御史，以法罷歸，益縱酒自放。居恒從歌伎酒間度新聲，悲壯豔麗，稱其爲人。又好彭老御内術，自謂得之，神仙可立致。一日省墓，從外舅滕洗馬飲，大醉，衣紅，腰雙刀，馳馬塵絶，從者不及前。渡水，馬顧見水中影，驚蹶墮水，刃出於腹，潰腸死，年僅三十四。平陽守王溱其故人，爲收葬之。常有詩弔韓信曰：「漢代稱靈武，將軍第一人。褟奇緣躡足，功大不謀身。帶礪山河在，丹青祠廟新。長陵一抔土，寂寞亦三秦。」至今爲中原豪俠之冠。

豐坊者，初字存禮，舉進士高第，爲禮部主事，以無行黜歸家。坐法竄吴中，改名道生，字人翁，年老篤病死。坊高材博學，精法書。其於十三經，自爲訓詁，多所發明，稍誕而僻者，則托名古註疏，或創稱外國本。於搆詩文，下筆數千言立就，則多刻它名士大夫印章。僞撰字稍怪拙，則假曰：「此某碑某碑體也。」又爲人撰定法書，以真易贋，不可窮詰。又用蓄毒蛇藥殺人，强淫子女，奪攘財産，事露，人畏而恥之。吾友沈嘉則云：「蓄毒蛇以下事無之，第狂僻縱口，若含沙之蟲，且類得心疾者。」因舉其一端云：「嘗要嘉則具盛饌，結忘年交。居一歲，而人或惡之曰：『是嘗笑公文者。』卽大怒，設醮詛之上帝。凡三等：云在世者宜速捕之，死者下無間獄，勿令得人身。一等皆公卿大夫與有睚眦者也；二等文士或田野布衣，嘉則爲首；三等鼠蠅蚤虱蚊也。」此極大可笑。

藝苑巵言卷七

高子業少負淵敏，生支干與僞漢友諒同。既遷楚臬，恒邑邑不自得，發病卒，實友諒彭湖之歲也。其詩如「積賤詎有基，履榮誠無階」，「既妨來者途，誰明去矣懷」，「茫然大楚國，白日失兼城」，「久卧不知春，茫然怨行役」，「爲客難稱意，逢人未敢言」，「失路還爲客，他鄉獨送君」，「衆女競中閨，獨退反成怒」，「寒星出户少，秋露墜衣繁」，「以我不如意，逢君同此心」，「當軒留騶馬，出户倚雙童」，「里中夷門監，牆外酒家胡」，「爲農信可歡，世自薄耕稼」，「問年有短髮，逐世無長策」，「林深得日薄，地静覺蟬多」，又「文章知汝在，功名何物是」，「騎馬問春星，殘雨夕陽移」，清婉深至，五言上乘。

王穉欽少爲文，頃刻便就，多奇氣，然好狎遊、黏竿、風鳶諸童子樂。又蹶不可馴，父每挾扑之，輒呼曰：「大人奈何輒虐海内名士耶？」爲翰林庶吉士，詩已有名，其意不可一世，僅推何景明，而好薛蕙鄭善夫。故事：學士二人爲庶吉士師，甚嚴重。穉欽獨心易之，時登院署中樹而窺，學士過故作聲驚使見，大恚，然度無如何，佯爲不知也，乃已。當授官給事中，用言事，故詔特予外補裕州守。既中不屑州，而以諫出，知當召，益驕甚，臺省監司過州，不出迎，亦無所托

疾。人或勸之，怒曰：「齷齪諸盲官受廷陳迎邪當不愧死！」一日出候其師蔡潮，以他藩道者，潮
好謂曰：「生來候我固厚，而分守從後來，亦一見否？且生厚我以師故，即分守，君命也。」稚欽
曰：「善。」乃前迎分守。而分守既下車，數州吏微過，當稚欽笞之十。稚欽大罵曰：「蔡師悞王先
生見辱！」挺身出，悉呼其吏卒從守，勿更侍，一府中慴伏，亡敢留者。分守窘不能具朝餔，謀於
蔡潮。潮爲謝過，稍給之，僅得夜引去。於是監司相戒，莫敢道裕州，而恨稚欽益甚，爲文致逮
下獄，削秩歸。家居愈益自放，達官貴人來購文好見者，稚欽多蓬首垢足囚服應之。間衣紅紵
窄衫，跨馬或騎牛，嘯歌田野間，人多望而避者。晚節詩律尤精，好縱倡樂，有聞箏一首：「花月
可憐春，房櫳映玉人。思繁纖指亂，愁劇翠蛾顰。授色歌頻變，留賓態轉新。曲終仍自敍，家世
本西秦。」又一書答人云：「綺席屢改，伎倆雜陳，絲肉競奏，宮徵暗和。羲和既逝，蘭膏嗣輝。
逸興狎悰，干霄薄雲，禮廢罰弛，履遺纓絕。」俱妙極形容，可謂才子。

顔惟喬爲亳守，有幹聲，與武帥搆訐，罷歸。故人爲分守，至，隨訪之，屏跡不可復見。既行
部他邑，有田父荷擔以隻鷄甗酒由中道入者，訶之，乃惟喬也，因留劇飲至醉，委甗擔而去。追
問邸舍人，莫能蹤跡。惟喬草隨志，稱良史，余讀之殊不稱。又徐子與致其全集若干卷，亦平平
耳，遠不逮王裕州。

鄭郎中善夫初不識王儀封廷相，作漫興十首，中有云：「海內談詩王子衡，春風坐遍魯諸

生。」後鄭卒，王始知之，爲位而哭，走使千里致奠，爲經紀其喪，仍刻其遺文。人之愛名也如此。

孫太初玉立美髯，風神俊邁，嘗寓居武林。費文憲罷相東歸，訪之，值其晝寢，孫故臥不起，久之，費坐語益恭，孫乃出，又了不謝。送之及門，第矯首東望曰：「海上碧雲起，遂接赤城，大奇大奇。」文憲出，謂馭者曰：「吾一生未嘗見此人。」

吴中如徐博士昌穀詩，祝京兆希哲書，沈山人啓南畫，足稱國朝三絶。楊修撰之南中稿，穠麗婉至，華學士之巖居稿，清淡簡遠，俱遠勝玉堂之作。然楊稿自南充王公刻外，絶不能佳。貴精不貴多，寧獨用兵而已哉！

胡孝思嘗爲吾吴郡守，才敏風流，前後罕儷。公暇多游行湖山園亭間，從諸名士一觴一詠，題墨淋漓，遍於壁石。後遷御史中丞，撫河南。肅帝幸楚，爲一律紀事云：「聞道鑾輿曉渡河，嶽雲縹緲護晴珂。千官玉帛嵩呼盛，萬國衣冠禹貢多。鎖鑰北門留統制，璿璣南極扈羲和。穆天八駿空飛電，湘竹英皇淚不磨。」刻之石。後以他事坐罷家居者數載矣，嘗扑一貪令王聯，其人爲户部主事，以不職免，殺人下獄當死，乃指「穆天」、「湘竹」爲怨望呪詛，而所緐成獄及生平睚眦，皆指爲孝思奸黨，奏之，上大怒，悉捕下獄，欲論死，分宜相陶真人力救解，久之乃罷免，猶摘杖孝思三十。當是時，孝思將八十矣，了不怖懾，取錦衣獄中柱械之類八，曰制獄八景，爲詩紀之。衆争咎孝思，掣其筆曰：「君正坐詩至此耳，尚何吾伊爲！」孝思澹然詠不輟，曰：「坐詩當死，今不作詩，得免死耶？」出獄時，謝茂秦貽之詩，有云：「白首全生逢聖主，青山何意見騷人。」孝思方病杖創甚，呻吟間，猶口占韻以謝。人謂孝思意氣差勝蘇長公，才不及耳。

孝思守吴日，於諸生最好黄勉之王履吉袁永之，而不能知陸浚明。黄王俱不振以死，而永之領解甲第臚傳。浚明再魁省會試，館選第一，爲給事中，主試浙江，時孝思以左參政與鹿鳴宴，頗遭譏訕，人兩不與也。勉之爲人本任誕，而矜局自位置，時引勝流爲重，最稱博洽；於文多擬古而不出自然，好持論而不甚當，負經濟而寡切用，然視吴人膚立皮相者天壤矣。履吉玉立秀雅，饒酒德，使人愛而思之；詩筆翩翩華麗，足稱名家。浚明高爽奇逸，尚氣慷慨，急人之難甚於己，頗負用世才而不究。永之高狷自好，時有恪聲。然二子文實清雅典則，非它瑣瑣比也。浚明不長於詩，亦不以詩自顯。

黄才伯詩亦有佳語，如「青山知我吏情澹，明月照人歸夢長」，又「長空贈我以明月，海內知心惟酒杯」，「門前馬躍簫鼓動，栅上鷄啼天地開」，「倦游却憶少年事，笑擁如花歌落梅」，雖格不甚古，而逸宕可取。然至末句，乃自註云：「欲盡理還之喻。」蓋此公作美官講學，恐人得而持之也，可發詞林一笑。

少陵句云：「淮王門有客，終不愧孫登。」頗無關涉，爲韻所强耳，後世不解事人翻以爲法。至於北地所謂「鄭綮騎驢，無功行縣」，行縣、騎驢既非實事，王績鄭綮又否通人，生俗無謂，大可戒也。近代謝茂秦大有此病，蓋不學之故。

江暉字景暘，文昭公瀾子也。以翰林修撰爲按察僉事，年三十六死。有文集曰亶爰子集。按山海經曰：「亶爰之山，多水，無草木，不可以上。有獸焉，其狀如狸而有髮，名曰類，自爲牝牡。食者不妬。」取以名集，别無深義。暉好以奇癖字作文，初若不易解者，解之得平平耳。王稚欽有詩嘲之云：「江生突兀揚文風，千奇萬怪難與窮。博物豈惟精爾雅，識字何止過揚雄。古心已出丘索上，邃旨或與神明通。求深索隱苦不置，一言忌使流俗同。令弟大篆逼鐘鼎，絶藝恥作斯邕等。生也爲文遺弟書，一出皆稱二難並。縱有楚史不可讀，滿堂觀者徒張目。少年往往致譏評，生也不言但捫腹。君不見好醜從來安可期，豪傑有時翻自疑。伯牙竟爲知音惜，卞氏能無抱璞悲。請君賓此無易轍，聖人復起當相知。」讀此大略可見。

黄五嶽省曾言南城羅公玘好爲奇古，而率多怪險組飣之辭。居金陵時，每有撰造，必棲踞於喬樹之巔，霞思天想。或時閉坐一室，客有於隙間窺者，見其容色枯槁，有死人氣，皆綏履以出。都少卿穆乞伊考墓銘，銘成，語少卿曰：「吾爲此銘，瞑去四五度矣。」今其所傳圭峯稿者，大抵皆樹巔死去之所得也。

「宫采初傳長命縷，中官競插辟兵符。」「衡陽刺史新除道，濟北藩王已上書。」「雪後錦裘行塞外，月明清嘯滿樓中。」「賜第近連平樂觀，入朝新給羽林兵。」「儒生東閣承顔色，酋長西羌識姓名。」「繁花向日宜供笑，幽鳥逢春各異啼。」「老去自吹秦觱栗，西征曾比漢嫖姚。」「水落盡如雷電過，山迴俱作鳳皇飛。」「山學翠屏開作畫，水從金谷瀉成春。」「門逕近連馳道樹，池塘遥接漢宮流。」「雲裁玉葉和烟潤，瀑濺珠花映雨飛。」此嘉靖時爲初唐者也。「細雨薜蘿侵石徑，深秋粳稻滿山田。」「業淨六根成慧眼，身無一物到茅庵。」「空庭廬嶽晴雲色，燕坐潯陽江水聲。」「虎患已從鄰境去，猿聲偏近郡齋前。」「萬里辭家身是夢，三年作郡口爲碑。」「遠院松林嵐翠重，滿庭蕉葉雨聲多。」「清樽自對叢花發，高枕無如啼鳥何。」此其稍變而中唐者也。

吾友宗子相，天姿奇秀，其詩以氣爲主，務於勝人，間有小瑕及遠本色者，弗恤也。吴明卿才不勝宗，而能求詣實境，務使首尾匀稱，宫商諧律，情實相配。子相自謂勝吴，默已不戰屈矣。徐子與斟酌二子，頗得其中，已是境地，精思便達。梁公實工力故久，才亦稱之，嘗爲别余輩詩一百韻，膾炙人口。惜梧汗未幾，中道摧殞，每一念之，不勝威明絶鍔之痛。

子相自閩中手一編遺余，乃五七言近體，予摘其佳句書之屏間，雖沈佺采王筠之華，皮生推浩然之秀，不是過也。世言古今不相及，殊嘖嘖，有識者當辨之耳。中聯寄贈予者，如「萬里蘼蕪色，秋風一夜深」，又「一身詩作癖，萬事酒相捐」，「枕簟疏秋雨，江山隔暮烟」，又「金山一柱立，滄海萬波隨」，又「愁來失俯仰，書去畏江河」，又「屢書心盡折，一字眼堪枯」，又「袖中芳草寒相負，馬首梅花春自憐」，「孤角千家滄海戍，故人雙鬢薊門烟」。他作如「開尊銷夜燭，聽雨長春蔬」，又「爾輩甘雲臥，吾生豈陸沉」，又「宦情疏病後，世事得愁先」，又「青山移病遠，白雁寄書輕」，又「忽雨新楓橘，如雲長蕨薇」，又「江樹低從密，溪流曲更分」，又「雨氣千江入，秋聲萬木多」，又「日落中原紫，天高北斗垂」，又「夜立殘砧杵，園行久薜蘿」，又「江平低雁翼，潮落進漁竿」，又「星河雙杵夕，風雨七陵秋」，又「戰伐乾坤色，安危將相功」，又「白雪孤調世，黃金巧識人」，又「種橘開新溜，尋芝數落霞」，又「生難看白髮，死豈負青山」，又「誰家羌笛吹明月，無數梅花落早春」，又「愁邊鴻雁中原去，眼底龍蛇畏路多」，又「衡泥匹馬時時立，入座寒雲片片孤」，又「絶壁晝開風雨色，斷虹秋掛薜蘿長」。結句如「登樓知有賦，莫向衆人傳」，又「浮生同遠近，斟酌向鷗鷺」，又「泰陵千古淚，一灑翠華東」，又「吾將付風雨，片片作龍鱗」賦筍。又「自知寒色甚，不敢怨明珠」，又「薊門舊侶能相憶，八月雙鴻起太湖」，又「衣裳歲暮吾將換，好與青山長薜蘿」，又「浮生轉覺江湖窄，難把衣裳任芰荷」，又「醉來偃蹇三湘裏，更是何人白雪篇」，又「江門十里垂楊色，莫把時名負釣綸」，精言秀語，高處可掩王孟下亦不失錢劉。

謝茂秦曳裾趙藩，嘗謁崔文敏銑，崔有詩贈之。後以救盧次楩，北游燕，刻意吟詠，遂成一家。句如「風生萬馬間」，又「馬渡黃河春草生」，皆佳境也。其排比聲偶，爲一時之最，第興寄小薄，變化差少。僕嘗謂其七言不如五言，絶句不如律，古體不如絶句，又謂如程不識兵，部伍肅然，刁斗時擊，而寡樂用之氣。

吾嘗合刻盧次楩俞仲蔚及茂秦集，蓋取次楩騷賦，俞五言古，謝近體爲一耳。然歌行既乏，絶句亦少。俞嘗有寶劍篇，中云：「海内嘗令萬事平，匣中不惜千年死。」如此語亦不可多得。

徐子與之於各體，無所不工。明卿乃有獨至。

李于鱗文，無一語作漢以後，亦無一字不出漢以前。其自敍樂府云：「擬議以成其變化。」又云：「日新之謂盛德。」亦此意也。若尋端議擬以求日新，則不能無微憾，世之君子，乃欲淺摘而痛訾之，是訾古人矣。

文繁而法，且有委，吾得其人曰李于鱗。簡而法，且有致，吾得其人曰汪伯玉。

余嘗有漫興十絶，其一云：「野夫興到不復删，大海迴風生紫瀾。欲問濟南奇絶處，峨眉天半雪中看。」於乎！此義邈矣，寥寥誰解者。

于鱗與子與書云：「許殿卿海右集屬某中尉爲序，不佞嘗欲畀諸炎火，乃周公瑕亦曰是。既已，不能禁其傳，然不可以欺智者，亦唯任之。」昨歐楨伯訪海上云：某謂于鱗近過一國尉園亭賦詩，落句云「司馬相如字長卿」，鄙不成語乃爾，定虚得名耳。此正是游戲三昧，似稚非稚，似拙非拙，似巧非巧，不損大家，特此法無勞模擬耳。于鱗之欲焚某序，的然不錯也。

于鱗才可謂前無古人，至於裁鑒，亦不能無意。向余爲其古今詩删序云：「令于鱗而輕退古之作者，間有之；于鱗舍格而輕進古之作者，則無是也。」此語雖爲于鱗解紛，然亦大是實録。始見于鱗選明詩，余謂如此何以鼓吹唐音。及見唐詩，謂何以衿裾古選。及見古選，謂何以箕裘風雅。乃至陳思贈白馬、杜陵李白歌行，亦多棄擲。豈所謂英雄欺人，不可盡信耶？

于鱗爲按察副使，視陝西學，而鄉人殷者來巡撫。殷以刻覈名，尤傲而無禮，嘗下檄于鱗代撰奠章及送行序，于鱗不樂，移病乞歸，殷固留之。入謝，乃請曰：「臺下但以一介來命，不則尺蹏見屬，無不應者，似不必檄也。」殷愕然起謝過，有所屬撰，以名刺往。而久之復移檄，于鱗恚曰：「彼豈以我重去官耶！」即上疏乞休，不待報竟歸。吏部惜之，用何景明例，許養疾，疾愈起用，蓋異數也。于鱗歸杜門，自兩臺監司以下請見不得。去亦無所報謝，以是得簡倨聲。又嘗爲詩，有云：「意氣還從我輩生，功名且付兒曹立。」諸公聞之，有欲甘心者矣。

于鱗一日酒間，顧余而笑曰：「世固無無偶者，有仲尼，則必有左丘明。」余不答，第目攝之，遽曰：「吾誤矣。有仲尼，則必有老聃耳。」其自任誕如此。

于鱗嘗爲朱司空賦新河詩，中一聯曰：「春流無恙桃花水，秋色依然瓠子宫。」不知者以爲上罩下重。按三月水謂之桃花水，爲害極大。此聯不惟對偶精切，而使事用意之妙，有不可言者。闕駰九州記：「正月解凍水，二月白蘋水，三月桃花水，四月瓜蔓水，五月麥黄水，六月山礬水，七月豆花水，八月荻苗水，九月霜降水，十月後槽水，十一月走凌水，十二月蹙凌水。」

于鱗自棄官以前，七言律極高華，然其大意，恐以字累句，以句累篇，守其俊語，不輕變化。故三首而外，不耐雷同。晚節始極旁搜，使事該切，措法操縱，雖思探溟海，而不墮魔境。世之耳觀者，乃謂其比前少退，可笑也。歌行方入化而遂没，惜其不多，寥寥絶響。

余爲比部郎，嘗與蔡子木臬副、徐子與主事、吴明卿舍人、謝茂秦布衣飲。謝時再游京師，詩漸落，子木數侵之，已被酒，高歌其夔州諸詠，亦平平耳。甫發歌，明卿輒鼾寢，鼾聲與歌相低昂，歌竟，鼾亦止，爲若初醒者，子木面色如土，雖予輩亦私過之。子與復與子木論文，不合而罷。後五歲，子木以中丞撫河南，子與守汝寧，明卿謫歸德司理，張肖甫謫裕州同知，皆屬吏也。子木張宴，備賓主，身行酒炙，曰：「吾烏得有其一以慢三君子。」尋具疏薦之。余謂子木雅士不俗，居然前輩風，近更寥寥也。

王允寧爲修撰時，余嘗一再識之，長大白皙，談説時事，慷慨激烈，男子也。於文，遠則祖述司馬少陵，近則師稱北地而已，意不可一世士。又好嫚駡人，人多外慕而中畏之。其所最善者，孫尚書陞，時爲中允。其同年敖祭酒，以書規切之，允寧答云：「僕猶夫故吾耳。顧於南中不宜，且南中亦不宜於吾，以故人取其近似者以爲名，曰伉厲守高也。且僕戇直朴略，受性已定，猶僕之貌，修幹廣顙，昂首掀眉，揭膺闊步，皆造化陶冶，不可移易。古之挾仙術者，能蜕人骨，不能易人貌。今公責僕勿高勿卑，擇中而居之，亦嘗有以里婦之效顰聞於公者乎？僕即死勿顧也。」

允寧後念其母老病，乞南，得國子祭酒。歸省，道經華山，爲文祭之，大約以母素敬神而不蒙庇，即愈吾母病，吾太史也，能爲文以不朽神，其辭頗支離怪誕。居無何，以地震死。西安李戶部愈素恨允寧，假華山神爲文詈而僇之，今並傳關中。

謝茂秦年來益老誖，嘗寄示擬李杜長歌，醜俗稚鈍，一字不通，而自爲序，高自稱許，其略云：「客居禪宇，假佛書以開悟。暨觀太白少陵長篇，氣充格勝，然飄逸沉鬱不同，遂合之爲一，入乎渾淪，各塑其像，神存兩妙，此亦攝精奪髓之法也。」此等語何不以溺自照。又俞仲蔚古調本是名家，五言律亦不惡，沾沾爲七言律不已，何也？乃知宇宙大矣，無所不有。

王允寧生平所推伏者，獨杜少陵。其所好談說，以爲獨解者，七言律耳。大要貴有照應，有開闔，有關鍵，有頓挫，其意主興主比，其法有正插，有倒插。要之杜詩亦一二有之耳，不必盡然。予謂允寧釋杜詩法如朱子註中庸一經，支離聖賢之言，束縛小乘律，都無禪解。

于鱗擬古樂府，無一字一句不精美，然不堪與古樂府並看，看則似臨摹帖耳。五言古，出西京建安者，酷得風神，大抵其體不宜多作，多不足以盡變，而嫌於襲；出三謝以後者，峭峻過之，不甚合也。七言歌行，初甚工於辭，而微傷其氣，晚節雄麗精美，縱横自如，燁然春工之妙。五七言律，自是神境，無容擬議。絶句亦是太白少伯雁行。排律比擬沈宋，而不能盡少陵之變。誌傳之文，出入左氏司馬，法甚高，少不滿者，損益今事以附古語耳。序論雜用戰國策韓非諸子，意深而詞博，微苦纒擾。銘辭奇雅而寡變。記辭古峻而太琢。書牘無一筆凡語。若以獻吉並論，于鱗高，獻吉大；于鱗英，獻吉雄；于鱗潔，獻吉冗；于鱗艱，獻吉率。今具眼者左右袒，必有歸也。

馮汝言纂取古詩，自穹古以至陳隋，無所不採，且人傳其略，可謂詞家之苦心，藝苑之功人矣。然遠則延壽易林、山海經圖讚，近而周興嗣千文，皆在所遺，恐當補録。

喬景叔世寧己酉歲以楚藩參入賀萬壽，余時見之，短而髯，温然長者也。所有行卷，僅百餘篇耳，頗膾炙人口。又十餘年，景叔卒。近有以其丘隅集來者，云景叔所自選。余猶記其行卷内一七言律寄王太史元思謫戍玉壘者云：「學士兩朝供奉年，上林詞賦萬人傳。一從玉壘長爲客，幾放金雞未擬還。聞道買田臨灌口，能忘歸馬向秦川。五陵他日多豪俊，空望城南尺五天。」詞頗佳，而集不之選，何也？集詩小弱不稱，豈梓行者有長吉友人之恨耶？聞康德涵卒後，佳文章俱爲張孟獨摘取，今其集殊不滿人意。以此，予於于鱗，不爲删削耳。

太原兄弟，俱擅菁華，貢士沖、司直涍、司勳汸、虞部濂。汝南父子，嗣振騷雅。省曾姬水。徵仲三絶，彭嘉有二。道復二妙，括得其一。吳中一時之秀，海内寡儔。

皇甫子安之東覽，古選頗勝；子循之禪棲，近體爲佳。子安卒，蔡子木以詩哭之云：「五字沉吟詩品絶，一官憔悴世途難。」可謂實録。蔡每對余讀，輒哽咽淚。又華先生哭施子羽云：「生前獨行殊寡諧，死後遺文更誰輯。」比之「一領青衫消不得」者，更神傷矣。

余十五時，受易山陰駱行簡先生。一日，有鬻刀者，先生戲分韻教余詩，余得「漠」字，輒成句云：「少年醉舞洛陽街，將軍血戰黃沙漠。」先生大奇之，曰：「子異日必以文鳴世。」是時畏家嚴，未敢染指，然時時取司馬班史、李杜詩竊讀之，毋論盡解，意欣然自愉快也。十八舉鄉試，乃間於篇什中得一二語合者。又四年成進士，隸事大理，山東李伯承燁燁有俊聲，雅善余持論，頗相下上。明年爲刑部郎，同舍郎吳峻伯王新甫袁履善進余於社。吳時稱前輩，名文章家，然每余一篇出，未嘗不擊節稱善也。亡何，各用使事，及遷去，而伯承者前已通余於于鱗，又時時爲余言于鱗也，久之，始定交。自是詩知大曆以前，文知西京而上矣。已于鱗所善者布衣謝茂秦來，已同舍郎徐子與梁公實來，吏部郎宗子相來，休沐則相與揚扢，冀於探作者之微，蓋彬彬稱同調云。而茂秦公實復又解去，于鱗乃倡爲五子詩，用以紀一時交游之誼耳。又明年而余使事竣還北，于鱗守順德出，茂秦登吳明卿，又明年同舍郎余德甫來，又明年户部郎張肖甫來，吟詠時流布人間，或稱「七子」或「八子」，吾曹實未嘗相標榜也。而分宜氏當國，自謂得旁採風雅權，讒者間之，眈眈虎視，俱不免矣。

余自遘家難時，槖饘之暇，杜門塊處，獨新蔡張助甫爲驗封郎，旬一再至。余固却之，張笑曰：「足下乃以一吏部棨我乎？」余歸，張亦竟左遷以去。自是吾黨有「三甫」，肖甫之雄爽流暢，助甫之奇秀超詣，德甫之精嚴穩稱，皆吾所不及也。

吾弟世懋，自家難服除後，一操觚，遂爾靈異，神造之句，憑陵作者。唯未爲古樂府耳，其他皆具體而微。吾偶遣信問于鱗漫及之曰：「家弟軼塵而奔，咄咄來逼人，賴其好飲，稍自寬耳。」于鱗亦云：「敬美視助甫輩自先驅，視元美雁行也。嘗取謝句『花蕚嚶鳴』標君家兄弟，不然耶？」又一書云：「敬美乃負包宗含吴之志，稱天下事未可量，眈眈欲作江南一小英雄。尋將火攻伯仁，柰何不善備之也。」其見賞如此。

吴人顧季狂頗豪於詩，不得志吴，出游人間，每謂余不滿吴子輩，至有筆之書者，間一有之，而未盡然也。記中年挂冠時，命游屐與諸子周旋。章道華用短，不入卑調；劉子威用長，不作凡語；周公瑕挫名割愛，潛心吾黨；黄淳父麗句精言，時時驚坐；王百穀苟能去巧去多，便足名世；魏季朗滔滔洪藻；張幼于朗朗警思；伯起正自斐然；魯望必爲娓娓。對陸叔平俞仲蔚，便似見古人。又雲間莫雲卿練川殷無美詞翰清麗，時時命駕吾廬。步武之外，有曹甥子念者，近體歌行酷似其舅。王君載者，能爲騷賦古文，饒酒德，亦何嘗落莫也。吾在晉陽有感云：「借問吴閶詩酒席，十年鷄口有誰争。」殆是實録。

吾於詩文不作專家，亦不雜調，夫意在筆先，筆隨意到，法不累氣，才不累法，有境必窮，有證必切，敢於數子云有微長，庶幾未之逮也，而竊有志耳。

有娀氏二女，居九成之臺，得天燕，覆以玉筐。既而發視之，燕遺二卵，飛去不返。二女作歌，始爲北音。禹省南土，塗山之女令其媵候禹於塗山之陽。女乃作歌，始爲南音。夏后孔甲田於東陽萯山，天大風晦，入民室，其主方乳，或曰：「后來，良日也，必吉。」或曰：「不勝之，必有殃。」孔甲曰：「以爲余子，誰敢殃之。」後折橑，斧斷其足。孔甲曰：「嗚呼命矣！」乃作破斧之歌，始爲東音。周昭王之右辛餘靡，有功，封於西翟，徙西河而思故處，始爲西音。所謂四方之歌，風之始也。若在朝而奏者，被之鐘鼓管籥爲雅頌。秦青響遏行雲，虞公梁上塵起，韓娥之音，繞梁三夜，臨乘老姥，傅谷數日，緜駒王豹之流，皆古歌之聖者，然亦罕歌不合樂。以後江南子夜前溪團扇懊憹之屬，是其遺響。唐妓女所歌王之渙高適及伶工歌元白之詩，皆是絶句。宋之詞，今之南北曲，凡幾變而失其本質矣。唯吳中人棹歌，雖俚字鄉語不能離俗，而得古風人遺意。其辭亦有可採者，如陸文量所記：「月子彎彎照九州，幾家歡樂幾家愁？幾人夫婦同羅帳？幾人飄散在它州？」又所聞：「約郎約到月上時，只見月上東方不見渠。（音其。）不知奴處山低月上早，又不知郎處山高月上遲。」即使子建太白降爲俚談，恐亦不能過也。然此田畯紅女作勞之歌，長年樵青，山澤相和，入城市間，愧汗塞吻矣。然則聽古樂而恐臥者，寧獨一魏文侯也？

正德間有妓女，失其名，於客所分詠，以骰子爲題，妓應聲曰：「一片寒微骨，翻成面面心。自從遭點汙，抛擲到如今。」極清切感慨可喜。又一妓得一聯云：「故國五更蝴蝶夢，異鄉千里子規心。」亦自成語。

潮陽蘇福八歲賦初月詩：「氣朔盈虛又一初，嫦娥底事半分無。却於無處分明有，恰似先天太極圖。」惜乎十四而夭。令陳白沙莊定山白首操觚，未必能勝。

藝苑巵言卷八

自三代而後，人主文章之美，無過於漢武帝魏文帝者，其次則漢文宣光武明肅、魏高貴鄉公、晉簡文、劉宋文帝孝武明帝、元魏孝文孝静、梁武簡文元帝、陳後主、隋煬帝、唐文皇明皇德宗文宗、南唐元宗後主、蜀主衍、孟主昶、宋徽高孝，凡二十九主。而著作之盛，則無如蕭梁父子。高祖著孝經周易樂社毛詩春秋中庸尚書孔老義疏、正言、答問二百卷，涅槃大品淨名三慧等經義復數百卷，通史六百卷，文集百二十卷，金海三十卷，三禮斷疑一千卷。昭明太子文集二十卷，撰古今典誥文言爲《正序》十卷，五言詩之善者爲文章英華二十卷，文選三十卷。簡文帝昭明太子傳五卷，諸王傳三十卷，禮大義二十卷，老莊義各二卷，長春義記一百卷，法寶連璧三百卷，易簡五十卷，詩文集一百卷，雜著光明符等書五十九卷。元帝孝德忠臣傳各三十卷，丹陽尹傳十卷，注漢書一百十五卷，易講疏十卷，内典博要一百卷，連山三十卷，洞林三卷，玉韜金樓子補闕子各十卷，老子講疏四卷，全德懷舊志各一卷，荆南志江州記職貢圖古今同姓録各一卷，筮經十二卷，式贊三卷，文集五十卷。昭明才不足而識有餘，簡文才有餘而識不足。武元二主，才識小不逮，而學勝之。人則昭明美矣。

曰古文章於人主未必遇，遇者政不必佳耳。獨司馬相如於漢武帝奏子虛賦，不意其令人主歎曰：「朕獨不得此人同時哉！」奏大人賦則大悅，飄飄有凌雲之氣，似游天地間。既死，索其遺篇，得封禪書，覽而異之。此是千古君臣相遇，令傅粉大家讀之，且不能句矣。下此則隋煬恨空梁於道衡，梁武絀徵事於孝標，李朱崖至屏白香山詩不見，曰：「見便當愛之。」僧虔拙筆，明遠累辭，於乎，忌則忌矣，後世覓一解忌人，了不可得。

孝成帝翫弄衆書，善揚子雲，出入游獵，子雲乘從。又以桓君山藏書多，待詔門下。時人語曰：「玩揚子雲之篇，樂於居千石之官；挾桓君山之書，富於積猗頓之財。」

王充有云：「韓非之書傳在秦廷，始皇歎不得與此人同時。陸賈新語奏一篇，高祖稱善，左右呼萬歲。王莽時，郎吏上奏，劉子駿章尤美，因至大用。永平中，神雀羣集，孝明詔上爵頌，百官文皆比瓦石，惟班固賈逵傅毅楊終侯諷五頌若金玉，孝明覽而異焉。」當時人主自曉文藝，作主試，令人躍然。

孝成讀尚書百篇，博士莫曉，徵天下能爲尚書者。東海張霸通左氏春秋，以左氏訓義解尚書百二篇，上覆案秘書，無一應者，吏當霸辠大不謹，帝奇其才，赦其辠，亦不廢其經。楊子山爲郡上計吏，見三府爲哀牢傳，不能成篇，歸郡重作上，孝明奇之，徵在蘭臺。然則永樂中之罪朱季支，嘉靖中之罪林希元，弘治中之罪薦董文玉者，似亦未盡右文之意也。

梁武帝令謝吏部景滁與王侍中暕卽席爲詩答贈，善之。仍使復作，復合旨，乃賜詩曰：「雙文卽後進，二少實名家。豈伊止棟隆，信乃俱聲華。」又於九日朝宴，獨命蕭景陽曰：「今雲物甚美，卿得不斐然？」乃賦詩。詩成，又降旨曰：「可謂才子。」

陳後主在東宮集官僚宴詠，學士張譏在坐。時新造玉柄麈尾成，後主親執之，曰：「當今雖復多士如林，堪執此者，獨譏耳。」卽手授之，仍令於温文殿講莊老。高宗臨聽，賜御所服衣一襲。

魏孝靜人日登雲龍門，崔悛侍宴，又敕其子瞻令近御坐，亦有應詔詩。帝問邢卲曰：「此詩何如其父？」邢曰：「悛博雅弘麗，瞻氣調清新，並詩人之冠。」燕罷，共嗟賞之，咸曰：「今日之讌，并爲崔瞻父子。」

煬帝爲諸王時，每有文什，輒令柳䛒藻潤，學士百餘，䛒爲之冠。既卽位，彌見幸重，與諸葛穎等，離宮曲殿，狎宴清游，靡不在坐。猶念昏夜銅龍易乖，爰命偃師之流爲木偶，效䛒面目，施以機械，使能坐起，續對酣飲，往往丙夜。事雖不經，可謂寵異矣。

燕公大雅，稱三兄第一；萬迴聖僧，呼詹事才子。外議似不專宋，獨應制争標，往往擅場，如昆明夜珠入上官之選，龍池錦袍奪東方之氣，聲華豔羨，遂無其偶。延清詩達如此，直得一横死耳。又有武平一者，以正月八日立春綵花應制詩成，中宗手敕批云：「平一年雖最少，文甚警新，悦紅蕊之先開，訝黄鶯之未囀，循環吟咀，賞歎兼懷，今更賜花一枝，以彰其美。」所賜學士花並插，後復以謔詞賜酒一杯，當時歎羡。讀中宗紀，令人漶漶氣塞，惟於詩道，似有小助。至離宫列席，領略佳候，使才士操觚，次第稱賞，亦是人主快事，爲詞林佳話。

開元帝性既豪麗，復工詞墨，故於宰相拜上，岳牧出鎮，往往親御宸章，普令和贈，爲一時盛事。四明狂客以庶僚投老得之，尤足佳絶。青蓮起自布素，入爲供奉，龍舟移饌，獸錦奪袍，見於杜詩。及他傳奇，所載天子調羹，宫妃捧硯，晚雖淪落，亦自可兒。

柳誠懸「淚痕」之詠與虞永興「調憨」詩絶相類，不唯見人主親狎詞臣，遹時秘密，亦所不避。

唐時伶官伎女所歌，多採名人五七言絶句，亦有自長篇摘者，如「開篋淚沾臆，見君前日書。夜臺猶寂寞，疑是子雲居」之類是也。王昌齡王之涣高適微服酒樓，諸名伎歌者咸是其詩，因而歡飲竟日。大曆中，賣一女子，姿首如常，而索價至數十萬，云：「此女子誦得白學士長恨歌，安可他比！」李嶠汾水之作，歌之，明皇至爲泫然曰：「李嶠真才子。」又宣宗因見伶官歌白楊柳枝詞：「永豐坊裏千條柳。」趣令取永豐柳兩株，栽之禁中。元稹連昌宫等辭凡百餘章，宫人咸歌之，且呼爲元才子。李賀樂府數十首，流傳管絃。又李益與賀齊名，每一篇出，輒以重賂購之入樂府，稱爲二李。嗚呼！彼伶工女子者，今安在乎哉？

宋王岐公珪爲學士，嘗月夜上召入禁中，對設一榻賜坐，王謝不敢。上曰：「所以夜相命者，正欲略去苛禮，領略風月耳。」既宴，水陸奇珍，仙韶霓羽，酒行無算。左右姬嬪，悉以領巾紈扇索詩，王一一爲之，咸以珠花一枝潤筆，衣袖皆滿。五夜，乃令以金蓮歸院。翌日，都下盛傳天子請客。宣政以還，京攸王李，諸詎唱和，寵餤一時，德壽重華史衛公吴郡王曾覿張掄亦復接踵，然皆亡國之徵，或是偏安逸豫，不足多載。

明興，高帝創自馬上，亦復優禮儒碩，至親調甘露漿及御撰醉學士歌賜金華宋承旨濂。宣宗與蹇夏三楊游萬歲山。少保黄淮，時以致仕趨朝謝恩，特令從讌，仍賜肩輿。賡歌贊詠，爲一時盛事，有光前古。

梁時使臣至吐谷渾，見牀頭數卷，乃劉孝標集。天后朝，日本西番重用金寶購張鷟文。大曆中，新羅國上書，請以蕭夫子潁士爲師。元和中，雞林賈人鬻元白詩云：「東國宰相以百金易一篇，僞者輒能辨。」元豐中，契丹使人俱能誦蘇子瞻文。洪武中，日本安南俱上章，以金幣乞宋景濂碑文。嘉靖初，朝鮮國上言，願頒示關西吕某馬某文以爲式。所謂一蟹不如一蟹。

王方慶高曾二十八祖俱擅臨池，劉孝綽羣從七十餘人咸工掞藻，盛哉！孝綽有三妹，適王叔英張嵊徐悱，有文學，悱妻尤清拔。王元禮與諸兒論家集云：「史稱安平崔氏及汝南應氏並累世有文才，所以范蔚宗稱世拡雕龍，然不過兩三世耳，非有七葉之中，名德重光，爵位相繼，如吾世者也。彼梁鄧金張，貂綿蟬聯者，何足道哉！」

何憲等諸學士於王仲寶第隸事，賭巾箱几案雜服飾，人人各一兩物。陸彥深後成，隸出人表，一時奪去。憲又於仲寶隸事獨勝，仲寶賞以五花簟白團扇，意殊自得。王摛後至，操筆便成，事既奧博，辭亦華美，衆皆擊賞。摛乃命左右抽簟，手自掣扇，登車而去。憲之犯對，便是後來東方虬，然亦一時佳事。

袁彥伯伏玄度在桓公府，俱有文名。孝武當大會，伏預坐還，下車先呼子系之曰：「百人高會，天子先問伏滔在否，爲人作父定何如？」府中呼爲「袁伏」。然袁恒恥之，每歎曰：「公之厚恩，未優國士，而與伏滔比肩，何辱如之！」魏收從叔季景，有才學，名位在收前。頓丘李庶謂曰：「覇朝便有二魏。」收對曰：「以從叔見比，便是耶輸之比卿。」耶輸者，庶癡叔也。

淮南鴻寶，謂挾風霜之氣；與公天台，云有金石之聲。吳邁遠嘗語人：「吾詩可爲汝詩父。」每於得意語，擲地呼：「曹子建何足道哉！」杜必簡死謂沈武：「吾在久壓公等。」又云：「吾文章可使屈宋作衙官。」王融謂劉孝綽：「天下文章，若無我，當歸阿士。」丘靈鞠見人談沈約文，進曰：「何如我未進時。」近代桑民懌見丘相公，問天下文人誰高者，曰：「惟桑悅最高，其次祝允明，其次羅玘耳。」文人矜誇，自古而然，便是氣習。

崔信明：「楓落吳江冷。」以它句不稱投地。崔顥：「十五嫁王昌。」得小兒無禮之呵。世固有好面折人者。楊君謙每以文示人，其人曰：「佳。」即掩卷曰：「何處佳？」其人卒不能答，便去不復別。蔡九逵每對人罵杜家小兒。王允寧一日謂余曰：「趙刑部某治狀何如？」余曰：「循吏也。甚慕公詩，且苦吟。」王大笑曰：「循吏可作，詩何可便作。」又謂余曰：「見王某詩否？」曰：「見之。」又曰：「曾示我一册，吾欲與評之，渠意不受評，渠欲吾延譽，令吾無可譽。」

李于鱗守順德時，有胡提學者過之。其人，蜀人也。于鱗往訪，方啜茶次，漫問之曰：「楊升菴健飯否？」胡忽云：「升菴錦心繡腸，不若陳白沙鳶飛魚躍也。」于鱗拂衣去，口咄咄不絶。後按察關中，過許中丞宗魯，許問今天下名能詩何人，于鱗云：「唯王某。（謂余也。）其次爲宗臣子相。」時子相爲考功郎。許請子相詩觀之，于鱗忽勃然曰：「夜來火燒却。」許面赤而已。

李昌符婢僕詩五十韻，路敬延稚子詩一百韻，皆可鄙笑者，然曲盡形容，頗見才致。昌符至以取上第，而敬延觸怒沉河而死，幸不幸乃如此。要之，死者可用爲戒。

竇月盜東陽柴廓之什，其子幾成搆訟。延清愛劉希夷之詠，遂至殺人。魏收邢劭交罵爲任昉沈約之賊。楊衡行卷爲人竊以進取。至生剥少陵，撏撦義山，今世何李，亦遂體無完膚，可供一笑。

巧遲拙速，摛辭與用兵，故絶不同。語曰：「枚皋拙速，相如工遲。」又曰：「工而速者，唯士簡一人。」士簡，張率也，第一時賞譽之稱耳。皇甫氏以入談，何也？時又有蘭陵蕭文琰、吳興丘令楷，一擊銅鉢響滅而詩成。唐温飛卿八叉手而成八韻小賦。俱不足言。蓋有工而速者，如淮南王㩁正平陳思王王子安李太白之流，差足倫耳。然鸚鵡一揮，子虚百日，煮豆七步，三都十年，不妨兼美。

文通裂錦還筆入夢以來，便無佳句，人謂才盡。鮑照亦謂才盡，殆非也。昔人夜聞歌渭城甚佳，質明跡之，乃一小民傭酒館者，捐百緡予使鬻酒，久之不復能歌渭城矣。近一江右貴人，強仕之始，詩頗清淡，既涉貴顯㊀，雖篇什日繁，而惡道坌出。人怪其故。予曰：「此不能歌渭城也。」或云：「鮑是避禍令拙耳。」

㊀「涉」，談藝珠叢本作「躋」。

謝安石見阮光禄白馬論，不卽解，重相咨盡。阮歎曰：「非唯能言人不可得，正索解人亦不可得。」杜公有云：「文章千古事，得失寸心知。」亦謂此耳。夫劌鉥心腑，指摘造化，如探大海出珊瑚，奈何令逐臭吠聲之士輕讀之也。至於有美必賞㊀，如響之應，連城隱璞，卞生動容，流水離絃，鍾子拊心，古人所以重知己而薄感恩，夫豈欺我。

㊀「必」，珠叢本作「心」。

謝靈運移籍會稽，修營別業，傍山帶江，盡幽居之美。每一詩至都，貴賤莫不競寫，宿昔之間，士庶皆徧。梁世，南則劉孝綽，北則邢子才，雕蟲之美，獨步一時。每一文出，京師爲之紙貴，讀誦俄遍遠近。靈運尤吾所賞，惜其不終，所謂東山志立，當與天下推之，豈唯鼻祖。

每歎嵇生琴夏侯色，令千古他人覽之，猶爲不堪，況其身乎！與陶徵士自祭預輓，皆超脱人累，默契禪宗，得藴空解證無生忍者。陶云：「但恨在生時，飲酒未得足。」此非牽障語，第乘詎去耳。孔文舉「生存何所慮，長寢萬事畢」，歐陽堅石「窮達有定分，慷慨復何歎」，石季倫「天下殺英雄，卿亦何爲爾」，潘安仁「俊士填溝壑，餘波來及人」，謝靈運「邂逅竟幾何，修短非所愍」，苻朗「冥心乘和暢，未覺有終始」，元真興「何以明是節，將解七尺身」，皆能驅使大雅，以豁至怖，便未真得，猶足過人。若乃息夫絶命於玄雲，蔚宗推醜於一丘，可謂利口，則吾誰欺？

左太沖謝靈運邢子才篇賦一出，能令紙貴。王元長徐孝穆蘇道衡朝所吟諷，夕傳遐方。雞林購白學士什，至值百金。蜀僰獲梅都官詩，繡之法錦。而子雲寂寞玄亭，元亮徘徊東籬，子美躑躅浣花，昌齡零落窮障，寄食人手，共衣酒家。工部云：「名豈文章著？」悲哉乎其自解也，令數百歲後有人無所復虞。第作者不賞，賞者不作，以此恨恨耳。

雲溪友議稱章仇劍南爲陳拾遺雪獄，高適侍御爲王江寧申寃，此事殊快人，足立藝林一幟，但不見正史及他書耳。

古人云：「詩能窮人。」究其質情，誠有合者。今夫貧老愁病，流竄滯留，人所不謂佳者也，然而入詩則佳。富貴榮顯，人所謂佳者也，然而入詩則不佳。是一合也。泄造化之秘，則真宰默鏵；擅人羣之譽，則衆心未厭。故呻佔椎琢，幾於伐性之斧，豪吟縱揮，自傅爰書之竹，矛刃起於兔鋒，羅網布於雁池。是二合也。循覽往匠，良少完終，爲之愴然以慨，肅然以恐。曩與同人戲爲文章九命，一曰貧困，二曰嫌忌，三曰玷缺，四曰偃蹇，五曰流竄，六曰刑辱，七曰夭折，八曰無終，九曰無後。

一貧困：顏淵簞食瓢飲；原思藜藿不糝；子夏衣若懸鶉；列子不足嫁衞；莊周貸粟監河，枯魚自擬；黔婁被不覆形；東方朔苦饑欲死，顧比侏儒；司馬相如家徒壁立，典鷫鸘裘，陽昌家傭酒；太史公無賂贖罪，乃至就腐；匡衡爲人傭書；東郭先生履行雪中，足指盡露；王章病無被，卧牛衣中；王充游市肆，閱所賣書；范史雲釜中生塵；第五頡無田宅，寄上靈臺中，或十日不炊；郭林宗以衣一幅障出入，入則護前，出則掩後；孫晨有藁一束，暮卧旦卷；吴瑾傭作讀書；趙壹言文籍雖滿腹，不如一囊錢；束皙債家相敦，乞貸無處；王尼食車牛，竟餓死；董京殘絮覆體，乞匃於市；夏統採梠求食；郤詵養雞種蒜，以給治喪；陶潛驅饑乞食，思效冥報；應璩屠蘇發徹，機畚見謀；香道元與天公牋，言布衣粗短，申脚足出，攣捲脊露；張融寄居一小船放岸上；虞和遇雨舒被覆書，身乃大濕；王智深嘗五日不得食，掘莧根食之；劉峻家有悍室，轗軻憔悴；裴子野借官地二畝，蓋茅屋數間；盧叟每作一布囊，至貴家飲啗後，餘肉餅付螟蛉；杜甫浣花霾月，乞人一絲兩絲；鄭虔履穿四明雪，饑拾山陰橡；蘇源明爇薪照字，垢衣生蘚；陽城屑榆作粥，不干鄰里；賈島歎鬢絲如雪，不堪織衣；孟郊苦寒，恨敲石無火；盧仝長鬚赤脚，灌園自資；周朴寄食僧居，不能娶婦。國朝如聶大年唐寅輩，咸旅食廛居，不堪其憂。邇來謝客糊口四方，俞子抱影寒廬，盧生無立錐之地以死。余嘗有詩貽謝云：「隱士代失職，達者慚其故。」

二嫌忌：屈原見忌上官，孫臏見忌龐涓，韓非見忌李斯，莊周見忌惠子，荀卿見忌春申，賈誼見忌絳灌，董仲舒見忌公孫，蔡邕見忌王允，邊讓孔融楊脩見忌魏武，曹植見忌文帝，虞翻見忌孫權，張華見忌荀勗，陸機見忌盧志，謝混見忌宋祖，劉峻見忌梁高，薛道衡王冑見忌隋煬，柳晉見忌諸葛穎，張九齡李邕蕭穎士見忌李林甫，顏真卿見忌元載，武元衡見忌王叔文，韓愈見忌李逢吉，李德裕見忌李宗閔，白居易見忌李德裕，温庭筠李商隱見忌令狐綯，韓偓見忌崔胤，楊億見忌丁謂，蘇軾見忌舒亶，李定石介見忌夏竦。或以材高畏逼，或以詞藻慚工。大則斧質，小猶貝錦。近代如李獻吉薛君采輩，亦遭讒沮，不可悉徵。

三玷缺：顏光禄家訓云：「自古文人，多陷輕薄。屈原顯暴君過，宋玉見遇俳優，東方曼倩滑稽不雅，司馬長卿竊貲無操，王褒過彰僮約，揚雄德敗美新，李陵降辱夷虜，劉歆反覆莽世，傅毅黨附權門，班固盜竊父史，趙元叔抗竦過度，馮敬通浮華擯壓，馬季長佞媚獲誚，蔡伯喈同惡受誅，吳質詆忤鄉里，曹植悖慢犯法，杜篤乞假無厭，路粹隘狹已甚，陳琳實號粗疏，繁欽性無檢格，劉楨屈强輸作，王粲率躁見嫌，孔融禰衡傲誕致殞，楊修丁廙扇動取斃，阮籍無禮敗俗，嵇康陵物凶終，傅玄忿鬭免官，孫楚矜誇凌上，陸機犯順履險，潘岳乾没取危，顔延年負氣摧黜，謝靈運空疏亂紀，王元長凶賊自貽，謝玄暉侮慢見及。雖天子有才華者，漢武魏太祖文帝明帝宋孝武，皆負世議。」予謂顔公談尚未悉，如儀秦代厲權謀翻覆，韓非刻薄招忌，李斯臾虐覆宗，劉安好亂亡國，陸賈納賂夷荒，枚皋輕冶媟賤，楊惲怨望被刑，匡衡阿比中貴，劉向誣罔黄白，谷杜宗傅戚里，王充狂誕非聖，陳壽售米史筆，劉琨少没權游，孫綽人稱穢行，王儉市國取相，沈約乘時徼封，張纘杯酒殺人，謝超宗鯁飵納問，伏挺納賄削髮，魏收淫婢徵賄，江總獻諂麗詞，世基從臾荒君，世南遨遊二帝，四傑皆競輕浮，沈宋並馳險獪，李嶠浮沉致責，蘇味道模稜充位，張説大肆苞苴，賀知章縱心沉湎，王維鄭虔陷身逆虜，柳宗元劉禹錫躁事權臣，劉長卿怨懟多忤，嚴武驕矜無上，李白見辟狂王，崔顥數棄伉偶，元稹改節奥援，李德裕樹黨掊擊，王建連姻貂璫，李益感恩藩鎮，楊億謔侮同舍，曾鞏陵轢維桑，歐陽修乖名濮議，蘇軾取攻蜀黨，王安石元豐斂怨，陸游平原失身。人主如梁武隋煬湘東長城違命昏德，不足言矣。以唐文玄之賢，而閨門之行，不可三緘，況其他乎！即如吴邁遠杜必簡之流，不能盡徵。邇時李獻吉，氣誼高世，亦不免狂簡之議。他若解大紳劉原傅桑民懌唐伯虎王稚欽常明卿孫太初王敬夫康德涵，皆紛紛負此聲者，何也？內侍則出入弗矜，外忌則攻摘加苦故爾。然寧爲有瑕璧，勿作無瑕石。

四偃蹇：荀卿垂老蘭陵，避讒引却；孟氏再説不合，徬徨出晝；長卿爲郎數免，婆娑茂陵；仲舒既罷江都，衡門教授；賈生長沙卑濕，作鵩賦；東方朔久困執戟，作客難；揚雄白首校書，作解嘲；馮衍老廢於家，作顯志賦；陳壽以謗議，再致紬辱；孫楚以輕石苞，湮廢積年；夏侯湛中郎不調，作抵疑；郤正三十年不過六百石，作釋譏；潘安仁三十年一進階，再免，一除名，一不拜，作閒居賦；卞彬擯棄形骸，仕既不遂，作蚤蝨蝸蟲賦；劉峻爲梁武所抑，不見用，作辨命論；何遜宦游不進，作拍張賦；盧思道宦途遲滯，作孤鴻賦；盧詢祖斥修邊堠，作長城賦；王沈爲掾鬱鬱，作釋時論；蔡凝爲長史不得志，作小室賦；劉顯六十餘，曳裾王府；丘靈鞠不樂武位，欲掘顧榮塚；劉孝綽前後五免；蕭惠開仕不得志，齋前悉種白楊；庾仲容王籍謝幾卿俱久不調，沉酣以終；伏挺十八出仕，老而不達，其子以恚恨從賊；侯白欲用輒止，得五品食，旬日而終；四傑惟盈川至令長；李杜淪落吳蜀；孟浩然以禁中忤旨，放還終老；薛令之以苜蓿致嫌奪官；蕭穎士及第三十年，纔爲記室；王昌齡詩名滿世，棲遲一尉；賈島温飛卿皆以龍鱗魚服，顛躓不振；孟郊公乘億温憲劉言史潘賁之徒，老困名場，僅得一第，或方鎮一辟，憔悴以死，至其詩所謂「鬢毛如雪心如死，猶作長安下第人」，「十上十年皆下第，一家一半已成塵」，「一領青衫消不得，着朱騎馬是何人」，又有「揶揄路鬼」，「憔悴波臣」，「獼猴騎土牛」，「鮎魚上竹竿」之喻。噫！其窮甚矣。胡仲申聶大年劉欽謨卞華伯李獻吉康德涵王敬夫薛君采常明卿王稚欽皇甫子安子循王道思，皆邅時之偃蹇者。

五流貶：流徙則屈原呂不韋馬融蔡邕虞翻顧譚薛縈卞鑠諸葛厷張温王誕謝靈運謝超宗劉祥李義府鄭世翼沈佺期宋之問元萬頃閻朝隱郭元振崔液李善李白吴武陵，明則宋濂瞿佑唐肅豐熙王元正楊慎；貶竄則賈誼杜審言杜易簡韋元旦杜甫劉允濟李邕張説張九齡李嶠王勃蘇味道崔日用武平一王翰鄭虔蕭穎士李華王昌齡劉長卿錢起韓愈柳宗元李紳白居易劉禹錫呂温陸贄李德裕牛僧孺楊虞卿李商隱温庭筠賈島韓偓韓熙載徐鉉王禹偁尹洙歐陽修蘇軾蘇轍黄庭堅秦觀王安中陸游，明則解縉王九思王廷相顧璘常倫王慎中輩，俱所不免。窮則窮矣，然山川之勝，與精神有相發者。

六刑辱：孫臏刖足，范雎折脇，張儀捶至數百，司馬遷腐刑，中公胥靡，禰衡鼓吏，劉楨尚方磨石，張温幽繫，馬融蔡邕班固之流，至謝莊崔慰祖袁象陸厥輩，咸髡鉗短後，城旦鬼薪。諸葛勗有東野徒賦，酈炎有遺令四帖，高爽有鑊魚賦，杜篤有吴漢誄，鄒陽江淹俱有上書，皆是囚繫中成者。明初文士，往往輸作耕佃，遞來三木赭衣，亦所不免。

七夭折：揚烏七歲預玄文，九歲卒；夏侯榮七歲屬文，十三歲戰殁；范攄子七歲能詩，十歲卒；王子晉十五對師曠，十七上賓於帝；周不疑蕭子回十七被殺；林傑六歲能文，十七歲卒；夏侯稱劉義真蕭鏗陳叔慎陳伯茂俱十八，義真及鏗俱賜死；袁著十九；陸瓚邢居實二十；王寂蕭瓛二十一；徐份九歲爲夢賦，與何炯俱二十二；劉宏二十三；王弼王脩王延壽王絢何子朗俱二十四，袁耽字彦道劉景素二十五；禰衡王訓李賀俱二十六；衛玠王融俱二十七；酈炎陸厥崔長謙俱二十八；楊經沈友王勃俱二十九；陶丘洪阮瞻到鏡到伉劉苞歐陽建俱三十；梁昭明劉訏俱三十一；顔淵陸績劉敲盧詢祖俱三十二；賈誼王僧綽俱三十三；陸琰三十四；蕭子良謝瞻崔慰祖俱三十五；駱統王洽劉琰王錫王僧達謝朓俱三十六；謝晦王曇首謝惠連蕭緬陸玠俱三十七；王珉王儉王肅俱三十八；王濛三十九；嵇康歐陽詹俱四十。近代高啓鄭善夫何景明高叔嗣俱三十九；王謳殷雲霄林大欽及友人宗臣俱三十六；梁有譽三十五；常倫三十四；徐禎卿陳束俱三十三；李兆先二十七；梁懷仁馬拯僅二十餘。又有蘇福年十四，蔣燾十七。蘭摧玉折，信哉！

八無終：韓非蒙毅鼂錯楊惲京房賈捐之班固袁著崔琦蔡邕孔融楊脩禰衡邊讓張裕周不疑酈炎夏侯玄高岱沈友韋曜賀邵韋昭嵇康吕安張華裴頠石崇潘岳孫拯歐陽建陸機陸雲苻朗謝混顔峻義劉真劉景素沈懷文謝朓劉之遴王僧達王融檀超丘巨源謝超宗荀丕蕭鏘蕭鑠蕭鋒蕭賁崔浩荀濟王昕宇文弢楊汪陸琛王炘楊愔温子昇虞綽傅縡章華王胄薛道衡劉逖歐陽秬張藴古劉禕之李福業王無競王劇王勔范履冰苗神客陳子昂王昌齡李邕王涯舒元輿盧仝姚漢衡劇燕路德延汪台符郭昭慶鍾謨潘佑高啓張羽張孟兼孫蕢解縉以寃；李斯劉安主父偃息夫躬何晏鄧颺隱蕃桓玄殷仲文傅亮謝晦謝靈運范曄孔熙先謝綜王偉伏知命張衡鄭愔宋之問崔湜蕭至忠薛稷蘇渙江爲宋齊丘鄭首俱以法；屈原杜篤周處劉琨郭璞任孝恭袁淑袁粲王僧綽陳叔慎許善心駱賓王

張巡顏真卿温庭皓周朴孫晟陳喬文天祥余闕王禕方孝孺以義；陳遵鍾會蔣顯夏侯榮衞恒曹攄王衍庾敳袁粲袁山松殷仲堪羊璿之沈警沈穆之鮑照袁嘏張纘江簡鮑泉尹式孔德紹王由韋謏蕭瓛王頍祖君彥虞世基皮日休以亂。他如王筠以井；王延壽何長瑜盧照鄰以水；張始均以火；伊璠以猛獸。近代常倫以狂刃；韓邦奇馬理王維禎以地震。至若高貴鄉公、梁簡文湘東王、魏孝静、隋煬，所不敢論。

九無後：叔向之鬼既餒，中郎之女僅存；劉瓛劉璡並廢蒸嘗，劉歊劉訏何胤何點先虛伉儷；李太白蕭穎士有子而獨，孫女流落，俱爲市人妻；崔曙一女名星，白公一姪曰龜，王維四弟無子，陽城三昆不娶；孔融子女髫年被刑，機雲會曄朞功駢僇；王筠闔門盜手。神理荼酷，於斯極矣。邇來宗臣王維楨高岱亦然。

吾於丙寅歲，以瘡瘍在牀褥者逾半歲，幾殆。殷都秀才過而戲曰：「當加十命矣。」蓋謂惡疾也。因援筆志其人：伯牛病癩；長卿消渴；趙岐卧蓐七年；朱超道歲晚沉痾；玄晏善病至老；照鄰惡疾不愈，至投水死；李華以風痹終楚；杜臺卿聾廢；祖珽胡旦瞽廢；少陵三年瘧疾，一鬼不消。

蔡景明問余：「古亦有貴而壽者乎？」余對：「有之。公孫弘韋賢匡衡拜相封侯；胡廣周歷三公，至太傅；弘賢廣皆八十；謝安以太保，王儉以開府，沈約以尚書令，范雲徐勉以僕射，朱异以領軍，江總以尚書令，徐陵以宫傅，各秉政；高允爲中書令，年九十八；范長生爲丞相，年百餘歲；楊素將相二十載；唐世宰輔魏徵李嶠蘇味道張説蘇頲韓休張九齡陸贄武元衡權德輿令狐楚元稹左僕射王起年八十八；尚書白居易年七十六；宋世宋庠司馬光周必大俱拜相；范仲淹歐陽修俱執政；必大年七十九；元世趙孟頫許衡竇默姚樞王磐姚燧歐陽玄俱登一品；王磐年九十；明興，劉誠意王新建至開茅土；楊文貞丘文莊李文正王文恪俱歷師臣；楊壽八十，丘李王皆七十之上。毋論許敬宗蔡京及近分宜相，權寵冠絶，並有遐齡。」蔡匿笑不答。余乃謂曰：「伊尹太公周公畢公召公不拜相乎？衛武公不爲侯伯乎？不皆至百歲乎？」蔡乃曰：「善。」

顔之推云：「文章之體，標舉興會，發引性靈，使人矜伐，故忽於持操，果於進取。今世文士，此患彌切。一事愜當，一句清巧，神厲九霄，志凌千載，自吟自賞，不覺更有傍人。加以砂礫所傷慘於矛戟，諷刺之禍速於風塵，深宜防慮，以保元吉。」吾生平無進取念，少年時神厲志凌之病亦或有之，今老矣，追思往事，可爲捫舌。

大抵世之於文章，有挾貴而名者，有挾科第而名者，有挾他技如書畫之類而名者，有中於一時之好而名者，有依附先達，假吹噓之力而名者，有務爲大言，樹門户而名者，有廣引朋輩，互相標榜而名者。要之，非可久可大之道也。邇來狙獪賈胡，以金帛而買名，淺夫狂豎，至用詈駡謗訕，欲以脅士大夫而取名。唉，可恨哉！

中國文學研究典籍叢刊

歷代詩話續編

下

丁福保輯

中華書局

國雅品

國雅品

明　顧起綸撰

夫韓嬰作傳，聿興觸感之情；匡鼎説詩，頗適解頤之趣。彼荆筑悲歌，而燕丹變色；嵇琴雅奏，惟向秀擅聆。豈同聲起予，合志發憤邪？余作國雅既成，復就選中若干名家，遡自洪初，以迄嘉末，憐高哲之既往，嘉英篇之絶倒，輒一賞譽之。偶有所得，僭附鄙見，祇從世代編次，非敢謬詮甲乙。迨今名達鄉範，固多闕文，特標品目，尚俟知言，爲之揚搉。蓋采音吴札，鄶得無譏；藻品梁嶸，没者斯撰。例當竊比於是，名之曰國雅品。若夫品之源流，前賢敍論，代有高鑒，惟嚴儀卿一家，頗稱指南。至我盛明弘嘉間，又諄諄啓迪。如昌穀談藝，足起膏肓；茂秦詩説，切於鍼砭；用修詩話，深于辯核；子循新語，詳析品彙；元美巵言，獨擅雌黄。五家大備，將何復云。

士品

一國初迄洪武，凡二十有五人。

高侍郎季迪　始變元季之體，首倡明初之音。發端沈鬱，入趣幽遠，得風人激刺微旨。故高楊張徐，雖並稱豪華，惟季迪爲最。其古體咀嚼劉楨，近體厭飫李頎。如長門怨云：「君明猶不察，妬極是情深。」薊門行云：「中國多荒土，窮邊何用開？」少年行云：「寶刀不敢輕輸却，明日沙場欲報恩。」猛虎行云：「猛虎雖猛猶可喜，橫行只在深山裏。」郊墅云：「僧來雙屐雨，漁臥一船霜。」秋興云：「梁寺鐘來殘月落，漢宮砧斷早鴻過。」寒山寺云：「船裏鐘催行客起，塔中燈照遠僧歸。」佳在實境得句，足以嗣響盛唐。宛如霜隼摩空，風翮健捷。卮言云「季迪如射鵰胡兒，伉捷急利，往往命中」，亦是名鑒。集中諸作，如：「函關月落聽雞度，華嶽雲開立馬看。兵馳空壁三千幟，客宴高堂十萬錢。」「松風吹壁鶴翎墮，梅雨過溪魚子生。簾外鐘來初月上，燈前角斷忽霜飛。」各臻高妙，不能多采。

楊廉訪孟載　才長逸蕩，興多雋永，且格高韻勝，渾然無迹。如掛劍臺江村郊居岳陽樓過豐城無題諸作，全篇幽暢，方之錢劉或未迨，元白斯有餘。五言如：「石枕支頤冷，江瓢漱齒腥。」「斷甓沉沙嘴，殘碑露石稜。」「空闊魚龍舞，娉婷帝子靈。」七言如：「六朝舊恨斜陽裏，南浦新愁細雨中。」又仿佛唐中興語矣。

張司丞來儀　體裁精密，情喻幽深，頗似錢郎。其送僧還日本云：「杖錫去隨緣，鄉山在日邊。偏參東土法，頓悟上乘禪。呪水歸龍鉢，翻經避浪船。本來無去住，相別與潸然。」字字沈著。至遊山寺，句有「松老知僧臘，禪空悟佛心」，或譏其剽竊韓翃「僧臘」「禪心」語也。昔子卿有「明月照高樓，想見餘光輝」，子美有「落月照屋梁，猶疑見顏色」。庾信有「落花與紫蓋齊飛，楊柳共青旗一色」，王勃即仿「齊飛」「一色」成句，不以爲病。今來義用「老知」「空悟」虛字轉妙。

余近題南林禪院亦云：「門前流水經行意，湖上青山宴坐心。」寓目得句，偶與此合，豈有意述古邪？

徐方伯幼文　詞彩遒麗，風韻凄朗。殆如楚客叢蘭，湘君芳杜，每多惆悵。皋亭山作，全佳處當似耿湋。余嘗愛其折蓮子絶句云：「柔絲零落芳心苦，未及秋風已斷腸。」讀之頗增悲慨。集中有送曾伯滋赴西河將幕云：「上將初分閫，儒官解習兵。風旗春獵野，雪帳夜歸營。洮水從岷下，祁山入隴平。知公能載筆，草檄報邊聲。」中二聯並佳，亦足入選。特起句不切幕職，惜之，仍附于品。

倪隱君元鎮　高風潔行，爲我明逸人之宗。讀其詞，足以陶性靈，發幽思。至俞子過荆南精舍與江南曲諸篇，振秀絶響，不忝韋柳。及集中所載贈王生云：「君其慎語默，世事豈余聞。」秋夜賦云：「恬然斯寡欲，榮名非所忻。」可想見清節，豈徒老一丘之士哉？

楊聘君廉夫　才高情曠，詞儁而麗，調悽而惋，特優于古樂府。而近體不免無元人風氣，故元音所載者悉畧之。廉夫爲元進士，仕奉訓大夫提舉建德路總管。嘗策蹇視事，江南德之，歷陞江西等處儒學提舉。會洪武一統，應聘修史。抵京僅百日，遂謝病還雲間。後臨革，撰歸全堂記，投筆曰：「九華伯招我，當往。」及逝，聞空中百人步履聲，詎不怪哉？張外史天雨敍廉夫集云：「今代善用吴才老韻書，以古語駕御之，惟李季和楊廉夫稱作者。廉夫上法漢魏，出入李唐。

其古樂府有曠世金石之聲。」宋文憲公景濂亦稱「鐵崖君聲光殷殷，摩戛霄漢」。吳越名士競歸之，比東海倪元鎮、崑山顧仲瑛、雲丘張仲簡、吳興郯九成，皆其客也。廉夫之跡，頗類陶靖節。讀其買妾云：「買妾千黃金，許身不許心。使君自有婦，夜夜白頭吟。」則其不百日引去者，所指微矣。至俠客詞云「太阿飛出匣，欲取賈充頭」，又「夜宿倡樓酒未醒，飄風吹落鴛鴦瓦」，何其雄偉豪邁邪！老鐵以余爲知言否？

張學士志道　境入清頓，未脫夙武。如：「野烟喬木晚，江雨落花深。鹿跡閒行見，松香獨坐聞。鳥影似猶見，猿聲疑或聞。」此例思深且幽，非元調也。

汪忠勤朝宗　詞新調閒，不失唐人大檢。至如「倒藤懸宿鳥，絕壁掛晴霓」，「嶺樹垂紅葉，汀沙聚白鷗」，「樹密巢歸鳥，溪迴響暗泉」，並稱幽致也。卮言云：「汪如胡琴羌管，雖非太常樂，琅琅有致。」余謂較之朱絃路鼗故不足，蘆簧土鼓尚有餘耳。

孫翰籍仲衍、黃待制庸之、李長史仲修　舊稱「廣中四傑」，並有盛才，特閑於七言。如孫之蔣陵兒次武昌，黃之戰城南，李之秋晴等篇，能自迥出常境，綺嶄處亦類初唐語。楚騷云：「南州炎德，桂樹冬榮。」三君子之謂也。至五言近體，非其所長，故尺有所短耳。

劉文成伯溫　公伊吕之佐，文其緒餘耳。故駿才鴻調，工爲綺麗。古風如思歸引思美人，近體如古戍，並出騷雅，亦足以追步梁父，憑陵燕公矣。

宋文憲景濂　文既綜緯，詩稍平易。

林員外子羽　才思藻麗，如游魚潛水，翔鳶薄天，高下各適情性。廬陵劉子高序其集云：「已窺陳拾遺之奥，大有開元之風。」五言全佳者，如芙蓉峰出塞送高郎中讀書臺，其句有「苦霧沈旗影，飛霜濕鼓聲」，似「戰餘落日黄，軍敗鼓聲死」。又「燈影秋雲裏，書聲晚磬中」，似「塔影掛青漢，鐘聲扣白雲」。七言如：「堤柳欲眠鶯喚起，宫花乍落鳥銜來。」並稱警絶，信不在大曆下也。

袁侍御景文　才情遒拔，往往有奇語，尤閑于詠物。其題白燕聞笛，頗爲時口膾炙，蓋七言律不易得。元和以還，千百年之中，僅見高侍郎一家，何其寥寥也！昔王獻之謂季琰曰：「弟書如騎驢，駸駸欲度驊騮前。」袁之追風尚遠，騁思頗逸，得次之接武。

王參軍元章　才贍思新，善繪梅竹，得意處輒題，往往奇拔，尤長于七言。如：「雲合紫駝開虎帳，天連春草入龍沙。」「海氣或生山背雨，江潮不到石頭城。」「千峰回影陷落日，萬壑欲盡松風聲。」抽思雖奇，摛詞未秀。

顧居士仲瑛　聲調逸秀，綺綴精密，頗任俠清狂，一時名士李楊諸公，多樂與之游。晚年嘗寄居吴下名刹，更號「金粟居士」。其小像首戴一笠，自贊云：「儒衣僧帽道人鞋，到處青山骨可埋。遥憶少年豪俠興，五陵裘馬洛陽街。」讀之想見其曠達豪邁，超然物外。

甘二守彥初、唐翰林處敬　思頗清僻，甘如：「一瓢風外樹，雙屐雨中山。」「白草交河道，清笳捕虜營。」「錦衾成獨旦，羅扇覺先秋。」唐如：「山色元來蜀，江聲直到吳。」「月到翻經榻，苔緣挂壁琴。」亦是高唱。其膂尚書劉太宰方翰博三公，聲調若虎步鴻苑，並有氣概，特乏健彩耳。

趙山人景哲、郭掾史子章　興洽清真，並是逸才。趙如：「殘雨掛空江，濛濛若千里。暝色夕鳥前，寒聲暮猿裏。」又：「飛花香度樓前幙，高柳涼生仗外峰。」郭如：「落日平淮樹，春潮帶皖城。」又：「東鄰茅屋新烟起，南澗石橋春水生。」此例佳甚。又郭有宿雨云：「宿雨蕭蕭悴客心，高齋連日滯秋陰。一枝未遂鷦鷯志，四壁寒愁蟋蟀吟。家在淮南青桂老，門臨湖水白蘋深。鯉魚風熟香粳早，釣艇誰移近竹林。」五六是唐韻，結是元調。

高翰籍廷禮　才識博達，嘗輯唐詩品彙，世稱精鑒。及閱其集，文多而意少，且乏新興。至擬古諸作，頗擅雕蟲，往往青於藍者。

士品　二——永樂迄成化凡二十有一人。

姚恭靖廣孝　性空思玄，心寂語新，其興彌僻，其趣彌遠。如：「籠馴傳信鶴，池蓄換書鵝。」「翠低承雨竹，綠碎受風蕉。」「過林纔見日，到渡不逢山。」此例已到彼岸。惠休法振，不得專譽禪藻矣。且公以慧智翊贊靖難，勛極公階，乃蕭然緇衣以終。其身了無慢憧，不賢于悻悻功名之士乎？

曾少詹子啓　該博逸蕩，其才長於七言。古遂切直，健捷爲工，頗以繁靡爲累，故永成間多效其體。先輩于肅愍、楊文貞諸公，互相宗尚，亦一時藝林風氣使然也。其行路難、燉煌二作，頗不失唐家聲。袁氏獻實云：「曾公浩如懸河，所乏嚴潔。」此是確喻。

王翰檢孟敭　典雅清拔，綽有天寶俊聲。如「諸天花雨遍，雙樹慧燈懸」，「夜月桓伊笛，秋風驃騎營」，「孤帆乘吹發，一雁渡江遲」，「江路猿聲早，山城榕葉涼」，「一燈今夜雨，千里故人心」，並是司空皇甫之餘。

劉孟熙　渙之子，恕之弟，爲會稽名家。其才思雄健，長歌頗放誕。如：「馬嘶秋草闊，鵰落暮雲平。」「野雪消不盡，春江流正深。」屬興豪華，非鄙促語。七言早春寄白虛室云：「帝城佳氣接煙霞，草色芊芊紫陌斜。霽雪未消雙鳳闕，春風先入五侯家。歌鐘暗度新豐樹，游騎晴驕上苑花。獨有揚雄才思逸，應傳麗句滿京華。」頗遒麗，自是弓裘家範也。

浦舍人長源　詞彩秀潤，初遊閩中，訪林員外子羽，自誦荆門詩云：「雲邊路繞巴山色，樹裏河流漢水聲。」於是林始驚歎，遂延入社。元美品浦林爲小乘法師，言未到佛境界也。又云：「聽雞曉闕疏星白，走馬春郊細柳黄。衣上暮寒吴苑雨，馬頭秋色晉陵山。」亦是相中色語。時王學士達善、王舍人孟端爲同邑名人。學士有「路分京口樹，帆渡月中潮」，舍人有「臘釀多藤酒，春禽半竹雞」，並稱秀句。湛李之後，錫中三賢稍嗣中落。

王翰籍安中　思多悽怨，託喻頗深。如塞下云：「嘶馬邊塵黑，鳴笳隴日昏。」昭君云：「身隨胡地遠，心是漢宮愁。」寒村云：「古路無行客，閒門有白雲。」鷓鴣云：「長沙有遷客，莫向雨中啼。」老馬云：「只今棄擲寒郊路，猶自悲鳴向主人。」讀此例數篇，俱堪淚下。昔班姬寓扇寫怨，應瑒託雁言懷，良有以也。公才高不遇，嘗隱於長樂山中，自稱「白雲樵者」。竟淪於幕職，悲夫！

張學憲節之　寓目成韻，風彩醞藉。如「秋聲兩岸葉，晚色萬峯雲」，「積水浮仙嶼，寒星伴使舟」，「水螢飛不定，沙鳥宿還驚」，陵逼少陵矣。至與朱千户夜話云：「瀚海地荒龍駕遠，交河風急雁書沈。微臣愧乏安邊策，北望胡天淚滿襟。」此政英廟北征時也。情之發於忠愛不渝，能自慨切。唐句用「仙棹」，此作「嶼」字勝。

郭忠武元登　麓堂詩話云：「公詩爲國朝武臣之冠。」余鈔其戰場征人二作，平易渾厚，直言賦事，譬之兵法，正而無奇，循守繩墨者也。句有「黃河白骨斜陽裏，衰草連天戰血腥」，將無突圍破敵，有平吞疆場之志。公嘗謫戍甘州，時送岳正云：「青海四年羈旅客，白頭雙淚倚門親。莫道得歸心便了，天涯多少未歸人。」又：「甘州城南河水流，甘州城北胡雲愁。玉關人老貂裘敝，苦憶平生馬少游。」其激烈壯志可想。初公以拒北狩駕見謫，當時或謂公曰：「城且夕且破，何空自苦乎？」公曰：「吾誓與此賊存亡，不使諸君獨死。」及擁上皇去，公登城大慟，則非無歸駕意，故社稷爲重也。商文毅爲公誌曰：「廉潔尚謀，善撫士卒，有古良將風。」余觀公節概頗奇，所取不顯文辭也。

桑別駕民懌　狂士也。少有辯才，嘗以孟軻自任，目韓愈文爲小兒。號自稱曰「江南才子」，頗不羈慢世。丘文莊公每屈節下之，其文詞多寡味。卮言云：「桑詩如家無儋石，一擲萬錢。」譏其俠而淺也。其鄉之先輩偶武孟歲暮有云：「山響鼪鼯嘯，江空鸛鶴飛。百年渾潦倒，底事未能歸。」亦稱勝語。送使嶺南云：「七閩南去路迢迢，五色雲中遣使軺。持節好宣天子命，觀風當采野人謠。鷓鴣啼處山將雨，椰子吹香酒滿瓢。記取都門相送日，高秋木落正蕭蕭。」頗佳。偶偶集脱此，今識之。

李文正賓之　學既該博，詞頗弘麗，且老於掌故。其詠史樂府，乃所優也。當時如丘邵二文莊、吳文定石文隱諸縉紳先生倡酬，多作七言律，甚至疊和累篇，每以什計。昌穀謂「先輩便於七言者，以聲長字縱，可以牽合成章也。今京師縉紳每謂七言律，書軸庶不寥索，遂失作者之意」。殊不知律者以古雅沈鬱爲難，而七言尤不易。往有誦先輩七言律句，各減去二字，亦成章，舉座大笑，故在句句字字不可斷爲工。又以句句字字直屬爲病，在氣貫節續，如脉絡然。所謂圓如貫珠者，卽衲子數珠，若減截一二子，便不成串矣。雖盛唐諸公，惟王維李頎二三家臻妙，太白浩然便不諳矣。明興，自高侍郎以還，七言律流而極弊。文正公以大雅之宗，尤能推轂後進，而李何徐諸公作矣。戹言曰：「長沙之於何李，其陳涉之起漢高乎？」頗善比興。讀公之花將軍歌、丘之羅都御史、吴之送武靖西征、邵之胥門、石之契苾兒諸篇，稍稍頡頏馳騖矣。

張汀洲清之　縱調騁情，頗稱作者。其采蓮昭君，風力丹彩俱備，堪以陶寫幽心。至「林葉經霜盡，河冰近午開」，是前賢未振語。殷璠所謂「意新理愜」，斯得之。

張修撰亨父、陸參政文量　齊聲競爽，聞於海上。張之送廷珍憂歸云：「千里征途從哭盡，啼痕終比線痕稀。」漢宫云：「一樣玉壺傳漏點，南宫夜短北宫長。」陸之楊妃云：「烽火照人鼙鼓急，尚疑燒燭夜催花。」徽宗畫云：「翠輦北巡將不去，只應留與蔡京看。」調雖短而意頗長。可羣可怨，二公有焉。

士　品　三弘治迄正德凡三十有三人。

李獻吉何仲默二學憲　氣象弘闊，詞彩精確。力挽頹風，復臻古雅。遴材兩漢，嗣響三唐。如航琛越海，輦賮踰嶠，琳闕珠房，輝燦朗映，各成一家之言。繼而海内翕然景從，爲明音中興之盛，實二公倡之也。二公古體並出楚騷詞、漢樂府而憲章少陵者，近體尤酷擬杜。李古勝何，如：「屯雲出峽，驚風湧湍。波瀾幻變，層彩疊出。」何近勝李，如：「石門寒瀑，劍閣朝霞。空中聲色，高遠難攀。」薛君采云：「俊逸終憐何大復，粗豪不解李空同。」則何似勝李邪？國寶新編曰：「李朗暢玉立，傲睨當世。何身不勝衣，賦陵作者。」二公皎然風度，又可想矣。直説云：「李作詩，一句不工，卽棄而弗録。何深惜之，李答是自家物，終久還來。豈非良工獨苦邪？」二家詩大率多佳者，李如：「黄塵古渡迷飛輓，白月横空冷戰塲。」又：「日黑魚龍[illegible]夢澤，草青麋鹿上姑蘇。」何如：「伏波銅柱衝炎塞，横海樓船出瘴沙。」又：「日月盡懸滄海樹，龍蛇春壓九河流。」

徐博士昌穀　國寶新編曰：「博士神清體弱，雙瞳燭人。幼精文思，不由教迪。」文徵仲序其焦桐集云：「昌穀古體合作，近體非所好，而爲之輒工。」亦是賞識。余觀迪功二集，豪縱英裁，格高調雅，馳騁於漢唐之間，婉而有味，渾而無迹。尤長於賦頌，其反騷已馮陵班揚矣，足冠盛明名家。袁氏所刻鸎鵡五集，稍纖華，似齊梁語。皇甫子安云：「徐詩可以繼軌二晉，標冠一代。」子循亦云：「徐集獨綜菁英，莫可瑕纇。」王元美云：「如飛仙游天，不染塵俗。」三公可謂知言矣。至獻吉猶譏其守而未化，蹊徑存焉。仲默云：「論文亦直取舍筏，誠爲精確。」余讀李何集中之筏蹊，有甚於徐者，豈力與志違邪？然李何非不見賞，抑昌穀詞藻雖富，情性或有未閑，故强年偃蹇冷署，閒適之興，其寥寥乎？余獨悲夫長轡既驟，窮途忽蹶，顧未盡肆力耳。假天老其才，而追述大雅，則有唐大家，不當北面邪！

邊司徒廷實　袁氏獻實曰：「李何徐邊，世稱四傑。李雄健，何秀逸，徐精融，邊朴質。故並負盛名，輝映當代，四公殆藝苑之菁英也。」邊稍不逮，祇堪鼓吹三家耳。其集中篇章頗富，如：「綠水閶門道，青山建業城。」「地入河源渺，天連塞日曛。」又：「魯連箭滅遺書在，微子城荒故堞留。」「千盤鳥道懸雲上，五色龍江抱日流。」應是豪華語。卮言云：「廷實如五陵裘馬，千金少年。」信然。

顧司寇華玉　體裁變創，工於發端，斐然盛明之羽翼也。如：「經旬謝賓客，春草當門生。」「鹿飲紅泉細，猿啼翠壁重。」「綠樹邀行騎，青山擁寺門。」又：「御前却輦言無忌，衆裏當熊死不辭。」足使文通變色，彥升失步矣。

祝京兆希哲　公之腹笥奇僻，出入史漢。其俠少云：「豔妓掌列盤，孌童口承唾。」郭氏族盡滅，銅山死猶餓。」歸舟云：「高嘯迎風轉，低眠看樹行。」隱者云：「琴傳雷氏斲，書是汲丘藏。」其筆力殆能扛鼎者。國寶新編曰：「祝子傲睨冠紳，遊戲文囿，蓄之海滙，發也雲蒸。」信哉。

王吏部敬夫　才雋思逸，銳於綺麗。譬之「湖外碧草，海東紅雲」，流彩奪目。其五言如：「雲壓嶺頭樹，草連烟際村。金馬當朝彥，銀魚隔歲焚。山雲晴見楚，烟樹遠浮秦。飛鳥三峯外，孤城落照前。」七言如：「天外行雲難入夢，手中團扇易驚秋。」此語直造盛唐佳境矣。

熊侍御士選　才華警拔，一句一字，酷尚初唐。如「野寺孤雲没，春山獨鳥歸」，「雞鳴岩下寺，犬吠洞中春」，已得王楊風彩，特少深致。

王新建伯安　博學通達，詩非所優，然亦有幽逸思致。余讀其陽明先生集，疏義侃侃，詞切理約，自是經國大手。

朱大參升之　情過其才，亦時出新語。其函谷歌全効高常侍，稍有蹇礙粗𧍒處。對雪有「風急仍含雨，天低欲墮雲」，殆佳句也。國寶新編曰：「參政落筆，一掃千言。傍觀者往往奪氣，可謂詩豪矣。」其子子价，才藻豪爽，頗與公等。故高巖競秀，流水迴合，殆山澤通氣也。丁酉間，余嘗與子价同舍鷄籠山房。及旅都下，子价尤善書，屢爲余走筆題箑面上，頗多佳句，乃集中所遺。今散失不可得矣，惜之！

王司馬子衡　學古才辯。其爲文章，多漢晉人語，特閑於古體，如闕里孔檜，泰嶽秦松，蒼秀挺鬱。王元美譏其稍露本色，不無有之。其南昌行亦足以發其忠憤激烈之思。余讀其居家集公所自序，即張魏公辟蘇雲事曰：「古今人好尚，其不齊也。有如是哉？以野處爲適，則視官守爲樊籠；以閒散爲樂，則視軒冕爲桎梏。」於是乎可以觀公矣。豈惟文哉！

鄭驗封繼之　才賦英邁，往往有新語。如「暝烟分野意，山鬼習人聲」，「馬上琵琶曲，流悲入漢宮」，二作並佳。國寶新編贊云：「靈運樂游，嵇康慕仙。超矣驗封，千載同然。」余讀鄭詩末卷，載海内名公哀輓，惟方公豪哭詩最多，偶無佳句。余伯父與新先生有「備見前賢體，高垂一代文」。祝公鑾有「才名聞海内，氣概邁儒流」。林公春澤有「病多憂國累，出爲薦書行」。足以見公之概。

湛司馬元明　先生爲一代鴻儒宗望。綸束髮列弟子之座，事先生最久。初若崖岸，終無町畦。其爲文章平易質實，詩詞頗醞藉逸秀。每曰：「須發得自家意思出乃佳。」嘗好登臨，必謂諸生且領畧山水真趣，明日補詩，率意如此。余丙辰間逾嶺外一造先生之門，所處故桒盛，蕭然几榻，猶事文翰，不以耄耋少替，皤然渭濱一老叟也。其詩頗得唐人古澹處。此老胸中仍無宿物。

嚴相公惟中　先輩評公詩者頗多，如儀封王司馬曰「沖邃閒遠」，成都楊修撰曰「沖澹朗秀」，蘭溪唐文襄曰「澹而遠」，長洲皇甫司勳曰「調高律細」，四公其知言哉。其靈谷云：「窈然深谷裏，疑與秦人逢。澗底藏餘雪，窗間列秀峯。」登嶽云：「仙家鳥道迥莫到，石壁猿聲清忽聞。幽泉樹杪飛殘滴，瑶草巖中吐異芬。」真境與秀句競勝，雜之極玄，亦足矜賞。其集大率多類錢劉語。

孟大理望之　調雅詞綺，高響奇絶，彷彿天台石梁，羅浮水簾。如：「鵲翻知浦樹，人語辨江船。」「暗處猿聲斷，愁深攪夜眠。」「日銜天際樹，雲動水中山。」「亂帆何處去？風浪不知還。」又：「脩竹濃花田舍裏，亂山流水寺門前。」「長橋晚落千尋影，高閣晴含萬里秋。」「邊嶠梅花愁聽角，郡庭榕葉憶鳴琴。」其瀟湘行尤稱警拔，李何不爲之却立也，或譏其澹薄者甚爾。

殷給事近夫　菁藻時髦，才情遒麗。如「波喧偏怒石，山暗欲生雲」，「溪静千峯倒，雲歸衆鋻昏」，又「狂龍歌舞晚潮外，芳草歷亂新晴中」，稍得鳳池一毛，龍淵片甲。如惜梅云：「鳴雨既過漸細微，江風颯颯吹客衣。晴雲雨雲自紛錯，山禽水禽相逐歸。三年羣盜衰疾甚，千日歸帆音書稀。丹崖夜夢桂樹發，清尊共惜梅花飛。」亦清勁可誦，特重歸字未工。前作「雲連雲斷」；後作「千里孤帆」稍暢。王元美謂其如越兵縱横江淮，終不成覇。蓋惜其蘭馨夙焚，桂叢忽折，不足悲夫！

顧宗伯與成、少參與行、憲副與新　三先生，綸之伯仲叔父也。並負才藝，鍾靈五澤，競爽三吳。弱齡馳聲臺館，一時名家如李何徐薛，倡酬具在。薛君采嘗寓書云：「伯仲擅藝名流，並繼風雅，豈惟顧氏多文，抑亦詞林增重。」既而後先謝政，居常與世父與明先生翕奏塤篪，殆是花蕚餘輝。吳都賦所稱「高門鼎貴」、「顧陸之裔」，千載而下，吾宗故多賢乎哉！

唐文襄虞佐　風度瓌爽，學該左史，頗臻古雅，集爲蔡子木所編輯。元美云：「虞佐如苦行頭陀，終少玄解。」佳句如「百草牽柔風，孤峯駐落日」，「長淮接江水，千里映空色」，「夜雨分芝草，晴天落蠹魚」，聲格既峻，步驟更捷，亦作玄解語。公嘉靖乙巳秋召起復大司馬，冬加太子少保，擢大冢宰，豁達曙體，務在引恬拔滯。尋以病乞休，忤世宗皇帝削官，竟卒於都門謁舍。後五年有子汝楫及第，獲請復官，贈少保并謚。公歷部院，得謚文，出殊卹也。余嘗著公感知篇，有曰：「公鎖鑰邊鎮，勵王臣之大節；錯綜術藝，冠館閣之諸賢。於是乎曰文曰襄，斯稱矣夫！」

方憲副思道、戴學憲仲鶡、韓參議汝慶　同榜齊軌，並有節氣才譽。其爲詩多出少陵蹊徑，方稍安穩，戴韓遒暢，時有新語，其鷓鴣採蓮，方故墮其雲霧中。

孫山人太初　初號吟嘯，更太白山人，朗姿美髯，飄然風塵外物也。其才清趣逸，頗擅詩名。曾寓先公蓉湖別墅，時與殷靖江近夫游，先公每論其高致。一日，費閣老訪之，竟日曠談，率就偃卧，去不相顧，其落魄多類是。費大奇之，曰：「我接海岱奇士多矣，未有此人。」後浪遊西湖苕溪間，一時名士咸欽其風。其佳句有：「山根晴亦濕，湖氣夜難昏。」「長天下遠水，積霧帶巖扉。」「僧歸虹外雨，雲抱水邊樓。」「浪花迎棹尾，山影上人衣。」「清流梳石髮，遠霧着山巾。」「酒醒燈暈裏，秋墮葉聲邊。」又：「百年知己長鑱在，萬事無心拄杖間。」「遠江天入星河濕，高木豁迴風露稀。」嚴儀卿曰：「詩有別才，非關書也。詩有別趣，非關理也。」豈不然哉？大都孫詩五言得孟襄陽幽處，七言得張句曲曠處，遂致逕庭懸絕。故獻吉恒云讀書斷自漢魏以上，蓋取諸上乘，庶得中乘。

楊修撰用脩、張進士愈光　世閥駿英，巍科雄望，嚼咀搜玉，咳唾成珠。其爲詩，楊如錦城雪棧，險怪高峻，張如蘭津天橋，騰逸浮空，故並鍾山川之靈乎？巵言又云：「楊乃銅山金埒，張乃拙匠斧鑿。」是譏其未融化也。楊之「羅衣香未歇，猶是漢宮恩」，「石帆風外轟，沙鏡雨中明」，又「汀洲春雨搴芳杜，茅屋秋風帶女蘿」，「夜夜月爲青塚鏡，年年雪作黑山花」；張之「鴻雁不傳雲外字，芙蓉空照水中花」，「銅柱蒹葭鴻雁響，鐵城烟雨鷓鴣啼」。此例數篇，非雕飾曼語。往余在滇中，以吏局經高嶢，一訪升菴故墅。適至自瀘，會於安寧曹溪精舍，留連信宿。其落魄不檢，形骸放言，指摭鑿鑿驚座，應是超悟人。張嘗與啓札神交，詞多敦素，亦是恬雅人。後余過沅州，慈谿馮公鵷余督府，憐及楊之才器固博識，特好臧貶先輩，輒攻人沿襲之短，氣象遂砭削矣。斯言其長者哉。

薛考功君采　七歲能文，弱年擅藝，大爲儀封王公判亳時所奇。文徵仲評其詩云：「古風追躅漢魏，近體有王孟風。」唐應德云：「薛從瞿老書來，得虚静語。」余讀其集，古體如江南曲從軍行，甚佳。近體如詠燭云：「珠簾照不隔，羅幌映疑空。」又「餘花飄近渚，衆鳥喧深竹」，「征鳥不返顧，浮雲相背馳」，「渚花藏笑語，沙鳥亂歌聲」，「翠帷低舞燕，錦薦踏驚鴻」，「飛蓬來曠野，啄木響空林」，並是警句。辟之馬飾金羈，連翩蹀躞，穩步康莊，了無踴躇之跡。王元美云：「如倩女臨池，疏花獨笑。」特言其秀拔處。

蔣參政子雲　才豪朗邁，頗好激賞，一時名士多延致之。其詩五言學杜，無幽閒奇語。大婚如：「千行燭起鴛鴦合，萬樹花開鳳鳥來。」南京云：「疊幛千重過洛邑，澄江九派勝秦川。」足稱勝句。

夏相公公謹、馬侍郎仲房　二公並稱雋才，夏優於詞，自成別調，頗多豔藻；馬優於律，取法初唐，尤多華整，並少情性耳。至馬之「盤危門入斗，嶠迴戍通烟」，「香氣蒸雲上，鐘聲度漢迴」，是江光禄未授筆時語。聞馬有全集何元朗處。

陳行卿魯南　才與顧司寇華玉、王太僕欽佩並稱。如「鳥聲林葉暗，山影石溪寒」，「縣燈動星月，傳梵起魚龍」，「漏轉雲車急，花深月殿開」，「鵲觀月華還映雪，龍池水色已含春」，恍乎臨蓬山而俯瞰閬洲，深遠鬱然。

王給事穉欽　調高趣新，頗多奇句，如深谷綿蠻，泠然幽響。其少年行云：「金羈及狡兔，珠鐙落高鴻。」江上言懷云：「岸束濤聲急，軒凝野色重。」還蜀云：「峽束秋江怒，雲盤石棧懸。」弔道士云：「海田猶有變，洞壑豈無哀。」春晝云：「絮飄兼鶴毳，花落罥蛛絲。」夜坐云：「把燭秋蛾集，開簾夕鳥過。」聞箏云：「思繁纖指亂，愁劇翠蛾顰。曲終仍自序，家世本西秦。」殆與高岑方軌矣。穉欽本高才不羈，嘗謫裕州，爲監司督過，罷職還，益自放誕，或衣緋酣歌，或跨犢浪跡，作慢世之狀。讀其述遂賦，其志有足悲者。

士品四　嘉靖迄今凡五十有三人。

張文肅文邦　才雄思贍，抽緒錯彩，遒繹華曠，江漢横流，岌然衡嶽之秀也。公長於古風，其豪縱處如孫武將兵，甲隊嚴整，鼓而爲氣，窮力破敵，特沈機輕襲，非所屑也。初署宮坊，素崇奬少儁。綸嘗游其門，往往式我旅舍，晤言彌日。及其入相，款洽如一日，頗雅辱公深知。公七歲誦書，該博典籍，達通今古。虛懷高朗，論人貴實，臨事果斷。庚戌策士，多中時要，弗之諱。至西北大計，尤究心焉。是秋虜犯京師，猶力疾疏乞決白河禦之。一夕夢跨鶴凌空，竟逝。悲夫！神驥當軸，長轡俄絶，綸嘗哭之以律。後作「平原客散多遺刺，新壠山深斷掃門。想見墓前留鳥象，幾人慟哭受知恩」及署感知編後詠曰：「張公副相日，慷慨問遺賢。平津嗟舊閣，南麓鬱新阡。赤牘三朝事，青編四海傳。何當中道絶，麟喪魯人憐。」

黄詹事才伯性尚沖和，韻含芳潤，玄覽鰲洲，藏珍瓊海，爲一代名家。其詩譬之龍躍懸河，鳳鳴阿閣，輝映高絶。屠諭德謂其「利若刺刃，光如巨貝」，故詞林宗匠也。如虎丘云：「夫椒先自敗，於越遂能軍。月落苧蘿冷，花深麋鹿羣。」興安道云：「密雲虛礙馬，芳草遠隨人。」夜坐云：「野色入河漢，鐘聲連翠微。」洞庭云：「未央月轉芙蓉殿，太液波涵翡翠樓。」採蓮云：「青山亦有飛來日，何事蕭郎未見還？」並頭花云：「十年不到芙蓉闕，坐對雙紅聽曙雞。」並得開元風格，大曆情興，足以接武曲江，追駕嶺表矣。余早歲覊旅都下，嘗因張文肅交公，其風度弘朗，閒素超脱。丙午間，少宰員缺，廷推忤忌者。一日罷二侍一詹，公與少宗伯崔許二公也。公遂不旋踵，飄然解龜去都。余追至通會送之，把余臂曰：「子有勝致，他日能訪我羅浮之巔乎？」後十有三載，余自鬱迁道一造其門，値颶風大作，遂觴余五層之樓，遥覽羅浮秀色，宛在浮白間，彌日而別。公雅有古誼，將無以言掩之。

高參政子業　負奇氣，博雅情，其爲詩若磊磊喬松，凌風迴秀，響振虚谷。如：「莫作空山卧，令人望白雲。」「貧家滿座客，閑户一牀書。」「以我不得意，憐君同此心。」「磨滅名題柱，凄涼賦賣金。」「暖雲蒸海氣，殘月吐洲暉。」又：「連山楚雨迷官舍，隔縣鄉音認故園。」「一官已謝於陵後，百畝纔開莘野西。」殆秀句也。大抵高詩有情興，通篇讀去，頗沈鬱。王元美謂其「高山鼓琴，沉思忽往」者是也。

文翰詔徵仲　吴中往哲，如公之博鑒，雅步藝苑者，宜冠林壑矣。其文恬寂整飭，詩亦從實境中出，特調稍纖弱。王元美謂其「如小閣疏窗，位置都雅，眼界易窮，似或有之」。

張山人子言、傅山人夢求　二山人咸工詩。張以興豪，傅以才豪，合而有之，故不足以凌崑崙跨商巖而並稱詩豪哉。尚論其志，則張賢於傅，不同日語矣。

陸給事浚明、屠諭德文升、袁學憲永之、王翰林汝化　同榜入館，並有盛才，其集各長於古風。至近體，陸集云：「無夜不成寐，有書空道歸。」「郡古留銅狄，堂深繡土花。」「虎應窺日没，鳥亦倦天長。」又：「無因得似宫前柳，時有長條拂御衣。」屠集云：「飛閣秋光入，層城紫氣來。」「樓空吴楚盡，江闊雨雲多。」又：「霏霏絳霧爐烟合，片片輕雲雉扇還。」「啼鶯日送千門曉，宫柳晴含萬井烟。」「繁花白日俱含笑，幽鳥逢春亦異啼。」「雙觀月臨鳷鵲度，五樓春見鳳凰棲。」袁集云：「迎風桂子落，照水芙蓉繁。」「蚺蛇晴挂樹，射蜮晝含沙。」「屋覆湘君竹，山紅蜀帝花。」又：「行天警蹕馳清道，合殿爐烟散彩雲。」「蜃氣朝蒸疑是霧，潮聲晝湧忽如雷。」王集云：「樹繞千林秀，花分兩岸飄。」「西風金雀冷，南海荔枝來。」「寶月臨窗白，慈燈照榻紅。」「客難東方朔，人嘲揚子雲。」「浮生聊寄適，幽意秪鳴琴。」有句如此，亦李唐四傑之選。此輩是層漢疏星，朗朗輝映，未足多也。

田學憲叔禾　學古才贍，網羅舊聞，多所著述。應德唐公嘗目之曰文昌星精。余讀其詩，古體出入騷選，頗沈鬱豪縱，如探珠合浦，夜光迫人，往往眩目，故不當以一篇一句觀所蘊也。余素與公游，聽其言若艾艾不出口者。一日觴於湖上，多多許余澤秀集，卽席口授千言序之，故不竄一字，燦然龍雕鳳咀，是捷悟偉人。

施少府子羽　余友，卓行傳學，雅有詩名。所著詩文，嘗芟齊梁之浮靡，涉曹謝之高華。穉年從父施平樂之任，過楚，紀行之作，有「巴雲青洞庭，郢水寒夢澤」，又「千里月明來楚峽，五更猿斷憶巴城」，「桃花浪闊三江水，楊柳絲長百尺樓」。邵文莊公見而大奇曰：「風雅之流也。」平生安貧樂志，海内名公咸慕其風，謂句吳有施子矣。其詩如春竹積雪，浮翠欲滴，寒松含籟，空濤勁發。卮言又云：「子羽如寒鴉數點，流水孤村，景物蕭條。」「佳篇如送余遊蘭亭云：「靄靄深竹林，林深阻修澗。清川流其間，懸崕俯可辨。春蘭日以芳，風氣日以變。君往對山人，如逢昔人面。」遊天竺寺云：「緑湖始欣往，遐覽歷幽尋。山到不容路，雲藏猶有林。堦前寒澗落，榻下白雲深。積雪千峯裏，寥然空世心。」各詣妙境，殆蕭條而風趣沖寂者。學士華子潛公哭之有云：「世上交游安足多？丈夫從來貴知己。憐君家徒四壁立，中歲罷官常不給。生前獨行殊寡諧，歿後遺文更誰輯？」余感知編亦云：「皎皎武陵子，卓犖誦其書。樂志每輕世，論詩常起予。一丞何足陋，柱下不容居。到國但觀海，浩然賦歸歟。爾尚終蹭蹬，時哉良可歔。」又哭云：「憶昔南塘別，嗟君如逝川。浮雲無俗累，秀句有人傳。高壠生秋草，空山響夜泉。知音不可作，長歎絶悲絃。」并悼之以見其素。

陳隱君鳴岐、陸文學一之　並負詩名，倡酬交歡，頗適閒居之興，亦我錫中逸流。陳有悼鶴，陸有蕩子婦，二作並稱新拔，爲篇什之秀。陸尤長於古體。

王山人僅初　早歲英爽，讀書經目成誦，晝心不忘，且捷於裒撮舊聞。余嘗鼓其腹云：「何便便作經笥乎？」卒稱博覽家。特受知於華學士公，公爲藝林宗匠，多與倡和，載之集。華所贈王有云：「達人能固窮，朝夕恒晏如。顧言日相過，多聞時起予。」又：「客子本大雅，主人亦好文。饔飧以養賢，無勞事耕耘。」故不足以觀僅初邪！其佳句有「撫琴聊永日，藝圃任無藩」，「花樹春連夏，樓臺水雜山」，「落日霜漸寒，秋高夜彌永」，亦足以發雋逸之思。

唐中丞應德　詩稱名家，早居翰苑，便躋貞觀武德華躅。及還毘陵，直造開元大曆妙處，並足流響詞林。其古體如雲津躍龍，幻變莫狀；近體如風澗鳴琴，幽逸有致。五言如陽羨送白尉金山寺清溪莊贈陳千户，七言如寄周中丞張相公趙州懷古樊醫氷燈吴山人諸篇，格高韻勝，詞雅興新，無句不秀，無字不穩，此卽李何亡蹊舍筏喻也。卮言所指，不滅定山語之作。其晚年率意，偶落宋套。岳將軍墓二作並佳，韻用「寒」字，次句押作「身危亦自甘」，非沈韻也。直説云：「不用沈韻，便非唐詩，殆是名品。」古詩間有協用者，如：「西北有高樓，上與浮雲齊。」又：「灼灼園中葵，朝露待日晞。」僅見於漢人，亦騷體之濫觴也。至近體，則盛唐人無出韻句。今「甘」字將作「安」字，稍似理愜意完，不更深乎？

陳學憲約之　卮言云：「約之如青樓少女，月下箜篌。」余讀其集，篇篇都秀潤，句句少警拔，亦就色象中自然寫出，如波擎菡萏，淨麗天茁，尚未舒笑。至石灘云：「石劣不受鑿，水歸時礙行。卻令無競性，翻作不平鳴。逆折聲猶壯，崩騰色自明。我行殊昧險，於此獨嬰情。」詞少意多，不祗比類切象，抑又深斥劣行。

萬都督民望　才清思逸，稟履高曠，言行無俗韻。其詩如空巖曲瀨，宛轉寥敻，時復滴瀝，得幽閒真趣。如「浮雲看世遠，短褐覺身輕」，「深曠市塵隔，蕭條墟里同」，「五侯延士少，數口向誰存」，「海雲朝數變，山鳥暮雙還」，又「我已出家惟帶髮，君來連榻與同心」，並得韋應物深致，惟七言氣骨稍弱耳。乙卯間，丁倭變，公倡義集僧兵爲捍，子婿死之，遂鬱鬱負痾，多寄跡蘭若問。平生苦空事佛，豈夙世高僧輪化邪？余爲作感知傳後云：「萬公屬文藻，多著鹿園書。好道事嚮缺，用兵師穰苴。素所厭軒冕，蕭條只泊如。雲峯隨處宿，香飯淨齋居。出世比丘者，應修法喜廬。寂寥甘被褐，尚論在沖虛。」殆是實録。

陳山人鳴野　余目山人落落如行長松之下，風概頗勁。其爲詩，初擬貞觀以還體，晚得大曆中意興。五言如：「天遠龍門敞，山空石鼓鳴。」「遠月隨長棹，殘潮自到門。」七言如：「愁連天漢無鴻雁，夢到關山見戍樓。」「水落盡如雷電過，山迴俱作鳳凰飛。」並造彼境。余浪游都下時，山人寓言招致入社，句有「永和真蹟依然在，遥遲逋翁續品題」。余報中有「十年漂泊成狂客，千里招尋識古心」之句，永懷舊致，便爲之愴。

皇甫司直子安　吴中雅雅有四皇甫，盛稱才藻，司直公所著頗富。今司勳子循公爲藝苑宗望，觀其序少玄集云：「馳驟魏晉李唐間，其汪洋浩渺，譬之觀海者，斯可以見公詩矣。」如西湖云：「丹杖遠隨金鷟轉，錦帆齊拂石鯨迴。」簡子循云：「江色似迎張翰遠，濤聲憶傍伍胥多。」雅有此句，宜嗣冉曾。

吴少參純叔　詞垣妙選，夙有雋才，自負雄捷，特閑於七言古。每臨觴銘調，綺靡驚座，當服其偉。五言如「齋鉢蟲絲集，經幢鳥跡多」，「流水迷松徑，閒雲滿石林」，「珠纓蠻女謁，毳布僰人迎」，「風櫪悲窮驥，秋砧亂候蟲」，亦是國秀中語。

趙督察元實　志尚豪邁，頗事詼諧。嘗興酣酬藻，千言不加點綴，故捷才也。篋中偶得其三篇，借余席上一揮而成，稍無俗韻，亦禰正平之流也。舊著感知云：「趙公嘗未遇，落落若何親？讀書適己好，飲酒陶其真。一朝受眷顧，假鉞誰當迕？親煩南面尊，赫赫震斯怒。伐海督都戎，露板薦胡公。淮陰能滅楚，此是酇侯功。感激罷官去，牖下恩所予。位高奚足言，悵矣雲埋處。」

周唐吴三山人　二子言子充，乃吴下清流。周既沖寂，吴亦流暢，唐稍平遠，並幽夜之逸光。

傅山人木虛、孫漁人可宜　二公各有新聲奇調，我明河嶽隱淪之夐秀者。傅句云：「林缺呈江練，泉香長石英。」「崕色斜移樹，泉聲半出山。」「野樹鳴乾葉，晴潭響暗魚。」「月疑加鏡彩，雲似助衣嬌。」又：「百里川原平入眺，九霄星斗倒垂文。」孫句云：「嘯裏驚山鬼，談中有谷神。」「野霧峯全暝，湖烟渚半昏。」「白石孤村合，青山萬樹齊。」「角應江聲起，雲兼海氣浮。」其品當在李唐二孟之間。

蔡司空子木　聲調淵雅，情興高朗，其集爲楊用脩所選者，爲藝林珍賞。晚歲率意應酬，似出二手。五言云：「緑幃槐影合，香飯藥苗肥。」「三江看雁盡，五嶺入雲深。」「泉落雲中碓，溪迴樹杪船。」「疏鐘摇落葉，細雨帶秋蟲。」「石樓窗近斗，山郭樹浮天。」七言云：「羣烏繞樹飛無定，黃葉從風落正繁。」「無復山門訪支遁，獨留徑草待王孫。」「秋色總歸紅葉寺，楚江還見白蘋洲。」此例酷似劉長卿極玄處。至「門徑近連馳道樹，池塘遙接漢宮流」是諷體。子美贈花卿有「此曲只宜天上有，人間那得幾回聞」？詩話云：「蜀中伎女競唱之，蓋謂花卿在蜀頗僭也。」公前作不無風人之旨。

孔方伯汝錫、包侍御元達　余識二公，殆忠謇偉流，未竟其才，輒以文抒其抑鬱，方之玉琢鼎彝，材良器重，欵識工緻，特乏弘綽耳。孔云：「窗暝垂巖樹，庭昏帶野烟。」「石室排雲上，松門閃霧重。」「蘿幌晴峯色，花鐘夜壑空。」又：「一室盡攢雲裏樹，空園全遶石中溪。」包云：「坐淹十日飲，興洽五陵豪。」「雁歸砧響急，烽至角聲多。」「蔡琰降胡日，王嫱出塞時。」「逕仄才通鳥，山深秖嘯猿。」「瀑瀉漁陽操，鶯調陌上絃。」「竹箭灘聲駛，燕支石磴危。」又：「岸柳藏鶯侵坐密，園花隱麝隔溪分。」「石洞經秋龍不起，松枝將暝鶴初歸。」「當筵解語調鸚鵡，鄰院吹笙寫鳳凰。」二家意象都新，融煉並工，令人傾炫心目，斯江鮑之流歟。

白司直貞甫　余讀公集，未嘗不增慨，何高才而没没也！品所稱王翰檢敬夫、康修撰德涵、廖學士鳴吾、高參政子業、王祭酒允寧，咸與齊聲同好，乃調不諧世，卒老於詞坦藩屏間，故名之爲身累也如此。公嘗語余遊關西形勝，不但山川，而人物尤偉。康王作社於鄠里，既工新詞，復擅音律，酷嗜聲伎。王每倡一詞，康自操琵琶度之，字不折嗓，音落檀槽，清嘯相答，爲秦中士林風流之豪。余讀白詩如明月等篇，出建安風骨，兼貞觀思致，故宗子相謂總之詩不離唐五言者，最平亦足振響長慶，繼軌太傅矣。公與余有僚壻之婭舊，爲感知小傳中，有曰：「司直嘗師事陽明先生，學該羣籍，早擅時名。及游北雍，士大夫之賢者，無不枉造焉。其意氣高邁，論思雅飭，慨然有孔北海之風。違時播謫者一十六年，竟淪於一郎，悲夫！」余詠曰：「白公洛下才，弱齡擅詞賦。五遷仍一佐，廿載郎如故。平生抗其行，寧免時所妬。誰知高門中，延納多韋布。一言必見賞，揮金復何顧？意氣海内疏，悲哉若未遇。」

吴中丞峻伯、俞廉憲汝成二公初官西曹，比余舍爲社，每憐其高才深致。及歸田，吴每自豐中相訊不廢，俞同里賡唱尤密，倏爾後先觀化，撫兹遺編，重余嗟慨。吴句云：「齋鐘微出塢，㵎水曲穿林。猿愁巴峽夜，草暗洞庭春。驛路峯腰折，江流雪後深。」又：「花月九衢澄夜色，關山一雁動秋聲。」俞句云：「花密藏谿路，峯危帶石樓。」「戍苦寒花發，庭閒露草深。」並堪大曆十才羽翼。

沈隱君子羽、姚文學本修清暢閒整，丘園之雅也。沈如：「林鳥啼仍歇，岩雲去復還。」姚如：「馬嘶中禁樹，花發五陵烟。」「黄雲連去路，青嶂出孤城。」詞之婉麗，頗了了解人意。沈姚少時同學，分題孌童，沈云：「珊瑚枕上墮犀簪，滿抱温香襲翠衾。花有並頭連並蒂，帶宜同挽結同心。」姚云：「席地張燈送酒籌，百壺春釀散春愁。難忘花月清歡夜，半捲風簾不上鈎。」並有思致。

高光州文中　材致清贍，聲調遒捷，平平寫出，亦自沉淨。如「黃鳥歌聲悲，秦亡從此始」，「濤捲海門山，雪橫天際鳥」，「暮湖平野渡，遠樹帶斜陽」，「經聲出院少，草色上階多」，「許多蕭瑟意，總是亂離心」，是中唐語，並流麗有情。余交公頗深，其器度率多類此。

何祠部叔皮　不惟才高，抑又誼古。早歲絶絃，悼其烈亡，遂終身不續。其詩詞博恩鋭，乃連翩絡屬，參錯史漢，故是大手筆。見公詩頗多，余篋中僅得所贈長歌一篇，乃慷慨任俠語。其伯兄翰目元朗公著作尤富，卽藝林所稱大何小何也。二陸以還，雲間復以爲匹。

蔣户部維忠　才情綺麗，頗任俠氣。早歲罷官，卽放浪自適，築山穿池，徧列舞臺歌榭。是游燕名處，每臨賞，輒酣暢忘還，所憩閣貯書頗富。與荆川素雅，過必酬論竟日，攻難不乏，所作刀歌，想見豪爽。

李武選應禎　性尚放誕，傲世寡羣，日事嘯咏，頗以酒爲名。宦非所樂，其在留曹時，閉户獨飲朗吟。有造門者，聆其音急，呼而扣之，勃然答曰：「勿廢我酣興！假令作陳屍，亦復相尋邪？」竟弗顧自若。於時風轝，以晉中興高流目之。余與應禎同學，其束髮便能詩。嘗集余東林，有「不辭竹葉朝來碧，却訝蓮花秋自紅」之句。輒文戰不利，乃鋭意舉業。其集中皆擢第後所輯，並朗秀沖閒之辭，已造中唐佳境，當續之李晏閣，故不多讓。

顧提𨃮玄緯　伯兄自少穎秀博覽，過目不忘。及長，肆力編摩，手抄若干家，靡非奇槖。姚山人舜咨爲里中耆儒，聞見頗博洽。學士大夫往往咨訪山人，山人偶不憶者，伯兄了了能解，時人以爲康成子玄之儔也。其爲詩如蠓含月闕，忽吐異輝，直沖層漢。弟與兄也，故同涉龍淵，而兄獨探驪頷者也。惜哉！珠藏夜壑，光照月梁，悲能已已。集中朝雲墓云：「影沈歌扇月，香散舞衣風。」拜表云：「璧月沈蛟窟，丹雲渺鳳城。」仰忠祠云：「竹聲鳴勁節，潭影照丹心。」香山署云：「庭下開羅雀，岩頭時報猿。」山池云：「石表到公興，池高習氏名。」建德江云：「峯參如列戟，沙淺不容舠。」送吳别駕云：「隔窗江水秋添碧，夾岸猿聲夜報愁。」送徐瓊州云：「蛤滿鏡飛天外月，蜃來樓結海邊雲。」揆之諸父前編，則五竇聯珠，奚足爲譽？

沈山人子登　翛然高朗，以藝游湖海間，如九皐鳴鶴，時有清音。頗事俠興，多浪迹於遼薊貴豪間。時過余邸舍，必淹留青翰，每得山人詩，有絶佳者輒爲好事者索去，零落無幾。於殘牘中得一二，如「野日寒如月，河冰聚若刀」，宛見曠思。至俞氏所編，是其敗乘耳。

李觀察于鱗　卮言云：「五七言律至仲默而暢，獻吉而大，于鱗而高。」又云：「古惟子美，今或于鱗。」余觀李何之爲詩，如良畯乂田，辟草藝禾，油然生矣。若夫勃然之機，至觀察而始化。今督府張公序其詩文，以左遷高岑輩目之，云：「代不數而得之明，人不數而得之李。」推是言也，則天寶以還，千載之下，僅得觀察一人而已。」其爲一時學士大夫所推崇如此，不足以厭服羣心邪？余嘗品其七言，函思英發，襞調豪邁，如八音鳳奏，五色龍章，開闔鏗鏘，純乎美矣！至五言似有不盡然者，乃稍乏幽逸情性。觀察故有唐選行於世，五言乃止於劉長卿，自序謂「唐詩盡於是矣」。雖儲韋錢郎並削之，其取指頗示嚴峻。其送諸光禄云：「芙蓉天鏡曉，風雨石帆秋。」白雲樓云：「千家寒雨白，雙闕曉烟青。」送張比部云：「風雲千騎動，雨雪二陵寒。」出郭云：「溪流縈去馬，山路入鳴蟬。」燕集云：「酒奈柳花妬，人堪桂樹憐。」天井寺云：「喬木堪知午，迴峯欲隱天。」七言送人云：「樽中十日平原酒，袖裏三年薊北書。」寄王云：「上書北闕風雲變，灑淚西山雪雨寒。」送盧云：「書上梁王還寢獄，賦成揚子不過門。」雙塔云：「雙闕星河秋色曙，千家烟雨夕陽沉。」早春云：「揚舲巫峽江聲合，立馬岷峨雪色來。」梅花云：「笛裏春愁燕塞滿，梁問月色漢宫來。」眺望云：「漢苑春生多雨雪，薊門晴色滿寒烟。」歌行如金谷刁斗送謝茂秦擊鹿等篇，一一高唱，足以感蕩心靈，豈直氣吞儲韋，輝掩錢郎邪？其集中附載海內名家哭公詩甚富，如張督撫云：「生來語出千人廢，死後名從四海知。」王觀察云：「文許先秦上，詩卑正始還。」王儀部云：「天地論才盡，文章與數奇。」又：「青山一慟哭，流水若爲音。」俞山人云：「句陳恥重襲，文奇秘難通。」張太學云：「齊亡天下士，漢失濟南生。」並追宗大雅之句，因并識之。

梁比部公實、宗學憲子相　嘉中，海內崛然奮有七雋，卽梁宗暨李吳徐三憲副，張中丞王廉訪七公也。梁與宗相繼中折，若夫文麟方角冢而避世，靈鷟既苞彩而閲劫。覽茲遺響，未嘗不掩帙而吁也！梁之七言云：「天涯尺素經殘臘，客裏分陰似小年。」「雲暗故關聽角斷，日沉殘壘見孤鴻。」「吳楚地當瓜步折，東南山擁秣陵高。」「石樓積翠臨滄海，鐵柱飛泉落紫虛。」「候蟲聲起燈花落，社燕巢空木葉疏。」宗之五言云：「路迷頻勒馬，塵起一彈冠。」「羊裘寧負漢，龍劍不游秦。」七言云：「昨夜羈縻胡市馬，西風蕭瑟漢臣纓。」「瀟湘天闊春歸楚，震澤風高曉入吳。」「鸚鵡昔悲湘客賦，鷫鸘初典漢臣裘。」「錦水卽從巫峽去，青山定向劍門開。」「驟雷似有蛟龍怒，落日愁聞虎豹喧。」推是句也，才情競秀，已入開元二李妙乘。宗哭梁云：「形容疑好在，消息竟誰傳？」又：「倉皇不可問，隕涕五噫篇。」吳哭宗云：「雙淚把詩還字字，一樽傷往獨時時。由來腐骨無今昔，宿草寧嫌酹墓遲。」又：「金馬玉珂俱往事，青門黃土竟斯人。誰堪多病馮唐老，更少平生鮑叔親。」「峴山碑陰，將復識此墮淚語。

盧少楩　晉渡江來，賦幾亡矣。自茲而作，有盧生焉，涉屈宋之華津，步班揚之高衢，弘音夕振，恍乎漁陽操撾，淵淵有金石聲，眇覿創製，亦一代之賦手也。至所爲詩，稍有短長。余嘗評之：其古體如寒流出谷，婉若調軫，音隨意適；近體如夕禽觸林，矯於避繒，象逐思馳。讀蟣蠓集所載幽鞫賦并獄中所上諸書，跡類韓囚，情同魏械，攄憤鬱之辭，於鉗赭之頃，號哀迫切，良亦勤矣。竟大困十餘年而始脱。斯人也，乃有斯厄。平反甫釋，而年算靡永，卒槁櫬於空門。此天之未定者也。假令置之金馬石渠間，則上林羽獵，不足潤色鴻業邪！嗟夫！世之不遇者，豈特一盧生哉？余嘗一識生於邑之南濠，因詳附王元美嘗悼其亡之什，生也遺爽，頗復賞此否？王云：「北風吹松柏，下與飛藿會。詞人厄陽九，盧生亦長逝。桐棺不斂脛，寄殯空山寺。螻蟻與烏鳶，眈眈出奇計。酒家惜餘負，里社忻安食。孤女空抱影，寡妾將收淚。著書盈萬言，一往恐失墜。惟昔黎陽獄，弱羽因毛鷙。幸脱雉經辰，未滿鬼薪歲。途窮百態攻，鑾觸新語至。詞場四五俠，往往走餘鋭。大賦少見賞，小文僅易醉。醉後駡坐歸，還爲室人詈。我昔報生札，高材虚見忌。自取造化餘，何關世途事？嗚呼盧生晚，竟無戢身地。哭罷重吞聲，皇天有深意。」

馬司業負圖　少負逸才，風偉志邁，雅談玄理，率多勝致。嘗好祈仙，作玉華館，極備弘麗，爲江左創觀。晚歲解龜，築墅方山間，益擴前業，爲藏修真境。冠蠢服氅，神超形越，時人望之爲翩翩霞舉中人也。尤善書法，往往對客揮灑，俄得數紙，一坐驚賞。自謂得張長史李謫仙豪處，荆揚大賈競購之不可。其詩不尚遠僻，未嘗措意著象，亦朗朗可誦。故莊生寄指鵬鷃，遠近雖差，各任真性。豈以遥然路曠，矜爾靡適哉？余辱公忘年交，其平生著作，每見示，爲好事者所奪。余哭公詩曰：「忽聞笙鶴返翩翩，北院先生已作仙。聲價琳琅增歿後，風流醖藉在生前。茂陵遺稿猶稱疾，長史嘗題自謂顛。想像方丘讀書處，平生涕淚荷忘年。」

張太僕有功　羅峰公爲嘉中賢相，有功以穎拔英特，世纘厥家。弱齡振纓，即雅好賓客。時出藻語，爲士林歎賞，風譽日茂。及左遷，輒負才任放，乃寄意氣於歡醨，竟夭折。其志惜哉！余舊寄張二有云：「聞君謫宦下揚州，葉落淮南值早秋。尺牘欲緘初雁寄，一樽常爲故人留。到官不廢羲之草，乘興還登白也樓。偶讀當時賢相傳，何人曾爲叔敖謀？」

士品

目自弘治迄今凡六十八人。

徐少師子升　張司馬惟静　華學士子潛　姚山人舜咨　金山人在衡
皇甫司勳子循　朱司空士南　王九江維楨　王駕部子裕　周太僕子籲
尹宗伯崇基　薛學憲仲常　莫方伯子良　萬侍郎懋卿　茅副使順甫
馮光禄汝言　陸符卿子傳　周聘君公瑕　陸宗伯與吉　何翰目元朗
萬禮侍思節　張録憲玄超　秦方伯子成　謝山人茂秦　俞山人仲蔚
王觀察元美　王儀部敬美　黄文學淳父　張中丞肖甫　徐兵憲子與
吳學憲明卿　洪山人從周　張選部助甫　余憲副德甫　黎員外惟敬
王大名陽德　歐司訓楨伯　梁中舍思伯　陸山人無從　沈山人嘉則
郭山人次甫　李禁直惟寅　潘白嶽象安　康山人裕卿　梁文學伯龍
張太學幼于　鄭山人順卿　陳山人濟之　王太學百穀　莫文學雲卿
童太末子鳴　丘户部謙之　張少參安甫　華比部起龍　朱光禄在明

黃伯子吉甫　葉山人茂長　張文學仲立　成季子玄復　孫太學齊之

俞伯子希顔　俞仲子希曾　鄔季子汝翼　顧季子嗣海　安仲子茂卿

右品後凡稱目者，即前所序闕文例也。乃按卷編次本集，偶多同詠輩，合作一卷，間有一二家互入不次，特便繙閱耳。此昉史氏同傳附例。

閨　品洪武迄嘉靖凡十九人。

郭國嬪善理　宣宗聞其賢，聘至都，竟病卒，封國嬪。事在淑秀集。其自哀古體，酷效蔡文姬，尤得情性之正。屬壙辭於淹訣之頃，春容永懷，非聞道超悟者疇能之。推其恒居所詠，必多雅詞，而見者不多。惜哉！古之宮閫里巷之語，頗關政化。今閨品中刑於內範者，自嬪始。

王司綵　明音所載司綵宮詞一首，頗遒麗，亦椒庭之豔發者。惜乎不多見耳。

中給事沈氏　按淑秀集，沈聰慧，善屬文，入宮爲中給事。孝宗時試守宮論，惟沈文最佳，擢爲第一。其送弟就試云：「朝迎鳳輦歸青瑣，夕捧鸞書入紫微。」又：「年來望爾登金籍，同補華蟲上衮衣。」較之李唐夾纈裁鑠之句，故雅衛懸絶矣，非直宮閫中語。

閬州婦　明音作宋氏女子，其題郵亭歌是自序體，殊悽惋剴切。特不詳其夫之姓字，爲僚佐所嫉，監司坐贓被繫，竟餓而死。仍籍其母子婦置之金齒，子復暴死中野，其婦一身奉老姑，萬里之戍，狼狽甚矣。歌末云：「妾心汪汪澹如水，寧受饑寒不受恥。幾回欲葬江魚腹，姑存未敢先求死。」又：「姑亡妾亦隨姑亡，地下何慚見夫面？說罷傷心淚如雨，咽咽垂頭不成語。」讀此至再，不覺潸然。獨悲其邅迴窮荒，饑寒至困，猶能從容文辭，深得情性之正，蓋凜乎有烈丈夫風節者，當續之古列女。

兩女郎鐵氏　鐵方伯禦靖難之師，成祖籍其兩女郎於教坊，輒獻二詩。長云：「舊曲聽來猶有恨，故園歸去已無家。」次云：「骨肉相離舊業荒，一身何忍去歸倡？」並悲而婉，稍稍聞上，獲赦，歸於良家。

方氏　父從軍，初爲僞男子，偕之還鄉。值父卒，即依主舍劉氏子奇同學。及長，覺方女郎也。奇作燕巢詩調之，方答云，有「雄號將雌故不知」句，竟諧伉儷。

孟居士　荆山居士其自號也。孟論朱淑真云：「作詩貴脫凡化質，僧詩貴無香火氣，鉛粉亦然。」其詩如春歸云：「無情最是枝頭鳥，不管人愁只管啼。」書懷云：「天邊莫看如鈎月，釣起新愁與舊愁。」不但無鉛粉氣，且雅善用虛字，亦魚玄機之亞。

陸寡婦　志尚端嚴，觀其賣宅冠子二絶可見，視今紈綺子，呼盧揮金，竟墜業傾緒，死而不悔，何歟？

李夫人陳氏　中丞公昂之配，道州士魁之母。其集頗富，如：「緑繞郊原外，青回遠近中。」

又:「引泉竹溜穿雲入,墮粉松花遶舍香。」「深院雪消芳草緑,小園風過落梅多。」情致幽絶,足爲女郎之秀。

朱靜菴　昔劉長卿謂李季蘭爲女中詩豪,余亦稱朱爲閨品之豪者。或譏其配周非偶,每形諸吟詠。落梅云:「可憐不遇知音賞,零落殘香對野人。」余讀其鶴賦云:「何虞人之見獲,遂羈絡於軒墀。蒙主人之過愛,聊隱迹而棲遲。」其與周偕老,已見乎辭。所詠虞姬又云:「貞魂化作原頭草,不逐東風入漢郊。」詞義頗烈,意者周無叱咤之狀,何遂抵爲野人邪?斯窺之也薄矣。

濮孺人賽貞　費文憲公敍外母集,謂「聰慧博雅,詩有奇思,無媿於士,因號士齋」。其寄妹三四云:「寒粟侵肌玉,秋蓬亂鬢蟬。」即所稱奇處。

陳少卿妻　相傳少卿棄而取妾,作寄夫云:「新人貌如花,不如舊人能績麻。績麻做衫郎得着,眼見花開又花落。」晚唐葛鴉兒寄良人云:「胡麻好種無人種,正是歸時不見歸。」稍與同調。

碧天道人　潘學使女,歸裘氏。五言云:「夜久人未眠,碧水蕩秋月。」「未開雲外户,先聽水邊松。」七言云:「不知燕子棲何處,此際東風依舊回。」「明月曉光移檻白,芙蓉秋色映江紅。」故玉階之賦,紈扇之詞,詎足誇邪?

俞節婦　俞廉訪之母,早起一首,汝成自敍,謂得之先君稿中,斷爲吾母詩。即其發端云、

「喔喔者，做賓王詠鶯體，末作『誰道天未明，簷前見紅旭』。」或云：「未若『窗前掩殘燭』爲佳。」又得一俊媛。

王素娥　錢塘喜晴云：「試看小舟輕似葉，載將山色過西陵。」思朗致新。季蘭之後，

楊孺人黄氏　用脩公歿後，奉改元詔，得稱孺人。相傳孺人能詩，余見南中少年多習孺人所爲小令黄鶯兒，非只一闋。及見劉安寧有用脩手書卷，亦有「日歸」「其雨」之句，似用脩代内作，以其思多深僻也。若出孺人，更當流亮，故天分所限。俞氏所纂春日即事一首，舊説是祝英臺議梁山伯而作，余少時便聞梨園人唱此，斷非孺人所作。爲附證之，恐傷閨體也。文纂作張九，亦非。

陳孺人馬氏　魯南公繼室也。俞氏所刻有芷居集，如苦雨云：「嶺雲生屋角，野水没籬根。」謝寄鞋云：「無限巧心勞遠寄，露多不忍下階墀。」新致可誦。昔之謝媛捷詠，鄭姬屬辭，出自文士門風漸摩使然。

孫夫人楊氏　文恪公志高繼室也。夫人三子，皆進士，列卿曹翰苑。其寄諸子詩，感喻兼到，得箴規體，不有此母，焉有此子？忠烈世家，文憲作於内範，殆見國風之盛。其聞雁兩聯云：「川原萬里來何遠？關塞千重度更多。曾寄尺書歸上苑，還拖秋影落寒波。」以「秋影」「寒波」自對，即右丞「東家流水入西鄰」例也。此非深於詩不可得。文纂署楊夫人作，非也。

閨品目自嘉中迄今凡三人。

姜舜玉　趙燕如　王文卿

仙品洪武迄嘉靖凡七人。

張外史伯雨　外史清真高逸，當時廉夫仲瑛輩，咸欽其風。其詩如深谷幽蘭，苾芬遠襲，亦品中靈秀也。

張真人無爲　國初來真人稱詩者，僅師一人。其春曉云：「弱柳摇烟落絮輕，緑陰初長小池平。」思亦幽閒，特非霞外語。

盧大雅、周養真　並羽流高逸。周嘗被文皇帝所眷，盧又爲張外史所知，知非恒人矣。余觀盧之懷古，周之游仙，鈞有思致。周致在方内，與在方外。盧與在方内，致在方外。古之沉冥，無此累心處。

張全一　世稱「邋遢張」，卽三丰也。邱嘗遇三丰，所與言多奇驗。及卽位，遣胡忠安公訪之，且追及，見張大雪中戴笠披蓑，尋復無踪。時人得其蓑草一莖，烹而食之，遂却疾永年。其家故有沈香所雕小像，可尺許，嘉靖丙午間，獻之永禧仙宮。其瓊花詩云：「便欲載回天上去，擬從博望借靈槎。」便負超凡氣。

鄧羽　國初嘗爲青陽令，後棄官入武當山爲道士，不知所終。其寫懷云：「山頭月落虎長嘯，海面風生龍自吟。」亦自寓得道意。嘉靖辛酉間，茅山有秀頭者，相傳時有一虎隨之，先公嘗延致之。錫山三茅行宫壁上，秀嘗手題一聯云：「陟山驚虎嘯，渡海挾龍吟。」句率類前。余見秀之談頗文，似亦工於詩者。恒有怪語，載知非歷。

錢月齡　錫中道人。有丹丘漫稿，頗多吟咏。其「皺紅榴破臘，新粉竹含香」之句，如盆涵魚藻，小閑幽致。

仙　品　目自嘉中迄今凡一人。

吴道人少君。

釋　品洪武迄嘉靖凡十三人。

福慧僧宗泐　泐公博達古雅，實當代弘秀之宗。高皇帝嘗奇之，賜今號。其詩如乘蘆涉江，雪浪凌空，步步超脱塵埃。選中有「不辭闢死多，但恨生男少」，「心非檣上帆，隨風豈舒卷」，「青山白雲際，緑樹幽人廬」，「松響風忽來，泉流雨初歇」，「高帆天際遥，獨雁雲邊没」，「翠動夜方息，白雲亦孤還」，都從陶韋乘中來。蘭若云：「楓林不驚虎臥石，山雨忽來龍聽經。」頗頗警拔。

來復　復公富於題咏，並多感慨，所乏幽淨永思。

一初　仁公嘗供事高皇帝。其爲詩秀麗夐拔，如：「鷄鳴谷口風，木落溪上雨。」又：「夜蛩有聲都是雨，春山無處不啼鵑。」「風度鐘聲來北固，帆將燈影過揚州。」「虎石半銷金氣盡，翠崖中斷劍池開。」「溪雨初晴雲更白，湖霜未落草猶青。」可並淨土蓮花，是綽約含空之語。

機先妙聲　並洪永間高僧。明音所載機有虎丘，聲有榆城，各一二首，未脫元調。聊備品中一流。

良琦溥洽道源　文纂所載琦題贈顧玉山二作。其與仲瑛游，亦是高逸沙門也。至洽之應制東橋，源之吴江晚泊，又琦之亞矣。

明秀　秀公所游，皆王陽明孫太白鄭少谷沈石田輩，知是高流。其雪江集句，如：「朔風吹斷雁，斜日照荒荆。」「津亭然夜火，江市膾鱸魚。」「世難還看劍，家貧不廢書。」又：「海郭清砧寒近搗，山樓短笛夜深吹。」纖裁勦淨，如空際風幡，迥出凡境，不減道林思致。

魯山　獻吉云：「魯山，秦人也。喜儒，嗜聲音。」仲默亦云：「讀書好咏，曠懷善談。」余觀其樓閒集，頗事行脚，嘗歷終南太行嶧岱間，良多勝致。其「越平吴亦盡，劍去水空流」，「寒蟬依樹響，秋蘚上階生」之句，亦自閒雅。

果斌　余辛酉秋，寓半峯竹亭中，與斌公嘯詠者月餘。嘉其欣欣不倦，得遠公雅致。其爲詩，多在中夕沉思苦索得之，就坐揮毫，非所能也。余謂：「公作詩，如南能碾石碓米已熟，但欠篩在。」雖出一時調語，今觀集中尚堪播揚。其七言是元調，意勝於格，往往有逸趣。五言多有佳者，如：「鳥栖雲外樹，龍護鉢中蓮。」「谷響珠泉落，巖危草閣懸。」是神駿語，亦皎然靈一之選。

方澤方益　二方並小品藻才，初不詳歷。澤集中有寄同學怡師住天目，殆即是山僧也。其燕坐云：「物虛城是壑，心遠地皆山。」味其音旨，是頓悟語。益初居聽松，嘉中住惠山寺。先輩嘗有買其山作宅兆者，訪益於泉上曰：「師有新咏，得誦之。」益率意答云：「道人偶得『題竹有新句，聽松無舊廬』之句。」遂憮然傾意，咸嘉其深致。余少時屢與益劇談，其辭理俱爽，指靡不韻，才辯足以弘教者，不徒工爲詩。惜其稿盡零落，粗舉附於品末。

釋品目自嘉中迄今凡一人。

希復

雜　品嘉中凡二人。

谷郎淮　穉而秀特，頗好博覽，兼善音律，日以文翰爲業，酷昉文徵仲書法，輒傭書爲計，其家詆爲「書癡」。初識淮於澄江張學士舟中，嘗出一帙示余曰：「卽此郎之詩。」殊有雅致。余憐其文而中折，乃録其數章。五言如：「逝水去不返，歲月寧異茲。」「歲易愁還盡，窮途病復多。」「十年江上病，千里客中懷。」七言云：「此夜美人何處所，若非爲雨定爲雲。」「數日積陰氣候變，薄暮飛雨半成霰。」此例輒寓栖栖疚心，悲哉其寫之也。俞汝成稱計有功唐詩紀事末載僕品郭捧劍朱戟門二家，因及歐博士書記李生。余按梁嶸詩品，便載惠作長卽顏師伯幹者，則計亦昉於此乎？矧淮之詩，殆出捧劍戟門之右，寧可廢哉？

王芳遠答黑麻　朝鮮大酋長也。永樂初，詔諭木國㊀，芳遠詩以獻之。至黑麻西湖之作，頗見慕華真切。其詠丈葵絶句，相傳是成化間日本夷人入貢所作，不詳姓氏。二辭雖未工，實列聖右文，八荒向化，丕緝我明之盛，斐然光烈。故初唐新羅之頌，不足顓美於永徽云。

㊀木國：不詳。按明史朝鮮傳：「成祖立，遣官頒卽位詔。」就朝鮮説，該是「本國」。

雜　品　目嘉隆間凡一人。

李生英

歲癸酉二月月幾望，雨閣清燕，爇香瀹茗，細細覆校一過，似無訛舛矣。斯編信可傳之百世，當與殷璠高仲武元結姚合輩頡頏，匪佞匪佞。先是同校友人周天球童珮朱在明俞淵葉之芳成淳，其從子道瀚、子祖源祖河祖漢也，并列之。同里皇山人姚咨識。

四溟詩話

王漁洋序

謝榛字茂秦，臨清人。眇一目，喜通輕俠，度新聲。年十六作樂府商調，臨德間少年皆歌之。已而折節讀書，刻意爲歌詩，遂以聲律有聞於時。寓居鄴下，趙康王賓禮之。嘉靖間挾詩卷游長安，脱黎陽盧柟於獄，諸公皆多其行誼，争與交歡。而是時濟南李于鱗、吴郡王元美結社燕市，茂秦以布衣執牛耳。諸人作「五子」詩，咸首茂秦，而于鱗次之。已而于鱗名益盛，茂秦與論文，頗相鐫責，于鱗遺書絶交。元美諸人咸右于鱗，交口排茂秦，削其名於「七子」「五子」之列。然茂秦游道日廣，秦晉諸藩争延致之，河南北皆稱謝榛先生。諸人雖惡之，不能窮其所往也。趙康王薨，茂秦歸東海，康王之曾孫穆王復禮茂秦，爲刻其全集。當「七子」結社之始，尚論有唐諸家，茫無適從。茂秦曰：「選李杜十四家之最佳者，熟讀之以奪神氣，歌詠之以求聲調，玩味之以裒精華，得此三要，則造乎渾淪，不必塑謫仙而畫少陵也。」諸人心師其言。厥後雖争擯茂秦，其稱詩之指要，實自茂秦發之。茂秦今體工力深厚，句響而字穩，「七子」「五子」之流，皆不及也。茂秦詩有兩種：其聲律圓穩，持擇矜慎者，弘正之遺響也；其應酬牽率，排比支綴者，嘉隆之前茅也。余録嘉隆「七子」之詠，仍以茂秦爲首，使後之尚論者，得以區别其薰蕕，條分其涇渭。若徐文長之論，徒以諸人倚恃紱冕，凌壓韋布，爲之呼憤不平，則又非余蹐茂秦之本意也。

序

四溟山人，眇一目，稱「眇君子」，然其論詩真天人具眼，弇州藝苑卮言所不及也。詩之工，則有目者咸識之。全集中有詩家直説四卷，校訂而授之梓。惜未得善本補其殘缺，又何敢嫌其繁冗，謬加删削爲哉？山人之義心俠骨，非徒以風雅見重。奕世猶將興起，而同時有擠而抑之者，交道之難，可慨也。王阮亭録詩，以山人冠嘉隆「七子」，所爲序，亦極意推崇，存之以當山人小傳。若趙王爲之刻集，藩邸諸君頗多題跋。然文之所傳者少，故不具録。乾隆甲戌孟夏，繡水石齋胡曾撰。

前明謝四溟先生爲趙藩重客，嘗刊其全集以行世，迄今又二百餘年矣，梨板無存，日就湮沒，良可惜焉。行篋中有先王父一齋公手抄四溟詩話，然非足本，河北觀察使胡韭溪訪求全集，幸而得之。公子石齋汲古既深，闡幽更切，披覽詩話，有契於心，因屬顧君稼梅繕寫發雕，而自爲校訂，不加删削，則珍惜之意也。計甫草之過鄴，請於當事，立碑墓門，是四溟生前知己既有康王穆王，殁世既久，又得甫草石齋爲之表彰，四溟可以無憾。若賈姬之贈，載於亘史，王固愛才，姬亦守節，「眇君子」之桀，不遠過於「七子」「五子」之流也哉。乾隆甲戌清和月，海昌沈維材跋。

四溟詩話卷一

明　謝榛撰

三百篇直寫性情，靡不高古，雖其逸詩，漢人尚不可及。今學之者，務去聲律，以爲高古。殊不知文隨世變，且有六朝唐宋影子，有意於古，而終非古也。

唐山夫人房中樂十七章，格韻高嚴，規模簡古，駸駸乎商周之頌。迨蘇李五言一出，詩體變矣，無復爲漢初樂章，以繼風雅，惜哉！

詩以漢魏並言，魏不逮漢也。建安之作，率多平仄穩帖，此聲律之漸。而後流於六朝，千變萬化，至盛唐極矣。

詩有可解、不可解、不必解，若水月鏡花，勿泥其迹可也。

越裳操止三句，不言白雉而意自見，所謂「大樂必易」是也。及班固白雉詩，加之形容，古體變矣。

傅玄豔歌行，全襲陌上桑，但曰：「天地正厥位，願君改其圖。」蓋欲辭嚴義正，以裨風教。殊不知「使君自有婦，羅敷自有夫」，已含此意，不失樂府本色。

木蘭詞後篇不當作。末曰：「忠孝兩不渝，千古之名焉可滅。」此亦玄之見也。

詩文以氣格爲主，繁簡勿論。或以用字簡約爲古，未達權變。善用助語字，若孔鸞之尾，不可少也。太白深得此法。予讀文則冀越記鶴林玉露，皆謂作古文不可去助語字，俱引檀弓「沐浴佩玉」爲證。余見畧同。

作詩繁簡各有其宜，譬諸衆星麗天，孤霞捧日，無不可觀。若孔雀東南飛南山有鳥是也。六朝以來，留連光景之弊，蓋自三百篇比興中來。然抽黄對白，自爲一體。

紫騮馬歌曰：「燒火燒野田，野鴨飛上天。」此古詞也。折柳行曰：「默默施行違，厥罰隨事來。」亦古辭也。陌上桑曰：「駕虹霓，乘赤雲，登彼九嶷歷玉門。」此魏武帝之作也。秋胡行曰：「思與王喬乘雲遊八極。」此嵇康之作也。董逃行曰：「遥望五嶽端，黄金爲闕班嶙。」此魏人擬作也。古人命題措辭如此。歐陽公曰：「小雅雨無正之名，據序所言，與詩絶異。」當闕其所疑。

題外命意，善作者得之。不然，流於迂遠矣。揚雄作反騷廣騷，班彪作悼騷，梁悚亦作悼騷，摯虞作愍騷，應奉作感騷，漢魏以來，作者繽紛，無出屈宋之外。

詩曰：「覯閔既多，受侮不少。」初無意於對也。十九首云：「胡馬依北風，越鳥巢南枝。」屬對雖切，亦自古老。六朝惟淵明得之，若「芳草何茫茫，白楊亦蕭蕭」是也。

凡作近體，誦要好，聽要好，觀要好，講要好。誦之行雲流水，聽之金聲玉振，觀之明霞散綺，譬之獨繭抽絲。此詩家四關。使一關未過，則非佳句矣。

詩有造物，一句不工，則一篇不純，是造物不完也。造物之妙，悟者得之。譬諸產一嬰兒，形體雖具，不可無啼聲也。趙王枕易曰：「全篇工致而不流動，則神氣索然。」亦造物不完也。

古采蓮曲隴頭流水歌，皆不協聲韻，而有清廟遺意。作詩不可用難字，若柳子厚奉寄張使君八十韻之作，篇長韻險，逞其問學故爾。

唐律，女工也。六朝隋唐之表，亦女工也。此體自不可少。

魏武帝善哉行，七解；魏文帝煌煌京洛行，五解。全用古人事實，不可泥於詩法論之。

作詩雖貴古淡，而富麗不可無。譬如松篁之於桃李，布帛之於錦繡也。

詩至三謝，迺有唐調；香山九老，迺有宋調；胡元諸公，頗有唐調；國朝何大復李空同，憲章子美，翕然成風。吾不知百年後，又何如爾。

杜子美詩：「日出籬東水，雲生舍北泥。竹高鳴翡翠，沙僻舞鵾雞。」此一句一意，摘一句亦成詩也。蓋嘉運詩：「打起黃鶯兒，莫教枝上啼。啼時驚妾夢，不得到遼西。」此一篇一意，摘一句不成詩矣。

用事多則流於議論。子美雖爲「詩史」，氣格自高。

世説新語：「謝公問諸子弟：『毛詩何句最佳？』玄曰：『昔我往矣，楊柳依依。今我來思，雨雪霏霏。』」聖經若論佳句，譬諸九天而較其高也。嚴滄浪曰：「漢魏古詩，氣象渾厚，難以句摘，況三百篇乎？」滄浪知詩矣。

陶潛不仕宋，所著詩文，但書甲子。韓偓不仕梁，所著詩文，亦書甲子。偓節行似潛而詩綺靡，蓋所養不及爾。薛西原曰：「立節行易，養性情難。」

輟耕録曰：「樊宗師絳守居園池記，艱深奇澀，人莫能誦。宋王晟劉忱爲之註釋，趙仁舉爲之句讀，誠可怪也。韓退之作宗師墓誌銘曰：『文從字順各識職。』蓋譏之也。」退之城南聯句，意深語晦，相去幾何。

古詩之韻如三百篇協用者，「西北有高樓，上與浮雲齊」是也。如洪武韻互用者，「灼灼園中葵，朝露待日晞」是也。如沈韻拘用者，「有鳥西南飛，熠熠似蒼鷹」是也。漢人用韻參差，沈約類譜，始爲嚴整。「早發定山」，尚用「山」、「先」二韻。及唐以詩取士，遂爲定式。後世因之，不復古矣。楊誠齋曰：「今之禮部韻，乃是限制士子成文，不許出韻，因難以見工爾。至於吟詠性情，當以國風離騷爲法，又奚禮部韻之拘哉？」鄭國忠曰：「不用沈韻，豈得謂之唐詩。」古詩自有所叶，如：「靡室靡家，玁狁之故。」曹大家字本此。

詩宜擇韻。若秋、舟，平易之類，作家自然出奇；若眸、甌，粗俗之類，諷誦而無音響；若鎪、搜，艱險之類，意在使人難押。

鶴林玉露曰：「詩惟拙句最難。至於拙則渾然天成，工巧不足言矣。」若子美「雷聲忽送千峯雨，花氣渾如百和香」之類，語平意奇，何以言拙？劉禹錫望夫石詩：「望來已是幾千載，只是當年初望時。」陳後山謂「辭拙意工」是也。

餘師録曰：「文不可無者有四：曰體，曰志，曰氣，曰韻。」作詩亦然。體貴正大，志貴高遠，氣貴雄渾，韻貴雋永。四者之本，非養無以發其真，非悟無以入其妙。

麈史曰：王得仁謂七言始於垓下歌，柏梁篇祖之。劉存以「交交黄鳥止於桑」爲七言之始，合兩句爲一，誤矣。大雅曰：「維昔之富不如時。」頌曰：「學有緝熙於光明。」此爲七言之始。亦非也。蓋始於擊壤歌：「帝力於我何有哉？」雅頌之後，有南山歌子産歌採葛婦歌易水歌，皆有七言，而未成篇，及大招百句，小招七十句，七言已盛於楚，但以參差語間之，而觀者弗詳焉。

賈誼惜誓賦曰：「惜予年老而日衰兮，歲忽忽而不返。黄鵠神龍猶如此兮，況賢者之逢亂世哉。」誼年三十而曰「衰老」，遭際漢文而曰「亂世」，氣短量狹如此。漢史誼傳獨載弔屈原鵩鳥二賦，而無此篇。洪興祖以爲瓌異奇偉，非誼莫能及，而并録傳中，豈興祖誤耶？

謝瞻從宋公戲馬臺送孔令曰：「聖心眷佳節，揚鑾戾行宮。」謝靈運曰：「良辰感聖心，雲旗興暮節。」是時晉帝尚存，二公世臣媚裕若此。靈運又曰：「韓亡子房奮，秦帝魯連恥。」何前佞而後忠也？

漢書曰：「不歌而誦謂之賦。」若子虛上林，可誦不可歌也。然亦有可歌者，若長門賦曰：「夫何一佳人兮，步逍遥以自虞。魂踰佚而不返兮，形枯槁而獨居。」悼李夫人賦曰：「美連娟以脩嫮兮，命樔絶而不長。飾新宫以延佇兮，泯不歸乎故鄉。」二賦情詞悲壯，韻調鏗鏘，與歌詩何異？

謝靈運擬魏文帝芙蓉池之作，過於體貼。宴賢之際，何乃自陳德業哉？

江淹擬劉琨，用韻整齊，造語沉着，不如越石吐出心肺。

作詩譬諸用兵，慎敵則勝。命題雖易，不可率然下筆。至于渾化，無施不可。

霏雪録曰：「唐詩如貴介公子，舉止風流；宋詩如三家村乍富人，盛服揖賓，辭容鄙俗。」殊不知老農亦有名言，貴介公子不能道者。林逋曰：「茂陵他日求遺稿，猶喜曾無封禪書。」此乃反唐人之意。竇庠曰：「漢家若欲論封禪，須及相如未病時。」

韋蘇州曰：「窗裏人將老，門前樹已秋。」白樂天曰：「樹初黄葉日，人欲白頭時。」司空曙曰：「雨中黄葉樹，燈下白頭人。」三詩同一機杼，司空爲優，善狀目前之景，無限凄感，見乎言表。

魏武帝短歌行全用鹿鳴四句，不如蘇武「鹿鳴思野草，可以喻佳賓」點化爲妙。「沉吟至今」可接「明明如月」，何必小雅哉？蓋以養賢自任而牢籠天下也。真西山不取此篇，當矣。及觀藝文類聚所載魏武帝短歌行曰：「對酒當歌，人生幾何？譬如朝露，去日苦多。明明如月，何時可掇？憂從中來，不可斷絶。月明星稀，烏鵲南飛，繞樹三匝，無枝可依。山不在高，水不在深，周公吐哺，天下歸心。」歐陽詢去其半，尤爲簡當，意貫而語足也。

劉才甫曰：「魏武短歌行，意多不貫，當作七解可也。」

黄山谷曰：「彼喜穿鑿者，棄其大旨，取其發興於所遇林泉、人物、草木、魚蟲，以爲物物皆有所託，如世間商度隱語，則詩委地矣。」予所謂「可解、不可解、不必解」，與此意同。

七言絶句，盛唐諸公用韻最嚴，大歷以下，稍有旁出者。作者當以盛唐爲法。盛唐人突然而起，以韻爲主，意到辭工，不假雕飾；或命意得句，以韻發端，渾成無迹，此所以爲盛唐也。宋人專重轉合，刻意精鍊，或難於起句，借用傍韻，牽强成章，此所以爲宋也。

七言絶律，起句借韻，謂之「孤雁出羣」，宋人多有之。寧用仄字，勿借平字，若子美「先帝貴妃俱寂寞」、「諸葛大名垂宇宙」是也。

山房隨筆四禽言，予録其一曰：「鵓鴣鴣，鵓鴣鴣！帳房遍野相喧呼。阿姊含羞對阿妹，大嫂揮涕看小姑。一家不幸俱被擄，猶幸同處爲妻孥。願言相憐莫相妬，這個不是親丈夫。」此作可悲，讀者尚不堪，況遭其時乎？

晉傅咸集七經語爲詩；北齊劉晝緝綴一賦，名爲六合。魏收曰：「賦名六合，其愚已甚；及觀其賦，又愚於名。」後之集句肇於此。

唐人集句謂之「四體」，宋王介甫石曼卿喜爲之，大率逞其博記云爾。不更一字，以取其便；

務搜一句，以補其闕。一篇之作，十倍之工。久則動襲古人，殆無新語。黄山谷所謂「正堪一笑」也。

玉海曰：「胡笳十八拍四卷，漢蔡琰撰。幽憤成此曲，以入琴中。」唐劉商、宋王安石李元白各以集句效琰，好奇甚矣。

漢武帝柏梁臺成，詔群臣能爲七言者，乃得與坐。有曰「總領天下誠難治」，有曰「和撫四夷不易哉」，有曰「三輔盜賊天下危」，有曰「盜阻南山爲民災」，有曰「外家公主不可治」。是時君臣宴樂，相爲警誡，猶有二代之風。後世以詩諷諫而獲罪者，可勝歎哉！

漢高帝大風歌曰：「安得猛士兮守四方。」後乃殺戮功臣。魏武帝對酒歌曰：「耄耋皆得以壽終，恩澤廣及草木昆蟲。」坑流民四十餘萬。魏文帝猛虎行曰：「與君結新婚，託配於二儀。」甄后被讒而死。張華勵志詩曰：「甘心恬澹，棲志浮雲。」竟以貪位被殺。郭璞遊仙詩曰：「長揖當塗人，去作山林客。」亦爲王敦所殺。隋煬帝景陽井銘曰：「前車已覆，後乘將没。」淫亂尤甚於陳。唐玄宗過寧王宅詩曰：「復尋爲善樂，方驗保山河。」天寶荒政，宗廟播遷。李林甫贈韓席侍郎詩曰：「揆予秉孤直，虚薄忝文昌。」日懷奸險，蠹害朝政。盧仝送伯齡詩曰：「努力事干謁，我心終不平。」後與王涯之禍。高駢寫懷詩曰：「却恨韓彭輿漢室，功成不向五湖遊。」節度淮南，驕横被誅。予筆此數事，以爲行不顧言之誡。

自我作古，不求根據，過於生澀，則爲杜撰矣。

（以下闕。）

束晳補亡詩，對偶精切，辭語流麗，不脱六朝氣習。嚴滄浪曰：「木蘭歌『朔氣傳金柝，寒光照鐵衣』，酷似太白，非漢魏人語。」左舜齊曰：「況有『可汗大點兵』之句，乃唐人無疑。」魏太武時，柔然已號「可汗」，非始於唐也。通篇較之太白，殊不相類。

韋孟詩，雅之變也，昭君歌，風之變也，三百篇後，一作得體。梁太子不取昭君，何哉？

馬柳泉賣子歎曰：「貧家有子貧亦嬌，骨肉恩重那能拋？饑寒生死不相保，割腸賣兒爲奴曹。此時一别何時見？遍撫兒身舐兒面。『有命豐年來贖兒，無命九泉抱長怨。』囑兒『切莫憂爺娘，憂思成病誰汝將』。抱頭頓足哭聲絶，悲風颯颯天茫茫。」此作一讀則改容，再讀則下淚，三讀則斷腸矣。

漢武帝「秋風起兮白雲飛」，出自「大風起兮雲飛揚」；「蘭有秀兮菊有芳，懷佳人兮不能忘」，出自「沅有芷兮澧有蘭，思公子兮未敢言」。漢武讀書，故有沿襲。漢高不讀書，多出己意。

李師中送唐介錯綜寒、山兩韻，謂之「進退格」，李賀已有此體，殆不可法。

范德機曰：「詩當取材於漢魏，而音律以唐爲宗。」此近體之法，古詩不泥音律，而調自高也。

國寶新編曰：「唐風既成，詩自爲格，不與雅頌同趣。漢魏變於雅頌，唐體沿於國風。雅言多盡，風辭則微。今以雅文爲詩，未嘗不流於宋也。」此王欽佩但爲律詩而言，非古體之法也。

五言詩皆用實字者，如釋齊己「山寺鐘樓月，江城鼓角風。」此聯儘合聲律，要含虛活意乃佳。詩中亦有三昧，何獨不悟此邪？予亦效顰曰：「漁樵秋草路，雞犬夕陽村。」

左太沖魏都賦曰：「八極可圍於寸眸。」子美「乾坤萬里眼」之句，意本於此。若曰「眸」，則不佳。

陸機文賦曰：「詩緣情而綺靡，賦體物而瀏亮。」夫「綺靡」重六朝之弊，「瀏亮」非兩漢之體。徐昌穀曰：「詩緣情而綺靡。」則陸生之所知，固魏詩之查穢耳。

高仲武謂朱灣菊詩曰：「『受氣何曾異，開花獨自遲。』哀而不傷，深得風人之旨。」末曰「忍棄東籬下，看隨秋草衰」，不如「過時而不采，將隨秋草萎」，温厚有氣。

李頎貽張旭詩曰：「左手持蟹螯，右手執丹經。」此用畢卓語。既持蟹螯，又執丹經，豈命人舉杯耶？蓋偶然寫興以害意爾。賈島望山詩曰：「長安百萬家，家家張屏新。誰家最好山，我願爲其鄰。」然好山非近一家，何必擇鄰哉？此亦寫興害意，與頎同病也。

唐人歌詩，如唱曲子，可以協絲簧，諧音節。晚唐格卑，聲調猶在。及宋柳耆卿周美成輩出，能爲一代新聲，詩與詞爲二物，是以宋詩不入絃歌也。

蓋嘉運所製樂府曰胡渭州雙帶子蓋羅縫水鼓子。此皆絶句，述邊戍行旅之懷，與題全無干涉。或被之管絃，調法不同。今之詞名類此。前論「燒火燒野田」諸作，恐亦此意邪。

律詩重在對偶，妙在虛實。子美多用實字，高適多用虛字。惟虛字極難，不善學者失之。實字多則意簡而句健，虛字多則意繁而句弱。趙子昂所謂兩聯宜實是也。

子美和裴迪早梅相憶之作，兩聯用二十二虛字，句法老健，意味深長，非巨筆不能到。韋應物曰：「江漢曾爲客，相逢每醉還。浮雲一別後，流水十年間。歡笑情如舊，蕭疏鬢已斑。何由不歸去，淮上有秋山。」此篇多用虛字，辭達有味。

李西涯曰：「詩用實字易，用虛字難。盛唐人善用虛字，開合呼應，悠揚委曲，皆在於此。用之不善，則柔弱緩散，不復可振。」夏正夫謂涯翁善用虛字，若『萬古乾坤此江水，百年風日幾重陽』是也。西涯虛實，以字言之；子昂虛實，以句言之。二公所論，不同如此。

景多則堆垛，情多則闇弱，大家無此失矣。八句皆景者，子美「棘樹寒雲色」是也。八句皆情者，子美「死去憑誰報」是也。

詩法曰：「事文類聚不可用，蓋宋事多也。」後引蘇黄之詩以爲式。教以養生之訣，繼以致病之物，可乎？

嚴滄浪曰：「學其上，僅得其中；學其中，斯爲下矣。豈有不法前賢，而法同時者？」李洞曹松學賈島，唐彦謙學温庭筠，盧延讓學薛能，趙履常學黄山谷。予筆之以爲學者誡。

蘇子卿曰：「明月照高樓，想見餘光輝。」子美曰：「落月滿屋梁，猶疑照顔色。」庾信曰：「落花與芝蓋齊飛，楊柳共春旗一色。」王勃曰：「落霞與孤鶩齊飛，秋水共長天一色。」梁簡文曰：「濕花枝覺重，宿鳥羽飛遲。」韋蘇州曰：「漠漠帆來重，冥冥鳥去遲。」三者雖有所祖，然青愈於藍矣。

秦嘉妻徐淑曰：「身非形影，何得動而輒俱；體非比目，何得同而不離。」陽方曰：「惟願長無別，合形作一身。」駱賓王曰：「與君相向轉相親，與君双栖共一身。」張籍曰：「我今與子非一身，安得死生不相棄？」何仲默曰：「與君非一身，安得不離別？」數語同出一律，仲默尤爲簡妙。

金鍼詩格曰：「内意欲盡其理，外意欲盡其象。内外涵蓄，方入詩格。若子美『旌旗日暖龍蛇動，宫殿風微燕雀高』是也。」此固上乘之論，殆非盛唐之法。且如賈至王維岑參諸聯，皆非内意，謂之不入詩格，可乎？然格高氣暢，自是盛唐家數。太白曰：「剗却君山好，平鋪湘水流。巴陵無限酒，醉殺洞庭秋。」迄今膾炙人口。謂有含蓄，則鑿矣。

寫景述事，宜實而不泥乎實。有實用而害於詩者，有虚用而無害於詩者，此詩之權衡也。

予與李元博秋日郊行，荆榛夾徑，草蟲之聲不絶。元博曰：「凡秋夜賦詩，多用『蛩螿』，而晝則弗用，何哉？」予曰：「此實用而害於詩，所謂『魘子在潁則醜』是也。」太白曰：「燕山雪花大如席，片片吹落軒轅臺。」景虛而有味。

貫休曰：「庭花濛濛水泠泠，小兒啼索樹上鶯。」景實而無趣。

謝惠連「屯雲蔽層嶺，驚風涌飛流」，一篇句法雷同，殊無變化。

江淹擬顏延年，辭致典縟，得應制之體，但不變句法。大家或不拘此。

詩有辭前意、辭後意，唐人兼之，婉而有味，渾而無迹。宋人必先命意，涉於理路，殊無思致。

及讀世說：「文生於情，情生於文。」王武子先得之矣。

宋人謂作詩貴先立意。李白斗酒百篇，豈先立許多意思而後措詞哉？蓋意隨筆生，不假布置。

唐人或漫然成詩，自有含蓄託諷。此爲辭前意，讀者謂之有激而作，殊非作者意也。

左舜齊曰：「一句一意，意絶而氣貫。」此絶句之法。一句一意，不工亦下也；兩句一意，工亦上也。以工爲主，勿以句論。趙韓所選唐人絶句，後兩句皆一意。舜齊之說，本於楊仲弘。

唐人詩法六格，宋人廣爲十三，曰：「一字血脈，二字貫串，三字棟梁，數字連序，中斷，鉤鎖連環，順流直下，單抛，雙抛，内剥，外剥，前散，後散，謂之層龍絶藝。」作者泥此，何以成一代詩豪邪？

「毋逝我梁，毋發我笱。我躬不閲，遑恤我後。」「喓喓草蟲，趯趯阜螽。未見君子，憂心忡忡。」此二詩風雅重出，後人藉爲口實而蹈襲也。

韋孟諷諫詩，乃四言長篇之祖，忠鯁有餘，温厚不足。太白雪讒詩百憂章，去韋孟遠矣。崔道融述唐事實六十九篇，志於高古而力不逮。

四言古詩，當法三百篇，不可作秦漢以下之語。顔延年宴曲水詩曰：「航琛越水，輦賨踰嶂。」郊祀歌曰：「月御案節，星驅扶輪。」譬如清廟鼓瑟，筝以和之，審音者自不亂其聽也。班姬託扇以寫怨，應瑒託雁以言懷，皆非徒作。沈約詠月曰：「方暉竟户入，圓影隙中來。」刻意形容，殊無遠韻。

堆垛古人，謂之「點鬼簿」。太白長篇用之，白不爲病，蓋本於屈原。

史詩勿輕作。或己事相觸，或時政相關，或獨出斷案。若胡曾百篇一律，但撫景感慨而已。平城詩曰：「當時已有吹毛劍，何事無人殺奉春。」望夫石詩曰：「古來節婦皆消朽，獨爾不爲泉下塵。」惟此二絶得體。

長篇之法，如波濤初作，一層緊於一層。拙句不失大體，巧句最害正氣。

張説送蕭都督曰：「孤城抱大江，節使往朝宗。果是臺中舊，依然水土逢。京華逢此日，疲老颯如冬。竊羨能言鳥，銜恩向九重。」此律詩用古韻也。李賀詠馬曰：「白鐵挫青禾，碪聞落細莎。世人憐小頸，金埒愛長牙。」此絶亦用古韻也。二詩不可爲法。

徐幹室思曰：「浮雲何洋洋，願因通我辭。一逝不可歸，嘯歌久踟躕。人離皆復會，我獨無返期。自君之出矣，明鏡闇不治。思君如流水，何有窮已時？」宋孝武帝擬之曰：「自君之出矣，金翠暗無精。思君如日月，迴環晝夜生。」暨諸賢擬之，遂以「自君之出矣」爲題。楊仲弘謂五言絶句，乃古詩末四句，所以意味悠長，蓋本於此。

吴筠曰：「才勝商山四，文高竹林七。」駱賓王曰：「冰泮有銜蘆。」盧照鄰曰：「幽谷有綿蠻。」陳子昂曰：「銜杯且對劉。」高適曰：「歸來洛陽無負郭。」李頎曰：「由來輕七尺。」唐彦謙曰：「耳聞明主提三尺，眼見愚民盜一抔。」此皆歇後，何鄭五之多邪？

曹子建白馬篇曰：「白馬飾金羈，連翩西北馳。借問誰家子，幽并遊俠兒。」此類盛唐絶句。

魏文帝曰：「梧桐攀鳳翼，雲雨散洪池。」曹子建曰：「遊魚潛緑水，翔鳥薄天飛。」阮籍曰：「存亡從變化，日月有浮沉。」張華曰：「洪鈞陶萬類，大塊稟羣生。」左思曰：「皓天舒白日，靈景耀神州。」張協曰：「金風扇素節，丹露啟陰期。」潘岳曰：「南陸迎修景，朱明送末垂。」陸機曰：「逝矣經天日，悲哉帶地川。」以上雖爲律句，全篇高古。及靈運古律相半，至謝朓全爲律矣。

枚乘始作七發，後有傅毅七激、張衡七辯、崔駰七依、馬融七廣、劉向七略、劉梁七舉、崔琦七蠲、桓麟七説、李尤七歎、劉廣世七興、曹子建七啟、徐幹七喻、王粲七釋、劉邵七華、陸機七、徵、孔偉七引、湛方生七歎、張協七命、顏延之七繹、竟陵王七要、蕭子範七誘。諸公馳騁文詞，而欲齊驅枚乘，大抵機括相同，而優劣判矣。趙王枕易曰：「《七發》來自鬼谷子七箝之篇。」

文式曰：「詞温而正謂之德。謝靈運『南州實炎德，桂樹陵寒山』是也。」然出於屈子「嘉南州之炎德兮，麗桂樹之冬榮」。

蔡琰曰：「薄志節兮念死難。」魏武帝曰：「周公吐哺，天下歸心。」既以周公自任，又曰：「天命在吾，吾爲周文王矣。」老瞞如此欺人。詩貴乎真，文姬得之。

詩有不立意造句，以興爲主，漫然成篇，此詩之入化也。

陸厥孺子妾歌曰：「安陵泣前魚。」劉長卿湘妃廟曰：「未作湘南雨，知爲何處雲。」盧仝贈馬異曰：「神農畫八卦。」楊敬之客思曰：「細腰沉趙女。」唐彦謙新豐曰：「半夜素靈先哭楚。」此皆用事之謬。

江淹有古離别，梁簡文劉孝威皆有蜀道難，及太白作古離别蜀道難，迺諷時事，雖用古題，體格變化，若疾雷破山，顛風簸海，非神於詩者不能道也。

陸暢作蜀道易，以諛韋皋，翻案太白，辭義粗淺。

杜牧之清明詩曰：「借問酒家何處有，牧童遥指杏花村。」此作宛然入畫，但氣格不高。或易之曰：「酒家何處是，江上杏花村。」此有盛唐調，予擬之曰：「日斜人策馬，酒肆杏花西。」不用問答，情景自見。

劉禹錫懷古詩曰：「舊時王謝堂前燕，飛入尋常百姓家。」或易之曰：「王謝堂前燕，今飛百姓家。」此作不傷氣格。予擬之曰：「王謝豪華春草裏，堂前燕子落誰家？」此非奇語，只是講得不細。

陳無已寄外舅郭大夫詩曰：「巴蜀通歸使，妻孥且定居。深知報消息，不敢問何如。身健何妨遠，情深未肯疏。功名欺老病，淚盡數行書。」趙章泉謂此作絶似子美。然兩聯爲韻所牽，虚字太多而無餘味。若此前後爲絶句，氣骨不減盛唐。

僧處默勝果寺詩：「到江吴地盡，隔岸越山多。」陳後山鍊成一句：「吴越到江分。」或謂簡妙勝默作。此「到」字未穩，若更爲「吴越一江分」，天然之句也。

葉平巖暮春即事一首：「雙雙瓦雀行書案，點點楊花入硯池。閒坐小窗讀周易，不知春去幾多時？」俱削上二字，仍是宋人絶句。

詩人玉屑：「偷語謂之鈍賊，傅長虞『日月光太清』，陳后主『日月光天德』是也。」然「太清」不宜用「光」字，陳句渾厚有氣，此述者優於作者。

耿湋贈田家翁詩：「蠶屋朝寒閉，田家晝雨閒。」此寫出村居景象。但上句語拙，「朝」、「晝」二字合掌。若作「田家閒晝雨，蠶屋閉春寒」，亦是王孟手段。

凡起句當如爆竹，驟響易徹；結句當如撞鐘，清音有餘。鄭谷淮上別友詩：「君向瀟湘我向秦。」此結如爆竹而無餘音。予易爲起句，足成一首，曰：「君向瀟湘我向秦，楊花愁殺渡江人。數聲長笛離亭外，落日空江不見春。」

江總「平海若無流」，馬周「潮平似不流」，杜甫「江平若不流」，三公造語相類，馬句穩而佳。

陳思王美人篇云：「珊瑚間木難。」「求賢良獨難。」此篇兩用「難」字爲韻。謝康樂述祖德詩云：「展季救魯人。」「勵志故絕人。」此亦兩用「人」字爲韻。魏晉古意猶存，而不泥聲韻。沈隱侯白馬篇云：「停鑣過上蘭。」「輕舉出樓蘭。」緩聲歌云：「瑶軷信陵空。」「羽轡已騰空。」此二篇亦兩用「蘭」字、「空」字爲韻。夫隱侯始定聲韻，爲詩家楷式，何乃自重其韻，使人藉爲口實？所謂「蕭何造律，而自犯之」也。

杜少陵「避人焚諫草」之句，善用羊祜事，此卽晏子「諫乎君不華乎外」之意。

子美「星垂平野闊，月湧大江流」，句法森嚴，「湧」字尤奇。可嚴則嚴，不可嚴則放過些子。若「鴻雁幾時到，江湖秋水多」，意在一貫，又覺閒雅不凡矣。

白樂天昭君詩曰：「漢使却回憑寄語，黃金何日贖蛾眉？君王若問妾顏色，莫道不如宮裏時。」此雖不忘君，而辭意兩拙。予因之效顰曰：「使者南歸重妾思，黃金何日贖蛾眉？漢家天子如相問，莫道容光異舊時。」

離騷語雖重復，高古渾然，漢人因之，便覺費力。

梁元帝春日詩，用二十三「春」字，鮑泉奉和，亦用二十九「新」字，不及淵明止酒詩，用二十「止」字，略無虛設，字字有味。

予初賦俠客行曰：「笑上胡姬賣酒樓，賭場贏得錦貂裘。酒酣更欲呼鷹去，擲下黄金不掉頭。」此結亦如爆竹而無餘音。遂更之曰：「天寒飲罷酒家樓，擲下黄金不掉頭。走馬西山射猛虎，晚來風雪滿貂裘。」子美少年行，結句與前首相類，因擬之曰：「獨過酒肆據胡牀，指點銀瓶索酒嘗。連盞鯨吞不辭醉，直驅白馬赴長楊。」

四溟詩話卷二

詩有簡而妙者，若劉楨「仰視白日光，皎皎高且懸」，不如傅玄「日月光太清」。阮籍「一身不自保，何況戀妻子」，不如裴説「避亂一身多」。戴叔倫「還作江南會，翻疑夢裏逢」，不如司空曙「乍見翻疑夢」。沈約「及爾同衰暮，非復別離時」，不如崔塗「老別故交難」。衛萬「不捲珠簾見江水」，不如子美「江色映疏簾」。劉猛「可恥垂拱時，老作在家女」，不如浩然「端居恥聖明」。徐凝「千古還同白練飛，一條界破青山色」，不如劉友賢「飛泉界石門」。張九齡「謬忝爲邦寄，多慚理人術」，不如韋應物「邑有流亡愧俸錢」。張良器「龍門如可涉，忠信是舟梁」，不如高適「忠信涉波濤」。崔塗「漸與骨肉遠，轉於僮僕親」，不如王維「久客親僮僕」。李適「輕帆截浦拂荷來」，不如浩然「揚帆截海行」。亦有簡而弗佳者，若鮑泉「夕鳥飛向月」，不如曹孟德「月明星稀，烏鵲南飛」。蘇頲「雙珠代月移」，不如宋之問「不愁明月盡，自有夜珠來」。劉禹錫「欲問江深淺，應如遠別情」，不如太白「請君試問東流水，別意與之誰短長」。陸機「三荊歡同株」，不如許渾「荊樹有花兄弟樂」。王初「河梁返照上征衣」，不如子美「翳翳桑榆日，照我征衣裳」。武元衡「夢逐春風到洛城」，不如顧況「歸夢不知湖水闊，夜來還到洛陽城」。陳季「數曲暮山青」，不如錢起「曲終人不見，江上數峰青」。李義山「江上晴雲雜雨雲」，不如劉夢得「東邊日出西邊雨，道是無情還有情」。王融「灑淚與行波」，不如子美「故憑錦水將雙淚，好過瞿塘灩澦堆」。李洞「藥杵聲中搗殘夢」，不如柳子厚「日午睡覺無餘聲，山童隔竹敲茶臼」。

詩中淚字若「沾衣」、「沾裳」，通用不爲剽竊。多有出奇者，潘岳曰：「涕淚應情隕。」子美曰：「近淚無乾土。」太白曰：「淚盡日南珠。」劉禹錫曰：「巴人淚應猿聲落。」賈島曰：「淚落故山遠。」孟雲卿曰：「至哀反無淚。」何仲默曰：「笛裏三年淚。」李獻吉曰：「萬古關山淚。」盧仝曰：「黄金礦裏鑄出相思淚。」此太涉險怪矣。

予客京師，遊翠巖七真洞，讀壁上詩曰：「紛披容與縱笙歌，蕙轉光風艷綺羅。露濕桃花春不管，月明芳草夜如何？瑤珠浩蕩隨蘭櫂，雲旆低回射玉珂。深入醉鄉休秉燭，盡情揮取魯陽戈。」耶律丞相門客趙衍所作，清麗有味，頗類唐調。惜乎大元風雅不載，故表而出之。

大篇決流，短章斂芒，李杜得之。大篇約爲短章，涵蓄有味；短章化爲大篇，敷演露骨。捫蝨新話曰：「詩有格有韻。淵明『悠然見南山』之句，格高也；康樂『池塘生春草』之句，韻勝也。」格高似梅花，韻勝似海棠。欲韻勝者易，欲格高者難。兼此二者，惟李杜得之矣。

許彦周曰：「作詩淺易鄙陋之氣不除，熟讀李義山黄魯直之詩，則去之。」譬諸醫家用藥，稍不精潔，疾復存焉，彦周之謂也。

陳後山曰：「學者不由黄韓而爲老杜，則失之淺易。」此與彦周同病。

陸士衡日出東南隅，謝靈運還舊園，沈休文拜陵廟，皆不過二十韻。洛陽王偉用五十韻獻湘東王，迨子美夔府，迺有百韻。

詩以一句爲主，落於某韻，意隨字生，豈必先立意哉？楊仲弘所謂「得句意在其中」是也。

三國典略曰：「邢邵謂魏收之文剽竊任昉，魏收謂邢邵之賦剽竊沈約。」蓋六朝氣習如此。近有剽竊何李者，其二子之類歟？

類文見曰：「梁武帝同王筠和太子懺悔詩，始爲押韻。」晚唐多效之，迨宋人尤甚。本朝劉廷萓詠梅花自押真韻百篇，何其多也！

許敬宗擬江令九日三首，皆次韻，初唐殆不多見。

羅隱曰：「世祖升遐夫子死，原陵不及釣臺高。」范仲淹曰：「世祖功臣三十六，雲臺争似釣臺高。」儲嗣宗曰：「春風莫逐桃花去，恐引漁人入洞來。」謝枋得曰：「花飛莫遣隨流水，怕有漁郎來問津。」袁郊曰：「后羿徧尋無覓處，不知天上却容奸。」瞿宗吉曰：「后羿空能殘九日，不知月裏却容私。」范謝瞿皆出祖襲，瞿得點化之妙。

韓退之稱賈島「鳥宿池邊樹，僧敲月下門」爲佳句，未若「秋風吹渭水，落葉滿長安」氣象雄渾，大類盛唐。

長篇古風最忌鋪敍，意不可盡，力不可竭，貴有變化之妙。

淮南王曰：「王孫遊兮不歸，春草生兮萋萋。」陸機曰：「芳草久已茂，佳人竟不歸。」謝朓曰：「春草秋更緑，公子未西歸。」王維曰：「春草年年緑，王孫歸不歸。」詩人往往沿襲淮南之語，而無新意。孟遲曰：「蘼蕪亦是王孫草，莫送春香入客衣。」此作點化而有餘味。

陳后主曰：「日月光天德，山河壯帝居。」氣象宏闊，辭語精確，爲子美五言句法之祖。

律詩雖宜顏色，兩聯貴乎一濃一淡。若兩聯濃，前後四句淡，則可；若前後四句濃，中間兩聯淡，則不可。亦有八句皆濃者，唐四傑有之；八句皆淡者，孟浩然韋應物有之。非筆力純粹，必有偏枯之病。

臞仙詩譜以太白「長安一片月」爲張季鷹之作，不知何據？然清響殊非晉人氣格。徐陵雜曲曰：「張星舊在天河上，從來張姓本連天。」蓋指張麗華而言。是時陳后主最寵麗華，此奉諛之辭爾。

李空同評孟浩然送朱二詩曰：「不是長篇手段。」浩然五言古詩近體，清新高妙，不下李杜。但七言長篇，語平氣緩，若曲澗流泉而無風捲江河之勢，空同之評是矣。

李拯讀史曰：「佳人自折一枝紅，把唱新詞曲未終。惟向眼前憐易落，不如抛擲任東風。」謝疊山謂寓梁武事，未詳。詠史宜明白斷案，章碣曰：「坑灰未冷山東亂，劉項元來不讀書。」此孰不知邪？

太白曰：「蒼梧山崩湘水竭。」張籍曰：「菖蒲花開月長滿。」李賀曰：「七星貫斷嫦娥死。」此同一機軸，賀句更奇。

宋玉大言賦曰：「並吞四夷，飲枯河海，跂越九州，無所容止。」小言賦曰：「無內之中，微物生焉。比之無象，言之無名。視之則渺渺，望之則冥冥。離婁爲之嘆悶，神明不能察其情。」二賦出於列子，皆有託寓。梁昭明太子大言詩曰：「觀脩鯤其若轍鮒，視滄海之如濫觴。經二儀而跼蹐，跨六合以翱翔。」細言詩曰：「坐臥鄰空塵，憑附蟭螟翼。越咫尺而三秋，度毫釐而九息。」此祖宋玉而無謂，蓋以文爲戲爾。

樂書：「伏羲造琴瑟以律呂，樂曰立基，神農樂曰下謀，黃帝樂曰咸池。」蓋樂始於伏羲，而成於黃帝，是以清和上升，風俗不變，未有詩也。李西涯謂詩爲樂始，誤矣。何妥曰：「伏羲滅瑟，文王足琴。」抑先伏羲有瑟邪？

莊子曰：「鯈魚出遊從容。」是魚樂也。白居易曰：「獺捕魚來魚躍出，此非魚樂是魚驚。」翻案莊子而無趣。家語曰：「水至清則無魚。」杜子美曰：「水清反多魚。」翻案家語而有味。

或曰：「詩，適情之具。染翰成章，自然高妙，何必苦思以鑿其真？」予曰：「『新詩改罷自長吟』，此少陵苦思處。使不深入溟渤，焉得驪頷之珠哉？」

詩不厭改，貴乎精也。唐人改之，自是唐語，宋人改之，自是宋語，格詞不同故爾。省悟可以超脱，豈徒斲削而已！

作詩勿自滿。若識者詆訶，則易之。雖盛唐名家，亦有罅隙可議，所謂瑜不掩瑕是也。已成家數，有疵易露；家數未成，有疵難評。

古人之作，必正定而後出。若丁敬禮之服曹子建，袁宏之服王洵，王洵之服王誕，張融之服徐覬之，薛道衡之服高搆，隋文帝之服庾自直，古人服善類如此。

詩有天機，待時而發，觸物而成，雖幽尋苦索，不易得也。如戴石屏「春水渡傍渡，夕陽山外山」，屬對精確，工非一朝，所謂「盡日覓不得，有時還自來」。

詩以兩聯爲主，起結輔之，渾然一氣。或以起句爲主，此順流之勢，興在一時。皇甫湜曰：「陶詩切以事情，但不文爾。」湜非知淵明者。淵明最有性情，使加藻飾，無異鮑謝，何以發真趣於偶爾，寄至味於澹然？陳後山亦有是評，蓋本於湜。

趙章泉韓澗泉所選唐人絶句，惟取中正温厚，閒雅平易。若夫雄渾悲壯，奇特沉鬱，皆不之取。惜哉！洪容齋所選唐人絶句，不擇美惡，但備數爾。間多仙鬼之作，出於偏稗小説，尤不可取。

盧弼和邊庭四時怨，頗似太白絶句。

李太白曰：「襟前林壑斂暝色，袖上烟霞收夕霏。」此用謝康樂之句，但加四字。王摩詰曰：「漠漠水田飛白鷺，陰陰夏木囀黃鸝。」雖用李嘉祐之聯，加此四字，爽健自別。

意巧則淺，若劉禹錫「遙望洞庭湖水面，白銀盤裏一青螺」是也。句巧則卑，若許用晦「魚下碧潭當鏡躍，鳥還青嶂拂屏飛」是也。

陳琳曰：「騁哉日月遠，年命將西傾。」陸機曰：「容華夙夜零，體澤坐自捐。茲物苟難停，吾壽安得延。」謝靈運曰：「夕慮曉月流，朝忌曛日馳。」李長吉曰：「天東有若木，下置銜燭龍。吾將斬龍足，嚼龍肉，使之朝不得迴，夜不得伏，自然老者不死，少者不哭。」此皆氣短。無名氏曰：「人生不滿百，常懷千歲憂。晝短苦夜長，何不秉燭遊。」此作感慨而氣悠長也。

嚴滄浪從軍行曰：「翩翩雙白馬，結束向幽燕。借問誰家子，邯鄲俠少年。彎弓隨漢月，拂劍倚胡天。說與單于道，今秋莫近邊。」此作不減盛唐，但起承全襲子建白馬篇。

松石軒詩評，全是詩料，且深於詩，何以啟發初學？

鍾嶸詩品，專論源流，若陶潛出應璩，應璩出於魏文，魏文出於李陵，李陵出於屈原。何其一脉不同邪？

蔡文姬胡笳十八拍曰：「城南烽火不曾滅，疆場征戰何時歇？殺氣朝朝衝塞門，胡風夜夜吹邊月。」此爲太白古風法之祖。

漢武内傳：「上元夫人彈雲林之瑟，歌步玄之曲曰：『綠景清飆起，雲蓋映朱葩。蘭房闢琳闕，碧空起瑶沙。』」此歌華麗無味，或六朝贋作。西王母白雲謡曰：「白雲在天，邱陵自出。道路悠遠，山川間之。將子無死，尚能復來。」辭簡意盡，高古莫及。

王建留别杜侍御曰：「有川不得涉，有路不得行。沉沉百憂中，一日如一生。」此語無異孟郊。末曰：「願君去隴阪，長使道路平。」此結頗類子美。

屈宋爲詞賦之祖。荀卿六賦，自創機軸，不可例論。相如善學楚詞，而馳騁太過。子建骨氣漸弱，體製猶存。庾信春賦，間多詩語，賦體始大變矣。子美曰：「庾信平生最蕭瑟，暮年詞賦動江關。」託以自寓，非稱信也。

碧雞漫志曰：「斛律金敕勒歌曰：『敕勒川，陰山下，天似穹廬，籠蓋四野。天蒼蒼，野茫茫，風吹草低見牛羊。』」金不知書，同於劉項，能發自然之妙。韓昌黎琴操雖古，涉於摹擬，未若金出性情爾。

詩有四格：曰興，曰趣，曰意，曰理。太白贈汪倫曰：「桃花潭水深千尺，不及汪倫送我情。」此興也。陸龜蒙詠白蓮曰：「無情有恨何人見，月曉風清欲墮時。」此趣也。王建宫詞曰：「自是桃花貪結子，錯教人恨五更風。」此意也。李涉上于襄陽曰：「下馬獨來尋故事，逢人惟説峴山碑。」此理也。悟者得之，庸心以求，或失之矣。

趙章泉謂「作詩貴乎似」，此傳神寫照之法。當充其學識，養其氣魄，或李或杜，順其自然而已。〔補〕

韓昌黎曰：「婦人不下堂，遊子在萬里。」託興高遠，有風人之旨。杜少陵曰：「丈夫則帶甲，婦人終在家。」此文不逮意。韓詩爲優。

陳陶送沈以魯曰：「高臺送歸客，滿握軒轅風。落日一揮手，金鵝雲雨空。鰲洲石梁外，劍浦羅浮東。玆與不相接，倚倚烟際鴻。」此有太白聲調。隴西行曰：「可憐無定河邊骨，猶是春閨夢裏人。」此語悽婉味長。嚴滄浪謂陶最無可觀，何也？

詩無神氣，猶繪日月而無光彩。學李杜者，勿執於句字之間，當率意熟讀，久而得之。此提魂攝魄之法也。

謝靈運「池塘生春草」，造語天然，清景可畫，有聲有色，乃是六朝家數，與夫「青青河畔草」不同。葉少蘊但論天然，非也。又曰：「若作『池邊』、『庭前』，俱不佳。」非關聲色而何？子美曰：「碧知湖外草，紅見海東雲。」此景固佳。然「知」「見」二字着力。至於「一徑野花落，孤村春水生」，便覺自然。

學詩者當如臨字之法，若子美「日出東籬水」，則曰「月墮竹西峯」；若「雲生舍北泥」，則曰「雲起屋西山」。久而不悟，不假臨矣。

予賦牡丹曰：「花神默默殿春殘，京洛名家識面難。國色從來有人妬，莫教紅袖倚闌干。」及讀羊士諤郡中卽事曰：「紅香落盡暗香殘，葉上秋光白露寒。越女含情已無限，莫教長袖倚闌干。」因與暗合，遂删己作。予每讀古人詩，有全句同者，卽於稿中改竄㊀。

㊀「謝靈運」、「子美」、「學詩者當如臨字之法」、「予賦牡丹」諸條原缺，據海山仙館叢書補。

杜子美七歌，本於十八拍。文天祥六歌，與杜異世同悲。李獻吉亦有七歌，惜非其時爾。今之學子美者，處富有而言窮愁，遇承平而言干戈，不老曰老，無病曰病，此摹擬太甚，殊非性情之真也。

劉貢父評嚴維曰：「『柳塘春水慢，花塢夕陽遲。』夕陽遲則繫花，春水慢何須柳也。」此聯妙於狀景，華而不靡，精而不刻，貢父之説鑿矣。

劉禹錫贈白樂天兩聯用兩「高」字：「雪裏高山頭白早。」「于公必有高門慶。」自註曰：「高山本高，高門使之高，二義不同。」自恕如此。兩聯最忌重字，或犯首尾可矣。子美曰：「江閣邀賓許馬迎。」「醉於馬上往來輕。」王維曰：「尚衣方進翠雲裘。」「萬國衣冠拜冕旒。」二公重字，不害爲大家。

「江有汜」，乃三言之始。迨天馬歌，體製備矣。嚴滄浪謂創自夏侯湛，蓋泥於白氏六帖。

六言體起於谷永陸機長篇一韻，迨張説劉長卿八句，王維皇甫冉四句，長短不同，優劣自見。若君道曲「中庭有樹自語，梧桐推枝布葉」，此雖高古，亦太寂寥。

九言體，無名氏擬之曰：「昨夜西風摇落千林梢，渡頭小舟捲入寒塘坳。」聲調散緩而無氣魄。惟太白長篇突出兩句，殊不可及，若「上有六龍回日之高標，下有衝波逆折之迴川」是也。

四言體始於康衢歌，暨三百篇則盛矣。滄浪謂起自韋孟，非也。

三百篇已有聲律，若「蒹葭蒼蒼，白露爲霜」，暨離騷「洞庭波兮木葉下」之類漸多。六朝以來，黄鍾瓦缶，審音者自能辨之。

文式：「放情曰歌，體如行書曰行，兼之曰歌行；快直詳盡曰行，悲如蛩螿曰吟，讀之使人思怨；委曲盡情曰曲，宜委曲諧音；通乎俚俗曰謡，宜隱蓄近俗；載始末曰引，宜引而不發。」此雖體式，猶欠變通。蓋同名異體，同體異名耳。同名者，若「瓠子決兮將奈何」，此瓠子歌也。「陟彼北邙兮，噫！」此五噫歌也。「四夷既獲，諸夏康兮。」此琴歌也。「桂華馮馮翼翼，承天之則。」此房中歌也。「失我焉支山，令我婦女無顏色。」此匈奴歌也。「鮑氏驄，三人司隸再入公。」此鮑司隸歌也。「悲歌可以當泣，遠望可以當歸。」此悲歌也。「東方欲明星爛爛。」此雞鳴歌也。「太乙況，天馬下。」此天馬歌也。「青青黄黄，雀石頽唐。」此地驅樂歌也。「水中之馬，必有陸地之船。」此前緩聲歌也。「江邊黄竹子，堪作女兒箱。」此黄竹歌也。「春風宛轉入曲房。」此挾瑟歌也。「帝悦於兑執矩固司藏。」此白帝歌也。「是邪？非邪？」此李夫人歌也。同體者，若「北上太行山，艱哉何巍巍」，此苦寒行也。「邂逅承際會，得充君後房。」此同聲歌也。「營邱負海曲，沃野爽且平。」此齊驅樂也。「我本良家子，將適單于庭。」此明妃辭也。「關東有義士，興兵討羣兇。」此蒿里曲也。「主人且勿喧，賤子歌一言。」此東武吟也。「虎嘯谷風起，龍躍景雲浮。」此合歡詩也。「置酒廣殿上，親友從我遊。」此箜篌引也。「白馬鮮角弓，鳴鞭乘北風。」此白馬篇也。「中散不偶世，本自餐霞人。」此五君詠也。「處塵貴不染，被褐重懷珍。」此善門頌也。「紫烟世不覿，赤鱗庖所捐。」此白雲贊也。體無定體，名無定名，莫不擬斯二者，悟者得之。措詞短長，意足而止；隨意命名，人莫能易。所謂信手拈來，頭頭是道也。

捫蝨新話曰：「文中有詩，則語句精確；詩中有文，則詞調流暢。」而引謝玄暉唐子西之説。胡氏誤矣。李斯上秦皇帝書，文中之詩也；子美北征篇，詩中之文也。

武元康曰：「文有聲律皆似詩，詩不粗鄙皆是文。」

杜約夫曰：「六朝文中有詩，宋朝詩中有文。」

楊仲弘律詩三十四格，謂自杜甫門人吴成鄒遂傳其法。然窘於法度，殆非正宗。

范德機曰：「絶句則先得後兩句，律詩則先得中四句。當以神氣爲主，全篇渾成，無餖飣之迹，唐人間有此法。」

孔融離合體，竇韜妻迴文體，鮑照十數體、建除體，謝莊道里名體，梁簡文帝卦名體，梁元帝歌曲名體、姓名體、鳥名體、獸名體、龜兆名體、鍼穴名體、將軍名體、宮殿名體、屋名體、車名體、船名體、草名體、樹名體，沈炯六府體、八音體、六甲體、十二屬體。魏晉以降，多務纖巧，此變之變也。

古辭曰：「黄蘗向春生，苦心隨日長。」又曰：「霧露隱芙蓉，見蓮不分明。」又曰：「石闕生口中，銜碑不得語。」又曰：「菖蒲花可憐，聞名不相識。」又曰：「桑蠶不作繭，晝夜長懸絲。」又曰：「理絲入殘機，何悟不成匹。」又曰：「桐枝不結花，何由得梧子。」又曰：「殺荷不斷藕，蓮心已復生。」此皆吴格指物借意。李義山曰：「春蠶到老絲方盡，蠟燭成灰淚始乾。」劉禹錫曰：「東邊日出西邊雨，道是無情還有情。」措詞流麗，酷似六朝。蘇子瞻曰：「破衫尚有重逢日，一飯何曾忘却時。」造語殊乏風致。

詩曰：「游環脅驅，陰靷鋈續。」又曰：「鉤膺鏤錫，鞹鞃淺幭。」此語艱深奇澀，殆不可讀。韓柳五言，有法此者，後學當以爲誡。

屈原曰：「衆人皆醉我獨醒。」王績曰：「眼看人盡醉，何忍獨爲醒。」左思曰：「功成不受爵，長揖歸田廬。」太白曰：「若待功成拂衣去，武陵桃花笑殺人。」王李二公，善於翻案。子美曰：「明年此會知誰健，醉把茱萸仔細看。」劉浚曰：「不用茱萸仔細看，管取明年各强健。」太拙而無意味。楊誠齋翻案法專指宋人，何也？

李靖曰：「正而無奇，則守將也；奇而無正，則鬬將也。奇正皆得，國之輔也。」譬諸詩，發言平易而循乎繩墨，法之正也；發言雋偉而不拘乎繩墨，法之奇也；平易而不執泥，雋偉而不險怪，此奇正參伍之法也。白樂天正而不奇，李長吉奇而不正，奇正參伍，李杜是也。

洪興祖曰：「三百篇比賦少而興多；離騷興少而比賦多。」予嘗考之三百篇，賦七百二十，興三百七十，比一百一十。洪氏之説誤矣。

法言曰：「堯舜之道皇兮，夏商周之道將兮，而以延其光兮。」子雲法言以準論語，學屈原且不及，況孔子哉！

文筌曰：「五言絶句主情景，七言絶句主意事。」又曰：「五言絶句撇景入事，七言絶句掉句入情。」前後之法，何相反邪？

陳繹曾曰：「凡律高則用重，律中則用正，律下則用子。」律大要欲調句耳，詩至於化，自然合律，何必庸心爲哉？

劉禹錫曰：「建安里中兒，聯歌竹枝，聆其音，中黄鍾之羽，其卒章，激訐如吴聲。雖傖儜不可分，而含思宛轉，有淇澳之艷音也。」唐去漢魏樂府爲近，故歌詩尚論律吕。夢得亦審音者，不獨工於辭藻而已。

李西涯閣老善詩，門下多詞客。劉梅軒閣老忌之，聞人學詩，則叱之曰：「就作到李杜，只是酒徒！」李空同謂劉因噎廢食，是也。

陸士規能詩，秦檜門客也。來自湘楚謁檜，檜以小嫌不與接見，因小相誦其過黄陵廟詩曰：「東風吹草緑離離，路出黄陵古廟西。帝子不知春又去，亂山無主鷓鴣啼。」檜稱賞不已，待之如初。噫！檜亦尚詩也哉？

李西涯久於相位，陸滄浪以詩諷之曰：「聲名高與斗山齊，伴食中書日已西。回首湘江春草緑，鷓鴣啼罷子規啼。」

詩人玉屑集唐人句法，悉分其類，有裨於初學。但風騷句法，皆有標題。若「馬倦時銜草，人疲數望城」，則曰「公明布卦」；若「芹泥隨燕嘴，花蕊上蜂鬚」，則曰「東方占鵲」。殆與棋譜、牌譜，相類，論詩不宜如此。

子美五言絶句，皆平韻律體，景多而情少。太白五言絶句，平韻律體兼仄韻古體，景少而情多。二公各盡其妙。

許用晦金陵懷古，頷聯簡板，對爾頸聯，當贈遠遊者，似有戒慎意。若删其兩聯，則氣象雄渾，不下太白絶句。

律詩無好結句，謂之虎頭鼠尾。即當擺脱常格，夐出不測之語。若天馬行空，渾然無迹。

張祜金山寺之作，則有此失也。

子美居夔州，上句曰：「春知催柳别，農事聞人説」，「别」「説」同韻。王維温泉，上句曰「新豐樹裏行人度，聞道甘泉能獻賦」。「度」「賦」同韻。此非詩家正法。章碣上句皆用韓韻，尤可怪也。

「歡」「紅」爲韻不雅，子美「老農何有罄交歡」，「娟娟花蕊紅」之類。「愁」「青」爲韻便佳，若子美「更有澄江銷客愁」，「石壁斷空青」之類。凡用韻審其可否，句法瀏亮，可以詠歌矣。

孫太初曰：「到處論交山最賢。」以山爲賢，蓋有所祖。周禮曰：「輪人五分其轂之長，去一以爲賢。」禮記曰：「某賢於某若干純。」謝靈運曰：「豈以名利之場而賢於清曠之域哉。」唐太宗曰：「李勣守并州，突厥不敢南，賢於長城遠矣。」

子美曰：「細雨荷鋤立，江猿吟翠屏。」此語宛然入畫，情景適會，與造物同其妙，非沉思苦索而得之也。

李林甫瑶嶽應制曰：「雲收二華出，天轉五星來。十月農初罷，三驅禮後開。」兩聯皆用數目字，不可爲法。王摩詰送丘爲曰：「五湖三畝宅，萬里一歸人。」此聯疊用數目字，不可爲病也。

章孝標下第曰：「連雲大厦無棲處，更傍誰家門户飛？」後及第曰：「馬頭漸入揚州路，爲報時人洗眼看。」其量狹大類孟郊。

淵明詠雪曰：「傾耳無希聲，在目皓已結。」此語殆似顏謝。羅大經謂其輕虛潔白，盡在於是。但識其趣，體則未也。

排律結句，不宜對偶。若杜子美「江湖多白鳥，天地有青蠅」，似無歸宿。

五言律首句用韻，宜突然而起，勢不可遏，若子美「落日在簾鈎」是也。若許渾「天晚日沉沉」，便無力矣。

崔後渠贈予詩曰：「三月清洹上，翩翩兩度來。摛詞傾玉海，弔古賦銅臺。岐路楊朱淚，江湖李白杯。令公今謝事，迴首尚憐才。」楊朱李白，自然的對。戎昱詩曰：「衞青師自老，魏絳賞何功。」較之後渠，精確不及。

詩以佳句爲主。精鍊成章，自無敗句。所謂「善人在坐，君子俱來」。

瀛奎律髓不可讀。間有宋詩純駁於心，發語或唐或宋，不成一家，終不可治。諺言長語曰：「若讀瀛奎律髓，要人自擇。」

盧仝曰：「相思一夜梅花發，忽到窗前疑是君。」孫太初曰：「夜來夢到西湖路，白石灘頭鶴是君。」此從玉川變化，亦有風致。

詩不可太切，太切則流於宋矣。

武元衡曰：「殘雲帶雨過春城。」韓致光曰：「斷雲含雨入孤村。」二句巧思，不及子美「澹雲疏雨過高城」句法自然。

方干：「未明先見海底日㊀，良久遠雞方報晨。」方晦叔「山鷄未鳴海日出」，此箇妙勝干矣。

㊀「未」字原缺，據海仙館叢書補。

作詩最忌蹈襲，若語工字簡，勝於古人，所謂「化陳腐爲新奇」是也。

李頻曰：「星臨劍閣動，花落錦江流。」譬諸「佳人掌」而對「壯士拳」也。若曰「月落錦江寒」，便相敵矣。

金學士王庭筠黄花山一絶，頗有太白聲調。詩曰：「掛鏡臺西掛玉龍，半山飛雪舞天風。寒雲直上三千尺，人道高歡避暑宫。」邊華泉謂詩與行草，俱入化矣。

子美不遭天寶之亂，何以發忠憤之氣，成百代之宗。國朝何仲默亦遭壬申之亂，但過於哀傷爾。

空同子曰：「古詩妙在形容，所謂水月鏡花，言外之言。宋以後，則直陳之矣。求工於句字，心勞而日拙也。枚氏七發，非必於七也，文涣而成七。後之作者無七，而必於七，然皆俳語也。杜甫見道過韓愈，如『白小羣分命』、『文章有神交有道』、『隨風潛入夜』、『水流心不競』、『出門流水住』等語，皆是道也。王維詩，高者似禪，卑者似僧，奉佛之應，人心係則難脱。」

馬子端曰：「楚詞悲感激迫，獨橘頌一篇，温厚委曲。」子美「明霞高可餐」，即「維北有斗，不可以挹酒漿」之意。

張崇德曰：「屈原天問，全學莊子天運。莊子寓乎忘形，屈原滯於孤憤。」

李仲清曰：「陳伯玉詩高出六朝，惟淵明乃其伉儷者，當與兩漢文字同觀。」

杜約夫曰：「宋人論詩甚嚴，無乃唐人之變歟？」呂紫薇所謂「文章木上癭」，約夫暗合孫吳爾。

徐伯傳問詩法於康對山，曰：「熟讀太白長篇，則胸次含宏，神思超越，下筆殊有氣也。」

黄司務問詩法於李空同，因指場圃中菉豆而言曰：「顔色而已。」此即陸機所謂「詩緣情而綺靡」是也。

李獻吉極苦思，詩垂成，如一二句弗工，卽棄之。田深父見而惜之。獻吉曰：「是自家物，終久還來。」

何仲默詩曰：「元日王正月，傳呼晚殿班。千官齊鵠立，萬國候龍顔。辨色旌旗入，衝星劍珮還。聖躬無乃倦，幾欲問當關。」李獻吉改爲「不敢問當關」。曹仲禮曰：「吾舅所改，未若仲默元句。」

趙子昂曰：「作詩但用隋唐以下故事，便不古也；當以隋唐以上爲主。」此論執矣。隋唐以上泛用則可，隋唐以下泛用則不可。學者自當斟酌，不落凡調。

漢人作賦，必讀萬卷書，以養胸次。離騷爲主，山海經輿地志爾雅諸書爲輔。又必精於六書，識所從來，自能作用。若揚袘·戌削、飛襳、垂髾之類，命意宏博，措辭富麗，千彙萬狀，出有入無，氣貫一篇，意歸數語，此長卿所以大過人者也。

宋之問「鬢髮俄成素，丹心已作灰」，子美「白髮千莖雪，丹心一寸灰」，張說「洞房懸月影，高枕聽江流」，子美「疏簾殘月影，高枕遠江聲」，李羣玉「水流寧有意，雲泛本無心」，子美「水流心不競，雲在意俱遲」，徐晶「翡翠巢書幌，鴛鴦立釣磯」，子美「翡翠鳴衣桁，蜻蜓立釣絲」，韋莊「百年流水盡，萬事落花空」，子美「流水生涯盡，浮雲世事空」，陳陶「九江春水闊，三峽暮雲深」，子美「九江春水外，三峽暮帆前」，諸公句意相類，子美自優。

子建詩多有虚字用工處，唐人詩眼本於此爾。若「朱華冒緑池」、「時雨净飛塵」、「松子久吾欺」、「列坐竟長筵」、「嚴霜依玉除」、「遠望周千里」，其平仄妥帖，尚有古意。

鮑防雜感詩曰：「五月荔枝初破顔，朝離象郡夕函關。」此作託諷不露。杜牧之華清宫詩曰：「一騎紅塵妃子笑，無人知是荔枝來。」二絶皆指一事，淺深自見。

吴筠覽古詩曰：「蘇生佩六印，奕奕爲殃源。主父食五鼎，昭昭成禍根。李斯佐二辟，巨釁鍾其門。霍孟翼三后，伊戚及後昆。」此古體敍事，文勢使然，蓋出於無意也。若分爲兩篇，皆謂之隔句對，自與近體不同爾。

杜約夫問曰：「點景寫情孰難？」予曰：「詩中比興固多，情景各有難易。若江湖遊宦羇旅，會晤舟中，其飛揚轗軻，老少悲歡，感時話舊，靡不慨然言情，近於議論，把握住則不失唐體，否則流於宋調，此寫情難於景也，中唐人漸有之。冬夜園亭具樽俎，延社中詞流，時庭雪皓目，梅月向人，清景可愛，模寫似易，如各賦一聯，擬摩詰有聲之畫，其不雷同而超絶者，諒不多見，此點景難於情也，惟盛唐人得之。」約夫曰：「子能發情景之蘊，以至極致，滄浪輩未嘗道也。」

太白夜宿荀媪家，聞比隣春臼之聲，以起興，遂得「鄰女夜春寒」之句。然本韻「盤」、「餐」二字，應用以「夜宿五松下」發端，下句意重辭拙，使無後六句，必不落歡韻。此太白近體，先得聯者，豈得順流直下哉？附詩云：「夜宿五松下，寂寥無所歡。田家秋作苦，鄰女夜春寒。跪進雕胡飯，月光明素盤。令人慚漂母，三謝不能餐。」

傅咸螢火賦：「雖無補於日月兮，期自照於陋形。當朝陽而戢景兮，必宵昧而是征。進不競於天光兮，退在晦而能明。」駱賓王賦：「光不周物，明足自資。處幽不昧，居照斯晦。」二子皆有託寓，繁簡不同。子美「暗飛螢自照」之句，意愈簡而辭愈工也。

「孔雀東南飛」，一句興起，餘皆賦也。其古朴無文，使不用妝奩服飾等物，但直敘到底，殊非樂府本色。如云：「妾有繡腰襦，葳蕤自生光。紅羅複斗帳，四角垂香囊。箱簾六七十，綠碧青絲繩。物物各自異，種種在其中。」又云：「雞鳴外欲曙，新婦起嚴妝。着我繡裌裙，事事四五通。

足下躡絲履，頭上玳瑁光，腰若流紈素，耳着明月璫。指如削葱根，口如含丹朱。纖纖作細步，精妙世無雙。」又云：「交語速裝束㊀，絡繹如浮雲。青雀白鵠舫，四角龍子幡，婀娜隨風轉，金車玉作輪。躑躅青驄馬，流蘇金鏤鞍。齎錢三百萬，皆用青絲穿。雜綵三百匹，交廣市鮭珍㊁。」此皆似不緊要，有則方見古人作手，所謂没緊要處便是緊要處也。

㊀「束」原作「衣」，據樂府詩集改。　㊁「廣」原作「用」，據同上改。

〔補〕

作詩要割愛。若俱爲佳句，間有相妨者，必較重輕而去之。此文賦所謂「离之則双美，合之則兩傷」，士衡先得之矣。

予游天壇山，賦七言一律「天畔飛霞照萬山」，尋易「山」字爲「峰」，遂成絶句曰：「度嶺攀崖自一節，黃冠竹下偶相逢。振衣直上昇仙石，天畔飛霞照萬峰。」此亦割愛之法。（以上二條據胡曾耘雅堂刻本補。下同。）

四溟詩話卷三〔補〕

凡詩債叢委，固有緩急，亦當權變。若先作難者，則殫其心思，不得成章，復作易者，興沮而語澀矣。難者雖緊要，且置之度外。易者雖不緊要，亦當冥心搜句，或成三二篇，則妙思種種出焉，勢如破竹，此所謂「先江南而後河東」之法也。

于濆辛苦吟：「壠上扶犂兒，手種腹長饑。窗下擲梭女，手織身無衣。」此作有關風化，但失之粗直。李紳憫農詩：「四海無閒田，農夫猶餓死。」無名氏蠶婦詩：「遍身綺羅者，不是養蠶人。」二作氣平意婉，可置前列，但互相祖襲爾。鹽鐵論曰：「歐冶能因國君銅鐵作金鍾大鏞，而不能自作一鼎盤。」此論高古，乃三詩之源，夐然氣象不同。

古詩十九首，平平道出，且無用工字面，若秀才對朋友説家常話，略不作意。如「客從遠方來，寄我雙鯉魚。呼童烹鯉魚，中有尺素書」是也。及登甲科，學説官話，便作腔子，昂然非復在家之時。若陳思王「遊魚潛綠水，翔鳥薄天飛。始出嚴霜結，今來白露晞」是也。此作平仄妥帖，聲調鏗鏘，誦之不免腔子出焉。魏晉詩家常話與官話相半，迨齊梁開口，俱是官話。官話使力，家常話省力；官話勉然，家常話自然。夫學古不及，則流於淺俗矣。今之工於近體者，惟恐官話不專，腔子不大，此所以泥乎盛唐，卒不能超越魏進而追兩漢也。嗟夫！

作詩不必執於一個意思，或此或彼，無適不可，待語意兩工乃定。文心雕龍曰：「詩有恒裁，思無定位。」此可見作詩不專於一意也。

任城張良玉別號栗齋居士，以琴鳴於時。嘗賦閒居云：「手香丸藥後，心靜理琴時。」此聯閒雅有味，然出自吕居仁「手香橙熟後，髮脱草枯時」。此作者不及述者。

詩忌粗俗字，然用之在人，飾以顔色，不失爲佳句。譬諸富家厨中，或得野蔬，以五味調和，而味自别，大異貧家矣。紹易君曰：「凡詩有鼠字而無貓字，用則俗矣，子可成一句否？」予應聲曰：「貓蹲花砌午。」紹易君曰：「此便脱俗。」

「忠孝」二字，五七言古體用之則可。若能用於近體，不落常調，乃見筆力。于濆送戍客南歸詩云：「莫渡汨羅水，回君忠孝腸。」此即野蔬借味之法，而濆亦知此邪？

凡襲古人句，不能翻意新奇，造語簡妙，乃有愧古人矣。謝莊月賦：「洞庭始波，木葉微脱。」蓋出自屈平「洞庭波兮木葉下」。譬以石家鐵如意，改製細巧之狀，此非古良冶手也。王勃七夕賦：「洞庭波兮秋水急。」意重氣迫，而短於點化，此非偷狐白裘手也。許渾送韋明府南遊詩：「木葉洞庭波。」然措詞雖簡而少損氣魄，此非縮銀法手也。

凡作文，静室隱几，冥搜邈然，不期詩思遽生，妙句萌心，且含毫咀味，兩事兼舉，以就興之緩急也。予一夕欹枕面燈而卧，因詠蜉蝣之句，忽機轉文思，而勢不可遏，置彼詩草，率書歎世之語云：「天地之視人，如蜉蝣然；蜉蝣之觀人，如天地然。蜉蝣莫知人之有終也，人莫知天地之有終也。」

作詩本乎情景，孤不自成，兩不相背。凡登高致思，則神交古人，窮乎遐邇，繫乎憂樂，此相因偶然，著形於絶迹，振響於無聲也。夫情景有異同，模寫有難易，詩有二要，莫切於斯者。觀則同於外，感則異於内，當自用其力，使内外如一，出入此心而無間也。景乃詩之媒，情乃詩之胚，合而爲詩，以數言而統萬形，元氣渾成，其浩無涯矣。同而不流於俗，異而不失其正，豈徒麗藻炫人而已。然才亦有異同，同者得其貌，異者得其骨。人但能同其同，而莫能異其異。吾見異其同者，代不數人爾。

自古詩人養氣，各有主焉。蘊乎内，著乎外，其隱見異同，人莫之辨也。熟讀初唐盛唐諸家所作，有雄渾如大海奔濤，秀拔如孤峯峭壁，壯麗如層樓疊閣，古雅如瑶瑟朱絃，老健如朔漠横鵰，清逸如九皐鳴鶴，明淨如亂山積雪，高遠如長空片雲，芳潤如露蕙春蘭，奇絶如鯨波蜃氣，此見諸家所養之不同也。學者能集衆長合而爲一，若易牙以五味調和，則爲全味矣。

凡立意措辭，欲其兩工，殊不易得。辭有短長，意有小大，須構而堅，束而勁，勿令辭拙意妨。意來如山，巍然置之河上，則斷其源流而不能就辭；辭來如松，挺然植之盤中，窘其造物而不能發意，夫辭短意多，或失之深晦；意少辭長，或失之敷演。名家無此二病。

李羣玉雨夜詩：「請量東海水，看取淺深愁。」觀此悲感，無髮不皓。若後削冗句，渾成一絶，則不減太白矣。太白金陵留别詩：「請君試問東流水，别意與之誰短長。」妙在結語，使坐客同賦，誰更擅場？謝宣城夜發新林詩：「大江流日夜，客心悲未央。」陰常侍曉發新亭詩：「大江一浩蕩，悲離足幾重。」二作突然而起，造語雄深，六朝亦不多見。太白能變化爲結，令人叵測，奇哉！附羣玉詩云：「遠客坐長夜，雨聲孤寺秋。請量東海水，看取淺深愁。窮愁重於山，終年壓人頭。朱顔與芳景，暗附東波流。鱗翼俟風水，青雲方阻脩。孤燈冷素焰，蟲響寒房幽。借問陶淵明，何物可忘憂？無因一酩酊，高枕萬情休。」

都下一詩友過余言詩，了不服善。余曰：雖古人詩，亦有可議者。蓋擅名一時，寧肯帖然受人詆訶。又自謂大家氣格，務在渾雄，不屑屑於句字之間，殊不知美玉微瑕，未爲全寶也。或睥睨當代，以爲世無勍敵，吐英華而媚千林，瀉河漢而澤四野。隻字求精工，花鳥催之不厭；片言失輕重，鬼神忌之有因。大哉志也！嗟哉人也！

夫萬景七情，合於登眺。若面前列羣鏡，無應不真，憂喜無兩色，偏正惟一心；偏則得其半，正則得其全。鏡猶心，光猶神也。思入杳冥，則無我無物，詩之造玄矣哉！

或問作詩中正之法。四溟子曰：「貴乎同不同之間：同則太熟，不同則太生。二者似易實難，握之在手，主之在心。使其堅不可脱，則能近而不熟，遠而不生。此惟超悟者得之。」

甲辰歲冬，余客居大梁，有李生者，屢過欵宿，及晨起盥櫛，旭日射窗，因索新句。李云：「曉日照疏窗。」余亦成「寒日澹虚牖」。賈子聞之曰：「此出一機杼，而織手不同。」戊午歲從遊鄴下，夜酌王中宦别館，請示一字造句。以「燈」爲韻，予就枕搆思，乃得三十四句云：「烟葦出漁燈，書聲半夜燈，山扉樹裏燈，風幢閃佛燈，竹院静禪燈，蛾影隔籠燈，星懸寶塔燈，心空一慧燈，風雨異鄉燈，倦客望村燈，鬼火戰場燈，除夜兩年燈，雪市減春燈，茅屋祇書燈，樹隱酒樓燈，穴鼠暗窺燈，殿列九華燈，星聚廣陵燈，棋罷暗篝燈，疏林見遠燈，蛩吟半壁燈，農談共瓦燈，屋漏夜移燈，明滅幾風燈，窗昏夢後燈，流螢不避燈，寒閨織錦燈，形影共寒燈，調鷹徹夜燈，海舶浪摇燈，夜泊聚船燈，霜風逼旅燈，靈焰鳳膏燈，春宫萬户燈。」此行遠自邇之法，俾其自悟耳。及曉起，寒雀在簷前，有幽意，李吟一句云：「羣雀噪前簷。」予應聲曰：「簷日聚寒雀。」夫能寫眼前之景，須半生半熟，方見作手。李生亦佳士也，予嘗授之韻學，博記雅談，懸河瀉於廣席，使醉客復醒。其善用所長如此。

夫縉紳作詩者，其形也易腴，其氣也易充；貫乎經史，粹乎旨趣，若江河有源，而滔滔弗竭，欲造名家，殊不難矣。凡擇韻平妥，用字精工，此雖細事，則聲律具焉。必先固基址而高其梁棟，樓成壯麗，乃見工輸之大巧也。予昔遊都下，力拯盧柟之難，諸縉紳多其義，相與定交。草茅賤子，至愚極陋，但以聲律之學請益，因折衷四方議論，以爲正式。及出詩草，妍亦不忌，媸亦不誚，此虛心應接使然。得以優游聖代，而老於嘯歌，幸矣。每惜禰衡鸚鵡一賦，而遽戕其生，可爲恃才傲物者誠。

己酉歲中秋夜，李正郎子朱延同部李于鱗王元美及余賞月。因談詩法，予不避譾陋，具陳顛末。于鱗密以指搯予手，使之勿言。予愈覺飛動，亹亹不輟。月西乃歸。于鱗徒步相攜曰：「子何太泄天機？」予曰：「更有切要處不言。」曰：「何也？」曰：「其如想頭別爾！」于鱗默然。

余偕詩友周一之馬懷玉李子明，晚過徐比部汝思書齋，適唐詩一卷在几，因而披閱，歷談聲律調格，以分正變。汝思曰：「聞子能假古人之作爲己稿，凡作有疵而不純者，一經點竄則渾成。子聊試筆力，成則人各一大白，否則三罰而勿辭。」如戴叔倫除夜宿石頭驛詩云：『旅館誰相問？寒燈獨可親。一年將盡夜，萬里未歸人。寥落悲前事，支離笑此身。愁顏與衰鬢，明日又逢春。』此晚唐人選者，可能搜其疵而正其格歟？」予曰：「觀此體輕氣薄如葉子金，非錠子金也。凡五言律，兩聯若綱目四條，辭不必詳，意不必貫，此皆上句生下句之意，八句意相聯屬，中無罅隙，何以含蓄？頷聯雖曲盡旅況，然兩句一意，合則味長，離則味短。晚唐人多此句法」遂勉更六句云：「燈火石頭驛，風烟揚子津。一年將盡夜，萬里未歸人。萍梗南浮越，功名西向秦。明朝對清鏡，衰鬢又逢春。」舉座鼓掌笑曰：「如此氣重體厚，非『錠子金』而何！」

梁比部公實曰："崔塗歲除詩云："亂山殘雪夜，孤燭異鄉人。"觀此羈旅蕭條，寄意言表。全章老健，乃晚唐之出類者。戴叔倫除夜詩云："一年將盡夜，萬里未歸人。"此聯悲感久客，寧忍誦之！惜通篇不免敷演之病。"

作詩譬如江南諸郡造酒，皆以麯米爲料，釀成則醇味如一。善飲者歷歷嘗之曰："此南京酒也，此蘇州酒也，此鎮江酒也，此金華酒也。"其美雖同，嘗之各有甄別，何哉？做手不同故爾。

古人作詩，譬諸行長安大道，不由狹斜小徑，以正爲主，則通於四海，略無阻滯。若太白子美，行皆大步，其飄逸沉重之不同，子美可法，而太白未易法也。本朝有學子美者，則未免蹈襲；亦有不喜子美者，則專避其故迹。雖由大道，跬步之間，或中或傍，或緩或急，此所以異乎李杜而轉折多矣。夫大道乃盛唐諸公之所共由者，予則曳裾躡屩，由乎中正，縱横於古人衆跡之中；及乎成家，如蜂采百花爲蜜，其味自別，使人莫之辨也。

凡作詩不宜逼真，如朝行遠望，青山佳色，隱然可愛，其烟霞變幻，難於名狀。及登臨非復奇觀，惟片石數樹而已。遠近所見不同，妙在含糊，方見作手。

予初冬同李進士伯承遊西山，夜投碧雲寺，並憩石橋，注目延賞。時薄靄濛濛，然澗泉奔響，松月流輝，頓覺塵襟爽滌，而興不可遏，漫成一律。及早起臨眺，較之昨夕，仙凡不同，此亦逼真故爾。附詩云："並馬尋名寺，登高藉短笻。飛泉鳴古澗，落月在寒松。石路經千轉，雲巖復幾重，人間多夢寐，誰聽上方鐘？」

章給事景南過余曰：「子嘗云『詩能剝皮，句法愈奇』，何謂也？」曰：「譬如天寶間李謫仙杜拾遺高常侍岑嘉州王右丞賈舍人相與結社，每分題課詩，一時寧無優劣？或與高者先得警策處，援筆立就，自能擅場。如秋間偶過園亭，梨棗正熟，即摘取啖之，聊解飢渴，殊覺爽快人意。或有作，讀之悶悶然，尚隔一間，如摘胡桃并栗，須三剝其皮，乃得佳味，凡詩文有剝皮者，不經宿點竄，未見精工。歐陽永叔作醉翁亭記，亦用此法。」

禰正平鸚鵡賦，走筆立成，膾炙千古。譬如丹柰有色有味，到口即佳，不假於剝皮也。

凡製作繫名，論者心有同異，豈待見利而變哉？或見有佳篇，面雖云好，默生毀端，而播於外，此詩中之忌也。或見有奇句，佯爲沉思，欲言不言，俾其自疑弗定，此詩中之奸也。或見名公巨卿所作，不拘工拙，極口稱賞，此詩中之諂也。諂者利之媒，奸者利之機，忌者利之蠹。然慎交則保名。三者有一，不能無損，如藥加硝黃之類，其耗於元氣者多矣。

凡以詩求正者，在乎知己，否則無益，徒有自衒之誚。或終篇稱許，而不雌黃一字，恐有誤則貽笑爾。或灼見其疵，雖有奇字隱而不言，恐人完其美，振其名，是出於意，非忌而何？

范希文作嚴子陵祠堂記云：「先生之德，山高水長。」李泰伯易「德」爲「風」，至今彰希文之服善。此泰伯偶然爾。近有詞流，與人一字之益，每對衆言之，其不自廣也如此。及出所作，稱之則快意，議之則變色，雖杜少陵更正，亦不免忌心萌焉。夫偶定人之未安，何其自矜；竟沮人之有益，甘於自誤吁！彼何人哉？吁！彼何人哉！

大梁李生好記人惡詩，每每傳之一笑。予謂之曰：「覩子胸中所蘊如此，則穢濁其心，安能吐芳潤發清雅乎？子從我遊二十餘年，試誦我詩一篇或一聯，以見黄鍾瓦缶，聲調同異，則工拙兩存乎心，所論公平，靡不服矣。」生茫然無以對。

走筆成詩，興也；琢句入神，力也。句無定工，疵無定處，思得一字妥貼，則兩疵復出；及中聯愜意，或首或尾又相妨。萬轉心機，乃成篇什。譬如唐太宗用兵，甫平一僭竊，而復干戈迭起。兩獻捷，方欲論功，餘寇又延國討。百戰始定，歸於一統，信不易爲也。夫一律猶一統也，兩聯如中原，前後如四邊。四邊不寧，中原亦不寧矣。思有無形之戰，成有不賞之功，子建以詞賦爲勳績是也。

予一夕過林太史貞恒館留酌，因談詩法妙在平仄四聲而有清濁抑揚之分。試以「東」「董」「棟」「篤」四聲調之，「東」字平平直起，氣舒且長，其聲揚也；「董」字上轉，氣咽促然易盡，其聲抑也；「棟」字去而悠遠，氣振愈高，其聲揚也；「篤」字下入而疾，氣收斬然，其聲抑也。夫四聲抑揚，不失疾徐之節，惟歌詩者能之，而未知所以妙也。非悟何以造其極，非喻無以得其狀。譬如一鳥，徐徐飛起，直而不迫，甫臨半空，翻若少旋，振翮復向一方，力竭始下，塌然投於中林矣。

沈休文固已訂正，特言其大概。若夫句分平仄，字關抑揚，近體之法備矣。凡七言八句，起承轉合，亦具四聲，歌則揚之抑之，靡不盡妙。如子美送韓十四江東省親詩云：「兵戈不見老萊衣，歎息人間萬事非。」此如平聲揚之也。「我已無家尋弟妹，君今何處訪庭闈？」此如上聲抑之也。「黄牛峽靜灘聲轉，白馬江寒樹影稀。」此如去聲揚之也。「此別應須各努力，故鄉猶恐未同歸。」此如入聲抑之也。安得姑蘇鄒倫者，樽前一歌，合以金石，和以瑟琴，宛乎清廟之樂，與子按拍賞音，同飲巨觥而不辭也。」貞恒曰：「必待吴歌而後劇飲，其如明月何哉！」因與一醉而別。

夫平仄以成句，抑揚以合調。揚多抑少，則調匀；抑多揚少，則調促。若杜常華清宫詩：「朝元閣上西風急，都入長楊作雨聲。」上句二入聲，抑揚相稱，歌則爲中和調矣。王昌齡長信秋詞：「玉顔不及寒鴉色，猶帶昭陽日影來。」上句四入聲相接，抑之太過；下句一入聲，歌則疾徐有節矣。劉禹錫再過玄都觀詩：「種桃道士歸何處，前度劉郎今又來。」上句四去聲相接，揚之又揚，歌則太硬；下句平穩。此一絶二十六字皆揚，惟「百畝」二字是抑。又觀竹枝詞所序，以知音自負，何獨忽於此邪？

杜牧之開元寺水閣詩云：「六朝文物草連空，天澹雲閒今古同。鳥去鳥來山色裏，人歌人哭水聲中。深秋簾幕千家雨，落日樓臺一笛風。惆悵無因見范蠡，參差烟樹五湖東。」此上三句落脚字，皆自吞其聲，韻短調促，而無抑揚之妙。因易爲「深秋簾幕千家月，靜夜樓臺一笛風」。迺示諸歌詩者，以予爲知音否邪？

王摩詰送少府貶郴州許用晦姑蘇懷古二律，亦同前病。豈聲調不拘邪？然子美七言，近體最多，凡上三句轉折抑揚之妙，無可議者，其工於聲調，盛唐以來，李杜二公而已。

凡字有兩音，各見一韻，如二冬「逢」，遇也；一東「逢」，音蓬，大雅「鼉鼓逢逢」；四支「衰」，減也；十灰「衰」音崔，殺也，左傳「皆有等衰」；十三元「繁」，多也；十四寒「繁」，音盤，左傳「曲縣繁纓」；四豪「陶」，姓也，樂也；二蕭「陶」音遥，相隨之貌，禮記「陶陶遂遂」，皋陶，舜臣名。作詩宜擇韻審音，勿以爲末節而不詳考。賀知章回鄉偶書云：「少小離鄉老大回，鄉音無改鬢毛衰。」此灰韻「衰」字，以爲支韻「衰」字誤矣。何仲默九日對菊詩云：「亭亭似與霜華鬬，冉冉偏隨月影繁。」此元韻「繁」字，以爲寒韻「繁」字亦誤矣。予書此二詩，以爲作者誡。

阮籍詠懷詩：「雖云君子賢，明目安可能。」陸機挽歌：「殉歿身易亡，救子非所能。」潘尼贈王元貺：「膏蘭孰爲銷，濟治由賢能。」夏侯湛東方朔讚：「倜儻博物，觸類多能。」張平子東京賦：「因進距衰，表賢簡能。」離騷：「紛吾有此内美兮，又重之以脩能。」此協耐。王逸註：「熊屬多力，絶人之才者謂之『能』。」然諸公皆本逸註。予謂蒸韻能協用於灰韻，猶存古意，何以效其穿鑿而費講邪？又「三足鼈」，唐德誠禪師作頌，以此押韻云：「三十年前坐釣臺，鉤頭往往得黄能。金鱗不遇空勞力，收拾絲綸歸去來。」

予客京時，李于鱗王元美徐子與梁公實宗子相諸君招余結社賦詩。一日，因談初唐盛唐十二家詩集，并李杜二家，孰可專爲楷範？或云沈宋，或云李杜，或云王孟。予默然久之，曰：「歷觀十四家所作，咸可爲法。當選其諸集中之最佳者，録成一帙，熟讀之以奪神氣，歌詠之以求聲調，玩味之以裒精華。得此三要，則造乎渾淪，不必塑謫仙而畫少陵也。夫萬物一我也，千古一心也，易駁而爲純，去濁而歸清，使李杜諸公復起，孰以予爲可教也。」諸君笑而然之。是夕，夢李杜二公登堂謂余曰：「子老狂而遽言如此。若能出入十四家之間，俾人莫知所宗，則十四家又添一家矣。子其勉之！」

濬人盧浮邱名柟者，過鄴，訪予草堂，樽酒款洽，因談：「作詩有難易遲速，方見做手不同。」盧曰：「格貴雄渾，句宜自然。吾子何其太苦？恐刻削有傷元氣爾。」曰：「凡靜卧宜想頭流轉，思未周處，病之根也。數改求穩，一悟得純，子美所謂『新詩改罷自長吟』是也。吾子所作太速，若宿構然。再假思索，則無瑕之玉，倍其價矣。」盧曰：「凡走筆率成一篇，雖欲求疵而治，竟不可得，做手定矣。奈何？」曰：「觀子直寫胸中所蘊，由乎氣勝，專效背水陣之法，久而雖熟，未必皆完篇也。予所作，惟以仙丹而療人間百病。予詩如扁鵲診脉，用藥不失病源。」盧曰：「平生口吃不能劇談，但與子操筆對賦，各見所長。」予曰，這是盧生倔强不服善處。然其佳句甚多，予每稱賞，但不能悉記。其讀書秋草園，情景俱到，宛然入畫，比康樂「春草」之句，更覺古老。妙哉句也！固哉人也！

予自正德甲戌，年甫十六，學作樂府商調，以寫春怨，尚記首一闋云：「隔花漏殘春夢醒，星斗落江城。珠箔金鉤低控，玉釵珊枕斜橫。畫堂前紫燕交飛，緑楊枝黄鳥和鳴。倚危欄，又看三月景，杳然不見多情。斷腸芳草碧，初未閲太和正音譜，故有硬字。回首亂峰青。」統録若干曲，請正於鄉丈蘇東皐，東皐曰：「爾童年愛作艷曲，聲口似詩，殆非詞家本色。初養精華而別役心機，孤此一代風雅何邪？」因教之作詩。澹泊自如，而不墜厥志。迄今五十餘年，皤然一叟，惟詩是樂。動静有時，而神逸於内，不知爲山林之小隱歟？爲市朝之大隱歟？蘇丈，吾師也，不得見我今日，悲哉！

作詩譬如有人日持箕帚，遍於市廛掃沙，簸而揀之，或破錢折簪，碎銅片鐵，皆投之於袋，饑則歸飯，固不如意，往復不廢其業。久而大有所獲，非金則銀，足贍卒歲之需，此得意在偶然爾。夫好物得之固難，警句尤不易得。掃沙不倦，則好物出；苦心不休，則警句成。

人非雨露，而自澤者，德也；人非金石，而自澤者，名也。心非源泉，而流不竭者，才也；心非鑑光，而照無偏者，神也。非德無以養其心，非才無以充其氣心猶舸也，德猶舵也。鳴世之具，惟舸載之；立身之要，惟舵主之。士衡士龍有才而恃，靈運玄暉有才而露。大抵德不勝才，猶泛舸中流，舵師失其所主，鮮不覆矣。

凡作詩文，或有兩句一意，此文勢相貫，宜乎雙用。如李斯上秦始皇書：「不問可否，不論曲直，非秦者去，爲客者逐。」王褒聖主得賢臣頌：「生於窮巷之中，長於蓬茨之下，無有游觀廣覽之知，顧有至愚極陋之累。」秦漢以來，文法類此者多矣，自不爲病。王勃尋道觀詩：「玉笈三山記，金箱五嶽圖。」駱賓王題玄上人林泉詩：「芳杜湘君曲，幽蘭楚客詞。」皆句意雖重，於理無害。若別更一句，便非一聯造物矣。至於太白贈浩然詩，前云「紅顏棄軒冕」，後云「迷花不事君」，兩聯意頗相似。劉文房靈祐上人故居詩，既云「幾日浮生哭故人」，又云「雨花垂淚共沾巾」，此與太白同病。興到而成，失於檢點。意重一聯，其勢使然；兩聯意重，法不可從。

木蘭詞云：「問女何所思？問女何所憶？女亦無所思，女亦無所憶。東市買駿馬，西市買鞍韉，南市買轡頭，北市買長鞭。」此乃信口道出，似不經意者，其古朴自然，繁而不亂。若一言了問答，一市買鞍馬，則簡而無味，殆非樂府家數。「萬里赴戎機，關山度若飛。朔氣傳金柝，寒光照鐵衣。將軍百戰死，壯士十年歸。」絕似太白五言近體，但少結句爾。能於古調中突出幾句律調，自不減文姬筆力。「雄兔脚撲朔，雌兔眼迷離。雙兔傍地走，安能辨我是雄雌？」此結最着題，又出奇語，若缺此四句，使六朝諸公補之，未必能道此。

謝靈運折楊柳行：「鬱鬱河邊樹，青青野田草。」此對起雖有模倣，而不失古調。至於「騷屑出穴風，揮霍見日雪」，此亦對起，用於中則穩帖。卓文君白頭吟：「皚如山上雪，皎如雲間月。」

其古雅自是漢人語。鮑明遠擬之曰：「直如朱絲繩，清如玉壺冰。」此亦用漢人機軸，雖能織文錦羅縠，惜時樣不同爾。

子美遣意二首，皆偏入格。「四更山吐月，殘夜水明樓。」突然而起，似對非對，而不失格律。時孤城四鼓，睡起憑高，則前山半吐月矣。其清景快人心目，作者可以寫其真，良工莫能狀其妙，不待講而自透徹，此豈偶然得之邪！此豈冥然思之邪！至於「囀枝黄鳥近，泛渚白鷗輕」，此亦對起，頗似簡板。況用二虛字，意多氣靡，緩於發端。夫鳴於枝上者黄鳥，則近而可親；泛於渚次者白鷗，則輕而可愛。着於前聯則可。子美起對固多切者，宜在中而不宜在首，此近體定法也。又寄劉峽州四十韻，末二句云：「江湖多白鳥，天地有青蠅。」長律自無徹尾屬對，若蒸韻不窮，想更有布置。

陳思王五游詩云：「披我丹霞衣，襲我素霓裳。徘徊文昌殿，登陟太微堂。上帝休西櫺，羣后集東廂。帶我瓊瑶佩，漱我沆瀣漿。踟躕玩靈芝，徙倚弄華芳。王子奉仙藥，羨門進奇方。」此皆兩句一意，然祖於古樂府。觀其陌上桑：「湘綺爲下裙，紫綺爲上襦。耕者忘其犂，鋤者忘其鋤。」焦仲卿妻：「東西植松柏，南北種梧桐。枝枝相覆蓋，葉葉相交通。」相逢行：「黄金爲君門，白玉爲君堂。」羽林郎：「長裙連理帶，廣袖合歡裙。」此皆古調，自然成對。陳思通篇擬之，步驟雖似五言長律，其辭古氣順如此。

宗考功子相過旅館曰：「子嘗謂作近體之法，如孫登請客。未喻其旨，請詳示何如？」曰：「凡作詩先得警句，以爲發興之端，全章之主。格由主定，意從客生。若主客同調，方謂之完篇。譬如蘇門山深松草堂，具以琴樽，其中綸巾野服，兀然而坐者，孫登也。如此主人，庸俗輩不得躋其階矣。惟竹林七賢，相繼而來，高雅如一，則延之上坐，始足其八數爾。」子相曰：「若作古體，亦用此法，可乎？」曰：「凡作古體近體，其法各有異同，或出於有意無意之間，妙之所由來，不可必也。妙則天然，工則渾然，二體之法，至矣盡矣。」

嘉靖間，有初學詩者，開口便多奇氣。此雖天賦美質，其成之敗之，則又在乎人矣。專尚奇者，乃盛唐之端，晚唐之漸也。譬游五嶽，出門有伴引之，循乎大道而不失其正；否則歧路之間，又分歧路，愈失愈遠，而流蕩莫之返矣。正者，奇之根；奇者，正之標。二者自有重輕。若歧而又奇，則墮於長吉之下。惜乎！長吉不與陳拾遺同時，得一印正，則奇正相兼，造乎大家，無可議者矣。

和古人詩，起自蘇子瞻。遠謫南荒，風土殊惡，神交異代，而陶令可親，所以飽惠州之飯，和淵明之詩，藉以自遣爾。本朝有和唐音者，得一繭而抽萬絲，逞獨能而敵衆妙，專以坡老爲口實，則兩心異同，識者自當見之。譬一武士，登九里山，觀古戰場，命人掘地，因得折戟斷劍，餘矢缺刀，乃自稱元戎，前與韓彭諸將對敵，戰則無功，敗則取笑，其不自量也，愚哉！

凡作詩，悲歡皆由乎興，非興則造語弗工。歡喜之意有限，悲感之意無窮。歡喜詩，興中得者雖佳，但宜乎短章；悲感詩，興中得者更佳，至於千言反覆，愈長愈健。熟讀李杜全集，方知無處無時而非興也。

予客都門，雪夜同張茂參劉成卿二計部酌酒談詩。茂參曰：「賈舍人早朝大明宮詩及諸公和者，可能定其次第否？」予曰：「有美玉羅於前，其色赤黄白黑，爛然相輝，色雖異而温潤則同，予非玉工，焉能品其次第哉！成卿世之宗匠，盍先定之。」成卿曰：「予僭評之，何異蠡測海爾。杜其一也，王其二也，岑其三也，賈其四也。」予曰：「子所論詎敢相反。顛之倒之，則伯仲叔季定矣。賈則氣渾調古，岑則詞麗格雄，王杜二作，各有短長，其次第猶是一輩行。或有擬之者，難與爲倫。」茂參曰：「使諸公有知，許誰爲同調邪？」

作詩能不自滿，此大雅之胚也。雖躋上乘，得正法眼評之尤妙。勤以進之，苦以精之，謙以全之。能入乎天下之目，則百世之目可知。

夫才有遲速，作有難易，非謂能與不能爾。含毫改削而工，走筆天成而妙，其速也多暗合古人，其遲也每創出新意；遲則苦其心，速則縱其筆。若能處於遲速之間，有時妙而純，工而渾，則無適不可也。

李商隱作無題詩五首，格新意雜，託寓不一，難於命題，故曰「無題」。本朝何李二公，各擬一首，惜未完美。鄴下杜約夫亦擬四首，皆佳。然太清則寒，氣薄不壽。附其詩云：一「內家標格破時粧，萬引千呼出洞房。楚曲風煙愁倩女，武陵花月夢仙郎。故開金索飛鸚鵡，偶弄瓊簫下鳳凰。恩怨自思成底事，坐看疏雨濕丁香。」二「月明獨立桂花陰，惆悵恩多怨亦深。並逐鴛鴦真有意，雙開菡萏本無心。班姬苦思題團扇，卓女幽情託素琴。天畔彩雲休散却，鳳臺此夜會知音。」三「楊柳遥遮百尺樓，水晶簾箔護嬌羞。鄰姬鬭巧輪瓊珮，公子聽歌贈玉鉤。青鳥暗隨明月落，彩雲虚傍碧天流。庭花爛熳春無限，不信盧郎負莫愁。」四「美人初試石榴裙，縹緲飛香别院聞。玉笛臨風吹折柳，錦機向月織迴文。花殘金谷鶯聲寂，天斷湘江雁影分。憑仗隴梅將信息，蓬山遥隔萬重雲。」

大梁田深甫從李獻吉遊，嗜酒躭詩，十三科不第，終於兵部司務。嘗擬少陵秋興詩，得盛唐氣骨，眼中不多見也。附詩二首云：一「宫梧隕翠下承明，御水流寒繞帝京。北極天連鳷鵲觀，西山雲起鳳凰城。露凝雙闕開金掌，月照千門鎖玉衡。惟有伶俜梁苑客，旅魂零落不勝情。」二「西山龍藏五雲團，聞説先皇此駐鑾。百道泉光飛寶地，萬年松影静瑶壇。綺羅香寢幽花閉，劍珮聲沉曙月寒。玉蕊瓊枝長不老，空餘輦路石漫漫。」

昔予嘗遊京西玉巖山蘭若，松下拂石而坐，微作吟哦聲。適來一叟，問曰：「子何爲邪？」曰：「賦詩遣興爾。」予時揮扇，叟曰：「偶得一句，請對之：『山寺風涼何用扇？』」予應聲曰：「江樓月朗不須燈。」叟曰：「真一詩人也。」曳杖而去，問諸僧：「此爲誰？」曰：「山下劉都督也。」翌日，諸縉紳聞之曰：「彼村叟以童子對而考一詩人，可笑！」

濬人盧浮邱，豪俊士也，負才傲物，人多忌之。曾以詩忤蔣令，令枉以疑獄，幾十五年不決。余愛其才，且憫其非罪，遂之都下，歷於公卿間，暴白而出之。因感懷詩云：「長存排難意，遂有泛交情。」以示比部李滄溟。滄溟曰：「數年常聞高論，皆古人所未發，余每心服，可謂知己，而亦以爲泛交之流耶？」指其詩而頷之者再。大司徒張龍岡過南都，謂諸縉紳曰：「四溟子以我輩爲泛交，可訝也。」余聞二公之言，心甚歉然。夫盧生得免，予願少遂，作詩自況，偶得之耳。二公譏之，其亦孟子所謂「固哉」者歟？附滄溟寄余詩云：「向來燕市飲，此意獨飛揚。把袂看人過，論詩到爾長。世情摇白首，吾道指滄浪。去住俱貧病，風塵動渺茫。」

予客京師，有一縉紳相善，嘗謂予曰：「每見人惡詩，予意憎之而不樂交也。」曰：「予則異於是。若以詩定交，海内寧幾人邪？或有不讀書者，知我爲詩人而加禮，豈可沮其誠乎？譬如郊外古刹，凡田翁村嫗，往往焚香禮佛，惟恐竭誠不逮，安知有三乘五蘊之妙？使如來復生，亦不鄙其愚也。夫作詩才有不同，各由工拙。愛憎係乎爲人，詩何與焉？」縉紳笑而然之。吴僧道濬嗜詩，憎凡子如讐，此性褊尤甚。附詩云：「數聲柔櫓滄浪外，何處江村人夜歸。」

嘉靖戊午歲夏日，余偕浙東莫子明遊嵩山少林，及至盧巖，觀泉奔流界壁，泠然灑心，因得

「飛泉漏河漢」之句。子明曰：「此全襲太白『飛流直下三千尺，疑是銀河落九天』，略無點化。」予曰：「約繁爲簡，乃方士縮銀法也。」附詩云：「纔探二室勝，又過一禪家。淨愛莓苔色，香憐薝蔔花。飛泉漏河漢，疊嶂擁烟霞。心自有天竺，西方行路賒。」

成皋王傳易及子玄易問作詩有「縮銀法」，何如？予因舉李建勳詩「未有一夜夢，不歸千里家」，此聯字繁辭拙，能爲一句，卽縮銀法也。限以炷香。香及半，玄易曰：「歸夢無虛夜。」香幾盡，傳易曰：「夜夜鄉山夢寐中。」予曰：「一速而簡切，一遲而流暢。其悟如池中見月，清影可掬。若益之以勤，如大海息波，則天光無際。悟不可恃，勤不可間。悟以見心，勤以盡力。此學詩之梯航，當循其所由而極其所至也。」翌日，傳易復問余曰：「昨所談建勳之作，句穩意切，莫辨其疵，無乃虛字多邪？」予曰：「晚唐人多用虛字，若司空曙『以我獨沉久，愧君相見頻』，戴叔倫『此別又萬里，少年能幾時』；張籍『旅泊今已遠，此行殊未歸』，馬戴『此境可長往，浮生自不能』，此皆一句一意，雖瘦而健，雖粗而雅。蓋建勳兩句一意，則流於議論，乃書生講章，未嘗有一夜之夢而不歸乎千里之家也。歐陽永叔亦有此病，明妃曲：『耳目所及尚如此，萬里焉能制夷狄。』夫『耳目』之『所及』者『尚』然『如此』，況『萬里』之外，『焉能制』其『夷狄』也哉㊀！」傳易曰：「然。」

㊀「夫耳目」以下二十二字原缺，據胡曾耘雅堂刻本補。

秋夕予過北園宗禪師精舍，鄰有朱道人亦來，因談及虎溪三笑事。宗乃誦皇甫曾送邕上人詩：「晚與門人別，依依出虎溪。」予曰：「此結用事太泛，趁韻而已。」宗曰：「今夕與公繼此故事，若不吝一詩，我輩幸矣。」時皎月在天，涼飆振木，清景可愛。徘徊於露草之間，漫成一律云：「二高多道氣，吾欲共巖棲。瑶草元無種，青蓮不染泥。鶴鳴丹鼎外，月在法雲西。相送真成笑，分明過虎溪。」朱曰：「此時三笑雖同，吾輩愧遠公靜修多矣。」相送園西而別。

嘉靖甲寅春，予之京，游好餞於郭北中幼川園亭。趙王枕易遣中使留予曰：「適徐左史致政歸楚，欲命諸王縉紳輩賦詩志別，急不能就，子盍代作諸體二十篇，以見鄴下有建安風，何如？」予曰：「諾。明午應教畢，北首路矣。」幼川曰：「果哉斯言！有才固敏，何興能長。況詩備諸體，焉得寸心立意，而卒應紛然，以臻精妙，信乎不易。昔江文通擬古諸作，豈在一朝一夕而振藻思哉？」曰：「予試擴公輸子之法，遽造宮殿、樓閣、臺館、亭榭，並築基址，齊搆梁棟，及其妙轉心機，詰旦歷觀落成，則輪奐一新，丹碧相耀，此見作手變化也。夫欲成若干詩，須造若干句，皆用緊要者，定其所主，景出想像，情在體貼，能以興爲衡，以思爲權，情景相因，自不失重輕也。如十成六七，或前後缺略，句字未穩，皆沓於案，息燈而臥；曉起，復檢諸作，更益之；所思少窒，仍放過，且閱他篇，不可執定，復酌酒酣臥；追心思稍清，起而裁之，三復探頤，統歸於渾成。若必次第而成，則興易衰而思易疲矣。愚見是否？」幼川曰：「吾見難其易者得其一，未見易其難者得其多。以一爲難則工，以多爲易而能工邪？梁周興嗣帝命以千字限一夕成文，蓋繫乎生死。子與之不同，何苦乃爾？」曰：「予用背水陣法，頗類輿䣋。既言不愆行期，自不容緩。惬知己之意，折妒者之心，使異地則不能也。」迨午，中使徵詩，付以全稿轉上。幼川曰：「子才如此，王左右惡得無忌。昔聞盧生柟以詩獲罪蔣令，子爲遍陳當道，始脫其獄，由此人皆稱重。若不虛己，是亦盧柟而救盧柟，其不免夫？」予謝曰：「知我者鮑子也。」

嘉靖戊申歲，曾總制銑以復河套事，及夏閣老言，俱被奸諛陷於刑戮。上以科道不言，命錦衣衛遍加捶楚，其蔓連多矣。辛丑歲，李贊畫尚倫預有此議，竟不果。予賦詩慰之曰：「獻策金門空自歸，馬頭西向逐雲飛。長城夜月催刁斗，青海嚴霜犯鐵衣。秋到邊庭能禦虜，古來功業在知機。百年幾欲收河套，多少英雄有是非。」夏公婚吴郎中春，以是詩達公所，公慨然和之，其詩不傳。此聞之李鴻臚寶云。壬戌歲，嚴閣老嵩罷歸江南，會諸縉紳談及河套不可復取，曰：「謝四溟山人獨有先見。」此聞之鄒處士倫云。嵩論與鄙見略同，然借此成曾夏二公獄，另有史氏之評。

予初秋遊都下韋園，暮歸值雨，遂留殷太史正夫書齋，秉燭獨酌。正夫曰：「聞子能鍼唐詩之病，勿秘其法。」予因檢宋之問宴山亭詩「攀巖踐苔易，迷路出花難」，不及駱賓王詠雁「帶月凌空易，迷烟逗浦難」，用韻妥帖。復檢劉長卿雨中過靈光寺詩「向人寒燭靜，帶月夜鐘深」，不及皇甫曾晚至華陰「雲霞仙掌出，松柏古祠深」，韻亦妥帖。正夫曰：「前二韻欠穩，子試定之。」曰：「攀巖踐苔滑，迷路出花遲。」「向人寒燭靜，隔雨夜鐘微。」正夫曰：「宋劉二詩，譬猶高堂大廈，梁棟不加華藻，未爲完美。子雖屬良材，惜未結搆，但築樓閣之基爾，勞思何益。凡閲古人之詩，輒有采取，或因拙致工，因繁爲簡，其珠玉歸囊，便是自家物，不愈乎六朝蹈襲以成風？此作者祕法，但不滯其機爾。」予曰：「聞此確論，知其無玷也。」

木玄虚海賦：「陰火潛然。」顧況送從兄使新羅詩：「陰火暝潛燒。」張祜送徐彦夫南遷詩：「陰火夜長然。」王初南中詩：「陰火雨中生。」凡作詩不惟專尚新奇，雖雷同必求獨勝。王能鍊句，晚唐亦知此邪？

太玄經劇卦：「海水羣飛。」庾信和張侍郎詩：「成羣海水飛。」吕温諸葛武侯廟碑：「四海飛水。」然庾吕沿襲，兩拙並見，不若陸雲答平原全用無譏也。有客益爲七言，曰：「海水羣飛天混茫。」尤爲警策。譬如冶人能接伏波銅柱，爲插天之標，而不見其迹也。

學選詩不免乎套子，去套子則語新而句奇。務新奇則太工，辭不流動，氣乏渾厚。如辭勝氣，氣勝辭，套子用否之間，善作者不墮於一隅也。

一夕，朱駕部伯鄰招飲官舍，因閲雅音會編，予笑曰：「此康生偶爾彙次，始爲近體泄機也。且如東韻幾二百字，其穩當可用者，應題得句，大抵不出十餘字，但前後錯綜不同爾。統觀諸家之作，其文勢句法，判然在目，若品彙諸韻相間，不露痕迹，而妙於藏用也。或得其捷要而易入，或窺其淺近而深求。夫百篇同韻，當試古人押字不苟處，能造奇語於衆妙之中，非透悟弗能也。

或才思稍窘，但搜字以補其缺，則非渾成氣格，此作近體之弊也。」伯鄰曰：「觀其排律，或百韻，或三五十韻，意思繁衍，句法變化，衆險迭出而益勝，但擇穩當者，信乎不多也。」予曰：「短律貴乎精工，長律宜浩瀚奇崛，其法不可並論。」

作詩有專用學問而堆垛者，或不用學問而勻淨者，二者悟不悟之間耳。惟神會以定取捨，自趨乎大道，不涉於歧路矣。譬如楊升菴狀元謫戍滇南，猶尚奢侈，其粳、糯、黍、稷、脯、鱐、殺、鱠種種羅於前，而筋不周品，此乃用學問之癖也。又如客遊五臺山訪禪侶，厨下見一胡僧執爨，但以清泉注釜，不用粒米，沸則自成饘粥。此無中生有，暗合古人出處。此不專於學問，又非無學問者所能到也。予因六祖惠能不識一字，參禪入道成佛，遂在難處用工，定想頭，鍊心機，乃得無米粥之法。詩中難者，莫過於情詩，然樂府尤盛於元，千萬人口中咀嚼，外無遺景，內無遺情，雖有作者，罕得新意。姑借六祖之悟，以示後學，誠以六祖之心爲心，而入悟也弗難矣。因擬別調曲三首：「家住鄴城門向西，青樓上與鄴城齊。郎行好記門前柳，春夢南來路不迷。」「夜深別酒見微醺，趙舞燈前猶向君。從此腰肢瘦無力，牀頭閒殺石榴裙。」「木落天寒郎欲行，樽前離怨一鳴箏。燕姬纖手調新曲，不是西樓今夜聲。」怨歌行二首：「澹妝寂寞妾愁深，若個濃妝歡至今。郎到薊門傳尺素，誰知濃澹在郎心。」「長夜寒生翠幙低，琵琶別調爲誰悽？君心無定如明月，纔照樓東復轉西。」遠別曲一首：「阿郎幾載客三秦，長憶儂家漢水濱。門外兩株烏臼樹，叮嚀說向寄書人。」搗衣曲一首：「秦關昨寄一書歸，百戰郎從劉武威。見說平安收涕淚，梧桐樹下搗寒衣。」陳一菴太守因徽藩謌奏，謫戍瓊州，寓邱文莊別墅，日躭詩酒。每聞縉紳問盛稱蘇舜澤總制雪詩：「初隨鳴雨喧相續，轉入飄風靜不聞。」寫景入微，非老手不能也。若楊誠齋「篩瓦巧從疏處透，跳階誤到暖邊融」，便是宋人本色。

凡字異而意同者，不可概用之，宜分乎彼此，此先聲律而後義意，用之中的，尤見精工。然禽不如鳥，翔不如飛，莎不如草，涼不如寒，此皆聲律中之細微。作者審而用之，勿專於義意而忽於聲律也。

〔補〕

古樂府云：「有所思，□□□江□。□□□遺君，雙珠瑇瑁簪。」（按：王季欣四溟詩話校補補作「乃在大」、「南」、「何用問」。）此承□三□□□□□□難因學此句發端云（王文後六字補作「鮑明遠擬行路」。）：「奉□□卮□□□，□□□□□之雕琴」，（王文補作「君金」、「之美酒」、「瑇瑁玉匣」。）元微之金璫玉珮歌云：「□□□□□□之玉珮，金鎖禹步之流珠。」歐陽永叔□□原□云（王文補作「奉送」、「甫」。）：「酌君以荆州魚枕之蕉，贈君以宣城鼠須之管。」黃山谷送王郎云：「酌君以蒲城桑落之酒，泛君以湘累秋菊之英。」明遠不以古樂府爲法，而起語突出，諸公轉相效尤，何也？

四溟詩話卷四

白樂天畫竹歌云："西叢七莖勁而健，省向天竺寺前石上見。東叢八莖疏且寒，憶曾湘妃廟裏雨中看。"此作造語清潤，讀者襟抱灑然，能發萬里之興，所謂淘沙揀金，難得之句也。釋景雲畫松詩云："畫松一似真松樹，且待思量記得無？憶在天台山上見，石橋南畔第三株。"此詩全襲樂天，未見超絕。皎然所論"三偷"，雲公可當一二。

世説新語："徐孺子九歲時，嘗月下戲。或云："若令月中無物，當極明邪？"子美詩："斫却月中桂，清光應更多。"意祖於此。造句奇拔，觀者不覺用事，所謂"讀書破萬卷，下筆如有神"，杜老不欺人也。

岑參寄左省杜拾遺詩云："聯步趨丹陛，分曹限紫微。曉隨天仗入，暮惹御香歸。白髮悲花落，青雲羨鳥飛。聖朝無闕事，自覺諫書稀。"杜甫答岑補闕見贈云："窈窕清禁闥，罷朝歸不同。君歸丞相後，我往日華東。冉冉柳枝碧，娟娟花蕊紅。故人得佳句，獨贈白頭翁。"岑詩警絕，杜作殊不愜意。譬如善弈者，偶爾輕敵，輸此一着。

岑嘉州初至犍爲作云："山色軒檻内，灘聲枕席間。草生公府静，花落訟庭閒。雲雨連三峽，風塵接百蠻。到來能幾日，不覺鬢毛斑。」此結突如起句，謂之「兩頭蛇」。予因以完造物首尾自具，更煉中聯，不失格律。然論文貴嚴，亦不免吹毛求疵之誚。附云：「之官能幾日，兩鬢易成斑。雷雨低三峽，風塵暗百蠻。鳥啼公府靜，花落訟庭閒。獨夜饒詩思，灘聲枕席間。」

瀋王西屏道人寄懷大司馬郭公二首：「憶昔論交即見知，幾年良晤信難期。停雲北極頻回首，落木西風獨賦詩。金鼎鹽梅殷相業，玉階劍履漢官儀。君今選將清邊徼，畫省憂心退食遲。」「征驂別後幾登樓，極目山川憶舊遊。皛皛霜華寒已沍，冥冥雲物夕仍留。九關甲士圖功日，三輔丁男習戰秋。聞道天驕還北遁，萬年佳氣繞皇州。」二詩辭雅氣暢，造詣不凡。前聯典重，不減少陵；後聯假對千支，極妙。許用晦「年長每勞推甲子，夜寒初共守庚申」，實對千支，殊欠渾厚，無乃晚唐本色歟？

許用晦釋清塞皆以「甲子」「庚申」爲的對，予病其粗直，且非正格。因次用晦之韻，聊寄興爾。附贈王山人詩：「丹侶相期貰酒頻，飛來野鶴老於人。世輕俗物非關傲，庭有仙芝未是貧。半嶺餐霞延甲子，孤燈照夜守庚申。碧桃又發花千樹，誰向深山共好春？」

詩中罕用「血」字，用則流於粗惡。李長吉白虎行云：「衮龍衣點荊卿血。」顧逋翁露青竹鞭歌云：「碧鮮似染萇弘血。」二公妙於句法，不假調和，野蔬何以有味。

詩有至易之句，或從極難中來，雖非緊關處，亦不可忽。若使一句齟齬，則損一篇元氣矣。

梁簡文怨歌行云：「十五頗有餘，日照杏梁初。」起句似相承者。譬諸叢花缺處，半出美人繡襦，不見螓首蛾眉，可能無恨？况襲陌上桑而用之突然，或易爲「窈窕誰家妹」，庶得平穩，不失起語格式。

凡作詩要情景俱工，雖名家亦不易得。聯必相配，健弱不單力，燥潤無兩色。能用此法，則不墮歧路矣。少陵狀景極妙，巨細入玄，無可指摘者。寫情失之疏漏，若「讀書難字過，對酒滿壺頻」，上句真率自然，下句爲韻所拘爾。昌黎寫情亦有佳者，若「飲中相顧色，別後獨歸情」，辭澹意濃，讀者靡不慨然。每拙於寫景，若「露排四岸草，風約半池萍」，下句清新有格，上句聲調齟齬，使無完篇，則血脈不周，病在一聲故爾。

甲子歲秋日，予赴晉陽故人之招，栗晉川留餞園亭，以詩志別，分韻得「秋」字，援筆立就，一氣渾成。湧若長江大河，滔滔拍天，而劃然中斷，其意見於言表，清雅不減劉文房，氣格過之。附詩云：「盍簪方讌晤，引轡復西遊。草白晉陽路，霜清汾水秋。詩名無去住，客計有淹留。心在浮雲外，飄然不繫舟。」

詩賦各有體製，兩漢賦多使難字，堆垛聯綿，意思重疊，不害於大義也。詩自蘇李五言暨十九首，格古調高，句平意遠，不尚難字，而自然過人矣。詩用難韻，起自六朝，若庾開府「長代手中洽」，沈東陽「願言反魚篠」，從此流於艱澁。唐陸龜蒙「織作中流百尺蒸」，韋莊「汧水悠悠去似絣」、「渀」、「絣」二字，近體尤不宜用。譬若王羲之偕諸賢於蘭亭脩禊，適高麗使者至，遂延之席末，流觴賦詩，文雅雖同，加此眼生者，便非諸賢氣象。韓昌黎柳子厚長篇聯句，字難韻險，然誇多鬬靡，或不可解。拘於險韻，無乃庾沈啓之邪？

陳思王白馬篇：「俯身散馬蹄。」此能盡馳馬之狀。鬬鷄詩：「觜落輕毛散。」善形容鬬雞之勢。「俯」、「落」二字有力，一「散」字相應。然造語太工，六朝之漸也。

瀋憲王南山和懶雲上人韻曰：「幽徑斷行蹤，浮圖對遠峯。結冰堅碧沼，凝雪老青松。雙樹下開講，千燈中現容。天空雨花徧，門有白雲封。」此作妙於禪語，使王摩詰見之，亦當心服。若寧獻王臞仙周憲王誠齋，雖皆嗜詩，相去懸絶矣。

嘉靖壬子春，予遊都下，比部李于鱗王元美徐子與梁公實、考功宗子相諸君延入詩社。一日，署中命李畫士繪六子圖，列座於竹林之間，顔貌風神，皆得虎頭之妙。自戲爲贊曰：「我是真汝，汝非真我。」因拘於罫韻，不能成章。迄今丙寅春，旅寓上黨，偶用古韻，乃成曰：「兩鬢藍鬖，一身么麼。上聲。我是真汝，汝非真我。我嘯我歌，汝聾汝啞。人生多慾，真不如假。遁跡山中，忘言月下。嗟哉暮年，何時願果？」或謂脗合禪機，前身亦緇流中人也。

或曰：「江韻不附於陽韻之後，而附於東、冬之後，何哉？」曰：「江韻之字，皆出於東、冬二韻，若金傍着工爲『釭』，木傍着『春』爲『椿』，餘類此。凡作古詩三韻互用，謝康樂田南謝園詩曰：

「樵隱俱在山，由來事不同。卜室倚北阜，啓扉面南江。」漢魏諸賢如此尤多。曹子建桂之樹行曰：「下下乃窮極地天。」豈別有見耶？又如「詩酒」「兒女」，皆兩物也，倒則爲一矣。

凡「山河」「廊廟」之類，顛倒通用，若「天地」不可倒用，倒則爲泰卦。

賈誼上疏曰：「高帝瓜分天下，王功臣也。」鮑昭蕪城賦曰：「出入三代，五百餘載，竟瓜剖而豆分。」此自我作古之法也。沈氏詠五色火籠曰：「可憐潤霜質，纖剖復毫分。」婦人亦知此邪？

劉長卿送道標上人歸南嶽詩曰：「悠然倚孤櫂，却憶臥中林。江草將歸遠，湘山獨往深。白雲留不住，綠水去無心。衡嶽千峯亂，禪房何處尋？」此作雅淡有味，但虛字太多，體格稍弱。安慶王西池送月泉上人歸南海，得「帆」字，曰：「閒身無所繫，江海信孤帆。石上留金偈，人間秘玉函。天開達摩井，雲護普陀巖。誰復爲禪侶，相依松與杉。」此篇多使實字，奇崛有骨，善用險韻，譬如棧道馳馬，無異康衢。唐人不多見也。又贈別玉峯上人詩曰：「關山去迢遞，飛錫有誰同？行苦三乘裏，心開萬法中。定回雲滿榻，偈後月低空。相憶聽鍾磬，泠然度曉風。」此作乃見超悟，禪家之正宗也。

元和初，王生夢侍吴王，命作西施挽詞，曰：「西望吴王闕，雲書鳳字牌。連江起珠帳，擇土葬金釵。鋪地紅心草，三層碧玉階。春風無處所，悽恨不勝懷。」此韻狹而險，唐人以來罕用之。

王生所作，雖涉粗淺，然夢中成章，亦奇矣。若陸龜蒙皮日休以佳韻賡和，乃七言近體。使作五言，遠過王生矣。予客晉陽，亦用佳韻二首。秋懷詩曰：「東望太行路，巉巖幾斷崖。易歸千里夢，難遣九秋懷。夜色霜明樹，寒聲葉滿階。著書思趙邸，靜掩舊茅齋。」秋日自遣詩曰：「甘向清時隱，無令素願乖。存虛饒氣色，撥累緩形骸。葉響風前樹，苔青雨後階。何須學宋玉，登眺苦秋懷。」

嚴滄浪謂：「作詩譬諸劊子手殺人，直取心肝。」此説雖不雅，喻得極妙。凡作詩，須知道緊要下手處，便了當得快也。其法有三：曰事，曰情，曰景。若得緊要一句，則全篇立成。熟味唐詩，其樞機自見矣。

江淹貽袁常侍詩曰：「昔我別秋水，秋月麗秋天。今君客吳坂，春日媚春泉。」子美哭蘇少監詩曰：「得罪台州去，時違棄碩儒。移官蓬閣後，穀貴歿潛夫。」此皆隔句對，亦謂之「扇對格」。然祖於采薇詩：「昔我往矣，楊柳依依。今我來思，雨雪霏霏。」予贈紀丞詩曰：「謝莊曾授簡，月白見秋毫。崔立能吟句，松寒起夜濤。」僭附於名篇之末，亦見余一體爾。

潘岳永逝文曰：「子之承親，孝齊閔參；子之友悌，和如瑟琴。事君直道，與朋信心。雖實唱高，猶賞爾音。弱冠厲翼，羽儀初昇。公弓既招，皇輿乃徵。內贊兩宮，外宰黎蒸。忠節允著，清風載興。」此岳文中用韻已嚴，豈獨沈約定之也。

阮卓遊魚詩曰：「相忘自有樂，莊惠豈能知？」此出南華經：「惠子曰：『爾非魚，安知魚之樂耶？』曰：『爾非我，安知我不知魚之樂耶？』」阮生翻案尤妙。古詩曰：「胡馬依北風，越鳥巢南枝。」此感寓自然。范雲贈沈左衛詩曰：「越鳥憎北樹，胡馬畏南風。」此雖翻案，殊覺費力。

曹唐擬漢武帝憶李夫人詩曰：「白玉帳寒鴛夢絶，紫陽宮遠雁書稀。」全篇穠麗，其風致可想。然用「雁書」誤矣。予考漢史及武帝内傳，方士少翁能致鬼，帝命招李夫人之魂，見而哀之，因爲歌曰：「是邪非邪？」元狩四年，方士文成將軍少翁伏誅。天漢元年，遣蘇武使匈奴。昭帝始元五年，蘇武還自匈奴。「雁書」事當在子卿將歸之時。曹，羽流也，隨興賦成，不及詳考爾。

鮑明遠白頭吟曰：「申黜褒女進，班去趙姬升。周王日淪惑，漢帝益嗟稱。」沈休文怨歌行曰：「坎壈元叔賦，頓挫敬通文。遽論班姬寵，夙窆賈生墳。」二詩多用姓名，自不害爲古作。今人忌之，是矣。

鎮康王西巖四月八日過昭覺禪院同諸宗丈賦得松字詩曰：「石龕幡影閃金容，此日曾聞浴九龍。心印始歸香象迹，法輪更斷野狐宗。風傳鍾磬流空谷，天落雲霞拂古松。傑閣還登一西望，萬年佳氣曖諸峯。」此題最難。其格律精工，氣象渾厚，深得禪家宗旨。若與遠公同時，亦當推蓮社之長矣。

作詩有三等語：堂上語，堂下語，階下語。知此三者，可以言詩矣。凡上官臨下官，動有昂然氣象，開口自别。若李太白「黄鶴樓中吹玉笛，江城五月落梅花」，此堂上語也。凡下官見上官，所言殊有條理，不免局促之狀。若劉禹錫「舊時王謝堂前燕，飛入尋常百姓家」，此堂下語也。凡訟者説得顛末詳盡，猶恐不能勝人。若王介甫「茅簷長掃净無苔，花木成蹊手自栽」，此階下語也。有學晚唐者，再變可躋上乘。學宋者，則墮下乘而變之難矣。

沈氏彩亳怨曰：「葉下洞庭初，思君萬里餘。露濃香被冷，月落錦屏虚。欲奏江南曲，貪封薊北書。書中無别意，帷帳久離居。」楊升菴所選五言律祖六卷，獨此一篇平妥匀淨，頗異六朝氣格。

岑嘉州送王司馬詩：「海樹青官舍，江雲黑郡樓。」何仲言下方山詩：「繁霜白曉岸，苦霧黑晨流。」謝惠連搗衣詩：「宵月皓空閨。」李嘉祐送王收詩：「細草緑汀洲。」此皆以聲色字爲虚活用者。蓋有所祖：春秋「丹桓宫楹」，周頌「亦白其馬」，史鑑「秦始皇伐其木，赭其山」，漢書「二千石朱兩轓」，班孟堅燕山銘「朱旗絳天」，揚子雲解嘲「客徒朱丹吾轂，將赤吾之族也」，華元歌「皤其腹」，韋昭天命詩「烏赤其色」，陸士龍南征賦「朱明俛而丹野，炎暉仰而絳天」，南史「梁武帝曰：『不還我陳保印，吾當白汝。』」江文通靈邱竹賦「艷夏彩於沙汀」，柳子厚賀王參元失火書「黔其廬，赭其垣」。此法用者多矣，非文之宗匠弗知也。

詩韻罕用「腥」字，胡曾洞庭湖絶句：「魚龍吹浪水雲腥。」造句儘佳。潘憲王夜雨頸聯：「樹濕鴉羣重，雲低龍氣腥。」格律尤勝。杜子美索居三十韻：「宇宙一羶腥。」此句非不能工，蓋長律牽於韻爾。

栗太行曰：「詩貴解悟，識有偏全，斯作有高下。古人成家者如得道，故拈來皆合，拘拘於迹者末矣。」又曰：「詩莫古於風雅，皆可解。漢樂府有不可讀者，聲詞雜寫之誣由譜錄爾。」又曰：「宋詩偏於濁而不瀟灑；元詩偏於清而不沉鬱；國朝宣德以前是元，弘治以前是宋，正德嘉靖間寖寖有古義。」又曰：「李獻吉何仲默，古體可追古人，近體尚隔一塵。」

古三墳書：「長上聲。殺順性。」傳曰：「聖人以盡物壽。」予贈貧士詩，暗合此義：「敝裘捫蝨盡，生殺自天機。」

賦詩要有英雄氣象，人不敢道，我則道之；人不肯爲，我則爲之。厲鬼不能奪其正，利劍不能折其剛。古人製作，各有奇處，觀者自當甄別。

德平王南岑贈別素愚上人：「釋子來何處？廬山復太行。翻經淹歲月，補衲犯冰霜。浩劫塵緣盡，彌天覺路長。智珠元不染，好去照迷方。」此作甚佳，其來有源。憲王南山素嗜談禪，詩亦妙悟；信乎伯仲齊名，豈非寒山拾得化身邪？

作詩先以一聯爲主，更思一聯配之，俾其相稱，縱不佳，姑存以爲「筌句」。筌者，意在得魚也。然佳句多從庸句中來，能用「取魚棄筌」之法，辭意兩美，久則渾成，造名家不難矣。釋皎然賦得啼猿送客云：「萬里巴江外，三聲月峽深。何年有此路，幾客共沾襟？斷壁分垂影，流泉入苦吟。淒涼離別後，聞此更傷心。」觀其前聯平澹意長，餘皆筌句，予皆削疵强半，稍變氣格。兇翁復起，可能心服否乎？迺附於後：「聽爾巴江夕，愁人巫峽深。何年有此路？幾客共沾襟？倒影迴清澗，哀聲出遠林。東西無定處，偏感宦遊心。」此所謂假古人之作爲己稿是也。

劉孝綽妹詩：「落花掃更合，叢蘭摘復生。」孟浩然：「林花掃更合，徑草踏還生。」此聯豈出自劉歟？二作清麗，各有優劣。

呂居仁春日即事：「雪消池館初春後，人倚闌干欲暮時。」或云：「清景入畫，人之情意，物之容態，二意盡之。」予觀此作，宛然一美人圖也。

韓翃秋夜即事：「星河秋一雁，砧杵夜千家。」安慶王西池重九前一夜：「樹聲喧一枕，秋色冷千家。」此聯與韓出一機杼，織組自別。

凡詩用「恩」字，不粗則俗，難於造句。陳思王「恩紀曠不接」，梁武帝「籠鳥易爲恩」，謝玄暉「恩變龍庭長」，張正見「讒新恩易盡」，蘇廷碩「戈甲爲恩輕」，杜子美「漏網辱殊恩」，竇叔向「恩深犬馬知」，高蟾「君恩秋後葉，日日向人疏」，李義山「但保紅顏莫保恩」，此皆句法新奇，變俗爲雅，名家自能吻合。作文亦然，若陸士衡「廣樹恩不足以敵怨」是也。予悼徽藩詩：「撫膺臣妾淚，葬骨死生恩。」哭沈參軍錬詩：「今日孔融留二子，應知生死感餘恩。」此二作易於措詞，由其悲感故爾。

栗道甫自弱冠工詩，與兄仁甫齊名。遊五龍山詩云：「巖壑古留迹，藤蘿春可捫。遊人歷世代，零露越朝昏。鶴夢通雲島，猿啼下石門。浮沉只自異，感念復何言。」一覽樓夜眺詩云：「微月照空林，悠然悽我心。人聲四壁靜，夜色一川陰。野寺看燈遠，山堂入霧深。村邊歌吹發，聽罷更蕭森。」大行山中詩云：「山中風候別，況復是秋天。雨脚當門變，溪聲隔嶼傳。峽深饑虎嘯，潭古毒龍眠。中霤惟躭隱，蕭條世外玄。」觀此諸作，含英咀華，風調夐別，其盛唐之流歟？

比喻多而失於難解，嗟怨頻而流於不平；過稱譽豈其中心，專模擬非其本色；愁苦甚則有感，歡喜多則無味；熟字千用自弗覺，難字幾出人易見；邈然想頭，工乎作手，詩造極處，悟而且精，李杜不可及也。

老子曰：「五音令人耳聾。」張景陽七命：「百籟羣鳴聾其山。」此「聾」字太奇，雖有所祖而費講。

黎城懶雲上人了悟禪蘊，亦能詩。都門除夕云：「早眠輕節序，垂老倦精神。半夜兩年夢，孤燈千里身。鉢分新歲飯，衣拂舊時塵。後飲屠蘇者，其如感歎頻。」題山水便面：「攜筇小步踏蒼苔，遥指青山雲正開。澗水松風聽不絕，又教童子抱琴來。」二作體格匀淨，頗振唐聲，使與皎然輩同賦，孰爲擅場？嗟其身歿神存，寧不以我爲知己邪？

人物志：「一國之政，以無味和五味。」註曰：「水以無味，故五味得其和。猶君體平澹，則百官施其用。」隆慶改元望京都有感云：「鹽梅無水不成味，宰輔得君方盡才。」因翻用說命和羹事，又被古人道破，此卽「無米粥」之法，學者心會可也。

詩中用虛活字，時有難易：易若剖蚌得珠，難如破石求玉。且工且易，愈苦愈難。此通塞不同故也。縱爾冥搜，徒勞心思。當主平可否之間，信口道出，必有奇字，偶然渾成，而無齟齬之患。譬人急買帽子入市，出其若干，一一試之，必有個恰好者。能用戴帽之法，則詩眼靡不工矣。

凡作詩以「青」字爲韻，鮮有佳者。杜子美不離西閣云：「江雲飄素練，石壁斷空青。」下句奇特有骨。錢仲文省試湘靈鼓瑟云：「曲終人不見，江上數峯青。」摘出末句平平語爾，合兩句味之，殊有含蓄。諸葛騰甫渝城人日東李給事，前聯辭意並佳，天造奇景，宛如披四川圖，使人與不可遏，但神馳於夢寐耳。其詩附後：「訪舊來何晚，輕帆落驛亭。江迴劍外白，山擁漢中青。萬里逢人日，孤城感客星。知君懷諫草，翹首望明廷。」騰甫名鯨，別號問華，諸葛武侯四十二代孫。鎭康王西巖題宋參政瞻遠樓：「江樓懸樹杪，山色到窗中。」精拔有骨，上句尤奇。王右丞登辨覺寺：「窗中三楚盡，林上九江平。」曠闊有氣，但「上」字聲律未妥。又西巖陪國主謁塋途中有感:「仗劃浮烟破,旗衝過鳥翻。」句法森嚴,何異沈宋應制。崔湜題唐都尉山池:「雁翻蒲葉起,魚撥荇花遊。」聯雖全美,但晚唐纖巧之漸,若與陪駕之作並論,譬諸豔姬從命婦升階,氣象自別。韓偓晚春旅舍:「樹頭蜂抱花鬚落,池面魚吹柳絮行。」祖於湜而敷演七言,斯又下矣。

子美詩:「仰蜂黏落絮,行蟻上枯梨。」「芹泥隨燕觜,花蕊上蜂鬚。」「翡翠鳴衣桁,蜻蜓立釣絲。」「魚吹細浪摇歌扇,燕蹴飛花落舞筵。」諸聯綺麗,頗宗陳隋。然句工氣渾,不失爲大家。譬如上官公服,而有黼黻絺繡,其文彩照人,乃朝端之偉觀也。晚唐此類尤多。又如五色羅縠,織花盈匹,裁爲少姬之襦,宜矣。宋人亦有巧句,宛如村婦盛塗脂粉,學徐步以自媚,不免爲傍觀者一笑耳。

嘉靖乙巳歲因訪西林禪侶,談及龐居士涅槃,代作偈子云:「來時忽墮,去時不躲。我歸太空,太空即我。」南華經曰:「適來,夫子時也,適去,夫子順也。安時以處順,哀樂不能入也。」李東岡謂予有悟禪旨,故與莊子默契焉。

子美秋野詩:「水深魚極樂,林茂鳥知歸。」此適會物情,殊有天趣。然本於子建離思賦:「水重深而魚悦,林脩茂而鳥喜。」二家辭同工異,則老杜之苦心可見矣。

陸士衡爲周夫人寄車騎云:「昔者得君書,聞君在高平。今者得君書,聞君在京城。」及觀劉采春囉嗊曲云：「那年離別日，只道往桐廬。桐廬人不見，今得廣州書。」此二絶同意，作者粗直，述者深婉。然將種臨敵而不勝女兵，所謂小戰則怯是也。

宗約敬軒次栗太行枉顧韻曰：「城隅葺小軒，車馬不聞喧。邱壑元規興，蓬蒿仲蔚園。君詩清可挹，吾道拙能存。何似歲星隱，常依金馬門。」此作工於押韻，而冲澹自然，其劉長卿之亞歟？迺弟誠軒炙背詩曰：「昨夜清霜重，晴簷炙背初。寧言工我賦，兼得課兒書。鍾鼎形骸外，溪山夢寐餘。角巾庭際影，坐惜鬢毛疏。」儼然寫一負暄障子。老成之語，曠達之氣，此造少陵之漸也。又詠石山子曰：「累石壯精舍，憑虛無古今。悠然倚杖興，重以愛山心。地轉仇池穴，天移王屋岑。主人得幽趣，何處更登臨？」後聯翻用杜句，愈覺出奇。秦州雜詩：「萬古仇池穴，潛通小有天。」起句平直，但寫其神異爾。

孺子歌：「滄浪之水清兮，可以濯我纓。」孟子屈原，兩用此語，各有所寓。李陵與蘇武詩：「臨河濯長纓，念子悵悠悠。」此偶然寫意爾。沈約渡新安江貽游好詩：「願以潺湲水，沾君纓上塵。」所謂襲故而彌新，意更婉切。柳宗元衡陽別劉禹錫詩：「今朝不用臨河別，垂淚千行便濯纓。」至怨至悲，太不雅矣。

庾信詠荷詩：「若有千年蔡，須巢但見隨。」梁簡文納涼詩：「遊魚吹水沫，神蔡上荷心。」「蔡」雖大龜，然字面入詩，殊欠明爽。包佶秋日園林詩：「鳥窺新罅栗，龜上半欹蓮。」晚唐雖下六朝，由其不用「蔡」字，乃佳。

孔文谷曰：「陳子昂之古風，尚矣，其含光飛文，懷幽吐奇，廊廟而有江山之致，烟霞而兼黼黻之裁。着色成文，吹氣從律，則燕公曲江高矣，美矣，擅其宗矣。杜子美稱李太白詩，清新俊逸，然却太快。太白謂子美詩苦，然却沉鬱，緣其性褊躁婞直，而多憂愁憤厲之氣。其用字之法，則老將之用兵也。王摩詰孟浩然韋應物，典雅冲穆，入妙通玄，觀寶玉於東序，聽廣樂於鈞天，三家其選也。過此以往，不能遍觀而盡識矣。」又曰：「長篇是賦之變體，而去。一『兮』字；近體則研鍊精切，隱括諧儷，如文錦之有尺幅，絶句皆樂府也。長篇當以李嶠汾陰行爲第一，近體當以張説待宴隆慶池應制爲第一。杜甫秋興則「聞道長安似弈棋」一篇，尤勝。絶句如王摩詰：「廣武城邊逢暮春，汶陽歸客淚沾巾。落花寂寂啼山鳥，楊柳青青渡水人。」與「渭城朝雨」一篇。韋應物：「雨中禁火空齋冷，江上流鶯獨坐聽。把酒看花想諸弟，杜陵寒食草青青。」皆風人之絶響也。

予夜觀李長吉孟東野詩集，皆能造語奇古，正偏相半，豁然有得，併奪搜奇想頭，去其二偏。險怪如夜壑風生，暝巖月墮，時時山精鬼火出焉；苦澀如枯林朔吹，陰崖凍雪，見者靡不慘然。予以奇古爲骨，平和爲體，兼以初唐盛唐諸家，合而爲一，高其格調，充其氣魄，則不失正宗矣。若蜜蜂歷采百花，自成一種佳味與芳馨，殊不相同，使人莫知所蘊。作詩有學釀蜜法者，要在想頭別爾。是夜枕上勉成數詩，以示同好，始知予言不謬也。暮秋寄懷徐子與時宦長蘆云：一「理郡雙旌轉，皇畿亦壯遊。海鹺天下味，案牘汝南憂。風笛淒寒署，霜林照夜樓。還思濯纓處，御水正涵秋。」二「官舍披書坐，蕭然且獨醒。沙烟秋漠漠，海雨晝冥冥。妬久金增色，才孤劍養靈。夢歸何所見，天目亂峰青。」三「未滿躭詩意，南來幾日閒。一愁繁馬上，萬役走人間。署敞憐風物，城高見海山。不知謫宦久，先守汝寧被謫。猶是舊容顏。」四「鐵網拔珊瑚，驚人不可無。才今兼二陸，格古變三吳。登眺秋光迥，浮沉老氣孤。因思采菱曲，客至話西湖。」五「數卷從幽事，官閒祇自憐。阮公悲感日，蘧伯是非年。海賦知華國，鄉書問稅田。更憂吳餉晚，長望浙西船。」六「宦轍有難易，憂中名獨完。山高偏氣色，河廣自波瀾。文字豹斑老，冰霜狐白寒。鳳兮不言餒，天許碧琅玕。」七「候蟲吟暗壁，秋興起徐陵。宦味澹於水，羈懷清奪冰。夜喧風裹樹，寒翳雨中燈。競謁金張第，疏慵獨未曾。」八「何處轉遊宦，河亭坐夕暉。亂帆鱗次泊，衆鳥尾銜歸。地勝閒堪賦，杯清悶可揮。風烟是京甸，寧復羨魚磯。」九「宦邸長蘆靜，中懷自出塵。鑑光一秋水，瑟調幾陽春。終古盈虛月，流年感慨人。竹林餘裂素，可復寫誰真。」十「詞人非傲物，名著自堪嗟。官冷棊應進，懷高酒更賒。鶴爲閒處伴，菊是澹中花。舊侶同賦上林者，秋風天一涯。」十一「正變關騷雅，深宵誰與論？吳歌惟片月，燕俗且孤樽。舊侶青雲冷，秋懷黃葉繁。寄書故鄉使，風雨亦過門。」十二「舊社名相累，艱虞偏在君。世愴騷雅盛，天任死生分。並失龍珠影，長垂鳳藻文。社友梁公實宗子相相繼而歿。相知論往事，南北共愁雲。」

有客問曰：「夫作詩者，立意易，措辭難，然辭意相屬而不離。若專乎意，或涉議論而失於宋體；工乎辭，或傷氣格而流於晚唐。竊嘗病之，盍以教我？」四溟子曰：「今人作詩，忽立許大意思，束之以句則窘，辭不能達，意不能悉。譬如鑿池貯青天，則所得不多；舉杯收甘露，則被澤不廣。此乃內出者有限，所謂『辭前意』也。或造句弗就，勿令疲其神思，且閱書醒心，忽然有得，意隨筆生，而興不可遏，入乎神化，殊非思慮所及。或因字得句，句由韻成，出乎天然，句意雙美。若接竹引泉而潺湲之聲在耳，登城望海而浩蕩之色盈目。此乃外來者無窮，所謂『辭後意』也。」客曰：「適聞內外二說，能發古人未發者。願以盛唐諸家，直指內外秘蘊，令人頓悟，以歸正宗，不落傍門小徑也。」四溟子曰：「予雖歷舉唐詩引證，畢竟難曉。況爾心非我心，焉知我心之有得也？以我之心，置於爾心，俾其得我之得，雖兩而一矣。請出一字爲韻，以試心思。」乃得「天」字，遂成若干句云：「『兵氣截胡天』，『鴟號月黑天』，『長陰夢裏天』，『斜陽禾黍天』，『靈聚洞中天』，『荷影亂湖天』，『星搖海底天』，『千江各貯天』，『道在混茫天』，『帆影落江天』，『雲蘿隱洞天』，『神龍穴海天』，『鵰橫朔漠天』，『明河半在天』，『心空定裏天』，『氣慘戰場天』，『波明日本天』，『江清魚在天』，『山鍾落半天』，『湖清鏡裏天』，『鶴夢不離天』，『江波不定天』，『百越瘴浮天』，『帆盡五湖天』，『人老醉鄉天』，『丹氣夜薰天』，『微茫畫裏天』，『登嶽上捫天』，『隴樹插秦夭』，『地展日南天』，此乃句由韻成也。『天馬行無迹』，『天覆空青色』，『天冷饒邊氣』，『天陰鬼火亂』，『天寒鷹力健』，『天聚峨嵋雪』，『天勢海相吞』，『天閑收駿馬』，『天羈曠達才』，『天許百年狂』，『井天開地鏡』，『仰天心貯月』，『倚天雲護劍』，『木天通夜鼠』，『楚天三峽斷』，『海天無際色』，『諸天空色界』，『通天鳥道寒』，『江天月兩分』，『霜天紅樹老』，『井平天影出』，『虎鬬天風合』，『隱見天河影』，『峽開天一線』，『漠北天常雪』，『籠鳥天相隔』，『日高天更青』，『霞明天姥峯』，『禪林天雨花』，『長河截天影』，『風響參天樹』，『混沌是天胚』，『萬物各天機』，『一法通天竺』，『龍鬬海天翻』，『雨暗江天色』，『雁得楚天春』，『蹄涔縮天影』，『王氣浮天闕』，此乃因字得句也。夫人妙悟有因，自能作古。然文字起於鳥跡，草書精於舞劍，爾獨不能因人之悟，以開己之悟邪？」客謝而去，顧予笑曰：「子何太泄天機也？」

作詩得之多寡遲速，統繫於心，因分內外二說，俾人易曉。此作近體之法，然古體亦有異同處，學者權宜用之。

或曰：「子謂作古體、近體概同一法，寧不有誤後學邪？」四溟子曰：「古體起語比少而賦興多，貴乎平直，不可立意涵蓄。若一句道盡，餘復何言？或兀坐冥搜，求聲於寂寥，寫真於無象，忽生一意，則句法萌於心，含毫轉思，而色愈慘澹，猶恐入於律調，則太費點檢鬬削而後古。或中有主意，則辭意相稱，而發言得體，與夫工於鍊句者何異。漢魏詩純正，然未有六朝唐宋諸體槃心故爾。若論體製，則大異而小同，及論作手，則大同小異也。未必篇篇從頭敘去，如寫家書然，畢竟有何警拔？或以一句發端，則隨筆意生，順流直下，渾成無跡，此出於偶然，不多得也。凡作近體，但命意措詞一苦心，則成章可逼盛唐矣。作古體不可兼律，非兩倍其工，則氣格不純。今之作者，譬諸宮女，雖善學古粧，亦不免微有時態。」

詩乃模寫情景之具，情融乎內而深且長，景耀乎外而遠且大。當知神龍變化之妙，小則入乎微罅，大則騰乎天宇。此惟李杜二老知之。古人論詩，舉其大要，未嘗喋喋以泄真機，但恐人小其道爾。詩固有定體，人各有悟性。夫有一字之悟，一篇之悟，或由小以擴乎大，因著以入乎微，雖小大不同，至於渾化則一也。或學力未全，而驟欲大之，若登高臺而摘星，則廓然無着手處。若能用小而大之之法，當如行深洞中，捫壁盡處，豁然見天，則心有所主，而奪盛唐律髓，追建安古調，殊不難矣。予著詩説猶如孫武子作兵法，雖不自用神奇，以平列國，能使習之者，戡亂策勳，不無補於世也。

詩貴乎遠而近。然思不可偏，偏則不能無弊。陸士衡文賦曰：「其始也收視反聽，躭思傍訊，精騖八極，心游萬仞。」此但寫冥搜之狀爾。唐劉昭禹詩云：「句向夜深得，心從天外歸。」此作祖於士衡，尤知遠近相應之法。凡靜室索詩，心神渺然，西遊天竺國，仍歸上黨昭覺寺，此所謂「遠而近」之法也。若經天竺，又向扶桑，此遠而又遠，終何歸宿？或造語艱深奇澀，殊不可解，抑樊宗師之類歟？

「若妙識所難，其易也將至；忽之爲易，其難也方來。」此劉勰明詩至要，非老於作者不能發。凡搆思當於難處用工，艱澀一通，新奇迭出，此所以難而易也。若求之容易中，雖十脱稿而無一警策，此所以易而難也。獨謫仙思無難易，而語自超絶，此朱考亭所謂「聖於詩者」是也。

上黨李之茂，工舉子業，亦能詩。元日過柏堠僧舍，因憶予有作云：「索居無歲事，騎馬入禪林。勝地堪逃俗，名香可淨心。偶思靈運句，暫與惠休吟。庭樹來山鳥，當春多好音。」雪中再過僧舍少憩云：「俗累便幽寂，禪房喜再臨。午齋經罷熟，積雪夢回深。四野偏同色，纖塵不染心。衝寒有餘興，猶勝訪山陰。」此二作宛有劉隨州風致，而細潤過之。

遯軒子曰：「凡作詩貴識鋒犯，而最忌偏執。偏執不惟有焦勞之患，且失詩人優柔之旨。如賈島『獨行潭底影』，其詞意閑雅，必偶然得之，而難以句匹。當入五言古體，或入仄韻絶句，方見作手。而島積思三年，局於聲律，卒以『數息樹邊身』爲對，不知反爲前句之累。其所爲『一句三年得，吟成雙淚流』，雖曰自惜，實自許也。不識鋒犯，偏執不回至於如此。唐人中識鋒犯者，莫如子美，其『落日在簾鉤』之作，亦難以句匹者也，故置之首句，俊麗可愛；使束於聯中，未必若首句之妙。學者觀其全篇起結雄健，頸頷微弱可見矣。因擬閬僊，勉成一絶，附之末簡：『雜樹巳秋風，空山又斜景。杖策不逢人，獨行潭底影。』」

遜軒子博學嗜詩，志在古雅，且得論詩之法。及擬閬仙一絶，不下唐調。其頓悟也如此。

凡鍊句妙在渾然。一字不工，乃造物之不完，愚論已詳首卷。許渾原上居詩：「獨愁秦樹老，孤夢楚山遥。」此上一字欠工，因易爲「羈愁秦樹老，歸夢楚山遥」。釋無可送裴明府詩：「山春南去櫂，楚夜北歸鴻。」此亦上一字欠工，因易爲「江春南去櫂，關夜北歸鴻」。劉長卿别張南史詩：「流水朝還暮，行人東復西。」此上二字欠工，因易爲「旅思朝還暮，生涯東復西」。周朴塞上行詩：「巷有千家月，人無萬里心。」此中二字欠工，因易爲「巷冷幾家月，人孤千里心」。諸作完其造物，以俟後之賞鑒者。

九佳韻窄而險，雖五言造句亦難，況七言近體。押韻穩，措詞工，而兩不易得。自唐以來，罕有賦者。皮日休陸龜蒙館娃宫之作，雖弔古得體，而無渾然氣格，窘於難韻故爾。容軒子送鄒逸人歸洞庭山得「淮」字，亦用此韻，其平妥匀淨，因難以見工，致能追古人於太華萬仞之顛，翩翩然了無難色。使遇寬韻而愈加思索，則他日造詣，未見其止也。其詩云：「離筵太促愧茅柴，羡爾吴歌壯旅懷。幾賦縱横千氣象，半生飄泊老形骸。草青驅馬春辭晉，月白揚帆夜渡淮。三徑已荒逢舊侣，一樽風雨共山齋。」附日休詩云：「艷骨已成蘭麝土，宫牆依舊壓層崖。弩臺雨壞逢金鏃，香徑泥消露玉釵。硯沼衹留溪鳥浴，屧廊空信野花埋。姑蘇麋鹿真閒事，須爲當時一愴懷。」附龜蒙次韻：「鏤楣消落濯春雨，蒼翠無言空斷崖。草碧未能忘帝女，燕輕猶自識宮釵。江山只有愁容在，劍珮應和魄氣埋。賴有伍員騷思少，吴王纔免似荆懷。」

夫情景相觸而成詩，此作家之常也。或有時不拘形勝，面西言東，但假山川以發豪興爾。譬若倚太行而詠峨嵋，見衡漳而賦滄海，即近以徹遠，猶夫兵法之出奇也。予客晉陽，對西山詩云：「好山俱在目，樓上坐移時。碧樹亦佳侶，白雲非遠期。心閒聊對景，興轉别成詩。操筆有常變，兵家韓信知。」馮少洲評曰：「老子每每自負。」

凡五七言造句，以情會景，可長者工而健，可短者簡而妙，若良匠選材，長短各適其用爾。

七言近體，起自初唐應制，句法嚴整。或實字疊用，虚字單使，自無敷演之病。如沈雲卿興慶池侍宴：「漢家城闕疑天上，秦地山川似鏡中。」杜必簡守歲侍宴：「彈弦奏節梅風入，對局探鉤柏酒傳。」宋延清奉和幸太平公主南莊：「文移北斗成天象，酒近南山獻壽杯。」觀此三聯，底蘊自見。暨少陵懷古：「一去紫臺連朔漠，獨留青塚向黄昏。」此上二字雖虚，而措辭穩帖。九日藍田崔氏莊：「藍水遠從千澗落，玉山高並兩峯寒。」此中二字亦虚，工而有力。中唐詩虚字愈多，則異乎少陵氣象。劉文房七言律，品彙所取二十一首，中有虚字者半之。如「暮雨不知涓口處，春風只到穆陵西」之類。錢仲文七言律，品彙所取十九首，上四字虚者亦强半。如「不知鳳沼霖初霽，但覺堯天日轉明」，「鴛衾久别難爲夢，鳳管遥聞更起愁」之類。凡多用虚字便是講，講則宋調之根，豈獨始於元白！高棅所選，以正宗大家爲主，兼之羽翼接武，亦不免三二濫觴者。

雪夜過恕菴主人，諸子列坐，因評錢劉七言近體兩聯多用虛字，聲口雖好，而格調漸下，此文隨世變故爾。敏軒子曰：「予觀錢仲文送李評事赴潭州一首，瘦而不健，虛病使然。子但言脉理入微，盍與之良藥，以復元氣？使予輩得窺樞機，以躋少陵階也。」予遂約爲五言云：「自適宦遊情，湖南有杜蘅。簡書催物役，心賞緩王程。山寺披雲入，江帆帶月行。應懷幕下策，談笑靜蒼生。」遜軒子曰：「子嘗言鍊句之法有二忌：如冶人當造五寸之釘，而强之七寸，雖長而細，不利於用也；如圬者築七尺之牆，五尺以磚，二尺以坯，然遭久雨，磚則無恙，而坯自頹矣。此二忌錢劉亦有之，再一檃括以示三昧。」予亦效邯鄲之步，則不失故態爾，遂以錢詩「不知鳳沼霖初霽，但覺堯天日轉明」，去上二字，可爲五言。又以「鴛衾久別難爲夢，鳳管遙聞更起愁」，約爲「鴛枕虛驚夢，鸞簫遠遞愁」。又以劉詩「暮雨不知涓口處，春風只到穆陵西」，亦約爲「雨昏涓口處，春到穆陵西」。遜軒子曰：「予得之矣。」因以羅隱詩「別岸客帆和雁落，晚程霜葉向人飛」，亦約爲「暮帆和雁落，霜葉向人飛」。然句無冗字，則工而健矣。附送李評事詩云：「湖南遠去有餘情，蘋葉初齊白芷生。謾說簡書催物役，遙知心賞緩王程。興過山寺先雲到，笑引江帆帶月行。幕下由來貴無事，佇聞談笑靜黎甿。」

凡造句已就，而復改削求工，及示諸朋好，各有去取，或兼愛不能自定，可兩棄之，再加沉思，必有警句。譬泅者入海，捨蚌珠而獲驪珠，自不失重輕也。予元日有感詩後聯：「神會徐陳侶，心從屈宋師。」復改「神會應徐在，心通屈宋知」。因衆論不同，難爲優劣，遂別造一聯，所謂割愛之法也。附詩云：「七十尚躭詩，閒來命酒巵。隔宵增一歲，耐老慰羣兒。糟粕求新味，雲霄入苦思。嗟哉世無補，花鳥日相期。」

鎮康王西巖寄懷劉紫山侍御回自滇南詩云：「桄榔幾度感花開，鄉國傳書不易來。曾醉離亭牽我夢，因思佐郡識君才。滇南風壤三年盡，天畔星槎萬里迴。遥望舊知秋欲杪，月明何處是行臺？」寄贈楊二山中丞以關内巡撫移任山右詩云：「紫宸一旦璽書催，早歲秦城棨戟開。二華曾留標勝賦，三關更見折衝才。荒沙落日閒戎壘，古木飛霜凛憲臺。壯士應看射鵰處，不教胡騎暮南來。」此二作最得盛唐格律，嚴而不刻，順而不直。較之獻吉則平妥，較之仲默則老健。其膾炙人口也宜哉。

作詩亦有權宜，或先句法而後體製。譬匠氏選材，雖有巨細長短，而各致其用，可堂則堂，不可則亭矣。于濆塞下曲，先得「烏鳶已相賀」之句，出自淮南子「大厦成而燕雀相賀」。此「賀」字尤有味，如賦一絶則不孤此句，流於敷演，格斯下矣。詩云：「紫塞曉屯兵，黄沙披甲卧。戰鼓聲未齊，烏鳶已相賀。燕然山上雲，半是離鄉魂。衛霍待富貴，豈能無乾坤？」予擬一絶云：

「漢將討樓蘭，旗蕩朔雲破。戰鼓半天聲，烏鳶已相賀。」

裨諶草創，世叔討論，子羽修飾，子產潤色。鄭國凡作辭命，必經四賢之手，故見重於列國。予因之以爲詩法。每有疑字，示諸社友定正，工而後已，能受萬益而不受一損，其立心何如也。或者過於服善，不思可否，欲求完美，反致氣格不純。昔陳王稱丁敬禮服善，恐異地則不然。惟賤士人得而指摘，其虛心請教，惟言是從，或有一二不合調者，當自詳審而無偏聽之弊，求其純，亦不難矣。或曰：「夫少陵之作，氣格渾雄，雖有微疵，不傷大體。譬之滄海，無所不容。適聞斯論，何其不廣也？」四溟子曰：「予詩如幽溟寒泉，湛然一鑑，自不少容渣滓，務渾淨則易純，使百代之下，知予苦心若是，安敢望於少陵也？」

凡作詩要知變俗爲雅，易淺爲深，則不失正宗矣。因觀于濆沙場詩：「士卒浣征衣，交河水流血。」施肩吾及第後過江詩：「江神亦世情，爲我風色好。」二作如此。胡不云「戰士浣征衣，忽變交河色」，「尚憶布衣歸，江神亦風浪」，庶得穩帖。

詩中「火」言「寒」者罕見。庾子山詩：「絡緯無機織，流螢帶火寒。」下句甚奇，惜其對不稱爾。予得一聯：「人烟隔水靜，鬼火照沙寒。」狀其沙寒荒涼，宛然銷魂矣。附憶雁門詩云：「昔年雁門路，霜氣逼征鞍。野望天何慘，山行老更難。人烟隔水靜，鬼火照沙寒。戰伐空悲感，風淒戍角殘。」

孫太初收菊花貯枕詩云：「呼童收落英，晨起晞清露。滿囊貯秋，寒香散庭户。夜來夢東籬，枕上得佳句。」好個題目，唐人未之有也。前五句清雅，惜末句殊無深意，若更爲「陶潛宛相遇」，則清而純矣。

正月晦日，集晉川園亭，因韓退之段成式曾於是日皆作送窮文，予賦留窮詩，以述其志云：「送窮何所往？託寓豈無由？易使世情薄，難期天意周。路艱妨驥足，歲旱涸龍湫。辛苦幽人味，侵凌逆旅讎。聖賢不異轍，愚昧更深謀。志定無他夢，身安寧復憂。殘燈抱膝夜，落葉閉門秋。老矣惟孤杖，蕭然一敝裘。病餘清似鶴，懶極拙於鳩。著述因誰力？饑寒爲爾愁。相依各隱見，百事共沉浮。窮自有離合，心何偏去留。踟蹰兼晦朔，寂寞且林邱。莫灑步兵淚，花時足勝遊。」予因古人送窮二作，即於切要處思得一聯：「窮自有離合，心何偏去留。」借此爲發興之端，遂以尤韻擇其當用者若干，則意隨字生，便得如許好聯。及錯綜成篇，工而能渾，氣如貫珠，此作長律之法，久而自熟，無不立成。心中本無些子意思，率皆出於偶然，此不專於立意明矣。其中一聯：「才屈驕爲蠹，名歸苦是囮。」初以爲奇，不免咬羣之病，一割愛務求平順，復造一聯：「辛苦幽人味，侵凌逆旅讎。」吟誦間，忽岔出想頭，因「味」字得一絶，云：「道味在無味，咀之偏到心。猶言水有迹，瞑坐萬松深。」正所謂思無定位。甫臨滄海，復造瑤池。其神遊兩間，無適不可。此亦變通之法。古人秘而不泄，無乃自重其道歟？

揚子雲逐貧賦曰：「人皆文繡，予褐不完；人皆稻粱，我獨藜飧。貧無寶玩，予何爲歡。」此作辭雖古老，意則鄙俗，其心急於富貴，所以終仕新莽，見笑於窮鬼多矣。韓昌黎作送窮文，其文勢變化，辭意平婉，雖言送而復留。段成式所作，效韓之題，反揚之意，雖流於奇澀，而不失典雅。較之揚子，筆力不同，揚乃尺有所短，段乃寸有所長。惟韓子無得而議焉。

自然妙者爲上，精工者次之，此着力不着力之分，學之者不必專一而逼真也。專於陶者失之淺易，專於謝者失之飽飣。孰能處於陶謝之間，易其貌，換其骨，而神存千古。子美云：「安得思如陶謝手？」此老猶以爲難，況其他者乎？

作詩有相因之法，出於偶然。因所見而得句，轉其思而爲文。先作而後命題，乃筆下之權衡也。一夕，讀道德經：「大巧若拙。」「巧」「拙」二字，觸其心思，遂成自拙歎云：「出門何所營？蕭條掩柴荆。中除不灑掃，積雨莓苔生。感時倚孤杖，屋角鳩正鳴。千拙養氣根，一巧喪心萌。巢由亦偶爾，焉知身後名？不盡太古色，天末青山橫。」漫書野語云：「太古之氣渾而厚，中古之風純而朴。」夫因朴生文，因拙生巧，相因相生，以至今日。其大也無垠，其深也叵測，孰能返朴復拙，以全其真，而老於一邱也邪？

余讀柳子厚掩役夫張進骸詩，至「但願我心安，不爲爾有知」，誠仁人之言也。夫子厚一代文宗，故其摛詞振藻，能占地步如此。鎮康王西巖每於春間，命校人於郊外舉白骨之暴露者，拾而瘞之，能不自以爲功，人見之以爲常。殊不知周文澤及枯骨，遺俗尚存；比之子厚自文其事者遠矣。余偉是舉，因賦詩頌之，今附於左云：「清明野柳摇晴烟，家家墳頭燒紙錢。歲增黄土掩宿莽，還生芳草相新鮮。復見白骨交加暴風日，但逢陰雨多凄然。欲問無言隔冥漠，不睹面貌焉知年？死也何辜？生也何愆？肉飽幾烏鳶，余腥螻蟻纏。有靈無定處，徒爾爲飇旋。鎮康王者感念切，命人俯拾陌與阡。萬骨同埋鄰黑水，更酹椒漿達九泉。地下銜恩皆欲報，百代願爲耕福田。每葬枯骨擬周俗，未枯之骨猶可憐。俛仰自知心有天，山人賦此陰騭篇㊀。」

㊀「隔冥漠」以下據胡曾耘雅堂刻本補。

〔補〕

予賦唐生胗脉歌，中四句云：「命若懸絲生死間，繫之造物寧愁顔？古今來往一朝暮，聖賢不見惟□山。」予因生死二字，偶成數語：「世不生我，莫知有天地焉。人雖知有天地，非我知也。夫有知歸無知，天地有無之間爾。生死天地之機，天地生死之舍，孰能逃其舍而奪其機乎？」此劉勰所謂「思無定位」是也。

歸田詩話

歸田詩話序

古詩三百篇，孔子取「思無邪」一言以蓋之。夫思無邪者，誠也。人能以誠誦詩，則善惡皆有益。學詩之要，豈有外於誠乎？余觀歷代工詩者，在漢魏晉則有曹劉陶謝輩，在唐則有李杜柳岑輩，在宋則有歐蘇黄陳輩，在元則有虞楊揭范輩。諸賢詩，刊行久，固足以爲後學法矣。余同鄉宗吉瞿先生早以明經薦，筮仕於仁和臨安宜陽三邑庠，陞國子助教，文名播於篇章，膾炙人口舊矣。復陞藩府長史，克勝輔導之任。無何居閒寓金臺，太師英國張公延爲西賓，甚加禮貌。先生不以夷險易心，暇日則篤嗜評古人篇什，取其旨趣微妙者著之。及觸景動情，形於吟詠以自遣者，亦録之。凡百二十條，析而爲上中下三卷，目曰歸田詩話録，先生自述其事弁諸首。一日，其姪德恭暨弟德宣德潤共圖鋟梓，持以示余，展玩再四，不能釋手。觀諸録中所載先生誦少陵詩，則有識大體之稱；誦太白詩，則有大胸次之美；誦唐人採蓮詩，則美其用意之妙；誦晦菴感興詩，則知其闢異端之害；誦東野詩，而服前人窮苦終身之論；誦晏元獻詩，則歎斯人富貴氣象之豪。及見前人林景熙詠陸秀夫詩，而知表殉國之忠；詠家鉉翁詩，而知表持身之節。以至録自己香奩八詠之詩，和他人西湖竹枝之作，并雜述之類無遺。非先生以誠而得古人作詩之要，蘊蓄之久，安能記之詳而評之當哉？殆與宋儒輔氏讀國風凱風篇而引文王羑里操以爲證，朱文公註小雅大東篇。而歎非老於文墨者，有不能默契之妙，其致一也。先生苟以夷險殊塗，一動其心，則困苦抑鬱之不暇，安能肆情於風月，而評前人之述作乎？余恨生晚，不得侍函丈以聆其緒論爲慊，姑書是於先生自序之次。時成化二年，歲次丙戌，冬十月穀旦。賜進士前翰林院庶吉士文林郎河南道監察御史浙江辛卯解元八十翁錢塘木訥書。

錢塘瞿存齋公著歸田詩話三卷，蓋述其師友之所言論，宦遊四方之所習聞，而有關於詩道者。自序其端，藏之於家久矣。其姪德恭德宣德潤共謀刻梓以傳。德恭之子中書舍人廷用，求余一言志之。公生長多賢之里，山川奇詭秀麗之州，而又嗜好問學，取諸外以充於內者多矣。既壯而仕，歷仁和臨安宜陽三庠訓導，陞國子助教，親藩長史，皆清秩也。因得以溫燖舊學，其所造詣尤深，時時發爲詩歌，寄興高遠，世謂「詩必窮而後工」，豈信然哉！及謫居塞外，羈窮困約之中，吟詠不廢。晚歲歸休故里，自顧其才無復施用於世，乃益肆情於詩，以自娛逸於清湖秀嶺烟雲出没杳靄之間，浩然與古之達者同歸。間録是卷，謂將時加披覽，如見師友，聆其訓誨之勤，而受其勸勉之益。於此見公之問學自脩，老而彌篤，非尋常淺學，輒矜持其所有者爲可及也。余觀卷中所載，如謂陸秀夫殉國，家鉉翁持節，汪水雲賜還，實足以媿姦臣，壯義士，豈獨娱戲風月，以資人之笑談而已哉？故爲之序。成化三年，四月二十又九日，翰林院學士奉議大夫兼經筵官同脩國史蒲田柯潛序。

錢塘存齋瞿先生宗吉，在國初時，著詩話三卷，大畧似野史，有抑揚可法之旨，非汗漫無稽之詞，久成全梓。或取而觀之，可資多識，特其名號近於訂頑砭愚起争端之謂，不若直謂之「存齋詩話」也。昔范文正見片文隻字有關世道，不忍輕棄，況此其全編乎？予不敏，敢以正于詩壇君子。弘治庚申冬賜進士知錢塘縣事安成胡道識。

予久羈山後，心倦神疲，舊學荒蕪，不復經理。每閒居默坐，追念少日篤於吟事，在鄉里侍尊長遊湖山。及勝冠以來，結朋儔，入場屋。追尸教席，登仕途，至履患難，謫塞垣。少而壯，壯而老，日邁月征，駸駸晚境，而呻吟佔畢，猶不能輟。平日耳有所聞，目有所見，及簡編之所紀載，師友之所談論，尚歷歷胸臆間，十已忘其五六。誠恐久而併失之也，因筆録其有關於詩道者，得百有二十條，析爲上中下三卷，目曰歸田詩話，置几案間，時加披覽，宛然如見長上而接師友，聆其訓誨之勤，而受其勸勉之益也。不覺欣然而喜，喜極而悲，悲而掩卷墮淚者屢矣㊀。昔歐陽文忠公致仕後，著歸田録，叙在朝舊事，謂追想玉堂如在天上。今予老與農圃爲徒，亦竊「歸田」之號。雖若僭妄，然輟耕壠上，箕踞桑陰，與涼竹簟之暑風，曝茅簷之晴日，以求一息之快。地位雖殊，而心事則無異也。知我者見此，或能爲之一慨云。洪熙乙巳中秋日存齋瞿佑自序。

㊀「者」字原無，據知不足齋本補。

歸田詩話卷上

明　瞿佑撰

鄉飲用古詩

古詩三百篇，皆可弦歌以爲樂，除施於朝廷宗廟者不可，其餘固上下得通用也。洪武間，予參臨安教職。辛縣王謙，北方老儒也。歲終行鄉飲酒禮，選諸生少俊者十人，習歌鹿鳴等篇，吹笙撫琴，以調其音節。至日，就講堂設宴，席地而歌之。器用罍爵，執事擇吏卒巾服潔淨者。賓主歡醉，父老歎息稱頌，儼然有古風。後遂以爲常，凡宴飲則用之。如會友則歌伐木，勞農則歌南山，號新居則歌斯干，送從役則歌無衣，待使役則歌皇華之類，一不用世俗伎樂，識者是之。

唐三體詩序

方虛谷序唐三體詩云：「子曰：『詩三百，一言以蔽之曰：「思無邪。」』此詩之體也。又曰：『小子何莫學夫詩？可以興，可以觀，可以羣，可以怨。邇之事父，遠之事君，多識於鳥獸草木之名。』此詩之用也。聖人之論詩如此，後世之論詩不容易矣。後世之學詩者，捨此而他求，可乎？近世永嘉葉正則水心倡爲晚唐體之說，於是「四靈」詩江湖宗之，而宋亦晚矣。聖人之論詩，不暇講矣，而漢魏晉以來，河梁、柏梁、曹劉陶謝，俱廢矣。又有所謂汶陽周伯弜者三體法，專爲四韻五七言小律詩設，以爲有一詩之法，有一句之法，有一字之法。止於此三法，而江湖無詩人矣。唐詩前以李杜，後以韓柳爲最。姚合而下，君子不取焉。宋詩以歐蘇黄陳爲第一，渡江以後，放翁石湖諸賢詩，皆當深玩熟觀，體認變化。雖然，以吾朱文公之學而較之，則又有向上工夫，而文公詩未易可窺測也。近高安沙門至天隱，乃大魁姚公勉之猶子，聰達博贍，禪熟詩熟，又從而註伯弜所集之詩。一山魁上人，回之方外友也，將磧砂南峯袁公之命，俾回爲序，以弁其端云。大德九年乙巳九月紫陽山虛叟方回序。」按此序議論甚正，識見甚廣，而於周伯弜所集三體詩，則深寓不滿之意。書坊所刻皆不載，而獨取裴季昌序。近見唐孟高補寫三體詩一帙，書此序於卷首，故特全録於此，與篤於吟事者，共詳參之。

少陵識大體

老杜詩識君臣上下，如云「萬方頻送喜，無乃聖躬勞」，「至今勞聖主，何以報皇天」，「周宜漢武今王是，孝子忠臣後代看」，「神靈漢代中興主，功業汾陽異姓王」。上哥舒開府及韋左相長篇，雖極稱贊翰與見素，然必曰「君王自神武，駕馭必英雄」，「霖雨思賢佐，丹青憶老臣」，可謂知大體矣。太白作上皇西巡歌永王東巡歌，略無上下之分。二公雖齊名，見趣不同如此。

太白胸次

太白詩云：「剗却君山好，平鋪湘水流。巴陵無限酒，醉殺洞庭秋。」是甚胸次？少陵亦云：「夜醉長沙酒，曉行湘水春。」然無許大胸次也。洪武間錢塘宰鄭桂芳，歙之黟縣人，能詩而好客，醉後每誦太白此四句。又誦李適之詩：「避賢初罷相，樂聖且銜盃。借問門前客，今朝幾個來？」亦足以見其襟抱不凡也。桂芳有詩數百首，號樂清軒集，府教徐大章爲之序云。

黄鶴樓

崔顥題黄鶴樓，太白過之不更作。時人有「眼前有景道不得，崔顥題詩在上頭」之譏。及登鳳凰臺作詩，可謂十倍曹丕矣。蓋顥結句云：「日暮鄉關何處是，烟波江上使人愁。」而太白結句云：「總爲浮雲能蔽日，長安不見使人愁。」愛君憂國之意，遠過鄉關之念，善占地步矣！然太白別有「搥碎黄鶴樓」之句，其於顥未嘗不耿耿也。

相如琴臺

老杜琴臺詩云：「茂陵多病後，尚愛卓文君。酒肆人間世，琴臺日暮雲。野花留寶靨，蔓草見羅裙。歸鳳求凰意，寥寥不復聞。」寶曆羅裙，蓋詠文君服飾，而用意亦精矣。以大家數而爲此語，近於雕琢。然全篇相稱，所以不可及。近閲李琬傳，有「蔓草野花留服飾，風魂月魄斷知聞」，知其出於此，然亦善用事。

詩能解患

詩雖能致禍，然亦能解患。王維陷賊中，受僞命。禄山於凝碧池置宴作樂，維有詩云：「萬户傷心生野烟，千官何日再朝天？秋槐葉落空宫裏，凝碧池邊奏管絃。」及唐收復兩京，凡污於賊者，以五等定罪，肅宗見此詩，得免。太白坐永王璘事，繫潯陽獄。朝命崔圓鞫問於獄中，上詩曰：「邯鄲四十萬，同日陷長平。能回造化筆，或冀一人生。」得減死流夜郎。東坡爲舒亶、李定等所論，自湖州逮繫御史臺獄，時宰欲致之死。於獄中作詩寄子由曰：「聖主如天萬物春，小臣愚暗自亡身。百年未滿先償債，十口無歸更累人。是處青山可埋骨，他年夜雨獨傷神。與君世世爲兄弟，更結來生未了因。」「柏臺霜氣夜淒淒，風動琅璫月向低。夢遶雲山心似鹿，魂飛湯火命如雞。眼中犀角真吾子，身後牛衣愧老妻。百歲神遊定何處，桐鄉知葬浙江西。」神宗見而憐之，遂得出獄，謫授黄州團練副使。後作中秋月詞云：「惟恐瓊樓玉宇，高處不勝寒。」神宗覽之曰：「蘇軾終是愛君，得改汝州聽便。」

因詩見罪

薛令之爲太學正，有詩云：「初日上團團，照見先生盤。盤中何所有，苜蓿長闌干。」明皇見之怒。續題云：「啄木觜爪長，鳳凰羽毛短。若嫌松柏寒，任逐桑榆暖。」因斥去之。王維攜孟浩然在翰林，適駕至，得見，命誦所爲詩，有「北闕休上書，南山歸故廬。不才明主棄，多病故人疏」之句。怒曰：「卿自棄朕，朕何曾棄卿？」即放還山。惟太白召見沉香亭，應制作清平調詞三首，頗見優寵，然僅得待詔翰林而已。及在禁中與貴妃宴樂，妃衣褪微露乳，以手捫之曰：「軟柔新剥雞頭肉。」祿山在傍接對云：「滑膩如凝塞上酥。」帝續之曰：「信是胡兒只識酥。」不怒而反以爲笑。謬戾如此，天下安得不亂？

浯溪中興碑

元次山作大唐中興頌，抑揚其詞以示意，磨崖顯刻於浯溪上。後來黄魯直張文潛皆作大篇以發揚之，謂肅宗擅立，功不贖罪。繼其作者皆一律。識者謂此碑乃唐一罪案爾，非頌也。惟石湖范至能八句云：「三頌遺音和者稀，形容寧有刺譏辭？絶憐元子春秋法，却寓唐家清廟詩。歌詠當諧琴搏拊，策書自管璧瑕疵。紛紛健筆剛題破，從此磨崖不是碑。」然誠齋楊萬里浯溪賦中間云：「天下之事，不易於處，而不難於議也。使夫謝奉策于高邑，稟重巽於西帝。違人欲而圖功，犯衆怒而求濟。則夫千麾萬旗者，果肯爲明皇而致死耶？」其論甚恕。

邊帥事

嚴武在當時不以詩名，其節度西川，有詩數首，僅載老杜集中。如云：「昨夜秋風入漢關，朔雲邊雪滿西山。更催飛將追驕虜，莫遣沙場匹馬還。」趙雲澗尚書好誦之曰：「氣魄雄壯，真邊帥事也。」

採蓮詞

貢有初，泰父尚書姪也，刻意於詩。嘗謂予曰：「荷葉羅裙一色裁，芙蓉花臉兩邊開。棹入橫塘尋不見，聞歌始覺有人來。」王昌齡採蓮詞也。詩意謂葉與裙同色，花與臉同色，故棹入花間不能辨，及聞歌聲，方知有人來也。用意之妙，讀者皆草草看過了。

山石句

元遺山論詩三十首，内一首云：「有情芍藥含春淚，無力薔薇卧晚枝。拈出退之山石句，始知渠是女郎詩。」初不曉所謂，後見詩文自警一編，亦遺山所著，謂「有情芍藥含春淚，無力薔薇卧晚枝」，此秦少游春雨詩也。非不工巧，然以退之山石句觀之，渠乃女郎詩也。破却工夫，何至作女郎詩？按昌黎詩云：「山石犖确行徑微，黄昏到寺蝙蝠飛。升堂坐階新雨足，芭蕉葉大梔子肥。」遺山固爲此論，然詩亦相題而作，又不可拘以一律。如老杜云：「香霧雲鬟溼，清輝玉臂寒。」「俱飛蛺蝶元相逐，並蒂芙蓉本自雙。」亦可謂女郎詩耶？

淮西碑

昌黎作平淮西碑，既已登諸石，憲宗惑於讒言，詔斲其文，更命學士段文昌爲之，在當時莫能别其文之高下也。及東坡録臨江驛小詩云：「淮西功業冠吾唐，吏部文章日月光。千載斷碑人膾炙，不知世有段文昌。」公論始定。然李義山與昌黎相去不遠，其讀淮西碑長篇至五十餘句，稱賞備盡，則是非不待百年而已定矣。

陸渾山火

昌黎陸渾山火詩，造語險怪，初讀殆不可曉，及觀韓氏全解，謂此詩始言火勢之盛，次言祝融之御火，其下則水火相剋相濟之説也。題云和皇甫湜韻。湜與李翺皆從公學文，翺得公之正，湜得公之奇。此篇蓋戲效其體，而過之遠甚。東坡有雲龍山火詩，亦步驟此體，然用意措辭，皆不逮也。

示兒詩

昌黎示兒詩云：「始我來京師，止攜一束書。辛勤三十年，以有此屋廬。此屋豈爲華，於我自有餘。中堂高且新，四時登牢蔬。前榮饌賓親，冠婚之所於。庭内無所有，高樹八九株。西偏屋不多，槐榆翳空虚。松果連南亭，外有瓜芋區。主婦治北堂，饍服適戚疏。恩封高平君，子孫從朝裾。開門問誰來？無非卿大夫。不知官高卑，玉帶懸金魚。問客之所爲？峨冠講唐虞。酒食罷無爲，棋槊以相娱。躚躚媚學子，牆屏日有徒。嗟我不修飾，比肩於朝儒。詩以示兒曹，其無迷厥初。」朱文公云：「韓公之學，見於原道。其所以自任者，不爲不重。而其平生用力深處，終不離乎文字言語之工。其好樂之私，日用之間，不過飲博過從之樂。所與遊者，不過一時之文士，未能卓然有以自拔於流俗者。觀此詩所誇，乃感二鳥、符讀書之成效極致，而上宰相書所謂『行道憂世者』，則已不復言矣。其本心何如哉？按朱子所以責備者如是，乃向上第一等議論。俯而就之，使爲子弟者讀此，亦能感發志意，知所羡慕趨向，而有以成立，不陷於卑污苟賤，而玷辱其門户矣。韓公之子昶，登長慶四年第。昶生綰袞，綰咸通四年，袞七年進士。其所成立如是，亦可謂有成效矣。詩可以興，此詩有焉。

五言警句

宋蔡天啓與張文潛論韓柳五言警句。文潛舉退之「暖風抽宿麥，清雨捲歸旗」，子厚「壁空殘月曙，門掩候蟲秋」，皆爲集中第一。今考之，信然。

東野詩囚

遺山論詩云：「東野悲鳴死不休，高天厚地一詩囚。江山萬古潮陽筆，合臥元龍百尺樓。」推尊退之而鄙薄東野至矣。東坡亦有「未足當韓豪」之句。又云：「我厭孟郊詩，復作孟郊語。」蓋不爲所取也。東野詩如「食薺腸亦苦，强歌聲無歡。出門卽有礙，誰謂天地寬」？又云：「夜吟曉不休，苦吟鬼神愁。如何不自閒，心與身爲讎。」氣象如此，宜其一生跼蹐也。惟登第云：「春風得意馬蹄疾，一日看盡長安花。」頗放繩墨。然長安花，一日豈能看盡？此亦讖其不至遠大之兆。

尖山險譚

柳子厚詩：「海畔尖山似劍鋩，秋來處處割愁腸。若爲化作身千億，散上峯頭望故鄉。」或謂子厚南遷，不得爲無罪，蓋雖未死而身已上刀山矣。此語雖過，然造作險諢，讀之令人慘然不樂。未若李文饒云：「獨上高樓望帝京，鳥飛猶是半年程。碧山似欲留人住，百匝千遭遶郡城。」雖怨而不迫，且有戀闕之意。

顧況勉樂天

白樂天少日以詩贄謁顧況。況見其名，戲曰：「長安米貴，居大不易。」及閱其詩，有云「野火燒不盡，春風吹又生」。曰：「有才如此，居亦不難。」宋薛奎未第時，贄謁馮魏公，首篇有「囊書空自負，早晚達明君」。馮掩卷謂曰：「不知秀才所負何事？」讀至第三篇云：「千林如有喜，一氣自無私。」乃曰：「秀才所負如此。」薛後登第，官至參政。王拱辰歐陽公皆其壻也。

昭君詞

詩人詠昭君者多矣，大篇短章，率敍其離愁別恨而已。惟樂天云：「漢使却回憑寄語，黃金何日贖蛾眉？君王若問妾顏色，莫道不如宮裏時。」不言怨恨，而惓惓舊主，高過人遠甚。其與「漢恩自淺胡自深，人生樂在相知心」者異矣。

長恨歌

樂天長恨歌凡一百二十句，讀者不厭其長；元微之行宫詩才四句，讀者不覺其短，文章之妙也。

琵琶行

樂天琵琶行云：「門前冷落鞍馬稀，老大嫁作商人婦。」東坡舉此以喻杭妓琴操，即感悟而求落籍。龍仁夫題琵琶亭云：「老大姮娥負所天，忍將離恨寄哀絃。江心正好觀秋月，却抱琵琶過别船。」中含諷意。又有女子題詩船窗云：「爺娘重利妾身輕，獨抱琵琶萬里行。彈到陽關齊拍手，不知元是斷腸聲。」含無限悲怨，非抱器過船者比也。

樂天晚年

樂天晚年，優遊香山緑野，近乎明哲保身者。甘露之禍，王涯賈餗舒元輿輩皆預焉。樂天有詩云：「當君白首同歸日，是我青山獨往時。」或謂樂天幸之，非也。樂天豈幸人之禍者哉？蓋悲之也。晉潘岳贈石崇，有「白首同所歸」之句。及遭刑，俱赴東市，崇顧岳曰：「可謂白首同所歸矣。」樂天蓋用此事。彼劉夢得之靖恭佳人怨，柳子厚之古東門行，其於武元衡，則真幸之矣。樂天連爲杭蘇二州刺史，皆有惠政在民。杭則有三賢堂，併林和靖蘇東坡祠之。蘇則有思賢堂，併韋應物劉夢得王仲舒范希文祠之。其遺愛猶未泯，不但以詩名也。

鶯鶯傳

元微之當元和長慶間，以詩著名。傳入禁中，宫人能歌詠之，呼爲「元才子」，風流醖藉可知也。其作鶯鶯傳，蓋託名張生。復製會真詩三十韻，微露其意，而世不悟，乃謂誠有是人者，殆癡人前説夢也。唐人敍述奇遇，如后土傳託名韋郎，無雙傳託名仙客，往往皆然。惟沈亞之秦夢記，牛僧孺周秦行記乃自引歸其身，不復隱諱。然周秦行記與僧孺所著幽怪録，文體絶不相類，或謂乃李德裕門下士所作，以暴僧孺之犯上無禮，有僭逆意，蓋嫁禍云爾。理或然也。

夢得多感慨

劉夢得初自嶺外召還，賦看花詩云：「元都觀裏桃千樹，盡是劉郎去後栽。」以是再黜。久之又賦詩云：「種桃道士歸何處？前度劉郎今又來。」譏刺併及君上矣。晚始得還，同輩零落殆盡。有詩云：「昔年意氣壓羣英，幾度朝回一字行。二十年來零落盡，兩人相遇洛陽城。」又云：「休唱貞元供奉曲，當時朝士已無多。」又云：「舊人惟有何戡在，更與殷勤唱渭城。」蓋自德宗後，歷順憲穆敬文武宣凡八朝。暮年與裴白優遊緑野堂，有「在人稱晚達，於樹比冬青」之句。又云：「莫道桑榆晚，爲霞尚滿天。」其英邁之氣，老而不衰如此。

先入言爲主

予爲童子時，十月朝從諸長上拜南山先壠，行石磴間，紅葉交墜，先伯元範誦杜牧之「停車坐愛楓林晚，霜葉紅於二月花」之句。又在蔦橋舊居，春日新燕飛遶簷間，先姑誦劉夢得「舊時王謝堂前燕，飛入尋常百姓家」之句。至今每見紅葉與飛燕，輒思之。不但二詩寫景詠物之妙，亦先入之言爲主也。

還珠吟

張文昌還珠吟：「君知妾有夫，贈妾雙明珠。感君綢繆意，繫在繡羅襦。妾家高樓連苑起，良人執戟明光裏。還君明珠雙淚垂，何不相逢未嫁時。」予少日嘗擬樂府百篇，續還珠吟云：「妾身未嫁父母憐，妾身既嫁室家全。十載之前父爲主，十載之後夫爲天。平生未省窺門户，明珠何由到妾邊？還君明珠恨君意，閉門自咎涕漣漣。」鄉先生楊復初見而題其後云：「義正詞工，使張籍見之，亦當心服。」又爲序其編首，而百篇皆加評點，過蒙與進。先生元末鄉貢進士，洪武間擢知荆門州，卒於官。

華清宮

周伯弢三體詩，首載杜常華清宮詩，連用二「風」字，讀者不知其誤。曩見一善本，作「曉乘殘月入華清」，易此一字，殊覺氣味深長。

詠芭蕉

路德延，儋州巖相之姪。少日詠芭蕉詩云：「一種靈苗異，天然體性虚。葉如斜界紙，心似倒抽書。」爲時所稱。及巖廢黜，遂不復振，屢舉不第。賦詩云：「初騎竹馬詠芭蕉，曾忝名公誦滿朝。五字便容登要路，一枝還許折青霄。豈知流落萍蓬遠，不覺蹉跎歲月遥。國計未寧身未遇，竄身江海混漁樵。」自述其不得志也。晚依朱友寧，賦孩兒詩一百韻。或讒於友寧，謂以孩童喻之，竟以掇禍。然詩多佳句，如「共指雲生岫，齊呼月上天」。曲盡兒嬉之狀。又云：「項槖爲師日，甘羅拜相年。」亦有勸勉之意。但末句云：「明時方重德，勸爾減狂顛。」誠若譏之矣。

鼓吹續音

元遺山編唐鼓吹，專取七言律詩，郝天挺爲之註，世皆傳誦。少日效其制，取宋金元三朝名人所作，得一千二百首，分爲十二卷，號鼓吹續音。大家數有全集者，則約取之。其或一二首僅爲世所傳，其人可重，其事可記者，雖所作未盡善，則不忍棄去，存之以備數，此著述本意也。又謂「世人但知宗唐，於宋則棄不取。衆口一辭，至有詩盛於唐壞於宋之説。私獨不謂然，故於序文備舉前後二朝諸家所長，不減於唐者。附以己見，而請觀者參焉」。仍自爲八句題其後云：「騷選亡來雅道窮，尚於律體見遺風。半生莫售穿楊技，十載曾加刻楮功。此去未應無伯樂，後來當復有揚雄。吟窗玩味韋編絶，舉世宗唐恐未公。」既成，求觀者衆，轉相傳借。或有嫉之者，藏匿其半，因是遂散失不存。再欲裒集，無復是心矣。

宋仁宗昭陵

宋仁宗在位四十二年，民安俗阜，天下稱治。葬昭陵，有題詩道傍者曰：「農桑不擾歲常登，邊將無功吏不能。四十二年如夢過，春風吹淚灑昭陵。」惜其人姓名不傳。史臣贊之曰：「帝在位四十二年，吏治若媮惰，而任事蔑殘刻之人；刑法似縱弛，而決獄多平允之士。國未嘗無嬖俸，而不足以類治世之體；朝未嘗無小人，而不足以勝善類之氣。君臣上下，惻怛之心，忠厚之政，所以培壅國基者厚矣。」傳曰：「爲人君，止於仁。」帝誠無愧焉。厥後荆公變法，至詆爲不治之朝，甚矣其肆爲强辯而不顧也！

宣仁后上仙

宋宣仁太后上仙，置道場内殿。有長老升法座，一僧參問曰：「太后今歸何處？」對曰：「太后身歸佛法龍天上，心在兒孫社稷中。」舉朝稱善。

富貴氣象

晏元獻公詩，不用珍寶字，而自然有富貴氣象。如「梨花院落溶溶月，柳絮池塘淡淡風」，「樓臺側畔楊花過，簾幕中間燕子飛」等句。公嘗舉此謂人云：「貧兒家有此景致否？」晏叔原，公姪也。詞云：「舞低楊柳樓心月，歌罷桃花扇底風。」蓋得公所傳也。此二句，勾欄中多用作門對。

至寶丹

王岐公詩，喜用金玉珠翠等字，世謂之至寶丹。其子明之在姑蘇有所愛，比至京師，公强留之。逾時，作詩云：「黄金零落大刀頭，玉筯歸期畫到秋。紅錦寄魚風逆浪，紫簫吹鳳月當樓。伯勞知我經春別，香蠟窺人徹夜愁。好去渡江千里夢，滿天梅雨是蘇州。」句意甚工，而富豔奇巧。蓋得公家法也。

漁家傲

范文正公守延安，作漁家傲詞曰：「塞上秋來風景異，衡陽雁去無留意。四面邊聲連角起，千障裏，寒烟落日孤城閉。濁酒一盃家萬里，燕然未勒歸無計。羌管悠悠霜滿地，人不寐，將軍白髮征夫淚。」予久羈關外，每誦此詞，風景宛然在目，未嘗不爲之慨歎也。然句語雖工，而意殊衰颯，以總帥而所言若此，宜乎士氣之不振，所以卒無成功也。歐陽文忠呼爲「窮塞主」之詞，信哉！及王尚書守平涼，文忠亦作漁家傲詞送之，末云：「戰勝歸來飛捷奏，傾賀酒，玉階遥獻南山壽。」謂王曰：「此真元帥之事也。」豈記嘗譏范詞，故爲是以矯之歟？

謝公墩

王荆公詠謝公墩云：「我名公字偶相同，我屋公墩在眼中。公去我來墩屬我，不應墩姓尚隨公。」或謂荆公好與人争，在朝則與諸公争新法，在野則與謝公争墩，亦善謔也。然公詠史云：「穰侯老擅關中事，長恐諸侯客子來。我亦暮年專一壑，每逢車馬便驚猜。」則公不獨欲專朝廷，雖邱壑亦欲專而有之，蓋生性然也。

詠鵶詠魚

荆公詠鵶云：「依倚秋風氣勢豪，似欺黄雀在蓬蒿。不知羽翼青冥上，腐鼠相隨勢亦高。」又詠小魚云：「遶岸車鳴水欲乾，魚兒相逐尚相歡。無人挈入滄溟去，汝死那知世界寬。」二詩皆託物興詞，而有深意。

詠塔自喻

荆公詠北高峯塔云：「飛來峯上千尋塔，聞説鷄鳴見日升。不畏浮雲遮望眼，自緣身在最高層。」鄭丞相清之詠六和塔云：「經過塔下幾春秋，每恨無因到上頭。今日始知高處險，不如歸卧舊林邱。」二詩皆自喻，荆公作於未大用前，安晚作於既大用後，然卒皆如其意，不徒作也。

一日歸行

荆公一日歸行云：「賤貧奔走食與衣，百日奔走一日歸。生平歡意苦未盡，正欲老大相因依。空房蕭颯施繐帷，青燈半夜哭聲稀。音容想像知何處，地下相逢果是非。」劉須溪云：「此悼亡作也，古無復悲如此者。」傅汝礪憶内云：「湘皐烟草碧紛紛，淚灑東風憶細君。浪説嫦娥能入月，虚疑神女解爲雲。花陰晝坐閒金翦，竹裏春遊冷翠裙。留得舊時殘錦在，傷心不忍讀迴文。」真致雖不及，而悽惋過之。予自遭難，與内子阻隔十有八年，謫居山後，路遠弗及迎取，不意遂成永别。祭文云：「花冠繡服，享榮華之日淺；荆釵布裙，守困厄之時多。忍死獨居，尚圖一見，叙久别之舊事，講垂死之餘歡。促膝以擁寒爐，齊眉以酌春釀。」蓋祖荆公詩意也。及讀汝礪詩，而益加悲惻焉。

温公挽詞

吕獻可爲中丞，因劾王荆公被黜。後卧病，以手書託司馬温公以墓銘。温公亟省之，已瞑目矣。温公呼之曰：「更有以見屬乎？」復張目曰：「天下事，尚可爲，君實勉之。」後温公相天下，再致元祐之盛，而獻可不及見矣。及温公薨，獻可之子由庚作挽詩云：「地下相逢中執法，爲言今日再昇平。」蓋記其先人之言也。讀者悲之！

歸田詩話卷中

廬山瀑布

太白廬山瀑布詩後，徐凝有「一條界破青山色」之句。東坡云：「帝遣銀河一派垂，古今惟有謫仙詞。飛流濺沫知多少？不爲徐凝洗惡詩。」及其自題漱玉亭云：「擘開青玉峽，飛出兩玉龍。蕩蕩白銀闕，沉沉水晶宫。願隨琴高生，脚踏赤鯶公。手持白芙蕖，跳下清泠中。」意氣偉然，真可以追蹤太白矣。然太白又有「海風吹不斷，山月照還空」，亦奇妙句，惜世少稱之者。

與李之儀簡

東坡詩云：「小兒不識愁，起坐牽我衣。我欲嗔小兒，老妻勸兒癡。兒癡君更甚，不樂復何爲？還坐愧此言，洗盞當我前。大勝劉伶婦，區區爲酒錢。」其曠達如此。又與李之儀小簡云：「伏惟起居佳勝，眷聚各安慶。無他祝，惟保愛之外，酌酒與婦飲。尚勝俗侶對梅二丈詩云爾。」梅二丈謂聖俞也。

東坡傲世

韓文公上佛骨表，憲宗怒，遠謫，行次藍關，示姪孫湘云：「一封朝奏九重天，夕貶潮陽路八千。欲爲聖明除弊政，肯將衰朽惜殘年。雲橫秦嶺家何在？雪擁藍關馬不前。知汝遠來應有意，好收吾骨瘴江邊。」又題臨瀧寺云：「不覺離家已五千，仍將衰病入瀧船。潮陽未到吾能說，海氣昏昏水拍天。」讀之令人悽然傷感。東坡則放曠不羈，出獄和韻，卽云：「却對酒盃渾似夢，試拈詩筆已如神。」方以詩得罪，而所言如此。又云：「却笑睢陽老從事，爲予投檄向江西。」不以爲悲而以爲笑，何也？至惠州云：「日啖荔枝三百顆，不妨長作嶺南人。」渡海云：「九死南荒吾不恨，兹遊奇絶冠平生。」方負罪戾，而傲世自得如此。雖曰「取快一時」，而中含戲侮，不可以爲法也。

詩無愁恨意

東坡詩云：「寂寂東坡一病翁，白頭蕭散滿霜風。兒童誤喜朱顔在，一笑那知是酒紅。」又云：「公退清閒如致仕，酒餘歡適似還鄉㊀。不妨更有安心法，臥對縈簾一炷香。」皆言閒退而無愁恨之思。至黃山谷則云：「老色日上面，歡悰日去心。今既不如昔，後當不如今。」讀之令人慘然不樂。

㈠「酒餘歡適」原作「酒歡餘適」，據知不足齋本改。

浣花醉歸圖

山谷題浣花醉歸圖云：「中原未得平安報，醉裏眉攢萬國愁。」能道出少陵心事。趙子昂詩云：「江花江草詩千首，老盡平生用世心。」亦髣髴得之。

後山不背南豐

陳後山少爲曾南豐所知，東坡愛其才，欲牢籠於門下，不屈，有「向來一瓣香，敬爲曾南豐」之句。又妾薄命云：「主家十二樓，一身當三千。忍著主衣裳，爲人作春妍。」亦爲南豐作。然送東坡則云：「一代不數人，百年能幾見？風帆目力盡，江空歲年晚。」推重向慕甚至，特不肯背南豐爾，志節可尚也。一生清苦，妻子寄食外家，寄外舅郭大夫云：「嫁女不離家，生男已當户。」得家信云：「深知報消息，不敢問何如？」況味可知也。詩格極高。吕本中選江西宗派，以嗣山谷，非一時諸人所及。

陳秦才思之異

「閉門覓句陳無己，對客揮毫秦少游。」山谷詩，喻二人才思遲速之異也。後山詩如「壞牆得雨蝸成字，古屋無人燕作家」，寥落之狀可想。淮海詩如「翡翠側身窺绿酒，蜻蜓偷眼避紅妝」，豔冶之情可見。二人他作亦多類此。後山宿齋宫，驟寒，或送綿半臂，却之不服，竟感疾而終。淮海謫藤州，以玉盂汲水，笑視而卒。二人於臨終屯泰不同又如此，信乎各有造物也。

崇徽公主手痕

歐陽文忠公題崇徽公主手痕云：「玉顔自古爲身累，肉食何嘗預國謀？」朱文公云：「以議論言之，第一等議論；以詩言之，第一等詩。」其全篇云：「故鄉飛鳥尚啁啾，何況悲笳出塞愁。青塚芳魂知不返，翠崖遺跡爲誰留？玉顔自昔爲身累，肉食何嘗預國謀？行路至今空歎息，巖花野草自春秋。」全篇前後亦相稱。公主僕固懷恩女，唐代宗册立之，以嫁吐蕃，此其出塞時所記云。

李留後知鄆州

「北州從事藹家聲，東土還聞政有成。組甲光寒圍夜帳，綵旗風暖看春耕。金釵墜鬢分行立，玉塵談詩四座傾。富貴常情誰不愛？羨君蕭灑有餘清。」此歐公送李留後知鄆州詩也。公語人云：「人開口好言富貴，如此詩所誇，清而不俗，非善處富貴者不能也。」

燕子樓

陳薦彦升彭城八詠，惟燕子樓全篇皆佳。「僕射新阡狐兔遊，侍兒猶在水邊樓。風清玉簟慵欹枕，月好珠簾懶上鉤。殘夢覺來滄海闊，新詩吟罷紫蘭秋。樂天才思如春雨，斷送芳華一夜休。」薩天錫過彭城一絶云：「雪白楊花撲馬頭，行人春盡過徐州。夜深一片城頭月，曾照張家燕子樓。」亦脱灑可誦。

詠二石

陳克子高題三品石云：「臨春結綺今何在？屹立亭亭終不改。可憐江令負君恩，白頭仍作北朝臣。」題望夫石云：「望夫處，江悠悠，化爲石，不回頭。山頭日日風和雨，行人歸來石應語。」二詩皆超出常格，而意警拔，不與諸作同。

周公禮樂

蔡京當國，倡爲豐亨豫大之説，以肆蠱惑。其生日，天下郡國皆有饋獻，號「太師生辰綱」，富侈可知也。文士錦囊玉軸，競進詩詞。獨喜周邦彦詩云：「化行禹貢山川外，人在周公禮樂中。」及燕山之役，其子攸與童貫北征，京寄詩云：「百年盟誓宜深慮，六月師徒盍少休。緇衣堂下風光美，及早歸來捧壽甌。」既知伐遼爲非策，不於朝廷明言之，而私以諭其子，誤國不忠甚矣，周公禮樂安在哉？張商英拜相，唐子西作内前行云：「周公禮樂未要作，置身姚宋亦不惡。」蓋謂周公未易學得，如姚宋亦可矣。詞旨輕重，要當如是，徒爲媚竈語，何益之有！

村學堂

曹組元寵題村學堂圖云：「此老方扪蝨，衆雛争附火。想當訓誨間，都都平丈我。」語雖調笑，而曲盡村俗之狀。近吴敬夫一聯云：「闌干苜蓿先生飯，顛倒天吴稚子衣。」其景況可想也。

金明池

金明池爲宋東京遊賞之地，當時有詩云：「柳外雕鞍公子過，水邊紈扇麗人行。」風景可以想見。又有人送邊帥赴任云：「前隊貔貅銜曉色，後車鶯燕雜春聲。」行色之盛，宛然在目。惜全篇不傳。

荔支詩讖

徽宗於禁苑植荔支，結實以賜燕帥王安中。御製詩云：「葆和殿下荔支丹，文武衣冠被百蠻。思與近臣同此味，紅塵飛鞚過燕山。」蓋用樊川「一騎紅塵妃子笑，無人知道荔支來」句意，竟成語讖。

杏花二聯

陳簡齋詩云：「客子光陰詩卷裏，杏花消息雨聲中。」陸放翁詩云：「小樓一夜聽春雨，深巷明朝賣杏花。」皆佳句也，惜全篇不稱。葉靖逸詩：「春色滿園關不住，一枝紅杏出牆來。」戴石屏詩：「一冬天氣如春暖，昨日街頭賣杏花。」句意亦佳，可以追及之。

中興頌詩誤

磨崖中興碑，黃張二大篇，爲世傳誦，然各有誤。山谷云：「南内凄涼誰得知？」按李輔國遷上皇居西内，非南内也。文潛云：「玉環妖血無人掃。」按貴妃於佛堂前縊死，非濺血也。南渡後，于湖張安國一篇，世少知者。詩云：「錦棚兒啼思塞酥，重牀燎香驅羣胡。黃裙錦襪無尋處，一夜驚眠摇帳柱。朔方天子神爲謀，三郎歸來長慶樓。樓前拜舞作奇祟，中興之功不贖罪。日光玉潔十丈碑，蛟龍蟠拏與天齊。北望神京雙淚落，太息何人老文學？」可繼黄張之後。

感興詩論二教

朱文公感興詩，其間二篇云：「飄飄學仙侶，遺世在雲山。盗啓元命秘，竊當生死關。金鼎蟠龍虎，三年養神丹。刀圭一入口，白日生羽翰。我欲往從之，脱屣諒非難。但恐逆天道，偷生詎能安？」「西方論緣業，卑卑喻羣愚。流傳世代久，梯接凌空虚。顧盼指心性，名言超有無。捷徑一以開，靡然世争趨。號空不踐實，躓彼荆棘塗。誰哉繼三聖，爲我焚其書。」論二教之害，然亦有輕重。

多景樓

龍洲劉改之鎮江多景樓詩云：「江流千古英雄淚，山掩諸公富貴羞。」蓋自吴晉以來，立國於南者，恃長江天險，兢兢保守。北望中原，置之度外，況沙漠之境，氈毳之域哉？詩意蓋深寓此恨也。及至我朝太祖命將出師，直抵塞外，太宗親征，遠逾漠北，名王貴族，悉來歸附，龍沙之地，蕩然一空，奇功偉績，真所謂「雪恥酬百王，成功冠千古」者矣。或以爲自古但聞北併南，不聞有南併北者，謬論也。

三高亭

吴江三高亭，祠越范蠡、晉張翰、唐陸龜蒙，或題一詩於上云：「人誚吴癡信不虚，追崇越相果何如？千年家國無窮恨，只合江邊祀子胥。」自後過者閣筆。

沈園感舊

陸放翁晚年過沈園二絶句云：「落日城頭畫角哀，沈園非復舊池臺。傷心橋下春波緑，曾見驚鴻照影來。」「夢斷香消四十年，沈園柳老不吹綿。此身行作稽山土，猶弔遺蹤一泫然。」詩意極哀怨。初不曉所謂，後見劉克莊續詩話，謂翁初婚某氏，伉儷相得，而失意於舅姑，竟出之。某氏改事人，後遊沈園，邂逅相遇，翁作詞有「錯，錯，錯」，「莫，莫，莫」之句，蓋終不能忘情焉爾。翁得年最高，有句云：「世味掃除和蠟盡，生涯零落併錐空。」「老病已全惟欠死，貪嗔雖去尚餘癡。」「客從謝事歸時散，詩到無人愛處工。」予垂老流落，途窮歲晚，每誦此數聯，輒爲之悽然，似爲予設也。

瀘溪送澹菴

王瀘溪送胡忠簡謫嶺表二詩，有「癡兒不了公家事，男子要爲天下奇」之句，秦檜見而大惡之，以謗訕流辰州。二詩人皆傳誦，忠簡和韻，少有見者。詩云：「巖耕名已振京闕，未信終身袖手閒。萬卷不移顏氏樂，一生無愧伯夷班。致君自許唐虞上，待我誰能季孟間。宗社年來欠元老，蒼生拭目看來還。」「士氣年來弱不支，逢時言行欲俱危。不因湖外三年謫，安得江南一段奇？非我獨清緣世濁，此心誰識只天知。萬牛回首須公起，大厦將顛要力持。」清峭警拔，與前詩相稱。瀘溪在辰州，人争迎以爲師。孝宗更化，許自便。光宗即位，忠簡薦之，召對便殿，除直敷文閣，年已九十餘矣。

龍洲送簡卿

劉改之送王簡卿歸天台二詩，辛稼軒致書云：「送王侍郎詩偉甚，真所謂『横空排硬語，妥帖力排奡』者也。」詩云：「欲數人才難屈指，有如公者又東歸。班行失士國輕重，道路不言心是非。載酒青山隨處飲，吟詩玉麈爲誰揮？歸期趁得東風早，莫放梅花一片飛。」「千巖萬壑天台路，一日分爲兩日程。事可語人酬對易，面無慚色去留輕。放開筆下閒風月，收斂胸中舊甲兵。世事看來忙不得，百年到手是功名。」予以爲可繼王瀘溪送胡澹菴詩後。又高九萬送方秋崖以諫去國云：「忠言歷歷未曾行，盡載圖書出帝京。餘子但知才可忌，先生當以去爲榮。門闌竹石關心久，部曲溪山照眼明。長嘯歸歟莫惆悵，浙江風定自潮平。」時人以爲不下劉龍洲送王侍郎歸天台詩，然規模機軸，皆自李師中送唐御史詩來。

姜白石雲山句

姜堯章詩云：「小山不能雲，大山半爲天。」造語奇特。王從周亦云：「未知真是嶽，祇見半爲雲。」似頗近之。然較之唐人「野水多於地，春山半是雲」之句，殊覺安閒有味也。

戴石屏奇對

戴式之嘗見夕照映山，峯巒重疊，得句云：「夕陽山外山。」自以爲奇，欲以「塵世夢中夢」對之，而不愜意。後行村中，春雨方霽，行潦縱横，得「春水渡傍渡」之句，以對，上下始相稱。然須實歷此境，方見其奇妙。

劉後村書所見

後村劉克莊絶句云：「新剃闍黎頂尚青，滿村聽講法華經。那知世有彌天釋，萬衲如雲座下聽。」謂小道易惑衆，而不知有大道也。又云：「刮膜良方直萬金，國醫曾費一生心。誰知壟髻擕筬者，也有盲人問點鍼。」謂精藝難成，而小藝亦可售也。又云：「黄童白叟往來忙，負鼓盲翁正作場。死後是非誰管得，滿村聽説蔡中郎。」亦可感歎云。廷博案：後一詩亦見陸放翁集中。

龐右甫過汴京

「蒼龍觀闕東風裏，黄道星辰北斗邊。月照九衢平似水，胡兒吹笛内門前。」此宋龐右甫過汴京詩也，甚感慨有味。楊仲弘作紀夢詩，乃全用其一聯，何也？

陸秀夫殉國

宋衞王即位海上，秀夫爲首相。時播越海濱，庶事疏略，每朝會，秀夫獨儼然正立如治朝，雖流離中，猶日書大學章句以勸講。及厓山兵潰，秀夫先驅其妻子入海，卽負帝同溺。或畫爲圖者，石田林景熙賦詩云：「紫宸黄閣共樓船，海氣昏昏日月偏。平地已無行在所，丹心猶數中興年。生藏魚腹不見水，死抱龍髯直上天。板蕩純臣有如此，流芳千古更無前。」詞嚴義正，足以發明其心事云。

家鉉翁持節

元兵南下，次高亭，宋朝納降。吴堅爲左相，家鉉翁爲參政，與賈餘慶劉岊爲祈請使北行。文天祥詩云：「當代老儒居首揆，殿前陪拜率公卿。」又云：「程嬰存趙真公志，賴有忠良壯此行。」前謂吴，後謂家也。至北，鉉翁抗節不屈，拘留河間。世祖崩，成宗卽位，始賜衣服，遣還鄉里，年逾八十矣。林景熙有詩送之云：「瀕死孤臣雪滿顛，冰氈齧盡偶生全。衣冠萬里風塵老，名節千年日月懸。清唳秋荒遼海鶴，古魂春冷蜀山鵑。歸來親舊驚相問，禾黍離離夕照邊。」可謂不負文山所期矣。

汪水雲賜還

水雲汪元量，宋亡，以善琴召赴大都，見世祖，不願仕，賜黄冠遣還。幼主送詩云：「黄金臺上客，底事又思家。歸問林和靖，寒梅幾度花？」宋宫人多以詩送行者，有云：「客有黄金共璧懷，如何不肯贖奴回？今朝且盡穹廬酒，後夜相思無此杯。」意極悽惋。元量有詩一帙，皆敍宋亡事。如云：「亂點傳籌殺六更，風吹庭燎滅還明。侍臣奏罷降元表，臣妾簽名謝道清。」餘詩大抵類是，可備野史。元馬昜之題其帙後云：「三日錢塘海不波，子嬰繫組納山河。兵臨魯國猶絃誦，客過商墟獨嘯歌。鐵馬渡江功赫奕，銅人辭漢淚滂沱。知章喜得黃冠賜，野水閒雲一釣蓑。」廷博案：汪元量有湖山類稿五卷，水雲集一卷，予曾重刻以傳。

東魯遺黎

信雲父，山東人，元兵南下，爲張宏範元帥館客。文山被獲，宏範命雲父款待之。日侍談論，頗有向南之意。贈文山詩云：「宗廟有靈賢相出，黔黎無患太皇明。」文山因教以詩法，即領悟，作樂府云：「東風吹落花，紛紛辭故枝。莫怨東風惡，花有再開時。」文山稱賞，因贈以詩云：「東魯遺黎老子孫，南方心事北方身。幾多江左腰金客，便把君王作路人。」蓋是時宋臣或有反面事北者。文山詩云：「遺老猶應愧蜂蟻，故人久已化豺狼。」又云：「黑頭汝自誇江令，冷齒人猶笑褚公。」皆有所指也。

敍金末事

元遺山在金末，親見國家殘破，詩多感愴。如云「高原水出山河改，戰地風來草木腥」，「花啼杜宇歸來血，樹挂蒼龍蛻後鱗」，「白骨又多兵死鬼，青山元有地行仙」，「燕南趙北無全士，王後盧前總故人」，皆寓悲愴之意。至云「神功聖德三千牘，大定明昌五十年」，不忘前朝之盛，亦可念也。

岳鄂王墓

岳王墓詩，自董静傳「如公更緩須臾死，此虜安能八十年」之後，廷博案：此聯係宋葉紹翁詩，静傳詩在西湖百詠，可考也。趙子昂「南渡君臣輕社稷，中原父老望旌旗」，世皆稱誦。和者二人，亦傑作也。徐孟岳云：「童大王回事已離，岳將軍死勢尤危。直教萬歲山頭雀，去遶黃龍塞上旗。飲馬徒聞腥鞏洛，洗兵無復望條支。湖邊一把摧殘骨，蓋世功成百世悲。」高則誠云：「莫向中州唱黍離，英雄生死繫安危。内廷不下頒師詔，絶漠全收大將旗。父子一門甘伏節，山河千里竟分支。孤臣尚有埋身地，二帝遊魂更可悲。」少日過葛嶺，憶有人和韻題墓上云：「山前有客祠彭越，塞上無人斬郅支。」和「支」字韻亦佳。當時不能全記，再過之，則已墁之矣。又有人爲排律一首云：「北狩君親遠，南遷將相夸。偷安依鳳巘，抱恨寄龍沙。咨岳歸神器，遭秦載鬼車。」結句云：「太師墳上土，遺臭遍天涯。」蓋江海自蔡州回，駐軍牧牛亭，命軍士於秦檜塚上便溺以快意，人因謂之「遺臭塚」云。

吴越王畫像

臨安縣城北觀音寺吴越武肅王畫像，精神雄偉，儼然如生。有僧題八句於上云：「天與精忠不等閒，手提一劍定江山。國開吴越風塵際，功在桓文伯仲間。鐵券金書藏策府，錦衣玉節照鄉關。猶將忠孝遺身後，曾謂曹瞞作老姦。」結句謂錢俶納土，得謚忠孝，而不曉曹瞞老姦何謂？後閱郡志，武肅嘗晝寢假寐，爐火燂湯於前。有童子侍側，見湯沸，恐驚寢，連以水沃之。武肅窺見其所爲，後以他事殺是童子，每見其現形，武肅曰：「吾在軍旅殺人多矣，絶無影響，此童乃獨能如是！」遂封爲本縣城隍神。此事與魏武佯睡而殺覆被美人相類，蓋藏伏機心以試人，此姦雄所爲，或恐指此。

宋故宫

先叔祖士衡和楊廉夫宋故宫詩云㊀：「歌舞樓臺擬汴州，可憐蠻觸戰蝸牛。臨書玉枕雕簷静，行酒青衣罽帳愁。卷土自應從亶父，滔天誰復放驩兜。臺空樹老寒鴉集，落日白波江上秋。」廉夫喜其和「兜」字韻勝。蓋廉夫詩用紅兜字，元廢宋宫爲佛寺，西僧皆戴紅兜帽也。然結句更遒健。

㊀「宫」字原脱，據知不足齋本補。

靈巖寺

姑蘇靈巖寺，館娃宮舊基也。吳僧舟別岸一詩云：「白晝娃宮宴未旋，東風吹下越來船。捧心方妒三千女，嘗膽誰知二十年？花暗屧廊蜂蝶困，草深香徑鹿麋眠。憑欄一段傷心事，都在西山夕照邊。」用意遣詞甚佳。貢有初嘗爲予稱誦之。

鸚鵡洲

崔塗鸚鵡洲詩云：「曹瞞尚不能容物，黃祖何由解愛才？」後無繼之者。陳剛中一篇云：「大江東南來，孤洲屹枯蘚。中有千載人，殘骨寄偃蹇。惟漢黨錮禍，薦紳半摧殄。況復啖葛奴，盡使羽翼翦。天乎鸑鳳姿，乃此侶猰犬。想當落筆時，酒酣玉色洒。鸚鵡何足詠，僅以雕蟲顯。我來策蓬顆，清淚凄以泫。尚恨迷幾先，不爲無道卷。賢哉龐德公，一犁老襄峴。」詞語跌宕，議論老成，佳作也。

子昂書歸來辭

趙子昂以宋王孫仕元朝，擅名詞翰。嘗書淵明歸去來辭，得者珍藏之。有僧題絶句於後云：「典午山河半已墟，褰裳宵逝望歸廬。翰林學士宋公子，好事多應醉裏書。」後人不復著筆。

虞伯生草詔

虞伯生際遇文宗，置奎章閣爲學士。天曆至順間，文治蔚然可觀。順帝爲明宗子，文宗忌之，遠竄海南。詔書有曰：「明宗在北之時，自以爲非其子。」伯生筆也。文宗晏駕，寧宗立，八月崩，國人迎順帝立之。帝入太廟，斥去文宗神主，而命四方毀棄舊詔。伯生時在江西，以皮繩栓腰，馬尾縫眼，夾兩馬間，逮捕至大都，嫉之者爲十七字詩曰：「自謂非其子，如今作天子。傳語老蠻子，請死。」至則以文宗親改詔藁呈，順帝覽之曰：「此朕家事，外人豈知？」遂得釋。兩目由是喪明，不復能楷書。此與宋晏殊撰李宸妃碑事相類。妃實誕仁宗，而殊承章獻太后旨，謂妃無子，生一公主早卒。仁宗雖甚恨之，而卒不重罪，皆盛德事也。

薩天錫紀事

薩天錫以宮詞得名，其詩清新綺麗，自成一家，大率相類。惟紀事一首，直言時事不諱。詩云：「當年鐵馬遊沙漠，萬里歸來會二龍。周氏君臣空守信，漢家兄弟不相容。祇知奉璽傳三讓，豈料遊魂隔九重？天上武皇亦灑淚，世間骨肉可相逢？」蓋泰定帝崩於上都，文宗自江陵入據大都，而兄周王遠在沙漠，乃權攝位，而遣使迎之。下詔四方云：「謹俟大兄之至，以遂固讓之心。」及周王至，迎見於上都，歡宴一夕，暴卒。復下詔曰：「夫何相見之頃？宫車弗駕，加謚明宗。」文宗遂即真，皆武宗子也。故天錫末句云然。

歸田詩話卷下

翰院憶江南

虞邵菴在翰林有詩云：「屏風圍坐鬢毿毿，銀燭燒殘照暮酣。京國多年情盡改，忽聽春雨憶江南。」又作風入松詞云：「畫堂紅袖倚清酣，華髮不勝簪。幾回晚直金鑾殿，東風軟花裏停驂。書詔許傳宮燭，輕羅初試朝衫。御溝冰泮水挼藍，飛燕語呢喃。重重簾幕寒猶在，憑誰寄銀字泥緘？報道先生歸也，杏花春雨江南。」蓋卽詩意也，但繁簡不同爾。曾見機坊以詞織成帕，爲時所貴重如此。張仲舉詞云：「但留意江南，杏花春雨，和淚在羅帕。」卽指此也。

退朝口號

邵菴退朝口號云：「雨浥輕塵道未乾，朝回隨處借花看。牆東千樹垂楊柳，飛絮來時近馬鞍。」「日出風生太液波，畫橋影裏綵船過。橋頭柳色深如許，應是偏承雨露多。」少日在四明從王叔載先生學詩，先生舉此詩數首云：「細讀而詳味之，如醉後厭飫珍羞，而食宣州雪梨相似，爽口可愛也。」又云：「元朝諸人詩，雖以范楊虞揭並稱，然光芒變化，諸體咸備，當推道園，如宋朝之有坡公也。」予謹識之，久而益信。

宗陽宮玩月

楊仲弘以宗陽宮玩月詩得名，然他作如「風雨五更鷄亂叫，江湖千里鴈相呼」，「挾書萬里朝明主，仗劍三年別故鄉」，「窗間夜雨消銀燭，城上春雲壓綵旗」，「空桑說法黃龍聽，貝葉繙經白馬馱」，沉雄典實，先叔祖每稱之。長篇如古牆行梅梁歌，亦皆爲時所推許。夫人瞿氏，予祖姑也，嘗以仲弘親筆草藁數紙授予，字畫端謹，而前後點竄幾盡，蓋不苟作如是。

羅刹江潮

錢思復以浙江潮賦得名，起句云：「維羅刹之巨江兮，實發源於太末。」試官喜之，遂中選。蓋滿場無知羅刹爲浙江別號者。後作西湖竹枝曲云：「阿姊住近段家橋。」先伯元範戲之云：「此段家橋創見，却與羅刹江不同也。」蓋西湖斷橋，以唐人詩「斷橋荒草合」得名，亦謂孤山路至此而盡，非有所謂段家者。竹枝曲凡十章，皆佳作。首章云：「阿姊住近段家橋，山妒蛾眉柳妒腰。黃龍洞前黑雲起，早回家去怕風潮。」予時年幼，愛而盡和之。首章云：「昨夜相逢第一橋，自將羅帶繫郎腰。願郎得似長江水，日日如期兩度潮。」甚爲思復稱獎。思復號心白道人，張氏據吳，遂不仕，退居吳江筒川，與楊廉夫唱和。有句云：「笠澤水寒魚尾赤，洞庭霜落樹頭紅。」又云：「漢史丁公那及齒，陶詩甲子不書元。」蓋感時事也。

香奩八題

楊廉夫晚年居松江，有四妾：竹枝柳枝桃花杏花，皆能聲樂。乘大畫舫，恣意所之，豪門巨室，争相迎致。時人有詩云：「竹枝柳枝桃杏花，吹彈歌舞撥琵琶。可憐一解楊夫子，變作江南散樂家。」或過杭，必訪予叔祖，宴飲傳桂堂，留連累日。嘗以香奩八題見示，予依其體，作八詩以呈。藁附家集中，忘之久矣。今尚記數聯，花塵春跡云：「燕尾點波微有暈，鳳頭踏月悄無聲。」黛眉顰色云：「恨從張敞毫邊起，春向梁鴻案上生。」金錢卜歡云：「織錦軒窗聞笑語，採蘋洲渚聽愁吁。」香頰啼痕云：「斑斑湘竹非因雨，點點楊花不是春。」廉夫加稱賞，謂叔祖云：「此君家千里駒也。」因以「鞋盃」命題。予製沁園春以呈。大喜，即命侍妓歌以行酒。詞云：「一掬嬌春，弓樣新裁，蓮步未移。笑書生量窄，愛渠儘小；主人情重，酌我休遲。醞釀朝雲，斟量暮雨，能使麴生風味奇。何須去，向花塵留跡，月地偷期。風流到手偏宜，便豪吸雄吞不用辭。任凌波南浦，惟誇羅襪；賞花上苑，祇勸金卮。羅帕高擎，銀瓶低注，絶勝翠裙深掩時。華筵散，奈此心先醉，此恨誰知？」歡飲而罷，袖其藁以去。

雨淋鶴

張仲舉，至正初爲集慶路學訓導，御史下學點視廩膳，鄕齋出對云：「豕冠點饌。」是日適用驢肉，仲舉戲續云：「驢肉作羹。」御史聞之大怒，欲逮捕之，乘夜逃奔揚州。時揚州方全盛，衆素聞其名，皆延致之。仲舉肢體昂藏，行則偏竦一肩，衆爲詩以譏笑之。惟韓介玉一絶云：「垂柳陰陰翠拂簷，倚欄紅袖玉纖纖。先生掉臂長街上，十里朱樓盡下簾。」坐中皆失笑。時有相士在座，或曰：「仲舉病鶴形也。」相士曰：「不然，此雨淋鶴形，雨霽則沖霄矣。」後入大都，致位貴顯，果如其言。

歌風臺

張光弼廬陵人，至正間，爲浙省員外。張氏專擅，棄位不仕，以詩酒自娱，號一笑居士。有詩云：「一陣東風一陣寒，芭蕉長過石闌干。只消幾度瞢騰醉，看得春光到牡丹。」蓋言時事也。一日，作歌風臺詩，乘醉來過，爲予朗誦之。詩云：「世間快意寧有此，亭長還鄕作天子。沛宫不樂復何爲？諸母父兄知舊事。酒酣起舞和兒歌，眼中盡是漢山河。韓彭誅夷黥布戮，且喜壯士今無多。縱酒極歡留十日，慷慨傷懷淚沾臆。萬乘旌旗不自尊，魂魄猶爲故鄕惜。由來樂極易生哀，泗水東流不再回。萬歲千秋誰不念，古之帝王安在哉？莓苔石刻今如許，幾度西風灞陵雨。漢家社稷四百年，荒臺猶是開基處。」蓋得意所作，豪邁跌宕，與題相稱。又嘗作唐宫詞數首，爲予誦之。中間云：「可憐三首清平調，不博西涼酒一盃。」予曰：「太白於沈香亭應制，親得御手調羹，貴妃捧硯，力士脱靴，不可謂不遇，何必『西涼酒一盃』乎？」光弼亦大笑。嘗曰：「吾死埋骨西湖，題曰：『詩人張員外墓』足矣。」後亦如其言。

蘆花被

亡友邱彦能藏蘆花被圖，蓋模寫酸齋梁山濼故事。貢泰甫首題律詩一首，吴子立繼之，其餘數首而已。彦能寶惜此卷，不妄與人題，後遇吴敬夫，以其有詩名，出而求題。敬夫爲賦數首，皆不愜意。最後一首云：「秋風吟就蘆花被，一落人間知幾年？澤國江山今入畫，詩人毛骨久成仙。高情已落滄洲外，舊夢猶迷白鳥邊。展卷不知時世换，水光山色故依然。」彦能喜，始請登於卷。彦能嘗以唐三學士弈棋圖求題，予爲賦絶句云：「三人當局各藏機，思入幽玄下子遲。畢竟是誰高一著，風簷日影静中移。」彦能歎賞。敬夫亦以雪詩見示，予和其「西」字韻云：「夜静有舟來剡曲，時平無馬入淮西。」敬夫亦加譽焉。予時年甚少，敬夫爲鄉前輩，彦能亦倍年以長。二人墓有宿草久矣，因念舊交，爲之慨然。

鍾馗圖

鄉丈凌彥翀，名雲翰，號柘軒。至正間，以周易經與士衡叔祖同登浙省鄉榜，授平江路學正，不赴。才高而學博，爲鄉黨所推。一日來訪叔祖不在，以所和石湖田園雜興詩一帙留寄舍下。數日，予盡和之。及見，大驚，喜爲作序文於前，因是遂刮目相視，且歎叔祖之不能盡知也。繼以梅詞霜天曉角一百首，柳詞柳梢青一百首，號梅柳争春者，屬予和之。予亦依韻和就，大加賞拔。予視先生猶大父行，而先生不以齒德自居，過以小友見待，每於諸長上前，稱之不容口，喜後進之有人也。洪武庚申冬，爲人題鍾馗圖云：「朔風吹沙目欲眯，官柳摇金梅綻蕊。終南進士倔然起，帶束藍袍靴露趾。手掣硬黄書一紙，若曰上帝錫爾祉。蝟磔于思含老齒，頣指守門荼與壘，肯放妖狐摇九尾。一聲爆竹人盡靡，明日春光萬餘里。」不數日，爲鄉人官於外郡者飛舉。里胥臨門，不容辭避，迫脅上路，到京授四川學官，遂成詩讖。在任以乏貢舉謫南荒以卒，歸骨西湖。予送之葬，有絶句云：「一去西川隔夜臺，忍看白璧瘞蒼苔。酒朋詩友凋零盡，只有存齋冒雨來。」蓋感知己也。

吴敬夫父子

吴敬夫之子慥，爲官四川，敬夫思之，作詩云：「劍閣凌雲鳥道邊，路難聞説上青天。山川萬里身如寄，鴻鴈三秋信不傳。落葉打窗風似雨，孤燈背壁夜如年。老懷一掬鍾情淚，幾度沾衣獨泫然。」嘗爲予誦之。敬夫卒，慥丁憂還家訪予，自誦其詩曰：「薄宦蕭然作遠遊，行囊那得一錢留？孟光不比蘇秦婦，肯笑歸來只敝裘。」自誇其廉，且矜其妻之賢也。予因舉敬夫前詩，謂曰：「尊翁有念子之情，而子乃獨歸美其婦，何耶？」慥慚笑而去。

桂孟平題新話

庚辰歲秋，權停江北五布司學校。予在河南，孟平在山東，各齎學印赴禮部交納。孟平訪予於大中街旅舍，相見甚歡。予置酒，出紀行返棹編示之，孟平贈詩，有「江湖得趣詩盈卷，故舊忘懷酒滿樽」之句。予後授太學助教，孟平授谷府奉祠，寄小詞，末句云：「捲起緑袍袖，舞個大齋郎。」粼堂王達善助教亦好作詞，見之大笑，喜其善謔也。孟平刻意於詩，有日課之工，嘗手書百篇寄予。孟平後卒於長沙，予亦遭難，家事零落，所寄詩亦被人取去。獨題翦燈新話長篇載在卷首，幸而存焉，乃訓導錢塘邑庠日所作也，備録於此，以寓鄰笛之悲云。「山陽才人疇與侶，開口爲今閨爲古。春以桃花染性情，秋將桂子薫言語。感離撫遇心怦怦，道是無憑還有憑。沈沈帳底晝吹笛，煦煦窗間宵翦燈。倏而晴兮忽而雨，悲欲啼兮喜欲舞。玉簫倚月吹鳳凰，金柵和烟鎖鸚鵡。造化有迹尸者誰，一念才萌方寸移。善善惡惡苟無失，怪怪奇奇將有之。丈夫未達虎爲狗，濯足滄浪泥數斗。氣酣骨聳錚有聲，脱幘目光如電走。道人青蛇天動摇，不斬尋常花月妖。茫茫塵海漚萬點，落落雲松酒半瓢。世間萬事泡幻爾，往往有情能不死。十二巫山誰道深？雲母屏風薄如紙。鶯鶯宅前芳草迷，燕燕樓前明月低。從來松柏有孤操，不獨鴛鴦能並棲。久在錢塘江上住，厭見潮來又潮去。燕子銜春幾度回，斷夢殘魂落何處？還君此編長嘯歌，便欲酌以金叵羅。醉來呼枕睡一覺，高車駟馬遊南柯。」

莫士安寄問

莫士安，湖州人，爲國子助教，以古文擅名，詩筆亦敏贍，同輩皆弗及也。司業廳前有丹杏一株，當繁盛時，監丞王峻用置酒花下，同席者分韻各賦五言古體一章。次年，予轉擢周府，次子達亦領河南鄉薦，士安寄詩云：「問訊先生復自憐，家風喜得二郎賢。兩經寒暑無書寄，一卷春秋有子傳。丹杏開花思舊會，黄楊厄閏直殘年。洪恩若許還鄉去，茅屋荒苔老石田。」「丹杏開花」指舊事，時士安謫吴中治水，故有「黄楊厄閏」之語。

宣和畫木犀

宣和畫瓶中折枝木犀，莫士安嘗舉鄉人張來儀一詩云：「玉色官瓶出内家，天香濃浸月中葩。六宫總愛新涼好，不道金風捲翠華。」爲予稱誦之。予遂擬作一首云：「金溝水活玉瓶寬，分得天葩下廣寒。可惜秋香容易落，不如留向月中看。」士安亦稱善。

折桂枝

章彦復自福建省檢校回杭，過鄞，先君置酒待之。予適自學舍歸，彦復即席指雞爲題，命賦詩。予勉成四句以呈云：「宋宗窗下對談高，五德聲名五彩毛。自是范張情誼重，割烹何必用牛刀？」彦復大加稱賞，手寫桂花一枝，并題詩其上以贈云：「瞿君有子早能詩，風采英英蘭玉姿。天上麒麟元有種，定應高折廣寒枝。」時予年始十四云。

十月桃

先伯嘗誦十月桃花詩一聯云：「劉郎再來歲云暮，王母一笑天回春。」當時不曾問爲何人所作，并請舉其全篇爲可惜也。又記錢用壬爲張氏參政，新納妾名「小桃」，謝元功以詩賀之，一聯云：「平分阿母池頭景，淺發參軍幕下春。」當時亦稱頌之。

芭蕉花

仁和誠意齋生陳瑶爲學勤敏，而性資老成，憲官至學出對云：「筆底春風轉轉生。」瑶對曰：「絃間曉溜嘈嘈瀉。」又出對云：「輕摇紈扇，清風透入人懷。」瑶對曰：「高捧玉盤，明月飛來我手。」庭下芭蕉開花，命題賦詩。瑶一聯云：「白藕作花還葉葉，碧蜂生子自房房。」形容酷似之，諸生皆袖手。後以歲貢赴京，除敍州邑簿，非其志也。竟以事累謫死南荒，惜哉！

賣花聲

謝宗可百詠詩，世多傳誦，除走馬燈蓮葉舟混堂睡燕數篇外，難得全首佳者。繇見邱彦能誦其賣花聲一首，百詠中不載。詩云：「春光叫盡費千金，紫豔紅香藉好音。幾處唤回遊冶夢，誰家不動惜芳心？韻傳楊柳門庭晚，響徹鞦韆院落深。忽被捲簾人唤住，蝶蜂隨擔過牆陰。」

詠鐵笛

楊廉夫初居吴山鐵冶嶺，號鐵崖，後遷松江，又號鐵笛道人。卞宜之作鐵笛詩寄之云：「一段清冰百鍊鋼，曾翻宮徵事虛皇。裂開黄鶴磯頭石，驚落青鸞鏡裏霜。仙子珮環新樂府，翰林風月舊文章。道人清節磨礱久，却笑桓伊獨據牀。」廉夫喜之。同時有製鐵笛賦者，造語粗率，不若詩也。

詠炭詩

詠炭詩，楊誠齋有「烏銀玉質金石聲，見火忽作爆竹鳴。不知何喜喞喞吟，不知何怒泄不平。到渠怒定兩耳熱，銅瓶在傍却鐃舌」一篇。曾見貢有初傳誦郭矮梅八句，甚工。詩云：「樵青黎面學崑崙，斫月燒雲樹欲髠。萬竈黑烟灰出劫，一星紅燄火還魂。污身若有仙翁幻，報國今無義士吞。曾似茅齋風雪夜，地鑪榾柮暖温温。」又詠簾詩，止記中間二聯云：「紅影眼花春撲撲，玉鉤心事日懸懸。思歸梁燕心長切，望幸宮娥眼欲穿。」矮梅，江西人，惜不記其名字。

楊妃襪

詩社以楊妃襪爲題，楊廉夫一聯云：「安危豈料關天步，生死猶能繫俗情。」題目雖小，而議論甚大，所以諸人莫能及。

御溝流葉

雅正卿有四美人圖詩，惟御溝流葉最佳：「彩毫將恨付霜紅，恨自綿綿水自東。金屋有關防虎豹，玉書無路託鱗鴻。秋期暗度驚催織，春信潛通誤守宫。莫道人間音問杳，明年錦樹又西風。」琢句甚工。

哀姑蘇

吳元年，國兵圍姑蘇，臨危，張士誠聚其族齊雲樓，舉火焚之，縊不死，就擒。王叔閏有詩哀之云：「天星夜墮水犀軍，又見吳宫走鹿羣。睥睨金湯徒自棄，倉皇玉石竟俱焚。將軍只合田横死，國士今無豫讓聞。風雨明年寒食節，麥盂誰灑太妃墳。」先伯亦有絶句云：「虎鬭龍争既不能，雞鳴狗盗亦何曾？陳平韓信皆歸漢，只欠彭城老范增。」蓋張氏據有浙西富饒地，而好養士。凡不得志於前元者，争趨附之，美官豐禄，富貴赫然。有爲北樂府譏之云：「皁羅辮兒緊札梢，頭戴方簷帽。穿領闊袖衫，坐箇四人轎，又是張吳王米蟲兒來到了。」及城破，無一人死難者，武夫健將，惟束手賣降而已。詩意有所謂也。

紀吳亡事

姑蘇之被圍也，唐伯剛和人「泥」字韻云：「玉樓金屋愁如海，布襪青鞋醉似泥。」謂當時居權要者，不如處閒散之樂也。社友王元載亦誦一詩，不知何人所作。詩云：「二十四友金谷宴，千三百里錦帆遊。人間無此榮華樂，無此榮華無此愁。」詩意與前詩亦相類。廷博案：此葛天民詩，見貴耳集。

弔白門

陳剛中白門詩云：「布死城南未足悲，老瞞可是算無遺。不知別有三分者，只在當時大耳兒。」詠曹操殺呂布事。布被縛，曰：「縛太急。」操曰：「縛虎不得不急。」意欲生之。劉備在坐，曰：「明公不見呂布事丁建陽董太師乎？」布罵曰：「此大耳兒叵奈不記轅門射戟時也？」張思廉作縛虎行云：「白門樓下兵合圍，白門樓上虎伏威。戟尖不掉丈二尾，袍花已脫斑斕衣。捽虎腦，截虎爪。眼視虎，如貓小。猛跳不越當塗高，血吻空腥千里草。養虎肉不飽，虎飢能噬人；縛虎繩不急，繩寬虎無親。坐中叵奈劉將軍，不從猛虎食漢賊，反殺猛虎生賊臣，食原食卓何足嗔？」記當時事調笑可誦。思廉有詠史樂府一編，皆用此體。

西湖竹枝

西湖竹枝詞，楊廉夫爲倡，和者甚衆，皆詠湖山之勝，人物之美，而寓情於中。大率一律，惟二人詩云：「春暉堂上挽郎衣，别郎問郎何日歸？黄金臺高倘回首，南高峰頂白雲飛。」「官河遶湖湖遶城，河水不如湖水清。不用千金酬一笑，郎恩才重妾身輕。」用意稍别，惜不記其人姓名。

吴山遊女

貢有初，泰甫尚書姪，工詩。春日見吴山遊女之盛，作絶句云：「十八姑兒淺淡妝，春衣初試柳芽黄。三三五五東風裏，去上吴山答願香。」特過予誦之。其詩新嫩奇巧，多類是，惟送戴伯貞還廣西一律云：「桂江烟水接瀟湘，逐客南歸道路長。卷裏漫多新制作，篋中猶是舊衣裳。逢人盡説官如水，老我相看鬢已霜。此去莫教音問斷，鴈飛今喜過衡陽。」敍事委曲，而感慨繫之，出諸作之上。

送還俗入道

孫花翁送女冠還俗云：「脱却霞綃上醮衣，女童髽髻緑楊垂。重調螺黛爲眉淺，再試弓鞋舉步遲。紫府烟花鶯喚醒，丹房雲雨鶴通知。簾低紅杏春風暖，清夢應曾見舊師。」段吉甫送妓入道云：「歌舞當年第一流，洗妝今日別青樓。便從南岳夫人去，肯爲蘇州刺史留。琳館月明簫鳳下，瑣窗花老鏡鸞收。却憐愁絶潯陽婦，嫁得商人已白頭。」事不同而語皆工。

觀燈句

洪武間，杭州元夕張燈頗盛。予因遊觀，有句云：「三市華燈依舊好，一天明月爲誰圓？」惟郁魯珍和云：「春燈閒論誰家好，夜月初看此度圓。」句意甚新，爲衆推許。魯珍後爲官陜西，被罪，退居獨山村中，不復入城。寄詩云：「我已栽成三徑菊，君今著就幾編書？」然竟以題松石軒詩卷被累，死獄中。其被逮也，見予誦許仲晦詩「村逕遶山松葉滑，柴門臨水稻花香」，「牛羊晚食鋪平地，鸛鶴晴飛磨遠天」，「日落遠波驚宿雁，風吹輕浪起眠鷗」等句，謂寫村居之景，曲盡其妙，今不復見矣。予因其言，念郢州詩之妙，而亦哀魯珍之不幸也。

晚涼句

「水殿雲廊三十六，不知何處晚涼多？」王子宣詩。「晚涼浴罷閒無事，水閣東頭看月生。」吳主一詩。二人在當時皆以詩鳴，此其得意句也。

汴梁風土

汴梁爲宋東京，士人遊宦者少得清暇，以遂宴賞之樂，當時有「賣花擔上觀桃李，拍酒樓前聽管絃」之句。伴讀黄體方續之云：「雨後淤泥填紫陌，風前塵土障青天。」蓋街道無溝渠，又不用磚石甃，遇雨則行潦縱横。而地迫黄河，風起則塵沙蔽日，不可開目。嘗集體仁門，體方戲語同列云：「此所謂『東華軟紅塵』也。」

相國寺

汴梁相國寺，暇日予與黄體方過焉，將謂有南方花木之勝，香茗之供，而鄙陋殊甚。僧皆氈帽皮靴，髮長過寸，言貌粗俗，體方呼爲「惡僧」。口占云：「步入空門見惡僧，紅氈被體髮鬅鬙。」予續之曰：「一言能得君王意，安得當年老贊寧？」蓋宋初，贊寧爲寺主。太祖至寺行香，問曰：「朕見佛拜是不拜是？」對曰：「現在佛不拜過去佛。」大合帝意，遂爲定禮。

梧竹軒

丁鶴年，回回人。至正末，方氏據浙東，深忌色目人。鶴年畏禍，遷避無常居。有句云：「行蹤不異臯東徙，心事惟隨鴈北飛。」識者憐之。作詩極工，題梧竹軒云：「鳳鳥當年此地過，至今梧竹滿邱阿。曾聞翦葉書周史，又聽翻枝入楚歌。金井月明秋影薄，石壇風細夜涼多。中郎老去知音少，共負奇材奈爾何？」時作者已滿卷，此詩一出，皆爲斂袵。又逃禪室與蘇生話舊云：「不學揚雄事草玄，且隨蘇晉暫逃禪。無錐可卓香嚴地，有杜難擎杞國天。謾詑丹霞燒木佛，誰憐玉露泣銅仙？茫茫東海皆魚鼈，何處堪容魯仲連？」感時書事，而鍊句精緻如此。後至杭，見予所集鼓吹續音，繙閱再過，惜其中有未盡善者，謂予：「當以此爲限，更博求諸作，得一善者，則易去一疵者，此亦著述之法也。」因手鈔所作序文而去。今此集久已散失，而鶴年言猶在耳，可爲太息也。

竹雪齋

盱江胡子昂，能詩嗜飲，字體逼趙松雪，因自號「竹雪」。求予作竹雪齋詩，久不及奉。近隨邊將守禦興和，枉道來顧，去後復以書來督，始爲作長歌一篇寄去，子昂甚喜，亦和韻來答。予詩曰：「盱江才子世無匹，作字哦詩俱第一。酒酣落筆風雨生，滿幅龍蛇飛跳跳。平生與竹同歲寒，手種千竿復萬竿。開窗倚檻忽有得，四圍總是青琅玕。山空歲晚獨相對，一夜幻成銀色界。靜聽春蠶食葉聲，閒看瑞鳳穿花態。瓊琚玉珮下朝端，聯珠積翠紛成團。曳履先生太寒乞，煮茶學士真儒酸。何似衙盃自賓主，戲呼元穎相爾汝。臨池一掃陣雲開，狂欲歌兮喜欲舞。手斡造化天無功，顛張醉素趨下風。一紙千金世珍惜，不數前朝松雪翁。」子昂和韻云：「春秋家學疇可匹，道德文章追六一。吁嗟白璧點蒼蠅，麈尾祛之猶狨狨。一從遊宦閱暑寒，桐江抛却老釣竿。劬書磨盡萬鋌墨，狂吟題徧千琅玕。山陰正與剡溪對，蘭亭曾把烏絲界。霜猿抱樹恣盤拏，雲鶴遊天隨變態。凝神運腕任筆端，硯池飛雨暝作團。筠陽太守有篆癖，山東僉憲無文酸。袁安愛以菊爲主，墨汁淋漓能貌汝。老夫撚斷幾莖髭，笑看邊城六花舞。麴生於我最有功，一醉四座生春風。箇中真趣知者寡，此意寄謝存齋翁。」仍題云：「兼柬唐太守晏僉憲袁教習。」時三人與予同寓保安。後一年興和失守，子昂死焉。悲夫！

捐生妓館

陳嵩，字子肅，生富豪家，與予同歲。從叔祖學詩，好爲奇俊語，春日遊湖上有句云：「茜紅女兒歌白紵，墨黑燕子來烏衣。」後商於閩中，盤桓妓館，寄予詩云：「青銅三百一斗酒，荔子十八誰家娘？」信奇俊可喜。逾一歲，竟卒於妓館，年始二十三云。

新婚詠梅

鄰友陸仲連新娶，忽詠梅花詩云：「練裙縞袂誰家女？背立東風怨曉寒。」不久遽卒，蓋讖兆也。

和獄中詩

永樂間，予閉錦衣衛獄，胡子昂亦以詩禍繼至，同處囹圄中。子昂每誦東坡繫御史臺獄二詩，索予和焉。予在困吝中，辭之不獲，勉爲用韻作二首。時孫碧雲蘭古春二高士，亦同在圜室，見之過相賞歎。今子昂已矣，追念舊處患難，爲之泫然。詩云：「一落危途又幾春？百憂交集未亡身。不才棄斥逢明主，多難扶持望故人。有字五千能講道，無錢十萬可通神。忘懷且共團圞坐，滿炷爐香説善因。」「酸風苦霧雨凄凄，愁掩圜扉坐榻低。投老漸思依木佛，受恩未許拜金雞。艱難饋食憐無母，辛苦迴文賴有妻。何日湖船載春酒，一篙撐過斷橋西？」

廉夫詩格

楊廉夫詩：「二月皇都花滿城，美人多病苦多情。一雙孔雀行瑤圃，十二飛鴻上錦箏。酒掬真珠傳玉掌，羹分甘露倒銀罌。不堪容易少年老，爭遣狂夫作後生。」又云：「天街如水夜初涼，照室銅盤璧月光。別院三千紅芍藥，洞房七十紫鴛鴦。繡靴蹋踘句驪様，羅帕垂彎女直妝。願汝康强好眠食，百年歡樂未渠央。」又云：「公子銀瓶分汗酒，佳人金勝翦春花。」又云：「金埒近收青海駿，錦籠初教雪衣娘。」又云：「小洞桃花落香雪，大隄楊柳舞晴烟。」皆言宴賞遊樂之意，亦其平生性格所好也。

光弼詩格

張光弼詩：「免冑日趨丞相府，解鞍夜宿五侯家。玉盃行酒聽春雨，銀燭照天生晚霞。世亂且從軍旅事，功成須插御筵花。漢王未可輕韓信，尚要生擒呂左車。」又云：「西樓柳風吹晚涼，石榴裙映黄金觴。纖歌不斷白日速，微雨欲度行雲涼。笑看席上賦鸚鵡，醉聽門前嘶驌驦。早晚平吴王事畢，羽書飛捷入朝堂。」蓋時在楊完者左丞幕下，故所賦如此。又云：「蛺蝶畫羅宫樣扇，珊瑚小柱教坊箏。」又云：「玉瓶注酒雙鬟緑，銀甲調箏十指寒。」又云：「新妝滿面猶看鏡，殘夢關心懶下樓。」多爲杭人傳誦。其一時富貴華侈，盡見於詩云。

年老還鄉

鄞士黄德廣，至正初，入大都求仕，所望不過南方一教職而已。交遊竟無一援引之者，客居以教書爲生，娶妻生子，二十年餘。元末，天下擾攘，比歲饑饉，南北路阻，始附海舟而歸。去日少壯，回則蒼顏華髮，故舊罕在者。誦賀知章「兒童相見不相識，却問客從何處來」之句，以寓慨歎。予從先師往訪之，見其所持扇上一詩，乃在北日所作者。詩云：「東風一曲浣溪沙，客子行吟對日斜。猶記金陵貰春酒，小姬能唱後庭花。」亦醞藉可誦，而命運不遇如此。蓋元朝任官，惟尚門第，非國人右族，不輕授以爵位。至於南產，尤疏賤之，一官半職，鮮有得者。馴至失國，殆亦由此云。

塞垣風景

予謫保安周府教授，滕碩亦以事累繼至。見予每誦元遺山送李參軍赴塞上長篇，謂「舊讀此詩，備悉塞垣之苦，豈料今日親涉此境」？輒潸然墮淚，若不能堪者。予愛其詩，因請詳讀而備録之：「五日過居庸，十日度桑乾。受降城北幾千里，出塞入塞沙漫漫。古來丈夫淚，不灑離別間。今日送君行，涕泗流欲潸。生男莫作班定遠，萬里馳書望玉關。生女莫作王明妃，一去紫臺空珮環。我知驥子墮地走四方，我知鴻鵠意氣凌雲端。草間斥鷃亦自樂，扶搖萬里何能摶？一衣敝縕袍，一飯苜蓿盤。歲時壽翁媪，團圞有餘歡。縱令一朝便得八州督，曾如庭下彩衣起舞春斕斑。去年洛陽陌，今年指天山。地遠馬肩破，霜重貂裘單。朔風浩浩來，客子慘在顏。野狐嶺上一回首，未必君心如石頑。君不見衡山烏乳哺，不得須臾閒。衆雛一分散，慈烏四顧聲悲酸。塞鴻來時八九月，白頭阿母望君還。」全篇敍塞垣之景，客旅之情，誠詳悉矣。滕與予同庚，到此不半載，竟以憂卒。而予猶留滯於此，未得解脱云。

跋

錢塘瞿存齋先生，明洪武中，以薦歷仁和臨安宜陽三學教職，入爲國子助教，升周府右長史。永樂初，以詩禍謫戍保安，洪熙乙巳赦還。此歸田詩話三卷，蓋還鄉以後所作也。先生明史無傳，詩禍之説，見于萬歷杭州府志、郎瑛七修類稿，謂其坐輔導失職，繫錦衣獄，罪竄保安。先生本集不可得見，無由攷其得禍者爲何詩？同時以詩禍閉錦衣獄者，更有胡子昂，而子昂又無可攷。又同時被謫至保安者，有滕碩鄧林，而滕鄧二君亦不詳其故。序詩話者，或稱其居閒金臺，或稱其謫居塞外。殆由文皇入據大統，人心未安，常恐人臣竊議其後，所謂詩禍，或寓誹譏，當代詞人多爲隱諱，不能悉其故矣。若云輔導失職，則恐未然。攷周王橚爲文皇同母弟，文皇待之極厚。建文時，橚有異謀，次子有爋告變，竄徙蒙化。已復召還京錮之。永樂初，復爵加祿，歸其舊封。至十八年，有告橚反者，察之有驗，文皇憐之不復問。夫周藩與成祖並見疑于建文，故成祖踐阼之初，首爲復國。其後雖反狀有驗，且猶憐之。則當復國之初，豈有刻意防閑罪及輔導之理？先生謫戍事在永樂初，若因十八年橚反一事，而謂其失職，疑其時先已被譴矣。萬歷府志極稱其師道振舉，輔弼有法，似郎氏有傳聞之誤也。惟府志云：「久之釋歸，復原職。

内閣辦事，年八十七卒。」今通志亦因之。參之他書，皆無復職辦事之語，不知其何所本也？先生著述甚富，見于府志者，有春秋貫珠詩經正葩閲史管見鼓吹續音；見于七修類稿者，有通鑑集覽鐫誤香臺集香臺續詠香臺新詠翦燈新話樂府遺音興觀詩順承稿存齋遺稿詠物詩屏山佳趣樂全稿餘清曲譜天機雲錦遊藝録大藏搜奇學海遺珠歸田詩話見于明詩綜小傳者，有存齋樂全集香臺百詠。諸種中惟樂府遺音五卷，曾于兩浙遺書總録中，見其已獲經進。詠物新題百首，予于吴山書肆購得之，是影鈔正統刊本，未知與香臺新詠香臺百詠詠物詩名異而書同否也？鼓吹續音，則先生已自言其散失不存，僅存題後八句。而静志居詩話亦深惜其不得見，及題後一詩，又不采入詩綜。可知歸田詩話，竹垞尚未之見也。詩話標題不一，胡道序謂之存齋，焦氏志明史志千頃堂書目皆謂之「吟堂」，百川書志浙江通志皆作「存齋」「歸田」。要之「吟堂」也，「存齋」也，「歸田」也，一書三名，無足異也。今吾友鮑君以文據先生自序定爲「歸田」，刊畢屬爲校正。因雜采衆説，附綴于後，以俟博涉羣籍者攷訂焉。乾隆乙未十月四日，朱文藻跋。

逸老堂詩話

逸老堂詩話序

余性疏懶，平居自糲食粗衣外，無他嗜好，寓情圖史，繙閱披校，竟日忘倦。古人有云：「緩步當車，晚食當肉。」此林下人一種真樂。余亦自謂有真樂三，而此不與焉。讀經史百家，忽然有悟，朗誦一過，如對賓客談論，而無迎送之勞，一樂也。展玩法書名帖，追想古人筆法，如與客弈棋臨局，而無機心之勞，二樂也。焚香看畫，一目千里，雲樹藹然，卧遊山水，而無跋涉雙足之勞，三樂也。以此三樂，日復一日，蓋不知老之將至，何必飫膏粱，乘輕肥，華居鼎食，然後爲快哉？遂扁一室曰「逸老堂」。日居其中，鉛槧編帙，未嘗去手，意有所會，欣然筆之。久而成帙，勒爲二卷，藏諸篋笥，因名曰逸老堂詩話。聊以志吾之樂，且求愈於飽食無所用心者云爾。

嘉靖丁未，五月望日戊申老人自敍。

逸老堂詩話卷上

明　俞弁撰

浦陽吴清翁嘗結月泉吟社，延致鄉遺老方鳳謝翱吴思齊輩，主於家。至元丙戌，小春望日，以春日田園雜興爲題，豫以書告浙東西以詩鳴者，令各賦五七言律詩，至丁亥正月望日收卷。月終收得二千七百三十五卷。清翁乃屬方公輩品評之，選中二百八十人。三月三日揭榜，其第一名，贈公服羅一，縑七，又筆五貼，墨五笏。第二名至五十名，贈送有差。清翁乃録其選中者之詩，自一人至六十人，總得詩七十二首，又摘出其餘諸人佳句，與其贈物回謝小啟，及其事之始末，爲一帙而板行之。其一名羅公福詩云：「老我無心出市朝，東風林壑自逍遥。一犁好雨秧初種，幾道寒泉藥旋澆。放犢曉登雲外壟，聽鶯時立柳邊橋。池塘見説生新草，已許吟魂入夢招。」噫！安得清翁復作，余亦欲入社厠諸公之末，幸矣夫。

滄洲張亨父泰題田畯醉歸圖詩云：「村酒香甜魚稻肥，幾家留醉到斜暉。牧奴背拽黄牛載，兒子傍扶阿父歸。鬢短何妨花插帽，身强不厭布爲衣。天寬帝力知何有，但覺豐年醧日稀。」莊誦此詩，可以想見太平氣象。向使滄洲入吴清翁吟社，吾知羅公福又讓子出一頭地矣。

杜庠字公序，號西湖醉老，以詩名於景泰間。其赤壁云：「水軍東下本雄圖，千里長江隘舳艫。諸葛心中空有漢，曹瞞眼裏已無吴。兵消炬影東風猛，夢斷簫聲夜月孤。過此不堪回首處，荒磯鷗鳥滿煙蕪。」時人稱爲杜赤壁云。吴文定詩：「西飛孤鶴記何詳，有客吹簫楊世昌。當日賦成誰與注，數行石刻舊曾藏。」世昌，緜竹道士，與東坡同遊赤壁，賦所謂「客有吹洞簫者」，即其人也。微文定表而出之，世昌幾無聞矣。

古今詩人措語工拙不同，豈可以唐宋輕重論之。余訝世人但知宗唐，於宋則棄不收。如唐張林池上云：「菱葉乍翻人采後，荇花初没舸行時。」宋張子野溪上云：「浮萍斷處見山影，小艇移時聞草聲。」巨眼必自識之，誰謂詩盛於唐而壞於宋哉？瞿宗吉有「舉世宗唐恐未公」之句，信然！

都玄敬詩話云：「松江袁景文未仕時，嘗謁楊廉夫，見其賦白燕詩云：『珠簾十二中間捲，玉翦一雙高下飛。』」余近見鼓吹續編，此詩乃常熟時大本所作。其詩曰：「春社年年帶雪歸，海棠庭院日争輝。珠簾十二中間捲，玉翦一雙高下飛。天下公侯誇紫頷，國中儔侶尚烏衣。江湖多少閑鷗鷺，宜與同盟伴釣磯。」大本，同時人，玄敬失於不審耳，非廉夫之詩明矣。

朱子儋存餘堂詩話載：「顧仲瑛和劉孝章游永安湖詩，其警聯云：『啄花鶯坐水楊柳，雪藕人歌山鷓鴣。』極爲楊鐵崖所稱許。」余記宋白玉蟾有春日游冶詩云：「風條舞緑水楊柳，雨點飛紅山海棠。」亦自雋永。惜無賞音者拈出。

東坡像自贊云：「目若新生之犢，身如不繫之舟。試問平生功業，黄州惠州崖州。」山谷自贊云：「似僧有髮，似俗無塵。作夢中夢，見身外身。」楊誠齋自贊云：「青白不形眼底，雌黄不出口中。只有一罪不赦，唐突明月清風。」與陳龍川自贊「人中龍，文中虎」者有間矣。

至正壬辰冬，倡婦徐氏，徽人。寇常一日召婦佐觴，徐憤駡不從，寇馳劍往殺之。龍江章琬孟文有詩記之云：「平原巷裏掌中身，翠舞珠歌玉樹春。不得籍除今義死，天容倡婦愧降臣。」江陰王逢原吉亦有詩弔之云：「妾非花月舊時妖，曾事忠良樂聖朝。今日黄巾刀下死，陽城下蔡莫魂消。」其二云：「東帶朝衣供奉孫，虜廷歕死報皇恩。妾今一唱貞元曲，孰濺西風碧血痕。」噫！徐婦可謂風塵中有氣義表表者矣。回視冠裳，寧不愧哉？孫失其名。

陸儼山詩話載：「華亭衛先生題松雪墨竹云：『漢家日暮龍沙遠，南國春深水殿寒。留得一枝烟雨裏，又隨人去報平安。』」都玄敬詩話云：「周方伯良石所作，但首句改易三字，『漢家』作『中原』，『龍沙』作『龍旗』。」未知孰是？

唐李義山詩，有「天意憐幽草，人間重晚晴」之句。世俗久雨，見晚晴輒喜，自古皆然。余適逢此景，遂演二首云：「天意憐幽草，孤根托𥕎隈。自含幽獨意，長殿百花開。香馥滋春雨，情深襯落梅。心知惟二謝，勾引夢中來。」「人間重晚晴，水色共天清。池面浮魚泳，山腰反照明。漁罾懸别浦，林鳥度新聲。彷彿王維畫，超然物外情。」李義山全篇，惜未見之耳。

漢書：「白頭如新，傾蓋如故。」說苑作「白頭而新，傾蓋而故」。楊升菴云：「作『而』字解，尤有意味。」此說余不敢從，故特拈出。

芧栗，木果也，莊子所謂「狙公賦芧」者。今訛作茅栗，沈存中嘗辯其非矣。杜詩云：「園收芋栗未全貧。」正指此物。今以芧栗，解作蹲鴟之芋，一何遠哉？

梁樂府夜夜曲，或名昔昔鹽，昔卽夜也。列子：「昔昔夢爲君。」鹽亦曲之別名。

杜詩「銜杯樂聖稱避賢」，用李適之「避賢初罷相，樂聖且銜杯」之句。今俗本作「世賢」者，非也。

杜詩「苔臥綠沈槍」，綠沈以漆著色如瓜皮，謂之綠沈。南史任昉卒於官，武帝聞之，方食西苑綠沈瓜，投之於盤，悲不自勝。綠沈瓜，卽今西瓜也。

佛寺曰「香界」，亦曰「香阜」。江總詩云：「息舟候香阜，悵別在寒林。」高適詩云：「香界泯羣有。」「香界」「香阜」，人未曾道。

淮南子云：「馬，聾蟲也，而可以通氣志，猶待教而成，況於人也？」注曰：「聾蟲喻無知者。」聾蟲之名甚奇。

琬液瓊蘇，皆古酒名，見皇甫嵩醉鄉日月記。

藝文類聚載束晳餅賦，有「牢九」之目，蓋食具名也。東坡詩以「牢九具」對「真一酒」，誠工矣，然不知爲何物？後見酉陽雜俎引伊尹書有籠上牢丸、湯中牢丸，「九」字乃是「丸」字。詩人貪奇趁韻，而不知其誤，雖東坡亦不能免也。「牢丸」即今之湯餅是也。

歐陽公之文，粹如金玉；蘇文忠公之文，浩如江河。歐公之摹寫事情，使人宛然如見；蘇公之開陳治道，使人惻然動心。皆前代之所無有也。

古樂府詩云：「尺素如殘雪，結成雙鯉魚。要知心裏事，看取腹中書。」據此詩言之，古人尺素，結爲鯉魚形，即緘是也，非如今人用蠟。文選云：「客從遠方來，遺我雙鯉魚。」即此是也。下云「烹魚得書」，亦譬喻之言耳，非真烹也。五臣及劉履皆謂古人多於魚腹寄書，引陳涉罩魚倡禍事證之，何異癡人説夢邪？

宋初置通判，分知州之權，謂之監州。宋人有錢昆者，性嗜蟹，嘗求外補，語人曰：「但得有蟹之處無監州則可。」此語有晉人風味，東坡詩，有「欲問君王丐符竹，但憂無蟹有監州」。昆去東坡未遠，即用其事爲詩，良愛其語也。

曲名有烏鹽角。江鄰幾雜志云：「始教坊家人市鹽，得一曲譜於子角中。翻之，遂以名焉。」戴石屏有烏鹽角行。元人月泉吟社詩云：「山歌聒耳烏鹽角，村酒柔情玉練槌。」

荆州記，盛弘之撰，其記三峽水急云：「朝發白帝，暮宿江陵，凡一千二百餘里，雖飛雲迅鳥，不能過也。」李太白詩云：「朝辭白帝彩雲間，千里江陵一日還。」杜子美云：「朝發白帝暮江陵。」

皆用盛弘之語也。

謝玄暉詩：「風動萬年枝。」唐詩：「青松忽似萬年枝。」三體詩注以爲冬青，非也。草木疏云：「檍木枝葉可愛，二月花白，子似杏，今在處官園種之。取億萬之義，改名萬歲樹。」卽此也。

杜子美有從韋明府續處覓錦竹兩三叢詩，黃鶴注云：「攷竹譜竹記無錦竹，意其文如錦名之。」竹記有「苦竹、箘簬竹，其皮類繡」，豈卽此乎？劉須溪亦不知所謂。近閱梅聖俞宛陵集錦竹詩云：「雖作湘竹紋，還非楚筠質。化龍徒有期，待鳳曾無實。本與凡草俱，偶親君子室。」又自注其下云：「此草也，似竹而斑。」始知黃鶴有金注之昏耳。

杜詩云：「江蓮搖白羽，天棘蔓青絲。」王荆公春晚詩云：「絲絲天棘出莓牆。」天棘，天門冬也，如蘹香而蔓生。洪覺範以爲柳，非也。

古有「借書一癡，還書一癡」之説。「癡」本作「瓻」，貯酒器也。後人訛以爲「癡」字。宋人艾性父從高帝臣借書詩云：「校讎未必及三家，還借最慙無一鴟。」「瓻」字義同。借時以一鴟爲贄，還時以一鴟爲謝耳。

老杜秋興云：「紅稻啄殘鸚鵡粒，碧梧棲老鳳凰枝。」荆公效其錯綜體，有「繅成白雪桑重綠，割盡黃雲稻正青」。言繅成，則知白雪爲絲；言割盡，則知黃雲爲麥矣。近時吳興邱大祐有「梧老鳳凰枝上雨，稻香鸚鵡粒中秋」，亦得老杜不言之妙。

南荒人稱瓶甖謂之具理，人不知何物。東坡在儋耳，以詩別黎秀才，詩後批云：「新釀佳甚，求一具理。」即瓶甖是也。今人以酒器爲斃，康節詩有云：「大斃子中消白日，小車兒上看青天。」

古人服善，往往推尊於前輩。如杜少陵：「不見高人王右丞，藍田邱壑蔓寒藤。」「復憶襄陽孟浩然，清詩句句盡堪傳。」高適則云：「美名人不及，佳句法如何？」岑參則云：「謝朓每篇堪諷詠。」如李太白過黃鶴樓則云：「眼前有景道不得，崔顥題詩在上頭。」又云：「令人卻憶謝玄暉。」韓退之云：「李杜文章在，光燄萬丈長。」又云：「少陵無人謫仙死，才薄將奈石鼓何？」宋韓維詩云：「自愧效陶無好語，敢煩淩杜發新章？」古人如此推讓，今人操觚未能成章，輒闊視前古爲無物。近見詠月詩，有「李白無多讓，陶潛亦浪傳」之句，是何語邪？可謂狂瞽甚矣！或有駁余曰：「杜老有：『氣劘屈賈壘，目短曹劉牆。』又云：『賦料揚雄敵，詩看子建親。』亦高自稱許。」予曰：「在老杜則可，餘則不可。」

陸放翁宿北巖院詩云：「車馬紛紛送入朝，北巖鐙火夜無聊。中年到處難爲別，也似初程宿灞橋。」岑參送郭義詩云：「初程莫早發，且宿灞橋頭。」放翁結句本此。趙與虤娱書堂詩話指爲參寥詩，不考之過也。

容齋三筆載：「吴門僧惟茂住天台山，有詩云：『四面峰巒翠入雲，一溪流水漱山根。老僧只恐山移去，日落先教鎖寺門。』」唐張籍題虎邱詩云：「望月登樓海氣昏，劍池無底鎖雲根。老僧只恐山移去，日暮先教鎖寺門。」惟茂蹈襲張詩二句，容齋亦受其欺而記之耳。

房白雲皞字希白，與元遺山爲友。其別西湖詩云：「聞説西湖可樂饑，十年勞我夢中思。湖邊欲買三間屋，問遍人家不要詩。」近見李西涯麓堂詩集，謂樂天所作，誤也。

余訪唐子畏於城西之桃花庵别業。子畏作山水小筆，遂題一絶句於其上云：「青藜拄杖尋詩處，多在平橋緑樹中。紅葉没脛人不到，野棠花落一溪風。」余曰：「詩固佳，但恐『脛』字押平聲未穩。」子畏謂我何據，余曰：「老杜有『黄獨無苗山雪盛，短衣數挽不揜脛』。」子畏躍然曰：「幾誤矣！」遂改「紅葉没鞋人不到」。吁！子畏之服善也如此。與世之强辯飾非者，殆逕庭矣。

郡閣雅談載：廖凝字熙績。十歲時，有詠棋詩云：「滿汀鷗不敢，一局黑全輸。」作者見之曰：「必垂名於後世。」先大父醉菊翁與客弈棋，家君侍立，客命賦詩，卽口占云：「兩行分黑白，二叟賭輸贏。落子争先著，松間睡鶴驚。」客稱賞不已，時家君年纔十一歲。

陸安甫仲舉「鷸蚌相持，漁人得利」二句，問王勝甫「有成語可爲對否」？勝甫曰：「戰國策有『犬兔俱罷，田父擅功』之語，可以對之。」安甫歎服。

蜀志載：王衍以霞光箋五百幅賜金堂令張蠙，卽今之深紅箋也。又有百韻箋，以其幅長可寫百韻詩爲名也。其次學士箋，則短於百韻矣。西涯李文正與客索箋紙，數日酬和過半，因名爲子母箋。其詩云：「朝來東館暮西涯，子母箋成豈浪誇？猶有貪心勞望眼，半隨詩句落誰家？」

子母箋自西涯始名。

能改齋漫録云：古來人君之亡，未有謚號，皆以大行稱之，往而不返之義也。秦始皇崩於沙丘，胡亥喟然歎曰：「今大行未發，喪禮未終。」見李斯傳。唐子畏著四庫碎金云：「皇帝崩後，未有謚號，故曰大行。行者德行之行，讀作去聲。」二説未知孰是？

杜征南與兒書，言昔人云「借人書一癡，還人書一癡」。山谷借書詩，有「時送一鴟開鎖魚」。宋艾性父借書詩，有「校讎未必及三豕，還借最慚無一鴟」。余攷唐韻，「瓻」與「癡」同用，注云：酒器，大者一石，小者五斗。古借書盛酒瓶也。後人訛以爲癡，不亦謬乎？

張修撰亨父詩云：「東風潑地掃煙埃，桃李無情柳乏才。留不住春花落去，捲成團雪絮飛來。」此格本「無可奈何花落去，似曾相識燕歸來」之句。

伊卿舉伯羔，少從學於家君，苦志贍博，温厚文雅，間喜作詩。余嘗愛其有新意，如寒食詩云：「風弄輕陰寒食天，粉牆處處露鞦韆。古人遺俗停炊爨，不禁緑楊枝上煙。」如山中雜言云：「牛羊自知夕，桑柘近成陰。」又云：「山花遇雨落，野雉見人飛。」又云：「涸沼空菱葉，高籬滿豆花。」其和家君述懷云：「深懷師道終身重，已信文人自古貧。」詩皆清拔可誦。今爲四明訓導云。

鄂州蒲圻縣赤壁，正周瑜所戰之地。黄州亦有赤壁，東坡夜游之地，詩人托物比興，故有

「西望夏口，東望武昌」，「非孟德之困於周朗者乎」，蓋坡翁亦有疑之之辭矣。韓子蒼亦承東坡之誤，有「齊安城畔山危立，赤壁磯頭水倒流。此地能令阿瞞走，小偷何敢下蘆洲」。元人陳菊南，上虞人，博古士也。其詠蒲圻赤壁詩云：「往事何消問阿瞞，到頭吞不去江山。自從羽艦隨煙盡，惟有漁舟竟日閒。碑字雷皴漫墨本，弩機土蝕點朱斑。淒其古思誰分付？白鳥蒼煙滅没間。」噫！千載之下，獨宋葛常之、元陳菊南二人之卓見耳。楊用脩有云：「世之人無特見者，一一隨人之聲而和之，譬之應聲蟲焉。思以青黛藥之，可發一笑。」

廣東廣州府湛公若水擢南京祭酒，將之任，其母垂白，隨行任所。薦紳賦詩贈行甚衆，唯嘉魚李承箕一首云：「孝道由來兒奉母，得官今日母隨兒。八千里路風波險，縱是胡麻也縐眉。」湛公見詩，卽草疏奏於朝，求養親。至八載親終，然後出仕。承箕可謂能盡友道，若水則能盡子職，兩得之矣。承箕，陳白沙之門人。

雲麓漫鈔云：「古有風法華者，偶至人家，見筆硯便書，人目之爲怪。」吴中士子頗有法華之風，故拈出以警戒之耳。

趙松雪詠老態詩云：「老態年來日日添，黑花飛眼雪生髯。扶衰每藉過頭杖，食肉先尋剔齒籤。右臂拘攣巾不裹，中腸慘戚淚常淹。移牀獨就南榮坐，畏冷思親愛日簷。」吁！非身歷老境者不能道。

宋人馬晉孟昭，東吳人。賦滿庭芳詞云：「雪漬冰鬚，霜侵蓬鬢，去年猶勝今年。一迴老矣，堪歎又堪憐。思昔青春美景，除非是、月下花前。誰知道，金章紫綬，多少事憂煎？侵晨，騎馬出，風初暴橫，雨又淒然。想山翁野叟，正爾高眠。更有紅塵赤日，也不到、松下林邊。如何好，吳淞江上，閒了釣魚船。」

宋徐師川作漁父詞云：「七澤三湖碧草連，洞庭江漢水如天。朝廷若覓玄真子，不在雲邊在酒邊。明月棹，夕陽船，鱸魚恰是鏡中懸。絲綸釣餌都收却，八字山前聽雨眠。」

宋朝寒食有拋墑之戲，兒童飛瓦石之戲，若今之打瓦也。梅聖俞禁煙詩云：「窈窕踏歌相把袂，輕浮賭勝各飛墑。」墑，七禾切。或云起於堯民之擊壤。

唐詩云：「殘霞蹙水魚鱗浪，薄日烘雲卵色天。」東坡詩云：「笑把鴟夷一尊酒，相逢卵色五湖天。」正用其語。花間集詞云：「一方卵色楚南天。」注以「卵」爲「泖」，非也。注東坡詩者，亦改「卵色」爲「柳色」。王梅溪亦不及此，何邪？

劉夢得詠玄都桃花而被謫。李繁詠東門柳，楊國忠謂其譏己而得禍。劉後村詠落梅詩，有「東君謬掌花權柄，却忌孤高不主張」，讒者箋其詩以示柄臣，由是閒廢十載。後村有病後訪梅十絶句，其一云：「夢得因桃却左遷，長源爲柳忤當權。幸然不識桃幷李，也被梅花累十年。」人謂簡齋題墨梅而致魁台，後村詠落梅而罹廢黜。噫！詩之幸與不幸，有如此夫。

天厨禁臠，洪覺範著。有琢句法中假借格。如「殘春紅藥在，終日子規啼」，以「紅」對「子」。如「住山今十載，明日又遷居」，以「十」對「遷」。朱子儋詩話謂其論詩近於穿鑿。余謂孟浩然有「庖人具雞黍，稚子摘楊梅」，以「雞」對「楊」。老杜亦有「枸杞因吾有，雞栖奈爾何」，以「枸」對「雞」，韓退之云「眼昏長訝雙魚影，耳熱何辭數爵頻」，以「魚」對「爵」，皆是假借，以寓一時之興。唐人多有此格，何以穿鑿爲哉？

人之於詩，嗜好往往不同。如韓文公讀孟東野詩，有「低頭拜東野」之句。唐史言退之性倔强，任氣傲物，少許可。其推讓東野如此。坡公讀孟郊詩有云：「初如食小魚，所得不償勞。又如食蟛蜞，竟日嚼空螯。」二公皆才豪一世，而其好惡不同若此。元次山有云：「東野悲鳴死不休，高天厚地一詩囚。江山萬古潮陽筆，合卧元龍百尺樓。」推尊退之而鄙薄東野至矣。此詩斷盡百年公案。

老杜「讀書破萬卷，下筆如有神」。葛常之韻語陽秋云：「欲下筆，自讀書始。不讀書，則其源不長，其流不遠，欲求波瀾汪洋浩渺之勢，不可得矣。」蕭千岩云：「詩不讀，書不可爲，然以書爲詩則不可。」嚴滄浪謂「詩有别材，非關書也」，恐非碻論。

吴興邱吉，字大祐。未遇時，有能詩聲，對客揮毫，敏捷無比。一日聞常熟錢允暉善詩，往謁之。邱及門，與閽者曰：「可語汝主，詩人特相訪。」錢曰：「彼何人？其迂若是。」適讌客，令閽者請人室，即令賦詩贈妓，仍以險韻困之。邱略不搆思，一揮而就。詩曰：「琵琶斜抱出吴艘，貌與芙蓉兩不降。纖指嫩抽春筍十，修眉淡掃緑蛾雙。舞裙影拂沈香屑，歌扇風生玉女窗。後夜巫雲忽飛去，空餘明月照湘江。」允暉歎服不已，遂致上座，傾盞如故，酣飲倡和，留連數日而别。

鄭九成與倪元鎮齊名，詩亦清麗。其春暮詩云：「春色三分都有幾，二分已在雨聲中。牆東兩箇桃花樹，恨殺朝來一番風。」又云：「世事總如春夢裏，雨聲渾在杏花中。」人多稱誦。唐人有「二十四番花信風」，山谷有「一霎社公雨，數番花信風」，皆平聲用。今九成作去聲，必有所自。杜詩「會須上番看成竹」，元微之有「飛舞先春雪，因依上番梅」，俱用上番字，則上番不專爲竹也。退之筍詩云：「庸知上幾番」，又作平聲押。

太湖中有大小干山，吾鄉秋官馬愈抑之，號清癡道人，有詩云：「大干山，小干山，兩山突兀湖中間。世態炎涼説不盡，叉手干人千萬難。仲宣不遂依劉願，作賦還鄉淚如霰。蒙正朱門九不開，歸家懶見妻兒面。大干山，高嶔崟；小干山，青嶙峋，徒去干人勞爾神，不如壁立千萬尋。孤標直上干青雲，下視蟻子何足云？噫嘻高哉余素心。兩干山，莫干人。」清癡此作，有所感而賦，豪邁跌宕，不減劉龍洲。

張夢晉靈有雋才，屢試不第，爲人落魄不羈。詩文多不存稾。春暮送友云：「三月正當三十日，一琴一鶴一孤身。馬蹄亂踏楊花去，半送行人半送春。」其臨終賦一絶云：「一枚蟬蜕榻當中，命也難辭付大空。垂死尚思玄墓麓，滿山寒雪一林松。」其胸襟灑落，亦自不凡。

宋釋惠洪題王維雪中芭蕉圖，有「雪裏芭蕉失寒暑」之句，以芭蕉非雪中物。朱新仲猗覺寮雜記云：「嶺外如曲江，冬大雪中，芭蕉自若，紅蕉始開花，始知前輩作畫不苟如此。想惠洪未到嶺外故也。」余近閱陸安甫蕞殘録云：「郭都督鋐在廣西親見雪中芭蕉，雪後亦不凋壞。」噫！不讀天下書，未遍天下路，不可妄下雌黄！觀此益信。

元薩天錫嘗有詩送訢笑隱住龍翔寺，其詩云：「東南隱者人不識，一日才名動九重。地濕厭聞天竺雨，月明來聽景陽鐘。衲衣香暖留春麝，石鉢雲寒卧夜龍。何日相從陪杖屨？秋風江上採芙蓉。」虞學士見之謂曰：「詩固好，但聞『聽』字意重耳。」薩當時自負能詩，意虞以先輩故少之云爾。後至南臺見馬伯庸論詩，因誦前作，馬亦如虞公所言，欲改之，二人搆思數日，竟不獲。未幾，薩以事至臨川謁虞公，席間首及前事。虞公曰：「歲久不復記憶，請再誦之。」薩誦所作，公曰：「此易事。唐人詩有云『林下老僧來看雨』，宜改作『地濕厭看天竺雨』，音調更差勝。」薩大悦服。今詩律鉤玄訛刻爲倪雲林詩，非也。

宋張表臣嘗游南徐甘露寺，偶題小詞于壁間。其僧愚俗且瞶，愀然不樂曰：「方泥得一堵好壁，可惜塗壞了。」張笑曰：「頗有祖風。」客問：「何謂？」張曰：「昔李衛公亦曾以方竹杖贈甘露寺僧。」尋問之，僧欣然曰：「已規而漆之矣。」衛公嗟惋竟日。祖風之謂此也。余正德辛未春，與張堯臣游虎邱竹樓禪房，酒半，堯臣留句壁間，余亦和之，有「松竹陰中鶴𤍠墮，翠微深處僧房開」。他日有客戲之曰：「以汝對鶴，受其侮矣。」僧愚俗無知，遂磨滅「鶴」「𤍠」二字。重游見之，詢知其故。噫！天下事未嘗無對：「方杖削圓甘露祖，清詩磨滅虎邱僧。」與客一笑而罷。

梅花格高韻勝，見稱於詩人吟詠多矣，自和靖香影一聯爲古今絕唱。近見王涵峰履約詩云：「傍水濃開落影斜，依稀遥認雪中花。何如西子春江上，淡掃蛾眉自浣紗。」許理齋詩話謂其詠梅當以神仙比之，可以自況，比之婦人，則非也。余閱木天禁語有借喻格，如詠婦人，必借花爲喻；詠花者，必借婦人爲比。如王荆公詠梅詩云：「額黄映日明飛燕，肌粉含風冷太真。」東坡云：「春入西湖到處花，裙腰芳草傍山斜。盈盈解佩臨湘浦，脈脈當壚賣酒家。」蕭東之云：「湘妃危立凍蛟背，海月冷掛珊瑚枝。」皆借喻也。許子失於攷耳。余友江陰曹毅之弘，號方湖，詠梅一絕，殊有風致，「清香疎影獨踟躕，脈脈黄昏思有餘。恰似文君新寡後，不施脂粉嫁相如」。亦借喻格也。

麓堂詩話載同官獻諛之辭，如西涯專在虚字上用力，如何得到？又云西涯最有功於聯句。又云西涯所造，一至此乎？又云莫太洩漏天機。至若與吴文定公和般斑韻，西涯公詩警聯，俱載於内，文定和章，不録一句。文定未第時，有贈西涯詩，全篇俱載。古人詩話未必如此。噫！涯翁天下士也，何必亦著此語？雖非自矜，亦未免起後人議論。

劉静修詠史云：「紀録紛紛已失真，語言輕重在詞臣。若將字字論心術，恐有無窮受屈人。」宋史文信公與陳宜中同傳，不預忠義之列。吴文定公有謁文信公祠詩云：「當時正氣亘乾坤，忠義誰將宋史論？柴市宜爲南向象，崖山應有北歸魂。已酬鄉里希賢志，能報朝廷養士恩。一讀六歌人便哭，天教遺墨燬無存。」常熟錢氏藏文信公六歌墨迹，近燬於火，文定末句故及之。噫！文信公忠義表表在天地間，而史書不預，何邪？余誦静修詩，重增惋歎。

古人文辭中往往談及西子事，而其説不一。吴越春秋云：「吴亡，西子被殺。」則西子之在當時，固已死矣。宋之問詩：「一朝還舊都，艷妝尋若邪。鳥驚入松網，魚畏沈荷花。」則西子復還會稽矣。杜牧之詩：「西子下姑蘇，一舸逐鴟夷。」則西子甘心隨范蠡矣。及觀東坡范蠡詩：「誰遺姑蘇有麋鹿，更憐夫子得西施。」則又爲蠡竊西子而去矣。余按墨子親士篇曰：「西施之沈其美也。」西施之終，不見於史傳，古今咸謂其從范蠡五湖之游，今乃知其終於沈，可以爲西子浣千古之冤矣。墨子，春秋末人，其所言當信。

老杜竹詩云：「雨洗涓涓淨，風吹細細香。」太白雪詩云：「瑶臺雪花數千點，片片吹落春風香。」李賀四月詞云：「依微香雨青氛氲。」元微之詩云：「雨香雲澹覺微和。」以世眼論之，則曰竹、雪、雨何嘗有香也？

元何貞立，長沙人，歐陽原功之壻。少有俊名，既舉進士。原功欲拔入翰林，於虞邵庵揭奚斯諸公極稱道之。及相見，適會僧景初持墨菊卷詣翰林求題，諸公遂請貞立賦之。貞立出倉猝，且恇怯，勉强賦云："陶令歸來不受官，黄花采采曉霜寒。悠然一見南山後，故向東籬子細看。"所作殊負所聞，諸公頗不愜。虞公詩云："過了黄河無此種，江南秋老萬僧寒。此花開徧風光盡，莫作尋常草木看。"江南舊有僧萬公善畫墨菊，故云。歐公詩云："苾芻元是黑衣郎，當代深仁始賜黄。今日黄花翻潑墨，本來面目見馨香。"僧舊衣黑，謂之緇流。元文宗寵眷訢笑隱，始賜著黄。貞立以詩故，竟不得入翰苑，歐公亦不復言。邵庵嘗語門人曰："人之出處，固自有定。若貞立者，講學之功，恐亦未至焉。"近卞户部華伯江陰人，亦爲僧題墨菊卷云："聞説緇衣獨好賢，墨花香裏對談玄。玄霜雖改黄金色，老氣横秋尚凜然。"此詩固不敢與虞歐並駕，而亦差勝貞立之作矣。

秦少游侍兒朝華，年十九。少游欲修真，遣朝華歸父母家，使之改嫁。既去月餘，父復來云："此女不願嫁。"少游憐而歸之。明年，少游倅錢塘，謂華曰："汝不去，吾不得修真矣。"臨别作詩云："玉人前去卻重來，此度分攜更不迴。腸斷龜山離别處，夕陽孤塔自崔嵬。"未幾遂竄南荒。余友唐子畏閲墨莊漫録，偶見此事，以詩嘲少游云："淮海修真黜朝華，他言道是我言差。金丹不了紅顔别，地下相逢兩面沙。"又題陶穀郵亭圖云："一宿姻緣逆旅中，短詞聊以識泥鴻。當初我做陶丞旨，何必尊前面發紅？"語意新奇，如醉後啖一蛤蜊，頗覺爽口。

姚寬西溪叢語云：「柳子厚詩，有『空齋不語坐高春』。薛能詩云：『隔江遥見夕陽春。』淮南子云：『日經於淵虞，是謂高春。』注云：『淵虞，地名。高春，時地加戌，民碓春時也。』黄潤玉萬象録云：『高春，巳時也。』或云：『日入處，非也。』」余讀梁元帝詩云：「暮春多淑氣，斜景落高春。」又納涼云：「高春斜日下，佳氣滿欄盈。」當以日入處爲是，二説戌與巳皆誤。

林和靖梅詩：「疏影横斜水清淺，暗香浮動月黄昏。」議者以黄昏難對清淺。楊升菴丹鉛續録云：「黄昏，謂夜深香動月之黄而昏，非謂人定時也。」余意二説皆非，豈詩人之固哉？梅花詩往往多用月落參横字，但冬半黄昏時參横已見，至丁夜則西没矣。和靖得此意乎？

李文正昉云：「士人唯貴王公聞名多而識面少。」太華逸民李鷹云：「寧使王公訝其不來，無使王公厭其不去。」余欽服二公之言，當書於座隅。姚合有詩云：「時過無心求富貴，身閒不夢見公卿。」

盧疏齋云：「大凡作詩，須用三百篇與離騷，言不關於世教，義不存於比興，詩亦徒作。夫詩發乎情，止乎禮義。關雎樂而不淫，哀而不傷，斯得性情之正。古人於此觀風焉。」

逸老堂詩話卷下

古今文人用事，有信筆快意而誤用之者，雖大手筆亦所不免。近見徐天全翁閒居卽事詩云：「閒心自覺功名淡，却笑留侯勝酇侯。」「酇」字有二音，皆地名。蕭何所封邑，屬沛國，才何切。蕭何子孫所封邑，屬南陽，則肝切。按班固十八侯銘云：「文昌四友，漢有蕭何，敘功第一，受封於酇。」唐楊巨源詩云：「請問漢家功第一，麒麟閣上識酇公。」天全翁押去聲，或别有所據云。

離騷云「落英」，或謂菊花不落而何爲落英？一云：「落，大也。」一云：「落，始也，謂始開之英。」姚寬西溪叢語引晉許詢詩云：「青松凝素體，秋菊落芳英。」沈約云：「英，葉也，言食秋菊之葉。」余讀韋應物詩云：「掇英泛濁醪，日入會田家。」審姚説無疑矣。

竹坡詩話云：「作詩止欲寫所見爲妙，不必過求奇險。」葉文莊公與中云：「近之作者，嫫母蹙西施之額，童稚攘馮婦之臂。句雕字鏤，叫噪聱牙，神頭鬼面，以爲新奇，良可歎也。」予嘗見元人房白雲顥詩云：「後學爲詩務鬭奇，詩家奇病最難醫。欲知子美高人處，只把尋常話做詩。」邱文莊濬答友人論詩云：「吐語操辭不用奇，風行水上繭抽絲。眼前景物口頭語，便是詩家絶妙辭。」

蔣少傅冕云：「近代評詩者，謂詩至於不可解，然後爲妙。夫詩美教化，敦風俗，示勸戒，然後足以爲詩。詩而至於不可解，是何説邪？且三百篇，何嘗有不可解者哉？」

南峰楊君謙循吉，作古文甚有時名，其詩亦閒雅。余每愛夏日宿禪房云：「暖分香水浴，涼借好風吹。」與友人夜話云：「杯柈草草免空去，飲酒無多閒話長。」題支硎山僧院云：「泉噴雪花冷，鳥含蠻語柔。」送僧云：「禪從逆境打，衲到暑天收。」秋夜云：「月色寶珠瑩，酒顏枯木春。」佳句也。有松籌堂集。

天台王古直有述懷詩，「窮將入骨詩還拙，事不縈心夢亦清」之句，李西涯稱賞之，載于麓堂詩話。余少曾見唐宋詩選一首，但忘其姓氏，詩云：「纔到中年百念輕，獨於風月未忘情。貧將入骨詩方好，事不縈心夢亦清。萬卷難圖金馬貴，一生長與白鷗盟。幸然不作諸侯客，猶恐江湖識姓名。」惜古直全篇未之見耳。

僧齊己折楊柳詞云：「穠低似中陶潛酒，軟極如傷宋玉風。」以中酒之中爲去聲。予記唐人有詩云：「醉月頻中聖。」「近來中酒起常遲。」「阻風中酒過年年。」東坡云：「臣今時復一中之。」作中風之中，非也。

隱窟雜志：宋時閬州有三雅池，古有修此池，得三銅器，狀如酒杯，各有篆文曰：伯雅、仲雅、季雅。當時雖以名池，而不知爲劉表物也。吴均詩云：「聊傾三雅卮。」劉夢得詩云：「酒每傾三雅。」或謂古酒䴵號三雅，非也。

白樂天詩，善用俚語，近乎人情物理。元微之雖同稱，差不及也。李西涯詩話云：「樂天賦詩，用老嫗解，故失之粗俗。」此語蓋出於宋僧洪覺範之妄談，殆無是理也。近世學者往往因此而蔑裂弗視。吴文定公讀白氏長慶集，有云：「蘇州刺史十編成，句近人情得俗名。垂老讀來尤有味，文人從此莫相輕。」

楊用修丹鉛續録云：「白樂天三游洞記雲破月出光景，含吐互相明滅，晶瑩玲瓏，象生其中。雖有敏口，莫能名狀。造語如此，何異柳子厚？世以爲太易輕議之，蓋亦未深玩之也。」

近見天全翁徐武功墨迹一卷於友人家，筆畫遒勁可愛。其詞云：「心緒悠悠隨碧浪，良宵空鎖長亭。丁香暗結意中情。月斜門半掩，才聽斷鐘聲。耳畔盟言非草草，十年一夢堪驚。馬蹄何日到神京？小橋松徑密，山遠路難憑。」其詞句句首尾字相連續，故名之爲玉連環。想此體格自天全翁始。又見賦中秋月一闋云：「中秋月，月到中秋偏皎潔。偏皎潔，知他多少陰晴圓缺。陰晴圓缺都休説，且喜人間好時節。好時節，願得年年常見中秋月。」天全文集中皆不載，是以知散佚詩文尤多。

宋楊學士應之題所居壁云：「有竹百竿，有香一鑪，有書千卷，有酒一壺，如是足矣。」余友柳大中僉性僻嗜書，搜羅奇籍，傳寫殆徧，親自讎校，不吝假借，由是人益賢之。間好吟詠。手録白氏長慶集，題其後云：「兩三年寫自經手，七十卷書纔到頭。」山居云：「煮粥燒松子，梳頭就菊花。」述懷云：「百竿竹與身同老，千卷書曾手自鈔。」余嘗過訪其居，修竹瀟然，焚香獨坐，左圖右史，充棟汗牛，昔人之所慕者，今大中俱得之矣。與世之朝秦暮楚，驅馳勢利之場者，大相遼絶哉。

唐士絅夢餘録云：「古人爆竹，必於元旦雞鳴之時。今人易以除夜，似失古意。」余近讀張燕公守歲詩云：「竹爆好驚眠。」始知唐時除夜爆竹，其來久矣。

張文潛明道雜志云：「錢穆父尹開封府，剖決無滯，東坡譽之爲『霹靂手』。穆父曰：『敢云霹靂手，且免胡盧蹄。』蓋俗諺也。」能改齋漫録記張鄧公罷政詩云：「赭案當衙並命時，與君兩箇没操持。如今我得休官去，一任夫君鶻鶩蹄。」余又見李屏山樂府末句云：「但尊中有酒，心頭無事。葫蘆提過鶻鶩蹄。」卽今俳優指爲鶻突者，卽胡塗之謂也。

壺山宋謙父詠蚊詩云：「朋比趨炎態度輕，貗人口給屢憎人。雖然暗裏能鑽刺，貪不知機竟殺身。」此詩諷當世小人，奔競不知止者，然辭語太露，無含蓄意。本朝夏文靖公原吉詠蚊云：「白露瀼瀼木葉稀，癡蚊猶自傍人飛。信伊祗解趨炎熱，未識行藏出處機。」藹然有規諷警戒之意存焉。

祝枝山先生希哲，嘗敍家君約齋漫録二十卷。今録其略云：「俞君寬父，吴之耆儒也。秉操貞介，守道篤學，愼交簡出，泊然安素。其爲學也好劇飧飴勤，彰逐月外，視權要若仇，聲利若漚，黄卷賓主，墨訂朱讐，日與古哲者游，蓋皇甫玄晏之流也。文浩瀚不暇盡録。」楊君謙見之乃曰：「太史公筆，不過是也。」又贈先君詩云：「水南雄市萬塵趨，水北還容陋巷居。三尺素桐陶靖節，百篇華賦馬相如。心抛世俗争爲事，手録前賢未見書。欲繼姓名高士傳，怕君嫌我近睢盱。」家君白髮種種，嗜學不倦。每見奇書，手自謄録，時年八十餘矣，未嘗一日廢鉛槧也。枝翁與先君辭世，先後墓木拱矣。展卷讀之，不覺泫然。

吾鄉光菴王仲光，博學知天文，旁通於醫。洪武中，避地太湖。戊寅，儲君即位，有詩云：「數莖白髮亂蓬鬆，萬理千梳不得通。今日一梳通到底，任教春雪舞東風。」人咸謂「光菴我朝陳圖南」，信哉！

陸放翁黄州詩云：「君看赤壁終陳迹，生子何須是仲謀？」趙與時賓退録云：「陸詩本晁載之詠昭靈夫人詩：『安用生兒作劉季，暮年無骨葬昭靈。』」予曰：「非也。東坡有『但令有婦如康子，何用生兒似仲謀』？」

少師楊文貞公嘗曰：「東坡竹妙而不真，息齋竹真而不妙。」蓋坡公成於兔起鶻落須臾之間，而息齋所謂節節而爲之，葉葉而累之者也。專以畫爲事者，乃如是爾。今人有得東坡竹，其枝葉逼真者，大率僞爾。沈石田長於山水而短於竹，嘗自嘲云：「老夫畫竹醜竹類，小兒旁觀謂楊柳。」李西涯題柯敬仲墨竹云：「莫將畫竹論難易，剛道繁難簡更難。君看蕭蕭祇數葉，滿堂風雨不勝寒。」非得畫家三昧旨，恐不能道此語。

考古編云：「屈原漁父一章，自載己與漁父問答之辭。漁父勸其從俗，原答之曰：『寧赴湘流，葬於江魚腹中。』漁父莞爾鼓枻，歌滄浪而去。則是自『莞爾』而下至『去不復顧』，皆原語言也。若原實嘗投湘，安得更能自書死後之言乎？賈誼、揚雄作畔騷，皆言原真投水死，而世亦和之，此不審也。清明前三日，謂之寒食節，天下皆然。其事出於介子推，山西尤重。王惲有詩云：「晉人熟食一月節，店舍無煙竈厨冷。」盧象詩云：「子推言避世，山火遂焚身。四海同寒食，千秋爲一人。」今吴中相傳清明前二日也。

吾鄉魏太常校常寓楊庵精舍，偶談水災，但逢六，數有水厄，每六十年或六年必有一變。夫六陰數也，故有水災，理或然也。莊渠有救荒策，文繁不暇悉録。

史記扁鵲傳，飲以上池之水。上池水者，竹木上未到地之水是也。

立菴俞有立貞木，洞庭人。嘗題趙仲穆畫馬一絶云：「房星方墮墨池中，飛出蒲梢八尺龍。想像開元張太僕，朝回騎過午門東。」風致宛然在目，年九十六而卒。

戴石屏詩：「麥麨朝充食，松明夜當燈。」此實録也。山西深山老松心有油者如蠟，山西居民多以代燭，謂之「松明」，頗不畏風。

梅聖俞每醉，輒叉手温語，坡公謂其非善飲者，習性然也。余友唐解元子畏每酒酣，喜謳劉後村詩云：「黄童白叟往來忙，負鼓盲翁正作場。死後是非誰管得？滿村聽説蔡中郎。」子畏匪好此詩，但自寓感慨云。

宋景公云：「醫卜之事，士君子能之，則不迂不泥不矜不神；小人能之，則迂而入諸拘礙，泥而弗通大方，矜以誇己，神以誣人。」景文真格言也。梅聖俞贈何山人詩有云：「日聞古賢哲，必與醫卜鄰。」

范文正公嘗在邊庭，以黄金鑄一箋筒，飾以七寶，每得朝廷詔旨敕命，貯之筒中。後爲一老卒夜間盗去，潛遁於家。公知之勿究，明年以老放歸。袁文清公桷伯長有詩題文正公遺像一絶云：「甲兵十萬在胸中，赫赫英名震犬戎。寬恕可成天下事，從他老卒盗金筒。」

酈道元水經注形容水之清澈云：「分沙漏石。」又曰：「淵無潛甲。」又曰：「魚若空懸。」又曰：「石子如樗蒲。」皆極造語之妙。

古語云：「梧桐不生則九州異，一葉爲一月，閏月十三葉。」宋人閏月表有云：「梧桐之葉十三，黄楊之厄一寸。」

元人有詩云：「錢塘門外柳如金，三日不來成緑陰。折得一枝城裏去，始知城外已春深。」徐天全雪湖賞梅云：「梅開催雪雪催梅，梅雪催人舉酒杯。折取瓊枝插船上，滿城知是探春回。」二詩皆雋逸可誦，惜元詩遺其名氏。

梁元帝纂要云：「日在午曰亭，在未曰昳。」王仲宣詩云：「山岡有餘昳。」謂日昃。

馬少游曰：「士生一世，但取衣食纔足，乘下澤車，御欵段馬，鄉里稱『善人』，斯可矣。致求贏餘，但自苦爾。」劉夢得經伏波神祠詩有云「一以功名累，翻思馬少游」之句，此也。

古人詩集中，往往有贈內憶女遺妾之作，若稱美子婦顏色見於辭章者，唯山谷集中有之。其贈子婦之兄，乃云「雙鬟女弟如桃李，早年歸我第二雛」之句，可醜可鄙。朱子語類謂其「亂道」，莫非此歟？

「龍鍾」，竹名。年老曰龍鍾，言如竹之枝葉，搖曳不能自禁持也。

杜少陵冬日懷李白詩：「裋褐風霜入。」惟宋元本仍作「裋」，今新刊本皆改作「短褐」，謬矣。「裋」音「豎」，二字見列子。

武功伯徐公，天順間，遭讒被逐，放歸田里，自號天全翁。與杜東原陳孟賢諸老登臨山水爲適，不駕官船，惟幅巾野服而已。所至名山勝境，賦詠竟日忘倦，或填詞曲以侑觴，其風流儀度，可以想見。其游靈巖水龍吟詞云：「佳麗地，是吾鄉，西山更比東山好。有罨畫樓臺，金碧巖扉，彷佛十洲三島。却也有風流安石，清真逸少。向望湖亭畔，西施洞口，天光雲影，上下相涵相照，似寶鏡裏翠蛾妝曉。且登臨，且談笑，眼前事幾多堪弔？香逕踪銷，屧廊聲杳，麋鹿還游未了。也莫管吳越興亡，爲他煩惱。是非顛倒，古與今一般難料。笑宦海風波，幾人歸早，得在家中老。遇酒美花新，歌清舞妙，儘開懷抱。又何須較短量長，此生心應自有天知道。醉呼童更進餘杯，便拚得到三更乘月回仙棹。」此詞膾炙人口，盛傳於世。公年六十六而卒，墓在吳縣玉遮山。吳文定公有詩弔之云「衆口是非何日定，老臣功罪有天知」之句。

元僧道璨號無文印，進士陶躍之之子，善詩文。余愛其題坡翁墨竹云：「長公在惠州，日遣黃門書，自謂墨竹入神品。此枝雖偃蹇低徊，然曲而不屈之氣，上貫枝葉，如其人，如其人。」

唐人「風雨」字入詩最佳者，載於麓堂詩話。宋詩唯潘邠老「滿城風雨近重陽」之句，播傳人口。余觀後村詩話載游次公卜算子詞云：「風雨送人來，風雨留人住。草草杯柈話別離，風雨催人去。淚眼不曾晴，眉黛愁還聚。明日想思莫上樓，樓上多風雨。」一詞而疊用四「風雨」，讀者不厭其繁，句意清快可喜。

梅花不入楚騷，杜甫不詠海棠，二謝不詠菊花，亦可懊恨。辛幼安詞云：「戲馬臺前秋雁飛，管絃歌舞更旌旗。要知黃菊清高處，不入當年二謝詩。傾白酒，遶東籬。只於陶令有心期。明朝重九渾瀟灑，莫使尊前欠一枝。」詞調鷓鴣天。稼軒蓋爲菊解嘲也。

「繡裙斜立正銷魂，宮女移燈掩殿門。燕子不歸花著雨，春風應是怨黃昏。」侯鯖録載此詩，不知何人作也。余嘗見唐女郎劉媛二絶句云：「雨滴梧桐秋夜長，愁心和雨到昭陽。淚痕不學君恩斷，拭却千行更萬行。」「學畫蛾眉獨出羣，當時人道便承恩。經年不見君王面，花落黄昏空掩門。」女郎此詩，可謂哀而不傷者矣。

「梨花淡白柳深青，柳絮飛時花滿城。惆悵東闌一林雪，人生看得幾清明？」陸放翁謂東坡此詩，本杜牧之「砌下梨花一堆雪，明年誰此憑闌干」？余愛坡老詩，渾然天成，非模仿而爲之者。放翁正所謂「洗瘢索垢者」矣。「索新婦，嫁女兒」，吴人俗諺也。按三國志：孫權欲爲子索關羽女，袁術欲爲子索吕布女。今人呼「索」爲「煞」，因其音相似而譌之。

古今詩話云：「江州琵琶亭題者甚多，唯夏鄭公最佳。詩云：『流光過眼如車轂，薄宦羈人似馬銜。若遇琵琶應大笑，何須涕淚滿青衫？』」余愛楊孟載云：「楓葉蘆花兩鬢霜，櫻桃楊柳久相忘。當時莫怪青衫濕，不是琵琶也斷腸。」孟載此詩爲樂天解嘲，亦出新意。

沈石田詩話載：「薛沂叔詠新溪小泛詩云：『柳斷橋方出，雲深寺欲浮。』」「石田稱『浮』字古人不能道。余見僧泐季潭有屋舟詩，有「四面水都繞，一身天若浮」，皆本老杜「乾坤日夜浮」之句。石田稱之過矣。

宋朝盛學士次仲與孔平仲同在館中，雪夜論詩，盛曰：「今夕當作不經人道語。」平仲詩：「斜拖闕角龍千丈，澹抹牆腰月半稜。」坐客皆稱絶。次仲曰：「句甚佳，惜其不大。」頃間，次仲詩：「看來天地不知夜，飛入園林總是春。」平仲乃服。余見麓堂詩話載謝方石鳴治送人兄弟詩：「坐來天地不知夜，夢入池塘都是春。」次仲雪詩，頗與暗合。

陳聲伯渚山詩話云：「近世士大夫遇事退恕，則曰『過背之後，不知和尚在鉢盂在』。其擔任者，則曰『做一日和尚撞一天鐘』。」聲伯戲以此言作絶句云：「短世驚風驟雨中，是非利害竟何從？身謀過背誰知鉢，日記升堂且撞鐘。」觀此則非退恕者矣。吾吳中亦有諺云：「暴時得長老做，半夜裏起來撞鐘。」此語蓋譏諷當世浮躁者。余偶得一絶以繼之云：「處世真如一夢中，英雄得失總成空。存亡身鉢何須計？入定那聞半夜鐘。」聲伯名霆，吳興人。

漢末仲長統見志詩曰：「寄愁天上，埋憂地下。叛散五經，滅裂風雅。」又鄭泉嗜酒，臨卒，謂同類曰：「必葬我陶家之側，庶百歲之後，化而成土，幸見取爲酒壺，實獲我心矣。」二子真曠達之士矣。

墨莊漫録載：「婦人弓足，始於五代李後主。」非也。予觀六朝樂府有雙行纏，其辭云：「新羅繡行纏，足趺如春妍。他人不言好，獨我知可憐。」唐杜牧詩云：「鈿尺裁量減四分，碧琉璃滑裹春雲。五陵年少欺他醉，笑把花前出畫裙。」段成式詩云：「醉袂幾侵魚子纈，彯纓長戛鳳凰釵。知君欲作閑情賦，應願將身作錦鞋。」花間集詞云：「慢移弓底繡羅鞋。」則此飾不始於五代也。或謂起于妲己，乃瞽史以欺閭巷者。士夫或信以爲真，亦可笑哉。

說苑：「子賤爲單父宰，初入境，見有冠蓋來迎者，子賤曰：『車驅之，所謂陽喬者至矣。』陽喬，魚名，不釣而來，喻士之不招而至者也。其魚之形則未詳。」余按荀子曰：「鯈者，浮陽之魚也。」喬，魚名……

唐文粹宓子賤廟碑云：「豈意陽驕，化而爲魴。」喬從魚爲鱎，字義乃全，驕字恐誤。

唐六典有裝潢匠，注音光上聲，謂裝成而以蠟潢紙也。今製箋法，猶有潢漿之説，人多不解，雖大夫士亦讀作平聲，非也。

張野廬山記：「天將雨，則有白雲，或冠於峯巖，或亘於中嶺，俗謂之山帶是也。不出三日，必有雨。」唐人詩云：「風吹山帶遙知雨。」

嘉興李訓導進，字孟昭，其西湖夜宿云：「蹇驢銜雪岸烏紗，夜醉西湖賣酒家。二八吳姬吹鳳管，卷簾燒燭看梅花。」誦之瀟灑可愛。

圍棊世稱爲「手談」，又曰「坐隱」二字，蓋晉人語也，可入詩。

都玄敬詩話載：「周方伯良石題趙子昂墨竹云：『中原日暮龍旂遠，南國春深水殿寒。留得一枝煙雨裏，又隨人去報平安。』」陸儼山詩話謂此詩華亭衞先生作。但首句三字不同，「中原」作「漢家」，「旂」作「沙」。衞逸其名，想傳聞之誤耳。

种放隱於終南山，召拜起居舍人，賜告西歸。有一高士隱居三世，以野蔌一盤詩一篇贈放云：「接得山人號舍人，朱衣前引到蓬門。莫嫌野菜無多味，我是三追處士孫。」

王逐客送鮑浩然游浙東，作長短句云：「水是眼横波，山是眉峯聚。欲問行人去那邊？眉眼盈盈處。才始送春歸，又送君歸去。若到江東趕上春，千萬和春住。」有餘不盡之意，藹然於言外。

紹興間，臨安士人有賦曲云：「一春長費買花錢，日日醉湖邊。玉驄慣識西湖路，驕嘶過沽酒樓前。紅杏香中簫鼓，綠楊影裏秋千。晚風十里麗人天，花壓鬢雲偏。畫船載得春歸去，餘情付湖水湖煙。明日重攜殘酒，來尋陌上花鈿。」思陵見而喜之，惜其後疊第五句「重攜殘酒」，不脱寒酸氣，改曰「重扶殘醉」。虞伯生系之以詩云：「重扶殘醉西湖上，不見春風見畫船。頭白故人無在者，斷隄楊柳舞青煙。」亦寓感慨之意深矣。

西溪叢語云：「孟浪，無趣舍之謂。」余讀莊子林鬳齋口議云：「孟浪，不著實之謂。」當從林注爲當。

唐人俗諺云：「槐花黃，舉子忙。」翁承贊詩云：「雨中妝點望中黃，勾引蟬聲送夕陽。憶得當年隨計吏，馬蹄終日爲君忙。」承贊，閩人，唐末爲諫議大夫。

陳藏一話腴載：「李太守與伯珍醫士書簡云：『遺白金三十兩奉謝，以備橘黃之需。』咸不曉所謂橘黃之義。及觀世説有『枇杷黃，醫者忙。橘子黃，醫者藏』，乃知古人用事不苟如此。」

東峰吳鳴翰，洞庭人，在郡庠有能詩聲。其別妾詩云：「黃金散盡學風流，學得風流已白頭。記得西樓明月夜，幾聲檀板按梁州。」又挽溺水妓云：「翠袖尚籠金釧冷，清波難洗玉容羞。」

洪景盧夷堅志，「夷堅」二字出列子「夷堅聞而志之」，言鵾鵬也。唐華原尉張愼素有夷堅録三卷。張端義貴耳集云：「夷姓堅名也。」張博洽之士，然必有所據，但未明言出於何典耳。

老杜孟冬詩云：「破瓜霜落刃。」歲時雜詠乃云：「破甘霜落瓜。」朱新仲雜記云：「孟冬無瓜，當以雜詠爲是。」余謂西瓜冬天固少，則今冬瓜與瓠子皆有粉，故謂之霜落刃。若改作「破甘霜落瓜」，則謬矣。

關西名妓王白苧者，姿容雅素，詞翰情思，翹翹出羣。來游吳中，騷人雅士，聞其名而往者接踵。或以詩挑之，會合其意，卽留款宿，否則金帛盈箱，亦不能動。吳士熊楝卿訪白苧，杯酌間各詠一物，白苧分得竹簟，其詩云：「含風八尺黃琉璃，卷送郎君誠不惡。只愁一夕秋露零，高束寒冰向塵閣。」楝卿分得竹夫人，其詩云：「保抱工夫妙不傳，數條風骨已泠然。怪他世濟夫人美，慣伴多才學士眠。」楝卿復指庭前蜘蛛爲題，白苧詩先成云：「高結蓬萊第一宮，飛絲曾上御衣紅。只因誤罥仙人髻，謫向人間草屋東。」頗有自負之意。楝卿乃嘲之，其詩云：「結果浮生盡是絲，些些黏惹便羈迷。何如掃却周遭網，不遺人間賺阿誰？」白苧見楝卿詩，稍不樂，復賦一首解嘲云：「上林一片杏花飛，預設賢羅候爾歸。莫道個中黏著住，差强隨水與沾泥。」楝卿亦無如之何。白苧姿色不豔麗，然而出口滑稽，詩才敏速，不亞唐之薛濤也。

高駢鎮成都，命酒佐薛濤妓行一字令。乃曰：「須得一字象形，又須押韻。」公曰：「口，有似没梁斗。」濤曰：「川，有似三條椽。」公曰：「奈何一條曲？」濤曰：「相公爲西川節度使，尚使一没梁斗，至於窮酒佐有一條椽兒曲，又何足怪？」駢亦爲之哂焉。

唐子元薦論本朝之詩：「洪武初，高季迪袁景文一變元風，首開大雅，卓乎冠矣。二公而下，又有林子羽劉子高孫炎孫蕡黄玄之楊孟載輩羽翼之。近日好高論者曰：『沿習元體，其失也贅。』又曰：『國初無詩，其失也聾。』一代之文，曷可誣哉？永樂之末至成化之初，則微乎藐矣。弘治間，文明中天，古學焕日，藝苑則李西涯張亨父爲赤幟，而和之者多失於流易。山林則陳白沙莊定山稱『白眉』，而識者皆以爲傍門。至李空同何景明二子一出，變而學杜，壯乎偉矣。然正變雲擾，而剽襲雷同，比興漸微，而風雅稍遠矣。」詞繁不能悉録，撮其大略而已。

封氏聞見録云：「海内温湯泉甚多，有新豐驪山湯，藍田石門湯，岐州鳳泉湯，同州北山湯，河南陸渾湯，汝州廣成湯，兗州乾封湯，邢州沙湯，凡八處，皆有温泉。」墨莊漫録云：「泉大熱而氣烈者，乃硫黄湯也。唯利州平疴鎮湯泉温和，手可探而不作臭氣，云是朱砂湯也。人傳昔有兩美人來浴，既去，異香馥郁，累日不散。」李端叔過浴池上作詩云：「華清賜浴憶當年，偶記荒山結勝緣。未必興衰異今昔，曾經美女卸金鈿。」余讀唐子西温泉記云：「其下未必有硫黄，以爲水受性本然。」按李賀有詩云：「華清宫中礜石湯。」以此推之，泉之温者，其下必有硫黄、礜石、朱砂之類。子西指以爲水受本然之性，其然豈其然乎？

辛稼軒在上饒時屬其室人病篤，命醫治之，脈次，有侍婢名整整者侍側，乃指謂醫者曰：「老妻獲安平，當以此婢爲贈。」不數日果愈，乃踐前約。以整整而去，稼軒口占好事近云：「醫者索酬勞，那得許多錢物？只有一箇整整，也盤合盛得。　下官歌舞轉悽惶，賸得幾枝殘笛。覷著這般火色，告媽媽將息。」整兒善笛，故第六句及之。

陳聲伯墨談云：「堯讓天下於許由，由非山林逸士也。左傳云：『許，太岳之後。』太岳意即由耳。古者申呂許甫，皆四岳之後。堯典曰：『咨四岳，朕在位七十載，汝能庸命，遜朕位。』讓由之舉，或卽此也。若飲牛棄瓢之說，或者由不敢當其讓，遂逃避於野，如益避啟於箕山之類。後人不知，概謂堯以天下讓一山野之人，甚可駭也。」又閱都玄敬詩話云：「許由之名，見於莊子之寓言。自太史公信以爲實有其人，而後世因之。許由者，許其自由，未嘗有是人也。」玄敬當時最以洽博多聞稱，不知何所據而云然。姑兩存之，以質諸稽古之士。

張祜題驪山有禽名阿濫堆，明皇御玉笛，將其聲翻爲曲，左右皆能傳唱。故祜有詩曰：「紅葉蕭蕭閣半開，明皇曾幸此宮來。至今風俗驪山下，村笛猶吹阿濫堆。」

唐開元中，許雲封善笛，李中贈笛兒有云：「隴頭休聽月明中，妙竹嘉音際會逢。見爾尊前吹一曲，令人重憶許雲封。」劉禹錫贈歌人米嘉榮詩云：「唱得梁州意外聲，舊人唯有米嘉榮。近來年少輕前輩，好染髭鬚作後生。」二生挾一藝之能，而名存不朽者，非名人之詩而傳若是乎？

余嘗謂僧高閑草書，歷世遐遠，而不見傳於世。今人讀韓昌黎文，其名遂顯於千百世之下而不能泯，由是知文字之不可無也如此。

楊用脩丹鉛續録云：「呑姓自古有之，若氏族全書有呑景雲，晉有呑道元與天公箋者，今類書引用改『呑』作『査』，蓋不知有呑姓也。書敍指南所引猶是呑字，可以爲證。」余因是而素檢指南考之，惜乎近年爲人竊去矣。余惋歎累日，飲食不能下咽，乃爲詩以誌吾感云：「四十年前録此書，任渠癡笑宋人愚。追思跋語渾如夢，安得驪龍頷下珠。」指南任德儉著，其後有俞貞木先生題跋誌於後。貞木家貧，一日絶糧，廢簪餌衣服，僅存是册，蓋惜青氈舊物故也。余今六旬矣，不知更復見此書否？是吾幸也。

王楙野客叢書云：「樂天有兩小蠻，如『楊柳小蠻腰』，公侍姬也。如曰『還攜小蠻去，試覓老劉看』，此酒榼名也。」王説謬矣，皆侍姬也。因諱之，乃曰酒榼。老劉卽禹錫也。如元微之鶯鶯曰「雙文」。宋賈耘老妾，東坡名之曰「雙荷葉」。錢伯瞻侍兒名倩奴，山谷集中曰「青人」。我朝林子羽鳴盛集内紅橋，皆侍姬也。蓋諱之易其名耳。

余嘗見倪雲林張伯雨詩寄與同時某人，稱呼下曰「印可」二字，余不曉所謂。後閲霏雪録云「印可」字，維摩言「若能如是坐者佛可印可」，此禪語也。

山谷晚歲信佛甚篤，酷好嗜蠏，有詩云：「寒蒲束縛十六輩，已覺酒興生江山。」東坡亦愛食蝌，其謝丁公默惠蝌詩云：「堪笑吴興饞太守，一詩换得兩尖團。」尖團卽蝌腹下曆也，雄蟹臍尖，至十月極肥大而膏腴，甚有味，古人謂之糊口者是已。劉孟熙謂雌蟹臍圓而珍，蓋不知其味者矣。

丹鉛餘録云：「英光堂帖，有米元章臨智永真草千文，與今本大不同，乃知古人臨帖，不論形似也。岳珂跋其後云：『摹臨兩法本不同，摹帖如梓人作室，梁櫨棟桷，雖具準繩，而締創既成，氣象自有工拙；臨帖如雙鵠并翔，青天浮雲，浩蕩萬里，各隨所至而息焉。寶晉帖蓋進乎此者也。』又爲之贊曰：『永之法，妍以婉。芾之體，峭以健。馬牛其風，神合志通，彼妍我峭，唯妙唯肖。故曰『祖裼不浼，夜户不啟。善學柳下惠，莫如魯男子』。」余謂不但臨摹法帖，看畫亦然。今人見畫不諳先觀其韻，往往以形似求之，此畫工鑒耳，非古人意趣，豈可同日語哉？歐陽文忠公詩云：「古畫畫意不畫形。」蘇東坡云：「作畫以似形，見與兒童鄰。」真名言也。

朱性甫存理，仲秋在王浚之池臺賞月，座中諸客賦詩，先就，性甫有一聯云：「萬事不如杯在手，一生幾見月當頭？」咸爲擊節稱賞。余曾見僧仲璋一詞云：「萬事悠悠輸一醉，花酒休教離手。」性甫句得非此詞脱胎换骨否？

菽園雜記載一詩云：「焚書祇是要人愚，人未愚時國已墟。只有一人愚不得，又從黄石讀兵書。」陸式齋云：「惜不知何人所作？」余見韋居安梅磵詩話載蕭冰崖立之詠秦詩云：「燔經初意欲民愚，民果俱愚國未墟。無奈有人愚不得，夜師黄石讀兵書。」陸公所記卽冰崖之詩，後人相傳稍易之耳。

弘治乙丑，王文恪公濟之丁內憂，郡守林公世遠延文恪修郡志，時館於西城書院。庭中有白蓮一盆池，秋晚一朵忽開，文恪有詩云：「埋盆若個便爲池，玉花亭亭有一枝。不以格高知者少，奈因開晚謝還遲。庭前曉日自相媚，江上秋風空爾爲。我欲舉杯同此賞，天高露下月明知。」吳中搢紳能詩者和之甚衆，勍敵殊罕。唯枝山祝希哲詩云：「賓館秋光聚曲池，玉杯承露閣涼枝。孤寒未必遺真賞，開布何須怨較遲。長恨六郎殊不肖，徒聞十丈亦何爲？徐搖白羽開新詠，想對薇花獨坐時。」時枝山翁亦預纂修郡志，故前云云。爲字險韻，句句帖題，文恪獨加稱賞。

昔人題嚴子陵圖云：「當時便著蓑衣去，煙水茫茫何處尋？」艾性父詩有「却把客星侵帝座，豈應忘世未忘名」。余謂此等語，皆克剥之辭，固不足道。獨愛方求可一詩云：「謾衣羊裘釣澤雲，無端惹起漢玄纁。風標自與齊人異，便著蓑衣也識君。」

成化間，吳中大水，郡守劉瑀酷虐子民，督徵糧税，鄉民苦楚，血肉狼藉，破産蕩業，不勝栲掠，時人目爲「白面虎」。楊儀部循吉有酷吏行刺之云：「酷吏面上無慈色，手中長提法三尺。怒肉横生髯奮張，高呼拍案氣揚揚。鞭笞在前視如戲，人血縱横流滿地。水浸生荆尚怪輕，銅包大杖猶嫌細。貧窮百姓真可憐，每每見官多被鞭。忍飢忍痛哭向天，公人更覓行杖錢。」劉竟不得其死，可爲酷虐者戒。

逸老堂詩話跋

日來酷暑杜門，清曉早涼，頗有以一二種説部詩話等書，或舊鈔，或舊刻，助余消遣，此亦家居銷暑之一樂也。此册爲一書友攜至，問其直，云：「新從故家架上取得，特送覽，尚未有價。」余屬留之。會觸熱出門，日午才歸，偶一披閲，自序無姓名可考，偏檢案頭諸家書目，不得逸老堂詩話之名。方悵怏，而於卷中得其父俞君寬父之名，是知戊申老人乃俞姓。後又檢得陸其清佳趣堂書目載是有書，並注云：「俞寬父之子。」然其名字不傳，可知書既流傳，不患無所稽考也，喜甚！未及買，而已加題識，書魔故智復萌，自覺可笑。明日書友至，如議直不成，尚當向之索酬，方許攜去，蓋後有得此者，可省檢查之勞也。辛未六月二日，求古居主人記。

逸老堂詩話二卷，得之江甯嚴侍讀東有所。書中不列鄉里姓名，然稱魏莊渠馬抑之爲同鄉，則蘇之崑山人也。又稱祝枝山序其父約齋漫録二十卷云「俞君寬父，吴之耆儒」，又以知其人姓俞矣。其大父醉菊翁亦見書中，然皆不知其名。崑山之俞，唯允文字質甫者最著，廣五子之一也。考其事蹟，又齟齬而不合，此書與約齋漫録、江南通志及千頃堂書目皆不載。雖有詩句，又不爲明詩綜所録，一時無可蹤跡。顧其書雖無大過人處，而敍述亦班駁可喜。其論蘿堂詩話載同官獻諛之詞，未免起後人之議，尤確論也， 爲録而傳之。 至其祖孫三世之名若字， 俟他日得崑山縣志與祝枝山集，再爲蒐考云。 盧文弨。

逸老堂詩話兩卷，嚮藏嚴東有盧抱經處，嗣爲黄蕘圃所得。 盧黄均有題跋。 粵寇亂後，歸崑山趙學南，時館滬上製造局。去秋七月，又遭兵燹，藏書盡燬，惟此書録一副本，尚存乃兄仲宣處，學南亟爲寄示。 據兩跋語考之，係崑山俞姓所著，而江南通志蘇州府志崑山縣志藝文皆不載。 黄跋云：「陸其清佳趣堂書目載有是書。 并注云『俞寬父之子』。」其書有云：「祝枝山嘗序家君約齋漫録二十卷。」序略云：「俞君寬父，吴之耆儒。」與佳趣堂書目合。 書又云「先大父醉菊翁」。 其名又不可考。 今檢崑新合志文苑傳中有俞廷楝字永懷者，疑卽其人。傳畧云：「先世居綽墩山下，祖賡颺，以長厚稱，築山來居，延師課孫。 父允升，遷居東城，聚書數千卷，手披口誦。廷楝刻苦勵學，舉康熙己卯鄉薦，授桐城教諭，母喪歸卒」等語。 是書中所稱「大父醉菊翁」者，卽其祖賡颺也。 所稱家君且録祝序畧云「俞君寬父」者，卽其父允升也。 似皆可據以爲證。 惟卷首有嘉靖丁未五月戊申老人自叙，志中稱「康熙己卯鄉薦」，距嘉靖丁未作序時，已越百五十餘年，必非其人可知。 惠農云：「是人與吾鄉張亨父陸安甫皆相識，應在嘉靖萬曆前後。」而崑志中檢查再三，竟不可得，亦一憾事，當别爲蒐考之。 甲寅新正，太倉繆朝荃蘅甫。

逸老堂詩話，明人寫本，有求古居主人跋， 卽士禮居黄蕘翁也。 先君於粵匪亂時得之。 前數年江陰繆筱珊先生借録一本，曾載入其所箸藏書記中，又鈔示盧抱經一跋。壬子，令兒子經申録一副本贈從兄仲宣。癸丑夏六月，遭亂，所有藏書數萬卷，一旦盡失，而是書原本亦遭劫灰，於是從兄自抄一本，而以副本歸余。即寄太倉繆蘅甫李惠農兩先生閲看，蓋二君亦好讀未見書者也。蘅甫又加一跋寄還。今秋無事，重鈔一本，裝訂成帙。此書幸江陰繆公傳録一本，及余録贈從兄副本，獲存於世。惟著書人俞某，各家題跋均未能考得，殊爲憾事。蘅甫疑即俞廷棟其人者，必非是也。惠農云與張亨父陸安甫皆相識，是當於張陸著作中求之。又崑山尚有俞姓者，余均不相識，倘得因緣，檢閲譜牒，或能得其祖孫三代之名字。而蘅甫又以爲是書向藏嚴盧二家，嗣爲黄氏所得，恐亦未確。疑嚴盧所藏别一本，非即蕘翁所見本也。甲寅中秋，崑山趙詒琛學南録畢識。

逸老堂詩話二卷，著録於藝風藏書續記。僅知撰人姓俞，名字無考。檢祝枝山懷星堂集約齋閑録序，知俞寬父之子，名弁，字子客。枝山先生稱其鳳毛蘭種，世其儒業，尤益親予者，即此書之著者也。數年積疑，一旦豁然，喜極無眠，篝燈記之。民國四年十二月一日，無錫丁福保識。

南濠詩話

都南濠先生詩話序

詩話無慮數十家，若鞠坡、艇齋、冷齋諸公，皆其傑然者。而國朝元老麓堂集尤爲精純，會衆說而折其中，詩道畢矣。偶得都公是集，俯而讀，仰而思，知其學問該博，而用意精勤，鈎深致遠，而雅有樞要，誠足以備一家之體，而與諸公並馳焉。如讀太宗之詩，而知貞觀之治；誦清碧之集，而慨宋室之亡。王孟端感久客之娶婦，曹子建助老瞞之奸雄，是又卽其人知其世，而良有深意。公之詩話，大率類此，非瑣瑣章句之末耳。公在吳下以學行稱，官兵曹以政事著，余企慕素矣。今觀是集，信知其體具用行，而發言之有本也。遂捐俸繡梓，用廣厥傳，俾四方之士，因公之言，求公之心，可以推類而至於道，其於風教未必無補。正德癸酉秋七月望日，封邱黃桓書於和州之公寓。

南濠居士詩話序

詩話必具史筆，宋人之過論也。玄辭冷語，用以博見聞資談笑而已，奚史哉？所貴是書正在識見耳。若拾録闕遺，商訂古義，不爲無裨正史，而雅非作者之意矣。余十六七時喜爲詩，余友都君元敬實授之法。於時君有心戒，不事哦諷，而談評不廢。余每一篇成，輒就君是正，而君未嘗不爲余盡也。君於詩别具一識，世之談者，或元人爲宗，而君雅意於宋；謂必音韻清勝，而君惟性情之真。倚馬萬言，莫不韙歎；而碧山雙淚，獨有取焉。凡其所採，率與他爲詩者異，而自信特堅，故久而人亦信之。觀其所著南濠詩話，玄辭冷語，居然合作，而向之三言具在，是知君所爲教余者，皆的然有見，而非漫言酬對也。是故拈而出之，他日當有作法於是者，非徒取其有裨史氏也。壬辰三月，衡山文璧敍。

南濠詩話

明 都穆撰

陳後山曰：「陶淵明之詩，切於事情，但不文耳。」此言非也。如歸園田居云㊀：「曖曖遠人村，依依墟里煙。狗吠深巷中，雞鳴桑樹顛。」東坡謂「如大匠運斤，無斧鑿痕」。如飲酒其一云：「衰榮無定在，彼此更共之。」山谷謂「類西漢文字」。如飲酒其五云：「結廬在人境，而無車馬喧。問君何能爾？心遠地自偏。」王荆公謂「詩人以來，無此四句」。又如桃花源記云：「不知有漢，無論魏晉。」唐子西謂「造語簡妙」。復曰：「晉人工造語，而淵明其尤也。」後山非無識者，其論陶詩，特見之偶偏，故異於蘇黄諸公耳。

㊀「歸園田居」原作「歸田園居」，據陶淵明集改。

東坡嘗過一僧院，見題壁云：「夜涼疑有雨，院静似無僧。」坡甚愛之，不知爲何人作也。劉孟熙霏雪録，謂二句似唐人語。予近閲潘閬集見之，始知爲閬夏日宿西禪院作。詩云：「此地絶炎蒸，深疑到不能。夜涼如有雨，院静若無僧。枕潤連雲石，窗明照佛燈。浮生多賤骨，時日恐難勝。」通篇皆妙。但坡以「如」爲疑，若爲「似」，與此不同。

元微之題劉阮山詩云：「芙蓉脂肉緑雲鬟，罨畫樓臺青黛山。千樹桃花萬年藥，不知何事憶人間。」後元遺山云：「死恨天台老劉阮，人間何戀却歸來？」正祖此意。予頃見楊廉夫詩蹟，亦有是作云：「兩婿原非薄倖郎，仙姬已識姓名香。問渠何事歸來早，白首糟糠不下堂。」較之二元，情致不及，而忠厚過之。

七哀詩始於曹子建，其後王仲宣張孟陽皆相繼爲之。人多不解「七哀」之義，或謂：病而哀，義而哀，感而哀，悲而哀，耳目聞見而哀，口歎而哀，鼻酸而哀。所哀雖一事，而七者具也。

張伯雨外史晚居茅山，罕接賓客。一日，有野僧來謁，童子拒之。僧云：「語而主，吾詩僧也，胡爲拒我？」不得已乃爲入報。伯雨書老杜「花徑不曾緣客掃」之句，使持以示僧。僧略不運思，足成詩云：「久聞方外有神仙，只住華陽古洞天。花徑不曾緣客掃，石牀今許借僧眠。穿雲去汲燒丹井，帶雨來耕種玉田。一自茅君成道後，幾人騎鶴下蒼煙。」末二句涉譏刺。伯雨得詩大驚，延入置之上坐，留連數日。

昔人詞調，其命名多取古詩中語。如蝶戀花取梁簡文詩「翻階蛺蝶戀花情」；滿庭芳取柳州詩「滿庭芳草積」；玉樓春取白樂天詩「玉樓宴罷醉和春」；丁香結取古詩「丁香結恨新」；霜葉飛取老杜詩「清霜洞庭葉，故欲別時飛」；清都宴取沈隱侯詩「朝上閶闔宮，夜宴清都闕」。其間亦有不盡然者，如風流子出文選。劉良文選注曰：「風流，言其風美之聲流於天下。子者，男子之通稱也。」荔枝香解語花，一出唐書，一出開元天寶遺事。唐書禮樂志載：「明皇幸蜀，貴妃生日，命小部張樂奏新曲而未有名。會南方進荔枝，遂命其名曰『荔枝香』。」遺事云：「帝與妃子共賞太液池千葉蓮，指妃子謂左右曰：『何如此解語花也？』」解連環出莊子，莊子曰：「南方無窮而有窮，今日適越而昔來，連環可解也。」華胥引出列子，列子曰：「黄帝晝寢，夢游華胥氏之國。」他如塞垣春，「塞垣」二字出後漢書鮮卑傳；玉燭新，「玉燭」二字出爾雅。即此觀之，其餘可類推矣。

李商隱錦瑟詩，人莫曉其義，劉貢父謂是令狐楚家青衣名也。近閱許彦周詩話云：「錦瑟之爲器，其柱如其絃數，其聲有適怨清和。又云感怨清和。昔令狐楚侍人，能彈此四曲，詩中兩聯，狀此四曲也。」乃知錦瑟非青衣之名，貢父失之於不考耳。

無錫浦源字長源，讀書工詩，洪武中爲晉王府引禮舍人。聞閩人林子羽老於詩學，欲往訪之而無由。一日以收買書籍至閩，時子羽方與其鄉人鄭宣王元輩結社作詩，自以天下爲無人。長源謁之，子羽欲聞其所作，以觀何如。長源乃誦送人之荆門詩，中有「雲邊路繞巴山色，樹裏河流漢水聲」之句，子羽甚加歎賞，遂許入社，與之唱酬。

昔人謂「詩盛于唐，壞于宋」，近亦有謂元詩過宋詩者，陋哉見也。劉後村云：「宋詩豈惟不愧于唐，蓋過之矣。」予觀歐梅蘇黄二陳至石湖放翁諸公，其詩視唐未可便謂之過，然真無愧色者也。元詩稱大家，必曰虞楊范揭。以四子而視宋，特太山之卷石耳。方正學詩云：「前宋文章配兩周，盛時詩律亦無儔。今人未識昆崙派，却笑黄河是濁流。」又云：「天曆諸公製作新，力排舊習祖唐人。粗豪未脱風沙氣，難詆熙豐作後塵。」非具正法眼者，烏能道此。

東坡詩云：「無事此静坐，一日如兩日。若活七十年，便是百四十。」唐子西詩云：「山静似太古，日長如小年。」坡以一日當兩日，子西直以日當年。又不若謝康樂云「以晤言消之，一日當千載」耳。

嚴滄浪謂論詩如論禪：「禪道惟在妙悟，詩道亦在妙悟。學者須從最上乘，具正法眼，悟第一義。」此最爲的論。趙章泉嘗有詩云：「學詩渾似學參禪，要保心傳與耳傳。秋菊春蘭寧易地，清風明月本同天。」其二：「學詩渾似學參禪，識取初年與暮年。巧匠曷能雕朽木，燎原寧復死灰然。」其三：「學詩渾似學參禪，束縛寧論句與聯。四海九州何歷歷，千秋萬歲永傳傳。」吴思道詩云：「學詩渾似學參禪，竹榻蒲團不計年。直待自家都肯得，等閒拈出便超然。」「學詩渾似學參禪，頭上安頭不足傳。跳出少陵窠臼外，丈夫志氣本衝天。」「學詩渾似學參禪，自古圓成有幾聯？春草池塘一句子，驚天動地至今傳。」龔聖任詩云：「學詩渾似學參禪，悟了方知歲是年。點鐵成金猶是妄，高山流水自依然。」「學詩渾似學參禪，語可安排意莫傳。會意卽超聲律界，不須鍊石補青天。」「學詩渾似學參禪，幾許搜腸覓句聯。欲識少陵奇絶處，初無言句與人傳。」予亦嘗效顰云：「學詩渾似學參禪，不悟真乘枉百年。切莫嘔心并剔肺，須知妙語出天然。」「學詩渾似學參禪，筆下隨人世豈傳？好句眼前吟不盡，癡人猶自管窺天。」「學詩渾似學參禪，語要驚人不在聯。但寫真情并實境，任他埋没與流傳。」

海寧胡教授虚白，洪武間歸自江西，泊舟番君之望湖亭，見亭上石刻東坡詩一絶云：「黑雲堆墨未遮山，白雨跳珠亂入船。卷地風來忽吹散，望湖亭下水連天。」虚白賡其韻曰：「鷗外清波雁外山，望湖亭下繫歸船。夜深起坐占風信，人在珠宫月在天。」書之於壁。忽有老者來誦其詩曰：「子非斗南老人邪？」乃爲長揖，舉首不知所往。虚白因自號斗南老人。

楚辭云：「思公子兮未敢言。」惟其不言，所以爲思之至。劉公幹云：「思子沈心曲，長歎不能言。」本楚辭也。

楊憲使孟載與高侍郎季迪、張太常來儀、徐方伯幼文友善，四公皆吴産，皆妙於詩，世稱高楊張徐。孟載詩律尤精，如云「花無桃李非春色，人有笙歌是太平」，「一官不博三竿日，萬事無過兩鬢星」，予愛其閒曠。及云「亂世身如危處立，異鄉人似夢中來」，「千金已廢牀頭劍，一字無存架上書」，則又歎其困窮。如云「紅雨落花來衮衮，緑波芳草去迢迢」，「六朝舊恨殘陽裏，南浦新愁細雨中」，予愛其含蓄。及云「柳色嫩於鵝破殼，蘚痕斑似鹿辭胎」，「小雨送花青見萼，輕雷催笋碧抽尖」，則又驚其新巧。至「翠袖錦筝邀上客，畫船銀燭照歸人」，「高樓錦瑟花連屋，深巷珠簾柳映橋」，則又見其情致之綺麗矣。「宣王石鼓青苔澁，武帝金盤玉露多」，「八陣雲開屯虎豹，三江潮落見鼋鼉」，則又見其氣象之突兀矣。他如「半醉半醒花冉冉，閒愁閒悶雨沈沈」,「恨不髮如春草緑,笑曾花似面顏紅」,「萬里歸心鷗送客,片時殘夢鳥驚人」,則又優柔痛快,而無牽合排比,其亦詩人之豪者哉!

潘逍遥寓居錢塘,嘗一至陝觀華山,留題云:「高愛三峯插太虚,昂頭吟望倒騎驢。傍人大笑從他笑,終擬全家向上居。」時魏野仲先居陝,有贈逍遥詩云:「從此華山圖籍上,更添潘閬倒騎驢。」二公之高致可想也。

杜樊川題烏江項羽廟詩云:「勝敗兵家不可期,包羞忍恥是男兒。江東子弟多豪俊,卷土重來未可知。」後王荆公詩云:「百戰疲勞壯士哀,中原一敗勢難迴。江東子弟今雖在,肯爲君王捲土來。」荆公反樊川之意,似爲正論,然終不若樊川之死中求活。謝疊山謂柳子厚書箕子廟碑陰,意亦類此。

吾鄉沈處士貞吉,讀書能詩,暮年好道,奉純陽吕仙翁甚虔,每有事輒負箕召之。一日得詩二絶云:「鶴背發長歌,清聲振林樾。萬里洞庭秋,湖波弄明月。」「片月已蒼蒼,詩成天欲曙。獨鶴忽不見,閒雲自來去。」處士驚喜下拜,以爲真神仙來也。後徐武功見之,亦曰:「此詩非純陽不能作也。」

李太白杜子美微時爲布衣交,並稱於天下後世。今考之杜集,其懷贈太白者多至四十餘篇,而太白詩之及杜者,不過沙邱城之寄,魯郡東石門之送,及飯顆之嘲一絶而已。蓋太白以帝室之胄，負天仙之才，日試萬言，倚馬可待，而杜老不免刻苦作詩，宜其爲太白所誚。洪容齋胡苕溪以飯顆詩不見太白集中，疑爲後人僞作。予謂古人嘲戲之語，集中往往不載，不特太白爲然。然後之人作詩，乃多學杜而鮮師太白，豈非以太白才高難及，而愛君憂民，可施之廊廟者，固在於飯顆之人耶？

王孟端舍人作詩清麗。嘗有人作客京師，乃別娶婦，孟端作詩寄之云：「新花枝勝舊花枝，從此無心念別離。可信秦淮今夜月，有人相對數歸期。」其人得詩感泣，不日遂歸。

楊廉夫集有路逢三叟詞云：「上叟前致詞，大道抱天全。中叟前致詞，寒暑每節宣。下叟前致詞，『百歲半單眠。』嘗見陳後山詩中一詞，亦此意。此蓋出於應瑒，瑒詩曰：「昔有行道人，陌上見三叟。年各百餘歲，相與鋤禾莠。往前問三叟，何以得此壽？上叟前致詞，室内姬粗醜。二叟前致詞，量腹節所受。下叟前致詞，暮卧不覆首。要哉三叟言，所以能長久。」

漢柏梁臺詩，武帝與羣臣各詠其職爲句，同出一韻，句僅二十有六，而韻之重複者十有四。如武帝云：「日月星辰和四時。」衛尉則云：「周衛交戟禁不時。」梁孝王云：「驂駕駟馬從梁來。」太僕則云：「脩飾輿馬待駕來。」大司馬云：「郡國士馬羽林材。」詹事則云：「椒房率更領其材。」丞相云：「總領天下誠難治。」執金吾則云：「徼道宮下隨討治。」京兆尹則云：「外家公主不可治。」大將軍云：「和撫四夷不易哉。」東方朔則云：「迫窘詰屈幾窮哉？」御史大夫云：「刀筆之吏臣執之。」大鴻臚則云：「郡國吏功差次之。」少府則云：「乘輿御物主治之。」其間不重複者惟十二句，然通篇質直雄健，真可爲七言詩祖。後齊梁詩人多效其體，而氣骨遠不能及。方朔乃云：「迫窘詰屈，直戲語耳。」

外高祖朱先生文奎嘗學詩楊廉夫，洪武初爲郡學訓導。其元夕詩云：「兔魄搖銀海，鰲山接紫微。遊人踏清影，疊鼓催餘煇。蘭炧驚鐙墮，珠星拂曙稀。良宵苦不永，況復隔年違。」置之古人集中，未易辨也。

世人作詩以敏捷爲奇，以連篇累册爲富，非知詩者也。老杜云：「語不驚人死不休。」蓋詩須苦吟，則語方妙，不特杜爲然也。賈閬仙云：「兩句三年得，一吟雙淚流。」孟東野云：「夜吟曉不休，苦吟鬼神愁。」盧延遜云：「險覓天應悶，狂搜海亦枯。」杜荀鶴云：「生應無輟日，死是不吟時。」予由是知詩之不工，以不用心之故，蓋未有苦吟而無好詩者。唐山人題詩瓢云：「作者方知吾苦心。」亦此意也。

紫薇花，俗謂之怕癢樹，爪其幹則枝葉俱動。宋梅都官詩云：「薄膚癢不勝輕爪。」又云：「薄嫩膚搔鳥爪。」皆言其不耐癢也。草木無知之物，此花乃獨不然，何耶？

長洲陳湖磧沙寺，元初有僧魁天紀者居之。魁與高安僧圓至友善，至嘗注周伯弜所選唐三體詩，魁割其資，刻置寺中，方萬里特爲作序，由是三體詩盛傳人間。今吳人稱「磧沙唐詩」是也。魁讀儒家書，尤工於詩，平生匡立絶俗，誓不出世，住山。至有詩贈之云：「拈筆詩成首首新，興來豪叫欲攀雲。難醫最是狂吟病，我恰才痊又到君。」

陳希夷贈張乖厓詩云：「自吳入蜀是尋常，歌舞筵中救火忙。乞得金陵養閒地，也須多謝鬢邊瘡。」予初不省「救火忙」之説，近閲乖厓遺事云：「公嘗謁希夷，問欲隱居，希夷曰：『子方有官職，未可議此。值今之勢，如失火之家，待公救火，不可不赴。』」希夷善相人之術，固已逆知乖厓之不能隱矣。

松江袁御史景文，未仕時，嘗與友人謁楊廉夫，几上見有詠白燕詩云：「珠簾十二中間捲，玉翦一雙高下飛。」景文素能詩者，因謂之曰：「先生此詩，殆未盡體物之妙也。」廉夫不以爲然。景文歸作詩，翌日呈廉夫云：「故國飄零事已非，舊時王謝見應稀。月明漢水初無影，雪滿梁園尚未歸。柳絮池塘香入夢，梨花庭院冷侵衣。趙家姊妹多相妒，莫向昭陽殿裏飛。」廉夫得詩歎賞，連書數紙，盡散坐客。一時呼爲袁白燕云。

木玄虛海賦云：「雲錦散文於沙汭。」予初不解，後遊東海之上，見波紋印沙，堅如刻畫，毫髮不失，而螺貝珍異之物紛錯其間，粲然五色，水波不興，日光射之，真所謂「雲錦散文」。愛玩久之，乃知玄虛此語之不虛也。

元杜清碧本集亡宋節士之詩，爲谷音二卷，惜世罕傳。予近得其本，如程自脩痛哭云：「匆匆古今成傳舍，人生有情淚如把。乾坤誤落腐儒手，但遣空言當汗馬。」歲暮云：「鄉里小兒紇那歌，前輩先生八風舞。欲挽東流無萬牛，抱膝長吟聽更雨。」冉琇蓬萊閣云：「魯連惟有死，王粲不勝哀。」元吉上黨云：「嗚呼皇天肯悔禍，豈有盜賊稱天王？」夜坐云：「忽憶梅花不成語，夢中風雪在江南。」師嚴朱尚書席上云：「主憂臣辱坐感激，忍對花鳥調歡娛。」張琰官柳云：「臬臬亭亭忒無賴，又將春色誤江南。」汪涯采石獨酌云：「天翻地覆有今夕，酒熟詩温無可人。」丁開可惜云：「父老俱嗚咽，天王本聖明。」魚潛送鄭秘書云：「童子歌鴝鵒，幽人拜杜鵑。」柯茂謙魯港云：「可惜使船如使馬，不聞聲鼓但聲金。」皆悲憤激烈，讀之可爲流涕。

曹子建雜詩云：「閒居非吾志，甘心赴國憂。」又云：「國讎諒不塞，甘心思喪元。」老瞞而有是兒，寧不助其奸雄？

東坡云：「詩須有爲而作。」山谷云：「詩文惟不造空强作，待境而生，便自工耳。」予謂今人之詩，惟務應酬，真無爲而强作者，無怪其語之不工。元遺山詩云：「從横正有凌雲筆，俯仰隨人亦可憐。」知此病者也。

會稽張思廉，元末流寓吳門。時張士誠欲結内遊客，大開賓賢之館，聞思廉名，禮致爲樞密院都事，思廉遂委身事焉。未幾，張敗，思廉變姓名走杭州，寄食於報國寺，旦暮手一編，人不得窺。後思廉死，寺中人取視之，乃其平生所作詩也。孫司業大雅嘗爲思廉著傳。

唐太宗詩，其經戰地云：「心隨朗日高，志與秋霜潔。移鋒驚電起，轉戰長河決。營碎落星沈，陣卷橫雲裂。一揮氛沴靜，再舉鯨鯢滅。」其重幸武功云：「垂衣天下治，端拱車書同。白水巡前迹，丹陵幸舊宫。列筵歡故老，高宴聚新豐。駐蹕撫田畯，迴輿訪牧童。」其執契靜三邊云：「無爲宇宙清，有美璇璣正。皎珮星連景，飄衣雲結慶。戢戈榮七德，昇文輝九功。煙波澄舊碧，烽火息前紅。霜野韜蓮劍，關城罷月弓。」其帝京篇云：「人道惡高危，虚心戒盈蕩。奉天竭誠敬，臨民思惠養。納善察忠諫，明科慎刑賞。六五誠難繼，四三非易仰。廣待淳化敷，方嗣云亭響。」皆雄偉不羣，規模宏遠，真可謂帝王之作，非儒生騷人之所能及。帝京一篇，尤見不自滿足，其成貞觀之治，有以哉。

國初詩僧稱宗泐來復。同時有德祥者，亦工於詩，其送僧東遊云：「與雲秋别寺，同月夜行船。」詠蟬云：「玉貂名並出，黄雀患相連。」泐復不能道也。又卜築云：「草生橋斷處，花落燕來初。」亦佳句。

古人詩有唱和者，蓋彼唱而我和之。初不拘體製兼襲其韻也。後乃有用人韻以答之者，觀老杜嚴武詩可見，然亦不一一次其韻也。至元白皮陸諸公，始尚次韻，争奇鬬險，多至數百言，往來至數十首。而其流弊至於今極矣，非沛然有餘之才，鮮不爲其窘束。所謂性情者，果可得而見邪？

柯博士九思在奎章日，得出入內廷，後失寵，退居吴下。虞文靖公作風入松詞贈之，中亦微露此意。予聞柯嘗畫黄鸝、白頭，題詩二絶。白頭云：「春濃不放小禽棲，白髮銜冠向曉啼。簾幕半開人未起，樓臺風暖日猶低。」黄鸝云：「春風嬌軟緑陰肥，上苑鶯花紫翠圍。却向後宫深院裏，一枝閒自理金衣。」近嘉興周丈伯器嘗題二圖，爲予誦之。詩云：「奎章閣下老詞臣，吟遍鶯花上苑春。回首金衣閒自理，緑陰多處少風塵。」「重重簾幙護輕寒，聽徹春禽午夜闌。無限江南歸興裏，不將華髮漫銜冠。」蓋用其語，而反其意也。

吴僧明月舟善爲詩，與予交。嘗得其臨終一首，警句曰：「草煙蝴蝶夢，花月杜鵑吟。」予愛誦之。

劉靜修書事詩云：「卧榻而今又屬誰？江南回首見旌旗。路人遥指降王道，好似周家七歲兒。」周公謹雜識載北客詩云：「憶昔陳橋兵變時，欺他寡婦與孤兒。誰知二百餘年後，寡婦孤兒又被欺。」二詩皆爲宋太祖作，若出一機軸，而辭意嚴正，道人所不能道，真可謂詩之斧鉞矣。

解學士縉自幼能言，卽穎敏絶人。郡守令至其家，或抱置膝上，應聲成文，皆錯愕驚歎。嘗聞學士六歲時，其族祖戲之曰：「小兒何所愛？」卽應聲作詩四絶，其一云：「小兒何所愛？愛者芝蘭室。更欲附飛龍，上天看紅日。」其二云：「人道日在天，我道日在心。不省鷄鳴時，泠然鐘磬音。」其三云：「聖人有六經，天地有日月。日月萬古明，六經終不滅。」其四云：「小兒何所愛？夜夢筆生花。花根在何處？丹府是吾家。」他日學士嘗書其後云：「予未能言時，頗知人教指。夢五色筆，筆有花如菡萏者，當五六歲來，遂盛有作。然未甚能書，往往忘不復記。此詩頗傳誦，不欲棄置，因識之。」

魏仲先詩十卷，名鉅鹿東觀集，予嘗閱之，今記其數聯。閒居書事云：「成家書滿屋，添口鶴生孫。」和王衢見寄云：「身猶爲外物，詩亦是虛名。」詠懷云：「拜少腰寧負，眠多眠不辜。」春日云：「妻喜栽花活，兒誇鬬草贏。」村居述懷云：「鶴病生閒惱，僧來廢靜眠。」又有詠盆池萍云：「莫嫌生處波瀾小，免得漂然逐衆流。」真隱者之言也。

顧玉山仲瑛嘗自題小像云：「儒衣僧帽道人鞋，天下青山骨可埋。若說向時豪俠處，五陵鞍馬洛陽街。」人咸賞其達。予謂仲瑛此詩，不無所襲。傅大士詩云：「道冠儒履釋袈裟，三教原來總一家。」東坡獄中寄弟子由云：「是處青山可埋骨，他時夜雨獨傷神。」後陸放翁云：「青山是處可埋骨。」蓋亦用坡語矣。

江湖間呼舟子爲家長，或疑其卑賤，不宜稱之若是。近閱老杜詩云：「長年三老歌聲裏。」古今詩話謂蜀中以篙手爲三長老，老杜之語，蓋本於此。又戴氏鼠璞謂海濱之人，呼篙師爲長年，則家長之稱，有自來矣。

陰常侍何水部以詩並稱，時謂之陰何。宋黃伯思長睿跋何詩，盡録其佳句。予觀陰詩，佳句尤多。如泛青草湖云：「行舟逗遠樹，度鳥息危檣。」晚泊五洲云：「水隨雲度黑，山帶日歸紅。」廣陵岸送北使云：「海上春雲雜，天際晚帆孤。」巴陵空寺云：「香盡奩猶馥，幡陳畫漸微。」雪裹梅花云：「從風還共落，照日不俱消。」晚出新亭云：「遠戍惟聞鼓，寒山但見松。」皆風格流麗，不減於何，惜未有拈出之者。

袁景文初甚貧，嘗館授一富家，景文性疏放，師道頗不立，未幾辭歸。其家別延陳文東璧。文東懲景文故，待弟子甚嚴。一日，景文來訪，文東適出，因大書其案云：「去年先生靡恃己，今年先生罔談彼。若無幾個始制文，如何教得猶子比。」文東善書，故云然。亦可謂善謔也已。

韓文公詩曰：「我生之初，月宿南斗。」東坡謂公身坐磨蝎宮，而己命亦居是宮。蓋磨蝎卽星紀之次，而斗宿所纏也。星家言身命舍是者，多以文顯。以二公觀之，名雖重於當世，而遭逢排謗，幾不自容，蓋誠有相類者。吾鄉高太史季迪爲一代詩宗，命亦舍磨蝎，又與坡翁同生丙子，洪武初，以作文竟坐腰斬，受禍之慘，又二公之所無者。吁！亦異矣。

張士誠據有吳中，東南名士多往依之。不可致者，惟楊廉夫一人，士誠無以爲計。一日，聞其來吳，使人要於路，廉夫不得已，乃一至賓賢館中。時元主方以龍衣御酒賜士誠，士誠聞廉夫至，甚說，卽命飲以御酒。酒未半，廉夫作詩云：「江南歲歲烽煙起，海上年年御酒來。如此烽煙如此酒，老夫懷抱幾時開？」士誠得詩，知廉夫不可屈，不强留也。

三高祠在吴江長橋南，中祀越上將軍范蠡、晉大司馬東曹掾張翰、唐贈右補闕陸龜蒙。國朝著于祀典，齊東野語載宋人詩云：「可笑吴癡忘越憾，却誇范蠡作三高。」又云：「千年家國無窮恨，只合江邊祀子胥。」蓋深非之。近讀僧善住三高祠詩，范蠡云：「越國謀臣吴國讎，如何廟食此江頭？扁舟載得蛾眉後，却作三江汗漫遊。」其見亦同。毘陵謝應芳嘗上書行省，欲去蠡像，會世變，弗果。洪武間，吴江人陶振子昌，亦著論辯之。

元錢思復惟善嘗赴江浙省鄉試，時出浙江潮賦，三千人中皆不知錢塘江爲曲江，思復獨用之。蓋出枚乘七發。考官得其卷，大喜，置於前列。思復歸，乃構曲江草堂，暮年自稱曰曲江老人。

揚子雲曰：「言心聲也，字心畫也。」蓋謂觀言與書，可以知人之邪正也。然世之偏人曲士，其言其字，未必皆偏曲。則言與書，又似不足以觀人者。元遺山詩云：「心畫心聲總失真，文章寧復見爲人。高情千古閑居賦，争信安仁拜路塵。」有識者之論，固如此。

吴興唐廣惟勤爲人雅有風致，尤善詞翰。嘗手録周公謹癸辛雜識，見其中載方萬里穢行之事，意頗弗平。是夜夢方來曰：「吾舊與周生有隙，故謗我至此。君能文者，幸爲我暴之。」明日，忽有人送方瀛奎律髓來者，惟勤笑曰：「得非方先生惠我耶？」惟勤鄉人有張子静者，工於詩，少嘗學東坡，出語酷似之。嘗夜夢坡公授以詩法。明日，人有以坡詩一部寄子静，子静因自號夢坡居士。

宋王烈婦青楓嶺事，昭灼在人耳目，士大夫過而題詩者甚衆。楊廉夫詩云：「介馬駄駄百里程，青楓一夜血詩成。祇應劉阮桃花水，不似巴陵漢水清。」後廉夫得夢悔之，乃更作詩，有「寧從湘瑟聲中死，不向胡笳拍裏生」之句，則與前詩迥不侔矣。又聞昔有人作詩以非烈婦者，詩曰：「齧指題詩似可哀，斑斑剥剥上青苔。當時若有詩中意，肯逐將軍馬上來。」語意與廉夫初見正同，後其人竟以無嗣。予謂詩貴忠厚，王婦之事，烈烈如此，可謂難矣。而二詩皆有貶辭，所謂「于無過中求有過」，豈忠厚之道哉？

長洲劉先生溥，八歲時，賦溝水詩云：「門前一溝水，日夜向東流。借問歸何處？滄溟是住頭。」後先生仕雖不甚顯，然卒以詩名。家君少學詩先生，先生嘗語之云。

元盛時，揚州有趙氏者，富而好客。其家有明月樓，人作春題，多未當其意者。一日，趙子昂過揚，主人知之，迎致樓上，盛筵相款，所用皆銀器。酒半，出紙筆求作春題。子昂援筆書云：「春風閬苑三千客，明月揚州第一樓。」主人得之喜甚，盡徹酒器以贈子昂。貫雲石亦有詞詠樓，調寄水龍吟云：「晚來碧海風沈，滿樓明月留人住。璚花香外，玉笙初響，修眉如妒。十二闌干，等閒隔斷，人間風雨。望晝橋檐影，紫芝塵暖，又喚起，登臨趣。回首西山南浦。問雲物，爲誰掀舞？關河如此，不須騎鶴，儘堪來去。月落潮平，小衾夢轉，已非吾土。且從容對酒，龍香涴藺，寫平山賦。」

劉長卿餘干旅舍云：「搖落暮天迥，丹楓霜葉稀。孤城向水閉，獨鳥背人飛。渡口月初上，鄰家漁未歸。鄉心正欲絶，何處搗征衣？」張籍宿江上館云：「楚澤南渡口，夜深來客稀。月明見潮上，江靜覺鷗飛。旅望今已遠，此行殊未歸。離家久無信，又聽搗征衣。」二詩皆奇，而偶似次韻，尤可喜也。

方正學先生集，傳之天下，人人知愛誦之。但其中多雜以他人之詩，如勉學二十四首，乃陳子平作；漁樵一首，乃楊孟載作。又有牧牛圖一絶，亦元人詩。

蘇文忠公文章之富，古今莫有過者。予頃見公詩真蹟于友人家，皆集中所不載。詩凡五首，前題云村醪二尊獻張平陽，其一：「萬户春濃酒似油，想須百甕列牀頭。主人日飲三千客，應笑窮官送督郵。」其二：「詩裏將軍已築壇，後來裨將欲登難。已驚老健蘇梅在，更作風流王謝看。」其三：「口出定知書滿腹㊀，瘦生應爲語雕肝。缺二字。灑落江山外，留與人間激懦官。」其四：「張公高躅不可到，我欲攙眉纔覺難。事業已歸前輩録，典刑留與後人看。」其五：「詩如琢雪清牙頰，身覯飛龍吐膽肝。少負清名晚方用，白頭翁竟作何官㊁。」

㊀「口」字原缺，蘇文忠詩合注載鐵網珊瑚作「口」，據補。　㊁「何」字原缺，據蘇文忠詩合注補。

蜀人有徐生者，以詩自矜。嘗一日至吴，謂無詩人。吴有張淮豫源者，素工詩，聞其言，心甚不平，携四三友人，袖所作詩往謁之。坐定，豫源出詩案上，徐生讀之色動，求和其蘇臺覽古之作，豫源頃刻便就。有云：「千年東建吳王國，萬里西通蜀客船。」意似刺之。徐生不覺屈服，以明日遯去。豫源家貧嗜酒，嘗燕一富人家，有稱僧明本梅花詩者，豫源不爲意。時庭下牡丹盛開，彼謂豫源曰：「子能賦此乎？」豫源曰：「是不難。」用梅韻詠之。至五十首，語主人曰：「詩腸枯矣。」索燒酒痛飲，竟足成百首，一座皆吐舌以爲神。

近時北詞以西廂記爲首，俗傳作於關漢卿。或以爲漢卿不竟其詞，王實甫足之。予閱點鬼簿，乃王實甫作，非漢卿也。實甫元大都人，所編傳奇，有芙蓉亭、雙蕖怨等，與西廂記，凡十種，然惟西廂盛行於時。

謝惠連詩云：「屯雲蔽層嶺，驚風涌飛流。零雨潤墳澤，落雪灑林邱。浮氛晦崖巘，積素惑原疇。」張正見詩云：「含香老顏駟，執戟異揚雄。惆悵崔亭伯，幽憂馮敬通。王嬙沒故塞，班女棄深宮。」謝詩三韻句法皆相似，張詩六句，皆見古人，若今人則必厭其重複，古人之詩正不若是拘也。

鄉先生陳太史嗣初嘗云：「作詩必情與景會，景與情合，始可與言詩矣。如『芳草伴人還易老，落花隨水亦東流』，此情與景合也；『雨中黃葉樹，燈下白頭人』，此景與情合也。」

倪元鎮本無錫大家，元季知天下將亂，盡散其家資，往來江湖，多寓琳宮梵刹。嘗有懷歸詩云：「久客懷歸思惘然，松間茅屋女蘿牽。三杯桃李春風酒，一榻菰蒲夜雨船。鴻迹偶曾留雪渚，鶴情原只在芝田。他鄉未若還家樂，緑樹年年叫杜鵑。」洪武甲寅，元鎮年六十八，秋七月始還鄉里，時已無家，寓其姻鄒惟高所。是歲中秋，鄒氏開宴賞月，元鎮以脾泄戒飲，悽然弗樂，乃賦詩曰：「經旬臥病掩山扉，巖穴潛神似伏龜。身世浮雲度流水，生涯煮荳爨枯萁。紅蠡捲碧應無分，白髮悲秋不自支。莫負尊前今夜月，長吟桂影一伸眉。」不久，竟以脾疾卒於鄒氏。

六經如詩書春秋禮記，所載無非實事。自騷賦之作興，託爲漁父卜者及無是公烏有先生之類，而文詞始多漫語，其源出於莊子。莊子一書，大抵皆寓言也。

先工部府君諱卬，字維明，九歲卽能爲詩，年十二，隨先祖月樓翁之杭。時值中秋，先祖與諸文士觀潮，先君侍側。諸文士分韻賦詩，先君亦以能詩得「擎」字，詩云：「海門擁雪銀山傾，怒濤洶洶争奔騰。疾聲頃刻如雷霆，衝擊三島鰲難擎。只疑蒼龍迸斷黃金繩，六丁不敢施威靈。陽侯宫中神鬼驚，鼓盪元氣時降升，更與明月同虧盈，天地至信無遷更。凭闌望望詩已成，百川萬壑如掌平。」先君呈詩，諸公皆大驚，酒間呼爲「奇童」。今親稾具存，上有歲月可考，當爲都氏之家寶也。

唐太宗詩，雖極壯偉，而精巧之語，亦時有之。如云：「笑樹花分色，啼枝鳥合聲。」如云：「日岫高低影，雲空點綴陰。」如云：「出紅扶嶺日，入翠貯巖煙。」如云：「林黄疏葉下，野白曙霜明。」

如云：「舞按花梁燕，歌迎鳥路塵。」如云：「珮移星正動，扇掩月初圓。」後之詩人，雖極力模擬，吾知其不能到也。

元僧圓至，工於古文，而詩尤清婉。其寒食云：「月暗花明掩竹房，輕寒脈脈透衣裳。清明院落無燈火，獨繞迴廊禮夜香。」曉過西湖云：「水光山色四無人，清曉誰看第一春？紅日漸高絃管動，半湖煙霧是遊塵。」送人云：「送子江頭水亦悲，更能隨我定何時？垂楊但爲秋來瘦，不爲秋來有別離。」他如再往湖南云：「春路晴猶滑，山亭晚更涼。竹枯湘淚盡，花發楚魂香。」涂居士見訪云：「並坐夜深皆不語，一燈分映兩閒身。」其造語之妙，當不減于惠勤參寥輩也。

唐胡江東詠史，其「箕山」云云，蓋祖太史公以箕山爲許由隱處之地也。許由之名，見于莊子，與卞隨務光等，率皆寓言。自太史公以爲實有其人，而後世因之。許由者，許其自由，未嘗有是人也。

沈先生啓南，以詩豪名海內，而其詠物尤妙。予少嘗學詩先生，記其數聯，如詠錢云：「有堪使鬼原非謬，無任呼兄亦不來。」門神云：「檢爾功名惟故紙，傍誰門户有長情？」詠簾云：「外面令人倍惆悵，裏邊容眼自分明。」混堂云：「未能潔己嗟先亂，亦復隨波惜衆同。」楊花云：「借風爲力終無賴，與水何緣却託生。」先生又嘗作落花詩，其警聯云：「無方漂泊關遊子，如此衰殘類老夫。」「送雨送春長壽寺，飛來飛去洛陽城。」「美人天遠無家別，逐客春深盡族行。」「懊惱夜生聽雨枕，浮沈朝入送春杯。」「萬物死生寧離土，一場恩怨本同風。」皆清新雄健，不拘拘題目，而亦不離乎題目，茲其所以爲妙也。

東坡嘗拈出淵明談理之詩有三，一曰：「採菊東籬下，悠然見南山。」二曰：「笑傲東軒下，聊復得此生。」三曰：「客養千金軀，臨化消其寶。」皆以爲知道之言。予謂淵明不止於知道，而其妙語亦不止是。如云：「縱浪大化中，不喜亦不懼。應盡便須盡，無復獨多慮。」如云：「望雲慚高鳥，臨水媿遊魚。真想初在襟，誰謂形迹拘。」如云：「不賴固窮節，百世當誰傳？」如云：「朝與仁義生，夕死復何求？」如云：「及時當勉厲，歲月不待人。」如云：「前途當幾許？未知止泊處。古人惜分陰，念此使人懼。」觀是數詩，則淵明蓋真有得於道者，非常人能蹈其軌轍也。

張修撰亨父工於詩，嘗歲晚與翰林諸公聯句，有云：「生事殘年話，風流後輩誇。」竟以是月卒，亦詩讖也。

道家言人身中有三尸，又謂之三彭，每庚申日乘人之睡，以其過惡陳之上帝，故學道者遇是夕輒不睡。許郢州詩云「夜寒初共守庚申」是也。柳子厚集有罵尸蟲文，元吴淵潁有三彭傳，則儒者亦以爲有是物矣。嘗記避暑録話載道士程紫霄曰：「三彭烏有，吾師托此以懼爲惡者爾。」遂作詩云：『不守庚申亦不疑，此心長與道相依。玉皇已自知行止，任爾三彭説是非。』此足以破其徒之惑，且道家而肯爲是言，尤可貴也。

老杜詩云：「讀書破萬卷，下筆如有神。」蕭千巖云：「詩不讀書不可爲，然以書爲詩，則不可。」范景文云：「讀書而至萬卷，則抑揚高下，何施不可？非謂以萬卷之書爲詩也。」景文之語，猶千巖之意也。嘗記昔人云：「萬卷書人誰不讀？下筆未必能有神。」嚴滄浪云：「詩有別材，非關書也。」斯言爲得之矣。

孫仲衍典籍，南海人，詩格高粹。其朝雲三律，皆集古句而成，若出自一手，而不見其牽合。本朝集句，雖多其人，視之仲衍，蓋不止於退三舍也。其一：「妾本錢塘江上仙，雙垂別淚越江邊。鶴歸華表添新冢，燕蹴飛花落舞筵。野草怕霜霜怕日，月光如水水如天。人間俯仰成今古，祇是當時已惘然。」其二：「家住錢塘東復東，偶來江外寄行蹤。三湘愁鬢逢秋色，半壁殘燈照病容。髑骨已成蘭麝土，露華偏濕蕊珠宮。分明記得還家夢，一路寒山萬木中。」其三：「三生石上舊精魂，願作陽臺一段雲。詞客有靈應識我，碧山如畫又逢君。花邊古寺翔金雀，竹裏春愁冷翠裙。莫向西湖歌此曲，清明時節雨紛紛。」朝雲，東坡妾名。

元杭州吾子行先生，博學好古，精篆籀之學。晚年爲妾家所累，有司逮之。子行素高抗，不能忍辱，卽作詩投其所知仇遠，潛赴水死。詩云：「劉伶一鍤事徒然，蝴蝶飛來別有天。欲語太玄何處問？西泠西畔斷橋邊。」後僧宗泐作詩弔之云：「吹簫人去竹房空，海内猶傳學術工。最是西泠橋畔路，淡煙疎柳夕陽中。」子行別號竹房，善吹洞簫，故泐詩首句及之。

朱陳村在徐州豐縣東南一百里深山中，民俗淳質，一村惟朱陳二姓，世爲婚姻。白樂天有朱陳村詩三十四韻，其略云：「縣遠官事少，山深民俗淳。有財不行商，有丁不入軍。家家守村業，頭白不出門。生爲陳村人，死爲陳村塵。田中老與幼，相見何欣欣。一村惟兩姓，世世爲婚姻。親疏居有族，少長遊有羣。黄雞與白酒，歡會不隔旬。生者不遠别，嫁娶先近鄰。死者不遠葬，墳墓多繞村。既安生與死，不苦形與神。所以多壽考，往往見玄孫。」予每誦之，則塵襟爲之一灑，恨不生長其地。後讀坡翁朱陳村嫁娶圖詩云：「我是朱陳舊使君，勸農曾入杏花村。而今風物那堪畫，縣吏催錢夜打門。」則宋之朱陳已非唐時之舊。若以今視之，又不知其何如也？

李羣玉作黄陵廟詩，昔人謂其名檢掃地，周伯弜乃選入唐三體詩，果何見耶？

元末，吾鄉有虞堪勝伯者，善作詩。嘗題趙子昂苕溪圖云：「吴興公子玉堂仙，寫出苕溪似輞川。回首青山紅樹下，那無十畝種瓜田。」爲人膾炙。近沈先生啓南題子昂畫馬一絶，寄予評之。詩云：「隅目晶熒耳竹披，江南流落乘黄姿。千金千里無人識，笑看胡兒買去騎。」先生又爲予誦周方伯良右題子昂竹枝云：「中原日暮龍旂遠，南國春深水殿寒。留得一枝煙雨裏，又隨人去報平安。」三詩皆主刺譏，而勝伯之詞尤微婉云。

王建寒食看花詩云：「顛狂遶樹猿離鎖，跳躑緣閑馬斷羈。」此建之自況。吾於是知功名之累人，不如幽閒之肆志也。

楊孟載詩律精切，其追次李義山無題五首，詞意俱到，真義山之勍敵也。

老杜詩云：「安得廣厦千萬間，大庇天下寒士俱歡顏。」白樂天詩云：「安得大裘長萬丈，與君都蓋洛陽人。」二公其先天下之憂而憂者與？以上三則從文本補錄。

題詞

南濠舊話新傳得，吴下風流楚地聞。我是閒官忙裏過，湖山回首劇思君。

無錫邵寶

跋

都少卿詩話，前明刻本有二：其一黄桓刻於和州，凡七十二則；其一文衡山刻於吴郡，僅四十二則。兩本詮次不同，互有增損，予因正其謬誤，合而刊之，庶爲完善矣。黄本傳自厲氏樊榭山房，文本則從書局借范氏天一閣舊藏也。乾隆癸巳七夕得閒居士鮑廷博識于知不足齋。

麓堂詩話

麓堂詩話序

近世所傳詩話，雜出蔓辭，殊不强人意。惟嚴滄浪詩談，深得詩家三昧，關中既梓行之。是編乃今少師大學士西涯李先生公餘隨筆，藏之家笥，未嘗出以示人，鐸得而録焉。其間立論，皆先生所獨得，實有發前人之所未發者。先生之詩獨步斯世，若杜之在唐，蘇之在宋，虞伯生之在元，集諸家之長而大成之。故其評隲折衷，如老吏斷律，無不曲當。人在堂上，方能辨堂下人曲直，予於是亦云。用託之木，與滄浪並傳。雖非先生意，亦天下學士大夫意也。於戲！先生人品行業，有耳目者皆能知之。文章乃其餘事，詩話云乎哉？姑識鄙意於後。遼陽王鐸識。

麓堂詩話

明　李東陽撰

詩在六經中別是一教，蓋六藝中之樂也。樂始於詩，終於律，人聲和則樂聲和。又取其聲之和者，以陶寫情性，感發志意，動盪血脈，流通精神，有至於手舞足蹈而不自覺者。後世詩與樂判而爲二，雖有格律，而無音韻，是不過爲排偶之文而已。使徒以文而已也，則古之教，何必以詩律爲哉？

古詩與律不同體，必各用其體乃爲合格。然律猶可間出古意，古不可涉律。古涉律調，如謝靈運「池塘生春草」，「紅藥當階翻」，雖一時傳誦，固已移於流俗而不自覺。若孟浩然「一杯還一曲，不覺夕陽沉」，杜子美「獨樹花發自分明，春渚日落夢相牽」，李太白「鸚鵡西飛隴山去，芳洲之樹何青青」，崔顥「黃鶴一去不復返，白雲千載空悠悠」，乃律間出古，要自不厭也。予少時嘗曰：「幽人不到處，茅屋自成村。」又曰：「欲往愁無路，山高谿水深。」雖極力摹擬，恨不能萬一耳。

詩貴意，意貴遠不貴近，貴淡不貴濃。濃而近者易識，淡而遠者難知。如杜子美「鉤簾宿鷺起，丸藥流鶯囀」，「不通姓字粗豪甚，指點銀缾索酒嘗」，「銜泥點涴琴書內，更接飛蟲打著人」；

李太白「桃花流水杳然去，別有天地非人間」；王摩詰「返景入深林，復照莓苔上」，皆淡而愈濃，近而愈遠，可與知者道，難與俗人言。王介甫得之，曰：「坐看蒼苔色，欲上人衣來。」虞伯生得之，曰：「不及清江轉柁鼓，洗盞船頭沙鳥鳴。」曰：「繡簾美人時共看，階前青草落花多。」楊廉夫得之，曰：「南高峯雲北高雨，雲雨相隨惱殺儂。」可謂閉户造車，出門合轍者矣。

柳子厚「回看天際下中流，巖上無心雲相逐」，坡翁欲削此二句，論詩者類不免矮人看場之病。予謂若止用前四句，則與晚唐何異？然未敢以語人。兒子兆先一日過庭，輒自及此，予頗訝之。又一日忽曰：「劉長卿『白馬翩翩春草細，邵陵西去獵平原』，非但人不能道，抑恐不能識。」因誦予桔槔亭曰：『閒行看流水，隨意滿平田。』響閘曰：『津吏河上來，坐看青草短。』海子曰：『高樓沙口望，正見打魚船。』夜坐曰：『寒燈照影獨自坐，童子無語對人閒。』以爲三四年前，尚疑此語不可解，今灑然矣。」予乃顧而笑曰：「有是哉。」

古律詩各有音節，然皆限于字數，求之不難。惟樂府長短句，初無定數，最難調疊。然亦有自然之聲，古所謂聲依永者。謂有長短之節，非徒永也，故隨其長短，皆可以播之律呂，而其太長太短之無節者，則不足以爲樂。今泥古詩之成聲，平側短長，句句字字，摹倣而不敢失，非惟格調有限，亦無以發人之情性。若往復諷詠，久而自有所得，得于心而發之乎聲，則雖千變萬化，如珠之走盤，自不越乎法度之外矣。如李太白遠別離，杜子美桃竹杖，皆極其操縱，曷嘗按古人聲調？而和順委曲乃如此。固初學所未到，然學而未至乎是，亦未可與言詩也。

詩必有具眼，亦必有具耳。眼主格，耳主聲。聞琴斷，知爲第幾絃，此具耳也；月下隔窗辨五色線，此具眼也。費侍郎廷言嘗問作詩，予曰：「試取所未見詩，即能識其時代格調，十不失一，乃爲有得。」費殊不信。一日與喬編修維翰觀新頒中祕書，予適至，費即掩卷問曰：「請問此何代詩也？」予取讀一篇，輒曰：「唐詩也。」又問何人，予曰：「須看兩首。」看畢曰：「非白樂天乎？」於是二人大笑，啓卷視之，蓋長慶集，印本不傳久矣。

唐人不言詩法，詩法多出宋，而宋人於詩無所得。所謂法者，不過一字一句，對偶雕琢之工，而天真興致，則未可與道。其高者失之捕風捉影，而卑者坐于黏皮帶骨，至于江西詩派極矣。惟嚴滄浪所論超離塵俗，真若有所自得，反覆譬說，未嘗有失。顧其所自爲作，徒得唐人體面，而亦少超拔警策之處。予嘗謂識得十分，只做得八九分，其一二分乃拘于才力，其滄浪之謂乎？若是者往往而然。然未有識分數少而作分數多者，故識先而力後。

宋詩深，却去唐遠；元詩淺，去唐却近。顧元不可爲法，所謂「取法乎中，僅得其下」耳。極元之選，惟劉靜修、虞伯生二人，皆能名家，莫可軒輊。世恒爲劉左袒，雖陸靜逸鼎儀亦然。予獨謂高牙大纛，堂堂正正，攻堅而折鋭，則劉有一日之長。若藏鋒斂鍔，出奇制勝，如珠之走盤，馬之行空，始若不見其妙。而探之愈深，引之愈長，則於虞有取焉，然此非謂道學名節論，乃爲詩論也。與予論合者，惟張滄洲亨父、謝方石鳴治。亨父已矣，方石亦歸老數千里外。知我罪我，世固有君子存焉，當何如哉㈠？

㈠「當」原作「黨」，據知不足齋本改。

唐詩李杜之外，孟浩然王摩詰足稱大家。王詩豐縟而不華靡，孟却專心古澹，而悠遠深厚，自無寒儉枯瘠之病。由此言之，則孟爲尤勝。儲光羲有孟之古而深遠不及岑參，有王之縟而又以華靡掩之。故杜子美稱「吾憐孟浩然」，稱「高人王右丞」，而不及儲岑，有以也夫。

觀樂記論樂聲處，便識得詩法。

作詩不可以意徇辭，而須以辭達意。辭能達意，可歌可詠，則可以傳。王摩詰「陽關無故人」之句，盛唐以前所未道。此辭一出，一時傳誦不足，至爲三疊歌之。後之詠別者，千言萬語，殆不能出其意之外。必如是方可謂之達耳。

詩貴不經人道語。自有詩以來，經幾千百人，出幾千萬語，而不能窮，是物之理無窮，而詩之爲道亦無窮也。今令畫工畫十人，則必有相似，而不能別出者，蓋其道小而易窮。而世之言詩者，每與畫並論，則自小其道也。

「雞聲茅店月，人跡板橋霜。」人但知其能道羈愁野況於言意之表，不知二句中不用一二閒字，止提掇出緊關物色字樣，而音韻鏗鏘，意象具足，始爲難得。若强排硬疊，不論其字面之清濁，音韻之諧舛，而云我能寫景用事，豈可哉？

詩與文不同體，昔人謂杜子美以詩爲文，韓退之以文爲詩，固未然。然其所得所就，亦各有偏長獨到之處。近見名家大手以文章自命者，至其爲詩，則毫釐千里，終其身而不悟。然則詩果易言哉？

「寫留行道影，焚却坐禪身。」開口便自黏帶，已落第二義矣。所謂「燒却活和尚」，正不須如此說。

長篇中須有節奏，有操，有縱，有正，有變。若平鋪穩布，雖多無益。唐詩類有委曲可喜之處，惟杜子美頓挫起伏，變化不測，可駭可愕，蓋其音響與格律正相稱。回視諸作，皆在下風。然學者不先得唐調，未可遽爲杜學也。

「月到梧桐上，風來楊柳邊。」豈不佳？終不似唐人句法。「芙蓉露下落，楊柳月中疏。」有何深意？却自是詩家語。

陳公父論詩專取聲，最得要領。潘禎應昌嘗謂予詩宮聲也，予訝而問之，潘言其父受于鄉先輩曰：「詩有五聲，全備者少，惟得宮聲者爲最優，蓋可以兼衆聲也。李太白杜子美之詩爲宮，韓退之之詩爲角，以此例之，雖百家可知也。」予初欲求聲於詩，不過心口相語，然不敢以示人。聞潘言，始自信以爲昔人先得我心，天下之理，出於自然者，固不約而同也。趙撝謙嘗作聲音文字通十二卷，未有刻本。本入内閣而亡其十一，止存總目一卷，以聲統字，字之於詩，亦一本而分者。於此觀之，尤信。門人輩有聞予言，必讓予曰「莫太洩漏天機」，否也！

國初諸詩人結社爲詩，浦長源請入社，衆請所作。初誦數首皆未應，至「雲邊路繞巴山色，樹裏河流漢水聲」，並加賞歎，遂納之。一擊按：「雲邊」二語，宋詩紀事作鬼詩，明詩選作童軒詩。

林子羽鳴盛集專學唐，袁凱在野集專學杜，蓋皆極力摹擬，不但字面句法，并其題目亦效之，開卷驟視，宛若舊本。然細味之，求其流出肺腑，卓爾有立者，指不能一再屈也。宣德間有晏鐸者，選本朝詩，亦名鳴盛詩集。其第一首林子羽應制曰：「堤柳欲眠鶯喚起，宮花乍落鳥銜來。」蓋非林最得意者，則其他所選可知。其選袁凱白燕詩曰：「月明漢水初無影，雪滿梁園尚未歸。」曰：「趙家姊妹多相忌，莫向昭陽殿裏飛。」亦佳。若蘇李泣別圖曰：「猶有交情兩行淚，西風吹上漢臣衣。」而選不及，何也？

律詩對偶最難，如賈浪仙「獨行潭底影，數息樹邊身」，至有「兩句三年得」之句。許用晦「湘潭雲盡暮山出，巴蜀雪消春水來」，皆有感而後得者也。戴石屏「夕陽山外山」，對「春水渡傍渡」亦然。若晏元獻對「無可奈何花落去，似曾相識燕歸來」，尤覺相稱耳。

詩有三義，賦止居一，而比興居其二。所謂比與興者，皆託物寓情而爲之者也。蓋正言直述，則易于窮盡，而難於感發。惟有所寓託，形容摹寫，反復諷詠，以俟人之自得，言有盡而意無窮，則神爽飛動，手舞足蹈而不自覺，此詩之所以貴情思而輕事實也。

元詩體要載楊廉夫香奩絶句，有極鄙褻者，乃韓致光詩也。唐詩，張文昌善用俚語，劉夢得竹枝亦入妙。至白樂天令老嫗解之，遂失之淺俗。其意豈不以李義山輩爲澀僻而反之？而弊一至是，豈古人之作端使然哉？

古歌辭貴簡遠，「大風歌止三句，易水歌止二句，其感激悲壯，語短而意益長。彈鋏歌止一句，亦自有含悲飲恨之意。後世窮技極力，愈多而愈不及。予嘗題柯敬仲墨竹曰：「莫將畫竹論難易，剛道繁難簡更難。君看蕭蕭祇數葉，滿堂風雨不勝寒。」畫法與詩法通者，蓋此類也。

劉會孟名能評詩，自杜子美下至王摩詰李長吉諸家，皆有評。語簡意切，別是一機軸，諸人評詩者皆不及。及觀其所自作，則堆疊餖飣，殊乏興調。亦信乎創作之難也。

國初稱高楊張徐。高季迪才力聲調，過三人遠甚，百餘年來，亦未見卓然有以過之者，但未見其止耳。張來儀徐幼文殊不多見。楊孟載春草詩最傳，其曰「六朝舊恨斜陽外，南浦新愁細雨中」，曰「平川十里人歸晚，無數牛羊一笛風」，誠佳，然綠迷歌扇，紅襯舞裙，已不能脱元詩氣習。至「簾爲看山盡捲西」，更過纖巧：「春來簾幕怕朝東」，乃豔詞耳。今人類學楊而不學高者，豈惟楊體易識，亦高差難學故耶？

詩用實字易，用虛字難。盛唐人善用虛，其開合呼喚，悠揚委曲，皆在於此。用之不善，則柔弱緩散，不復可振，亦當深戒，此予所獨得者。夏正夫嘗謂人曰：「李西涯專在虛字上用工夫，如何當得？」予聞而服之。

晦翁深於古詩，其效漢魏，至字字句句，平側高下，亦相依倣。命意託興，則得之三百篇者爲多。觀所著詩傳，簡當精密，殆無遺憾，是可見已。感興之作，蓋以經史事理，播之吟詠，豈可以後世詩家者流例論哉？

律詩起承轉合，不爲無法，但不可泥，泥於法而爲之，則撐拄對待，四方八角，無圓活生動之意。然必待法度既定，從容閑習之餘，或溢而爲波，或變而爲奇，乃有自然之妙，是不可以强致也。若并而廢之，亦奚以律爲哉？

選詩誠難，必識足以兼諸家者，乃能選諸家；識足以兼一代者，乃能選一代。一代不數人，一人不數篇，而欲以一人選之，不亦難乎？選唐詩者，惟楊士弘唐音爲庶幾。次則周伯弜三體，但其分體於細碎，而二書皆有不必選者。趙章泉絕句雖少而精。若鼓吹則多以晚唐卑陋者爲入格，吾無取焉耳矣。

古詩歌之聲調節奏，不傳久矣。比嘗聽人歌關雎鹿鳴諸詩，不過以四字平引爲長聲，無甚高下緩急之節。意古之人，不徒爾也。今之詩，惟吳越有歌，吳歌清而婉，越歌長而激，然士大夫亦不皆能。予所聞者，吳則張亨父，越則王古直仁輔，可稱名家。亨父不爲人歌，每自歌所爲詩，真有手舞足蹈意。仁輔性亦僻，不時得其歌。予值有得意詩，或令歌之，因以驗予所作，雖不必能自爲歌，往往合律，不待强致，而亦有不容强者也。

唐律多於聯上著工夫，如雍陶白鷺、鄭谷鷓鴣詩二聯，皆學究之高者。至于起結，即不成語矣，如杜子美白鷹起句，錢起湘靈鼓瑟結句，若奏金石以破蟋蟀之鳴，豈易得哉？

杜子美漫興諸絶句，有古竹枝意，跌宕奇古，超出詩人蹊徑。韓退之亦有之。楊廉夫十二首，非近代作也。蓋廉夫深於樂府，當所得意，若有神助，但恃才縱筆，多率易而作，不能一一合度。今所刻本，容有擇而不精之處，讀者必慎取之可也。

文章固關氣運，亦繫於習尚。周召二南、王豳曹衞諸風，商周魯三頌，皆北方之詩，漢魏西晉亦然。唐之盛時稱作家在選列者，大抵多秦晉之人也。蓋周以詩教民，而唐以詩取士，畿甸之地，王化所先，文軌車書所聚，雖欲其不能，不可得也。荆楚之音，聖人不録，實以要荒之故。六朝所製，則出於偏安僭據之域，君子固有譏焉，然則東南之以文著者，亦鮮矣。本朝定都北方，乃爲一統之盛，歷百有餘年之久，然文章多出東南，能詩之士，莫吳越若者。而西北顧鮮其人，何哉？無亦科目不以取，郡縣不以薦之故歟？

昔人以「打起黄鶯兒」、「三日入廚下」爲作詩之法，後乃有以「谿迴松風長」爲法者，猶論學文以孟子及伯夷傳爲法。要之，未必盡然，亦各因其所得而入而已。所入雖異，而所至則同。若執一而求之，甚者乃至於廢百，則刻舟膠柱之類，惡可與言詩哉？

詩之爲妙，固有詠歎淫泆，三復而始見，百過而不能窮者。然以具眼觀之，則急讀疾誦，不待終篇盡帙，而已得其意。譬之善記者，一目之間，數行可下。然非其人，亦豈可强而爲之哉？蕭海釣文明嘗以近作試予，止誦一句，予遽曰：「陸鼎儀。」海釣卽笑而止。

文章如精金美玉，經百鍊歷萬選而後見。今觀昔人所選，雖互有得失，至其盡善極美，則所謂鳳凰芝草，人人皆以爲瑞，閱數千百年幾千萬人而莫有異議焉。如李太白遠別離蜀道難、杜子美秋興諸將詠懷古跡新婚别兵車行，終日誦之不厭也。蘇子瞻在黄州夜誦阿房宫賦數十遍，每遍必稱好，非其誠有所好，殆不至此。然後之誦赤壁二賦者，奚獨不如子瞻之於阿房，及予所謂李杜諸作也邪。

詩韻貴穩，韻不穩則不成句。和韻尤難，類失牽强，强之不如勿和。善用韻者，雖和猶其自作；不善用者，雖所自作猶和也。

詩有别材，非關書也；詩有别趣，非關理也。然非讀書之多明理之至者，則不能作。論詩者無以易此矣。彼小夫賤隸婦人女子，真情實意，暗合而偶中，固不待於教。而所謂騷人墨客學士大夫者，疲神思，弊精力，窮壯至老而不能得其妙，正坐是哉。

今之歌詩者，其聲調有輕重清濁長短高下緩急之異，聽之者不問而知其爲吳爲越也。漢以上古詩弗論，所謂律者，非獨字數之同，而凡聲之平仄，亦無不同也。然其調之爲唐爲宋爲元者，亦較然明甚。此何故耶？大匠能與人以規矩，不能使人巧。律者，規矩之謂，而其爲調則有巧存焉。苟非心領神會，自有所得，雖日提耳而教之無益也。

陶詩質厚近古，愈讀而愈見其妙。韋應物稍失之平易，柳子厚則過於精刻，世稱陶韋，又稱韋柳，特概言之。惟謂學陶者，須自韋柳而入，乃爲正耳。

李杜詩，唐以來無和者，知其不可和也。近世乃有和杜，不一而足。張式之所和唐音，猶有得意，至杜則無一句相似。豈效衆人者易，而效一人者反難耶？是可知已。

唐士大夫舉世爲詩，而傳者可數。其不能者弗論，雖能者亦未必盡傳。高適嚴武韋迢郭受之詩附諸杜集，皆有可觀。子美所稱與，殆非溢美。惟高詩在選者，畧見於世，餘則未見之也，至蘇端乃謂其文章有神。薛華與李白並稱，而無一字可傳，豈非有幸不幸耶？

劉長卿集悽婉清切，盡羈人怨士之思，蓋其情性固然，非但以遷謫故，譬之琴有商調，自成一格。若柳子厚永州以前，亦自有和平富麗之作，豈盡爲遷謫之音耶？

「樂意相關禽對語，生香不斷樹交花。」論者以爲至妙。予不能辯，但恨其意象太著耳。

詩太拙則近於文，太巧則近於詞。宋之拙者，皆文也；元之巧者，皆詞也。

唐音遺響所載任翻題台州寺壁詩曰：「前峯月照一江水，僧在翠微開竹房。」既去，有觀者取筆改「一」字爲「半」字。翻行數十里，乃得「半」字，亟回欲易之，則見所改字，因歎曰：「台州有人。」予聞之王古直云。

胡文穆澹菴集載虞伯生滕王閣三詩，其曰：「天寒高閣立蒼茫，百尺闌干送夕陽。」曰：「燈火夜歸湖上雨，隔籬呼酒説干將。」信非伯生不能作也。今道園遺稿如此詩者絶少，豈學古録所集，固其所自選耶？然亦有不能盡者，何也？

元季國初，東南人士重詩社，每一有力者爲主，聘詩人爲考官，隔歲封題于諸郡之能詩者，期以明春集卷。私試開榜次名，仍刻其優者，略如科舉之法。今世所傳，惟浦江吴氏月泉吟社，謝翱爲考官，春日田園雜興爲題，取羅公福爲首，其所刻詩以和平温厚爲主，無甚警拔，而卷中亦無能過之者，蓋一時所尚如此。聞此等集尚有存者，然未及見也。

劉草窗原博己巳歲有詩曰：「塞雁南飛又北旋，上皇音信轉茫然。孤臣自恨無容地，逆虜誰能共戴天？王衍有時知石勒，謝玄何日破苻堅？京城四塞山河固，一望龍沙一涕漣。」聞者傷之。今所刻本似此者，蓋不多見也。

國初顧禄爲宫詞，有以爲言者，朝廷欲治之，及觀其詩集，乃用洪武正韻，遂釋之。時此書初出，亟欲行之故也。

紅梅詩押「牛」字韻，有曰：「錯認桃林欲放牛。」蛺蝶詩押「船」字韻，有曰：「跟箇賣花人上船。」皆前輩所傳，不知爲何名氏也？

國初人有作九言詩曰：「昨夜西風擺落千林梢，渡頭小舟捲入寒塘坳。」貴在渾成勁健，亦備一體。餘不能悉記也。

羅明仲嘗謂三言亦可爲體，出「樹」「處」二韻，迫予題扇。予援筆云：「揚風帆，出江樹。家遥遥，在何處？」又因圍碁出「端」「觀」二韻，予曰：「勝與負，相爲端。我因君，得大觀。」固一時戲劇，偶記于此。一擊按：國朝鄞人金埴專工此體，多至千篇，題曰三言詩吃，稿藏予家。

京師人造酒，類用灰，觸鼻蜇舌，千方一味，南人嗤之。張汝弼謂之「燕京琥珀」。惟内法酒脱去此味，風致自别，人得其方者，亦不能似也。予嘗譬今之爲詩者，一等俗句俗字，類有「燕京琥珀」之味，而不能自脱，安得盛唐内法手爲之點化哉？虞伯生畫竹曰：「古來篆籀法已絶，祇有木葉雕蠶蟲。」畫馬曰：「貌得當時第一匹，昭陵風雨夜聞嘶。」成都曰：「賴得郫筒酒易醉，夜歸衝雨漢州城。」真得少陵家法。世人學杜，未得其雄健，而已失之粗率；未得其深厚，而已失之臃腫。如此者未易多見也。

李長吉詩，字字句句欲傳世，顧過於劌鉥，無天真自然之趣。通篇讀之，有山節藻棁而無梁棟，知其非大道也。

作詩必使老嫗聽解，固不可。然必使士大夫讀而不能解，亦何故耶？

張滄洲亨父、陸靜逸鼎儀，少同筆硯，未第時，皆有詩名。亨父天才敏絶，而好爲精鍊，奇思硬語，間見疊出，人莫攖其鋒。鼎儀稍後作，而意識超詣，凌高徑趨，擺落塵俗，筆力所至，有不可形容之妙。雖或矯枉過正，弗恤也。二人者，若天假之年，其所成就，不知到古人何等地步，而皆不壽以死，豈不重可惜哉？

謝方石鳴治出自東南，人始未之知。爲翰林庶吉士時，見其送人兄弟詩曰：「坐來風雨不知夜，夢入池塘都是春。」争傳賞之。及月課京都十景律詩，皆精鑿不苟。劉文安公批云：「比見張亨父十景古詩，甚佳。」二友者各相叩其妙，可也。

夏正夫劉欽謨同在南曹，有詩名。初劉有俊思，名差勝。如無題詩曰：「簾幕深沉柳絮風，象牀豹枕畫廊東。一春空自聞啼鳥，半夜誰來問守宫？眉學遠山低晚翠，心隨流水寄題紅。十年不到門前去，零落棠梨野草中。」人盛傳之。夏每見卷中有劉欽謨詩，則累月不下筆，必求所以勝之者。後劉早卒，夏造詣益深，竟出其右。如虔州懷古詩曰：「宋家後葉如東晉，南渡虔州益可哀。母后撤簾行在所，相臣開府濟時才。虎頭城向江心起，龍脉泉從地底來。人代興亡今又古，春風回首鬱孤臺。」若此者甚多。然東南士夫猶不喜夏作，至以爲頭巾詩，不知何也？

人但知律詩起結之難，而不知轉語之難，第五第七句尤宜著力。如許渾詩，前聯是景，後聯

又說，殊乏意致耳，

詩有純用平側字而自相諧協者。如「輕裾隨風還」，五字皆平；「桃花梨花參差開」，七字皆平；「月出斷岸口」一章，五字皆側。惟杜子美好用側字，如「有客有客字子美」，七字皆側；「中夜起坐萬感集」，六字側者尤多。「壁色立積鐵」，「業白出石壁」，至五字皆入而不覺其滯。此等雖難學，亦不可不知也。

徐竹軒以道嘗謂予曰：「杜律非虞伯生註，楊文貞公序刻於正統某年，宣德初已有刻本，乃張姓某人註。」渠所親見。予求其本，弗得也。又言：「方正學勉學詩二十首，乃陳嗣初詩，爲集者之誤。」亦未暇深考，姑記之。〔擎案：「王士禛云：『杜律張性注，性字伯成，江西金谿人，元進士，嘗注尚書補傳。往在京師，曾得張注舊本。』」〕

漢魏六朝唐宋元詩，各自爲體，譬之方言，秦晉吳越閩楚之類，分疆畫地，音殊調別，彼此不相入。此可見天地間氣機所動，發爲音聲，隨時與地，無俟區別，而不相侵奪。然則人囿於氣化之中，而欲超乎時代土壤之外，不亦難乎？

六朝宋元詩，就其佳者，亦各有興致，但非本色，只是禪家所謂「小乘」，道家所謂「尸解」仙耳㊀。

㊀「仙」原脫，據知不足齋本補。

長歌之哀，過於痛哭，歌發於樂者也。而反過於哭，是詩之作也。七情具焉，豈獨樂之發哉？惟哀而甚於哭，則失其正矣。善用其情者，無他，亦不失其正而已矣。

秀才作詩不脱俗，謂之「頭巾氣」；和尚作詩不脱俗，謂之「餕餡氣」；詠閨閣過於華豔，謂之「脂粉氣」。能脱此三氣，則不俗矣。至於朝廷典則之詩，謂之「臺閣氣」；隱逸恬澹之詩，謂之「山林氣」，此二氣者，必有其一，却不可少。

韓退之雪詩，冠絶今古。其取譬曰：「隨風翻縞帶，逐馬散銀盃。」未爲奇特。其模寫曰：「穿細時雙透，乘危忽半摧。」則意象超脱，直到人不能道處耳。

子貢因論學而知詩，子夏因論詩而知學。其所爲問答論議，初不過骨角玉石面目采色之間，而感發歆動，不能自已。讀詩者執此求之，亦可以自得矣。

陳白沙詩，極有聲韻。厓山大忠祠曰：「天王舟檝浮南海，大將旌旗仆北風。世亂英雄終死國，時來豎子亦成功㊀。身爲左衽皆劉豫，志復中原有謝公。人衆勝天非一日，西湖雲掩岳王宫。」和者皆不及。餘詩亦有風致，但所刻淨稿者未之擇耳。

㊀「豎子」原缺，據晉書阮籍傳「時無英雄，使豎子成名」句補。

莊定山孔暘未第時已有詩名，苦思精鍊，累日不成一章。如「江穩得秋天」，「露冕春停江上樹」，往往爲人傳誦。晚年益豪縱，出入規格，如「開闢以來元有此，蓬萊之外更無山」之類。

陳公甫有曰：「百鍊不如莊定山。」有以也。

詩文之傳，亦繫於所付託，韓付之李漢，柳付之劉夢得，歐有子，蘇有弟。後人既不前人若，又往往爲輯録者所累。解學士縉大紳，才名絶世，詩無全稿。黄學士諫收拾遺逸，漫爲集刻。今所傳本，如采石弔李白中秋不見月，不過數篇。其餘真僞相半，頓令觀者有「楓落吴江冷」之歎。然則江右當時之英，安能逭後死者之責耶？若楊文貞公東里集，手自選擇，刻於廣東，爲人竄入數篇。後其子孫又刻爲續集，非公意也。劉文安公亦自選保齋存稿，至以餘草焚之。而其所選又徇其獨見，與後進之論，或不相合，不可曉也。

楊文貞公亦學杜詩，古樂府諸篇，間有得魏晉遺意者，尤精鑒識，慎許可。其序唐音，謂可觀世變。序張式之詩，稱勗哉乎楷而已。

蒙翁才甚高，爲文章俯視一世。獨不屑爲詩，云：「既要平側，又要對偶，安得許多工夫？」然其所作，如公子行短短牀二曲，綽有古調。留侯圖四絶句，句意皆非時人所到也。

劉文安公不甚喜爲詩，縱其學力，往往有出語奇崛，用事精當者。如英廟輓歌曰：「睿皇厭代返仙宫，武烈文謨有祖風。享國卅年高帝並，臨朝八閏太宗同。天傾玉蓋旋從北，日昃金輪却復中。賜第初元臣老朽，受恩未報泣遺弓。」今集中石鍾山歌等篇，皆可傳誦，讀者擇而觀之可也。

五七言古詩仄韻者，上句末字類用平聲。惟杜子美多用仄，如玉華宮哀江頭諸作，概亦可見。其音調起伏頓挫，獨爲趫健，似別出一格。回視純用平字者，便覺萎弱無生氣。自後則韓退之蘇子瞻有之，故亦健於諸作。此雖細故末節，蓋舉世歷代而不之覺也。偶一啟鑰，爲知音者道之。若用此太多，過於生硬，則又矯枉之失，不可不戒也。

昔人論詩，謂「韓不如柳，蘇不如黃」。雖黃亦云「世有文章名一世，而詩不逮古人者，殆蘇之謂也」，是大不然。漢魏以前，詩格簡古，世間一切細事長語，皆著不得。其勢必久而漸窮，賴杜詩一出，乃稍爲開擴，庶幾可盡天下之情事。韓一衍之，蘇再衍之，於是情與事，無不可盡。而其爲格，亦漸粗矣。然非具宏才博學，逢原而泛應，誰與開後學之路哉？

歐陽永叔深於爲詩，高自許與。觀其思致，視格調爲深。然校之唐詩，似與不似，亦門牆藩籬之間耳。梅聖俞云：「永叔要做韓退之，硬把我做孟郊。」今觀梅之於孟，猶歐之於韓也。或謂梅詩到人不愛處，彼孟之詩，亦曷嘗使人不愛哉？

熊蹯雞跖，筋骨有餘，而肉味絶少。好奇者不能舍之，而不足以厭飫天下，黃魯直詩大抵如此，細咀嚼之可見。

楊廷秀學李義山，更覺細碎；陸務觀學白樂天，更覺直率。概之唐調，皆有所未聞也。

陳無己詩，綽有古意。如「風帆目力短，江空歲年晚」，興致藹然，然不能皆然也。無乃亦骨勝肉乎？陳與義「一涼恩到骨，四壁事多違」，世所傳誦，然其支離亦過矣。

中州集所載金詩，皆小家數，不過以片語隻字爲奇。求其渾雅正大，可追古作者，殆未之見。元詩大都勝之。□□□□固不足深論。意者土宇有廣狹，氣運亦隨之而升降耶？

詩在卷册中易看，入集便難看。古人詩集，非大家數，除選出者，鮮有可觀。卞户部華伯在景泰間，盛有詩名，對客揮翰，敏捷無比。近刻爲全集，殆不逮所聞。聞江南人率錢刊板附其家所得者以託名，初不論其好惡。雖選詩成集者亦然，若光嶽英華湖海耆英之類是已。

輓詩始盛於唐，然非無從而涕者。壽詩始盛於宋，漸施於官長故舊之間，亦莫有未同而言者也。近時士大夫子孫之於父祖者弗論，至於姻戚鄉黨，轉相徵乞，動成卷帙，其辭亦互爲蹈襲，陳俗可厭，無復有古意矣。

作山林詩易，作臺閣詩難。山林詩或失之野，臺閣詩或失之俗。野可犯，俗不可犯也。蓋惟李杜能兼二者之妙。若賈浪仙之山林，則野矣；白樂天之臺閣，則近乎俗矣。況其下者乎？

天文惟雪詩最多，花木惟梅詩最多。雪詩自唐人佳者已傳不可僂數，梅詩尤多於雪。惟林君復「暗香」「疎影」之句爲絶倡，亦未見過之者，恨不使唐人專詠之耳。杜子美纔出一聯曰：「幸不折來傷歲暮，若爲看去亂鄉愁。」格力便别。

王古直以歌故作詩亦有思致，題嚴陵詩曰：「天地此生惟故友，江湖何處不漁翁？」遊西山曰：「舊時僧去竹房冷，今日客來山路生。」述懷曰：「窮將入骨詩還拙，事不縈心夢亦清。」餘不盡然。嘗與予和雪詩「蒸」字韻，數往復，時出新意，予頗訝之。久乃覺其爲方石所助，蓋古直時止謝家故也。因以一詩挑之，謝乃躍然出和，遂成巨卷，古直藏而失之，懊恨累歲，邵郎中國賢偶購而歸之。後古直客死，方石盡鬻其書畫爲棺斂費，而獨留此卷云。

吾楚人多不好吟，故少師授。彭民望少爲諸生，偏好獨解，得唐人家法。如淵明圖詩曰：「義熙人物羲皇上，典午山河甲子中。恨殺潯陽江上水，隨潮還過石頭東。」送人曰：「齊地青山連魯衆，彭城山色過淮稀。」幽花曰：「脉脉斜陽外，微風助斷腸。」桔槔亭曰：「春風滿畦水，不見野人勞。」皆佳句也。獨不自貴重，詩不存稿。予輯而藏之，僅百餘篇而已。惜哉！

兆先嘗見予杞陵詩「野行愁夜虎，林卧起秋蠅」之句，問曰：「是爲秋蠅所苦，不能卧而起耶？」予曰：「然。」曰：「然則『愁』字恐對不過。」予曰：「初亦不計，『妨』字外亦無可易者。」曰：「似亦未稱，請用『迴』字如何？蓋謂爲夜虎所遏而迴也。」予曰：「然。」遂用之。

張東海汝弼草書名一世，詩亦清健有風致。如下第詩曰：「西飛白日忙於我，南去青山冷笑人。」送羅應魁曰：「百年事業丹心苦，萬世綱常赤手扶。」假髻曲等篇，皆爲時所傳誦。嘗自評其書不如詩，詩不如文，又云「大字勝小字」。予戲之曰：「英雄欺人每如此，不足信也。」

予嘗有岳陽樓詩云：「吴楚乾坤天下句，江湖廊廟古人情。」鏡川楊文懿公亟稱之，有同官者不以爲然，駁之曰：「『吳楚乾坤之句，本妙在『坼』字『浮』字上，今去此二字，則不見其妙矣。」楊曰：「然則必云『吳楚東南坼，乾坤日夜浮』天下句而後爲足耶？」後以語予，爲之一笑。

蘇子瞻才甚高，子由稱之曰：「自有文章，未有如子瞻者。」其辭雖夸，然論其才氣，實未有過之者也。獨其詩傷於快直，少委曲沉著之意，以此有不逮古人之誚。然取其詩之重者，與古人之輕者而比之，亦奚翅古若耶。

嘗有一同官見予輩留心體製，動相可否，輒爲反唇曰：「莫太著意。人所見亦不能同，汝謂這般好，渠更説那般好耳。」謝方石聞之，謂予曰：「是惡可與口舌爭耶？」

方石自視才不過人，在翰林學詩時，自立程課，限一月爲一體。如此月讀古詩，則凡官課及應答諸作，皆古詩也。故其所就，沉著堅定，非口耳所到。既其老也，每出一詩，必令予指疵，不指不已。及予有所質，亦傾心應之，必使盡力。予嘗爲匡山詩，内一聯，渠意不滿，予以爲更無可易。渠笑曰：「覷子胸中，似不止此。」最後曰：「廟堂遺恨和戎策，宗社深恩養士年。」渠又笑曰：「微我，子不到此。」予又爲端禮門古樂府，渠以爲末句未盡，往復再四，最後乃曰：「碑可毁，亦可建。蓋棺事，久乃見。不見姦黨碑，但見姦臣傳。」渠不待辭畢，已躍然而起矣。

予嘗作漸臺水詩，末句曰：「君不還，妾當死。臺高高，水瀰瀰。」張亨父欲易爲「君當還」，乃見楚王出遊不忍絶望之意。予則以爲此意則前已有之，末用兩「不」字，愈見高高瀰瀰無可奈何有餘不盡之意。間質之方石，玩味久之曰：「二字各有意。」竟亦不能決也。

彭民望始見予詩，雖時有賞歎，似未犁然當其意。及失志歸湘，得予所寄詩曰：「斫地哀歌興未闌，歸來長鋏尚須彈。秋風布褐衣猶短，夜雨江湖夢亦寒。」黯然不樂。至「木葉下時驚歲晚，人情閱盡見交難。長安旅食淹留地，慚愧先生苜蓿盤」，乃潸然淚下，爲之悲歌數十遍不休，謂其子曰：「西涯所造，一至此乎？恨不得尊酒重論文耳。」蓋自是不閱歲而卒，傷哉！

潘南屏時用深於詩，亦慎許可。嘗與方石各評予古樂府，如明妃怨謂古人已説盡，更出新意。予豈敢與古人角哉？但欲求其新者，見意義之無窮耳。及予所作腹劍辭，方石評末句云：「添一『恨』字，卽精神十倍。」南屏乃漫爲過目。新豐行，南屏評以爲無一字不合作，而方石亦尋常視之，不知何也？姑識之以俟知者。腹劍辭曰：「腹中劍，中自操，一日不試中怒號，搆讐結怨身焉逃？一夜十徙徒爲勞。生無遺憂死餘恨，恨不作七十二塚藏山坳。」新豐行曰：「長安風土殊不惡，太公但念東歸樂。漢皇眞有縮地功，能使新豐爲故豐。城郭不異山川同，公不思歸樂關中。漢家四海一太公，俎上之對何匆匆，當時幸不烹若翁。」

陸鼎儀嘗言謝方石詩好用「夢」字及「笑」字，察之果然。間以語之，亦一笑而已，不易。因憶張亨父嘗言杜詩好用「眞」字，豈所謂「許渾千首溼，杜甫一生愁」者，雖古人亦不能免耶？

韓蘇詩雖俱出入規格，而蘇尤甚。蓋韓得意時，自不失唐詩聲調。如永貞行固有杜意，而選者不之及，何也？楊士弘乃獨以韓與李杜爲三大家不敢選，豈亦有所見耶？

聯句詩，昔人謂才力相當者乃能作，韓孟不可尚已。予少日聯句頗多，當對壘時，各出己意，不相管攝，寧得一一當意。惟二三名筆，間爲商搉一二字，輒相照應。方石嘗謂人曰：「西涯最有功於聯句。」若是，則予惡敢當？但憶與彭民望作悲秋長律七言四十韻，不欲重用一字，已乃令亡弟東山細加磨勘，有一字乃復易之，蓋其用心之勤亦如此。其所録舊草，初未嘗有所擇，輒爲王公濟所刻，自是始不以草稿假人，正坐是耳。與民望聯者，幾二百篇，爲別録，既久而失。近易吉士舒誥始自長沙録得之，豈民望之詩，有不容泯者耶？

集句詩，宋始有之，蓋以律意相稱爲善，如石曼卿王介甫所爲，要自不能多也。後來繼作者，貪博而忘精，乃或首尾衡決，徒取字句對偶之工而已。嘗觀夏宏聯錦集，有一絶句曰：「懸燈照清夜，葉落堂下雨。客醉已無言，秋蛩自相語。」下註高啟等四人。因訝之曰：「妙一至此乎！」時季迪詩未刻行，既乃見其鈔本，則四句固全篇，特以次三句揑寫三人名姓耳。其妄誕乃爾，又惡足論哉？

「無邊落木蕭蕭下，不盡長江滚滚來。萬里悲秋常作客，百年多病獨登臺。」景是何等景，事是何等事！宋人乃以九日藍田崔氏莊爲律詩絶唱，何耶？

詩中有僧，但取其幽寂雅澹，可以裝點景致；有仙，但取其瀟灑超脱，可以擺落塵滓。若言僧而泥於空幻，言仙而惑於怪誕，遂以爲必不可無者，乃癡人前說夢耳。

李長吉詩有奇句，盧仝詩有怪句，好處自別。若劉叉冰柱雪車詩，殆不成語，不足言奇怪也。如韓退之效玉川子之作，斵去疵纇，摘其精華，亦何嘗不奇不怪？而無一字一句不佳者，乃爲難耳。

風雨字最入詩，唐詩最妙者，曰「風雨時時龍一吟」，曰「江中風浪雨冥冥」，曰「筆落驚風雨」。他如「夜來風雨聲」，「洗天風雨幾時來」，「山雨欲來風滿樓」，「山頭日日風和雨」，「上界神仙隔風雨」，未可僂數。宋詩惟「滿城風雨近重陽」爲詩家所傳，餘不能記也。

「廣武城邊逢暮春」，不如「洛陽城裏見秋風」，「落葉滿長安」，不如「落葉滿空山」。「庭皐木葉下」，不如「無邊落木蕭蕭下」，若「洞庭波兮木葉下」，則又超出一等矣。

李太白集七言律止二三首，孟浩然集止二首，孟東野集無一首，皆足以名天下傳後世。詩奚必以律爲哉？

太白天才絶出，真所謂「秋水出芙蓉，天然去雕飾」。今所傳石刻「處世若大夢」一詩，序稱：「大醉中作，賀生爲我讀之。」此等詩皆信手縱筆而就，他可知已。前代傳子美「桃花細逐楊花落」，手稿有改定字，而二公齊名並價，莫可軒輊。稍有異議者，退之輒有「世間羣兒愚，安用故謗傷」之句，然則詩豈必以遲速論哉？

作涼冷詩易，作炎熱詩難；作陰晦詩易，作晴霽詩難；作閒靜詩易，作繁擾詩難。貧詩易，富詩難；賤詩易，貴詩難。非詩之難，詩之工者爲難也。

族祖雲陽先生以詩名，其和王子讓詩曰：「老淚縱橫憶舊京，夢中歧路欠分明。天涯自信甘流落，海內誰堪託死生？短策未容還故里，片帆直欲駕滄瀛。他年便作芙蓉主，慚愧當時石曼卿。」此洪武初寓永新時作也。他詩如曰「諸葛有才終復漢，管寧無計謾依遼」，明妃詩曰「漢家恩深恨不早，此身空向胡中老。妾身倘負漢宮恩，殺盡青青原上草」，皆清激悲壯，可詠可歎。元詩體要乃獨取五言二絕，蓋未見其全集也。

國初廬陵王子讓諸老作鐵拄杖採詩山谷間，子讓乃雲陽先生同年進士，而雲陽晚寓永新，玆會也，蓋亦預焉。其曾孫臣今爲廣西參政，嚮在翰林時，嘗爲予言，予爲作鐵拄杖歌。

吳文定原博未第時，已有能詩名。壬辰春，予省墓湖南，時未始識也。蕭海釣爲致一詩曰：「京華旅食變風霜，天上空瞻白玉堂。短刺未曾通姓字，大篇時復見文章。神遊汗漫瀛洲遠，春夢依稀玉樹長。忽報先生有行色，詩成獨立到斜陽。」予陛辭日，見考官彭敷五爲誦此詩，戲謂之曰：「場屋中有此人，不可不收。」敷五問其名，曰：「予亦聞之矣。」已而果得原博爲第一，亦奇事也。原博之詩，醲郁深厚，自成一家，與亨父鼎儀，皆脫去吳中習尚，天下重之。

詩用倒字倒句法，乃覺勁健。如杜詩「風簾自上鉤」，「風窗展書卷」，「風鴛藏近渚」，「風」字皆倒用。至「風江颯颯亂帆秋」，尤爲警策。予嘗效之曰：「風江捲地山蹴空，誰復壯遊如兩翁。」論者曰：「非但得倒字，且得倒句。」予不敢應也。論者乃舉予西涯詩曰：「不知城外春多少，芳草晴烟已滿城。」以爲此倒句非耶。予於是得印可之益，不爲少矣。

嚴滄浪「空林木落長疑雨，別浦風多欲上潮」，真唐句也。「南山與秋色，氣勢兩相高」，不如「千崖秋氣高」；「野火燒不盡，春風吹又生」，不如「春入燒痕青」，謂其簡而盡也。

「夢」字，詩中用者極多，然説夢之妙者亦少。如「重城不鎖還家夢」，「一場春夢不分明」，「夢裏還家不當歸」，乃覺親切。陳媿齋師召在南京，嘗有夢中詩寄予，予戲答之曰：「舉世空驚夢一場，功名無地不黄粱。憑君莫向癡人説，説向癡人夢轉長。」以夢爲戲，亦所謂不爲虐者也。

吴文定善蘇書，予嘗作簡戲效其體。文定作「斑」字「般」字音斑。韻詩戲予，予和答之，往復各五首。予「斑」字有曰：「心同好古生差晚，力欲追君鬢恐斑。」「搨遍吴箋猶送錦，搦殘湘管半無斑。」「換羊價重街頭帖，畫虎心勞紙上斑。」「雲間天馬誰争步，水底山雞自照斑。」「般」字曰：「聊以師模歸有若，敢將交行比顔般。」「鄭師乍許三降楚，墨守終能九却般。」「文心捧處慚施女，筆陣圍時困楚般。」文定詩大有佳句，今失其稿，求之未得也。

邵文敬善書工棋，詩亦有新意。如「江流白如龍，金焦雙角短」之類。又有「半江帆影落尊前」

之句，人稱爲「邵半江」。間變蘇書，予亦以蘇書答之。跋云：「戲效東曹新體。」邵誤以爲效其詩，作「依」字韻詩抵予，首句曰：「東曹新體古來稀。」予又戲其次韻曰：「東曹新體古來稀，此意茫然失所歸。字擬坡書聊共戲，詩於崑法敢相譏。休誇驥裹才無敵，未必葫蘆樣可依。却問棋場諸國手，向來門下幾傳衣？」因相與大笑而罷。

趙子昂書畫絶出，詩律亦清麗。其谿上詩曰：「錦纜牙檣非昨夢，鳳笙龍管是誰家？」意亦傷甚。岳武穆墓曰：「南渡君臣輕社稷，中原父老望旌旗。」句雖佳，而意已涉秦越，至對元世祖曰：「往事已非那可説，且將忠赤報皇元。」則掃地盡矣。其畫爲人所題者，有曰：「前代王孫今閣老，只畫天閑八尺龍。」有曰：「兩岸青山多少地，豈無十畝種瓜田？」至「江心正好看明月，却抱琵琶過別船」，則亦幾乎罵矣！夫以宗室之親，辱於夷狄之變，揆之常典，固已不同。而其才藝之美，又足以爲譏訾之地，才惡足恃哉？然南渡中原之句，若使他人爲之，則其深厚簡切，誠莫有過之者，不可廢也。

近時作古樂府者，惟謝方石最得古意。如過河怨曰：「過河過河不過河，奈此中原何？」夜半檄曰：「國威重，空頭敕。相權輕，夜半檄。」皆警句也。

國朝武臣能詩者，莫過定襄伯郭元登，謫甘州時，有送蒙翁歸朝詩曰：「青海四年羈旅客，白頭雙淚倚門親。」曰：「莫道得歸心便了，天涯多少未歸人。」又曰：「甘州城南河水流，甘州城北胡雲愁。玉關人老貂裘敝，苦憶平生馬少游。」今有聯珠集行於世。予集蒙翁類博稿，見舊草紙背翁親書王母宮四律，愛而録之，頗疑無改竄字，與他草不類。久之見所謂聯珠集者，乃知爲此老詩，幸不誤録也。

維揚周岐鳳多藝能，坐事亡命，扁舟野泊無錫。錢奕投之以詩，有「一身爲客如張儉，四海何人是孔融？野寺鶯花春對酒，河橋風雨夜推篷」之句。岐鳳得詩，爲之大慟，江南人至今傳之。

莊定山嘗有書曰：「近見『冉冉月墮水』之句。」予南行時誠有之，但「蒼蒼霧連空」上句，殊未稱耳。

予北上時得句曰：「山色晝濃澹。」兩日不能對。忽曰：「鳥聲歌短長。」羅冰玉殊不首肯，曰：「對似未過。」然竟不能易也。

王介甫點景處，自謂得意，然不脱宋人習氣。其詠史絶句，極有筆力，當別用一具眼觀之。若商鞅詩，乃發洩不平語，於理不覺有礙耳。

凡聯句推長者爲先，同年惟羅冰玉最長。羅以詩自許，每披襟當之。嘗有句曰：「磊磈銅盤蠟。」坐客疑之，輒奮然曰：「此吾得意句，斷不可易。」陸靜逸嘗曰「喑噤隱滅雯」，亦然。謝方石嘗曰：「輾然一笑出門去，燈火滿天驚飛鳥。」尤覺奮迅。是譬如周葅屈芰自好之不厭，予未之知也。按：「驚飛鳥」似本作「飛鳥驚」，用東坡句意。

曩時諸翰林齋居，閉户作詩。有僮僕窺之，見面目皆作青色。彭敷五以「青」字韻嘲之，幾致反目。予爲解之，有曰「擬向麻池争白戰，瘦來難肋豈勝拳」，聞者皆笑。

界畫有金碧，要不必同，只各成家數耳。劉須谿評杜詩「楚江巫峽半雲雨，清簟疏簾看弈碁」，曰淺絳色畫，正此謂耳。若非集大成手，雖欲學李杜，亦不免不如稊稗之誚。他更何説耶？一擊按：「此條前段疑有脱文。」

古雅樂不傳，俗樂又不足聽。今所聞者，惟一派中和樂耳。因憶詩家聲韻，縱不能髣髴賡歌之美，亦安得庶幾一代之樂也哉！

矯枉之過，賢者所不能無。静逸之見，前無古人。而歎羡王梅谿詩，以爲句句似杜。予嘗難之，輒隨手指摘，即爲擊節，以信其説，此猶可也。讀僧契嵩鐔津集，至作詩以賞之。初豈其本心哉？亦有所激而云爾。

僧最宜詩，然僧詩故鮮佳句。宋九僧詩，有曰：「縣古槐根出，官清馬骨高。」差强人意。齊己湛然輩，畧有唐調。其真有所得者，惟無本爲多，豈不以讀書故耶？

予嘗有詩曰「鸚鵡籠深空望眼」，或欲易爲「空昨夢」。又曰「翠籠鸚鵡空愁思」，或欲易爲「空毛羽」。予不能辯，姑以俟諸他日，更與商之。

清絶如「胡騎中宵堪北走，武陵一曲想南征」。富貴如「旌旗日煖龍蛇動，宫殿風微燕雀高」。高古如「伯仲之間見伊吕，指揮若定失蕭曹」。華麗如「落花遊絲白日静，鳴鳩乳燕青春深」。斬絶如「返照入江翻石壁，歸雲擁樹失山村」。奇怪如「石出倒聽楓葉下，櫓摇背指菊花開」。瀏亮如「楚天不斷四時雨，巫峽長吹萬里風」。委曲如「更爲後會知何地，忽漫相逢是别筵」。俊逸如「短短桃花臨水岸，輕輕柳絮點人衣」。温潤如「春水船如天上坐，老年花似霧中看」。感慨如「王侯第宅皆新主，文武衣冠異昔時」。激烈如「五更鼓角聲悲壯，三峽星河影動摇」。蕭散如「信宿漁人還汎汎，清秋燕子故飛飛」。沉著如「艱難苦恨繁霜鬢，潦倒新停濁酒杯」。精鍊如「客子入門月皎皎，誰家擣練風凄凄」。慘戚如「三年笛裏關山月，萬國兵前草木風」。忠厚如「周宣漢武今王是，孝子忠臣後代看」。神妙如「織女機絲虚夜月，石鯨鱗甲動秋風」。雄壯如「扶持自是神明力，正直元因造化功」。老辣如「安得仙人九節杖，拄到玉女洗頭盆」。執此以論，杜真可謂集詩家之大成者矣。一擎按：「此條前段疑有脱文。」

張式之爲都御史，在福建督軍務，作詩曰：「除夜不須燒爆竹，四山烽火照人紅。」爲言者所劾而罷，詩體不可不慎也。

「巧遲不如拙速」，此但爲副急者道。若爲後世計，則惟工拙好惡是論，卷帙中豈復有遲速之迹可指摘哉？對客揮毫之作，固閉門覓句者之不若也。嘗有人言：「作詩不必忙，忙得一首後，剩有工夫，不過亦是作詩耳，更有何事？」此語最切。

元詩：「山中烏喙方嘗膽，臺上蛾眉正捧心。」「空懷狗監知司馬，且喜龍門識李膺。」「生藏魚腹不見水，死挽龍髯直上天。」皆得李義山遺意。至「戲爾築壇登大將，危乎操印立真王」，「自是假王先買禍，非關真主不憐才」，直世俗所謂箇板對耳，不足以言詩也。

麓堂詩話跋

麓堂詩話，實涯翁所著，遼陽王公始刻於維揚。余家食時，手鈔一帙，把玩久之。雖然，予非知詩者，知其有益於詩教爲多也，將載刻以傳而未果。兹欲酬斯初志，適匠氏自坊間來，予同寅松溪葉子坡南、長洲陳子棐庭咸贊成之，迺相與正其訛舛，翻刻於縉庠之相觀庭，爲天下詩家公器焉。時嘉靖壬寅十一月既望，番禺後學負暄陳大曉景曙父跋。

李文正公以詩鳴成弘間，力追正始，爲一代宗匠。所著懷麓堂集，至今爲大雅所歸。詩話一編，折衷議論，俱從閱歷甘苦中來，非徒游掠光影娱弄筆墨而已。仁和倪君建中手鈔見贈，亟爲開雕。俾與滄浪詩話白石詩說鼎峙騷壇，爲風雅指南云。乾隆乙未仲秋上浣知不足齋後人鮑廷博識。

詩鏡總論

詩鏡總論

明　陸時雍撰

詩有六義，頌簡而奧，敻哉尚矣。大雅宏遠，非周人莫爲。小雅婉孌，能或庶幾。風體優柔，近人可倣。然體裁各別，欲以漢魏之詞，復興古道，難以冀矣。西京崛起，別立詞壇，方之於古，覺意象蒙茸，規模逼窄，望湘纍之不可得，況三百乎？

十五國風，亦里巷語，然雍雍和雅，騷人則蕭蕭清遠之音。西京語迫意鋟，自不及古人深際。

詩人一歎三詠，感寤具存，龐言繁稱，道所不貴。韋孟諷諫，愷直有餘，深婉不足。韋玄成自劾詩，情色未宣，末段數語，庶爲可誦。

詩四言優而婉，五言直而倨，七言縱而暢，三言矯而掉，六言甘而媚，雜言芬葩，頓跌起伏。

四言大雅之音也，其詩中之元氣乎？風雅之道，衰自西京，絕於晉宋，所由來矣。

五言在漢，遂爲鼻祖。西京首首俱佳，蘇李固宜，文君一女耳，胸無繡虎，腕乏靈均，而白頭吟寄興高奇，選言簡雋，乃知風會之翊人遠矣。

十九首近於賦而遠於風，故其情可陳，而其事可舉也。虛者實之，紆者直之，則感寤之意微，而陳肆之用廣矣。夫微而能通，婉而可諷者，風之爲道美也。古人善於言情，轉意象於虚圓之中，故覺其味之長而言之美也。後人得此則死做矣。

蘇李贈言，何温而戚也！多唏涕語，而無蹶蹙聲，知古人之氣厚矣。

班婕妤説禮陳詩，婷脩娉佩，怨歌行不在緑衣諸什之下。

王昭君黄鳥詩，感痛未深。以絶世姿作蠻夷嬪，人苟有懷，其言當不止此。此有情而不能言情之過也。

詩之佳，拂拂如風，洋洋如水，一往神韻，行乎其間。班固明堂諸篇，則質而鬼矣。鬼者，無生氣之謂也。

東京氣格頽下，蔡文姬才氣英英。讀胡笳吟，可令驚蓬坐振，沙礫自飛，直是激烈人懷抱。

孔融，魯國一男子，讀臨終詩，其意氣慨慨欲盡。

焦仲卿詩有數病：大略繁絮不能舉要，病一；粗醜不能出詞，病二；頽頓不能整格，病三。尤可舉者，情詞之訛謬也，如云「妾不堪驅使，徒留無所施。便可白公姥，及時相遣歸」，此是何人所道？觀上言「非爲織作遲，君家婦難爲」，斯言似出婦口，則非矣。當縣令遣媒來也，「阿女含涙答，蘭芝初還時，府吏見丁寧，結誓不别離。今日違情義，恐此事非奇。自可斷來信，徐徐更謂之」。而其母之謝媒，亦曰「女子先有誓，老姥豈敢言」，則知女之有志，而母固未之强也。及其兄悵然，蘭芝既能死誓，何不更申前説大義拒之，而云「蘭芝仰頭答，理實如兄言。處分適兄意，那得自任專？」意當時情事，斷不如是。詩之不能宛述備陳，亦明矣。至於府君訂婚，阿母戒日，婦之爲計，當有深裁。或密語以寄情，或留物以示意，不則慷慨激烈，指膚髮以自將，不則紆鬱悲思，遺飲食於不事。乃云「左手持刀尺，右手執綾羅，朝成繡裌裙，晚成單羅衫」，其亦何情作此也？「晻晻日欲暝，愁思出門啼。府吏聞此變，因求假暫歸。未至二三里，摧藏馬悲哀。新婦識馬聲，躡履相逢迎。」當是時，婦何意而出門？夫何緣而偶值？詩之未能當情又明矣。其後府吏與母永訣，回身入房，此時不知幾爲徘徊，幾爲惋憤？而詩之情色，甚是草草，此其不能從容摭寫又甚矣。或曰：「詩虚境也，安得與紀事同論？」夫虚實異致，其要於當情則一也。漢樂府孤兒行，事至瑣矣，而言之甚詳。傅玄秦女休行，其事甚奇，而寫之不失尺寸。夫情生於文，文生於情，未有事離而情合者也。

古之爲尚，非徒朴也，實以其精。今人觀宋器，便知不逮古人甚遠。商彝周鼎，洵可珍也。不求其精，而惟其朴。以疏頑爲古拙，以淺俚爲玄澹，精彩不存，面目亦失之遠矣。

古樂府多俚言，然韻甚趣甚。後人視之爲粗，古人出之自精，故大巧者若拙。

魏人精力標格，去漢自遠，而始彩之華，中不足者外有餘，道之所以日漓也。李太白云：「自從建安來，綺麗不足珍。」此豪傑閲世語。

曹孟德饒雄力，而鈍氣不無，其言如摧鋒之斧。子桓王粲，時激風雅餘波，子桓逸而近風，王粲莊而近雅。子建任氣憑材，一往不制，是以有過中之病。劉楨稜層，挺挺自持，將以興人則未也。二應卑卑，其無足道。徐幹清而未遠，陳琳險而不安。鄴下之材，大略如此矣。

晉多能言之士，而詩不佳，詩非可言之物也。晉人惟華言是務，巧言是標，其衷之所存能幾也？其一二能詩者，正不在清言之列，知詩之爲道微矣。嵇阮多材，然嵇詩一舉殆盡。阮籍詩中之清言也，爲汗漫語，知其曠懷無盡。故曰：「詩可以觀。」直舉形情色相，傾以示人。

傅玄得古之神。漢人朴而古，傅玄精而古。朴之至，妙若天成；精之至，粲如鬼畫。二者俱妙於思慮之先矣。

精神聚而色澤生，此非雕琢之所能爲也。精神道寶，閃閃著地，文之至也。晉詩如叢綵爲花，絶少生韻。士衡病靡，太沖病憍，安仁病浮，二張病塞。語曰：「情生於文，文生於情。」此言可以藥晉人之病。

素而絢，卑而未始不高者，淵明也。艱哉士衡之苦於縟繡而不華也。夫温柔悱惻，詩教也。愷悌以悦之，婉娩以入之，故詩之道行。左思抗色厲聲，則令人畏；潘岳浮詞浪語，則令人厭，欲其人人也難哉！

讀陶詩，如所云「清風徐來，水波不興」，想此老悠然之致。詩被於樂，聲之也。聲微而韻，悠然長逝者，聲之所不得留也。一擊而立盡者，瓦缶也。詩之饒韻者，其鉦磬乎？「相去日以遠，衣帶日以緩」，其韻古；「攜手上河梁，遊子暮何之」，其韻悠；「高臺多悲風，朝日照北林」，其韻亮；「晨風飄歧路，零雨被秋草」，其韻矯；「采菊東籬下，悠然見南山」，其韻幽；「皇心美陽澤，萬象咸光昭」，其韻韶；「扣枻新秋月，臨流別友生」，其韻清；「野曠沙岸淨，天高秋月明」，其韻冽；「天際識歸舟，雲中辨江樹」，其韻遠。凡情無奇而自佳，景不麗而自妙者，韻使之也。

晉人五言絶，愈俚愈趣，愈淺愈深。齊梁人得之，愈藻愈真，愈華愈潔。此皆神情妙會，行乎其間。唐人苦意索之，去之愈遠。

詩至於宋，古之終而律之始也。體制一變，便覺聲色俱開。謝康樂鬼斧默運，其梓慶之鐻乎？顏延年代大匠斲而傷其手也。寸草莖，能争三春色秀，乃知天然之趣遠矣。

「池塘生春草」，雖屬佳韻，然亦因夢得傳。「林壑斂暝色，雲霞收夕霏」，語饒霽色，稍以椎鍊得之。「白雲抱幽石，緑篠媚清漣」，不琢而工。「皇心美陽澤，萬象咸光昭」，不淘而淨。「杪秋尋遠山，山遠行不近」，不脩而嫵。「猿鳴誠知曙，谷幽光未顯」，「巖下雲方合，花上露猶泫」，不繪而工。此皆有神行乎其間矣。

謝康樂詩，佳處有字句可見，不免硜硜以出之，所以古道漸亡。康樂神工巧鑄，不知有對偶之煩。惠連枵然膚立，如擣衣牛女，吾不知其意之所存，情之所在。

鮑照材力標舉，凌厲當年，如五丁鑿山，開人世之所未有。當其得意時，直前揮霍，目無堅壁矣。駿馬輕貂，雕弓短劍，秋風落日，馳騁平岡，可以想此君意氣所在。

詩麗於宋，豔於齊。物有天豔，精神色澤，溢自氣表。王融好爲豔句，然多語不成章，則塗澤勞而神色隱矣。如衛之碩人，騷之招魂，豔極矣，而亦真極矣。柳碧桃紅，梅清竹素，各有固然。浮薄之豔，枯槁之素，君子所弗取也。

詩至於齊，情性既隱，聲色大開。謝玄暉豔而韻，如洞庭美人，芙蓉衣而翠羽旗，絶非世間物色。

讀謝家詩，知其靈可砭頑，芳可滌穢，清可遠垢，瑩可沁神。

熟讀靈運詩，能令五衷一洗，白雲緑篠，湛澄趣於清漣。熟讀玄暉詩，能令宿貌一新，紅藥青苔，濯芳姿於春雨。

詩須觀其自得，陶淵明飲酒詩：「一觴雖獨進，杯盡壺自傾。」「提壺撫寒枝，遠望時復爲。」又：

「昔人既屢空，春興豈自免？」「寒竹被荒蹊，地爲罕人遠。」此爲悠然樂而自得。謝康樂：「樵隱俱在山，由來事不同。不同非一事，養痾亦園中。中園屏氛雜，清曠招遠風。」此爲曠然遇而無罣。見古人本色，撝拔不煩而至。夫詠物之難，非肖難也，惟不局局於物之難。玄暉「餘霞散成綺，澄江淨如練」，「天際識歸舟，雲中辨江樹」，山水煙霞，衷成圖繪，指點盼顧，遇合得之。古人佳處，當不在言語間也。鮑明遠「霜崕滅土膏，金澗測泉脈。旋淵抱星漢，乳竇通海碧」，精矣，而乏自然之致。良工苦心，余以是賞之。

梁武西洲曲，絕似子夜歌，累疊而成，語語渾稱，風格最老，擬青青河畔草亦然。

梁人多妖豔之音，武帝啓齒揚芬，其臭如幽蘭之噴，詩中得此，亦所稱絕代之佳人矣。「東飛伯勞西飛燕」，河中之水歌，亦古亦新，亦華亦素，此最豔詞也。所難能者，在風格渾成，意象獨出。

簡文詩多滯色膩情，讀之如半醉憨情，懨懨欲倦。

齊梁人欲嫩而得老，唐人欲老而得嫩，其所別在風格之間。齊梁老而實秀，唐人嫩而不華，其所別在意象之際。齊梁帶秀而香，唐人撰華而穢，其所別在點染之間。

梁元學曲初成，遂自嬌音滿耳，含情一粲，蕊氣撲人。邵陵王賓致有餘，老而能媚。

沈約有聲無韻，有色無華。江淹材具不深，凋零自易，其所擬古，亦壽陵餘子之學步於邯鄙者耳。擬陶彭澤詩，衹是田家景色，無此老隱淪風趣，其似近而實遠。

庾肩吾張正見，其詩覺聲色臭味俱備。詩之佳者，在聲色臭味之俱備，庾張是也。詩之妙者，在聲色臭味之俱無，陶淵明是也。

張正見賦得秋河曙耿耿「天路横秋水，星橋轉夜流」，唐人無此境界。賦得白雲臨浦「疏葉臨嵇竹，輕鱗入鄭船」，唐人無此想像。泛舟後湖「殘虹收度雨，缺岸上新流」，唐人無此景色。關山月「暈逐連城璧，輪隨出塞車」，唐人無此映帶。奉和太子納涼「避日交長扇，迎風列短簫」，唐人無此致趣。庾肩吾經陳思王墓「鴈與雲俱陣，沙將蓬共驚」，唐人無此追琢。春夜應令「燒香知夜漏，刻燭驗更籌」，唐人無此景趣。梁簡文往虎窟山寺「分花出黄鳥，掛石下新泉」，唐人無此寫作。望同泰寺浮圖「飛幡雜晚虹，畫鳥狎晨鳧」，唐人無此點染。納涼「遊魚吹水沫，神蔡上荷心」，唐人無此物態。梁元折楊柳「楊柳非花樹，依樓自覺春」，唐人無此神情。邵陵王見姬人「却扇承枝影，舒衫受落花。狂夫不妬妾，隨意晚還家」，唐人無此風騷。江總贈袁洗馬「露浸山扉月，霜開石路煙」，唐人無此洗發。此皆得意象先，神行語外，非區區模倣推敲之可得者。

何遜詩，語語實際，了無滯色。其探景每入幽微，語氣悠柔，讀之殊不盡纏綿之致。

何遜以本色見佳，後之採真者，欲摹之而不及。陶之難摹，難其神也；何之難摹，難其韻也。何遜之後繼有陰鏗，陰何氣韻相鄰，而風華自布。見其婉而巧矣，微芳幽馥，時欲襲人。

江總自梁入陳，其詩猶有梁人餘氣。至陳之末，纖靡極矣。孔範賦得白雲抱幽石：「陣結香爐隱，羅成玉女微。」巧則巧矣，而纖極矣。王褒庾信佳句不乏，蒙氣亦多，以是知此道之將終也。

宋孝武菁華璀璨，遂開靈運之先。陳後主妝裹豐餘，精神悴盡，一時作者，俱披靡頹敗，不能自立。以知世運相感，人事以之。

陳人意氣懨懨，將歸於盡。隋煬起敝，風骨凝然。其於追風勒雅，返漢還騷，相距甚遠。故去時之病則佳，而復古之情未盡。詩至陳餘，非華之盛，乃實之衰耳。不能予其所美，而徒欲奪其所醜，則枵質將安恃乎？隋煬從華得素，譬諸紅豔叢中，清標自出。雖卸華謝彩，而絢質猶存。并隋素而去之，唐之所以暗而無色也。珠輝玉潤，寶啖金光，自然之色，夫豈不佳？若朽木死灰，則何貴矣？唐之興，六代之所以盡亡也。

讀隋煬帝詩，見其風格初成，精華未備。隋煬復古未深，唐人仍之益淺。夫以隋存隋，隋不存也，祇存其爲唐耳。唐之存，隋之所以去也。蓋以隋存隋，則隋孤；隋孤而以唐之力輔之，則唐之力益弱；唐弱而人不知反，不求勝於古，而求勝於唐，則他道百出矣。正不足而徑，徑不足而鬼，鬼不足而澌滅無餘矣。自漢而下，代不能爲相存，至於唐，而古人之聲音笑貌無復餘者。隋素而唐麗，素而質，「鳥擊初移樹，魚寒欲隱若」，唐欲爲之，豈可得耶？

古雄而渾，律精而微。「四傑」律詩，多以古脈行之，故材氣雖高，風華未爛。六朝一語百媚，漢魏一語百情，唐人未能辨此。

王勃高華，楊炯雄厚，照鄰清藻，賓王坦易，子安其最傑乎？調入初唐，時帶六朝錦色。

杜審言渾厚有餘，宋之問精工不乏。沈佺期吞吐含芳，安詳合度，亭亭整整，喁喁叮叮。覺其句自能言，字自能語，品之所以爲美。蘇李法有餘閑，材之不逮遠矣。

初唐七律，簡貴多風，不用事，不用意，一言兩言，領趣自勝。故事多而寡用之，意多而約出之，斯所貴於作者。

詩有靈襟，斯無俗趣矣；有慧口，斯無俗韻矣。乃知天下無俗事，無俗情，但有俗腸與俗口耳。古歌子夜等詩，俚情褻語，村童之所赧言，而詩人道之，極韻極趣。漢鐃歌樂府，多寠人乞子兒女里巷之事，而其詩有都雅之風。如「亂流趍正絕」，景極無色，而康樂言之乃佳。「帶月荷鋤歸」，事亦尋常，而淵明道之極美。以是知雅俗所由來矣。夫虛而無物者，易俗也；蕪而不理者，易俗也；卑而不揚者，易俗也；高而不實者，易俗也；放而不制者，易俗也；局而不舒者，易俗也；奇而不法者，易俗也；質而無色者，易俗也；文而過飾者，易俗也；刻而過情者，易俗也；雄而尚氣者，易俗也；新而自師者，易俗也；故而不變者，易俗也；典而好用者，易俗也；巧而過斲者，易俗也，多而見長者，易俗也；率而好盡者，易俗也；修而畏人者，易俗也；媚而逢世者，易俗也。大抵率真以布之，稱情以出之，審意以道之，和氣以行之，合則以軌之，去迹以神之，則無數者之病矣。

絶去故常，劃除塗轍，得意一往，乃佳。依傍前人，改成新法，非其善也。豪傑命世，肝膽自行，斷不依人眉目。

氣太重，意太深，聲太宏，色太厲，佳而不佳，反以此病，故曰「穆如清風」。

世以李杜爲大家，王維高岑爲傍户，殆非也。摩詰寫色清微，已望陶謝之藩矣，第律詩有餘，古詩不足耳。離象得神，披情著性，後之作者誰能之？世之言詩者，好大好高，好奇好異，此世俗之魔見，非詩道之正傳也。體物著情，寄懷感興，詩之爲用，如此已矣。

王龍標七言絶句，自是唐人騷語。深情苦恨，襞積重重，使人測之無端，玩之無盡。惜後人不善讀耳。

七言古，盛於開元以後，高適當屬名手。調響氣佚，頗得縱横；勾角廉折，立見涯涘。以是知李杜之氣局深矣。

高達夫調響而急。

岑參好爲巧句，真不足而巧濟之，以此知其深淺矣。故曰「大巧若拙」。

孟浩然材雖淺窘，然語氣清亮，誦之有泉流石上風來松下之音。常建音韻已卑，恐非律之所貴。凡骨峭者音清，骨勁者音越，骨弱者音庳，骨微者音細，骨粗者音豪，骨秀者音冽，聲音出於風格間矣。

觀五言古於唐，此猶求三代之瑚璉於漢世也。古人情深，而唐以意索之，一不得也；古人象遠，而唐以景逼之，二不得也；古人法變，而唐以格律之，三不得也；古人色真，而唐以巧繪之，四不得也；古人貌厚，而唐以姣飾之，五不得也；古人氣凝，而唐以佻乘之，六不得也；古人言簡，而唐以好盡之，七不得也；古人作用盤礡，而唐以徑出之，八不得也。雖以子美雄材，亦踣躓於此而不得進矣。庶幾者其太白乎？意遠寄而不迫，體安雅而不煩，言簡要而有歸，局卷舒而自得。離合變化，有阮籍之遺蹤，寄托深長，有漢魏之委致。然而不能盡爲古者，以其有佻處，有淺處，有遊浪不根處，有率爾立盡處。然言語之際，亦太利矣。

上古之言渾渾爾，中古之言折折爾，晚世之言便便爾，末世之言纖纖爾，此太白之所以病利也。

杜少陵懷李白五古，其曲中之悽調乎？苦意摹情，過於悲而失雅。石壕吏垂老别諸篇，窮工造景，逼於險而不括。二者皆非中和之則，論詩者當論其品。

詩不患無材，而患材之揚；詩不患無情，而患情之肆；詩不患無言，而患言之盡；詩不患無景，而患景之煩。知此始可與論雅。

太白古風八十二首，發源於漢魏，而託體於阮公。然寄託猶苦不深，而作用間尚未盡委蛇盤礡之妙。要之雅道時存。

少陵苦於摹情，工於體物，得之古賦居多。太白長於感興，遠於寄衷，本於十五國風爲近。

七言古，自魏文梁武以外，未見有佳。鮑明遠雖有行路難諸篇，不免宮商乖互之病。太白其千古之雄乎？氣駿而逸，法老而奇，音越而長，調高而卓。少陵何事得與執金鼓而抗顔行也？

太白七古，想落意外，局自變生，真所謂「驅走風雲，鞭撻海岳」。其殆天授，非人力也。少陵哀江頭哀王孫作法最古，然琢削磨礱，力盡此矣。飲中八仙，格力超拔，庶足當之。

少陵五古，材力作用，本之漢魏居多。第出手稍鈍，苦雕細琢，降爲唐音。夫一往而至者，情也；苦摹而出者，意也；若有若無者，情也；必然必不然者，意也。意死而情活，意迹而情神，意近而情遠，意僞而情真。情意之分，古今所由判矣。少陵精矣刻矣，高矣卓矣，然而未齊於古人者，以意勝也。假令以古詩十九首與少陵作，便是首首皆意。假令以石壕諸什與古人作，便是首首皆情。此皆有神往神來，不知而自至之妙。太白則幾及之矣。十五國風皆設爲其然而實不必然之詞，皆情也。晦翁説詩，皆以必然之意當之，失其旨矣。數千百年以來，憒憒於中而不覺者衆也。

三百篇每章無多言。每有一章而三四疊用者，詩人之妙在一歎三詠。其意已傳，不必言之繁而緒之紛也。故曰：「詩可以興。」詩之可以興人者，以其情也，以其言之韻也。夫欷笑而悅，歔涕而悲者，情也；聞金鼓而壯，聞絲竹而幽者，聲之韻也。是故情欲其真，而韻欲其長也，二言足以盡詩道矣。乃韻生於聲，聲出於格，故標格欲其高也；韻出爲風，風感爲事，故風味欲其美也。有韻必有色，故色欲其韶也；韻動而氣行，故氣欲其清也。此四者，詩之至要也。夫優柔悱惻，詩教也，取其足以感人已矣。而後之言詩者，欲高欲大，欲奇欲異，於是遠想以撰之，雜事以羅之，長韻以屬之，俶詭以炫之，則駢指矣。此少陵誤世，而昌黎復漶其波也。心託少陵之藩，而欲追風雅之奥，豈可得哉？

子美之病，在於好奇。作意好奇，則於天然之致遠矣。五七言古，窮工極巧，謂無遺恨。細觀之，覺幾回不得自在。

初唐七律，謂其「不用意而自佳」，故當絕勝。「雲山一一看皆好，竹樹蕭蕭畫不成」，體氣之貴，風味之佳，此殆非人力所與也。

少陵五言律，其法最多，顛倒縱横，出人意表。余謂萬法總歸一法，一法不如無法。水流自行，雲生自起，更有何法可設？

少陵「綠樽須盡日，白髮好禁春」，一語意經幾折，本是惜春，却緣白髮拘束懷抱，不能舒散，乃知少年之意氣猶存，而老去之愁懷莫展，所以對酒而自傷也。少陵作用，大略如此。

宋人抑太白而尊少陵，謂是道學作用。如此將置風人於何地？放浪詩酒，乃太白本行。忠君憂國之心，子美乃感輒發。其性既殊，所遭復異，奈何以此定詩優劣也？太白遊梁宋間，所得數萬金，一揮輒盡，故其詩曰：「天生我才必有用，黄金散盡還復來。」意氣凌雲，何容易得？

人情好尚，世有轉移，千載悠悠，將焉取正？自梁以後，習尚綺靡，昭明文選，家視爲千金之寶，初唐以後，輒吐棄之。宋人尊杜子美爲詩中之聖，字型句矱，莫敢輕擬。如「自鋤稀菜甲，小摘爲情親」，特小小結作語。「不知西閣意，更肯定留人」，意更淺淺。而一時何贊之甚？竊謂後之視今，亦猶今之視昔。即余之所論，亦未敢以爲然也。

少陵七言律，蘊藉最深。有餘地，有餘情。情中有景，景外含情。一詠三諷，味之不盡。

善言情者，吞吐深淺，欲露還藏，便覺此衷無限。善道景者，絶去形容，略加點綴，即真相顯然，生韻亦流動矣。此事經不得着做，做則外相勝而天真隱矣，直是不落思議法門。

每事過求，則當前妙境，忽而不領。古人謂眼前景致，口頭言語，便是詩家體料。所貴於能詩者，祇善言之耳。總一事也，而巧者繪情，拙者索相。總一言也，而能者動聽，不能者忤聞，初非别求一道以當之也。

凡法妙在轉，轉入轉深，轉出轉顯，轉搏轉峻，轉敷轉平。知之者謂之「至正」，不知者謂之「至奇」，誤用者則爲怪而已矣。

詩之所以病者，在過求之也，過求則真隱而僞行矣。然亦各有故在，太白之不真也爲材使，少陵之不真也爲意使，高岑諸人之不真也爲習使，元白之不真也爲詞使，昌黎之不真也爲氣使。人有外藉以爲之使者，則真相隱矣。

中唐人用意，好刻好苦，好異好詳。求其所自，似得諸晉人子夜、漢人樂府居多。盛唐人寄趣，在有無之間。可言處常留不盡，又似合於風人之旨，乃知盛唐人之地位故優也。

前不啓轍，後將何涉？前不示圖，後將何摹？詩家慣開門面，前有門面，則後有塗轍矣。不見雅頌風騷，何人擬得？此真人所以無迹，至言所以無聲也。

唐人早朝，惟岑參一首，最爲正當，亦語語悉稱，但格力稍平耳。老杜詩失「早」字意，祇得起語見之。龍蛇燕雀，亦嫌矜擬太過。「眼前景致道不到，崔顥題詩在上頭」，此語可參詩家妙訣。朱晦翁云：「向來枉費推移力，此日中流自在行。」乃知天下事枉費推移者之多也。

中唐詩近收斂，境斂而實，語斂而精。勢大將收，物華反素。盛唐鋪張已極，無復可加，中唐所以一反而之斂也。初唐人承隋之餘，前華已謝，後秀未開，聲欲啓而尚留，意方涵而不露，故其詩多希微玄澹之音。中唐反盛之風，攢意而取精，選言而取勝，所謂綺繡非珍，冰紈是貴，其致迥然異矣。然其病在雕刻太甚，元氣不完，體格卑而聲氣亦降，故其詩往往不長於古而長於律，自有所由來矣。

劉長卿體物情深，工於鑄意，其勝處有迥出盛唐者。「黄葉減餘年」，的是庾信王褒語氣。「老至居人下，春歸在客先」，「春歸」句何減薛道衡人日思歸語？「寒鳥數移柯」，與隋煬「鳥擊初移樹」同，而風格欲遜。「鳥似五湖人」，語冷而尖，巧還傷雅，中唐身手於此見矣。

絶去形容，獨標真素，此詩家最上一乘。本欲素而巧出之，此中唐人之所以病也。李端「園林帶雪潛生草，桃李雖春未有花」，此語清標絶勝。李嘉祐「野棠自發空流水，江燕初歸不見人」，風味最佳。「野棠」句帶琢，「江燕」句則真相自然矣。羅隱「秋深霧露侵燈下，夜静魚龍逼岸行」，此言當與沈佺期王摩詰折證。

深情淺趣，深則情，淺則趣矣。杜子美云：「桃花一簇開無主，不愛深紅愛淺紅。」余以爲深淺俱佳，惟是天然者可愛。

書有利澀，詩有難易。難之奇，有曲澗層巒之致；易之妙，有舒雲流水之情。王昌齡絶句，難中之難；李青蓮歌行，易中之易。難而苦爲長吉，易而脱爲樂天，則無取焉。總之，人力不與，天致自成，難易兩言，都可相忘耳。

司空曙「蒹葭有新鴈，雲雨不離猿」，「雲雨」句，似不落思慮所得。意何襞積？語何渾成？語云：「已雕已琢，復歸於朴。」「窮水雲同穴，過僧虎共林」，昔庾子山曾有「人禽或對巢」之句，其奇趣同而庾較險也。凡異想異境，其托胎處固已遠矣。老杜云：「勳業頻看鏡，行藏獨倚樓。」語意徘徊。司空曙「相悲各問年」，更自應手犀快。風塵閱歷，有此苦語。

余嘗讀駱義烏文，絶愛其「風生曳鷺之濤，雨濕印龜之岸」，謂其風味絶色。耿湋「小暑開鵬翼，新蓂長鷺濤」，其語翠色可摘。

敍事議論，絶非詩家所需，以敍事則傷體，議論則費詞也。然總貴不煩而至，如棠棣不廢議論，公劉不無敍事。如後人以文體行之，則非也。戎昱「社稷依明主，安危托婦人」，「過因讒後重，恩合死前酬」，此亦議論之佳者矣。

李益五古，得太白之深，所不能者澹蕩耳。太白力有餘閒，故游衍自得。益將矻矻以爲之。蓮塘驛遊子吟自出身手，能以意勝，謂之善學太白可。

盛唐人工於綴景，惟杜子美長於言情。人情向外，見物易而自見難也。司空曙「乍見翻疑夢，相悲各問年」，李益「問姓驚初見，稱名識舊容」，撫衷述愫，罄快極矣。因之思三百篇，情緒如絲，繹之不盡，漢人曾道隻語不得。

石之有稜，水之有折，此處最爲可觀。人道謂之「廉隅」，詩道謂之「風格」，世衰道微，恃此乃能有立。東漢之末，節氣輩生。唐之中葉，詩之骨幹不頓，此砥世維風之一事也。

專尋好意，不理聲格，此中晚唐絶句所以病也。詩不待意，即景自成。意不待尋，興情即是。王昌齡多意而多用之，李太白寡意而寡用之。昌齡得之椎練，太白出於自然，然而昌齡之意象深矣。劉禹錫一往深情，寄言無限，隨物感興，往往調笑而成。「南宮舊吏來相問，何處淹留白髮生？」「舊人惟有何戡在，更與殷勤唱渭城。」更有何意索得？此所以有水到渠成之説也。

貪肉者，不貴味而貴臭；聞樂者，不聞響而聞音。凡一掇而有物者，非其至者也。詩之所貴者，色與韻而已矣。韋蘇州詩，有色有韻，吐秀含芳，不必淵明之深情，康樂之靈悟，而已自佳矣。「白日淇上没，空閨生遠愁。寸心不可限，淇水長悠悠。」「還應有恨誰能識，月白風清欲墮時。」此語可評其況。

盈盈秋水，淡淡春山，將韋詩陳對其間，自覺形神無間。

詩貴真，詩之真趣，又在意似之間。認真則又死矣。柳子厚過於真，所以多直而寡委也。三百篇賦物陳情，皆其然而不必然之詞，所以意廣象圓，機靈而感捷也。

讀柳子厚詩，知其人無與偶。讀韓昌黎詩，知其世莫能容。

劉夢得七言絶，柳子厚五言古，俱深於哀怨，謂騷之餘派可。劉婉多風，柳直損致，世稱韋柳，則以本色見長耳。

實際内欲其意象玲瓏，虚涵中欲其神色畢著。

材大者聲色不動，指顧自如，不則意氣立見。李太白所以妙於神行，韓昌黎不免有蹶張之病也。氣安而靜，材斂而開。張子房破楚椎秦，貌如處子；諸葛孔明陳師對壘，氣若書生。以此觀其際矣。陶謝詩以性運，不以才使。凡好大好高，好雄好辯，皆才爲之累也。善用才者，常留其不盡。

青蓮居士，文中常有詩意。韓昌黎伯，詩中常有文情。知其所長在此。

「隴上壯士有陳安，軀幹雖小腹中寬。驛驄父馬鐵鍛鞍，七尺大刀奮如湍。丈八蛇矛左右盤，十盪五決無當前。」此言可評昌黎七古。

人情物態不可言者最多，必盡言之，則俚矣。知能言之爲佳，而不知不言之爲妙，此張籍王建所以病也。張籍小人之詩也，俚而佻。王建款情熟語，其兒女子之所爲乎？詩不入雅，雖美何觀矣！

張籍王建詩有三病：言之盡也，意之醜也，韻之庳也。言窮則盡，意褻則醜，韻軟則庳。杜少陵麗人行、李太白楊叛兒，一以雅道行之，故君子言有則也。

孟郊詩之窮也，思不成倫，語不成響，有一二語總稿衷之瀝血矣。自古詩人，未有拙於郊者。獨創成家，非高才大力，誰能辨此？郊之所以益重其窮也。賈島衲氣終身不除，語雖佳，其氣韻自枯寂耳。余嘗謂讀孟郊詩如嚼木瓜，齒缺舌敝，不知味之所在。賈島詩如寒齏，味雖不和，時有餘酸薦齒。

妖怪感人，藏其本相，異聲異色，極伎倆以爲之，照入法眼，自立破耳。然則李賀其妖乎？非妖何以惑人？故鬼之有才者能妖，物之有靈者能妖。賀有異才，而不入於大道，惜乎其所之之迷也。

元白以潦倒成家，意必盡言，言必盡興，然其力足以達之。微之多深着色，樂天多淺着趣。趣近自然，而色亦非貌取也。總皆降格爲之，凡意欲其近，體欲其輕，色欲其妍，聲欲其脆，此數者格之所由降也。元白偷快意，則縱肆爲之矣。

元白之韻平以和，張王之韻庳以急。其好盡則同，而元白獨未傷雅也。雖然，元白好盡言耳，張王好盡意也。盡言特煩，盡意則褻矣。

李商隱麗色閑情，雅道雖漓，亦一時之勝。温飛卿有詞無情，如飛絮飄揚，莫知指適。湖陰詞後云：「吴波不動楚山曉，花壓欄干春晝長。」余直不知所謂。余於温李詩，收之最寬，從時尚耳。

李商隱七言律，氣韻香甘。唐季得此，所謂枇杷晚翠。

五言古非神韻綿綿，定當捉衿露肘。劉駕曹鄴以意撑持，雖不迨古，亦所謂「鐵中錚錚，庸中姣姣」矣。善用意者，使有意如無，隱然不見。造無爲有，化有爲無，自非神力不能。以少陵之才，能使其有而不能使其無耳。

有韻則生，無韻則死；有韻則雅，無韻則俗；有韻則響，無韻則沈；有韻則遠，無韻則局。物色在於點染，意態在於轉折，情事在於猶夷，風致在於綽約，語氣在於吞吐，體勢在於遊行，此則韻之所由生矣。陸龜蒙皮日休知用實而不知運實之妙，所以短也。

歷代詩話續編人名索引

一、本索引收録本書中論列的所有詩人(包括一部分文人,熔爲典故、用以紀年及引詩中的人名除外),附帶收入論列«詩經»、«楚辭»、“樂府”、“古詩”、«文選»、“鬼仙詩”的條目,亦按首字的四角號碼插入人名中。

二、所收詩人以姓名爲主目,其他稱謂如字、號、小名、官名、爵名、謚號等,附注於後,並出參見條目。無姓名字號的,收入無名氏。

三、在書中只稱名或姓的,本索引一律爲補足其姓名後立目。

四、各條下的數碼,斜線前的“上”、“中”、“下”是分册,後面的數碼是頁數。

五、收録的人名,屬於同一段而分見於前後兩頁的,只列首次出現的頁碼。

六、本索引採用四角號碼檢字法編排。書後附有筆畫檢字表,以便查閲。

商

高

0040₀ 文

0040_1 辛

0040_6 章

0180_1 龔

0365_0 誠

0460_0 計

謝

0464_1 詩

0821_2 施

0823_8 於

0824_0 放

0864_0 許

1000_0 一

1010_1 三

正

1010_3 玉

1010_4 王

1010_7 五

亞

1010_8 靈

1014_1 聶

1017_7 雪

1020_0 丁

1021_1 元

1021_4 霍

1090₀ 不

1090₄ 粟

1111₀ 北

1111₄ 班

1249_8 孫

2122_0 何

2122₁ 行

衞

2590_6 种

2591_7 純

2600_0 白

2610_4 皇

2620_0 伯

2621_3 鬼

2622_7 帛

偶

2633_0 息

2641_3 魏

2690_0 和

3111_2 江

3111_4 汪

3400₀ 斗

3411₂ 沈

3614_7 漫

3621_0 祝

3630_2 邊

3714_7 汲

3716_1 澹

3719_4 深

3721_0 祖

3722_7 郎

3813_7 冷

3814_7 游

4050_6 韋

4060₀ 古

4423_2 蒙

4424_0 苻

4424_7 蔣

4425_3 茂

4445₆

4450_2 攀

4450_4 華

4460_0 苗

4460_2 苕

4460_4 若

4462_7 荀

4480.

4490$_1$ 蔡

4490_3 綦

4490_4 葉

4490_8 萊

4491_0 杜

4491_0

111

4491_2 枕

4491_4 桂

權

4794_7 穀

4893_0 松

4894_0 枚

4895_5 梅

5000_6 中

史

申

昌

6071_7 黿

6073_1 曇

6080_0 貝

6080_6 員

7422_7 隋

7529_6 陳

7722_2 膠

7724_7 服

履

7726_4 居

屠

7726_7 眉

7727_2 屈

筆畫檢字表

十一畫

十二畫

閻 7777_7
霍 1021_4
駱 7736_4
鮑 2731_2
默 6333_4
龍 0121_1

十七畫

應 0023_1
徽 2824_0
賽 3080_6
戴 4385_0
檀 4091_6
濟 3012_3
繁 8890_3
總 2693_0
聲 4740_1
臨 7826_6
薛 4474_1
謝 0460_0
鍾 8211_4
隱 7223_7
韓 4445_6

十八畫

儲 2426_0
歸 2712_7
瀋 3316_9
聶 1014_1
薩 4421_4
謫 0062_7
豐 2210_8
鎮 8418_1
鎦 8716_2
瞿 6621_4
顏 0128_6
魏 2641_3
鼂 6071_7

十九畫

禰 3122_7
關 7777_2
饒 8471_1
懷 9003_2
懶 9708_6
瀘 3111_7
犢 2458_6
羅 6091_4
藝 4473_1
邊 3630_2
麴 4724_2
麗 1121_1
龐 0021_1

二十畫

嚴 6624_8
竇 3080_6
寶 3080_6
蘇 4439_4
闞 7714_8

二十一畫

癩 0018_6
蘭 4422_7
鐵 8315_0
顧 3128_6
鶯 9932_7
鶴 4722_7

二十二畫

懿 4713_8
權 4491_4
臞 7621_4
酈 1722_7
龔 0180_1

二十三畫

巖 2224_8
顯 6138_6

二十四畫

靈 1010_8